マーク・トウェイン 完全なる自伝

カリフォルニア大学マーク・トウェインプロジェクト［編］
和栗 了・山本祐子［訳］

Volume 3

Mark Twain

AUTOBIOGRAPHY of Mark Twain

柏書房

AUTOBIOGRAPHY OF MARK TWAIN:
The Complete and Authoritative Edition, Volume 3
by Mark Twain, Edited by Harriet Elinor Smith and
Other Editors of The Mark Twain Project

ニューヨーク市五番街22番地の家。1904年から1908年までクレメンズと娘たちが住んだ。カルヴァー・ピクチャーズ

1907年6月18日にイギリスに到着した際、蒸気船ミネアポリス号上で記者会見をするクレメンズ。ハートフォード、マーク・トウェイン家博物館

(左から) ラルフ・アシュクロフト、ジョン・ヘニカー・ヒートン夫妻、クレメンズ。1907 年 6 月 22 日ウィンザー城での国王主催園遊会に向かう途中。ハートフォード、マーク・トウェイン家博物館

ウィンザー城での国王主催園遊会。前景にアレクサンドラ王妃、中央にクレメンズと対面するエドワード国王。ロンドン『グラフィック』紙のＷ・ハザレルによる絵画。『ハーパーズ・ウィークリー』誌、1907 年 7 月 27 日号に転載。

オックスフォード大学オール・ソウルズ学寮からシェルドニアン劇場までの行進。名誉博士号は1907年6月27日にシェルドニアン劇場で授与された。クレメンズは列の前から六番目におり、シドニー・コルヴィンの後ろで、シドニー・リーが隣に、後ろにラドヤード・キプリング。

シェルドニアン劇場近くで、ウィリアム・ラムゼイ卿とともにいるクレメンズ、「1ギニーの罰金と、おそらくその後絞首刑」に処せられる危険を侵して、喫煙する。1907年6月26日。

1907年6月27日か28日、クライストチャーチ草地公園でオックスフォード野外劇を観るクレメンズ。オックスフォード、セント・アルデイツのギルマン社撮影。シカゴ大学特別コレクション・リサーチ・センター

1907年、ロンドンのヘンリー・ウォルター・バーネットの撮影室でのクレメンズとフランシス・ナナリー。

1907年7月2日、イギリス下院にて。左から右へ、ジョン・サミュエル・フィーン、エドマンド・ゴス、モンタギュー・ホレイショ・モスティン・タートル・ピゴット、アーサー・フレイザー・ウォルター、ジョン・ヘニカー・ヒートン、クレメンズ、ヒュー・マカルモント、シドニー・チャールズ・バクストン、不明、トマス・パワー・オコナー。ベンジャミン・ストーン卿撮影。ロンドン、ナショナル・ポートレート・ギャラリー

イギリス下院、1907年7月9日。着席者、左から右へ、前首相アーサー・バルフォア、日本大使小村寿太郎、クレメンズ。ベンジャミン・ストーン卿主催昼食会の招待客。ストーン撮影

ジェイムズ・N・ギリス。（カリフォルニア州）ソノーラ『バナー・アンド・ソノーラ・ニュース』紙掲載、日付不詳。

スティーヴン・ギリス、ジャッカス・ヒルにて、1907年3月。アルバート・ビゲロー・ペイン撮影

ジョゼフ・T・グッドマン、1907年3月に、ジャッカス・ヒルのギリスの小屋の跡で。アルバート・ビゲロー・ペイン撮影

アイリーン・ガーケン、クレメンズ、ヘンリー・H・ロジャーズ、エリザベス・ウォレス、ウィリアム・E・ベンジャミン、バミューダ諸島ハミルトンにて、1908年。イザベル・ライオン撮影

クレメンズとロジャーズ、バミューダ諸島ハミルトンのプリンセスホテルにて、1908年。イザベル・ライオン撮影

レジナルドとロバのモード、クレメンズとマーガレット・ブラックマーとともに、バミューダ諸島ハミルトンにて、1908年。エリザベス・ウォレス撮影

ニューヨーク州タキシード・パークを訪問した時に、インディアンの王女の衣装を着たドロシー・クイック、1907年。イザベル・ライオン撮影

メアリ・(パディ) マッデンとクレメンズ、郵政公社蒸気船バミューディアン号上で、1907年3月。イザベル・ライオン撮影

クレメンズとヘレン・アレン、バミューダの彼女の家の近くで泳ぐ。1908年。イザベル・ライオン撮影

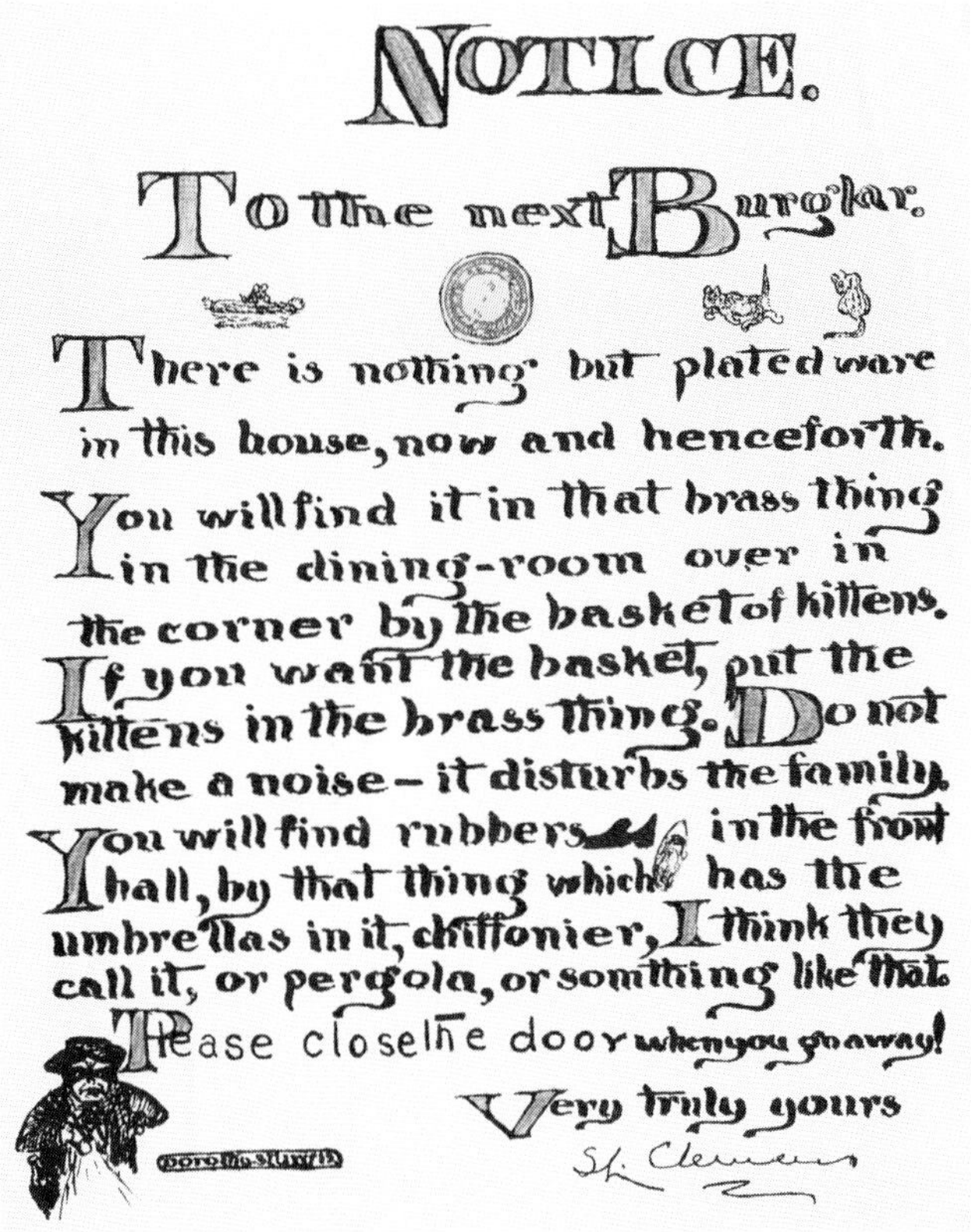

NOTICE.

To the next Burglar.

There is nothing but plated ware in this house, now and henceforth.
You will find it in that brass thing in the dining-room over in the corner by the basket of kittens.
If you want the basket, put the kittens in the brass thing. Do not make a noise – it disturbs the family.
You will find rubbers in the front hall, by that thing which has the umbrellas in it, chiffonier, I think they call it, or pergola, or something like that.
Please close the door when you go away!

Very truly yours
S. L. Clemens

クレメンズの「大まかな下書き」をドロシー・スタージスが「綺麗にした」注意書きで、1908年9月18日付のストームフィールドの来客帳に記録された。

ストームフィールドの強盗の一人で、『事件の真っ只中で』の著者、ヘンリー・S・ウィリアムズ。ブルックリン『イーグル』紙、1925年3月8日号より転載。

クレメンズ、ストームフィールドの建築業者に語る、1908年6月27日。
イザベル・ライオン撮影

ドロシー・ハーヴェイ、ルイーズ・ペイン、ジョイ・ペインとトランプをするクレメンズ、1908年6月後半、「ストームフィールドでの最初の週」。アルバート・ビゲロー・ペイン撮影（および日付）

クレアラとサミュエル・クレメンズ、1908 年、ストームフィールドにて。イザベル・ライオン撮影

クレメンズとローラ・ホーキンズ・フレイザー、1908 年 10 月、ストームフィールドにて。米国議会図書館

フランクリン・ホイットモア、ハリエット・ホイットモア夫妻とクレメンズ、ストームフィールドにて、1908 年。イザベル・ライオン撮影

ヘレン・ケラー、アン・(サリヴァン) メイシー、ジョン・メイシー夫妻とクレメンズ、1909 年 1 月、ストームフィールドにて。イザベル・ライオン撮影

クレメンズ、イザベル・ライオンとラルフ・アシュクロフトとともに、1908年、ストームフィールドにて。

修築前の「ロブスター用かご」あるいは「サマーフィールド」。イザベル・ライオンに譲渡され、後にクレメンズに返還された。イザベル・ライオン撮影

修築後の「サマーフィールド」。イザベル・ライオン撮影

1909年1月5日のストームフィールド。ポール・トムプソンが『バー・マッキントッシュ・マンスリー』誌、1909年3月号に掲載するために撮らせたもの。

アーチボルド・ヘンダーソン、ラルフ・アシュクロフト、イザベル・ライオン、クレメンズ、ストームフィールドの書斎にて、1908年12月。アルヴィン・ラングドン・コバーン撮影。ハートフォード、マーク・トウェイン家博物館

フランシス・D・ミレット作、クレメンズの肖像画、1877年。ミズーリ州、ハニバル自由公共図書館

フランシス・D・ミレット、1875年。ヴェネツィアのアントニオ・ペリーニ撮影。シラキュース大学図書館特別コレクション・リサーチ・センター

1909年2月27日に、ネリー・ボーシュとピーター・ボーシュからクレメンズに送られた名刺サイズの写真で、裏面に「素晴らしい人であり有名なユーモア作家マーク・トウェインに」と記されている。アムステルダム、M・H・ラデ撮影

サミュエル・モフェットの肖像写真、クレメンズが『コリアーズ・ウィークリー』誌、1908年8月15日号から切り取ったもの。

オシップ・ガブリロウィッチとクレアラ・クレメンズの結婚式、1906年10月6日、ストームフィールドにて。左から右へ、サミュエル・クレメンズ、ジャーヴィス・ラングドン二世、ジーン・クレメンズ、オシップ・ガブリロウィッチ、クレアラ・クレメンズ・ガブリロウィッチ、ジョゼフ・トゥイッチェル師。フランク・J・スプレイグ撮影

ジーン・クレメンズ、1908年頃。ハートフォード、マーク・トウェイン家博物館

オシップとクレアラ、1910年。アルバート・ビゲロー・ペイン撮影

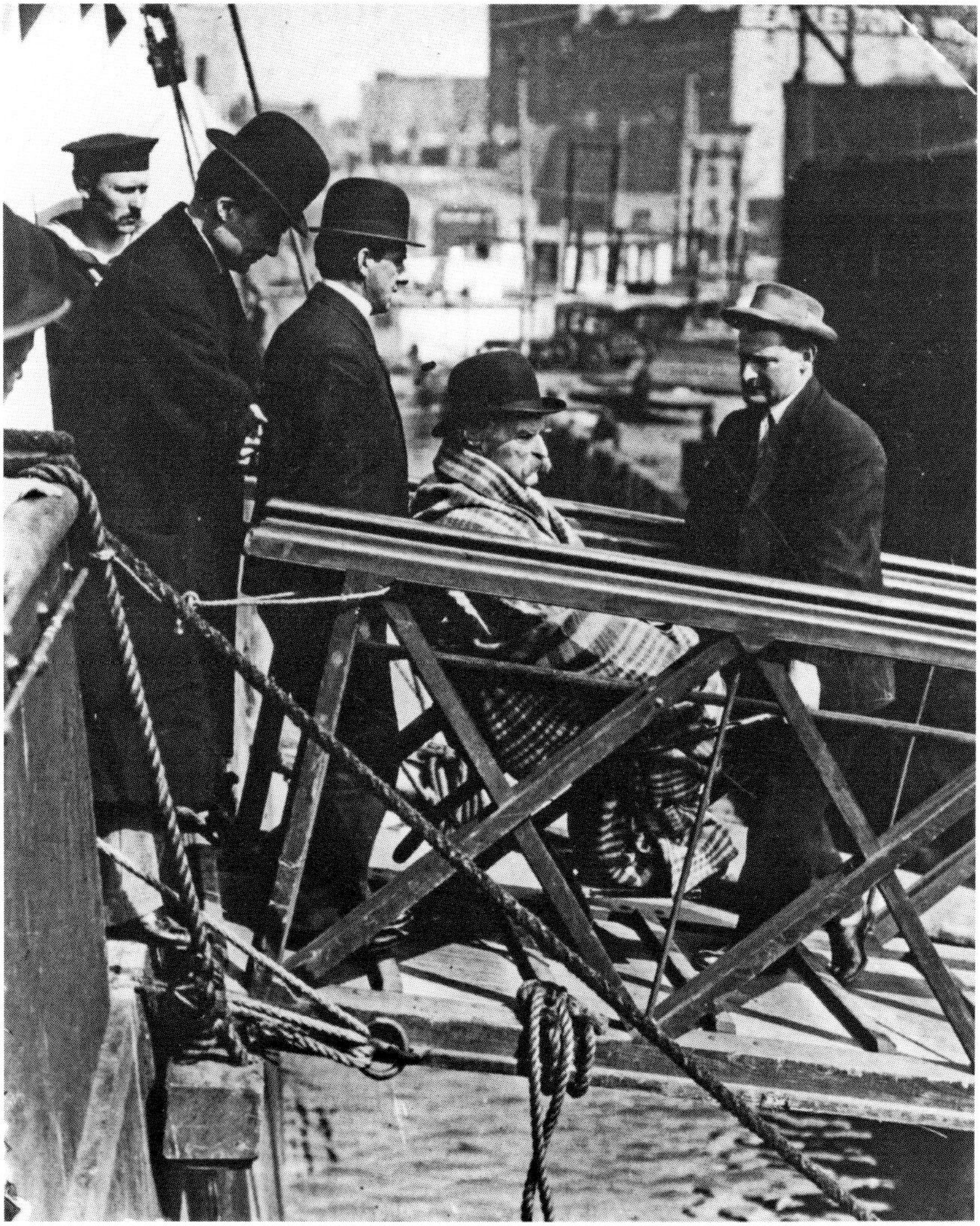

バミューダからの帰路、ニューヨーク港で蒸気船オシアナ号から下船するクレメンズ。ペインは自分の持つこの写真の裏面に「マーク・トウェインの最後の写真。アルバート・ビゲロー・ペインが1910年4月14日、バミューダから連れ帰る。彼は一週間後、4月21日、午後6時に死去」と書いた。全国ニュース協会撮影

マーク・トウェイン　完全なる自伝　第三巻　目次

マーク・トウェイン自伝

アメリカ合衆国全図

アメリカ東部

Volume 3

Mark Twain

AUTOBIOGRAPHY of

マーク・トウェイン　完全なる自伝　第三巻

謝辞

『マーク・トウェイン　完全なる自伝』の最終巻である第三巻の完成に際して、この仕事で一〇年以上にわたって受けてきた、並外れた支援を我々が忘れることはない。最初の五年間集中して仕事をして、第一巻が（マーク・トウェインの没後百年の年であった）二〇一〇年に出版され、第二巻が二〇一三年に、そして今日、現在の巻がちょうど二年後に出版された。この編集作業への支援の必要不可欠な中心は、連邦の独立行政機関、国立人文学基金であり、その機関の向こう側にいる、納税者のアメリカ国民である。我々は両者にもう一度感謝し、特に人文学基金の直近の二つの無条件同額拠出助成金に感謝し、加えて一九六七年にまで遡る、編集作業に対する長期間の支援にも感謝する。同じだけの誠意をもって、コレット資金による二〇〇八年の寛大な補助金に対してもう一度感謝する。それらすべてによって本書の刊行が可能になった。

様々な個人や機関が、何年間も、時には何十年間もマーク・トウェインプロジェクトを支援してくれた。金銭的にもそれ以外にも、あまりに多くの人々が支援をしてくれたので、全体として謝意を示すしかない。人文学基金の支援の半分以上は一ドルに対して一ドルという形の同額拠出であり、数千の個人と基金からの寛大な贈与が無ければ受けることも使用することもできないものだった。誠意あふれる支援者すべてがいなければ、マーク・トウェインプロジェクトはずっと以前に消滅していただろうし、今日『自伝』を完成させることもきっとままならなかっただろう。カリフォルニア大学バークリー校の一九五八年クラスの人々にまず特別の感謝を表明する。彼らは、二〇〇八年の五〇周年同窓会に際しマーク・トウェインプロジェクトに百万ドルの支援をしてくださった。ロジャー・サミュエルソンとジーン・サミュエルソン夫妻、エドワード・H・ピーターソン、ドン・コソヴァックとビッツィ・コソヴァック夫妻を中心に、この並外れたクラスの人々の助けによってプロジェクトを完成させることが可能になった。一九五八年クラスのすべての人々の寛大なご尽力に対して我々はあらためて感謝する。マーク・トウェインプロジェクトの将来は同様の基金を設立してくれた、フィリス・R・ボウグとピーター・K・オッペンハイムによって同じように確実なものとなっている。

最近の資金集めの中心となって尽力してきたのはマーク・トウェイン昼食会クラブであり、ワトソン・M（マック）・レッチ、ロバート・ミドルコフ、故アイラ・マイケル・ハイマンによって一四年前に創設されたものである。我々は彼らに感謝するとともに、約百名にもおよぶそのクラブの会員による財政的かつ精神的支援に対して感謝する。同じく、そのクラブで我々の共通の関心事であるマーク・トウェインに関して講演をしてくださった数十名の著名な講演者に感謝する。また、バークリー大学図書館開発局長デイヴ・デュアのいつも賢明で思慮分別のある助言と、このプロジェクトの自覚的促進と資金調達のための英雄的努力にも感謝する。我々の所属機関は働く場と不可欠の設備と便宜を提供してくれている。大学図書館とバンクロフト図書館職員によるこのような支援とその他の支援に対して感謝する。特に、図書館デジタル映像局主任ダン・ジョンストンには、この本で使用する画像を高品質で再現してくれたことに関して感謝する。我々が特に謝辞を示したいのは、大学図書館職員のトマス・C・レナード、バンクロフト図書館ジェイムズ・D・ハート、ディレクターのイレイン・テナント、同ディレクター代理のピーター・E・ハンフであり、彼らは全員マーク・トウェインプロジェクト編集委員会で尽力してくれた。彼らに対し、さらに編集委員会の他の委員――フレデリック・クルーズ、メアリ・C・フランシス、マイケル・ミルゲイト、アリソン・マディット、ジョージ・A・スター、G・トマス・タンセル――から我々はあらゆる類いの精神的、知的支援を得ている。

他の機関の研究者や記録保管人もこの巻の仕事には肝要であった。マーク・トウェインと彼の『自伝』の理解を深めるうえで次の研究者の貢献に謝意を示したい。リチャード・ブッチ、ダイアン・マッカチョン、久保拓也、バーナード・ベイクロフトの各氏である。バーバラ・シュミットは独立研究者で、マーク・トウェイン研究を扱う非常に貴重なホームページ（www.twainquotes.com）の管理者で、我々の注釈にとって重要な情報源である。ケヴィン・マクドネルはマーク・トウェインに関する文書の卓越した取扱業者で収集家でもあり、とてもありがたい支援をしてくれ、いつでも惜しみなく情報を提供してくれる。さらに以下の研究者、図書館員、記録保管人には、調査と文書と使用許可に関して支援をいただき、感謝したい。シカゴ大学図書館のクリスティーン・コルバーン、カルヴァー写真館のエヴァ・タチョルカとハリエット・カルヴァー、ハニバル自由公共図書館のハリー・ユント・シルヴァー、ロンドン市立図書館のジョン・ウォーカー、米国議会図書館のジョナサン・イーカー、ニューヨーク公共図書館ベルク・コレクションのリンズィ・バーンズ、エルマイラ大学のマーク・ウッドハウスとバーバラ・スネデカー、イエール大学バイネッケ図書館のメリッサ・バートンとジョージ・マイルズ、コネチカット州ハートフォードのマーク・トウェイン家博物館のパティ・ピリポンとスティーヴ・コートニー、ヴァーモント州ミドルベリーのミドルベリー大学ダニール・M・ローグの各氏である。

カリフォルニア大学出版局の我が編集責任者メアリ・C・フランシスの熱意は我々にとって創造的刺激であり続けた。新編集責任者キム・ロビンソンも同じだけの熱意を持ち続けている。高度な技能を持つ原稿整理編集者で研究責任者キャスリーン・マクドゥーガルの助力に感謝する。彼女の熱意によって編集作業の正確さが向上した。その専門知識によって「アシュクロフト・ライオン原稿」をテキスト化するために生ずる印刷上の問題を処理することができたし、彼女は制作過程の全段階で我々を導いてくれた。カリフォルニア大学出版局のリア・ジャンドラのおかげでできる限り最高の品質で写真の複製が可能となった。

マーク・トウェインプロジェクトの編集作業は複雑で持続的な協力過程によって成されるものだ。副編集長のヴィクター・フィッシャー、マイケル・B・フランクは編集過程のあらゆる局面で貢献をしてくれた。この巻の本文と注釈が準備段階になった時に最新の編集局員、アマンダ・ゲイゲルとクリストファー・オーグが加入し、不断の努力と技能でもってこの仕事を助けてくれた。シャロン・K・ゲーツとレズリー・ダイアン・ミリックは電子版（www.marktwainproject.org）の作成に関して不可欠であるし、記録保管と書誌的調査を追求するうえで以前には想像もできなかった技術面の支援をしてくれている。

最後に、我々は一四年間の管理上の助力者ニーダ・セイレムに謝意を示したい。彼女は他の部署に異動したが、在任中は我々の日々の仕事の動きを統括し、研究者と愛好家に対してマーク・トウェインに関する情報の入り口となってくれた。

ベンジャミン・グリフィン、ハリエット・エリナー・スミス

マーク・トウェイン自伝

一九〇七年三月一日、口述筆記[1]

ビーチャー家の思い出——クレアラ・クレメンズ嬢が安物の宝飾品製造地として有名な地、マサチューセッツ州ノース・アテルボローで歌う——スローン教授がクレメンズ氏に語った羽ぼうき男に関する逸話。

イザベラ・ビーチャー・フーカー氏が死んだ。私は約四〇年前に初めて彼女と知り合った。彼女と彼女の姉ハリエット・ビーチャー・ストウはハートフォードで一八年間我々のすぐ近くに住んでいた。ビーチャー一家の兄弟も姉妹もおそらく私はすべて知っている。男性はみな説教師だったし、かつてはかなり有名だった。私がよく知っているのは、ヘンリー・ウォード・ビーチャー師、トマス・K・ビーチャー師、チャールズ・ビーチャー師、ジェイムズ・ビーチャー師である。彼らはみな際立って有能な人物だが、もちろん、アメリカで最初の説教師にして演説家であるヘンリー・ウォード・ビーチャーほどに有能で恣意的に有名になったものは誰もいない。彼らはみな亡くなった[2]。その兄弟姉妹の中で才能が無い者はいなかったし、いずれもかなりの名声を博した。

しかし、ビーチャー家の才能あるものは今ではすべていなくなってしまった。その最後の精華がイザベラ・ビーチャー・フーカーがこの世を去ったのだ。トマス・K・ビーチャー師のことは個人的に古くから知っていた。彼は成人してからすぐにコネチカット州からエルマイラに移って来た。そのとき彼は説教師になったばかりで、エルマイラの会衆派教会を担当することになっていた。その教会の主な財政支援者は私の将来の義父ジャーヴィス・ラングドンだった。トマス・K・ビーチャー師は、二、三年前に七四歳で死去するまでその職にあった。彼は科学に精通し、彼の説教壇からの演説は偉大な兄ヘンリー・ウォード・ビーチャーに劣らなかった。彼は鋭い知性を持ち、会話は調子がよく、いつでも面白かった——ただし神学が話題の時は別だった。彼は自らの神学を持っていなかったし、他のすべての人もそうだった。彼の神学の知識は豊富だったが、そのすべてが他人の受け売りだった。彼は疑念によって不安を抱かなければ、自らの優れた知性でもって問題を検証しようとはしなかっただろう。彼はとても率直で正直な人物だった。彼は自分がエルマイラのその教会の牧師職を受けるためにコネチカットにやって来た時には強靭で確固とした不信仰者だったと、とても分かりやすい言葉でかつて私に語ってくれた。これには私もとても驚いた。だが彼はもっと驚くことを続けて語った。彼は自分の成長過程で信仰者になって初めて平和を感じ、心が平静になり、恐怖が無くなったし、どのような犠牲を払ってでもみずから信仰者になってみせると心に決めたので、何らの良心の呵責もなくその牧師職を引き受けられたと言ったのだ。奇妙なことに思われるが、彼はそう言った。さらに彼が言ったのは、一年か二年で、自分の物凄い計画は完全に成功し、それ以降はかつて地上に存在したどんなキリスト教徒にも負けない完璧で徹底した信仰者になったというのだ。彼は私の知る中で最良の人物だった。私の知る中で最良の市民だった。最期まで、彼はその町で罪人からも聖人からも尊敬されていた。その町の幸福に関する案件についての彼の判断は他の誰のものよりも善く健全であり、その純粋さと高潔さは揺るぎないものだとみなされていた。彼はすべての市民から愛され、敬愛されていた。

イザベラ・ビーチャー・フーカーは、約六〇年前に、最初期の女性参政権運動に身を投じ、その後の人生のすべてをその偉大な目的のために、輝かしい行動力のすべてをかけて働いた(3)。有能で機敏な働き手であった彼女は、スーザン・B・アンソニー、エリザベス・キャディ・スタントン、リヴァモア夫人といった重要な指導者達の下で活動した。これらの心を同じくする強力な女性達が一八四八年にこの運動に参加した時(4)、女性はすべての国々、すべての宗教、すべての未開状態とすべての文明の下で、ずっとある状態にあった――奴隷であり、軽蔑されていたのだ。女性に悪影響を及ぼす法律は我が国にとって不名誉なことだった。この勇敢な女性達は国の議会に毎年毎年押し寄せ、あらゆる非難と誹謗と軽蔑と罵倒を受けても耐えながら、それでも決して屈することなく、決して退却を指示することもなかった。彼女らの素晴らしい闘いは何年にも及び、ひとつの革命を成し遂げた点で、史上もっとも素晴らしい出来事――人類史上、一滴の血も流さずに国の半分の人々を解放した唯一の例である。彼女達は性の鎖を断ち切り、自由にしたのだ。

クレアラはニューイングランドで歌っている。マサチューセッツ州ノース・アテルボローの劇場支配人から手紙が来て[5]、当然のことのように——命令とは言わないまでも——そこに行って聴衆に彼女を紹介するようにと求めてきた。もちろん、無償で、である。これは、私の条件を問うていないのだから、あちらの人の考えに違いないと思った。しかしそれは見落としにしか過ぎないかもしれないので、私は私の条件——五千ドル——を書き送ったが、あちらから連絡は来ていない。私の提案に乗るのに三日間という十分な時間があったのだが。おそらくあちらでは結局私の存在を求めていないのだろうが、気にしない。いずれにせよ行きたくはない。しかし、ノース・アテルボローからの手紙で二〇年か二五年前の時を経てあの町のことが思い出された。その長い時の流れの間、思い出す限り、その町の名前が私の記憶領域を偶然にでもよぎることはなかった。

その長い時の隔たりのずっと向こう側で、ある日私はコロムビア大学（その時はプリンストン大学）のウィリアム・M・スローン教授とノース・アテルボローについて、語り合った[6]。彼が言うには、ノース・アテルボローはほかとは違う場所だという。独特の産業の中心地だった[7]——合衆国の他のところにはなく、二束三文の安ぴか物の宝飾品を我が国民に提供するのだ——その宝飾品はけばけばしく人目を引き、偽の金とガラスで作られていた。そして正直に**模造品として**売られていた。宝飾品製造工場は大きく、いくつもあり、数万人の少年少女と大人達——実際にはその町の大半の人を雇用していると彼は教えてくれた。ニューヨーク市にはその宝飾品のための巨大な倉庫があり、天井から地下室まで埋まっていると彼は言う。さらに、その倉庫からその製品が合衆国の全州に向けて、しかも本当に驚くほどの分量が送り出されていると言う。そして彼は次のような興味深い話をしてくれた。

ある日彼はニューヨークのある建物の前を通り過ぎ、それから何が見られるか知りたいという好奇心からそこに入った。ショーケースには宝飾品がたくさん展示されていた。それぞれの箱の外に箱の中身の見本が置かれてあり、箱の値段も書いてあった。三月のぞっとするほどひどい日だった——雪が解けて、道はぬかるみ、湿っぽくて、霧雨が降るような時で——冷くじめじめしていた。やがて、意気地もなくうなだれた、哀しい顔つきの四十男がやって来た。浮浪者と思われた。その男の靴はやぶれ、靴底が抜けて、ぬかるみにつかっていた。帽子は使い古され形も崩れて垂れ下がっていた。それ以外の着ている物はみすぼらしく着古したものでつぎがあたっていた。全体的に彼の姿は惨めそのものだった。彼は左腕の下に四本の羽ぼうきを抱えていた。どこにでもある一番安いやつだ。彼はスローンが立っている近くのショーケースに臆病そうに近づき、七ドルと記された箱を指さした——だが、指さしただけで何も言わなかった。店員はその箱を取り出し、何も言わずにそれを男に手渡した。浮浪者はやはり何も言わずにそれをポケットにしまい込み、七ドルを手渡した。それから男は、意気地なくうなだれて、入り口に向かって歩いて姿を消した。そんな姿の人物が商取引を行ったことでスローンは大いに驚いた。取引をしただけでなく、現金で支払ったのだ。現金だと言うだけでなく、七ドルもの現金で支払ったのである。スローンは興味を持ち、店員にたずねた。

「君は驚いていないようだね。あの浮浪者を知っているのかい？　以前にも来たことがあるのかい？」と。

「ええ、知っています」店員は言った。「我々は知っていますとも。羽ぼうきの人と呼ばれています。うちの常連客です」と。

「彼のことを教えてはくれないか？」

だが店員は言わなかった。信頼を裏切ることになると言うのだ。羽ぼうきの男は身元を知られたくないのであった。少し経ってから、スローンがその人物をどうやってつかまえたのか、どうやってその人物の信用を勝ち得て、話を聞き出したのか、思い出せないが、その人物がスローンに語った話はよく覚えている。次のような話だ。

男の物語

私は浮浪者ではありません。仕事上の用向きでこんな格好をしているのです。私は自分の仕事で十分な生活費を稼いでいます。私には財産があるし、銀行にはいつも十分に預金残高があります。私の仕事を私がやっている通りそのままにやれる人は国内に誰もいません。それは私が自ら考え出したものです。私はそれをずっとやってきました。さらに、改訂し、修正し、改善して、最終的には完全なものにしました。今や変更すべきところもなく、少しもそれを変えていません。私は安物の宝飾品だけを売っています。私はそれをあまねく売り歩き、時には、西はオハイオまで、南はメキシコ湾まで行商に行きます。最初のうちは、あらゆる好みに合わせようと、非常にたくさんの種類の宝飾品類を持って行ったものです。ですが、経験によって、ひとつの種類の宝飾品、もう一つの宝飾品と次第に捨てて行き、最終的には自分の考えが完璧になって、これ以上の改善がなくなるところにまでいたると、私の在庫はたった二つにまで減少しました——二つだけ、それ以上ではありません。それ以来私はその二つの品物しか行商しなくなりました——婚約指輪と結婚指輪です。その市場が不景気になることは一度もありません。人々が婚約をやめることは決してないし、結婚をやめることも決してありません。それは葬式のような商売です——確実で安定していて、良い時代にも悪い時代にも景気の変動はないし、常に同じ需要があります。

スローンはふとたずねた。

「ですがね、あなたは羽ぼうきのことをお忘れじゃないですか」と。

いいや、とその男は答え、それはただの目くらましだと言った。私はいつでもそれを持ち歩き、いつでもそれを売ろうとするのですが、急いで売ろうとは決してしませんでした。というのは誰かにそれを買ってもらおうとは思っていないのですから。それでも時々起こるべくして起こることが起きます。掃除用具を買う人はいるし、致し方ないのですが、それは不便なのです。というのも、売れた分を補充するのに人を使わねばならなかったからです。掃除用具はうまいお守りになるのです。単なる浮浪者は犯罪ですし、いつでもひどい偏見と嫌悪の中で自分の商売をしています。ところが、ぼろ着を着て飢えた貧しいものが売り物を携えて、正直に生活費を稼ごうとできる限りのことをしている場合には誰でも好意的になります。これらの羽ぼうきは私には非常に貴重なお守りなのです。それは雨傘が雨を避けるのと同じく偏見を避けるものになります。私を不親切に扱うものは一人もいません。

羽ぼうき男の話の続き。[8] 彼が結婚指輪に串刺しハートとイニシャルを彫る方法を語る。

私はひとつの技術を身に付けました——銀細工品に彫り物をすることです——しかし稼ぎはわずかでしかなく、商売をしたいと思い、一〇年前にそれをやめました。自分には商売が向いていると感じたものですから。その日から今日に至るまで、私はあちこちを歩きノース・アテルボローの宝飾品を国中の農家や村人に売りました——ひとつあたり五セントほどです。それはずっしりと重みがあり、威厳があって、綺麗で、二四カラットのダイヤを思わせるものがありました。それが金の場合には、それぞれが小売値で一〇ドルの価値はあったでしょう。まず最初に私は宝飾品を家に持ち帰り、その内側に二組のイニシャルを彫り、そのあいだに串刺しの二つのハートをつけます。このハートがとても魅力的なのです。他の図案もいくつかやってみましたが、商売上、田舎では情緒というものが流行り、それなりのより所になっていて、心臓であるハートは肺や何やかやの人間の内臓の他のすべてを一緒にしただけの価値があります。矢で串刺しにしたご存知のやつです。フォークで串刺しにしても全く同じだろうと思われるかもしれませんが、そうではないのです。それでは一瞬でだめになってしまいます。それが情緒の力を示しているのです。あちらの田舎で、人間とは何かということを示しているのです――今や私は彼らについてすべて分かっています。客について間違うことはありません。

結婚指輪にはいつも串刺しのハートを彫っていますし、その両側にいつもイニシャルを刻印しています。どんなイニシャルでもうまくいきます。私が望めばいつでも同じイニシャルを使えました。それが仕事に何の支障もないことがすぐにわかりますよ。実際本当に様々なイニシャルを使っていますが、それはただ私の気休めだけで、不要です。今回は一二ダースしか買わなかったことにお気づきでしょう。四月になって暖かくなり、南部へ行く準備ができるまで、二週間ほどニューヨークに行くよりも遠くへは行けないからです。その時には大量の在庫を買い入れて二ヶ月間行きます。私が婚約指輪をひとつも買わないことを見たでしょう。自宅にバケツ一杯も二杯もあるのです。一度に数千個買うととても値引きしてくれますから、お買い得です。婚約指輪はどれも小さなガラス製のダイヤモンドが付いていて、とても可愛いものですから、結婚生活寸前の若い人達の目には魅力的に映るのです。指輪が本物だったら七五ドルはします。一五セントを越えて私が手にする部分が利益ですし、私はいつも顧客の気持ちに合せて値段を決めます。時には顧客の気持ちが一五ドルに達することがありますが、七ドルか八ドルか九ドルで決着するのなら、それで私は満足です。というのも若い人が婚約するところでは私はただただ優しくなってしまうのです。私はそういう性分なのです。私は自らを愛してきましたし、それがどのような感じなのか分かっています。

婚約指輪がこの商売で一番だとお考えかもしれませんが、間違っています。それはおしくも第二位です。結婚指輪が仕事としては第一位です。そのわけをお話ししましょう。一回に一週間かけて農場内の家屋の測地測量をしても、二件か三件かの婚約やそうしたものには遭遇しないかもしれません。でも、結婚指輪が商売にならない農場に遭遇することはほとんどあり得ません。それではある村を例に取り上げてみましょう。普通の村では三つか四つの婚約しかないでしょうから、私にとっては四〇ドル以上の価値は多分ないでしょう。たいがい一日で探し出して婚約指輪を売れることでしょう――その村が黒んぼ達の一杯いる南部あたりの村でなければですが。南部の村になると商売はもっと良くなります。北部では人は婚約するまで婚約指輪を買いませんが、黒んぼは最悪の時の準備として、どんなことがあっても婚約指輪を買うのです。そうです、村での婚約指輪の商売のすべてを一日で仕上げることができるのですが、時にはたったひとつの村で結婚指輪を提供するのにまるまる一週間を使わねばならないこともありました。インディアナ州のはずれのひとつの村で、八四〇人の大人しか住んでいないのに、二六四個の結婚指輪が売れたことが思い出されます。

スローンが話に割って入った。

「結婚指輪という証明とお守りを一度もみたこともないほどの小さい村社会に二六四人も結婚した女性がいたと言うつもりですか？」

私はそうは一言も言っていないでしょう。その数字が今はあなたには変に思われるでしょうが、説明し終わったら変には思われませんよ。

羽ぼうき男の物語おわる。

いいですか、仕掛けは次のようなものです。例えば、私が疲れた顔をして、おそらく落胆した顔つきで、村の通りをとぼとぼと歩いています。もしいささかでもぬかるんでいたり、しとしと雨が降っていたり、陰鬱な天気だったりすると、それだけ一層よいのです。というのもそういう時には女性はたいてい家にいるものです――そして、そのうちのひとりか二人は窓際に座って縫物をしているのです。窓際に座って縫物をする女性がいれば、そんなに質素な家でも女の子を雇う余裕があるということです。しかし玄関番をさせるために女の子の針仕事の邪魔をすることはできません。理解してもらいたいのは、他にもっと良いことができないのであれば玄関番をする雇われた女の子で十分ということ、でも、家庭の平均的女性の約二五パーセント以上の価値はまずない彼女達に頼り切ってしまうことはできないということです。もちろん雇われた女の子を肩越しに投げてしまうことはできませんし、そうすれば神の摂理への面当てになるでしょうし、悪運をもたらすことになるでしょう。いいえ、与えられたものを受け入れ、感謝するのであり、不満を語ってはなりません。やがてこうした哲学が身に付くでしょう。よし、考えごとをしているように見せながらあてどもなく歩いている間に密かに目を配り、その女性があなたを見つけるより前に窓際の女性を見つけるのです。彼女は自分に何ができるかと思ってそこにいるのであり、多くのものを見ているわけではありません。家の前には小さな庭があり、杭垣と門があり、家の正面玄関まで真っ直ぐに道がついています。約五歩くらいです。門から入り最も悲しそうな顔つきをしているまさにその瞬間に、あなたの顔は突然明るくなります。あなたはかがみ込んで泥の中から一生懸命何かを取り出そうとして見せるのです。彼女にはその意味が分かります――確認のために彼女を見てみる必要はありません。彼女がいつでも気にしているのはその芝居がかった振る舞いの結末だと経験的に分かります。あなたは見つけたものを密かにじっくりと調べ、彼女はその間ずっとあなたを見つめており、あなたはそれに気付かないふりをするのです。そしてあなたはそれをチョッキのポケットにしまい込み、素早く出て行きます。ところが、二歩か三歩進んだところで考え始めるのです――疑っているという顔付をし始めるのです。ある種の良心の葛藤を感じて、自分は良家に生まれ育ち、生涯のこの道徳的危機の瞬間に善悪の判断に迷っていることを示すのです――その女性があなたを注視していてそのすべての意味を読み取ろうとしていることを理解して下さい――それからあなたは大いに姿勢を正し、美徳を取り戻したふりをして、振り返ってためらいながら戻ります。最初のうちこそためらいの表情をうまく出せませんが、すこし練習すればとても上手になって、本当だと見られるようになりますから。自分を偽る時がありますし、自分がためらっているのだと本当に考える時もあります。でも、そういう足取りだという印象を強く与えられるようになれば完成ですし、将来は万全です。私が言いましたように、あなたはためらいながら戻り、ぐずぐずした様子で少し入口の門を手で探ります。最終的には門を入り家の入口に近づくのです。そしてドアを叩きます。出て来たのが別の人物の場合、あの女性が縫物を籠の中に入れて片付けて、玄関までやって来るまで待たねばならないでしょうが、あなたの場合には状況が違います。彼女は既にそこにいて、あなたがドアを叩くと彼女はすぐにドアを開けます。彼女の顔は興味と期待とで一杯です。でもあなたはそれを見て取ってはなりません。だめです、あなたはもうひとつのことに集中するのです。じっと観察しないのです。彼女を失望させることになりますから――それが駆け引きというものです。あなたは、控えめにしかも低姿勢に、何も口にしないで羽ぼうきの仕事を見つけられず、どれほど過ごしたか、自分が養わねばならない子供が何人いるかをその女性に語り始めます――もちろん子供の数は状況と天候に合わせて変えます――そしてあなたの妻が病気かどうか、妻のどこが悪くて、見込みはどれくらいか――そういう類のことすべてを――語り始めますが、彼女の関心はあなたのチョッキのポケットにありますから彼女は興味を示しません。やがて、羽ぼうきを一本ずつ出して見せ、彼女の顔の前で一振り振って見せ、いま市場で売られているどんな羽ぼうきよりも良いもので、その羽ぼうきがとても安いこと、などなどを説明します。そして、最後に彼女に横合いから一言口を差し挟む機会を与えると、彼女はあなたが予想し、彼女に言わせたいと考えていた言葉を言うのです。つまり、彼女は、羽ぼうきは要らないわ、ごめんなさいね、正直で貧しい人が困っているのを助けたいと思っているので、羽ぼうきを一本必要だといいのだけれど、と言うのです。そしてそのすぐ後で、彼女は食べ物を供したいと言うのです。これこそ待っていた機会です。あなたは悲しそうに顔を背け、深々と熱意を込めて、大いに感情を込めて感謝するのです。そしてこう言うのです。自分が稼いだものではないパンを食べるのは正しくないし、食べるべきだろうけれども、自分が先に行って別の客を探す力がまだ残っているのにそうしないというのは立派なことではないと思う。これがまさに人の心をとらえ、その女性に実によく効くのですが、あなたがそれを見てとったと悟られてはなりません。悲しそうな顔つきで踵を返し、門へと向かうのです。その女性の憐れむ視線を背中に感じながら。そして――そうです、行き過ぎてはなりません。門までの路のなかばがちょうどいいのです。女性は決心をしてドアを閉めてあなたもあなたの子供のこともあなたの別の哀しいことも忘れようとします。そしてあなたがもう一歩踏み出していれば彼女はそうしていたでしょう。いいや、まさにその時こそ、あなたが経験的にはっきりわかっていたように、あなたは振り返り、路を戻って、胸ポケットを探り始めるのです。そうするとあなたは歓迎されます。そこであなたは言います。

「奥様、私は強烈な誘惑にさらされていますが、有難いことにそれに抗う力を与えられていました。私はお宅の入口のすぐ外でずしりと重い金の結婚指輪を見つけました。私がそれを持っているわけにはまいりません。他人のものですから。あなたは私に親切にして下さった。あなたの同情のおかげで私は善人になりました。それはきっとあなたのものでしょう。もしそうなら、あなたはそれを返した貧しい者にわずかなお礼をするでしょう。むかし景気の良かった頃に私は金細工の職人でしたので、それが一〇ドルか一二ドルはしたはずだとわかります」と。

その間、その女性はその指輪を手にしたくてうずうずしているのに、私は指輪の泥をわざとゆっくり拭い取ってじらしてやりました。それから指輪を彼女に渡すと、彼女はそれを喜びと願望の顔つきで何度も何度も調べるのです。やがて彼女はイニシャルと串刺しにしたハートマークを見つけると、次には、その女性の性格と教育と社会的条件に応じて、二つのうちのどちらかが起きます。そのイニシャルを証拠にして指輪が自分のものだと言うか、正直に自分のものではないと言うかどちらかです――あるいは自分のおばのものだと言うかもしれません。こうした状況で最もよくあるのはその女性が自分を除外しておばというものを使うことです。しかしそれでも私にはすべて同じです。その指輪が誰のものか判明することに私は頓着しません。指輪が誰のものかを女性がはっきりさせる――絶対的に確実に――ことはかなりまれです。ごくまれな例として、女性はそれが自分のおばのもので、今朝指から外れて無くしたものに違いないと言うこともあります。しかし、それ以外はたいていそれが村の反対側に住む友人のもので、こちらに来ていてちょうど帰ったところだ、と言うのです。その不注意な発言をそのまま見過ごしてはなりません。というのはそれで損害を被るかもしれないからです。あなたは、どうかその友人の住所を教えて欲しい、指輪を返しに行って四ドルか五ドルの謝礼をもらいたいので、と尋ねなければなりません。あなたは尋ねます。というのは、指輪を預かって空想上の所有者に自ら返そうと申し出ること、それがわずかな金銭的謝礼を与えることでできる、という考えが既にその女性の頭に浮かんでいるとあなたには分かっているからです。しかし、あなたが住所をきいた段階で既に面倒なことになっていました。というのも最初からそんな人はいなかったのですし、彼女が踏み込んでこなければ彼女から逃れられたからです。その友人をあなたが自分で見つけ出しに行こうと申し出る必要はありません。そんなことはその女性が許しませんから。その女性は指輪を手にし続けて、謝礼に関してできる限りあなたの求めに応ずるからです。

さてこれで、何ともいい商売で、実に確実な商売だとお分かりになりませんか。その女性が自分が所有者だと言うのか、おばの代理をするのか、それとも町の反対側にいる友人の代理をするのかは何ら問題になりません。彼女はその指輪を持ち続け、できる限りの金額であなたと交渉します。私がそうした人々にいつでも受け入れられるようにしています。その女性の顔つき、服装、家、そういったすべてのものから、いくらくらいなら彼女が出せるかを全体的に判断するのです。そしてそれを基に交渉します。その五セントの指輪に対して彼女が二ドル払えば十分ですし、私が望めば――望みはしないのですが――おまけに食事も出してくれます。女性の生活様式や性格によっては、二ドル、三ドル、四ドル払ってくれます。その金額に一ドル、二ドル、さらに三ドルも上乗せしてくれる女性を見つけるのは、あなたが想像するほどまれなことではありません。ひとつの時期を通してみた私の勘定によれば、結婚指輪で平均三ドル三五セントです。時にはひとつの交渉に四〇分かかることもあります。一五分の時もあります。時には五分で取引を終わらせることもあります。しかし一日を平均してみると、二二分――つまり一時間当たり指輪四個になります。日の長い夏には、一二時間から一四時間をいたって快適に過ごし、結婚指輪で四〇ドルかそれ以上の純利益を上げます。そうしている間に、市場の状態に応じて、婚約指輪で一〇ドルか二〇ドルか三〇ドルを至極確実に儲けます。さて、きっとおわかりいただけるでしょうが、八〇〇人か九〇〇人の大人がいるところで、私から結婚指輪を買いたいと申し出た既婚女性が二六四人もいたというのは一体どうしたことなのでしょうか。それが私の話ですよ、旦那、それに何も付け加えることはありません。

(1)この「自伝口述筆記」は実際には三日間にわたる口述筆記をひとつの日付のもとにまとめたものである。これはおそらく三月四日から五日に終わった。

(2)クレメンズが「自伝口述筆記」でフーカー一族に触れたのは一九〇七年一月二九日の口述筆記で、イザベラ・ビーチャー・フーカーの死から四日後のことだった(『自伝完全版第二巻』、四〇〇ページ~四〇九ページおよび関連する注、特に四〇三ページ)。「ビーチャー一家の兄弟と姉妹」とはライマン・ビーチャー師(一七七五年~一八六三年)のすべての子供達のことである。最初の妻である先のロクサーナ・フット（一七七五年～一八一六年）との間に成年にまで達した子供が八人いた。娘三人と息子五人で、息子達はみな牧師になった。キャサリン（一八〇〇年～一八七八年）は、女子教育の推進に生涯を捧げ、ハートフォード女学校（一八二三年）やさらにいくつかの学校を設立した。彼女は一度も結婚しなかった。メアリ（一八〇五年～一九〇〇年）はキャサリンの女学校設立を助け、しばらくそこで教えたが、一八二七年に身を引き、ハートフォードの著名な弁護士トマス・パーキンズと結婚した。ハリエットは彼女の一八五二年の小説『アンクル・トムの小屋』で最も有名である。彼女と夫のカルヴィン・ストウはヌック農場でクレメンズ一家の近くに住んでいた（『自伝完全版第一巻』、三一〇ページおよび関連する注）。クレメンズは年長の三人の息子、ウィリアム、エドワード、ジョージのことに触れていない（おそらく面識が無かった）。下の二人の息子、ヘンリー・ウォード・ビーチャー（一八一三年～一八八七年）とチャールズ・ビーチャー（一八一五年～一九〇〇年）はともにシンシナティで設立間もないレイン神学校に通った。その初代校長は彼らの父親だった。クレメンズが言うように、ヘンリーは「国際的に有名」であり、その全生涯をブルックリンのプリマス教会の牧師として働いた。教区民のひとりとの密通容疑に関する一八七二年から七五年までの公判も何とか切り抜けた（『自伝完全版第一巻』、三一四ページ～三一五ページおよび関連する注参照）。チャールズは音楽家になろうとしたが、牧師に任命され聖職位を始め、最初に（インディアナ州）フォート・ウェインの教会、次に（ニュージャージー州）ニューアーク、最終的に（マサチューセッツ州）ジョージタウンの教会に勤めた。この三ヶ所の教会すべてで彼の非正統的宗教観は教区民の意にそぐわないところがあり、一八七三年には会衆派の査問委員会で異端と宣告された（後の査問委員会では破棄された）。トマス・キニカット・ビーチャー（一八二四年～一九〇〇年）とジェイムズ・チャプリン・ビーチャー（一八二八年～一八八六年）は、ライマン・ビーチャーの二番目の妻で先のハリエット・ポーター（一七九〇年～一八三五年）との間にできた第二子と第三子であった。（第一子はイザベラだった。次の注を参照）。四六年間にわたってトマスはニューヨーク州エルマイラの第一会衆派教会（後のパーク教会）の最愛の――型破りだが――牧師となった。この教会の創設者の一人がオリヴィアの父親ジャーヴィス・ラングドンだった。一八七〇年にはクレメンズの結婚式をつかさどった。ジェイムズはダートマス大学を卒業後、船員になった。彼はアンドーヴァー神学校に通ったが中国の船員のための牧師職を務めるために神学校を去り、中国で五年間過ごした。南北戦争中、彼はノースカロライナ州で黒人連隊を徴募し、率いて、従軍牧師を務めた。後に彼はニューヨーク州オウィーゴとポキプシーのいくつかの教会で牧師を務め、その後ブルックリンで貧民とともに働いた。強度の気分変動に苦しみ、療養機関で数年過ごした後、三八歳で自殺した（Rugoff 1981、xviページ～xviiページ、五三ページ～六二ページ、一四二ページ～一四三ページ、一九四ページ、二〇五ページ～二一三ページ、四〇六ページ～四一五ページ、四四四ページ～四六五ページ）。

(3)イザベラ・ビーチャー(一八二二年～一九〇七年)はライマン・ビーチャーの二度目の結婚でできた第一子だった。彼女は一八四一年に弁護士のジョン・フーカーと結婚するとすぐに女性の法的立場に疑問を抱き始めたが、彼女が女性参政権運動で活躍し始めるのは一八六八年になってからだった。その一八六八年に彼女はニューイングランド女性参政権協会の設立を助け、「女性参政権に関する二通の手紙」を『パトナムズ・マガジン』誌の一一月号と一二月号に匿名で掲載した(Hooker 1868a、1868b)。一八六九年にはハートフォードのコネチカット州女性参政権協会の創設者のひとりとなり、一九〇五年までその会長をつとめた。同年彼女はスーザン・B・アンソニーとエリザベス・キャディ・スタントンに出会い、女性参政権と男女平等の権利獲得のための全国的闘争に加わった(次の注も参照)。一八七〇年には彼女は既婚女性の財産権を認める法律の通過促進を開始し、コネチカット州議会は最終的に一八七七年にその法案を可決した。彼女の不屈の運動参加と多額の資金援助によって彼女はすぐにその運動の指導者になり、彼女は三〇年以上にわたってその仕事を続けた。一八九二年には、彼女は、スタントン、アンソニー、ルーシー・ストーンとともに選ばれて、上院女性参政権委員会で証言する栄誉を得た(Hooker 1905。Barbara A. White 2003、一一九ページ、一二七ページ～一三五ページ、一四七ページ～一四八ページ、二五〇ページ、三〇三ページ、三二六ページ)。クレメンズはいつもイザベラ・フーカーを賞賛していたわけではない。彼女が評判の悪い女性解放運動家で自由恋愛の提唱者ヴィクトリア・ウッドハルと関係があり、さらに彼女は兄のヘンリーが不義密通事件で告発された通りに有罪だと信じていたこともあり、クレメンズは一八七二年一一月にイザベラと交際しないようにオリヴィアに求めた。同じ理由でイザベラ自身の家族とヌック農場周辺の共同体社会の人々は、一八七五年後半まで彼女を追放した(メアリ・E・〔モリー・〕クレメンズとサミュエル・L・クレメンズからジェイン・ラムプトン・クレメンズとパミーラ・モフェット宛、一八七二年一一月二六日付書簡、『書簡集第五巻』、二二九ページ～二三二ページ。Barbara A. White 2003、一一二ページ～一一三ページ、一七二ページ～一七四ページ、二一三ページ～二一五ページ、二四六ページ～二四九ページ)。一八七〇年の自らの結婚以前、クレメンズは女性参政権を必ずしも完全には肯定していなかっただろう。一八六七年には彼はその主唱者を揶揄する新聞記事を四本掲載しているが、想定される女性読者からの反駁も巧妙に組み入れている(SLC 1876c-f)。いずれにせよ、一八七四年にはロンドン『イヴニング・スタンダード』紙編集長宛の手紙で、次のように明確に女性参政権を支持している。「今日女性の政党があって、それがどう働くのかをみたいと願っています。女性に参政権を拡大することでこの国は絶対的に価値の無いものをなくし大いに価値あるものを得るだろうと私は確信しています」(一八七四年三月一二付、『書簡集第六巻』、六九ページおよび関連する注)。

(4)スーザン・ブラウネル・アンソニー(一八二〇年～一九〇六年)とエリザベス・キャディ・スタントン(一八一五年～一九〇二年)

が全国女性参政権協会を一八六九年に設立し、一八九〇年までスタントンが会長を務めた。活動計画を立て、講演を行い、政府の委員会に出席するのに加えて、彼女達は（マチルダ・ジョスリン・ゲイジとも）共同して『女性参政権史』の最初の三巻（一八八一年〜一八八六年）を編集発行した。メアリ・アシュトン・ライス・リヴァモア（一八二〇年〜一九〇五年）は夫のダニエルと一緒に奴隷制度廃止運動を始めた。南北戦争の間、彼女は合衆国衛生委員会の創設委員だった。その後、彼女は講演家として有名になり、禁酒と女性の権利の擁護の講演をした。彼女も、『私の戦争物語』（一八八七年）と『私の人生の物語』（一八九七年）の二冊の本を書いた。一八七〇年代前半に彼女もクレメンズもジェイムズ・レッドパスのボストン講演会事務局に属して講演しており、クレメンズは彼女に会えただろうが、彼が会ったという証拠はない。

（5）クレアラ・クレメンズはコントラルト（彼女はしばしばメゾ・ソプラノと言われることもあった）の名手で、前年の九月にコネチカット州ノーフォークで本格的にデビューした（『自伝完全版第二巻』、二四〇ページおよび関連する注）。彼女はボストンのヴァイオリニストのマリー・ニコラスと、ピアノの名手チャールズ・エドマンド・ウォークと一緒に二月一九日に演奏旅行を始めた（ニコラスとウォークに関してより詳しくは、一九〇八年二月一九日付「自伝口述筆記」と一九〇八年一〇月六日付「自伝口述筆記」、及びそれぞれ関連する注を参照）。彼らの公演についてはわずかなことしか特定されていない。二月二一日にニューハンプシャー州ポーツマスで一回公演した。マサチューセッツ州の六ヶ所の町で六回、すなわち、二月二五日にスプリングフィールドで、二月二八日にグリーンヴィルで、三月一日にビッツフィールドで、三月四日にノース・アダムズで、三月六日にフィッチバーグで、三月七日にシェルバーンフォールズで、公演した（「市内短信」、ポーツマス『ヘラルド』紙、一九〇七年二月二一日号、八ページ。「ワシントン・ホールでのクレメンズ嬢」、グリーンヴィル『ガゼット・アンド・クーリエ』紙、一九〇七年二月二三日号、六ページ。以下スプリングフィールド『リパブリカン』紙より、「クレメンズ嬢のコンサート」、一九〇七年二月二六日号、四ページ、「バークシャー郡ピッツフィールド」、一九〇七年三月二日号、一四ページ、「シェルバーンフォールズ」、一九〇七年三月七日号、一一ページ。Sheldon 2010、二九ページ、四三八ページ〜四三九ページ、注一九）。未確認だが、クレアラはノース・アテルボローでも歌った（クレメンズが書き換えるまで口述筆記のタイプ打ち原稿には「ノース・アダムズ」と書いてあった。以下の注七も参照）。「劇場監督者」からの手紙は見つかっていない。スプリングフィールド『リパブリカン』紙は前夜の「楽しいコンサート」について二月二六日に次のように書いた。

歌手は暗く陰気で、悲劇の詩人の様子さえあった。ヴァイオリニストは陽気な金髪女性だった。二人は互いを引き立たせた。クレメンズ嬢の歌唱技量の出来は昨晩では正しく評価できなかった。というのは彼女が風邪を患っていたのは明らかで、声の高音部の開放感と伸びが少なからず阻害されていたからである。彼女の声の質は素晴らしく表現力豊かで共感できるもので、透明で抑えたレガートで歌われた「死と乙女」のアンダンテのところで最もよく感じ取ることができた。

記者は最後に「二人の音楽家はともに惜しみない賞賛を受け、聴衆は喜んでアンコール曲を一回か二回求めただろう」と書いた（「クレメンズ嬢のコンサート」、四ページ）。全体的に肯定的な批評にもかかわらず、聴衆は少なかった。クレメンズの秘書イザベル・ライオンは三月二八日付の日記に次のように記した（クレアラは「C・C」になっており、クレメンズはクレアラを家庭内の通称の「ベン」と呼んでいた）。

ああー、王様はとても偉大だ。C・Cが公演旅行から戻り、少なくとも二五〇〇ドルの費用がかかった——かなりの財政的損失だが、今朝さらに四週間公演を継続する可能性について彼と話し合っていると、「その請求書を払ってやりさらに続けるようにベンに言いなさい」と言った。彼は髭を剃っており、石鹼の泡だらけの顔で彼は実質的に次のように言った。クレアラは仕事のコツを学びつつあり、それを学び取る唯一の方法は逆風の中で帆を上げる方法を知ることだ——もし彼女が二万ドルを懐にして戻ってきたら、今回の経験は彼女には価値の無いものになろう、多数の熱心な聴衆は最も有用な聴衆ではない——その心をつかみ取らねばならない、わずかしかいない、冷たい聴衆こそ最も有用な聴衆なのだから。（Lyon 1907）

クレアラが公演旅行を延長したのは明らかだ。四月一七日に彼女とその仲間がニューヨーク州セネカフォールズで公演した（「クレメンズの今夜のリサイタル」、シラキュース『ポスト・スタンダード』紙、一九〇七年四月一七日号、九ページ）。

（6）ウィリアム・ミリガン・スローン（一八五〇年～一九二八年）はコロムビア大学を卒業後、ライプツィヒ大学で博士号を取得し、その後、合衆国ドイツ公使ジョージ・バンクロフトの私設秘書としてしばらく働いた。彼は一八九六年までプリンストン大学でラテン語と歴史学を教えた。その後彼はコロムビア大学の歴史学の教授になった。彼の多くの著作の中に、『フランス戦争と革命』（一八九三年）と『ナポレオン・ボナパルトの生涯』（一八九六年）がある。後者は『センチュリー・マガジン』誌に連載された（一八九四年～一八九六年）後に単行本として出版された。クレメンズとオリヴィアは少なくとも一八八六年から彼を知っていた。

（7）最初に口述筆記されたように、この文章はノース・アダムズの町を指していた。クレメンズはタイプ打ち原稿でその名前を「ノース・アテルボロー」と書き換えた。おそらくノース・アテルボローの方が「二束三文の安ぴか物の宝飾品」で有名なその町の正確な名前だと後になって思い出したと考えられる。言い伝えによると、アテルボロー（一八八七年にノース・アテルボローになった）の最初の宝飾品製造者は無名のフランス人で、一七八〇年に開業した。クレメンズがここで描いているこの産業の隆盛は一九世紀の間に成し遂げられた。一八九〇年代には、十数社の会社が安価でメッキを施した宝飾品を製造していた。その製品は主にニューヨークとフィラデルフィアの会社を通じて市場に出回り、合衆国中で——時には行商人によって——販売され、輸出もされていた（Draggett 1894、三六七ページ〜三九八ページ）。

（8）一八八六年のクレメンズの備忘録には、「『私が羽ぼうき男だ』、スローン教授」と書いた。一八九四年には「『羽ぼうき男』を書き上げろ」とメモ書きを記し、同様のメモを一八九五年と一八九七年にも記している（『備忘録第三巻』、二二三ページ。「備忘録三二」、タイプ打ち原稿、五八ページ。「備忘録三六」、タイプ打ち原稿、一一ページ。「備忘録四一」、タイプ打ち原稿、一六ページ。三四ページ。いずれもカリフォルニア大学蔵。羽ぼうき男についてもっと知りたければ、Krausz 1896、一三〇ページを参照）。

一九〇七年三月六日水曜日

質屋をだまして白目製の時計を押し付け、大金をせしめようというフランス人の計画。質屋への巧みな返済計画。関係するいくつかの商取引で盗人なのは誰か？

その悪知恵の働くごろつきの奇妙な話で私が思い出すのは、カビが生えたように古臭い二五年も前のことで、先の話とある程度同種のものだ。その当時は大いに議論され、非常に困難な道徳上の問題が絡んでいると思われていた。パリに住むひとりの若い紳士が一財産を相続することになり、享楽的な生活というお決まりのやり方ですぐさまその財産を使い果たしてしまった。気が付くと時計以外の財産はすべて無くなっていたので、彼はその時計を質屋に売って得られた金でいっときばか騒ぎをして、その後自殺しようと即座に決めた。その時彼はロンドンにいた。時計はイエルゲンゼン社製で[1]、六〇〇ドルか八〇〇ドルの値打ちだった。彼はそれを質屋に持ち込んだ。質屋はその外側を丹念に調べ、それからふたを開いて中のつくりを同様に丹念に調べた。最後にラクダの毛のブラシをある液体につけ、それを竜頭《りゅうず》巻き時計の竜頭に付け、しばらくその効果を待った――そしてそのやり方で満足したことを示した。質屋は若者に時計をかたに、一五〇ドルか二〇〇ドルほどを三ヶ月間貸すことにした。

そのフランス人は店から出て路上で物思いにふけり、あまり行かないうちに計画を根本的に変更し、ばか騒ぎを延期することにした。そして、ある実験をして、それがどうなるか見てみようと決心した。竜頭巻き時計の金の竜頭をラクダの毛のブラシで調べたことに彼は注目した。ブラシに付いていた液体が酸であることは疑いなく、おそらくそれをほんのわずか付けることが質屋に共通した方法で、重い両蓋懐中時計の金の純度をはかる唯一の検査方法なのだろう。いずれにせよ、これが通常のやり方かどうかはわかるだろうし、そのことを実際にもっとよく調べることは金になるだろう、というのがその若者の考えだった。

彼はすぐにスイスに向かった。そこで彼は悪くない精度の時計本体を二つか三つ買って、有能だが無名の時計職人のもとに持ち込み、それを重い――見た目は、純金製の外枠に入れてもらった。実は外枠は卑金属で、金メッキを施したものだった。しかし、ひとつだけ純金、本物の金、酸を使った検査に耐えうる金を使い、検査後金だと信用されうる個所を作った。その場所は竜頭巻き時計の竜頭だった。彼はそうした時計を複数ロンドンに持ち帰り、質屋に持って行ったが、何の問題も無かった。質屋は竜頭に酸を付け、現金と質札を彼にわたした。彼はかなりいい稼ぎができる方法を考え出したとわかった。というのも時計ひとつ当たりで約八〇ドルの純利益が見込めたからである。彼はスイスに手紙を書いてもっと時計を送るよう求め、それを質屋に持ち込んだ。彼は利益を注意深く節約して管理し、やがて一ダース単位で注文するようになった。当然、彼が質屋に行って時計を受け戻すことは決してなかった。白目製の時計では気持ちが乗らなかった。

ロンドンでも質屋の数は限られていた――無尽蔵にはない。やがてどの質屋にも白目製の時計が持ちこまれるだろう――そうなったら彼はどうすればよいのだろうか。二個目を持ち込もうとするのは安全だろうか。あるいはヨーロッパの他の首都へ行って、新たな市場を探さねばならないのだろうか。もしなんとかそれをうまくやれる方法を思いついて、彼はロンドンに留まり続けたいと考えた。彼はひとつの案を考え出した。それはかなり単純なものだった。

彼は実験を試み、うまくいった。彼は安上がりの助手を雇い、以前に時計を持ち込んだ質屋に件の時計を質入れさせ、金と質札を持って来させたのである。

さて、それでは、この仕事全体の中で最も奇妙で興味深い部分を話そう——次のようなことだ。その若いフランス人は心の底では道徳というものに非常に敏感だった。自分がその質屋をだまして金を奪っていると考えると耐えられなかった。質屋は彼に何の損害も与えていなかったし、決して彼の機嫌を害することはなかった。彼も本来なら質屋のことを気に病むはずがなかったし、あってはならなかった。彼はひどく困惑した。さらに最初のうちは眠れなかった。毎日二〇〇ドルから三〇〇ドルの現金が付け加わって行き、それに合わせて彼の心の痛みは毎日ますます強くなった。

それを救う考えがついに浮かび、彼の心痛は解消することになった。午後も半ばを過ぎた頃に彼は帽子に一杯の質札をポケットに入れ、リージェント街を歩いていた。彼は人々の群れ動くあいだを漂うように歩きながら、ある顔つきの人物を探した——その胸の奥底に不誠実で不正直なものを持つと顔に書いてある人物、できることなら自分の仲間から金品を奪ってやろうという顔つきの人物、つまり苦しむことを余儀なくされ、悲しみと喪失によってしか矯正されない顔つきの人物を。そうした堕落した人物を引き上げてよりよくかつより純粋な人にしたいと願いながら、そのフランス人はそうした顔つきの人物を見つけるたびにも、舗道に質札を落とした——明らかに偶然を装いながら。結果はいつでも決まってひとつだった。その不正直な人物はフランス人が質札を無くしたことに気付いたかどうかを見ようと鋭い視線を向ける、だがフランス人が自分に起きた災難に気づいていないといつでも見て取る——あるいは見て取ったと思うのだ。またいつものことだが、その不正直な人物は、潔癖で正しい人ならするように、フランス人のもとに駆け寄り無くしたものを返してやるようなことはせずに、質札を勢いよくポケットにしまい込み大急ぎで立ち去るのだった。やがてフランス人は数千枚もの質札をそうした人々の目の前で落とした。そうした人々のひとりとして質札を彼に返そうとはしなかったので、惨めな人々は各々自ら出かけて行って、不正に手に入れた質札をさし出し、白目製の時計を受け取り、約二〇〇ドルを支払ったのだ——きっと彼らはその苦々しい経験でかなり反省し、目が覚めただろうと、フランス人は思った。

この話はどこか道徳上の欠点があることが容易に理解されるだろう。というのもある人がある人をだまし、ある人の金品が奪われたのである。だがその不正を働いたのは一体誰だろう。そして金品を奪われたのは誰だろうか。フランス人は金の時計を質入れするとはひと言も言わなかった。そのような主張をさせられることは一度もなかっただろう。彼は時計の特徴について何も言わず、単に時計を出して金を貸して欲しいと言っただけだ。質屋はその時計の価値を自分で値踏みして、その価値に応じた金を貸したのである。したがってフランス人は質屋をだましてはいない。そうだとも、誰が質屋をだましたというのだ。いや、それどころか彼は質札を手にした不正直者を通じて、借金の全額を利子を付けて返している。したがって彼は決して悪くない。質屋はその時計が白目製だとは知らなかったのであり、質札を手にした不正直者をだましてはいない。最初から最後まですべてを通じて厳然たる事実としてあるのは、この一連の行為のどこかに詐欺が潜んでいたことである。そして、質札を手に入れた不正直者がどこかで不適切な行為をしたとされる唯一の人物であることは完全に明白なようだ。彼は質札が落ちるのを見て、それを落とし主に返すことができたが、それを持っていた。つまり、盗んだのである。他の人のものだと知っている時計のために一五〇ドルか二〇〇ドルを支払った段階で、この人物は紛れもない詐欺を犯した。この人物自身が詐欺にあったからという理由で気の毒に思うことはない。というのもこの人物も改心し、善人になり、この時計は彼にとって一〇〇ドルの価値のある白目製の時計になったのだから。私はこのことをさらに話し続けるつもりはない。この話にはあまりに多く異なる種類の道徳が混在しているので、私は混乱している。そのたった一種類の道徳も知らないものだから。

（1）イェルゲン・イェルゲンゼン（一七四八年〜一八一一年）はデンマーク宮廷に納入する時計製造業者で、一七八〇年に時計製造業を設立した。孫のウルバン（一八〇六年〜一八六七年）とユールズ（一八〇八年〜一八七七年）は家の伝統稼業を受け継ぎ、一八三八年にスイスに工場を建設し、最高級の時計を製造した。

一九〇七年三月二六日火曜日

クレメンズ氏はもう一度休暇をとって、バミューダへとつかの間の旅行をした――一〇パーセントの利率の株式における彼の八万ドルについての経験――クレメンズ女史がコンサートで歌い成功する。聴衆を喜ばす方法を彼女が習得する――トマス・ベイリー・オールドリッチ死去。かつての陽気な仲間で残るはハウエルズ氏とクレメンズ氏のみ――クレメンズ氏がなすべき仕事を完成させる――彼の「自伝」――それを書こうという所期の目的を達成するほど十分書く。彼の著作に「自伝」を分散させて出版することで新たな著作権を確保する。

私はまた休暇をとった――それについて私が思いつき得る口実は、時折私の体内に侵入してくる不安感をなだめるためにしばらく仕事から遠ざかりたかったということだけだ。三五年間、冬はずっと何もしないで過ごしてきたし、冬の仕事に親しみ馴染んだことがなかったこともおそらくひとつの口実だ。約一ヶ月間黙っていたように思われる。その間に様々なことが起き、思い出すとそれぞれの出来事は起きた時には重大で、関心をひくものだった。だがそれもその後すぐに生気を失ってしまい、今では重要なことではない。そしてこれこそ我々の生涯そのものなのである――一連の逸話と経験から成り立ち、それが起きた時には大きなことだと思われるが、それを遠くから見られるようになるとたちまち取るに足らないものになる。こうした点から日記は当然興味深い記録になる。というのも日記の中ではすべての出来事が大きなはずで、みな同じ大きさなのだから――そこに記録された出来事はほとんどすべていつまでもひとつの大きさなのだが、やがて嘆かわしいほどに縮んでしまうという結果になる。

今は浅ましい金儲け主義の時代であり、その空気の中で生きていながらその影響を受けないでいられる者はほとんどいない。だが、株式市場であっても私には二次的関心事だ――一度に長い間注目していることはない。私は一〇パーセントの利率の株式を八万ドル所有している。[1] それは元々売るために買ったのだが、売ることは考えていなかった。

気づかないうちにその価値は一ポイントずつ上昇し、一ポイントが一五〇〇ドルの利益を意味した。二週間か三週間のうちに二六ポイントも上がった。先に述べたように一ポイントが一五〇〇ドルの利益を意味していたので、気が付いて売っていたなら、家を建てる資金のあの三万九〇〇〇ドルは手にしていたのだ――ジョン・ハウエルズがコネチカット州レディングの近くの農場に私達のための家を建てようと、ずっと設計し続けてくれている。[2] 一年半前に私達が購入したところだ――だが、私は眠っていて昨日まで再び目が覚めなかった。その間に件の株式は値段が下がっていって、下落する間にその株は二六ポイントの利益すべてを吐き出し昨日の午後となった。そこで私はさらにいくらかそれを買い、それが二ポイントか三ポイント下がったらさらに購入するようにと今朝注文した。下がるのを期待していたが、下がらなかった。その株は再び上昇し始め、私はさらにもうひとつの間違いをしでかした。それがずっと下がるものと期待していたが、結局上がったので、私はその急激な上昇で満足しようと考えている。今一ポイント上昇するごとに一七五〇ドル儲かることになり、昨日の午後から二ポイントも上昇している。

次の重要な話は、一、二週間前のバミューダ再訪小旅行のことだ。[3] 先回と同じ船で行って戻った。行き帰りの旅程とその魅力的な島々での二四時間の滞在はとても重要で意味があり、しばらくは魅惑的なことだと感じていた。だがそれも既に萎んで意味のないものとなり、人生の些細なものの中のひとつになってしまった。

クレアラはこの二、三週間、ニューイングランドで地方巡業コンサートをしている。やっと仕事のコツをつかんでうまくいく力を身に着けたので、成功するだろう[4]――彼女にとって大きなことであり、私にとっても大きなことだ。仕事のコツをつかんだということは、鉄か何かでできていた彼女の理論が経験によって吹き飛ばされたことを意味する。経験こそすべての教師の中で最良のものである。彼女の理論によれば、自らの芸術の求めるものに最も忠実であることが第一の責務であって、ある水準に留まるのではなく、最高のものを求めることが重要だった。これは、彼女の聴衆がクラシック音楽を理解して楽しむかどうかは別にして、聴衆すべてにクラシック音楽を提供することを意味していた。経験でクレアラが分かったことは、彼女と聴衆とは暗黙の仲間であり、自分が彼らと一緒に仕事をしているのだと考え、自分が楽しむためだけに公演をしてはならないのだということだった。彼女がまずせねばならないことは自分のことを本当に忘れて会場を喜ばせるために全神経を使うことだった。会場を喜ばせようと努力する際にいくつか重要なことができたと分かったのである。自らの心を会場でさらけ出す。そうすると自然に会場の人々の心もそれに従ってくる。すべての人が喜ぶ。すべての恐れもすべての不安も魂から消え去ってしまい、舞台上での生活が彼女にとって喜ばしいものとなり、おとぎ話のように美しいものとなる。彼女は私の名前を全く必要としていないし、自らの力で大いに満足しながら自らの道を進める。このことをいま新聞記事が心から認め始めていることを知って、彼女は娘としてではない喜びを得ている。これこそ反抗であり押しつぶされねばならない。

トマス・ベイリー・オールドリッチがこの世を去った。七〇歳だった。[5] 私は葬儀に間に合うようにバミューダから戻れなかった。医師達は、流行性感冒という体力を消耗させる病気から最近回復したばかりだったハウエルズが行くことも認めなかったし、彼は昨夜ここにいて、当然のことのように我々は互いの名を呼んで存在を確認した。あまりに多くの人が行ってしまった。三五年かそれ以上前にボストンに集まっていた陽気な我々の仲間の中で、残っているのは、彼と私だけになってしまった。あの頃のニューヨーク代表団の中の心に浮かぶ傑出した会員で、いまだに生きているのはステッドマンだけになった。我々はその列の順番について不平を言う権利がある――番狂わせというのが正しい言い方だ――というのも昔の友人達のほとんどがその権利を得る前に解放されたからだ。ハウエルズと私はずっと置いていかれ、置いていかれ、置いていかれて、ついにその不公平感は腹立たしいものになっている。オールドリッチがハウエルズより先に行く権利があるのは確かだ。というのもオールドリッチが昨年一一月に七〇歳になっていたのに、ハウエルズは今月の一日にやっとその歳になったばかりだから、だが私は七一歳と四ヶ月を越えている――ということは私はオールドリッチよりも一六ヶ月も長生きした――その偉大な行列の先を行く権限が私にはあったのだ。私は最早この地に留まる必要は全くない。私がこの世でやらねばならないただ一つの仕事――我が「自伝」を完成させたし、未完のままにしておくことはまずあり得ないだろうから。それは終わってはいないし、私が死ぬまで終わらないだろうけれども、私がそれを編纂する際に考えていた目的はかなえられた。その目的とは現在ある私の本を通じて出版し、新たに二八年間の版権を得ることだ。[6] それによって私の娘達から財産を略奪し飢えさせようとする著作権法の冷酷な意図を砕きたかったのである。私はすでに四〇万語か五〇万語の自伝を口述筆記したので、もし明日死んだとしてもこの膨大な文学作品を製造する際に考えていた目的にはこれでいたって十分だろう。

その大いに注目すべき女性で、はるかに有能な市民、キニカット夫人と二、三日前の夜に会食を共にした。もう一人あのとても注目すべき婦人、ドレイパー夫人も来る予定だったのだが、[7]約束があって来られなかった。キニカット夫人が言った――このことについては後で触れよう。[8]

（1）クレメンズはユタ鉱山開発連合会社の優先株を一五〇〇株所有しており、一〇パーセントの年配当金があったはずである。この株に関するより詳しい話は、次の一九〇七年三月二七日付「自伝口述筆記」を参照。

（2）クレメンズの盟友ウィリアム・ディーン・ハウエルズの息子の設計によるその家は、コネチカット州レディングに、アルバート・ビゲロー・ペインの提案した地所に建てられることになっていた（ジョン・ハウエルズについては『自伝完全版第一巻』、一〇二ページおよび関連する注を参照）。ペインは一九〇五年にその地域で土地を購入し、そこにあった古い家を修復した。一九〇六年には彼は妻と、ジョイ、ルイーズ、フランシスの三人の娘とそこに住んでいた。彼がそこの風景の良さを熱心に勧めたので、クレメンズは近くの地所を一九〇六年三月に購入した。彼はニューヨークを離れたいとずっと考えていたのである。同年五月と九月にさらに土地を買い足し、約二〇〇エーカーの土地を所有していた。それはソーガタック川渓谷を見おろす山頂全体になった（『ペイン版伝記』、第三巻、一二九三ページ～一二九四ページ。"Estate of Samuel L. Clemens" 1910、一ページ～三ページ）。一九〇六年八月には彼はジョン・ハウエルズに家の設計図作成の依頼をしていた。クレメンズは八月三日に年長のジョン・ハウエルズに次のように伝えた。「ジョン・アンド・クレアラ社にその家の件を今預けて、家を建ててもらいたい――『レヴュー』誌の金で。クレアラにちょうど伝えたように、そのためにその金はそのまま預金することになっている」と。「『レヴュー』誌の金」とは、クレメンズとジョージ・ハーヴェイとが『ノース・アメリカン・レヴュー』誌に連載の合意をしたばかりの抜粋記事「我が自伝からの数章」からもらえると予想していた金だった（『自伝完全版第一巻』、五一ページ～五四ページ、二六七ページおよび関連する注参照）。一語あたり三〇セントで、クレメンズは、家の建設予定費用に相当する三万ドルを少なくとも稼げると期待した。最終的に、家の建築費用は少なくとも四万ドルになり、おそらくそれ以上になった。彼は一九〇八年一〇月にそれが「予想の倍額になった」と不満をもらした（一九〇八年一〇月一二日付、バトラー宛書簡、写しをカリフォルニア大学蔵。次の一九〇七年三月二七日付「自伝口述筆記」も参照）。当初彼はその家を「自伝の家」と呼ぶことを考え、ハウエルズに「それはその家の名前としてどうでしょうか。良いと思われます。ミス・ライオンの提案です」と伝えていた（一九〇六年八月三日付、W・D・ハウエルズ宛書簡、ハーヴァード大学蔵、『トウェイン・ハウエルズ書簡集』、第二巻、八一七ページ）。家が完成する時には彼は「家庭内の天真爛漫」と新たな名前を付け、その後最終的に「ストームフィールド」と名付けた（一九〇六年八月三日付、クレアラ・クレメンズ宛書簡、複写をカリフォルニア大学蔵。一九〇六年九月一九日付、ジョン・ハウエルズからライオンとサミュエル・L・クレメンズ宛書簡、一九〇七年五月七日付、ジョン・ハウエルズからサミュエル・L・クレメンズ宛書簡、ともにカリフォルニア大学蔵。この家と命名に関するより詳しいことは、一九〇八年四月一七日付「自伝口述筆記」および関連する注、一九〇八年七月三日付「自伝口述筆記」、一九〇八年一〇月六日付「自伝口述筆記」を参照）。

（3）クレメンズは三月一六日にイザベル・ライオンとメアリ（パディ）・マッデンをともなってバミューダ「小」旅行に出かけた。メアリ・マッデンは一九歳の子で、一月七日から九日までのバミューダからの帰路、クレメンズは彼女が同行したのを喜んだ（『自伝完全版第二巻』、三五九ページおよび関連する注を参照）。ライオンは三月一一日付の日記に次のように書いた。

王様は落ち着かない――痛風はよりよいようだ――そして私は今夜また末尾のところを描いた――（彼のくしゃみが聞こえる）彼は口述筆記ができないので大いに気分転換が必要だ。私達はバミューダ旅行のことを話し合っていた。そこでたった一夜しか過ごせない。バミューディアン号は土曜日ごとにここから出ているからだ――だが王様は気にしていない―― 彼は五日間家から離れたいというので、私が最初にハウエルズ氏に電話してバミューダに行く気は無いかと尋ねると、彼はないという――それで彼は頭の中でいろいろと探してからパディ・マッデンのことを口にしたので、私が彼女に招待の電話をすると、彼女は心から喜んだ。（Lyon 1907）

英国郵便船バミューディアン号での往路の航海に乗船していた人物に、ハーヴァード大学学長チャールズ・ウィリアム・エリオット（一八三四年～一九二六年）もいた。ライオンは次のように書いている。

かの美人パディは乗船していたすべての上品な人達の喜ばしい注目を誘っている――彼女はエリオット学長の隣に座った。そして意味のないちょっとした言葉に学長は喜んでいる様子だった――彼女はアイスクリームが好きで飴は好きではないし、コーヒーは決して飲まない、そういったこと（中略）彼女はある種の確信を持って言い、それで皆が彼女の言うことに関心を持つことになる。自分は人が見ているところでは白い服を着る。ひどく眠くなければ自分は一日に五回、五ページ分のお祈りを聖母に捧げる、等々で、彼女はとても美しい。（Lyon 1907、三月一七日付日記）

旅行者は船に戻るまでの一日だけ観光し、翌日には出航して三月二一日にはニューヨークに戻った。

（4）一九〇七年三月一日付「自伝口述筆記」および関連する注を参照。

（5）クレメンズは一八七一年一一月に初めてオールドリッチに出会った――詩人、小説家、ジャーナリストで、一八八一年から一八九〇年まで『アトランティック・マンスリー』誌の編集長を務めた――そして一九〇七年三月一九日に死去するまでクレメンズの生涯にわたる友人だった。一九〇四年に書いたスケッチ「ロバート・ルイス・スティーヴンソンとトマス・ベイリー・オールドリッチ」の中で、クレメンズはオールドリッチが「当意即妙の警句とユーモアたっぷりで気の利いた言い回しでは誰にも引けを取らなかった」と書いている（『自伝完全版第一巻』、二二九ページおよび関連する注）。クレメンズはオールドリッチと彼の妻のリリアンがオールドリッチのために建てた記念博物館について、一九〇八年七月三日と七月六日付「自伝口述筆記」の中で語っている。

（6）クレメンズは、「現在ある私の本への（版権ありの）**注釈**」として自伝を出版する計画を一九〇四年一月に初めて明らかにした。その目的は二八年の版権をさらに付け加えて、娘達に収入の道を確保することだった。注釈は「それぞれの本に五〇パーセントの題材を付け加え、本そのものよりもかなり読みごたえのあるものになる」予定だった（一九〇四年一月一六日付、ハウエルズ宛書簡、ハーヴァード大学ホートン図書館蔵、『トウェイン・ハウエルズ書簡集』、第二巻、七七九ページ）。この「著作権延伸計画」とそれが実現しなかった理由についての議論については、『自伝完全版第一巻』、二三ページから二四ページを参照。さらに、『自伝完全版第二巻』、二八五ページから二八六ページおよび関連する注と、「我が自伝の終わりのことば」も参照。

（7）この晩餐会は三月二三日にあった。エレオノーラ・キッセル・キニカット（一八三七年～一九一〇年）は著名な内科医フランシス・P・キニカット（一八四六年～一九一三年）の妻で、バーナード大学評議員を務め、一八九六年から州立マンハッタン病院ウォーズ・アイランド精神病院の理事を務めた（以下ニューヨーク『タイムズ』紙より、「F・P・キニカット夫人死去」、一九一〇年一月二七日号、一一ページ、「キニカット医師、医師会議で死去」、一九一三年五月三日号、一一ページ。『マンハッタン人口調査』、一九一〇年版、一〇三七ページ一A）。メアリ・パーマー・ドレイパー（一八三九年～一九一四年）はハーヴァード大学天文学教授で天文写真の先駆者ヘンリー・ドレイパー（一八三七年～一八八二年）の元妻だった。彼女はハーヴァード大学天文観測所で夫とともに働き、彼女自身が卓越した天文学者になった。彼女はその分野で活躍し続けた。一九〇五と一九〇六年に、マディソン街の自宅にクレメンズを招待し、天文天体物理学協会の会員に引き会わせた。死に際して彼女は総額一〇〇万ドル以上をニューヨーク公共図書館と、ハーヴァード大学と、その他の機関に遺贈した（「ドレイパー夫人の遺志四〇万ドル図書館へ」、ニューヨーク『タイムズ』紙、一九一四年一二月二〇日号、一ページ。ニューヨーク公共図書館、二〇一三年）。晩餐会の他の客の中には、チェレプ－スピリドヴィッチ伯爵（一九〇七年三月二八日付「自伝口述筆記」、一八ページおよび関連する注を参照）、クレアラの友人でリチャード・ワトソン・ギルダーの娘ドロシア・ギルダー（一八八二年～一九二〇年）、メルヴィル・ストーン（一九〇七年八月一九日付「自伝口述筆記」、一〇四ページおよび関連する注を参照）、メリーランド州知事エドウィン・ウォーフィールド（一八四八年～一九二〇年）とエムマ・ウォーフィールド夫妻がいた（Lyon 1907、三月二二日付日記）。

（8）クレメンズが「あとで」触れると約束しながら――決して触れなかったことと思われることをライオンが次のように記している。

昨夜キニカット夫人が面白いと思われることを言った。カール・シュルツが自伝を書いていた時、彼はその初期の部分――ドイツでの生活――を英語で書けなかったというのだ。彼はドイツ語で書き、それを翻訳してもらうしかなかったという。キニカット夫人によると、彼はその部分に取り組み、堅苦しい英語で、どうしようもない英語で書こうとし――最終的に断念し、ドイツ語に戻ろうとしたという。（Lyon 1907、三月二三日付日記）

カール・シュルツに関しては、一九〇七年八月一九日付「自伝口述筆記」および関連する注を参照。エレオノーラ・キニカットはシュルツの『思い出』の翻訳をシュルツと一緒に行い、これは一九〇七年から八年にかけて全三巻で出版された。

一九〇七年三月二七日水曜日

ロジャーズ氏に勧められた銅鉱山株についてのクレメンズ氏の経験。自らの直観によって株式と債券で儲けようという彼の決意――自らの霊感に従っていれば一九〇二年の時よりも過去一年間で金銭的にもっと儲かっていただろう――クレメンズ氏が無線電話株を一〇〇株買う。

最近私の身に起こったことをしばらく網羅的に語り続けたい。それぞれの出来事がそれぞれの時にはいかに重要であったか、そしてそのことがいかに素早く過ぎ去っていき重要でなくなってしまったかを記すのはとても面白いからである。ひとつのことを大いに満足しながら記したい。それは次のようなことだ。ロジャーズ氏の金融に関する知識は私よりも優れているが、私の金融関係の無知は、時々だが、彼の金融関係の知識よりも良いことがある。彼の注意力は私の注意力よりも良いのだが、私の注意欠乏が六倍の注意力に値することがある。例えば、一年半前のことである。これまで語っていたあの銅鉱山の株を買うように彼が勧め、価格が確実に上がると言ってきた時[1]、私は二〇〇〇株欲しいと思った。それには八万六〇〇〇ドル必要で、私の預金残高のほとんどすべてを費やしてしまう額だった。彼は、だめだ、半分にしなさいと言った。私にはこれは良い判断だとは考えられなかった。もしも確実に値上がりするのなら自分が買える限りの株を買うべきではなかろうか。しかし私は彼の判断を尊重し、二〇〇〇株ではなく一〇〇〇株買った。私は平均五〇ドルのところ、四三ドルで買った。配当金六パーセントの株だったが、すぐに八パーセントになろうとしていた。銅は金よりも貴重で世界中の鉱山でも需要に追いつかなかった。私はその一〇〇〇株を九ヶ月間持っていた。その後市場価格は七九ドルまで値上がりした。私は売り払おうと考えた。四万三〇〇〇ドルを全九ヶ月間の投資で三万二〇〇〇ドルの利益となり、それに四〇〇〇ドルから五〇〇〇ドルの配当金が加わるとなれば、私のような下手な理財家としては上出来だと思われた。だが、違った。ロジャーズ氏は「半分売りなさい。あれだけの優良株はおそらく手に入らない。半分売って残りは手元におきなさい」と言った。私は従った。幸運にも私は最低値で買い、さらに幸運にも最高値――七九ドル七五セントで売った。私がその優良株から手を引くとすぐにその株は下落し始め、一回に一ドルさがり、ついには二、三ヶ月前には最低水準の五八ドルにまで下ったと思われた。私がロジャーズ氏に相談すると、彼の答えは、そうだ、買え、だった。私は鉱山全体を買うことも考えたが、彼は再び保守的になった。彼は再び用心した。「払える分だけ買い、それ以上は買うな。引き出せる金は銀行に残して置きなさい」と言った。それで私は一〇〇〇株を五八ドルで買った。私は四三ドルで買った五〇〇株をまだ持っていたので、全体の平均株価は五三ドルだった。株価が再び七九ドルになったらその一五〇〇株すべてを売ろうと決めていた。株価は実際にそこまで達したが、前の章でもすでに説明したように、その当時私は眠っていて、私の判断に従えば当然私のものになったはずの四万ドルを手に入れられなかった。すでに言ったようにその株は急落し始め、ついに一昨日底値をうった。その時点で私は五三ドルで二五〇株を買った。そしてもちろんこの策略で私はその株の値を上げた。その株は私がさらに二五〇株買い求めたので上がったが、私はその株にあまり払いたくないと申し出ていた。昨日それは五ドル五〇セント値上がりした。私は理財に関しては最も驚異的な人物のひとりになったと思われる。私が売れば必ずその株は下がるし、私が買えば必ず上がるのだから。私の考えでは、私の資産はロジャーズ氏の専門的な判断によってかなり損失を受けている。私が概算するところでは、もし私が提案したように売買をしていたなら九万ドルの利益がいま銀行にあるはずだが、私の意図はロジャーズ氏の優位な判断で覆され、その金が銀行にまで届かない――しかしながら、私に唯一分かっていることは、誰のものでもない九万ドルから誰よりも多くの満足を私は得ているということだ。というのは、私は空想の中でその金を既に何度も使ってきたし、それを使うことで本当にとても楽しんできたからだ。さらに頼りとすべきその架空の九万ドルが無ければ得られなかった贅沢なものをも私は得ているのである。私はロジャーズ氏の優れた判断よりも私の財政的判断の方が優れていることにとても嬉しくなって、その自分の判断力をいま利用してどうなるかを見てみたいと心に決めている。この一時的な恐慌は一週間以内に終わるだろうし、安全確実な配当金がある株式がまた上場されるだろう。その時には私は自分の貯蓄、つまり株式と債券の両方を、この六年か七年間持ち続けていたものを売ることになる。そして私はその金を銀行に預け、次の突発的興奮が起こるまでその金を三パーセントでそこに置いておくつもりだ。たとえそれが六ヶ月になったとしても私は待たねばならない。私の持っている株はどれもこの六年か七年の間に買った時よりも一〇ポイントから二〇ポイント値上がりし、その後で購入時よりも一〇ポイントかそれ以上下落した。この後はそれらを通常の価格で売り払い、それからまた買い戻し、そして売り、このゲームを続けるつもりだ。私が損害を受けることはないだろう。もし損害が時に私の手に残されるとしてもどんな害ももたらされないからだ。というのも、配当金は入り続け無くなることがないからだ。金銭的には、この過去一年間、ロジャーズ氏の博学な判断力をないがしろにし、私が自分の霊感に従って行動していたなら、私は一九〇二年の時よりも儲かったことだろう。私の過去の本は四万ドルの印税をもたらした。それは私の毎年の通常の支払いよりも約八〇〇〇ドルも多い。さらに『ノース・アメリカン・レヴュー』誌は私の「自伝」の一〇万語に対して三万ドルを払い続けている。あの九万ドルの失策が無ければ私は一九〇二年の収入を凌駕《りょうが》していたのは確かだ。

無線電話が新しい発明品であることは明らかだ。(2)誰もがこの機器を自宅に持つことができるし、有線電話よりもひとつか二つ利点がある。例えば、受け取ったメッセージを記録することができるし、誰かがそこにいなくてもできるのだ。そこに誰もいなくてもこの機械さえあれば友人に電話してメッセージをその家に残すことができる。帰ってきたら巻き戻してメッセージを聞くことができる。さらにそれで秘密を保てる。電話交換局を経由しないので交換手の女の子に聞かれて外に言い触らされることはない。その会社のチラシと広告が昨日郵便で届いた。私が望めば一株当たり一〇ドルで一〇〇株まで取得できるが、(3)それ以上に取得できる特権がないと分かった。それには疑わしい面がある。寡婦や孤児や聖職者をねらった詐欺のように見える。もし一株当たり一〇ドルで株式を公開し、それが後に一〇〇万ドルで売れるという予想を付ければ、どのようなでっち上げの株式も市場で販売できる。そうなればそこらを彷徨っている寡婦と孤児と聖職者のすべてをつかまえられる。自らの子供と聖書にかけてそれを買えるだけの金を集めると誓うことになる。だが、明確で、はっきりとした、紛れもなく見逃せない賭け事の機会ということになれば、私は寡婦や孤児や聖職者と何ら変わらない。いつでもそれに一手加わりたい。即座にそれを一〇〇株欲しいと思った。だが、やめた。そのことはロジャーズ氏から隠さねばならない、だが、後になって、私は秘密を守れないだろう。私はきっとそれを彼に漏らしてしまうだろうし、そうなれば皮肉を浴びせられるだろう、と考えた。しかし私がこう考えた時点で、今まで見逃していた広告を目にした。それは科学の分野で高名で、博識で、誠実な人物の手紙の写しだった。手紙の中でその人物は一〇〇株を求めており、さらに、二八年前にベル電話社株二五〇〇株を五〇〇ドルで提示されながらも買わなかったという間違いを修正するために、その株を欲しいのだと書いていた。何ということだ、その哀れな賢い間抜けがどんな気持ちか私には分かった。その人物の叫び声でベル電話社株に関する私自身の二九年前の経験がよみがえって来た(4)――この「自伝」のもっと前の章で、私があまたの痛恨を込めてすでに記した経験である。彼は手紙に、もし二五〇〇株を買っていたらこれまでに二〇〇〇万ドルになっていただろうと書いていた。この男がこうした全く不要な細かなことまで書いているのを読んで、私はあのはるか昔の記憶がよみがえって、骨の髄まで傷ついた。一八七七年か七八年のこと、私は特に使い道のない金を二万三〇〇〇ドル持っており、ベル電話社の人間がそれで株を二、三トンほど買ってほしいと言ってきた。私はこのもうひとりの賢い人物と同様、十分賢かった。ベル社の人間は売り込みに成功しなかった。もし成功していたら私はいま国の負債を払って、国の再出発をみとめただろう。

よく考えて私は今朝一〇〇〇ドルを送付してこの賭け事の一〇〇株を確保した。(5) 私は二度と困らないようにしたかった。私が生き延びて国の負債を払うことはないだろうが、亡くなる時にその株に気を付けるようクレアラとジーンに指示することになろう。

（1）ヘンリー・ハトルストン・ロジャーズはスタンダード石油副社長で極めて成功した株式取引の専門家で、彼がユタ鉱山開発連合会社の株を買うように勧めていた。この会社の社長はロジャーズの娘婿のアーバン・H・ブロートンだった。一九〇六年四月以降、ロジャーズ自身が五〇二五株を所有していた（ロジャーズに関しては、『自伝完全版第一巻』、一九二ページ～一九四ページおよび関連する注を参照。ブロートンに関しては、一九〇七年五月一八日付「自伝口述筆記」、五一ページおよび関連する注を参照）。この会社はいくつかの小さな会社を合併したもので、一九〇三年に設立された。銅鉱山に加えて金と銀の鉱山も開発していた。生産高は一九〇六年に頂点をむかえ、その後、一九〇七年に下落し、この年、純益は半額以下に減少した。クレメンズが一九一〇年に亡くなった時、彼の一七五〇株（約八万一〇〇〇ドル相当）はトウェインが所有していた「マーク・トウェイン社の株式」二〇万ドル以降では群を抜いて最高の投資であった（「ユタ合併なる。ブロートン社長、銅価格にかかわらず高配当維持を約束」、『ウォールストリート・ジャーナル』紙、一九〇六年四月二〇日号、五ページ。Stevens 1908、一三七四ページ～一三七七ページ。一九一〇年二月一四日付、ペイン宛書簡、ウィスコンシン大学蔵。「サミュエル・L・クレメンズ資産」、一九一〇年版。「マーク・トウェイン社」に関しては、一九〇九年三月二五日付「自伝口述筆記」、三〇四ページおよび関連する注を参照）。

（2）クレメンズが言及しているのはテレグラフォンのことで、デンマークのヴァルデマール・ポールセン（一八六九年～一九四二年）が一八九八年に発明したものである。それ自体は電話ではなく、メッセージを記録するために電話に装着できる機器であった。これはまた口述筆記にも使えるものだった（次の注も参照）。クレメンズが混同しているのは理解できる。一九〇六年後半から一九〇七年前半にかけて、その発明と無線音声伝播の発達について数多くの新聞記事が書かれた。しかし、この技術はその伝播範囲が限られていたために広範囲での実用にはいまだ向かなかった。ポールセンは伝播範囲を拡大できる電光伝送機の特許を一九〇三年に得ていた。

それで彼はいくつかの会社にその権利の使用を認め、それによって会社は投資家を引きつける経済的成功を事前に主張できた。約一〇年間の間に電光伝送機は真空管技術の発達で廃れてしまった（「アメリカン・テレグラフォン社、目を見張る発明導入」、サンフランシスコ『クロニクル』紙、一九〇七年三月三日号、三二ページ。「電話、大洋横断か」、ロサンゼルス『タイムズ』紙、一九〇七年二月四日号、一四ページ。Thomas H. White 2012）。

（3）ニューヨークの優良会社債券販売社が一九〇七年一月一九日にクレメンズに株の購入勧誘の手紙（カリフォルニア大学蔵）を出し、アメリカン・テレグラフォン社の株を提案した。

その会社の株が現在販売されている第一の理由は、ウェストヴァージニア州ホイーリングの工場設備のためで、それによって会社はその発明を本国デンマークから輸入するのではなくこの国で機械のすべてを製造できることになります。

この株は一株一〇ドルで、一株でも一〇株でも五〇株でも、最高一〇〇株まで予約注文できますが、一人の方が一〇〇株以上購入することはできません。（中略）

テレグラフォンが既に受けている注文をこなすために大量に製造されればすぐに、この株の価値は、あのベル電話社株が同様の条件下で跳ね上がったのと同じく、跳ね上がるでしょう。

（4）無線通信会社の中には、高い利益のベル電話社の例を引き合いに出して自分達の株を特別に市場で販売した会社があった。例えば、無線電信合弁会社は、「当社が電信、電話、通信に取って代わることが運命づけられていますから、当社の株はベル電話社の株よりもずっと利益になることは自明でしょう。ベル電話社株ではもともと一〇〇ドルの投資が今日では二〇万ドルの価値になっています」と主張した（「無線電信合弁会社」、ニューヨーク『トリビューン』紙、一九〇七年三月一七日号、七ページ）。一八七八年の電話への投資の失敗に関するクレメンズの話については、一九〇六年五月二四日付「自伝口述筆記」を参照（『自伝完全版第二巻』、五六ページ～五七ページおよび関連する注を参照）。

（5）実際にはクレメンズは二〇ドルの予約金を払い、一九〇七年三月二八日付の仮の株式証書を受け取った。「アメリカン・テレグラフォン社株」一〇〇株、「（一株当たり一〇ドル）支払済み、査定不能」とあった。通常の株式証書は「九八〇ドルの受領後に即座に送付」とある（カリフォルニア大学蔵）。優良会社債券販売社は一株一〇ドルでこの株式一〇万株を売るのに成功したが、八〇万ドルを委託金として預かり、テレグラフォン社には二〇万ドルしか支払わなかった。一九〇六年から一九一二年一二月の強制閉鎖に至るまでの間にこの株式販売会社はいくつもの正規の会社の大量の株式を割り増し価格で販売し、さらに価値の無い有価証券を強引に売買して購入者を騙した。この会社の役員は一九一四年四月に郵便詐欺で有罪となり、三年から六年の刑期を受けた（Dater 1913。「優良会社債券販売社判決」、『ウォールストリート・ジャーナル』紙、一九一四年四月八日号、八ページ）。詐欺は実際には無線業界全体で広く行われており、一九〇七年の前半にジャーナリストのフランク・フェイアントがその「財政的曲芸」を暴露する連載記事を掲載していた。「無線電信バブル」と彼が呼ぶものにいくつもの会社が関わり、彼はその「中心人物」である無線電信合弁会社のエイブラハム・ホワイトを「現代のセラーズ大佐」と書いた（Fayant 1907a、1907b）。

一九〇七年三月二八日木曜日

ロシアの伯爵の昼食会がセント・レジス・ホテルであり、そこに臨席の淑女のためにクレメンズ氏がスピーチをする。それに応えた伯爵の政治的なスピーチ。

最近私の周囲で起こった重要なことも重要でないことも網羅的に挙げていこうというのが私の意図だった。昨日の午後以降私の頭はそうしたことで一杯だったが、とても驚いたことに今朝になるとそれはすべて消え去って頭の中は空っぽになっていた。申し訳ない。私がそれを記録し続けている限り、日記のように私に何かを教えてくれるものになっただろうし、必然的にそうでなければならない。今日は上質で貴重な黄金でも、明日には灰になり価値を失う。気にしなくともよい——先に進もう。

昨日私はロシアの伯爵と昼食をとるために、富豪達のホテル、セントレジスホテルに行った。私達は彼と一週間前に一緒に会食した[1]。紳士淑女約三〇人が列席し、いずれも著名で、立派な人達ばかりであった。社会的立場が高いので際立っているばかりでなく、業績も際立っていた——女性も男性も。ほとんどすべての人を知っていたので、とても楽しく時が過ぎていった。その祝典の終わり頃になって伯爵がかなり驚くことをした。彼はロシア大使館の職員を私のもとに寄越し、私に立ち上がってスピーチをして欲しいと言うのだ。それはとても驚く提案だった。ただその理由はそれが宴会の開催者からの依頼だったからというだけだ。当然のことながらそのような機会のためのスピーチの文章はひとつしかない。それは主催者自身のことになるし、その人物への激しい賞賛のスピーチになる。我が国の慣習では、著名な客は本当にそうした言い方をし、その種のスピーチを披露するものだが、自ら進んでこれをするか、あるいは他の客の提案で賛辞を呈するのであって、主催者から提案されることは決してない。

神秘的な本能によって私は自分が困難な立場にあると知らされたように思い、自分の判断をまとめ、どうすべきか決めるためにしばらく時間を取るのが賢明だと考えた。その時救いとなる考えが浮かんできたので、私は伯爵のもとに行き、次のように伝えた。彼が示してくれた栄誉にとても感謝しているが、こんなにも重要なことに関して自分がジョン・ビゲロウ氏に先んずるのは失礼に当たるのではないか(2)。自分は生涯で一度も、どんな種類の公的役職にも就いたことがないが、ビゲロウ氏は外国の宮廷で合衆国大使の資格で素晴らしく目覚ましい働きをしてきた。彼は九〇歳を超えていたので、年齢的にも彼が自分よりも上席にいる権利がある。ちなみに自分は七一歳だとも言った――それで、こうした様々な理由から、私はビゲロウ氏の後でなければならず、先んじてはならないと伝えたのである。こうしたことをビゲロウ氏に伝え、スピーチをして欲しいと伯爵の名前で求めようかと私は申し出た。伯爵は謝意を示したので、私はビゲロウ氏のもとに行き、そう言った。私は自らの狡猾《こうかつ》さを思わず賞賛していた。そのことを考えると私はいつでも誇らしく思われる――いつもよりも狡猾だったからではなく、そうでなかったからである。私はいつも狡猾である。他の人がどう考えようとかまわないが、私は狡猾だと密かに分かっているし、概して他の誰よりもかなり狡猾だ――だが、この欠点に関して、私の狡猾さが役に立ったり、注目を集めたり、自画自賛する時には、それはいつでも二四時間遅れのものだった。だが今回は私はまさにその場で狡猾だったし、狡猾さをうまく使うのに一週間あったとしてもこれだけ狡猾にはなれなかっただろう。私がその伝言をビゲロウ氏に伝えると、彼の答えは私が自身の狡猾さを自賛していることをほとんど消し去ってしまった。それに対応するだけの俊敏な狡猾さを持ち、しかも彼の方が深く賢く優れた狡猾さだったからである。彼の外交官としての訓練は大いに際立って明示されていた。私は経験不足だったので不用意なところを捕まえられ、呆然とし、何をしたらよいのかを考えるためにぐずぐずして時間を稼がねばならなかった。ところが彼は訓練された、教養に裏打ちされた賢明さゆえにどのような緊急時にも瞬時に即応できたのだし、今回も彼は準備ができていた。彼はこのロシアの伯爵で少将である人物が、現在ロシア国民との間で起きている大きな戦いで当然皇帝側であることを再確認した。私が革命主義者の味方であることは一般に知られていたし、[3]正しい感情を持つアメリカ人はすべてそうなるはずだった。そして皇帝主義者も革命主義者もともに同じ目的のために一生懸命になっていた――つまりアメリカ国民の同情を勝ち取ろうとしていたことも再確認した。彼は次のように言った。

「もしあなたと私がスピーチをすれば、あの伯爵はそれに対する答礼を利用してその中にロシアの政策を盛り込むだろうと考えられます。そして彼の答礼が印刷されれば、あなたも私も今の問題に関してツァーに同情していると思われるだろうし、[4]我々は二人ともきっとそれをよしとしないでしょう。伯爵が必ずそうするだろうと言っているのではありません。可能性のあることだと言っているだけです。でも問題ではありません、可能性のあることで十分です。僅かばかりの可能性だけであなたと私が黙っているのに十分な論拠だし十分な理由です――特に私に関しては。私にはメモがないし、それが無いと私はスピーチはできません。あなたとは違うのです。メモが無い方があなたはこの上なく上手だし、テーマが何も分かっていない時、あなたは聴衆を教え導く人になる。スピーチはあなたにお任せしましょう。でも答礼で政治的発言がされる口実を偶然にでも提供してはなりません。あなたがよければですが、伯爵だけを誉めることとです、そうしてツァーや革命については何も言わないことです――ほんの一言も言わないことです」。

私は自分の席に戻って結果を近くの淑女に話した。すると、その問題をそのままにしておくのはあまりにひどすぎる、と言われた。誰かが立ち上がってこの金のかかった昼食会についてひとこと謝辞を述べ、ひとこと二言伯爵に賛辞を述べるべきだ。そして、それは私がするべきだし、しなければならないと言うのだ。私にはメモがないし、自分だけの考えでこうした賞賛をすることはできないし、私が立ち上がって自身を誉めるのと同じくらい難しい――実際にはそれ以上に難しいし、二倍難しいと私は言った。まわりの淑女達は「でも私達のために――淑女達のために、スピーチをして賛辞を述べていただけませんこと？」と言った。私は「分かりました。やりましょう。簡単で分かりやすいスピーチです。心から喜んでやります」と言った。

私は立ち上がってスピーチをした。もちろんツァーにもロシアにも、ロシア議会のドゥーマにも革命にも触れなかった。悪名高き政府が過去二年間に毎日行ってきたこと、つまり無力なユダヤ教徒を毎日虐殺していることにも触れなかった。[5]厳密に淑女達だけに向け、謝辞だけを話した。

するとあの老外交官の賢明さがすぐさま裏付けられた。伯爵は立ち上がり、政治的なスピーチをしたのだ[6]！　それは私がそこでした軽い内容のはなしとは滑稽なほどそぐわないスピーチだった。金メッキをして軽々しく、しかも個人的なちょっとした賛辞に対して、ロシア皇帝とその偉大で、善良で、崇高な性質と気高く慈悲深い意図についての思い出に満ちた朗々たるお世辞。そんな答礼を聞くとはかなり異様だった。確かに事前に用意してきたスピーチとはそれがどういう種類のスピーチに答礼することになるのか分からないとおかしなものになり得る。チョートのように訓練を重ねた話し手なら、[7]前もって準備してきたスピーチの一語一語がそれに先立つスピーチのどれかの言葉に触発されたものだと思わせることができるだろう。チョートなら私のスピーチのどこかにひとつの言葉を見つけただろう――彼自らその言葉をつくるか挿入するかしなければならないとしても――そういうものがあれば伯爵のスピーチは全く申し分なく即席だと思われただろうが、伯爵にはそうした技術はなかった。一言の前置きの言葉もなく、私が話したことへの一言の言及もなく、彼は一足飛びに用意してきたお世辞を述べたのであり、私の過去四〇年間の会食にまつわる経験の中で一度も見たことのないおかしな出来事だったと思う。

クレメンズ氏はセント・レジス・ホテルでの昼食会から歩いて帰る。途中で『クリスチャン・ユニオン』紙の記事のことを考え、それが欲しいと思った。四二番街で見知らぬ人がその記事の切り抜きをクレメンズ氏に渡し、ちょうどあなたに郵送するところだったのですと言う。

何ヶ月か前に私はスージィの伝記のある章について触れた。その中でスージィは子供のしつけと訓練に関する新聞記事についてとても念入りに議論している。それは私が『クリスチャン・ユニオン』紙に掲載したもので（これが二一年前のことである)、その記事の中では母親としてのクレメンズ夫人を高く賞賛している。夫人は自身への賞賛が公的に印刷されることなど認めなかったので、幼いクレアラもスージィも私もこの愛情あふれる立派な母親から身を隠していた。数ヶ月前のこと、こうしたことを口述筆記していた時に、その記事の細かなところを思い出そうとしていたが、できなかった。それでその記事の複写が欲しいと思った。スージィがそんなにも大きく興味を示したものが何であったかを知りたかったのである。(8)

昨日の午後、私は五番街と五五番通りにあるセント・レジス・ホテルでの昼食会から家まで歩くことに決めた。春の晴れた日で、散歩するのは一年か二年ぶりで、運動する必要を感じていたからである。五番街を歩いていた折に『クリスチャン・ユニオン』紙の記事を読みたいという思いが再び頭に浮かんできた。その時ちょうど四二番通りの角まで来ると、いつものように荷馬車と四輪馬車と自動車で混雑していた。それがすいてくるまで立ち止まり、道を渡ろうとしていると、見知らぬ人が混んだところをぬうようにして私の傍を走りすぎて行き、車と車の隙間に突進して道路を渡った。だがその途中、私の横を過ぎる時に、彼は新聞の古い切り抜きを私の手の中に押し込んで、次のように言った。

「やあ、私のことはご存じないでしょうが、私はそれをスクラップブックに二〇年間しまっていたのです。今朝思いついて、ひょっとするとあなたがそれを読みたいかもしれないと考え、それを郵便で送ろうと持って来ていたのです。もちろんこんなふうに偶然お目にかかるとは予想しませんでしたが、今あなたの自身の手にお渡しします。さようなら」――そして彼は荷馬車の中に姿を消した。

彼が私の手に渡したその切り抜きはあの『クリスチャン・ユニオン』紙の古い新聞記事だったのだ! 精神電信〈メンタル・テレグラフィー〉の好例である――あるいはそうでなかったとしたら偶然の一致の好例だ。

(1)昼食会はアーサー・チェレプ-スピリドヴィッチ伯爵(一八五八年~一九二六年)が開いたもので、彼は印刷された招待状をクレメンズに送った(現物、マーク・トウェイン・ペーパーズ蔵)。伯爵は三月二二日にクレメンズの家で会食した。二人はおそらく一〇日前に初めて会って、その時、三月一二日に、クレメンズはハドソン劇場でのエセル・バリモアによる慈善公演『キャロッツ』で升席が一緒になった（Lyon 1907、三月二一日と二二日付の日記。〈本巻の〉一九〇七年三月二六日付「自伝口述筆記」および関連する注も参照）。チェレプ－スピリドヴィッチはロシア軍少将（既に現役勤務ではなかったが）で、製糖工場をいくつか所有し、ヴォルガ川に商用の船団も持っていた。さらに多くの石油会社や鉱山開発会社の主要株主でもあった。彼は汎スラブ同盟の総裁の資格でアメリカを旅行していた。汎スラブ同盟はすべてのスラブ民族の統一を主張していた。ロシアに戻った後、彼は一九〇七年九月にクレメンズに手紙を書き、「懐かしのモスクワからあなたに心から挨拶いたします。あたたかな歓待を思い、いつまでも変わらぬ優しいアメリカを思い出しています」と書いた。彼はライオン女史に「不満」を書き送った――クレメンズの写真を送ると約束しながら送らなかったのである（アーサー・チェレプ－スピリドヴィッチからサミュエル・L・クレメンズ宛、一九〇七年九月二日付書簡、カリフォルニア大学蔵）。彼は一九二〇年に合衆国に移住し、熱心な反ボリシェヴィキ主義者で反ユダヤ主義者になっていた。彼は一九二六年に『秘密の世界政府』を出版し、これは政治的大論文で、ユダヤ教徒を「サタンの跡継ぎ」だと非難し、「白人種はユダヤ系蒙古人の隠れた手により仕掛けられた極めて恐ろしい世界革命に直面しており、これによりキリスト教に根差した文明は終わるだろう」と警告した（Cherep-Spiridovitch 1926、二四ページ、四一ページ。Russia Culture 2012。「ローズヴェルトへのロシアの酒杯」、ニューヨーク『タイムズ』紙、一九〇七年一月一八日号、八ページ。「ロシア人ユダヤ教徒排斥扇動家チェレプ－スピリドヴィッチ伯爵、部屋で死亡確認」、『ジューイッシュ・デイリー・ブリタン〈日刊ユダヤ教徒新聞〉』、一九二六年一〇月二五日号、二ページ）。

（2）ジョン・ビゲロウ（一八一七年～一九一一年）は昼食会の時には八九歳で、外交官として、さらに著述家として際立った経歴を持っていた。彼は一八三八年にニューヨークの法曹界に入り、一八四八年から一八六一年までニューヨーク『イヴニング・ポスト』紙の共同編集者兼共同社主を務めた。一八六一年にパリ総領事に任命され、その後はフランス公使（一八六五～一八六七）として働いた。彼はニューヨーク公共図書館の設立に多大な尽力をし、一八九五年から亡くなるまでその理事長を務めた。彼が出版した歴史書や伝記は数多く、その中にはベンジャミン・フランクリンの全著作集一〇巻も含まれていた。

（3）クレメンズは『ノース・アメリカン・レヴュー』誌、一九〇五年三月号に掲載された「ツァーの独白」で、ロマノフ家の暗殺を公に支持していた（SLC 1905a）。彼はニューヨークで会った時にマクシム・ゴーリキーに読んでもらおうと一九〇六年四月に手紙を送り、その中で、自分は「もちろんロシア革命に共感して」おり、ツァーも大公も「天国には僅かしかいないはずだが、それと同じくらい」ロシアでも早急に数少なくなることを望んでいる、と書いた（「自由ロシアに武器を、チャイコフスキーの訴え」、ニューヨーク『タイムズ』紙、一九〇六年三月三〇日号、九ページ、『自伝完全版第一巻』、四六三ページ～四六四ページ参照）。次に会った時にはクレメンズは自らを「生まれも、育ちも、主義も、革命の同調者だ。私はいつでも革命家の味方だ。というのは革命が起こる時には必ず革命を起こすべき抑圧や耐えられない状況があったからだ」と述べた（「ゴーリキーへ、ホテルから」、ニューヨーク『タイムズ』紙、一九〇六年四月一五日号、二ページ、Scharnhorst 2006、五四二ページ～五四三ページに再掲）。同月、ある新聞がツァーの玉座をひっくり返す彼の姿のポンチ画を掲載した（「ニコライ皇帝の宮殿のヤンキー」、ニューヨーク『ワールド』紙、一九〇六年四月一三日号、八ページ。Schmidt 2014）。

（4）クレメンズが昼食会に滅多に出席しないので、ビゲロウが懸念した類の批判が起こった。社会党系の新聞、ニューヨーク『ワーカー〈労働者〉』紙は一九〇七年四月二七日号に次のような記事を掲載した（四ページ）。

マーク・トウェインに何が起こったのだろうか。恐れを知らぬ、歯に衣着せぬ、刺激的なマーク・トウェイン、数多くの「人気」作家達の特徴となっている偽善的言葉を持たないと見なされるようになっているあのマーク・トウェインである。彼がスピリドヴィッチ将軍主催の晩餐会に出席し、ロシア専制政治のあの支持者が皇帝と皇帝の嫌悪すべき宮廷すべてに対する不愉快な賛辞を発している最中に、そこで沈黙し明らかに恥知らずに座っていたことは何を意味するのだろうか？　その同じ皇帝をマーク・トウェインはしばらく前にとても厳しく風刺したというのに。我々はこれからマークを敗者の一人と考えねばならないのだろうか？　昨年、新聞各紙がその優れた天才マクシム・ゴーリキーに泥の砲火を浴びせた時、トウェインは彼を鼻であしらった。今や彼はロシア皇帝本人の足下に座り、サンクトペテルブルクの悪名高き体制の粗暴で見え透いたおべっか遣いに賛辞をおくっている。進歩の動因は、マーク・トウェイン自身がこの件で失った分ほども損害を受けなかった。

ゴーリキーは自分の妻でない女性を伴って一九〇六年四月に合衆国を訪問し、スキャンダルを引き起こした。ロシア革命のための資金集めの晩餐会でスピーチをすることにクレメンズは最初は同意していたが、彼とハウエルズ（と他の人も）ゴーリキーの破廉恥なことが露見すると援助をやめた（Budd 1959を参照）。

（5）クレメンズのスピーチに関する唯一の記事がニューヨーク『タイムズ』紙にあり、伯爵に対して「いくらかお世辞をのべた」だけだと報じた（「スピリドヴィッチ伯爵、昼食会を開く」、一九〇七年三月二八日号、九ページ）。ロシアでのユダヤ教徒虐殺に関しては一九〇六年六月二二日付「自伝口述筆記」（『自伝完全版第二巻』、一三二ページ～一三三ページおよび関連する注）を参照。

（6）伯爵のスピーチの――おそらく抜粋をニューヨーク『タイムズ』紙が次のように四段落で記事にしている。

「あなた方の共感を伴う関心に対して感謝します。そのために私は、古くから合衆国の友人であり最も誠実な友人であるロシアからやって来たのです。

「私は兵士としてツァーのために喜んで死にますが、寛大で勇敢な心の皇帝は全国民の一人ひとりがロシアだけでなく全人類の進歩のために生きることを望んでおられます。陛下は、まず国外での戦争をしないと宣言されてハーグ会議創設に尽力し、第二に危険や妨害をものともせずに国民に憲法を賜ったことで、陛下の御名は既に歴史上不朽のものとなっています。

「憲法が導入されたことははっきりしていますが、政治経験豊富な五百人が議会で働いても一日ではできません。我々は一世代待たねばなりません。あなた方の国の最高の人物の一人アンドリュー・カーネギーはハーグに「平和の寺院」を建ててロシア皇帝の意向を既に現実化しています。

「ロシア国民はアメリカ国民がヨーロッパの最上層の人々によって形成されていることを思い起こし、アメリカのあらゆる同情を他のどんな同情よりも絶えなく誇りとします」。(「スピリドヴィッチ伯爵、昼食会開催」、一九〇七年三月二八日号、九ページ)

国際ハーグ平和会議とカーネギーの「平和の宮殿」に関しては、次の一九〇七年四月八日付「自伝口述筆記」の注4、および『自伝完全版第二巻』、一七二ページおよび関連する注を参照。

(7)弁護士で外交官で才人のジョゼフ・H・チョートのこと(『自伝完全版第一巻』、三〇三ページおよび関連する注参照)。

(8)一九〇六年一二月二一日付「自伝口述筆記」(『自伝完全版第二巻』、三二六ページ～三三四ページおよび関連する注)を参照。

一九〇七年四月八日月曜日

ナヴァリノの海戦とレパントの海戦、モンテネグロの大公達、クレメンズ氏にとって全く迷惑——ウィリアム・T・ステッド氏がクレメンズ氏を国際平和会議の委員に任命。彼とステッド氏がその任命について議論する——ローズヴェルト大統領、これまでにアメリカに存在

した中で最も人気ある人物——最近クレメンズ氏が議論したテーマに関する、エッセイの形の手紙の複写

　ナヴァリノの海戦の最後の生き残りが亡くなったことを私は満足しながら書いている[1]。我々はようやくこの戦いから解放されるのだ。私の言っていることがすべての人について言っているように思うかもしれないが、それは単なる言い方の問題だ。私はただ自分自身のことだけを言っている。ナヴァリノの海戦は生涯にわたって私には不快なものだった。その戦いのことを聞いて苛立たなくなったのがいつだったか思い出せない。私はその戦い自体に対して恨みがあったわけではない。その戦いをレパントの海戦と一度も区別できなかっただけである。その種の混同以上に厄介なものを聞いたことがない。我々は誰でもそうしたものを持っている。それが無い人はいない。そうしたことのために人生は苦々しいものになり、生きるのが嫌になる。私はセルヴァンテスが重傷を負ったのはこれらの戦いの内のひとつだったとずっと前から知ってはいたが、百科事典をもう一度調べておらず、どの戦いだったかずっと分からなかった。どの戦いだったかはっきりさせようといくつもの百科事典を調べつくしたのだが、その情報を確認した後、それを記憶に留めて置けなかった。私は百科事典を再度調べて、今回は、いつものことだが、セルヴァンテスが重傷を負ったのはレパントの戦いだったと分かった[2]。私がそのことを見つけ出したのは一五〇回目だったし、セルヴァンテスがその両方の戦いで重傷を負っていたらよかったのにと私が願ったのは約一〇〇回目だった。それから彼の記録をはっきりさせることができたので私自身の心は落ち着いた。一方の戦いがもう一方の戦いよりも約三世紀古いという事実は私には役に立たない。ごちゃ混ぜになった頭の中ではその二つは一緒にくっついていて離すことはできない。しかし面白いのは、ナヴァリノの海戦の最後の生き残りが亡くなったという事実から私が個人的に満足を感じるということだ。というのも私はその人物に対して含むところは何もないのだから。私は彼の戦いに飽きていただけだ。さてそこで——いや、気にしないでくれ、そのままにしておこう。私の感情を分析しようというのは価値の無いことだ。私に分析など決してできないだろう。それは四〇年間、私がモンテネグロ皇太子に対して抱いて来た感情に似たものだった。その名前を聞くだけでいつもいらいらする。しかもそれに対する明確な理由のようなものがある——些細な

理由だが、それでも実際に、ひとつあるのだ。四〇年前、クエーカー・シティ号で旅行をした際、我々代表団がパリの観光地を堪能し、ナポレオンの墓に到着すると、モンテネグロ皇太子がいま墓を訪問中でそれが終わるまで我々は外で待たねばならないと知らされた。外で三〇分待たされたが、我々のような低俗な巡礼者にとって時間はとても貴重だった。私は以前に彼のことを一度も聞いたことがなく、私がたずねて分かったことは、彼がトルコ近郊のどこかで農場を所有し、そこでナマズを養殖しているということだ――重要な農場ではないが、モンテネグロが公国であったために、王族の一員である皇太子を責任者として立てているのだという。何年も後になって私に家族ができて家族でヨーロッパを旅行していた時、ヴェネツィアのホテルにいくつか部屋を電報で予約しておいた。[3] 疲れ切ってそこに着くと、私達の部屋は使われていた。モンテネグロ皇太子が突然訪問したのでその部屋を提供せざるを得なかったのだと支配人は説明した。これがモンテネグロ皇太子による私の安寧と休息に対する一連の妨害の始まりで、それは今日に至るまで続いている。モンテネグロ皇太子のために、私はもうヨーロッパには行かない。皇太子は何十回も私達を妨害していた。それは私の生涯の中で大きな迷惑になっていた。私にとってその名前は、いつどこで見ても、繰り返される騒ぎで、レパント、ナヴァリノ、モンテネグロ、これらのオの音で終わるすべての名前に対して私は永遠に苦々しい気持ちを抱いてきた。こんな些末なことに心を乱されるのは小さなことのように思われるが、それでもそれはいたって当然なことなのだ。人間のあらゆる関心事は些末なことであり、と同時に何ものにも劣らず大きな問題なのだから。

　そして、これで思い出すのが昨日ウィリアム・T・ステッドに出会ったことである。[4] 彼は今日から一週間か一〇日間開催される国際平和会議に出席するためにこちらにやって来ている。彼の計画はそれぞれの国で広く知られた人物をひとりか二人選び出し、ひとつの使命のもとにまとめることであった。その使命とは、すべての大統領と王を訪問し、今年のハーグ国際司法裁判所に提出される議定書に署名し、支援するよう説いて回ることである。その考えは、今まさに戦争をしようと敵対する国に対して、剣を抜くと決めた後でも、公然とした軍事行動を三〇日間まで延期させる国際法を通過させようというものだ。これによって他のキリスト教国がその好戦気運を宥《なだ》め、いささかで妥協し、戦争を回避する時間を稼ごうとするものだ。この巡回使節のアメリカ代表団の一員として、ステッド氏は私を指名していたが、私は役に立てないと彼に伝えた。私の活躍する時は終わったし、ほんの短い旅行でも私には大きな心痛だし、長い旅行をすることは考えられないと伝えた。しかし、この偉大な役目を断る権限は私にはほとんどないし、生きている限り、人類を進歩させるためにできるすべてのことをするのは私の義務だと、彼は言った。しかし、人類を進歩させるなんてできないし、進んだ状態にしておくこともできないので、それは意味がないと私は言った。ぐらついている側の一方を支持すれば必ずもう一方の側に倒れかかることになる。すべては一時的なもので不安定であり、それゆえにどれも重要ではない。人類のどんな改善もはかないものだ。人類をひとつの点で改善すれば、すぐに別のところで今まで以上に悪くなる。古い隙間の水漏れを防ぐとすぐに新たな隙間から水が噴き出す。ガタガタの古ぼけた船の水漏れを防ぎ続けることは、ひどく疲れるし無益な仕事だ——などと私は言った。結論の無い長い議論が私達の間にあったが、人類に関することは重要で、その改良のための最大限の努力に値するし、人類は永久に改善され続けると心から信ずるだけの価値がある、と彼は考えていた。だが私はこれらの主張を詳細かつ全体的に否定した。ステッドは人類に対して雄大な敬意を抱き、その遠大な知性と賢明さを強く信じている。彼がそれをどこで手に入れたか知らないし、それは彼の問題であって私の問題ではない。ステッドは強い人で良い人だし、彼の言うことはほとんど常に正しい。ステッドは、自身の国であるイギリスで人気がない。[5] このことは、彼の精神も心もともに正しいことを示す信頼できる証拠だ——少なくとも私はそう考える。ローズヴェルト大統領は今日ずば抜けて——圧倒的にずば抜けて——聖俗ともに、世にあらわれている者もそうでない者も含めて、かつてアメリカに存在したすべての人の中で最も人気のある人だ。私はそれが大いに不利な事実であり、大統領を際立って不快にするはずだと考える。

いま語ったことを考えると、私は次の手紙に奇妙な興味を抱く。[6] それは今朝カナダから届いたもので、三日前に書かれたものだ。その前置きを省き、手紙本文を載せたい。ひとつのエッセイの形になっている。

より広い視野で。

世界の歴史の観察者は、落ち着いて、勇敢に、冷静に、ものごとの労苦の只中にいなければなりません。

いかに大切な形式であろうとも、いかに愛されてきた考えであろうとも、すべては変化しなければならないことを理解し、感情を交えずにその変転を観察すべきです。

アレクサンダー大王にとって物事は実感があったのです。彼は社会的理念も政治的理念も持っていましたし、神々をも持っていました。

彼がそれらを永遠になり得るほど重要だと見なしていたことは疑いありません。我々にとってこれらは単なる名前にしかすぎません。

カエサルは偉大な軍事的天才だったと教えられました。彼は世界を征服しました。彼の時代には神々もいましたし、社会的体制も政治的体制もありました。

彼の神々を我々は神話的だと言い、我々は彼の社会的制度に耐えられないでしょう。彼の服も食べものも生活も野蛮人のようだったからです。彼の言葉を我々は死語と言います。その発音さえも分かりません。しかし、カエサルにとって物事は本当に実感があったのです。

ナポレオンはおそらくこれまでに存在した中で最も偉大な人間活力の貯蔵庫ですが、かつてこの世に存在した彼も、今はいません。

つい最近ですが、彼の生涯の多くの出来事に関して歴史家達は既に実質的に意見が異なっています。

歴史自体がほんの二、三〇〇〇年前に始まったものです。そして、その時間の中で人類に関する物事のあらゆる領域において万華鏡のような変化を示してきました。

アメリカの生んだ最も深遠な哲学者であるマーク・トウェインによって始められたことは、「ひとつの時代の祭壇布は次の時代の玄関マットになる」です[7]。

我々はまだ玄関マットが不足していないので、信じ切って祭壇布にしがみついています。

あらゆる経験にもかかわらず、我々は自分達の祭壇布が一貫して祭壇布であることを望んでいます。

本当に鋭敏な思想家はそれらが続くと信じているのでしょうか。その自意識において現代は、盲目で傲慢な驚くべき自信過剰の人物として描かれるでしょう。

それはまるで一秒ごとに時計が「私こそ一秒そのものだ。私は永遠だ」と鳴っているかのようです。秒は分になり、分は時間になり、時間は日となり、日は年となり、年は永遠となり、終わりはまだ来ていません。

長い行列をたどって、歴史の始まりの向こう側のぼんやりとした霧の中に分け入ると、信仰と習慣に関する間違いが多数横行しています。それらの間違いはそれぞれの時代には厳粛な事実だったのです。ヤハ神[8]、バール神、ラー神、ユピテル神、トール神は、あの果てしない抽象物、神、源、力、宇宙の指揮者の別の名前でした。

数世紀の流れの中で今日という概念がそれに取って代わった時、今日という概念も間違いの闇の一覧表の中にあるとは考えられませんか?

教訓があるのにもかかわらず、我々は他のものを信ずるほどに自信過剰で愚かで無知なのでしょうか?粗野な石の男根像ファルスと金メッキした太陽の時代から、神人同形論の時代を過ぎ、最も曖昧模糊とした理神論者による不可解な抽象に至るまで、知識と言えるものはいまだにほんの僅かすら発見されていませんし、どんなに微小なものも、確定的な唯一の想念も、人間が念入りに、しかもいたって盲目的に探し求めてきたものと存在との有用な関係も、いまだほんの僅かも発見されていません。

今日人々を導く者は、存在という大問題に関して仰天するほどの確信を持って論じ、その問題が忘れ去られた人々による未整理の土の塊だと伝えることを最後まで忘れています。

ずっと以前、人間は今日我々がとてつもないたわ言とみなすことを同様に確信をもって詳述していました。征服軍の出発前に鳥の飛び方をみるためにト占官が採用されました。前兆は彼らにとっては現実だったのです。後になるとクロムウェルは祈禱をして戦いを始めました。我々の時代ではチャイニーズ・ゴードンはある神による宇宙の私的管理という思想に深く心酔していました[9]。

誰かが他の人より理に合わなかったということがあるのでしょうか? 歴史上のどの時点もはかないものだと多数の人々に教えるには我々の発明、芸術、科学のすべてが無力なように思われます。

唯一できたことは時の流れの中でその神々の名前を変えることでした。

マーク・G・マッケリヒニー(10)

(1)ナヴァリノの海戦はギリシア独立戦争の間の一八二七年に南ギリシアの沿岸で行われた戦いで、イギリス、フランス、ロシアの連合海軍がエジプトとトルコの艦隊を打ち破った。戦争は一八三二年に独立したギリシア王国の誕生で終わった。この戦いの「最後の生き残り」の九九歳のジョン・スタイナーの一九〇七年三月の死は新聞で広く報道された（「ナヴァリノの最後の生き残り」、「オーストラリア」ベンディゴ『アドヴァタイザー』紙、一九〇七年四月一九日号、三ページ）。

(2)スペインの小説家であり詩人のミゲル・デ・セルヴァンテス・サアヴェドラ（一五四七年～一六一六年）はレパントの海戦で重傷を負い、その後ずっと左手が動かなかった。この戦いはハプスブルク家の軍隊がオスマン帝国軍に大勝利をおさめたもので――ナヴァリノの海戦と同様に――ギリシアの沿岸で行われた。セルヴァンテスはナヴァリノでも戦った（一五七二年）。

(3)クレメンズは約七五人の乗客とともにクエーカー・シティ号に乗って一八六七年にヨーロッパと聖地へ旅行した。乗客の中で、ブルックリンにあったヘンリー・ウォード・ビーチャーのプリマス教会教会員だったのはほんの一握りだったが、もともとこの教会から旅行の話が出た。クレメンズはサンフランシスコ『アルタ・カリフォルニア』紙とニューヨーク『トリビューン』紙に書いた通信文を書き直し、『無邪気者達、海外へ』（一八六九年）の半分以上の本文に使った。クレメンズと二人の仲間（ダニエル・スロートとエイブラハム・リーヴズ・ジャクソン医師）は七月五日にマルセイユからパリまでの列車に乗り、彼らはパリで一週間滞在した。当時、モンテネグロの皇太子（後に国王）ニコラ一世（一八四一年～一九二一年）が万国博覧会訪問のためにパリに滞在していた。ニコラ一世との会見について通信文にも本にも書いていないが、それが存在したことはほぼ確実である。というのもクレメンズが一〇年後の一八七八年の備忘録に書いているからだ。一八七八年の秋にクレメンズは彼の家族（とオリヴィアの友人のクレアラ・スポールディング）とともにヴェネツィアに滞在していた。彼らはコモ湖畔のベラージオから一日かけて疲れ切って九月二五日の夜に到着した。彼らはグランドホテル・イタリアに滞在し、このホテルの南側に大運河があった。モンテネグロ皇太子が他のホテルを先約していたか確認できないが、クレメンズは九月の後半に備忘録に「モンテネグロ皇太子に今日偶然再会。六七年にナポレオンの墓で」と書いている（『備忘録第二巻』、一九七ページ）。

(4)ウィリアム・T・ステッドはイギリスの政治改革者でジャーナリストで心霊主義者であり、少なくとも一八九〇年以降クレメンズの作品の愛読者だった。一八九四年の大西洋横断旅行でクレメンズと個人的に会っている。ステッドはアンドリュー・カーネギーの長年の友人で、四月一一日に開催されたピッツバーグのカーネギー財団創立記念日と大拡充された図書館の開館記念の式典出席のためにアメリカにやって来た（「W・T・ステッド平和について語るためこちらに来る」、ニューヨーク『タイムズ』紙、一九〇七年四月四日号、七ページ。『自伝完全版第二巻』、一七二ページおよび関連する注と、三三六ページ～三三七ページおよび関連する注参照）。さらにステッドはニューヨークで四月一四日から一七日まで開催される全国仲裁平和会議で演説する予定にもなっていた。この会議の目的は、来るべきハーグの第二回国際平和会議での合衆国の姿勢について決定することだった。ステッドは一二人のアメリカ人「平和巡礼者」を選び出し、ヨーロッパ諸国でさらに代表者を集めるためにロンドン、パリ、ローマへと旅して欲しかった。その目的は「一〇〇人が最終的にハーグ会議でまとまって請願書を提出するため」だった。ステッドの当初の目標はひとつの仲裁手段を確立することだった。彼は「二国間で紛争が差し迫った場合に、一五日間か二〇日間の時間が経過するまで両国が戦闘行為を開始できないとする。この期間内に二つの友好的列強国が紛争に介入しそれを友好的に解決するよう尽力する権限を常に持つ」ようにすることを目指した（「W・T・ステッド氏と平和会議」、ロンドン『タイムズ』紙、一九〇七年一月九日号、五ページ。「ステッド自説開示」、シカゴ『トリビューン』紙、一九〇七年四月八日号、三ページ。James Brown Scott 1907）。第二回国際平和会議は一九〇七年六月一五日から一〇月一八日まで開催され、最初はローズヴェルト大統領が提案したが、公式にはロシアのニコライ二世が招集した。四四ヶ国の代表者が平和を維持するための一三の条項を承認し、その中には国際捕獲物裁判所の設立と強制的仲裁原則を支持する宣言（これに関して合衆国は賛成しなかった）も含まれていた。しかし、世界裁判所を創設する条項は最終的に承認されなかった（以下ニューヨーク『タイムズ』紙より、「平和的妥協チョートはねつける」、一九〇七年一〇月一二日号、四ページ、「ノックスの平和計画棚上げ」、一九一〇年九月三日号、四ページ。Hull 1908）。

（5）ステッドは悪徳や社会的不正や戦争に対する不屈の改革運動家であり、その支持者から空想的だとみなされていたが、批判する人からは極端な戦術を非難されたり（例えば子供の売春婦を買う振りをすることがあり、このために彼は投獄された）、精神世界への彼の信仰を嘲弄された。一九一二年のタイタニック号事故で彼が死去した後、何人かの生存者が彼の英雄的行為を伝えた。

（6）クレメンズの速記者ジョゼフィン・ホビーがここに転載した文章は次のような紹介文とともに送られてきたものである（カリフォルニア大学蔵）。

一九〇七年四月三日、カナダ、オタワ

サミュエル・L・クレメンズ様

一九〇七年四月八日

ニューヘイヴン
コネチカット州

拝啓

最初に不躾にも手紙を差し上げることをお許しください。私があなたの書いたもの、特にあなたの偉大な風刺作品をいかにより強烈に楽しんできたかをあなたにお伝えする特権以外には何も求めませんと申し上げれば、あなたはおそらく私をお許し下さるでしょう。

こんにち、人々はあなたのユーモアを褒めたたえ、来るべき時代の中であなたの哲学のタイタンのように巨大な力と単刀直入な表現を記憶にとどめながら読むことになります。

人々が深く物事を考えないという事実は『ガリヴァー旅行記』がいまだに子供向けの本に分類されていることから自明です。あまり偽らない表現方法を使える状況にあり、その点で偉大な希望的要素があるので、あなたの方が幸福です。

我が人類が様々な危機を脱し最終的には知的自由を勝ち取ると信じられるほど私は楽観的です。

私の信念はスウィフトやあなたご自身のような人がおられることに根差しています。人間の欲求に関して言えば、スウィフトが亡くなったことは些末なことで、あなたがもう立派な年齢に達していますので、あなた方二人は不朽となり、それが途切れぬ希望の一因です。

私は個人の不朽の名声の存在を信じていませんし、自分勝手な夢ですが、シェイクスピアの名声はいつなくなるのでしょうか？　人間が生きている限りなくなりません。

人類の本当の歴史は思想家とその思想の歴史です。

人々の本当の王というものが玉座につくことはめったにありませんでしたし、本当の救世主は祭壇よりも磔柱につけられることが多く、そのどちらも忘れ去られてしまうことの方が多いのです。あなたがこのどれをも手にしておらず、長く記憶されるであろう点であなたは幸運です。

良い仕事はそれ自体が褒美だと私は信じていますし、あなたは幸福な人になるでしょう。わずかながら私も幸福です。

こころを込めて
いつまでもあなたの

忠実な

マーク・G・マッケリーニー

ライオンは手紙の末尾にクレメンズの反応を「彼の手紙に感謝し、やがて彼の哲学が印刷された時には親展にして一部を彼に送ろうと言う」と記した。

(7)マーク・トウェインはこの格言、「間抜けのウィルソンの新カレンダー」からの「パンジャブのことわざ」を、『赤道に沿って』(SLC 1897b) のイギリス版である『より多くの徒歩旅行者、海外へ』の二三章の題辞として使った。これはアメリカ版にはなく、別の句が挿入されている。

(8)ヘブル語聖書のイスラエルの神の名前である「ヤハウェ」のひとつの構成要素であり、「ヤハウェ」は伝統的にはYHWHの四文字であらわされる。

(9)チャールズ・ジョージ・ゴードン少将(一八三三年～一八八五年)は英国陸軍工兵科の士官で、清朝帝国政府に対する大反乱の太平天国の乱を一八六三年から六四年にかけて鎮圧した中国人兵士軍団を指揮したので、「チャイニーズ・ゴードン」と呼ばれることになった。スーダンの知事をしていた時、アングロエジプト・スーダン支配に対する反乱の中でイスラム原理主義者に殺された。彼らは三一日間の包囲攻撃のあとハルツームの彼の宮殿を襲った。ゴードンはその清廉潔白さ、勇敢、献身的貧民救済によってイギリスで大衆に人気の英雄だった。

(10)マーク・G・マッケリーニー(一八六八年生まれ)はもともとノヴァスコシア出身だった。彼は口腔外科医になり、一九一六年の広告によると「ある種の同性愛仲間」を治療した(『オタワ・ナチュラリスト』誌、三〇号[一九一六年四月]、iiページ)。さらに彼は著述家で詩人でもあり、一九一〇年には「テレレクトロン」と彼が呼ぶ機械を発明した。これは電気を麻酔のひとつとして使う機械だった(McElhinney 1922, 1927。「睡眠製造機を発明」、〈カナダ〉マニトバ『フリー・プレス』紙、一九一一年一月一〇日号、一ページ)。

一九〇七年四月九日、口述筆記

「ワッピング・アリス」の物語[1]

タワー大使のために開かれた昨夜の晩餐会で私はひとりの客と出会った。[2] その人物は特に年配の人が口にする、あの言い方で挨拶をしてきた。

「私のことは覚えておられませんか？」

私は正直に答えた。すると彼は自分の名前を教えてくれた。名前を聞いてもきっかけにもならない。彼のことを思い出せない。では助け舟を出しましょうと言う。彼は気軽にひとりの名前を口にして助け舟とした――「ワッピング・アリス」である。確かに彼は、全く気軽に口にしたのだが、私の胸の内でそれは爆弾のようなドーンという音をたてた。それで私は思い出した。彼は、何年も何年も前に――正確には二七年前に――我が家で繰り広げられた、とても劇的な話の端役のひとりだったのだ。[3] それは鮮明なものとして鋭く、突然蘇ってきた。そしてすべてのことが、ちょうどずっと前に起こった事のようだったが、洪水のような稲光の中で浮かび上がってくる真夜中の風景さながら、それは一瞬にして明るく強烈に蘇ってきた。その事件のすべての登場人物が、その着ていた服までも見えてきた。晩餐会のこの客と私を除いて、すべての人が何年も前に亡くなっていたけれども――そうだ、もうひとりいた。[4]

その劇的な話に登場するスウェーデン人の本当の名前は私には実は思い出せない。うちの使用人が付けた変な名前しか思い出せないが、それで十分だろう。彼にとっても他の誰にとってもそれで十分事足りる。一八八〇年のことだった。

ワッピング・アリスがうちの使用人達の一員になったのはその年の一月二日のことだった。彼女の話では彼女はロンドンのワッピングと呼ばれるあの地区で生まれ育った。それで使用人達は、もうひとりのアリスという名の黒人のコックと彼女を区別するために、すぐにワッピング・アリスと呼ぶようになった。[5] ワッピング・アリスはイギリスから来たばかりだった。彼女は推薦状も持っていなかったが、面接をして採ることにした。彼女はすぐにうまくやるようになった。彼女は心根がよく労を厭わなかったし、上手に馴染んでいき、子供達も彼女のことが好きになり、うちにいた人は誰も彼女を誉め、彼女がやって来てくれた幸運を私達は喜んだ。彼女はhの発音が少しおかしかったが、たいした問題ではなかった。

私がこれから話そうとしているこの事件の実に変わった内容は、私が今ここで、最初に、ワッピング・アリスの秘密を暴露した方がよりよく分かってもらえるだろう――彼女には秘密があったのだ。彼女は女ではなかった。それどころか、男だったのである。

彼はそのとても巧妙なやり方で、私達が見ている中で七ヶ月半にわたって少女としての仮面をかぶり、わずかばかりの疑いも疑念も抱かせることがなかった。そう信じたのは我々が鈍感だったからでは決してない。我々の友人や近隣の人が鈍感だったとは言えないし、そうした人達も私達と同様、完全に騙されていたのだ。周りの人達も私達と同様にアリスのことをよく分かっていたのだが、決して誰も彼の偽装を疑うことはなかった。彼は何年間も修業を積んできたに違いない。そうでなければあんなにうまくやれるはずが無かった。彼が性別を変えた理由は彼自身の問題だ。八月の大団円の興奮の中でそのことは見過ごされ、彼がそれについて問われることはなかった。

さて、便宜上彼を「彼」と呼ぶのはやめよう。いま私の記憶に映し出されるあの美しくて慎ましく器量のよい若い人を、「彼女」以外の名前で呼ぶのは、不自然だし不便だ。

ワッピング・アリスは一月二日に私達のところに住み始めた。台所は独立した建物で、家の北側にあった。食堂から家につながる出入り口があった。台所は二階建てで地下に食糧室があった。この地下室が洗濯室になっており、家の地下室とつながっていた。崖に向いてもうひとつの出入り口があり、その下に小川が流れていた。私達の家の周りはすべて開けた土地で、私達の家が一軒だけ建っていた。夜にはすべて鍵をかけるので、別棟の台所は切り離されて、実質的に独立した建物となった。その後は、そこに住む者が自分だけの秘密にひたりたければそうできたのである。私達はそれについて知るはずもなかった。

ワッピング・アリスとコックは別棟の台所の二階の隣同士に寝室があった。二月二日の朝五時に防犯ベルがけたたましく鳴った。私は気が付くと床に立っていた。ようやく化粧室に入ろうとする前にベルは鳴りやんだ。私はガス灯に火を点けて警報機操作盤を見た。金属製のスイッチのひとつが降りていて、まだ振動していた。その番号から崖に向いた洗濯室の入口だと分かった。それはおかしなことだった。別棟のその場所で強盗が欲しいものとは何だろうか。それになぜそんなに朝早くに欲しいのだろうか。それに肌を刺すような寒い日だったのである。わざわざ下へ降りていって確認しなければならないものだろうか。私は好奇心が強い方だが、そうするほどの好奇心も無かった。私は寝室に戻って経過を伝えた。今のところ危険はないと言った。防犯ベルがまた鳴るのを待とう。もし鳴って強盗が食堂に侵入していると分かったら、子供達を引き連れて家の前面の窓から外に出よう。それで私達は寝た。

翌朝五時にまた防犯ベルが鳴った。私が化粧室に行って見ると、また洗濯室のドアだった。私は朝食の時にそのことをジョージに伝えた。彼には説明できなかったが、非常に寒かったのでおそらくパトリックがそんな妙な時間に暖炉の火を燃やそうと考えたのだろうと思うと言う[6]。パトリックはなかなか賢いということになった。全く同じように次の日の朝五時に洗濯室のベルが鳴った。家族にとっては全く不思議なことだった。朝食ではその話でもちきりだった。もちろんジョージにとっても。家族の他のものが興味を示すことはどんなことでも彼には興味があった。正しく普通の育てられ方をした黒人の使用人なら誰でもそうするものだ。ジョージのことを説明したい――ほんのひと言二言で。そうでないと、彼に対する私の接し方と、私に対する彼の接し方とが仰々しくないなどと距離を置いていないなどと短絡的に考えられるかもしれないからだ。私達二人を正しく理解するためにはそうした考えをすべて排除してもらいたい。我々はともに彼の立場をとてもよく分かっていたし、それを忘れる危険はなかった。別の点から話そう――それで理解してもらえるだろう。彼はなじみの人のひとりだった――つまり我々の一**部**であって、邪魔者ではなかった――我々は彼を深く愛していたし、彼も同じだった。彼が「うちの家族」は元気です、とか「うちの家族」はいま出ています、等々と誰かに言う時には、それは**私の**家族のことであって、彼の家族のことではない[7]。だが例の防犯ベルのことについて朝食での話に戻ろう。ワッピング・アリスはこの話の間、その部屋にいた。朝食後彼女は防犯ベルとは何かをジョージにたずねた。ジョージは彼女に説明し、ドアや窓を開けるとそれが作動する仕組みになっていると彼女に教えた。それで、洗濯室のドアに煩わされることはもうなくなった。しばらくの間我々はそれが不思議だったが、やがてそのことも忘れてしまった。六月九日に我々は避暑に出かけた。およそ二ヶ月以上たって、家から一〇〇マイルほどのところに帰ってきたのでふと、家の状態を知りたいと考えた。夕刻になって着いて、駅から歩きだした。途中で馬車がのろのろと追い越していき、その後部座席から友人が声をかけてきた――

「あれはやられると思ったよ。いくら取られた？」

「何のことだ？」

「君の家が強盗にやられたのを知らないのか？」

「いや」。

「ジョージが新聞に漏れないようにしたんだよ――だから載ってない。でも電報を打っただろう」。

「いや、何も聞いてないよ」。

家もまわりにも人がいなくて寂しい様子だった。私はベルを鳴らしたが応答はなかった。ぐるりと周りを歩いてみたが、誰もいなかった。馬は馬小屋の中にいたが、パトリックとその家族はいなかった。私は戻って玄関の鍵を開けようとしたが、まずは最初にノブを回そうと考えた。するとドアがパッと開いたのだ。つい最近泥棒に入られた家としては変な状態だと思われた。母屋も別棟もすべて詳しく見て歩いた。すべてのものが整頓されているのだが、人間はどこにもいないのだ。それで私は書斎の明かりを点け、座って本を読み、煙草をすい、待った。夜の一〇時まで待つと、そこへジョージが戻ってきた。彼が玄関を開けて、私の姿と他の明かりを見ると彼はひどく驚いた。

「あら、いつお帰りになった、だんな！」

私はすごみを利かせて答えた――彼に圧力をかけようと考えたのだ――

「三時間以上も前だ――それに家には全く鍵が掛かっていなかったよ。家の者はみんな出かけていていないし、ここを管理する人は一人も残っていない。そういう管理の仕方をどう考えるのかね？　泥棒だったら家の中のものを全部持ちだせたよ、邪魔もされずに」。

ジョージは圧力なんか気にしなかった。心地よさそうな、呑気な笑いを浮かべて彼は言った――

「この家はまったく危なくないですよ、クレメンズさん、ご心配なく。この家に防犯ベルが付いていることを知らない泥棒はいませんよ。防犯ベルがあるところを知るのが奴らの仕事だし、奴らは知ってます。カク実ですよ。いいや、だんな、奴らは付いてる家にゃサワリもしねえで――」

「防犯ベルを**入れたまま**にしてあると言いたいのかね、昼も夜もずっと？」

「いいえ、だんな、まったく入れてないのです、いつも。その**事実**だけで十分なんです。奴らがこゝらを荒らすことはありません」。

「おまえはそう考えるのだね。一体どこに行っていたんだね」。

「遊覧船で川下りをしてました」。

「お前ひとりだけでか？」

「そうです、だんな、ズットです」。

「それはひどいと思うよ。たとえ防犯ベルが付いて**いた**としても、家を空ける時には少なくとも玄関に鍵を掛けるものだと思うよ」。

ジョージは穏やかに笑って、ほとんど物憂げに言った――

「ええ、それで、いつものようにそんなに遠くに行ったわけじゃなくて、クレメンズさん。出かける時にはいつも玄関に鍵を掛けてますし、それに――」

「ジョージ、私は鍵無しで入ったよ」。

ジョージはぐっと息をのんで、その場でよろめいた。次の瞬間彼はロケットのように階段を駆け上がった。私は彼と同じくらいびっくりしてしまった。彼は五分間上にいて、それからうなだれながら部屋に戻ってきた。足を引きずり、気落ちして、顔を拭いていた。その顔は古い琥珀《こはく》のように色を失っていた。戻って来て彼は私の近くの本棚にもたれた。荒い息で彼の胸は上下し、少し息つく間が必要だった。それから最後に顔を拭いて、言った――

「なんてことだ、クレメンズさん、何てことをしてくれたんですか。玄関には鍵もかかってなかったし、私のマットレスの間にしまってた、一生懸命稼いだ一五〇〇ドルもないですよ」。

「ああー」私は言った。「ほら見て。**私の**ものを無防備なままにしておくのはたいしたことじゃないが、おまえのものを危険にさらすとは。本当に恥ずかしいよ、ジョージ」。

「ええ、いま考えても分かりマセンが、どちらもほとんど同じことのように思えます」。

「どうして全財産を家の中に置くようになったんだい？――崇高な略奪の結果は銀行に預けるようにいつも気を付けていると漏らしていたお前なのに。信仰復興運動の勧誘にまたつぎ込んでいたのかい？　おまえの黒人教会でまた宗教的はやり病があったのかい？」

それで彼――可哀想な老ジョージがひどく傷ついたと分かった。おそらくその通りだったので、傷つけることは分かっていた。彼がその役職を引き継いだ助祭司からジョージはずっと責められていたし、それがジョージの痛いところで、中傷されているのだと彼はいつも言っていた。だが、彼はそれが嘘だとは決して言わなかったし、言葉にはかなり誠実な人物だったので、家族によるとこの些細な差別発言で彼は傷ついた様子だったという。愛情から、家族はそれで彼をからかいはしなかった。だが私は愛情からからかった――そして時にはわざと繰り返しからかった。

「クレメンズさん、そんなこと言っちゃいけません――私は一度もそんなことをしたことありませんから。確かに私は競馬に、選挙に、短距離競走に、野球に、アメリカンフットボールに、罪深くないすべてのことに賭けて金を稼ぎましたが、それは一度もやったことがありません」。

「やったことがない、かね。いいだろう、そういうことにしよう、今回は――でもおまえはやったと思うよ。この一五〇〇ドルをどこで手に入れたんだ？」

「ロチェスター競馬で、おトトい取りました」。

「ジョージ！　家から五〇〇マイルも離れて、その間ずっと家に女性だけを残していたと言うつもりかい？」

だがジョージはあまり困っていなかった。彼は言った――

「ほんの三日か四日間出ていただけですし、そんな短期間に誰も家に侵入することなんてありませんよ。特に防犯ベルが付いているところですよ。しかも、どちらにしても、パトリックがすぐそこの家にいるんですから、彼に電話するだけですよ」。

今や私はジョージをびっくりさせてやろうとして上手に、然るべきところにまで彼を追い込んで、驚かしてやった。

「ジョージ、おまえは最近電報を打ってこなかった。おまえが新聞社とうまくやっているので、新聞は何も書かなかった。それで私に知られたくないことをなんとか隠しおおせたと考えた。だがお前のやり口はうまくはなかった。ジョージ、私は全部知っているんだ。この家は泥棒に入られたのだ。さらにそれに加えて、おまえはずっと出かけて浮かれて、家はほったらかしにされ、また泥棒に入られたんだ。**さーて、**自分のことをどう考えるかね？」


それでも彼は興奮しなかった。髪の毛一本動かさなかった。夏の朝のように静かだった。彼は人の目論見をすべて反故にしてしまう、最も腹立たしい人物だった。彼は愛想よく笑って、一瞬白い歯をちらりと見せ、気持ちよさそうに言った――


「ここらには泥棒はずっといませんよ、クレメンズさん。ひとりもいませんよ」。

「考え直した方がいいぞ。ク――さんが教えてくれたよ[8]、私が駅からやって来る途中で」。

「そうでしょう、だんな。そう、あの人のやったことは正しい。それを全部あの人に伝えたのは**私**ですから。ある目的があってやったのです」。

「おまえが伝えたって？　じゃ、おまえの目的ってなんだ」。

「それについてみんなお話ししましょう、クレメンズさん。おわかりのように、この家の中で重大なことが起こり、それは謎でした。そうです、だんな、つまりそれは全くの謎だったのです。それが漏れて、新聞に載り、そうなると家族が心配し、だんなは四〇〇マイルを飛んで戻ってくるだろうけれども、それは無駄だと考えたのです。実は、他の使用人達がその謎を黙っていられないと分かっていましたし、使用人はつまらないことをしゃべるよりも、でかいことをしゃべりたがるもんだと分かっていましたので、ためらわずにそれが泥棒だと言うように伝えたんです。それでみんな嬉しくなって、もちろんしゃべったのです。それから残りは私にゃ簡単でした。私は新聞社に行き、見事な大ぼらを吹きました――人のためを思って吹く時にゃそれは罪にはならんのですから――それから静かにして、自分がその後を追跡しているので泥棒を脅して町から追い出すことがないようにと言いました。使用人達はそうしました。さあそれで、**本当に**起きたのは次のようなことです。先週の日曜日に我々はみんなでノーザンプトンまで小旅行に出かけました――」

「つまり、まあ、もちろん家族全員でだな」。

「いいえ、だんな、全員じゃないんです、その時には。パトリックの子供の三人か四人はあまり具合がよくなかったのですが、他の者はだいたいが行きました。ブリジェットもパトリックもです。それに我々もワッピング・アリス以外は行きました。彼女は家に残って家を管理すると言ったのです。そしてそうしました」。

「彼女には記念碑を建ててやろう」。

「そうですとも、だんな。でも、我々はスプリングフィールドで乗り継ぎがうまくいかず、それで家に戻ったのです。我々は午後三時頃にここに着きましたが、このあたりのどこにも誰も見当たらなかったのです――ちょうど夏の日曜の午後、いつものここのようでした――人がいませんでした。全くいませんでした。それに恐ろしく暑かったのです。私達は一階の寝室の窓から入りました。別棟よりも入りやすかったのです。それで涼しいのでここに入って来ました。私達はここにスわってしゃべり始めました。その朝は玄関の防犯ベルをセットしていったのですが、それについては何も言いませんでした。私達が旅行に出る時にはたいていいつもそうしていたのです――いずれにせよ、時々、私がセットすることを思い出せばですが。そして私達はここにスわってしゃべっていました。すると食堂に続くドアが少し――約一フィート開いていたのです。今あなたがいるその場所に私は座っていたのでその隙間から見えました。突然に、ひとりの男が通り過ぎていくのが見えました。それで私はひどくびっくりしてしまい、一〇秒くらい息がとまったほどでした。それから私は『おいなんてこった、男がいるぞ』と叫び、玄関ドアへと飛んで行ったのです。ちょうどその時、ジジジジジと防犯ベルが鳴り、正面ドアがバタンと締まり、防犯ベルは止まりました。私は一瞬そこにいて、それから外に出ました。若い男が鹿のように芝生の上を走って行きました。彼と一緒に無くなった物は一体何か分かりませんでした。ですが、上の門に行って見ると彼の姿はありませんでした。

「それから私達は戻って、家を詳しく調べましたが、何も無くなっていませんでした。そこで、みんなに家の方を調べるように言いつけ、私は別棟を調べました。私達はここにスわってそのことを何度も、何度も、**何度も**、話し合いました。それでも十分ではなかったようでした。私は、別棟ではすべて大丈夫だ、ワッピング・アリスは墓場のようにぐっすり寝ていると言いました。**彼女の**眠りを妨げるものは何もなかったのです。それで泥棒について私達の意見はまとまりました。奴らは外に出て散歩しようということになったのです。そうなるだろうと**私も思っていました**。そして泥棒に興味のある友人とたくさん出会えば、散歩は長くなるだろうと私は考えました。

「それからスわって考える機会がありました。これか、あれか、それか、頭の中で一時間ほども考え、いろいろつなぎ合わせました。そして考え終ると決心しました。どんな決心だと思いますか、クレメンズさん」。

「分からないよ。どんな決心なんだね、ジョージ?」

「では、だんな、次のようなことです。私はひとり思いました、自分は人を中傷したいとは思わないし、私を知っている人は誰でも私がそういう性格でないことを知っています。ですが、私の意見では、ワッピング・アリスは人としてあるまじき者なのです」。

「まさか、ばかな話だ」。

「そうあってほしくないですよ、クレメンズさん。そうでなければ私が一番嬉しいですよ。私も他の人と同じですから——ワッピング・アリスのことが好きですし、彼女のことをほんの髪の毛一本ほども傷つけたくありません。それに彼女は故郷と家族から遠く離れてもいるのだし、可哀想なんです。私は犬なんかじゃないのでそれに同情するのです」。

「どんなことをつなぎ合わせてそんなすごい考えを創り上げたんだい、ジョージ」。

「そうですね、だんな、それは奇妙なんです。最初に頭に浮かんだのはこれとは関係が無いように思われましたが、私はぎょっとしました。覚えていらっしゃいますか、だんな、この二月に日の出のずっと前、三回、防犯ベルが鳴ったでしょう。それですよ。あれはずっと説明がつかなかったでしょう」。

「そうだった。でもあのことが今回のこととどう関係するんだい?」

「それで、三回目の朝、我々がみんなでそのことを話していた時にワッピング・アリスは朝食の席にいましたし、彼女が防犯ベルとは何か訊いたので、私が教えてやったのです。それで、クレメンズさん、その後洗濯室の防犯ベルはあなたを起こさなくなったでしょう」。

「なるほど、よく考えたものだ。続けて」。

「次に私の頭に浮かんだのはこういうことです。今年の一月、水道工事夫が水漏れしている鉛管を修理するのに家の木造部分を切り取りました。その後で若い大工が二、三日ここにいて、それを元に戻したのです。彼は若いスウェーデン人で、ビュルンセン・ビュガーセン・ビョルゲンセンです[9]。ものスごい名前で、彼のことをかなり大きく見せている、私にはそう思われましたが、そういう名前でした——あるいはそれにちかい名前です。彼は昼間に働いて、他の人よりもいつも疲れていたので、台所でしゃべりながらかなり長い間スわっていました。我々は彼をよく知るようになりましたし、彼が好きになりました。六月一日頃のある朝、私がワッピング・アリスの部屋に入ると、男物の服が一揃いそこにあって、彼女がズボンの尻のところに大きなつぎ当てをしていました。それについて彼女にきくと、若い大工のために直しているのだと言うのです——彼が頼んだのです。それで、その時、あのことが頭に浮かびましたが、理由はわかりませんでした。

「そのことをもう一度よく考えてみると、もう一つ別のことを思い出します。あの日の朝、私が防犯ベルのことを彼女に教えていますと、彼女の息がアルコール臭かったのです。家の中の酒類は鍵を掛けてしまってあり、その鍵は私が持っています。彼女は酒を外で手に入れたのです。その時にはそれ以上は考えませんでしたが、今回頭に浮かんだことは、イギリス人としては当然のことですが、おそらく彼女は朝の五時にしらふのまま外に出て、ユニオンの酒場まで歩いていって、口を濡らしてきた、ということです。それで、もし女の格好でそうしていたら結構な騒ぎになったことでしょう。それで、おそらく彼女は男に変装してそうしたのだろうと考えました。どう思われますか?」

「かなり根拠が薄いな、ジョージ。もっと確実なものが見つからないと結び付かないだろう」。

「でも結び付けられると思います。私はワッピング・アリスが墓場のように眠っていたと女の子達に言いました。それは厳密には本当じゃありません、クレメンズさん。彼女は部屋にいなかったのです。家にもまったくいなかったのです」。

「そうなのかい?」

「彼女は家の中には決していませんでした。それで、私の考えを推し進めると、次のようになるかと思うのです。

つまり、ワッピング・アリスは私達が二日間の旅行に出かけることを知っていました――」

「二日間もかい。だったら私は――」

「クレメンズさん、悪態をついちゃいけませんよ」。

「悪態なんか**ついてない**し、そんなこと考えもしなかったよ。でも、悪態をついても許してもらえるだろうよ、我々が背中を向けた瞬間にこの家で起こることのあり様を見ればね。先を続けて」。

「それで、言いましたように、だんな、次のようになるのだろうと思います。ワッピング・アリスは我々が戻って来て書斎でしゃべり合うことを知らなかったし、しらふだったので、ズボンや何かを身に着けて出かけて一杯やってくるのはまったく安全だと思ったのです。もしそれが彼女**なら**、彼女は私が叫び声を上げげたのを聞いていますし、今回はついていなかったのだとわかっています。そしてそれが彼女なら、私達が家に長居をしないで、どこかに旅行に出掛けることもわかっているでしょうし、時間をつぶした後、こっそり戻って来て自分の服に着替えることもできるとわかっているでしょう。それで私はじっとスわって待っていたのです。さて、だんな、案の定、彼女はほぼ真っ暗になってから、自分の服を着て、伸びとあくびをしながらこの書斎に入って来ました。そして、私がノーザンプトンから戻っているのを見てひどく驚いた様子をしました。そして正体もなく寝ていたわ、と言ったのですが、私は強い口調で『眠り**込んでなんかいた**もんか。こんな時にお前のためにならないぞ。家の中に男がいて、我々がみんなお前のように寝ぼけていたのなら、泥棒はどんなところでもまんまと盗みを働けたぞ』と言いました。彼女は寝ていたことをずっとすまなそうにしていましたが、自分のことが見破られていないと考えてかなり安心していたと思います。それで、クレメンズさん、それが今の状況です。あなた自身おわかりでしょう、たいしたことではなかったのですし、家族を煩わせるほどのことでもなかったのです。それで私はその件を泥棒として新聞に載せ、みんなに黙っているように言い、知らんふりをして過ぎ去るように仕向けたのです。私は自分のことなんか考えていませんでしたし、家族に迷惑を掛けまいとして家族のためにそうしたのです。私は間違ってましたか？」

「ジョージ、おまえは**いつでも**正しいよ。私には半ば信じられないけれども、家族を平穏にしておくためにはそのふりをしておくのが最善だな。馬鹿げた家族だし、説明なんていらないと思われる。これは仕事じゃないのにおまえはこの問題を十分よく理解しているけれども、ワッピング・アリスにはずいぶん厳しいぞ、ジョージ。要するに、おまえは今彼女のことをどう考えているのだい？」

「そうですね、クレメンズさん、やはり前に言ったとおりに考えています。彼女は人としてあるまじき人物です」。

「彼女には他には本当に悪いところはないと考えているのかね？」

「いいえ、だんな、あると考えています。私が考えるところ、彼女は酒を飲んでいます」。

「**それだけ**かい？」

ジョージはしばらく言葉を失って、そしてひどく重々しい口調で言った――

「**それだけ**、ですって？　クレメンズさん、十分じゃないですか」。

私には次の質問をするだけの分別があった。

「ジョージ、確信があるのかい――完全に確信があるのかということだが――おまえはアリスに対して少しも偏見を持っていないのだね」。

ジョージは不快感を示した。私はそうなると予想していた。彼は困ったように咳をひとつ二つしてから、指で襟を緩めながら、やがて口にする言葉を見つけた。

「彼女が私にした悪ふざけのことですか、クレメンズさん？」

「そうだ」。

「じゃ、だんな、誓って言うが、私はそれについてくよくよ考えることはやめたんだ。あれはハズベきことだった――本当にあれはハズベきことだった――でも彼女に害意はなかった。彼女には本当に悪意はない。彼女は地上で最高に心根のよい女の子だ。マズしくて困っている人がいると、彼女はその人のためにいつでもできる限りのことをしてやる。彼女が手に入れたものはなんでもやっちまう。彼女が手に入れられるもんなら他の誰かが持っている物でもみんなやっちまう。**でも**――悪ふざけときた時にゃ――ああ、なんてこった。クレメンズさん、どうしようもならねえ。彼女が持って生まれたもんだ。抵抗する力なんかねえんだ。悪ふざけをする機会がありながら、それができないとなると、きっとあの子は死んじまう。苦労して台所を守ってるんだ。次に何が起こるかわかったもんじゃない。それで次には――」

「ジョージ、話がそれているよ。あの悪ふざけの話を持ちだすとお前はいつもそうだ。それについてのお前の話は尽きることがないのだろう。お前はいつでも本筋から逸れた無駄話をする。なぜなんだ？」

「ねえクレメンズさん、私はあの悪ふざけのことは話したくない。本当にあれはハズべきことだった。なんと、それはこの郡のいたるところに広まった。そうですよ、だんな、カリフォルニアのギルロイにまですっかりだ。小さい子から大人まで、この町じゃ誰でも私を知っている。私が姿を現スとどこでも四週間もしないで人はそのことをうるさくせがむんだ。例えば、キニー少佐、バンス氏、ロビンソン氏、ハバード氏、それに将軍(10)――」

「わかったよ、ジョージ、気にしないで続けてくれ。お前に責任を取れなんて言わないよ。おまえはあの悪ふざけの言い逃れを一年間もして、そこから一歩も踏み出さないのだろうよ。さて教えてくれ――あの洗濯室のドアは今まで調べたことがあるかね？」

ジョージは元気になって安心した様子だった。

「いいえ、だんな、思い出す限り調べてません。それをどうしましょうか？」

「そうだな、おまえの話だと、あそこの防犯ベルは動くと思うよ。お前には驚かされるよ、ジョージ。立派な探偵がそのことを考えないなんて」。

我々は降りていって調べた。すると、電流を流す金属の端子の先がやすりで削り取られ、ドアを開けた時に金属板に接触しないようになっていた。

「ジョージ、おまえはこの端子の機能をワッピング・アリスに説明したかい？」

「ええ、だんな、もちろん。それで彼女がやすりで削って、先月二月の最初の週からそのドアは防犯ベルとつながってなかったんだ。これ以上言うことはありません。私はただのばかです」。

「いいや、そんなことを言っちゃいけない。私もそうだし、立派とは言えない。この二月にドアを調べるべきだったのだ」。

二

この時まで、この問題は私には些末なことと思われていたが、それが今や突然あやしくなり始めた。洗濯室のドアが意図的にいじくられていたのだ。ジョージは言った――

「そうですよ、だんな、ワッピング・アリスが望むときにはいつでも男装して抜け出して、飲めるようにしたんですよ。あの女の子が人としてあるまじきことをしていたことが今まで以上にはっきりしました。クレメンズさん、**私**がやれるとしたら、今すぐにでも彼女に誓約させます。私がここに立っているのと同じくらい確実にそれをさせます」。

私は密かにそれ以上のことを考えていた。アリスは空き巣狙いの一団をかくまっていたと信じている。家を徹底的に捜索すればちょっとしたものが千個は無くなっているのは確実だと思った。

午前中に裁判を開くことに決めて、証拠をたたき出し、この暗い話の根本的な事実をつかもうと決めた。私は爽快な気分で目覚め、仕事にとりかかろうとした。始めようと熱心になってもいたし、そのことの目新しさと興味と謎でまったく面白くなって、国内のどんな探偵にも負けないくらい堂々とした態度で私がそれをやれるという自信があった。ジョージは別だったが。ジョージが朝食を持って上がってくると我々は話し合い、計画を練った。それから彼は下に降りて証人を一度にひとりずつ上にあげてきた。私はそれぞれ個別に質問をした。最後にワッピング・アリスがやって来た。彼女は白い夏用のゆったりした服にピンク色のリボンを首に結び、とても感じがよく、美しく、魅力的で、清楚な様子だった。同時に困って気落ちした様子だった。様々な点について私はあれこれ彼女に優しく質問し、彼女が用心し、言い逃れをしており、ためらっていると分かった。彼女は常に私の指の間をすり抜けていった。どの点でも彼女をしっかりととらえることはできなかった。彼女の洞察力と器用さを賞賛せねばならなかった。彼女がはまり込むような罠を仕掛けることはできなかった。それでも私は話を進めて行き、彼女にはそれが分かったようだった。彼女の前の証人達が何を言ったか彼女は知らなかったし、このことが彼女にとって障害になっていた。結果的に、時折、私は彼女を驚かすことができ、それによって彼女の話は矛盾をきたし困ったことになった。家の中に男がいたことは知らなかったときっぱりと言う。いいや、男がいた可能性があるし、他の人がそう言っているのだからもちろん**いた**のである。だが彼女自身はそれを知らなかった。

しかしながら私は次第に彼女を追い込んだ。そして最終的にその時が来たと思ったところで、最終的に驚かして手の内をすべて見せた。使用人達の話をひとつの明快でまとまった物語にまとめ、それをドアの後ろに隠れてすべてを見ていたかのように語った。私が語るにつれて、彼女の顔に現れた強い驚きはますます強烈になった——ああ、そうとも、それで分かった。彼女の心の中の一番奥に隠された秘め事をひとつずつ探り出して、驚く彼女の目の前に暴露しているかのようだった。私が語り終わると彼女は呆然とした様子で、謙虚に言った——

「無駄だということが分かりました、旦那様。あなたはすべてご存知です。私は友人のいない惨めな女の子です。どうしたらいいか、全くわかりません」。そして彼女は憐れな様子で指を絡めてはそれを解きながらその場に立って、絨毯を見つめていた。正直言うと、その姿を見て私の目はうるんだ。

「洗いざらい話してしまいなさい、アリス。それが唯一賢明で正直なことだ」。

彼女は身もだえして、そうすると言って、話し始めた。彼女の話の中核は次のようなことだった。

ビュルンセン・ビュガーセン・ビョルゲンセンという若いスウェーデン人は一月にこの家で建具の仕事をして、それが終わると仕事が無くなり、失職したままだった。台所では皆、彼のことが気に入り、彼が可哀想だと思った。すぐに彼は眠るところもなく、食べるものもなくなった。彼女は彼を憐れんで、うちの一番大きい地下食糧庫——その一角のボウリングのレーンとして壁で区切られ、後に放置されて使われず、誰も行かなくなった所に、密かに彼を寝かせた。彼女は彼のためにそこに粗末なベッドをしつらえてやった。同時に彼女はそこに食糧を運んでやった。彼女は彼に、毎夜パトリックが最後の見回りをする——一〇時だった——の前に家に入るように、そして朝パトリックが入って来て炉火に薪をくべ足す前に出て行くようにと忠告した。洗濯室のドアには鍵がついていたが、一度も使われたことがなかった。防犯ベルは十分な防備になっていた。彼女は鍵が使われていないことを知っていたが、防犯ベルについては何も知らなかった。私が防犯ベルのために三度目に起きた時に彼女はそれについて知った。ジョージがそれを彼女に説明したのである。それでビュルンセン・ビョルゲンセンは金属端子の先をやすりで削り落とし、その後彼は好きな時に出入りした。

「その後ずっとか？」

「そうです、旦那様。彼はこの数ヶ月地下食糧庫で寝ていました。旅行の時には彼は昼間もやって来ました。その時には彼は家中を自由に使いましたが、決して何も取ってはいません、旦那様。彼は完全に正直でした。私は彼の服を直してやり、あの粗末なベッドをしつらえてやり、この数ヶ月間ずっと食べさせてやりました。どうかお許し願います、旦那様。私は惨めな女の子に過ぎませんし、誰にも害意を抱いたことはありません」。

「おまえを許すだって。なんと、馬鹿げたことだ。おまえは可哀想な善人だし、許さなければならないことは何もしちゃいない。彼が泥棒だと私は思ったのだ。それだけだ。そしてほんのつまらないことでこんな大袈裟な評定が起こった。何か劇的なことがあるのだろうと考えていたが、今となってはそれもすべて台無しだ。悪態をつくには十分だが。おまえはそれに一生懸命になることだな。だがそれは気にしなくていい。ほっといてくれ。いずれにせよこの世の中には期待外れのものばかりなのだ。仕事に戻ってくれ、私はひとりで悲しむことにしよう。だがひとつだけ言いたいことがある――その若者はお前にとても感謝しなければならない。彼にとっておまえは良き友人だったのだからね、アリス」。

彼女は胸が張り裂けたかのように突然泣き崩れた。

「感謝するですって？　彼にとって、ですって？　ああ、だんな様、彼は――、彼は――」彼女が泣きじゃくりながら漏らした言葉は身がすくんでしまうような思いがけない事実だった。

「なんだって！」

「ええ、何とも、全く本当のことなのです、だんな様――彼は私と結婚するつもりはないのです。それで私は見知らぬ国で友人もいない可哀想な女の子なのです」。

「おまえと結婚したくないだと。ええ、彼はしたくないというのかね？　そのことについて聞かせてもらおうじゃないか」。

私は怒っていた――そうとも、半時間で四〇マイル歩いた時よりも物凄い怒りだった。私はその子を部屋から出て行かせ、ベッドに戻った。その秘密を守るようにと彼女に命じ、ジョージに来るよう伝えてくれと言った。彼がやって来ると私は驚愕するような事実を彼に披露すると、彼の巻き毛は恐怖と憤慨でほとんど真っ直ぐになった。そして彼はその若いビョルゲンセンの行動にひどく驚き悲しんだ。彼は自分が今まで会った中で一番感じのよい、優しく、男らしい若者だったとジョージは言い、そんなこととは夢にも思わなかったと言った。

最初、我々はトマス・エックス師に来て欲しいと電話した(11)。次に、その二人の結婚に向けての計画を練った。私はその腕白ものが男やもめになるまで決して忘れないような教訓を教えてやろうと言った。計画が出来上がった時にはエックス氏が来た。ジョー・トゥイッチェル師は休暇でいなかったし、トムは説教壇に立つことになっていた。ジョーを除けば、トムはこの種のサーカスのような愉快なことにこの世で一番うってつけの人物だった。彼はジョーのようにあらゆる点で愛情にあふれ、冒険と善行をしたいとする情熱をジョーと同じように溢れるほど持っていた。彼はジョーよりも太っていて、それもかなり太っていたので、暑いと大量の汗を絶え間なくかくのだった。だがそんなことはどうでもよい。彼は我々の話を聞いてその親切心を動かされ、そのために最後のひと汗まで流してやろうと言ってくれた。彼はアリスをよく知っていて、彼女をよく思っていたし、彼女の悲運にひどく腹を立てていた。彼はその二人の名前と年齢を控え、結婚許可証をとるために町の役場に出掛けた。彼は夜七時きっかりに我が家に戻って来て、我々が勉強部屋と呼ぶ部屋のとなりの化粧室に閉じこもって、呼ばれるまでそこで汗をかくことになっていた。その部屋は二階で、書斎の上だった。

ワッピング・アリスは自分のいいなずけていない、いいなずけのもとに自らメモを届け、彼を八時きっかりにやって来させ、夜を過ごさせることになっていた。

ジョージは警察署長に電話し(12)、平服の部下をひとり貸して欲しい、七時半きっかりに家に来て欲しいと伝えた。その部下をジョージが待ち構えて、書斎に入っていてもらうのだ。彼は私がベルを鳴らすまではそこで待機する――ほんの一回だけ鳴らすのだ。

私は八時には勉強部屋に一人でいる。ワッピング・アリスが玄関にビュガーセン・ビョルゲンセンを出迎え、彼を私がいる勉強部屋に案内し、それから子供部屋に入り、そこで彼と私だけになる、という予定だった。

その秘密の出来事を使用人達に知らせるのは夜の六時の予定だった。そこから、彼らは晴れ着に着替える。そして私が三回ベルを鳴らすまで——結婚式が始まる合図で、結婚の証人が必要な合図だ——台所に閉じこもって静かにしている予定だった。

食堂では集まった人々のための料理が湯気を立て、結婚式を締めくくることになっていた。持ち込み歓迎だ。生来、物事を劇的にやりたいという私は、この目を見張る計画にちょっとした味付けをすることで満足した。ジョージもこの計略を嘗めて、自分がその一端を担うことを誇りにした。これは自分が今まで一緒に手伝ってきた中で一番派手なやり方だ、と彼は言った。それから我々はそわそわしながら待った。私達には大わらわの長い午後だったが、ゆっくりと時が過ぎ、やっと黄昏が濃くなり始めた。

馬車をつなぐ音はしなかった。それぞれの役者は指定された時刻に自らの持ち場についた。七時にトム師が到着し、上階に上がって化粧室に身を隠した。七時半に警官が到着し、書斎に入った。七時四五分に私は勉強部屋に入った。八時に花婿は私と一緒にいて、花嫁は子供部屋で待っていた。舞台の幕が開き、催しが始まるところだった。

ビョルゲンセンは私の姿を見てびっくりし、間違えたと考え、陳謝し始めた。私は何も問題ではないし、彼を待っていたことを伝えた。彼は座りたがらず、立っている方が気が休まると言った。だが、私がなだめすかすように強くすすめると、彼もやっと折れて、椅子に座った——端に腰かけただけだった。彼はひどく困惑し、少し不安になっている様子だった。

彼は若く男前で、顔つきもよく、澄んだ目をしていて、彼がやろうと思えば私を窓から投げ出すことができるのだと気付いて少し心配した。アリスは彼に十分食べさせていた。私は日常的な話題から会話を始めた。私の狙いは彼を打ち解けた気分にし、くつろいで説得可能な気分にしておいてから、大事なことを切り出そうというものだった。彼を笑わせるのにたとえ一晩かかったとしても、彼に根気よく話しかけるつもりだった。大変な仕事で、長い時間がかかったが、うまくいった。半時間もすると彼は心から屈託なく笑うようになった。そこで駆け引きを終えるのにいい時だとわかった。

それでそこから彼に事実を徐々に明らかにしていった。彼が食糧庫で何ヶ月も寝ていたと私が知っていたこと、家の中を通過するのを目撃されたこと、洗濯室だけでなく実際には家全体を守っていた防犯ベルの接続を破壊したこと、である。私はその話を悲しい顔つきで、責めるような声音で話した。彼の顔から明るさがしだいに消え失せ、彼は恥ずかしさでうなだれてしまった。

そこでしばらく重苦しい沈黙があった。その効果を見きわめようと私が言い淀んだからである。それから私は言った――

「アリスはきみの恩人ですよ――**恩人**ですよ、分かっていますか？　きみの命を救い、食べ物を与え、友人がいない時にきみを守ってやった。そしてそのお返しに、――きみは彼女の純潔を奪ったのだ！」

彼は銃で撃たれたように飛び上がり、彼の顔は憤怒で形が変わった。

「私がですか？　私がやったと誰がいうのですか」。

「彼女がそう言ったよ」。

「嘘です。彼女は心の奥底までも嘘つきです」。

何というやつだ、彼は。彼は私がほとんど間違っていると言うのだ。彼は怒って部屋を行ったり来たりし、否定し、抗議し、泣き叫ばんばかりだった。それは見ていて本当に惨めなものだった。だが私はあの可哀想な少女にしてやれることをやらなければならなかったし、心を堅くして自らの目的に従った。私は時折なだめるように彼に声をかけ、落ち着くように話しかけ、座って冷静に合理的に話をしよう、そして双方にとって公正で満足できる妥協点を探れないものかと彼に話しかけた。そして私は言った――

「いいかい、きみができることで、正しく名誉あることは本当にたったひとつしかないのだよ――たったひとつ――きみは彼女と結婚しなければならない」。

それで彼の憤怒は再び沸騰した。

「彼女と結婚するですって。まず、彼女が一〇〇〇回絞首刑になるのを見ても、**それでも**、私は結婚しません。彼女と結婚するですって。一体なんで私が彼女と結婚するのですか？」

「なんだと、何で反対するんだ？」

「反対ですって！　そんな、まさか。彼女に対して暖かな友情以上にどんな気持ちを抱けますか――愛情はありません。一体全体何で**私が**彼女と結婚しないといけないのですか？――**私は**妻は要りません」。

私はなだめるように言った――

「ああ、それでも厳しい状況を考えてみなさい。ここに彼女がいる。家から遠く離れた可哀想な少女だ。そして彼女の良い評判は無くなった。きみが彼女を憐れむのは確実だ。考えてもみなさい――きみには名誉ある崇高な特権が与えられている。つまり、彼女を正直な女性にする特権だ」。

「しかし私はその特権を**欲しくはありません**。私は決して**要りません**。彼女が体裁を繕いたいというのなら、**私にはどうすることもできません**。私には関わりのないことです。なぜ**私が**その役割に選ばれるのですか？　**特権**と仰いましたね。そう聞いただけで荒れ狂って悪態を突きたいですよ――そういうことですよ」。

私は彼をさらにしずめた。少なくともそのつもりだった。

「いいかい、ビョルゲンセン君、私はきみがそのことを否定しているからと言って責めているのじゃない――決してそんなことではない。誰でも責めるだろう――何よりもまず。私自身も責めるだろう。我々は興奮すると自分が実際には責任をとれないようなことを言うものだからだ。私はきみを責めてはいない。きみは今興奮している。だが、冷静になって、きみ自身の正直で名誉ある自己が再び――」

彼は絶望的な苦悩を表しながら両手を上げて言った――

「ああ、なんでこんなひどい混乱に巻き込まれたのでしょう。クレメンズさん、私の言うことを**信じてくれませんか？――信じられませんか？**」

こんちくしょうめ、私の心は動いた。だが私には成さねばならないことがあったので、弱いところを脇に置き、気をしっかり持った。優しく説得することで、私は若者をついにもう一度座らせることができた。彼の顔には涙が流れていた。私には顔をそむけるだけの然るべき繊細さがあった。私は言った――

「では、ビョルゲンセン君、私は単にアリスの証言しか聞いていないわけではないのだよ、分かるね。強力に裏打ちされているのだ――それ**以上**だよ――確信できるほどに裏打ちされている――揺るがないほどだ――」

「どうしてですか?」

「状況証拠だよ。きみは一五〇日も毎夜うちの食糧庫で寝ていた。きみの存在はたったひとりの人しか知らなかった。その人物がきみに密かに食べ物を与え、そこに寝かせた。その人物は、純粋で、信じやすく、寄る辺の無い少女だった。さあ、きみは自らの常識で答えなさい。アリスの証言の裏にこうした事実があれば、陪審員はなんて言うだろうか?」

彼はうめき声をあげた。

「神よ助けたまえ!」彼は言った。「そんなことは一度も考えもしませんでした。そんなふうに見られるとは一度も考えませんでした」。彼はしばらく静かに座っていた——わらをもつかもうとしていた。そして、挑戦的な声音で彼は言った。

「しかし、どんなことを言おうともそれは**証拠にはなりません**よ。裁判所は私がそこにいた理由——理由——を認めることになりますよ」。

「例えば、強盗という理由かね?」

彼は飛び上がった。

「クレメンズさん、私は今までわらほどのものさえも取ったことがないときっぱりと誓います。私は誓いますよ——」

「分かった——だが、それは無駄だね。それに重要なことじゃない。それとはまったく別に、きみは罪を犯した——きみ自身が五分前に認めていることだ——州刑務所に一〇年間入ることになる犯罪だ」。

「誰が? 私がですか?」

「きみだ」。

「何の罪ですか?」

「家宅侵入罪だよ。きみは非合法な手段で入った。洗濯室の防犯装置を破壊した」。

そこで彼は体中震えだし、あえいだ。

「クレメンズさん、それは刑務所行きの犯罪ですか？　ああ、それはやめてください、やめてください。そんなことを**言わないでください**」。

「だが私は言わねばならない。ひたすら本当のことだ」。

彼はテーブルに両肘をついて、頭を両手で抱えながら、唸り声を上げ、悲しんだ。やがて、突然顔を上げて私の目を見つめた。彼の目は獰猛《どうもう》な光をたたえており、私はびっくりした。

「これは取引だ！」彼は叫んで、テーブルを握りこぶしでドンと叩いた。「これはあなたが仕掛けた取引だ。まさにその通りだ――あの嘘つきのあばずれと私を無理に結婚させようとする取引だ。すべて分かりました。さあ、否定できないでしょう」。

「否定するつもりはない。**まさに**取引だ。そして私がこちら側の端で動かしている」。

「**動かしていた**と言うべきです。そしてあなたの負けです。あの少女とは**何があっても**結婚しません――いいえ、たとえ千年生きたとしても結婚しません。**さて**、あなたは次にどうしますか」。

「一時間以内に結婚することになる。さもなくば――」

「さもなくば、**何ですか？**」彼はあざ笑って言った。

「刑務所行きだ。選択したまえ」。

それで彼は興奮し、蔑んだ。彼は立ち上がり、帽子をとり、上品でかなり丁寧なお辞儀をして、言った――

「それでは良い晩をお過ごしください、旦那様。あなたがもう一度取引をやろうとする時には、ご自身のカードを最初に見たいでしょう。そしてそれがどれくらいのものか知りたいでしょう。そして次に相手を怖がらせる時にはもっと良いカードを選びたいと望むでしょう。楽しい晩をお過ごしください、親愛なる旦那様。さようなら」。

「さようなら。楽しい晩を過ごしたまえ。私がすることは――このベルを鳴らすことだ。きみを連れ出してくれる警官が下にいることだろう」。

私はベルのボタンに指を置いて待った。若者の顔は色を失い、怒鳴り声にならない、かなりあやしい声で言った――

「**そんなことでは**脅しにもなりませんよ」。

「分かった。ではベルを鳴らすしかない」。

彼はためらい、それから自信を失って、言った――

「いいや。待ってください」。彼は戻って来て座った。彼は一瞬じっと考えて、それから言った。「クレメンズさん、あなたの名誉にかけてうかがいますが、陛下に警官は**いるのですか**？」

「いるよ。きみに与えられた時間はわずかだ。時計を見たまえ。いま一〇時五分前だ。きみが決心するのにわずか五分足らずしかないね。一〇時には結婚するか、刑務所に行くかどちらかだ」。

再び彼は部屋の中を歩き回った。彼の状況に置かれれば誰でもそれが分かるだろう。彼は立ち上がって歩いた。時に唸り声を上げ、時に悪態をつき、自らのひどい苦境から抜け出す方法をずっと見つけようとしながら、うまくいかなかった。最終的に私はボタンに指を置き、おごそかに数を数え始めた――

「いち――に――さん――」

「彼女の目なんかくそくらえだ、彼女と結婚しましょう。ああ、恐ろしいことだ――恐ろしい。だがそうしなければならないし、私はそうします。今度の冬に彼女と結婚しましょう。約束します」。

「今じゃ駄目なのかね？」

「**今**、ですって。ひとつ二つ些末なことをお忘れかと思います」。

「何だね？」

「結婚許可証――牧師――証人――などです」。

「あー、そういうことか。トム、アリス、来てくれ」。彼らがやって来た。私はベルを鳴らした――三回、それとも一度――他の者を呼ぶためだ。即座にみんながどっと入って来た。警官もみんなもだ。彼らは鍵穴に耳を当てて聞いていたのだ。

アリスはひどくめかしこんでいたし、他の仲間もめかしていた。トム師は溶け出してしまって半分の大きさになっていたので、役割を果たすだけの力はほとんど残っていなかった。彼のように太った人があんなにも狭くうだるような化粧室に二時間もこもっていたとは、ぞっとすることに違いなかった。私は生涯にひどく驚愕した大工を何百万人も見てきたが、彼らをすべて集めても我が花婿ほどに驚いていた者はいなかった。彼は足元がふらつくほど衝撃を受け、何をやっているのか分からないうちに結婚していた。牧師の指示で彼は花嫁にキスした――彼にとってはとてもいいキスというわけにはいかなかったようだ――そして彼はため息まじりに私に言った――

「あなたの勝ちですよ、旦那様。何という強いカードだ」。

それから彼らはみなそろって下の食堂に降りて、軽食を摂り、トムと私は座った。私は煙草をすい、トムは風を入れた。それから私達はすべてについてもう一度話し合い、とても、とても幸福で、満足していた。そして彼は祝福するように自らの手を私の頭において、涙声で言った――

「マーク、ねえ君、君が今夜やった気高い行為のために、君は多くの罪を赦されるだろう」。

私は心から感動した。

ちょうどその時ジョージがよろめきながら入って来て、呆然として気を失いそうな顔つきで、言った――

「あのワッピング・アリスは――何ということでしょう、彼女は**男**です！」

それでことが判明した。おおもとの話の結末がそれほど劇的ではなかったと私が不平を言うまで、可哀想なビョルゲンセンをそんなにも非難するとは一度も思い浮かばなかったと彼女は説明した。彼女はその点を挽回できると考えた。そう、彼女の努力は悪くはなかった――あなた自身がお分かりだ。私はその人を「彼女」と呼び続ける――仕方ないことだ。「彼」ということではあるが。

二人は一度も一緒に住まなかったし、家族も持たなかった。

（1）この文は実際には何も口述筆記されていない。クレメンズが最初に「ワッピング・アリス」を紹介している最初の四段落は、一九〇七年四月に書かれた原稿を基にしている。物語そのものは一八九七年か一八九八年に、スイスのヴェッギスかウィーンで書かれた。彼はそれを自伝に入れるために一九〇七年に若干書き換えた。彼は一八七七年七月に起きたその「劇的な出来事」について、一九〇七年四月一〇日付の「自伝口述筆記」で「事実を語って」いる（執筆に関する全歴史については、一九〇七年四月一〇日付「自伝口述筆記」および関連する注を参照)。

(2)晩餐会は『ニューヨーカー・シュターツ・ツァイトゥング』誌の出版人で編集長のヘルマン・リダーがマンハッタンクラブで開催したもので、一九〇二年からドイツ駐在アメリカ大使のシャルルマーニュ・タワーのための宴会だった(『自伝完全版第一巻』、一二四ページおよび関連する注、『自伝完全版第二巻』、四三二ページおよび関連する注を参照)。この夜のスピーチは合衆国とドイツとの友好関係の重要性を強調するものであり、両国はアメリカ製品に対する高い輸入関税を防ぐための新たな貿易関税協定の交渉をしていた(「ドイツ皇帝との関税、和解近し」、ニューヨーク『タイムズ』紙、一九〇七年四月九日号、二ページ)。

(3)タワーの晩餐会に参加した時に、クレメンズは「ワッピング・アリス」を自伝に挿入することをおそらく既に決めていた。ライオンは四月八日付の日記で、クレメンズが『『ワッピング・アリス』――あの愛らしくもひどい小作品――を私に読んで聞かせてくれた。それは自伝として――あるいは何かに掲載されるはずになっていた。まったく楽しい作品だからだ」と記した(Lyon 1907)。「晩餐会の客」についてのクレメンズの文章はこの物語を導入する口実と考えられる。というのは、この物語を晩餐会の誰かと結びつける証拠は見つからないからである。

(4)クレメンズは、生涯の友人ジョゼフ・H・トゥイッチェル師のことを言っていると考えられる。ここの物語では彼の名前は短縮されている。クレメンズは彼のことを一九〇七年四月一〇日付「自伝口述筆記」で書いている(『自伝完全版第一巻』、七三ページおよび関連する注も参照)。

(5)「ワッピング・アリス」はスージィ・クレメンズのイギリス人乳母の架空の名前で、本名はリズィー・ウィリスであった。彼女が一八七四年の秋に雇用されたことは明らかになっている。住み込みの料理人の名前はメアリだった(オリヴィア・L・クレメンズからクレイン宛、一八七四年九月から一二月付書簡、写しをカリフォルニア大学蔵。一八七七年五月一七日付および一八七七年七月一七日付[一通目]、オリヴィア・L・クレメンズ宛書簡、カリフォルニア大学蔵)。

(6)クレメンズ家の執事のジョージ・グリフィンと御者のパトリック・マカリアのこと(『自伝完全版第一巻』、三二二ページおよび関連する注、三三五ページおよび関連する注)。

(7)手書き原稿のこの部分で、クレメンズは「このことをさらなる点から考えてみよう。私の祖父がジョージの祖父を所有していたし、私の父親がジョージの父親を所有していて、ジョージが**私を**所有していた――いずれにせよそれが家族が伝えたことである」と書いた。彼は一九〇七年にホビーのタイプ打ち原稿を修正する際にこの文を削除した。

(8)手書き原稿段階ではクレメンズは単に「――さん」としていた。後にタイプ打ち原稿では「チャールズ・ホプキンズ・クラーク」と実名を入れ、さらに匿名の「ク――さん」と決定した。クラークは友人で、ハートフォード『クーラン』紙の編集長だった(『自伝完全版第一巻』、三一七ページおよび関連する注)。
(9)リズィーの友人は失業中の機械工のウィリー・テイラーで、クレメンズはこの人物のことをオリヴィアに「背が高く、筋肉質で、男前の三五歳の男」だと書いた(一八七七年七月一七日と一八日付書簡、カリフォルニア大学蔵)。
(10)ジョン・C・キニー、スティーヴン・A・ハバード、ジョゼフ・ロズウェル・ホーリーはみなハートフォード『クーラン』紙と関わっていた。キニーは副編集長で、ハバードは経営責任者で共同社主、ホーリーは編集長で共同社主だった(『備忘録第二巻』、三八三ページ、注七九。『自伝完全版第一巻』、三一七ページおよび関連する注、三一九ページおよび関連する注)。エドワード・M・バンスは銀行の支配人で家族ぐるみの近しい友人だった。ジョージ・M・ロビンソンはエルマイラの家具製造業者で、クレメンズの夏の間のビリヤード仲間だった(『自伝完全版第一巻』、三一六ページおよび関連する注。『自伝完全版第二巻』、三七八ページおよび関連する注)。
(11)クレメンズが四月一〇日付「自伝口述筆記」で説明しているように、太って汗っかきのトマス・エックスは架空の人物である。呼び出されたのはトゥイッチェルだった。クレメンズの最初の電話は一八七七年一二月か一八七八年一月まで取り付けられなかった。それはハートフォード『クーラン』社としかつながっていなかった(『自伝完全版第二巻』、五六ページおよび関連する注)。
(12)ウォルター・P・チェンバレン(一八一五年?~一八九〇年)は、一八六〇年から七一年までと、一八七五年から八一年までハートフォード警察署長だった(Beckwith 1891、一八九〇年五月の「出来事記録」の記載。Thomas S. Weaver 1901、一六ページ、五四ページ~五五ページ)。

一九〇七年四月一〇日水曜日

クレメンズ氏が「ワッピング・アリス」の話から虚構を取り去り事実を語る。三年後にアリスとスウェーデン人に偶然出会ったことを思い出す。ソー裁判結審に近づく。被告の答弁のために事件を総括したデルマス氏のスピーチの一部。

昨日の口述筆記が笑劇風のおとぎ話として読まれ、しかも作り物のように見えることは分かっている。だがそれがどう読まれようと、どう見えようと気にすることはないし、それはおとぎ話でもないし作り物でもない。その中の不可欠な細部で架空のものは無い。架空ながらかなり重要な細部がひとつだけあるが、不可欠ではない。その例では私は事実から虚構へと逸れた。その理由は単にそれをいま雑誌に発表したかったからで[1]、思いやりという点から変えなければならなかったのだ。しかし私のこの「自伝」は、雑誌を震え上がらせるような明確な表現を使ってもよい。既にそうした表現をたくさん使っているし、私がやり遂げるまではたくさん使うことになろう。私自身の楽しみのために、今はあの創作上の詳細を削除し、それを事実で置き換えたい。その考慮すべき、しかし本質的ではない事実とは、つまり、ワッピング・アリスは女性であり、男性ではなかったということだ。この真実によってその状況の目覚ましい滑稽さが僅かばかりでも除去されたり変化することはない。一時的にアリスを男性にすることでそのちょっとしたドラマは十分に受け入れやすくなって、私はそれをある雑誌に利用することができたし、その雑誌読者に強烈な衝撃を与えすぎる危険性も無くなった。

　実際に起きたことは次のようなものだ。アリスが私の目の前に立って泣きながら困った証拠を打ち明けた時、彼女はそのスウェーデン人の忌まわしい魅力に負けて「堕落した」。そして出産が近づいており、彼女はやがて母親になろうとしていた。彼女はその若いスウェーデン人に自分と結婚して不名誉から救ってほしいと懇願したが、彼は拒絶したと言った。彼女の話を疑うことは一度も思い浮かばなかった。思い浮かんだのは、ただ憤慨で燃え立つことであり、煮え立つことだけだったので、私はそうした。彼女は自分の役割を十分に演じたし、自ら完璧にそれをこなした。私は計り知れないほど怒っていただけでなく、邪悪な喜びで一杯だった。というのも、私は切り札をすべて持っていて、そのスウェーデン人を満足いくように惨めな人物にすることができると分かっていたのだ。それでアリスに結婚式の準備をするように命じた。それから私は彼女を下がらせ、ジョージを呼び、既に述べたように、我々は一つひとつ細かな点まで計画を練った。その夜、私がその惨めなスウェーデン人を罠の中に捕らえると、彼は怒って部屋を行ったり来たりし、その恐ろしい苦境から抜け出す手立てを模索していた。その時に私はそのもうすぐ生まれる子供に彼の気持ちを向けさせようとした。私は彼の親としての本能に、その罪もない小さな生き物に対する彼の義務感に、強烈に訴えかけた。だがそれで彼の怒りは以前よりも二千度あまりも上昇したのだった。彼は誰の私生児か分からないものを押し付けられたくないし、もし私が彼の立場ならそんな非道なことを強要するのがいかに残酷か分かるでしょうと言った。

結婚式は、既に正確に述べたようにそのすべての芝居がかったものと一緒に、うまくいったし、その夫婦と使用人と警官は階下の食堂に降りて来てごちそうを食べ、喜んだ。それから牧師はその手を私の頭に置いて、目には幸福の涙をためて、感極まった声を出し、感動的な気高い祝福の言葉で私を讃えてくれた。これも既に述べたとおりだ。だが、この牧師はトムではない。「トム」は架空の名前である。実際の牧師はジョゼフ・H・トゥイッチェル師で、彼は今でも生きている――彼がずっと我らとともにあらんことを祈る。雑誌に出すために私は架空の「トム」を使ったのだ。やがてジョー〈・トゥイッチェル〉が帰宅することになり、私達は我々の厳格な公正性と道徳の犠牲になった者達にお休みを言いに食堂に降りて行った。私は二人が家の中で密かな行為に耽る必要はもうないし、好きなようにくつろいだらいいし、私の部屋を除いて家の中のどの部屋も一時的に使ってよいと伝えた。

その家族はその年の夏にハートフォードに戻ってこなかったし、次の年も、その次の年も戻らなかった。私達はヨーロッパにいたと思うが、思い出せない。しかしその三度目の夏に私達はニューヨーク州エルマイラに戻り、ジョージと他の使用人達がどうしているかを見にハートフォードに急いで行ってきた。私は数日そこに滞在した。日曜日の午後の陽光の中、私が板石を敷いた歩道を上の門へとゆったりと歩いていると、一台の馬車が道路に止まるのが見えた。次にその中に淑女と紳士が乗っており、私の方に注意を向け、明らかに何かを期待して私を見つめているのに気が付いた。馬車は無蓋馬車で――ブルースター社製の上等な新車だった。馬は石炭のような黒毛で、つやもよく威厳があった。馬車に乗っていた二人は、上品で流行の服を着ており、手袋をはめていた。紳士は絹製の帽子をかぶり、それが馬衣と同じように輝いていた。私は足を速めて、馬車のもとについて見ると、紳士が帽子を上げて挨拶し、淑女は腰をかがめて微笑んだ。それから、一瞬ののち、突然誰か分かった――この鳥のように輝いている二人はアリスとスウェーデン人だ。スウェーデン人の顔に喜びと幸福が広がり、次のように言った――

「クレメンズさん、三年前にあなたが私をアリスと結婚させた時には、私はあなたを殺そうとしたかもしれませんが、今はあなたに感謝したいのです。あれは今まで受けた中で最高の厚意でした。私は一セントもなく、仕事もなく、友人もいませんでした。目の前には何も見えず、救貧院があるだけでした。ところが、アリスはそのすべてを変えてくれた女の子なのです。彼女は私を救ってくれましたし、あなたにもう一度感謝します。彼女は私に仕事を、すべて私ができることを、ガーヴィ・アンド・ヒルズ社から取って来てくれました。あなたの家を建てた請負業者です。[2]彼女はメイン通りを行ったところに小さなレストランを始めて、あなたの家で知己を得た、バンス氏、ロビンソン氏、ホーリー将軍、ジョージ・ウォーナー氏[3]、他のあなたの友人で有力な方すべてに来ていただいて料理を食べてもらいました。皆さん料理を気に入ってくれて、他の方々を連れて来て下さるようになり、やがてすぐに彼女が対応できる限りの客で一杯になりました。彼女はまるで造幣局のように金を生み出し、いまだに続いています。彼女は私を賃労働から救い出してくれ、私を請負業者兼建設業者にしてくれました。これが今の私で、儲かっています。私達は今やこういう格好もできます。金は払ってあります。すべてはあなたのお陰です、クレメンズさん、あなたの気まぐれで誤った正義感のお陰です。というのは、もしあなたが私を強制的にアリスと結婚させずに刑務所に送っていたら、こうはならなかったのですから」。彼はちょっとためらってから、辛辣な調子を交えずに続けて言った。「しかし、あの子供について言えば、生まれてきませんでしたし、彼女があなたにあのおとぎ話を語った時にその兆候は、全く、ほんの僅かもありませんでした――**本当に無かった**のです」。

それから彼は笑い、アリスも笑い、当然のことのように、私も笑った。そして我々は別れた。

私はいまやすべての事実を語り、作り話を全部取り去った[4]。それで私の考えでは事実は作り話によらなくとも十分優れた物語になるものだ。

あのひどいソーの裁判が結審に近づきつつある[5]。デルマス氏が昨日ある程度弁護を行った。その抜粋を添える。

彼はイーヴリン・ネズビットの誕生から話し始め、不思議なことに、ほんの一言か二言で彼女の幼児期の話に移った。彼は言った。

彼女が一〇歳の時、家族は窮乏と貧困の苦悩と空腹の苦痛を感じ始めました。一二歳で彼女は家族を支えて働くようになり、彼女の年齢で、勇敢で度胸のある子供がやれるかぎりの仕事をして母親を助けました。この状況下で一家は、定住することなく、転々と移動し、アラブ人のように地上を彷徨い続けたのです。

しかしこれが永遠に続くことはありませんでした。自然はこの子供に美という運命的な賜物を与え、そこに母親は一家を支える資質を見いだしたのです。そして一四歳の時にフィラデルフィアで母親は娘に芸術家のモデルになるという危険な仕事をやらせ始めました。その後すぐに一家はニューヨークにやって来て、母親の斡旋《あっせん》でイーヴリンがフィラデルフィアでやっていた仕事と同じことをここでも始めます。その美しい子供は朝から晩まで、毎日毎日、通りを行き来し、ひとつのアトリエから別のアトリエへと渡り歩き、彼女が稼いだ僅かな金を週末に母親に渡し、それが彼女と母親と弟の一家を支えました。

誘惑者の登場

デルマス氏はその次にその幼い少女の辿った芸術家のアトリエから舞台への道程をたどり、証言台で彼女自身の言葉によって明らかになった人生行路をたどった。デルマスが言うには、この頃に誘惑者が登場した。彼は続けて言った。

彼は見て、欲望を抱き、熟練の手管で彼女を自分のものにしようと考えました。彼には家族があり、家にはよく出来た妻と才能ある息子がいたにもかかわらず。

さらにデルマス氏は、イーヴリンの証言によりながら、スタンフォード・ホワイトが彼女の母親の機嫌を取って彼女をピッツバーグに行かせ、娘を建築家〈スタンフォード〉に預けさせたやり方を語った。イーヴリン・ネズビット強奪の夜のことに何も触れずに過ぎ越したいものだと言ってから、デルマス氏は続けて次のように言った。

　この天才的な男が自分の周囲でできる限りの、あらゆる趣味の良さと豪華さと眩しいばかりの美で飾られた小さな部屋のひとつに、この子供はある夜誘い込まれました、他の人もそこにいると嘘をつかれて。彼女が着いてみるとこの男と彼女だけでした。この男は彼女の父親のような年齢で、母親がいない間彼女を護ると誓っていました。

　この子供がそこでワインと薬物を無理に飲まされ、一歩ずつ自分を失い、意識を無くし、いかにして男の餌食になったか、その手口を思い出してもらう必要があるでしょうか？

　既に証言のあった、その不幸な餌食の口から語られたおぞましい光景を思い出してもらう必要もないでしょう。ああ、あの日が来るくらいなら、スタンフォード・ホワイトは生まれてこなければよかったのです[6]。彼の目の前でズタズタにされ喰い尽くされた餌食の恐怖と苦悩の叫び声を聞くくらいなら、彼の耳は聞こえなければよかったのです。何のために彼はやったのでしょうか？　彼は神の似姿である人間を汚し面子を失わせる罪と犯罪のうち、最も汚れて、最も下劣で、最も不名誉なことを犯したのです。力強く強烈な人間である彼が、可哀想な幼い子供を誘惑し堕落に導き、一時の情念と欲望を満たすために、光を求めて天に向かって一生懸命進んでいた、小さな可愛い花を押し砕いたのです。

　彼は法律が重罪と定める犯罪で、しかも古くからのアングロサクソンの言葉では強姦という忌まわしい名称の犯罪を犯したのです。それはこの国の元首が先ごろ議会教書の中で言ったあの犯罪であり、それはどこでも死をもって罰せられるべき犯罪なのです[7]。いくつもの教会と、贖罪《しょくざい》の象徴を冠したいくつもの聖堂を建てた人物は救い主の言葉を忘れていました。救い主は幼子を呼び、人々の中に座り、仰られました。「我が名を持つ幼子を受け入れるものは誰でも私を受け入れるものである。だがこれらの幼子のひとりでも罪に落とす者は誰でも首にひき臼石を括り付けられて海に投げ込まれる」と。

　おお、スタンフォード・ホワイトよ、あなたは不信心というその堅い心で、父親のいないこの子がこの大都市のあの夜の静寂の中で発した叫び声を想像しただろうか――母親に見捨てられ、数百万人の住むこの都市に置き去りにされた子供の叫び声が――あなたは神が決してその叫び声を聞かず天罰は決して落ちてこないと想像したのだろうか。その日が来る前にスタンフォード・ホワイトが死んでいたらずっと良かったでしょう。というのも、その時には彼は光輝の絶頂で死んでいたからです。その時人々は悲しみながら彼の葬儀に参列したでしょうし、その時彼はその名前が物笑いの種になる前に死んでいたでしょうし、彼に関する記憶が消えずにひたすらひどく嫌われることもなかったでしょう。

彼女の精神をも堕落させた。

ここでデルマス氏はかなりの間言いよどんだ。というのはこの激しい非難を口にするためにはかなり強い気力が必要なようだった。デルマス氏が気力を回復すると、彼はスタンフォード・ホワイトがイーヴリン・ネズビットの体に暴行を加えた後で彼女の精神を堕落させるためにどうやってできる限りのことを行ったかを続けて語った。彼は言った。

彼は彼女のもとに行き、その傍らにひざまずき、服の端にキスをして、涙を拭くように言うと、彼女がしたことは女性のすべてがすることだし、唯一の罪は発覚することだと言いました。彼女がそのことを胸の中にしまっておくだけでよいのだ――女性はすべて邪悪なもので、その悪徳をうまく隠しおおせる女性はほんの僅かで、見つかってしまう女性もいると彼は言いました。そうして彼は彼女をその住処や彼の所有する他の場所に何度も何度も誘い込み、そうしてその罪深い関係を二ヶ月あまりも続けさせたのです。

(1)クレメンズはリズィー・ウィルズの話を一八九一年五月のできるだけ早い時期に書き上げようと考えていたのは明らかだ。その時、彼は備忘録に「イギリスの使用人少女を正直な女性にする方法」と書いた(「備忘録」三〇、タイプ打ち原稿、四三ページ、カリフォルニア大学蔵)。彼が一八九七年から九八年に最終的に草稿を書いた時には、彼自身の名前とパトリック・マカリアの名前も含めて、関係者の実名を使った。しかし、一八九八年の秋にこの物語をニューヨーク『ワールド』紙のジェイムズ・J・トゥーイーに提供しようと決めた時に、架空の「ジャクソン」と「デニス」という名前を（一貫してはいないのだが）使い、ロチェスター、ノーザンプトン、スプリングフィールドの都市名を変更して出版準備をした。彼は架空の名前で原稿をタイプ打ちさせ、「この物語を架空の話に」した理由を次のようにトゥーイーに説明した。

一般の人々は虚構化が可能なところでは事実に対してよしてくれとは言わないものです――さらに、私はこの忌々しい冒険に関していつも少し心を痛めていましたし、私が自ら進んで自分の名前を「ジャクソン」に変えることは、できればしなかったでしょう。しかし、私はいつか「自伝」の中でその微妙な部分を克服するつもりです。それは私の家で一五年前に起きました――私はその本質的ではない、ひとつの大きな部分を変更しました――それにこの時までには関係者はほとんど亡くなっています、おそらく。しかし私の牧師のジョー・トゥイッチェル師は亡くなっていませんし、彼が結婚許可証を得て、化粧室で三時間汗にまみれ、二人を結婚させ、私の善行に対して涙ながらの祝福をしてくれました。（一八九八年一一月一〇日付、トゥーイー宛書簡、複写をカリフォルニア大学蔵）

細かな「部分」――主人公の性別――を適切に変更したのに、トゥーイーはこの物語を拒絶した。一八九九年四月には、クレメンズはタイプ打ちした原稿を『コスモポリタン』誌のジョン・B・ウォーカーに提供したが、彼も掲載を断った。その物語の原稿に書かれ、しかもロジャーズにも語ったように、それが「出版できない」とクレメンズはその年の八月には判断していたので、彼はそれを書き換えようとはしなかった（一八九九年四月五日付、ウォーカー宛書簡、複写をカリフォルニア大学蔵。一八九九年八月二二日付、サーム・ロジャーズ宛書簡、『トウェイン・ロジャーズ書簡集』、四〇七ページ）。一九〇六年一月にクレメンズがこの物語を俳優クラブの晩餐スピーチで語った時には、リズィーを「イギリス人のメアリ」と呼び、他にもいくつか些細な点を変更したが、強制結婚における彼自身の役割ははっきりと認めていた（スピーチ原稿については『自伝完全版第一巻』、六六二ページ～六六三ページを参照）。一九〇七年四月に原稿を自伝（タイプ打ち原稿ではなくて）に入れると決めた時には、彼は同じ書き入れをするつもりだった。つまり、「『ジャクソン』とあるところをすべてクレメンズに書き換え、『デニス』をすべてパトリックに変える」。サミュエル・L・クレメンズ」というメモをタイピストに渡した（『マーク・トウェイン・プロジェクト電子版』の「原文注釈」参照）。クレメンズはもう一度この物語の出版を試み、一九〇七年八月にこの物語を『ハーパーズ・マンスリー』誌のクリスマス号のためにフレデリック・ドゥネカに送った（どの版かは不明）。ドゥネカは「ストームフィールド船長の天国訪問記」の抜粋を掲載して、この物語を断った。「ワッピング・アリス」は一九八一年まで出版されなかった（ドゥネカからサミュエル・L・クレメンズ宛、一九〇七年八月二日付書簡、カリフォルニア大学蔵。SLC 1907-8, 1981）。

（2）ハートフォードのファーミントン街三五一番地のクレメンズの家はエドワード・タッカーマン・ポッターが設計し、総合請負業者のジョン・B・ガーヴィと石工ジョン・R・ヒルズとが、一八七三年から七四年に建てた。

（3）ジョージ・H・ウォーナーとリリィ・ウォーナー夫妻はクレメンズ家の隣人だった（『自伝完全版第一巻』、三二七ページおよび関連する注。バンスとロビンソンとホーリーに関しては、一九〇七年四月九日付「自伝口述筆記」および関連する注を参照）。

（4）クレメンズはそれが起きた一八七七年七月にオリヴィア宛の三通の手紙で事実に基づく説明を書いた。彼は七月一七日に妻に「家の中にはひとりも泥棒はいなかったけれども、リズィーの友達の二人のごろつきのうちのひとりか両方が居ただけ」と書いた。その時点での彼の主な関心事は、彼女かあるいは「ごろつき」が何かを取ったかを確認することだった。テイラーがある朝早くに家を出たという事実を突きつけられると、リズィーは「ある夜（彼が残っていなければならない時間よりも遅くに）子供部屋に行くよう求められ、自分がそこにいる間に防犯ベルが設定された。彼を一晩中自分の部屋に残して置くしかなく、自分が出て行って、メアリと一緒に寝た」と主張した。メアリがリズィーと一緒に寝たことを否定すると、クレメンズがリズィーに『きみの友人が朝早くにこの家を出て行った晩にきみと寝ていたのはきみの友人だ』と言うと、彼女は白状した」という。そこで彼はテイラーを強制的に彼女と結婚させる「計画を練った」。彼は自ら裁判所に出向いて結婚許可証を取り、それから警察署長を訪ねた。家に帰るとリズィーが外出中だったので、彼女に自分のもとに来るようメモを残した。テイラーが到着した時、彼女はそこにいて、クレメンズがテイラーに質問している間「ずっと泣き通し」ていた。トゥイッチェルが結婚式をつかさどり、「リズィーは式の間も祈りの間も泣き続けていたので、彼女の夫が彼女の首に腕を回し、キスをして、涙を流して、『泣くなよ』と言った」（一八七七年七月一七日付、オリヴィア・L・クレメンズ宛書簡、カリフォルニア大学蔵）。

（5）クレメンズは一九〇七年二月二八日付の「自伝口述筆記」で議論した話題に戻っている。一九〇六年六月に起きた裕福な道楽者ハリー・K・ソーによる建築家スタンフォード・ホワイト殺害裁判である。ソーは妻のイーヴリン・ネズビットが一六歳の乙女だった時に――芸術家のモデルやコーラスガールをしていた――ホワイトが誘惑したことに対して報復しようとした（『自伝完全版第二巻』、四五四ページおよび関連する注参照）。デルフィン・M・デルマス（一八四四年～一九二八年）はイエール大学で法律を学び、一八六六年にカリフォルニアで弁護士になった。彼はサンノゼで弁護士業を営み、その後サンフランシスコで開業し、サンタクララ郡では地区検事長とカリフォルニア大学の理事も務めた。裁判所での偉大な雄弁家とみなされ、彼はその低い身長とはげ頭を隠すための「わずか一摑みの髪の毛」のためにナポレオンに似ていると言われていた。ソーを弁護するさらに二人の弁護士は最終弁論をさせ、「ソーの命がけの戦いに勝利する」ためにデルマスを招へいした（「デルマス、ソーの弁護始める」、ニューヨーク『タイムズ』紙、一九〇七年四月九日号、一ページ）。

（6）ソーの無罪判決の唯一の望みは精神異常を申し立てることだとデルマスは考え、彼の弁護がソーの復讐行為を正当化する「不文律」に立脚すべきだとソーが主張した時に、デルマスは裁判から身を引こうとした。デルマスは最終弁論でホワイトを罵倒し、「天の配剤によって悪に復讐するためにソーがつかわされた」ことを陪審員に納得させるために誘惑の場面をぞっとする場面で描写した（「ソー、自ら弁護士になる」、ワシントン『ポスト』紙、一九〇七年四月一六日号、一五ページ。「デルマス、陪審員に訴え」、ロサンゼルス『タイムズ』紙、一九〇七年四月九日号、一一ページ）。彼は部分的に成功した。というのは、陪審が評決に合意できなかったので、四月一二日に無評決審理が宣言されたからだ。ソーが一九〇八年に再び裁判にかけられた時には、精神異常のために無罪となり、精神病院に収監された。

（7）ローズヴェルト大統領は一九〇六年一二月四日の議会演説で、私刑であるリンチ法を非難し、女性に対する犯罪に死刑をすすめることを提唱した。

すべての有色の男性は、自らの種族に対する最悪の敵は黒んぼの犯罪者であり、とりわけ強姦という恐ろしい犯罪を犯す黒んぼの犯罪者であることをはっきりと理解すべきだ。さらに、国全体に対する、そして有色人種に対する犯罪は、最高度の犯罪として感得されるべきである。というのは、有色人種の男は法の番人があらん限りの熱心さと熱意でもって行っているそうしたすべての悪名高き犯罪者の探索を助けていないからである。

加えて彼は「白人種の全員が自身の道徳的本質が永久に低下させられるとき人類の苦悩を分かち合うことになること」を実感すべきだと語った（「教書概要」、シカゴ『トリビューン』紙、一九〇六年一二月五日号、一三ページ）。

一九〇七年四月一一日木曜日

子供達の記録からいくつか。スージーの古風な言い方。クレアラの数限りない乳母と、乳母のひとりマリア・マクマナスに関する記述。

「子供達の記録」と呼んでいた古い手書きのノートから、何ヶ月も前に一章を抜き出した[1]——子供達が小さい時に口にした言葉をクレメンズ夫人と私が取り止めもなく書き留めたノートである。私達はその言葉が新鮮なうちに書き込むようにしていた。それで「記録」は過ぎ去った歴史というより日記のように読めた。私がその章を抜き出したその昔には予想もしなかった価値を、いまその「記録」が持っていると認める——それは、おそらく家族以外の人にとっては価値がないが、私にとって価値がある。というのも、その片言を話していた幼子の何気ない言葉がその気質や性格を暗示するものとなり、大人になった時にその人物がどう言っているのかを正確に予想するものとなったからである。その「記録」からまた引用したい。スージィが三歳をいくらか越えた頃、彼女の宗教的行動は急に活発になり始めた。彼女の言葉の多くがこうした傾向を持っていた。例を挙げる。

ある日曜日に彼女が紙にまだらのはねかけとしみ——彼女はそれを「絵」だと考えていたが——をつけようとして水彩絵の具を取り出していた。母親が言った——

「スージィ、今日は日曜日よ」。

「でも、ママ、私、イエス様のために絵を少し書きたかっただけなの、私が行ったら仲良くなれるようにね」。

これは敬意を込めて言われたもので、これだけ時を置いてみると全くそうは響かないものだ。

彼女のスーおばさんは次のような言葉で終わる讃美歌を歌うことが多々あった。(2)

「イエス様が最初に私を愛して下さったので私はイエス様を愛するのです」(3)。

スージィの母親がその後数ヶ月してからそれを歌い、讃美歌の最後はもちろん先と同じ文句だった。ところがスージィは、公正で、良心的なものだから、彼女の歌を修正して、次のように言った――

「ちがうわ、それ正しくないわよ、ママ――イエス様が最初にスーおばさんを愛したからよ」。

「私」という言葉を彼女は大きく取り違えていたのだ。


ある日、彼女が日向で突然次のように歌い出した。

「ああ、イエス様、あなたは死した。

もはや踊れぬし歌えぬのか？」

その様子はこの上なく明るかった――大いに心地よくもあり、同じように明るく元気な態度と身振りだった。

母親はひどくびっくりし、驚嘆した。そして言った――

「あら、スージィ、マリアがそんな恐ろしい歌をあなたに教えたの？」

「ちがうわ、ママ、私が自分で作ったのよ、全部自分で考えたのよ――誰にも手伝ってもらわなかったの」。

彼女は明らかにそれを自慢していて、繰り返し歌おうとしたが、そうしないようにお願いした。


最近すべての年月がゆっくりと過ぎて行くが、ここでマリアのことが出て、あの目覚ましい女性の姿が生き生きと目の前によみがえる。「記録」には次のように書いてある。

マリア・マクマナスはクレアラ・クレメンズの数々の乳母のうちのひとりだった――罰当たりな悪人で、ウィスキーと煙草と他の悪習にも染まっていた。クレアラは最初の誕生日から数ヶ月経過するまで、生存の可能性は不確かだった。彼女は母乳しか飲めず、母親は母乳が出なかった。最初に確保できたのは、ジョン・T・ルイス

（クォリー農場の黒人の借地人）の黒人の妻メアリ・ルイスで、[4]二、三週間出た。調理済みの食べ物を食べさせるとすぐにクレアラの唇は紫色になり吐き出した。一五分も持たないと思われた。メアリ・ルイスの母乳が全く出なくなると、次にエルマイラからマギー・オデイに来てもらった。彼女は自分の子供を一人連れて来ていて、一日分の母乳を二人に分け与えた——それは十分ではなかった。それで我々はクレアラの不足分を調理済みの食べ物で補おうとしたが、うまくいかなかった——クレアラはまた紫色になり、死にそうになった。

私達は調理済みの食べ物を二度と試さなかった。次に確保したのはリズィー・ボースカーだった。[5]彼女の母乳が出なくなると、私達は必要な母乳を確保するためにパトリックの妻メアリ・マカリアを得た。[6]やがて、彼女も破産した。次に確保したのがマリア——マリア・マクマナスで[7]——彼女はクレアラが乳離れするまで一年間いた。クレメンズ夫人にとってはそうではないが、私にとって、マリアは大いに楽しい人でお気に入りで尽きることなく面白い人だった。彼女は家中どこでも煙草をすった。台所では悪態をつき、汚い言葉を使った。食糧庫からビールを盗んで、それで酔っ払い、時折もっと度の強い酒を飲んで、あらん限り扱いにくい奴だった——だが、クレアラはずっと彼女の悪徳を飲んで大きく成長したのである。一年のうち一番短い二月に、彼女は断りもなく私のビールを二五八パイント飲み、四二パイントしか私に残して置かなかった。私が最初に理論上の禁酒主義者になってから最も飲む分量が少なかった月だったと思う。

ある種の技術と説得とによって私がクレアラに信じ込ませることができたことがある。クレアラに乳母が見つかると、いつもその乳母の名前も自分のものにして、自身の名前に付け加えることになっているということだ。私は彼女がその一連の名前をぺらぺらと早口でしゃべるように教え、名前のどれかを正しく発音できずにすべてばらばらにしてしまう時など、彼女がちょっとした離れ業をするのを聞いて私は大いに満足した。彼女は見事にそれを口にし、それが正しいのだと何も知らずに信じていた。それで知らない人が名前を聞くと、クレアラはいつでも一連の名前のすべてを答えるのだった。つまり、クレアラ・ラングドン・ルイス・オデイ・ボースカー・マカリア・マクマナス・クレメンズと答え、しかも彼女は自分がその知らない人を騙していることは気づいていないのだ。

マリアには赤ちゃんがいて、ジレットの家に預けてあり、[8]やがて亡くなった。クレメンズ夫人は同情して二〇ドル出してやり、立派で満足いく葬式を出させてやった。その目的は達した。マリアはその夜一一時頃に泥酔してしかもふらついたまま家に帰ってきた。しかしクレアラはマリアがアルコールでいっぱいなのと同じくらいに空腹だったので、二〇分間しっかりと乳首を引っ張ると、彼女の体は嚙みタバコと葉巻のけむりと下品な言葉で風味付けされたラガー・ビールと安ウィスキーとラム酒と下品なブランデーから成るミルクパンチで耳まで一杯になった。そして両方の乳首から立派に「吹き出し」、落ち着いて幸福になった。クレアラは他の誰よりもマリアのミルクで強健に育った。というのは、他の乳母のミルクには栄養になる物がそんなにたくさん含まれていなかったからだ。それにはいつでもレモンパイと青リンゴが含まれており、さらに乳母の胸を通じて子供達に与えると致命的だと医師が信じていた禁止物も含まれていたが、クレアラはいつでもそういうものが好きだったし、それで大きくなったのだ。

マリアは私がこれまで会った人の中で最も素晴らしい姿をしていた。彼女の身長は六フィート〈約一八三センチメートル〉で、完全に均整のとれた体をしていた。彼女は背筋を真っ直ぐ伸ばして、兵士のように大股で歩き、近衛兵のような姿勢をしていた。しかも彼女は今まで生きてきたどの近衛兵にも負けないくらいの優れた勇気を持っていた。彼女の髪は豊かな黒髪で、顔は浅黒くエジプト人のようだった。彼女の顔貌は気高く印象的なエジプト人のものだった。彼女の服装とその色合いには少し東洋的なところがあり、彼女が大股で部屋を横切る姿には見ていて堂々としたところがあった――クレオパトラの再臨の感があった。

単なる好奇心から私は何か面白いものが無いかと思って彼女の部屋を一度捜索したことがあった。マットレスの間にリンゴと西洋ナシとオレンジがあった――さらに季節の他の果物もあった――そして私の葉巻とタバコがかなりたくさん、それに店を始められるほどのビールがあった。他の人ならば彼女を非難したことだろうが、私は非難しなかった。私は彼女の先を見すえた身の振り方に感心した。私はもし自分が乳母だったら全く同じように先のことを考えただろうと思った。二年ほどしてハートフォードでクレアラが彼女を必要としなくなると、彼女はニューヨークのとある施設の乳母の職に応募し、私を身元保証人にした[9]。その施設の所長が手紙で、この応募書類は正しいのかと私に尋ねてきた。私はそれが正しいと書き、ケルンで殉教した一万一〇〇〇人の乙女を選ぶのにも足るほどの身元保証を彼女にしてやった[10]。その乙女達がマリアと同じ仕事に就けばの話だが。彼女が欲しいと思われるだけのビールとウィスキーとブランデーと煙草と青い果実とレモンパイを与え、彼女を子供部屋で解放してやり、結果について何も憂慮してはならない、と私は書いた。

「記録」からさらに抜き出す。スージィとミレット氏——クレメンズ氏がミレットに関して述べる。彼の美しいほどの性格、従軍記者としての仕事、結婚、クレメンズ氏を描いた最初の油彩肖像画、など——「記録」からの抜き書き、スージィからミレット氏への手紙で終わる。

スージィ、四歳半になる。

若い画家のフランク・D・ミレットが私の肖像画を描くためにしばらく前にこちらにやって来て、私達の家に二週間滞在した[11]。彼が来た次の日にスージィが母親に本を読んでほしいと頼んだ。ミレット氏が言った。
「私が読んであげましょう、スージィ」。
スージィは重々しく、上品な優しさと強烈な威厳を込めて言った——
「ありがとう、ミレットさん、でも私、ママのことをちょっとよく知っているの、だからママにお願いするわ」。

ミレットの髪の毛はその頃黒かった。だが、今では黒くない。私の頭は当時は茶色だったが、今では白い。彼は当時無名だったが、今では広く知られている。我々のどちらも当時は難儀を知らなかったが、どちらも今ではよく知っている。我々は当時とても若かったのだが、今ではもう年老いた。ミレットはあの遠い時代にいた、あらゆる男性の中で最も優しく愛すべき存在だった。彼はその見事に卓越した地位を今でも保っているし、すべての追従者を寄せつけずその地位を維持できる。年齢とともに彼が辛辣《しんらつ》になることはなかった。生まれながらに持っていた優しさはずっと変わらなかった。彼には愛情あふれる友人がいつでもたくさんいた。今でもたくさん友人がいるし、それがアメリカだけでなく、イギリスやフランスにもいた。敵というものが何かを彼は知らないのではないだろうか。敵のつくり方を彼が知っているとは考えられない。

「ナンシー女史」という男性について口述筆記しているだろうか？　いや、していないか、彼は決してそんなものではなかった。画家であり、しかも優れた画家だったので、彼は必然的に多大な詩情と感傷とを自らの中に秘めていて、それが彼の画布に表れていた。しかし彼は賢く、しかも実際的であり、さらに男性的勇敢さも持っていた。ハートフォードで彼が私の肖像画を描いてから一年半後、彼がパリのイタリアン通りを急いで走って行くところに出会った。何をそんなに急ぐのか尋ねた。その時彼はロンドン『デイリー・ニュース』紙の戦争通信員になり、[12]戦場に向かおうとするところだった。二時間ほど後には準備をすべて整え、出発した。彼は戦争のすべてを経験した。彼に最も近しく、最も賞賛すべき同僚は、マクガハンとアーチボルド・フォーブズで、彼らは大胆なペンを持つ騎士であった。[13]彼は〈マルタ島の〉プレヴナで起きた最も激しい戦火の中心に一日中いたのだ。[14]彼はそれ以外の戦闘にも加わっていた。彼は大公や将軍の貴重な同僚だった。皇帝は彼の友人で、戦場で彼の勇敢さに対して勲章を授けた。[15]恐ろしく危険なことも彼と、マクガハンとフォーブズにとっては魅力あるものと思われ、彼らはそれを求めて楽しみながら、危険に満ちた多くの成功をしてきた。情報が得られるところへは、そこまでの距離がどれほどあっても、どんなに危険であっても、どこへでも彼らは進んで行った。ミレットには十人以上も部下がおり、二三頭の馬を持ち、それらを活用する優れた実務能力を身に付けていった。

戦争が終わると彼はパリに戻り、画業を再開し、結婚した。[16]我々は結婚式に参加し、結婚式の贈り物の披露に参加した。私はきれいなリボンをあしらった薪を一本贈った。もちろんそれは宝石として大切にされていたものであって、当時フランスの首都で薪に金を払わねばならないのが誰かを誰でも分かっていたからだ。

ミレットの実務能力はクリストファー・コロムブスを祝う一八九三年のシカゴ万博でまた発揮された。[17]ホワイト・シティの装飾は彼の手に任されたのである。彼のもとには有名な芸術家が多数集まっていた。彼はあらゆることに指示を出し、あらゆることを監督し、大変な仕事を予定通りに終わらせ、しかも完全にうまくやったし、その間ずっと彼の芸術家集団を平穏にまとめていた。彼が示した行政的手腕はおびただしく賞賛された。とりわけ、彼はシカゴで最も大きく豊かな石炭会社の社長職を高額の給与で提示されたのである。しかし彼は富よりも自らの芸術を選び、それを断り、同様のすばらしい申し出も断った。

ミレットが私の最初の油彩肖像画を描きにハートフォードに戻って来ると、彼は私に小さな絵をくれた——それはオランダの室内画で、彼の油彩画の最初期の作品だった。私は今でもそれを持っている。最初にポーズをとった時に彼は画布に木炭で私の輪郭をざっと描いた。それがとてもよく、力強く、私に生き写しだったのでクレメンズ夫人はそれを台無しにしないようにと、それに色を付けさせずに、購入した。彼はボストンから画布をその一枚しか持って来ていなかったので、町へ行ってもう一枚買ってこなければならなかった。画布を枠に張ってもらうために彼が画商のところに行っている間、私は外で待っていた。そこにじっとしているのはつまらなかったので、時間を有効に使う方法はないかと考えた。ちょうどよく近くに散髪屋があり、そこに入って髪を切り揃えてもらうことにした[18]。私は少し考えごとをしていた。それから起きてみると、床におびただしい茶色の髪の毛が落ちており、私の頭には何も残っていなかった。ミレットと再会すると、彼は一目見て起こった災難が分かり、誰もいない所へ行って泣きたいと言った。彼は一生懸命二週間ほど肖像画を描き、髪の毛を問題にしなければ、良い肖像画を描いた。だが髪が無かったので、彼はそれを創作しなければならなかったし、それは失敗した。私は今でもその肖像画を持っているが、その髪の毛は全く髪の毛になっていない。それはタールを塗った槙肌《まいはだ》のようで、体の他の部分と調和していなかった。

ある日の晩餐会の時にミレットがちょっとした魅力的な話をした。みぞれの降る荒れた日、二人は古い見捨てられた墓地を行ったり来たりしながら、明らかに何かを探していた。彼ら二人がかなり離れる時もあり、二人の足跡が交差する時もあった。ついに二人は言葉を交わした。一方が言う。

「おまえはうまくいきそうもないな」。

「いきそうもない」。

「おれもだ」。

「誰を探しているんだ？」

「最も親愛なる魂の持ち主、最も優しい気質の人、最も愛すべき友人、最も忠実な人、故人の世で。それで、おまえは誰を？」

「おれは人類史上最悪の憎むべき悪党を探しているのさ。そいつの亡骸を呪ってやりたいのだ」。

二人は離れて、またはるか遠い場所まで行って探し回った。最終的に二人は同じところにやって来て、一緒にひとつの墓石のコケを削り落とすと、墓碑銘があらわれた。二人とも同じ人物を探していたのだ！

もちろん、この話の精髄は、たいていの人には良い面と悪い面とがあり、自らの性格や特質に従ってそのうちの一面を表に出すが、もう一面は自分にとっても封印された謎のままだ、ということだ。ミレットはそれを分からずに絵を描いて来た。彼は誰かの悪い面を表に出すことができない。彼はいつでも善良で愛すべき面を表現し、他の面があることを決して分かろうとしない。


一八七七年一月。

先日の夜、子供達のお祈りが終わった後、クレメンズ夫人がスージィに、イエス様のことを頻繁に考えないといけないし、悪い衝動に打ち勝てるように助けてくださいとお願いしなければならないわよ、と言った。スージィは答えた。

「本当に考えているわよ、ママ。毎日聖書の十字架を見て、その時イエス様のことを考えているわ――イエス様が架けられた十字架よ。**とってもひどくて悪いものだわ――イエス様がまったく可哀想だわ**」。


五月四日。

ヘッセ女史が私設秘書の仕事を辞めることになり、最後の別れの日になると、スージィが重々しく言った[19]――

「お友だちをみんななくしちゃうわ」。

これはかなり大人びたお世辞だ。

スージィがまだ小さかった頃、彼女は熱心に読書し、少なくともひとつの点で彼女は他の人々とすべての大人達と似ていた。つまり、つい最近読んで素晴らしいと思った本の色と文章を好む傾向があった。この結果、彼女は、そんなにも小さな子供が口にするには奇妙に聞こえる、堂々として形式ばった文を使うことが時々あった。引用する。


五月四日。

昨日スージィが新しい日傘をもらって、それでクレアラを強く叩いた――おそらく、それが本物かどうか見るためだったろう。乳母のローザはそれを取り上げ、化粧室にしまった。[20] スージィはひどく怖くなって、自分のことを告げ口しないようにとローザにお願いしたが、彼女の願いは聞き入れられなかった。夜にスージィは真面目な顔で言った――

「ママ、私ローザに、ママに告げ口しないようにって、お願いして、お願いして、**お願いした**のよ――**でもすべて無駄だったわ**」。


ひと月ちょっと前、クレアラは子供部屋で行儀が悪く、晩御飯を食べ終わらなかった。夜中にお腹がすいたので、ママはクレアラにクラッカーをあげた。二日か三日前に私はボルティモアに行っていたので、母親が私宛に書いた手紙から引用する。

「昨夜ジョージがクレアラのべとべとの手を陶磁器戸棚で綺麗にしてやっていると、[21] 小さなしょげた顔つきをして彼女が出て来て、次のように言った。

『にかいでぎょーぎわるかったからクラッカーもらえる?』彼女はそのためにわざと行儀悪かったのだと分かった」

次も「記録」からの抜粋で、日付は――

七月四日、農場にて。

エルマイラで大花火大会があって、農場関係者の大人達は丘の上の草原に座って、谷間を見おろし、花火を楽しんでいた。

スージィは寝ているよう命じられていて、物思いにふけりながら言った――

「一晩中起きていられたらいいのにな、神様みたいに」。

スージィからミレット宛、一八七七年三月付書簡。

「親愛なるミレットさま

クレアラと私はヴァレンタインの贈り物をもらいました。私は新しい扇子とドイツ語の本で、クレアラには新しいくるマです――パパはあのカチカチいう時計――おじいさんの時計は書棚には大きすぎて、床の上に九〇年間たてて置いてあるのだよと私にオシエてくれました。ミレットさん、あなたの絵にあるあの時計です――親愛なるミレットさまあなたに愛を。ココロより愛情を込めて」。

前に述べた小さな絵のことを彼女は言っている。ミレットが筆で描いた最初の作品で、古い型の、縦長の大時計の絵だった。

(1)クレメンズは、一八七六年から一八八四年にかけて書いた「スージィ・クレメンズと『ベイ』・クレメンズ(幼児)のちょっとしたばかばかしいことの記録」と題する原稿からの抜粋を、一九〇六年九月五日付の「自伝口述筆記」の中に挿入している。続く抜粋の中でクレメンズは自身の原稿を「引用する」というよりは翻案している(完全な原文については、『家族伝記』、五一ページ～九三ページ、および『自伝完全版第二巻』、二二二ページ～二二五ページ参照)。

(2)オリヴィア・クレメンズの養子縁組の姉スーザン・ラングドン・クレインのこと。彼女と彼女の夫セオドアがエルマイラの近くのクォリー農場を所有していた。クレメンズ一家は一八七一年から一八八九年までここで夏を過ごした（『自伝完全版第一巻』、七四ページおよび関連する注、三二四ページおよび関連する注をそれぞれ参照）。

（3）これはいくつかの別々の讃美歌の反復詩句の最後の行である。これらの讃美歌の中で最も人気があったのは英国国教会牧師フレデリック・ホィットフィールド（一八二九年～一九〇四年）が書いた讃美歌で、「イエス様の名前」の題名で一八五五年に最初に出版され、アメリカの民謡の曲に合わせてよく歌われていた（Julian 1908、一一七六ページ）。

（4）メアリ・ストーヴァー（一八四一年？～一八九四年）はヴァージニア州に生まれた。ルイスはエルマイラに入植した一年後の一八六五年に彼女と結婚した。彼女は使用人としてクォリー農場で働いていた。彼らには子供が一人しかおらず、一八七一年か一八七二年に生まれたスザンナだった（『自伝完全版第二巻』、一七二ページ～一七三ページおよび関連する注参照。*Chemung Census* 1880、八一七ページ、二三五C。グレーチェン・シャーロウからの個人的情報、一九九〇年八月一〇日。Thomasson 1985）。

（5）マギー・オデイに関してはこれ以上特定できていない。クレメンズはリズィー・ボースカーに関してここで少し言葉を削除している。つまり彼は「子供の記録」の中では「彼女の週給五ドルとは別に、彼女に来てもらうために彼女の役立たずの夫に六〇ドル支払わねばならなかった」と記していたのだ（『家族伝記』、五四ページ）。

（6）パトリックはクレメンズ家の御者で、先のメアリ・リーガン（一八四六年生まれ？）と結婚した。彼らの第一子ジェイムズはクレアラと大体同じ年齢だった（『自伝完全第一巻』、三二二ページおよび関連する注。*Hartford Census* 1880、九七ページ、一一七C）。

（7）マリア・マクローリン（「マクマナス」はクレメンズの創作）はオリヴィアにとって確かに「楽しい人」ではなかった。一八七五年四月二三日付の手紙でオリヴィアはエリナー・ハウエルズに「乳母は私が家にいると素直でよいのですが、私がいないと酔っ払っています」と訴えている（ハーヴァード大学蔵）。一八九六年に書き始められてその後一九〇六年までに書き加えと書き換えがあった「ある家族の姿」の中で、クレメンズは無類のマリアに関するまた別の多彩な描写をしていて、彼女を「エジプト人」と呼んでいる（『家族伝記』、三一ページ～三二ページ）。

（8）フランシス・ジレットが一八五七年に建てた家。彼はヌック農場という共同体を造り上げたひとりで、ウィリアム・ジレットとリリィ・ジレット・ウォーナーの父親だった（『自伝完全版第一巻』、三二七ページおよび関連する注、三三六ページおよび関連する注）。

（9）クレメンズ家を去って一年弱後の一八七六年一月に、マリアはニューヨーク養育院で「出産を待って」いた。ここは、望まれない子供や未婚の母親や保護の必要な母親のための慈善施設だった。マリアが「細刻みのタバコ（中略）と酒瓶」と一緒に収容された時に、彼女は以前の勤め先についてそこの所長に次のように述べ、それを所長がクレメンズに手紙で知らせてきた。

当施設の管理者は彼女を退去させようと準備していますが、私は今少し待つようにお願いしました。私は彼女と少しだけ話をし、その時彼女はあなたのところで仕事をしていたと言ったのです。あなたが貧しい人にとても優しかったし、石炭を買ってくれたり、彼女の夫が失職中は家賃なども払ってくれた、と言うのです。

あなたからその少女に優しい言葉をかけていただくよう、できればお願いしたいのです。彼女がそれに値すればの話ですが。

(ランステッドからサミュエル・L・クレメンズ宛、一八七六年一月一三日付書簡、カリフォルニア大学蔵)

クレメンズの返事は残っていない。

(10)キリスト教の殉教史によると、ローマ人系ブリトン人の乙女、聖ウルスラと一万一〇〇〇人の少女の集団が、三世紀にフン族の侵攻に対して純潔と信仰を守り、虐殺された。その遺構がケルンの近くで発見され、そこで彼女らを記念して教会が建てられた。この伝説が連鎖的な信じがたい解釈や理由づけによって多くの様々な形になっていった。

(11)フランシス・デイヴィス・ミレット(一八四六年~一九一二年)はマサチューセッツ州東ブリッジウォーター近くの農場で成長した。北軍の鼓手として従軍した後、文学の学位をとって一八六九年にハーヴァード大学を卒業した。その後彼は絵画に関心を移し、イタリアとベルギーで勉強し、ジャーナリスト、著述家、画家、壁画家として成功した。彼がタイタニック号の事故で亡くなると深く嘆かれた。彼は一八七七年の初期にハートフォードを訪問し、一月一七日にクレメンズの肖像画を完成した。その日クレメンズはある友人に宛てた手紙で、「その画家はいたって優れた肖像画を描いてくれ、さらに一週間私達を楽しませてくれました。彼といるととても楽しいのです。彼は明日ここを離れます」と書いた(一八七七年一月一七日付、ボーイセン宛書簡、ハートフォード・トウェイン家博物館蔵)。この肖像画の写真は、Schmidt 2005 を参照。

(12)一八七七年から七八年にかけての露土戦争の初期の数ヶ月間、ミレットはニューヨーク『ヘラルド』紙の通信員として働いたが、一八七七年の秋にはロンドン『デイリー・ニュース』紙に移った(次の注も参照)。ミレットが次のように最初の仕事を伝える手紙をクレメンズが受け取った時、実際にはクレメンズはエルマイラにいた。

私はロンドンにいて一日か二日そこで絵画を見て過ごし、通信員として戦争に行く仕事を断固として断りました。自分の仕事をどうしても離れたくなかったのです。パリに戻ってみるとニューヨーク『ヘラルド』紙のヨーロッパ支局長からの手紙を受け取り、会いたいとのことでした。（中略）私は彼に会うためにすぐさま出かけ、その途中で人通りの多い十字路で立ち止まっていると、ちょうど彼の馬車にぶつかりそうになりました。彼もその時私の住所を知って私に会いに来る途中でした。彼は「私と一緒にルーマニアに行きませんか？」と言うのです。「わかりました」と私は言いました。（ミレットからサミュエル・L・クレメンズ宛、一八七七年六月九日付書簡、カリフォルニア大学蔵）

(13)ジャニュエリス・アロイシャス・マクガハン（一八四四年〜一八七八年）はアイルランド人の移民の息子としてオハイオ州に生まれた。彼は普仏戦争（一八七〇年〜一八七一年）を報道するために一八七〇年にニューヨーク『ヘラルド』紙に雇われ、ジャーナリストとしての仕事を始めた。彼は一八七三年にロシア軍の中央アジア遠征隊に同行し、彼を捕らえるために派遣されたコサック騎兵隊から逃げて、その勇気と忍耐力で有名になった。彼は後に一八七四年から七五年にかけてのカルロス党員の反乱の間キューバから通信文を書き、後にスペインから通信文を書いた。ブルガリアでのトルコの残虐行為に関する彼の一八七六年の特派員記事がイギリス国民を動かし、一八七七年から七八年の戦争でロシア支援に向かわせ、その地でのトルコ支配を終わらせることになった。その戦争の間彼はロンドン『デイリー・ニュース』紙に通信文を書き、それがブルガリアの解放をもたらし、彼は大衆的英雄になった。彼は友人を看病している間に腸チフス性の熱でコンスタンティノープルで死亡した（Bullard 1914、一一五ページ〜一五四ページ）。スコットランド人のアーチボルド・フォーブズ（一八三八年〜一九〇〇年）は明らかに彼の時代の最も有名で勇猛果敢な戦争通信員だった。彼はロンドン『モーニング・アドヴァタイザー』紙で少しのあいだ仕事をした後、ロンドン『デイリー・ニュース』紙に雇われ、一八七〇年代を通じて普仏戦争や他の戦争の記事を書いた。その中には、露土戦争（一八七七年〜一八七八年）、アフガン戦争（一八七八年）、アングロ・ズールー戦争（一八七九年）がある。彼は多彩な業績によって名声を得たが、彼を批判する人は懐疑的で、「彼は誇張し、あまりに劇的に描き、時には偽った記事を書き、他の通信員の話を剽窃したこともあったと考えられる」と書いている（Brake and Demoor 2009、二二四ページ。Bullard 1914、六九ページ〜一一四ページ）。一八七七年にはミレットとフォーブズとマクガハンがブカレストで共同して仕事をした。フォーブズが九月に病気で倒れると、ミレットが『ヘラルド』紙から得ていた給与の三倍の給与でロンドン『デイリー・ニュース』紙のフォーブズの職を提供され、さらにミレットはロンドン『グラフィック』紙の「特別画家」になった。彼は新たな職について一〇月一八日にブルガリアからクレメンズに手紙を書き、戦争行為に関する意見を付け加えて、「みじめで忍耐強い兵士達、前線の献身的で勇敢な士官達、果敢な大佐達や准将達が立ち上がって虐殺されねばならないのです。ひとりの愚かで無能な少将が昼の日中に紅茶を飲みながら、状況をほんの僅かばかりも理解せずに命令を下したからです」

と書いている（カリフォルニア大学蔵。Bullard 1914、九八ページ～九九ページ）。

（14）一八七七年七月から五ヶ月間にわたりトルコ軍は――ウィンチェスター銃で武装して――ブルガリアのプレヴナ（今日ではプレーヴンとして知られる）の町を一二月に降伏するまで優勢なロシア・ルーマニア連合軍からまもった。ミレットはその特派員記事の中で、彼が後に破壊された都市の中でつぶさに見た戦闘場面や恐ろしい大量虐殺を描いた。

（15）ミレットは一八七七年一〇月一八日付のクレメンズ宛の手紙で、ロシア皇帝アレクサンドル二世（一八一八年～一八八一年）からこの名誉を受けたことについて次のように書いている。「私は数人の将校に伴われて、『武勇戦功』十字勲章叙勲のために皇帝の前に進み出ました。（中略）彼らが錫の十字勲章ではなく陛下のことを描く使命を私に与えてくれたなら、私は心からそれに感謝します」（カリフォルニア大学蔵）。ミレットはロシア政府から聖スタニスワフ十字勲章と聖アンネ十字勲章を授与され、さらに戦火のもとでの勇敢な行為によっていくつも勲章を受けており、その中には重傷者の看病も含まれていた（Maynard 1912、六五四ページ）。クレメンズは一八七九年三月六日付のメアリ・メイソン・フェアバンクス宛の手紙で、「私はこれらの勲章を見ましたが、ミレット自身はそれらについて口にしませんでした。いたって控えめな人物ですから」（『書簡集オンライン版』）。

（16）戦後ミレットはシチリア、スペイン、ロンドンと旅してからパリに戻った。彼は一八七八年六月一日付の手紙でクレメンズに次のように書いている（カリフォルニア大学蔵）。

私はロンドンで戦争通信員の一部がとても威張って騒ぎ立てることに嫌悪感を抱き、顔を隠しました。私はその戦闘のすべてを戦ってきた唯一の人物でしたので他の誰よりもそれがよく分かっていると思いますが、通信文ではその話のまだ半分も話していません。私自らが経験した戦場で他の人々が二〇ノットで物語を作るのを聞くと私はその仕事がいやになりました。

パリに戻った後、ミレットは大学時代の友人の姉妹のエリザベス（リリィ）・グリーリー・メリルと一八七九年三月一一日に結婚した。クレメンズは三月六日付のフェアバンクス宛の手紙で、「こちらで、とても若くて親しい画家の友人であるフランク・D・ミレットが晩餐会に来るのを今や遅しと待っています。彼が来週火曜日に結婚する美しい女の子を連れてきます――私と二人の友人が結婚の証人です――そしてリヴィとクレアラ・Sと私と六人か八人以上が結婚披露宴の料理を彼のアトリエで食べます」と書いている（『書簡集オンライン版』。Baxter 1912、六二六ページ、六二八ページ）。クレメンズは一八七九年にはエリザベスを「美しい」と考えたのだろうが、一八九四年には彼は彼女のことをオリヴィアにあまり誉めて書かなかった。

ミレット夫人は自ら驚異的な進歩をして、他の——そう、それをうまく伝えるような比較対象は**ありません**。彼女は綺麗でしたし、目が覚めるような服は着ていませんでしたし、胸の谷間の先はほとんど見えませんでしたし、威厳があって、落ち着いて、しゃべってしゃべってしゃべりまくりたいという熱病のような勢いは無くなって、分別のあることばかり話し、正体をひどく見破られたのは一度だけでした。

クレメンズがトマス・ベイリー・オールドリッチを「**いつも常に**機知に富み、**いつも常に**異彩を放つ、この地上で唯一の人物」だと賞賛すると、

ミレット夫人が正体を露呈する番で、彼女は尊大で落ち着いた優越感を見せながら次のように言ったのです。

「あなたは**そんなに**頻繁に彼に会うことがないのでしょう。私の知るところはあなたとは違います。私は彼に会食の席で頻繁にしかも何度も繰り返しお目にかかりましたが、彼は退屈でそっけない人でした——そう、かなり長い間じっと**黙っている**こともありました」。

可哀想なミレットがみじめにひるむのが見えました。しかし、それでも私は気分が静まらずに、言いました（穏やかに、語気を強めることもなく、ただ言ったのです）——

「そうですね、会食で会う人の中にはそうした奇跡的なことができる人もいるのですよ」。（一八九四年二月八日か九日付、オリヴィア・L・クレメンズ宛書簡、カリフォルニア大学蔵）

(17)ミレットはパリ万博とウィーン万博での経験があり、コロムブスのアメリカ到達四〇〇年を記念して一八九三年に開催予定のシカゴ万博主催者達の注目を集めた。彼はジャクソンパークの主要建造物の装飾を担当し、彼はそのためにアメリカ人の芸術家だけを選抜した。建物は白い焼き石膏で覆われ、「白い都市」として知られるようになった。さらに、彼は博覧会の「教養科目」ビルと「ニューヨーク州」ビルの壁画を描いて大いに讃えられた（「画家ミレットとその仲間達」、シカゴ『トリビューン』紙、一八九二年一〇月二二日号、一八ページ。Baxter 1912、六三八ページ）。

(18)サミュエル・ジョンソン・ウルフ（一八八〇年～一九四八年）は画家で、肖像画を描くために一九〇六年二月にクレメンズの素描を

描き、ミレットの肖像画を見せられて次のような話を聞いたと記憶していた。

「髪の毛以外はまさに私自身だ」と彼は口にした。私はかなり困惑していました。「髪はこんなふうでしたよ」と彼は説明した。「その肖像画のためにポーズをとった時には私の髪の毛はかなり長かったんだが、ずっとポーズをとっていたもので、しまいには疲れてしまったのだ。それである日、ミレットには何も断らずに散髪屋に行って髪を整えてもらったのだ。不幸なことに、散髪屋の居心地のいい椅子で眠ってしまって、目が覚めると肖像画には似てないものになっていたのだ。私はどうしたらいいかわからず、その頃はミレットのことが怖かったものだ。それで次にポーズをとる日にはかつらをつけてアトリエに行った。私がそこに着くとミレットは私の髪の毛がなんとも綺麗に見えることにすぐに気が付いて、それを描いた。それでその仕事が終わった時初めて私はかつらをとった」。(Woolf 1910、四三ページ)

(19)ファニー・C・ヘッセ(一八二一年?〜一九〇七年)は一八七六年から七七年までクレメンズの秘書をつとめた。彼女はマサチューセッツ州ノーザムプトンのスミス大学にあるハットフィールド・ハウスを一八八二年から一八九三年まで管理した(*Vermont Vital Records* 1760-1954、ファニー・C・ヘッセに関する記録。Smith College Alumnae Association 1911、一一ページ)。

(20)ロジーナ・ヘイのこと(『自伝完全版第二巻』、二四二ページおよび関連する注参照)。

(21)ジョージ・グリフィンのこと。

一九〇七年四月二〇日、口述筆記

今朝の新聞であの言い回しにまた出くわした――そのぞっとする意味を考えると――そうした言葉はどの言語の中でも最も暗い表現だと思う。(1)その言葉を聞くといつも冷静でいられなくなる。それについての私の感情と、その言い回しをつくった議員とそれが体現する法律に対する私の軽蔑を口にしたい。私はひとつの対話を思い浮かべている――合衆国大統領と光を探し求めている「無知な市民」との間の会話である。

合衆国大統領　国家的重大事だと考えられることについて私に相談したいとのことですね。お座りください。話してください。

無知な市民　国と本当に深くかかわる問題なのです、それゆえ閣下、国民の長であり正義と権力の源であり弱者の守護者の前でそのことを話すのです。私は無知ですし、困惑していますし、導きを求めています。この点で私の状況は国の状況と同じです。私の状況を説明しましょう。私の近所のある家族に一六歳の少年がいて、私はその少年に温かな愛情を抱いていますし、彼も同様の感情を私に抱いています。私はずっと以前から彼を殺したいと望んでいて、――

大統領　なんですと！

市民　私は彼を殺したいとずっと思っていましたが、――

大統領　いいですか、あなたは正気ではありません。

市民　どうか私の話を聞いてください、閣下。私の言うことを辛抱強く聞いてください、そうすればすぐに私の正常さを疑わなくなるでしょう。閣下、あなたにもこのことを容易に納得してもらえるでしょう。私の語ることをただお聞きください。優しく、偏見なしに聞いてください。

大統領　あまりに不思議で驚くばかりなので、――まあいい、続けてください、いずれにせよ面白そうですから。

市民　ありがとうございます、閣下。他の人同様に私はある状況下での殺人願望がありますし、私自身が安全なのであればその願望に抗えない、そういうものとして生まれながらにつくられています。閣下、既に言いましたように、私はずっとこの少年を殺したいと思っていました。何ヶ月間も彼は気が進みませんでした。そして、――

大統領　気が進まなかったですって？　あなたは彼の命を奪っていいかと彼に**きいた**、というのですか？

市民　その目的のために私はしつこく説得しましたし、私は少年達が好きそうなものを彼に買ってやりましたし、見世物やピクニックといった類のものに彼を連れて行きました。しかし彼が同意したであろう時でも、母親の涙と苦悩と嘆願とによって局面が母親の望む方向に変わり、彼は拒絶しました。彼女は寡婦で彼は彼女のたった一人の子供ですので、彼女は私に慈悲深くあるように、そして自分を悲嘆に暮れさせないでほしいと何度もひざまずいて懇願したのです。母親とはそうしたもので、当然ですし、何も悪いところはありませんが、それで事態は難しくなります。しかし、閣下、手短に言いますと、私はついに彼の同意を得て、すべての準備が整ったのです。私は幸せでした。ただ、彼が一六歳になるまでしばらく待つ必要がありました。

大統領　まさに、気高き自制心だ。なぜ待たねばならなかったのですか？

市民　ああ、閣下はわかっていらっしゃいますが、もし彼が同意できる年齢に達する前に私が彼を殺していれば、私が危険な目に遭いますし、私が法的に罰せられてしまうのです。彼が殺されてもよいという同意を一六歳より前に与えた場合にはその同意に効力がなく、私が十分に守られないのです[2]。しかし私は今、大いに困っていますし、大いに困惑しています。というのもいま彼が一六歳になり、進んで殺されようとしているのですが、殺人に関しては「合意年齢」というようなものは無いと、ある弁護士が私に教えてくれたからです。彼が間違っているに違いないことは確かです、閣下。彼は正しくありませんし、そんなことは信じられませんし、あり得ません。彼よりも良くご存知のあなたならおわかりでしょう、あなたは国家の法律と国家の正義を体現していらっしゃるのですから。それで私はあなたに疑念を払拭し弁護士が間違っていると仰っていただきたいのです。

大統領　これは驚くべきことだ。正常な人が、キリスト教国で、文明国で、文明化した国で、そんなにも残忍極まる考えを冷静に抱くことができるとは。一市民が生まれてから死ぬまで、**どの年齢**であろうとも、自らの命をわたしながらも殺人犯がその合意のために絞首刑にならないとは、考えられない。殺人のための「合意年齢」だって？　そんな考えが不合理だと分からないのかね？　あなたは自分に正常な判断力があると私を納得させようとした。だがあなたは自分が異常だと証明したのだよ。

市民　ですが、閣下、まだ話は終わっていないのです。これまでお話ししてきたことは空想であり、想像であり、おとぎ話なのです。今から本当のことをお話ししましょう。私が綿密な熟慮の末に一六歳の少年を、本人の合意があろうとなかろうと、殺害したとしたら——何が起こるでしょうか。私は絞首刑になるでしょうし、私が正当で当然の報いを受けたと皆が言うことでしょう。その少年の家族は悲嘆に暮れるでしょう——しかしただ悲嘆だけなのです——不名誉ではありません。時が過ぎれば家族の悲しみも癒えるでしょう。しかしその少年のことを忘れてください、閣下。そして少女を例にとってみましょう——無邪気で人をすぐに信じ込んでしまう一六歳の子供です。家族の喜びであり、崇拝の的です。臆病な悪党の、悪魔のような手管に騙されて、彼女は合意し堕落するのです。彼女は捨てられ、名誉を傷つけられ、友人達からも見捨てられ、指弾され、軽蔑され、さげすまれ、噂をたてられ、彼女の人生は破滅し、その破滅は何の罪もない家族にもおよびます。家族の名誉は傷つけられ、その不名誉は永遠に続きます。家族は悲嘆に暮れ、生きていることが惨めになり、死という逃げ場所に至るまでの重苦しい年月がずっと続きます。その可哀想な少女は殺されたのです！　殺されたのです——**一度だけ**ですか？　彼女は百万回も殺されたのです。そして彼女の母親も父親も兄弟姉妹達も——みな千回も死の苦しみを経験したのです。そしてその一六歳の無知な子供がこの数多の殺人に**合意した**のですから——そこには彼女がその生命に対して何の権限も持たない、罪のない人々の破滅も含まれています——その愚かな張本人は**法律なのです**。それが暗殺者を無罪とし釈放するのです。閣下、常軌を逸しているのは私ではなく、立法府なのです。単なる殺人という軽犯罪に死をもたらし、未熟な少女とその家族の運命を少女が望むような無責任な人々の手に委ねて悪名を馳せているのは立法者なのです。少女がそれを選んだのだとすればですが、その運命をまさに地獄のようなものに変え、その一方で、本当の犯罪者、哀れみの無い無頼漢を罰することなく解放し、他の家庭に悲嘆と生ける死をもたらすことになっています。閣下、「合意年齢」——生まれてから死ぬまでのあらゆる年齢における「合意年齢」——を発明した馬鹿者を地獄の創始者のもとに送りこみ、出来上がった法律を施行させている議会も犯罪者のあとに続かせることが私の望みです。女性は参政権を与えられていません、閣下。もし与えられていたら、すべての法律の中で最も悪名高いこの法律がどれほどのあいだ法令集を汚していられると思われますか？

（1）クレメンズが読んでいた新聞記事は特定されていない。しかしながら、この「口述筆記」（実は手書き原稿が基になっている）のテーマは、彼が「合意の時代」（次の注を参照）。
（2）クレメンズの情報が間違っているようだ。ニューヨーク州では一八九五年に合意年齢が一六歳から一八歳に引き上げられた。

一九〇七年五月一八日、タキシード

一ヶ月以上の沈黙のあと口述筆記の糸口をつかむ――四〇万語の「自伝」が既に口述筆記される――俳優基金慈善バザーの開会式――ロジャーズ氏のヨットでジェイムズタウン博覧会に行く――オックスフォード大学からの名誉学位受領のために、六月八日にイギリスに行く予定――詩「マーク・トウェインによせて」。

先に口述筆記をした時から長い時間を過ぎたように思われる。おそらく思っているほど長くはないだろうけれども、本当に長い間だ。二回目のバミューダ旅行のあと、三月に[1]、私は働くようなふりをしたが、それは実質的には単なるふりにしか過ぎなかったことは間違いない。だがそのことを私は悲しんではいない。私は自らを非難していない。他の遊びから得られる以上の喜びと慰めと満足とを自伝の口述筆記から得られたとすれば、他の形での楽しみを求めるのではなく、口述筆記を続けたことだろう。三五年のあいだ私は著述家の仕事で、夏の間、それも夏の間だけ、ペンを動かしてきた。私は一年のうち三ヶ月間働き、残りの九ヶ月のあいだは別の方法で楽しんでいた。三五年間の私の文章に関する平均生産高は一年あたり七万語に満たない。ところが一九〇六年一月九日に口述筆記を始めて以来、労働時間を夏季休暇に限らず、毎月ずっと働いてきた。先の三月、二度目のバミューダ旅行に行った時、これまでの一三ヶ月から一四ヶ月の間にだいたい四〇万語を口述筆記したと見積もっている。私の現存する本を拡張し、二八年間の著作権更新を確保するために必要な「自伝」を私は既にまとめ上げたとわかった。[2]私の娘達の生活の糧のためにその更新をすることが「自伝」の主な目的だったので、「自伝」に何か付け加えるかどうかは気にかけなかった。確かに私は人間が行うすべての事業からほぼ正式に身を引いていたが、人生の残された週や年月を休日とみなして楽しむこととした——七〇年以上の人生の中で最初の、本当の意味での休日だった。これには愚にもつかない響きがある。というのは、私の過去三五年以上の人生は、実は単に一つの長い休暇にすぎなかったからだ。毎年三ヶ月間ものを書いて、他の人はそれを「仕事」という高尚な名前で呼んで威厳を与えてくれるが、私にとってそれはまったく仕事ではなく、遊び、それも上等な遊びにしか過ぎないものだった。決して強制や良心の疼《うず》きの産物ではなかったし、ただ自ら楽しみたいとする強い願望の所産でしかなかった。

私が語りたいと思っていた多くのことは過去一ヶ月か二ヶ月の間に起きたが、それは今ではもう古い歴史になっている——そのままにしておこう。私は今月六日の俳優基金慈善バザーの開催を支援した。[3]我々はその基金のために七万五〇〇〇ドルを集めた。私はロジャーズ氏のヨット、カナーワ号でジェイムズタウンまで行って、[4]そこの万国博覧会の開会式をみた。二、三日間霧が続き、[5]ブロートン氏と私を除く招待客全員とロジャーズ氏は疲れてしまって列車で帰ったが、我々は二日ほど待った。それから夜の間に少し霧があがったので、我々は何の支障もなく出航し、ニューヨークまで行った。[6]ところが新聞各紙は船が我々もろとも海の底に沈んだと報じた。

一方で、私は六月二六日にオックスフォード大学の名誉学位を受領するよう求められていたので、そのために八日には出航しなければならない。[7]この栄誉にうぬぼれているという事実を私は隠そうとはしてこなかった。自分自身でイギリスの海岸までたどり着いた著名なアメリカ人を人々がつかまえることがあり、オックスフォード大学がその人物に学位を授けて変貌させるのだが、私は大西洋の向こうから声のかかった本当に数少ない者のひとりなのだ。

私は賛辞も賞賛もへつらいも好きだ。そうしたものすべてを私は心から楽しんでいるし、「無益な郵便物」と私が呼ぶもの——賛辞が何も書いてない郵便物のことだ——が届くと私は悲しくなって失望する。私はいつでもこうした贈り物をこの「自伝」の中に書き入れようとまことしやかな口実を探しているのだが、大いに努力をしてそうするのを差し控える。しかし、今日はその規則を破るつもりだ。というのは、テキサスからの昨日の郵便物の中に私を賞賛する詩があって、それがとても上質で感じ入るものだから——愛情あふれると言いたいもので——それでその詩が生きることを望むし、公表したいのである。それは判事による詩である[8]。

マーク・トウェインによせて。

我々はその求められていない出生への報いとして
　登るべき高みを、手に入れるべき栄光を切望する。
そしてその人生行路で我々は喜びか苦しみか、
　喪失か獲得を描く記念碑を
この気まぐれな大地に満たし、
　身勝手と愛情との間で揺れる。
人生の明白な大勝利という、あのより高いところに
　到達した人はいかにも少なく、その静寂の日々は
より明るい光と希望に輝き、はるかに平穏な光輝を放つ。

だが汝は自らの力でその高みを手に入れ、
　羨望も非難も届かない。
そして人間のすべての情熱の中で愛だけが
　汝の名前を愛撫し永遠のものとする。
不朽の名声を持つ他の人々とともに、
　地上では希望も恐怖も悲しみも同じものだという

しらせをもたらす者として。
　そして彼は生まれながらの唯一の勝利者、
自らの苦しみを喜びと歓喜という神の恩恵と融合する。

汝の有益な生涯についての陽光あふれるユーモアは
　元気をなくした多くの心を喜びで満たし、
人類の欠点と愚行に対する戦いのために
　より気高く、よりよい奮励を与えた。
哲学者とユーモア作家の融合だ！
「よくやった」と天の声がついにかかるだろう。
哀れな者でさえ汝に慰めを見いだす。
　汝がすべての汝のような者に善意をもたらし、
誰にも悪意を抱かせず——そうして栄光を勝ち得たからだ。

汝が生まれたことで世界はより幸福である。
　人に与えられし汝の才能は決して悲しみをまとわず、
暁が露のしずくで昼の王の早朝の明かりにまみえると
　笑いのダイヤモンドで輝く。
そして我々は、生きている間に知らねばならない。
　あたたかく陽気なすべての胸から愛情と愛情から出たものが
汝のまわりにいかに力強く生まれているかを。
　これらが祝福を生み出すとすれば——あなたは祝福される。

我々の胸の中ではあなたはいつでも歓迎すべき訪問者なのだから。

ジョン・A・カーリックス

(1)一九〇七年三月二六日付「自伝口述筆記」、一三ページに関する注参照。

(2)一九〇七年三月二六日付「自伝口述筆記」、一四ページに関する注参照。

(3)この慈善バザーは高齢の俳優や老衰した俳優のための基金を募集する目的でメトロポリタン・オペラ劇場で開催された。その大ホールがシェイクスピアの時代の村に作りかえられ、店や家屋があり、数多くの娯楽を提供した。その中には、くじ引き、手相占い、易者、軽喜劇などもあった。クレメンズの「有名な白いスーツと白い髪の毛は彼がホールに入ってきた瞬間から際立っていた」という(「俳優基金慈善バザー、力強く開催」、ニューヨーク『タイムズ』紙、一九〇七年五月七日号、五ページ)。

(4)ジェイムズタウン博覧会は、イギリス人による最初の恒久的なアメリカ入植の三〇〇年を記念して一九〇七年四月二六日から一一月まで開催された。これは、ノーフォークの北でジェイムズタウン半島の南にあるヴァージニア州シーウェルズポイントで開かれた。この場所は最初の植民地が置かれたところだった。クレメンズと数人の招待客は四月二四日にロジャーズの快速帆船カナーワ号に乗船して、豪華な開会式に参加するためにニューヨークを出港した。彼らは開会の前日に博覧会の内覧会に参加した。その中には数多くの展示施設や動物の出し物や遊園地の乗り物があった。開会の次の日の四月二六日に彼らは合衆国と一三の国の軍艦が演ずる「まばゆいばかりの会場の見世物」をカナーワ号の船上から観た。ローズヴェルト大統領を大砲の一斉射撃の礼砲で出迎えた。クレメンズはこの博覧会のことを一九〇七年九月二六日付「自伝口述筆記」でもう一度ふれている(Lyon 1907、四月二四日付日記。「ジェイムズタウンのローズヴェルトの日」、ワシントン『ポスト』紙、一九〇七年四月二七日号、一ページ。カナーワ号については、『自伝完全版第二巻』、八二ページおよび関連する注参照。この旅行の全体的な様子については、Shelden 2010、五七ページ～六五ページを参照)。

(5)船でニューヨークに戻るのは安全ではなく、しかもクレメンズは列車に乗りたくなかったので、濃い霧のために「孤立」した(「薄暗闇の中のマーク・トウェイン」、ワシントン『ポスト』紙、一九〇七年五月一日号、五ページ)。ロジャーズは他の大方の招待客とともに既に出発していた。その中には、ヘンリー・H・ロジャーズ二世(一九〇七年九月二六日付「自伝口述筆記」、一四二ページおよび関連する注参照)、ロジャーズの義理の息子ウィリアム・エヴァーツ・ベンジャミン(『自伝完全版第二巻』、三八七ページおよび関連する注参照）、リヴァプールの資本家チャールズ・ランカスター（「アシュクロフト・ライオン原稿」、三六八ページおよび関連する注参照）がいた。クレメンズと一緒に残った仲間のひとりがアーバン・H・ブロートン（一八五七年〜一九二九年）だった。彼はイギリスのウースターに生まれ、土木技師になり、一八八七年に合衆国に移住した。マサチューセッツ州フェアヘイヴンの排水工事計画で働いていた間の一八九五年に、ロジャーズの娘で寡婦だったクレアラ・リーランド・ロジャーズ（一八六七年〜一九三九年）と出会って結婚した。彼は、鉱山開発会社、金融会社、鉄道会社——ほとんどがロジャーズと関係する会社——のいくつかで役員をつとめた。そしてユタ鉱山開発連合会社の社長になった（『トウェイン・ロジャーズ書簡集』、七三六ページ。「アーバン・H・ブロートン、ロンドンで死去、七一歳」、ニューヨーク『タイムズ』紙、一九二九年一月三一日号、二三ページ）。

（6）ニューヨーク『タイムズ』紙は五月四日の一面記事——「トウェインとヨット、海上で姿消す」——で、カナーワ号が海上に姿を見せないと報じた。同号は三日前にクレメンズを乗せてオールド・ポイント・コムフォートから出港したという。ワシントン『ポスト』紙によると、ロジャーズは、「自分のヨットを見つけ出してくれるように、ヘンリー岬の無線局に気が狂ったように電話をした」（「マーク・トウェインに関する笑い話」、一九〇七年五月五日号、一四ページ）。次の日『タイムズ』紙はクレメンズが無事だったことを次のように報じた（「マーク・トウェイン捜索」、二ページ）。

「私のヴァージニアの友人達に」彼は言った。「私が海で遭難したというこの記事を徹底的によく調べるつもりだと確実に伝えて欲しい。もしその記事に何らかの根拠があるのなら、私は不安を抱く一般の人々にすぐに知らせるつもりだ。その記事に根拠がないことを私は心から望みたいし、さらに望むことは、私が本当の事情を確認するまで判断を控えて欲しいということだ」。

クレメンズ氏が塩辛い深海の底で行方知れずではないかという懸念を伝えるノーフォークからの次のような記事を読むとすぐに、彼は、西四二番通り一二一番地に住む、友人のミルトン・グッドカインドに次のような電報を送った。

西経四三度五時四一分、西セントラルパークの南東より西。カナーワ号どこにも行かず、強烈サイクロン荒れる、近隣全家屋倒壊、樹木と電信柱行く手を阻む、船ひどい水漏れ、夜明けにクジラの群れと数頭のゾウを追い越す。消防局ひどい損害、消防用機械梯子故障、水位かなり低下、乗員二名昨夜船外に落ち不明。飛行船出航希望、ドイツ産黒ビールも希望、乗員飢餓。

エディ夫人と俳優基金バザーを私が避けているとの報を打ち消す。船沈没中。同時に財政支援求む。

マーク・トウェイン

ワシントン『ポスト』紙は、クレメンズが実は五月一日、つまり彼がヴァージニアを出た同じ日に、無事帰宅していたことを報じ、その噂の源がロジャーズで、自分を「からかおう」としたものではないかというクレメンズの疑いを次のように伝えている。

スタンダード石油の魔法使いが自分の意に添うように新聞各紙を動かそうとかなり躍起になっていました——そしてあのユーモア作家失踪物語が生まれたのです。

マーク・トウェインは先の水曜日以降自宅で安全に過ごしていましたが、彼が海で失踪したという記事に困惑したというよりも楽しんでいたように思われました。(中略)彼が海で失踪する唯一の方法は何かをすることだったと彼は付け加えました。(「マーク・トウェインに関する冗談」、一九〇七年五月五日号、一四ページ)

(7)一九〇七年五月二三日付、二四日付、二六日付、七月三〇日付、「自伝口述筆記」を参照。
(8)この詩はジョン・A・カーリックスが次のように送ったものである。

B・F・フレデリック
事務官

ジョン・A・カーリックス、
判事
ヒューストン市
地方裁判所

テキサス州ヒューストン、一九〇七年五月九日

サミュエル・L・クレメンズ殿
(マーク・トウェイン)
ニューヨーク州
ニューヨーク市

拝啓、
あなた様の生涯によって賛意を得られる詩行をお送りする非礼をお許しください。不愉快になることを避けようと、本当のことだけを表現しようといたしました。いくつかを出版したいとの申し出を受けましたが、あなたに最初に拝読いただいてからでなければそうすることは正しくないと思っておりました。
もしこの作品がお気にめし、たとえ見知らぬものが口にするのであってもあなた自身に関する真実を聞いてもよいと思われましたら、私はそれをニューヨーク市で出版し人々の目に供したいと存じます。
深い尊敬の念を込めて。

あなたの従順なるしもべ、
ジョン・A・カーリックス

原稿の擦り切れていることを寛大にお許しください。私はそれを上着のポケットに長い間入れておりました。冷静になり、その詩の事実誤認や感情や音韻の間違いを見つけ出して削除できるだろうと考えたためです。

ジョン・A・カーリックス（一八五二年～一九二三年）はプロイセンに生まれ、まだ少年の頃にテキサスに移住してきた。彼はテキサスで弁護士になり、一八八七年から八九年まで民主党の州議会議員を務めた。彼は一時期テキサス州ガルヴェストン市の保安官代理をしており、生涯のかなりの期間はヒューストン市地方裁判所の判事を務め、軽犯罪を審理していた（『ガルヴェストン国勢調査』、一九〇〇年、一六三七—七Aページ。テキサス州立図書館、ジョン・カーリックスに関する項目）。クレメンズは以下のように五月一五日にカーリックスに返信を書いている（手稿の複写をヒューストン『ポスト』紙掲載、一九一〇年四月二四日号、八ページ）。

美しい詩で、私は深く感動しました。あえて提案させていただくとすれば、それが掲載されるべき適切な場所は「センチュリー」誌か「ハーパーズ・マンスリー」誌かと存じます——「センチュリー」誌の方が好ましいでしょう。というのは「ハーパーズ」誌とは仕事上の関係がありますが、「センチュリー」誌とは古い友人のつながりがあっただけで関係がありませんから。

深く感謝している、あなたの
S・L・クレメンズ

カーリックスはこの詩を『センチュリー・マガジン』誌に投稿したが、断られ、それから『ハーパーズ・マンスリー』誌に投稿し、同誌の編集者は「残念ながら貴殿の詩『マーク・トウェインによせて』を本誌では使うことができず、返却せざるを得ません」と回答した（一九〇七年六月一八日、カリフォルニア大学蔵）。カーリックスは落胆を一九〇七年七月八日にクレメンズに伝え、「あなたの存命中にあの雑誌の人々があなたについてどう言うかを聞くことができない」として雑誌の判断をくやんだ（カリフォルニア大学蔵）。彼は最終的にクレメンズの死の直後にヒューストン『デイリー・ポスト』紙（一九一〇年四月二四日号、八ページ）に掲載した。さらにそれを彼の詩集『意味と無意味詩集』に入れて一九一三年に出版し、クレメンズの五月一五日付の手紙の複写も一緒に入れた（六二ページ、六五ページ）。

一九〇七年五月二三日木曜日、口述筆記

オックスフォード大学文学博士号、六月二六日にクレメンズ氏に授与される。彼が受けた他の学位。

三週間前にイギリスから海外電報が届き、来月二六日にオックスフォードまで来て名誉学位を受けるように招待してきた。(1) 私はもちろん、間髪を入れず、受けることにした。私の旅行時代は永久に終わったのだし、大西洋を再び渡る気持ちにさせるものは二度とないだろうと大きな決意をして、私は過去二年間話してきた。だがこの嬉しい招待が来た時に件の決心を私が素早く翻したのは驚くことではない。ロンドンの町までやって来いという招待ならば私は苦も無く断ることができただろうが、大学の学位は全く別のものだ。それを手に入れるためならいつでもどこへでも行くつもりだ。私は新たな学位に対してインディアンが取ったばかりの頭皮に感じるのと同じ、子供らしい喜びを感じているし、その喜びをインディアン同様に隠そうとはしない。私が子供の時、路上でつぶれた古くさいピカユーン銅

貨を見つけて、自分が稼いだものでなかっただけに、その価値が莫大なものだと感じられた時のことを思い出す。一〇年後、キーオカックの道で五〇ドル紙幣を見つけ、それを自分で稼いだのではないと考え、その紙幣の価値が莫大なものと感じられた時のことを思い出す。(2) さらに八年の歳月が過ぎてから、三ヶ月間仕事も金もない時に、サンフランシスコのコマーシャル通りとモンゴメリー通りの十字路で一〇セント貨を見つけ、それが不労所得であるがゆえに、その一枚の一〇セント貨が、自ら稼いだ百枚の一〇セント貨よりも大きな喜びを与えてくれた時のことを思い出す。(3) 全盛時代、私は数十万ドルを稼いだが、それを稼いだのは私であったので、額面価値はそれ以上のものではなかったし、獲得した金額の明細も日付も記憶の中ではっきりせず、多くの場合全く記憶から抜け落ちている。ところが、私の思い出の中で永遠に、明白に、生き生きと残っているのは、いま述べたその三回の不労所得である。さてそこで、私にとって大学の学位は稼がずに見つけたものであり、そうやって手に入れた所有物が持つ喜びをもたらしてくれる。そして金の見つけものも、学位の見つけものもこれまでのところ回数はちょうど同じだ――三回である。イエール大学から二つとミズーリ大学からひとつだ。(4) というのも私は芸術〈アート――アーツの単数形〉について何も知らなかったからだ。イエール大学が私を修士〈マスター・オヴ・アーツ〉にしてくれた時には計り知れないほど嬉しかった。というのも私は芸術〈アート――アーツの単数形〉について何も知らなかったからだ。イエール大学が私を文学修士にしてくれた時にも喜びの発作が起こった。というのは、私には他の人の文学を治すだけの能力はなく、自分自身の文学しか修正できないし、妻の助けが無ければ健全な状態にしておくことさえ不可能だったからだ。ミズーリ大学が私を法学博士にしてくれた時にもまた喜んだ。というのは、私は法律について何も知らず、いかにして法を逃れ、捕まらないかということ以外は知らなかったので、それは完全に私の利益になった。そして今度はオックスフォード大学で文学博士にしてもらう――完全に私の利益である。というのは、私が文学について知らないことがあって、もしそれを現金化できれば、私は億万長者になれるからだ。

オックスフォード大学の件で、私の中で何年も何年も、年に一度鋭い苦痛を生じさせている、密かな古い傷が癒されつつある。我々の世代ではアメリカの生み出した文人の中で、私が最も広く知られた人物であることを、私は自ら十分分かっているし、さらに、その間ずっと、私が同業者の頂点に立ち、誰もその地位を張り合おうとしなかったことも分かっている。それで私にとって毎年苦痛だったのは、我々の大学がたいしたことのない、一時的な成果しかない人に二五〇もの名誉学位を授与するのを見ることだった――限られた地域のしかもすぐ消える名声しか持たない人や、すぐに無名になって一〇年もしないで忘れられてしまう人に授与するのだ――私には一度も授与しなかったのに！　過去三五年から四〇年の間、我が国の大学が九〇〇〇から一万の名誉学位を分配しながら、いつも私を見落としてきたのを私は見てきた。それら数千人の中で、アメリカ以外で知られているのは五〇人もいなかったし、国内で今でも名をはせているのは一〇〇人もいないのだ。私よりも頑健でない人ならこの無視によって死んでいたことだろうが、私は死なない。それによって私の生涯が短くなっただけだし、体が弱くなっただけだが、私はいま力を取り戻す。学位を授与し忘れられた数千人のそうした人々の中でオックスフォード大学から学位を授与された者は一〇人もいないのだし、私がとてもよく分かっていることは――そしてアメリカも分かっており、それ以外のキリスト教国も分かっていることは――オックスフォード大学の学位は大西洋の両側の大学が授与するどんな学位よりも権威があり、それが外国の学位でも国内の各位でも、他の学位二五個分の価値があるということだ。

さてそこで、三五年間蓄積された不機嫌と傷ついた自負とを捨てて、この問題を取りやめにし、落ち着きを取り戻して何か他の話をしよう。

(1)電報は駐英アメリカ大使ホワイトロー・リードが五月三日にロンドンから送ったものである（ヴァージニア大学蔵）。

オックスフォード大学が六月二六日にあなたに文学博士号を授与するが本人の出席が必要来れるか打電されたし

ホワイトロー・リード

ライオンはクレメンズの返電を「この上なく喜んで行きます」と記している（リードに関しては『自伝完全版第一巻』、二二二ページおよび関連する注参照）。クレメンズはその名誉がひとつにはC・F・モバリー・ベルの影響力のお陰だとしている（一九〇七年八月二三日付「自伝口述筆記」および関連する注参照）。

(2)クレメンズは、おそらく一八五六年の秋のこの出来事を、一九〇六年三月二九日付の「自伝口述筆記」と一〇月一日付の「自伝口述筆記」で語っている（『自伝完全版第一巻』、四六〇ページ～四六一ページ。『自伝完全版第二巻』、二三七ページ～二三八ページ）。

(3)『苦難をしのびて』の五九章でクレメンズは、その「一〇セント銀貨」をサンフランシスコで経済的に困窮した時にも「決して使おうとしなかった」と語っている(『苦難をしのびて、一九九三年版』、四〇五ページ~四〇六ページ)。『モーニング・コール』紙――クレメンズは一八六四年六月から一〇月までここで働いていた――の社屋はコマーシャル通り六一二番地、モンゴメリー通りの角にあった(『自伝完全版第一巻』、一一七ページおよび関連する注)。

(4)イエール大学は一八八八年六月にクレメンズに修士号を授与し、一九〇一年一〇月には文学修士号を授与した。最初の機会に彼は授与式に出席できなかったが、二回目の時には彼はニューヘイヴンまで行って、授与式に参加した。これは大学の創立二〇〇周年記念式典中に行われた(一九〇八年七月一四日付「自伝口述筆記」、および関連する注参照)。一九〇二年六月にはミズーリ大学から法学博士号を受けるためにミズーリ州コロムビアまで旅行し、ハニバルとセントルイスを再訪し、これが最後となった(『自伝完全版第一巻』、三五三ページおよび関連する注参照)。

一九〇七年五月二四日金曜日

タキシード・パークの描写。パークで有名な泥棒がクレメンズ氏の家に初めて侵入することについての描写も。

タキシード・パークは独特である――ここアメリカでは。アメリカのサンマリノと呼べる町だ。サンマリノと同様、その町は狂ったような喧騒から離れて人目を忍んだ神聖な場所にある。さらにサンマリノと同じくその町はとても小さな独立国で、自ら工夫した見事な政治体制を持っている。領土に関してその町は、ほとんどサンマリノの双子のようなものだと思う。私の記憶が正しければ、サンマリノの領土は三六平方マイルであり、タキシード・パークもほぼ同じだ。こうした数字から、サンマリノがもはや世界で最も小さな独立国ではなく、最小の国のひとつにすぎないと読者はわかるだろう。

タキシードという古くからの村があるが、タキシード・パークはせいぜい二五年の歴史しかなく、その村とは関係が無い(1)。タキシード・パークは理想的な場所にある。ニューヨーク市から列車でたった一時間のところだ。ニューヨークから列車に乗ると、三〇分から四〇分は車窓に平らな平原と沼地が広がり、それから突然岩が多い木々に囲まれた高い山が壁のように現れ、列車はその壁の中心部に突入する。列車は美しい小渓谷を登り——その小渓谷全体がタキシード・パークの一部なのである——タキシード村の駅に着く。そこから大きな花崗岩の塊が塔のようになった門を通り抜け、神聖な土地に入る——門のところでは制服を着て歩哨に立っている番兵が入国しようとする者の身分証明書を見て、その人が正直であり、正直な用件で来たかどうか確認する。そうでなければ入れない。曲がりくねった素晴らしい道路を通って次第に登っていき、広く点在する綺麗な田舎の邸宅と個人の庭園をいくつか過ぎて、さらに登って行くと、もっと美しい光景が目を奪う。美しい山々に抱かれた二つの湖が眼下に現れ、その水面に雲や木々や点在する邸宅がこの上なくやわらかで淡い色合いで描かれた絵のように映っている。

この国の人々はこの湖の周囲から周辺の山麓に住み、列になって並んだ最初の邸宅と、三マイルも離れていないところにある一番奥の邸宅との間に集中している。周りの領土はその国が買ったもので、望ましくない人々を排除するための土地だ。その小さな独立国の全人口は、一家族平均四人に使用人五人がいるとして、おそらく五〇家族を超えないだろう。もしタキシード・パークに住んでいるということになれば、アメリカでは当然裕福だと見なされるし、普通の収入でそこに住み続けることはできないと考えられている。

そこに住むのは心地よい。人々は実質的にひとつのクラブだ。そこには大きくて管理のいきとどいたクラブハウスがあり、家族は住民であるという条件でそれを自由に使える。だがこの権利には、新入者に関してひとつの制限がある。新入者が家を借りたり、買ったり、建てたりした場合、一年間は選ばれなくともそのクラブの会員となる。しかし、その一年が終わる時に共同体がその人に関して選挙をして、満足いく結果にならない時には、共同体の人々はその人物を排斥し、クラブの門は閉じられる。その人は孤立し居心地が悪くなり、やがて別の場所に引っ越すことになる。何年もの間に一八人の新入者が排斥され、タキシード・パークから出て行った。

タキシード・パークのこぎれいな制服を着た警官は昼も夜もパーク内の道路で任務に就いている。放浪者も泥棒も行商人も、乞食も博打打ちも不適切な女性も、その他どんな望ましくない人も、花崗岩の門の守衛のところを通過することはできないと言われている。警察は何もすることがなく、ただ目を覚まして、歩き回っているだけである。パーク内では錠前もかんぬきも、窓の掛け金も必要なく、玄関や窓を昼も夜も開けたままにしていても心配ないと考えられている。騒音が気になるなら、ブッシュ警察署長に電話をすれば、署長が静かにしてくれる。[2] 私がいた時、夜の完全な静寂を破るものは無かった。ひとつだけ例外があった。湖の対岸の離れたところに低い声の犬がおり、何かあることについて一晩中訴えているようだったので、私はその犬に同情して起きていた。しかし、一言でその犬をなぐさめて、静かにさせられるのは一人しかいないとわかり、その権力者がブッシュ署長だと知って、私達は電話で彼にお願いをした。すると、その犬は突然静かになり、今日までそのままである。

　明らかに今季は私が特別にきわだつ時季である。先日はオックスフォードで、今は泥棒のためである――タキシード・パーク始まって以来、最初に耳にする泥棒だ。泥棒は早朝一時に家に侵入し、家中を好きなように歩き回り、蠟燭の火を灯してすべての部屋を好きなように調べて、歩いたところすべてに蠟を垂らしていった。泥棒は私の部屋以外のすべての部屋に入った。浴室のドアは開け放たれ、泥棒はそこに立って蠟を垂らしたが、その先には進まなかった。あるいは先に進んだのかもしれないが、蠟を垂らさなかった。寝台横のテーブルには紙幣と銀器がいくつかあったが、泥棒はそれには手を触れなかった。一時半に泥棒は料理人の部屋に入ると、彼女は起きて何が欲しいのかと問うた。泥棒は答えず、逃走した。私なら、泥棒に何かをたずねても答えは得られないものだと料理人に教えてやれただろうに。私は泥棒に入られた経験が何度もあったし、泥棒については何でも知っているが、料理人は若く経験が無かった。彼女は女中のひとりのネリーを呼んだので、女中二人がやって来た。彼女達は泥棒が逃げていく音を聞き、表玄関から家を出た音も耳にした。三時間半後、彼女達は一緒になって家中をくまなく調べた。蠟がそこら中に垂れてはいるが、財産は何も無くなっていないことが分かった――私の朝食になるはずだったロールパン三個以外には何も、だ。だから私の朝食はトウモロコシパンに格下げされた。五時に私は起きて煙草をパイプに詰めていると、警官が私の家を行き来しているのが見えた。表玄関の扉は開け広げられていたが、警官はおそらくそのことに何の意味も見出していないようだった。ここには、泥棒はいないし、扉が閉まっていても開いているのとまったく同じだというのがここでの信条であり伝統だからだ。警官は開いている扉には目もくれずに、通りの反対側を異教徒のように行き来した――異教徒だったらの話だが。私はそれが異教徒だったと考えている。いずれにしても私はそれが異教徒だったか、シュナム人か、あるいは善きサマリア人だったかわかる。(3) 私はこれらのことに詳しくないが、それは問題ではない。警官は向こう側ではなく、こちら側を行き来したのだ。使用人が家を詳しく調べたのは二、三分後だった。そして開いた玄関口近くの床に火の消えた蠟燭が落ちているのを見つけた。さらに外套用の衣装部屋の扉が開いたままになっており、その床に蠟が垂れていたが、外套は無くなっていないと分かった。階段の壁に並べて掛けてあった絵画が傾いていた――泥棒が酒に酔っていたのだろう。というも、素面の強盗なら絵にぶつからなくともよいくらい広いと分かっただろうから。そして、無くなっていたのはやはりあの三個のロールパンだけだった。さてそこで、私はひどく気分を害された。玄関ホールのテーブルの上には葉巻の箱が二つあった――一本四セントした。ひとつの箱が開いていて、上から六本葉巻が無くなっていた。五時四五分に使用人の三人の娘が私の部屋に入って来て、泥棒に関する重大な知らせを持って来た。盗まれた財産はロールパン三個と葉巻六本だけだとはっきりと分かったと言うのだ。私は感謝と自負とが混じった奇妙な気持ちだった。私の好む煙草をあえて吸おうというだけの度量のある人物をついに見つけ出したと思ったからだ。だがその奇妙な気持ちは長くは続かず、疑念にかわり、それから失望と屈辱による痛恨となって消えた。その六本の葉巻を取ったのは私だと思い出したからである。

我々はブッシュ署長に来て欲しいと電話をすると、彼はやって来て徹底的に調べ、報告をしてくれた。彼によると、その泥棒は明らかに素人で、本職ではないというのだ。また、この訪問者は決して泥棒ではなく、決して何かを盗もうとしたのではなく、この家の所有者に対して恨みを持つ者であり、復讐心からやって来たのだ、というのが彼の考えだった。この素人は以前この家の所有者に解雇された男性使用人にまず間違いないというのがブッシュ署長の考えだった。私は何も言わなかったが、そのことについて全く違う考えを持っていたし、今でもそうだ。その訪問者は若い社交的な紳士だと考える。この手の込んだ訪問は冗談で、彼の目的は警察とこの共同体を皮肉ることであり、放浪者も泥棒も来たことがないというパークへの過度の賞賛を諷刺することだと思う。彼は、夜警が、朝の五時に開け放たれた玄関の前を通り過ぎたのにそれを見ていなかったとわかって、望んだ以上にうまくいったと思っただろう。私は、無くなったロールパンに丁寧な説明の手紙が添えられて戻ってこないかと密かに期待している。

(1)タキシード・パークはニューヨーク市の北西約四〇マイルのラマポ山脈にある排他的な共同体で、タバコ産業の相続人ピエール・ロリラード四世(一八三三年～一九〇一年)が一八八五年から八六年にかけて造営したものである。もともとはスポーツ用の保養地として創設され、大きな湖と六〇〇〇エーカーの土地には魚と狩猟用の動物がたくさんいたが、後にゴルフ場とテニスコートもできた。タキシード・クラブはそこの全住民が会員であり、建築家ブルース・プライス(一八四五年～一九〇三年)が設計した湖畔のクラブハウスで社交行事を行った。その土地の資産を所有していたH・H・ロジャーズ二世とその妻メアリがクレメンズにその心地よい共同体を楽しむように勧めたのだろう。彼が一九〇七年五月一日から一一月一日まで借りた家は、W・H・ニールソン・ヴォスが一九〇四年にウィー・ワー湖畔に建てたものだった(一九〇七年三月五日付、ジーン・クレメンズ宛書簡、複写をカリフォルニア大学蔵。一九〇七年六月三日付、H・H・ロジャーズ二世とメアリ・ロジャーズ宛書簡、コロムビア大学蔵。「新タキシード・パーク」、ニューヨーク『タイムズ』紙、一八八五年一二月一六日号、二ページ。Emily Post 1911。「マーク・トウェイン、オレンジ社にて」、〈ニューヨーク州〉キングストン『フリーマン』紙、一九〇七年五月一六日号、八ページ)。

(2)タキシード・パーク警察署長ギルモア・G・ブッシュのこと(「ディンズモア・シルヴァー発見さる」、〈ニューヨーク州〉キングストン『フリーマン』紙、一九〇七年八月二日号、九ページ)。

(3)クレメンズは列王記下の四章八節から三七節のシュネムの婦人のたとえ話と、ルカによる福音書一〇章三〇節から三七節の情け深いサマリア人のことを融合している。

一九〇七年五月二六日、口述筆記

ジム・ギリスの死――クレメンズ氏が何年も前にジャッカス渓谷で知り合った彼を描く――野生の果物を煮て味わう話、無作法なよそ者がギリスの服に難癖をつけ、決闘になった話。

ペイン氏からジム・ギリスが亡くなったことを聞いた。彼は、長い闘病生活のあと、約二週間前にカリフォルニアで亡くなった。七七歳だった。ペイン氏はグッドマン氏をともなって彼に会いに行ったが、ジムの病気は重篤で誰も面会できなかった。[1] スティーヴ・ギリスの最期も近く、彼は静かに、しかし陽気に待ちながら伏せっている。彼は樹木の多いジャッカス渓谷で、私が四〇年以上前からよく知っていたギリス一族の人々——つまりスティーヴとジムの兄弟のジョージとビリーと一緒にいる。[2] スティーヴとジョージとビリーには本当にたくさんの孫がいるが、[3] ジムは最後まで独身だった。

　ジム・ギリスは彼の家族と周囲の近しい人がずっと考えていたよりもはるかに注目に値する人物だったと思う。彼は聡明で鋭い想像力を持っていた。それは即興で上手くやる類の想像力であった。たやすく、事前の準備もなしにやれるのである。物語が進むまま、想像力の赴くままに物語を組み立て、想像力がどこに向かっているのか気にしない。新鮮な空想が頭からほとばしるままにそれを楽しみ、物語がきちんとしかも満足すべき結末に至るのか、あるいはおよそ終わらないのではないかということをまったく気にしていないのだ。ジムは生まれながらのユーモア作家で、とても有能だった。彼の未熟な作品がとても巧みな表現を使っていたことを思い出すと、彼が見出されて、二、三年間文章の訓練を受けていたら、第一級の名人になっていただろうと確信している。天才的人物がそれを自覚していることはめったにない。さらにそうした人物が近しい人に発見されることもめったにない。事実、天才的人物——少なくとも文学的な天才——が周囲の人によって発見されたことはかつてなかった。周囲の人は天才的人物に近すぎてその視界に入らないし、その大きさを理解できないのである。天才的人物の力量と周囲の人のそれとの間にはかなりの相違があることを周囲の人は分かっていない。周囲の人ではその人物の全体像を理解できないのだ。天才的人物と周囲の限られた人々との間の相違が認識されるのは全体像によってのみである。サンピエトロ大聖堂の非凡さは、いつも近くでそれを見ていてローマを出たことがない人には感得されない。ローマを不明瞭で特徴のないかすみだと見なし、そこから堂々たる大聖堂が建ちあがり、その壮大さにおいて比類がないと見るのは、はるか離れたカムパーニャから来た見知らぬ人だけである。数千人の天才的人物が——自らによっても他者によっても——発見されずに生まれて死んでゆく。南北戦争が無ければ、リンカンもグラントもシャーマンもシェリダンも発見されることは無かっただろうし、注目されることもなかっただろう。一世代前に書いた小さな本でこの問題には触れたが、いまだに出版していない――「ストームフィールド船長の天国訪問記」である。[4] ストームフィールドが天国に着くと彼はカエサル、アレクサンダー、ナポレオンといった比類なき軍神の姿を熱心に探したのだが、天国の古い住民から、彼らは軍神として天国ではたいしたことがないと教えられた。ニューイングランドの村で生まれ、名も知られずに死んだ、生涯で一度も戦闘を見たこともない靴職人と比較すれば、彼らの位階は伍長でしかない、というのだ。地上にいる間に彼は発見されなかったが、こちらに来るとすぐに天国は彼を認め、この星で生まれた最も強大な軍神だと地上で認められていたなら、そこで受けていたであろう栄誉を気前よく与えたのだ。

　私はジャッカス渓谷にあるジム・ギリスと「相棒」のディック・ストーカーの丸太小屋で三ヶ月過ごした。[5] そこは私が既に話してきた、静かで、平和で、夢のような、緑あふれる楽園だった。[6] 時折、ジムが霊感を受け、大きな暖炉を背にして両手を後ろで組んで、上手い即興の嘘を語った――おとぎ話であり、あり得ないような冒険物語である――たいがいディック・ストーカーがその主役だった。ジムは自分が語っていることが厳密な歴史であり――正確な歴史であって、作り話ではないといつも真面目を装った。ディック・ストーカーは灰色の髪をした優しい人物で、座ってパイプ煙草をすいながら、この怪物のような作り話を優しく落ち着いて聞き、決して抗議しなかった。私の本のひとつで――「ハックルベリー・フィン」だと思う――ジムの即興の話のひとつを使った。それは彼が「強烈な恥の悲劇」と呼んだ話だ。私はそれを印刷用にかなり変更しなければならず、これが大きな欠点となった。ジムが語ったように――語りながら創り出すのである――それは私が今までに聞いた中で最もおかしい話だったと思う。本の中ではいかにも穏やかで精彩を欠いたものになっているが、印刷する前の形では何と途方もなく素晴らしかったことか。[7] ジムの即興話をもうひとつ、「徒歩旅行者、海外へ」の中でも使った。無知で無学の可哀想なキツツキが一軒の家をどんぐりで一杯にしようという話だ。[8] 魅力的で、愉快で、幸福な空想に満ちた話だった。ジムは暖炉の前に立って、いとも簡単に語り始め、語りながら細かな部分を創り上げ、いつものようにそのすべてが信頼すべき事実で、疑う余地がなく、純粋で混じりけのない歴史だと主張した。私はジムの作り話をもうひとつ、自分の本で使った――ジム・ベイカーの猫、驚くべきトム・クォーツの話だった。ジム・ベイカーはもちろんディック・ストーカーだった。[9] トム・クォーツは存在しなかった。そのような猫はいなかったのだ――少なくともジム・ギリスの想像力の中にしかいなかった。

ジムのその力強い想像力のために一度か二度、困ったことが起こった。ある日ひとりの先住民の女が大きな西洋スモモのように見える野生の果物を私達に売ろうとやって来た。ディック・ストーカーはその小屋に一八年間住んでいたので、その果物は食べられないと知っていたが、不注意にも、何も意図せず、それについて今まで聞いたことがないと言った。それだけでジムには十分だった。彼はその悪魔のような果物を熱心に賞賛し始め、それについて話せば話すほどその賞賛が熱く強くなっていった。今までに千回も食べたことがあると彼は言った。ちょっと砂糖を入れて煮るだけで、美味しさの点でそれと比べられるものはアメリカ大陸にはないと言った。彼は自分が聞くためだけに語っていたのだ。その果物がそんなにおいしいのならなぜ即座にそれを買い入れないのかと言ってディックが彼の話を遮ると、彼はほんの一瞬話をやめて突然黙り込んだ。彼は騙されたのだが、それを認めるようなことはしなかった。彼は苦境に陥ったが、意見を放棄したり告白するような人物ではなかった。彼はこの貴重な神の賜物をもう一度味わうことができるとはひたすら幸せだという振りをした。ああ、彼は自分の発言に忠実な人物だったのだ。それを食べたら死ぬと分かっていても、彼はその果物を食べたと思う。彼はそれを買って、その恩恵を得られて喜んでいると軽快に、満足した様子で言った。さらに、もしもディックと私がそれを自分と一緒に食べたくなければ、そのままにしておこう——自分は何も気にしない、と言った。

それから、私がそれまで経験した中で最も愉快な時間がしばらく続いた。ジムは約三ガロン〈一ガロンは約三、八リットル〉入りそうな空の灯油缶を持って来て、それを火にかけ、半分ほど水を入れて、そこにあの悪魔のような果実を一ダース放り込んだ。そして十分に沸とうすると、すぐにブラウン・シュガーを一掴み加えた。煮ている間に彼はそのむかむかする料理を時々試食した。そのとんでもない果実も次第にやわらかくなり、いよいよどろどろの状態になったので、彼は大さじでそれを試食し始めた。スプーン一杯分をすくい取っては試食し、満足しているかのようにくちびるを動かし、きっともう少し砂糖がいるな、と言った——そうして砂糖を一掴み放り入れてさらにもうしばらく煮込んだ。何度も何度も砂糖を一摑みずつ入れ、二時間も試食し続けた。その間、ストーカーと私は彼を笑い、あざけり、口汚く罵ったが、彼は落ち着き払っていた。ついに製造工程は最終段階に至り、完璧になったと彼は言った。彼はスプーンで試食し、うまそうにくちびるを動かし、突然熱心に大きな喜びを表現した。そして彼は私達にそれぞれ試食をすすめた。我々が分かったことは、数トンもの砂糖でもあの果物の悪意ある鋭い酸味を変えることはできなかったということである。酸っぱいかって？　それは酸っぱいだけで、しかも、執念深い酸味で、妥協のない酸味、砂糖がそれに伝えたはずの甘味、そしてその果物が地獄以外のどこかで作られたのなら伝わるはずの甘味、そのやわらかな味が微塵も無かった。我々はその味見一回だけでやめたが、あの偉大な心の持ち主ジム、あの恐れを知らぬ殉教者は、ちびちび、ちびちびとすすり続け、何度も何度も、繰り返しほめたたえ、ついに彼の歯と舌はひりひりし始めた。ストーカーと私は感謝と喜びでほとんど死にそうだった。その後の二日間、どんな食べ物もどんな飲み物もジムの歯の間を通らなかった。歯が痛んで、何が触れても耐えられなかった。息が当たっただけでも彼は顔をしかめた。それにもかかわらず、彼はずっとあのひどい料理にお世辞を言い、ずっと神をほめたたえ続けた。それは驚くような根性を示すものだったが、ジムはギリス家の他のすべての人と同様、まるで根性そのものだった。

彼は一年に一度ほどサンフランシスコに降りて来た。鉱山用の粗末な服を捨て、一五ドルの安い既製服を購入し、帽子を片側の耳の上に傾けてかぶり、王様のように満足した様子で、モンゴメリー通りを大股で闊歩した。道行く上品な服装の人々が彼に向ける嫌味な視線を彼はものともしなかった。まるで気が付いていないようだった。こうした折に、ジョー・グッドマンと私と、他に近しいひとりか二人で、一度、ジムを両替銀行のビリヤード室に連れ込んだことがあった。そこは流行の服を着たサンフランシスコの金持ちの若いしゃれ者達が遊びにくる場所だった。時刻は一〇時で、二〇のテーブルにはすべて客が座っていた。我々はその場所を歩き回って、ジムはこの街の呼び物を十分に楽しむことができた。そこに、流行の服を着た若いしゃれ者が彼と彼の服装に嫌味な言葉を漏らした。我々にはこうした言葉が聞こえたが、ジムは大いに満足しているので、自分が嫌味の対象になっていることに気づかないで欲しいと思った。しかしその望みはついえた。ジムはすぐに気が付いたからだ。そこで彼は嫌味を言っている最中の男をつかまえようとし始めた。彼はすぐにつかまえた。大きな体に上品な服を着た若い紳士だった。ジムは彼の方を向いて立ち止まった。顎を挙げた様子は彼の傲慢な自信を表していた。彼は威圧的に言った――

「あれは私に向けて言ったものだ。謝ってくれ、そうでなければ決闘だ」。

まわりで遊んでいた六人がこれを聞いて、振り返り、玉突き棒を立てかけて、興味津々で事の成り行きを見守った。

ジムの犠牲になった人は皮肉を込めて笑いながら、言った――

「ああ、そうですか？　私が断ればどうなるのですか？」

「痛い目にあって行儀をなおすのさ」。

「確かに。そんなふうになるものですかね」。

ジムの態度は重々しく落ち着いたままだった。彼は言った――

「私が決闘を申し込んだんだ。決闘しなければならない」。

「ああ、本当ですね。ご親切にも時間を決めていただけますか？」

「**いまだ**」。

「なんとも気の早い！　で、場所は？」

「**ここだ**」。

「これは素晴らしい！　武器は？」

「鉛弾を込めた二連発散弾銃で、距離は三〇フィートだ」。

もう黙ってはいられなかった。グッドマンがその若い愚か者を脇に引っ張って行き、言った――

「君は相手が分かっていないんだ。とても危険なことをやろうとしているんだよ。相手が冗談を言っていると考えているようだが、彼は冗談を言っているんじゃない。彼はそんな男じゃない。彼は真剣なんだ。決闘を断れば彼は即座に君を殺すだろう。時間がないので条件を受け入れてすぐに決闘するしかない。決闘を受けるか、謝りたまえ。二つの理由からもちろん君は謝ることになる。彼が君を怒らせていなかったのに君は彼を侮辱した。それがひとつ目の理由だ。もうひとつの理由は、当然、君が無害の人を殺したくはないだろうし、殺されたくもないということだ。君は謝ることになるが、謝罪の言葉を彼が君に言わせたということにしなければならない。その方が、君がどんなに気前よく謝るよりも力強く断固とした謝罪になるだろうから」。

その男は、ジムの口から出るままに言葉を繰り返して、謝罪した――人々は二人の周りに集まって来て聞いていた

——そして謝罪の調子はグッドマンが予言した通りになった。

私はジムのことを悼む。彼は良き、不動の友人で、男らしく寛大な男だった。正直で高潔な人物で、愛すべき性質を持っていた。彼の方から喧嘩をすることはなかったが、喧嘩をふっかけられると必ず用意に取り掛かったものだ。

(1)一九〇七年春にアルバート・ビゲロー・ペインはハニバルとウェストコーストまで旅行し、「マーク・トウェインのかつての古い友人の中であまりに早く逝ってしまった人達」と話をして、伝記のための題材を集めた（『トウェイン伝記』、第三巻、一三七六ページ）。カリフォルニアで彼はヴァージニアシティ『テリトリアル・エンタープライズ』紙の社主でクレメンズの生涯の友人だったジョゼフ・T・グッドマンと会った（『自伝完全版第一巻』、二二五ページおよび関連する注、二五二ページ～二五三ページおよび関連する注参照）。クレメンズは一八六〇年代初期にネヴァダとサンフランシスコにいた時代からジェイムズ・ギリス、スティーヴン・ギリス、ウィリアム・ギリスを知っていた（ギリス家の家系図にジョージの名前はない。『自伝完全版第一巻』、二九五ページおよび関連する注参照）。ジェイムズは一九〇七年四月一三日に七六歳で亡くなった。彼は薬草学に造詣が深く十分な知識もあったが、生涯を鉱山師として暮らし、一八六二年から死ぬまでカリフォルニア州トゥオルミ郡ジャッカス・ヒルに住み、「小規模」金山を試掘していた。クレメンズが彼と彼の弟ビリー〈ウィリアム〉とディック・ストーカーともに一八六四年から六五年の冬を過ごしたのはジャッカス・ヒルである（以下の注5参照。「ジェイムズ・N・ギリス——その生涯と死」、〈カリフォルニア州〉シエラ『タイムズ』紙、一九〇七年四月一四日号、ページ番号不明。一八七〇年一月二六日付、ギリス宛書簡、『書簡集第四巻』、三六ページ～三七ページ、注1。『自伝完全版第一巻』、二六一ページおよび関連する注。『自伝完全版第二巻』、一一三ページおよび関連する注、三八四ページおよび関連する注）。

(2)スティーヴは『テリトリアル・エンタープライズ』紙の組版工でありクレメンズの同僚であった。彼は一八九四年までいくつかの新聞で働き、それからジャッカス・ヒルにいた兄弟のもとに行った。ペインは伝記の中でトゥオルミ郡訪問のことを次のように書いている。

ジョー・グッドマンは（一九一二年でも）まだ活力にあふれ、草木が生い茂り、夢のような人里離れたジャッカス・ヒルまで私と一緒に行って、スティーヴ・ギリスとジム・ギリスに会った。それは忘れられない日曜日になった。というのも、スティーヴ・ギリスは体が動かなくなりながらも、目を輝かせ言いたいことを含んだ眼付きで、その田舎の静寂の中にある小さな小屋の長椅子に座って、昔の話と冒険談を語ったからである。別れ際に彼は次のように言った。「私はもうすぐに死ぬが、サムが好きだったし、生涯ずっと好きだったし、私が死ぬまで好きでいる、とサムに伝えてくれ。これがサムに送る最後の言葉だ」。ジム・ギリスはソノーラに降りていて、既に死の直前にあったので、彼を訪問するには遅すぎたが、彼は大昔の鉱山仲間からの伝言を受け取り、別れの言葉を送り返してきた。(『トウェイン伝記』、第三巻、一三七七ページ)

スティーヴ・ギリスはさらに一一年も長生きし、一九一八年に七九歳で亡くなった。

(3)スティーヴはキャサリン・ロビンソン(一八四三年〜一八七五年)と一八六七年にヴァージニアシティで結婚した。四人の子供のうち二人が生き残った。マージェリータ(一八六八年〜一九六二年)とジェイムズ・オールストン(一八七〇年〜一九四四年)である。一八六七年にビリー〈ウィリアム・ギリス〉はヴァージニアシティにいた兄のスティーヴのもとに行き、『エンタープライズ』紙の記者として働いた。彼と彼の妻エリザベスには少なくともひとり子供がおり、それがチャールズ・オールストン(一八七六年〜一九四四年)で——一九〇七年までには——二人の孫がいた。ビリーもエリザベスも一九二九年に亡くなり、ビリーは八九歳、エリザベスは約七二歳だった(「マーク・トウェインの友人死去」、ニューヨーク『タイムズ』紙、一九二九年八月二一日号、二七ページ。Gillis 1930、xiiiページ、一一ページ、一一七ページ。"Ancestral File" 2012。*California Death Index* 1940-97、チャールズ・A・ギリスの項目。『トゥオルミ国勢調査』、一八八〇年、八五ページ一七六A。『トゥオルミ国勢調査』、一九三〇年、二二四ページ一B)。

(4)クレメンズは「ストームフィールド船長の天国訪問記」の四章に登場する人物で軍事的守護神でレンガ積み職人(靴職人ではない)のアブサロム・ジョーンズのことを言っている(Baetzhold and McCullough 1995、一七七ページ。「小さな本」の歴史に関しては、『自伝完全版第二巻』、一九三ページ〜一九四ページおよび関連する注参照)。

(5)ジェイコブ・リチャード・ストーカー(一八二〇年〜一八九八年)はケンタッキーで生まれ、一八四七年に軍隊に入隊し、メキシコ戦争で戦った。一八四九年にはカリフォルニアのゴールドラッシュに加わり、ジャッカス・ヒルに定住した。彼はこの地で後の生涯を過ごし、小規模鉱山師として何とか食いつないだ。『苦難をしのびて』の六一章でクレメンズは彼を「鼠のように灰色で、真面目で、思慮深く、わずかしか教育を受けておらず、だらしない服装は土で汚れていたが、彼の心は彼が今までにシャベルで掘り出した金よりも上質の金属であった——事実、今までに掘り出されあるいは鋳造されたどんな金よりも上質だった」と描いている(『苦難をしのびて、一九九三年版』、四一六ページおよび関連する注参照)。

(6)一九〇七年一月二三日付「自伝口述筆記」(『自伝完全版第二巻』、三八四ページ〜三八七ページ)参照。

(7)『ハックルベリー・フィンの冒険』の二三章では、クレメンズはこの話の題名も詳細も変更した。つまり、「王のキャメロパードのぞっとするような悲劇あるいは王の絶品」では、王様が裸になって体を縞模様に塗り、舞台じゅうを騒ぎ回って男性のみの観客(「女性と子供は入場お断り」と掲げた)を楽しませ、ハックはそれを「恐ろしく面白い」出し物だと考えた。ジム・ギリスによる「印刷できない」版にはさらに細かなことが明らかに含まれていた――火のついた蠟燭が演技者の尻に挿入されていた。ギリスの話の題名は「燃えるような恥」という表現から取ったものと考えられ、この語はフランシス・グロウスの『卑俗語正統辞典』一七八五年版に「女性の秘密の場所に差し込まれた火のついた蠟燭」と定義されている(『ハックルベリー・フィンの冒険　二〇〇三年版』、一九四ページ〜一九六ページおよび関連する注)。ギリスはその話をしたが、ストーカーはその寸劇を厭わずに演じた、クレメンズはそれを一八七〇年一月二六日付ギリス宛の手紙で「そして懐かしいストーカーの手を取って、『燃えるような恥』の『リナルド』の彼の素晴らしい演出を、彼の上得意の演技を私は見たいとは思わないでしょう。ディックさんは今どこにいて、何をしていることでしょう。私のあつい愛情と昔懐かしい暖かい思い出を彼に送ります」と回想している(『書簡集第四巻』、三五ページ〜三六ページ)。

(8)『徒歩旅行者、海外へ』(一八八〇年)の二章と三章にあるものだが、そこではジム・ベイカーの作り話はアオカケスについてのもので、キツツキに関するものではない。

(9)『苦難をしのびて』の六一章で、登場人物のディック・ベイカーが猫の話をする。その猫が、鉱山師達が岩石を取り除くために「爆薬を仕掛けた」時に鉱山の立て坑の中で寝ていて、結果的に「鉱山業に対して」永遠に「偏見を抱く」ようになる、というものだ(『苦難をしのびて、一九九三年版』、四一六ページ〜四一九ページ)。

一九〇七年五月二九日水曜日、口述筆記

ジム・ギリスに関してカリフォルニアの弁護士から来た手紙の写し――博物学者ロング氏へのローズヴェルトの攻撃とそれに関する新聞の切り抜き。

カリフォルニア州ソノーラに住む弁護士から手紙が届き、ジム・ギリスのことをよく言っていたので私は嬉しくなった。ジムは私が三九年前、最後に見かけた時のジムと最後まで同じジムのままだったそうなので私は再び嬉しくなった。ここに引用する。

拝啓――

貴兄は私を、私が大統領を知っているのと同じくらいご存知でしょう。私は大統領を知っていますが、彼は私を知りませんし、私はそのことをわかっていますが。あるいは少なくとも彼が私を知っている可能性は約八〇〇〇万分の一です。彼は私と個人的に会ったことが一度も無いのですから私を思い出すことも決してないでしょう。しかし、私はトゥオルミ郡に生まれついて四五年になりますし、私は少なくともそうだと言われてきました。私がここで過ごした最初の一、二年の間のことは少しぼんやりしていますが。おそらくそれは私が乳母に育てられていたからでしょう。

さて、変な冗談はさておき、私は、ジャッカス・ヒルのジム・ギリスがロッキー山脈を越えたことについて昔ながらの語り口であなたに語りたいのです。

もしも「ジム」がとてつもない善人で**なかったなら**、わざわざあなたにこれをお知らせすることはないでしょう。彼には厳密なまでに正直であろうとする奇妙な癖がありました。嘘をついた方がよかったような場合でも、彼は自分と友人については本当のことを語ったのです。いつでも自然の女神の顔を真っ直ぐに見ていたものでした。しかし彼も逝ってしまいましたし、それを知ればあなたも悲しむでしょう。

彼はあなたからの手紙を一度受け取ったことがあり、それを心から大切にしていました[1]。彼は普通の署名収集家がしたようにしてそれを持ち歩くようなことはせずに、限られた昔なじみにだけそれを見せたのです。彼がその人に最高の賛辞を表したいとき、彼はマーク・トウェインのあの手紙を見せました。

いま、私はこの手紙を敬意を込めてお送りしますが、あなたの知人に内緒で加えてもらおうなどと考えているのではありません。ただ「ジム」さんのためです。

一九〇七年五月二九日

心を込めて、
クリテンデン・ハムプトン。[2]

ローズヴェルト大統領は神学博士ロング師と長らく喧嘩をしていたが、ロング師は陽気で楽しい文章の書ける博物学者であった。[3] ロング氏はジョン・バーローズのように太ってはいない。[4] ジョンは、動物について、彼ら自身が分かっていることよりも自分の方がよく知っていると思っているふしがあったが、ロング氏は一度もそうしたことがない。ロング氏の本は、特に若い人達の間でとても人気がある。彼は森の野生動物について楽しく面白いことをたくさん語り、しかも彼は風説ではなく観察から話をするのだ。彼は**自分で**見た動物の行動を語るのであり、動物がしたと言われていることを語るのではなかった。もし彼が動物の行動を誤って解釈し、そこからその種類の生き物が持つ以上の知的レベルを推測したら、それは犯罪だろうか？　私は犯罪だとは思わない――合衆国大統領は犯罪だと考えているようだが。私はそれが犯罪とはほど遠いと考えている。我が国の新聞の九六パーセント、さらに我が国の八〇〇〇万の市民の九八パーセントは大統領が高い知的特質を持っていると信じている。それは犯罪だろうか？　私はそうは考えない。それは単なる愚行だと考えるし、愚行は犯罪ではない。先日大統領は世界の問題をそのままにしておきながらも、その間に『アウトルック』誌のインタヴューに答え、[5] 哀れで無名で無力なロング氏を猛烈に攻撃し、彼に関して騒ぎ立てた。それに似た騒ぎは、敵対する艦隊どうしが日本海で一分間に二〇〇〇発の砲弾を互いに撃ち合って以来、地球上では聞かれたことがないほどだった。ロング氏が何をしたというのだろうか？　彼はただ狼に胸を食いちぎられたばかりで瀕死の鹿をどのようにして見つけたかを語ってきただけだ。さらに、野鳥が自分で見事に工夫した道具で骨折した脚を他の誰の助けも借りずに上手に治しているか、その観察方法を語っただけだ。これらが尋常でない出来事であることは疑いないが、それが何であろうか？　異例さのためにそれらは信じられないだろうか？　決してそんなことはない。野生動物が異常なことをするのはしばしばある。ローズヴェルト氏自身の行動に目を向けてみよう。彼は忠実なボウエンを役職から放り出し、有害なルーミスの見栄えをよくし体裁を繕わなかったか？[6] 彼が発令した大統領令七八号は違法ではなかったか？[7] 彼は憲法をなし崩しにする多くの地下道を掘って、[8] その文書によって承認を得た者だけが対抗でき、ニューヨーク市民が楽しんでいるものは、それを超えることができなくなったのではなかったか？　彼はクウェイ氏の遺体の上に花束と傷心を手向けなかったか？[9]　彼は自分が真実の語り方をよく知るアメリカで唯一の人物だと、数十回もそれとなく主張してこなかったか？――私とほかの専門家の人々を全く無視して？　彼はフットボールと野球と意気地なしと、[10]あらゆる種類の些末な問題について、天から頻繁に雷鳴を轟かせ続けたではないか。その結果、本当に重要な問題が起きた時に、雷鳴は世界の注視を引きつけられず、我らに有用な影響を与えることができなかった。等々、等々――大統領にふさわしくないことの一覧、これまであり得ないと考えられ、合衆国大統領がなすべきではない、計り知れないほどあり得ないことはここには長すぎて提示できない。大統領たる者がこれら異常なことを成しえる時、無害なかわいい小鳥が何の問題も見出さずに驚くべき外科手術をするのをなぜ認められないのか？　そうした外科手術など一見あり得ないことだが、大統領令七八号よりもあり得ないことではない。そのどちらも起きたことを信じるのは簡単ではないが、大統領令七八号が起きたことを我々はみな知っている以上、鳥が外科手術することを信じてもよいだろう。大統領令七八号が出されたことで、鳥に対して言われるであろうどんな批判的なことでも正しいと容易に信じられてしまう。鳥の話で性格を疑われるか、それとも大統領令七八号の根拠に関して疑われるか、どちらを選ぶかといわれたら、むずかしいことはないと私は考える。思慮分別のある人なら大統領令七八号を策定したのが自分だと見破られるよりも、動物世界に関して言われてきたすべての嘘を作ったと言われた方がいいと思っただろう。鳥が骨折した脚を治すのはおそらく驚くべきことだろうが、子供を楽しませる仕事をしている、取るに足らないちっぽけな博物学者を破滅させるために、八〇〇〇万人の人口を持つ国の専制君主がその雲海に包まれた頂点から降りて来ることと比べれば、半分も驚くべきことではない。合衆国大統領が一個人を攻撃するという不快な光景は異常ではなかろうか。その人物が批評家としての役目を果たせるという証拠を述べる機会を何も与えず――そして弁明を聞こうともせず、そのような人物に注目することは大統領の偉大な権威に反するという議論から逃げることでさらに無礼な攻撃をしているのだから。

　大統領はその喧嘩でひどく負け込んでいて、それから撤退するのが賢明だと私は考える。尊敬に値する撤退方法はなかったのであり、彼が黙って負けを認めて受け入れることが明らかに最良だと考える。そして、その道がどのようなものであろうとも、彼がたどる道は安全だろう。というのも新聞はそれを誉め、賞賛し、国民は拍手喝采をおくるだろうから。これまでに多くの国家元首が盲目的に、しかも非理性的に崇拝されてきた。ローズヴェルト大統領は今日国民に崇拝されるようになって久しい。もしいま彼が亡くなれば、ネロ以外のどの支配者にも負けないほど嘆き悲しまれることになろう。

ここで、五月二二日から五月二八日までのこの嘆かわしい闘いの一部を引用し、私がこれから五〇年間生き延びて、正気の人がこれらの文章を読んでどのような印象を受けるか教えてもらいたいと思う。至極確実だと感じていることは、その時にはセオドアという名前を口にすれば笑いを引き起こすだろうということだ。――それは八〇〇〇万人に対すると同時に彼自身に対する笑いでもあろう。

ローズヴェルトは単なる狩猟愛好家――ロング

スタムフォードの博物学者が自らの博物学の著書への批判に抗弁する。

それは敵意だったと主張する

僅かばかりの明確な証拠もない独善的言説――大統領自身の著作を攻撃

ニューヨーク『タイムズ』紙独占記事。

コネチカット州スタムフィールド、五月二二日付――神学博士ウィリアム・J・ロング師は自分の博物学に関する本に対するローズヴェルト大統領の批判にこたえるために本日会見を開いた。彼は大統領の無差別大量虐殺に関する方法を自分が大胆にも批判したので、大統領が怒っているのだと伝えた。さらに彼は博物学者のジョン・バローズのために大統領が棍棒を振り上げているのだと言う。二、三年前にロング博士と彼とが雑誌や新聞上で激しい論争をしたことがあり、バローズとローズヴェルト大統領は親友である。

「私は合衆国大統領と論争しようと思ってはいない」とロング博士は言った。「その職務に対して私は深い敬意を抱いており、それはどのような人がその職についたとしても、少しも変わらない。問題はローズヴェルトという人物が道を外れて、私と私の本を激しく攻撃したことだ。通常は、そうした攻撃を私は無視する。しかし、その記事を何も注意せずに読んでも、個人的で悪意に満ちたものだし、ゴミ箱行きにふさわしいものと分かるだろう」。

「ローズヴェルトという人物」

「この記事の題名は『博物学の行者に関するローズヴェルトの言葉』である。[11] その記事について私が最初に気付いたことは、それ自体が偽物だということだ。ローズヴェルト氏は終わることない個人的口論の最中に、大統領というものは個人的口論に拘泥してはならないと頻繁に発言していた。現在、この疑わしいインタヴューは見え透いた謙遜の言葉を使っているが、その背後には途方もなく大きな彼の虚栄心が隠されている」。

「このインタヴューはローズヴェルト氏が設定し、私が雑誌で知ったところによると、彼は当初の個人的で徹底的な追従から、根拠のない批判へと最終的に校正刷りで書き直した。疑わしいインタビューの陰に隠れて、その精神に付いて何も知らない人物を攻撃する時、彼の記事は単に悪意があるだけでなく、いささか臆病なように私には思われる――それはちょうど彼が木の後ろに身を隠して三頭のオスのヘラジカを続けざまに殺し、その死骸を腐敗するまま森に残していく者のようだ。それ自体がスポーツマンには理解できないことだ。しかしあなたがそこで不快に思うのは、狩猟によって培われた武勇と高い道徳的特質の結果生まれる教えである」。

「記事の中で次に明白なこと、たいていの読者も分かることは、個人的な敵意である。私に対する攻撃の四分の三はそれであり、公立学校で使われている本の唯一の著者が私なので――ちなみに彼はそれで怒っているのだが――彼の攻撃の全重量がたった一人にのしかかっているのだ」。

背後の動機

「さて、この理由は完璧なまでに明白だ。何年か前にローズヴェルト氏の友人が私と私の本に対して暴力的攻撃をしたことがあった。その攻撃を受けて、あらゆる議論には率直に答えた。(12)だが、それでは足りなかった。ローズヴェルト氏は、彼の性格にもなっている平和への強い愛情によって、すぐさま喧嘩を始め、自分の最新の本の序文で道をはずれて自分の友人の攻撃を繰り返した(13)」。

「そこで私は少し前に、再び一連の記事を書いて、(14)人間の生活を動物の視点から観察しようと試みた。その中の一つで私は狩猟をテーマとした。この記事で、ローズヴェルトが主張している、狩猟動物の無差別殺戮が武勇と男らしい美徳を育むということが、偏見のない単純な人にとって、実際には残虐で無慈悲なことだと思われていると書いた」。

「ローズヴェルト氏は自分の狩猟を堂々と批判した哀れなやつを決して許してこなかったし、彼が『仕返しをして』やるし、『さんざん打ちのめしてやる』と仲間に明言したと再び私に聞こえてきた」。

「その雑誌記事は彼の言葉をそのまま実行したものである。ここでその心を完璧に理解できる。その記事の主張とは、以前のものと全く同じであり――独断的な発言と否定の連続であり、それを裏付ける明確な証拠は微塵もない。彼は証拠を求めるが、彼は自分の以前の攻撃で同様のことをしてきたこと、そして証拠は即座に提供されていたことを忘れている。彼らは、私が書いて来たことの中で最も信じがたいこと――ヤマシギが自分の骨折した脚を泥で作ったギブスに入れる話――を取り上げ、(15)これはすべて偽りであり、ほとんど狂気であり、証拠か証人の提出を求めると言った。すぐに私は、八人の証人の宣誓証言を添えて、五つの事例を公にした」。

オオヤマネコと白い狼

「ローズヴェルト氏は、同じように、カナダオオヤマネコと北方に棲むツンドラオオカミの記述について攻撃し[16]、それらに関して記録されていることは決して起きないと明言した」。

ロング博士はローズヴェルト氏の本を開いて、続けた。

「ではローズヴェルト氏本人が言っていることを見てみよう。『オオカミは悪意においても、気性においても千差万別である』。さらに、『同族の個体間の違いは実際には説明がつかない』という[17]。ローズヴェルト氏がカナダオオヤマネコとツンドラオオカミを、それぞれが生息する森の中で一度も見たことがないことを指摘するのは意地悪に見えるかもしれない。しかし、彼がオオヤマネコとオオカミに関して知っていることは、個々の動物の特性を理解するために獰猛な犬の群れを使って、国の別の場所で、別の動物を追いかけて学び取ったものだ」。

「彼が数学的に不可能だと明言するのは、非常に大きいオオカミが小さな鹿を胸の一噛みで殺すということだ[18]。今までに鹿を調理したことのある人は鹿の胸の下の部分が狭くなって楔型になっており、肩甲骨を前後に移動させる時――肩甲骨が固定されておらず簡単に動くので――胸の狭い部分が露出し、大きな動物が致命的な一噛みをするのに一番簡単になるのに気が付く。

ロング博士はさらに、狼が鹿の胸を噛むことで殺すことはできないとする大統領の主張を取り上げ、肩甲骨の移動によって軟骨が無防備な状態になると説明している。自分はこういうふうにして殺された鹿を見てきたし、先住民のガイドもこれを確認したと彼は言う。

「数学的可能性についてはそれでいい。では事実について話そう。私はかつて胸の下を噛まれた小さな鹿が雪の中に横たわって、出血しながら、生きているのに出くわしたことがある。その鹿から大きなオオカミの足跡が森の中へと続いていた。オオカミはおそらく私の音を聞いたか、においをかいで、その餌食を発見した一瞬の間に逃げ出したのだろう。さらに、私と一緒にニューファンドランド州の奥地を探検した先住民は、非常に大きなオオカミが同じ方法で子供のカリブーを殺すのを二回見たと教えてくれた。これが通常の殺害方法でないことは言うまでもない。だがこのようなことが起こり得るのは、たとえローズヴェルト氏が否定しても、事実である。大統領が主張する動物の習性を、動物も人間も認めていないというのは哀れなことだが、事実、認められないのだ」。

「他にもその記事には注目すべき点がいくつかあり、その独断的主張の不合理性のためにローズヴェルト氏は二点か三点攻撃されることになる。私ならその問題に関する特別記事で十分に回答するだろう」。

彼の記録を引用する。

ロング博士は続いてローズヴェルト氏の本を二冊開いて、ローズヴェルト氏自身の書いた「博物学の本」から一〇個ほどの記録を引用した。

ロング博士は続けて述べた。「これらの本の中には残虐な記録の多様な例は、ほとんど書かれていないように思うが、それが事実である。ローズヴェルト氏の攻撃を理解できる人には彼の『荒野の狩人』を読み、それから彼が非難する『野生の生き方』を読むことを提案する。[19]そうすれば、ローズヴェルト氏が自分以外の博物学研究のやり方に共感しない理由が完璧にわかるだろう」。

「要するに、ローズヴェルト氏は博物学者ではなく、狩猟愛好家である。野生動物の心髄は、殺意を持たずに静かに観察することで発見される。動物の生態について、彼は何も知らないし、猟犬の群れとライフル銃、偏見と現在の性向を捨てて森の中に入って行くまで、彼が学び取るものは決して何もない」。

【ロングが大統領からの謝罪を求める】[20]

「行者」発言の撤回か証明を要求。

五月二八日付、コネチカット州スタムフォード発——ウィリアム・J・ロング博士は本日ローズヴェルト大統領宛書簡を公開し、彼らの「博物学の行者」論争に興味深い一章を付け加えることになった。その一部は次の通り。

一九〇七年五月二八日、コネチカット州スタムフォード

セオドア・ローズヴェルトアメリカ合衆国大統領閣下、

拝啓、あなたと私の間の問題はもはや動物に関する問題ではなく、人間に関するものとなっています。主に博物誌に関するものではなく、真実と個人的名誉に関するものとなっています。合衆国大統領としてあなたは職務を外れて、自らの仕事に徹底的に精励している一市民を公的に中傷したのです。その人物の真理と名誉に関する考えがあなた自身の考えと全く同等に高い人物を、あなたは人間として責めたのです。

もし私が間違ったことをしゃべり、私が自分の本や書いたものの中で、野生動物の生活に関して子供や大人を意図的に騙してきたと言うのなら、私はそうした書き物のすべてを公式に撤回し、動物に関する本を決して書かないことを約束します。逆にあなたが私を誤って非難したことを私が公平な第三者に示したならば、あなたは非難を公的に取り消し、謝罪しなければなりません。人間としてしかも大統領としてあなたが名誉を保ってできることは他にありません」。

ローズヴェルト大統領が数学的にあり得ないことだという話の真実性を立証するために、ロング博士は次のような宣誓供述書を提出し、さらに以下のように続けている。(21)

「ローズヴェルト氏、この段階であなたは大統領の職務の背後に身を隠し沈黙していることはできません。あなたは沈黙を破り、公の場で一市民を攻撃したことで、沈黙する権利を既に没収されたのです。あなたの言う公正な処置のすべてがごまかしでないとすれば、また、あなたのいつもの道徳的説教のすべてが偽善でないとすれば、あなたがやったのと同じように公に開かれた方法で自らの非難の誤りと不正を外に出てきて認めることを、大統領としてしかもひとりの人間としてのあなたに求めます。心よりあなたの、

W・J・ロング」。

ローブ私設秘書は「引き分け」と言う[22]。

大統領は神学博士ロング師の厳しい反駁に回答するつもりはない。

(『ワールド』紙独占記事)

五月二八日、ワシントン発――私設秘書ローブは試合が引き分けと言いたいのだと思われる。

神学博士ロング師による大統領に対する厳しい反駁は、今夜『ワールド』紙の代表からローブ氏に渡され、ローズヴェルト氏に見せて欲しいと依頼された。ローブ氏はそれを断り、次のように言った。

「大統領はロング氏にもはや注意を向けることはありません[23]」。

さらに大統領は、公明正大な審判である、教養あるスー族のヘピダンの言葉の信憑性を調査するために誰かを任命するつもりはないようだ。彼はロング博士の介添え役であり、オオカミが馬の胸を心臓にいたるまで喰い破って殺すのを見たと証言している人物だ。

(1)ギリス宛の手紙は、一八七〇年一月二六日付と一八七一年七月二日付の二通しか確認されていない。(この二通の複写がマーク・トウェイン・ペーパーズにあるが、その原稿の現在の所在は不明)。第一の手紙はおそらくギリスが「まれな古い友達」に好んで見せたものだろう。そしてスティーヴ・ギリスはペインが『マーク・トウェイン書簡集』を編集する際に見せ、その原稿が明らかに摩耗していたので修復しなければならなかった(『書簡集第四巻』、三五ページ~三九ページ、四二八ページ~四二九ページ、六〇一ページ~六〇二ページ、六七四ページ~六七五ページ)。その中でクレメンズは「オリヴィア・L・ラングドン嬢」との結婚が迫っていることをギリスに伝え、ギリス一家と過ごした冬の懐旧談を語り、それによって自らが有名になった「跳び蛙」の話を聞いた日のことを次のように回想している(SLC 1865)。

エンジェルズ・キャンプの雨と泥の中での陰鬱な仮寓の中で一瞬きたした陽気な出来事をあなたは覚えているでしょう――我々が宿屋のストーヴのまわりに座って、あいつが蛙の話を語り、どうやってタマで蛙を一杯にしたかを聞いたあの日のことです。

そして我々がどんなにその放談を口にして笑いあったか、覚えているでしょう。あなたと懐かしの老ストーカーさんとが選鉱鍋で土を洗い流している間の、あの山麓でのことです。その日のうちに私はあの話をノートに書き留めましたが、それで一〇ドルか一五ドル手にできれば嬉しかったのですが――私は全くものが見えていなかったのです。しかし我々はあの時は非常に金に困っていました。私はあの話を出版し、それがアメリカ、インド、中国、イギリスで広く知れ渡るようになりました――そしてそれで得た名声のおかげで私はそれ以降数百万ドルを得ました。

この手紙は次のように酸っぱい西洋スモモ事件をからかう言葉で終わっている。「追伸――カリフォルニアのスモモは**本当に美味しいです**、ジムさん――特に煮たものは美味しいです」と(『書簡集第四巻』、三五ページ~三六ページ。『自伝完全版第二巻』、四六ページ~四九ページ)。

(2)クリテンデン・ハムプトン(一八六二年~一九四八年)はカリフォルニア州トゥオルミ郡に生まれ、近くのインヨー郡で教師になり、それからトゥオルミ郡役所所在地のソノーラに移り、そこで彼は弁護士で公証人になった。彼はフリーメイソンに加わり、アメリカ弁護士会の会員になった(*California Death Index* 1940-97 および *California Great Registers* 1866-98 のクリテンデン・ハムプトンの記録)。クレメンズは次のように返事を口述筆記した(トゥオルミ郡博物館蔵)。

タキシード・パーク
一九〇七年五月二七日

親愛なるハムプトン氏へ――

私は昨日か、数日前か、ずっと前に、ジム・ギリスさんについて、賞賛と愛情を込めた長い章を口述筆記しました。やがてそれは私の『自伝』に載るでしょう。その時に分かることですが、ジム・ギリスさんがどのような人であったか、つまり、優れた、驚くほどのと言ってよいくらいの想像力を持つ人であり、第一級の生まれながらのユーモア作家だったと、直接に知っている人は私の他にはおそらくこの世に一人もいないでしょう。もちろんジムさんは自分がユーモア作家であると分かっていたはずですが、彼が同業者の中でも最高クラスであることを彼はたった一度も疑わなかったはずです。

お手紙本当にありがとうございました。

心よりあなたの、

(3)ウィリアム・ジョゼフ・ロング(一八六六年?～一九五二年)は、ハーヴァード大学(一八九二年)と、アンドーヴァー神学校(一八九五年)と、ハイデルベルク大学(一八九七年)で学位を取得した。彼は、一八九九年から一九〇三年までコネチカット州スタムフォードの第一会衆派教会の牧師を務めた。彼はまた熱心に野外生活を楽しみ、野生動物の生活を観察するために北部の森を頻繁に訪れて野生動物の世界を観察し、しばしば妻と子供達を伴った。多くの文学的作品や歴史書を書き、子供向け作品も書いたが、自然観察と動物の研究書で最もよく知られていた。その中で、人間文明の悪しき影響を受けていない自然界を道徳的賢智のもととして描いた。こうした最初の作品『森にすむものの生き方』が一八九九年に出版され、さらに多くの作品を一九〇七年までに出版した(Lutts 1990、五五ページ～六〇ページ、一六一ページ～一六二ページ、一八二ページ、一八五ページ、二〇五ページ～二〇六ページ)。クレメンズは彼の作品のうち少なくとも以下の三冊を持っていた。『草原の動物達』(一九〇一年)、『野鳥達』(一九〇二年版、一九〇一年初版)、『森の群れ』(一九〇二年)である(Gribben 1980、第一巻、四一九ページ)。

(4)ジョン・バローズ(一八三七年～一九二一年)はニューヨーク州北部の農場で育ち、しばらく学校の教師をしていた。彼は一八六三年に合衆国財務省に職を得て、コロムビア特別区に引っ越し、そこでウォルト・ホイットマンの生涯の友人になった。彼は熟練した博物学関係の著述家で、一八七一年に最初のエッセイ集『延齢草』を出版した。これは生き生きと鳥を描写したことで賞賛された。バローズは最終的に二〇数冊以上の博物学の本を書き、それらは正確な描写と印象深い解説を合わせたものだった。そして彼は、動物が本能によってのみ行動するものであり、獲得した知識によって行動するものではないという確信を表明した。クレメンズは彼の作品のうち少なくとも以下の三冊を持っていた。『鳥と蜂』(一八八七年)、『自然の歌声』(一九〇一年)、『鳥と木』(一九〇六年)である。クレメンズは一九〇七年八月一九日付「自伝口述筆記」でも再びバローズのことに触れている(Gribben 1988、第一巻、一一六ページ～一一七ページ)。「喧嘩」は一九〇三年三月に始まった。動物が若い動物にものを教えるとするロングの主張を攻撃する論文をバローズが『アトランティック・マンスリー』誌に掲載したのである(以下の注12を参照)。以前からバローズを高く評価していたローズヴェルトはバローズと同じ考えで、ロングの博物学の著作が理想化された解釈で、ロングが用意周到な詐欺師だと考えていた。ローズヴェルトはバローズを誘ってイエローストーン国立公園に旅行し、二人は揺るがぬ友人になった。『アトランティック・マンスリー』誌の論文はとても長い論争を引き起こし、バローズとロングとその他の博物学者が『センチュリー・マガジン』誌、『ノース・アメリカン・レヴュー』誌、『アトランティック・マンスリー』誌、『ハーパーズ・マンスリー』誌、『エヴリバディズ・マガジン』誌に記事を書いた。ローズヴェルトは一九〇五年までこの問題について発言しなかった。この時彼は自らの著書『アメリカの狩猟愛好家の野外娯楽』をバローズに献じた（以下の注13を参照。Lutts 1990、四ページ～九ページ、三七ページ、四〇ページ～四三ページ、五〇ページ～五五ページ、六〇ページ～七三ページ、二二二ページ、二八ページ～二九ページ、三一ページ～三二ページ、三四ページ～三五ページ。ローズヴェルトの狩猟に関するより多くのことについては、一九〇七年一〇月一八日付と二一日付の二つの「自伝口述筆記」を参照）。

（5）このインタヴューは『エヴリバディズ・マガジン』誌に掲載されたのであり、週刊新聞の『アウトルック』誌ではない（以下の注11を参照）。ローズヴェルトが最初に狙いを付けたのは、『白い牙』でのジャック・ロンドン（一八七六年～一九一六年）の主張、ブルドッグが狼を追い払うことができるし、オオヤマネコが狼を殺すことができるとする主張であった。つまり、「これはオス猫が三〇ポンドの闘い好きなブルテリアを、ずたずたに引き裂くと述べるのとほとんど同じくらいあやしいことだ」と書いた。それから彼は攻撃の矛先をロングに向け、狼がカリブーの子供を心臓にまで達する一噛みで殺すという記述に特に反論した。インタヴューは、ロングの物議をかもしたエッセイの「動物の外科術」には触れていなかった。そこでは骨折した脚のためにギブスを作る鳥の話をロングは述べている（以下の注15、16、18を参照）。クレメンズはローズヴェルトがとなえた「騒音」を歴史的な対馬沖海戦にたとえている。これは一九〇五年五月二七日から二八日にかけて行われた海戦で、日本の戦艦がロシア艦隊の三分の二を破壊した（『自伝完全版第二巻』、一三四ページ～一三五ページおよび関連する注参照）。

（6）ハーバート・ウォルコット・ボウエン（一八五六年～一九二七年）は生え抜きの外交官で一九〇一年にヴェネズエラ公使に任命され、前公使で国務副長官フランシス・B・ルーミス（一八六一年～一九四八年）を、ヴェネズエラのアスファルト株式について不正な財務処理に関わったとして一九〇五年の初期に批判した。ローズヴェルトはルーミスの無実を信じていたので、公的審理を開始した。その結果、一九〇五年六月にルーミスは職を免ぜられ、ローズヴェルトはボウエンが「根拠のない非難を広めた」として解任した（「世界の進歩」と「現在の出来事の記録」、『アメリカン・マンスリー・レヴュー・オヴ・レヴュー』誌、三二号［一九〇五年七月］、一八ページ、一九ページ）。

（7）ローズヴェルトの大統領令第七八号（原文ママ）は、南北戦争に参戦した軍人に恩給資格を与える傷病条項に年齢条項を付け加えるものだった。これは一九〇四年四月一三日に発効し、一五〇〇万ドルもの出費が見積もられていた。多くの人がこの法案を憲法違反だと考え、退役軍人の票を勝ち取るためのローズヴェルトによる越権行為だと批判した（『自伝完全版第二巻』、三七一ページ～三七二ページおよび関連する注参照）。

（8）ローズヴェルトは一〇〇〇以上の大統領令を出して自らの職務権限を拡大し、これは前任のどの大統領よりも多かった。彼は自伝で次のように説明した。

国にとって絶対的に必要なことでもそれをする明確な権限を大統領が持たなければ、大統領は何もできないとする考えを私は採らなかった。私の信念では、国家が求めることをすることが憲法や法律で禁止されていない限り、そうすることは大統領の権利であるだけでなく、大統領の責務なのだ。執行権限をこのように理解し、私は大統領や部局長が今までにしてこなかった多くのことを行い、行われるようにした。私が権力を簒奪したのではなく、執行権限の使用範囲を大きく拡大したのである。（Roosevelt 1922、三五七ページ）

（9）マシュー・スタンリー・クウェイ（一八三三年～一九〇四年）はペンシルヴァニア州出身の共和党の政治家で、老練な策略家で黒幕的人物だった。彼は一八八五年に財務長官に選出され、共和党全国委員会委員になり、彼の州の政治的「黒幕」になった。さらに一八八七年から一八九九年までと一九〇一年から一九〇四年まで連邦上院議員を務めた。一八九八年に彼は国庫資金の流用で起訴されたが、翌年に無罪とされた。彼が一九〇四年五月に死去すると、ローズヴェルトは未亡人に「アメリカン・ビューティーの深紅のバラと白いボタンにクジャクシダを組み合わせた花輪」を送り、「公私ともに深い哀悼」の辞を添え、クウェイを「信頼できる忠誠な友人」と褒めたたえた（「奇妙な言い方」、ニューヨーク『タイムズ』紙、一九〇四年六月一日号、八ページ。「クウェイ上院議員への最後の儀式」、シカゴ『トリビューン』紙、一九〇四年六月一日号、七ページ）。

（10）大学のフットボール選手の驚くほど高い傷害者数（不慮の死者数をも含め）のために、ローズヴェルトは一九〇五年に数校の大学の指導者を招集し試合の改革を議論させた。ハーヴァード大学――セオドア・ローズヴェルト二世がそのチームに属していた――はその調査と勧告のための委員会に指名された大学のひとつだった。その報告書が提出される少し前の一九〇七年二月に、ローズヴェルトがこの問題に関して学生向けの演説で次のように触れた。

ハーヴァード大学や他のあらゆる大学がたくましい男ではなく優男を輩出していることはないと私は強烈に信じている。私が付け加えたいことは、スポーツが荒っぽいという理由で私が反対しているのでは決してないということだ。ボート、野球、ラクロス、陸上競技、ホッケー、フットボールは押しなべてよいものだ。さらに、そのスポーツを改革するべきだとする意向や活動が高まって来たからという理由でそのスポーツを廃止したいというのは、私の単純な考えでは、無意味だし弱音を吐いているに過ぎない。(「ローズヴェルトいわく、優男は要らない」、ニューヨーク『タイムズ』紙、一九〇七年二月二四日号、一ページ)

報告書は、スポーツマンらしくない行為を防止し、しかも「暴力的行為」よりも「スピードと技術」をよしとするアメリカンフットボールのフォーワード・パスのような試合を認める、新しい規則を提案した。ハーヴァード大学学長チャールズ・ウィリアム・エリオットはこれらの改革を採用することにした。彼が同意した規則によってフットボールは危険ではなくなったが、いまだに「紳士がするのには望ましくないスポーツで、大多数の人々が観戦するのに望ましくない」と彼は主張した(「ローズヴェルト、新十字軍にかかわる」、シカゴ『トリビューン』紙、一九〇五年一〇月一〇日号、一ページ。「新しいフットボール試合」、ニューヨーク『タイムズ』紙、一九〇六年九月三〇日号、日曜版五ページ。以下ワシントン『ポスト』紙より、「フットボールでなければ何」、一九〇六年一月一日号、八ページ、「激しすぎるフットボール」、一九〇七年三月七日号、九ページ。John J. Miller 2012)。

(11)『エヴリバディズ・マガジン』誌、一九〇七年六月号の記事は、シカゴ『イヴニング・ポスト』紙のエドワード・B・クラークによるもので、彼はホワイトハウスで大統領とある晩、話し合った(Lutts 1990、一〇一ページ〜一〇二ページ)。ローズヴェルトは一九〇七年三月にバローズに「私は最終的には自分が関われないとわかりましたので、所見か所信を、とても優れた人物に提供し、そこで『非博物史』的なものを無分別に書くロングやジャック・ロンドンや他の一人か二人のもっとひどい著者を酷評しました」と書き送っている(Lutts 990の一〇一ページに引用)。「編集後記」でその会見が紹介され、ロングの著書を教室で使用することをローズヴェルトが特に懸念していることが次のように説明されていた。

そろそろ不正確な博物学研究に終わりを告げるころだ。野生動物に関する全く馬鹿げた文章が真実であるかのように学校の子供達に提供されている。完全に間違った信念がほとんど標準とみなされている。正当な権威を持つ抗議によってしか不正は露見しない。この際、大統領が前面に出るのが適切である。あらゆる点から見て、合衆国では大統領がその仕事に最も適した資質を持つ人物であり、ローズヴェルト氏の迫力ある、明快で、熱意のこもった言葉という攻撃で、最初の大砲を発射できるのは幸運である。(Clark 1907、七七〇ページ)

この記事は、次のように合衆国生物学調査局長の文章の引用から始まる。「セオドア・ローズヴェルトは北アメリカの狩猟用大型哺乳動物の世界的権威である。彼の書いたものはより網羅的で、彼の観察はその分野を研究してきた誰よりも完璧で正確な観察である」。インタヴューの結論として、ローズヴェルトは「あらゆる学校当局者がカリブーの群れ」についてのロングの物語を「受け入れることを考えているとは驚くこと」だと言った。さらに「もし子供の心が自然に反する物語で満たされると、子供は動物の生息地に行って失望するだけだ。その結果、不信を生み出し興味を無くしてしまう。自然を誤解し事実を作り話で取り替えている人々は、自然を愛してそれを正確に解釈する人々の作品を台無しにしている」と述べた（Clark 1907、七七〇ページ、七七四ページ）。

(12)バローズは一九〇三年三月の記事「本当の博物誌と偽物」でロングの『森の仲間達』を「馬鹿げている」と言い、動物の生存は本能によるのではなく親の訓練によるとするロングの主張に特に反対した。ロングはバローズの批判の個人的性質に憤慨したと理解される。「ロング氏の本は現実には森に一度も行ったことがなく、しかも自分の書斎にいて『森林と川』か他の冒険物語的記事で読んだことからこうした作り話をこしらえる人の本のように読める。彼の本には現実の観察はほんのごく僅かしかない。博物誌に関する周到でくだらない話に関してはきりがない」（Burroughs 1903、三〇三ページ、三〇六ページ）。ロングは『ノース・アメリカン・レヴュー』誌の一九〇三年五月号でバローズの攻撃に「答え」た。そこで彼は博物学の研究は科学ではなく、「示唆と自由と霊感」の世界であり、「要するに、自然と科学との違いは、（中略）旧来の花壇を愛する女性と大学の教室で植物学の講義をする大学教授との違いである」と主張した。「二〇年以上にわたって私は季節ごとに森の奥深くに入り、一回に数ヶ月間動物達とのみ生活し、（中略）有名な先住民や狩人から話を聞くために、そして私自身の観察への否定か確認を求めて、五〇マイルも道をはずれて歩いたのだ」と彼は主張した。さらに彼はバローズが信じられないという話を弁護し、幼い動物が親から学び取る明確な例を挙げた（Long 1903b、六八八ページ〜六八九ページ、六九一ページ〜六九二ページ）。

(13)ローズヴェルトの『アメリカの狩人の屋外での娯楽』は一九〇五年一〇月に出版され、次のようなバローズへの献辞が書いてあった。

偽物の博物誌作家に対するあなたの戦いを私は心から評価したいのです――あなたが「森に関する扇情的なイエロー・ジャーナリスト」と呼ぶ輩です。（中略）自然を観察するどんな人も虚構を書いてそれが真実であるかのように出版するのは許されないし、そうした行動を摘発し戦いを挑む人は敬意と支持に値します。あなたは自らの力で自然を愛する者ができるすべてのことを詳しく証明しました。自然を愛する者とは鋭い観察ができるように訓練され、観察されるものを正確に記述し、そして最終的に、魅力と面白味を持つ文章を書ける付随的能力をも持っている人物のことです。（「ジョン・バローズに」、Roosevelt 1905）

(14)ロングの記事は『「ピーター・ラビット」によるイバラの森の哲学』(一九〇六年)に出版された。「ウサギを狩る英雄」と題する章は、楽しみのために動物を殺戮し、そのようなスポーツを勇気を醸成する手段として奨励する人々に対する痛烈な非難であった。ローズヴェルトの名前は挙げられていないが、彼がロングの述べる人々のひとりであることは明らかに分かった。というのも、そうした人々が「子熊と一緒に母熊を殺したり、食用に適さない頭部を数多く集めたり、食べられないほどの鹿と鴨を殺したり」しており、それから「数を減らしつつある野生動物を助け、守ることをすべての正直な人々に」勧めているからだと言うのだから(Long 1906、一七〇ページ～一七一ページ)。

(15)ロングの記事「動物による外科」は『アウトルック』誌、一九〇三年九月号に掲載され、『熊と他の動物の話への小さな兄弟』の中に「ヤマシギの天才性」として再録された(Long 1903a、一〇一ページ～一〇六ページ、1903c)。その記事の中にある怒りを込めた数通の手紙が一九〇四年の初めには『サイエンス』誌に載せられた。五月一四日号掲載の記事「科学と自然と批判」の中にここで触れられている証拠と証言を入れて、ロングは自説を擁護した(Long 1904。Lutts 1990、七六ページ～八二ページも参照)。

(16)ローズヴェルトはロングの『草原の獣達』(Long 1901)の中の「影を取り去れ」という話に「あらゆる種類の不合理なこと」を指摘した。特にロングの「数多くのオオヤマネコがほとんど食べつくしたカリブーの死体の回りに集まっている時に、アメリカテンを含むより小さい動物が数多くそこに自由に集まっている」という主張を信じられないとし、さらに一匹のオオヤマネコが「荒野の中を何時間も」自分を密かに追跡して来たというロングの説明をあり得ないこととして否定した(Clark 1907、七七三ページ)。

(17)引用は『猛獣狩りとスケッチ集』の八章「狼と狼用猟犬」からで、一八九三年に最初に出版され、その後広く再版された(Roosevelt 1893a)。

(18)ロングの『北部のけものみち』の「狼の生活様式」という章には、「前脚のすぐうしろを老齢の狼に素早く一噛みされて」、「猟師の銃弾よりもはるかに正確に心臓を貫かれて」殺されたカリブーの小鹿のことが短く触れられている(Long 1905、八五ページ～八六ページ)。ロングはローズヴェルトの攻撃にひどくいきり立って、この話を一九〇七年に『白狼を待ち伏せて』に再掲した際には、まえがきの大部分をこの話の擁護に当てて、以下のように説明した。

きっと多くの子供達に読まれただろうから、私は死の場面からできる限り血なまぐさく不快な詳説を取り除かなければならなかった。

私自身の観察と私の知るインディアンの証言から狼がこのようにして、見事にしかも素早く殺すことが時々あると知っていた

ので、厳密な真実と一致する、最も不快でない手段としてそれを使ったのである。(Long 1907、xページ〜xiページ)

(19)『荒野の猟師』(1893b) とロングの『荒野のすがた』(1900)。

(20)クレメンズのこの記事の情報源には一九〇七年五月二八日付のロングから大統領宛の手紙も含まれているが、特定されていない。ロングは手紙の複写を国中のいくつもの新聞に送った。それはニューヨークの少なくとも五つの新聞に全文、あるいは部分的に掲載された(『タイムズ』紙、『サン』紙、『トリビューン』紙、『ワールド』紙、『イヴニング・テレグラム』紙)が、これらのどれもホビーが自伝に転載した文章とは合わない(Lutts 1990、一一〇ページ〜一一一ページ)。

(21)ロングの手紙のかなりの部分がここでの記述から削除されているが、「教養豊かなスー族の」スティーヴン・ジョーンズ・ヘピダンの「署名宣誓陳述」を含んでいた。彼は「自らの部族の中で教師であり伝道師に成ろう」とし、「真実と公正のためにのみ」語る人だった。ヘピダンは彼と彼の部族の「三人から四人」が、狼による、胸まで達する一噛みで二頭の馬が殺されるのを見たと証言した(「ロング証拠提出」、ニューヨーク『タイムズ』紙、一九〇七年五月二九日号、六ページ)。

(22)ウィリアム・ローブ二世(一八六六年〜一九三七年)は一九〇一年から一九〇九年まで大統領の秘書を務めた。

(23)ロングは自分の名誉を守るための運動を執拗に行った。一九〇七年六月二日のニューヨーク『タイムズ』紙日曜版特集記事で彼はインタヴューに答え、「『私はローズヴェルトを燻し出すと提案する』――ロング博士、大統領が覚醒させた聖職者が、自らの名誉が疑問視されると本物の戦士であると分かった」として掲載された(日曜版二ページ)。さらに彼はローズヴェルトが「石器時代人であり、棍棒で野獣の脳を打ち砕き、家まで引きずってきて妻達に見せるために出撃する者」だと再度主張した。バローズは、一週間後、「ジョン・バローズ、大統領を支持。経験豊かな博物学者、ロング博士の動物物語を分析し、あり得ないと断ずる――誤謬と不正確とごまかしと不合理の実例」と題された『タイムズ』紙掲載の自らのインタヴューでやり返した(一九〇七年六月九日号、日曜版二ページ)。ローズヴェルトはこの問題に「さらに注意を向けることはない」とする決心を守り続けなかった。彼は『エヴリバディズ・マガジン』誌九月号に「『自然にまつわるペテン師』」を掲載し、そこでロングを「用意周到な作り事、用意周到な事実の歪曲」の罪を犯す著述家の中で「最も無頓着で、最も無責任な人」だと述べた(Roosevelt 1907、四二八ページ)。一〇月になるとロングがさらに反論したが、博物誌作家としての彼の生涯の仕事は終わりつつあった。一九〇八年の終わりには彼の本は学校の教室ではもはや見られなくなった(「ローズヴェルト、自然にまつわる唯一のペテン師――ロング」、ニューヨーク『タイムズ』紙、一九〇七年一〇月八日号、一〇ページ。「ロング、メス熊殺害を虐殺と呼ぶ」、ボストン『ヘラルド』紙、一九〇七年一〇月二三日号、二ページ。Lutts

1990、一二七ページ〜一三七ページ参照）。

一九〇七年五月三〇日木曜日、口述筆記

さらにローズヴェルトとロングの博物誌に関する議論について。磁器の卵から人形の茶器を孵化させた雄の七面鳥のついてのクレメンズ氏の話――クレメンズ夫婦が伯爵夫人の屋敷で荷物運びのボーイのために手間取った時に、ウィーンで起きた奇妙な出来事。

皇帝や、王様、あるいは大統領が、たとえて言えばボクシングのリングに入って来て、一私人の些事に干渉することで自分の職務の威厳をおとしめることを、私は賢明だとは思わない。さらに一私人が公的な場に出て来て大騒ぎをすること、批判やあら捜しをして他の市民の仕事の有用性について、何も知らない人を咳払いで沈黙させ、傷つけようとすることを、私は思慮深いことだとは思わない[1]。博物誌は厳密な意味で科学ではないのであり、何らかの形で言い争うにはかなり未熟だと私には思われる。我々が知っているのは、それが動物の生態を研究する人による注意深い観察か不注意な観察をもとに作られているということであり、そのことに関して最終的でゆるぎない権威を間違いなく認められるほど観察が正確ではないということである。アリストテレスも、プリニウスも[2]、ジョン・マンデヴィル卿も[3]、ヨナも、セオドア・ローズヴェルトでさえも、正確な観察はできない。これらの専門家は誰でも互いの事実をすぐに受け入れなければならないし、おそらく時々片目を密かに閉じて、厳しく沈黙を守り、何も言ってはならないのだ。別の専門家の知る事実に反論する専門家は、本分を損なって自らの統計的事実を危ういものにしてしまう。というのは、あることに結びつく絶対的でゆるぎない統計的事実などというものはないからである。すべての博物学者にとって唯一賢明で安全な道は、互いに横一列に並び、誰のものでもすべての発見や発見らしきものを受け入れ、是認することだ。ローズヴェルト氏は計り知れないほど分別がない。彼は大鴉がエリヤを養ったことを確定的事実と受

け入れている。[4] だとすれば、ロング博士の鳥の外科的能力を彼が疑問視するのはまずい。私は大鴉のしたことを受け入れるし、それを賞賛する。私は大鴉をよく知っている。自分の食糧が粗悪で食べ時を過ぎていても、それを預言者や大統領、あるいは他の誰とも分かち合おうとしない性格であることも知っている――しかし私は、私自身の経験した同じくらい重要な驚くべき博物誌に関する出来事の市場価値を確認しようとしながら、先の大鴉の歓待の正当性を疑問視するのは正しくないし、公正ではないと感じている。雌の七面鳥が磁器の卵を孵化させようとして数週間も抱いて、その後雄の七面鳥が代わって、夏の間中二年間も卵を抱き、ついにはその卵をかえした話を私は聞いている。その雄の七面鳥は一四品から成るおもちゃの茶器をすべて完璧なままにかえしたが、材料不足からティーポットには注ぎ口がなかったのである。私は自分自身の個人的知識から、これが本当だと知っている。そして、ローズヴェルト氏、バローズ氏、ヨナ、アリストテレス、それ以外の博物学者と同様に私も知っている――つまり、私は単に主張しているだけ、それを独りよがりの発言で証拠立てているだけで、他には何も証拠がないのである。そうした珍しいことが起きていることを私は個人的に知っている。私はその七面鳥のことを知っていた。その卵を与えたのは私であり、私はその陶器類を持っている。そのことによって鳥に関するロング氏の主張の正当性はきっぱりと証明されている――というのは、それはふつうの鳥のやることの二倍くらい注目すべきことなのだし、しかも起こったことなのだから。明確に述べねばならないとすれば、大統領やジョン・バローズやそれ以外のどんな専門家でも、他の博物学者が公の場で持っている信用を奪おうとするのはむかつくような愚行だということだ。それはすべて水増しされている――私は自分の発見のいくつかをそうした観点から見てさえいる――それゆえに最初から有利な立場に立てる人がそこにほころびが見つからないようにすることは常識である。

あることがあって、九年前にウィーンに滞在していた時の奇妙な出来事を思い出した。ある日の午後、私は大きな慈善団体で講演をした。[5] 前列の招待客席に皇帝一族の若い人々が座り、一緒に座っていたのが結婚時の称号がディ・バルディ伯爵夫人だった大公妃だった。[6] 私が話し終ると、クレメンズ夫人と私は我々の大切な友人からこの夫人を紹介された。この友人はこの「自伝」で一度か二度すでに話をしたラスゾースカ夫人で中将の妻であった。[7] それから英語で楽しく会話し、一五分ほど話した後で私達は別れた。その晩に我々は中将夫人に再び会ったので、宮廷でのしきたりによる責任であり義務を果たさねばならないかどうかを尋ねた。果たさねばならないと言ったが、それは全く簡単で煩わしくないものだと教えてくれた。翌日の昼頃に訪問し、伯爵夫人の芳名帖に名前を書かねばならないが、それは一階の小さな部屋にあるという——それだけだった。それで私達は難なくそれをやることができた。

伯爵夫人は当時、皇帝一家の別の大公妃の宮殿に滞在していた[8]。私達は翌日の昼に馬車でそこまで行った。中にまで入れずに、高いアーチ型の入り口の前の歩道に馬車を停めて降りた。マスケット銃を持った二人の守衛が直立不動の姿勢でその威圧的な入口を警護し、その石造りの建物の前に立っていた。もう一人の守衛もいた——ウィーンで大公などに仕える、たいてい巨体で、その帽子からつま先まで軍人風の豪華な服を着て、軍楽連隊の前面で軍楽隊長が持つような長い指揮棒を持っている守衛だ。その守衛が私達に近づいてきて、この上なく慇懃にお辞儀をし、私達をその大きな門へといざない、私達をさらに奥まで先導しようとしたが、クレメンズ夫人は慌てて彼に言った。私達の用向きのある小さな守衛室を通り過ぎたので、我々が芳名帖に名前を書きたいと思っているだけだと彼女は説明して言った。ところが、その守衛は我々に階上で、お待ちでございます、といたって丁寧に伝えて、もう一度私達を先導しようとした。しかしクレメンズ夫人は、それはあり得ないと明確に伝え、ちょっとした用を済ませて帰らせてほしいとほとんど懇願した。だが、彼は、お待ちでございます、と強く言った。しかも自分は命令を受けているし、私達を階上にお連れするのが自分の仕事であり、自分はそうせねばならないのだと付け加えた。クレメンズ夫人はひどく心配になってきて、何かの間違いではないかともう一度彼に確認し、お待ちしているなどあり得ないと言った。彼は言った——

「ですが、奥様、奥様はアメリカ人でいらっしゃいますよね？」

「そうです」と妻が答えた。

「それでは間違いではございません、奥様。伯爵夫人がお待ちでございます。伯爵夫人があなた方を上階にお連れするよう私にお命じになったのでございます。出かけなければならないが、すぐに戻ると仰って、お待ちいただきたいとのことでした」。

クレメンズ夫人はもう一度お願いをし、疑いもなく間違いだと言い、次のように付け加えた——

「それは私達じゃなくて、他のアメリカ人ですわ」。

しかしその巨大な人物は動こうとしなかった。彼は命令を受けていたのだった。二人のアメリカ人を連れて行くのが彼の仕事だった。彼はそれを手中にしたのであり、手にしたアメリカ人を藪の中のアメリカ人と取り替えるつもりはないし、そうして困ったことになる危険を冒したくないのは明らかだった。彼が必要なのはアメリカ人ということだけで、今やそれを手に入れたのであり、それを手に入れる可能性がもうないことは明らかだった。彼は前に進み、彼は丁寧にお辞儀をしながら進んで行ったので、私達はもちろん後に従った。彼の巨体と二人の兵士は尊重するべき対象だと実感した。大きな階段の下のところで彼は私達を召使いの保護下に置いた。髪に粉を振りかけて、絹と繻子と、黄色のビロードの飾りのついた服を着て、階段の上から下まで何人も並んでいる。そして彼はお辞儀をして、無防備な浮浪者をさらに捕まえようと元の場所に戻った。

「なんとも愉快だ！」というあの表現をご存知だろうか。[9] それは私達が階段をのぼった時に感じていたことを表していた。私ができたであろうどんな上品で気高く高貴な行為でも、あれほどの喜びも楽しみも気ままな歓喜も与えてはくれなかっただろう。その別のアメリカ人を偶然に、しかも何の準備もなしに出し抜いてしまったのだ。なにしろそのアメリカ人は何も私に悪いことをしていないのに、やがて到着した時にはあの巨体の守衛から冷淡な対応を受けるのだから。私はその光景を想像し、引き伸ばし、拡大し、その光景が魅力的で劇的なものになるほど細かなことまで想い、番兵に撃たれるところまで考えた。それを見たいと思ったが、もちろんできなかった。クレメンズ夫人の精神状態は私とはかなり違っていた。ひどく心配し、恥ずかしくなり、とても惨めな気持ちだった。彼女は生まれながらに洗練され、上品で、優しかったので、その別のアメリカ人を辱めるという考えが好きになれなかった。さらに、彼女は彼女自身と私のためにひどく心配した。というのも我々の状況が望ましいものではなく、やがてかなり不快なことになると分かっていたからである。

私達は、一階（というのか、アメリカ人が二階と呼ぶ階）の大きな立派な部屋を二つか三つ通り抜けた。二つ目——あるいは三つ目の部屋、それがどちらでもいいが——で従僕が私達に着座するように言い、お辞儀をして出て行った。クレメンズ夫人は座って暗い顔をした。しかしその奇妙な冒険で私はとても嬉しくなって、座っていられなかった――歩き回り続けた。そこは珍しく、美しい物の宝庫で、私は大きな声を上げながら歩き回り、時々次のように言った。

「これを見てよ、リヴィ」、「ほら、あれ、リヴィ」、「これを見にきてごらんよ、リヴィ、二度とお目にかかれないよ」と。

だが彼女は動かなかった。ひどく心配している時には美しい物を見て楽しむことなどできなかったのだ。彼女は言った――

「私達が本当に重大な状況なのに、あなたは何でそんなに浮わついていられるの。私達、出られないのよ――お分かりなの。ここにいなければならないの、どうしようもないのよ。あの人達はいつか帰って来て私達がここにいるのを見つけるわ――そこでなんて言えばいいの？」

「ねえリヴィ、何も言うことはないよ。困っているのはその別のアメリカ人だよ。我々に運がないわけじゃない。これはこの上なく楽しいことだよ。まるで劇のようだ。舞台上でももっと上手に創ることはできないだろう。感謝しないといけないよ。こんなことは百年に一度しか起きないことだよ。神の摂理でわが身に降りかかったことなのだから最大限利用しないといけないよ。リヴィ、私はこの途方もない冒険をどんなことがあっても逃しはしないよ。考えてもごらんよ、尋常ではないし――何とも珍しいし、何とも異常だし、我々の側からすれば何とも幸運で魅力的だよ。あの別のアメリカ人のことは悲しまないといけない。ひどい不幸だよ。あの巨体の門衛のところを上手く通ろうとするだろう。ところが彼はその前に立ちはだかる。アメリカ人は懇願し、お願いし、怒り、荒れ狂い、脇をすり抜けようとしても、もちろん上手くいかない。そんなふうにして大陸を一回りすることもできない――そんなに簡単なことじゃない。彼は兵士を呼んでくるだろうし、兵士はそのアメリカ人に向けて銃剣を構えるだろう。ちょうどそんなに重大な瞬間に大公妃が到着し、その命令で兵士と門衛がそのアメリカ人を捕まえて、馬車の向こうの道にまでアメリカ人を投げ出すことだろう。それを見るためなら一〇〇〇ドル払ってもいい。持っていればだけどね」。

だが彼女は沈んだ様子で言った――

「そんなふうに言うものじゃないわ。これは重大なことよ、とっても痛ましいわ。そのアメリカ人のことを考えるように言ったのはあなたよ。本当に考えちゃうわ。その人達のことを考えずにはいられないわ。私達はその人達に恥をかかせているのだし、一生忘れられない屈辱になるわ。その人達は私達に何も悪いことをしたわけじゃないし、そんなことを考えてもいないわ」。

私は言った――「ああ、リヴィ、くよくよ悩むことはないよ、どうにかなるものだよ――どうしてそうなるのか私には全く分からないけれども――どうにかなるものさ――思い悩むことはないよ。これは上演されるどんな劇よりもいいよ、事前に計画されたものじゃないからね。作られたものじゃない、誰の助けもなしで独自に起こっているのだし、それに手を加えられるような劇作家は今はいない。それを楽しもうよ。私達が悲しむためではなく、楽しむために仕組まれたのだし、我々はできる限りそれを感謝して楽しまねばならない。君はそこの窓のところに立って、私はこちらの窓に立つよ、それでそのアメリカ人が投げ出されて――」

ちょうどその時、大公妃が階段の端のところに、少し距離を置いて姿を現し、私達の方へと進んで来た。[10] 我々は敬意を表し、立ち上がり、待った。十分に話ができるところまで彼女達がやってくるとすぐにディ・バルディ伯爵夫人が英語で説明した――

「あら、お待たせして申し訳ありませんわ、クレメンズ夫人」。そしてもうひとりの公爵夫人が同様のことをドイツ語で言った。

あまりに素晴らしいことで本当だとは思われず、クレメンズ夫人は次のように聞いて再確認せねばならなかった――

「陛下は私達をお待ちでしたか？」

「あら、そうですわ、招待状をホテルに届けさせましたの。届きまして？」

説明は簡単だった――つまり、我々がその配達人に会わなかったのだ。我々は訪問に来たのではなくて、ラスゾースカ夫人の指示に従って芳名帳に名前を書くためだけにやって来たのだが――そして我々がやって来て、自分達が招待の栄誉を受けたアメリカ人夫婦と間違えられていると思ったところで、私は我々がその人達より先に中に入って、出し抜いたことを面白がったが、クレメンズ夫人はその人達に申し訳なく感じ、私にはその理由が分からなかったのだ。

　私達は半時間ほどそこにいて、とても楽しい時を過ごした。実際、それは愉快なひと時だと言っても差し支えなかった。最終的に私達が暇を告げると、子供達が会いたがっているので、少し待って、会うようにと求められた。すぐに子供達がやって来ると、とても話し上手で愉快な話し手だった。最年長は一四歳の小淑女で、最年少は七歳の凜々しい少年だった。私はその小公爵に強く敬意を抱いた。というのは、彼は帝室の中で正当に広く栄誉と敬意を与えられているあの大公の息子だったからだ。しかも大公はその生涯を目の病気の研究に捧げ[11]、彼の眼科治療を求める貧民を常に受け入れていたのである。大公は料金を何も取らなかったが、報酬は感謝という形で支払われたため、豊かであった。

　どんなことをしてでも御前から後ろ向きで退出せねばならなかったが、大公妃のお二人はこれに関しても優しく思いやりがあり、それは後に皇帝も私に対して同様であった。大公妃は私達を伴って階段の上までわざわざ進んで、そうした習慣がないために満足できるまで練習できなかった歩き方をしなくてもよくなった。お別れをした後、大公妃のひとりが仰った――

「クレメンズ様、しばらくお待ちいただかねばなりません。この子があなたをずっと見つめていましたので、心の底からあなたに何かうかがいたいことがあって、それを口にしたかったのだと分かりましたの。この子がそれを私にささやきましたので、それを恐れずに口に出していって御覧なさいと言いましたの」。

　そんなふうに言われたので、小公爵は、熱意と心を込めて、質問を口にした。彼は次のようにきいた――

「クレメンズさん、今までに本物の赤いインディアンに会ったことはありますか？」

　私は誇りと自己賞賛を正当に感じながら、そうしたインディアンに会ったことがありますと回答した。そして御前を退出する際に、少なくともたったひとりの人にとっては、私が英雄だったことを、その小公爵の目の光の中に見て取った。

(1)クレメンズがここで論じ続けている論争の詳細については、一九〇七年五月二九日付「自伝口述筆記」を参照。
(2)大プリニウス(二三年〜七九年)の『博物誌』はたくさんの伝説的な民族や動物のことを記録し、あり得ないような特質を持つ生き物が実在するとした。
(3)『ジョン・マンデヴィル卿旅行記』は偽名で書かれた中世の旅行記で、もともとはフランス語で書かれ、外国の土地や民族についてあり得ないような記述がある。クレメンズは、トマス・ライトの『パレスチナ初期旅行記』の翻訳を読み、書き込みをしている。「膝まで垂れ下がった長い耳を持つ人々」のことを読み、「今の議会の姿」と書き込んだ(Wright 1848、二二九ページ。Gribben 1980、第二巻、七八九ページ)。
(4)列王記上、一七章。
(5)クレメンズは一八九八年二月一日に慈善病院の募金活動のためにウィーンで講演した。彼は二月五日と六日付の手紙でロジャーズに「私達は素晴らしく楽しい時を過ごしました。座席の多くは四ドルでした。満席で、『立ち見』もたくさんいました。皇帝一家から六人が列席し、より下位の大公が四人列席しました。私はスイカの盗み方についてすべての人々に教示しました」と書いた——これは彼の「スイカ物語」のことで、一八九四年以来彼の得意の演題だった(『トウェイン・ロジャーズ書簡集』、三一八。『トウェイン伝記』、第二巻、九八一ページ)。
(6)アーデルグンデ王女はバルディ伯爵夫人(一八五八年〜一九四六年、ポルトガル語名アデルグンデス・デ・ブラガンサ)で、レーヴェンシュタイン゠ヴェルトハイム゠ローゼンベルク家のポルトガル・アデレード王ミゲル一世の娘だった。クレメンズはトゥイッチェルに宛てて一八九八年二月三日に次のように書いている。

私は先日の夜、ウィーンの慈善団体のために講演しました。それでその最後にリヴィと私は皇帝位の法廷推定相続人である人物の叔母にあたる王女に紹介されました——美しい貴族の女性で、美しい魂を持ち、私の本を心底から賞賛してくれ、私が書いたことに謝辞を示してくれました。そして私に直接会えたことを喜び、握手してくれました——まさにおとぎ話を飾り、それを最高に美しい話にする王女そのものでした。(『トウェイン書簡集』、第二巻、六五七ページ〜六六〇ページ)

伯爵夫人(王女)はブラガンサ家に生まれ、一八七六年にバルディ伯爵エンリコ公と結婚してブルボン゠パルマ家の一員になった。「法廷推定相続人」は彼女の姉マリア・テレサ大公妃の継息子だった(以下の注8を参照)。

（7）ジェイン・エミリー・ジェラード（一八四九年～一九〇五年）はスコットランドに生まれた。彼女は一八六九年にオーストリア軍将校ミーシスラス・デ・ラスゾースカと結婚した。彼女は一八八五年以降ウィーンに住み、小説、旅行記、ドイツ文学についての論考――さらに批評も書いた。彼女は自身の出版人ウィリアム・ブラックウッドを通じてクレメンズへの紹介状を得ていた。彼女は一八九七年一一月七日にブラックウッド本人に感謝状を書いた（スコットランド国立図書館蔵。McKeithan 1959）。ラスゾースカ夫人は一一月一九日にブラックウッドに次のように書いた。

マーク・トウェインさん本人は私が予想していたよりも老けて見えました。最初は極端に真摯でほとんど厳格な人のような印象でした――彼が笑うところを見なかったと思いますが、彼の素晴らしく表現豊かな目の不思議な瞬きだけが時おり彼の実像をあかしていました――（中略）彼は昨日、午後のお茶にここに来て、一時間半の間ほとんど絶え間なく考えられる限りの話題について話しました――クレメンズ夫人もたたずまいがとても知的で魅力的ですが、体が弱そうな様子でした――お二人は長女を亡くされずっと深く喪に服しており、まだ元に戻っていないのは明らかでした。（スコットランド国立図書館蔵。McKeithan 1959、六四ページ～六五ページ）

（8）バルディ伯爵夫人は姉マリア・テレサ（一八五五年～一九四四年）のもとに滞在していた。彼女はオーストリア皇帝フランツ・ヨーゼフ一世の弟カルル・ルートヴィッヒ大公（一八三三年～一八九六年）の妻で寡婦になったばかりであった。フランツ・ヨーゼフの息子ルドルフが一八八九年に亡くなると、カルル・ルートヴィッヒは一時期推定相続人となったが、自身の長男（二度目の妻の子）フランツ・ファーディナンドに帝位を譲った。

（9）『大いなる遺産』のジョー・ガジャリーの口癖である。

（10）クレメンズは同じ逸話を少し変えてトゥイッチェルに宛てて一八九八年二月三日の手紙に書いている。そこでは彼とオリヴィアが持室で待っていると「ドアが大きく開いて、王妃とさらに四人の人」が入って来た（『トウェイン書簡集』、第二巻、六五九ページ）。「王妃」（バルディ伯爵夫人）とその姉マリア・テレサ大公妃と一緒に三番目の妹マリア・ヨーゼファ皇女（次の注も参照）が入って来た。他の二人の女性は分かっていない。

（11）「尊敬すべき大公」はバイエル公爵カルル・テオドール（一八三九年～一九〇九年）のことで、フランツ・ヨーゼフ一世（一八三〇年～一九一六年、『自伝完全版第一巻』、二九三ページおよび関連する注参照）の妻エリザベート皇帝妃（一八三七年～一八九八年）

の弟であった。彼はミュンヘンとウィーンとチューリッヒで医学を学び、眼科を専門とした。彼が設立した病院や医院では治療費なしで患者を治療し、彼は在職中に五〇〇〇例以上の白内障手術を行った。ミュンヘンの彼の医院、カルル・テオドール公爵眼科医院は今日でも開業している。彼は一八七四年にマリア・ヨーゼファ皇女（一八五七年～一九四三年）と結婚し、彼女は彼の助手として働いた。「小公爵」は彼らの息子で九歳のフランツ・ヨーゼフ（一八八八年～一九一二年）のことと考えられる。「小淑女」と他の子供達については特定されていない。クレメンズはトゥイッチェルに「二人の若い少女の大公妃（中略）と三人の王子がおられた」と書いている（一八九八年二月三日付、トゥイッチェル宛書簡、『トウェイン書簡集』、第二巻、六五九ページ）。

一九〇七年七月二四日、口述筆記

六週間の間が空いて後の口述筆記――ミネアポリス号でのイギリス訪問。船上での出来事、イギリス人の沖仲仕に歓迎される。

六週間の間が空いた。私はもともとイギリスに一〇日間か一二日間しか滞在するつもりがなかったが、状況の変化でさらに二週間滞在せねばならなくなった。私は六月八日にミネアポリス号でロンドンに向けて出航し、臨時の秘書で看護人を本職とするアシュクロフト氏――「消えないアシュクロフト」を同行した[1]。その名前はある偶然の言い方から生まれたものだった。アシュクロフトは若い実業家で、私ができないことすべてについてそのやり方をよく知っていて、彼は自分がやろうすることの何でも素早く、しかも最良の方法で最も効果的に行う。それで彼は今まで間違ったことが無かったし、間違うはずも無かった。私は心密かに彼のことを「間違いなしのアシュクロフト」と考えていたが、その言い方を最初に口にしようとした時に言い間違えて、ライオン女史に「消えないアシュクロフト」に電話してくれと頼んだのだ。つまり、彼に電話して、懸案となっている解決不可能なことを彼の手に委ね、結論を彼に任せようと思ったのだ。アシュクロフトはそれ以来「消えないアシュクロフト」のままとなっている。

一〇〇〇マイルの海路の間、海は穏やかで、赤子の気分が悪くなるような揺れも無く、ゆったりとして、快適で、家庭にいるような九日間の旅路だった。その汽船会社の船はとても大きくて、安定しており、大いに満足できるほどにゆっくりと悠々と進んだ。船には特別の甲板があり、乗客は皆、使い切れないほど大きな部屋を使っている。船は貨物船だが、ほんの少しばかり乗客を収容する施設がある。今回はたった一五四人の乗客で満員だった。そのうち五一人は女子大学生で、付き添い付きでヨーロッパに修学旅行に行くのだった。これは私には心地よかった。というのも私は若い少女達に異常なほど執着しているからだ。私はほとんどの女子学生に気をつかい、しかも誰でも認めるほどよく気をつかった。彼女達の中でも一番は一七歳のとても可愛らしく、愛らしい子供で、たった一四歳にしか見えなかったし、きっとそうだと思っていて、その航海の終わりまで私にとっては一四歳のままだった。陸地が見えなくなる前から私は彼女を選び出し、彼女の三人の初老のおば達から彼女を借り受け、船長の食卓で彼女を私の隣に座らせた。そしてそれ以降、航海が終わるまで彼女が母親がいなくて寂しがることは一度もなかった——寂しがることはなかったと、私が自らそう言えばの話だが。彼女の名前はカーロッタだったが[2]、私はチャーリーと変えた。その方がよいと私には思われたからだ。彼女は可愛いくて才能と教養があった。船上での最後の夜、食堂で海員病院のために恒例の慈善演奏会があった[3]。チャーリーは素晴らしいヴァイオリン独奏をし、皆を大いに驚かせた。彼女はそのヴァイオリンと同じくらい小さかったが、感動的で壮麗な音楽を奏でてみせた。私は講演をした。他の素晴らしい人が歌を歌い、ピアノを弾いた。パットン師は優れた言葉と知力を持つ驚くべき人物だ。二五年間プリンストン大学の学長を務めた人で、演奏会を指揮し、それから、競売人に見事に早変わりして見せて、自分の役割を終えた。下手な挿絵かきが乗船していて、六枚の絵葉書に私の顔を理解できないほど下手に描いた。それに私が署名し、パットン師がその六枚の葉書を八〇ドルで競売する労をとってくれた。それは彼の手に負えない仕事になったが、彼は簡単にあきらめる人物ではなく、それをやり遂げるまで彼は自分のやるべきことに忠実だった。私は講演ではユーモア話からしばらく離れて、その結果に大いに満足した。聴いていた人々が涙することを期待し、人々は泣いたからである。後に淑女達の代表が甲板にいた私のところに来て、次のように言った——

「私達は以前からあなたを尊敬していましたが、今ではあなたを敬愛しています」。

その時、ひとつの旋律が私に聞こえた。その上品な音楽は私のイギリス滞在中ずっと、昼となく夜となく、途切れることなく、感謝の気持ちを持った私の耳に聞こえ続けた。そのおかげで私のその旅行は言葉では言い尽くせないほど豊かなものになった。私は年老いているが、そのためであれば、単に一回と言わず、十回でも旅を繰り返したいものだ。

九日間の最後に我々はティルベリーの埠頭に着いて、(4)心からの、幸せで、記憶に残る歓迎を受けた。誰がそれを始めたのだろうか。世界の中から私自身が選んだかのような人々である。私と全く同じ階級の百人——薄汚れた若い労働者で、帝国や文明国の実際の建設者、つまり沖仲仕達だった。彼らは埠頭で一団になって立ち、大きな声で、私の骨の髄まで達するような歓迎をしてくれた。

(1)ラルフ・W・アシュクロフトに関しては、「アシュクロフト・ライオン原稿」を参照のこと。クレメンズはアメリカ・プラズモン社への投機を通じてアシュクロフトと知り合い、一九〇六年一〇月のエジプト旅行に秘書として随行するよう依頼した。その旅行は中止されたが、アシュクロフトはイギリス人だったので、一九〇七年六月から七月のイギリス旅行に彼が秘書になるのは当然の選択だった。クレメンズはアシュクロフトにタキシード・パークで一緒に住むよう一〇月に招待し、アシュクロフトは家族の一員としての立場を確保し始めた（Lystra 2004、一一七ページ～一一九ページ）。

(2)カーロッタ・ウェルズ（一八八九年～一九七九年）はヨーロッパに住むアメリカ人の娘で、クレメンズが蒸気船ミネアポリス号の船上で初めて会った時に一八歳だった。彼女はペンシルヴァニアの寄宿学校の三人の教師に付き添われて、フランスの両親の家まで行く途中だった。彼女は一九四七年にディクソン・ウェクターに手紙を書いて、クレメンズから晩餐をともにするように招待された後、「すぐさま彼と一緒に座り、起きている間は本当にずっと彼と一緒に過ごした」と回想している。それでも、クレメンズの気遣いは必ずしも歓迎されていたわけではなく、「私の性格としては駆け回りたいのに彼と一緒にじっと座っていることを期待されている時に時おり落ち着かなくいらだったものでした」と述べている。彼女は以下のように付け加えている。

クレメンズ氏の私に対する態度の中に、私は何か優しいけれどもとても悲しいものを感じていました。彼はたくさん「スージィ」の話をしました。（中略）彼はひどく傷ついた心を持っていましたが、あなたがよくご存じのように快活な魂をも持っており、彼の目は悲しみの涙ですぐに瞬き、同時に最も予想外で生き生きとした言葉がいつでも出てくるのでした！（カーロッタ・ウェルズ・ブリッグズからウェクター宛、一九四七年一一月四日付書簡、カリフォルニア大学蔵）

クレメンズがアメリカに帰ったあと、彼とカーロッタの間で、二、三通の手紙のやり取りがあったが、二人が再び直接会うことはなかった（Schmidt 2009）。

(3)この演奏会の目玉は乗客による音楽演奏と朗読会で、一九〇七年六月一五日の夜にミネアポリス号の大広間で開催された。この演奏会でのクレメンズの講演は、演奏会のプログラムに『我が自伝』からの一ページ」と記されていた。カーロッタ・ウェルズは、「演奏会の夜、彼の話はスージィさんの日記からの原稿に基づくもので、彼はほとんど泣き崩れました」と回想している（カーロッタ・ウェルズ・ブリッグズからウェクター宛、一九四七年一一月四日付書簡、カリフォルニア大学蔵）。「思いもよらないほど下手」な挿絵の競売による利益はリヴァプール船員孤児院のために役立てられた。これは海で遭難した船員の子供達の養育のために一八六八年に創設された施設である。式典と競売の司会者は神学者フランシス・L・パットン（一八四三年～一九三二年）で、彼はニュージャージー大学学長を一八八八年から一九〇二年まで務め、この大学は一八九六年にプリンストン大学になった（Leitch 1978、三五四ページ～三五七ページ）。

(4)ミネアポリス号はロンドンの主要港ティルベリー埠頭に六月一八日の午後四時頃に着岸した。クレメンズとアシュクロフトは特別列車でロンドンのセントパンクラス駅に到着し、そこでクレメンズは報道関係者と話をした。それから長年の友人でイギリスの文献収集家J・Y・W・マカリスターに連れられてブラウンズ・ホテルに向かった。クレメンズの到着を伝える新聞記事は故エドワード・コナリー・レイゼムの『マーク・トウェイン、一九〇七年にイギリスに四週間』に収録されている。ここでの注の多くはこの本による（Lathem 2006、一五ページ～二二ページ）。

一九〇七年七月二五日木曜日、口述筆記

クレメンズ氏が逗留したブラウンズ・ホテルについて一言——それまでの自国での怠惰な日々と比べて活動的な、彼のイギリスでの日々——多くの手紙、電報、その他に返信——数

多くの訪問と答礼――ドーチェスター・ハウスでの晩餐会と居並ぶ客人達――「巡礼者」昼食会とそれについてのロンドン『テレグラフ』紙の記事の写し。

ロンドンの鉄道の駅で我々はあの輝かしいアイルランド人バーナード・ショーとひと時会って、一言二言言葉を交わした。彼はそこで彼の伝記作者で、我々の旅行の同行者でもあるヘンダーソン氏を出迎えていたのである(1)。その後一週間か二週間して、私はショー氏の家での昼食に招かれ、交流を深めた。その愉快な挿話についてこれから話していこう。チャーリーの両親が駅で愛らしく可愛い腕白者を待っていて、付き添いのおばと私は彼女を両親の腕の中に委ねたのだ。

ドーヴァー通りにあるブラウンズ・ホテルの応接間ひとつと寝室二つを、アメリカを出る前に手紙と海外電報とで予約しておいた。落ち着いて、静まり返った、おとなしく、家庭のような、古い様式のイギリスの宿屋で、私は何年も前からよく知っていた。今ではイギリスでもそんな有難い隠れ家は、年々珍しくなりつつある。旅行客はホテル・セシル、サヴォイ、他の近代的で巨大なホテルを探し、夥しい数の旅行客が押し掛ける。

とてもたくさんの手紙と電報が届いていて、アシュクロフトが助手を買って出た。そして、二人でそれらに返信する仕事をやり始めた。最初の一週間の間、彼らは朝九時から真夜中まで働いたが、その後はそんなに多くの仕事を夜までしなくてもよくなった。手紙は、男性、女性、あらゆる年代の人からのもので、そのほとんどは愛情の表現だった。そんな純粋で、気取らない、心からの感情のほとばしりを読んで感動しない者はいなかったくらいだ。その一週間は本当に幸福だったと心から言えるだろう。そんな日々がこの世ではとても稀に違いないのは確かだ。以前にそのようなことを経験したことはなかった。それに近いことを再び経験することもないだろう。ここにその手紙や詩を挿入するべく場所を空けておいて、挿入するかどうか後で決めたい(2)。

私の癖は突然、厄介なほど変化した。家では、一年間か二年ほど、私の癖はのんびりとしたものだった――つまり、朝食は八時にベッドで摂り、新聞とパイプ煙草をだいたい一一時まで、これもベッドで楽しむ。それから服を着て一時間か二時間ほど口述筆記をし、それから階下に降りて牛乳を一杯飲む。家族の他の者はその間に昼食を摂る。午後三時にベッドに戻り、読書と喫煙と睡眠の時間となる。七時半に階下で夕食。ペインが来ている時には真夜中までビリヤード――そうでなければ八時半にはベッドに戻り、眠らずに、一時まで読書と喫煙となり、それから手ごろなところで眠る。ロンドンではそれが違った。ベッドで朝食を摂り、それから起きて、どこか他のところで誰かと朝食を摂り、それから誰かの家で昼食を、そして他の人の家で茶会と晩餐、いつものようにまたホテルに戻って、一〇時半過ぎか一一時までには眠る。骨の折れる生活だったが、疲れることはほとんどなかった。茶会は偶然で、招待によるものではなかった。四時から六時まで、毎日、私は答礼訪問をした。以前はずっと家族内の女性達がこの仕事をしてくれたので私はそれを免れてきて、感謝していた。だがその時には私一人だったので、この大変な仕事を私が自分でやらねばならなかった。それを考えるといらいらし不快になったし、三日間は自分に言い訳をし、その仕事を回避していた。ある楽しい出来事がなければ、私はおそらくそれを避け続けたことだろう。ホテルであの女子大学生のひとりと偶然出くわしたのだ。彼女がそのホテルにいると知らなかったのだ。彼女は一六歳で可愛らしく、すぐに母親から彼女を借り受けた。その後私は答礼訪問をし、彼女は私に同行してくれた。彼女は美しいイギリスの家の中を山ほど見て、愛情のこもった敬意をたくさん受け、それで彼女は嬉しくなり、私も同様に嬉しくなった。私が次に連綿と続く答礼をすることになっても、大きな悩みではなくなるだろう。フランチェスカのような女性を借り受けられるのであれば。(3)

公的用務に関して、私はアメリカを発つ前に電報で二つだけを受け入れ、他のことを断った。後にその仕事は四つに増えたが、その時までには私はかなり慣れて気にならなくなった。最初の用務はドーチェスター・ハウスで六月二一日に開催された晩餐会だった。(4)ここは我が国のホワイトロー・リード大使が住む宮殿で、その晩餐会は全体的に楽しいものだった。二五人から三〇人の招待客があり、誰もが、文学、芸術、科学、学問研究で傑出した人物で、スピーチはなかった。我々は真夜中まで語り合い、それでも立ち上がって帰る気にはならなかった。私は招待客すべての評判は知っていたし、芸術家のアビーと天文学者ノーマン・ロッキャー卿と他の何人かはずっと以前から親しくしていた。招待客の中には次のような人物がいた。王立文学基金会長テニスン卿、王立芸術院会長E・ポインター卿、王立水彩画家協会会長E・ウォータールー卿、王立地理学協会会長G・T・ゴールディー卿、新聞出版基金会長グレネスク卿、ロンドンのアメリカ協会会長代理R・N・クレイン氏、王立スコットランド芸術院前会長G・リード卿、王立芸術院会員ハーコマー教授、桂冠詩人、英国法曹学院出納長マクノートン卿、テンプル法学院出納長で勅選弁護士C・ウィリス氏、アーサー・コナン・ドイル卿、アンソニー・ナープ・ホーキンズ、王立芸術院会員ローレンス・アルマ＝タデマ卿、『パンチ』誌のシドニー・リー氏、H・W・ルーシー氏であった。(5)

次の用務は二五日だった。それはロンドン巡礼者協会主催の昼食会で、(6)オックスフォードでの学位授与に続いてサヴォイ・ホテルで、翌日に行われる予定だった。「巡礼者」に関するロンドン『テレグラフ』紙の記事をここに挿入したい。

二組の巡礼者団体がある。ひとつはニューヨークで結成されたもので、もうひとつはロンドンである。双方とも饗応の仕方をとてもよく分かっていた。著名なアメリカ人がこちらの岸辺に足を踏み入れるとすぐに、使者が祝宴の招待状を持って自分を待っている。そこで父祖の地、英国が自分に対して語る好意的なことをすべて母語で聞くことになろう。それは楽しいしきたりで、共通の理念を持つ国民の、共通の理解を増進するのを目指している。マーク・トウェインはたとえ望んだとしても「巡礼者」を避けることはできなかっただろう。そんなにも興味深い団体の招待客になるという名誉は大きな楽しみになったし、彼の楽しいユーモア溢れるスピーチは接待者に歓迎されたからだ。昼食会はサヴォイ・ホテルで催された。アイルランド局長官で真に栄えあるオーガスティン・ビレル閣下が二百人以上の紳士達の集まりの司会をした。(7)献立表は招待客の特徴を見事に表現していたし、その隣に座席が予約されていた人々の一覧が並べて書いてあった。それを書いた人物は「OS」という文字から特定できた。(8)

「マーク・トウェイン！」の大声——不死のしるしとなって——以来
多くの巡礼の操舵手はそれを鳴り響かせる
ミシシッピ河の水面に

垂鉛をおろしながら――
限りない波が今もたおやかに打ち寄せるところ
穏やかな海の青さの上に、ずっと以前から
あなたは途切れなく、愛という名の浮標に導かれた道を保つ
一万尋の深みの上に！

次のような人々が集まった。

グラナード伯爵・モーペス子爵で下院議員のグレネスク卿、シンクレア助祭長ハリー・ローソン閣下、オーウェン・シーマン氏、アルフレッド・アーノルド卿、ナイト・コマンダー受勲者バトラー・アスピナル氏、法学博士ウィリアム・ベル卿、A・シャーリー・ベン氏、下院議員T・H・D・ベリッジ氏、H・P・ブレンカウ少佐、セントミカエル・セントジョージ上級勲章受勲者の真に栄えあるロウランド・ブレンナーハセット閣下、F・G・ボーン准将、ハリー・E・ブリテン氏、W・ブロードフット英国工兵隊少佐、トマス・ブルック＝ヒッチング卿、アーネスト・ケイブル卿、ヴィンセント・ケイラード卿、ナイト・コマンダー受勲者で栄えあるコリン・H・キャムベル閣下、J・W・コミンズ・カー氏、H・R・チェンバレン氏、H・C・クック合衆国将軍、パーシー・クリード大尉、トマス・W・クリドラー氏、A・S・クロケット氏、栄えあるチョーンシー・M・デピュー閣下、C・W・ダグラス建設工兵隊中将、H・J・デュヴィーン氏、ジョゼフ・デュヴィーン氏、エリバンク監督官ルイス・デュヴィーン下院議員、デヴィッド・エヴァンズ卿、下院議員ジョージ・フェイバー氏、インド帝国ナイト・コマンダー受勲者ベンジャミン・フランクリン卿、インド帝国上級勲章受勲者フレデリック・フライヤー卿、下院議員ジョン・フラー氏、J・L・ガーヴィン氏、P・B・ジャイルズ大佐、セントミカエル・セントジョージ上級勲章受勲者で真に栄えあるジョージ・トーブマン閣下・ゴールディ卿、下院議員ハマー・グリーンウッド氏、フランシス・O・グレンフェル氏、R・N・グレンフェル氏、H・A・グウィン氏、H・ライダ

ー・ハガード氏、ドナルド・C・ホールドマン氏、チャールズ・A・ハンソン氏、ロバート・ハーヴェイ卿、栄えある下院議員クロード・ヘイ閣下、アンソニー・ホープ・ホーキンズ氏、バス上級受勲者フランシス・ホップウッド卿、ミラード・ハンシカー大佐、インド星騎士団員コンパニオン受勲者H・D・ハチンソン少将、E・B・イワン＝ミューラー氏、J・R・ジェイムズ師、チャールズ・ジャコビー氏、アルフレッド・ジョーンズ卿、ジョン・レイン氏、栄えあるチャールズ・ローレンス閣下、ジョゼフ・ローレンス卿、トマス・リプトン準男爵、W・J・ロック氏、司教座聖堂参事会員ジョゼフ・マコーミック神学博士、マキノン少将、ナイト・コマンダー受勲者ドナルド・マックマスター氏、A・H・マリンディン大尉、メイヨー＝コリアー博士、栄えあるチャールズ・マレイ閣下、ジョージ・ニューンズ卿、N・ニューナム＝デイヴィス中将、中将W・G・ニコルソン卿、ハリー・ノース卿、下院議員T・P・オコナー氏、G・S・オマニー中佐、インド帝国ナイト・コマンダー受勲者ジョン・オットリー卿、下院議員ギルバート・パーカー卿、ルイス・N・パーカー氏、C・パーソンズ大佐、C・アーサー・ピアソン氏、下院議員J・A・ピース氏、フレデリック・ポロック卿、栄えあるロバート・P・ポーター閣下、下院議員アーサー・プリーストリー氏、ジョン・プルストン卿、ヘンリー・フィップス氏、ボウアートン・レッドウッド卿、アルフレッド・レイノルズ卿、ジョン・モーガン・リチャーズ氏、ジェイムズ・W・リッチー氏、下院議員でナイト・コマンダー受勲者ウィリアム・ロブソン卿、H・H・ロジャーズ氏、アルバート・K・ロリット卿、パーシー・サンダーソン卿、E・M・ソーテル大尉、ブルース・セットン卿、チャールズ・D・セリグマン氏、レヴソン・E・スカース大尉、司教座聖堂参事会員H・ギブソン・スミス氏、エドガー・スパイアー準男爵、ダグラス・ストレイト卿、アルフレッド・サトロ氏、栄えあるマイロ・タルボット英国工兵隊大佐、チャールズ・テムパリー氏、H・ビアボーム・トゥリー氏、T・フィシャー・アンウィン氏、下院議員で大佐のハワード・ヴィンセント卿、チャールズ・ウォルドスタイン教授、チャールズ・ウォルポール卿、伯爵被後見人ジェイムズ・ウォーカー卿、シルヴェスター・ウィラード博士、J・リー・ウッド氏、W・ベイジル・ウォーズフォルド氏、栄えあるロバート・J・ウェイン閣下。

事務局長ハリー・ブリテン氏が次のような電報を読み上げた。

マーク・トウェイン氏への挨拶――天候が荒れ模様であっても我々はあたたかく歓迎します。最高の幸運がいつもありますように。――オックスフォード大学学生。

陽気な招待客と皆さんに、今、皆より素晴らしく喜ばしい万歳三唱をおくります。アメリカ巡礼者協会は、人々に日の光をもたらし、喜びを与えるあの素晴らしい人、神々にもあらゆる人々にも知られるマーク・トウェイン氏に対して賛辞を送ります。――ジョージ・ウィルソン、巡礼者協会、ニューヨーク(9)。

オーガスティン・ビレル氏は「王と合衆国大統領」に礼を示した後、次のように言った。今私は招待客のために乾杯せねばなりません――クレメンズ氏のために、地球上のすべての善男善女とあらゆる面で善良なすべての少年少女に、あらゆるところでマーク・トウェインとして知られる人物のために。(乾杯)。私はこの時と場に緊張していますが、正直に言いますと、それが私の神経に少し障り始めておりますが――(笑い)――私はいつでも呼ばれた時にはその場所へ参ります。それでも、自らがここにいることに大いに驚き、心からの名誉を感じております。私がどうやってここにやって来たのか問いはしません。人生の忙しさと慌ただしさの中で私は「なぜ、そして何のために」というあの重大な問いかけをするのをずっと以前に止めてしまいました。そして、当面アイルランド局長官を務める人物が何らかの自問をする義務がないことを、最も厳格な道徳家でさえ認めることと思います。(大きな笑い)。我々は偉大で目覚ましい著者を讃えるために今日、ここに集まりました。彼は彼のものであり同時に私の母語でもある言語で書いているのです。我々の友人は生きている著者の目覚ましいほどに立派な見本――存命中でもっとも立派な見本だと思います――です。(拍手)。著者というのは大まかに言って――とても大まかに――大まかな扱いには慣れている人達ですから――二種類に分けられるでしょう――生きている著者と死んだ著者です。(笑い)。紳士方、皆さんは既に私を誤解しています。私は生きて話しています。もしここに怠惰な著述家がいたら、その著述家を今回の目的のために、今回の目的のためだけに、生きている著述家の仲間に入れますので、恥をかかされることはないと彼に確証を与えることができます。(笑い)。死亡した著述家は実は強力な軍隊です。大英博物館や、ヴァチカン図書館、ボドレアン図書館〈オックスフォード大学図書館〉では、いいや、私のような貧困に陥りながらもしつこく本を買う者の、貧しい本棚でさえも、死亡した著述家は我々を押しのける傾向があります。彼らは墓場から私達を支配すると言われてきましたが、[10] それは自ら著述家である彼らが言ったことだという事実をご記憶いただきたいのです。(笑い)。こういうふうにして文学の偉大な伝統はひとつの世代から次の世代へと受け継がれているのです。我が際立った友人に関して何を申し上げる必要がありましょう? 申し上げましたように、彼は生きている著述家です。死んだ著述家は必ずや我々の書架にあります。少年の頃、私自身は偉大な読者でした。冷淡な沈黙ですな！ (大きな笑い)。あまり厳しく評価しないでください。私は幼少の頃から近視だったのです。ハックルベリー・フィンの栄光に満ちた経歴は最初から私には閉じられていたのです。私には選択の余地はなく、私が好んで読んだのは著述家の――死んだ著述家の――伝記でした。その頃に、たとえ一巻ものでも、伝記が書かれる以前にあなたは亡くなっていなければならなかったのですから。(笑い)。それゆえ私は亡くなった著者の伝記を読むしかなかったのです。私の好んだ白昼夢は――そこで何時間も幸福な時を過ごしてきましたが――特定の亡くなった著者の伝記を読みながら、自分がその人物と同時代の最も強力な賞賛者になって、その人物を即座に助け、夥しい必要品をいつでもすぐに提供する救いの天使になっていると空想することでした。ああ、紳士諸兄、それは幸福な時でした。私が想像力の中でやってきた驚愕すべきことに皆さんは驚くでしょう。私は可哀想なオトウェイの手の届くところに四分の一斤のパンをぐいと押し込んでやりました。[11] 思い出していただきたいのですが、彼は餓死したのです――皆さんが彼について思い出すことはおそらくそれだけでしょう。(笑い)。もし私のやり方だったら、オトウェイは餓死しなかったでしょうし、皆さんは彼のことについて何も聞かなかったでしょう。[12] (笑い)。私は、「その人生の盛りに死去した驚嘆すべき少年」だった可哀想なチャタートンに対しても、思慮分別を持って、友情のこもった、機転の利く、経験豊かなミーシーナス役を自分が演ずることを思い描いて喜んだのです。[13] もし私のやり方だったら、彼はその生涯の盛りに死去することはなかったでしょうし、初期英国詩に関して史上最も有能で最も批評眼のある編集者となったことでしょう。また私はペンを二、三筆ほど動かして、恐らく全イギリス人著述家の中で最高の人物――偉大で善良なウォルター・スコット卿のことを言っているのですが[14]——彼の生涯でとても悲劇的なものとなった莫大な借財の全部を決済することができたでしょう。(拍手)。勇ましくも私は死者に対する私の負債を返済しましたが、生きている著述家についてどうかというと、その人物に対して我々のうちの誰かが一体何をしてきたことでしょう。(ひとりが「本を買いました」と言う)。我々がその人の本を買ったと、どなたかが言い出してくれました。そんな奇特な人に出会えると嬉しいです。(笑い)。どういうやり方、あるいは口実を使ってその人はこの文学界に入れたのでしょうか? (笑い) 生きている著述家を許容するよりも想像力の中で死んだ著述家に親切にする方がずっと簡単です。(笑い) いや、それは、決して簡単なことではありません。全く別の問題です。その著述家が友人であろうともあなた方はその人物の本を読むことは決してできません。名前を挙げようとは思いませんが、生きている著述家は実にたくさんいるのです——(笑い)——だからその著述家の本を私は読むことができないのです。しかし著述家にはそれぞれ必要なものがありますし、我々の時代にもオトウェイのような人物もチャタートンのような人物もいることは否定できません。つまり天才性を持つ人物でありながら、十分な資産に恵まれず、親切な人なら誰でも提供したくなるようなあらゆる援助を必要としている人物です。しかし生きている著述家に親切であることは死んだ著述家を庇護するよりもずっとはるかに難しいのです。これは憂鬱になる問題です。それゆえ、我々はみな今日ここにいて、ひとりの偉大な、生きている著述家の栄誉を称えることをとても喜んでいます——(拍手)——その人を我々はみな心から愛し賞賛しています。「私を愛し、愛していると言ってくれ」というこの処世訓以上に賢明な処世訓を知りません。我々が人生のすべてにおいてそれをより遵守していたら人類の悲惨な状況は一部でも緩和されていたでしょう。我々はみなマーク・トウェインを愛し、愛していると彼に言うためにここにいます。もうひとつ重要なことがあります。世界中がそれを知っているがゆえに、そのことを忘れてしまう危険性があります。我々の招待客は海の向こうの偉大な共和国の傑出した市民です。(拍手)。アメリカでは『ハックルベリー・フィン』と『トム・ソーヤ』は我々にとっての『ロビンソン・クルーソー』と『トム・ブラウンの学校時代』と同じものです[15]。(拍手)。それらはその土地ならではの香りのするものです。読まれなくなってしまうなどということはないでしょう。私は古典的作品のことを言うつもりはありません――それは我々のかつての時代の多くの悪弊に関する思い出だからです。我々は「ほとんど価値のない」ちょっとした前書きや序文を読んで今日ここに集っています。これから千年後の世界がマーク・トウェインをどう考えるかを述べるつもりはありません。後世の人々は自分自身で考え、読みたいものを読むでしょうし、忘れようと選んだものを忘れるのですし、我々の時代の批評的つぶやきやごたごたになど全く注意を払いません。ですから、彼が我々にとってどのようなものであるのかを、我々自身と子供達のために言うために我々がここにいるのだと、友人であり招待客に対して言うことで満足しましょう。(拍手)。私は著名な「跳び蛙」の本を一八六七年にリヴァプールで初めて買った時のことを覚えていますし、それを今でも持っています。それにはちょっとした序文があり、我々の招待客がその当時「太平洋岸の自由奔放なユーモア作家」であり、二、三行下では「大海の道徳家[16]」と呼ばれていたことを私は思い出します。およそ四〇年前のことです。ここに彼がいて、今でもユーモア作家であり、今でも道徳家です。彼のユーモアは彼の道徳観を活性化させ、啓蒙するものであり、彼の道徳観は彼のユーモアがあるからこそ、それだけ一層良いものになっています。それが我々が彼を愛する理由のひとつです。私は彼のどれかの本について言及するためにここにいるのではありません。それは私の家族内の話題です――何が最高で、その次に最高の作品は何かということです。しかし私は自分に忠実であるために一言言わねばなりません――恐ろしいことです――彼の「ジャンヌ・ダルク」についてです――(拍手)――騎士道精神と貴族と男らしい誠実さに関する本であり、この機会をお借りして彼に感謝します。(拍手)。しかし皆さんはどなたもそれぞれ別の意図を込めてこの乾杯をすることとなりましょう。どんな意味でも、お好みのものを込めてください。マーク・トウェインはイギリス人もアメリカ人もその栄誉を称えるのが当然の人物です。彼は本当の意味で国と国の関係を強固にする人です。彼の愉快なユーモアは全国民が持つ偏見を四散させ、破壊するものです。(拍手)。彼の真実と彼の名誉、彼の真実を愛する心と名誉を愛する心はすべての国境を超えて流れます。彼はその存在によって世界をより良いものにしてきました。我々は彼にここでお目にかかれて喜ばしいです。彼が長生きをして、心からの、正直な、人間への愛情から豊かな収穫を得られんことを祈念いたします。(長い拍手)。

純粋にイギリス式のやり方で乾杯が執り行われて――

マーク・トウェインは次のように答礼した。巡礼者の皆さん、私は最初にオックスフォード大学学生の方々に感謝したいと思います。私のように齢七二歳に達するような高齢にまでなりますと、人生の夢の国である少年時代に自らを引き戻してくれるものは、そちらにおられる若い心の人々以外にはありません。（拍手）。そして私は心からとても感謝しています。（拍手）私はニューヨーク巡礼者協会に親切にも知らせを頂き、こちらにまで電報を送って頂いたことに感謝したいと思います。（拍手）。ビレル氏はどうやってここに至ったか分からないと仰います。ですが、彼は何の問題もなく出ていくことはできます――ここに来てから一滴も飲んでいないのですから。（笑い）。私は彼の友人達――オトウェイとチャタートンですが――について詳しく知って喜んでいます。新鮮で初めて聞く名前でした。（笑い）。彼等を貧困という悪弊から救出しようと彼が見せてくれた心意気に私は喜んでいますし、もし彼等がまだロンドンにいたら彼らと話をしたいものです。（笑い）。私の本が彼の成長過程に与えた影響について彼が話すのだろうと私はしばらく思っていました。（笑い）。その影響が一体どれくらいになるのか、今現在の彼に本当に影響があったのかどうか――（笑い）――を話すのだろうと思っていましたが、議会での経験からくる思慮分別によって彼はそれを上手く避けましたので、彼が私の本を読んだのかどうか今では知る由もありません。彼は見事にやりました。私自身でももっと上手くはできないでしょう。私の本はあちこちで影響を与えており、しかもかなり善い影響です――しかし他の本はそれほどではないのです。それは疑いないことです。しかし私は何年も何年も前のひとつの記念碑的な事例を思い出します。ハーヴァード大学のノートン教授がこちらにいた折に、彼がボストンに戻って来たので、私はハウエルズ氏とともに彼を訪問しました[17]。ノートン氏は結婚によってダーウィンと縁続きになりました。ノートン氏は何か言おうとする時にはとても穏やかで、ほとんど上品なほどに、言ったのです。「クレメンズさん、私はイギリスでダーウィン氏と一緒になる機会がありましたので、その訪問の際のことについてあなたにお伝えしたいのです。その話題はあなたでした。私ならばそのことをとても誇らしいと考えたでしょうが、あなたはそうではないかもしれません。いずれにせよ、私はそのことをあなたにお伝えして、それをどう考えるかはあなたにお任せします。ダーウィン氏は私を寝室へといざない、そこでいくつかの物を指さしました――食虫植物のサラセニア等で、彼が毎日毎日観察し、計測しているものです。それから彼は『部屋係はこの部屋で何でも好きなようしてよいのだが、その植物には決して触れてはならないし、燭台のある机の上のあの本には決して触れてはならないことになっている。それらの本を私は毎晩寝る時にひとりで読むのだよ』と言いました。それらの本があなたの本だったのです」。（笑い）。「私の考えでは、それを賛辞と受け取るかどうかについては問題ではありません。全人類のために働いて来たとても偉大な知性の持ち主が私の本で安らいでいたことは、とても重要な賛辞だと考えますし、とても大きな名誉だと考えます。私は彼がひとりでそれらを読んで眠ることを誇りに思います」と私は言いました。そのことを私は黙っていられませんでした——私はそれをとても誇りに思ったからです。ハートフォードに帰るとすぐに、私はずっと以前からの友人で、時折最も親愛な敵でもある私の宗教的指導者ジョゼフ・トゥイッチェル師を訪問し、それについて話しますと、彼はもちろん興味と悪意で一杯になりました。（笑い）。そうした賛辞を一度も受けたことのない人々はそういうふうに感じるものです。（笑い）。彼はしゃべり始めましたが、どんな賞賛の言葉も口にしませんでしたし、私もしばらくはその話題について耳にしませんでした。ところが、ダーウィン氏がこの世を去り、しばらくしてから『ダーウィンの生涯と著作』が出ると、ジョゼフ・トゥイッチェル師はいち早くその本を購入し、その中で私に関係すると彼が思うところを見つけたのです。彼は私の家までやって来ました——雪が降り、雨が降り、みぞれになっていましたが、そんなことは彼にはお構いなしでした。彼は本を取り出すと、ページを何度もめくり、あるところまでくると、「ほら、ダーウィン氏からジョゼフ・フーカー卿宛のこの手紙を見てみたまえ」と言うのです。ダーウィン氏が書いたこと、その骨子を言いますと、「私は自分の全生涯を、博物誌やその他の科学の辛い仕事に捧げるべきだったのかどうか分からない。というのも、私はある部分で得るものがあったかもしれないが、別の部分では失ってきたからだ。かつて私は優れた文学を認め、鑑賞する力があったが、私の中でその特質は委縮してしまった」というのです。[18]「それが」トゥイッチェル氏は言います、「君の本を読んでいたということだよ」と。ビレル氏は軽く言及しました——とても軽くですが、失礼にはならない言い方で、この世における道徳家としての私の立場に言及しました。（笑い）。私はその認識を受けて喜んでいます。というのは、私はこの町に来てからずっと苦しんできたからです。（笑い）。まず、最初に、私がこちらにやってきますと、新聞販売人がエプロンのかわりに大きくて赤いとても目立つ看板を持って歩き回っていました。販売人は新聞を売っていたのですが、その看板には正しく句読点が打たれていれば完全に正しい文章が二つ書かれてありました。しかしその文章はコンマも何もなしに書かれていたので、当然誤った印象を与えていました。というのは「マーク・トウェイン到着アスコット競馬杯盗難」と書いてあったからです。[19]（笑い）。こんなにも不親切な形でそれらの文章がつなげられているのを見て多くの人が誤解したのは疑いありません。（笑い）。そのために私の人格も苦しんだことは疑いないと思います。私は自分の人格を守らねばならないと思いますが、どうやって守ることができましょうか。私は今ここでそれを口にできますし、私の顔から判断して私が誠実だということは誰でも分かります――（笑い）。――そして私が本当のことを言っていることも。私は今までにその優勝杯を見たことがありません。私がその優勝杯を手にしたこともありません――それを手にする可能性もありませんでした。（笑い）。そういうふうにして私はいつでも良い人格を持ってきたのです。私が今までに盗みを働いたことはほとんどありませんし、何か盗んだとしても、その価値について最初に良く知っておくだけの思慮分別がありました。困ったことになりそうなものは決して盗みません。誰もそんなことをするとは思えません。我々は皆、物を取るものです――そう思いますが、実は、私は何も取ったことがありません、確かにイギリスでは、大した額になるものは取っていません。（笑い）。実は七年前、帽子を取ったのですが、良い帽子などではなく、ただの聖職者の帽子です。（長い笑い）。私がある昼食会に出ていますと、ウィルバーフォース大執事もそこにいました。[20]たぶん彼は今では大執事だと思います――その時彼は司教座聖堂参事会員《キャノン》[21]でした――そして彼は、その呼び名が正しければですが、ウェストミンスター砲台で大砲《キャノン》の仕事をしていました。（笑い）。あなた方は軍事的なものと教会に関するものとを大いに混ぜ合わせますので、私には分かりません。彼は私より先にテーブルを離れました。その時、私は彼の帽子を取ったのですが、彼が私の帽子を取って席を立ち始めたからなのです。私はそこまで譲歩します。というのも、私はウィルバーフォース大執事を私の帽子を盗んだかどで責めたくなかったのです――そんなことを考えもしませんでした。（笑い）。それは私の中に留めます。彼は私の帽子を取っただけです。（笑い）。そして、良い判断でもありました。彼の帽子よりも良い帽子だったからです。（笑い）。昼食会が終わる前に彼は外に出て入口で帽子を選び、自分に合うものを取りました。それがたまたま私の帽子でした。彼はそれをかぶって出て行きました。やがて私が出て来ると、残っている帽子で私の頭に合うのはそれだけでした。ちょうどその頃、私の頭は通常の大きさではなかったのです。（笑い）。私は大きな賞賛をずっと受け続けていましたので、頭は普通よりも二サイズほど大きかったのです。それで、彼の帽子がまさに私に合ったのです。頭のでっぱりと角が知的に見えてちょうどよかったのです。（笑い）。私には好ましい結果であり、きっと彼にとってもそうだったでしょう。彼はそれが誰の帽子か分かって、家に帰る道すがらずっと、会う人ごとに、彼の真面目な態度と厳粛さと、深い思想と雄弁な言葉が冗談のように受け取られて、誤解されたことが楽しかったと書いたのです。（笑い）。一方の私は不愉快というわけではありませんでした。私が今まで全く経験したことのないことですが、私は出会う人すべてに敬意を持って受け入れられたのです——（笑い）——それで私は家に帰るまでに、今までにないほど自分を高く評価するようになりました。そしてまさにそれに関して、私にとってはかなり憂鬱なことですが、あの昔のことで思い出す出来事がひとつあります。というのは、ほんの七年の間に人がどれほど堕落するかを示しているからです。それは七年前のことでした。私は今その帽子を持っていませんが、私はポール・モール通りかどこかの繁華街へ行って、その帽子にアイロンをかけないといけないと思いました。私は大きな店に入って行って帽子を渡し、アイロンをかけて欲しいと言いました。店員はとても丁寧でした——宮廷にふさわしいと言ってもよいほどでした。（笑い）。店員はその帽子をとても滑らかできれいにして戻してくれましたので、いくらかたずねました。店員は聖職者には料金を請求しないと答えたのです。（笑い）。その時の喜びを私はその日から今日にいたるまで大切にしております。先日私が最初にしたことはその店を探し出して私の帽子を預けてアイロンをかけてもらうことでした。それが戻って来て私は「いくら」とききました。店員は「九ペンスです」と言ったのです。（笑い）。私はこの世のことのすべてを学んだのに、七年前に戻ったことが残念でした。（笑い）。これは冗談なのです。お許し願います。しかし人も七二歳に近くなりますと、皆さま本当によくお分かりのように、この世の生とは何か必ず分かるものです——心張り裂ける死別です。そして我々は死者に敬意を持っています。我々が死者を忘れることはありませんが、我々の仕事は生者に関するものですので、我々が元気になれて、精神的にも愉快で、楽しく話ができ、我々の周囲にいる人々のためになることを望みます。（拍手）。私の生涯にはいつも私とイギリスとを痛ましい形で結びつける事件があります。というのは、私がここに七年前に妻と娘とともに来た時には借財を完済する金を集めるための講演旅行で世界を回っていたからです。私の妻と娘のひとりは、私の長女をイギリスに連れてくるために大西洋を渡り始めたところでした。彼女は二四歳で女盛りでしたし、私達も何も懸念していませんでしたが、電報――我々が生涯で経験する最も辛い電報です――が私の手に届きました。そこには私の娘が長い眠りについたことが書かれていました。そして、私が言いましたように、私はいつでも陽気ではいられませんし、いつでも冗談を言っていられるわけではありません。私は時に帽子も鐘も脇に置き、自分が人間であることを認識せねばなりません。私には自身の心配も悲しみもあります。それゆえ今日最初に、以下に引用する詩行の本質をビレル氏に述べていただいたことはとても嬉しいのです。

「彼は我らの生に太陽の光柱を与え
　そして苦悩を消し去ってくれた。
二つの偉大な国がひとつになって合い立ち
　讃え合う双子となりて。トウェインを褒めたたえん」。

この詩行をとても嬉しく思います。それに関してビレル氏が述べたこともとても嬉しく、とても感謝しています。イギリスのあらゆる立場の人々からこの一週間の間に数百通の手紙を受け取りました――男性、女性、子供達からです――賞賛と賛美と、そして何より、何よりも良いのは愛情がそこに書かれていたのです。（拍手）。賛美も良いものですし、賞賛も良いものですが、愛情こそ――それは、あらゆる人が、その人格によってであろうとも業績によってでも勝ち得る最終にして最も大切な報酬です――そしてその報酬を受けたことに私はとても感謝しています。これらのすべての手紙のおかげで私はここイギリスにおいても、アメリカにいる時と同じ様に、イギリスの旗のもと、自分が見知らぬものではなく、異邦人ではなく、故郷にいると感じられるのです。（長い拍手）。

(1)セントパンクラス駅でクレメンズと出会ったこの時期のジョージ・バーナード・ショー（一八五六年～一九五〇年）の最新作品は、『人と超人』、『バーバラ少佐』、『シーザーとクレオパトラ』であった。七月三日のクレメンズとショーとの昼食会については、一九〇七年八月二三日付「自伝口述筆記」を参照。アーチボルド・ヘンダーソン（一八七七年～一九六三年）が一九〇三年にショーの作品を「発見し」、彼の伝記を書こうとした時、ヘンダーソンはノースカロライナ大学チャペル・ヒル校で数学の専任講師をしていた。ヘンダーソンは後にクレメンズに連絡を取り、ストームフィールドを訪問し、クレメンズについての最初期の本を一冊書くことになる。一九〇七年九月四日付「自伝口述筆記」も参照のこと（Holroyd 1988、第二巻、二一一ページ～二一三ページ。Lathem 2006、一八ページ～一九ページ。Henderson 1912)。

(2)タイプ原稿でクレメンズが求めたこの空白に彼は何も挿入しなかった。

(3)フランシス・ナナリー（一八九一年～一九八一年）は、アトランタの菓子工場の所有者で裕福なジェイムズ・H・ナナリーの娘で、クレメンズがブラウンズ・ホテルで出会った時には一六歳だった。彼女と母親はヨーロッパでの夏季休暇を過ごしていた。九月に彼女達はクレメンズの招待を受け、タキシード・パークにクレメンズを訪問した。フランシスはクレメンズの「若い少女収集熱」の具体例のひとりだった。彼は次の年からこれを始め、「水族館クラブ」と呼び、自らを「海軍大将」、少女達を「エンゼルフィッシュ」と呼び始めた。クレメンズの考えでは、最初のエンゼルフィッシュは一四歳のドロシー・ブーツで、彼女は母親と一緒に一九〇七年の春にニューヨークにクレメンズを訪問している（一九〇八年四月一七日と一八日付「自伝口述筆記」参照）。フランシスがボルチモア近くの聖テモテ女学校を一九〇九年六月九日に卒業した折が、クレメンズの最後の公的スピーチの機会となった（一九〇八年二月一二日付「自伝口述筆記」。Cooley 1991、三三ページ～三五ページ、一九一ページ～一九五ページ。「アトランタの産業」、『ウォールストリート・ジャーナル』紙、一九〇六年八月二八日号、七ページ。Carson 1998。Schmidt 2009)。

(4)一九〇五年から一九一二年に死去するまで合衆国駐英大使だったホワイトロー・リードは、パーク・レーンにある豪華なドーチェスター・ハウスを借り、そこを大使の任期期間に大使館として使っていた。一九〇七年六月二一日のこの晩餐会の招待客には以下の人物がいた。母国を離れたアメリカ人画家エドウィン・アビー（一八五二年～一九一一年）、天文学者ジョゼフ・ノーマン・ロッキャー（一八三六年～一九二〇年）、詩人テニスンの長男ハラム・テニスン男爵（一八五二年～一九二八年）、ともに芸術家のエドワード・ポインター卿（一八三六年～一九一九年）とアーネスト・アルバート・ウォーターループ卿（一八五〇年～一九一九年）、王立ニジェール会社創設者ジョージ・ゴールディ卿（一八四六年～一九二五年）、新聞社社主のグレネスク男爵アルジャーノン・ボースウィック（一八三〇年〜一九〇八年）、アメリカの外交官のロバート・ニュートン・クレイン（一九二七年死去）、スコットランドの画家で挿絵画家ジョージ・リード卿（一八四一年〜一九一三年）、バイエルン生まれの画家でオックスフォード大学の芸術担当教授ヒューバート・フォン・ハーコマー卿（一八四九年〜一九一四年）、桂冠詩人アルフレッド・オースティン（一八三五年〜一九一三年）、裁判官のマクノーテン卿エドワード（一八三〇年〜一九一三年）、エドワード・クーパー・ウィリス弁護士（一八三一年〜一九一二年）、作家でシャーロック・ホームズの創作者アーサー・コナン・ドイル卿（一八五九年〜一九三〇年）、ロマンス物語作家アンソニー・ホープ・ホーキンズ（一八六三年〜一九三三年）、画家のローレンス・アルマ゠タデマ卿（一八三六年〜一九一二年）、シェイクスピア学者のシドニー・リー（一八五九年〜一九二六年）（「最高級のアメリカ大使一行」、ピッツバーグ『プレス』紙、一九〇七年六月二二日号、九ページ。「王の顧問官だったロバート・N・クレイン死去」、ニューヨーク『タイムズ』紙、一九二七年五月七日号、一七ページ。以下ロンドン『タイムズ』紙より、「王室行事日報」、一九〇七年六月二二日号、一二ページ、「ナイト・コマンダー受勲者E・クーパー・ウィリス氏」。ホワイトロー・リードに関しては『自伝完全版第一巻』、二二二ページおよび関連する注、さらに一九〇七年八月二七日付と二八日付「自伝口述筆記」参照）。

（5）一九〇七年八月三一日付「自伝口述筆記」および関連する注参照。

（6）大英帝国巡礼者協会は「合衆国と大英帝国との親善と良好で持続的友好と永遠の和平」を増進するという明確な目的をもって一九〇二年に創設された。ニューヨークの「姉妹」協会は一九〇三年に設立された。巡礼者は両国の帝国支配的野望を支持し、「アングロサクソン人種の誇り高き伝統」と「平和と文明に向かおうとするアングロサクソン人種の偉大な使命」を強調していた（Baker 2002、一一ページ〜一四ページ。以下シカゴ『トリビューン』紙より、「巡礼者、イギリスの指導者を讃える」、一九〇一年八月九日号、二ページ、「巡礼者、海をこえる」、一九〇四年一月三〇日号、一ページ）。

（7）オーガスティン・ビレル（一八五〇年〜一九三三年）は、随筆家で自由党の下院議員だった。彼は一九〇七年一月にアイルランド局長官に任命された。

（8）このイニシャルで『パンチ』誌に掲載された複数の詩はオーウェン・シーマン（一八六一年〜一九三六年）によるもので、彼は一九〇六年に同誌の編集長になった。

（9）ヘンリー・アーネスト・ブリテン（一八七三年〜一九七四年）はジャーナリストであり保守党の政治家で、巡礼者協会設立の陰で活躍した人物である。一九一八年にナイト爵を与えられ、彼は大英帝国と合衆国の関係強化に尽力した。ジョージ・T・ウィルソンはアメリカの保険会社の執行役員で、ロンドンでの同協会設立を援助し、ニューヨークでの同協会の陰で活躍した人物である（「ジョージ・T・ウィルソン」、『イングリッシュ・スピーキング・ワールド』、三号［一九二〇年二月］、二七ページ）。

(10)ロード・バイロンの『マンフレッド』、第三幕、第四場、「死してなおかつ笏杖もつ君主は、いまだに支配する／その壺から我らの霊を」より。

(11)イギリスの詩人トマス・オトウェイ（一六五二年〜一六八五年）は昔から「四分の一斤のパン」（四ポンドのパン。Byron 1900、九二ページ）を最初の一口で食べてのどに詰まらせ死んだと伝えられていた。

(12)ビレル（あるいは彼の挨拶を伝えた新聞記事）はワーズワスの作品「決心と独立」の引用を間違えた。「私は驚くべき少年チャタートンのことを思う／眠らない魂が誇りの中で滅する」である（Wordsworth 1815、第二巻、二九行）。詩人トマス・チャタートンに関しては、『自伝完全版第二巻』、二四七ページに関する注参照。

(13)寛大な文学保護者を表す常套句で、ヴェルギリウスとホラティウスの保護者だったガイアス・ミーシーナスにちなむ。

(14)ウォルター・スコットが財政的に関心を持っていた二つの出版社、ジェイムズ・バランタイン社とアーチボルド・コンスタブル社は一八二六年に莫大な借財を抱えて倒産した。スコットはそれらの負債を自分の全集の注釈付き改訂新版をつくることで返済しようと計画したが、一八三二年に彼が死去した時にまだ完成していなかった。この危機における彼の責任ある行動によって彼の威信は高まり、イギリス文学とアメリカ文学における「職の終わり方の最高の形——そして本当に気高い死に方」となった（Millgate 1992、一ページ）。

(15)トマス・ヒューズによる少年の学校小説（一八五七年）。

(16)マーク・トウェインの最初の短編集『キャラヴェラス郡の名高き跳び蛙』は一八六七年にチャールズ・ヘンリー・ウェブ（ジョン・ポール）によってニューヨークで出版された。ウェブはビレルがここで引用した序文の「宣伝文」を書いた。イギリスではジョージ・ラウトレッジ・アンド・サンズ社が海賊版を出版した（『初期短編スケッチブック第一巻』、五四六ページ。SLC 1867a、1867b）。

(17)ハーヴァード大学教授チャールズ・エリオット・ノートンを訪問した日付は特定できていない。クレメンズの本のもつ催眠効果に関することをダーウィンが語り、それをノートンが記したのをクレメンズが一八八二年の備忘録に書いている。ノートンの義理の姉妹がダーウィンの長男ウィリアムと結婚した（『備忘録第二巻』、四八六ページ、注一八五。Norton 1913、三〇四ページ）。

(18)クレメンズによるこの言い換えはダーウィンが友人の植物学者ジョゼフ・フーカー卿（一八一七年〜一九一一年）に宛てて一八六八年六月一七に書いて『チャールズ・ダーウィンの生涯と書簡』に収められた手紙と類似している（Darwin 1887、第二巻、二七三ページ〜二七四ページ）。だが、もっとよく似ているのは『自伝』の中の一節で、前述と同じ版の一部であった。その中でダーウィンは

「奇妙で嘆かわしいことに自分がより高度な審美的能力を失ったこと。（中略）私の知性は多くの事実の集積から一般的法則をひき出すある種の機械になってしまったようだが、より高度な能力のもととなる脳のその部分だけがなぜ萎縮したのか、私には不明である」と書いた（Darwin 1887、第一巻、八一ページ）。

(19)ゴールドカップ競馬杯はサラブレッドの競馬で毎年の王立アスコット祭の一行事として六月に開催される。マーク・トウェインがイギリスに到着した、一九〇七年六月一八日の午後に優勝杯が盗まれたと報道された。翌日にはその窃盗事件は新聞で広く報道された。優勝杯は再び戻らず、代わりとなるものが元々の製造業者の戴冠用宝石業者ジェラルド社に依頼された（Lathem 2006、一五九ページ。HorseRacing.co.uk 2013。Culme 2010）。

(20)バジル・ウィルバーフォース（一八四一年〜一九一六年）は一九〇〇年に大執事になっているのだか、昼食会で触れられている時（一八九九年七月三日）には彼はウェストミンスター寺院司教座聖堂参事会員だった。彼は政治的にもプロテスタントの面でも際立った家系の出身だった。彼の父親サミュエル・ウィルバーフォース（一八〇五年〜一八七三年）は主教でダーウィニズムの反対者として有名だった。さらに彼の祖父ウィリアム・ウィルバーフォース（一七五九年〜一八三三年）は奴隷制度廃止論者〈アボリッショニスト〉だった。バジル・ウィルバーフォースは自由で進歩的精神の持ち主で、動物の権利や心霊主義に関してクレメンズと同様の関心を持っていた。件の晩にクレメンズはウィルバーフォースに自分達がうかつにも帽子を取り違えたことを知らせた（『トウェイン伝記』、第二巻、一〇八五ページ〜一〇八六ページ）。さらに彼はその話を同じ日にハウエルズとトゥイッチェルにも手紙で詳細に語っている（一八九九年七月三日付、ハウエルズ宛書簡、『トウェイン・ハウエルズ書簡集』、第二巻、七〇三ページ〜七〇五ページ。一八九九年七月三日付、トゥイッチェル宛書簡、イエール大学蔵。SLC 2010a、二七二ページ〜二七五ページ、三一〇ページ〜三一一ページ。一九〇〇年四月一七日付、ウィルバーフォース宛書簡、複写をカリフォルニア大学蔵）。

(21)ウィルバーフォースはウェストミンスター寺院司教座聖堂参事会員だった。司教座聖堂参事会員（canon）と砲台（cannon）をかけた洒落はクレメンズがいつも口にしてしまう洒落だった。

一九〇七年七月二六日金曜日、口述筆記

シドニー・ブルックスがクレメンズ氏の巡礼者晩餐会でのスピーチに関して行った「マー

ク・トウェインへのイギリスの熱烈大歓迎」からの転載[1]——スピーチは印刷することができるが談話はできない——文学博士号授与式とそれに関するシドニー・ブルックスの記事の写し。

その記事で引用された優れた詩行は『パンチ』編集員のオーウェン・シーマンが書いたものだ。そこにはあの深い愛情の調べが響いており、私はとても高く評価している。

シドニー・ブルックスの「マーク・トウェインへのイギリスの熱烈大歓迎」と題する記事の中にこの「自伝」の一章を連想させる一文がある。その章は私が二年ほど前に口述筆記したもので、クレアラがコネチカット州ノーフォークでの演奏会でデビューし[2]、私が談話——スピーチではない——を行った時のものである。ここに引用する。

> マーク・トウェインが答礼に立った時に彼を迎えた嵐のような拍手を聞いたらよかっただろう。彼の最初の言葉は二通の電報での挨拶状に関するものだった。一通はオックスフォードの学生達からのもので、もう一通はニューヨーク巡礼者協会からのものだった。私が聞いたマーク・トウェインのスピーチを活字で読んだ時に、書き言葉と話し言葉の相違を今までになく意識した。言葉の意味は確かに分かったが、それぞれの肝心な点の必然性と効果をもたらすその場の雰囲気、経験豊かな話し手の立ち居や振る舞い、劇的効果をねらったゆっくりした話し方の持つ比類なき効果——これらすべてを失くしてしまうのだ。

それは先に述べた自伝の章の中で私がまさに述べたとおりである。つまり**スピーチ**というものは活字で伝わるが、**談話**はできないのである。スピーチは文字化された言い回しと完全な文から構成されているので、よどみなく意味を取りながら読めるが、談話に関してはそうはいかない。談話の心髄は動きから成るもので、言葉ではない。動きや身振りや抑揚——つまり声にならない思想表現なのである。こうした表現の妙は速記者にはとらえられない。それは香りのようなものだ。速記者ではそれを言葉で具体的に表現することはできない。言葉はそこには存在しない。重要でない文章だけが出来上がっている。楽しい話は文章がその中ほどで途切れるのだ。というのも聴衆が話のおちを分かってしまい、文章を最後まで言う必要が無くなるからで、会場の人々は最後まで聞こうとしなくなるのだ。ところが速記者は文章をそうした中途半端な状態にしておけない。そのままだと、ずたずたで、一貫せず、理解不能の文章になるからだ。それで速記者は中途半端な文章を自身の言葉で補い完成させるが、その結果、仰天するほど不自然な文になる。談話というものは上手く印刷できない。それをする方法はないし、そんなことは決して試みるべきではない。何とも、あの巡礼者協会での私の談話をみてみるがいい！　それが口から出た時にはこの上なく優れた談話だったが、印刷されると何とも無味乾燥なものとなる。

私はその晩（一九〇七年六月二五日）の七時までにオックスフォード大学におり、洋服屋が仕立ててきた深紅のガウンを試着し、それでよいと思った――よいだけでなく、ずば抜けて似合っていると思った。我々は翌朝一〇時半にオール・ソウルズ学寮に集合し、そこからガウンを着て、各帽をかぶり、二列に並んで、シェルドニアン劇場までの長い道程を行進すると、両側には人々がびっしり立ち並び、大いに喝采を挙げ、際限なく写真を撮っていた。かなりの長さの、しかも栄誉と絵になる行列であった。オックスフォード大学総長で前インド総督のカーゾン卿が黒と金色の豪華なガウンを着て先頭に立ち(3)、一対の小奇麗な幼い少年の裳裾持ちがそのあとに続き、裳裾持ちの次には若いコノート公アーサーが続き、彼は民法学博士を与えられることになっていた。民法学博士の一団の後には科学博士が続き、その次に文学博士が続き、次には音楽博士が続いていた。シドニー・コルヴィンが私の前に行進し、私はシドニー・リーと並んで、私達の後ろにはキプリングが従っていた。救世軍のブース将軍は民法学博士の組に入っていた(4)。

我々の旅路が終わると、我々は綺麗な古い広間で立ち止まり、そこからは劇場に集まった聴衆が長い回廊に沿っているのが見えた。ここで我々は少しの間に動き回って談笑し、知り合いになった。それから民法学博士が呼ばれ、一行がその回廊を進んで行くと、劇場では叫び声があがった。文学博士と科学博士の名前が呼ばれるまではまだ時間がある。というのは民法学博士のそれぞれの昇格が完了する前に二つ、ラテン語のスピーチをしてもらわねばならなかったからだ――ひとつは欽定民法学教授によるもので、もうひとつはオックスフォード大学総長によるものだった。私はしばらくしてからウィリアム・ラムゼイ卿にそこで煙草をすったら銃殺されるかと尋ねた(5)。「そうです」と彼は言い、そうした人は誰でも捕まって一ギニーの罰金を科せられ、おそらくその後絞首刑になるでしょうと言った。密告者に見つかる前に少なくとも半分は煙草をすえる場所のことを知っているし、一ギニーを払ってあえて絞首刑になろうとする人には誰でもその方法をお教えする、と彼は言った。求めに応じて彼が案内してくれたので、キプリングとノーマン・ロッキャー卿と私はついて行った。我々は人のいない中庭を横切って、その出口のひとつ――大きな大理石のアーチ――の下に立ち、煙草に火を点け一服した。すぐに写真家達がやって来たが、礼儀正しく友好的で、私達に嫌な思いをさせなかったので、我々も嫌な顔をしなかった。写真家達は我々を四方八方から取り囲み、我々が煙草をすい、話している間に、念入りに写真を撮った。我々は一時間以上もそこにいた。それから、幸せな気分になって、満足し、大いに元気を回復して、本部に戻った。やがて我々は一列になって劇場に入って行くと、とても満足いく喝采がして、深紅色の一列が並んで待っていた。我々は集まった人々の真ん中をくぼませるようにして分け入り、一人一人が順番に名前を呼ばれてオックスフォード大学総長の前に立ち、自らの勲功が響きのよいラテン語で読み上げられるのを聞いた。その間に、キプリングと私は記念の署名をすると、とても親切な人が来て私達に休憩をすすめてくれた。

シドニー・ブルックスの「大喝采」から再び、私の遠慮に関して残っていることを引用したい。

彼は六月二六日水曜日に文学博士号を授与された。アメリカ人でその栄誉を受けたのは彼だけではなかった。ホワイトロー・リード氏もそこに出席しており[6]、彼は名誉民法学博士号を授与された。彼の拝受が自発的な誠意と真情によるものだと記録できることは喜ばしい。オックスフォード大学の学位授与はシェルドニアン劇場で行われた。ここは円形の建物で、クリストファー・レン卿がローマの様式にならって建てたものだ。見たところ小さいのだが、四〇〇〇人あまりを収容できた。水曜日には観覧席も桟敷もどこも一杯で最大限に人が入り、下の方の席は淑女と大学の先生達が占め、最上席は学生が占めていた。平床には大学院生と大学には関係のない人々が立ち、行列が通る通路のまわりに集まっていた。一一時を少し過ぎると、オックスフォード大学総長カーゾン卿が黒色と金色の豪華な外衣をまとい、現れた。二人の小姓に付き添われ、深紅のガウンをまとった学寮長達を従えて、劇場に入り、演壇まで進んだ。すぐに授与予定学位一覧が総長によって読み上げられ、会場の喜びが由緒あるラテン語で述べられた。割れるような喜びの声が、首相[7]、アメリカ合衆国大使、ブース「将軍」、イーヴリン・ウッド卿[8]、マーク・トウェイン、ラドヤード・キプリング氏に寄せられた。民法学博士号を授与される予定の人々がそこで劇場内に呼び入れられ、通路の指定された席に着いた。彼らはその業績をラテン語で紹介する欽定民法学教授の紹介によって一人ずつオックスフォード大学総長の前に呼ばれた。オックスフォード大学総長は鋭い冗談を秘めた二言三言の賛辞を与え、推薦されたそれぞれの人に学位を正式に認めた。その時に演壇に登る栄誉を得た人々はオックスフォード大学総長と握手し、指定された左右の席に着いた。ホワイトロー・リード氏の順番になると欽定民法学教授は、彼を同じ民族の著名な息子でその雄弁で有名であり、際立ったジャーナリストと称賛した。そして、国を代表する駐英大使に彼を選任したことで、同国人の中での彼の有用さと名声が証明されている、と歓迎した。だが、彼を歓迎する理由は、彼が単に同族であり大使だからというだけではなく、彼がすべての芸術に関して学識を備え、熟練しているからである。この歓迎の言葉がよく響くラテン語で語られると、桟敷席の学生から、その場にいたすべての人に向けて、イギリスでは耳ざわりな電動のこぎりのようだと言われているアメリカ式の発音を真似ながら、「キミ、それはだいたい正しいだろう」と大声があがった。オックスフォード大学総長がラテン語で「日々の多大な労力を何年も傾注した文学に人は栄誉を贈り、崇高な国民は賛辞を贈り、非常に多くの友人や一族の出会いの重要性を知る」と歓迎の辞を述べ、彼に民法の学位を授与する宣言をし、心から握手をして、リード氏は最も温かく迎えられた。

しかし受賞者すべての中で最も熱烈な歓迎を受けたのは疑いも無くマーク・トウェインであった。彼が立ち上がってオックスフォード大学総長の前に進むと建物全体に割れんばかりの拍手が起こった。「アスコット杯に対して何をしましたか、マーク？」という声が桟敷席からあがり、集まった人々は笑いに打ち震えた。「あの跳び蛙を手に入れましたか、マーク？」と別の声が上がり、大きな歓声が次々と起こった。マーク・トウェインが前に進んだ時のスピーチは全く聞こえなかったが、スピーチをした教授はかなり禿げ上がっており、マーク・トウェインの堂々たる頭髪から一フィートか二フィートのところに立つと、桟敷席から流れるように出てくる「あなたの髪の毛を分けてあげられませんか、マーク？」という、なだめるような質問を際立たせることになった。マーク・トウェインがそこに立った時以上に厳しい試練を受け、あらゆる礼儀作法の点から黙ってかなり受動的な物腰を強いられたことは今までなかっただろう。[9]その間、冗談が素早く飛び交い、観衆はみな笑いに打ち震え、拍手喝采していたのだから。最も感動的で割れんばかりの大喝采でオックスフォード大学総長の演説も中断された。「最も人付き合いのよい方」[10]（大きな拍手）、「最も魅力的な方」（より大きな拍手）、「最も優美な方」（熱狂的な拍手）、「全地球を自然に快く興奮させる方」（いつまでも続くような拍手）。この間にマーク・トウェインはオックスフォード大学総長の前の演壇へと進み、握手をし、左側の席へと着いた。彼が返答したかもしれない良いことだけを考えて笑って満足していた。そしてその状況は彼がオックスフォードのどこに行っても同じだった。授与式が終わり、新たな博士達が一列になって劇場から出て行き、オール・ソウルズ学寮での昼食会へと進むと、道に並んだ人々はマーク・トウェインを選び出した。彼の回りには歓迎の巨大な人の護衛団が出来上がり、彼を学寮の入口まで導いた。しかし昼食会の前も後もすべての人が誰よりも会いたいと思う人はマーク・トウェインだった。ビカネールのマハラジャは、例えば、昼食会でたまたまリッグズ夫人（ケイト・ダグラス・ウィギン）の隣に座り、[11]彼女がマーク・トウェインを直接知っていると聞くと、自分のことを紹介してほしいと頼んだ――その儀式は後に中庭でしかるべく行われた。同日の午後、セント・ジョンズ学寮の美しい庭で開催された園遊会でも、疲れを知らないマークが姿を現すと状況は全く同じだった――人々のすべてが挨拶を交わし、握手をしようと押しかけて来た。次の日、オックスフォード祭が開催されると、状況は一層すごかった。ある新聞は「マーク・トウェイン祭」と呼んだ。[12]彼はどこに行ってもオックスフォードの人々からあたたかく愛情のこもった歓迎を受け、それはロンドンでも同じ歓迎であったし、彼がこの島国で訪れるすべての町で続くものだろう。

（1）シドニー・ブルックス（一八七二年～一九三七年）は『ハーパーズ・ウィークリー』誌のロンドン通信員だった。ここに引用されている記事は七月に掲載され、それはクレメンズがまだ海外にいる時のことだった（Brooks 1907）。
（2）『自伝完全版第二巻』、二四三ページ～二四五ページ参照。

(3)ケドルストンのジョージ・カーゾン卿（一八五九年〜一九二五年）は一八九九年から一九〇五年までインド総督を務めた。彼は一九〇七年五月にオックスフォード大学名誉総長に就任していた。そのため、彼の仕事のひとつに名誉学位の授与があり、大学の設立者や基金寄贈者を記念する年次式典であるオックスフォード大学記念祭に行われた（今でも行われている）（「オックスフォード大学のカーゾン卿」、ロンドン『タイムズ』紙、一九〇七年五月一三日号、四ページ。Lathem 2006、三ページ）。

(4)クレメンズが言及しているのは以下の人々である。コノート公アーサー王子（一八八三年〜一九三八年）、彼は儀式で王位を代表するためにイギリス国王エドワード七世から代理として任命されることの多かったヴィクトリア女王の孫である。芸術と文学に関する学者のシドニー・コルヴィン（一八四五年〜一九二七年）。シドニー・リー（一九〇七年八月一九日付「自伝口述筆記」参照）。救世軍の創設者で大将のウィリアム・ブース（一八二九年〜一九一二年）。

(5)ウィリアム・ラムゼイ卿（一八五二年〜一九一六年）はイギリスの化学者でヘリウムを発見した。

(6)ホワイトロー・リード（一八三七年〜一九一二年）はアメリカ大使で、クレメンズとは時に険悪な関係にあった。一九〇七年八月二七日付と二八日付の「自伝口述筆記」参照。

(7)首相のヘンリー・キャムベル＝バナマン卿（一八三六年〜一九〇八年）のこと。『自伝完全版第二巻』、二二七ページとその注参照。

(8)陸軍元帥イーヴリン・ウッド卿（一八三八年〜一九一九年）は英国軍将校。

(9)オックスフォード大学での儀式に関する振る舞い方について、クレメンズはイアン・マカリスター（一八七八年〜一九五七年）に相談し、忠告を求めた。彼はクレメンズの友人J・Y・W・マカリスターの息子で、オックスフォード大学で教育を受けた。イアン・マカリスターは一九三八年に次のように回想している。

彼はブラウンズ・ホテルに滞在していた。（中略）彼はこのために私を呼び出したのであった。彼はこの名誉学位を受けることになっており、その儀式についてよく知りたいと願った――何をして何を言うべきか、そしてそれについてのすべてを知りたがった。こうした機会には学部学生が押し寄せ、学位を得る人々をからかうのではないかと彼は考え、その準備をしたいと考えた。彼は学生達と機知に富んだやり取りをせねばならない、そのために自ら対応せねばならないと考えていた。申し訳ないがそうした類のことは何もない、と説明した。彼は一言も言わなかったに違いない。彼はとても厳粛で威厳のある顔つきになって、桟敷席を全く無視したはずである。彼は実は少し落胆したと思う。彼は桟敷席のこうした人々との冗談のやり取りをある程度期待していたのだと思う。しかし彼は上品であることを約束した。（MacAlister 1938、一四四ページ）

(10)「あなた方、皆様、最も気立てのよい紳士、最も魅力的で、最も機知に富み、生まれ持った陽気さで全世界の端から端まで鳴動させる方」の意味である(ノーマン・A・ドーンジズ訳、Lathem 2006、一六九ページ)。
(11)『自伝完全版第二巻』、二七〇ページと関連する注参照。
(12)ロンドン『デイリー・クロニクル』紙、一九〇七年六月二八日号(Lathem 2006、六〇ページ)。オックスフォード祭に関しては、一九〇七年七月三〇日付「自伝口述筆記」参照。

一九〇七年七月三〇日、口述筆記

ある学寮での晩餐会、そこでクレメンズ氏が乾杯に答礼する。深紅のガウンを着るべきだった時に彼は夜会服を着ている——晩餐会と一般的なスピーチ方法に関する彼の意見。

その晩はある学寮でかなり格式のある晩餐会が開かれることになっていた。[1] 私はオックスフォード大学総長と各学寮長、リード大使と他の著名人と一緒に上座のテーブルに着いて、乾杯に答礼することになっていた。私はその宴会が終わりスピーチの時間が迫るまで、ホテルでくつろいでいる許しを認めてもらっていた。この特権はアメリカで六年間も求めて、与えられてきたもので、値段もつけられないほど貴重なものだと思っていた。宴会というものは溝掘りの肉体労働を除けばおそらくこの世で最も疲れるものだ。あらゆる気晴らしの中で最も異常なものだ。それを発明した人は、それが細かな点にいたるまで、疲労、苦悩、迷惑、激しくいつまでも続く精神的かつ肉体的苦痛を与える可能性のあることを見通していなかった。こうした悲痛なことは晩餐会の半時間前に仲間が集まるところから始まる。その半時間の間ずっと、煩わしい会話の騒音の中で、人々とともに立っていなければならないし、握手と陳腐な言葉と「お目にかかれて嬉しいです」という挨拶とを、どうやら七〇〇万もの同様の被害者と交換せねばならない。それから宴会が始まると、一時間半も続く。一時間半の喧噪で精神はすっかり破壊される。ナイフとフォークと皿のガタガタとぶつかる耐えられない音。隣席の人の言うことに陳腐な鋭い声や大きな声を上げること、お返しに同様の鋭い声と大きな声を聴かねばならない。そして楽団がいると——たいていいるのだが——大混乱は完璧なものになり、日曜日の夜の地獄のようだ。その凄まじい一時間半の間、ある人々の顔は見ものであり、哀しくも興味深い。それは不運な人々の顔である——つまり、それはスピーチをするよう判決を受けた人々の顔だ。これらの人々の顔は引きつり、困惑し、苦痛に満ちて、何か別のことに気を取られている。スピーチを覚えて来た不運な人は密かにそれを練習し、同時に隣席の人に話しかけようとし、さらに同時に隣席の人の言うことに関心があるような振りをしようとする。その結果、顔には奇妙で憐れな表情と空虚とが混在し、その表情は、自らが不運な人になった経験があり、それがどういうものかを知っている人にとっては、深く心からの同情を誘うものとなる。判決を受けた他の人々は、スピーチをするよう指名されてはいないが、依頼される可能性があると分かっていて、何か言うことを考え出そうと最善を尽くしている人々である。もしそうした人々のスピーチが成功しなければ、安楽さについて言えば、他の人々よりもそうした人々の方がより悪い状態にある。食事と騒音の時間が終わり、スピーチを始める時間が来るまで宴会には近づかないのが最良策なのは疑問の余地がない。そして、既に述べたように、宴会が終わり、スピーチを始める準備ができるまで離れているという方針を私は以前からずっと採って来た。この賢明な方針のおかげで私は長生きできたのだと思う。

学寮でのその宴会は七時に始まった。八時には、私がどのような服を着ていくべきか私に教えてくれる人はいなかった。ある人は夜会服だと言うし、深紅のガウンだと言う人もいた。私達は学寮に問い合わせるために人をつかいにやると、彼は戻って来て夜会服だと言った。それが間違いだった。私はその会場にかなり近づいたところで、深紅のガウンがまさに燃え立つ大火災のように広がっているのに気が付いた——人から成る燎原の火のようだった。私は黒い服を着てその真ん中を進まねばならなかったので、それまでの生涯でそんなにも苦痛に満ちて、不快なほどに、屈辱的に、目立つと感じたことはなかった。それから私は高い台の上に立って、その火をはるかに見渡し、自分の仕事に注意を集中し、スピーチをしなければならなかったのである。私は、たとえ真っ裸だったとしても、それほど不愉快に感じなかっただろう。一〇年前、ウィーンの皇帝の宮殿での偉大な宮廷の機能について書いた際に、私が使った言い回しを思い出した。その場面は、眩い色ときらびやかで豪華な服装の人々の真っただ中を、黒色の夜会服を着たアメリカ人牧師が、かき分けて進む光景で、はるか遠くからでもその眩い輝きの海の中で目立っていた。そこで私は、彼はまるで地獄にいる長老派教会員のように場違いに見えると言った。(2) その時私も同じように見えていただろうし、彼がどれほど人目を引き、不快に感じていたに違いないかようやく分かった。

私は自分が目立ったことによって落ちこんだだろうか？　決してそんなことはない。私は単に自分の目立ち方が美しくなく、醜かったことに落ちこんだのだ——それによって世界は全く違ってしまうものだ。私が頭から爪先にいたるまで純金の鎧を身に着けて太陽のように輝いていたら、私は全く安心し、完璧に幸福で、自分に完全に満足していただろう。雷鳴のように際立ちながらも、同時に美しく際立つことは私には苦痛ではなかっただろう——逆に私は喜びと誇りと虚栄心と狂気で一杯だったことだろう。私が白い服を着て現れ、真冬のくすんだ色の人々の真ん中で驚くような対照をなし、その場で最も目立つ対象になっても、私は少しも恥ずかしくなく、不快でもない。私の目立ち方が嫌らしいものでなければ、私は落ち着いて満足である。それは侮辱にはならないし、誰の目にも無礼には映らないし、誰の礼儀感覚をも侵害しない。私の赤いガウンはちょうどその場を離れようとした時に私のもとに届いた——ああ、不面目なことに遅すぎたのだ。

翌日の午後三時に私達は、オックスフォードの壁の外側の、ページェントへと向かい、出しものの看板がすぐに目に入った。

オックスフォード祭。(3)

オックスフォードに行ったことのあるアメリカ人なら、たいていそれが中世の夢の世界さながらであることを思い出すだろう。曲がりくねった小道と、灰色の古代の建築物が堂々と連なり、その物思いに沈む様子は静寂と威厳を保ち、今日の時代が生み出す喧噪、焦燥、大騒ぎ、雑踏とも無縁である。中世の夢の世界としてのオックスフォードはオックスフォード祭の日が来て、何世代もの間忘れられていた細かなことも復活して初めて完成した。これらは二七日の午後も半ばに登場し始めた。ページェントに参加する予定の三五〇〇人が衣装を身に着けてひとりで、あるいは二人で、グループや集団でも出てきたのだ。彼らはその古い町のあらゆる家々の入口から姿を現し始め、あふれ出て、人の流れになり、城壁の外側の草地へと進み始めた。通りにはすぐに仮装した人々が群がり、それは過去数世紀にわたり、オックスフォードが目撃し、親しんできたものだった――その衣装の形からすると、世紀を区分けして、それを遡り、遡り、遡り、ついには歴史が伝説と伝統と重なる時になり、そこではアーサー王は事実であり、円卓はひとつの現実となっていた。一風変わって見慣れない、輝かしい色の衣装が入り混じり、一二世紀に渡るオックスフォードの衣装の歴史は生き生きとしていて目にも鮮やかだった。中世の夢としてのオックスフォードは、我々の時代には決して完璧ではなかったが、今や完璧になっていた。ついには不調和が一切無くなった。朽ちかけた古い建物とそれを過ぎて行く絵のような人の群れとが調和したのである。すぐに――驚くほど素早く！――二〇世紀の醜くむかむかする衣装で侵入して来る人達は場違いに、奇怪なほどに、不快なほどに、犯罪になるほどに場違いだと思われた。彼らは感情を害し、見る者を侮辱した。

　歴史上の著名な人物の仮装は、その顔つきについても衣装についても完全だと思われた。それが誰か容易にわかった。さらに、私自身もいたって容易に判別できるようになっていた。最初の角を曲がると私は突然ヘンリー八世と鉢合わせをした。私が六〇年間も情け容赦なく嫌ってきた人物だった。ところが彼が王侯らしい礼儀作法と優雅さで手をさし出し、「見知らぬ最愛の人、私の世紀にようこそ、私の領国にようこそ」と言うと、私のかつての偏見は消え去ってしまい、私は彼を許したのである。ヘンリー八世はひどく罵倒され過ぎているし、我々が、国内的に彼と同じ状況に置かれたなら、その大半は彼がそうならざるを得なかったように、限られた墓地で我慢しなければならなかっただろうと、今は考えている。彼は歴史上最も良い人のひとりだったと今は感じている。歴史や物語からなるどんな大量の議論よりも、王との個人的な接触の方が悪意のある偏見を払拭するのに有効である。もし私に子供ができたら、性別に関係なくヘンリー八世と名付けたい。

　チャールズ一世のことは覚えているだろうか？――羽飾りを付けたつばの広いスラウチハットは？　彼のやせて背

の高い姿は？　袖口にレースの飾りのついたビロード製のダブレット服に身を包み、両脚に革ブーツを履き、腰に長い細身のレピヤー剣を帯びて、かかとに拍車を付けた姿を覚えているだろうか？　私は次の角で彼と出会って、すぐに分かった——これだけ時間が経った後でも、操舵室からミシシッピ河のグランド・チェインを見たならそれと分かるように、[4]完全に生き生きとした彼だと分かった。彼は体を折り曲げ、その帽子を大きく振ったのでその羽飾りがあと一インチで地面に着くところだった。私を歓迎してくれ、それが心にしみた。この王はひどく中傷されてきた。今後は彼のことをもっとよく知らなければならないし、この五〇年か六〇年の間に私が習慣的に惜しんできた以上に彼のことを惜しまねばならない。彼はその治世に手つかずのままにしておいた方が良かったかもしれない、しかも彼の名前に影を落とすようなことをいくつかした——我々は皆そのことを知っているし、認めている——だが我々の間違いはそれらを犯罪とみなし、そう呼んできたことである。私はそれらがただの無分別に過ぎなかったと今は知っている。私は二、三歩進むごとに、これまで絵画や彫像や歴史でしか出会ったことのない、不朽の名声を持つ人々に出会い、大いに興奮し魅せられた。私はヘンリー二世と握手をしたが、彼の姿がオックスフォードの街路で見られるのは約八〇〇年ぶりだった。フェア・ロザモンドに関して、[5]以前は異なる考えを持っていたが、今は純潔で何の罪もない人だと信じている。ロジャー・ベイコンに関しても同じである。[6]さらにエリザベス女王に関しても同じで、彼女は五分間話して一度も悪態をつかなかった[7]——そのことで私は彼女についての見方を改め、スコットランドのメアリを本当に打ち首にしたとしても、それについてエリザベス女王を許す気持ちになった。今の私は打ち首にしたことをも疑っているのだ。奇妙に古めかしい服を着た、およそ九〇〇年前の若い「ウサギ足王」ハロルド一世に関しては、[8]彼はパイプ煙草をすいながら自転車に乗って走り過ぎようとしたが、すぐに自転車を止めて降り、私と握手をしたのである。また、オックスフォードの城壁の内側に入ったのが最初だったために一二〇〇年ものあいだ迷子になった司教に私は出会った。この頃になると私は消え去った時代とその最もよく知られた人々に慣れていたので、たとえアダムに出会ったとしても驚いたり困惑することもなかっただろう。しかもアダムがイチジクの葉一枚しか身に着けずに一塵のほこりを残してレーシングカーで過ぎたとしても、私にはそれでよいし調和していると思われただろう。

オックスフォード祭の続き。

四時頃になると活人画が登場し始めることになっていた。特別観覧席は、広く見晴らしのよい草地と曲がった川と古くからの森が点在する光景に面していて、それを見おろし、その間に青くかすむ遠くの夢のような景色を望見できた。そしてその屋根の下では数千人の夏服姿の紳士淑女が花壇の花々のように列をなしていた。その観覧席の中央、前列の下の方に、低い手すりのついた升席があり、ソファと椅子もついて、おそらく二〇人をゆったりと心地よく収容することができた。この選ばれた場所は王族のためのものだったが、王族は用事があって来なかった。[9] ラドヤード・キプリングと彼の妻と私、さらに他の二人か三人の人々が運営者に代わり、突然で準備も無く練習の機会も無いのに、できる限り上手に王族の代わりをすることになった。カーゾン卿がすぐに仲間に加わり、それで我々はうまくできた。というのも彼はかつて王のような存在（インド総督）で、とても偉大で資格十分の地位だったからだ。

状況も、そして外観も、違和感はなかったと思う。我々が芝地の中の森に囲まれた深く遠いところにある歌劇の舞台をじっと見つめていると思われたからである。しかしそれはそう思われただけである。我々は興奮し高揚した気持ちで、この美しさが、絵に描かれた作り物ではなく、素晴らしい実物で、どんな作り物よりも気高く優雅で満足すべきものだと実感していた。六月の葉をまとった老木の木陰で、あちこちに曲がり、景色の真ん中を流れていく小川は本物の水だ。新鮮で甘く、我々の感覚では数えられないほど長い世紀の間、陽光と日陰に包まれた川岸に抱かれた水。音も無くきらめき、ささやくように流れていて、今でもそう見える、あの水と全く同じ水なのだと実感した――あどけなく、しかも尊敬に値する永遠の若さを表す例えだった。雪のように白い白鳥が熱心に、満足げに水面に胸を突き出し、遊び、食べ物をあさっている。これも本物の白鳥なのであり、厚紙製の木の後ろに隠れた「端役」[10]が糸を使って動かす作り物ではなかった。この魅惑的で牧歌的な劇場周辺のすべてを何も気にせず飛び跳ね、歌っている田舎の鳥は本物の鳥なのであり、ごまかしではなかった。そしてそれらが何と喜ばしい見物になっていたことか。鳥達は恐れを知らずに侵入し、その場にいる人間の溢れんばかりの生命力にも、すぐ目の前で演じられているイギリスの古い歴史の華麗さや悲劇に対しても横柄なまでに無関心なのだ。彼らは本当にくつろいで無関心でいるのだ。鳥達は先祖から受け継いだ感受性で一杯だったのだ。過去数世紀にわたる彼らの先祖は夢として、そして記憶としてここに再現された華麗さと悲劇を実際に見て来たのであり、鳥達はずっと以前に消え去ったそうした場面の記憶をその血の中に受け継いでいたのだ。

最初の場面は次のようなものだ。ほぼ一二〇〇年前に遡る。

聖フリーデスウィーデ伝説[11]

紀元後約七二七年

ひとりの羊飼いが羊の群れを追い、川沿いの草ぶき屋根の小屋へと向かっていた時のこと、漁師達が網を岸へと引きながら冗談を言い合っていた。仲間のうちのひとりがはるかなところに舟を認め、その見慣れぬ舟のことを仲間に知らせた。その舟は追われていると見えて素早く漁師達のもとへと漕ぎ急ぐ。それはフリーデスウィーデと侍女達で、漁師達は彼女が救援を求めていると分かり、すぐに彼女の舟を助けて岸に引っ張った。フリーデスウィーデは疲れて倒れそうになり、小屋の中に運び込まれたが、彼女が避難するとすぐに二艘のガレー船が姿を現した。それにはレスター伯アルガーの兵士と従士、選ばれた屈強な農奴が乗船していた。彼らは上陸すると、漁師達の抗議にもかかわらず、小屋へと突き進み、侍女を連れ去ろうとした。フリーデスウィーデは現世の助けを諦めて、膝をつき確信できる援助を懇願した。するとそれは無駄ではなかった。というのは、その無遠慮な貴族の目が天の力で突然見えなくなったからである。彼は恐れおののき悔い改め、彼女を説き伏せて、自分の視力の回復を懇願してもらった。そして彼は自らの王冠と武器を盾の上に置き、その場所に自分が殺害しようとした淑女のために修道院を建てることを厳粛に誓言した。その場面はフリーデスウィーデの出発で終わり、彼女は牛達に引かせた荷馬車に乗ってオックスフォードへと戻ることになる。彼女の遺骨は修道院の建つ大聖堂に今でも安置され、それを中心としてオックスフォード市が出来上がった。

それは本物の羊だった。羊は我々の左手のいくらか離れた、川と橋の向こうの森から姿を現した。皮の服に身を包んだ羊飼いが牧草地をのんびり羊を追うと、羊はゆっくりと時間を取り、本物の全く自然な様子で牧草を食んだ。それはわざとらしくなく、作り物らしくもなく、犯罪的でもなく、機械的でもなかった。もしも人をやとって歌劇の舞台にしていればそうなってしまっていたことだろう。網を手繰って大騒ぎしていた裸の漁師達も本物らしい顔つきだった。そして、美しく高貴な生まれの若い聖女と侍女が平底船で到着し、恐怖に囚われて急いで上陸した時に、同様に騒動が起きたのである。彼女のすぐ後ろからあの野蛮な伯爵と野蛮な手下が追いかけ、彼らも急いで船から上陸し、激しい闘いをして、漁師達を打ち負かし、淑女達を捕まえたのだ。すべてのことがあまりに上手に演じられ、観る者は絶えずはらはらし、事件が次々と威勢よく展開して興奮した。

この場面の俳優達はやがて牧草地と右手の木々の間に流れるように去って行き、彼らが遠くに姿を消すと、はるか左手から拍手がおこった。そこでは頌歌が歌われて拍手と混ざり合い、一〇三六年が始まっていた。原始的な武器を備えた騎兵と歩兵、聖職者に非戦闘員の男性と女性、少年と少女とが、その時代の古くさい服を着て集まって、行進してくると、ウサギ足王ハロルドの戴冠式が美しく華麗に執り行われた[12]。

場面と場面の間に待ち時間はない。ひとつの集団が右手に行進して草地を去ると、新たな集団が左手の端に姿を現し、新たな年の到来となり、その光景は輝かしい衣装と色とで新たに人々を魅了する。一一一〇年の服に身を包んだ集団がやって来ると、それがオックスフォード大学の始まりとその組織を表現していた。これらの人々が見えなくなると、ヘンリー二世が愛妾ロザモンドとともにぶらぶら歩いてやって来る。まもなく豪華な宮廷人達が流れるように通り過ぎ、その真ん中に可愛くて上品な幼い子供の姿が見えた。その姿には明確で生き生きとした身震いするような興奮があった。その魅力的な可愛い姿は、我々がよく知りながらも、まさかその小さくて優しく無邪気な姿をしているとは一度も考えなかった人物だった――というのは、これこそ恐るべき獅子心王リチャードの不滅の物語だったからだ。

次にやって来たのはベイコン修道士（一二七〇年）だった。科学者という者が極めてまれな暗黒の時代に、著名で異彩を放った人物である。彼は伝説となった真鍮製の頭部を見せ、それに語らせた[13]。

彼と彼の集団が通り過ぎて姿を消すと、暴徒がその後に続き（一三五四年）、市民と大学との間での歴史上有名な暴動が起きた。私は今までどこの舞台でも、あれ以上に見事な暴動を見たことがないと思う。劇で驚くべきことは、これらの男性、女性、子供達から成る素人の集団の演技が堅苦しくなく、自然で、十分に的確で、完全に満足すべきものだったことだ——すべての個々人がオックスフォードの小さな町の普通の市民なのである——この公演の一年前に練習に参加するまでは生涯に一度も演技をしたことのない人々だった。思いがけない急止も上演中の中断も、何らかのぎこちなさも一度もなかった。情景は演劇の公演のようには見えなかった。それは明確な現実のように思われ、あたかも単に**起こっている**かのようであった——不自然な作り物によるのではなく、衝動的に起こっているかのようだった。

次の場面は——中世の学問に関する仮面劇で、優れた寓話的作品で、若いアメリカ人の創作だった[14]。

次は、ウルズィーがオックスフォードでヘンリー八世を受け入れる場面だった[15]（一五一八年）。きらびやかで豊かに太った大勢の人から成る二つの行列が別々の二ヶ所から行進して来て、舞台の中央で合流するものだった。それは豪華で壮観を成し、驚くほど多様な色の衣装の、きらめくバラ色の海のうねりだった。王の騎馬行列の先頭が見えてくると、遠かったので、遥かな森の間から地面を流れてくる花壇のように見えた。それは**本当に**遠くにあって、離れていたので、歌劇の舞台の偽装の距離感がとてもつまらなく思われてしまう。私は今までにこんなにも上質で、こんなにも遠く、こんなにも感動的なものを見たことがない。それに似たものも再び見ることはないだろう。だが、それによって私にとって歌劇の遠景は永遠に失なわれたのである。

オックスフォード祭お開き。

目を見張るようなページェントは続く二時間にわたり留まることなくやって来て、過ぎ去り、姿を消した。オックスフォード祭の案内書によると[16]、この偉大な場面は次のように要約されている。

エイミー・ロブサートの葬儀。

紀元後一五六〇年

哀悼の行列が古いオックスフォードの街路をつづれ織りに進む。ダドリー卿ロバートの妻エイミー・ロブサートの遺体が、聖マリア教会での紋章官による最も入念な儀式を行い、埋葬されるために搬送される。彼女はオックスフォードから三マイル離れたカムナー・プレイスの石の階段のふもとで死亡しているのが見つかった。その日はちょうど家の召使いが全員アビンドンの市に行く特別許可を与えられていた日だった。彼女の夫はウィンザー城のエリザベス女王の宮廷の従者で、妻の殺害を共謀し、女王からの結婚の約束を切望したと噂された。彼が後に女王の第一の寵臣になったからである。彼の妻はそのほとんどの生涯を田舎で隠遁して過ごしており、夫が常に姿を見せていた宮廷の社会に加わるのに慣れていなかった。彼は妻の葬儀を大いに豪華で厳粛に執り行わせたが、その長い葬列が聖歌隊の歌に合わせてゆっくりと蛇行して過ぎる時に、群衆の中には少なからぬ人が首を振り、すべての人に広まっていた、嫉妬と殺人に関する暗い話を互いにささやき合った。

エリザベス女王の大礼行幸。

紀元後一五六六年。

女王の姿が見える前にトランペット奏者の先触れが聞こえ、それから女王はオックスフォードに堂々と入って行き、レスター伯ロバート・ダドリーと大学の総長に会って歓迎を受ける。役職杖を持つ複数の「儀式担当者殿」が彼の先に立ち、彼は深紅の式服をまとった大学博士とともに進む。女王は六人の紳士が肩の高さに持ち上げて運ぶ、黄金の布で覆われた担い籠に乗り、進んでくる。きらびやかな宮廷人から成る陽気な人々の一群が王族の女主人を取り巻いている。オックスフォード大学総長は女王の手にキスをし、大学代表演説者が歓迎の辞をラテン語で読み上げる。市当局者が市の役職杖を振り上げ、女王に大きな銀の杯、二重に金メッキを施し、すべて古金色に輝く杯を贈呈する。そしてひざまずいている学者達の間を行列が進むにつれて、エリザベスは群衆からの「女王陛下万歳！」という大きな叫び声に「ありがとう」と笑みを浮かべて応える。

ジェイムズ一世の訪問。

紀元後一六〇五年。

スチュアート朝最初の王とその女王の訪問が予定され、町は興奮していた。セント・ジョンズ学寮のすぐ外側の、セント・ジャイルズではマクベスの三人の魔女の上演に向けて活発な準備が進行している。舞台監督はひとりの名人ウィリアム・シェイクスピアの手に委ねられ、彼は翌年にロンドンで上演される予定の劇の上演のために特別に首都から呼ばれて来ている。集まった市民が大声で歓喜して出迎える中、騎兵隊一隊に守られて王の一行は馬で入場し、大勢のきらびやかな宮廷人がそれに従う。王の脇にはヴェリュラム卿フランシス・ベイコンが控えている。彼はウッドストックから王に同行して馬でやって来たのである。その都市に入る途中で彼らは劇の進行を視察するために二、三分立ち止まる。

オックスフォードでのチャールズ一世。

幸福な日々（紀元後一六三六年）。

演台上の楽団員と歌手に合わせて堂々たる屋形船がゆっくりと川を漕ぎあがり、そこには王とヘンリエッタ・マリア王妃、チャールズ王子、ジェイムズ王子が乗船している。着岸すると、王家一行を出迎えるのはロード大主教と議会の長達と大学の役職者であり、川岸に集まり一行を歓迎する。岸では木陰に身を隠す楽団の音楽に合わせてパヴァーヌが演じられ、その間一行はしばし立ち止まる。その音色が終わると屋形船は王家一行を乗せてゆっくりと川を遡上する。

清教徒革命の内戦初期。（紀元後一六四三年）。

この時にはオックスフォードに宮廷がある。騎兵に身辺を警護され、チャールズは王妃に面会に馬でオックスフォードから出て行き、国王用公式馬車で北側から到着する。面会の瞬間にラウンドウェイ・ダウンでの王党派勝利の知らせが届く。王は下馬し馬車に乗り込む。護衛兵が軍隊と合流し、二つの行列がオックスフォードに戻ると勝利の行列ははためく旗と軍鼓の響きに包まれる。伝令官の明るい服と様々な連隊のトランペット奏者とが行進に勇ましく登場すると、槍兵とマスケット銃兵が後に続く。

オックスフォードの降伏。（紀元後一六四六年）。

武装し、見事に隊列を組んで、軍旗を掲げ、火縄を点けて、軍鼓の響きとともに、トマス・グレマム卿指揮下の王の軍団がオックスフォードから出ていく。その両側には議会派の兵士の中隊が清教徒の讃美歌を唱えて並んでいる。彼らは戦争のあらゆる栄誉を保ったまま、忠義な学者達が悲しみを隠せずにいる中を出て行く。彼らは議会派である円頂党をずっと嫌悪し、王党派の騎士党にずっと共鳴していたのである。

ジェイムズ二世王によるモードリン学寮評議員の排除。

（紀元後一六八七年）。

王が僅かな護衛の騎士を伴って到着すると、オックスフォード市と大学から栄誉をもって迎えられる。白い服を着た乙女達が王とその随員達の前に花をまくと、その途中で王は音楽と市の聖歌隊の劇を楽しむ。様々な教区の警察署長が役職者を連れて進み出て、手袋商と靴屋商、仕立屋商と反物商の同業組合が徒歩や騎乗で後に続き、その組合の紋章のついた旗を持っていた。行進の途中で君主がその御前に連れてこられた瘰癧《るいれき》に罹った貧しい人に触れるという人目を引く儀式が観られる。モードリン学寮の評議員が御前に呼び出され、ジェイムズ王のお気に入りの候補者ファーマー氏を優先して、プロテスタント教徒のハフ博士の選出を無効とするように命じられる。そこで彼らがこの不法な要求に従うのを拒否すると、王は自ら法を制定し、彼らの即時排除を命じる。

一八世紀の場面。

紀元後一七八五年頃。

最後の場面は一八世紀のセント・ジャイルズのお祭りを少し見せてくれる。陽気な飲めや歌えの大騒ぎの中をジョージ三世王の公式屋形船が川を遡上してくる。王自身が船上におり、オックスフォード市を手短に訪問し、屋形船が進むあいだ、ヘンデルの「水上の音楽」が奏でられる。王の到着を人々が熱狂的に歓迎する。郷紳の馬車や市民達の椅子籠が群衆の中に堂々と姿を現し、役者の登場を観に徒歩でやって来た伊達男や美人達も、その時代の古風な服で人目をひいている——鬘をつけてベルトを締めた男達、塔のように高い髪飾りを着けた女性達、ともに白粉をつけてつけぼくろをしている。

これらの偉大な劇を観る特権を与えられた人は決してそれを忘れることはできないだろう。それは「千夜一夜物語」の再来だった。関心は深く強く感動的なので、時の経過も気づかないほどだった。四時間の間、ある感情を抱いたことはほとんど無かった——それはオペラの鑑賞でたまにあることで——これはただの見世物であって、現実ではないとする感情であった。我々は歴史の事実を見ているように感じ、その模倣を見ているとは思わなかった。私が現実だと感じた感覚、この通過する見世物が血と肉を持つ具体的なものだという感覚を特別観覧席の大多数の人々も感じていたことを証明するちょっとした事件があった。王党派が降伏し、勝ち誇った清教徒の軍隊が厳粛に行進してくると、この群衆は彼らに野次を飛ばしたのだった。

川に沿って植えられた木々の向こうに広がる遠い草地に、いつも、何か生きていて動き、色がちらちらするのが見えた。甲冑を身に着けた騎士が馬に乗って闊歩していた。茶色の服の修道士の集団と白い服の修道女の集団が徒歩でその後に従っていた。あらゆる世紀の農民があちこち群がって歩いていた。歩兵の大隊が重い足取りで進んで行った。騎士の連隊が全速力でそれを追い越していった。これらの薄い色の輝く光景が木々の葉の隙間や開いたところからいつでも見えていたし、いつもそれは左手へと動いて行った。いつでも、はるか左手の森の中の地点で一団を整列させ、そこから正確に指定された時間に平地へと流れるように降りて来た。これらの動きがどうしてそんなに正確に調子を合わせ、そんなにも離れているのに完璧な秩序を保っているのかと聞いてみたくなるのも当然だった。キプリングは出て行って詳しく聞いてみたくなった。戻って来ると彼はこの不思議についての解答を持ってきた。彼は特別観覧席の屋根にいたのだった。そこからこの劇の監督が、電話を使って二マイル以上も離れた所へ、数千人の人のほんの僅かな動きにいたるまで指示を出していたのである。彼の場所から彼はすべての動き、大勢のすべての動作を、草地の端の命令地点から、戦闘を観察し指揮する将軍の秩序と体系と正確さでもって、指揮していたのだ。その上には俳優を助けるプロンプターもいた。我々の前には俳優がたくさんいて、その役に付けられている科白をずっと大声で叫んでいた。そして役者達を助けるためにその場にプロンプターがいなかったにもかかわらず、彼らが決して一言も戸惑わなかったことは驚くべきことだった。彼を屋根の上にあげるのは良い考えだった。彼はそこでメガフォンを使って我々の前面の草地のすべてに簡単に声を通すことができたが、特別観覧席の人は誰も彼の声が聞こえなかったからである。

その素晴らしい演劇の最後を私は描くまい。歴史上重要な軍隊の全兵員が、軍旗と音楽とともにその空間の別々の三地点から流れ込んで来て、混ざり合い、三五〇〇人の感動的な、動きと色を伴うひとつの大きな塊になった。それを観た人々はきっとそれを忘れることはないだろう。しかも生き生きと思い出すことができると思うのだが、その見事な劇を紙に記すことは誰もできないと思う。

六月二八日の二つの出来事、大学出版局を訪問し、ロバート・ポーター一家との昼食会、さらにクレメンズ氏と話をするために仕事をした執事とのインタヴュー。

次の日（六月二八日）は忙しい一日だった。しかしながらそれは私がイギリスで過ごした二七日間のすべての日を穏やかに節度を持って表す表現である。私は毎日ずっと、朝食からウィスキー・パンチにいたるまで、とても楽しく、心ゆくまで過ごしたが、ものすごく忙しかった。ウィスキー・パンチは午後一一時、ベッドの中で一時間読書して煙草をすって、寝る準備ができてからだった。二八日の出来事は、由緒あり、広大で、著名な大学出版局の訪問だった。その責任者であるハート博士の案内で(17)、私はそのすべてを見て回った。七年間にわたり私はその出版局に対して厳しい感情を抱いてきたが、その局員が私に敬意を表してアメリカ国旗を振っているのを見て、私の虚栄心は満たされ、ヘンリー八世に初めて出会った時と同じ結果になった——私の偏見の大部分は無くなったのである。

その建物はとても古く、世界中でどこの印刷所も持っていない特徴を秘めていると思う。それは本当にうっとりするようなものだ——広く大きな中庭があって、眩しいほどの緑の芝生に覆われ、そこに陽光が滝のように降り注ぎ、年月を経た木々が木陰を作っている。この外界から隔絶された美しいイギリスの森を取り囲む四方すべてから、数十の窓が見おろし、そこから最新の蒸気印刷機のブーンという音やガシャンという音が流れ出て来た。それは奇妙な結合だったが、魅力的だった。

大学出版局は昨日今日にできたわけではなく、大昔からある。それはまだ印刷機のようなものが存在しなかった時にまで遡る。ずっと以前には博識な修道士がそこで本を作った——羊皮紙にペンで書き、画筆で装飾を施した。長い植字室ではすべての活字ケースの前に、学識豊かな学者である若い植字工が立っていた。この若者達は学殖には知られた見たこともないあらゆる言語で版を組んでいた。彼らはエジプトのヒエログリフ（あなたも私も見て知ってはいるが）で版を組み、私が今までに見たこともない別のヒエログリフを組んでいる者もいた。私は最大限の興味をもって多くの重要なゲラを詳しく見て回ったが、私が読めるものはひとつも無かった。大量の印刷機があり、何百冊もの本を生み出しているが、それはすべて私には理解不可能な言葉で書かれていた。その本の大部分が聖書であることは明らかだった――現代の言語を含む全種類の言語での聖書だった。そのような設備のための費用は桁外れになるが、ハート博士がこの費用のすべては聖書の利益から支払われていますと何気なく言った時、私は一瞬にしてあることを思い出した。というのは、多くの人々が気付いていないことを私はジョン・マレー氏を通じて知っていたからである――つまり、アメリカとイギリスのしみったれた不名誉な著作権法はその国の著者の本を四二年後には奪って出版社にくれてやるのに、信心深い英国議会は**永久の**著作権を聖書に与えてきたのである[18]。これがあらゆる国の制定法で見つかる最もいやらしい差別のひとつであるのは確実で、すべての法に人類に対する合法的犯罪があるのと同じくらいの冒瀆なのは確かだ。

二八日には、ほかにも楽しい出来事があり、ティルベリの沖仲仕から私に伝えられた有難い歓迎のことが思い出された。オックスフォードでは私はロバート・ポーター一家の客となった[19]。彼はその日昼食会を開き、オックスフォードの学監の家の執事が、私と話をせんがために無償で仕事を引き受け、その会を監督した。招待客が居間に下がった後、私は戻って彼と話した。そして分かったことに私はおおいに満足だった。彼は私が自分の著作について知っているよりも一〇倍か一五倍もよく知っていたのだ。彼こそは、ルイス・スティーヴンソンと私が「隠された名声」と呼んだ[20]、あの類いまれで貴重な褒美の証拠であった。私は彼の率直で真剣な賞賛を高く評価した。彼は他のあまり品のない人々がいつも付け加えるようなこと――「でもあなたはいつもこうしたことを耳にしていて退屈でしょう」と付け加えて賛辞をだめにしてしまうことはなかった。世の中には退屈する人もいるのだろう――私はそれを疑っているが――だが、私はそうした人間ではない。もしも他のすべての食物が無くなったとしても、私は賛辞だけで生きていけると信じている。

ローズ記念財団の学士クラブおよび同様の慈善団体。

二八日には記録しておきたい出来事がさらにもうひとつあった。晩餐後の夜に、ローズ記念財団の学士クラブで話をしに来るよう招待されていた[21]――アメリカのローズ記念財団の学士達のことである。私が理解する限り、アメリカン・クラブはアメリカの学生から構成されているが、ローズ記念財団はアメリカの学生からのみ構成されているのではない。常時約九〇人のアメリカの学士がローズ記念財団に援助を受けている。それぞれの州に二人送る権限があるからだ。

ローズの学生は多くの国から来ていて、あの故人の力強い手助けによって精神を豊かにし、その人格を広げ、高め、強固なものにしている。そしてこれはずっと、ずっと何世紀も何世紀も続き、ついには我々のこのめまぐるしく変わる時代が逆行し、古代と呼ばれる時代と溶け込むまで、続くだろう。そしてその期間のあいだ中ずっとその故人の手助けは決してうむことなく、ただひたすらに勇敢に恵み深く活動することだろう。人格の倫理的、知的深みと広がりを育てる貴重な種子を毎年ばらまくだろう。そして毎年毎年、何世紀も何世紀も世界はその結果としての産物を収穫し、そこから健全な滋養を得るだろう。あの故人の手助けが墓から指示していることは莫大な仕事であり、崇高な仕事だ。

最初期の頃から――十字軍にまで遡るはるかな昔から、病人と寄る辺のない貧民のための寛大な病院によって――富裕な一個人の寄付金は人類に対する高く永続的な慈善行為をしてきた――慈善行為は「偉大な」という名が付けられ、それに値するものだった――しかし個人の寄付金による慈善事業は「偉大な」という言葉では不十分なものになった。正確に言えば、より壮大な「途轍もなく大きな」という言葉に取って代わるようになったのは、おそらく我々の時代が初めてであり、過去二五年のことである。我々の世代は確かに途方もなく大きな慈善事業が個人で行われ、その偉大な名称を冠するに値する史上唯一の世代だと私は信ずるようになっている。我々の時代には、カーネギー氏、ロックフェラー氏、さらにそれ以外の十数人のアメリカ人があまり恵まれない人々の向上のために数兆ドルの金を提供してきた。カーネギー氏がこのために貢献した額は一億ドルを超えた。ロックフェラー氏の額は六〇〇〇万ドルを超えた。スタンフォード氏の額は二〇〇〇万ドルか三〇〇〇万ドルを超えた。ピアポント・モーガン氏の額は数百万ドルをはるかに超えた――どれくらい多額か私には分からない。大学や病院に対する他の人の寄付金は山のように、ピラミッドのように多額になっている。しかしこうした金の中でローズ記念財団奨学金ほど賢明に使われてきた金はないと信じている。ローズ記念財団の金は世界中から、その国の若く知的な人物の中でも最も聡明で最高の者を集め、訓練し、教育し、向上させた後、健全な空気が沁み渡るように地球のあらゆるところに送り返すと約束している。それは本当に崇高なことだ。ロックフェラー氏とカーネギー氏が寄付するすべての莫大な額の中でも、ロックフェラー氏がニューヨークのこの機関に寄付した一〇〇〇万ドルと、[22] カーネギー氏がワシントンで寄付した一〇〇〇万ドルは[23]——双方とも医学の研究に捧げられたものだが——大西洋のこちら側で世界のために、最良でしかも有益な結果を約束している。過去二ヶ月か三ヶ月の間にロックフェラー氏の研究機関は世界中の治療不能な病名一覧の中から治療不能な病気をひとつ——脳脊髄膜炎——を取り去り、[24] そのたった一撃で十倍以上もの高額の基金を稼いだ。これから先の数世紀にわたってその機関は人類の辛い状況を改善する、恵み深い仕事を続けていくことだろう。カーネギー氏は数億ドルの費用で無料の公共図書館を地球のあらゆるところに寄贈してきたし、さらに——あのことを詳しく述べることは今はやめよう。オックスフォードのアメリカン・クラブとアメリカン・ローズ記念財団の学士のことから話があまりに離れつつある。

ローズ記念財団のことについて私は賞賛しか語ってこなかったが、私は絞り出すように語ったのである。それは容易に流れるように出て来たものではない。というのも、私はローズ氏のことがいつでもひどく嫌いだったからだ。[25] 私は南アフリカでもロンドンでも一度も彼に会ったことはない。私は彼に近づくのを避けてきた。一度も会ったことはないし、会いたいと思ったことも無い。彼のしてきたことに対して少なくとも私は誠実に評価をしてきた。いくつかの点で彼はとても重大な罪人だったが、彼が栄光を交換できるほどの聖人は長いローマ暦の中でもひとりもいないと私は考える。

ローズ記念財団の寄付の恩恵がローズの学士達にまで拡大されるようにとした条件はローズ自身が起草したものだった。そしてそれがいかに賢明で先見の明のある文書であったかを示すひとつの事件が、私がオックスフォードにいる間に起きた。[26]

［五枚、約一一〇〇語が遺失］

一九〇七年七月三〇日

（1）この一九〇七年六月二六日の晩餐会はクライストチャーチで開催された。クレメンズは晩餐会後に到着し、乾杯に答礼をした。ホワイトロー・リードも同席していて、クレメンズのスピーチが「予想よりもかなり長いもので、まとまりがなく、しかもイギリス人が言うように、ユーモアを求めようとする努力が足りず、うまくいかなかった」と後に書いたが、コノート公アーサーとラドヤード・キプリングへの終わりの上品な賛辞で相殺されたと書いた（Lathem 2006、一七三ページ）。

（2）クレメンズは一八九九年一月にウィーンで書いた記事「外交上の報復と衣服」のことを言っている。そこで彼は黒い服を着たアメリカの役人がヨーロッパ大陸の宮廷で「誤まって地獄に落とされた長老派教会員のように、目の覚めるような生き生きとした色の衣服の中で慌てふためいて」いたと書いた（SLC 1899、二六ページ。Lathem 2006、一七三ページ）。

（3）オックスフォードの一九〇七年の歴史野外劇。その後何年間もイギリスとアメリカを熱狂させた歴史野外劇で、初期に非常に人気があり、イギリスの俳優兼演出家のフランク・ラッセルズ（一八七五年～一九三四年）が製作した。演劇を本職とする人も素人も合わせ、膨大な人員を使い――クレメンズによると「三五〇〇人の男性、女性、子供達」――オックスフォードの歴史と伝説からとった一五の場面を贅沢な衣装を身に着けた人々が演じた。この野外劇はチャーウェル川の両岸のクライストチャーチ牧草地で上演された。入場料は一シリングだった。三時間から四時間かかる公演は、一九〇七年六月二七日から七月三日まで六回行われた。クレメンズは六月二七日の最初の公演を観た。彼は『自伝』で言及していないが、次の日も再び野外劇を観た（ポーターからクレメンズ宛、一九〇七年六月二〇日付書簡、カリフォルニア大学蔵。一九〇七年六月三〇日付、ジーン・クレメンズ宛書簡、［ミズーリ州ハニバル］マーク・トウェイン博物館蔵。一九〇七年七月八日付？、ハーヴェイ宛書簡、カリフォルニア大学蔵。Lathem 2006、一七七ページ、Ryan 2007、六三ページ～六四ページ、六九ページ～七〇、七六ページ）。

（4）オハイオ川の河口からミシシッピ河を約三〇マイル遡上したところにある岩棚で、航行上の危険箇所だった（Baldwin 1941、七〇ページ）。

（5）ヘンリー二世王の伝説的な愛妾で、ウッドストックの迷宮にかこわれていた。オックスフォードのすぐ外のゴッドストーに埋葬された。

（6）以下の注13を参照。

（7）クレメンズは、私家版の会話体作品『一六〇一年』の中で、女王エリザベス一世とその宮廷人をがさつで下品な口をきく人々として描いた（SLC 1996）。

(8)以下の注12を参照。
(9)エドワード七世の妹、ルイーズ王女が臨席の予定だった(Lathem 2006、一七七ページ)。
(10)「科白の無い端役者」の略語で、劇の上演でいうエキストラのこと。
(11)クレメンズは野外劇の観客向けのプログラムや土産として印刷された冊子からの文章を、ここでも後にも、挿入している(*Oxford Historical Pageant* 1907)。
(12)ハロルド一世は一〇三六年頃にオックスフォードで王になった。
(13)オックスフォード野外劇では、歴史上のロジャー・ベイコン(一二一四年頃～一二九二年)を神託を下す真鍮製の頭像の発明家とする伝説に従った。
(14)この仮面劇はニューヨークのフランシス・ハートマン・マーコー二世が書いた。彼はイエール大学を卒業したばかりで、オックスフォード大学で一年間勉強していた(「中世の学問についての仮面劇」、『インデペンデント』紙、一九〇七年八月一日号、二九八ページ)。
(15)ヘンリー八世の首席司祭のトマス・ウルズィ枢機卿(一四七〇年?～一五三〇年)はオックスフォード大学で教育を受け、カーディナル〈枢機卿〉学寮を創設し、これが後にクライストチャーチに改名され、その敷地で一九〇七年の野外劇が演じられた。
(16)先の注11を参照。
(17)オックスフォード大学出版局はそのもとを一六世紀に遡る。二〇世紀の初期にこの出版局は世界最大の出版社であり、毎年数百万冊の本を出版していた。ホレス・ヘンリー・ハート(一八四〇年～一九一六年)は出版局の監査役であり大学の印刷担当者だった(Oxford University Press 2013。Donald 1903、七〇ページ～七一ページ。Lathem 2006、一七八ページ)。
(18)オックスフォード大学出版局(と他の二つの出版社)は英語版聖書の版権を永久に所有しているのに、現代の著述家は自身の作品に対してそのような権利付与を得ていないことにクレメンズは憤慨していた。この問題に関して彼は英国上院著作権委員会で一九〇〇年に証言している。一九〇六年一一月二四日付と一二月二六日付「自伝口述筆記」(『自伝完全版第二巻』、二八八ページ～二九二ページ、三三四ページ～三四二ページ)参照。ジョン・マレー(一八五一年～一九二八年)はロンドンの出版社マレー社社長として同名の四代目だった。クレメンズがいつ彼と話したかは分かっていない。
(19)ロバート・P・ポーターはイギリス生まれで、アメリカに帰化したジャーナリストだった。クレメンズはオックスフォードでのこの期間中ずっと彼の家に滞在していた(「R・P・ポーター死去。ニューヨークの言論界を創設」、ニューヨーク『タイムズ』紙、一九一七年三月一日号、一三ページ。「マーク・トウェイン、酔いが醒めて」、ワシントン『ポスト』紙、一九〇七年六月三〇日号、一〇ページ。一九〇七年一〇月五日付「自伝口述筆記」およびその注参照)。

(20)「ロバート・ルイス・スティーヴンソンとトマス・ベイリー・オールドリッチ」(『自伝完全版第一巻』、二二九ページ)。

(21)ローズ記念財団はイギリスの大英帝国主義者セシル・ローズ(一八五三年〜一九〇二年)の遺書の条項によって一九〇三年に設立された。この財団は、最初は、大学を卒業して間もない、合衆国と大英帝国とドイツからの五七人の卒業生がオックスフォード大学で三年間勉強する資金を提供した。次の年にはもっと多くの奨学金が他の国からの人にも、与えられるようになった(Rhodes Trust 2013)。

(22)ジョン・D・ロックフェラーは自身の名前のついた医学学校に最初(一九〇三年)に一二〇万ドルを提供した。彼は後に巨額の寄付をするが、この口述筆記の後になってからのことである。クレメンズが「一〇〇〇万ドル」と言っていることから、彼は国家的慈善団体の一般教育委員会への一九〇五年のロックフェラーの寄付のことを考えているのかもしれない(以下ニューヨーク『タイムズ』紙より、「巨大教育機関に関するロックフェラー計画」、一九〇三年二月二二日号、一ページ、「ロックフェラーによる一〇〇〇万ドルの寄付」、一九〇五年七月一日号、一ページ)。

(23)一九〇七年一二月一二日付「自伝口述筆記」と関連する注を参照。

(24)一九〇八年五月二一日付「自伝口述筆記」と関連する注を参照。

(25)クレメンズはセシル・ローズのことを『赤道に沿って』の中で詳しく書いている(SLC 1897a、一四一ページ〜一五〇ページ、二八三ページ、六五二ページ〜六六六ページ、六九〇ページ〜六九一ページ、七〇八ページ〜七一〇ページ。Budd 1962、一七一ページ〜一七二ページも参照)。

(26)タイプ原稿のこの個所で五枚の原稿がなくなっている。それらを最後に見たのはアーサー・G・ペティットで、彼は一九七〇年のカリフォルニア大学での博士論文「単なる流動的偏見――南部人マーク・トウェインと黒んぼ」の中でそれを引用している。後に彼はそれを書き直し、『マーク・トウェインと南部』として出版した(Pettit 1974)。およそ一一〇〇語がないので、クレメンズが言ったことは正確には不明である。今日できることは、失われているタイプ原稿からペティットが引用し言い換えている個所を以下のように再掲することだけである。

クレメンズが陽気になろうとして選び準備した方法は、時折、かなり曖昧で上手くいかなかった。オックスフォード大学の学位を得るために一九〇七年にロンドンにいた間に、アメリカン・ローズ学院の学生の間で「大きな嵐になる可能性のある、小さな嵐」に巻き込まれるようになった。学生達は黒んぼ学生の選出に関して憤慨していたのである。白人学生が「私の言うことを進んで聞いて私が与える忠告に敬意を払うだろう」との確証を当局者から与えられ、クレメンズは「学生達の立場は賢明ではなく公平でもなかったことを理解させるために最善を尽くす」と同意した。

最初のうち彼はその立場の「公平」さよりも「賢明」さを強調することを考えていた——かなり事務的な事柄で白人学生に訴えかけた。それは会員に選出されたどんな学生をも受け入れるための契約で、保証された合意を実行するという趣旨であった。黒んぼの若者が人気以外の点ですべての審査基準で高得点を得たことが分かると、なんと、クレメンズは手を引いた。黒んぼの不人気の原因がその肌の色にあることを彼はすぐに認めたが、黒んぼに奨学金を与えることは「ローズ氏の最も大切な目的のひとつ」、つまり人気を「踏みにじること」になると結論を下した。クレメンズは「黒んぼの若者」を得意がらせるのではなく、セシル・ローズと白人学生を支持し、ロンドンで彼らに話した時には、「議論になっている問題への言及を避けて、他のもっと陽気なことだけ話すことにした」。(Pettit 1970、五二七ページ～五二八ページ)

その黒人の学士はアラン・リロイ・ロック(一八八五年～一九五四年)で、哲学を専攻しハーヴァード大学を卒業したばかりだった。彼が一九〇七年三月にローズ記念財団学士に選ばれるとすぐに、アメリカ南部から迎えられたローズ記念財団学士の一団がローズ信託財団に代表者を送り、彼の加入に抗議した。未遂に終わったクレメンズによる介入と降伏は六月のことだった。「影響力のあるアメリカ人達」が一九〇七年の秋に、「白人学生と同一条件での黒んぼの加入は信託財団の教育部門に対して偏見を生み出すことになろう」と宣言し、財団をさらに脅迫していたのを受けて、ロックはアメリカ・ローズ奨学生感謝祭晩餐会に招待されなかった。財団当局者は「アメリカの問題」と呼ばれることに介入しなかった。ロックはオックスフォード大学で何も単位を取らず、ベルリンとパリへ行って研究を続け、ハーヴァード大学で博士号をとった。彼は新時代の文学作品集『新しい黒んぼ』(一九二五年)を編纂し、有力な文化批評家になった(「イギリスの大学の人種差別」、サンノゼ『イヴニング・ニューズ』紙、一九〇七年一〇月七日号、八ページ。「アメリカ人に反対された黒んぼ学生」、デンヴァー『ポスト』紙、一九〇七年一〇月七日号、六ページ。「南部のロバ海外へ!」、クリーヴランド『ガゼット』紙、一九〇八年一二月一九日号、二ページ。Stewart 1993)。

一九〇七年八月一〇日、口述筆記(1)

今朝の『ワールド』紙の社説から次のような一文を引用する。

少年読者層の道徳

「少年であること」はマサチューセッツ州ウースターでは不利なことがある。というのもそこでは公共図書館の館長がホレイショ・アルジャー二世の作品を若い読者にとって「信頼できない」とか「扇情的すぎる」として書架から取り除いたからだ。「ぼろ着のディック」も「おんぼろ服のトムズ」も発育期の精神の持つ純真さをけがすことはもはや認められない。子供達が小公子やロロと付き合うことはあったとしても、彼らは一体なぜ少年少女文学のトム・ソーヤやハック・フィン、さらに『レ・ミゼラブル』のガヴロッシュや他の浮浪児をそばに置こうとするのか。

敬虔な公共図書館が子供向け図書からハック・フィンを追放することが毎年ほぼ一回はあるし、同じような申し立てはいつもある――つまり、町の飲んだくれ者の息子で放任されて教育を受けなかったハックは、困った時や大変な時には、嘘をついてしまうし、それゆえ若い人々にとっては悪しき例で、若者の道徳心を脅かす、というのだ。二年か三年前に、こうした追放のひとつが決定され、公表された時に、私は図書館の近くに住んでいたので、出かけて行って図書館員にそのことを尋ねると、はい、ハックは嘘をつくので追放されています、との回答だった。(2) 私は尋ねた。

「他に彼の悪いところはないのですか?」

「ええ、ないと思います」。

「若者の道徳を損なう可能性のある本はすべて追放するのですか、それともハックで終わりですか？」

「我々は区別をしません。若者の道徳にとって有害なものはすべて追放します」。

私は一冊の本を取り上げて言った――

「この本は数冊並んでいますが、若者は読むのを禁じられていますか？」

「聖書のことですか？　もちろん禁止されていませんよ」。

「なぜですか？」

「それは奇妙な質問ですね」。

「そうですか、いいでしょう。ではその質問は取り下げましょう。ハックの中で不埒だと考えられる文章を知っていますか？」

彼は知っていると言った。それで私の求めに応じて彼はペンと紙をとって、その文章を書き出した。その間に私は机に向かって聖書からいくつか文章を書き抜いた。私はそれを彼に見せて、ひとつお願いをした。その抜き書きを私の文章と並べて壁に張ってほしい、その二つを人が読み比べて、若い少年少女達に読んで欲しいのは二つのうちどちらであるかを確認して欲しい、とお願いした。

彼は自分が書いた抜き書きは喜んで張るけれども、私が書き抜いたものは張りません、と冷たく答えた。

「なぜですか？」

彼は答えた――相変わらず冷たく――その問題を議論したくはないと言うのだ。私は彼の家族の中に若い子供はいるかと尋ねると、いますと彼は答えた。私はさらに尋ねた――

「私が書いた抜き書きをあなたは今までにお子さん達に読んで聞かせたことがありますか？」

「もちろんありませんよ！」

「読んでやる必要はありませんよ。子供達は自分で密かに読んでいますから。プロテスタントの子供は男の子も女の子も皆そうしていますし、何世紀もの間そうし続けてきたのです。あなたも子供の時にそうした。そうでしょう？」

彼はためらってから、違うと言った。私は言った――

「あなたは嘘をつきましたね、そしてそれが分かっている。あなたは自らハック・フィンを読み続けて、あなたの道徳心を損ない続けていると私は考えます」。

かつて私は英雄だった。そのことは決して忘れられない。四〇年前のこと、私は三二歳のはにかみ屋の若い独身男だった。ニューヨーク州ハドソンという村で講演し、そこにホテルが無かったので私は村の牧師の家に泊まった。[3]朝私は一家のお祈りに呼ばれた。それは旧約聖書の一章から始まった。壁の回りで肘と肘を突き合わせて座ったのは年老いた牧師一家の若者と二一人の乙女達と近隣の家庭の若者達だった。私は二人の若い少女の間に嬉しそうに割り込んだ――可愛らしい内気なはにかみ屋の小娘だった。牧師は最初の一節を読み上げた。彼の左手の若者が次の節を読み上げた。若者の左手の少女が三番目の節を読み上げた――そうして続いていき、私のところまでくることになっていた。私は自分の順番が巡ってきたら皆に気に入られるように読むために、先に慣れておこうと思って、自分が読む節に指を走らせた。私は衝撃を受けた。それは彫像さえも赤面するような一節だった。私はそんな人々の中でそれを自分が声に出して読めるとはとても信じられなかったので、読まないでおこうと決心した。その時私は自分の左手の女の子が可哀想にもあの同じ詩行に指を置いて困惑の表情を見せているのに気が付いた。それは彼女の読む詩行だったのだろうか？　私は数え間違いをしたのだろうか？　私は再度数え直して、それが彼女の詩行で、私の読むところではないと分かった。ここで私の順番が来た。私は自分が英雄になる機会だと考え、その難局に手腕を発揮した。私は勇気を奮い起こして自分の詩行を読み、彼女の詩行も読んだのだ。私は自分を誇りに思った。というのもそれは溺れているのを助けるのと同じくらい素晴らしく偉大なことだったからだ。

(1)この「口述筆記」は実際には原稿によるものである。

(2)これはブルックリン公共図書館で一九〇五年に『ハックルベリー・フィン』に課せられた制限のことを述べているに違いない（『自伝完全版第二巻』、二七ページ～三三ページおよび関連する注参照）。クレメンズが実際に図書館を訪問したという記録はない。

(3)クレメンズは一八六九年一二月二一日にマサチューセッツ州ハドソン（「ニューヨーク州ハドソン」ではない）で講演を行った。彼が描いている事件はその土地の彼の後援者H・G・ゲイ師の家で起きたに違いない。一八七九年の『備忘録』に書かれていることからすると、聖書の不快な詩行は「列王記下」の一八章二七節の次のような一節だったと思われる。「私の主はこれらの言葉を汝の主と汝に伝えるために私を遣わしたのだろうか？　壁の上に座る人のためにも遣わしたのではないのか？　彼らはあなたとともに自らの糞を食べ自らの尿を飲むことになるのだから」（『備忘録第二巻』、三〇二ページ〜三〇三ページ。一八六九年一二月二一日付、オリヴィア・L・ラングドン宛書簡、『書簡集第三巻』、四三四ページ〜四三五ページ、注三）。

一九〇七年八月一六日、口述筆記

マリー・コレッリとの昼食会。

一五年前にドイツの小さな晩餐会でマリー・コレッリに出会い、私はすぐに彼女に反感を感じた——その反感はその晩餐会の間にますます拡大し、強くなっていき、最後に別れる時には、もともと単なる反感だった感情がとても強い嫌悪感になっていた。私が二ヶ月前にイギリスに着くと、彼女がブラウンズ・ホテルで私を待っているという手紙が届いた。それはあたたかく、愛情にあふれ、表現豊かで、説得力のある手紙だった[1]。その魅力によって一五年間の嫌悪感も溶けて消えた。その嫌悪感は土台が間違っていたのだと私には思われた。その女性をきっと誤解していたに違いなかったので、私はいささか悔恨を感じた。私は彼女の手紙にすぐ返事を書いた——彼女のはラヴレターと言ってよいだろう。私もラヴレターを書いて返事とした。彼女の家はシェイクスピアのストラトフォードにあった。彼女はまたすぐに返事を書いて、二九日にロンドンへの道すがらそこで途中下車して昼食を共にしたいと、とても魅力的な言葉で誘っていた。それは簡単なことのように思われた。それに関わる旅行はたいしたことにはならないだろうと思い、それで受け入れると返信したのだった。その時私は——初めてではなかったし、千回目でもなかったが——私の昔からの慎重で厳格な格言を踏みにじっていた。それはすなわち、「推測するのは良いことだが、はっきり分かることはもっと良い」であった。推測する時は終わっていたし、手紙はすでに発送されていた。今やはっきり分かる時だった。アシュクロフトが時刻表を調べ、二九日の一一時にオックスフォードを出発し、ストラトフォードを午後の中頃に発っても、六時半頃までにロンドンに着けないことが分かった。つまり、私は、いわば、七時間半も戸外にいて、足を休めることもできず、ロンドン市長のところでのスピーチがその後に続くことになるのだ。[2] 私は仰天せざるを得なかった。私はロンドン市長の晩餐会にきっと霊柩車で到着することになる。アシュクロフトと私はそれから絶望的な仕事にとりかかった――良心の無いこの愚か者を説得して、彼女にとってはとても大切な自己宣伝計画からありがたくも撤退してもらうことだった。事態を掌握しているのは彼女だった。彼女を知る人は誰でも、彼女がそういう人だと教えてくれただろう。彼女は二八日にオックスフォードにやって来て、餌食を確認した。私は彼女に勘弁してほしいと請い、懇願し、嘆願した。私は自分の白髪頭と七二歳という年齢を言い訳にし、さらに三〇〇ヤード毎に一〇分間停車する列車で長い一日を移動すれば、私が体調を壊して病院に行くことになるという可能性を言い訳にして申し開きをした。それでもきかなかった。全くもう、シャイロック本人に申し開きをした方がよかったくらいだ！彼女は約束を守ってほしいと言った。全くあり得ないことだと言うのだ。そして次のように付け加えた――

「私の方の事情も少しお考え下さい。既にルーシー婦人と、他に二人の婦人と紳士を三人招待しております。今になって昼食会を中止するとその方々にとんでもない迷惑をかけることになります。この方々はこの招待を受けるために他の招待を断ったのは疑いないですわ。私自身について言えば、このことのために三つのお付き合いの約束を断ったのです」。

　私は答えた――

「どちらの災難が優先でしょうか、あなたの六人の招待客に迷惑をおかけするのと、ロンドン市長の客三〇〇人に迷惑をかけるのと？　それに、もしあなたが三つの約束を既に断って、三組の方々に迷惑をかけたというのなら、断るのはあなたにはたやすいことのように思われますし、苦しんでいる友人ひとりのために、そのお断りの一覧にもうひとつ付け加えるだけのように思われますが」。

　それでも少しも効き目がなかった。彼女は非常に頑固だった。マリー・コレッリほどに融通の利かない、容易でない、堅物で、頑固で、断固として堅い心を持つ犯罪者はどの留置場にもいないと私は思う。鋼鉄で打ったら火花が散るだろうと思う。
彼女はおよそ五〇歳だが、白髪はない。彼女は太って、不格好だ。彼女の顔は丸くて動物のようだ。彼女は一六歳のような服装で、無邪気な上品さとすべての年代の最も優しく甘い女性の持つ魅力とを真似るのだが、それがぎこちなく下手で物悲しいのだ。それで彼女の外見はその内面と一致して調和していて——私が思うに——彼女がその内面も外面も、最も嫌なペテン師で、今日の人類を誤って代表し、諷刺する人物になっている。彼女についてはもっと言いたいのだが、そうするのも無益なことになろう。今朝は、どんな形容詞もひどく貧弱で、弱弱しく、軟弱に思われる。

それで我々は列車で、一、二度乗り換えてストラトフォードに行った。歩けば時間と労力を節約できることを我々は知らなかったのである。彼女は馬車でストラトフォード駅まで我々を出迎え、私達をシェイクスピアの教会へ連れていく予定だったが、私はそれを取りやめた(3)。彼女は行くことを強く勧めたが、私はその日の日程で既にかなり疲れており、もうひとつも付け加えられないと言った。教会には私を歓迎しようという人がたくさんいるだろうし、その人達はとても落胆するだろうと彼女は言った。だが私は強い憎悪で本当に一杯になっていたので、できる限り子供のように不機嫌な態度をとろうと務め、私の主張に固執した。特にこの時にはマリーのことがよく分かっていたので、その教会に行ったならスピーチをさせられる羽目になることが分かっていた。絶えず話をしていたので私の歯は既にぐらついていて、ここでさらにひとつしゃべると考えただけで苦痛だった。そのうえ、マリーは自分を宣伝する機会を決して無駄にしない人物だったので、そのことを新聞に掲載させるつもりだった。私は彼女の希望に背く機会をできる限り無駄にしたくなかったので、当然この機会も利用した。

彼女はハーヴァード大学の創設者がかつて住んでいた家の購入に携わっていて、それをアメリカに贈与したいと言った(4)——また宣伝だ。その住居に立ち寄って私にそれを披露したかったので、そこに人が集まっているだろうと彼女は言った。そんな呪われた家は見たくないと私は言った。そんな言い方をしたわけではないが、そういう悪意を込めたので、彼女はそれが分かった。彼女の馬でさえそれが分かって衝撃を受けた。馬が身震いするのが見えたのである。彼女は懇願し、立ち寄るのはほんの少しだけだと言ったが、宣伝材料がある時にはマリーの言うほんの少しがどれくらいかもう既に分かっていたので、私は断った。馬車で進んで行くと彼女の家が見え、歩道は人で一杯だった——マリーがそこでさらにスピーチを目論んでいたことを示していた。しかし我々は、拍手に頭を下げて応じながら通り過ぎた。すぐにマリーの家に着いた。とても魅力的で広く、ゆったりしたイギリス風の家だった。私は非常に疲れているので、すぐに寝室に行って、ほんの一五分間でも体を伸ばして休みたいと言った。彼女は優しい同情を巧みに口にし、すぐにお休み頂きますと言ったが、私を手早く居間へと連れて行き、彼女の友人に紹介した。それがすむと私は下がって休みたいと申し出たが、彼女は自分の庭を見て欲しい、ほんの少しの時間だからと言う。私達は彼女の庭を詳しく見て回り、私は一言でそれを誉め、同時にそれを呪った——口では誉めて心で呪ったのである。それから彼女はもうひとつ庭があると言い、それを見に私を引っ張って行った。私は疲労で倒れそうだったが、以前と同様、誉めて呪い、そして私はもう終わりにして安らかに死ぬことを許してもらいたいと望んだ。だが彼女は私を騙して装飾のついた鉄格子の門扉のところまで連れてくると、その中のちょっとした空地へと私を引っ張って行った。そこには士官学校の生徒が五〇人、校長を先頭にして立っていた——宣伝のためにまた仕組んだのだ。彼女は私に少しスピーチをして欲しいと頼んできて、[5]少年達もそれを期待していると言うのだ。私は手短に応じて、校長と握手をし、少し話をして、それから——そうそれから我々は家に戻った。私は一五分間休み、それから昼食会に赴いた。その終り頃、あの情け容赦のない女はシャンパングラスを手に持って立ち上がり、なんとスピーチをしたのだ！　もちろん私をネタにして。お分かりのように、さらなる自己宣伝——新聞に書いてもらうためだ。彼女が話し終えると私は次のように言った——

「あなたにとても感謝しています」——

そしてじっと座っていた。私のこの行動はどうしようもなく、避けられなかった。もし私がスピーチをしていたら、礼儀と習慣に従って感謝と賞賛の言葉でスピーチをつくり上げただろうが、私の体のどこにもその種のものは残っていなかった。

　土砂降りの雨の中、夕方六時半に我々はロンドンに到着し、半時間後にはベッドにいた——ベッドの上で骨の髄まで疲れ切っていた。しかしその日はいずれにしても終わりだったので、それが慰めだった。この日は私の七二年間の人生で、知る限り最も忌まわしい一日だった。

私は今や他人を楽しませ、時おり、堕落して獣のように醜悪な霊魂を提示することのできる存在として自らをさらしていた。そしてこうして自らをさらすことで私は自分と読者に義務を果たしてきた――そうだとしても、マリー・コレッリとの交際以外では、私の気持ちはご先祖様の天使がこの地上に降り立って以来最も優しいものだと強く主張する。

私はその夜ロンドン市長主催の晩餐会で話をしたが、失敗に終わった。(6)

(1)マリー・コレッリ（一八五五年～一九二四年）は、生誕時の名前をメアリ・マッケイといい、イギリスで最も人気のある小説家となり、その時々の問題に関する彼女の意見表明により大衆の注目を大いに引きつけた。クレメンズが彼女に最初に会ったのはバート・ホムブルクで、一八九二年の夏のことだった。一八九九年以降彼女はストラトフォード・オン・エイヴォンに住み、その土地で彼女はこの町のシェイクスピアに関する記念物の保存と修復を広く主張していた。彼女は一九〇七年六月二〇日にクレメンズに大袈裟な手紙を書いて、クレメンズを夥しく賞賛し、自分が「明らかに『省かれ』、他の作家達にはあなたに会うようにとすすめた多数の主人役の人物が自分を忘れた」ことを嘆いた（カリフォルニア大学蔵）。クレメンズは六月二一日か二二日に次のように彼女の「ラヴレター」に返信した（Vyver 1930）。

一九〇七年八月一六日

とても親愛なるマリー・コレッリ様、

あのような愛情深いことを感じ、書いていただいて、あなたは優しい方です。そのことで私は喉が詰まりそうに感じ、それは言葉では作り出せないほど雄弁な反応です。もし私がこの親愛な、温かくもてなしてくれる、心から魅了されるイギリスで、昼も夜も、時間刻みでひどく急き立てられていなければ、あなたを探し出して会いに行って、ホムブルクでの日々を思い出したいのです。ところが実際には、あなたに再会するのはもうできないと思いますし、悲しいことです。しかし私はあなたに愛情を込めてお別れをし、いつまでも幸福であることを祈念しております。

S・L・クレメンズ。

コレッリは郵便で「でも、お目にかかれ**ませんかね？**──シェイクスピア**本人**の町を訪問せずに大西洋の向こうに戻ってはいけませんわ！」と答えた（コレッリからクレメンズ宛、一九〇七年六月二三日付書簡、カリフォルニア大学蔵）。クレメンズは、彼が言うように、「返信郵便で」この招待を受け入れた（クレメンズの代理のアシュクロフトからコレッリ宛、一九〇七年六月二四日付書簡、下書き原稿をカリフォルニア大学蔵）。

（2）以下の注6を参照。

（3）ストラトフォード三位一体教会のことで、ここでシェイクスピアが洗礼を受け埋葬されていることから、非公式ながら「シェイクスピアの」教会と言われている。ストラトフォードのある新聞によると、クレメンズは、「私の友人達がとても親切であり、その親切さがほとんど殺人的なほどであることをシェイクスピアが知ったならば、きっと彼でさえも私のことを許してくれると確信している」と述べて三位一体教会訪問の招待を断った（Lathem 2006、一八二ページに以下から引用。「ストラトフォード・オン・エイヴォンでのマーク・トウェイン」、『ストラトフォード・アポン・エイヴォン・ヘラルド・アンド・サウスウォーリックシャー・アドヴァタイザー』紙、一九〇七年七月五日号、二ページ）。

（4）ジョン・ハーヴァード（一六〇七年〜一六三八年）の母方の家系はストラトフォード出身だが、彼はそうではなかった。マリー・コレッリはストラトフォード大通りに面してあるハーヴァードの先祖の家の修復運動をしていた。一九〇九年に富裕なアメリカ人がそれを購入し、アメリカ人観光客がクラブ会館として使うようにとハーヴァード大学に寄贈した（Dilla 1928、一〇三ページ〜一〇四ページ）。

（5）ストラトフォード陸軍士官学校の少年達に向けてのクレメンズの言葉は、「彼自身がかつてアメリカの南北戦争中に二週間、兵士であり、しかもその経験はあまり思い出したくないものであった」と彼の軍隊経験に触れていた（Lathem 2006、一八二ページに以下から引用。「ストラトフォード・オン・エイヴォンでのマーク・トウェイン」、『ストラトフォード・アポン・エイヴォン・ヘラルド・アンド・サウスウォーリックシャー・アドヴァタイザー』紙、一九〇七年七月五日号、二ページ）。

（6）ロンドン市長ウィリアム・トレロア卿はマーク・トウェインの栄誉を讃える晩餐会を一九〇七年六月二九日に市庁舎で開催し、「サヴェジ・クラブ」〈「野蛮人会」〉の彼の仲間約二五〇人を招待した。クレメンズが自分の話しぶりを「不手際な失敗」だと考えた理由は明らかではない。彼のスピーチを掲載した『テレグラフ』紙の記事によると、スピーチは「大きな拍手」で賞賛されたという（Lathem 2006、七六ページ〜七八ページに以下から引用。「マーク・トウェイン物語」、ロンドン『テレグラフ』紙、一九〇七年七月一日号、一三ページ。Fatout 1976、五六四ページ〜五六六ページ）。

一九〇七年八月一七日、自伝口述筆記
クレメンズ氏、ギルバート卿とパーカー婦人と会食。

アシュクロフトの覚書には「六月三〇日日曜日。ギルバート卿とパーカー婦人と会食」とある。そこには、夥しい称号を持つ人々が大勢おり、さらに際立った業績を持つ男女も夥しくいた。しかしその光景全体の中で私の記憶に残っているのはたったひとつの素晴らしい顔だ。それはちょうど地平線上にまたたいている星が日の出の栄光に飲み込まれ、姿を消すかのようなものだ。こんな大げさな言い方で表そうとしているのはひとりの若い女性の顔である。私が比喩によって示したいと考えたことは、この若い人の美しさがいわゆる眩いばかりだったということだ。それがまさにふさわしい。その顔はその他のすべての顔を消滅させてしまうほどに眩いものだった。唯一目覚ましく、ひたすらきらめいて、きらめいていた。そして、その顔は私の記憶の中で今日にいたるまできらめき続けている。婦人――何とか婦人――だったが、その名前は忘れてしまった。私は名前と顔が一致しないことがよくある。その人の名前は忘れてしまったが、どこにいてもその顔を再び見れば分かるはずである。その様子はイギリス人のもので、特徴もイギリス人、顔つきもイギリス人、頭の形もイギリス人、そのつり合いもイギリス人、性格もイギリス人、威厳もイギリス人のものであった――すべてがイギリスの高貴な生まれによるものであった。しかしそのすべてに優っているもの、魅力と呼ばれる、あの繊細で重要なもので、彼女を満たし、覆っているものは、友好的で至れり尽くせりの思いやりと、気持ちのよく、自然に身に備わった優雅な立ち居振る舞いで、アメリカ人のものであった――どこにいっても稀で滅多にないものだが、我が国民の間ではよくあるものだと私は考える。私は彼女について自分の考えを説明し、イギリスにそういう人がいることを誇りにすべきだと言った。ところが彼女は賞賛を受けた天使のように微笑み、軽やかな音楽のように少し笑って、自分はアメリカ人であり、イギリス人の血は入っていないと言った。

それはとても嬉しい驚きだった。後に別の晩餐会でこの種の嬉しい驚きがもう一度あった。その場では私は称号を持つ二人のアメリカ人女性をイギリス人と見間違えたのである。彼女達の顔つきや様子、室内装飾の型や様式は明確にイギリス人のものであった。その二人の婦人は深く悲しみ、失意を感じた。というのも彼女達は愛する国民性が時間や人間関係の変化によっても変わらずに、損なわれることが無いようにと、しかもそれは自分達の外面に見て取れるものだと望み、そうしてきたと信じてきたからである。この婦人方はイギリスに住んで五年になる。それだけ長いあいだ慣れない雰囲気にいれば誰でもその色に染まるものだ。

あの苦く崇高で英明な政治家で、ランドルフ・チャーチル卿の息子、公爵の甥のウィンストン・チャーチルに関する話がある。私はギルバート・パーカー卿のところで七年前に彼に会ったことがあり、[1]その時彼は二三歳であった。一年後、ニューヨークの講演会で会い、私が彼を聴衆に紹介した。その時彼は南アフリカ戦争と、インドのヒマラヤ戦線でのひとつ二つの戦争で従軍記者として経験した生々しい経験を語るためにやって来ていた。ギルバート・パーカー卿は次のように言った――

「七年前のここでの晩餐会を覚えておられますか？」

「ええ」私は言った。「覚えていますよ」と。

「ウィリアム・ヴァーノン・ハーコート卿があなたに関して言ったことを覚えておられますか？[2]」

「いいえ」。

「そうですか。では聞いておられなかったのですね。あなたとチャーチル氏が煙草をすいながら話をしに最上階に上がって行った時、ハーコート氏はどのような結果になるかと考えたのです。彼はあなた方二人のうちのどちらか最初に発言した方が最後まで会話の主導権を握るだろうと言ったのです。さらに、あなたが年上で経験豊かですから、きっと主導権を取り、チャーチルの肺は過去五年間で初めて半時間休むことになるだろうとハーコート氏は信じていたのです。やがて二人が降りて来るとウィリアム卿はチャーチル氏に楽しかったかどうか尋ねました。すると、彼は熱意を込めて『楽しみました』と答えたのです。それから彼はあなたに楽しかったかどうか尋ねました。あなたはためらってから、やる気なく『私は煙草をすっていたのです』と言ったのです」。

(1)ギルバート・ジョージ・パーカー(一八六〇年~一九三二年)はカナダ生まれのイギリスの小説家であり政治家で、彼の妻はアメリカ人の女子相続人のエイミー・ヴァンタインだった。

(2)クレメンズがウィンストン・スペンサー・チャーチル(一八七四年~一九六五年)に初めて会ったギルバート・パーカー卿の家での晩餐会は、おそらく一九〇〇年三月二六日のことだった。チャーチルは当時従軍記者で、南アフリカ紛争から戻って間がなかった。チャーチルが公開講演会講師としてその年の後半にニューヨークにやって来ると、一二月一二日にウォルドーフ・アストリア・ホテルでの彼の講演の紹介をした(「備忘録」四三、タイプ原稿、六ページ、カリフォルニア大学蔵。Gribben 1980、第二巻、五二六ページ。Fatout 1976、三六七ページ~三六九ページ)。ウィリアム・ヴァーノン・ハーコートに関しては、一九〇六年九月七日付「自伝口述筆記」(『自伝完全版第二巻』、二二八ページおよび関連する注)参照。

一九〇七年八月一九日、口述筆記

シドニー・リーとの会食と、その後にジャージー卿夫妻に会うためにマクミラン夫人宅を訪問したこと。

では、アシュクロフトの覚書から再開しよう。

「**七月一日、月曜日**。ギャリック・クラブでシドニー・リーと会食をし、[1] それからジャージー卿夫人に会いに、[2] 帰路にマクミラン夫人宅を訪問」。

それは著名な人々の会食で、私はJ・M・バリーにもう一度出会った。[3] 彼はまたテーブルの反対側に座っていたので、話の出来る距離ではなかった。同じことが七年前にロンドンで二回起きて、それから後ニューヨークでも一度起きた。私が彼と話をすると五分もしないうちに必ず中断された。そして中断後、不思議なことに彼はいつでも姿を消すのだった。いつか死ぬ前に私はあの才能あるスコットランド人と中断無しで話したいものだ。

私はギャリック・クラブをよく知っていた。私はヘンリー・アーヴィング、トゥール、その他の俳優達――今ではみな亡くなっているが、そうした人達の客として過去にそこで何度も食事をしたことがあったからだ。おそらくそこで三五年前に、あるいはベイトマンの店だったかもしれないが、劇作家のアーヴィングとウィルズにトム・ソーヤによる塀塗りについてかたり、[4]それで私はらくに一章分を思いついた。それで、ホテルに戻ってその章が頭の中で新鮮なうちに書き記したのである。

シドニー・リーの晩餐会は、この三五年間に見たこともないのに、確実にそれと分かる部屋で開催された。私はずっと忘れていたあの折の、僅かな人々の姿と顔を自分のまわりに夢見るように思い出すことができた。アントニー・トロロープが主人役をつとめ、ホアキン・ミラーのための晩餐会だった。彼の詩はその当時最高潮に売れていた。他に三人の客がいて、ひとりは記憶から消えてしまったが、残る二人は覚えている――トム・ヒューズとルーソン＝ゴーアだった。[5]その消えた客については私は何も思い出せない――その消えた**他の**客のことである。というのも私も消えた客だったからである。我々二人に話しかけてきた人のことを思い出せない。いいや、それは間違いだ――トム・ヒューズは時折私達に話しかけてきた。彼の性格として、知らない人のことを忘れたり、無視したりはしなかった。トロロープは弁舌さわやかで元気な人で、ルーソン＝ゴーアを除いてそこにいる他のすべての人物が高貴な血筋の人物であることをぼんやりとしか分かっていなかった。トロロープとヒューズはほとんど一緒になってルーソン＝ゴーアに話しかけていたので、宗教儀式に参加していると感じるほど恭しいものだった。ルーソン＝ゴーアは神の代理人のようだったので、誰かが讃美歌を歌い、献金箱を回せばその錯覚は完璧になっただろう。すべてがこの上なく奇妙で見慣れなく、興味深いものだったので、ホアキン・ミラーが会話に十分参加していても、彼の話は不協和音のようで、その崇高さを乱し、堕落させていた。彼はその時荒々しいシエラ山脈風の人目を惹く野性的な服装をしており、因習的なロンドンの人々を魔法にかけたように驚愕させた。そして彼はそのはるか彼方にあって、空想をかき立てる場所の持つ、陽気で、何ものにもとらわれない、強烈な様子を醸し出していた。彼とトロロープはずっと、しかも二人が同時にしゃべっていた。トロロープは誤りのない英語で、滑らかでいて、透明な、生き生きとした流れのようにしゃべり、ホアキンはそこに泥のように騒がしい谷川の流れを流し込み、さらに——そう、それはナイアガラ瀑布の下の渦巻く急流のようだった。

それはずっと以前のことで、その奔流のこだまさえもこの部屋には残されていなかった。かつてとても騒がしく衒《げん》気《き》のあった部屋なのだが。トロロープは亡くなり、ヒューズも亡くなり、ルーソン＝ゴーアも亡くなり、消えた客が亡くなっているのは間違いない。ホアキン・ミラーは白髪になり、自分の大切な山々で押し黙って沈黙している。[6]

私がマクミラン氏の家に一〇時少し過ぎに到着すると、ジャージー卿夫妻に加えて旧友がたくさんいて、知らない人も数人いた。そのうちのひとりが私に特に関係があった。というのは、彼はあの四〇年前の素晴らしい、貴重な友人だったからだ。彼は、第一〇代フェアファックス卿、「チャーリー」、メリーランド州で生まれ育った市民で、養子縁組でネヴァダとサンフランシスコの市民となり、この「伝記」の以前の章のあたりで相当に誉めて賞賛しておいた人物の血を引いていたからである。[7] マクミラン家にいたこの若くて秀麗な紳士はイギリス人か、あるいはアメリカからかなり長い期間離れていてイギリス人気質を既に獲得した人物だった。

サンフランシスコの「チャーリー」の後継者こそ最後のアメリカ人貴族だったと私は考える。彼はイギリスにやって来て留まったので、偉大な共和国に自らの子孫となる貴族をひとりも残さなかった。そのため、その国が数世代にわたって享受してきた名誉は消滅してしまった。この現在の若い称号保持者こそ、「チャーリーの」後継者の中の後継者だった。

アンドリュー・カーネギー主催、シドニー・リーのための晩餐会。一九〇二年ニューヨーク。

私は一九〇二年以降シドニー・リーには会っていなかった。[8] その時彼は大西洋のこちら側をあわただしく訪問し、アンドリュー・カーネギーが彼のために五番街と九二番通りにある新しい大邸宅で晩餐会を開いた。彼は今では、はにかみ屋ではないどころか、誰とでもくつろいでいるが、アメリカにやって来たその時には、はにかみ屋である点で彼に対抗できる者はたったひとりしかいなかった。その人物はジョエル・アンクル・リーマス・ハリスだった。シドニー・リーのはにかみは広く知れ渡っていて合衆国の北半分におよび、南半分ではハリスのはにかみでにぎわっていた。この点に関して他の誰かが入る余地はなかった。カーネギーのところには二〇人もの客がいた。晩餐会前の居間でひとりずつリー氏に紹介され、彼らはみなリー氏の極端なはにかみに強い印象を受けた。晩餐の時には彼ら自身が異様にはにかんでいたが、その場にいた人々は長い間世間にさらされてきたので、どんな状況でもどんな種類の人とでも付き合っていくことができた。しかし、その晩餐会には私が今まで目撃した中で最も異様で説明しにくい自信の無さがあらわれていた。私の長い人生行路の中で、それ以前にもそれ以降にも、大人達がそんなふうになるのを一度も見たことがなかった。リー氏がその原因だったのだろうか？　それともカーネギー夫人が原因だったのだろうか？その謎について私は何度も自問してみたが、いまだに満足のいく答えを得ていない。カーネギー夫人はその場にいた唯一の女性だった。私は彼女を導いて、食卓の真ん中で彼女の右手に座った。食卓をはさんで私の正面にはカーネギー氏と、その右手にリー氏が座った。リー氏の隣に博物学者のジョン・バローズが座った[9]。バローズの隣には偉大な軍人で政治家のカール・シュルツ[10]、シュルツの隣には世界のAP通信社社長のメルヴィル・ストーン[11]、ストーンの隣には、老齢で、有名で、有能なジャーナリストのホレス・ホワイトが座っていた[12]。カーネギーの左手にはハウエルズ氏が座り、ハウエルズ氏の左には、『センチュリー』誌のギルダー氏が座っていた。その他――集まっていた残りの人々の名前を挙げようとは思わない。食事が終わりブラックコーヒーと葉巻になると、カーネギー氏が――にこやかで愛想のいい小柄な人物だ――立ち上がって話し始めた。しかし、彼の笑顔、愛想のよさ、くつろいだ態度、自信が――彼の生涯で、以前にはそうした機会に必ず彼の役に立ってきたものだった――一言発する前に急に力を失い、消え失せてしまった。そんなことは初めてで、驚くべき、この上なく興味深いことだった。カーネギー氏はまるで初舞台のようなひどい気おくれに陥っていた。誰もがそれを見て取ったが、誰もそれを全く信じられなかったのだと思う。彼が話し始めると言葉は途切れがちになり――あえぎながら、と言った方が正しいだろう――そして言葉と言葉の間が取り返しのつかないほど長くなった。彼はすぐに自分の戦慄と自信喪失をはっきりと表し始めた。それは時の初めから、困惑した新参者が晩餐会の場で無意識のうちに使ってきた、大昔からのあの二つの仕草だった。つまり、最初に彼はチェスの駒を取り上げるようにワイングラスをひとつずつ取り上げると、それをテーブルクロスの上で新たに並び替え、それからまたひとつずつ取り上げて新たに並べた。そして、もう一度取り上げるとまた並び替えた――このすべてを痛々しいほど細かなところに注意して行い、見ている者にとってはとても辛いものだったので、その場は不信と情けない不安とで一杯になった。次に彼はもうひとつの昔ながらのしるしである、ナプキンをいじり始めた。彼はそれを折りたたみ、こぶしでこねて、何度もあちこちにひっくり返し、さらに元に戻して、それをこね、ずっと辻褄の合わないことを口ごもって話していた。彼と私の間には四フィートのテーブルクロスしかなかったが、彼の声はとても弱く、ひどく口ごもっており、ぼんやりとして、虚ろな調子だったので、私は彼の文章の半分も聞き取れなかった。そして彼は座ったが、話の中身は全く分からなかったし、その意図はもっと分からなかった。彼がリー氏を紹介しているのは分かっていた。彼のスピーチの目的がそれ以外にないと分かっていたからである。しかし彼の言葉からは何も聞き取れなかった。彼が手話――私はそれを全く知らないのだが――で話していたとしても何も理解できなかっただろう。もうひとつ気づいたことがあった。彼がグラスとナプキンをいじっている間、ずっと彼の手はぶるぶると震えおののいていたのだ。

そして、シドニー・リーが立ち上がり、身震いした――一分ほど身震いしながら立っていたが、ずっとではなかった――全く聞き取れないことを三言か四言述べ、さらに溌剌と座ったが、はっきりとはしなかった。

カーネギー氏は立ち上がってナプキンとグラスをまた動かしながら、さらに唇を痙攣させ、消え入りそうな声で役割を果たし、また座った。私が理解できた言葉は一言もなかった。彼がジョン・バローズを紹介していたのは明らかだった。バローズは立ち上がったが、下半身が揺れて、身震いし、乾いた息をのみ込み始めた。困惑を示すもので見る者すべての同情をかうものだ。彼の言ったことは混乱し、辻褄が合わず、躊躇《ためら》いと繰り返しでひどく損なわれていたが、少なくとも耳に入った。彼の話は一、二分、絶望的にどうしようもなく迷走し、話の筋を求めてひとつのまとまりを探っていた。そこで私はテーブル越しに口を出し彼を助けた。慣例を捨てて、大胆によく知っていることに移って自分の仕事の話をするようにほのめかしたのである。私は彼が少し前にあるひとつの理論について書いた記事を出版したと控えめに言ったのである。それは、以前、松の森があったところで松の木が取り払われた後にはいつでも樫の木が成長する理由を述べたものだった。リスは松葉の積もった地面をどんぐりの隠し場所として使い、隠し場所を忘れて、そのままにしておくために、松の木が取り払われると太陽の光がどんぐりをあたため、芽吹かせる結果になるという理論だった――それ以降彼が自分の理論の正当性を確立したかどうかを私は彼にたずねたのである。このことで彼の言葉は解放されて、彼は難なくスピーチを終えた。

カール・シュルツは我が偉大な英語を驚くほど自在に、流暢に、適切な表現で最高度に使う人だが、バローズの轍を踏み、我々はまた驚いた。彼はその長く華々しい公的経歴のすべてを通じて、今までに怖気づくことは一度も無かったが、その時には彼は怖気づいた。彼の気高く魅力的で、絶妙な言い回しがすべて失われ、彼は辻褄の合わない凡庸で貧困な表現で憐れに話した。それはまるで、丸太を並べたごつごつした道を躓きながら進むようだった。やがて困難な世界の端まで来るとそこから下に落ちて、敗北者として終わった。

メルヴィル・ストーンが立ち上がり、言いよどみ、迷走し、もがき、道を見失い、すぐに降伏して、失敗者の名簿に名前を加えた。

ホレス・ホワイトも全く同じ運命をたどった。

その次にハウエルズが立ち上がり、左手をテーブルについて体を支えるように身をかがめながら、右手でワイングラスを何度も並べ替え、喘ぎ、どもりながらしゃべり、関連の無い幼稚な言葉をぶつぶつとつぶやいた。次に彼はナプキンに助けを求め、それを強く押さえつけ、容赦なく巻いて、広げ、そしてまた巻き、絶望的な息切れのようなもので終了していない文章を二つに区切り、へたばって腰かけ、すべての人の心からの同情の的となった。

ギルダーが後に続き、失敗した。彼が話し終った時、ナプキンの様子から、それがおびえた人物のスピーチの助けとなったと見知らない人の誰でも分かっただろう。

ホーンブロワー氏は演説家として有名だが、(13)ギルダーの例に続いた。彼は語ろうとした――彼はそうしようとまさに英雄的と言えるほど努力した――だが彼はすぐにそれを諦めた。彼は自分の問題は怖気づいたことだと率直に告白したいと言った。口が利けなくなるのではないかと怖気づいたというのだ。理由を予見できなかったし、自分の奇妙で今までにない状態を全く説明できないが、先に述べたような事実が残ったというのだ。彼は怖気づいて先に進めなかった。酒場で成功して以来、同様の経験をしたことを思い出せないと言った。そして彼は試練が終わったことに感謝した様子で着席した。

私はシドニー・リーの後に続いたと言い忘れていた——しかしその言い落としは重要ではない。その恐ろしく不思議な恐怖という伝染病が強く伝染し始める前にそれと戦ったので、私は伝染を免れたのだ。

(1)イギリスの文人シドニー・リー(一八五九年～一九二六年)はロンドンで生まれ、オックスフォード大学で教育を受けた。エリザベス朝文学の傑出した学者であり、さらに彼は『英国人名事典』の(レズリー・スティーヴンと)共同編集者でもあり、シェイクスピアとヴィクトリア女王の伝記(それぞれ一八九八年と一九〇二年出版)も出版した。ギャリック・クラブでのリーとの晩餐会は一九〇七年七月一日であった。クレメンズはリーとのこの最初の出会いをこの口述筆記のあとの部分でも述べている(Ashcroft 1907、三ページ)。

(2)ジャージー伯爵夫人マーガレット・チャイルド＝ヴィラーズ(一八四九年～一九四五年)は、帝国主義者で反女性参政権運動家として活躍した。彼女は帝国主義者の情報宣伝活動のための「おもに女性による」協会であるヴィクトリア・リーグの設立者でもあった(Riedi 2002、五七二ページ)。クレメンズは彼女と彼女の夫、第七代ジャージー伯爵を、少なくとも一九〇〇年以降知っていた。こうした活動のいくつかでジャージー伯爵夫人とともに活動していたのがヘレン・マクミランで、彼女は出版者モーリス・マクミランの妻であり、後の首相ハロルド・マクミランの母親だった(Riedi 2002、五七六ページ。「備忘録四三」、タイプ原稿、一六ページ～一七ページ、カリフォルニア大学蔵)。

(3)スコットランド人劇作家で小説家であり、『ピーターパン』の作者J・M・バリー(一八六〇年～一九三七年)との複数の会見については分かっていない。

(4)クレメンズは「ロンドン講演会活動協会」のアメリカ人の支配人ヒゼキア・ベイトマン(一九〇七年一〇月一日付「自伝口述筆記」とその注参照)と三人の共同経営者、役者のヘンリー・アーヴィング(一八三八年～一九〇五年)、役者のジョン・ローレンス・トゥール(一八三〇年～一九〇六年)、劇作家のウィリアム・ゴアマン・ウィルズ(一八二八年～一八九一年)のことを述べている。クレメンズが塀塗りの場面の逸話をアーヴィングとウィルズに語り聞かせたのは一八七二年に違いない(以下『書簡集第五巻』より、一八七二年九月一五日付、オリヴィア・L・クレメンズ宛書簡、一五九ページ～一六〇ページ、注二、一八七三年七月六日付、フェアバンクス宛書簡、四〇二ページ～四〇九ページ、注六)。

(5)この晩餐会は、アメリカ人の著述家ホアキン・ミラー（一八三九年〜一九一三年）のために、アントニー・トロロープ（一八一五年〜一八八二年）が一八七三年七月七日にギャリック・クラブで開いたものだ。招待客は、イギリスの児童文学者で、社会改良家、さらに『トム・ブラウンの学校時代』の著者トム・ヒューズ（一八二二年〜一八九六年）と、自由党の政治家で当時外務大臣を務めていた、第二代グランヴィル伯爵のグランヴィル・ジョージ・ルーソン゠ゴーア（一八一五年〜一八九一年）であった。「消された」客はエドワード・レヴィ゠ローソン（一八三三年〜一九一六年）で、彼はロンドン『テレグラフ』紙の編集長だった（一八七三年七月六日付、フェアバンクス宛書簡、『書簡集第五巻』、四〇二ページ〜四〇九ページ、注一一）。

(6)レヴィ゠ローソンは一九〇三年に貴族に列せられ、当時まだ生きていた。ホアキン・ミラーはカリフォルニア州オークランドの丘にある自分の領地で生活していて、いまだに著述と出版をしていた。

(7)チャールズ・スノウドン・フェアファックスに関しては、「我が自伝［そこからの気ままな抜粋］」（『自伝完全版第一巻』、二〇三ページおよび関連する注）を参照。クレメンズがマクミランの家で会ったフェアファックス家の子孫は特定されていない。

(8)アンドリュー・カーネギーによるシドニー・リーのための晩餐会は一九〇三年三月二八日に開催された。リーは二月から五月までに及ぶアメリカ講演旅行の最中だった。シェイクスピア生誕地の理事として彼はカーネギーのストラトフォードへの公共図書館寄贈の申し出を議論したかったのだろう（「王室行事日報」、ロンドン『タイムズ』紙、一九〇三年五月一九日号、一〇ページ。「カーネギーの贈り物、抗議される」、ワシントン『ポスト』紙、一九〇三年六月二八日号、三ページ）。

(9)一九〇七年五月二九日付「自伝口述筆記」を参照。

(10)カール・シュルツ（一八二九年〜一九〇六年）はドイツ生まれのアメリカ南北戦争の将軍で、ミズーリ州選出共和党上院議員で、ラザフォード・H・ヘイズ大統領のもとで内務長官を務めた。クレメンズは一八八四年にハートフォードのある政治大会で彼を紹介し、短い「水先案内人カール・シュルツ」という文章で褒めたたえた（SLC 1906b。Fatout 1976、一八六ページ〜一八七ページ）。

(11)メルヴィル・ストーン（一八四八年〜一九二九年）はＡＰ通信社の総支配人を一八九三年から一九二一年まで務めた（「ＡＰ通信社、メルヴィル・ストーンに退職金支払い決定」、ニューヨーク『ヘラルド・トリビューン』紙、一九二九年四月二三日号、一七ページ）。

(12)ホレス・ホワイト（一八三四年〜一九一六年）はシカゴ『トリビューン』紙とニューヨーク『イヴニング・ポスト』紙の編集長だった。彼は、「チャールズ・Ａ・デイナとホワイトロー・リードを含むニューヨークの著名なジャーナリストの一団の生き残り」とみなされ、同時に金融界の大物だった（「ホレス・ホワイト、出版人、死去」、ニューヨーク『トリビューン』紙、一九一六年九月一七日号、一三ページ）。

(13)ウィリアム・バトラー・ホーンブロワー(一八五一年〜一九一四年)はニューヨークの著名な弁護士だった。

一九〇七年八月二三日、口述筆記

ヘニカー・ヒートンとの昼食会と安価な海外郵便料金についての議論――クレメンズ氏の郵便切手計画。

アシュクロフトのメモ――

「ヘニカー・ヒートン下院議員と英国下院議会で昼食。[1] ハリー・ブリトン夫妻とサヴォイ・ホテルで晩餐」。

昼食会には大概ひとつの目的があり、二時間くらいかかるが、結局その目的にたどりつくことはない。一二人から一五人の出席者達はその目的を視野に入れて選ばれており、それは政治的、経済的、国際的に重要なものだった。逓信大臣シドニー・バクストン氏が出席しており、英国下院議員T・P・オコナーも、[2] クロフォードおよびバルカレス伯も出席していた。[3] それ以外の人はすべて英国下院議員だったと思う。出席者は全員その計画を支持していたと私は理解していた――あるいは二つの計画と言った方がよい。計画は二つあったからである。私がひとつ計画を、ヘニカー・ヒートンがひとつ計画を出していた。そして我々の考えはその両方の計画のために我々の力と労力を合わせようということだった。両方とも昼食会で自由に議論されることになっており、その後で私は逓信大臣と個人的に腹蔵なく話し合うことになっていた。ヘニカー・ヒートンは安価な国際郵便制度を四年間にわたり熱心に、強く、根気強く唱道してきた人であり、公的な、そして議会内からのあらゆる反対にもかかわらず――理にかなった反対はなかったが――彼はその大変な夢を上手く結実させたのである。イギリスの帝国領やはるか遠くのインドまでの郵便料金を五セントから二セントにまで下げることができれば、その結果生まれる商用郵便と一般郵便の途方もない増加によって歳入が最高水位まで上がるし、政府に損失はかからないことを、疑い深い議会と逓信大臣に分からせるのに辛い思いをしたのだ。彼は勇気と忍耐とによってそれを成功させた。今日地球上のどこでも、大英帝国の郵便局ならどこへでも二セントで手紙を送ることができる。歳入は何も損失を受けなかったし、安くなった郵便料金のおかげで輸出業はべらぼうに増加し、それにより国全体が利益を得てきた。ヘニカー・ヒートンは合衆国を含むすべての外国との間でも二セント料金制を確立することに現在尽力している。現在の状況は奇妙な矛盾を呈している。例えば以下のような例がある。イギリスからニューヨークへの手紙の郵便料金は五セントである。だが、もしそれを、距離はかなり長くなるが、**カナダ経由で**ニューヨークに送ると費用はたった二セントである。ロンドンからニューヨークへ定期船で商品を送ると一トン当たり一〇ドルになるが、同じ船が郵便物については一トン当たり一〇倍の料金を要する。一方でその管理と輸送に関わる費用はどちらの場合も大して変わらないのである。ヘニカー・ヒートンは我が国の上下両院にそれを理解させ、考えを変えさせるのはまるで英国上下両院の場合のように困難で、少しも健全ではないのだと理解しつつある。

私が計画していたのは郵便小切手であった――それは私が一八九七年の終わり頃にウィーンで考え、苦労して書き、さらに苦労して書いて最終的に一八九八年の夏と秋に完成したものだった。(4) 当時のウィーン宮廷の公使はシャールメイン・タワーで、現在のベルリン宮廷の大使である。彼はそれを入念に、詳細に調査し、それが十分に実現可能なものであると判断した。そして、我が国のまずくて馬鹿げた郵便為替制度を廃し、少額の買い物の支払いに郵便で切手を送るなどという、ますます拡大しつつある危険な仕事をも終わらせることにした。二、三日後、私は自分の入念な計画をさらに二人の人物に読み聞かせた――ひとりは保険業界の人物で、もう一人は最近知り合った人である。この文書は雑誌記事として掲載するつもりで、まだ掲載されておらず、訂正で相当に傷がつき、手を入れてかなり汚なくなっていたが、まだそのままで読めるものだった。一年後（私の記憶が正しければ一八九九年）にロンドンで、私は『ハーパーズ・ウィークリー』に面白い一節をみつけた。そこにはひとりの下院議員の名前が挙げられ、その議員が郵便小切手に関する法案をまさに提出しようとしていると書かれてあり、(5) さらに私の小切手案が見事なほど正確に述べられていた。私のウィーンの知人が私の計画を賞賛し、それについて語り、その詳細が最終的にアメリカにまで伝わってその下院議員の目に留まったのだと私は判断した。私の名前は触れられていなかったが、名前を省略したことは私には重要ではなかった。その人物が議会でその案を通して成功することを望んだ。私は彼の役に立てるかもしれないと考え、私の記事の写しをマッカラに送り、彼の雑誌に掲載して欲しいと望んだ。さらに私は『ハーパーズ・ウィークリー』の切り抜きをそれに添付した。その切り抜きで私が言っていたことには新鮮味がないという事実がわかってしまったので、彼がその記事の価値を問題にする可能性があると私は考えた。それは正しかった。マッカラはついにそれを掲載しなかったのだ。

その下院議員についてもその郵便小切手案についても、その後何も耳にしなかった。彼はテネシー州出身だったと思うが、確証はない。一年か一年半前に『アメリカン・レヴュー・オヴ・レヴューズ』誌で、北部のある下院議員によるひとつの計画の記述を読んだ(6)。それによると、現金の郵送が大いに単純化され、同時に便利に安全に行えることになる。そこに記述され説明されているところでは、この発案が現行の事情を大きく改良するものとは思われなかったが、それでも正しい方向の一歩なので、私は大いに満足した。私の求めに応じて、『レヴュー・オヴ・レヴューズ』誌編集長ショー博士が私の家に来てくれ、私は自分のぼろぼろになった記事について説明し、それを彼の友人のその下院議員に送ってくれるよう、彼がそれに使い道があると思ったら使って欲しいと言って、渡した。

そのことについては四、五日前までそれ以上何も聞かなかった。そして『レヴュー・オヴ・レヴューズ』誌から小包が届き、その中に私の大昔の記事と郵便小切手の問題に関する他の資料が入っていた。さらに、「訂正された」私の新しい記事を載せたその雑誌の新刊と、その目的を援助してほしいとの誘いが入っていた。

その書類は面白いものである。そのひとつに七〇五三号法案があり、「郵便の盗難を防ぎ、現金郵送のより安全でより簡単な手段の提供と、郵政歳入の増加を図る法案。一九〇五年一二月一三日、ミシガン州選出ガーディナー氏提出。逓信委員会に付託、公表指示。」と題されている。私はその法案がとても気に入っている。その中核はすべて、私が一八九八年と九九年にウィーンで書いた記事で展開した私の計画である。

郵便小切手の様々な利点について見事にかつ早急に議論されている印刷物がある。それは私が記事の中で使ったのと同じものである。ひとつのことが省かれていたのに私は気づいていなかった。そこで言及されている最も古い日付が一九〇二年となっている――それは、これまで述べてきたように、私の計画が小評の形で漏れて『ハーパーズ・ウイークリー』紙に掲載されてから二、三年後のことである。

これらの文書の中ではその計画はW・C・ポスト氏という人物の「発案」と呼ばれている。(7) 彼はそれを無償で政府に授与する準備があると、意識的に寛大さを込めて主張している。彼は金銭を求めてはいないのだ。しかし、その着想は独自のものではないのである。私が一八九八年にウィーンからジョン・ヘイに手紙を書き、(8) 郵便小切手計画を発案し、それについて逓信大臣に話してくれるように依頼したのである。政府がそれを私から購入することはあり得ないだろうと私は話した。というのは、詳しく調べてみれば、それを使って戦争省はキリスト教徒を殺害できるわけではないので、政府は当然ほんの僅かしかそれに興味を示さないだろうからだ。ポスト氏はそれについておそらくジョン・ヘイかあるいはワシントンの他の人から聞いたのだろうし、それが彼を寛大にさせたのだった。

ずいぶん関係ないことまで話してしまった。その郵便小切手に関する私の古い記事を「補遺」に入れておく。興味のある人は読むだろう――さてそれではロンドンに戻ろう。

(1)ジョン・ヘニカー・ヒートン（一八四八年～一九一四年）は何年間もオーストラリアに住んでいて、英国下院議員になる時に、大英帝国領土間での情報伝達の改善に尽力した。彼は一八九八年までに大英帝国圏（オーストラリアとニュージーランドとケープ植民地を除く）の郵便制度創設に成功し、当時の彼の目標は世界郵便制度の創設だった。英国下院議会でのこの昼食会は一九〇七年七月二日に開催された。クレメンズはイギリスの郵便問題に関する自身の関心を、ニューヨーク『サン』紙の通信員に次のように詳述している。

私はこの問題を我が国の側から取り上げたい。というのは、イギリスがひとたび新しい体制を導入すれば、合衆国をその先例に従わせるのがとても容易なことだと言うのは、我が国政府に対する奇妙な言い方だからだ。イギリスが法令をあれこれとつくり、目覚ましい影響を米国議会に与えたという単なる事実があるが、政治改革と政治理念に関して少し振り返ってみると、イギリスがそれらを試して望ましいと分かった後でのみアメリカはそれらを採り入れてきたのだから。（「マーク・トウェイン、郵便制度について」、ニューヨーク『サン』紙、一九〇七年七月二日号、二ページ）

(2)トマス・パワー・オコナー（一八四八年～一九二九年）はアイルランドの過激なジャーナリストであり政治家で、「T・P」（クレメンズが一九〇七年一〇月二日付の口述筆記で説明するところでは、アイルランドでは「テイ・ペイ」と発音する）として知られていた。彼は下院議員で、最初はゴールウェイ選出の、後に（一八八五年以降）主にリヴァプールのアイルランド人地区から選出されていた。イギリスの政治的あるいは文学的に有名な歴史をたくさん書いた人物で、いくつかの新聞を発刊した。クレメンズ訪問の時には彼は二つの週刊雑誌、『ティー・ピーズ・ウィークリー』と『P・T・O』の編集長だった。

(3)ジェイムズ・ルードヴィック・リンジー（一八四七年～一九一三年）は、第二六代クロフォード伯爵および第九代バルカレス伯爵だった。彼がこの郵便制度改革の会合にいた理由は、彼が著名な切手収集家であり郵政史家だったからである（「クロフォード伯爵、切手売却」、ニューヨーク『タイムズ』紙、一九一五年一月九日号、一九ページ）。

(4)クレメンズの「郵便小切手に関する提案」は一八九八年から一八九九年にかけてウィーンで書かれたもので、合衆国政府が小切手を印刷して販売し――前払いで、（切手のように）金額が決まっていて、（郵便為替のように）郵便局で換金できるという計画を提唱していた。

(5)五〇〇〇万ドル相当の「郵便小切手」発行を命ずる法案は一九〇〇年三月一六日に下院議会に提出された。議会はその法案を何も審議しなかった。一九〇二年に再提出されたが、何も審議されなかった（「郵便小切手制度」、ワシントン『ポスト』紙、一九〇〇年三月一七日号、四ページ。「郵便小切手通貨」、ロサンゼルス『タイムズ』紙、一九〇二年三月二三日号、B四ページ。US Congress 1902、二六ページ）。

(6)R・R・バウカーによる『アメリカン・レヴュー・オヴ・レヴューズ』誌、一九〇五年三月号の記事はある郵便小切手制度を推奨していた。「北部の下院議員」については何も書かれていない。『レヴュー』誌の編集長はアルバート・ショー（一八五七年～一九四七年）だった（Bowker 1905、三三一ページ）。

(7)クレメンズは合衆国下院七〇五三号法案（会期一九〇五年～六年）の写しを持っていた。彼は法案の発案者、穀物産業王C・W・ポスト（一八五四年～一九一四年）の名前を間違えている。さらに優先順位の問題に関しても彼は間違えている。というのも、ポストは一八九八年に郵便小切手制を公に推奨していたが、この時クレメンズの記事はまだ書かれていなかったからだ（US Congress 1906。C.W. Post 1898。「バトル・クリークのC・W・ポスト自殺」、［ミシガン州］グランド・ラピッズ『プレス』紙、一九一四年五月九日号、一ページ、一五ページ）。

(8)クレメンズは一八九九年三月一一日付のジョン・ヘイ宛書簡の日付を間違えている。ヘイは当時国務長官だった。クレメンズが自身の郵便小切手の売買で使用料を期待していないとここで意味しているとしても、ヘイ宛の手紙では以下のように別のことを書いた。

私は単に少しの期間だけ使用料が欲しいのです――一括で欲しいのではありません。私は政府が郵便はがきのようなものを発行し販売して、販売額の一**パーセント**の使用料を一二**年間にわたって**私に払って欲しいだけなのです。政府はこの計画から他の歳入を得ることができるでしょうが、私はそれを取ることはできません。（中略）販売額が年に五〇〇万ドルだとして、さらに五〇〇万ドルの追加歳入をもたらすとしましょう。私はその両方に使用料を受け取るのではなく、最初に述べた部分についてのみ受け取りたいのです。**そのことで**私が本来あるべきよりも豊かにはならないでしょう――あなた自身それがお分かりです。

政府がそれを調査の上使用すると結論を出した場合、その使用料を私に認めるとあなたが私に伝えることを政府が指示するよう政府を動かしてくれませんか？（一八九九年三月一一日付、ヘイ宛書簡［一通目］、米国議会図書館蔵）

クレメンズは同日のさらに後にもう一度ヘイに手紙を書き、「郵便小切手制について誰にも言わないでください。ウィーンで大いに話しているものですから、それが私のものより先に公表されかねないので」と求めている（一八九九年三月一一日付、ヘイ宛書簡［二通目］、ヴァージニア大学蔵）。ヘイからの返信は見つかっていない。

一九〇七年八月二三日、口述筆記

ヘニカー・ヒートンとの昼食会の続き――ジョージ・バーナード・ショーとの昼食会。[1]

ヘニカー・ヒートン氏の昼食会は活発で、面白いものだった――会話が、という意味である――だが、我々は自分達がそこに集まって解決すべき、ずっとする世界的問題について全く忘れていた。そして解散してそれぞれ家路に向かった時にもその問題は話題に上らなかった。

アシュクロフトのメモ――

「七月三日、水曜日。ジョージ・バーナード・ショーとの昼食会。モーバリー・ベルと会食」。

バーナード・ショーはまだ五二歳になっていなかったし、ただの若者だった。五、六年前、遠くで鳴っていてはっきりしない彼の声は今では近くになり、雷のようにはっきり聞こえる。編集者達はこの四、五年、彼を軽く笑ってきたが、今では彼を真剣に受け止めている。彼はひとつの勢力になったし、彼が高く評価されねばならないことは認められている。ショーは楽しい人物だ。単純で、直接的で、誠実で、活力がある。しかし、冷静で、分別があり、むらなく落ち着いていて、鋭く、魅力的で、気さくで、しかも全く気取らない。私は彼が好きだった。彼は自分自身についても自作についても、ますます高く隆盛な名声と物質の両面についても、語る姿勢を見せなかった。主に――愛情を込めて、しかも賞賛しながら――ウィリアム・モリスのことを熱心に語った。彼の近しい友人であり、モリスの思い出をショーはとても大切にしている。さらに、私がモリスに会ったことがないのを再び残念がり、モリスの『ハック・フィン』への途方もない誉め言葉を再び口にした――ショー氏が手紙で既に知らせてくれたことだった(2)。昼食会はテムズ川を見おろす彼自身のアパートメントで開かれ、招待客は三人だけだった。その三人が形式通りにある程度会話したが、我々は好んでその大部分をショーに向け、さらに我々自身の長所に向けた。後で招待客のひとりが私に教えてくれたところでは、ショーは彼の作品が売れ始める前は、困って、気落ちして、難渋していたという。さらに、最初の九年間にたった六ポンドしか稼げなかったという――独創的な言葉を使った特許薬の宣伝文句で五ポンド、無名の雑誌の記事で一五シリング、子供向けの絵本に寄稿した詩で五シリングだった。彼はその詩を滑稽詩として書いたのだが、真面目に受け取られたし、「真面目に書かれたその後の私の作品の多くは滑稽作品として受け取られた」と付け加えたということだ。

モーバリー・ベルのところでは選び抜かれた人が集まり(3)、楽しい夕べになった。ベル氏はロンドン『タイムズ』紙の総編集長で、それゆえある意味でイギリス王の代理人である。彼はこの強力な地位について何年間にもなっていた。クレメンズ夫人と私は七年前にロンドンに滞在していた時には彼の家で何度も会食をしたものだ。その会食は大規模なものだった。招待客は四〇人にもなった。その人達はあらゆる身分の、あらゆる種類と性格の人々だったが、平凡な人はいなかった。そうした集まりの中で一度、演劇のような小珍事があった。ベル氏の右手に、秀麗で堂々として高価な服装の淑女が座った。高貴で古くからの家柄の大陸の王女だった〈原注　ラジヴィウ〉――その時、彼女は特別に関心を持たれていた人物であった。というのは、当時彼女は南アフリカにいたセシル・ローズを不快にしつつあったからである。[4] 彼女が熱心に、力強く明言するところでは、ローズが彼女に求婚し、受け入れられたが、その後口実も言い訳もなしに彼が婚約を破棄したというのだ。ローズはこの申し立てを根拠がないと言い、作り話だとして公的にも私的にも非難した。その後の雑音はすごいもので、遠くにまで聞こえてきた。このためにその王女はその晩のベル氏の会食でも関心の的だった。彼女の装身具の中にとても大きくて綺麗な真珠の長い連珠があった――当時イギリスで見つかる中でも最も大きく綺麗で高価な真珠だと言われていた。その場にいた淑女はみなそれを褒め称え、魅了されて、見入っていた。しかし、まもなく糸が切れて、大きな真珠が輝く流れとなって飛び散り、あらゆるところに転がりばらまかれた。テーブルの端にいたかなりの招待客が使用人と一緒になってその珠玉をすぐさま探し求め、見つけ、王女に返した。彼女はじっと座って、うろたえなかった。彼女はそれを受け取り、数を数え、最後に物語が完成したと宣言した。四〇万ドルの価値のもので、何も無くなっていなかった。ひとりの淑女がテーブル越しにもうひとりの淑女に話しかけているのが聞こえた。

「彼女はどうして冷静で落ち着いていられたのかしら？　全く無関心だったわ」。

話しかけられた淑女が声を落として打ち明けるように言った。

「彼女はいつもあの糸を切るのよ、そしてああやって見せびらかすの、まともな家に招かれた時にはね――ついでに言うと、本物は銀行にあるの。あれは模造品よ」。

(1)昼食会はショーのアデルフィー・テラスにあるフラットで開かれた。さらに出席していたのは、ショー夫人、アーチボルド・ヘンダーソン（一八七七年～一九六三年）、マックス・ベアボーム（一八七二年～一九五六年）〔報道では彼の腹違いの兄ハーバート・ベアボーム・ツリー（一八五二年～一九一七年）と誤認されている〕であった（Lathem 2006、一九二ページ～一九四ページ）。

(2)ショーはこの昼食会のすぐ後に書かれた手紙でウィリアム・モリスの意見について次のように述べている。

かつて私がモリスさんの家に行った時、優れた反ディケンズ派の人物（ディケンズが決して紳士ではないと考える種類の人）が、モリスさんがサッカレーをそれとなく軽視したので嫌な顔をしました。彼は慎重に考え抜いた穏やかな態度でモリスさんに英語の偉大な大家の名前を挙げられるかと尋ねたのです。モリスさんはすぐさま「マーク・トウェイン」と答えたのです。それは私自身の考えとも同じだったので、私はこの上なく嬉しくなりました。それでモリスさんが根っからのハック・フィン狂だと私は分かったのです。これはさらに驚くべきことでした。というのも、モリスさんはアーサー王宮のあのヤンキーを神性の冒瀆だと見なしていたでしょうし、ジャンヌ・ダルクの同時代人が凶悪さの点であなた自身の同時代人に匹敵すると示唆したことで、あなたの頭を吹き飛ばしてやりたいと考えていただろうからです。（ショーからクレメンズ宛、一九〇七年七月三日付書簡、カリフォルニア大学蔵）

（3）C・F・〈チャールズ・フレデリック〉モーバリー・ベル（一八四七年〜一九一一年）は一八九〇年からロンドン『タイムズ』紙の総編集長を務め、クレメンズのオックスフォード大学学位の決定に大きく関与した――あるいはクレメンズはそう信じていた。クレメンズは一九〇七年五月三日に手紙を書き、「あなたの手がそこに関与していたのです！　本当に感謝しています。もう一度大洋を横断するだけの費用があったとしても大洋を渡れないでしょうが、オックスフォード大学学位のためなら喜んで渡りましょう」と伝えている（カリフォルニア大学蔵、『トウェイン書簡集』、第二巻、八〇六ページ）。

（4）キャサリン・ラジヴィウ王女（一八五八年〜一九四一年）はポーランドの貧困にあえぐ貴族の末裔で、最初一八九九年に自らセシル・ローズに近づこうとし、ロンドンからケープ植民地まで彼のあとを追った。彼女は自分が彼の恋人であり、彼が結婚を申し込んだとする噂を流し始めたと思われる。王女は一九〇〇年四月から六月までロンドンにいた。クレメンズ一家はおそらく五月四日にモーバリー・ベルの家で彼女に会った。彼女はそのすぐ後、南アフリカに戻り、ローズを追い続けた。ローズが一九〇二年に突然死去すると彼女は彼の署名の偽造で裁判にかけられ、有罪が確定し、一六ヶ月間投獄された（Roberts 1969、一七九ページ〜二二五ページ、三六一ページ、ほか随所。「備忘録」、第四三巻、タイプ原稿九ページ、カリフォルニア大学蔵）。

一九〇七年八月二六日、口述筆記
ジェイムズ・ノールズ卿の家での昼食会(1)。

アシュクロフトのメモ――

「**七月四日**。ジェイムズ・ノールズ卿の家での昼食会。ホテル・セシルでの独立記念日を祝う宴席に参加(2)」。

ジェイムズ卿の家で私は、自分が良く知っている場所にいるのだと分かった。というのは、彼の家は、アン女王の館と呼ばれる大きな人の巣の広大な中庭のちょうど真ん中にあり、それは私と家族とが七、八年前に、二週間程度にわたりひいきにしてきた隊商宿だったからである(3)。忌々しい場所だ、よく覚えている。その中庭は、くすんだ茶色の壁が空に向かって伸びている井戸の中に立っているようなもので、それぞれの壁に窓が穴のように開いていて、無数の穴の開いた水切り器のように見えるのだ。それは登りやすいのに迷ってしまう山のようであり、私は何度もそうした経験をした。案内板がいくつもあったが(4)、それでは不十分で、案内人がいるべきだった。やがて多くの人々がそこで迷子になり、二度と再び発見されなかったと言われていた。これは本当の話だった。その人々の亡骸が自分の部屋を探し回ってうめいているのにしばしば出会ったのだから。そこには多くの食堂があり、食べ物は美味しかったし、サーヴィスも良かった。寝室も私室も申し分なくきれいだった。そういうものが無かったからだ。実際存在しなかった。最初の日に私はその場所に対して偏見を抱くようになった。クレメンズ夫人が外出し、必需品をいくつか買う必要があったが、時間はあまり無かった。私は周遊小切手をそこの事務所に持って行き、現金化してもらおうとした(5)――世界中のどこでも額面通りに通用する小切手で、たいていの間抜けでも知っているものだ――ところがアン女王の館で雇われている間抜けはそれを知らなかったのだ。彼の間抜けさはこの世の中の他のどこでもお目にかかったことのない域にまで達していた。私達は心配し、いらいらしながら半時間も待ち、それから何が問題かやっとわかった。帰ってきた回答は、その事務所は小切手が有効かどうかを確認するために町中の銀行まで小僧を、しかも徒歩で、使いに出したというものだった。私は一言も言えず、他の手段を講じた。それが正しいということを一言も言わずに、という意味だ——他の手段を講じただけだ。私は、真新しく、折り目の無い、手の切れるような五〇ポンドのイングランド銀行券を持ちだし、それを保管し、それをもとにいくらか金を貸し出して欲しいと事務所に頼んだ——早急に！ 他にも担保があった——トランク一二個に病気の子供——つまりクレアラのことだが——があった。私は彼女が病気だと言った。すくなくとも我々が知らないうちに立ち去ったりはしないとその事務所の人に思わせるためだった。彼らはその紙幣を返して、それに裏書きするよう私に求めた。私は裏書きしたが、そうしたからと言ってその紙幣が以前よりも少しでも良くなったり、あるいは強くなったわけではないと私には思われた。その背後にはイングランド銀行しかなかったからだ。本人が裏書きしていないイングランド銀行券を知らない人からは受け取らないというのが大英帝国ではよくあることだと後になって私は知ったが、私にはこの慣習が初めての経験で、侮辱的行為だと考えた。変なことだった——いつまでも、私には変なことだと思われた——私がそのアン女王の館を炎上させなかったことは、である。これだけ時間を隔てていま私がその井戸の壁をじっと見上げて立っていると、時間の経過で私の悪意も変化したと分かるし、炎上させなくてよかったと分かる——とてもよかったわけではなく、よかった、単によかっただけである。

過去のことを思い出しながら立っていると、そのホテルに最初に宿泊した夜にとても興味深い会話をしたことが思い出された——会食のあと葉書を送って来たイギリス紳士で[6]、その後私の求めに応じて、自らやって来た人物との会話であった。それは九月の最後の日だった。イギリスとトランスヴァールとの関係はとても緊張した状況にあったが、それがすべてだった。戦争が不可避になるまであちらのほんの一握りのボーア人が実際に目立っていることが考えられないといった。彼らの高慢な態度はきっと「はったり」にしか過ぎないといった。この紳士はそれがはったりではないし、確実に戦争が起こると言って私を驚かせた。彼はそれを分かっているとまで言っていたが、それについて私はあまり確信がなかった。彼はイギリス軍の大佐で、インドで長い間砲兵隊にいた。彼は二つの予言を口にし、しかも非常に明確な言葉で言った。つまり、戦争は一一日後に起きるし[7]、砲兵戦になるというのだ。それは事の推移を見ると、並外れて優れた予言だった。戦争は一〇月一一日に布告され、砲兵戦になった。

ジェイムズ・ノールズ卿の家での昼食会はプロイセンの王女のために開かれた(8)。彼女は若く、美しく、女王らしい人で、知的には王族らしからぬ才能を持っていた。あらゆることについて膨大な知識を持っているようで、しかも詳しく知っているようだった。上手に、楽しく話せるほど良く知っていた。彼女は絵画、音楽、デザイン、刺繍、さらに他のいくつかの芸術の専門家だった。事実、彼女は、教養に関して社交界での立場を考えると、驚くべき人物だった。ロンドンは確かに際立った人々がたくさんいるところだ。この点で他の都市はかなわない。ロンドンでは一度に数十もの会食や昼食会が行われるが、そんな人物がたくさんいるし、さらにもっと人物が残っているのだ。

(1)ジェイムズ・ノールズ卿(一八三一年〜一九〇八年)は形而上学会の幹事で、影響力の大きかった月刊誌『一九世紀』の創刊時の編集者で、ジャーナリスト、建築家で、彼と同時代の知的指導者や政治的指導者のかなり多数と接触があった。彼の家はアン女王の館の隣だった(以下の注3を参照)。
(2)一九〇七年八月二九日付「自伝口述筆記」を参照。
(3)アン女王の館は、ウェストミンスターにあったセント・ジェイムズ公園を見おろす豪華な複合商業施設型のアパートメントで、一八七三年から一八九〇年にかけて大企業家ヘンリー・ハンキーが建てた。その一番高い部分は一六〇フィート〈約四九メートル〉に達し、それは長い間ロンドンで最も高い居住用建造物で、最も醜悪だと言う人もいた。その急速な開発に隣接していたのがアン女王の小屋で、ジェイムズ・ノールズ卿が賃貸ししていた。ノールズは一八八八年にアン女王の館を相手取って訴訟を起こし、その最新の拡張に対する人々の反対を組織しようとした。アン女王の館は中央の公園を囲むようにして居住区域があり、ホテルでもあった。クレメンズ一家は一八九九年九月三〇日から一〇月一四日までそこに滞在し、その後ウェリントン・コート三〇番地のマンションに移った(Dennis 2008、二三三ページ〜二三八ページ。Metcalf 1980、二九九ページ〜三〇八ページ)。
(4)十字路に見られる種類の方向指示版。
(5)初期の形式の銀行現金為替で、一九世紀の最後の数年間にアメリカの一定の銀行が発行した(Branch 1903、六八ページ〜六九ページ)。
(6)不明。
(7)『自伝完全版第二巻』、一三七ページから一三八ページに関する注参照。
(8)七月四日のジェイムズ・ノールズによる昼食会はメアリ・ルイーズ・オブ・シュレスウィグ＝ホルスタイン(一八七二年〜一九五六

年）のために開かれた。彼女はヴィクトリア女王の孫娘であり、一九〇〇年に夫から離れて以来イギリスに住んでいた。彼女は音楽の才能があり、読書量豊かで、芸術の保護者でもあった（ノールズからクレメンズ宛、一九〇七年六月二七日付書簡、カリフォルニア大学蔵）。

一九〇七年八月二七日、口述筆記
ホワイトロー・リードの歓迎会、クレメンズ氏は参加できず——ホワイトロー・リードの経歴に関すること。

ホワイトロー・リードによるアメリカ人代表団のための午後の歓迎会に私は参加できなかったので、私の入場券（二三八四番）は使われなかった。その入場券は国が新たな計画を実行したことを示唆している。確かに以前には入場券で入場するという習慣は無かった。アメリカ人は望めば誰でも入れたし、時には五〇〇人来たこともあるし、一〇〇〇人来たこともある。今回、いつものように制限は無かった。入場券を申し込んだアメリカ人は誰でも参加できた。四〇〇〇人が申し込み、みなそこに来ていた。大使が軽食の提供を提案し、どれほどの分量が必要なのか知らねばならないということが起きたに違いない。リードはロンドンで最も壮大な個人用住居を所有している。[1] それで、すべてのアメリカ人がどうしてもそれを見たがったので、大混雑が予想された。[2] 確かに大混雑で、八〇〇〇人をいくらか超えた大群衆が参加した、ウィンザー宮での王による大園遊会の人出の半分もの人がいたのだ。それでも、その大きな家はその緊急時に対応できたのである。

リードの給与は一万七五〇〇ドルで、[3] それで、料理人以外の召使いすべての賃金を賄うことができた。私は彼の別邸の業務に関して話している——彼は田舎にもうひとつ大きな宮殿を持っているのだ。彼の別邸の賃貸料は年額一〇万ドルで、彼には他にも出費の原因があるが、それは負担にはなっていない。彼と彼の前任者のジョン・ヘイは、私が初めて彼らを知った時には、ニューヨーク『トリビューン』紙で給与をもらっている社員だった。(4) 二人とも数え切れないほどの金と結婚した。ヘイは偉大で、多様な才能と教養の持ち主で、その際立つ能力でいくつかの重要な国家的、国際的要職に就いてきた。彼は富の力を借りずに上り詰めたが、たとえそれ以外の職でも金の力が無くても疑いもなく上り詰めただろう。それは人々がみな認めただろうし、さらに愛情を込めて拍手喝采し、喜んだことだろう。ところが同様のことはリードの場合には当てはまらない。彼は教育を受けているが身に付いていない。彼の才能はわずかしかなく、際立ってもいない。彼は現実に、はっきり言って平凡な人ではないが、危険なほどそれに近いのだ。彼は十分優れたスピーチを書けるし、それを上手に、威厳をもって話すこともできるが、会場をわかせることはできない――スピーチが本物の炎を発していないのだ。彼の中に本物の炎がなく、それを真似ても効果がないのだ。彼のスピーチは人為的で、うつろに響く。彼は心が狭く、頑固で、冷たく、打算的で、自分の家族と特別の友人から成る非常にわずかな仲間以外に対して愛情がない。彼の嫌悪は強く、不動のもので、不変で、彼は不寛容である。彼は優れて商業的な頭脳を持って生まれ、それを経験で向上させたが、特別な才能は他に持っていなかった。それが彼にとっては良いことだった。そのお陰で彼はグリーリーのもとで従軍記者から『トリビューン』紙の幹部社員にまで、一歩ずつ上がって行き、編集長になり、社主のひとりになり、第一社主になり、その力強い権限で、政治的重要人物になった。同じ権限で、主に彼がその間に結婚して得た数百万ドルの権威によって、フランス公使になり、副大統領候補になった。これらの力を合わせて、ヴィクトリア女王在位五〇年祭への特別使節になった。最終的に現在の地位、外交業務で最高位についた――再びそれらの権威を使ったのである。彼は彼が占めて来た顕職のどれに対しても輝く能力を備えていたわけではない。彼はそのどれにおいても輝かしい記録を残してきたわけではないのだが、そのどれにおいても見事な記録を残してきた。彼は多くの人に嫌われ、わずかな人にしか好かれていないし、大多数の人に妬まれ、誰からも賞賛されていない。彼は典型的なアメリカの産物である――他のどこでもほとんど生まれないが、我々の中では容易に生まれる人物である。彼は、金、押しの強さ、絶えず進もうとする活力、粘り強さ、そして相応に優れた事業運営能力――危険な興奮や逆るような熱狂に陥るのではなく――我が共和国で一人の人に成し得ることを示す見事な例だ。我が共和国では高い理想は必要ではない。実際助けにもならず、明確に妨げになっている。ホワイトロー・リードのような人物が、国の与える最高位の大使にまで登ることができ、レナード・ウッドのような人物が軍隊の最高位にまで登ることができ、(5) セオドア・ローズヴェルトのような人物が全国民から第三期の任期を引き受けて欲しいと言われ、彼の無類の愚の骨頂をすべて、もう一度繰り返すように嘆願されているという状況は、(6) おそらく我々だけである。

(1)リードによる七月四日の歓迎会は彼の住まいのドーチェスター・ハウスで開かれた。一九〇七年七月二五日付「自伝口述筆記」を参照。

(2)これは一九〇七年六月二二日に起きた。オックスフォード旅行中の出来事に関するアシュクロフトのタイプ打ち記録では、クレメンズは六月二二日付の記入事項に記をつけ、「**これは最後にしろ**」と余白に書き込んだ（Aschcroft 1907、二ページ）。クレメンズはエドワード七世王の園遊会のことを一九〇七年一〇月一日付「自伝口述筆記」で論じている。

(3)クレメンズが述べているリードの給与（と当時の合衆国の全大使のドル立ての年収）は正しい。彼がドーチェスター・ハウスに支払っていた賃貸料は四万ドルだった。さらに彼はクーパー伯爵からベッドフォードシャーの田舎の土地建物を借りていた。彼の家計の支出総額はおそらく三〇万ドルほどだったと推測される。正確な数字がいくらであろうとも、この壮大な規模は公的役人ではできなくとも私人の百万長者には可能だった（「給与の倍額を住居の賃貸に支払う、リード大使、空想に満足」、シカゴ『トリビューン』紙、一九〇五年六月二六日号、六ページ。「王宮よりも上質」、サンフランシスコ『クロニクル』紙、一九〇六年七月一二日号、五ページ。「リード氏の給与、花代に満たず」、ニューヨーク『タイムズ』紙、一九〇七年七月二八日号、日曜版二ページ）。

(4)ホレス・グリーリーのニューヨーク『トリビューン』紙の編集長として、リードはジョン・ヘイを編集委員に引き抜き（一八七〇年）、クレメンズに時折投稿することを勧めた。一八七二年のグリーリーの死に際して、リードはジェイ・グールドから多額の借金をして『トリビューン』紙を購入し、アメリカの最有力新聞を支配し政治的に利用した。ヘイもリードもともに裕福な鉄道王の娘と結婚した。リードはデリアス・オグデン・ミルズの娘と一八八一年に、ヘイはエイマサ・ストーンの娘と一八七四年に結婚した（一八七二年一二月五日付、リード宛書簡、『書簡集第五巻』、二四二ページ～二四三ページ、注一）。

(5)クレメンズは一九〇六年三月一二日と一四日の「自伝口述筆記」で、フィリピンでのレナード・ウッドの残酷な軍事行動を、さらにローズヴェルトが彼を少将位に任命したことを議論が残ると公然と非難した（『自伝完全版第一巻』、四〇三ページ～四〇九ページと関連する注参照）。

(6)ローズヴェルトの任期についてより多くのことは、一九〇八年七月一四日付「自伝口述筆記」の注2を参照。

一九〇七年八月二八日、口述筆記

ホワイトロー・リードについてもう一言、エドワード・ハウスについても。彼による演劇版『王子と乞食』に対する差し止め命令など。

昨日の私の終わりの言葉に付け足しとして、大統領に関する次のような印象的で写真のように正確な肖像を、今朝の新聞からここに挿入したい。

ローズヴェルト氏の正確な肖像。(1)

(サミュエル・W・マッコール、マサチューセッツ州選出共和党下院議員)

我々の大統領は将来政治家としての資質を最高度に欠く人物となり、利己的で、衝動的で、判断力が未熟で、単に注目されたいだけで、一時的な人々の喝采と引き換えに繁栄と自国の自由さえをも売り渡す用意のある人だ。もし彼が、あのように当面専制君主だったとすれば、我々の国もそうなるでしょう。力強く、それ以上に、道徳的に優れた国になるかわりに、もったいぶって、収奪し、金切り声を上げて、干渉好きなアメリカになるでしょう。

ホワイトロー・リードと私は大昔には友人だったが、一八七二年に関係が冷えこむことが起こった。リードとエドワード・H・ハウスが仲たがいをしたのである。(2) ハウスは彼の側の事情を私に教えてくれ、私は間接的にリードの側の主張も知った――それは、彼はハウスが「いかがわしい人物」と考え、ハウスとは関わり合いたくないという単純なものだった。私はハウスの味方をしたので、リードと私との関係は終わった。関係は二二年間復活しなかった。そしてそれは、いわば本心からではなく外交上のことだった。私達は誰かの食事会で会うことがあったし、微笑み、その時間を過ごしたが、どちらもそうした僅かな愛想のやり取りさえあまりよしとしなかった。先日彼がドーチェスター・ハウスでの会食を私のために開いてくれた時まで、私が彼を招待することはなかったし、彼が私を招待することもなかった。[3] 彼はそうせざるを得なかったので招待したのだし、私もそれを受けるしかないことを彼は分かっていた。表向きは私に授与された、だが実際には――少なくとも主に――合衆国に授与された栄誉を受けて感謝するために、私は非公式の大使の役柄でイギリスを訪問していたのであり、国家の公式代表として、彼は私のことを公的に知らせる義務があった。彼は**私を**招待したくはなかっただろうが、合衆国を招待**せねばならなかった**。私はロンドンに到着するとすぐにカーゾン卿のもとに訪問カードを置いてきて、そしてそこからすぐに、大使としてのエチケットと慣例に当然正しく従って、ドーチェスター・ハウスに真っ直ぐ向かった。リードは外交官らしく気持ちよく友好的だった。私も外交官らしく気持ちよく友好的にしたし、悪魔が私達の一方を望み、天国が他方を望むまで私達は全くそうした状況のままにあるだろう。最終結果は私達の手にはないのだが、どちらもそれがどうなるか分かっていると思っている。

　リードに対して公平を期すために告白するが、彼がエドワード・H・ハウスに関して正しかったことを私は何年も何年も前にはっきり分かっていた。リードは彼を正しく認識していた。彼はいかがわしい人物だった。彼は三〇歳をいくらか越え、背が高く、男前だった。表情豊かで、生気に満ち、賢く知的な顔立ちで、とても魅力的で人好きのする人物だった。彼は一八七三年に日本に行き（彼がそこに行くのは二回目だったと思う）、その途中にロンドンで私のところに来た。私はロンドンの新聞記者がペルシャのシャーをオーステンデから連れてくるのを手伝い、ニューヨーク『ヘラルド』紙のロンドン代理人のホズマー博士のために四八時間働いていた。私は『ヘラルド』紙の二、三の寄稿欄を埋めるためにその旅行の記事を口述筆記し、三〇〇ドルと経費を請求し、受け取った――『ヘラルド』紙にはユーモアが欠けていると思われた物語だ。しかしそれは、ニューヨーク本社が自らの資力により招いたことであり、想像を超えるほど下手で下品でばかばかしいものだった。ハウスはホズマーが金をもってやって来た時にそこにいて、気軽にその金を私から借りると、話題を変えた(4)。一年か二年後、彼は日本から手紙を寄越し、彼のニューヨークの銀行が倒産し、二万五〇〇〇ドルの損失になったことを伝えてきた(5)、それが彼のこの世の全財産で、以前彼が私のもとに送って来た原稿を、いまだに価値があるので、私がもう一度うまく三〇〇〇ドルの現金に換えてくれることを望んでいる、というのだ。これは私がその原稿について耳にした最初のことで、この言及でその件は終わった。

だが、なれなれしさは終わらなかった。ハウスが原稿を送ったことと、さらにいつもの不注意から私がそれを何処かに置き、全く忘れたことを、私は少しも疑わなかった。一八八二年頃か、そのあたりのどこかで、ハウスはリューマチではなはだしい痛みに襲われ、体が動かなくなって日本から戻って来た(6)。彼は、聡明で性格のよい、驚くほど筋肉質の日本人青年を連れて戻った(7)。その青年はハウスを病人用ほろ付き車いすに乗せて押し、ハウスが重いにもかかわらず、腕に抱いてベッドから椅子へ、椅子からベッドへと移し、しかもそれを不変の忍耐力と落ち着きでおこなっていた。それでも、ハウスは少しでも体が揺れて痛むと、必ず猛烈な悪態を青年に浴びせかけた。私はニューヨークに彼を訪ねた。私は知っていた——少なくとも**彼の**証言によって——彼が申し立てている二万五〇〇〇ドルは彼が劇作品でディオン・ブーシコーを助けたことによると。彼は文学作品『アッラー・ナ・ポーグ』の半分以上を自分が書いて、自分の印税として二万五〇〇〇ドルを受け取ったと言った。私はその主張を信じたし、一年後にブーシコーがこれを笑って、それがほんの僅かな真実もない、真っ赤な嘘だと言った時まで、それを信じ続けていたのだ(8)。

しかしながら、私がニューヨークにハウスを訪問した時、私は『王子と乞食』を舞台化する人物を探していたので、ブーシコーの偉大な劇のこの主要著者こそが、私の求めていた人そのものだと思った。そこでこの本の舞台化をハウスに持ちかけた。彼は関心を示さず、断った(9)。私は別の劇作家を探し出し——アビー・セイジ・リチャードソンだった(10)——そして彼女と印税契約を結んだ。彼女はそれまで劇作品を書いたことは一度もなかったが、彼女は自分ができると分かっていた。それで私は満足だった。彼女はその劇作品を書き、驚くべきものになった。彼女は確かに素面だったが、彼女の劇は酔っぱらっているようだった——今世紀中で最も泥酔した劇だったし、そのままだったら上演は精神病院の外側では全く不可能だったが、ダニエル・フローマンの舞台支配人がそれを取り上げて手を入れ、かわいいエルジー・レズリーが演じて人々は満足した。そうしている間に、ハウスはハートフォードにやって来て、病人用ほろ付き車椅子と体の小さい筋肉質の奴隷と若い日本人の少女、琴を連れてきた。[11]彼は琴を養女だと呼んだ。私は彼らを招待し、彼らは二、三ヶ月の間私の家に滞在し、[12]それからニューヨークに戻った。劇が上演された後で、ハウスはその上演を中止するかそうでなければ提訴すると、弁護士ロバート・G・インガソルを通じて私に伝えてきた。彼は自分の主張を裏付ける書き物はないが、私がその本の舞台化を彼に依頼して、彼はそれに合意していたし、その仕事をちょうど始めたところだったと主張した。彼はすぐにインガソルと喧嘩し、彼を解雇し、彼の代わりにハウとハメルを雇った。[13]類は友を呼ぶ、とやらだ。ハメルはいま刑務所にいる。[14]ハメルはもう一度通知をしてきた。私はそれについて検討しなかった。すると彼は提訴した。訴訟はデイリー判事の前に出された。私は宣誓供述書によって証言した。ハウスと琴もそうした。ハウスと琴が誓って証言したことは、私がハウスとその劇についてニューヨークで話した時には私の申し出をハウスが熱心に受け入れたし、詳細な契約が協議され、その条項はとても明確で双方が完全に理解したので、それを書き記すことは全く不必要だと合意したというのだ。さらにハウスと琴は、彼らがハートフォードで私の家に滞在していた間に、ハウスと私とがその劇に関して頻繁に相談し合っていたと証言した。要するに、正確に言えば、二人が誓って証言したことは全く嘘であった。デイリー判事の判断の根拠はたったひとつだけで、私に対して不利だった[15]——すなわち、双方の証言が徹底的に食い違っている場合、病室に閉じこもっている病人の主張の方が、健康で拘束されていない人の誓言よりも信頼されるのである。[16]それは奇妙に思われるだろうが、本件に関するデイリー判事の判断理由はハウスに有利だったと私は明確に主張した。

一時的興行差し止めが興行主に課せられ、それからその劇の大当たり興行は認められ、[17]ハウスの永続的興行差し止め請求訴訟がどちらかの決着を見るまでは、印税は裁判所に支払われ、そこで安全に保管されることになった。それからハウスと彼の小さな家族はハートフォードに移って来て、我が家の近くのイザベラ・フーカー・ビーチャーの小屋に身を落ち着けた。ハウスは二つの『王子と乞食』劇を上演したいと考えて、ひとつの劇を書いて、それを名声が上がりつつある子役のトミー・ラッセルの両親の手に委ね、ハウス自身がその上演費用を負担した。それはブルックリンで開演予定で、開演日も宣伝されていた。その日、チャールズ・ダドリー・ウォーナーの弟ジョージ・ウォーナーがある知らせをもって我が家にやって来た。つまり、弁護士のチャールズ・グロスが身柄引き渡し書類を持ち、ハウスに夜討ちをかけて、彼をフランスに送還し、偽装によって多額の金をリヨン信販会社からだまし取ったとする告発に答えさせることになっているというのだ。その夜、ハウスと彼の一家は遅い時間にハートフォードを抜け出し、次に彼らの消息を聞いた時には日本にいた。

その新たな劇はブルックリンで開演したが、完全で完璧に、そして取り返しのつかない失敗に終わった。二日目の夜の公演はなくなった。知らせがハートフォードに送られてきて、ハウスに出て来て請求書を払うよう求めていた。それはべらぼうな金額だった――だが彼は既に姿をくらまし、安全だった。[18]

リチャードソン夫人の劇に対する一時的興行差し止めは解除され、彼女はすぐに出廷し、裁判所から印税を受け取ったと私は聞かされた。私はベインブリッジ・コルビー氏に私の取り分を取って来てほしいと指示した。二年経った後、私はそれについて彼に問い合わせると、彼がそのことを失念していたと分かった。それで私はその件をあの比べ物にならない馬鹿者のホィットフォードの手に委ね、二年か三年してそれについてたずねると、彼もまたそれを失念していたと分かった。時が経過し、私自身がやがてそのすべてについて忘れた。私がその印税を回収したことは一度も無かったし、それがどうなったのか今知らない。[19]

私は間違っていた。ホワイトロー・リードは正しかった。ハウスはいかがわしい人物だったのだから。

(1)下院議員サミュエル・W・マッコール(一八五一年～一九二三年)が一九〇七年八月二二日にマサチューセッツ州マーシュフィールドで行った演説は広く報道された。この抜粋はニューヨーク『ワールド』紙によるもので、次の週も社説記事でこれを再掲し続けた(以下ニューヨーク『ワールド』紙より、「マッコール、アメリカの専制君主を恐れる」、一九〇七年八月二三日号、五ページ、「これがローズヴェルト氏の正確な肖像だろうか?」、一九〇七年八月二七日号、六ページ)。

(2)エドワード・H・ハウスに関しては、『自伝完全版第一巻』、三七五ページに関する注参照。クレメンズはこの意見衝突を不正確に伝えている。実際には、リードとクレメンズ自身との「仲たがい」の犠牲者はハウスであった。リードはニューヨーク『トリビューン』紙編集長として、一八七三年五月に『金メッキ時代』の書評の仕事をハウスに与えなかった。ハウスはハートフォードのクレメンズ家を少し前に訪ねた際にその小説を原稿で読んでいて、それでリードに提案した。リードは「彼を侮辱し」、クレメンズからの「評判のよくない提案を持ち込んだとして彼を非難した」（SLC 1890、八ページ）。リードはこの問題に関する自らの考えをケイト・フィールドに次のように述べた。

彼［マーク・トウェイン］が『ザ・トリビューン』紙と喧嘩になっていると言っているのを聞いています。そうだとしたら、彼の出版予定の小説について批評すべき人物を彼に命令させるのを『ザ・トリビューン』紙が認めなかったのは単純なことです。ネッド・ハウスがそれをすべきだというのが彼の控えめな提案でしたし、彼は以前にハウスをその本の共同舞台化に引っ張り込むことでその本の成功にハウスの関心を向けさせていたのです。その問題の一部について通信文があり面白い読み物になるでしょう。（リードからフィールド宛、一八七三年五月一七日付書簡、米国議会図書館蔵、『書簡集第五巻』、三六八ページ、注二）

八年度、クレメンズとハウエルズは『王子と乞食』の売り上げ促進をねらって同様の計画を組んで、ハウエルズが『トリビューン』紙にその作品の批評を書こうと申し出た。リードは海外におり、ジョン・ヘイが編集長として代理を務めていたので、機は熟していた。しかしながらリードがウィーンからヘイに「トウェインに関して。仲のよい個人的友人であり、いくつかのことに関して文学上の仲間に、彼の作品についての文芸批評を紙上で書かせるのはあるべき報道姿勢ではありません。彼の上品さを低く評価し、彼の貪欲さを高く評価するだけのもっともな理由があるからです」と警告したのである（リードからヘイ宛、一八八一年九月二五日付書簡、ブラウン大学蔵、『書簡集第五巻』、三六八ページ、注二）。ヘイは上司に従わず、ハウエルズの（無署名の）書評が掲載された。『トリビューン』紙が自分に反対する組織的宣伝をしているという報告にあおられて、クレメンズは一八八二年の初期にリードの「報復」の伝記を書こうと考えた。そうした組織宣伝の証拠が何も無いと分かるとクレメンズはその計画を放棄した（『備忘録第二巻』、三五五ページ〜三五六ページ、四一七ページ〜四二五ページ、四三一ページ〜四三二ページ、四三九ページ〜四四五ページ）。

（3）一九〇七年七月二五日付「自伝口述筆記」参照。

（4）ペルシャの君主ナーセロッディーン・シャー（一八三一年〜一八九六年）は一八七三年六月にヨーロッパ外交旅行を行った。クレメンズは（オリヴィア、スージィ、クレアラ・スポールディングを伴って）ロンドンで、企画中のイギリスに関する本のために記録を取っていた。彼はシャーの訪問についてニューヨーク『ヘラルド』紙に五本の記事を書き送った。それが掲載されると、「いくつかの段落と行間挿入が付け加えられ、何れも愉快なものではなかった」と分かった。ニューヨーク『ヘラルド』紙のロンドン通信員はジャーナリストで物理学者のジョージ・W・ホズマー（一八三〇年～一九一四年）だった（一八七三年八月四日付、イェーツ宛書簡、『書簡集第五巻』、四三〇ページ～四三一ページ、注三）。『ヘラルド』紙の仕事でクレメンズは六九ポンド（当時の約三五〇ドルに相当）を受け取ったと思われる。ハウスはロンドンでクレメンズと会い、クレメンズから六一ポンド（約三〇〇ドル）を借りた。数ヶ月後、一八七四年一一月のクレメンズ宛の手紙で、ハウスは自分の最近の手紙の幾通かが届いていないのではないかと書き、その中に「イギリスで借りた金の新しい借用書」があり、ウォールストリートにある叔父の会社を通じて返済したいと伝えていた（以下『書簡集第五巻』より、一八七三年六月一七日あるいは一八日付、ヤング宛書簡、三八三ページ～三八四ページ、注一、一八七三年七月一日付、コンウェイ宛書簡、三九四ページ、一八七三年八月二日付、ブリス宛書簡［二通目］、四二五ページ、注一、一八七三年八月四日付、イェーツ宛書簡、四三〇ページ～四三一ページ、注一、注三。SLC 1873a-e。ハウスからクレメンズ宛、一八七四年一一月一三日付書簡、カリフォルニア大学蔵）。

（5）この申し立てられている銀行倒産の詳細は見つからないし、ハウスの負債が返済されたかも分からない。

（6）ハウスは西部の政策担当者に影響を与えようと努力して頻繁に移動し、一度以上日本から「帰国」した。クレメンズはそうした帰郷のひとつで一八八〇年から八二年までのものと、一八八六年の帰郷とを混同している。後者の時にはハウスは長年の通風で体が動かせなくなっていた（一八八三年頃から彼は寝たきりか車いすに座ったままだった）。彼は一八八六年五月に養女の琴〈青木琴、一八五八年生まれ〉と使用人ニノミヤエイジロウ（以下の注7と注11を参照）とともにニューヨークに到着した。クレメンズは数回彼を訪問し、頻繁に彼に手紙を書いた。ハウスはハートフォードのクレメンズ家に一八八一年から一八八二年までの間に滞在したことがあり、一八八六年五月から一八八八年一〇月まで再びそこにいて、時折ジョージ・ウォーナーの家に滞在し、また時折クレメンズ家に滞在した。ハウスはスージィとクレアラのお気に入りの人物となり、彼がニューヨークにいた時には彼は彼女達と元気で気まぐれな文通をしていた（Huffman 2003、一七六ページ、一八五ページ、二〇一ページ～二〇三ページ、二〇四ページ～二〇五ページ、二一四ページ。「ハウス対クレメンズ」、一八九〇年、二六ページ）。

（7）ニノミヤエイジロウは一八八五年頃からハウスに仕えていた。しかし、一八九一年一月に喧嘩になり、彼はハウスに仕えるのを辞め、ニューヨークの製本業者に勤めた（ニノミヤからクレメンズ宛、一八九一年六月一日付書簡、カリフォルニア大学蔵）。

（8）大当たりした演劇『アッラーナ・ボーグ、ウィックローの結婚』にハウスが関与した本当の割合については不明である。これはアイルランド人の役者兼劇作家ディオン・ブーシコー（一八二〇年～一八九〇年）の作品として一八六四年にダブリンで初演されたが、ハウスは一八六五年のアメリカ上演では（そしてその後の訴訟でも）共作者として名前が挙げられていた。クレメンズは一八九〇年に「詐欺師エドワード・H・ハウスに関して」を書き、「劇場支配人が確かに私に教えてくれたところでは、ハウス氏は『アッラーナ・ボーグ』に関するブーシコー氏の権利を海賊版からこちらで守るために二、三行書いただけだという」と書いている（SLC 1890、一九ページ～二〇ページ。「娯楽」、ニューヨーク『タイムズ』紙、一八六五年七月一〇日号、四ページ。Tice L. Miller 1981、八二ページ、一七一ページ、注三三。Huffman 2003、三八ページ～三九ページ。McFeely 2012、五五ページ～五六ページ。『備忘録第三巻』、五四五ページ～五四六ページ、注一八八）。

（9）クレメンズは一八八六年一二月一七日にハウス宛に次のように手紙を書き、それからニューヨークに住んだ。

あなたは以前に『王子と乞食』の舞台化について話したことがありました。それは素晴らしいものに**なるでしょう**。ですが私には舞台化はできません。私がこのように言う理由は、私が**実際に**それを舞台化しひどい失敗をしたからです。でも**あなたなら**できるでしょう。それで、もしあなたが収益の二分の一か三分の二でやってくれるなら、私はあなたにやってもらいたいのです。その本を送りましょうか？　苦痛が慈悲深くも時折なくなった時にはその本が十分な楽しみになるかもしれません。（ヴァージニア大学蔵）

ハウスはこの申し出を「断ら」なかった。彼はすぐに返事を書いて、「舞台化企画をとても喜んで」おり、「一両日中に」始められると伝えた（これについてのハウスの側の手紙は、彼が一八八九年から九〇年の『ハウス対クレメンズ等』訴訟の一八八九年から一八九〇年の訴訟記録にある複写から引用している文章以外に残っていない）。彼はその本を求め、「あなたの持っている一番安いものでいいです、大まかに参照するつもりですから」と書いている（ハウスからクレメンズ宛、一八八六年一二月二四日付書簡、複写をカリフォルニア大学蔵）。クレメンズは本を送った。一八八七年六月、ハートフォードのクレメンズ家に滞在中に、ハウスは完成した第一幕を彼に読み聞かせた（クレメンズは後にこれを「第一幕の骨子」だと呼んだ。「ハウス対クレメンズ」、1890、七七ページ）。ハウスはその劇作品の完成が一八八七年九月で、クレメンズが別の作家にその舞台化の依頼をしていたことを一八八九年初期に発見して衝撃を受けたと後に証言した。彼がクレメンズに手紙を書くと、クレメンズは次のように返信した。「あなたがその本の舞台化をやりたかったという手紙で私は考えをまとめます。それで、それが私には喜ばしい知らせになったのが［一八八八年の］一二月の中頃で、その後持ち込まれた最初の申し出を喜んで受け入れ、契約を結びました」（一八八九年二月二六日付、ハウス宛書簡、ニューヨーク『タイムズ』紙、一八九〇年一月二七日号、五ページ）。クレメンズはアビー・セイジ・リチャードソン（彼女については次の注を参照）と契約した。一週間後、クレメンズはハウスに再び手紙を書き、彼が「不注意に、何も知らずに、無頓着に」締結したかもしれない契約の証拠を執拗にハウスに求めた（一八八九年三月二日付、ハウス宛書簡、複写をカリフォルニア大学蔵）。ハウスは返信し、それでクレメンズは三月一九日に次のように自らの立場を主張した。

事情は全く明確で、全く単純です。私は『王子と乞食』の舞台化契約を最近締結しました。それ以前の契約がなければ、その新しい契約に応えねばなりません。あなたが契約書を持っているのなら、その写しを送って下さい。私の不法行為を無効にする行動をとるためですし、私はすぐにそれに着手します。

私は記憶にあるこのとても古い印象だけを伴いながら最新の契約をしました。二年か三年前にあなたがその本を戯曲化したいと述べていたことです。さらに、数ヶ月後、それを舞台化したいという趣旨が私の自己満足のために**ひとつの計画の概略を述べたい**とする趣旨へと変遷しました――その時点で私はその問題に関する興味を失いました――いいえ、興味を失い**始めた**のであり、次第に本当に失いました――そのためにあなたが徐々にそのことを放棄し、それについて話すことをやめました、と私は考えています。あなたがその第一幕の一部分について作った概略を私はある程度今でも覚えています。しかしそれ以上であったとは私は記憶していませんし、あなたがその時にその幕を自ら書こうと考えていたことも記憶していません。あなたはそうした考えを持っていなかったという印象でした。

その日から今日まで、その劇のことがあなたから一度でも言及されたとしても、私にはその記憶がありません。（一八八九年三月一九日付、ハウス宛書簡、ヴァージニア大学蔵）

（10）アビー・セイジ・リチャードソン（一八三七年～一九〇〇年）は一八六九年の事件で最も良く知られていた。その事件では、彼女の前夫ダニエル・マクファーランドが彼女の愛人でジャーナリストのアルバート・D・リチャードソンにニューヨーク『トリビューン』紙の社屋で致命傷を与えた。彼女は彼の死の床で彼と結婚した。彼女のその後の経歴はダニエル・フローマン（一八五一年～一九四〇年）の経歴と密接に関係した。フローマンは一八歳の『トリビューン』紙の社員で、アルバート・D・リチャードソン殺害を目撃した。彼はリチャードソン夫人の友人になり、新聞業界を去り、一八八〇年代にはニューヨーク文化講演会劇場の支配人になった。未亡人となったリチャードソン夫人は随筆家で講演家としてささやかな名声を作り上げた。彼女は一八八八年一二月四日にクレメンズに手紙を書き、『王子と乞食』を翻案したいと申し出た（カリフォルニア大学蔵）。クレメンズは現存しない手紙ですぐに許可を与え、「ハウスさんに手伝ってもらうように」と提案した（この一節は「詐欺師エドワード・H・ハウスに関して」による。SLC 1890、四八ページ）。リチャードソン夫人は、自分に必要なのは「文学的な」援助ではなく、『舞台裏の』ことを徹底的に知っている人であり、そうした示唆は私が望めばその劇に興味を持っている劇場支配人から得ることができます」と返信した――フローマンがそれを上演することをほのめかした。彼女はさらに子役のエルジー・レズリーがトム・キャンティと王子の二役を演ずることも提案した（リチャードソンからクレメンズ宛、一八八八年一二月九日付書簡、カリフォルニア大学蔵）。彼らは一八八九年一月三日に契約を締結し、クレメンズは彼女に利益の半分を提供し、その劇の上演へのダニエル・フローマンの関与はすぐに得られた。上演は一八八九年一二月二四日にフィラデルフィアで始まり、一八九〇年一月二〇日にはニューヨークで始まった。この日付の間にハウスは上演差し止め請求訴訟を起こした。クレメンズ自身はリチャードソンの書いた（フローマンの助力を得た）台本もまだ読んでおらず、ニューヨークでの初演を初めて観て、礼儀正しく終幕の挨拶を行った。二、三日後、彼はフローマンに手紙を書き（発送されなかったが）、その劇を「馬鹿げたがらくたと退屈なたわごとからなる混乱状態」だと呼び、「果てしなく不快なこと」を列挙した。さらにその劇作家が「その本から名前を単に移しただけで、それが持っている**登場人物の性格**をしばしば置き忘れていた」と書いた（一八九〇年二月二日付、フローマン宛書簡、複写をカリフォルニア大学蔵）。エルジー・レズリーの演技は賞賛を集めたが、批評家達の意見はだいたい一致していた。上演は七週間続き、その後二年間巡業公演が行われた（「アビー・セイジ・リチャードソン、イタリアのローマで死去」、ニューヨーク『タイムズ』紙、一九〇〇年一二月六日号、九ページ。Stern 1947、二八六ページ～二八七ページ、リチャードソンからクレメンズ宛、一八八八年一二月四日付書簡、カリフォルニア大学蔵。『備忘録第三巻』、四五三ページ、注一五五、四六六ページ、注二〇二、四八七ページ、注二一一、五四二ページ～五四三ページ、注一八三、五四三ページ～五四四ページ、注一八四。Fatout 1976、二五六ページ～二五七ページ。Huffman 2003、二一八ページ。エルジー・レズリーについては『自伝完全版第二巻』、五五七ページ～五五八ページ参照）。

(11)青木琴（一八五九年？～一九三九年）は日本の国立女学校〈東京女学校、通称竹橋女学校、現お茶の水女子大学附属高等学校〉でハウスの教え子だった。彼女は一八七四年に結婚し、すぐに離婚した。「続く屈辱から身を守る」ために――彼女は自殺しようとしたと伝えられている――ハウスは正式に彼女を養女にした（Huffman 2003、八七ページ～八九ページ）。

(12)エドワード・ハウスと琴・ハウスはクレメンズ家に一八八七年五月半ばから六月いっぱい滞在した。この六週間の間に彼はその劇の仕事をし、クレメンズとその経過を共有していたとハウスは一八九〇年に証言した（前記の注9を参照）。これをクレメンズは否定した。ここでの口述筆記では、クレメンズはハウス一家の滞在が一八八八年一二月のリチャードソン夫人への正式委任の**後だ**と誤認している（『備忘録第三巻』、二九二ページ、注二二三。「ハウス対クレメンズ」1890、二八ページ。Huffman 2003、二〇四ページ〜二〇五ページ、二一四ページ）。

（13）ハウスはロバート・G・インガソルを一八八九年初期まで抱えておいた。これはリチャードソン夫人の劇作品が上演される何ヶ月も前のことである。ハウスはやがてインガソルを解雇したが、ハウもハムメルも雇わなかった。実際には彼らはクレメンズの共同被告人のフローマンとリチャードソン夫人の代理を務めていた。法廷の審理が始まる時にはモーガンとアイヴズがハウスの代理を務めていた。クレメンズの法律顧問はいつもの弁護士ダニエル・ホィットフォードだった（インガソルからハウス宛、一八八九年三月二九日付書簡、ヴァージニア大学蔵。インガソルからクレメンズ宛、一八八九年三月二九日付書簡、ヴァージニア大学蔵。以下ニューヨーク『タイムズ』紙より、「マーク・トウェイン、立ち止まる」、一八九〇年一月二七日号、五ページ、「二つの方法が選択可能」、一八九〇年三月一〇日号、五ページ。インガソルについては『自伝完全版第一巻』、六九ページおよび関連する注参照。ホィットフォードについては『自伝完全版第二巻』、二ページおよび関連する注参照）。

（14）エイブラハム・ハムメル（一八四九年〜一九二六年）は一九〇二年以降、ニューヨークの著名な法律事務所ハウ・アンド・ハムメルの代表を務め、一九〇七年五月に偽証教唆罪で有罪となった。彼は弁護士資格を剝奪され、一〇ヶ月間服役した（「ハムメル一年間くらう」、ワシントン『ポスト』紙、一九〇七年五月一一日号、一ページ。「ハムメル本日ワイト島出所」、ニューヨーク『タイムズ』紙、一九〇八年三月一九日号、五ページ）。

（15）リチャードソン夫人とフローマンの劇作品の上演中止と、ハウス自身の劇作品の上演にクレメンズが「参加する」ことを求めたハウスによる差し止め請求は、ニューヨーク民事裁判所判事ジョゼフ・F・デイリーが一八九〇年三月八日に判決を下し認めた。ハウスの宣誓供述書は口頭での契約の存在を立証するためにハウスとクレメンズとの手紙を広範囲に引用していた。クレメンズの側としては、クレメンズがハウスの舞台化に「一度も同意したことがない」し、その作品の「独占権」を彼に与えてはいないし、一八八七年五月から六月の滞在以降ハウスによる舞台化については何も聞いていないと供述した。デイリー判事は一時的興行差し止め請求を認めた。一八八六年一二月の両者の手紙が契約を立証し、それは尊重されねばならないと考えたのである（「ハウス対クレメンズ」1890。Daly1892、八ページ〜九ページ、一四ページ。『備忘録第三巻』、五四二ページ〜五四三ページ、注一八三）。

（16）クレメンズはデイリー判事の判決の一節を思い出している。それは次のように一八八七年六月以降のハウスとクレメンズの会話に関する矛盾する記述に関するものだった。

多量の専門的仕事がクレメンズ氏のようにとても多忙で人気のある著者に殺到する時、原告のような寝たきりの人には忘れられない、多くのことが被告の記憶に残らなかったかもしれない。そうしたベッドか椅子に縛り付けられた人は手紙や会話の詳細を記録する、几帳面な性質の人になると認められる。（Daly 1892、九ページ）

しかしながら、判事は続けて、最初の合意以降に手紙や会話、あるいは同様のものの欠如によっても「当初の提案とその合意に基づく権利は決して影響を受けない」と言った。

(17)デイリー判事の一八九〇年三月八日の差し止め命令により、ハウスの同意が得られるまでその劇の上演は禁止された。クレメンズは劇の中止をひどく嫌がってはいなかったが、フローマンはひどく嫌がった。ハウスは三月一一日にフローマンとの間で、法的手続きが終了するまでクレメンズの印税が第三者に預託されるという条件で上演継続を認めると合意した。クレメンズがこの合意の当事者になっておらず、その正当性は疑問だった（Huffman 2003、一一八ページ。『備忘録第三巻』、五四八ページ、注一九六）。

(18)ハウスによる戯曲版『王子と乞食』はブルックリンのアムピオン学院で一〇月六日に初演された。その主役はトミー・ラッセルで、彼は劇場版『小公子』出演のエルジー・レズリーと交替した子役だった。フローマンは上演差し止めを巧みに請求し、ハウスの劇作品は一〇月一八日に終演になった。ハウスがこの時期にハートフォードに住んでいたとするクレメンズの主張を確認できるものは何もない。クレメンズが申し立てている時期にハウスが合衆国から逃亡しなかったことは確実である。ハウスと琴は一八九二年の半ばまでニューヨークに居住し、それから日本に戻った。彼の伝記作家が書いているように、「法的泥沼にはまり込んでいた」が、フランスの銀行リヨン信販会社に対する詐欺行為については何も知られていない。チャールズ・E・グロスはハートフォードの弁護士だった（『備忘録第三巻』、四五一ページ～四五二ページ、注一五〇、五八二ページ、注二二。Huffman 2003、一二三ページ。Spalding 1891、一一九ページ）。

(19)ベインブリッジ・コルビー（一八六九年～一九五〇年）は後には著名な政治家になるが、この時は若いウォールストリートの弁護士で、ロジャーズとクレメンズの法律問題を扱っていた。その後、一八九四年四月のウェブスター社倒産時に財産譲受人に指名された。『ハウス対クレメンズ等』事件は決して一度も審理されなかった。ハウスが日本に出発した後、この案件はホィットフォードが告訴却下を申し立てるまで注目されずにいた。その申し立ては一八九四年一月に認められ、一時的興行差し止めは撤回された。クレメンズは同年二月に印税の自分の取り分を回収するためにフローマンを提訴するように命じた。彼の取り分とされる金額は「ほんの五〇〇〇ドルか六〇〇〇ドル」だった（一八九四年二月七日付、オリヴィア宛書簡、カリフォルニア大学蔵）。彼は一八九六年にはフローマンに対して強い敵意を抱いて、「コルビーは私のものであるはずの金をあの文化講演会劇場のユダヤ人から回収しようとしない」と述べた（一八九六年一〇月二〇日付、サーム・ロジャーズ宛書簡、『トウェイン・ロジャーズ書簡集』、二四〇ページ〜二四二ページ）。もっと後に、彼の財産の返還後は、彼はより進んで許す気持ちになり、何年か後にフローマンと彼が「ロータス・クラブで出会い、それについて互いに冗談を言い合って、相手が金を払わねばならないと互いに主張し合った――だが、二人はビリヤードをやって、その話題は打ち切りとなった」と回想している（クレメンズ［ライオン代筆］からショパン宛、一九〇六年八月一九日かそれ以降の日付の書簡、カリフォルニア大学蔵。『備忘録第三巻』、五八二ページ、注三二。『トウェイン・ロジャーズ書簡集』、四二ページ、注三）。

一九〇七年八月二九日、口述筆記

ホテル・セシルでの独立記念日祝賀会とクレメンズ氏のスピーチの公式記録の複写。マーレイ・バトラー学長のスピーチの一節も。

その七月四日の独立記念日の夜の会食はホテル・セシルの大宴会場で豪勢に開催された。床の椅子にはどれも男が座り、観覧席の椅子には淑女が座っていた。それは素晴らしい光景だった。

祝賀会行事はイギリスでもアメリカでも年々耐えられるものになって来ている。その理由は、以前に行われていたような多くのスピーチが認められなくなったからだ。今では食事部分が三分の二にまで削られ、通常のコースメニューが一四品から三品半か四品にまで削減される。とすれば、男達は祝賀会の恐怖を死の恐怖と同列に並べるなどということはもうできないだろう。私が外国で最初に祝賀会に出席したのはイギリスでのことで、三四年前だ。ロンドン市庁舎で開催され、参加者は九〇〇人だったという(1)。それは本当だったと思う。というのも、あらゆるところで嵐のように起こる声高な会話と、無数のナイフとフォークと皿が絶え間なく衝突する音が今日まで私の耳に残っているからだ。それは、ガンガン、ガチャンガチャンと、とどろく雷鳴のように耳をつんざいた。――時の経過によって、はっきりしない低く重々しい音と歯ぎしりに還元されてはいるが、完全に消え去ってはいないし、私が死ぬまでそうなることは決してないだろう。

私は通常の乾杯に答礼するために指名されてそこに行ったのである。しかし、九人もいたのだ！　九人も答礼する人がいて、私の答礼には敬意が与えられていた――最後だったのである！　それは見知らぬ者に与えられるには大きな特別待遇だったし、当然私はそれを誇りとした。だがそれを辛いとも思った。というのは、そんなに長い間待つと、心が張り裂けてしまいそうだったからだ。私が帽子一杯分の心を持っていたとしてもそのすべてが張り裂けたことだろう。その長い、長い、ひどく疲れる待ち時間がついに終わり、私の順番になった。感謝の気持ちが沸き上がり、体全体に行き渡って私を支えたが、珍事が起きた。ジョン・ベネット卿が立ち上がり、頼まれもしないのに話し始めたのだ。(2)疲労しきった会場から、憤慨を示す声が雪崩のように噴出した――抗議と不満の声は、空になったシャンパン瓶で食卓を叩く耳をつんざく音で、勢いを増した。だが全く問題ではなかった――堂々としたジョン卿は紫煙と闘いの嵐のはるか端に静かに立って、気落ちすることなく、確かに顎と腕を動かしていたからだ――そしてもちろん静寂の中で。彼自身も他の誰も、彼の話す言葉を聞き取れなかったからである。彼は傑出した二人の州長官のうちのひとりだが、大きな祝賀会ではいつも求められていないのにスピーチをすると言われていた。さらに彼が立ち上がるといつでも怒りの嵐が起こり、彼がその身振り手振りを終えて再び座るまでその嵐が止まないので、今まで誰一人スピーチを聞いたことがない。だから、そのスピーチが良いか悪いか誰にも分からないのだと言われていた。これは私が祝賀会で今までに目にした中で最も奇抜なことだが、ひとつだけ例外がある。それは、私がその同じ晩餐会で目撃したことだ――頌歌と就寝の挨拶として、その大多数の招待客が一体となって一気に立ち上がり、椅子の上に立つと、腕を組み合って、テーブルに片足を乗せ、「オールド・ラング・ザイン」〈スコットランド地方の民謡〉を歌ったのである。それからそれぞれがシャンパングラスを手に取り、それを一瞬高く上げると飲み干したのである――全員一斉にである。それから一斉にグラスをテーブルに叩きつけて割った――素晴らしく精神を高揚させる印象だった。

アメリカの祝賀会で最大のもの――グラント将軍の祝賀会で、彼が世界旅行から戻って来た時の一八七九年にシカゴで開かれた祝賀会——は実に一六回も乾杯があり、一六人が入念にそれへの答礼を準備していた。そこでも私はとても高い名誉を与えられた——私が一六番目だったのだ。(3) 私の記憶が正しければ、あのロンドン市庁舎での祝賀会もグラントの祝賀会も夜の七時半から朝の二時過ぎまで続いた。誰も死ななかったが、もちろん終宴の声は何度かあった。

私が最前から話してきたこの最近の独立記念日祝賀会では、通常の乾杯が四回あり、それに答えるスピーチが四回あって、その役割を一一時頃には終わっていた。最初に王の健康を祝して、立ち上がり、静かに、昔ながらの変わらないしきたりに従って、杯がほされた。次に合衆国大統領の健康を祝して杯がほされた。先の合衆国駐在大使のモーティマー・デュランド卿がそれに答えて、かなりの長さで見事なスピーチをした。(4) 続いて、ホワイトロー・リードが「我らが祝う日」と提唱して、入念に準備されたすぐれたスピーチをした。指名により私が答礼をした。その公式記録を、括弧内の「笑い」や「再び笑い」などを削除して、ここに記しておく。

主催者の方、諸卿の方々と紳士方々、——私が一、二週間前にイギリスに来てから何度も起きてきたことがまた起きました。それは、指示されているように独立記念日を正しく祝うかわりに、最初に私の個人的性格に注意していただかねばならないということです。モーティマー・デュランド卿はまだご納得ではありません。私が〈競馬の〉アスコット杯を取っていないことは、最初からこちらの方々に納得いただきたいと努力してきました。(5) しかし、それを取っていないとどなたにも納得いただけなかったので、私がそれを取ったと告白した方が良かったかもしれません。それで終わりにした方が良かったでしょう。この冷淡な視線がどこにいっても私についてくる理由、そしてその犯罪があらゆる機会に私に向けて投げかけられる理由が私には分かりません。それに関して私が流してきた涙はこれとは異なる感情を生み出したはずです——そしてさらに、イギリスが我々の優勝杯を取ろうと四〇年間も努力してきたことを考え合わせますと、(6) 私が自らそのことに努力している時にイギリス人がとても困惑しているこことがいたって正しいか公平であるか、私には分かりません。モーティマー・デュランド卿もこの晩餐会にわざわざお出ましになり、結果的に何に苦しんだかを語られました。ですが、卿は何に苦しんだのでしょうか？　卿は列車に乗り遅れ、軍服を着たままで一晩座っていなければならなかっただけです[7]――それがどんなものであるか私には分かりません。さて、そのことで卿が感じたのはたった一晩の不快感だけで、卿はそれを今日までご記憶でした。ああ、同様の状況で私が苦しんだことを皆様にお考えいただければと存じます。二年か三年前にニューヨークで、全イギリス植民地、大英帝国全体から集まった人々によるあの協会の晩餐会がありました。そこに集まった人々はイギリスの大学とイギリスの学校で教育を受けた方々でした。その場で私は何らかの答礼の挨拶をすることになっていました。その時私は長い間私の習慣となって来た利己的なことをしたのです。つまり、挨拶者一覧の三番目に名前を入れたのです――そして早く家に帰ることにしていたのです。川を五マイルも行って予定の列車に乗らねばならなかったのです。そうでなければそこに着けないのでした。ところが、私が持って生まれた寛大な心を、そしてそれを私が生涯ずっと涵養してきたことをご理解ください。とても有名で偉大なイギリス人聖職者がすぐに私のもとに来て、「一覧のずっと下に私の名前がありますが、今日の土曜の夜の列車に乗らねばならないのです。それに乗れないと私は真夜中過ぎまで足止めされ、安息日を守れないのです。私と順番を変えていただけませんか？」と言ったのです。私は「かしこまりました」と言い、すぐにそうしました。どのようなことになったかお分かりでしょう。モーティマー・デュランド卿のたった一夜の苦しみについて考えましょう――私はそれ以来ずっと苦しんできたのです。私はその紳士が安息日を守れるように救いました[8]――救ったのですから。私は彼の順番になりましたが、列車に乗り遅れ、私自身が安息日を守れなかったのです。その時まで私は一度も安息日を破ったことがありませんでしたが、その日から今日までそれを守ったことがありません。

　我が国の大使が独立記念日とそれが醸し出す雑音について話されました。我々には二つの独立記念日、昼間の記念日と真夜中の記念日があるのです。大使が示されたように、アメリカではその日独立記念日を敬意をもって正しく祝います。その日を使って子供達に愛国的なことを教え、独立宣言を敬うことを教えます。我々は昼間の間中ずっとその日を讃えるのです。そして夜になるとその名を汚すようなことをするのです。今から二時間後、夜のとばりが降りると大西洋岸ではあの大騒ぎが始まり、そして一晩中、騒音、騒音、騒音、さらに騒音以上のことが起こります――人々は不具になり、殺され、目を失う人もいます。そのすべてが花火や爆竹、さらにはあらゆる危険なものを使って遊んでもよいとする許可を無責任な少年達に与えることから発生するのです(9)。嘆かわしいことに、我々は独立記念日を、ごろつきが飲酒し、酔っぱらい、忌まわしいものへと変えてしまうのです。そして想像もできないほど多くの人を不具にし、殺しているのです。我々はおそらく一二五年前から独立記念日の夜をそうして祝い始めたのであり、それ以来独立記念日の夜にはいつもこうした恐ろしいことがますます拡大しています。今日では、我がアメリカの五〇〇〇の町のほとんどで、独立記念日の夜にはいつでも、誰かが殺され、不具になっており、さらに、その騒音と衝撃の結果として、我々は名前も知りませんが、病気になる人や死亡する人がいます。今日アメリカの戦争で殺され不具にされる人以上の人がアメリカの独立記念日に不具にされ、殺されているのですが、そうした人々に年金は無いのです。さらに加えて我々は家に放火するのです。我々は合衆国が一二五年前に持っていた全財産以上のものを毎年の独立記念日の夜に破壊しています。事実、我が独立記念日は哀悼の日であり、悲嘆の日なのです。友人を失ったり、友人を不具にされた五万人の人々はそうした独立記念日がやって来ると、ずっと以前に失い、家族に被った損失への哀悼の日として受け入れています。

　私自身そういうふうにして苦しんできました。私にはそういうふうにして殺された親戚がいます。何年も前、シカゴでのことでした――私のおじの中で最も善良な人で、私にはそうしたおじがたくさんいます――そうです、火傷を負ったおじであり、命を救えたおじです。この可哀想なおじは愛国心にあふれ、万歳を叫ぼうと口を開けたところに、ロケット花火が入り込みました。その火を消すために一杯の水を求める前にそれが爆発し、彼の体は四五州全体に飛び散ったのです。そして――そう、これは本当の話で、私自身がそれについて良く知っているのです――その後の二四時間、それはおじのものとはっきり分かる形で、大西洋岸全域で小片となって降り続けました。そのような大災難を経験し、残りの人生をすべからく陽気に過ごせる人はいません。私には全く違う独立記念日に同じように吹き飛ばされたおじがもうひとりいまして、そのおじはまるで木のように剪定されたのです。彼は四肢のどの部分もほとんど残っていないのです。いま彼に残されているのは彼の削除版と言えます。しかしこうしたことは一切気にしないで下さい。単なる束の間の問題ですから。皆さんを悲しませたくはありません。

モーティマー・デュランド卿は、あなた方イギリス人があちら側の植民地を諦めた——それに飽きた——しかもある程度不本意ながらそうしたと仰いました。[10] そこで少しだけお考えいただきたいことがあります。それは、先のことについて卿は正しく、イギリスが我々の革命を外国の戦争としてではなくイギリス人による内戦だととらえていたと主張する根拠があったということです。我々が大いに敬意を払い、我々がとても愛し、大いに誇りとしている、独立記念日はイギリスのひとつの慣例であり、アメリカのものではなく、偉大な先祖から伝わっているものなのです。その高貴な先祖の最初の独立記念日は七世紀に八年欠けるところまで遡ります。それは大憲章——マグナカルタ——の時代であり、ジョン王の最後の年の前年にラニーミードで生まれ、あの勇敢な男爵達が、かの気乗り薄の王から強制的に奪った自由が我が独立宣言の、我が独立記念日の、我がアメリカの自由の一部になっています。さらにその第二の独立記念日は——またイギリスです——その後四世紀を待って、チャールズ一世の時代に権利章典として生まれ、それは遺産として我々のものであり、我々の自由の一部であります。次のものもまだイギリスであり、ニューイングランドのイギリス人によって考えられ獲得されたもので、その場所で、彼らは今日の我々にまで伝わり、今後も伝わり続けるあの原則——代表なければ課税なし——を確立したのです。その独立記念日はいつもずっと存在するでしょうし、その独立記念日こそニューイングランドのイギリス植民者が我々に与えてくれたものです。四番目の独立記念日はあなた方が今でも祝っているもので、一七七六年七月四日にフィラデルフィアで生まれたものですが、**これもイギリスのものです**。アメリカのものではありません。その人々はイギリス人入植者であり、ジョージ三世王の臣民であり、心はイギリス人で、本国政府の圧政に対して抗議した人々でした。彼らはそれらの圧政を矯正し、それを取り除き依然として王冠のもとに残ろうと提案したのですが、彼らは革命を意図していませんでした。革命は彼らが抑制できなかった状況によってもたらされたのでした。独立宣言はイギリス臣民によって書かれたもので、それに署名した人はすべてイギリス臣民であり、それに付せられた中にアメリカ人の名前はひとつもなかったのです——事実、その当時森の奥地にいたインディアンを除いてアメリカ人はその国にいなかったのです。彼らはすべてイギリス人でした——七年後に七回目の独立記念日が来て、アメリカ共和国が設立され、初めてアメリカ人が存在し始めたのです。**その時**からアメリカ人は存在するようになりました。ですから自由というものに関して我々がイギリスからどれほど恩恵を受けているかお分かりいただけるでしょう。

しかしながら、我々には絶対的に我々自身ものであるひとつの独立記念日があります。それはモーティマー・デュランド卿があのように公正で美しく讃えられたあの偉大なアメリカ人――エイブラハム・リンカーン――によって四〇年前に発せられたあの記憶に残る宣言の日です[11]。黒人奴隷を解放するだけでなく白人奴隷所有者をも解放する宣言です。奴隷所有者はあの重荷と罪から解放され、多くの場合、自らは望んでいないのに奴隷の主人となり所有者となっていたあの悲しい状況から解放されたのです。あの宣言は彼らすべてを解放しました。しかしこのことに関してさえもイギリスが既に三〇年前に奴隷を解放することで、イギリスが道を示したのであり[12]、我々は単にその例に従っただけなのです。それが良かれ悪しかれ我々はイギリスの例に従っているのです。そしてひとりのイギリス人判事が一世紀前にさらなるあの偉大な宣言を発し、あの偉大な原則を確立しました。それは、奴隷――所有者が誰であろうとも、さらにどこから来たものであろうとも――がイギリスの地に足を踏み入れた時[13]、その拘束は解かれ、世界を前にして自由人になるという原則でした。

ですから、我々が持つ五つの独立記念日のすべてはイギリスが我々に与えてくれたものであり、例外は私の述べたものだけ――奴隷解放宣言だけ――なのです。そして我々がこの恩義をイギリスに負っていることを忘れないようにしましょう。懐かしのイギリス、この偉大な心の懐かしい、我が種を生み出した母親に、次のように言えるようになりましょう。我々が愛し、褒め称え、敬意を示す独立記念日を与えてくれたのはあなたであり、独立宣言を与えてくれたのはあなたであり、それが我々の権利の章典になっており、あなた――尊敬すべき自由の母親であり、アングロサクソンの自由の急先鋒であり擁護者――こそがこれらを与えてくれたのであり、それらに対して我々は本当に誠実にあなたに感謝します、と。

次の、そして最後のスピーチはコロムビア大学のマーレイ・バトラー総長が[14]、「我が招待客へ」という乾杯に答えたものだった。彼のスピーチから一節を選んでここに挿入したい。それが私への賛辞だからである。彼のスピーチの他の部分を載せない理由は、それが他のことに関するからである。私に関係しないスピーチは的外れだと考える。

私の考えではこの独立記念日祝賀会について最も意義深い事実は、祝賀会が最も壮大な誠意と善意をもって開催され、さらにイギリスの思想と行動の指導者方のご好意と慈悲溢れるご臨席を賜りながら、大英帝国のまさにその首都で開催されることです。そのような会合が母国とかつてその植民地で今は独立国家になっている国との間で、世界中のどこか他のところで起こり得ると、我々の誰が考えられるでしょうか。考えられません。というのは、イギリスの首都でこの祝賀会が開催可能な理由は、大英帝国とアメリカにのみあるものだからです。この理由のいくつかがクレメンズ博士のスピーチの終わりの、とても美しく雄弁な一節で触れられました。イギリス人が望まず、正しいと信じていないことを祝っているのではなく、イギリスがその歴史を通じてずっと追求し、代表してきたものを我々が祝っているという史実を彼は絶対的厳密さで指摘してくれました。(拍手)。

(1)クレメンズは一八七二年九月二八日のロンドン市庁舎での州長官就任祝賀会の経験の詳細をある程度間違って記憶している。出席者は約二五〇名だった。「通常の乾杯に返礼するために、指名されてそこに」いたのではなく、ジョン・ベネット卿の客として参加し、食事中に「文学の繁栄に向けて」と題する乾杯に答礼するようベネット卿が依頼したのである。ロンドン『オブザーヴァー』紙の記事によると、準備の無さそのものをスピーチの台本だと見なしたという。その夜彼は妻に宛てて「私の状況を想像してみてください、目の前にはあの大観衆、たった一言の準備もなしです――こういったことを何も予想していなかったのですから――私は自分がライオンだということを知りませんでした。私は立ち上がり最初に頭に浮かんだことを口にして、とてもうまくいきました――彼らが**ずっと静かに**聞こうとしていた唯一の人物が私だったのですから――それで彼らは気前よく拍手してくれました。(中略)私がしたのはぎこちないスピーチだったと思いますが、受け取られ方は素晴らしかったのです」と書いた(一八七二年九月二八日付、オリヴィア・クレメンズ宛書簡、『書簡集第五巻』、一八三ページ~一八八ページ)。

(2)ジョン・ベネット卿(一八一四年~一八九七年)は時計製造業を生計のための職業とし、ロンドンの政治家を天職とし、その華々しい外見で有名だった。彼は一八七一年から一八七二年までロンドンとミドルセックスの州長官を務め、その任期中にナイトに叙任された。クレメンズがベネットと友人になって間がない時に、彼の招待でロンドン市長のこの晩餐会に参加した（以下『書簡集第五巻』より、一八七二年九月二五日付、オリヴィア・クレメンズ宛書簡、一八〇ページ、注三、一八七二年九月二八日付、オリヴィア・クレメンズ宛書簡、一八五ページ～一八六ページ、注一）。

（3）一八七九年一一月一三日にシカゴで開催されたグラント将軍祝賀会で、クレメンズは乾杯に対する答礼で「赤ちゃん」と題する有名なスピーチを行い、その晩の一五人の乾杯のスピーチの最後で、グラント自身が笑った唯一のスピーチだった（「テネシーの陸軍の祝賀会」、ニューヨーク『タイムズ』紙、一八七九年一一月一五日号、一ページ。「米国陸海軍人会シカゴ支部歓迎会」、『自伝完全版第一巻』、六七ページ～七〇ページ）。

（4）モーティマー・デュランド卿（一八五〇年～一九二四年）は一九〇三年一二月から一九〇六年一一月まで駐合衆国イギリス大使を務め、その後彼は政府によって召還された。彼が再び公職に就くことはなかった（以下ワシントン『ポスト』紙より、「デュランド着任」、一九〇三年一二月三日号、九ページ、「ブライス、大使になる」、一九〇六年一二月二二日号、三ページ）。

（5）一九〇七年七月二五日付「自伝口述筆記」を参照。モーティマー卿は大統領への乾杯の辞で次のように話した。

［イギリスとアメリカが共有している］人種的感情は無くなっていません。その残滓は長く存在するだろうとは確信しています――全く同じくらい確実なことは、マーク・トウェインの抗議にもかかわらず、彼はあの優勝杯を手に入れたことです。それはあなた方がここでかすめ取った最初の優勝杯でもなく、おそらく最後のものでもありません。彼がそれを持ってどうやって税関を通過するのか私には分かりません。(Lathem 2006、一九九ページ、ロンドン・アメリカ協会『独立記念日祝賀会スピーチ報告集、一九〇七年七月四日版』より引用)

（6）アメリカズ・カップは同名の国際ヨットレースの優勝杯で、ニューヨーク・ヨット・クラブが一八五一年から一九八三年まで開催していた。イギリスは一八七〇年以降頻繁にアメリカの優勝者に挑戦してきた（Lathem 2006、一九六ページ）。

（7）乾杯のスピーチとしてモーティマー卿は、ロンドン・アメリカ協会の最後の晩餐会で、自分が「とても強い興味と喜びをもって聞いていたので田舎に行く最終列車に乗り遅れてしまい、ヴィクトリア駅の待合室で完全に戦闘用の正装のままで、一夜を過ごさねばならなかった」顚末を語った（Lathem 2006、一九九ページ）。

（8）クレメンズは、一九〇一年一一月九日にニューヨーク・英国学校大学クラブが主催した祝賀会が行ったスピーチのことを述べている。

クレメンズの前に二人のスピーチがあり、その人達は二人ともクレメンズの「とても有名でとても偉大なイギリス人聖職者」の描写について話したと思われる。この二人は、イギリス生まれのD・パーカー・モーガン師（一八四三年～一九一五年）と、長老派教会の牧師でプリンストン大学学長のフランシス・L・パットンであった（一九〇七年七月二四日付「自伝口述筆記」、七二ページに関する注参照）。クレメンズのスピーチから明らかなように、パットンがクレメンズとスピーチの順番を変えた。

私が他に賞賛に値することをしていないとしても、私は少なくとも神学博士パットン師が列車に乗れるように計らい、私は乗れませんでした。明日、彼の安息日は何も損なわれないでしょうが、私はどうしても安息日を守れません。しかし皆さんが私のした自己犠牲を考慮頂けるなら、どうかそのことをお考え下さい。彼には頼れる経歴がありますし、哀しいことに、私にもあります。［笑い］私は親切なこともしているのです。私は彼が列車に乗れるように喜んで計らいます。彼が早く出て行けば、それだけゆったりと私はしゃべれるのです。（「英国人がここで彼らのエドワード王に乾杯す」、ニューヨーク『タイムズ』紙、一九〇一年一一月一〇日号、九ページ）

（9）爆竹と発砲と火薬使用の結果として、独立記念日の危険なことは二〇世紀になる頃には広く知られていた。致命的な破傷風はほんの軽微な火傷や裂傷からも発症することがあった。シカゴ『トリビューン』紙は一八九九年に継続的な「良識ある独立記念日運動」を始め、それは独立記念日の祝祭によって生じた傷害や死亡を全国的にまとめる記事を連載することだった。アメリカ医師会は一九〇六年に五三〇八例の傷害——視力、四肢、指の欠損を含み——と一五八例の死亡を報告した。嘲笑や抵抗もあったが、一九一一年までにシカゴや多くの都市が、花火類を制限するかあるいは禁止した（以下シカゴ『トリビューン』紙から、「独立記念日虐殺」、一九〇五年七月一〇日号、六ページ、「独立記念日の死者の出欠確認」、一九〇五年九月一日号、六ページ、「致命的独立記念日に関する医学的見解」、一九〇六年八月一七日号、五ページ。Nickerson 2012）。

（10）大統領への乾杯のスピーチでモーティマー卿は「一三〇年前にイギリスが、私の記憶が正しければいささか嫌々ながら、アメリカ植民地に使い道はないとの決断に達して以来、我々の道は分かれたのです」と述べた（Lathem 2006、一九九ページ）。

（11）一八六三年一月一日にエイブラハム・リンカーンが発した奴隷解放宣言によって、北軍に反抗していた地域の奴隷は解放された。合衆国全体の奴隷制度は一八六五年の憲法修正第一三条によって廃止された。

（12）一八三三年の奴隷制度廃止法によって、（いくつかの地域は例外とされたが）大英帝国で奴隷制度は違法とされた。

(13)『スタンリー対ハーヴェイ』訴訟(一七六二年)で、大法官で第一代ノースイントン伯爵ロバート・ヘンリーは「人がイギリスの土地に足を踏み入れたならすぐさま自由になる」と判決を下した(Hurd 1858-62、第一巻、一八六ページ)。これは文字通りイギリス本国を言っているのであり、植民地は含まれなかった。
(14)ニコラス・マーレイ・バトラー(一八六二年〜一九四七年)は一九〇二年から一九四五年までコロムビア大学総長を務めた。彼はケンブリッジ大学から名誉学位を受けるために一九〇七年にイギリスにいた(Lathem 2006、二〇〇ページ)。

一九〇七年八月三〇日、口述筆記

ノーマン・ロッキャー卿との昼食会――プラズモン社の取締役との昼食会――可愛いフランチェスカとの訪問――『パンチ』誌晩餐会。

アシュクロフトの覚書――

七月五日、金曜日。ポーツマス伯爵夫妻との晩餐会。[1] 四〇人か五〇人の招待客。後に二〇〇人か三〇〇人来る。

七月六日、土曜日。エイヴベリー卿宅で朝食。出席者に、ケルヴィン卿、チャールズ・ライエル卿、アーチボルド・ゲイキー卿など。[2]

写真家と肖像画家達がホテルの一角に侵入し、二時間以上にわたって占拠。二二回座って写真を撮られ、四回肖像を描かれる。疲労しきってこれ以上はそうしたものはなしにする。[3]

夜サヴェッジ・クラブの晩餐会。「偽物の」アスコット杯贈呈される。稼働中のブレナン・モノレールカー、展示される。[4]

七月七日、日曜日。天文学者ノーマン・ロッキャー卿と昼食。『パンチ』誌の経験豊かな風刺画家リンリー・サムボーンと、九五年にオーストラリアで知り合った海軍大将シプリアン・ブリッジ卿を除いて、出席者は全員科学者。[5]可愛いフランチェスカを供と助けとして、二時間半の返礼訪問の馬車ドライヴ。[6]

七月八日、月曜日。バス・クラブでプラズモン社の取締役と昼食。[7]モーバリー・ベルのところで非公式の晩餐会。[8]

七月九日、火曜日。下院議会でベンジャミン・ストーン卿と昼食。多数の招待客、中でも主な人物は、バルフォー氏と駐英日本大使小村。[9]夜『パンチ』誌晩餐会。[10]

齢七〇歳を超えた白髪男性という太古の生き物は社交的訪問をしたくない。訪問時間がやって来るのが怖いし、一日のその仕事が終わると嬉しくなる。そうした人は訪問した人々が「外出して」いるのを見ると、罪深い喜びをしばしば感じ取る。だが、訪問が私にとって喜びになる秘訣を今は知っている。ほんの二週間イギリスに滞在している時に私は答礼訪問を延期する口実を絶えず探していた。その結果、この種の負債がたまってとても大きくなり、それが私の良心にとって重圧となっていた。その時、私が船内で出会った、優しくて、可愛い、魅力的な、一六歳の小さな乙女とホテルのロビーで偶然に出会った。[11]それで私の重圧はすぐに大切な宝物に変わった。私は母親からこの子供を借りて、それから毎日四時に私達はロンドン中を二時間にわたって駆け回り、返礼訪問をした。これほどまで軽快な仕事は今までなかった。私達はやがて訪問先をすべて回り終えて、毎日記録を新たにし、期日までにすべてを済ませた。その純粋で正直で魅力的な子供はどこへでも出かけた。彼女はイギリスのあらゆる階級の家庭に入った。彼女はイギリスのあらゆる年齢のあらゆる社会階層の人々から好かれた。彼女はイギリスの家庭生活のすべての面、最も惨めなものからずっと高いところまで見た。そして彼女の人好きのする態度と穏やかな謙虚さで、彼女はどこにいっても友人を作ったし、友人しか作らなかった。私はその典型的なアメリカの田舎育ちの少女を自慢にしたし、おそらくそれを隠すのにあまり努力しなかった。彼女はやがてブリンマー大学に入学するだろうが、彼女と同年齢のアメリカの田舎の小娘達の多くが獲得していない貴重な知識の一端を既に持っていた。私達は二週間にわたって毎日一緒に訪問し、私が帰国する時には私の用件はすべて終わっていた。

プラズモン社取締役との昼食会は仕事であり、相互に祝辞を述べた。七年前に私はプラズモン社設立に手を貸したのである。私はその株式五〇〇〇ポンド分を買い、額面通りの金額を支払った。それは今では八万ドルの価値があり、すぐにもっと高くなるだろう。何年か前にアメリカン・プラズモン社が設立されたが、しばらくすると取締役会によって資産を強奪され、だまし取られ、倒産してしまった。取締役のひとり――カリフォルニア州ロング・ヴァレー出身の詐欺師ヘンリー・A・バターズだが――は私からもその社への投資金をだまし取って、その額は三万二〇〇〇ドルにものぼった。(12)

『パンチ』誌の晩餐会は四週間のイギリス滞在の中でも最も楽しい思い出として残るだろう。その晩餐会は独特で際立っていた――それに匹敵するものはいまだにない。五〇年間にわたって『パンチ』誌の編集関係者は自社の食堂に週に一度集まって会食する。(13)そしてその間に次週号の文学や芸術について考え、議論し、計画し、調整する。『パンチ』誌は様々な方面での文学と芸術において名を成した外国人の訪問をいつも歓待し、ともに豪勢に会食しワインを飲んだ。だが会社の社員用の食堂で行うのは今回が初めてだった。五〇年間でその神聖な敷居をまたいで、その神聖な会合に参加する特権を与えられた唯一の外国人が私であった。このことを私は記憶しておこうと思う。

マーク・トウェイン、イギリスを離れ帰国

かの地で外国人がこれほどあたたかく歓迎されたことはかつてなかった。

彼が上陸した時には沖仲仕に声をかけられ、後には王室から栄誉を与えられた。

アメリカの外交官の社交態度が海外で注目を集める——役にあたるにはより多くの知的指導者が求められ、富裕な人はあまり求められない——米日関係はたいていのヨーロッパの首都では重大だと見なされている。

ニューヨーク『サン』紙・シラキュース『ヘラルド』紙——特報

七月一三日付、ロンドン発——マーク・トウェインは今日出航した。一ヶ月にわたる彼のイギリス訪問は素晴らしいものだったと言っていいだろう。彼ほどイギリス人から歓待された外国人はいない。彼の歓迎は彼が下船用タラップを降りて来た時に、埠頭にいた沖仲仕が突然歓声を上げて始まった。国の最高位の人々と最も偉大な人々がこの称号を持たない、全人類の友人に対して、あらゆる形で熱心に賞賛をおくった。あらゆる機会に大衆からあまねく歓迎されたことはこの上なく嬉しいと彼は語った。七二歳あるいは何歳の人でも、四週間に渡ってこれほど多くの行事をこなし、生きて物語を語るとは、驚くべきだ。クレメンズ氏は単に生きただけでなく、それでさらに勢いづき、帰国して他のどのアメリカ人も記録したことのない自伝の一章を書くことになる。

本当のことを言わねばならないとすれば、イギリスでのトウェインの人気は彼の本国におけるものよりも一層あたたかく、私的なものだ。彼は他の生きているどんな作家よりもイギリス人の心をつかんだのであり、イギリス人は彼に栄誉を贈りたいと望んでいる。今日の彼の出発に際しての声援は到着時のものとはまた違ったものになり、彼が別れに手を振った時、彼は感動し、一瞬沈黙した。

一九〇七年八月三〇日

パンチによるマーク・トウェインへの賛辞

パンチ氏があなたの健康を祝して乾杯します、旦那様。[14]

(1)第六代ポーツマス伯爵ニュートン・ワロップ（一八五六年～一九一七年）は自由党の政治家で、ヘンリー・キャムベル＝バナマン首相の内閣の一員だった。クレメンズは一九〇〇年三月二四日に彼とベアトリス伯爵夫人と会食をしたことがあった（「備忘録四三」、タイプ原稿六ページ、カリフォルニア大学蔵）。

(2)この朝食会はエイヴベリー卿（ジョン・ラボック卿、一八三四年～一九一三年）が催した。彼は銀行家で、政治家、科学ものの著者で、慈善家だった。クレメンズはラボックの『蟻と蜂と大蜂』が一八八二年に出版されると読んで、賞賛した。彼は一八九六年にインド洋を旅行していた時に再度この本を読み、『人間とは何か？』のための情報を求めてあさった（Gribben 1980、第一巻、四二七ページ～四二八ページ。SLC 1906a）。ラボックは事前にクレメンズに手紙を書いて、「文学上の、科学上の、二、三の友人をクレメンズに会わせたい」と伝えた（一九〇七年六月二〇日付書簡、カリフォルニア大学蔵）。その中でクレメンズが名を挙げているのは、物理学者ウィリアム・トムソン（ケルヴィン卿、一八二四年～一九〇七年）、地質学者チャールズ・ライエル卿（『自伝完全版第二巻』、二一二ページに関する注参照）、同じく地質学者アーチボルド・ゲイキー卿（一八三五年～一九二四年）である。

(3)クレメンズはこの日の出来事についてのアシュクロフトのもともとの覚書を脚色した。それには「写真のために二二回姿勢をとり、ヒステッドのところで一六回姿勢をとった」と書いてあった。写真家アーネスト・ウォルター・ヒステッド（一八六二年～一九四七年）は著名人の肖像写真を専門とした。彼の仕事場はベイカー通り四二番地にあった（Aschcroft 1907、四ページ。ヒステッドからクレメンズ宛、一九〇七年七月一一日付書簡、カリフォルニア大学蔵）。この旅行でクレメンズが肖像写真のために姿勢をとるようしつこく求められたのは本当である（例としては、Lathem 2006、二〇五ページ参照）。

(4)七月六日にサヴェジ・クラブ〈「未開人の集まり」の意味〉によるクレメンズのための晩餐会で、彼はイギリスで初めて白いスーツを着た（『自伝完全版第二巻』、二四九ページ～二五〇ページ）。それはアメリカの読者には一九〇六年に着て見せていたスーツだった。スピーチの後、彼はアスコット杯の金色に塗った石膏製の複製品を贈呈された。彼が本物を盗んだと暗に申し立てられ、それが新聞紙上で繰り返された冗談だったからである。模造の優勝記念品は本物の製造業者のガーラード社が用意した。アイルランド人発明家ルイス・ブレナン（一八五二年～一九三二年）がモノレールカーの実証実験を見せ、「ワイヤーケーブルにつながれて食堂のテーブルの回りを走った。六フィートの素晴らしい模型が瓶や燭台の間を曲線を描いて走り、早くあるいはゆっくりと行ったり来たりして、マーク・トウェインは大いに喜んだ」（「イギリス人、白い服を着たトウェインを歓呼して迎える」、シカゴ『トリビューン』紙、一九〇七年七月七日号、八ページ。この場でのクレメンズのスピーチに関しては、Fatout 1976、五七二ページ～五七六ページ参照）。

(5)クレメンズは以下の人物の名前を挙げている。天文学者ジョゼフ・ノーマン・ロッキャー卿（一八三六年～一九二〇年）、挿絵画家で『パンチ』誌の諷刺画家リンリー・サンボーン（一八四四年～一九一〇年）、クレメンズが一八九五年にオーストラリアを訪問した時のオーストラリア海軍駐屯地司令官で海軍大将シプリアン・ブリッジ卿（一八三九年～一九二四年）である。

(6)クレメンズは七月七日にフランシス・ナナリーをお供に従えて、以下のような人物を訪問した。ジョン・ヤング・ウォーカー・マカリスター（一八五六年〜一九二五年）一家（『自伝完全版第二巻』、四三四ページに関する注参照）、アメリカ人芸術家エドウィン・A・アビー（一八五二年〜一九一一年、一九〇七年七月二五日付「自伝口述筆記」、注4参照）、ランガトック男爵ジョン・ロールズ（一八二七年〜一九一二年）一家、ポーツマス伯爵と伯爵夫人（前記の注1を参照）、アレクサンダー・マクック陸軍少将未亡人アニー・コルト・マクック（クレメンズは夫妻とヴァージニア州オールド・ポイント・コムフォートで知り合い、マクック夫人は当時ロンドンに居住していた）、エイヴベリー卿夫妻（前記の注2を参照。一九〇七年七月七日付、ナナリー宛書簡、カリフォルニア州ハンティントン図書館蔵。マクックからクレメンズ宛、一九〇七年六月二六日付書簡、一九〇七年七月四日付書簡、カリフォルニア大学蔵。ナナリーに関しては一九〇七年七月二五日付「自伝口述筆記」およびその注3を参照）であった。

(7)英国プラズモン社に関しては以下の注12参照。

(8)C・F・モーバリー・ベルについては、一九〇七年八月二三日付「自伝口述筆記」の注3を参照。

(9)ベンジャミン・ストーン卿（一八三八年〜一九一四年）は保守党の国会議員で、下院の「ハーコート」食堂でこの昼食会を開いた。クレメンズとともに呼ばれた名誉招待客には、保守党指導者で前首相アーサー・バルフォア（一八四八年〜一九三〇年）と駐英日本大使小村寿太郎（一八五五年〜一九一一年）がいた。バルフォアはその発言の中で「英語の純粋さを守る必要性」を熱心に訴えた。クレメンズは「英語を純粋で穢れない状態に保つという自らの役割認識に」感謝し、「自らの手で悪化させることのないようにすると彼を納得させた」（「トウェイン、英国人のための仕事に着手」、シカゴ『トリビューン』誌、一九〇七年七月一〇日号、三ページ）。素人写真家のストーンは議会議事堂の外での昼食会の写真を撮った（口絵写真を参照）。

(10)以下の注13を参照。

(11)フランシス・ナナリーのこと。

(12)クレメンズは新たに設立された英国プラズモン社に五〇〇〇ポンド（約二万五〇〇〇ドルに相当）を一九〇〇年に投資した。彼が一九〇七年に投資額「八万ドル」の評価に至った根拠は不明（一九〇〇年四月八日から九日付、サーム・ロジャーズ宛書簡、『トウェイン・ロジャーズ書簡集』、四三八ページ〜四四二ページ）。

(13)ロンドンのユーモア雑誌『パンチ』誌の社屋はブーヴェリー通り四番地にあり、そこに食堂があり、そこで寄稿者による伝統的な水曜日晩餐会が行われた。しかしながら、クレメンズのための晩餐会は七月九日火曜日であり、「休業日で、水曜日晩餐会の日ではなかった」（Lucy 1909、第一巻、三六四ページ。Young 2007、四一ページ〜四二ページ）。

(14)この新聞記事は、（ニューヨーク州）シラキュース『ヘラルド』紙、一九〇七年七月一四日号からの切り抜きで、『パンチ』誌の風刺画も再掲した（一九〇七年六月二六日号、四五三ページ）。クレメンズはもともとの『パンチ』誌の説明文を簡略化して、「大芸術家に。パンチ氏（マーク・トウェインに向かって）『旦那様、あなたの健康を祝して杯を乾すことを自らの名誉とします。長生きせられんことを願い——そして幸福と——永遠の若さに、乾杯!』」とその切り抜きに書いた。バーナード・パートリッジによる原画は晩餐会の席でクレメンズに贈呈された。一九〇七年八月三一日付「自伝口述筆記」参照。

一九〇七年八月三一日、口述筆記

『パンチ』誌会食について続き——小さなジョイ・アグニューがクレメンズ氏に『パンチ』誌の風刺画の原画を贈呈——ジョイ・アグニューからクレメンズ氏宛書簡の複写。さらに彼の返信の複写。

二、三日前に『パンチ』誌のあの著名な老紳士が私の健康を「祝し」乾杯する姿の風刺画が同誌に掲載された。『パンチ』誌の編集関係者の全員がその晩餐会に出席し、編集長アグニュー氏は上座に座っていた[1]。そのほとんどは若く、私の知らない人だった——事実、リンリー・サムボーン、フランシス・バーナンド卿、ルーシー氏の三人を除いて誰も知らなかった[2]。ルーシー氏は何年も前に知っていたし、サムボーンとバーナンドはたっぷり一世代前から知っていた。五〇年前にその椅子に座っていたのは、リーチ、テニエル、ダグラス・ジェロルド[3]、他に今は亡き偉大な人々で、私はその姿を見せない人の面影がそこに出席し、満足しているような感覚になった。全員が着席し、ナプキンを今まさに取り上げようとすると、ある儀式があるのですよ、と低い声で囁かれた。厳粛な静寂と沈黙が、およそ一分間も続いた。それからクローゼットの扉が突然開き、そこからバラのようなピンク色の服で着飾った小さな妖精が飛び出し、満面の笑みと興奮をたたえて私の方へとやって来た。そして額に入った『パンチ』誌の風刺画の原画を両手に持っていた——彼女の体の半分もあるような大きな絵だった。彼女は私の近くで立ち止まり、お辞儀をして、魅力的な品位と身のこなしと教養のある言葉で、感動的で美しく短いスピーチで私を讃えてくれた。私は彼女の手からその絵を受け取ったが、私が上手く声を出せずに「ありがとう」とつぶやく前に、彼女はもう一度お辞儀をして、クローゼットの中に飛ぶように隠れてしまった。

これは私の長い生涯の中で最も可愛らしい出来事だったと思う。そのことを思い出すと今でも心臓は高鳴り、鼓動が早くなる。その小さな妖精は八歳のジョイ・アグニューで[4]、編集長の娘だった。当然みなが彼女の再登場を求め、彼女は軽やかに出てくると、父親の膝に乗り、そこに座った。元気なバラ色の顔つきで優しく、とても可愛らしく、新鮮で若い愛らしさでその場全体を明るくし、その無邪気さでみなの心を満たした。彼女は半時間ほどそこにいて、それから親に言われて、別れの挨拶をし、使用人に付き添われて退席した。彼女は嫌がり、今まで一度もその場所に入れてもらったことがなかったから、もう二度と入れることはないと言うのだった。彼女はその祝賀会で、いつまでも記憶に残り、匹敵する者も競争相手もいない目玉だった――私は何ら嫉妬することなくそう告白する。その輝く姿の幻惑と歓喜をしずめるのにしばらくかかった。それから我々は我に返ってスピーチと愉快な話で楽しく過ごした。

そのジョイ女史が私に署名入りのポートレイトを求めたのだと思う。いずれにせよ彼女に送ると、お返しに彼女は一〇〇通の手紙に匹敵するほどの価値のある手紙を書いてくれた。こちらに戻って二、三日してアメリカでそれを受け取った。子供の手紙としては完璧だと思う。その素直さと純粋さ、躊躇せず確固とした自信のゆえに、私はその小さな書き手の将来に強い関心を抱いている。ここにそれを転載する。その最後のところで彼女は「あなたが私を憶えていて下さることを望みます、あなたの、敬由愛情を込めて、ジョイ・アグニュー」と書いている。その言葉が彼女と私の関係としては隔たりがあり過ぎ、冷たすぎ、形式的過ぎると彼女は分かったのだ。それで彼女は単語の中ほどで書くのを止め、棒線を一本引いて消したのだ。それではその単語をすべて隠すことにはなっていないけれども。もっと年齢の上の器用な人ならそれを跡形もなく消して、そんな考えが頭に浮かばなかった振りをするだろうが、この子供は心が開かれており正直なので、彼女の心の中にはごまかしの余地はなかったのである。

一九〇七年七月一五日。

月曜日

リトルコート、
ファージングストン、
ウィードン。

我が親愛なるマーク・トウェイン様、
美しい写真をおくって下さって大変ありがとうございました。私のことを憶えていていただき、とても感謝しています。私の家には美しい花壇があり花がたくさん咲いていますペットもとてもたくさんいます。そのことをお話しします。私のペットは、チャボが三羽、金魚三匹、鳩三羽、カナリア六羽、犬二匹、それに猫一匹です今イートン校にいる兄のユーアンのペットは、金魚九匹、猫一匹、犬一頭、それに仔馬ですおとうさんは犬を一匹飼っていておかあさんは雌鶏をたくさん飼っていて、ミツバチもいます。私達の家には私達だけの庭があって、おとうさんがシーソーを作ってくれることになっています。もちろんこれは全部田舎にあります。木曜日には結婚式に行きます。あなたが私を憶えていて下さることを望みます、あなたの、敬由愛情を込めて、
ジョイ・アグニュー。

返信。

タキシード・パーク
ニューヨーク。
一九〇七年

ご機嫌いかがですか、親愛なる、優しくて可愛い、「喜び」という名前通りのジョイさん！　あなたがあの真面目な燕尾服を着た人達に、閃光と輝きを投げながら座っていたあの夜の姿を、私は今でも生き生きと思い出すことができます

「空にたったひとつ
　またたく
　星のように美しい(5)」。

そうです、あなたはたったひとつのものでした——**あなた**は他とは比べものにならないくらいでした、愛しい人。ええ、あなたは**まさに**勲章です、可愛らしい魔女さん！　あなたの家の花壇は贅沢過ぎるほどにお金をかけているのですね！——**あなたは**十分ではないのですか？　そして他の花を何のために妨害しようとするのですか？　それは正しい精神ですか？　よく考えていますか？　親切だと思いますか？　あなたが庭に出た時に他の花がどう感じるか——**あなたのように**美しく見えていると思いますか？　そしてあなたはとても素晴らしいピンク色で、上品で、愛らしく、この世のものとは思えないでしょう？　さても、もちろん、他の花は困惑してぎこちなく感じていますよ。私の考えではそれはこの上なく憐れでしょう。さあそれで、あなたが改めたいのなら、すぐに始めなさい。

あなたはとても恵まれています、ジョイさん。

チャボ三羽。

金魚三匹。

鳩三羽。

カナリア六羽。

犬二匹。

猫一匹。

あなたに必要なもの、今、永久に手に入らないものは、もう一匹の犬です——たったもう一匹の、善良な、おとなしい、高い信念を持った、愛情深く、忠実な犬です。夜にはあなたの部屋の入口に寝そべり、やって来るものすべてに噛みつくという、最高の特権以上に高貴な役目は望まない犬です――そして私こそ、その犬となりましょうし、帽子を落として合図するだけですぐに行きましょう。

私の愛情と感謝をあなたの「おとうさん」とオーウェン・シーマンさん、パートリッジさん、[6]それに抑圧されて踏みにじられている他のあなたの臣民達にお伝えいただけませんか、最愛の小さな暴君様？

膝を屈してお願いします！　これらを――もう一人のあなたの臣民より、忠誠の誓いのキスを込めて――

マーク・トウェイン。

(1)クレメンズは『パンチ』誌社主で経営担当取締役フィリップ・L・アグニュー（一八六三年～一九三八年）のことを言っている。編集長はオーウェン・シーマンだった（「P・L・アグニュー氏」、ロンドン『タイムズ』紙、一九三八年三月九日号、一六ページ）。

(2)リンリー・サムボーンについては、一九〇七年八月三〇日付「自伝口述筆記」の注5を参照。フランシス・バーナンド卿（一八三六年～一九一七年）は一八八〇年から一九〇六年まで『パンチ』誌の編集長を務めた。ヘンリー・ウィリアム・ルーシー（一八四三年～一九二四年）は「トビー・M・P」の筆名で議会の議事録を『パンチ』誌に書いていた。この会に出席していた『パンチ』誌の寄稿者に関する思い出については、Lathem 2006、二一二ページ～二一四ページを参照。

(3)ジョン・リーチ（一八一七年～一八六四年）とジョン・テニエル卿（一八二〇年～一九一四年）は挿絵画家。ダグラス・ジェロルド（一八〇三年～一八五七年）は劇作家でユーモア作家。

(4)イーニッド・ジョスリン・アグニュー（一八九八年～一九二一年）は、両親のフィリップ・L・アグニューと妻のジョーゼット・アグニューからジョイと呼ばれていた（Whitaker 1907、一一ページ。Farthingstone Village 2014。「P・L・アグニュー氏」、ロンドン『タイムズ』紙、一九三八年三月九日号、一六ページ）。

(5)ワーズワスの「彼女は人跡未踏の地に住んだ」より（Wordsworth 1815、第一巻、一三〇ページ）。

(6)『パンチ』誌編集長オーウェン・シーマンに関しては、一九〇七年七月二五日付「自伝口述筆記」、注8参照。ジョン・バーナード・パートリッジ（一八六一年～一九四五年）は一八九一年からその雑誌の挿絵画家を務めていた。

一九〇七年九月四日、口述筆記

クレメンズ氏の本『人間とは何か?』に関するヘンダーソン教授からの手紙の複写。クレメンズ氏がこの本の執筆に関して語る。マンデー・イヴニング・クラブでその一章をお披露目すること、そしてダブルデイ社から最終的に二五〇冊出版すること。

イギリスでの私の冒険談についてすぐにでも再開せねばならないのだが、今朝ヘンダーソン教授から手紙が届いたので、そのことに関する私の関心は当面わきにおいて置くことにする。ヘンダーソンは六月にイギリスに航行した際に同じ船に乗り合わせた人で、彼と知り合ってからは彼のことが好きになり信頼し、私は密かに『人間とは何か?』を彼に一冊進呈した(1)。

私は過去八年か九年の間に、何度もその小さな本を出版したいと強く望んだが、出版することが賢明であるかどうかという疑念のほうが、出版したいという欲望よりもいつも少し強かったので、結果的にその冒険的事業はなされなかった。その小さな本で表明したように、私自身の信条に従えば、出版は必然的にあり得なかった。というのは、人の心の中に二つの願望がある場合、人はその二つの間で選択することはできず、最も強い願望に必ず従うことになるからだ。今までに生きてきたあらゆる人類の性質の中に自由意志というようなものは存在しない、というのが私の信条なのである。

私は二五年間から三〇年間、自分の信条をかなり自由に会話の中で話してきたが、聞き手がその話が好きかどうかを配慮したことは一度もない。それでも、私はその一線を越えられなかった――実際に出版すると考えると身震いした。ゆり籠にいる時からずっとその反対側の考え方に沿って育ってきた人々、そしてそのために――それで全く十分な理由なのだ――私の言うことを理解できない人々から浴びせかけられるであろう非難に、私は耐えられないと思ってきた。私はこのすべてを早い段階で証明していた。ハートフォードのマンデー・イヴニング・クラブで四半世紀も前に、私はこの教えの一節を披露したところ、[2] そこにいた誰もがそれをあざ笑い、冷やかし、あしざまにののしり、嘘だ——一〇〇〇倍もの嘘だと叫んだのである。それは個人の美徳などというようなものの存在を否定する章だったからだ。人間は自らの助けもあるいは助けるための機会も必要性もない、単に自動的に動くように作られた機械でしかなく、機械はその何らかの有徳的な行為で褒められることもなければ、その逆の行為のために責められることもない。ちなみに、機械としての人間が霊感のすべてを外界から受け取るのであり、どのような考えでも自らの頭で考え出す能力はないと私は述べた。そして私はさらに、次のように言った。人間は義務を義務のために履行するのではなく、義務を履行することから個人的に獲得できる満足感のためにするのであり、もしその義務を回避したとすれば負わねばならない個人的不快感のためにするのである、と。さらに私は、自由意志というようなものは無いし、自己犠牲というものも無いことを示した。

クラブの面々は私を手荒く扱った。彼らは私が人間の尊厳をはぎ取ろうとしていると言った。それで私は、人間が持っていない特質を人間からはぎ取ることはできないのであり、尊厳をはぎ取ることはできないだろうと言った。私のこの狂気の教義が世の中で受け入れられたとすれば、人生は最早生きる価値がなくなると彼らは言った。それで私は、そのことによって人生が以前あった状態に戻るだけなのだと言った。

そこにいた人々はハートフォードで最も聡明な人々であった——事実、彼らは非常に優れた知性の持ち主だった——だが、私のほんの一束ほどの、いたって単純で、明らかな真実を彼らの知性でも理解できなかった。というのも、その入り口が、愚かな先祖から受け継いできた、そして精査することなく従順に受け入れられてきた、愚かで間違った教えで完全にふさがれてしまっていたからだ。その邪魔物が取り除かれるまでは彼らの知性が私の信条を高い知性をもって精査し、高い知性をもって判断を下すことはできないのだろう。どんなに知性ある人でも、物事がその教えや遺伝的なものと対立している時には、それを精査する状態にはない。ベイコン卿が数世紀も前に指摘しているように、[3] それはそうした偏見や偏愛や遺伝的特質が一掃されて初めて可能なのである。それらの有能な人々が見慣れない教義に直面した場合にはただの子供で、無能な人になるのであり、私の信条を一般大衆に示したならば、結果はたったひとつしかないということを私はその晩に実感したのだ。私の信条はたったたひとりの改心者をも出さないし、加えて私は狂人とみなされるだろうと思った。それゆえ私は自分の考えを入念に説明し、本の形で広めようという考えを捨てた。

その晩の私の哀しい努力は部分的には概要説明だったが、主なところは話だった。何年か過ぎ去り、ついに、私は、一八九八年にウィーンで、小論の形ではなく会話体の形式でそれを書き、そして第一章を完成させた。私はそれをウィーンを通りかかった、フランク・N・ダブルデイに読み聞かせた。彼はそれを持って行って出版したいと言ったが[4]、私はそれを印刷し批評を受ける気持ちにならなかった。時の経過の中で私は時折それに一段落、あるいは一章を付け加え、ついに一九〇二年、それを完成させた。そしてさらに、一九〇四年にもう一度完成させた。結末の章を破棄したのである。その章の主題は「道徳感覚」であった。実際には私自身もその章には我慢ならなかった。他のすべての章が優しく上品だったが、それだけ無礼なもので——実際には暴動を引き起こすようなものだったからだ[5]。

ダブルデイが再びそれを出版したいと言ったが、私はハートフォードの一件を思い出し、断った。彼は小さな水雷の形で水面下に隠された私的な流通を提案してきたので、私はそれに合意した。彼は二五〇部を私のためにデ・ヴィン出版社で印刷してくれ[6]、デ・ヴィン社の部長だったJ・W・ボズウェルが求められて彼の名前で著作権を取得したので、誰がその本を書いたか彼はいまだに知らない。ダブルデイは一〇冊か一二冊をこちらの人々に送り、イギリスではボズウェル氏を通じて送り（もちろん著者名を隠して）、私自身は四冊を思慮深い人に進呈した。『人間とは何か？』の「序文」は以下の通りである。

> 一九〇五年二月。この文書のための研究は二五年から二七年前に始まった。この文書は七年前に書かれた。それ以来私は一年に一度か二度それを精査し、満足した。私はもう一度それを精査し、それが真実を語っていることに満足している。
>
> 　そこにあるすべての思想は何兆人もの人々による（明らかな真実として受け入れられた）思想であり、隠蔽され秘められてきた思想だ。彼らはなぜ発言しなかったのか？　それは彼らが周囲の人々からの不同意を恐れた（そして耐えられなかった）からである。私はなぜ出版しなかったのか？　同じ理由が私を引き止めたのだと考

えている。他の理由は見当たらない。

傍点の部分は本書からの引用であり、そこでは次のように主張している。つまり、人間は自分が望まない危険なことをすることがしばしばあるが、生まれながらにそう造られているのであって、危険なことをしないでおくことに耐えられないのだ。造りの異なる人はそれをしないでいても不快感を感ずることがない。ここでヘンダーソン教授の手紙を転載したい。

ノースカロライナ州ソールズベリー
一九〇七年八月二六日

我が親愛なるクレメンズさん——

イギリスで受けられた壮大で熱烈な歓迎の余韻から、もう今ではもとに戻られたものと望みます。人が本当に偉大になると、世界はその人にさらなる偉大なことを——歓迎会や晩餐会や、何千もの異なる寄り道で——させないようにすると言ったのはゲーテではなかったでしょうか[7]？

先日ニューヨークに行った時にあなたに会いに走り出ることができればとても強く願ったのですが、残念なことにすぐに家に戻らねばなりませんでした。こちらに戻ってからあの本——『人間とは何か？』——を読みました。とても親切なことにあなたがロンドンで私のもとに送って下さったものです。言わば自然のままの〈原文フランス語〉人間をつぶさに直接研究したことから生じたあなたの観察が、そのほとんどの点で現代の最も偉大な思想家の見方と一致していることを発見して仰天しています。その思想家達は哲学者であることを自称し、書く時には必ず意識的な哲学的意図をもって書く人達です。

あなたの全体的な論旨に賛同しているのはショー氏だけではないと思います。ゆり籠から墓場に至るまで人間がするたったひとつのことには、**唯一無二の**目的しかありません——**自分自身**のために心の平安、精神的安寧を確保することです。ショー氏はこの論旨を要約した劇を実際に書いていて、そしてその劇のまさに出だしのところがあなたの主張をぼかして表明したのです。つまり、これまでに内側から生ずる思想を持っていたのは神々だけであるという主張です。『悪魔の弟子』のディック・ダジョンは、彼の家族のあまりに過激でとんでもない清教徒主義と、彼の周囲の魂を破壊する宗教的偏狭さに駆り立てられて、悪魔の支持者になるのです。彼はひとりの人物、司祭の命を救うために慎重に絞首台に進んでいくのです。彼はその司祭に対して愛情も、献身も、忠誠心も、あるいは何らかのつながりも全く無いのです。司祭の妻が自分のためにディックが犠牲になったのだと感傷的に空想して、刑務所に出かけて彼を愛したいと申し出ると、彼は清教徒の禁欲主義以上の愛を軽蔑して彼女をしり込みさせるのです。つまり彼は彼女のためではなく、誰かよそ者のためでもなく、自分自身のために司祭の命を救うのです。彼が従ったのは彼の本質の法なのです。彼は霊的満足を求めるその内的欲望を満足させねばならなかったのです。マルティン・ルターの場合と同様に、ディックの場合もモットー〈原文フランス語[8]〉は、他にどうすることもできない〈原文ドイツ語[9]〉なのです。かつてショー氏が説明したことがありますが、ディックは、炎上する建物から子供を救い出すのを拒否できないのと同様に、自身の本質から生ずる避けられない命令を拒否できなかったのです。そして同じ劇の中で司祭は同様の変身を経験するのです――世間の目から見ると同じ様に超自然的なのですが、彼自身にとっては完璧に自然なのです。それは自分を突き動かしている本物の意志の発見にあるのですから。

　フリードリヒ・ニーチェも、ヘンリック・イプセンも、バーナード・ショーも、みな程度の差こそあれ、かなり明確に義務の拒否を主張しています。ニーチェは通常の善悪の概念を一生懸命捨てようとしていますし、超道徳に関する新たな体系を構築しようとしています。そこでは抽象的な善悪基準は相対的基準に置き換えられ、いわゆる良心と呼ばれるものは増大する個人的責任感に取って代わられるというのです。その全作品を通じてイプセンは、伝統的な義務感への服従が良い結果にいたるのと同様に悪にもいたること、そして個人の意志を成就しないことがまさに自らに対する犯罪に他ならないことを主張しています。頻繁に引用されるイプセンの言葉、「自分自身の生を生きる」に何らかの意味があるとすれば、まさにこれを意味しているのです。彼は偉大な新教徒で、行動に関する判断の個人的権利をあらゆるところで求めています。伝統的な基準の義務への服従ではなく、個人の内的本質の満足がイプセンの最高の行動基準なのです。

　人々は義務のためだけに、あるいは何よりもまず義務のために何かをすることは決してないというのがショー氏の根本的な理論です。ニーチェと同様に、彼は因習とは牢獄であり、ある特定の行動基準を正当化する十分な理由がいつでも見つかるので合理主義は破綻《はたん》をきたしていると信じています。人々はしなければならないから何かをすることは決してなく、したいからするのです。それから人々は自分達の行動に対する事後の言い訳を探すのです。しかし彼はラブレーの格言、汝の望むことを成せ〈原文フランス語〉[10]を市井の人にいたずらに提唱する者では決してありません。義務の基準を制定した機関は、自分では考えようとしない大多数の人々の代わりに考えるために、将来も長い間存在し続けなければなりません——個人の意志が世界の意志と同じだと個人に確認させるためです。そして自由意思に関する彼の理論はあなた自身のものと同じだと私は確信しています。

　あなたの本が読めたことはとても大きな名誉でしたし、この時代の最も実り豊かな哲学的概念を明確に表現して下さったと分かったのも大きな収穫でした。あなたは、近代芸術の偉大な作品の中に暗黙にしか存在しなかった多くの概念を完璧に、具体的に表現してくださいました。そしてあなたの**訓戒**は賞賛を越えています。「絶えず努力してあなたの理想を高く引き上げ、さらに引き上げて、行動における最も大きな喜びを発見できる頂点にまで達すれば、それはあなたを満足させつつ、隣人と共同体社会にきっと恩恵を授けることになるでしょう」。

　約一週間前、ニューヨークの新聞に出た三本か四本の私の会見記事のうち、ひとつを同封します。

アシュクロフト氏に心からよろしくお伝え下さい。そしてあなた様の健康と幸福を真心より念じております。

敬白、

アーチボルド・ヘンダーソン。

ブライスウッド。

　私はニーチェもイプセンも読んだことがなかったし、[11]他の哲学者も読んだことがなかった。また、そうする必要もなかったし、そうしたいとも思わなかった。情報を求めて水源に行ったのである——つまり、人類のところに行ったのだ。すべての人が自らの体の中に全人類を持っているのであり、欠けているものは少しもない。私は何も欠けていない全人類である。私はこの数年間たゆまず強い関心をもって人類を自らの体の中で研究してきた。私は、その人類の大多数の中で発見できるあらゆる特質もあらゆる欠点も、大なり小なり、私自身の中に発見する。あらゆる思想の中で私自身の頭の中を通過しなかった思想はたったひとつも無いし、私が生まれる前に数兆人の頭を通過しなかった思想もひとつも無いと知っていた。どの哲学でも独自の思想などというものはひとつも無いし、私自身も世界にひとつの独自な思想など供給できない。たとえそれを発明するのに五世紀の時間があってもできない、と知っていた。ニーチェは自分の本を出版し、すぐに世界から狂っていると言われた――それは、ニーチェが信じているのとまったく同じことを信じていながらも、その事実を隠し、ニーチェをあざ笑った、数万人の聡明で賢い人々がいるこの世界から公言されたのである。すべての人は何とも臆病者であることか。他の人々から離れて座って、自らよく考えるだけで、確実にそうと分かるだろうに。人類は臆病者の種であり、しかも私はその行列の中にいるだけでなく、旗を振っているのだ。

(1)アーチボルド・ヘンダーソンはジョージ・バーナード・ショーの公認伝記作家だった（一九〇七年七月二五日付「自伝口述筆記」、注1参照）。クレメンズは哲学的対話作品『人間とは何か?』を一八九八年から一九〇五年後半の間に書き上げ、一九〇六年に私的配布用に限定版を印刷させた（『自伝完全版第二巻』、三三二ページに関する注参照。SLC 1906a）。

(2)クレメンズは一八八三年二月一九日にマンデー・イヴニング・クラブで話をして、「幸福とは何か?」と題する小論を朗読した。これより少し前の備忘録に「誰でも、どんな行為でも、本当に無私であろうか（クラブの小論にはいいテーマだ）」と記していることから判断すると、この小論は『人間とは何か?』の萌芽となっている（『備忘録第二巻』、四九八ページ、注二一四）。クレメンズのこの小論は、クラブで読まれたように、最終的な本の形の『人間とは何か?』の一部分にもならなかった（以下の注4参照。『人間とは何か?他』、四ページ、一一ページ～二〇ページ、二二四ページ～二二四ページ。マンデー・イヴニング・クラブに関しては、『自伝完全版第一巻』、二六九ページに関する注参照）。

(3)フランシス・ベイコン（一五六一年～一六二六年）は哲学の進歩が「偶像」――遺伝的偏見と遺伝的欠陥――によって妨害されていると考えていた。彼は『ノヴム・オルガヌム――新機関』（一六二〇年）の中で、「共有している理論と観念を完全に廃棄し、そうして何もなくなって水平化したところで、特定の研究に新鮮な気持ちで知性を向けること」を求めた（Francis Bacon 1841、第三巻、三六二ページ）。

（4）『人間とは何か？』の創作過程は複雑である。それに関する記述は、『人間とは何か？他』の六〇三ページから六〇九ページを参照。フランク・ネルソン・ダブルデイ（一八六二年〜一九三四年）は出版者で、一八九七年にサミュエル・シドニー・マッカラ（一八五七年〜一九四九年）とともにちょうど出版社を立ち上げたところだった。これが一九〇〇年にダブルデイ・ペイジ社となる。クレメンズがダブルデイに読み聞かせたのは、おそらく「良心の本当の特質とは何か？」の原稿だったと考えられる。これは一八九八年の四月と七月にウィーンとカルテンロイトゲーベンで書かれた。書き改めと再入れ替えと題名変更の後、これが『人間とは何か？』の本体の約半分の部分になる（『人間とは何か？他』、一一ページ〜一五ページ、六〇三ページ〜六〇九ページ）。ダブルデイはクレメンズの哲学に個人的には関心が無く、「その全体が狂った作品だと私は考え、彼にそれを忘れるようにと促したが、彼はそれがこれまでに自分の書いたものの中で最高の作品だと考えていた。（中略）私は、それが下手な作品だといつも考えていたし、今でもそう考えている」と回顧録の中で述べている（Doubleday 1972、八七ページ〜八八ページ）。

（5）「道徳感覚」はおそらく一八九八年七月に書かれ、『人間とは何か？』の最初のタイプ原稿から削除され、印刷されることはなかった。だが他の原稿もタイプ原稿での版もマーク・トウェイン・ペーパーズに現存している。それは、人類が道徳感覚を無くして道徳基準の支配を受けない動物であれば、もっと良い生活ができるだろうと主張している。しかしながら、これは特に「暴動を引き起こすような」ものではないので、クレメンズが削除した「神」と題された別の章のことを思い出していたのかもしれない。この章を彼は削除した「道徳感覚」の代わりになるものと簡単に考えていたと思われる（『人間とは何か？他』、四七二ページ〜四七五ページ、四七六ページ〜四九二ページ）。

（6）著作権は、デ・ヴィン出版社総支配人のＪ・Ｗ・ボースウェル（「ボズウェル」ではない）で登記してあった。二五〇部は一九〇六年八月に用意された。

（7）ゲーテの『エッカーマンとの対話』に「世界のために何かをするのなら、それをするのが二度目にならないように十分気を付けることだ」とある（Goethe 1930、三八ページ）。

（8）「合言葉」の意味。

（9）「他にどうすることもできない」はマルティン・ルターが言ったとされる言葉で、一五二一年にヴォルムス帝国議会で述べた。

（10）ラブレーの『ガルガンチュア』（一五三四年）の中で「テレームの僧院」の座右銘が「汝の欲することを行え」である。

(11)クレメンズはこれらの著者との出会いを完全に失念していた。オリヴィアは一八九〇年にイプセンの『人形の家』を(明らかにドイツ語で)読んでいること、そして次に『幽霊』を読むつもりであると手紙に書いている。クレメンズは、「近代の服装をした古代人達」(一八九六年〜一八九七年)という断片的原稿の中でイプセンの作品を良く知っているとおくびにも出さずに、彼を時代の指導的人物として触れている。後に、一九〇六年に彼はイプセンの全集を所有し、その中にはエドマンド・ゴスとウィリアム・アーチャー訳の『ヘッダ・ガーブレル』と『大工の棟梁ソルネス』が含まれていた。クレメンズは、イザベル・ライオン所有だが、ニーチェの『ツァラトゥストラはかく語りき』をも一九〇六年八月八日にざっと読んでいた――その後で「あー、ニーチェなんてくそくらえだ。彼は明快な文章で書いて自分の魂を救えなかったのだ」と叫んだと伝えられている(Gribben 1980、第一巻、三四三ページ、第二巻、五〇八ページ。オリヴィア・L・クレメンズからグレイス・E・キング宛、一八九〇年二月二五日付書簡、複写をカリフォルニア大学蔵。Brahm and Robinson 2005)。

一九〇七年九月六日、口述筆記

スタンリー夫人を訪問。さらにウィルバーフォース助祭長を訪問。そこで聖杯が展示されており、クレメンズ氏に関わるその発見物語が助祭長から語られる。

アシュクロフトの覚書――

クレメンズ氏が、探検家の未亡人スタンリー夫人を午後訪問。

実際、それは私の最も初期の訪問のひとつだった。スタンリー夫人は以前と変わらず情熱的で、直情的で、私が何年も前、最初に彼女を知った時、誇り高く幸福な若い花嫁だった時と同様に、自分の感情を隠さなかった。[1] スタンリーは三年半前に亡くなったが、彼女の昼も夜もすべてが夫を崇拝することにささげられていると思うし、彼女にとっては彼が生きていた時とほとんど同じように存在していると私は信じている。彼女は熱心な心霊主義者で、彼女は長い間その教団の雰囲気の中で生きてきた。彼女の妹で未亡人のマイヤーズ夫人は、英国心霊協会前会長で心霊主義者の中心的人物の妻だった(2)。あちらの世界の物事に全く関心がない私にとっては、そうした物事について我々は一切わからないと確信している。しかし、間違って、失礼なことに、傲慢にも、そうしたことを全く知らない状態に置かれてきた者にとっては、スタンリー夫人のような人と話をすることは楽しく気晴らしになった。というのも彼女は断固としてそれらの存在を信じていたし、さらに信じているだけでなく、それらが重要だと考えていたからである。私にそうしたものがことごとく欠如しているのと同じ様に、彼女はそれらの存在を正確にあまねく信じて幸せで、満足していた。それで私達は立場を入れ替えることができるし、そうしても二人とも以前と同様、きちんとうまく生活していけると私は認識した。というのは、あらゆることが表現され行われた後では、霊的幸福をもたらしそれを維持する唯一無二の条件に疑いを持たないということだから。スタンリー夫人と私、さらにアフリカのジャングルで褐色に輝く赤ちゃんを崇拝し、宗教的疑いや不信に悩まされていない黒い未開人の三者は、全く平等で、等しく幸福な状況にある。私達のどちらも立場を互いのどちらとも変えることができるし、以前と同様に十分満足して暮らしていける。その交換によって誰もほんのわずかばかりの価値も犠牲にすることはない。スタンリー夫人は私を彼女の信念と信仰に改宗させたがっていた。一方で、私が彼女を私の立場へ改宗させたいと熱心になっていた時もあったが、その機会は過ぎてしまった。私は誰かの宗教的信念が疑いでかき乱されていないのに、それをかき乱すようなことを今はしない――それがたとえアフリカの未開人の宗教であってもだ。私は宣教活動――人類の交易の中で最も許されないものだが――をやめさせることはとても困難なことだと分かっていたのだが、そうせざるを得なかった。私がそれを実行し続ける時には、密かに赤面せざるを得ない。だから他の宣教活動を公的にも私的にもあざ笑い悪口を言うのだ。

スタンリーが未完の自伝を残していたことを知った。私の記憶が正しければ、そこには彼の子供時代、青年時代、大人になって間もない頃の詳細が自由に、しかも率直に書かれていて、南北戦争での冒険のところで止まっていた。スタンリー夫人はその出版準備をしている(3)。彼女がスタンリーの生涯でささやかれてきた陰口――つまり、彼の出生が卑しく、救貧院の生まれであること――を隠そうとしていないことを知って、私は驚き、大いに満足した。これらのことが隠され、忘れられるのを見て彼女が喜んだ時も間違いなくあったが、彼女はそれを乗り越えた。彼女は今や、より高くより立派な立場にある。その並ぶ者なき探検家がそうした卑しい出発点にもかかわらず、いかに高いところまで上り詰めたかを思い出す時、そうしたことが今では誇れるものとなっていると彼女はおそらく実感している。

私は再び私の日付を入れ替えたい[4]――今回は、人間の知的訓練として二つの奇妙なことを直接並べるためである。スタンリー夫人はスタンリーの霊がいつでも自分とともにあり、彼女の日常の問題について彼女と話し合っていると信じている――それは私には考えられないことである。それはウィルバーフォース助祭長にとっても考えられないことであろうか？　私にはわからないが、それはあり得るだろうと私は想像する。無原罪の御宿りや[5]、聖書に記録されているそれ以外の起こり得ないことが彼にとっては難題ではないのだろう。というのは、そうした事例に関して、彼は生まれた時から信じられないものを信じるように訓練されてきて、それにあまりに慣れてしまっているからだ。それが当然で身近なものになっているのだ――だがそうした種類の教育というのは、他の信じられないものを受け入れる準備とはならない。ねじ曲がっておらず偏見のない知性でそうした信じられないものの精査に当たるからである。ウィルバーフォース氏は教育を受けた教養のある人物で、洗練され、鋭い知性を持っているし、同じように教養を身に付けた家柄の出身である。それゆえ彼は、新たな驚くべきものを公平な知性で精査する能力を持っているし、おそらく彼は、無原罪の御宿りを受け入れるのと同じだけの十分な自信をもって、心霊主義の主張を拒絶するだろうと私は考えている。ウィルバーフォース氏は聖杯の存在を信じるために、生まれた時から訓練を受けてきたというようなことがあり得るだろうか？　ありえるとは思われない。だが彼は本当にその存在を信じているのであり、信じているだけではなく自らそれを所有していると信じているのだ。

この驚愕すべき事実を私が間接的に知ったのであれば、私はそれを信じられなかっただろう。また、公証人がすべての署名を保証した一二使徒の書きものからそれを得たのだとしても、私はそれを信じなかったであろう。自らの手に聖杯を持っていると信じている、教育もあり、教養も身につけ、高い知性をもつ人物にとっては、ミュンヒハウゼンの話も、考えられる他のすべての放埓な話も完全に無批判に信じられやすいに違いない、と私は言うべきだった。

私が今話していることに関する文書をアシュクロフトの次のような覚書の中に見つけた。

六月二三日、日曜日。クレメンズ氏は午後、ウェストミンスター、ディーンズ・ヤード二〇番地のウィルバーフォース助祭長を訪問した。ウィリアム・クルックス卿、ジェイムズ・ノールズ卿、マイヤーズ夫人（『人間の人格とその肉体的死後の存続』の著者の未亡人）、さらに七五人から一〇〇人がそこにいた。(6)

私が入っていくとすぐに私は助祭長から、とても注目すべき出来事が起こったのです、と告げられた――長く失われていた聖杯がついに発見され、その真偽について決して間違いがないのです！ と。(7) もしも耳元で銃を発砲されても、そんなにまでびっくりしなかっただろう。一瞬、少なくとも半瞬、彼が真面目に言っているのではないと思った。それからその推測は消え失せた。彼が真面目に言っているのは明白だった――確かに彼は熱心に、そして興奮して真面目に語っていた。彼が先導し、我々は人混みをかき分けて客間の中心まで行くと、そこに著名な科学者のウィリアム・クルックス卿が立っていた。ウィリアム卿は心霊主義者である。我々がウィリアム卿に近づくとマイヤーズ夫人が私に声をかけて来て、我々に合流した。ウィルバーフォース氏はそれから聖杯にまつわる残りの話をしてくれた。ウィリアム卿はそのすべてについて既に知っていて、さらにその驚くべきことを信じているのだった。要するに、話はこうだ。若い穀物商のポール氏という人物のもとに最近天使が姿を現し、古いグラストンベリ僧院のある場所に行けと命じ、その場所を掘ると聖杯を見つけるだろうと言われたのである。ポール氏は従った。彼が指示された地点を探し出し、そこを掘ると、四フィートの押し固めた堅い土の下からその遺物を発見した。これらすべてが六月二三日のこの時の会話から一週間か一〇日前のことである。

（1）クレメンズはヘンリー・M・スタンリーの未亡人ドロシー・スタンリー夫人（一八五五年～一九二六年）を一九〇七年六月二〇日の午後に訪問した。彼女はドロシー・テナントとして生まれ、芸術家で挿絵画家になった。彼女は一八九〇年にスタンリーと結婚したが、以前にアンドリュー・カーネギーや他の著名な男性と特別な関係にあった。結婚したばかりのスタンリー夫妻は、一八九〇年から九一年にかけてのスタンリーの講演旅行の途中、一八九〇年の一二月にハートフォードのクレメンズ家を訪問した（『備忘録第三巻』、五八七ページ、注四九)。

(2)スタンリー夫人の妹イーヴリーン・テナント(一八五六年〜一九三七年)は、裕福な随筆家で心霊研究者のフレデリック・ウィリアム・ヘンリー・マイヤーズ(一八四三年〜一九〇一年)の未亡人だった。彼は一八八二年に心霊研究協会の設立者となり、心霊現象の科学的検証に尽力した。この協会は一八八四年にクレメンズに入会を勧めた。彼の承諾の手紙が協会の『ジャーナル』誌に掲載され、彼は「とても強い興味」を表明し、「あなた方が思想転移、あるいは私がずっと呼びならわしてきた思念電信」を信じるとあった(Barrett 1884、一六六ページ)。クレメンズは協会の出版物を頻繁に読んでおり、自らの書いたものの中でも「彼らはものごとの心髄を見抜いていた。(中略)そして広大な陸や海を超えて、とても詳細で精密な方法で、精神が精神に働きかけうることを発見した。(中略)彼らは我らの時代に貢献してきた」と書いて、明確に推奨し称賛した(SLC 1891、九五ページ)。協会の記録では、クレメンズは一九〇二年まで会員だった。彼はマイヤーズを調査研究者としては高く評価してはおらず、彼の死の直後に彼について、「彼はとても簡単に信じ込んでしまう人だったと思います。私達が二人の霊媒者を訪ねると、彼とアンドリュー・ラングさんはその人達を素晴らしいと考えたのですが、かれらは明らかに全くの詐欺師でした」と書いた(一九〇一年三月二六日付、マッキストン宛書簡、マーク・トウェイン家博物館蔵[コネチカット州ハートフォード]。バレットからクレメンズ宛、一八八四年九月二六日付書簡、カリフォルニア大学蔵。『備忘録第三巻』、二六〇ページ〜二六一ページ、注一一一。Horn 1996、一〇ページ〜一二ページ)。

(3)ヘンリー・モートン・スタンリーの生涯と、クレメンズの彼との知己に関しては、『自伝完全版第二巻』、二八〇ページに関する注参照。スタンリーの自伝原稿は一八九〇年代に書かれたもので——「率直に」ではなく「自由に」——生涯の出来事を一八六二年八月のところまで書いており、この時彼は北軍を解雇されて間もない頃だった。スタンリー夫人はスタンリーの書いた日記や備忘録、その他の材料を使って自伝を「完成させて」、一九〇九に出版した。ハウエルズは一九一〇年二月に「スタンリーの自伝」は「今までに読んだ中で最も生き生きとした本だ」と書いて、クレメンズに読むように勧めた(Stanley 1909、ixページ、二一五ページ、二一九ページ。McLynn 1989、四三ページ。McLynn 1991、三八四ページ、三八九ページ。ハウエルズからクレメンズ宛、一九一〇年二月一一日付書簡、カリフォルニア大学蔵、『トウェイン・ハウエルズ書簡集』、第二巻、八五二ページ〜八五三ページ)。

(4)クレメンズは信じ込みやすいスタンリー夫人と同じように信じ込みやすいバジル・ウィルバーフォース助祭長とを並置する目的で日付を「入れ替え」ている。クレメンズはスタンリー夫人と六月二〇日に会い、ウィルバーフォースとは六月二三日に会った。ウィルバーフォースに関しては一九〇七年七月二五日付「自伝口述筆記」、注20を参照。

(5)『自伝完全版第二巻』、一三〇ページに関する注参照。

(6)この「アシュクロフトの覚書」はクレメンズの創造による拡充である。アシュクロフトの本当の覚書はもっと簡潔で、「ウィルバーフォース家で茶会、聖杯を見る」とある(Ashcroft 1907、二ページ)。

(7)ウィルバーフォースの家に展示されていた、浅い受け皿のような容器はウェルズリー・チューダー・ポール(一八八四年〜一九六八年)が前日に持ち込んだもので、彼はブリストルの穀物商で明敏な洞察力を持つ人だった。チューダー・ポールは過去五年間、グラストンベリに巡礼を繰り返し、「三人組の乙女」(彼の姉妹と二人の友人)と関係する中で、自分が「聖杯到来の道の準備」で極めて重要な役割を果たすと信じていた。一九〇六年九月に彼はその乙女達にグラストンベリ僧院近くの「ある聖なる泉」を探すように命じた。そこで乙女達はその容器を発見した。ポールはそれを知人のJ・A・グッドチャイルド博士に見せると、彼自身がそれを密かに泉に隠したという驚くべき情報を自ら明かした。グッドチャイルドは一八八五年にイタリアの古物商でそれを購入したと言った。後に、霊の声がして、それが聖杯であり、それを泉の中に置くこと、その場所で純粋な女性が定められた時にそれを発見することになると、伝えられたという。チューダー・ポールは一九〇七年の初期にその容器を古物研究家、聖職者、心霊主義者の精密検査にゆだね、様々な結果を得た。ウィルバーフォースは熱心に肯定し、科学者で心霊主義者のウィリアム・クルックス(一八三二年〜一九一九年)も当初同じ意見であった。一九〇七年七月二〇日にウィルバーフォースは自宅に約四〇人を招き、その人達の前でその容器を見せた。チューダー・ポールは自分の話をし、クルックスがその工芸品の調査研究のために一週間をもらった。その間に、「発見物」は短期間、新聞ネタになった(一九〇七年九月一二日付「自伝口述筆記」、注2参照)。クルックスはその報告書でその容器が近代の製造物か古代の製造物かを述べなかった。一九〇八年一月には専門家による委員会が「かなり近代の」ものだと結論付けた(Benham 1993、五九ページ〜八二ページ。*Annals of Psychical Science* 1907。Lathem 2006、一五六ページ〜一五八ページ)。

一九〇七年九月一二日、口述筆記

聖杯の話の続き。

聖杯は家の中にあった。相応の敬意によってそれを多数の人々に展示するのは禁じられていたが、ウィルバーフォース氏は私がそれを私的に見ることを認めてくれた。それで私は彼とウィリアム卿の後についていった。マイヤーズ夫人も我々に加わった。我々が遺物のある部屋に着くと、その発見者ともう一人別の人がそこにいた——後者はその場所の警備員と思われた。ポール氏はいたってみすぼらしく、普通の感じの木の箱を持って来て、その中から白いリネンの布でゆったりと包んだものを注意深く扱いながら取り出し、それをウィルバーフォース氏の手に委ねた。氏はその包みを開いた——急がずに、非常に注意を払い、厳粛に行った。その場に広がった沈黙自体が厳粛だったし、私はそれで感銘を受けていた。静寂と厳粛さは威圧する力を持ち、その場を支配する。リネンの布はかなりの長さであり、この力は時と機会を得て徐々に大きくなっていった。伝説によると十字架にかけられたキリストの血を受けたとされる神聖な器がついに目の前に現れた。そこにいた二人の人物の信念では、これこそまさに、ほぼ一九〇〇年前、全宇宙の創造主が人類の贖罪のために御自らの命を十字架上に放たれた後、夜陰に紛れて密かにニコデモに渡された器だった。[1] 一四〇〇年前のアーサー王の時代に、穢れなきガラハッド卿がはるか彼方の危険と冒険に満ちた土地で騎士として身を挺して探し求めた、あの杯であった。別のはるかな時代には王侯にふさわしい騎士がそれを発見しようと長く辛い努力に自らの命を投げ出して、失意のうちに果ててきたあの杯であった——そしてそれがついにここにあって、リヴァプールの穀物仲買人が血を流すことも旅をすることもなしに掘り上げたのだ。彼は明らかに、穀物の先物取引における二〇世紀の仲買人の持つ平均的な純粋さ以上のものを何も求められていない人物だった。堂々とした名前さえ求められていなかった——ガラハッド卿でもなく、ボールス・ド・ゲイネス卿でもなく、湖の騎士ラーンスロット卿でもなく——ただのポール氏という姓で、名前は知られておらず、おそらくピーターソンだろう。輝く鋼鉄の甲冑も求められていない。羽根飾りのついた兜も、紋章を飾った盾も、必ず死をもたらす槍も、信じがたい力を授けられた恐ろしい剣も求められていないのだ。事実、甲冑も武器も一切なく、ただ平民の使うつるはしとシャベルだけなのである。我々のすぐ目の前のここに、一九〇〇年間も有名だった聖杯があったのだ——ずっと求められ、ずっと祈りを捧げられ、ずっと探し求められ、これまで世界中で最も著名な遺物であった。そしてそこの、私達の手の届くところにその救出者のピーターソン・ポールがそこに立っていた。神よ彼をお守りください！ それはとても印象深い瞬間だった。

正確には、それは決してカップではなかった。壺でもなく、ゴブレット型の酒杯でもなかった。それは単なる受け皿で——白銀の受け皿を緑色ガラスが囲んでいるものだった。その両面には小さな花の文様が淡い色で描かれているのが透かし細工を通して見え、その穴を通して中に閉じ込められた銀の受け皿を見ることができた。大きさと言い、形と言い、薄さと言い、この受け皿は他の受け皿と全く同じだった。かつてそれはカップだったかも知れないし、広口の大杯だったかも知れないし、杯だったかも知れないが、もしそうだったとしたら、時がそれをしなびさせたのだ。

ウィルバーフォース氏はそれが本物の聖杯だと言った。それについて疑いの余地はないし、そのような器は今ではどこにも存在しない。その年代は四〇〇〇年より短いということはないし、硬い四フィートの土の下に隠されていたということは、四フィートの硬い土が形成されるには何世紀もかかることからすると、その古さを示すもうひとつの指標である、と言った。ウィリアム・クルックス卿は、科学者として最も厳格で冷酷な分析を受けるまで——しかもいくつもの分析を経て、しかも絶対的に正しいと証明されるまで——は、科学の一方的な啓示を決して受け入れようとしない人物だ。そんな彼がこうした子供の推論と空虚な論理に完璧に満足したし、この聖杯の純粋性を完全に信じ込み、その知らせを穀物仲買人に伝えた消化不良の例の天使の信憑性を疑いもしなかったのである。

私は長生きしてそれを半時間見ることができて嬉しかった——その驚くべきものを半時間見られて、である。それは私の人生の経験の中で特別なものとして際立っている。同じようなものはなかったし、ほんの少しでも似ているものすら本当にないのだ。人間が理性的動物であるという主張が疑わしいと私はずっと考えてきたが、この一件でその疑わしさは払拭された。私は今、政治と宗教に関することになると人間の推論する力は猿にも及ばないということをとても強く確信している。マイヤーズ夫人は心霊主義の雰囲気の中で何年も生活してきたし、その教団の主張を支持しているが、聖杯は彼女にとっては大きすぎた。彼女はこれを指さして密かに私に言った。

これがもしもアメリカの話であれば、聖杯の保証人が全キリスト教徒の最低部にいようと頂点にいようとも、国の端から端まで新聞各紙が笑いものにしたことだろう——ところがウィルバーフォース氏は偉大な**英国**国教会の高位聖職者である。この話もイギリスのものであり、それで全く異なったものになっている。我々は慣習に従って沈黙を守った。イギリスの新聞も同じだった。二三日から二週間か三週間経って、短い聖杯発見の記事が関係者の名前とともにロンドンの新聞に掲載され、(2)この記事が電報で送られてアメリカの新聞各紙に掲載された。しかし、この問題は大西洋の両岸で何も論評されることなく終わった。その日から今日にいたるまで私はそれに関することを見てもいないし、聞いてもいない。

(1)ここで推測される保証人はアリマタヤのヨセフであり、彼が聖杯をイギリスに運んだと考えられる。ニコデモはパリサイ人でアリマタヤのヨセフと協力してイエスの埋葬を行った（ヨハネによる福音書、一九章三九節）。
(2)ロンドン『エクスプレス』紙が一九〇七年七月二六日に聖杯の物語を報じた。新聞の普及率の例については、Lathem 2006、一五六ページ〜一五八ページ参照。

一九〇七年九月一三日、口述筆記

ローズヴェルトが選挙で買収を行った事実を『ワールド』紙が最近暴露したこと——ローズヴェルトに関すること——彼の企画したミシシッピ河下り旅行——クレメンズ氏がその旅行への参加と大統領の船の水先案内を断る——この出来事を語った詩の複写。

ウィンザーでの王による園遊会——

しかし今はそのことについては問題にしない。ローズヴェルト大統領と彼の異様な行動に関する、今日の最も新しく、最も新鮮で、最新の関心がひょっとして静まる時が来たら、それを取り上げることとする——彼がそれを鎮めることがあるといけないのだが、そんなことは起こらない。三日前に『ワールド』紙は、彼が大統領選挙を金で買収し、償いきれないほどに有罪だと証明した。彼がこのびっくりするような犯罪を犯したことは長い間疑われていた——実際選挙の日以来ずっと疑われていた——が今日まで証拠が挙げられなかったのである。対立候補のパーカー判事がその当時、議会で丁寧な言葉で非難したのだが、ローズヴェルト氏は強烈に否定した――そうやって不法行為に虚偽を重ねたのである。しかしながらそれで積み重ねが終わったわけではない――彼にとっては。彼は他の人の虚言を見抜くし、それを我慢できないのだが、自分はそれに慣れていたし、その才能があった。過去三年間に一度か二度、彼はこの国の中で最も清廉な一〇人ほどの人物を嘘つきだとあからさまに非難し、そのすべてでそのことに本当に衝撃を受けた様子をした。アメリカの歴史の中でローズヴェルト氏は最も驚嘆すべき出来事にいとも簡単になっている――コロムブスによるこの国の発見を例外とすればだが。ローズヴェルト氏による大統領選挙の贈収賄事件の詳細は今ではすべて暴露され、お金を提供した人の名前とそれぞれの寄付額さえもすべてわかっている(1)。その人物は大企業の長達であり、そのうちの三人はスタンダード石油の独占的支配者である(2)。選挙運動が終わった、投票日の一週間前に、合法的な選挙費用の使用がすべて終了した時に、ローズヴェルト氏は恐怖にかられ、ハリマン氏をワシントンに呼び出し、共和党がニューヨーク州を手に入れる方策を講じようとした。会談が行われ、ハリマン氏はその目的のために二〇万ドルを急ぎ集めるように促された。彼は二六万ドルを集め、それは選挙運動の最終週に選挙のために使われた――他の方法で金を使う期間は過ぎていたので、それは必然的に投票の買収のためだった。公開陳述でパーカー判事は現在次のように述べている(3)。

選挙運動の最終段階ではその実際的な使い道がたったひとつしかないことは明白だ。巨大な浮動票を確実に手に入れるために、すでに蓄積された資金を増やすことだ。選挙権を買いたいとする人々によって寄せられた金によって有権者を堕落させようということが長年行われてきた。

寄付されたお金の中から二〇万ドルがニューヨーク市で使われ、ハリマン氏の主張では五万票の浮動票を取り込み、それによって一〇万票がローズヴェルト氏に回ったという。

金がある会社は何年間も巨額の資金を共和党の権力維持のために提供してきたし、その見返りとして自分達の独占状態が守られ、保護されるという理解のもとにこれを行ってきた。この数年の間ずっと、この保護は合意に従って忠実に守られてきたが、今回は不信感が両者の間に生じた。ローズヴェルト氏は巨大法人を攻撃すると人気を得られると考えていた。(4) そして契約を躊躇わず、破った。ハリマン氏とそれらの人々は、ローズヴェルト氏を買収し、金も払ったのだが、市場で買える程度の値段で自分の名誉をいつでも売るつもりの人物にとって、それは何の価値もなかった――もっと言えば誇大広告でさえあった。

ローズヴェルト氏はシカゴ連邦判事を得て今や喜んでいる。というのも彼は自らの信条に従う人物だからだ。この判事はスタンダード石油に難癖をつけて二九二四万ドルの罰金を課した。(5) それが大きくて見栄えのする宣伝になるので大統領は喜んでいる。上訴を受けて控訴審がその判決を支持する可能性は全く無かったが、(6) 大統領はそんなことを少ししか気にしないだろう。彼は宣伝したのだから。

彼は遊説旅行でタフト長官に世界中を回らせた(7)――もうひとつの宣伝だった。

彼は合衆国海軍をマゼラン海峡経由でサンフランシスコに派遣している――そのすべてが見世物であり、そのすべてが宣伝なのだ(8)――もし海軍がその冒険旅行で使えなくなっても太平洋にはドックがないので修理できないと彼は知っているのだ。だがその遠征は大きな雑音をたてるだろうし、それがローズヴェルト氏を満足させることになる。

ローズヴェルト氏はこの国の産業を破壊するためにできることなら何でもやって来たし、産業はすべてなかば難破した状態にあり、彼が次にすることを寒さに震えながら注視している。あの大改革が宣伝になるのであれば彼はきっと大改革をするだろう。サンフランシスコを壊滅させ、世界中で騒がれたあの大地震は残念なことに地方の出来事だった。それは太平洋岸の狭く細長い地区に限られていて、ローズヴェルト氏と比べると大したことのないちょっとした奥地の入植地の出来事だった。彼が地震を起こす時は、大西洋から太平洋まで、カナダからメキシコ湾まで、全国土を激しく振動させ、小さな村でさえもそれを免れない。六ヶ月の間に彼は合衆国のすべての種類の財産の価値を減額させた――物によっては一〇パーセント、あるいは二〇パーセント、さらに五〇パーセント下がったものもある。六ヶ月前、この国は一一四〇億ドルの価値があった。今は九〇〇億ドル程度の価値しかない。(9) 国家の信頼は失われた。国家の名誉もやがて失われるだろう。ローズヴェルト氏は南北戦争以来この国に起こった最悪の災難である――だが国内の大多数の大衆は彼を愛し、熱狂的に愛好し、偶像視することさえある。これは単純な真実である。人類の知性に対する名誉毀損のように聞こえるだろうが、そうではない。人類の知性の名誉を毀損する方法などないのだから。

小さな問題にしよう。大統領はさらなる宣伝旅行にまさに出発しようとしている。今から二週間か三週間後に彼はミシシッピ河を視察するつもりだ[10]――約五〇年前、その大いなる繁栄の時に私は操舵手をしており、ずいぶん活躍したものだったが、今では惨めに見捨てられた古い水路になっている。彼はケアロから出発して蒸気船で河を下り、道中ずっと騒ぎを起こすつもりだ。彼は何らかの宣伝になるならば、財務省をごまかすための危険な計画に自ら手を貸すつもりなのである。今回は彼は大昔の強欲な一味であるミシシッピ河改良の共謀者達の手先として行くのであり、奴らは三〇年間にわたり財務省の血税を毎年吸い取り続け、それをあの役に立たない河の状態を改善するという空想的企てのために費やしてきた――明らかに、それは本当は対立する共和党の票田を満足させるためである[11]。こうした努力によって河が改良されることはなかった。というのも人間の努力ではできないことだからである。ミシシッピ河はいつでも自らのやり方があって、土木技術で何とか説き伏せられるものではない。取るに足らない籠細工の土木工事などいつでも引きはがし、どこでも好きなところへその膨大な水を溢れさせ、流し続ける。大統領の旅行はさらなる無駄な流用金のためであり、大規模事業が続いて起こり――さらに続いて起こって宣伝になる。

三週間か四週間前に、ケアロ市長が私に来賓として出席し、その陰謀に加わるようにと招待してきたが、私は自分の年齢ではそんなにも長い陸路の旅行はできないし、体へのそんなに強い負担にはとても耐えられないので、ご容赦いただきたいと答えた。メンフィスも同様に私を招待したが、同じ口実で言い逃れた。次に私が聞いたのは、私が招待を受け入れ、大統領の船を操舵する予定だという。ただし、私が船の首脳達を叩きだして、俗に言う、大統領の「欠けた」国にしてしまわないようにと、尊敬すべき上司のビクスビーを操舵室で私の監視役として立たせるのだという。つづいて、私が大統領の船の操舵を「断った」という根拠のない電報が登場した。それはいわれのない中傷だった。私は最高司令官の大統領に対して不敬を意味するような言葉を言ったことはなかった。私自身の自尊心のために私は決してそんなことをしなかった。しかしながら、詩が生まれることになった――それで私の気持ちは償われた[12]。私は詩を愛している――少なくともそれが私を宣伝している場合には。

マーク・トウェインから大統領へ。

注記——マーク・トウェインはローズヴェルト大統領がミシシッピ河下りをする予定の蒸気船の操舵を断った。

私はあなたのあの船の操舵を依頼されている、
　セオドア！　おお、セオドア！
ミシシッピ河の両岸に挟まれて、
　セオドア！　おお、セオドア！
だが、出発の前に私の私の言うことを聞いてくれ。
私には虚栄心はないので、自覚があれば
私はそんなことはしない、
　セオドア！　おお、セオドア！

私が舵輪の前に立ったなら、
　セオドア！　おお、セオドア！
あなたは自分にも握らせろと口を差し挟み、
　セオドア！　おお、セオドア！
あなたはその輪をも回すだろう——そう、
あなたがそれを叩くのが私にはわからない、
そして私はただ叫ぶだけだ。
　セオドア！　おお、セオドア！

「出て行け、自分が何をしているか分かってないんだ」と
セオドア！　おお、セオドア！
私があなたに言ったとしても、
セオドア！　おお、セオドア！
あなたは私をむっつりした顔で敵意を込めて見つめ、
私のどこかがおかしいと考えて、
チェッ、嘘つきめ、と言うだろう、
セオドア！　おお、セオドア！

いいや、いいや！　私のために舵を取ってはならない
セオドア！　おお、セオドア！
汝とどんな舟に乗り合わせても
セオドア！　おお、セオドア！
私はかなり年老いて時を失ってしまった、
私は名声も金銭も求めはしない――
そうとも、その呪われた老船をみずから操舵せよ、
セオドア！　おお、セオドア！

W・J・ラムプトン。

（1）この醜聞は一九〇四年の大統領選挙に関係していた。その年の一〇月後半に民主党の候補者オールトン・B・パーカー判事（一八五二年～一九二六年）は演説を行い、「頼りになる複数の人物が、彼ら［共和党員］が選挙を支配するために金を提供している」と述べた（「ローズヴェルトの求めに応じてハリマンが集めた有名な選挙資金の起源」、ニューヨーク『ワールド』紙、一九〇七年九月九

日号、三ページ)。議会は法人が選挙運動に献金するのを禁止する法案を可決したばかりであった。在職中のセオドア・ローズヴェルト大統領はあらゆる不適切なことを否定した。鉄道王E・H・ハリマン(一八四八年~一九〇九年)は一九〇七年四月に手紙で非難を再開し、それをニューヨーク『ワールド』紙に漏らした。ハリマンはローズヴェルトが地元のニューヨーク州で勝てないのではないかと懸念し、選挙資金として二五万ドルを集めることを依頼した。見返りに共和党上院議員チョーンシー・デピューをフランス大使に任命し、法人利益への攻撃を緩和すると約束した。選出されるとローズヴェルトはそのどちらも実行しなかった。それがハリマンの主張だった。ローズヴェルトはあからさまに反論し、ハリマンの話を嘘だと断じ、彼らの一九〇四年の書簡を公開した。『ワールド』紙は九月九日に攻撃を再開し、その選挙資金への法人の寄付者の名前と金額も併せて掲載した(「ハリマンは嘘を言っていると大統領は言う」、一九〇四年四月三日号、一ページ。「法人幹部、ローズヴェルト選出に現金持参」、ニューヨーク『ワールド』紙、一九〇七年九月九日号、三ページ。Lewis 1919、二三一ページ~二三四ページ)。

(2)一九〇四年のローズヴェルトの選挙資金に寄付したと報じられた三人のスタンダード石油幹部の中に、クレメンズの親しい友人で恩人のヘンリー・ハトルストン・ロジャーズがいた(残りの二人はジョン・D・アーチボルドとウィリアム・ロックフェラーだった)。事実だとすれば、ロジャーズの三万ドルの献金は驚くべきことだった。というのは、同僚の大物トマス・W・ローソンの証言によれば、ロジャーズは長年ローズヴェルトを軽蔑していたからである(Lawson 1904)。この選挙運動寄付金の問題は、ローズヴェルトの大統領任期の後も、一九〇九年のロジャーズの死後も、争われ続けた(以下ニューヨーク『タイムズ』紙より、「スタンダード石油一〇万ドル提供」、一九〇七年九月九日号、一ページ、「ローズヴェルト、大きな贈り物でも歓心を買えずと言う」、一九一二年一〇月五日号、一ページ)。

(3)パーカーの陳述は一九〇七年九月一一日付ニューヨーク『ワールド』紙に掲載され、広く転載された。

(4)共和党は伝統的に大企業に友好的で、支援をしてきた。しかしローズヴェルトの最初の任期の時に、彼が一八九〇年のシャーマン反トラスト法で指定された方針に沿って、法人の力を制限することを目指していたことは紛れもない事実だった。彼は一九〇二年にノーザン・セキュリティーズ社に対する反トラスト法訴訟を起こし、ウォール街に衝撃を与えた。次の年に、彼は反トラスト法に従ってスタンダード石油と衝突した。一九〇四年の再選の時に、彼はスタンダード石油の解体を目指して石油業界の調査を命じた。こうした状況の中では、ローズヴェルトが法人によって買収されたが、「乗せられ」なかったとするクレメンズの主張は筋が通っているとはほとんど思われない(Murphy 2011、一五六ページ~一六〇ページ。「大統領、臨時議会を脅かす」、ニューヨーク『タイムズ』紙、一九〇三年二月八日号、一ページ。「スタンダード石油の調査指示」、サンフランシスコ『クロニクル』紙、一九〇四年一一月一九日号、一ページ)。

(5)ケネソー・マウンテン・ランディス判事によるシカゴ連邦裁判所で、一九〇七年四月一三日にひとりの裁判官はインディアナ州のスタンダード石油がエルキンズ法に繰り返し違反しているのを発見した。スタンダード石油はシカゴ・アンド・オールトン鉄道による石油輸送に関して不法に安い料金、あるいは「払い戻し」を受けていた。起訴状は毎回の石油輸送を個別の犯罪行為とみなしたため、一九〇三の訴因を含み、そのそれぞれがかなりの罰金を課せられた。ランディス判事は一九〇七年八月に総額二九二四万ドルの罰金を課した。クレメンズは身元不明の人物——おそらくロジャーズによる辛辣な名句を次のように備忘録に記している。「スタンダード石油に二九二四万ドルの課金ときいて六月の花嫁の『それを期待していたけれどそんなに大きいとは思ってなかったわ』という言葉を思いだした」と(「備忘録四九」、タイプ原稿一九ページ、カリフォルニア大学蔵。以下ニューヨーク『タイムズ』紙より、「スタンダード石油有罪」、一九〇七年四月一四日号、一ページ、「罰金刑とする判事の判決」、一九〇七年八月四日号、二ページ)。

(6)上訴により、一九〇七年八月のランディス判事の判決は取り消され、新たな審理が開始された。インディアナ州のアンダーソン判事は個々の輸送を個々の行為として訴因にすることを却下し、訴因数と可能な罰金の規模を縮小した。一九〇九年三月の訴訟手続きの最後で、アンダーソン判事は判事に無罪とするよう指示した。政府はその訴訟を放棄した。スタンダード石油は反トラスト法によって一九一一年に解体された(「政府はスタンダード石油社に対する二九二四万ドルの訴訟を放棄」、『ウォール・ストリート・ジャーナル』誌、一九〇九年三月一一日号、二ページ)。

(7)当時ローズヴェルトの戦争長官だったウィリアム・ハワード・タフト(一八五七年~一九三〇年)は一九〇七年九月から一二月まで、一二三日間の外国訪問をしており、シアトルから出発し、日本とフィリピンとロシアの各国首脳を訪問し、大西洋経由で帰国した(「タフト帰国、政治には沈黙」、ニューヨーク『タイムズ』紙、一九〇七年一二月二一日号、一ページ)。

(8)一九〇七年一〇月一八日付「自伝口述筆記」、注7参照。

(9)クレメンズは、一九〇七年の不景気に対するローズヴェルトの反トラスト政策を批判している(これは同年の恐慌によってすぐにかき消されてしまうことになる。一九〇七年一一月一日付「自伝口述筆記」参照)。合衆国総国富は一九〇七年初期に一〇七〇億ドル強だと報告されており、クレメンズの主張のように一一四〇億ドルではない。一九〇七年八月一五日付のニューヨーク『タイムズ』紙の記事によると、株式価値が過去三週間で三〇億ドル下落した。クレメンズはこの損失の推測割合を過去六ヶ月間に適用し、二四〇億円という数字に達し、「九〇〇億円」という新しい数値を出している(以下ニューヨーク『タイムズ』紙より、「一九〇四年合衆国総国富、一〇七一億四一九万二四一〇ドル」、一九〇七年三月二四日号、一〇ページ、「ローズヴェルト、ウォール街の不景気で非難される」、一九〇七年八月一五日号、一ページ、二ページ）。

（10）ローズヴェルトは一九〇七年一〇月にミシシッピ河を蒸気船で下る旅行を計画中だと同年五月に発表した。この旅行は五大湖・メキシコ湾深運河協会が後援したもので、これはミシシッピ河水系の改修を目指すロビイスト実業家の集団だった。もし貨物船の航行に適するほどに人工的に浚渫できれば、河川体系は公共財産であり、富裕層が所有し管理する鉄道に競合できた。この大規模計画はローズヴェルトの承認を得たが、「ミシシッピ河改良の共謀者達」に関するクレメンズの対立する見方は、純粋に反発によるものではなかった。この種の改良は数十年間も議論されてきたことで、クレメンズは『ミシシッピ河での生活』（一八八三年出版）の二八章でそれらを嘲笑している。河川改修を求める圧力団体が「共和党の票田」を満足させるという彼の主張は立証されていない。この時期、民主党も共和党も改修に好意的だった（「大統領の小旅行」、ワシントン『ポスト』紙、一九〇七年五月一九日号、一二ページ。

「世界最大の水路、大統領から承認される」、ニューヨーク『タイムズ』紙、一九〇七年一〇月六日号、日曜版一ページ。Democratic National Committee 1908、一五ページ）。

（11）一九〇七年七月にタキシード・パークに滞在していたクレメンズは、イリノイ州ケアロ市長からの招待を断った。ここは大統領の旅行が七月二九日に開始される予定の場所だった。彼はメンフィス市からの招待を二、三日後に受け取り、断った。ここで開催される五大湖・メキシコ湾協会の総会とともに旅行が終わることになっていた（一九〇七年七月二九日付、パーソンズ宛書簡、インディアナ大学蔵。五大湖・メキシコ湾協会からクレメンズ宛、一九〇七年八月三一日付書簡。カリフォルニア大学蔵。一九〇七年九月二六日と二七日付、エドモンズ宛書簡、バトンルージュ『ステイト・タイムズ・ニュー・アドヴォケイト』紙、一九一一年二月二〇日号、二ページ）。

（12）引用されている詩はクレメンズのまたいとこのウィリアム・ジェイムズ・ラムプトン（一八五九年？～一九一七年）による詩で、彼はジェイン・クレメンズの父方のおじの孫にあたる。彼は一八七〇年代にはジャーナリストになり、ニューヨークの新聞に風刺的詩を投稿したことで最もよく知られていた（『自伝完全版第一巻』、四五〇ページおよび関連する注。「新聞詩人W・J・ラムプトン大佐死去」、『エディター・アンド・パブリッシャー〈「編集者と出版社」の意〉』四九号［一九一七年六月二日号］、二九ページ）。

一九〇七年九月二六日、口述筆記

ロジャーズ氏のヨットでロバート・フルトン記念日を祝いにジェイムズタウン祭に出かける——当初予定されていた計画のいくつかについて詳述。

イギリス旅行の話をすぐにでも再開するつもりなのだが、今はまだ語らない。というのは、今は当面の関心事の、ある不合理なことについて語りたいからだ。出発点として、昨日二五日にニューヨークで開催されたある会議に関する新聞記事を以下に引用する。

コーネリアス・ヴァンダービルト艦長が会長を務める昨夜のニューヨーク・ヨットクラブの会合で、(1)トマス・リプトン卿によるアメリカズカップ争奪の四度目の挑戦が拒絶された。(2)

これはそのヨットクラブの歴史の中で、歴史ある優勝杯争奪への真摯な挑戦が断られた最初である。「優勝杯をあげる」ために勇敢に三度も奮闘してきたアイルランドの準男爵からの申し出を拒否しようという動きはルイス・カス・レッドヤードによるもので、J・ピアポント・モーガンがそれを助けた。(3)二人ともニューヨーク・ヨットクラブの艦長職を務めたことがあった。

挑戦拒絶は過去五年間にニューヨーク・ヨットクラブ内で進行していた闘争の結果である。J・ピアポント・モーガンとレッドヤード氏、さらに他の著名な人物達が過去二〇年間会務を取り仕切っており、今回の戦いを指導していた。彼らはそのクラブの中の蒸気力ヨットの所有者の代表だった。彼らに反対していたのは帆船ヨットの所有者達であった。

モーガン氏とレッドヤード氏とその友人達にとって、最近数年間に優勝杯を守ってきたコロムビア号やリライアンス号や他の船はすべて「変則的な」ヨットだった。(4)

この型式の船の構造は航海術の進歩に貢献しないし、むしろそれを阻害するものだと彼らは信じていた。帆船ヨットの所有者達はレース船の製作を断固として支持し、昨夜の会合まではうまく相手方と戦っていたのである。

私はつぶれた気球を思い起こさせる経験をしてきている。かつて私はそうした気球を見たことがある。感心して上を見上げている多くの顔のあいだからそれは華々しく空へと舞い上がり、その姿はとても崇高だった。その膨張した巨体はとても印象的だった。しかしそれは爆発し、地上に到達した時には、ただのしわだらけにうねったぼろきれになっており、あまりにみじめで誰もそれを讃えることができなかった。[5]

先の五月の初めから万国博覧会がヴァージニア州ジェイムズタウンでなんとか開催されている。[6] 三〇〇年前にイギリス人がその村に入植したのを記念して――白人がアメリカに植民地を築こうとした最初の努力であった。[7] 村そのものは姿を消したが、その出来事は依然として残り、歴史の一節をいまだに占めている。私はH・H・ロジャーズ氏のヨット、カナーワ号で五月に同氏と一緒に出かけ、博覧会の開会を目の当たりにした。[8] それは、いわば大統領記念日で、彼はそこにやって来て彼の一万回スピーチのひとつをした。それ以来、陸軍記念日、海軍記念日、ヴァージニア記念日、ジョージア記念日と、他にも様々な記念日があった――彼らを破産させないことを目論んで、万国博覧会に大量の人々を引きつけるための常套手段だった。コーネリアス・ヴァンダービルトはロバート・フルトン記念碑基金協会の会長で、私が副会長である。一年か二年前にグラント将軍の息子フレッド・グラント少将の求めに応じて私は副会長になった[9]――高くて十分な称号である。彼は他には称号を持っていないが、善き人物であり善き市民だ――それは、彼に敵がいたとしてもその敵でさえ認めざるを得ない美徳だ。彼はその少将職に値しなかった。獣医のレナード・ウッドもそれに値しなかった。不名誉なファンストンもその汚れた准将職に値しなかった。[10] しかしながら、そうした称号は一時的なものだ――重要ではない。私は単にお飾りの副会長で果たすべき義務もなく、それらしい風を装う以外にすることがないと明記させた。しかし、こうした場合にいつも起こることが案の定起こった。時折その協会は私に責任を負わせ、私は泣いて嘆いたが、最後にはそれを背負ったのだ。

先の五月、ジェイムズタウンの特別観覧席でのことだ。その協会の第二副会長で、唯一忙しく活動的な会員で発起人のディアボーン氏が次のように言った。来たる九月二三日がロバート・フルトン記念日になり、元大統領グローヴァ・クリーヴランドがその際の演説者になるという。私は彼を最も偉大で、最も純粋なアメリカ市民で、いま生きている中で唯一のアメリカの政治家だと考えているのだが、その機会に私にジェイムズタウンまで出向き、講堂の群衆に彼を紹介してほしいというのだ。ロジャーズ氏が声を上げ、私がそうするのならカナーワ号を好きなように使ってくれ、クリーヴランド氏とその一行を彼らにふさわしくお連れできると言った。私はハリー・ロジャーズ二世がその船に関するすべての責任を担ってくれる幹部として同行してくれて、クリーヴランド氏を私の賓客としてそのヨットに招待できれば嬉しいと言った。ハリーが了承し、その問題は即座に決まった。私は華やかさも興奮も見栄も好きなので、ディアボーン氏が続いてロバート・フルトン記念日の企画について教えてくれると、それに夢中になった。その詳細はだいたい次のようなものだ。コーネリアス・ヴァンダービルト艦長のノース・スター号〈「北極星号」の意〉と我がカナーワ号と並んで、ニューヨーク・ヨットクラブの一七艘のヨットから成る小艦隊を編成する。小艦隊は九月二二日午後二時にニューヨークを出港し、ノース・スター号が先導し、カナーワ号が二番手、その他の船がその後に続くというものだ――立派で堂々とした、雪のように白い壮観になる。翌朝八時に小艦隊はオールド・ポイント・コムフォートの先の湾に停止し、隊形を整える。ヴァンダービルト艦長とその一行はカナーワ号に乗船するクリーヴランド氏を公式訪問し、艦隊司令官のように舷側越しに号笛で招集命令を受ける。彼はノース・スター号に戻り、前進を合図して、航行を開始し、彼の後に一八艘のヨットが二〇〇ヤードの間隔を置いて続く。湾からかなりの距離のところで我々は外国とアメリカの戦艦がそれぞれのあいだに四〇〇ヤードの間隔を隔てて、二列に並んで投錨しているのを見る。そして我々はこの荘重な創造物のあいだの水路まで航行し、色鮮やかな旗がひるがえる中で全ヨットが一列に並ぶ。カナーワ号が先頭の二艘の戦艦の位置まで達した瞬間に、それら二艘の船首から船尾まで突然旗が振られる。そして、見分けがつかないほど大勢の白服の水夫が瞬間的に姿を現し、手に手を取ってつながり、甲板に居並ぶ。そしてその時さらにその二艘の戦艦が元大統領への礼砲を七発うつ。このすべてのことが我々がその一マイルもの長さの水路を航行するにしたがい、船ごとに繰り返されるのだ。そしてそこで振り返ってみれば、静かな日ならば、印象的な光景が見られよう。水上に一マイルに及ぶ、二本の高く山成すような白煙が戦艦をすっぽりと包み込み、その姿を完全に隠してしまうだろう。

この堂々とした儀式が終了すると、ヨットは岸から一マイル離れた博覧会桟橋の先に一団となって投錨し、朝食となる。私が賓客とその一行を桟橋へと最初に先導し、ヴァンダービルト艦長と一行がその後に続く。桟橋ではロバート・フルトン協会の下部役員達が軍楽隊の助けを借りて堂々と私達を出迎える。私が賓客をそれらの役員に委ねると、役員は次に賓客をジェイムズタウン博覧会会長と最高位の役職者の手に委ねる。それから全員が馬車で講堂へと向かい、演壇に登壇する。大きなオルガンの音楽の後、私が元大統領を紹介し、元大統領が演説をする。一二時に、名誉招待客で指揮官のグラント少将の前で、歩兵と騎兵と砲兵の大閲兵式が行われる。一時には盛大な昼食会があり、一六の州の州知事とその一行が制服を着て出席する。知事は制服を着た最高位の軍の代表団と戦艦の軍人を伴っている。三時にはクリーヴランド氏による一般向け祝賀会があり、ロバート・フルトンの孫と曽孫とヴァンダービルト艦長と私が補佐することになる。夜の七時三〇分にはグラント少将がクリーヴランド氏と他の人達のために大晩餐会を開く――複数のスピーチがなされる――これはオールド・ポイント・コムフォートにある大きなホテル・チェムバレンである。一〇時半になると同じホテルの大きな舞踏場でジェイムズタウン博覧会の会長と最高位の役職者がクリーヴランド氏のために大舞踏会を開催する。さらに英国王杯争奪の競艇も行われることになる。さらに花火が上がる。さらに戦艦乗組員による競争もある――しかしこれらのお祭り騒ぎがいつ行われることになる予定だったか私は一切思い出せない。しかしながら、それは驚異と興奮と、称揚と満足の数日になるはずで、私は自分がその中にいるだろうと考えて嬉しくなった。

だが、くそったれめ、それがすべて夢になってしまった！　その企画自体が土台からすべて憶測に基づいて立てられていたのだ。だが私はそれを知らなかった。これらはきちんと手配され、実際に行われていて、単なる夢物語ではないと思っていた。私はタキシードに戻ると、すぐにプリンストンにいるクリーヴランド氏に招待状を送り、やがて私はオックスフォードでの用事でイギリスに航行し、七月二三日まで留守にしていた。その間に私はロンドンの新聞の海外電信でクリーヴランド氏が急病で倒れたことを知った。クリーヴランド夫人はクリーヴランド氏が招待を受けるには現段階ではあまりに危険すぎること、夫が完全に快復するまでにはおそらく長くかかるであろうことを私に書いてきた。

それから私は驚嘆すべきことを発見した。つまり、ヴァンダービルト氏がクリーヴランド氏に招待状を送らずにヨーロッパに行ってしまい、そのためクリーヴランド氏が招待を受けておらず、しかも移動手段を必要としているかどうか不明な段階で、私が移動手段の提供を申し出たのだった。やがて明るみに出たことは、招待状は確かにクリーヴランド氏に届いたのだが、二セント切手を貼った郵便で届いたのである。協会の役員が届けたのでもなければ、他のふさわしい資格のある使者が届けたのでもない。合衆国大統領経験者をこんなふうに処遇することは単にお粗末なことでなく、無作法なことだ。

まあ、よしとしよう。演説者はいなくなった。我々の壮大な計画の挫折と崩壊は始まったばかりだ――始まって決して終わらなかった。九月二二日が決定的に近づき、一層近づき、さらに近づくにつれて、我々の偉大な計画の詳細が次々と崩れ去って行った。しまいにはディアボーン氏が、演説者を確保するのは不可能のように思われるので、そうならないようにどんなことでもする。いっそのことマーク・トウェイン記念日にしてはどうか――それであなたが演説を買って出た方がよいのではないかと言った。事実私が**せねばならなかった**。しかし私は「できない」と言った。[11] 演説者を確保できれば、私は移動手段を提供はしないが、ヨットに乗り込んでその人物を紹介したいのだと言った。最終的に演説者が見つかり、彼はほぼ全く無名な人物だったが――よい人物で、しかも有能だった。

ロバート・フルトン記念日終了。

演説者はニューヨークのリトルトン氏だった。[12] 彼が無名のままで終わることはないと私は確信している。彼の経歴を関心を持って見ていきたい。彼は若いがそれを超えるものがあり、それが彼の長所である。

二一日には一七艘のヨットは出航しないという噂が聞こえてきた。あとで分かったことだが、これは本当だった。さらに、フルトン協会のヴァンダービルト会長が一七艘を招待し忘れていたのだということが分かった。さらに言われたことは、頼みさえすれば二〇艘は可能だったという。二二日の昼にハリーと彼の妻と私は乗船して準備を整えた。

我々は指示を求めなかった。それはヴァンダービルト氏のやることであって、我々のすることではない。ディアボーン氏の秘書がノース・スター号は二時に出航予定だが、ヴァンダービルト艦長は乗船できないとすぐに伝えてきた。それで私がフルトン基金協会の臨時会長となり、ヴァンダービルト氏の代わりを務めねばならず、ジェイムズタウンでの職務で議長を務め、昼間も夜の晩餐会でも講堂で登壇者を紹介せねばならないというのだ。さらに、この手続きが基金協会役員の会議で満場一致で決定されたというのだ。こんなことで私はひるまなかった。私は自分が望まなければ議長役を務める必要はないと考えた——そしてもちろん望まないので、その職責を果たすように別の役員を指名するつもりだった。

滑稽な状況はますます進んだ。艦隊は一九艘から二艘に縮小した。その艦長は森に逃げ込み、指揮者がいなかった。大いに宣伝されていた陽気なお祭りは葬式になってしまい、王様が際立って優秀な使用人の葬儀に自身の代わりとして空の馬車を派遣するように、その艦長はヨットを派遣しつつあった。

ノース・スター号は午後二時に出航し、我々は続いて六時半に出航した。ノース・スター号は船足が遅く、オールド・ポイント・コムフォート近くで追いつくためだった。ところが、その船足の遅さは我々の計算を超えるものだったので、朝の二時には我々が追い抜いた。我々は午前一〇時二五分に博覧会会場から離れたところに到着して投錨し、ノース・スター号は二時間ほど遅れて到着した。その船は指示を受けておらず、どこに投錨するのか分からなかったので、少し離れたところに位置しており、それが海上演出の一部だとはほとんど思われなかった——私が大袈裟な言い方をしているのは、小さな黒いチーズ箱のような二艘の戦艦、エリクソン製のモニター号とカナーワ号が見せる演出のことだ[13]。当初の計画によると、二列の堂々とした軍艦が水平線まで居並び、はるか彼方に消え入る姿はぼんやりとしか見えないほどの壮観になるはずだったが、こんなにちっぽけでほんの一握りのいかだにまで縮小した。問題は、カナーワ号が戦列を形成し、一対の白い戦艦の作る水路を旗に飾られて堂々と航行するのか、それともその演出が今回の機会の荘厳さを失って、皮肉に映るかどうかだ。ハリーはじっと待つことに決めた。やがてハリントン艦隊司令官が我々の船に乗船し、すぐ後にブルックリン号のコリンズ船長が続いた[14]。

正しく言えばそれは悲惨なことだったが、悲惨な雰囲気はなかった。正確には、ロバート・フルトン祭は葬式になってしまったし、涙が流されたはずだったが、誰も泣かなかった。世の中で最も感動的なこと、最も気分を高揚させるもの、最も雄弁なものは**完全**である。我々はそれがどのようなものであれ、完全なものにいつも感動する。完全な美は私達を感動させる。完全な醜悪さもまさに同じくらい確かに私達を感動させる。完全な音楽は私達を満足させる。完全な不協和音は私達を喜ばせる。完全な壮麗さ、完全な威厳、完全な崇高さはいつも私達をわくわくさせ、気分を高揚させ、満たしてくれる――そしてこれら三つのものを、突然全く異様に完全な風刺に変換すると我々の幸福な魂は泥酔した歓喜に包まれる。あらゆる雑音、あらゆる宣伝、あらゆる豪華な約束と予感の後、偉大なロバート・フルトン記念日はしおれてこれになった――つぶれた気球、ぺちゃんこになってしわだらけのぼろきれである。その比類なき失敗の全体を把握した時、私はそこにいることを喜んだし、いくらもらっても他のどこかに行きたくはなかった。

大失敗に貢献するものはすべてそろうようにと、年に一度の秋分の嵐もフルトン記念日にきた。黒雲が大西洋から沸き上がり、ばらばらになった小艦隊を空へ巻き上げた。ぞっとする稲光と轟く雷鳴の後、洪水のような雨となった。ブルックリン号への答礼訪問が行われるはずだったが、取りやめになった。講堂での演説は三時まで延期された。その時間になれば荒れた海も十分に凪いで我々が接岸できるだろうと望んでのことだったが、そうはならなかった。三時の時点で、波はまだとても高く、通常のヨット用大型ボートでは、ずぶぬれにならずに岸まで行くことはできなかった。三時半に政府の特別大型のボートが私達の船まで来て私達は首の骨を折らずにそれに乗船した。私達が講堂に着いた時には四時になっていて、聴衆は一時間半も待ち続けていた。私がハリントン艦隊司令官を紹介した。ロバート・フルトン協会のカッティングが他の人を紹介し、[15] そうこうするうちに役目は終わった。ハリーと妻、彼女は私の養子縁組の姪だが、[16] この二人はヨットに戻ったので、二人はそこで楽しみながら居残るものと私は推測した。ところがそうしなかった。二人は夜八時の晩餐会に戻ってきた。ヴァンダービルト氏に彼らほどの元気がいくらかあれば――だが彼にはなかった。

大失敗はさらに続いた。フルトンの船、クレアモント号が花火で再現されることになっていた[17]――壮大な見ものになるはずだったのだが、それはなくなった。[18] 晩餐会がオールド・ポイント・コムフォートにあるホテル・チェムバレンの大晩餐会会場で開かれる予定だったが、開かれず、博覧会会場のニューヨーク・ビルの、二〇〇人が座れば一杯になる部屋で開かれた。「革命の娘達」の総会長マクリーン夫人の立派なスピーチがあり[19]、私がそれに答礼した。他のスピーチがその後に続いた。心からのお祭り騒ぎがたくさんあって、誰もが楽しんだ。その行事が済んで、ロバート・フルトン記念日は終わった――私が七二年の間に経験した、その種のものの中で最も異常な一日だったし、最も異様だが、魅力的で、満足できる一日だった。

閲兵式は何日も何日も前に企画から外されていた――幸運な霊感だった。兵士達がそれをやっていたら溺死していただろう。フレッド・グラント少将は病気で行けないという電報をニューヨークから送ってきた。ヴァンダービルト艦長は国際的に重要な仕事でニューヨークを離れられなかったと伝えてきた。

さてその縮小の度合いを見てみよう。六ヶ月前、我々は、合衆国元大統領、大西洋艦隊の少将、ニューヨークのヨット艦隊艦長の名を借りての洋上の大礼砲、旗で飾った外国と国内の戦艦が一マイルも居並び号砲と煙と雷鳴を発するあいだを通過することから出発した。さらに我々は閲兵式と花火と大晩餐会と同じくらい大きな舞踏会をすることになっていた――ところが見てみよ、結果はこれだ！　フルトン記念日は終わり、我々にはちっぽけなものも残されていない。

ヴァンダービルト氏は女々しい人間で、身を引いた。彼はそうした経験がなく臆病だったので、それだけの聴衆に向かって演説者を紹介するのが恐かったのだ。ひとつの理由はそれだ――だが主な理由は大失敗に直面したくなかったからだ。彼が二三日には国際的に重要な件のためにニューヨークにいなければならないと言った時に、実はそうではないと分かっていた。国際的に重要な件とはニューヨーク・ヨットクラブの会議でトマス・リプトン卿の挑戦について話し合うことだった。第一に、それは決して国際的に重要な件ではないし、第二に、その会議は二五日まで開かれないことを彼は知っていた。アメリカズカップ争奪戦はある意味で国際的案件だが、圧倒的に些細な意味しかない。それはイギリスとアメリカの人口の一パーセントのさらに百分の一の人々に関わっているだけだ――スポーツを楽しむ金持ちの人達だ――そしてそこで話を終わろう。それが他の誰にも関わらないことは怒りを掻き立てるし、我が国にとって実際に僅かな価値もない。この章の最初の新聞の切り抜き記事を参照すれば、それは「変則的」な競艇以外の何物でもなく、いたって些末な案件だ。逆に、ロバート・フルトン百年祭**こそ**国際的に重要な件だ。しかも争奪戦よりもはるかにずっと重要だった――それは惑星の歴史にかかわる件だった。そこから生ずる結果ははるか彼方にまで届き、我々の歴史の他のどんな出来事の結果よりも長続きする。次にもっとも重大な日は独立記念日だが、独立記念日は一時的なのに対して、ロバート・フルトン記念日は永遠なのだ。我々は着実に君主制へと向かっている。この三〇年間、我々はゆっくりとそれに向かってきたが、今では、ローズヴェルト氏の助けを借りて、そこに向かって飛んでいると言われることになろう。彼はその日が来るのを早めてきた。その日は到来するだろう――それが到来した時、国の暦から独立記念日は削除されるだろう――だが、ロバート・フルトン記念日は我が国の暦だけでなく、世界の暦にも記され続けるだろうし、長い間存在するだろう。ヴァンダービルト氏は「変則的」競艇を国際的重要案件とし、ロバート・フルトン記念日よりも重要だと見なしている。この無邪気な人物は自身の度量を我々に示したのである。

(1)コーネリアス・ヴァンダービルト三世（一八七三年～一九四二年）は初代のコーネリアス・ヴァンダービルト（一七九六年～一八七七年）の曾孫で、海運業、鉄道事業、金融業から資産を得ていた。コーネリアス三世はイエール大学でいくつかの学位を取得し、その中には機械工学があり、鉄道用機器で三〇以上の特許を取得していた。熱心なヨット愛好家で、一九〇六年～一九〇八年までニューヨーク・ヨットクラブの会長〈艦長〉を務めた（「Ｃ・ヴァンダービルト将軍ヨット上で死去」、ニューヨーク『タイムズ』紙、一九四二年三月二日号、二一ページ、二四ページ）。

(2)トマス・リプトン卿（一八四八年～一九三一年）は紅茶商人で、アメリカズカップ争奪のために、いつもシャムロック号でニューヨーク・ヨットクラブに、一八九九年から一九三〇年の間に五回にわたり挑戦した。

(3)ルイス・カス・レッドヤード（一八五一年～一九三二年）はニューヨークの傑出した弁護士で、大富豪の資本家Ｊ・ピアポント・モーガンの個人的相談役だった。二人ともニューヨーク・ヨットクラブの著名な会員だった（「有名な弁護士Ｌ・カス・レッドヤード死去」、ニューヨーク『タイムズ』紙、一九三二年一月二八日号、二一ページ）。

(4)コロムビア号はＪ・ピアポント・モーガンのために一八九九年に建造されたもので、一八九九年と一九〇一年のリプトンの挑戦からアメリカズカップを守った。リライアンス号〈「信頼」の意〉はニューヨーク・ヨットクラブの八人の会員による共同所有の船で、一九〇三年にリプトンのシャムロック三世号を打ち負かした。両船とも速力を上げるために極端な設計をされていて、レース以外の使い道に向いていなかった（「〈一本マストの〉大スループ型帆船用意される」、ニューヨーク『トリビューン』紙、一九〇三年八月二〇日号、一ページ）。

（5）『ジュリアスシーザー』の三幕二場の「そしてあまりにみじめで誰も彼に敬意を払えなかった」を参照のこと。

（6）ジェイムズタウン三百年祭に関しては、一九〇七年五月一八日付「自伝口述筆記」、注4参照。シカゴ（一八九三年）、バッファロー（一九〇一年）、セントルイス（一九〇四年）で賞賛され、もうけになった各万国博覧会とは異なり、ジェイムズタウン博覧会は成功しなかった。その開催場所（ヴァージニア州ノースフォーク）には宿泊施設が乏しく、交通の便が悪く、計画委員会は議論に悩まされ、低い収入のために博覧会は負債と倒産に陥った（de Ruiter 2013）。

（7）ジェイムズタウンは北米におけるヨーロッパ人の最初の永続的植民地と言えるかもしれないが、その方面での「最初の努力」ではなかった。スペイン人やフランス人による様々な入植地が先にあり、ヴァージニア州ロアノークでのウォルター・ローリー卿による不成功に終わった植民地の先例もある。

（8）一九〇七年五月一八日付「自伝口述筆記」、注4参照。

（9）ロバート・フルトン記念協会とフレデリック・D・グラントに関しては、『自伝完全版第一巻』、四二六ページ～四二八ページおよび関連する注を参照。コーネリアス・ヴァンダービルトに関してはこの注1を参照。

（10）クレメンズは一九〇六年三月一四日付「自伝口述筆記」で、フィリピン独立闘争の指導者エミリオ・アギナルドを騙して逮捕したとして、フレデリック・ファンストンを批判している（『自伝完全版第一巻』、四〇八ページおよび関連する注を参照）。

（11）クレメンズとフルトン記念日の計画者達は、九月二三日の祭典でグローヴァ・クリーヴランドに演説してもらえないことを一九〇七年七月に知った。クレメンズは「だがチョートがいる」し、「クリーヴランド氏がだめなら自分が言って助けてやろう、と彼が言ったのです。それで私は楽になりました」と書いている（一九〇七年七月二七日付、クレアラ・クレメンズ宛書簡、コネチカット州マーク・トウェイン家博物館蔵）。クレメンズは演説と、ロジャーズによるヨットの提供をジョゼフ・H・チョートに申し出た（ロジャーズ自身は七月二二日にひどい卒中の発作にかかって行かなかった）。招待は失敗した。ロジャーズとチョートは仲が悪く、チョートはカナーワ号では歓迎されなかった。チョートがだめだと分かると、クレメンズは極度の疲労を申し立てて免除してもらおうとしたが、フルトン記念日の主催者達は彼の出席を強く求めた。クレメンズはそこでイザベル・ライオンに手紙を書かせ、コロムビア大学総長ニコラス・マーレイ・バトラーがカナーワ号に「受け入れられる」賓客かどうかをロジャーズ夫人にたずねた。ロジャーズ自身が次のように返答した。

あなたがあのジェイムズタウンの件で困っていることを知りました。あなたはバトラーのような人物を宣伝に使おうという間違いをしていると考えます。ヴァージニアの人々は彼を見たいとは思っていません。彼らはマーク・トウェインを求めているのです。あなたにそれが分からないとしても、私には分かります。（中略）あなたが話したくないのなら、目立たないようにして、W・J・ハウエルズやピーター・ダンやジョージ・ハーヴェイのような善人を連れてきなさい。（中略）

この件に関してあなたが謙遜して提案できないのなら、この手紙をその委員会委員長のタッカー氏のもとに送りなさい。あなたがヨーロッパに行ってからというもの、以前と同じようには多くのことを分かっていないと私は考えます。私がいつもそうですからこれは正しいと確信しています。命じられているのだとすぐに考えねばなりません。しかしながら、あなたとあなたの愚考で別の考えが出てくるのなら、それをやったらいいでしょうが、人々があなたに望んでいることをしなければ、決して成功しませんよ。（ロジャーズからクレメンズ宛、一九〇七年八月三〇日付書簡、カリフォルニア大学蔵、『トウェイン・ロジャーズ書簡集』、六三六ページ〜六三七ページ）

クレメンズは次のように答えた。

いいえ！　あり得ません。文学的烏合の衆は私を求めていません——お祭り騒ぎの旅行ですから。いいですか、ヘンリーおじさん、そこでは花火、舞踏会、晩餐会、歓迎会、あらゆる軽快で浮かれた催しがあるのですが、あなたが名を挙げた年寄り達はそれと全く調和しないでしょう。そしてさらに、私は老人との付き合いがどうしても好きではないのです。私はそれに向いていないのです。それに慣れていないのですから、~~くそくらえですよ、私がする~~

何も気にしないでください。今日は日曜日ですからそんなくそ——そんな——を話し合うにはふさわしくありません。

ああ、~~それは**放念**しましょう！——二度と聞きたくありません、そんなのろわ~~

‖

昼です。私は一章を読みました。ああ、狼狽した霊を癒すものが聖書にはあります。（一九〇七年九月一日付、ロジャーズ宛書簡、ノースウェスタン大学蔵）

バトラーが断った時点で、演説はマーティン・リトルトンになった（一九〇七年七月二九日付、ロジャーズ宛書簡、コネチカット州トウェイン家博物館蔵、『トウェイン・ロジャーズ書簡集』、六三〇ページ～六三二ページ、注二。一九〇七年八月三日付、チョート宛書簡、複写をカリフォルニア大学蔵。エミリー・ロジャーズからクレメンズ宛、一九〇七年八月一五日付書簡、カリフォルニア大学蔵、『トウェイン・ロジャーズ書簡集』、六三二ページ～六三三ページ。ライオン代筆、クレメンズからエミリー・ロジャーズ宛、一九〇七年八月二七日付書簡、サーム・ロジャーズ蔵、『トウェイン・ロジャーズ書簡集』、六三四ページ～六三五ページ）。

(12)マーティン・L・リトルトンのこと（一九〇七年一一月一日付「自伝口述筆記」、注13参照）。

(13)モニター号は発明家ジョン・エリクソン（一八〇三年～一八八九年）が北部軍海軍のために設計したもので、装甲版を張った回転式砲塔を持つ先駆的鉄板装甲軍艦であった。当初は「筏の上のチーズ箱」に似ているとしてからかわれたが、一八六二年三月九日のハムプトン・ローズの戦い（一九〇七年のジェイムズタウン博覧会会場のすぐ近くだった）でモニター号はその価値を証明したので、同型の船すべてにその名が付けられた。フルトン記念日に登場したのはカノニカス号で、モニター型の最後に残った一艘だった。博覧会のために金をかけて再修復したのだが、あまり関心を持たれなかったようである。クレメンズは省略したが、新聞が伝えるところでは、「ロバート・フルトンの時代から現在に至るまでの全型式の蒸気船（中略）二〇艘以上」が四マイルの長さのパレードを行った（「マーク・トウェインの機知でみなが喜ぶ」、「ヴァージニア州」リッチモンド『タイムズ・ディスパッチ』紙、一九〇七年九月二四日号、一ページ、二ページ。「アイダホ州ボイシ」『アイダホ・ステイツマン』紙、一九〇七年四月二八日号、七ページ。「モニター号注目されず」、ワシントン『ポスト』紙、一九〇七年一一月一五日号、一一ページ）。

(14)P・F・ハリントン少将はフルトン記念日の司会を務めるために、退役していたのを出てきた。ジョン・B・コリンズ船長は装甲版を張った巡洋艦ブルックリン号の艦長で、この船は博覧会に貸し出されていた（Syracuse University Library 2013。U.S. Bureau of Navigation 1908）。

(15)ロバート・フルトン・カッティングはニューヨークの裕福な慈善家だった（一九〇八年一二月八日付「自伝口述筆記」、注9参照）。

(16)ヘンリー・ハトルストン・ロジャーズ二世（一八七九年～一九三五年）は一番下の子供で唯一の息子だった。クレメンズが最初に彼に会った時には彼は活力あふれる十代だった。クレメンズは彼を「活動王子」や「電気火花」と呼んだ。ロジャーズは一九〇〇年にメアリ・ベンジャミン（一八七九年～一九五六年）と結婚した。彼女はニューヨークの教養豊かな家庭の出身だった。一九〇六年から本格的な友情関係が始まると、クレメンズはメアリとの間で特に近しい友情関係を築いた。彼女はその時二五歳で、二人の幼い子供の母親だった（Lewis Leary 1961、一二ページ、三七ページ～三八ページ。『トウェイン・ロジャーズ書簡集』、七四三ページ、七四四ページ)。
(17)フルトンの先駆的蒸気船はノース・リヴァー・スティーム・ボート号として登録されたが、クレアモント号として間違った名前で知られるようになった。一八〇七年にニューヨークからオルバニーまでの航行に成功したことで、蒸気力が河川交通に使えると実証された。
(18)五五四室の贅沢な部屋のあるホテル・チェムバレンは、ジェイムズタウン博覧会会場から港を隔てた、オールド・ポイント・コムフォートで一八九六に開業した(Quarstein and Clevenger 2009、五四ページ〜五八ページ)。
(19)マクリーン夫人(一八五九年〜一九一六年)はメリーランド州フレデリックでエミリー・リッチーとして生まれ、「アメリカ革命の娘達」の設立会員で、有名な講演家だった(「ドナルド・マクリーン夫人死去」、ニューヨーク『タイムズ』紙、一九一六年五月二〇日号、一一ページ)。

一九〇七年一〇月一日、口述筆記
ウィンザー城での国王主催園遊会。

イギリスの話に戻ろう。
アシュクロフト氏の手帳から。

六月二二日、土曜日。二時四五分、クレメンズ氏はヘニカー・ヒートン氏(1)ご夫妻と一緒にウィンザー城での国王主催園遊会に向かう(2)。帰りはヒートン夫妻とトマス・リプトン卿とともに戻り(3)、パディントンからホテルまではトマス卿に自動車で送ってもらう。

ウィンザー城での園遊会は印象に残る光景だった。この四日後、かの記憶に残る見世物、オックスフォード・ページェントを見物していた時、私は園遊会のことを鮮明に思い出した——園遊会そのものが野外で演じられる歴史上の一場面のようなものだからだ。これから一〇〇〇年もオックスフォード・ページェントが続いたとしたら、この園遊会もそれに盛り込まれてもおかしくない——特にページェントのこの部分をウィンザー城に移動し、あのより広々とした舞台でお披露目できたらだが。というのも、美しく着飾った九〇〇〇人の男女がそれに参加しなければならず、場所も必要になるからだ。そこの広さは十分だろう。あの果てしなく続く芝生の庭なら一〇万人だって収容できるたっぷりとした広さがある。さらに芝生の中にジブラルタルの半島のように巨大な城がそそり立っている。それは——軽んじがたい風情があり——英国の古くて趣のある建造物の中で最も印象的で壮麗なものだ。この城が長い時をへて大部分が廃墟となったとしても、そうした状況ゆえに印象が損なわれるどころか、かえって増しているだろう。城にはすでに七世紀にわたる英国国王の亡霊達がひしめいているし、城を見ていると必ず遠い時代の夢の中に入り込み、式服をまとって笏《しゃく》を手にした人影がぼんやりと窓際に現れるのではないかと空想してしまう——ここにエドワード七世ご本人がおられるのだ。彼は王家の末裔で、今日に至るまでの夢を完成するものであり、幻影をある程度現実のものとすることでその印象をことのほか強める事実である。

　無数の人々が芝地の上をあちらこちらと流れゆき、輪になったり、大隊を組んだりして、彩りが刻一刻と変わっていく陽気なさまは見ていてなんとも美しい。園遊会で私が最初に出会った友人は、英国首相ヘンリー・キャムベル＝バナマン卿だった。そして彼のお供をしつつ、群衆のあいだをかきわけ一時間ほど左右の人々と握手をしてまわった。握手も、初対面の方々に加え、かねてからの知り合い達で、驚愕するほど数多くの男女と握手して回った——中には三五年来の知り合いもいた。これほど多くの人間と知り合いだったとは思わなかった。ここでのもっとも古くからの友人の中にエレン・テリーがいた。[4]彼女は五九歳で、三四歳になる新しい夫と来ていた。彼女が両手を広げ、私めがけて突進してくるのだ。その姿は夫と同じくらい若々しく、夫の倍もはつらつとしていた。彼女とは三五年来の知り合いだ。初めての出会いは、ベイトマン氏——「ベイトマン・チルドレン〈有名な子役姉妹〉」の父親——が自宅で開いた大きな晩餐会の席だった。一八五八年のセントルイスで、私はその美しい子役姉妹をよく見かけたものだった。[5]その頃彼女達は早熟な演技で話題を呼び、劇場は彼女達目当ての熱烈な賛美者で毎夜にぎわっていた。その頃妹は一一歳で、姉は一三歳だった。四九年前のあの遠い昔、姉妹は可愛くてとても綺麗で、見ているだけで心浮かれた。いまや立派な老夫人となり、いくつもの冬を経て白い物が頭に混じっていた。

ベイトマン氏の家での晩餐会にはヘンリー・アーヴィングも出席していた。彼はその頃喜劇役者から悲劇役者に出世したばかりだった。出世といっても、当時噂されていた話が本当だったとしたら、奇妙なかたちでおこったのだ。アーヴィングはとても人気のある喜劇役者で、悲劇をやりたいなどとは夢にも思っていなかった。当時、彼はベイトマン一座の劇団員だった。ベイトマンは、何年も前から高尚な悲劇の舞台に立つことが生涯の夢になっていたが、興行主はだれも悲劇をやらせてくれなかった。やがて彼は自ら興行主となり、劇場を経営するようになると、一念発起して悲劇に挑戦したのだ。出し物として選んだのは、『ザ・ベル』だったか『リヨン行き郵便馬車』だったか――『ザ・ベル』だったと思う。ベイトマンはその役を研究し、大々的に宣伝した――ところが公演直前になって彼は気後れして、その計画を断念した。そしてベイトマンはアーヴィングに代役を頼んで彼を仰天させた。[6] アーヴィングはしぶしぶ承諾したのだが、短期間で役柄を習得し思いのままに演じると、舞台で圧勝を収めた。それからは悲劇にばかり出るようになって、少なくとも定期公演では悲劇以外は一度も演じなかった。

園遊会では謁見の時刻になると、あでやかな天幕のもと国王と女王両陛下がお出ましになり、その後ろにはコノート公爵殿下と公爵家の継承者が立たれ、加えてシャム国王陛下と皇太子[7]など宮廷のそうそうたるお歴々とご婦人方が勢ぞろいしていた。その前面には、天幕から一〇ヤードほどの芝生をあけて、招待客達が半円状にぎっしりと並んでいた。リード大使が国王陛下に引き合わせてくれ、陛下は心尽くしの握手をしてくださった――新聞ではこのところを「宮廷人らしい丁寧な」握手をされたと書いてあったが、言葉の選び方としてはいかがなものか。国王とは誰に対しても宮廷人らしい態度をとる以外のものを知らないのだから、まことに文人らしからぬ余計な表現だ。ある新聞によると私が国王陛下の肩を軽く叩いたとしているが、そのような無礼を犯した覚えはない。私はミズーリ州の最も閉鎖的なあたりで育ったので、行儀は心得ている。国王陛下が私と話されている時、ほんのひととき私の腕に手を置かれたが、陛下のほうから自然に手を伸ばされたのだ。またある新聞によると、私が一六年前のホムブルクで何度か国王――当時は皇太子――とお会いした時のおかしな出来事の話を語ったとしている。それも間違っている。国王ご自身がそのおかしな出来事を持ち出されたのであって、私からではない。私は語っていないし、その必要もなかった。明らかに陛下がよく覚えておられたので、私が思い出すまでもなかったのだ。その時のことを一年以上前に口述筆記しているので、いつかこの自伝の然るべき場所に収まるだろう。

それから女王陛下のほうに向かってお話をしている時、もちろん、帽子は手に持っていた――私はいかなる婦人にたいしても、帽子を被ったまま近づいたりしない。そのような不作法はアメリカで許されておらず、私にはアメリカ流の礼儀作法がある。私が着帽したまま女王陛下とお話ししたとする新聞報道は事実だが、[8]そんなことをしたのには私に十分すぎるもっともな理由があった――事実、鉄壁の理由があったのだ。いまにも雨が降り出しそうな雲行きで、気温も下がってきていたから、女王陛下が「どうか帽子を被ってください。クレメンズさん」と仰られた。せっかくのお言葉ではあったが、私は失礼をして、脱帽のままお許しいただいた。そこで女王陛下がほんの一瞬ほど間をおいて、「クレメンズさん、帽子をお被りなさい」――「お被り」のところだけ少し語気を強められ――「ここで風邪をひくことは許しませんよ」と続けられた。麗しい女王陛下から命じられれば、喜んで従うものだ。このときも従った――すでに一度お断りしていたので、英国臣民ならずともそうするのが義というものだろう。というわけで、咎められているように、それは事実だ。私は帽子を被ったまま英国女王陛下とお話しした。それを、新聞記者のほうで伺い知らない理由があってのことなのに失礼だと咎めるのは不公平だろう。

コノート公爵殿下はご本人自らお声をかけてくださり、公爵家のご嫡男殿下にも、それからシャム国王とシャム皇太子にも、紹介してくださった。

(1)ジョン・ヘニカー・ヒートンについては、一九〇七年八月二二日付「自伝口述筆記」の注1を参照。
(2)一九〇七年六月二二日の午後、英国国王エドワード七世はウィンザー城の庭で盛大な園遊会を開いた。貴族、政府関係、将校、芸術家など各界から、推定で八〇〇〇人もの招待客がいた（Lathem 2006、二五ページ～三〇ページ）。
(3)一九〇七年九月二六日付「自伝口述筆記」、注2を参照。
(4)一八七二年にクレメンズがエレン・テリーとヘンリー・アーヴィングに会った（とされている）話については、『自伝完全版第二巻』、一九ページおよび関連する注を参照。テリーは、三人目の夫となるアメリカ人俳優のジェイムズ・ケアリュ（一八七六年〜一八三八年）と一九〇七年三月に結婚した。ケアリュは三一歳だった。この結婚は一九一〇年に破綻した。

（5）ヒゼキア・L・ベイトマン（一八一二年〜一八七五年）はメリーランドで生まれ、俳優として演劇界に入る。彼は娘のケイト（一八四二年〜一九一七年）とエレン（一八四四年〜一九三六年）を子役姉妹として世に出すため長年にわたり献身的に尽力してきた。姉妹は、古典劇から喜劇の寸劇までこなす大人顔負けの演技力でアメリカとイギリスで名声を博していた。ケイト・ベイトマンは「優しげな顔をした一二歳か一三歳の女生徒で、前庭で毎日遊んでいるのをよく見かけたものです」と、後にクレメンズは述懐している（一九六九年一一月二八日付、オリヴィア・ルイス・ラングドン宛書簡、『書簡集第三巻』、四一一ページ〜四一四ページ）。ベイトマン一家は一八五五一一月から一八五九年までセントルイスを拠点としていた。この期間にクレメンズはセントルイスに住んでいなかったが、母親とパミーラがそこで暮らしていたため、彼女達を訪ねた際にケイト・ベイトマンを見かけたと思われる。ヒゼキア・ベイトマンは一八七一年にロンドンにあるライシーアム劇場の経営を任された。クレメンズはロンドンのベイトマン家での晩餐会について述懐しているが、その記録は残っていない（一八六九年一一月二八日付、オリヴィア・ルイス・ラングドン宛書簡、『書簡集第三巻』、四一二ページ〜四一四ページ、注五。「マーク・トウェインの一八七二年イギリス日記」、『書簡集第五巻』、六二九ページ、注九二）。

（6）クレメンズによればアーヴィングがベイトマンから主役を引き継いだとしているが、それは間違いである。『ザ・ベル』（フランス語の原作をレオポルド・ルイスが翻案したメロドラマ）を演じたがっていたのはアーヴィングのほうで――彼は演じたいがあまり、当時ほとんど無名だったにもかかわらず、『ザ・ベル』の出演を条件にベイトマンの劇団と契約を結んだ。ベイトマンは『ザ・ベル』の上演には前向きでなく、この舞台で主役を務めるつもりは毛頭なかった。『ザ・ベル』でのアーヴィングの圧勝、つまり一八七一年の一夜公演で大成功を収めたことがきっかけとなり、アーヴィングは俳優として頂点まで上りつめることになる。『リヨン行き郵便馬車』はチャールズ・リードがフランス語の原作をもとに書き下ろしたメロドラマで、初演は一八五四年だった。これをアーヴィングが、一八七七年にライシーアム劇場で再演することになり、主役二人を演じた。この劇とアーヴィングとがほとんど同一視されるようになり、生涯にわたって彼の十八番となった（Richards 2005、一五九ページ、四〇一ページ〜四〇三ページ）。

（7）クレメンズがここで触れていたのは、ヴィクトリア女王とアルバート公の三番目の息子でコノート公爵アーサー（一八五〇年〜一九四二年）と、コノート公爵の息子アーサー王子である。王子は二、三日後にクレメンズと同じ式に出てオックスフォード大学で名誉学位を受けることになっていた（一九〇七年七月二六日付「自伝口述筆記」、注4を参照）。あとの二人は、西洋化をすすめたシャム国王チュラロンコーン（一八五三年〜一九一〇年）と彼の息子ワチラーウット王子（一八八一年〜一九二五年）である。

（8）クレメンズが不服としている新聞の報道は、いずれも、世界各地の新聞十数紙に掲載された。例えば、「マーク・トウェイン、ウィンザー城にて」、ロンドン『オブザーバー』紙、一九〇七年六月二三日号、七ページ、「園遊会の豪華絢爛」、ロンドン『エクスプレス』紙、一九〇七年六月二四日号、一ページ（両紙ともLathem 2006から抜粋、二六ページ〜二九ページ）。クレメンズはかつてホムブルクで将来のエドワード七世と出会っており、それについては、『自伝完全版第二巻』の一七九ページ〜一八二ページおよび関連する注を参照。

一九〇七年一〇月二日、口述筆記

テイ・ペイとリヴァプールまで旅行、その夜の市長閣下主催の晩餐会——テイ・ペイのスピーチの複写と、それに対するクレメンズ氏の答礼の抜粋。

イギリスでの刻苦勉励は六月一八日の朝八時にティルベリで記者達とともに始まった。そして、七月一〇日の真夜中まで私は休みなく働き続けた。

アシュクロフト氏の手帳から。

テイ・ペイとともにリヴァプールまで。その晩は市庁舎で晩餐会[1]。

「テイ・ペイ」というのは、T・Pがアイルランド流に訛ったもので、イギリス人によく知られた愛称である。それは、T・P・オコナー下院議員を略したものだ。彼は才能豊かで魅力的なアイルランド人で、長年リヴァプール選出の下院議員を務めてきたが、今後も生きている限り選出され続けることだろう。このテイ・ペイが、市長閣下から私の紹介役を依頼され、二人連れ立ってリヴァプールまで旅することになった――その旅は特に快適だった。[2] 旅の往復には皇太子も乗せたことのある特別車両を確保するよう、市長閣下が鉄道会社に頼んでおいてくれたからだ。これほど満ち足りた車両にはついぞお目にかかったことはなく、二度とお目にかかれないだろう。車両には贅を尽くした寝室がひとつあって、質素な寝室も別に付いている――こちらは使用人用で、その向こうは荷物置き場になっていた。客間と食事室までついていた。午後四時すぎにリヴァプールに到着すると、私は晩餐会に出かけるまでベッドで休んでいた。そこでも市長閣下の手厚いもてなしは素晴らしかった。私を迎えに駅まで盛装馬車を寄越してくれ、御者と下僕が船長と乗組員さながらに、豪華絢爛な出で立ちで控えていた。市の官邸では市長閣下が、脇には剣、手に三角帽という正装で出迎えてくれた。私は大々的な注目が好きだ。市長の案内で宴会室に着いた頃、食事は終わっていて、宴会のスピーチがすぐに始まった。[3] 晩餐会のお決まりにならって国王と大統領に乾杯してから、手紙や電報を読み上げるというように、その晩の式次が順当に進められていった。新聞記事から書き写しておく。[4]

まずは市長閣下のほうからお言葉があった。T・P・オコナー氏に「我らが来賓」のため乾杯の挨拶をしてもらう前に私から、皆様にかわって、そしてリヴァプール全市民にかわって、今夜の来賓のクレメンズ博士にたいし心から歓迎の意を示させていただきたいと述べた。今晩、見渡していただければご覧のとおり、沢山のリヴァプール市民と近づきになってもらいたいという(市長閣下の)招きを、クレメンズ博士が快諾くださり、ここにお迎えできたことはリヴァプールの誉れであり、心から感謝申し上げます。英語を母国語とする者で、大英帝国とアメリカ市民にこれほどの喜びと幸福をもたらした作家は、今日の世界にはいません。これは、リヴァプールの歴史の記念日となるでしょう。マーク・トウェインのおかげで自分の在任期間がかなり有名になったと思うので、願わくば、マーク・トウェインの年にリヴァプールの市長だったということで人々の記憶に残りたいものです、と述べた。

人気者のテイ・ペイが立ち上がると、熱烈な歓迎で迎えられた。私はここに彼のスピーチを記しておく。私への賛辞に満ちあふれていて、これからも時折読み返したいからだ。彼は次のように語った。

　われらの友にはペンネームがあります。それは彼の愛称であり、彼の苗字でもあります。そう、私も彼のことを、あえてマーク・トウェインとお呼びしたい。頭の中でも、普段の会話でも、我々は彼をこう呼んでいるからです。イギリスに迎えた賓客達の中でも、ここ何年もの間で最も名高く、最も尊敬された方をお迎えし、イギリス最大の都市のひとつであるリヴァプールで乾杯の挨拶をさせていただくことは私にとって光栄の極みです。今晩の来賓は、皇帝ですら誇らしく思えるほどの熱烈な歓迎を受けられました。もちろん我々の知っている皇帝なら、私どもの歓迎を受け入れないだろうと思いますが。我々は、第一に、マーク・トウェインを偉大なる文学者と敬っております。ずっと以前に彼はユーモア作家として世に知られていました。彼のユーモアが文学界に新風を吹き込んだ当時は、どこか斬新で独創的だとして、我々はひときわ強い印象を受けましたが、それからも長きにわたって、この国では彼のことを幸福で陽気なひとときを与えてくれる英語圏の物語作家としてしか考えていない人が大勢いました。しかし私が少し前に彼について書いた時に述べましたように、マーク・トウェインはすでに独自の文学を確立していたのです[5]。初めは、新しい大国の、ある程度は新しい文学の、意気盛んなユーモアにしか見えなかったものが、いずれは偉大なる英語文学の古典となる運命にあり、アメリカとイギリス双方の遺産となっていることを、人々は認識したのです。初期作品の野性味と意気盛んで賑やかな作風の根底に、我らが友マーク・トウェインはいつでも真摯でひたむきな意図を込めていたのだと、時とともに認識を改め、驚く人もおそらくいたでしょう。彼の本を読んでいると、ただ面白ければいいと分別もなく書いたように見えるものの真ん中に、真摯な目的を持ち、時には悲劇的真剣さを持つ文章に巡りあうことがあります。ご存知のように、彼がこれほど高く評価され愛されてきた理由は、ひとつに、彼がいつでも正義のために戦い、不正を憎んできたことにあります。この二、三年のあいだに、彼はあの卑しむべき迷信教団クリスチャン・サイエンスと、国王の名にも値しない*あの男の残虐非道を容赦なく攻撃してきました。ロンドンの晩餐会での彼のスピーチを聞いておりますと、彼は自作におけるユーモアについて弁明に近いことを言われておりました[6]。なにも彼が弁解をする必要性を感じ取っていたと言いたいわけではありません――弁解の必要などないのですから――人は真摯な意図を抱きながら、笑える陽気な言葉で話すこともあるのです。文学の定石として次のように言うのが正しいかどうか分かりませんが、悲劇やメロドラマを書く著者は人類から尊敬されますが、人類から愛されるのは偉大なるユーモア作家なのです。笑えば人生の必然的な暗いものもたいがい癒されるからこそ、ユーモア作家がこれほど愛されるのではありませんか。ユーモアの才ある人間は、人間の生について健やかで良識ある見解を持っているからこそ、皆に愛されているのです。生に何の意味も見出さず、人生の堕落した部分、不浄な部分、下劣な部分にばかり目を向けるデカダンスの連中には我慢がなりません。こういう類の連中は文学界の切り裂きジャックです。彼らのもたらす影響は人々の希望をくじく有害なものでしかないのです。人間は無限に向上できるのだということ、いかなる場合でも最善を尽くして人生を全うし、未来の世代をより高く優れたものにするのが我々の務めだという偉大な教訓を教えてはくれません。今夜の来賓以上に、正真正銘、心から、本当の意味で楽天主義の福音をもたらしてくれた作家を私は他に知りません。文学者としてクレメンズ博士のどんな資質に最も強く感銘を受けたかと問われれば、私は彼の独創性だと答えます。マーク・トウェインのような作家は彼以前にはいなかったし、これからも二度と生まれないでしょう。彼の才能と著作の絶対的独創性は、他に類をみません。第二の資質は、まさしく彼ならではの資質で、彼のアメリカ精神です。私は、最も偉大なアメリカ人のひとり――エイブラハム・リンカン――について数多く読んでまいりましたが、リンカンへの賛辞として最高で、最良で、最短の言葉がジェイムズ・ラッセル・ロウエルの詩にあります。(7) ロウエル曰く、エイブラハム・リンカンこそは大統領の座についた者として、まさに文字通り、「初めてのアメリカ人」だったのです。リンカンは、いうなればアメリカの大地からしみ出して生まれてきたのです。クレメンズ博士も同じように、アメリカ人の生活と経験のまさに根底から生まれたのです。彼は法律家の家庭に生まれ、ジャーナリストの兄がいて、建設期のカリフォルニア州で始めたのです。彼は講演家、旅行家、出版者、発明家を経験し、投資家をしていたことさえあります。リシュリュー枢機卿なら世界で最も偉大な政治家の一人だと評されたところで、褒められたとも思わないでしょうが、無名の詩人を紹介する記事に自分のひどくお粗末な詩が掲載されたら、本物の才能が認められたと考えるでしょう。同様にマーク・トウェインが友人であるスタンダード石油のロジャーズ氏と肩を並べる大物投資家だと申し上げたら、褒め言葉と受け取られることでしょう。とはいえ、私はそのようなことを申し上げる立場になく、きっと、クレメンズ氏ご当人も同様でしょう。彼の経歴の中で、イギリス人にとってはなおのこと目を引くエピソードがあります。我々の文学史上の英雄であり殉教者である人物――ウォルター・スコット卿のことですが――彼の人生といくらか相通ずるところがクレメンズ氏にはあります。ウォルター・スコット卿は大きな出版社の一員になりました。クレメンズ博士も同様で、数年前、人類の最も崇高な職業だと僭越《せんえつ》ながら呼ばせていただく職業――つまりジャーナリスト――に就いて莫大な収入を得ていました。彼は年少の頃に植字工となり、十代で編集長代理を務めました。その頃の彼は名誉毀損でほうぼうから訴えられていたに違いありません。それから広大なミシシッピ河、あの内陸の海といわれる大河に向かい、操舵手の仕事を学びます。その後は西部に行き、探鉱者になり開拓者となります。ウォルター・スコットは、リシュリューやマーク・トウェインと同じく、出版こそが自らの真の使命だと考えていました。彼は破産という暗い影に直面しても仕事を続け、財産の一部をなんとか取り戻すも、仕事中に亡くなります[8]。我らが友クレメンズ博士も似たような憂き目にあわれましたが、アメリカ人らしい強靭で不撓不屈《ふとうふくつ》の精神力をもって難局に立ち向かったのです。彼は世界中を旅して回ります。何千人もの人々が喜んで援助すると申し出てきましたが、彼は自らの気力、自ら潔白の誠意を示すこと、これだけを頼りとし、三年間に及ぶつらい労苦のすえ、世界のあらゆるところで講演し、自由の身となって、一文の借金もなくなったと言えるようになり、苦難に直面しても勇気と気力と誠意を失わなかった人としての模範を示されたのです。ところで、みなさん、彼はミシシッピ河を航行していた時も、アメリカ中の町から町を、事務所から事務所へと移動していた時も、ネヴァダとカリフォルニアの鉱山を見ていた時も、人生というあの偉大な学校を経験してきたからこそ、今日の彼があり、偉大なる文学者たりえたのです。そして彼がオックスフォード大学に行った時、偉大な出会いがあったと考えます。一見相反する二つ――偉大な和合と言ってよいと考えます――の出会いです。我々は皆オックスフォード大学を知り、愛しています。それは、イギリス史の数多の時代における伝統と古典学問を集めた最も偉大な神殿であり宝物庫です――伝統と歴史ある旧世界の代表であり象徴です。そして旧世界の権威たるオックスフォード大学が自ら手を差しのべて、新世界を代表するこの人物に、近代様式と、古き伝統から解き放たれた類いまれな才能を代表するこの人物に最高学位を与えた時、それが偉大な和合となったのです。この和合こそは、クレメンズ博士の人生にとってだけでなく、オックスフォード大学にとっても新たな時代の幕開けとなりました。最後に、数多くの職業に挑んできたアメリカ人として彼を歓迎します。ですが、彼が避けてきたことがひとつだけあります――なぜ避けてこられたかは存じませんし、また避けてこられたことを喜ぶべきか惜しむべきか分かりませんが――政治家だけはされたことがないのです。どうして政治家にならなかったのでしょうか。それは、大使よりも高尚で偉大な地位――それもイギリス人の心情と知性に絶大なる影響力をもつ全権大使の役割――を担っておられるからです。外交官は、勃発する熾烈な党派争いに巻き込まれるわけにはいきません。外交官は、ときに、一国一党を超えたより崇高で正しいものを代表するものです。外交官は、あらゆる国のあらゆる党派の和平と親善を求めるすべてのものを代表しているのです。そこで今夜我々は、イギリス国民と全人類の親善に尽くす偉大なるアメリカ人として彼を歓迎いたしましょう。それではグラスに酒をお注ぎください。我らが友の長寿を祈って乾杯いたしましょう――彼の祖国に栄光あれ、全世界が喜びで満ち溢れますように。

＊ベルギーのレオポルドのこと。

この挨拶を受けて私は立ち上がると、普段なら滅多にしないこと――つまり非常に長いスピーチ――をした。そのつもりはなかったのだが、不用意で、うっかりしていた。知らぬ間に時間が過ぎてしまっていたのだ。スピーチの最後のほうだけを書き写しておく。

両国間に存在する友好関係について何も述べることはないと思います。その必要はないように、私には思えます。両国の絆は強く、断ち切れる心配などないと考えています。何があろうとも、私の時代、皆さんの時代、そして市長閣下の時代にあって、この絆が固く結ばれたままであることを私は強く確信していますし、いつまでも

一九〇七年一〇月二日

保たれ続けることでしょう。我々には共にイギリス人の血が流れているのです。我々には共通の言語、共通の宗教、共通の道徳理念、そして貿易という共通の大きな利害があって、我々は固く結びついています。故郷というものは誰にとっても愛おしいもので、これから私は故郷に向け大西洋を超えて行きます。オックスフォード大学から、私の人生に舞い降りたこの世界の良きものとして、最高の栄誉を授かりました。これこそ他の何ものにも勝る栄誉として選び取りたかった栄誉そのものであり、人と国家が賜りうるものの中で他の何ものにも勝る栄誉です。四週間にわたるイギリス滞在で、私はもうひとつ別の高尚な栄誉も授かりました。それは、絶えることのなく続く栄誉で、この二六日のあいだ、途切れることなく静かに流れる栄誉、実に感動的で胸打つ栄誉――心のこもった固い握手に、灰白色の脳からではなく、心臓の赤い血潮とともに噴き出す熱い歓迎のことです！　このような歓迎を受けて私は誇らしくなり、殊勝にもなるのです。何年も前のこと、デイナの『水夫の二年間』で、ある逸話を読んだことがあります(9)。内容はこうです。沿岸地域をまわって乾燥リンゴや台所家具をあきなう一本マストのスループ型帆船に、厚かましくてうぬぼれの強い小男が乗っていました。彼は、見かける船という船すべてにいつも声をかけます。それも、ただ自分の自慢話を聞かせ、ちょっとした虚勢をはるためでした。ある日、威風堂々たるインド交易船が天高くそびえる大きな帆をいくつも連ね、波を切りつつ悠々とやってきました。甲板や帆桁に水夫達がうじゃうじゃといて、積み荷も貴重な香辛料と贅沢ですから、東洋の優雅で神秘的な香りをただよわせていました。それは雄大な姿です。すると当然、小船の男がシュラウド〈マストの上から船の横に張った支え索〉に身を乗り出して、金切り声を上げて呼びかけます――「おおーい、そちらさん！　何の船だい？どこから来て、どこに行くんだい？」するとメガホンをとおして、低く轟き渡る野太い返事が返ってきました。「ベンガル妃号だ――広州を出て一二三日――帰航だ！　そっちの船は？」可哀想に、これには小男の虚栄心もぺちゃんこです。金切り声で、それは慎ましく答えます。「しがないメアリ・アン号さ。ボストンを出て一四時間――取り立てて、話すこともないね」。この「しがない」の一言で、彼の殊勝ぶりが、なんとありありと伝わってくることか。私の場合も、これと同じです。二四時間のうち、おそらく一時間だけは――せいぜい一時間は――私もふと思案し、そして謙虚になります。それでまちがいなく意気地がなく控えめな人間になります。しばらくは私もしがないメアリ・アン号、海に出て一四時間、野菜やブリキ製品を運んでいる者になります。ところが残りの二三時間は空しい自己満足が高く膨れ上がり、ついに私は堂々たるインド交易船になり、雲のように帆を広げて、大海原を悠々と進んでいるつもりでいます。この世界のさすらいの外国人が頂戴し得るかぎりの最高に暖かい言葉を積み込んでいます。二六日という楽しい逗留期間は五倍に水増しされて、いまや私はベンガル妃号、祖国を出て一二三日——そして、(「はあー」とため息をつき)帰航です。

晩餐会のあとは、大広間のひとつで歓迎会となり、数百人におよぶ紳士淑女と言葉を交わした。そのうち二五人は、気づかなかったが、以前に——つまり三五年前に——リヴァプールで会った人達だった。当時そこで私は講演をしたことがあった。[10] そのうち数人は、当時の講演会で私が語ったセリフを今でも思い出して言えるという——実に素晴らしい記憶力だ。

一一日にロンドンに戻り、一二日に最後の気晴らしを楽しんで、[11] 一三日の朝にティルベリから出航した——帰路だ。イギリスでの四週間は、私の生涯で最高に楽しい日々だった。

(1)クレメンズは当初リヴァプール市長(ジョン・ジャップ)の招待を断った。だがその後イギリス滞在を一週間伸ばすことに決めたため、七月一〇日の訪問が可能である旨を市長に伝えている(一九〇七年五月四日付?、ジャップ宛書簡。一九〇七年六月一九日付と二一日付、アシュクロフト代筆クレメンズからジャップ宛書簡、すべてカリフォルニア大学蔵)。

(2)クレメンズは七月一〇日に、アシュクロフトとT・P・オコナーを伴って、ロンドンからリヴァプールに向けて出発した(T・P・オコナーについては一九〇七年八月二二日付「自伝口述筆記」、注2を参照)。リヴァプール市長ジョン・ジャップの要請を受けて、ロンドン・アンド・ノースウェスタン鉄道会社のW・N・ターンブルは、クレメンズのために「寝台付き客間車両を用意し、七月一〇日一二時一〇分ユーストン発リヴァプール行きの列車に連結させる」ことを手紙で知らせ、「この車両は翌日のおかえりでもご利用いただけるよう押さえておりますので、クレメンズ氏が何時の列車でロンドンに向かわれるかお教え頂けましたら幸いです。客間車両には添乗員がつくように手配いたします」と返答している。ロンドン『グローブ』紙によると、「クレメンズ氏は客間車両に入るとすぐに休んだ。同行したT・P・オコナー氏によると、クレメンズ氏は前の晩大変な目にあったので、休息が必要だったという。

(前の晩に『パンチ』誌の晩餐会があった。)ロンドン『イヴニング・スタンダード』紙によると、この客間車両は「以前は皇太子用だった」。列車は四時頃、リヴァプールのライムストリート駅に到着した(一九〇七年六月二九日付、ターンブルからジャップ宛書簡。この書簡は、一九〇七年七月一日付、ジャップからクレメンズ宛書簡に同封されていた、カリフォルニア大学蔵。「マーク・トウェイン、北に向かう」、ロンドン『グローブ』紙、一九〇七年七月一〇日号、ページ数不明、「スクラップブック」、第三一巻、一二八ページ、カリフォルニア大学蔵。Lathem 2006、一〇六ページ、ロンドン『イヴニング・スタンダード』紙、一九〇七年七月一〇日号、九ページを引用)。

(3)会場に入る時間はクレメンズが指定していた。それについて、クレメンズはアシュクロフトに指示して、六月二二日にロンドンから市長に宛てて次のような手紙を送らせている(カリフォルニア大学蔵)。

親愛なる市長閣下、

クレメンズ氏の指示で、彼に代わりましてお手紙を差し上げます。クレメンズ氏は、母国で晩餐会に出席する際は――主賓として招かれた席でしても――特別のご配慮をいただき食事の終わる頃に会場に入らせていただくわがままをたいていお許しいただいております。スピーチの順番が回ってくるまでに疲れが出ないようにと考慮してのことです。来月リヴァプールで催されます晩餐会におきましても、何卒このわがままをお許しいただけましたらと、願っております。

クレメンズ氏は年齢の割には、すこぶる健康で精力的ですが、疲れが出やすいのでございます。彼のお願いしているこの特別扱いをお許しいただけましたら、ご出席の皆様によりよい形でスピーチを披露させていただけると思います。クレメンズ氏はリヴァプールに到着しましたら、その午後は早々に床につき、市庁舎で同席するまで休まれる予定です。

(4)この口述筆記に引用されている新聞の内容は、一九〇七年七月一一日付、リヴァプール『ポスト』紙に掲載された記事「マーク・トウェイン、リヴァプール入り」からの引用である。アシュクロフトがこの記事全文を「スクラップブック」第三二巻に貼り付け(第三二巻、一三〇ページ～一三二ページ、カリフォルニア大学蔵)、クレメンズがインクで訂正し、『自伝』用に修正し、書き直している。

(5)オコナーは、自らの雑誌『P・T・O』誌の六月二九日号に発表した記事について述べている(T. P. O'Connor 1907、「スクラップブック」、第三二巻、六五ページ～六六ページ、カリフォルニア大学蔵)。

(6)オコナーは巡礼者協会ロンドン支部がマーク・トウェインのために六月二五日に催した昼食会に列席していた。このときクレメンズは客に、「この場で軽口に次ぐ軽口に次ぐ軽口を重ねた」ことを「お許し」いただきたいと述べていた。一九〇七年六月二五日付「自伝口述筆記」を参照。

(7)オコナーがここで言及しているのは、ロウエルの「ハーヴァード大学創立記念に贈る祝いの詩」(一八六五年)にある一句「我らが新たな大地で新たに生まれし、初めてのアメリカ人」のことである。

(8)六月二五日に開かれた巡礼者協会の昼食会でオーガスティン・バーレルが行ったスピーチからオコナーはこの共通点を取り上げた。一九〇七年七月二五日付「自伝口述筆記」および関連する注を参照。

(9)リチャード・ヘンリー・デイナ二世(一八一五年~一八八二年)の最も有名作品の第三五章にあるこの逸話を、クレメンズは長年かけて書き直し、作り変えていった。その過程については、Gribben 1980、第一巻、一七一ページ~一七三ページを参照。

(10)クレメンズは一八七三年一〇月二〇日にリヴァプールで最初の講演を行った。このときサンドウィッチ諸島に関する講演をし、直後にオリヴィアとスージィをともなって母国に向けて出航した。一一月に単身でイギリスに戻ると、帰路につく途中で再びリヴァプールで演壇に立ち、「苦難をしのびて」とサンドウィッチ諸島の題目でそれぞれ一八七四年一月九日と一〇日に講演を行った(一八七三年一〇月二二日付書簡、宛先不明、『書簡集第五巻』、四五八ページ、注一。一八七四年一月一二日付、フィンレイ宛書簡、『書簡集第六巻』、一九ページ~二〇ページ、注一)

(11)一九〇七年七月一二日のクレメンズの行程については、館長に任命されたばかりのチャールズ・ホロイド卿(一八六一年~一九一七年)の招待でナショナル・ギャラリーを訪問したり、ポーツマス伯爵夫妻との昼食会への参加などがある(ポーツマス伯爵については、一九〇七年八月三〇日付、「自伝口述筆記」および関連する注を参照。Ashcroft 1907、五ページ)。

一九〇七年一〇月三日、口述筆記

一八六七年のワシントンでクレメンズ氏がネルソン・A・マイルズ中将に三ドルで犬を売った話。(1)

いくつかの点で私はいつも誠実だった。若い頃から、いかがわしい手段で手に入れた金をどうしても使う気になれなかった。何度か使おうとしたが、いつも信念のほうが欲望よりも強かった。六ヶ月か八ヶ月前にネルソン・A・マイルズ中将のためにニューヨークで盛大な晩餐会が催された時のこと、(2)宴席に着く前に彼と私は控室でおしゃべりをしていると、彼が次のように言った。

「君とは知り合って、かれこれ三五年にもなるよな」。

私は答えた。

「ああ、多分それぐらいになると思うよ」。

彼は少し考え込んでから、こう言った。

「それより前の一八六七年に、私達はワシントンで会ってないか。君も当時ワシントンにいただろう?」

私は言った。

「ああ、いたよ。だけど立場が違ってたじゃないか。私はまだ世に出る前だったからね。芽の出る気配すらない――無名だった。一方君は、南北戦争での素晴らしい功績に加えて、極西部の輝かしいインディアン討伐から帰還して、正規軍の准将に昇格したところだった(3)。だれもが君のことを話題にしては、称賛したものだったよ。君が私と出会っていたとしても、今まで覚えているわけがない――何か特別な状況で出会っていて、脳裏に焼き付いているっていうなら別だろうけどね。四〇年前だよ。それだけ長い年月が経てば、人のことなんて忘れているものだ」。

私はこの件には深入りしたくなかったので、話題を変えた。一八六七年のワシントンで私達は実際に会っていて、証明するのも簡単だった。だが、私か相手かのどちらかがばつの悪い思いをすることになるだろうから黙っていたのだ。あのときの事はとてもよく覚えている。事の次第はこうだ。

私はクエーカー・シティー号の遊覧旅行から戻ったばかりで、ハートフォードのブリスと『無邪気者達、海外へ』の出版契約を結んだ(4)。金も無くなり、本を書きあげるまで食いつなぐのに良い働き口はないかとワシントンに出てきていた。そこで歴史家の兄を持つウィリアム・スウィントンと出会い、協力して食い扶持を稼ごうと一計を案じた。

我々は、今の新聞業界ではよくある事業――記事の配給業、つまり通信社――の父祖で考案者になった。二人で地球上で最初にして最古の、元祖通信社を立ち上げた。[5] 小規模ではあったが、未開拓の新規産業というのはいつもそうしたものだ。取引先として一二の新聞社を揃えた。どれも週刊新聞で、無名で貧しく、奥地の入植地でばらばらに活動していた。こういう小さな新聞社にとってワシントンからの通信記事を載せるのは誇らしいもので、我々にとってもそんな風に思ってもらえれば有り難かった。一二社は一様に、一記事につき一ドル支払って、我々から週二つの配信記事を受け取ることになっていた。彼と私でそれぞれ毎週ひとつずつ配信記事を書くだけでいい。あとはそれを一二枚書き写して、それらの得意先に送ると、週二四ドルの生活費を稼げるというわけだ――私達の慎ましい安宿ならこれだけあればすべて事足りた。

　スウィントンは私の出会った中で最も魅力的で素晴らしい人間の一人だった。私は共同生活を大いに楽しみ、この上なく満足していた。スウィントンは上品な家で、紳士として生まれ育った男で、高い教育も受けていた。美しい心の持ち主で、彼の心と言葉は純粋そのものだった。彼はスコットランド人で長老派教会に属していた。そう、長老派教会という昔ながらの正統派に属していたこともあって、彼の信仰は誠実で一点の曇りもなく、その信仰を愛し、その信仰に平穏と安らぎを見出していたのだ。不品行なところは一切なかった――ただし、彼はスコッチウィスキーを大いに愛好していた。それを「不品行」と言わなければだが。私もそれを「不品行」だとは考えていなかった。というのは、彼はスコットランド人なのだから。スコットランド人にとってウィスキーはほかの人間にとってのミルクと同じぐらい害のない飲み物だ。スウィントンに関して言えば、それは美徳であり、倹約するものではない。あのウィスキーの瓶に金を払ってさえいなかったら、週二四ドルで、私達は本当に豪勢な暮らしができた。ところがウィスキーのせいで、私達はいつもぎりぎりまで切り詰めないとやっていけなかった。収入が少しでも遅れると必ずや面倒なことになった。

　覚えているのは欠乏状態のことだ。どうしても三ドル工面しなければならず、しかも日没前にその金を作らなければばならなくなった。どういった経緯でそれだけの金が一度に必要になったのか今は覚えていない。ただ金が必要だったことだけは覚えている。スウィントンは、外に出て金を見つけてこいと私に命じた――自分も外に出て、出来る限りやってみると言うのだ。何とかなると信じて疑わない様子なのだが、彼が信仰心を持っていればこそ言えることだと私には分かっていた。そこまで私には信じ切れない。どこに向かったらそんな黄金を集められるのか見当もつかないので、そう言った。私の弱き信仰心を彼も内心恥じていたと思う。彼は、思い悩むことはない、心穏やかにしていなさい、と私を諭し、「神自ら備えてくださる」と、あっさり確信と自信に満ちた声で言った。神自ら備えてくださる、と心から信じきっているようだが、私と同じ目に遭っていたら、彼だってきっと――

この話はどうでもいいことだ。彼の説教が終わらないうちに、彼の強い信仰心が私にまで乗り移ってきて、本当に神自ら備えてくださるような気になってきて、その場から出ていった。

通りを一時間ほど歩き回り、その金を工面する手立てを思案したが、何も思い浮かばない。ついには、エビット・ハウスという当時できたばかりのホテルにぶらりと足を踏み入れ、ロビーで座っていた。そこへ一匹の犬が迷い込んできた。その犬が足を止めて私のほうを見上げると、「仲良くしてくれる?」と目で訴えてきた。大丈夫だよ、と私も目で答える。彼は小さく尻尾を振りながら嬉しそうに寄ってきて、私の膝にあごを乗せると、愛嬌のある可愛らしい仕草で茶色い目を向け、私の顔を見つめるのだ。とても愛らしい犬だった――女の子のように美しく、絹かビロードのような毛で覆われていた。滑らかな茶色い頭を撫でて、垂れ下がる耳をさすってやっていると、すぐに打ち解けて相思相愛となってしまった。そのとき国の英雄マイルズ准将が青い制服に金ボタンという輝く出で立ちで、皆の憧れの眼差しを一身に受けつつ、ふらりとやってきた。准将は犬に目を止めて、立ち止まった。目が輝いたところを見ると、彼はこういう可愛い犬に目がないみたいだった。彼は歩み寄ると、犬の頭を軽く叩いて、言った。

「本当にいい子だ――信じられないほど可愛いね。この子を売ってくれないか?」

これにはいたく感動した。スウィントンの予言がこんな形で実現するなんて、奇跡のようだと思った。私は言った。

「いいですよ」。

准将が言った。

「いくらで譲ってくれるかい」。

「三ドルです」。

准将は明らかに驚いている様子だった。彼は答えた。

「三ドルだって？　たった三ドルかい？　どうしてだい、とても珍しい犬だよ。きっと五〇ドルは下らない。私なら一〇〇ドルだって譲らない。この犬の価値を知らないようだ。考え直してみたらどうだい。不当にだまし取るような真似はしたくないのだ」。

私の性格を知っていたら分かってくれただろうと思うが、私も同じように不当にだまし取るような真似をしたくなかった。相変わらず冷静に、腹を決めて、こう返答した。

「いいえ——三ドルです。それでお譲りします」。

「結構だ、どうしてもというなら」と准将は答えると、三ドルを払い、犬を連れて階段の上に消えていった。

一〇分ほどして温和そうな中年紳士がやってきて、テーブルの下やそこら中をあちこち探しまわっていたので、彼に声をかけた。

「犬をお探しですか？」

さっきまで心配そうに曇っていた顔が、嬉しそうにぱっと輝くと、彼は答えた。

「そうなんです——見かけましたか？」

「ええ、」と私は答えた。「さっきまでここにいたんですが、紳士について行くのを見ました。もしよろしければ、私が見つけてきて差し上げたいと思いますが」。

彼の有り難がり様といったら、滅多にお目にかかれないほどで——ぜひお願いしたいと承諾する声にも感謝があふれていた。そこで私は、お安い御用だが、時間もとることだし、多少の駄賃を頂戴できたらありがたいと申し出た。彼は、是非とも払わせてもらいたいと言い——「是非とも」の部分を何度も繰り返しつつ——いくら欲しいのかと聞いてきたので、私は答えた——

「三ドルです」。

彼は驚いた様子で、言った。

「これはまた、ただ同然じゃないですか！　一〇ドルでも、喜んで払いますよ」。

だが私は言った。

「いいえ、三ドルです」。――これ以上の押し問答を待たずに、私は階段へ向かった。スウィントンによれば「神自ら備えてくださる」のは三ドルなのであって、神がお約束された以上は、一ペニーだって多く受け取るのは冒瀆のように思われた。

フロントの窓口を通過するとき、ついでに准将の部屋番号を聞き、それから彼の部屋に向かうと、准将が幸せそうに、あの犬を可愛がっているところだった。私は言った。

「申し訳ないのですが、その犬を返していただかなければならなくなりました」。

彼はとても驚いた様子で、こう言った。

「返すだって？　どうしてだい。私の犬だ。君が売ってくれたんじゃないか。しかも君の言い値でね」。

「はい」と私は言った。「おっしゃる通りです――それでも返してもらわないといけません。あの男性がこの子を連れ戻してほしいというものですから」。

「どの男性？」

「この犬の飼い主です。この子は私の犬ではありませんので」。

准将は以前に増して驚いた様子で、一瞬声も出なかった。それから、言った。

「つまりだな、君は他人の犬を売ったというわけだな――それも、分かっていてやったと？」

「はい、私の犬でないことは分かっていました」。

「なのに、どうしてこの子を売ったりしたんだ？」

私は言った。

「それは、また、奇妙なことを聞かれます。あなたが欲しいとおっしゃるから、売っただけです。あなたのほうからこの犬を買いたいと言ってきたのです。それは事実です。私は別段売りたかったわけではありません――売ろうなんて考えもしていませんでした。ですが、あなたのご都合がよろしいようなので、私のほうはそれでも構わないと――」

彼は途中で遮って、言った。

「私の**都合**だって？　こんな訳の分からん都合なんぞ聞いたことがない――私のために、善意で自分のものでもない犬を売ったというのか――」

私は途中で遮って、言った。

「こんな押し問答をしていても意味がありません。あなたご自身が言われたのです、おそらく一〇〇ドルはすると。それでも私は三ドルでいいと答えたはずです。不公正なことはないでしょう？　もっと高値でも買うと言われました、そうですよね。それでも私は三ドルでいいと答えました。事実ですよね」。

「まったく、それが一体なんだって言うんだ！　問題の根本は、君がこの犬の持ち主でないということだ――分かってないのか？　安値で売れば、自分の所有物でもないものを売ったとしても不正行為にあたらないと思っているようだが。それに――」

私は言った。

「どうか、言い争うのはもうこれくらいにしませんか。あなたが三ドルというしごく適切かつ妥当な価格で取引した事実は、言い逃れできないのです――私がこの犬の持ち主でないことを考慮したとしても――それに言い争うだけ時間の無駄です。彼を返してもらわないと、飼い主がこの子を待っているんです。この件に関しては他に選択肢がないのはお分かりでしょう。私の立場になって考えてみてください。もし自分のものでない犬を売ったとして、もし――」

「ああー、」と彼は言った。「君の馬鹿げた理屈を並べ立てて、これ以上私の頭を混乱させないでくれ！　この子を連れていけ、もうたくさんだ」。

そこで私は彼に三ドル返すと、犬を連れて階段を下り、飼い主に引き渡して、駄賃の三ドルを受け取った。

私は心も晴れ晴れとなって出ていった。立派な行いをしたからだ。あの犬を売った三ドルには絶対に手を付けなかった。まっとうな金ではなかったからだ。しかしあの犬を本来の飼い主に返してやることで手に入れた三ドルは、まっとうで正当な私の金だ。自分で稼いだ金なのだから。私がいなかったら、あの男性は二度と犬を取り戻せなかった。

私の信念は、あの時と変わらぬまま今日まで続いている。私はいつでも正直だった。それは譲れないと分かっている。冒頭で言ったとおり──私には、いかがわしい手段で手に入れた金だけはどうしても手を出すことができない。

さて、話はこれでおしまい。(6) いくらかは真実だ。

(1)ネルソン・アップルトン・マイルズ(一八三九年〜一九二五年)は、正式な教育を受けていなかったにもかかわらず、輝かしい軍功をたてた。彼は南北戦争で戦って、四回負傷している。南北戦争が終わって、一八六六年七月には正規軍の大佐に任命され、一八六七年三月にはチャンセラーズヴィルの戦いでは傑出した勇敢さで准将に名誉昇進した。一八六九年から一八九〇年初頭まで西部における対インディアン部族の軍事作戦を行い、その後はアメリカ＝スペイン戦争でも戦った。一八八〇年には正規軍の准将になり、一九〇一年には任命されるのが珍しい階級だった中将にまで昇進する。一八九五年から退役する一九〇三年まで、アメリカ陸軍総司令官だった。その間、軍および行政の政策に対してあからさまな批判をして陸軍省とローズヴェルト大統領と対立したため、ローズヴェルト大統領は内々で彼のことを「軍を指揮しているつもりでいるが、むしろ軍にとっては危険な敵であり中傷者だ」と呼んでいた(Ranson 1965-66、一九一ページ〜二〇〇ページ)。

(2)ニューヨークでマイルズのために催された晩餐会については不明である。クレメンズは一九〇七年三月一二日に行われたハドソン劇場の午後公演でマイルズと同じボックス席についており、そのあとは銀行家であり鉄道会社取締役であるコルゲート・ホイト夫妻が主催する晩餐会に出ていることから、この機会のことをおそらく述懐している。ライオンの日記によると、「クレメンズ氏はホイト家の晩餐会に招かれ、マイルズ中将も招待客として来ていた。彼はとても楽しく過ごし、彼の右側に座った女性は『とても知的で、女性の不義にかけては何でも知っているかのように話した』」(Lyon 1907、三月一二日付日記。一九〇七年三月一八日付、「自伝口述筆記」、注1も参照)。

(3)クレメンズは一八六七年の冬から六八年にかけてワシントンで過ごしている。そこでネヴァダ州選出上院議員ウィリアム・M・スチュアートの秘書として短期間働き、いくつかの新聞社に通信文も送っていた(『自伝完全版第一巻』、六七ページおよび関連する注)。このときマイルズは大佐だった。正規軍准将の階級に上がるのは一八八〇年になってからで、このときはまだインディアン戦争にも出ていない(前述の注1を参照)。

(4)クレメンズは、アメリカン・パブリッシング社のイライシャ・ブリスとの初期の取引と、『無邪気者達、海外へ』(一八六九年)の出版について、一九〇六年五月二一日付「自伝口述筆記」で語っている(『自伝完全版第一巻』、四八ページ〜四九ページおよび関連する注)。

(5)もとニューヨーク『タイムズ』紙で南北戦争の通信員だったスウィントンとの交際について、クレメンズは一九〇六年一月一五日付「自伝口述筆記」で語っている。スウィントンの兄ジョンはジャーナリストで社会革命家だった。共同配信による新聞記事とはっきりと確定できるものはないが、少なくとも一八六八年二月九日と一三日のシンシナティ『イブニング・クロニクル』紙に転載された二つの記事(「重大案件解決」と「スピナー将軍、熱狂的な信仰者」)は、最初の転載元が不明なことから、二人の共同通信で書かれたものであることは間違いない(SLC 1868a、1868b。『自伝完全版第一巻』、二八一ページ~二八二ページおよび関連する注)。

(6)クレメンズは、プレアデス・クラブが彼のために一九〇七年一二月二二日にニューヨークで開催した晩餐会でのスピーチで、この話をすぐに語り直している(「マーク・トウェイン、マイルズ中将を『たぶらかす』」、一九〇七年一二月二三日号、五ページ)。

一九〇七年一〇月五日、口述筆記

タキシード・パークのクレメンズ氏をロバート・ポーター氏が訪問――さらにフランチェスカとドロシーの訪問――ドロシーの物語をひとつ紹介――インディアンの物語。

一週間か一〇日ほど前にロバート・ポーターがイギリスのオックスフォードからやってきた。[1] 以前からあらゆる国、あらゆる新聞が絶賛し、話題にしてきたあの驚異の客船――ルシタニア号の処女航海で彼はやってきたのだ。ポーター氏は私がオックスフォードにいた間、もてなしてくれた人物だ。彼はロンドン『タイムズ』紙の記者で同紙の特別任務でこちらに来た。そこで彼は一日、二日ほど、タキシードまで足をのばした。彼の興味深い話の中に巧妙な奇策があった。それは費用をかけずに、海外電信で毎日家族に近況を知らせるという話だ。オックスフォードにいる彼の妻と娘は朝食の席で『タイムズ』紙を広げると、アメリカからの外電記事を熱心に探し、その欄を段組みにそって目を落としていく。内容にはかまわず、ただあちこちに出てくる公的人物の名前に注目する。名前に出くわすと家族の関心は熱くそこに集中し、その名前の前と後ろの言葉に注がれる。それを挟む二語は必ず形容詞で、その中にポーター から妻と娘にあてた私的な秘密のメッセージが隠されていたからだ。必然的にポーター氏が最も頻繁に利用するのが、現大統領の名前だった。この名前につける形容詞で、愛情や健康状態や家族に関する様々なメッセージを伝えていたのである――結果として、外電記事には大統領の名前がいたって多く現れる。他の公的人物の名前にも前後に形容詞をつけて、オックスフォードの家族に向けた別の類の情報を伝えていた。ポーター氏がオックスフォードを出るとき、隣人が駆けつけてきて、ニューヨークで頼みたい用向きがあるとのことだった。この人物はポーター家と家族ぐるみの友人であり、私の知り合いでもあった。彼女はそれをなんとかやってもらいたいと願っていたが、疑いもあった。いずれにせよ、できる限り惨めな不安から解放されたいので、可能な限り早い便で結果を知らせてほしいと懇願した。ポーター氏は答えた。

「海外電信でお知らせしますよ」。

「だめよ、それだけは絶対にだめ」とご婦人は叫んだ。彼女にとって海外電信といえば破産するほど高いものだと考えていたからだ。誰が費用を持つことになったとしても、外電と考えただけでぞっとしたのだ。

「大丈夫ですよ」とポーターは言った。「外電を打ちますから。お待たせするのはいけませんからね。事の重大さに比べたら外電なんて些細なことです。『タイムズ』紙の費用で外電を打ちますから」。

この申し出にはご婦人も困ってしまい、驚きもした。彼女は慎重に聞いた。

「ですけど、隠れてやるわけじゃありませんよね」。

「そりゃあ、隠れてですよ」とポーターは言った「でもそんなこと、どうでもいいじゃありませんか。『タイムズ』紙には分かりませんから」。

ポーター氏はニューヨークに到着したその日に、ご婦人の用向きをうまく済ませた。その朗報をすぐにでも送りたかったが、それにはブライアン氏の名前がどうしても必要だった。ところが予想だにしない、ほとんどありえない事態に見舞われ、彼の名前をどうしても使えなかった。ブライアンは丸二日間おとなしくしていたので、彼のことを外電記事で扱いようがない。ようやく三日目にして万年大統領候補が何かをしたとか、言ったとかで、(2) 翌朝の食卓では彼の名前が『タイムズ』紙の外電記事に、「たがの外れたブライアン」で始まる一文が紙面に載った。これが待ちこがれた形容詞だった。ポーター夫人は待ちわびるご婦人に急いで電話をかけ、「外電が来ました。すべてご期待どおりですって」と伝えた。

ポーター氏はルシタニア号が大西洋を半分渡った頃、機関士の助けを借りて精密かつ慎重な計算を行い、その結果をもとに予測を立てて、その結果をロンドン『タイムズ』紙とニューヨーク『ワールド』紙に無線で知らせた――それは、新しい客船の平均航行速度は時速二三・二ノットで、ニューヨークまで何日何時間かけて――正確な数字は覚えていないが――到達するという内容だった。私の記憶が正しければ、予想していた速度より実際は〇・一ノット**ずれて**いただけだった。航海時間についても、ぴったり正確な数字までは当てられなかったものの、予想時間との差は**わずか六分**だった！[3] 予言がこれほど正確だったことは、古代でも現代でも、かつてなかったと思う。

一〇日前、フランチェスカとその母親がイギリスから到着し、我々と二日ほど過ごしていった。[4] その一〇日前には、前回の航海で一緒だった可愛い旅仲間のドロシーがここに来て、七日間、昼も夜も彼女と楽しく過ごした。[5] 彼女はまだ一一歳で、時計のゼンマイのように動き回り、幸福が詰まっているようだった。寝ているとき以外は一瞬もじっとしておらず、太陽のようにここを照らしてくれた。私達にとって、それはすさまじい一週間で、絶え間なく愉快な一週間だった。彼女が帰ってしまうと、ふたたび静寂に包まれ、天国の嵐が過ぎ去ったあとのようだった。

ドロシーは文芸作家、とくにロマンス小説の作家になりたいと考え、[6] 夢中になっていた。そんな彼女を勇気づけて、想像力が膨らむようお膳立てしてやるのは、私にとって大切な誉れある務めだった。彼女は真剣そのものだった。私が速記者となり、彼女が語ることを書き取っていく。うっかり笑うなんてことは絶対にしなかった。だが全身のありとあらゆる筋肉と神経と節々を緊張させて吹き出すのをこらえていたので、体のあちこちが痛くなる時もあった。彼女は書くのが早く、口述筆記の時には何のためらいもないし、スージィ以上に凄まじい綴り字で書いた。朝早く――八時半という早い時間――から始め、夜の九時まで休む間もなく自分達の勤めに励んだ。**自分達の**勤めと言ったが、私は疲れ果てる昼までいつも彼女の手助けをした。それから、ライオン女史が昼から三時頃まで寝ずの番をし、そのあとで私が寝ずの番に戻った。過労で倒れかねないので、午後の昼下がりを文学活動に使おうとたいてい持ち掛けた。

こう言い訳すれば、寝転んだまま作業をすることができたからだ。私は裏の玄関で寝椅子に横たわり、彼女も傍らの寝椅子に寝そべる。それから彼女はよどみなく自分の物語を語り出すと、私はそれを書き取っていった。物語が終わると、書き取った物語を原稿にそって読み返してやり、彼女がそれを書き写した。どうしてこのようなやり方をするのかは、言わないでおいた。彼女自身の書いた、はつらつとして無秩序な手書きには彼女なりの句読点の使い方――つまり句読点のないところ――もあり、そうして書かれた物語を私は読みたかったし、他とは比べ物にならない綴り字の魅力に私は夢中になっていた。彼女の物語はロマンス専門で、ことさらロマンティックな場面やエピソードが並んでいた。ところがロマンスもたいてい一休みして、登場人物の名前まではいかない。彼女の描いた主人公には**どんな**名前でも似合いそうなのに――六個のうち五個は庶民的で、陳腐で、通俗本に出てくるような名前なものだから、英雄らしいことをするにはほとんど不向きなのだった。しかし私には、そういうみすぼらしい名前にこそ黄金の輝きがあると思えて、世界のロマンス文学に出てくるどんな高尚な名前とも取り換えはしなかった。ある日、彼女はインディアンを扱ったロマンス物語を語り、私がそれを書き写した。このやんちゃ娘は無邪気で、純粋そのものだから、私の態度を怪しむことなど滅多になかった。それでも折にふれ、彼女の口から絶妙な言い回しがこぼれ出てくると、私も強く感じ入って笑いが抑えきれずに体を震わしてしまい、たくさん嘘をついてごまかした。それに気づくと、彼女はどうしたのかと尋ねてくる。その声の調子に、彼女がうっすらと怪しんでいることが分かった。そこで少し寒気がするのだと答えてなんとか納得させても、これが私にとってうれしくない新たな事態を招く。彼女は優しく気遣ってくれて、風邪をひかないようにとウィスキーを飲むようせかす。短いインディアン物語を仕上げるまでに――彼女が書いたまま、彼女の綴り字のまま、彼女の句読点のままをここに収録しておくが――私は優しいこの子に何杯となくウィスキーを飲まされ、速記者としての資質にいささか欠けてふらふらになった。物語がもう少し長かったら書きとれなかっただろう。

森の奥深くでその日は蒸し暑い日でヘンリー・ポッターは狩りにツかれていたとき突然荒々しいとキの声がすぐ近くで聞こえてきて大変だインデインだどうしようトキの声がだんだん近づいてくるいのちからがら急いで逃

げなければそうおもったがああそうだできることをしなければ——またトキの声はもう彼のすぐ近くまできていて別の方角からも別のトキの声が聞こえてくる本当に大変だ部族だもう逃げきれないあの木の穴に隠れていようそのときすでにインデインがそこまで来ていてすぐにテントを張り始めたその時インデインの一人が火にくべる薪がいると言い出しあそこにいい木があるじゃないかと言ってヘンリーが隠れている木を指さした部族の男達は手斧をもって近づいてくるインデインの一人が木の穴を見ておいあの木の中に動物がいるぞわしが捕まえて夕食にしてやろうと言ったヘンリーは自分を夕食にしたらそりゃ旨いだろうな考えたら全く危険なのに思わず笑ってしまったインデインが木の穴を大きく裂くとヘンリーはインデインと目があいその瞬間意識を失った——

彼が目を覚ますと大きなテントの中にいた族長のテントだった族長は彼をにらみ下ろしていたあなたにも見せてあげたいテントの中では険しい顔をした民族オショー[*]の老戦士達が族長を取り囲んでこの新しい捕虜をどうすべきか相談していた——火あぶりにしようと叫ぶ者もいたし石を投げて殺そうというのが多くのいケんだった——ついに族長が言った今夜のところはミハリをたてておこう明日どうするかみんなで決めよう。ヘンリーは女達の集団からインデインの女の子が一人でてきて彼のほうを見ているのに気づいた——それから彼は連れていかれその夜の十一時ごろ静かな足音がそっとテントの中に入って来たそれから聞き覚えがある声が今すぐ私についてきてと言った誰だとヘンリーがたずねた私はマーゲアレットよああマーゲアレットかヘンリーが叫んだマーゲアレットは二年前に開拓ムラからきエタ女の子でインデインの女の子の衣装を着てヒやケ[†]していた彼女とヘンリーは愛し合っていて結婚するはずだった今は話している時間がないと彼女は言ったいまやヘンリーは彼女についていった彼女は彼を森のはしまで無事に連れていくとそこで二人はそのごいつまでも幸せに暮らした。

＊衣装
†日焼け

ドロシーは、この見事な物語をクルクルとつむぎ出した。まるで句読点を打ったかのように——どこにも全く途切

一九〇七年一〇月五日

れないのだ。まるでヘンリーの冒険がいま目の前で起こっていて、彼女は事実に沿って単に書き取っているかのようだ。「マーゲアレット」がこの青年を森のはしまで無事に連れていき、そこで二人はいつまでも幸せに暮らしたということなので、私としても喜んでいる——結婚式が省かれていたのでなおさらだ。というのも、もし結婚という余計な前段階なしにこの二人に子供ができることにされたら、しまいにはまた酒をあおらないといけないと一瞬考えてしまったからだ。

(1)ロバート・P・ポーター（一八五二年～一九一七年）はイギリスで生まれたが、一八六〇年半ばに米国に移住し、ジャーナリストになり、シカゴ『インター＝オーシャン』紙、（イリノイ州）ロックフォード『ガゼット』紙、フィラデルフィア『プレス』紙、ニューヨーク『トリビューン』紙と、いくつもの新聞社で働いた。彼は一八七四年に結婚したが、一八八四年にこの最初の妻と離婚し、アリス・ラッセル・ホビンズ（一八五三年～一九二六年）と再婚した。彼女もイギリスで生まれ、ウィスコンシン州マディソンで育った。二人には四人の子供があった。アリスは、自身も新聞通信記者として、ニューヨーク『デイリー・グラフィック』紙、続いてシカゴ『インター＝オーシャン』紙で働いた。ロバートは一八八七年にニューヨーク『プレス』紙を創設し、アリスもそこで働いた。一八九〇年代に夫婦はコロムビア特別区に住み、そこでロバートは第一一回合衆国国勢調査の責任者となり、政府の特別な仕事を担って旅行した。一九〇四年にロンドン『タイムズ』紙に加わり、一九〇六年にワシントン通信員の中心的な記者となった。一九〇七年に渡米した際の「特別任務」については不明。彼は九月一二日にルシタニア号上で、クレメンズからタキシード・パークへの招待を受けた。彼はニューヨークの波止場でアシュクロフトの出迎えをうけ、九月一四日にタキシード・パークに到着した。ライオンは日記で彼のことを「屈強でがっしりとしたイギリス人で、とても愛想がよくて、心の温かい人。彼は食事、家、タキシード、見たところすべてが気に入った」と述べている（「ロバート・P・ポーター」、シカゴ『トリビューン』紙、一八八四年六月一二日号、三ページ。Jackson and Jackson 1951、一三ページ。Willard and Livermore 1893、第二巻、五八二ページ～五八三ページ。Lyon 1907、九月一二日と一四日付日記。ポーターからクレメンズ宛、一九〇七年九月一三日付書簡、カリフォルニア大学蔵。ルシタニア号については以下の注3を参照）

(2)一九〇八年七月一四日付、「自伝口述筆記」、注16を参照。

(3)処女航海についたキュナード社の英国郵船ルシタニア号は、世界最大の客船で、全長は七九〇フィート、二二〇〇人の乗客と八〇〇人以上の乗員を収容していた。クイーンズタウン（アイルランド）からサンディーフックまで大西洋を横断するのに、一九〇七年九月七日から五日と少しという記録をつくり、以前の記録より約六時間短かかった。ロンドン『タイムズ』紙の特別通信記者としてポーターは、船の出港と到着に群衆が集まって声援を送ったことを書き、霧と蒸気動力のプロペラを傷つけたくないとする思惑がなければもっと速く横断できたと説明した。九月一三日の到着後にポーターは、「その週の間にルシタニア号の予想航行時間を計算して、『タイムズ』紙に無線電信で送ったが、私の計算は数分ほど誤りがあった。陳謝する。航行時間は五日五四分で、五日一時間ではなかった。平均速度は二三・〇一ノットで、私の予想した二三ノットではなかった（「ルシタニア号の航海」、ロンドン『タイムズ』紙、一九〇七年九月一四日号、五ページ。「ルシタニア号の処女航海」、『ウォール・ストリート・ジャーナル』紙、一九〇七年九月一四日号、七ページ。「今日の午前九時、ルシタニア号到着」、ニューヨーク『タイムズ』紙、一九〇七年九月一三日号、一ページ）。

（4）フランシス・ナナリーと彼女の母親コーラは九月二八日から三〇日までタキシード・パークに滞在した。ライオンの日記によると、クレメンズは「仕草が明るくて、優しくて、かわいらしい『フランチェスカ』と過ごす。彼女は上品で真面目な一六歳の女の子で、すばらしく美しいほっそりとした小さな手をしていた」。天候が悪く、一行はほとんどの時間をトランプのハート抜きゲームをして過ごした（Lyon 1907、九月二八日と三〇日付日記。ナナリーについては一九〇七年七月二五日付「自伝口述筆記」と注3を参照）。

（5）クレメンズは一九〇七年七月に蒸気船ミネトンカ号でイギリスから帰国する際、ニュージャージー州プレインフィールドに住む一〇歳のドロシー・ガートルード・クイック（一八九六年～一九六二年）と船上で会っている。彼女は母親のエムマ・ガートルード・クイックと祖父母とともに旅行中だった（彼女の父親はすでに家族と暮らしていなかった）。九月三日から一二日までのタキシード・パーク訪問は、帰国後二度目で、その前は八月五日から九日まで滞在していた。八月一五日にクレメンズは彼女の母親に手紙を書き、「彼女が滞在していた毎日、毎時間、ドロシーは喜びであり、天の恵みでしたので、彼女を毎晩寝床に付かせるのが辛くてなりませんでした。彼女の性格は本当に素晴らしく愛らしいので、生涯にわたって彼女を慕う友人達が絶えないでしょう」と記している（Quick 1961、一一ページ。一九〇七年八月一日付と一五日付、クイック宛書簡、カリフォルニア大学蔵。Lyon 1907、九月三日付と一二日付日記。Schmidt 2009）。クレメンズとドロシーの温かい交友関係は彼が死ぬまで続いた。彼女はクレメンズから自分宛てに送られた手紙をマーク・トウェイン・ペーパーズに遺贈した。二人の膨大な文通書簡は『マーク・トウェインの水族館』に収録されている（Cooley 1991）。

（6）ドロシーの最初の訪問のあと、クレメンズは彼女に手紙を送って次にように忠告している。

前もってペンネームを選んでおいて、作品が生まれてくるとき、作品の方を名前に合わせていくというのは、いい考えですね。

かわいい君のため、将来のペンネームについては気を付けておきます。今から別のちょっとした物語を書いて、私に送ってください。**満足のいく**いい物語を作れるようになるまでは数年かかるでしょうし、熱心に励み続けなければなりません。根気強い思索、鋭い注意、綿密な洞察、たくさん破いて、たくさん書き直すことです——たいしたことではありません。苦労するだけの価値はありますから。どんな職業でも上手く習得するには、それ以外に手がないのです。（一九〇七年八月一七日、一八日、一九日、二一日、二二日付、カリフォルニア大学蔵、Colley 1991、五二ページ〜五四ページ）

クレメンズはドロシーのペンネームとして「ネブラスカ・チェスターフィールド」や「オレゴン・トレイル」、「オレゴン・ド・バラゲイ」を提案した（Lyon 1907、八月二三日付日記）。クイックは結局作家となって、詩集や推理小説、あるいはクレメンズと彼女の交友を記した回顧録など、いくつか本を発表している（Quick 1961）。彼女は、クレメンズとの出会いや、タキシード・パークへの訪問（またこの後ストームフィールドを訪ねたこと）、そして彼が作家の夢をすすめてくれたことについて、詳しく語っている。これらに加えて、自伝の創作に携わるクレメンズの様子についても彼女は記している。

クレメンズさんは部屋の中を行ったり来たりしながら、口述筆記をしていた。彼の口述は、物語を作っているというよりも、会話で気さくに話しかけているかのように聞こえた。彼は後ろに手を組んで行ったり来たりしつつ、ゆっくりと引き延ばすあの南部訛りで途切れることなく語り続けた。彼はよく、話にまつわるちょっとした面白い意見を添えると、速記者から余談だと勘違いされたが、実際には完全な原稿の一部として話していた。それらはクレメンズ氏の個人的な意見か、速記者自身のためだと考えて、速記者はそれを原稿から省いていた。

後に、口述筆記が終わって前日の口述内容をタイプ打ちした原稿を修正していたとき、彼はこれに気づき、突然激しく怒りを爆発させた。彼が特に原稿に入れておきたかった部分を彼女が省いてしまったからだ。彼の怒りは数分続き、それから急激に怒りが収まると、すっかり忘れてしまい、とにかく当面のあいだは気にも留めなかった。（Quick 1961、六二ページ）

一九〇七年一〇月七日、口述筆記

クレメンズ氏がある晩餐会の招待を一度断わって、また受け入れたとタキシードで伝えられたやりとり――小さな女の子がクレメンズ氏の肖像画を見て言った一言について述べたスーフォールズからのハガキの写し――オマール・ハイヤームの詩についてのトゥイッチェル氏からのハガキの写し。

この世界がいかに誹謗中傷にさらされているか気づき、心痛めることがよくある。あの美しいM夫人が昨日の午後ここに来て、[1]タキシード・パークで出回っているという話を聞かせてくれた。[2]その話によると、二週間ほど前に私が密かに毛嫌いしていたあるご婦人から電話をもらい、この女性は次のように言った。

「クレメンズさん、今夜私どもと夕食をともにしませんか？」

「なんと、お詫びのしようもございませんが、どうしても外せない用事がありまして」。

「では、明日の晩にしましょう」。

「それは残念ですな。本当に申し訳ないのですが、明日の夜はニューヨーク市に出かけていますので」。

「それじゃあ、木曜ならいかがでしょう？」

考える間をおいてから――

「くそったれが、今夜行きますよ！」

伝え聞いた話は何もかもが嘘で、状況証拠という最強の裏付けだってある。ライオン女史がいくつかの矛盾点に気づき、指摘した。彼女は言った。

「クレメンズさんは決して自分で電話口に出たりしませんわ。それに、たとえ嫌っていたとしても、クレメンズさんがご婦人の前で不敬語を使うなんてありえません」。

この証言で少なくともM夫人について私の汚名をそそぐことはできたが、もちろん他の地域住民には評判を落としたままだ。とはいえ私も他の人々と同じく、人生の酸いも甘いも受け入れていかねばならない。酸いはおそらくいたって頻繁にやってくるのだが、あとから甘いものが来れば、傷は癒え、自分自身を認めて再び満足する。私は今朝の噂話でずっと傷ついていたが、郵便配達人が癒しを届けてくれたので、生きていて良かったと再び思えるようになった。それは、遥か彼方の地方から届いたものだった。

サウス・ダコタ州スーフォールズ
九月二五日

拝啓[3]
次のような事件が、現実にスーフォールズで起こりました。ある日、四歳の小さな女の子が友達の家にやってきて、長いこと思案顔で座りこみ、暖炉の上に立て掛けてあったマーク・トウェインの肖像画をじっと見つめていました。最後になって彼女は手を合わせ、恭しく目を上げると、言いました。「私の家にも、こういうイエス様の絵があるの。ただ、家にあるのはもっと飾りつけしてあるわ」。

ここにも別のハガキがある。こちらはずいぶん前にもらったもので、全体に古びた色合が広がり、年代を感じさせる。その昔オマール・ハイヤームのことを知らずにいた時代があったとは、奇妙な感じがする！　消印はハートフォードで、ハガキはJ・H・トゥイッチェル師からで、あて先は「マーク・トウェイン。市内。」となっていた。

水曜日、今朝

読んでくれ（もし、まだ読んでないならね）、今朝の『クーラン』紙第一面にオマール・ハイヤームの詩の抜粋が掲載されているから。我々に必要なのはこの本だと思う。これほど的確に私の考えを表現した文章にまだ巡りあったことはない。翻訳だというのに。読んでくれ、二人で語り合おうよ。昨晩、君が読んでくれたエマソンの言葉にとても似ているんだ。事実、思想的には同じだから。間違いなく、このオマールは偉大な詩人だ。とにかく彼のお陰で、今朝は計り知れないほどの啓示を受けた。

ご自愛ください。

J・H・T

アメリカの郵政省はいまだに役立たずだが、当時もそうだった。このハガキの消印には一二月二二日とあるが、そこまでで、郵送年の刻印がない。確か一八七九年のことだったと思う(4)——記憶を頼りにその年あったことをいろいろと思い返してみて、ほとんど確信に変わってきた。ハガキが届いたとき私は、朝刊に掲載された彼の四行詩群を読み終わり、この詩と巡り会った喜びにずっと恍惚となっていた。以前にそれほどの喜びを与えてくれた詩はなかったし、それ以来、これほどの喜びを与えてくれたものもない。この詩は二八年間いつも手元に置いている。

(1)クレメンズの訪問者はマリオン・ピーク・メイソン（一八七二年?〜一九二九年）と夫のジョージ・グラント・メイソン（一八六八年〜一九五五年）である。メイソン夫妻は一九〇七年五月に突如として裕福になった。ジョージがおじから一二〇〇万ドルの遺産を受け継いだからだ。夫は、サウス・ダコタで鉄道区間の責任者として働いていたが、そこから夫婦でニューヨークに移り住んできた。メイソン夫人はクリスチャン・サイエンスの信者だったため、クレメンズは彼女を活発な対談に引きこんだ。その中で、（ライオンによると）クレメンズは「神が善であったことは一例としてないと指摘すると、その二人、メイソン夫妻は愕然とし、呆然とし、怯えていた。人が口に出せる言葉だとは思いもよらないたぐいのことを彼は言ったのである」（Lyon 1907、一〇月六日付日記。『タキシード国勢調査』、一九一〇年、第一〇六〇巻、二四Aページ。「ジョージ・G・メイソン夫人、タキシード・パークで死去」、ニューヨーク『タイムズ』紙、一九二九年八月四日号、N二三ページ。「スミスの相続人、仕事を辞める」、シカゴ『トリビューン』紙、一九〇七年五月一七日号、九ページ）。

(2)一〇月八日にH・H・ロジャーズにもこの話を繰り返し、クレメンズは、「全部まちがっている。誓うよ。絶対にタキシード・パークでそんなことは起きなかった。ニューヨークで起きたことだ。それも一年前のこと。相手は女性じゃなくて、男性だよ。私が大嫌いな男さ（サーム・ロジャーズ蔵、『トウェイン・ロジャーズ書簡集』、六四一ページ〜六四二ページ）。

（3）この逸話は、スーフォールズの音楽業者からニューヨークのジーグラー出版社に送られ、そこからクレメンズに転送されたハガキに書かれていた。クレメンズはハガキに、「ジーグラーの人から受け取り、一〇月七日に口述して自伝に収録」と記した（カリフォルニア大学蔵）。クレメンズはこの話を、一九〇八年一月一一日にロートス・クラブでのスピーチで、「賛辞を集めたくて」、聞かせている（Fatout 1976、六〇三ページ〜六一一ページ）。

（4）この「自伝口述筆記」は、（一八七九年ではなく）一八七五年に書かれたジョゼフ・H・トゥイッチェルからの手紙を唯一のもととしている。トゥイッチェルがここで言及しているのは、一八七五年一二月二二日付ハートフォード『クーラン』紙の第一面に掲載された記事（「オマール・ハイヤーム。ペルシャの天文学者にして詩人」）のことである。新聞には詩人の伝記的情報に続いて、詩集から「無作為に」抜きだした四二の四行詩が掲載されていた。翻訳者のエドワード・フィッツジェラルドについては一切触れられておらず、フィッツジェラルドの名は、彼が一八八三年に亡くなるまで、どの翻訳本でも伏せられていた。クレメンズは、複数の翻訳者による詩集を最終的に数冊所有していた（Gribben 1980、第二巻、五一六ページ〜五一九ページ。Porter 1929、一四一ページ）。

一九〇七年一〇月一〇日、口述筆記

地平線が創造主の口に見え、人類を笑っている——新聞の見出しをいくつか見れば、創造主が人間の何を笑っていたのか分かる——一〇番と一一番に関するクレメンズ氏の見解——おとなしいクマを狩る大統領

こんな途方もない空想が私の頭に浮かんできた。初めはぼんやりとおぼろげで、冷たくせせら笑う、驚くようなものだった。最近は夜ごとにあまりに克明になってきている——くっきり克明になると、もう焼きついて頭から離れない。創造主の口なのだ——その開いた口なのだ——人類を笑っている！　地平線が下唇、巨大な天空の半円は開いた口と喉、空高く弓なりに伸びる天の川は上の歯だ。大笑いして、ものすごく印象的だ——静かな時でも。静かならば

我慢できるが、それが突然喜ぶような雷を轟かせ、その息が白い稲光となって吹き出すと、身の毛もよだつ。

夜ごと創造主が笑うので、朝になると神は一体人間達の何を笑ってきたのか知るために、新聞にくまなく目を通す。それがいつも大きな見出しで報道されている。見出しに続く記事を読むまでもない。見出しだけで十分内容もつかめる。しかし大概は、何を笑えばいいのかわからない。人類の威厳を失わせるような出来事ばかりで、これでは嘲笑の対象というより、人間の営みが哀れで情けなくなる。今朝の朝刊に載っていた記事を例として挙げておく。(1)

第一番。

犬救出のため特別車両が用意される。

子供のいない裕福な女性、ペットを救うため数千ドルを投じたが不首尾に。

これは憐れむべき事件で、愉快とはいえない。何を嘆いているかは関係ない、嘆いたことそのものが重要なのだ。

第二番。

母子、栄養不良で発見される。

エンゲル夫人、三歳の娘を養うために干からびたパンで食いつなぐ。

第三番。

クリスチャン・サイエンス、またも裁判に。

ワトソンズ、息子を死なせたとして起訴される――被告側の弁論「自分達は正しいと固く信じていた」。

第四番。
覆面強盗、少女を縛る。

家内に押し入った強盗に猿ぐつわで放置され、危うく意識不明に。

第五番。
少年、靴ひもで絞殺される。

両腕を縛られた状態で、少年の遺体、ブリッジポート近くの淋しい場所にて発見される。

第六番。
喪主、葬儀後に牧師を殴り倒す。

夫、自分の名を言い忘れた聖職者に腹をたてての犯行。

第七番。
子供達の目の前で母親殺害。

一〇月九日オハイオ州コロムバ発――フレッド・バットは酒癖が悪く、妻に暴力をふるっていた。妻は夫と別居し離婚を申請していたが、今日バットが妻の部屋に押し入った。

「一緒に暮らすつもりはもうないのか？」と夫が尋ねた。
「無理よ」と妻は答えた。
二人の子供達が恐怖で泣き叫ぶ中、バットは妻を撃ち殺し、それから自分に向けて発砲したが、弾はかすっただけだった。夫は酸をあおって自殺を図った。死亡すると思われる。

第八番。
大強盗団、ヨーロッパの教会をつぎつぎ襲う。

ある古物商によれば、アメリカ人収集家が盗品を高値で買いあさっている模様。

第九番。
家から飛び出し聖なる飛び人に。

コール女史、恋に破れて怪しい教団に駆け込むも父親に発見される。

一七歳の愛らしい少女アラベラ・メイ・コールさんは、昨日ペンタコスタル・ユニオン教会本部のあるニュージャージー州バウンド・ブルック近くのザレファスで父親に発見される。アラベラ・メイさんは感傷的でのめり込みやすいところが多分にあり、三週間前にフィラデルフィアの立派な自宅を飛び出て、この教団に駆け込んだ。世俗的でよこしまな人々は、信者達を「聖なる飛び人」と呼んでいた。教祖のディヴッドとともに信者達が踊りながら祈りをささげることから、こう名付けられた。アラベラ・メイさんの父親は元貿易商で、嫌がる娘をフィラデルフィアに連れ戻した。

第一〇番。
猟犬による追い込み猟で、シカへの人道的配慮。

一〇月九日ニューヨーク州プラッツバーグ発――今日エセックス郡の共和党大会で、猟犬を使った追い込みシカ猟の解禁期間を設ける法案が満場一致で可決された。「二週間の猟解禁期間を認可することで人間の安全とシカへの人道的配慮と狩猟家の娯楽という三方の便宜を図るものであり、共和党の良識」がこの決議で明示された。

第一一番。
大統領のクマ狩り、好天に恵まれる。

地元住民によると、昨日クマが出没すれば一頭は仕留められたはず。

一〇月九日ルイジアナ州スタンボール近くのオハラズ・スイッチ発――早朝よりこのかた大統領の狩猟隊からは何の報告も入ってこない。クマ狩りに向けて忙しく準備が進められたという公式発表が事前にあっただけだ。地元をよく知る専門家によると、結果はともかく、当日は動きやすい一日だったはずとのこと。雨上がりで空は晴れ渡り、気温も最適だった。地元住民によると、地面がぬかるんでいたが、クマ狩りの装備さえしっかりしていればクマを仕留めることも可能で、あとはテンサス入江にクマが出てくるかが問題とのこと。

一〇番と一一番は実に笑いの種で、確かに結構な嘲笑ものだと認めねばなるまい。共和党大会が抱く人道的配慮の概念が実に奇抜で感動した。か弱い白人少女が赤褐色のインディアンに追われ、銃弾や矢をかいくぐって命からがら逃げ回った記事を読んだとしたら、インディアン側に人道的配慮があったようには見えないだろう。インディアンは我々には残虐で残忍な連中にしか見えなくて、怯える少女に同情するばかりだ。シカだって同じように怯え、か弱く無抵抗だったのに。シカが味わう断末魔の苦しみは少女の苦しみと同じなのだから、共和党ハンターのやっていることが合法的な娯楽だというならば、インディアンのやっていることも合法的な娯楽という理屈になるだろう。

　クマに危険が及ばないというなら、一一番の記事だって楽しく読める。ただし、面白がっているのは大統領側だけだ。あそこのクマはおとなしくて――少なくとも全く意気地がない――そんなクマを殺しても大した栄誉にならないだろう。クマは人間を見ると、背を向けて逃げ出してしまう。恐ろしいクマなんて子供のための作り話だ――子供だって向こうの茂みに隠れている可哀想なクマを怖がったりしない。逃げ惑う少女や駆け逃げるシカと同様、クマも非力で無害だ。それでも、三文小説を読んで育った大統領なんてものには、クマ狩りといえば偉大で勇敢に響いたのだろう。しかもアメリカとヨーロッパの二大陸が注目する中、一匹のおとなしいクマを追って、猟犬に武装護衛や狩猟仲間、従軍商人から秘書まで軍勢を引き連れて勇ましく進軍するのだから、さぞかしご満悦だろう。ただし大統領はクマを見つけても、離れたところから撃ち殺すので、たとえ大統領がやってみたいといっても危険な死闘に持ち込まれる可能性はない。大統領はこれほど労力をかけすぎているのだから、いっそのこと動物園の無力なクマを殺していればいいではないか。クマ狩りと同じぐらい楽しく、同じように大々的に宣伝できるし、身に危険が及ぶことはない――それでいて移動も疲労も少ないだろう。そうしたクマは人に害をもたらさない。クマが、無知な輩、妬みと悪意の輩から票を買って国家の繁栄を脅かすこともない。クマだって自分達の命は大切だし、クマを殺しても何の得にもならない。有害だということで殺生が正当化できる、おとなしいクマを追うよりは面目が立つ獲物は他にもいるし、ほんとうに爽快で胸躍る狩りは他にもある。アメリカ大統領ならインディアン女〈女々しい男の意味もある〉を雇って、羽かんむりを被りながらその動物を狩るべきだ。

（1）この「例」はすべて一〇月一〇日付ニューヨーク『ワールド』紙からの引用。

一九〇七年一〇月一一日、口述筆記[1]

グラディス・ヴァンダービルトとセーチェーニ伯爵の結婚式が近日に迫る――外国人貴族に嫁ぐアメリカ人女性の危うさ――タキシード・パークで開かれる次週の朗読会にクレメンズ氏が招待される――ウィーンの演壇で朗読芸を会得する。

コーネリアス・ヴァンダービルト艦長の妹グラディスが近々セーチェーニ伯爵に嫁ぐので[2]、新聞は最近このことばかりだ。これは恋愛結婚だ――その点は間違いない。この花嫁が二年前に二一歳を迎えて一二五〇万ドルの財産を手にした――しかし新郎も非常に裕福で、新婦の財産がなくとも妻を養っていける。彼の家は大きくて由緒ある家柄だ。九年か一〇年前にウィーンでこの一族の家長と知り合ったが、魅力的な人物で高潔な人柄の持ち主だった[3]。彼は自分の名前を上手く発音する方法を教えてくれた。ネヴァダ準州で長く暮らしていたのだから、こんな野鳥がアメリカにいるのを知っているだろう、と彼は切り出した。この鳥はキリスト教徒の暮らしより砂漠とセイジ〈ヤマヨモギ〉のほうが性に合っているとネヴァダに住み着き、行こうと思えば時間も手間もかからないのに、カリフォルニア側に足を踏み入れようともしない。彼が話しているのはセイジヘン〈キジオライチョウ〉のことだ。セージヘンを早口で言い、その最後にほぼ半音足せば、自分の名前に近い発音になるという。

アメリカ人の女の子がイギリス人やスコットランド人、アイルランド人に嫁ぐのは結構なことだが、外国人には一線を引くべきだ。アメリカ人女性が外国人と結婚すると、国籍に関係なく、一〇人中九人は後悔する――相手がフランス人、イタリア人、ドイツ人、ロシア人、トルコ人であったり、さらに貴族階級のオーストリア人、ハンガリー人、ボヘミア人となれば、一〇〇人中九九人が冒険しなければよかったと思うようになる。アメリカ人妻が、嫁いだ相手の爵位を得られる国もあるが、最後に挙げた三国では嫁ぎ先の爵位を得られず、一般庶民となる。夫は社交界に出入りできるが、アメリカ人妻は違う。夫は貴族の宮廷行事や外交行事、晩餐会、昼食会、お茶会に参加するが、妻はひとり家庭に取り残され、自宅の宮殿で寂しく故郷を想いながら赤ん坊のゆり籠を揺らすことになる。アメリカ人妻は商人階級となら付き合うのも可能だが、そうしてはならない。品格がないとされ、貴族達が眉をひそめるのだ。これはジョン・ヘイから何年も前に聞いた話で、オーストリアの宮廷付きアメリカ大使[4]として勤めあげた人物の言うことだから間違いない。ウィーンでも、確かな筋から同じことを聞いた。

ウィーンにいた頃クレメンズ夫人と私は、オーストリア貴族と結婚したアメリカ人女性を何度も訪ねた。彼女とは、彼女がまだ若い娘だった頃からの付き合いだ[5]。彼女の夫はあちらこちらに出かけていたが、彼女はどこにも行けなかった。家庭に閉じ込められ、孤独の中での唯一の交際相手、唯一の話し相手は七歳の小さな息子だった。彼女の夫も結婚前は貧しかったが、妻の莫大な財産で裕福になった。彼女は彼を愛していたし、彼も妻を心から愛していたから、できるものなら、喜んで妻を社交界に連れ出しただろうが、彼一人の力でなんとかできる問題ではなかった。

蒸気釜の鋼板のように貴族の掟がいかに頑ななものだったか、強烈に思い知らされるような話を聞いたことがある。一八四八年の革命で、親衛隊のある若いスコットランド人将校が身を挺して若い皇帝の命を救った[6]。それで彼は次々と昇進を重ねた。彼は君主のそば近くに留めおかれ、いわゆる「宮廷出仕[7]」の将校として貴族と同じ特権を与えられた。彼は注目され、うらやましがられ、大いにもてはやされ、当時もっとも幸運な男とされた。彼も当初は貧しかったが、今や結婚もできる。スコットランドに残してきた、貴族ではない恋人は彼が迎えにくるのを誠実に待っていた。将校は故郷に戻って彼女と結婚すると、妻をウィーンに連れてきた。そして彼女の足元に、自らが享受する栄光のすべてを並べて見せた。だがそれは並べられたままだった。彼女には手に取って身に着ける権利がなかったからだ。彼は社交界に入れたが、彼女は締め出されていたのだ。彼女は庶民の出身だったので、結婚後もいまだに庶民であった。彼女は貴族との交際は許されておらず、庶民との交際も許されなかった。大海の孤島の漂流者のように、彼女は一人家庭に取り残され、なすすべもない。皇帝の感謝も、国民の感謝も、妻の絶望的身分を癒やさなかった。ところが――見よ、そして賛辞を送ろう！　栄光も高い身分も、彼の気高いスコットランド人魂を汚すことはなかった。彼は気高いままだったのだ。すべての名誉と威信と地位と俸給を窓から投げ捨て、聖書にあるように、オーストリアの「塵を足から払って」かの地を後にすると、花嫁とともに再出発し、二人はよそで新居を構えた。この将校が外国人でなくオーストリア人だったら違っていたかもしれないし、もっと愉快だったろう。彼の妻も「宮廷出仕」の身分になれさえすればよかったのだ。「宮廷出仕」の身分が欲しければ、手早く簡単に用意できたのだ。墓に眠る彼女の曾祖父に継承可能な貴族の称号を授与してやればいいだけで、これはオーストリアで採用されるよりもずっと以前に中国で行われていた手続きだ。しかしこの可哀想なスコットランド娘の曾祖父も外国人だったので、称号を受ける資格がなかった。

　ウィーンといえば、タキシード・パークの外縁に小さな駅があって、それを取り囲むように村ができており、来週、その村で行われる朗読会に招待されている。演壇での朗読はそれ自体が職人芸なのだ。それを、ウィーンにいた頃瞬時に――本当に偶然に――体得した。アメリカ全土と世界中を回ってぎこちなく不器用なやり方で何年も修練を積んだあとにだ。今頃コツをつかんでも遅いというものだ。二年前に南アフリカの町で観客に頭を垂れて最後の挨拶をして幕が下りた時、私は演壇に永遠のお別れをしたのだ[8]。朗読や講演は無償で、慈善事業のみ、しかも望んだときだけ引き受けることにして、これだけは特権と残しておいたので、金をもらって人前で話すことは二度としないと決めていた。この一一年、何度となく朗読や講演をしてきたが、一度も金をもらったことはない。代金を請求せずに朗読や講演するのは楽しいものだ。無償なら責任感から解放され、楽しいひと時を過ごせることは間違いない。

　ウィーンで初めて慈善朗読会をした時は、まだ何もつかんでいなかった。コツをつかんだのはそこで二度目の朗読をしたときだ[9]。いや、本当は違う。私だってずいぶん前から朗読会のコツをつかんでいた。自分の原稿をもれなく暗記し、何度も読みあげ、徹底的に余分な部分を削り、手直しして、完成させて、そこで初めて正しい朗読というものが身に付くのである。ここまですれば芸も完璧で、これ以上磨きようがない。しかしウィーンでは、もっと別のやり方でコツを得た。私がしてきたような修練を積まなくとも効果的に朗読できるコツをつかんだのだ。このコツは、どんな方法にも劣らないし、人の心を打ち、納得のいく、確実で、大成功まちがいなしで、しかも、これには利点もある――ほとんど、あるいは全く準備がいらないことだ。さらに大きな利点があって、これだと原稿のあらましだけを頭に入れ、演壇で随時言葉を作り出していくので、とっさの思いつきで口走っていくと――言葉の選り好みもできないし、きらびやかな表現も使えないが――新鮮で自然な言い回しになり、かなり満足できるのだ。

引き続き「朗読会」について――クレメンズ氏が見たディケンズの朗読会。

舞台の出し物として「朗読会」なるものを最初に試したのはチャールズ・ディケンズだったと思う。彼が一八六七年にイギリスから持ち込んだ。[10] 彼の朗読会はイギリスではすでに人気だったが、アメリカでも好評となり人気を博したので、全米のどこにいっても彼の舞台は人が溢れ、たった一シーズンで二〇万ドル稼いだ。このシーズン中、私も彼の話を一度だけ聞いた。一二月のスタインウェイ・ホールだった。これが縁で私は人生の宝を手に入れた――金じゃない、金のことなんて考えてもいない。正真正銘人生の宝で、人生を幸福なものにしてくれた宝だ。その日私は、クエーカー・シティ号の旅仲間チャールズ・ラングドンに会うため、セントニコラス・ホテルに来ていて、そこで可愛らしくて内気で素敵な若い娘さん、彼の姉に紹介されたのだ。彼の家族はディケンズの朗読会に行くというので、私もそれにお供した。[11] 四〇年前のことだ。あの日から今日まで、この姉のことが頭からも心からも離れたことがない。

ディケンズ氏は、自分の出版した本からいくつかの場面を朗読した。私の座席から見た彼は小さくて細身の人物だったが、かなり奇抜な装いで、ひときわ華やかに目立っていた。彼はベルベット地の黒い上着の襟にぎらつく大きな赤い花をつけていたのだ。彼は一列に並んだ強い照明が斜めに照り付ける下、赤い光の中に立っていた――芸術家が偉大な絵に強い照明を当てるときのように。聴衆は心地よい薄明りの中に座り、ディケンズは隠れたランプの強烈なライトに照らされながら朗読した。彼は生き生きとした文章に力を込め、身振りも交えて朗読し、心沸き立つ効果を出していた。彼はただ朗読をしているのではなく、演じてみせているのが分かった。スティアフォースが命を落とす嵐の場面の朗読は、[12] 真に迫っていて、精力的な動きにあふれ、会場中が、足元から飲み込まれているようだった。

ディケンズは新しい流れを作り、それに習おうとする者も出てきた。だが誰もが一時的な成功に終わったと記憶している。しばらくして朗読公演は廃れたが、ディケンズが朗読を世に知らしめてから二〇年以上もたって復活した。それで「作家の朗読会」なる、あの芸のない奇妙な興行が立ち上がりしばらくのあいだ健闘した。[13] 神の摂理はこの手の犯罪を我々に十分与えたので、「作家の朗読会」はわざわざすることでなくなり、世界が平安になった。

一九〇七年一〇月一一日

講演と朗読は全く別物だ。講演ではメモも原稿も本も使わない。ただ講演原稿を暗記して、冬季四か月の講演シーズン、毎夜毎夜、全く同じセリフを繰り返し語るのだ。私が一八六八年にこの業界に入った頃には、講演興行はすでに何年も前からアメリカ全土で大人気だった。その時講演は人気の絶頂期にあった。どの町にも講演を忙しく取り仕切る市民団体があり、毎年オフシーズンになると来冬の講演を手配するのだ。彼らは、ボストン講演紹介会社の講演家一覧から演者を選ぶのだが、町の規模や支払える価格に応じて選んだ。一シーズンの興行で、通常八人から一〇人の講演家を揃えることになる。町では実費さえ賄えればよく、シーズン明けの収支で黒字を上げる必要もなかった。ごく小さな町なら、五〇ドルクラスの男性、女性の講演家を集め、目玉として一〇〇ドル級の二流スターを一人か二人添えた。大きめの町ならすべて一〇〇ドル級の男性、女性の講演家を集め、それに特大の目玉としてジョン・B・ゴフ、ヘンリー・ウォード・ビーチャー、アンナ・ディキンソン、ウェンデル・フィリップスを添えた。大都市なら、これらスター講演家を勢ぞろいさせた。アンナ・ディキンソンの値段は一晩四〇〇ドル、ヘンリー・ウォード・ビーチャーも四〇〇ドル、ゴフも同額だ——彼が五〇〇ドルか六〇〇ドル要求しなければだが。ウェンデル・フィリップスの値段は覚えていないが、高かった。

私は講演業界で三シーズン働いた(14)——仕事を覚えるのには十分だ。それから講演旅行という過酷な放浪生活を終えて新婚生活に入り、家庭を守った。それから一四年か一五年、私は家庭で守られていた。その間、山師や大金狙いの輩が一山当てようと講演家斡旋業に手を出した。五年もすると、その連中は講演業界を吸い尽くし、駄目にしてしまった。それから私が一八八四年に一シーズンだけ講演業に戻った時には(15)、講演業界も廃れ、世間では穏やかで厳かな静けさが一〇年ほど続いていたので、講演も朗読も知らず、これらをどう扱い、どう楽しめばいいのか分からない世代が大勢を占めるようになっていた。この新世代は実にやりにくい聴衆で、未熟な連中だったから、ケイブルと私は苦労させられたことも時折あった。

ケイブルは三年にわたって自分の小説を朗読しながら国中をひとりで歩き回っていたし、彼は最初から優秀な朗読家だった。天賦の才があったのだ(16)。ところが不幸なことに彼は演壇に進出するにあたって、朗読法の先生に稽古をつけてもらった。そして、演壇に立つ用意が整った頃には見事完全に仕込まれて、単に芝居じみたわざとらしい演技をするようになった。何も学ばなかった輝かしい日々に比べたら、その半分も会場を沸かせられず、楽しませることもできなくなっていた。[17]私は朗読の仕事には手を出したことがなく、やってみたいと思っていた。そこでポンド少佐を歩合制で雇って国中で興行を打ってもらった。朗読の相方にはケイブルを誘い、週六〇〇ドルで経費別払いという条件で彼を雇って勝負に出た。[18]ぞっとする結果だった！　少なくとも最初は。本は念入りに選んだが、[19]それをよく検討していなかった。ただディケンズと同じことをしさえすればいいと思っていた——演壇に出て、本を朗読するだけだ。実際にやってみたが、大失敗だった。書かれたものはスピーチに向いていない。その文体は文学向きなのだ。書かれたものは固くて柔軟性に欠けるから、声に出しても楽しく胸を打つ公演にならない——書かれたものは楽しませるのが目的であって、教え諭すようものではない。文章をほぐして、砕いて、話し言葉にして、思い付くまま語ったような平易な言い回しに変えていく必要があった——そうでないと会場は退屈しきって楽しめない。本の朗読を一週間やってみて、諦めた。それからは二度と演壇に本を持ちこまなかった。だがそうしているうちに文章を記憶していたので、朗読する際に自然と柔軟な話し言葉になり、目障りな精密さや形式的表現がすっかり取れていった。

　ある朗読会で『苦難をしのびて』の中で方言を使ったとんでもなく面白い章を抜粋し、それを「お祖父ちゃんのおいぼれ雄羊」と題して朗読した。[20]これを前もって暗記し、演壇で語るうちに物語は自然と変容を遂げ、夜ごとに編集と改訂が進んだ。そうこうしてるうちに、ついに、初めのうちは観客の前で朗読を始めるのが恐ろしかったのに、好きになってきて楽しむようになった。このシーズンの興行が終わった頃には、出し物の中身がどれほど変わったか分からなかった。気づいたのは、それから一〇年か一一年もたったある晩、ニューヨークの客間でのある夜のことだ。一〇人ほどの男女の友人の求めに応じて、あの本を取り出して、その章を朗読した。**あれは朗読にはならなかった**——つまり、声に出して読めるようには書いてないのだ。五分ほど本を睨んでいたのだが、とうとう読むのをあきらめ、本を閉じた。そして、この物語をできる限りそらで語ります、と言い訳した。私の記憶力は差し迫った状況で思わぬ力を発揮した。何年も間があいているのに、演壇で語ったままを実に忠実に再現できた。朗読版は今も覚えているので、ここに残しておく。もしよければ読者の皆様は、こちらの原稿と『苦難をしのびて』で語られているものを比較して、語り用の原稿と出版された本では言葉がどれぐらい違うか確認してもらいたい。

クレメンズ氏が語る「お祖父ちゃんのおいぼれ雄羊」の話。

この物語の趣旨は、優れた記憶力には悪い面もあるということを分かっていただくことにあります。記憶力が良すぎると、何から何まで覚えていて、何一つ忘れません。割合という感覚がないものですから、大切な記憶と大切でない記憶の区別もつかず、すべてを記憶し、すべてを復唱してしまい、なかなか物語が進まないうえ、話が紛糾し、錯綜して混乱し、聞いているほうも、ほとほとうんざりしてしまいます。「お祖父ちゃんのおいぼれ雄羊」の語り部もこういう類の記憶力の持ち主でした。彼はよく露天掘りの鉱夫仲間に物語のいわれを教えようとするのですが、最後まで語りきれたことがありません。というのも記憶力が良すぎるせいで、どうしても話がまっすぐ進まないのです。途中で物語とは関係ない事を思い出してきて、執拗に割り込んでくるからです。関係ない事でも彼には思い入れがあるので、そっちのほうに話は脱線してしまいます。物語とは直接関係のない名前や家族などの話が出てくると、脱線して、その名前の主について語り出し、その家族についてすべて説明せずにはいられなくなりました――そうしてだらだらと進むうちに、いつもお祖父ちゃんと雄羊の忘れられない冒険からますます離れていって、最後は結末にたどり着くまえに語り部は寝てしまい、お仲間達もご同様でした。彼は一度だけ、なんとか結末近くまでこぎつけたことがあって、当然ながら、お仲間の野郎どもは期待で胸を膨らませました。ついにお祖父ちゃんの冒険を最後まで聞ける、いったい何が起こったのか明らかにされる、と皆は思いました。いつもの前置きのあと、語り部は言いました。

「それでな、言ったように、わしのお祖父ちゃんはシスキュー郡あたりのヤツから老雄羊を買って帰ると、牧ソウ地に放してやった。次の朝、雄羊の様子を見にいったら、草の中に一〇セント硬貨をたまタマ落としちまってよ、四つん這いになって――でよ――草の中をまさグッテ硬貨を探シていたら、そんとき雄羊が丘の上に立っテてお祖父ちゃん見下ろしてたんだ。お祖父ちゃんのほうは雄羊にてんで気付いてなかった。そりゃそうさ、雄羊に背を向けていたし、一〇セントのことで頭が一杯だったんだからな。そんでな、お祖父ちゃんは、さっきも言ったように、ずっとさきの丘のふもとのところでしゃがみこんでたんだよ――でよ――草の中をまさグッテ探シてたら、雄羊が丘の上にいテな、見ていたんだが、わしのお祖父ちゃんは見てなかった、てのはしゃがみこんで一〇セント硬貨に気を取らレてたからよ。それで、言ったように、お祖父ちゃんは丘のふもとの離れたとこでかがンでたんだ――でよ――草の中をまさグッテ探シてたら、雄羊が丘の上にいテな、そこでスミスがな――スミスがあっちに立っテたのさ――違うよ、すぐそこじゃねえ、もうちょっと離れてたよ――一五フィートほど先かな――そんでな、お祖父ちゃん下のホうでしゃがンでて――でよ――雄羊がそれを上から観察してたんだがな、分かるだろ、スミスがな……（考え込む）……雄羊が頭を下げて、そんで……キャラヴェラス郡のスミスがよ……そうじゃない、そうじゃない、キャラヴェラス郡のスミスのはずじゃナくて――いま思い出したぞ、――参ったナ、トゥーレア郡のスミスだった――モチろんそうだ、まちがいねえ、今はっきりと思い出したぞ。そんでな、スミスがすぐあっちに立っててよ、わしのお祖父ちゃんはすぐここで、わかるだろ、しゃがンで草の中をまさグッテたらよ、おいぼれ雄羊がお祖父ちゃんのそんな仕草を見てよ、お誘いダと受け取っちまったわけさ――で、雄羊は向かったさ！　時速三〇マイルで丘を駆け下りて、お勤めのことしかもう目に入ってない。分かるだろ、お祖父ちゃんは雄羊に尻を向けて、こんな風にしゃがんでるから、もちろん、雄羊は――ああ、ソウだった！　トゥーレアのスミス**じゃあなかった**。サクラメントのスミスだぜ――なんてこった、二人のスミスをそんなふうに混同するなんて――トゥーレアのスミスはただの一般人だけどよ、サクラメントのスミスはよ――サクラメントのスミスはよ、アメリカ南部随一の名家の出なんだぜ。サクラメントのスミス家ほど由緒正しい南部の家系はないんだからな。おい、いいかい、あの一族の一人がホイッティカー家の人間と結婚したんだぞ！これだけ言えば、サクラメントのスミスがどんな高級な方々とおツキ合いしているか分かるだろう。ホイッティカー家ほど由緒正しい家柄はないぞ。誰だって同じことを言うさ。マリア・ホイッティカーを見てみろよ――お前さんに似合いの女の子だぜ！　チビだって？　まあな、チビだけど、それがなんだっていうんだ？　内面を見ろよ――心根は去勢牛みたいだぜ――お日様が照っているみたいに、いつでも幸せそうで、朗らかで、愛らしくて、気前がいいんだ。彼女が持っている物を、自分も欲しくなったとすると彼女は使わせてくれるんだ――使わせるんだよ、それも喜んでね。マリア・ホイッティカーが持っていないものがあって、それを他の人が必要としているとする――手に入れてくれるんだ、喜んでね。彼女はガラスの義眼を持っていたんだが、ちょくちょくフローア・アン・バクスターに貸してやってたんだ。彼女は義眼を持ってなくて、客を迎えるためさ。それで、フローラはとても大柄な子で、義眼がうまく合わなかった。義眼は七番サイズで、彼女の顔は一四番サイズ用の穴が開いていたから、義眼がじっとしていなかった。彼女がまばたきをするたびに、引っくり返ってしまうんだ。でもきれいな義眼でな、彼女が付けるとよく栄えたよ。義眼の表は――外に向いているほうだけどね――きれいな水色をしていて――義眼の裏側は金箔がほどこされていた。もう片方の目の色にゃ合わねえ。こっちは黄味がかった茶色の目で、穏やかで落ち着いた感じの、分かるだろう、そんな感じの目だよ。けど、色が合わないぐらい大したことじゃない――それが一緒に見事に動くのさ、すごい見物なんだ。フローラ・アンがまばたきすると、青と金箔の目がひっくり返ってしまうが、もう片方の目はそのまま。彼女が興奮し始めると、義眼はくるりと一回転する。そのままクルクル、クルクルと回り出して勢いがどんどん増してきて、青色が光ったと思うと、黄色が光り、それから青色になって、また黄色になる。そんなふうに回転しながら光り出すと、世界一の長生きでも、彼女の顔のそっち側半分でクルクル変わる表情にはついていけなかった。フローラ・アン・バクスターはホガドーン家の者と結婚した。それで彼女の血筋の良さがわかるだろう――メリーランドの東海岸では古い家柄だ――合衆国でホガドーン家ほど由緒正しい一族はないんだぞ。サリーはな――つまりサリー・ホガドーンのことだけどな――このサリーは宣教師と結婚して、食人種達に神の良き知らせを伝えようと、大海原のどこカ、世界中に散らばる離島の一つに向かった。食人種達は妻をクっちまった。それから宣教師もクっちまったが、普通ならありえないことだった。宣教師を食う習慣はなくて、身内しか食べない。食人種達は間違いを犯したことに気が付いて、ひどく申し訳ながってたそうだ。親族が遺品を引き取りに行ったとき、食人種達から聞いたそうだ――直接聞いたんだと――申し訳なくて、謝りたいと言ったんだそうだ。詫ビると、二度とこのようなこと起こさないと言ったそうだ。そしてこれは事故だったのだと言ったそうだ。事故だって！　これこそ馬鹿げてる。事故なんてないのさ。この世で起こることはすべて、人間より聡明な偉大なる御力によって定められたことだ。それはいつも良き目的があるのさ。その良き目的が何なのか、わしら人間には計り知れないこともあるがね――野蛮人達の短命の身内や宣教師やその妻も同じこと、何かの目的があって食われたのさ。目的が何なのかはどうでもいい。わしらは預かりしらんことさ。わしらに関わりがあるのは、それは特別な摂理によってもたらされたことで、良き意図があるということだけだ。ちがうんだよ、旦那、事故なんてないのさ。事故だと思えるような事が起きても、これは事故じゃなかったんだと肝に銘じておかなきゃあね――特別な摂理が働いたんだと。わしのレムおじさんを見てみろよ。なんだい、別の考えがおありのようだね？ 聞かせてもらいたいとこだが――まずはレムおじさんの話だ、それから事故について教えてもらおう！ 話はこうだ。ある日、レムおじさんは犬を連れて町中にいたんだが、建築現場の足場にもたれかカっていた――気分が悪くなったか、酔っぱらっていたか、なんかしたんだろうな――足場の上ではアイルランド人がレンガの容器を抱えて梯子を上って三階ほどの高さにいたんだが、彼は足を滑らして、レンガだのと一切合切真っ逆さまに落ちていき、見知らぬ他人の上にまともに落ちて、相手の息の根を止めちまった。あと二分もしたらおじさんはそこの角を曲がるつもりだったのに。そこで人は、これは事故だったって言った。事故だって！ 事故なんかじゃないさ。特別な摂理だよ、それも神秘の意図が隠れていたのさ。アイルランド人を救うという意図がね。この見知らぬ他人がいてくれたから、アイルランド人が死なずにすんだ。人は、「特別な摂理だって――いやいや！ 犬もそこにいただろう――なぜアイルランド人は犬の上に落ちなかったんだ？ どうして犬は指メいされてなかったんだ？」って言った。ちゃんとした立派な理由があってだな――犬だったら自分の上に人が降ってくるのが見えただろうよ。特別な摂理を実行するのに、犬はあてにできないだろう。アイランド人に犬を当てるなんて無理な話だ。だってよ――ちょっとマてよ、この犬の名前はなんだっけかな……（考え込む）……ああ、そうだ、ジャスパーだ――そりゃあいい犬だったんだ。普通の犬じゃないぞ、雑種じゃないからな。複合なんだ。複合犬ってのはな、犬の血統でも高価な品種ばかりを混ぜ合わせた犬のことだぜ――企業連合みたいなもんだよ。そんで雑種てのは、あぶれた半端もんの犬達でできてるんだ。あのジャスパー以上に素晴らしい犬なんていねーぞ。レムおじさんはホイーラー家からジャスパーをもらったんだ。ホイーラー家のことは聞いたことあるだろう。ホイーラー家ほど由緒正しい南部の家系はないんだぜ。でな、ある日ホイーラーはカーペット工場でぼんやり考え事をしながら働いていたら、織物の機械に巻き込まれてちまってな、屋根裏から地下まで工場内を編み目模様を作りながら運ばれていった――ああ、奴の姿は見えなかったけど、彼が通過するときだけ機械はブーンと大きな唸り声をあげた。けどなあ、こんな経験をして、来たときと同じ姿で帰れるはずもなかろう。もちろんホイーラーは長さ三九ヤードもある最高級三重織りカーペットの中に織り込まれてしまったのさ。嫁さんの悲しみ方は半端じゃなくてな、彼を愛していて、彼のために状況の許す限り最善を尽くそうとした。それが、とんでもなかった。彼のかけらすべてを――つまり三九ヤードの絨毯をまるまる使って、ちゃんとした立派な葬式をあげようとしたんだ。だが彼を丸めるのだけは忍びなかった。彼女は彼を手に取って広げると、この状態のまま決して動かさないと言った。そこで彼を覆うのにトンネルを買おうとしたが、トンネルなんて売ってるわけがない。仕方ないので彼を美しい箱に詰めると、その箱を立てて、高さ二一フィートの台座に載せて記念碑にしちまったよ。これで墓石にもなるから経済的だ――高さ六〇フィート――どこからでも見えるからな――で、その上に碑文を書き込んだのさ「ミリントン・G・ホイーラーの遺骸とともに三九ヤードの最高級三重織りカーペットを偲ぶ。汝も進みて隣人を愛せ」。

ここまできて語り部の声は震え出して、疲れて瞼も開かなくなって、眠りこんでしまった。それから今日まで話の落ちは分からない。お祖父さんは一〇セント硬貨を草の中から見つけ出せたのかも分からない。一体何が起きたのか、何かが本当に起こったのかどうかも、分からない。

引き続き、朗読と暗唱の違いについて。

以上の原稿ともともとの『苦難をしのびて』を比べてみても、どうして聴衆を前に**暗唱するとき**、前者だと効果的なのに、後者は違うのか自分でもはっきり説明できない。理由はあるのだが、なんとも言い難い。言葉というガタガタ音のする手段では十分に伝わらないのである。感覚では分かっているが、言葉にできないのだ。香りのように捉えどころがなくて――きつい香りのようにツンと染み入ってくるのに、分析できないのである。もうあきらめた。とにかく片方の原稿なら朗読できるが、もう片方では上手くいかないことだけは確かだ。

暗唱とは、もちろん、記憶していることから語ることだ。いずれにせよ本を読んでいては相手の胸を打てない。どうしてそうなるのか、ちゃんとした理由が幾つもあるのだが、恐らくこれひとつで十分な理由がある。本を読んでいる場合には、人づてに聞いた他人の物語を語っていることになるのだ。人の話を真似ているだけで、物語の当事者にはなっていない。人造品だから、現実のものではない――それに対して、本なしで物語を語っていると、登場人物を吸収し、ちょうど俳優のように、すぐに人物そのものになる。最高の舞台俳優でも本を片手に観客を圧倒的に魅了することはできない。本を読んでいては、微細な意味合いを伝えることができない――つまり、前もってよく読み込んでいれば、よく考えられて、その場の弾みのように見える演技を効果的に演出できるのだ。例えば、探している言葉が出てこなくて詰まってしまったという演技、思わず間をあけたような演技、思わずした余談のような演技、思わず戸惑ったという演技、思わず見当違いな言葉を強調したかのような演技、その裏には深い意図があるのだ――こうした演技、さらに暗唱であれば即興で語っているかのように魅惑的な自然さを与える、人工的に作られた意味合いのすべてを、本の朗読者は試すことができるし、実際試している。だがそうした物は簡単にごまかしだと見破られる。観客がごまかしを器用で巧妙なものとして賞賛したとしても、それは観客の知性に訴えるだけで、彼らの心にまで届くことはない。これでは朗読家として成功したとはとても言い難い。

　演壇で本を朗読する時、朗読者は、自分の力では手に負えない強力な大砲が自分の装備の中にひとつあることをすぐに実感する。つまり、**間をとることだ**――あの印象的な沈黙、あの雄弁な沈黙、あの幾何学的に進行する沈黙をもってすれば、いかに適切な言葉を有したところで成し得ない望ましい効果がしばしば得られる。本を朗読する者にとって、間はあまり役に立たない。どれぐらい間をあければよいのか正確に分からないからだ。間をはかるのは朗読家ではない――観客が朗読家に代わって頃合いを決めるのだ。観客の顔を見れば、ちょうどいい頃合いまで間を伸ばせたと分かるはずだ。しかし朗読家の目は本にくぎ付けになっている。そこで朗読家は、どれぐらい間をあければよいのか推測で決めねばならない。推測で正確な頃合いは測れない。まさに正確な、絶対的に正確な間しか成功しない。本を持たずに暗唱していると、この点で有利だ。夜ごと、一〇〇夜にわたって、演壇で物語を語っていれば、繰り返された馴染みの台詞に来ると――前か後には間をあける台詞が来ると――観客の顔を見れば間を破る頃合いが分かるというものだ。ある舞台では間をつめて、別の舞台では少し長めに間をあけて、また別の舞台ではさらにほんの少し長めに間をあける。間のあけかたの違いはとてもわずかで微妙なので、一〇〇万分の五インチまで測れるプラット・アンド・ホイットニー社の精巧な計測器で測れるほど繊細だとたとえられる[21]。観客はその計測器と同じであり、そんな微細な相違までわかるものだ。

子供がおもちゃで遊ぶように、私はいろいろと間のあけ方を工夫して遊んできた。私がウェブスター氏の債権者達のため世界中を講演してまわった時も、[22] 間の取り方が重要な出し物を三つ四つ用意して、必要に応じて間を長くしたり短くしたりした。正確に間をあけられると本当に愉快だが、そうでないと、かなりばつが悪くなった。黒人の幽霊物語「黄金の腕」では、最後の言葉の直前にも間が入る。正しい頃合いで間をあけると、その後に続く台詞は満足のいく見事な効果が必ず出た。しかし間のあけ方が一〇〇万分の五インチずれると、この僅かな差で、瞬く間に、この恐ろしい物語に引きこまれ夢中になっていた観客も目を覚まし、クライマックスが到来する前にそれが近いと予想して待ち構える――それでは、気の抜けた終わり方になってしまう。スージィの書いた私の自伝にはこのことが簡単に触れられている。彼女は、私がヴァッサー大学のたくさんの若い女子学生達を前にしてこの幽霊物語を語ったときのことだ――可哀想にスージィはいつもこの幽霊話を怖がっていた――今回はもう怖がるまいと守りを固めて、驚くまいと決心していたが、クライマックスになるとその心構えがすべて無駄になり、大勢の女の子達と一緒に「一斉に飛び上がって」しまった、と語っている――私が正確にはかられた間をとったことを示すものだ。[23]

「お祖父ちゃんのおいぼれ雄羊」にも間が入る。ある台詞の後だ。講演旅行で世界を回っている時、クレメンズ夫人とクレアラは必要もないのに毎夜私の舞台にわざわざ足を運んでくれた。彼女達はくだんの間の後に観客がどんな反応をするのか確認するために来ていたのだ。反応次第で、観客の知性が高いか低いか適切に測れると二人は信じていた。私のほうがよく分かっていたが、私はそう言うことはなかった。間が正しいと、その効果は確実だが、間の取り方が一〇〇万分の五インチでもずれると、穏やかな笑いしか取れず、大爆笑はさらえない。「お祖父ちゃんのおいぼれ雄羊」の中に、アイルランド人が見知らぬ人の上に落ちたのは偶然だったのか、それとも特別な神の摂理が働いたのかと問うくだりがある。もし特別な神の摂理が働いていたとして、その唯一の目的がアイルランド人を助けることだったとすれば、どうして見知らぬ他人が犠牲になる必要があったのか？　犬もあの場に居合わせたではないか。どうして犬の上に落ちなかったのか？　なぜ犬に当たるようさだめられていなかったのか？「**犬だったら自分の上に人が降ってくるのが見えただろうよ**」。妻と娘は、まさにこの台詞を待ち構えていた。いかなる観客相手であろうとも、この台詞の**あとには**必ず間をあける必要がある。どんなに知性の高い人だって、奇抜で聞いたこともない、それでいて一瞬もっともらしく聞こえる理屈に自分の頭をすぐに合わせられない、そのための間だ。たとえ天からの命令で、他人を救うため自らを犠牲にするよう求められるという非常事態にあっても、犬は敬虔な自制には無関心すぎ、全く個人的利益のみを追求することに熱心すぎて、頼るのは安全ではないという理屈だ。不合理な状況はいつも観客の知性に響くものだが、時間が必要なのだ。

(1)この「自伝口述筆記」は明らかに四日かけて制作され、それぞれの日にちごとに要約が添えられている。クレメンズが一つの日付に原稿をまとめたのは、恐らく演壇の朗読芸という同じ話題を扱っていたからだと考えられる。

(2)グラディス・ヴァンダービルト(一八八六年〜一九六五年)は初代コーネリアス・ヴァンダービルトの孫娘(一九〇七年九月二六日付「自伝口述筆記」、注1を参照)で、一九〇七年八月に二一歳になった際に一二五〇万ドルを相続した。彼女はラスロー・セーチェーニ・フォン・シャールヴァール゠フェルシェヴィデーク伯爵(一八七九年〜一九三八年)とザルツブルグで出会い、ハンガリーの彼の自宅で正式に婚約した。二人は一九〇八年一月に結婚した。伯爵は——ニューヨーク『タイムズ』紙によると、「ハンガリー騎士の優れたスポーツマンで魅力的な性格」——古代マジャール族の流れをくむ、裕福で権勢を誇る一族の出身だった(以下ニューヨーク『タイムズ』紙より、「大富豪セーチェーニ」、一九〇七年一〇月四日号、一一ページ、「グラディス・ヴァンダービルト女史に素敵な求婚」、一九〇七年一〇月六日号、日曜版五ページ、「セチェーニ伯爵家、ヴァンダービルト女史との婚約に喜ぶ」、一九〇七年一〇月二七日号、日曜版七ページ、「ラスロー・セーチェーニ伯爵夫人、旧姓グラディス・ヴァンダービルト、七八歳で死去」、一九六五年一月三〇日号、二七ページ)。

(3)クレメンズが述べているのは、ラスローの兄、ディオニス・セーチェーニ伯爵(一八六六年〜一九三六年)のことで、彼は一八九八年三月に父親が亡くなった際、この一家の長となった。兄弟の中でも唯一彼だけが外交官の道に進んだ。彼は高い教養と教育があり、法学博士号を取得して、他の務めに加え、ドレスデンとミュンヘンでオーストリア・ハンガリー帝国二等書記官として働いた。クレメンズが一八九七年から一八九九年にウィーンで使っていた備忘録には、「伯爵(セジへーニ)と彼の母親」と「セシェン伯爵(外務省)」と記されていた(「備忘録」四二、タイプ原稿五ページ、一〇ページ、カリフォルニア大学蔵。「セーチューニ伯爵家、ヴァンダービルト女史との婚約を喜ぶ」、ニューヨーク『タイムズ』紙、一九〇七年一〇月二七日号、日曜版七ページ)。

(4)ヘイは一八六七年から六八年までウィーンで代理大使として働いていた(『自伝完全版第一巻』、二二二ページに関する注)。

(5)彼女の身元は不明。

(6)マクシミリアン・カール・ラモラル伯爵オドネル(一八一二年～一八九五年)はアイルランド貴族の息子としてウィーンで生まれる。彼はオーストリア軍に入隊して、オーストリア皇帝(フランツ・ヨーゼフ一世)付き武官となった。彼は一八五三年二月にサーベルを持って皇帝に切りかかっていったハンガリー人の国粋主義者を返り討ちにして、皇帝暗殺の企てを食い止めた。その報奨として、皇帝はオドネルに(すでに伯爵の息子であったが)オーストリア帝国の伯爵の称号を与え、聖レオポルト十字勲章を授与し、これらの名誉に見合った地位を与えるため彼の指揮軍を増大させた。一八六〇年に彼は平民のフランチェスカ・ワグナーと結婚したが、ウィーンの社交界はこの結婚に眉をひそめた(Burke 1866、四〇八ページ～四〇九ページ)。

(7)この言葉を正確に訳すと「宮廷内への出入りを認める」である。フランツ・ヨーゼフ一世の宮廷内への出入りが許されるには、曾曾祖父母つまり四代前の先祖一六人すべてが貴族でなければならず、例外は相応の階級の軍将校だけだった(Johnston 1972、三九ページ)。

(8)世界講演旅行の最後に予定されていた三つの講演は、一八九六年七月九日と一〇日と一一日、南アフリカのケープ・タウンで、一〇〇〇人の座席のあるオペラ・ハウスで行われた。これらの講演は大人気を博したため、代理人が追加公演を決定し、七月一二日に近くのクレアモントの市庁舎で四度目でかつ最終の出演をすることになった(Cooper 200、三〇九ページ～三一〇ページ)。

(9)クレメンズがウィーンで行った二回の慈善朗読会はヴァイデンブルク=エスターヘイジ伯爵夫人の要請によるもので、彼女は芸術庇護者としてクレメンズ夫妻をウィーンの社交界に紹介し、良き友人となった。最初の朗読会は一八九八年二月一日で、彼が(暗記をして)朗読した作品は「盗まれたスイカ」、「お祖父ちゃんの老いぼれ雄羊」、「黄金の腕」、「詩(カモノハシ)」で、いずれも一八九五年から九六年の世界講演旅行で定番にしていた出し物だった(「備忘録」四二、タイプ原稿五五ページ、カリフォルニア大学蔵)。彼の二回目の朗読会は一八九九年三月八日に行われ、このとき彼は女優のアウグステ・ウィルブラント=バウディウス(一八四三年～一九三七年)と一緒に演壇に立った(Dolmetsch 1992、一一八ページ、一三二～一三八ページ)。彼は備忘録に、「一**八九九年三月八日、ウィーン**、今日の午後、ヴァイデンブルク=エスターヘイジ伯爵夫人主催の慈善事業のために、詩人ウィルブラントの奥方と共に朗読する。[ルツェルンの女の子達と訪問記者――時間がなくて「メキシコ駄馬」は省略]」(「備忘録」四〇、タイプ原稿五六ページ、カリフォルニア大学蔵)。この年のあとになって、クレメンズは、ウィーンの、おそらく三月の朗読会でつかんだ「コツ」についてハウエルズに報告している。この三月の朗読会でクレメンズはタウフニッツ版の『ハックルベリー・フィンの冒険』を朗読しており、この本にクレメンズはしるしを入れたり、書き込みをしている(「朗読公演におけるマーク・トウェインの修正、一八九五年〜一八九六年」『ハックルベリー・フィンの冒険 二〇〇三年版』、六一七ページ〜六五四ページを参照)。

タウフニッツ版を**朗読する**つもりだった。作品をしっかり暗記していなかったからだ。それで本を手に演壇に上ると、二、三行読んでから、この短編を始めるには少々説明が必要だったことを思い出した。そこで本を持った手をおろし、ときおり身振りを入れたくて無意識のうちに本を振り回しながら前口上をしていたら、意図せずして読もうとしていた短編**そのもの**に突入していったのだ。単に朗読とは関係ないことを話していて、そこから**すぐに**短編に繋がっていくかのような口ぶりで話し続けた。素晴らしい成功だった。短編の中身は分かっているし、**決め台詞**も心得ている。それから、残りのすべてをくだけた話し言葉で物語を進めることにした。しなやかにその場その場に合わせて言葉を紡いでいくと、即興だからきびきびとして、活気があって、新鮮さがあるからだ。(中略)君も試してみたまえ。観客の注意がそがれることはない——一瞬たりともね。(一八九九年九月二六日付、ハウエルズ宛書簡、ニューヨーク公共図書館蔵、『トウェイン・ハウエルズ書簡集』、第二巻、七〇五ページ〜七〇六ページ)

(10)ディケンズは朗読講演で大成功を収め、舞台講演の匠として広く認識されるようになる。彼は一八五三年一二月に初めて人前で朗読し、バーミンガムの成人向け学校でクリスマス物語を読み上げた。その五年後には経済的理由から(演劇への関心もあって)営利目的の朗読会旅行に出て、自著の抜粋を朗読した。彼の講演は爆発的な人気となり、膨大な利益を上げた。彼は執筆していない時には、亡くなるまで定期的に演壇に立った。彼の最初のアメリカ朗読旅行(一八四二年には講演家としてアメリカを巡業)は一八六七年一二月二日にボストンで始まり、一八六八年四月二〇日にニューヨークで終わった。この講演巡回の興行主はジョージ・ドルビーで、彼はのちにクレメンズによる一八七三年から七四年のイギリス講演旅行を調整した。ディケンズは健康状態が優れなかったにもかかわらず、過酷な日程を耐え抜き、一万九〇〇〇ポンドを稼いだ——現代の貨幣価値で二〇〇万ドル以上になる(Collins 2011。一八七二年九月一五日付、オリヴィア・クレメンズ宛書簡、『書簡集第五巻』、一六〇ページ、注一参照)。

(11)「可愛らしくて内気で素敵な若い娘さん」とはもちろんクレメンズの将来の妻オリヴィア・ラングドンである(二人が出会った日付については、『自伝完全版第一巻』、三五五ページ、三二〇ページに関する注を参照。クレメンズによるディケンズの朗読会に関する新聞記事は、『自伝完全版第一巻』、一四八ページおよび関連する注を参照)。

(12)『デイヴィッド・コッパーフィールド』、第五五章。

(13)クレメンズは一九〇六年二月二六日付「自伝口述筆記」でこの「作家の朗読会」のことを「新たな悪魔によって考案された試み」と説明している(『自伝完全版第一巻』、三八三ページ～三八五ページ)。

(14)クレメンズは「講演時代」と「ラルフ・キーラー」の中で彼の講演経験を述べている(『自伝完全版第一巻』、一四六ページ～一五四ページ)。彼の最初の講演旅行は一八六八年から六九年の冬で、G・L・トーバートが興行の斡旋をした。二度目と三度目の講演旅行は一八六九年から七〇年までと、一八七〇年から一八七一年で、ジェイムズ・レッドパスとジョージ・L・フォールが経営するボストン・ライシーアム・ビューローによる斡旋だった。禁酒運動推進の講演家ジョン・B・ゴフ、進歩派の牧師ヘンリー・ウォード・ビーチャー、女権運動家のアンナ・ディキンソン、社会革命家のウェンデル・フィリップスは、一八六九年から一八七三年までのあいだにレッドパスが抱えていた講演家の中では最も人気があった。クレメンズは一回の講演でたいてい七五ドルから一五〇ドルを得ていたが、二〇〇ドルになることもあった。彼は経費を自己負担にして、レッドパスに一〇パーセントの斡旋料を支払っていた(『自伝完全版第一巻』一四八ページおよび関連する注、一五一ページおよび関連する注を参照。「講演予定、一八六八年～一八七〇年」、『書簡集第三巻』、四八一ページ～四八六ページ。『書簡集第四巻』、一八七〇年一月八日付、レッドパス宛書簡、一一ページ、注五。「講演予定、一八七一年～一八七二年」、五五七ページ～五六〇ページ。一八七四年二月二三日付、レッドパス宛書簡、『書簡集第六巻』、四三ページ、注一)。

(15)以下の注18を参照。

(16)クレメンズが手配と宣伝を行い、一八八三年四月四日にハートフォードのノース劇場でジョージ・ワシントン・ケイブルを初登場させた時、ケイブルはほとんど舞台経験がなかった——二、三回講演をしたことがあるだけで、朗読会はさらに経験が少なかった。ハートフォード『クーラン』紙の批評家によると、ケイブルが「美しく細い声だが甘く通る声で、居間で友人と話しているかのように、素朴で気取らない態度で」話していたという。それでも、ケイブルもクレメンズもこの演技に満足しなかった。ケイブルは大きな会場に届くだけの声を出せていなかったと案じていた。クレメンズは、表向きには、朗読の仕方ではなく、内容に問題があったとしている。ところが翌朝ケイブルはサタデー・モーニング・クラブの女の子達から熱烈な歓迎を受けたのである。クレメンズはケイブルの姉にこう書き送っている、「ジョージ・Wは読み物の選択を誤ったせいで一昨日の晩は少々落ち込んでいましたが、昨日の午前は素晴らしい大成功をおさめたおかげで、それをすべて吹き飛ばしました」(一八八三年四月六日付、コックス宛書簡、マーク・トウェイン家博物館蔵。一八八三年三月九日付、ケイブル宛書簡[一通目]、テュレーン大学蔵。Rubin 1969、一二〇ページ～一三一ページ。「ケイブル氏の朗読」、ハートフォード『クーラン』紙、一八八三年四月五日号、二ページ)。

(17)ケイブルはハートフォードで舞台を踏んだあと、フランクリン・ヘイヴン・サージェント(一八五六年〜一九二三年)のもとで発声の訓練を始めた。サージェントは朗読法と演劇の有名な指導者で、かつてはハーバード大学で教鞭をとり、ニューヨークでアメリカン・アカデミー・オブ・ドラマティック・アートの前身となるものを創設した人物である。四月二三日にマディソン・スクエア劇場でケイブルの朗読を聞いた友人によると、サージェントに師事した直接的結果は上達ではなく、声量の衰えと表現力の喪失だった。クレメンズは、サージェントがケイブルの役に立たなかったと信じていながらも、ポンドに宛てた一八八四年九月の手紙では、「ケイブルの朗読の発声法の先生に私が二、三回ほど稽古をつけてもらって」次の冬の「演壇上で声量を増強したい」と書いている(Turner 1956、一四二ページ、一七二ページ。一八八四年九月一日付、ポンド宛書簡、複写をカリフォルニア大学蔵)。

(18)クレメンズは一八八二年の春にニューオーリンズのケイブルを訪ねたあと、ケイブル、ウィリアム・ディーン・ハウエルズ、チャールズ・ダドリー・ウォーナー、トマス・ベイリー・オールドリッチ、ジョエル・チャンドラー・ハリス(「リーマスおじさん」)に共同朗読旅行を提案した——ケイブル以外は誰も興味を示さなかったため、クレメンズは六月上旬に朗読旅行の企画を断念した。しかしながら一八八四年七月にクレメンズはこの企画を復活させ、ケイブルだけを旅行に誘った。講演の興行主ジェイムズ・B・ポンドは、クレメンズの代理として、ケイブルとの報酬交渉にあたり、週(六〇〇ドルではなく)四五〇ドルと別途経費を支払うことで合意した。ポンドは総利益の一〇パーセントを受け取り、彼の汽車賃はクレメンズ持ちだが、ホテル代はポンドの自費ということになった。この旅行は一八八四年一一月初頭から一八八五年二月末まで続き、東部、中西部、カナダの六〇を超える都市を訪れ、一〇〇回以上舞台に立った。クレメンズは、経費を引くと、推定一万七〇〇〇ドルの収益を上げた(『自伝完全版第一巻』、三八一ページおよび関連する注。Pond 1900、四九〇〜四九六ページ。Rubin 1969、一二〇ページ〜一二一ページ。Cardwell 1953、八ページ〜一一ページ)。

(19)クレメンズは同じ町で二回講演するときは、二つのプログラムを用意していた。最初の演目は、出版を控えていた新作『ハックルベリー・フィンの冒険』からの朗読であった。二つ目の演目は様々で、『ハックルベリー・フィンの冒険』はなく、彼が得意にしていた読み物約一〇選の中から四つを選んで出していた(「朗読会におけるマーク・トウェインの修正、一八八四年〜一八八五年」参照、『ハックルベリー・フィンの冒険 二〇〇三年版』、五七八ページ〜六一六ページを参照)。ケイブルは自分の小説や短編からの朗読に加え、クレオール語の歌を披露した。旅行中の共に過ごした数ヶ月間で二人の関係は改善しなかった。むしろクレメンズはケイブルの多くの生活習慣に強い嫌悪感を抱くようになった。例えば、ケイブルの出演がしばしばクレメンズの時間にまで食い込むことや、彼の強欲ぶりや、安息日を固く守って日曜日の移動を拒んだことに腹を立てた。またクレメンズはケイブルの朗読の腕前を褒めなくなり、ついには「自己満足で、上面ばかりの感情表現に、わざとらしい演技」だと不満を漏らすようになる（一八八五年二月二五日付ハウエルズ宛書簡、ニューヨーク公共図書館蔵、『トウェイン・ハウエルズ書簡集』、第二巻、五二七ページ〜五二九ページ。一八八四年一二月二二日付、ポンド宛書簡、ニューヨーク公共図書館蔵、第二巻、五二〇ページ〜五二一ページ。一八八五年、二月二七日付ハウエルズ宛書簡、ニューヨーク公共図書館蔵、『トウェイン・ハウエルズ書簡集』。Cardwell 1953、一〇七ページ〜一〇九ページ）。

(20)『苦難をしのびて』、第五三章を参照（『苦難をしのびて　一九九三年版』、三六一ページ〜三六八ページ）。

(21)一八八二年からハートフォードの製造会社だったプラット・アンド・ホイットニー社は正確な計測機械をいくつも発明し改良を加えていた。同社はまたクレメンズのためにペイジ植字機の試作品を制作している（Pratt and Whitney 1930。「機械についてのエピソード」、『自伝完全版第一巻』、一〇一ページ〜一〇六ページおよび関連する注）。

(22)一八九五年から九六年に行われたクレメンズの世界講演旅行は、彼の出版社チャールズ・L・ウェブスター社の倒産により負った負債を返済するために行われた。同社の名義上の社長は彼の甥である（『自伝完全版第二巻』、五七ページ〜五九ページ、七四ページ〜八〇ページおよび関連する注）。

(23)「我が自伝［その気ままな抜粋］」を参照（『自伝完全版第一巻』、二一七ページおよび関連する注）。スージィがヴァッサー大学での朗読について書き残したものは、一九〇六年三月七日付「自伝口述筆記」の中でクレメンズが引用している（『自伝完全版第一巻』三九四ページ〜三九五ページ）。

一九〇七年一〇月一八日、口述筆記

昨日無線電報初めて大西洋を越える——大統領、クマを追い込み三マイルまで迫る——電報第一号が届いた一八五八年にクレメンズ氏が巨大なすい星を目撃した話。

かねてから話に上がっていた、ウィーンでのあの出来事を話す時がきたようだ。事前準備なしでも演壇で朗読ができるコツを偶然見つけた——きわめて価値ある発見をした——時の話だ。この時のことを思い出しているところだが——忘れてくれ、この話は後回しにしよう。今朝の新聞記事のほうがもっと重大で、たちどころに興味をそそられてしまった。

最初の無線電報、大西洋を越えて『ワールド』紙に届く。

ロンドン発（マルコーニ無線電報、ノヴァスコシア州グレースベイ経由）、一九〇七年一〇月一七日。
ニューヨーク『ワールド』紙御中
ニューヨーク『ワールド』紙を介してアメリカ人の方々にバーンズの言葉を借りてご挨拶いたします。

世界中の人が人に誠意を尽くし、
それをもって兄弟とならんことを切に願う。[1]

英国大法官ロアバーン卿[2]。

ロンドン発（マルコーニ無線電報、ノヴァスコシア州グレースベイ経由）、一九〇七年一〇月一七日。
ニューヨーク『ワールド』紙御中
今日、我々アメリカ人は以前にも増して大いなる奇跡に沸き立つでしょう。

（アンドリュー・）カーネギー。

ロンドン発（マルコーニ無線電報、ノヴァスコシア州グレースベイ経由）、一九〇七年一〇月一七日。
ニューヨーク『ワールド』紙御中
この驚くべき発見で、英語圏の二つの偉大なる国の人々の相互の愛情と信頼が深まることを心より信じています。

（ウィリアム・マクドナルド・）シンクレア尊師、
英国国教会ロンドン教区大執事(3)、巡礼者協会会長。

昨日、壮大な歴史的快挙が二つあった。時間の回廊をこだまして幾時代までも伝えられるであろう快挙であり、歴史家が記録し続けるかぎり、忘れえない快挙である。昨日初めてマルコーニ社による無線電報事業が開始され、電報が大西洋を越えて大陸から大陸へと直接届けられた(4)。同日、アメリカ合衆国大統領はクマ猟の一四回目でクマまで三マイルに迫った。そのクマが、大勢の猟犬や猟師、待ちかまえている御馬番や侍従、従軍商人や料理人や皿洗い、義勇騎兵隊や歩兵連隊や砲兵隊の前に突然姿を現した時、いつものように大統領は姿をくらまし、どこに行ったか分からなかった。するとクマは、いつものように池の反対側まで泳いでいって、森の奥に姿を消した。軍勢の半分はクマの消えたあたりを捜索し、残りの半分は警笛を鳴らしながら馬を走らせ、この偉大なるハンターを探してルイジアナ中をたずねまわった(5)。クマ狩りなど止めて、かわりに大統領を狩りにいったらどうだ。彼こそ必要なときに見つからない片割れだ。

やがて大統領は発見され、クマの追跡に連れ戻されたが、大統領と犬がクマの後を追って森の中を数マイルほど進んだところで追跡は断念した。尊師ロング博士、またの名を「自然僧」がやってきて(6)、追跡しているのは牝牛の足跡だと説明したからだ。壮大な事業だったのに、いたたまれない結末だ。大統領閣下は今日ワシントンに向けて出発した。今頃は戦艦で日本に戦争をけしかける計画に夢中だ(7)。多くの識者の意見では彼の考えは逆に日本との和平を促すことになるというのだが、彼は戦争を望んでいるのだと私は思う。彼はかつてサンフワン・ヒルの小戦闘に参加し(8)、そこでたわ言のような大きな栄誉を得たので、それ以降この手の自慢話が止まらなくなった。かつてブランダー・マシューズが自宅で小さな昼食会を催した時にも(9)、大統領はサンフワン・ヒルの話を三度も四度も持ち出して長々と語ったのを覚えている。分別ある人達がなんとかこの話題を終わらせ、面白い話に切り替えようと試みたのである。大統領には正気と思えない点がいくつかあるが、こと戦争とその崇高な栄誉になると、すっかり正気を失ってしまう。

大統領は大きな戦争を望んでいるし、大統領が陸軍参謀長と海軍参謀長を兼任して華々しく活躍でき、同時に二つの役職を務めてきた近代唯一の君主として歴史に名を残したいのだ

昨日、大西洋の端と端にあるマルコーニ電報局で毎分四〇語から五〇語で合計五〇〇〇語の電報を交信した。これは世界的な出来事だ。私は七年前のロンドンでハイラム・マクシム卿と一緒にマルコーニ氏と会った[10]。そのとき彼は中継局を通さず大西洋を飛び越えて無線電報を送れる日がいつか来ると信じていたが、彼の信念に同調する者は多くなかった。彼と会って話したことは嬉しいし、世界の近代物質文明の殿堂の上にさらに偉人伝を付け加えてきた人達の中でも、モールス教授やグラハム・ベル[11]やエジソン[12]らと会って話したことは嬉しいことだ。昨日の偉業に関してイギリスとアメリカが沸いている気配はまだないが、世間の盛り上がりは、モールスの電報の時のように、後からやって来るものだ。

最初の電報が海底ケーブルを伝って大西洋越しに届けられた一八五八年の夏に[13]、地球を熱狂させた歓喜と驚愕を思い出す。信じられなかった。まったく信じがたかった。それでも信じるしかなく、いくつもの段階を踏んでそれを理解し、慣れていくしかない。それからはこうした途方もないことの常で、いつの間にか当たり前のことになった。この同じ年に、巨大なすい星がやってきた[14]――いま生ある者達の記憶に残っているものとしては、天空に出没した最も有名な空の旅人だ。白い光が一吹きの水煙のようで、その明るさたるや強烈で、影を落とすこともできたと思う――きっと影を**落としていた**のだろうが、今となっては証拠もない。ただ、その夜に星光のもとでいつでも新聞を読めた事実は影ができていた証拠に十分なりうる。私自信が経験したことだから、よく分かっている。当時の私は蒸気船の操縦士見習いだった。操舵室で一人寂しく当直に立った夜は数知れない。その時、あの偉大なすい星が心癒してくれる楽しい旅仲間だったということは私にとって大きな光栄だ。この驚くほど大きな探検者は夜空に輝く群島のように見え、そこから放たれる明かりのもと私は一度ならず新聞を読んだものだ。

モールスのように、マルコーニもほどなく大勝利を収めるだろう。モールスの勝利の時には残念ながら立ち会えなかったが、これに沸いた世間の熱狂ぶりは覚えている。主だった科学協会と世界中の統治者が彼の名誉を称えて贈った、星やリボンや十字など様々な形の勲章を身にまとい、音楽院の舞台に座すと、腰も齢を重ねて曲がっていたが、

何千人もの観客の前で自ら電報のキーを叩いた。するとモールス信号は大陸や海底を越えて丸い地球上を駆け巡り、あちこちに点在する君主や地方自治体と交信したのである。(15) その壮大な出来事は見逃したが、マルコーニが同じように大舞台で電報のキーを叩くことがあれば、ぜひ見たいものだ。

(1)この一文は、ロバート・バーンズの「詩——それゆえに、それでも」(一七九五年)における最後の一節から大まかに引用されたものである。

(2)ロバート・リード、ロアバーン男爵(一八四六年~一九三七年)は自由党議員で、一九〇五年から一九一二年まで英国大法官を務めた。

(3)ウィリアム・マクドナルド・シンクレア(一八五〇年~一九一七年)は一八八九年から一九一一年まで英国国教会ロンドン地区の大執事を務めた。

(4)イタリア人のグリエルモ・マルコーニ(一八七四年~一九三七年)は一八九六年に無線電報装置で英国特許を取得し、その翌年には英国無線電報通信社を設立した。一九〇一年一二月に彼の装置はニューファンドランドからコーンウォールまで最初の電文を送っているが、それから正規の電報通信事業を開始するまで六年近くかかった(「マルコーニの夢、ついに実現」、ロサンゼルス『タイムズ』紙、一九〇七年一〇月一八日号、一四ページ。「マルコーニ、大西洋を越えて正規事業を開通」ニューヨーク『ワールド』紙、一九〇七年、一〇月一八日号、一ページ)。

(5)新聞各紙は一面記事で、一〇月の大統領のクマ狩り旅行を頻繁に報道した。クレメンズがどの記事を読んでいたかは特定できていない(例えば、「ローズヴェルト、クマにまかれる」、ニューヨーク『タイムズ』紙、一九〇七年一〇月一七日号、一ページ。「クマがよそに逃げた」、ワシントン『ポスト』紙、一九〇七年一〇月一七日号、一ページ)。この話題については、一九〇七年一〇月二一付「自伝口述筆記」でより大きく扱っている。

(6)ウィリアム・ジョゼフ・ロングとローズヴェルトの間の長い確執については、一九〇七年五月二九日付「自伝口述筆記」とその注を参照。クレメンズはこの四日後にニューヨーク『ワールド』紙に掲載されたインタビュー記事を先取りしている。その記事でロングはローズヴェルトを、「おとなしい動物を猟犬の群れで追い立て、助かる手立てもなく、身を防ぐ術すらない状況に追い込んでおいて、遠く離れたところから撃った」とあざ笑った(「ローズヴェルトを、クマ殺しの、全く野蛮な臆病者と呼ぶ」、ニューヨーク『ワールド』紙、一九〇七年一〇月二二日号、一ページ)。

（7）一九〇六年から一九〇七年にかけて、アメリカは、アジアにおける日本の領有権をめぐり日本との間で緊張関係にあり、さらにカリフォルニアにおける日本人移民の扱い方が、アメリカの戦艦の太平洋への配備計画に関する継続的議論を再燃させた。一九〇七年八月にローズヴェルトが軍事演習の名目で一六隻の艦隊を太平洋に送る計画を発表した際、新聞――特にニューヨーク『ワールド』紙とニューヨーク『サン』紙――が、この演習が戦争の火種になりうると批判した。これに対しローズヴェルトは、平和的な意図があってのことで、海軍力を誇示して日本との紛争を回避するのが目的だと反論した。艦隊は一二月に出発したが、世界巡航を始めたとは一九〇八年三月まで正式に発表されなかった（ただし巡航計画は、一九〇七年九月から新聞各紙で報道されていた）。日本側は、演習を挑発行為ではなく友好的な実演として受け入れることに決め、公式に艦隊を招待し、一九〇八年一〇月に歓迎した。ローズヴェルトは「白い大艦隊」――この名前で知られるようになった――の巡航が世界平和への最大級の貢献だと考えていた（Bailey 1932、三八九ページ～四〇三ページ、四〇八ページ、四一三ページ～四一四ページ、四二一ページ～四二二ページ。John M. Thompson 2011、二二七ページ。ローズヴェルトが日露戦争の終結に向けて果たした役割については、『自伝完全版第一巻』の四六二ページ～四六三ページおよび関連する注を参照）。

（8）ローズヴェルトは、米西戦争ではラフライダーズの通り名で知られる第一義勇騎兵隊の副司令官を務め、一八九八年七月一日にキューバのサンフアン・ヒルを制圧した。

（9）『自伝完全版第一巻』、二五五ページおよび関連する注を参照。

（10）この出会いについては何も分からないが、クレメンズの備忘録には「マルコーニとハイラム・マクシム卿に会った、一九〇〇年」と記されている（「備忘録」、四八巻、タイプ原稿一二ページ、カリフォルニア大学蔵）。同年、アメリカ生まれの発明家、ハイラム・スティーヴンズ・マキシム（一八四〇年～一九一六年）はイギリス国民となり、翌年にナイト爵位を受けた。彼は、その名を冠したマシンガンで最もよく知られるが、他にも飛行機や白熱灯の実験も行っていた。クレメンズに宛てたマクシムの手紙が数通残っていて、その中でマクシムは中国におけるキリスト教伝道師達の活動に反対する趣旨を長文にわたって書いている。マクシムは、「世界文明にとって極めて価値のある」問題に関するクレメンズの著作を賞賛し、「あらゆる階層であなたの著作ほど熱心に読まれているものはなく、生きている人の中であなたの言葉ほど重みのあるものはない」とほめた（一九〇一年四月一七日付、カリフォルニア大学蔵）。クレメンズからマクシムに宛てた手紙は見つかっていない。

（11）ここで電報の発明者として紹介されているサミュエル・フィンリー・ブリース・モールス（一七九一年～一八七二年）とクレメンズが実際に会っていたかは不明。ただし別のところでクレメンズは、「アメリカ人のヘンリー教授、イギリスのホイートストン、航行中のモールス、ミュンヘンのドイツ人は、いずれも同時期に発明を行っている」と記している（SLC 1891、九八ページ）。クレメンズがアレクサンダー・グラハム・ベルに会っていたかどうかも不明。
(12)現存する記録によると、クレメンズはトマス・アルヴァ・エジソン（一八四七年～一九三一年）と一八八八年の六月に一度会ったことが実証されている。一九〇八年二月一四日付「自伝口述筆記」、注2を参照。
(13)何度か失敗した末、一八五八年八月に最初の大西洋横断ケーブルが敷かれたが、その僅か三週間後には機能が停止した。一八六六年になって初めて、稼働ケーブルの敷設に成功した。
(14)ドナーティすい星は、一八五八年六月二日、イタリアのジョヴァンニ・バッティスタ・ドナーティ（一八二六～一八七三年）によって発見された。すい星の尾の部分はひときわ輝いていて、人々の目を奪った。すい星は一八五八年九月から一八五九年三月までは肉眼でも見えた。このすい星は三八〇八年まで戻ってこない。
(15)ニューヨークのセントラルパークにモールスのブロンズ像が建てられ、その除幕式が一八七一年六月一〇日に行われた。その晩アカデミー・オブ・ミュージックで彼の名誉を称える歓迎会が開かれた。この行事の一番の山場で、通信士がアメリカ中の電信網を使って電文を送った。電文の内容は「アメリカ全土における電報の同胞にご挨拶と御礼を。至高におわす我らが神に栄光あれ、地上には平和と、人類には友好が訪れんことを」だった。このあとでモールスは自ら電鍵に向かい、「S・F・B・モールス」と送信すると、「荒れ狂う歓声の嵐」が巻き起こった（Prime 1875、七一八ページ～七二〇ページ）。クレメンズはその日エルマイラで新たな講演旅行を計画中であった（一八七一年六月一〇日付、レッドパスとフォール宛書簡、『書簡集第四巻』、三九八ページ～四〇二ページ）。

一九〇七年一〇月二一日

ローズヴェルトがついに獲物のクマを殺す――獲物は牝牛だったかも？

ああ、ようやく大統領があの牝牛を打ち取ったようだ！　追っていたのが牝牛であったならばだが。あれはクマだったという人もいる――本物のクマだったと。目撃証人もいたが、いずれもホワイトハウスの職員だ。あの偉大なる狩人に給料を貰っている身だ。目撃者がそういう立場だと、証言も疑わしくなってくる。大統領本人がクマだったと思っているところを見ると、疑惑は薄まるどころか、深まるばかりだ。かつては彼もなかなか謙虚な人物だったが、ずいぶん前から的外れな判断をするようになってきて、今や自分がしたことは何だろうと、大きくても小さくも、壮大なものだとと思い込むようになっている。きっと大統領は本心からクマを追っていたと思い込んでいたのだろうが、圧倒的な状況証拠からして牝牛を追っていたのだ。それは牝牛とそっくりの行動をとっていたのだから。あらゆる詳細な点で、最初から最後まで、牝牛が困った時に見せる行動とそっくりなのだ。残っていたのは取り乱した牝牛がつける足跡だった。あるいは、牝牛がアメリカ合衆国大統領という者に追われていると分かったなら必ず残すような足跡だ——彼の同情を誘えるのではないかと望みをかけ、分かるだろう、もしかしたら自分は雌だし、無力な状況だし、無害なことでも知られているから、命だけは助けてくれるのではと考えたのだ。逃走中それは、アメリカ合衆国大統領と非常に多くの吠え狂う犬に追いかけられ、恐怖で半狂乱になった時の牝牛そっくりそのままの行動を見せた。それは力尽きて、一歩も先に進めなくなると、絶望した牝牛がするのとそっくりそのままの行動をとった——幅五〇フィートほどの開けた場所で立ち止まると、恭しくアメリカ合衆国大統領に向き直り、頬に涙を流して、無言の降伏の意を雄弁に伝えていた。「お慈悲を、閣下、お助け下さい。私は一匹で、あなた方は多勢です。私には武器もなく、ただ無力です。あなたは歩く武器庫です。私は絶体絶命の窮地に追い込まれていますが、あなたは日曜学校に来ているように安全です。お慈悲を、閣下——疲労困憊《ひろうこんぱい》の牝牛を殺しても武勇伝にはなりません」。

驚くような三文小説ばかりのお芝居を宣伝する大見出しが、こうだ。

ローズヴェルトが狩猟旅行について語る

ヤマネコは取り逃がすが、それ以外の獲物はすべて食す。

ワニをものともせずに泳ぐ

一九〇七年一〇月二一日

クマを追いかけて茂みに突撃、仕留めて案内人と抱き合う(1)。

この通りだ――仕留めて案内人達と抱き合ったのだ。これがまさに大統領だ。彼は半世紀も生きていながら、いまだに一四歳のままだ。ひけらかして喜んでいる少年なのだ。彼はいつも誰でもなんでも抱きしめる――抱きしめる人を見る観衆と抱きしめられる人を羨む群衆がまわりにいれば。大人なら牝牛の乳を搾って放してやるのだが、そうではない。この小僧は牝牛を殺して英雄になること以外には何も頭にないのだ。記事は次のように伝えている。

大統領の仕留めたクマは木曜日に殺され、マッケンジー家の一人とアレックス・エノルズがその証人として立ち会った。

華々しさではヘラクレスの一二の功業にも負けない偉業として、ここにある人達の名も未来永劫、歴史に名を残すだろう。目撃者達は次のように証言している。

彼らによると、大統領の態度はすこぶるスポーツマンらしかった。

十分あり得ることだ。形容詞を外して、ただ「スポーツマンらしい」態度だったと言われたら、どんな態度か誰にでも分かる。だが「すこぶるスポーツマンらしい」となると、いったい何なのか誰にも分からない。これほど扇動されたものにはお目にかかったことがないのだから。きっと、ヘラクレスの態度がスポーツマンらしくなかったのと同様に、スポーツマンらしい態度というものが、いたってスポーツマンらしくなかったのである。その形容詞は単に感情的なもので、その背後には給料値上げの希望があるのだろう。怯える動物を追うこと三時間なんて、三文小説の山場の章を読んでいるみたいだ――ただし、今回は哀れなほどに卑小な武勇伝だ。結果として、名誉は牝牛の側にあり、大統領にはない。狩られる側が一歩も進めなくなると、向き直り、あっぱれ見事に挑んできて、自らの敵と自らを殺そうとする者達に果敢に立ち向かったのだ。このヘラクレスは遠い安全なところから、心臓めがけて銃弾を撃った。それで、牝牛は瀕死の状態で戦った――結局ここにある姿こそ英雄**というものだ**。さらにもう一発の銃弾でその悲劇は終わった。このヘラクレスは自画自賛で胸いっぱいになり、ホワイトハウスの職員達と抱き合い、その中の一人に二〇ドルも払って称賛の言葉を引き出した。私のあらましでは物足りないので、以下のように彩りを添えた文面を歴史に残しておこう。

大統領の仕留めたクマは木曜日に殺され、マッケンジー家のひとりとアレックス・エノルズが証人として立ち会った。彼らによると、大統領の態度はすこぶるスポーツマンらしかった。猟犬達は獲物を三時間にわたって追いかけ、大統領もずっとその後を追った。ついに獲物の物音が聞こえてくる範囲までに迫ると、大統領は馬を降り、上着を脱ぎ捨て、茂みに突進して、獣から二〇歩とないところまで近づいた。猟犬達は、大統領のお気に入りのラウディーを先頭に、素早くやってきた。

クマは逃げるのをやめ、猟犬達とあいまみえた時、大統領はライフルを発砲し、致命的な弾丸が動物の内臓を突き抜けた。クマは息絶え絶えになりながらも、猟犬達に立ち向かった。大統領は二発目をクマの両肩の間を狙って撃ちこみ、首を打ち砕いた。狩猟団の他の人達もすぐにやって来ると、大統領は狩りの成功に歓喜して仲間達と抱き合った。エノルズは言った、「大統領閣下、もうあなたは初心者ではありませんね」。

ローズヴェルト氏はエノルズに二〇ドル紙幣を渡して、これに答えた。

昨日の猟ではほとんど収穫がなかった。というのも猟犬達がクマより獰猛な野生のブタの一群に出会ったからだ。最高の犬が一匹イノシシに殺された。

狩猟団のメンバーは、大統領も含め、毎日湖で泳いでいる。

大統領によると「水はきれいだった」そうで、「ワニを怖がる者もいるが、私はそんなことは気にならなかった」とのこと。

一九〇七年一〇月二一日

この記事の筆者にとって、ヘラクレスのすることは何でも素晴らしいのだ。他の人なら気にもかけずあちこち見落とすような小さなことでも、称賛とお世辞にふさわしければ、彼は自分でそれを補うのだ。エノルズ氏はひとつ見落としていた。賢く見張っていれば、ワニも誉めて、もう二〇ドルもらえただろうに。

野生のブタについてのくだりは、大統領の勇気がいかほどのものだったか、たわいなく露呈してしまっている。彼は牝牛を恐れず、ワニも恐れていないが、ただ怖いのは(2)――

(1)これらは、ニューヨーク『タイムズ』紙一〇月二一日号の第一面に掲載された見出しである。

(2)この記事は(その前の短い引用文を含め)、一〇月二一日付のニューヨーク『ワールド』紙に掲載されていた。マッケンジー家は狩場近くで農場を経営していて、シークレットサービスが二人そこに駐在していた。アレックス・エノルズは黒人の狩猟案内人だった(「今日クマあらわる」、ワシントン『ポスト』紙、一九〇七年一〇月七日号、一ページ。「茂みへ」、〈ネブラスカ州〉オマハ『モーニング・ワールド・ヘラルド』紙、一九〇七年一〇月二二日号、四ページ)。

一九〇七年一〇月二五日、ニューヨークで口述筆記(1)

O氏が訪ねてきた(2)。タウフニッツ男爵(3)からの挨拶を置いて行った。O氏は作家数人とその相続人達との契約をまとめるために来ていた。有効著作権の契約と、期限切れ著作権の契約のためだ。この誠実な息子は、誠実な父親の跡を忠実にたどっている。この父と息子には、他の出版者には望むべくもない傑出した点がひとつあった――彼らだけが泥棒ではなかった点だ。私は数多くの出版者達と知り合い、彼らのことは心から好きで、付き合わないこともなかったが、この父子を除いて、彼らはすべて泥棒だった。

説明しよう。道徳律はアメリカ合衆国憲法より尊く、「汝、盗むなかれ」と言う。これは最終的な教えなのだ。この判断に意義を挟むことなどありえない。しかし合衆国憲法そのものが——泥棒であり、泥棒の相棒であり——著作権の永続使用を認めないのだ。憲法による権限の庇護と保証のもと、アメリカ政府は盗人の代行をし、作家の大切な著書が四二歳になると、[4]この著書を奪い取って出版業界に与えてしまう。すると今度は出版社が泥棒家業を引き継ぎ、盗んできた本を出版して、作者の得るべき利益を奪い取って自分のものにしてしまう。こうして出版社は、あからさまな、紛れもない、純然たる泥棒となる。どんな狡猾な詭弁《きべん》を弄し、巧妙に言い繕ったところで、この汚名を消せはしない。法令や法規がどうであろうと、著書は永遠に作者のもので、作者の同意もなしに、これを侵害する者は刑務所に入ることになる。

(1)この「口述筆記」は実際には原稿に沿ったものである。
(2)不明。
(3)クリスティアン・カール・ベルンハルト・フォン・タウフニッツ男爵は、父親の初代タウフニッツ男爵が一八九五年に亡くなってから、父親の設立した出版社を引き継ぎ、経営していた(『自伝完全版第二巻』、三二三ページおよび関連する注を参照)。
(4)アメリカ合衆国法では、この日より二八年の著作権保護期間と一四年間の著作権延長期間が規定された(『自伝完全版第二巻』、二八五ページおよび関連する注)。

一九〇七年一一月一日、口述筆記

先ごろの経済恐慌に関連してローズヴェルト大統領を非難する記事を朝刊から引用——クレメンズ氏が大恐慌について語る——クレメンズ氏がニッカーボッカー信託銀行に書き送った手紙の写し——テネシー州東部のノッブズにあるL氏(クレメンズ氏の弁護士)の家で起こった事件、住民は今日でも田舎臭いことが分かる。

「カルカッタの地下牢」〈一七五六年に一〇〇人以上の英国人がここに閉じ込められ、そのほとんどが熱と酸欠のため一晩で亡くなった〉に一吹きの新鮮な空気が流れこんだかのように、正気を失った我らが大統領に対し、ようやく正気のある意見が出てきた。朝刊で次のような記事を見つけた。[1]

一〇月三一日、コネチカット州ニューヘヴン発——今夜ローズヴェルト大統領は、同市のエコノミック・クラブの前でたちまちさらし者となり、弁明に終始することとなった。[2] コネチカット州の弁護士ジョン・W・オーリングは先週の大恐慌を引き起こした責任は大統領にあると批判し、[3] 同市のF・R・エイガーも大統領を糾弾した。ニューヨークの銀行家ヘンリー・クルーズが弁明に立つと、[4] 拳を振り上げ、アメリカが金権支配から脱却しない限り、この国はソドムとゴモラやローマ帝国と同じ運命をたどるだろうと主張した。

オーリング氏は説いた。

「ローズヴェルト氏は大衆にはとてつもなく人気があります。ローズヴェルト氏は本質的に昔の十字軍指揮官と同じで、力強く、尊大で、自惚れで、輝かしい天のひらめきに恵まれ、生まれながらの指導者で、政党のしがらみにも縛られず、彼自身が「完全なもの」であり、勇壮な偉業を求め、超人的な力を使って「富める犯罪者」を見つけ出し、暴露し、罰すると公言したのです」。

「彼は、思惑どおり全国民の支持を受け、この国にかつて存在した憲法上の自由を脅かす最大の敵となっています。経済恐慌によって、その責任がどこまで『我が政策』にあるのか検証を求める声があります。[5] 彼は自分の政策で大騒動が起きることは分かっていました、恐慌を引き起こすことも警告されていました。大統領が提案に耳を傾けることを期待して、全市場価値つまり信用評価も上るし、相変わらず古臭い好戦的ラッパの高らかな音を聞けば、それが下がることには気づいていました」。

「この鉄道輸送料問題を引き起こした責任は、[6] ローズヴェルト大統領一人にあります。共和党の選挙公約にもありませんでした。上院議会でも、共和党員の過半数から賛同を得られませんでした。上院委員会では**共和党の**

少数派と民主党が連立し、このローズヴェルト的法案は民主党上院議員ティルマンに委任されたのです」。

「ローズヴェルト大統領は圧倒的な支持率を後ろ盾に、この法案を無理やり可決させました。その結果どうなったでしょう？　輸送料金を定める権限が鉄道会社から取り上げられて、荷主の利益を優先する委員の手に委ねられ、しかもローズヴェルト大統領から無能で怠慢と見なされると委員は誰でもすぐに外される可能性がある。そんなことがすべての人にすぐ起こると明らかになったのです」。

「鉄道会社の資産価値は目減りし、貸付の信用評価もついえました。近年この国の産業は巨大化し、鉄道会社は事業を進めるうえで何億ドルもの資金が必要となってきているというのに、必要な資本を集める体力を失ったのです」。

今回の恐慌は奇妙だ。アメリカ史上のどの恐慌とも似ていない。長く親しんできたこれまでの恐慌は、大嵐やハリケーンやサイクロンさながらに市場の価値を吹き飛ばしてしまい、後には産業界の屍が累々と横たわっていた。その衝撃は、サイクロンが森をなぎ倒し、街を破壊しつくして、廃墟と化していくかのようだった。だが、今回の恐慌は新しい類の恐慌だ。静かな恐慌なのだ。音もなく、くすぶっている。騒音も、ヒステリーも、狂乱もない。嵐のようでもなく、植物の枯死病や身体麻痺に似ている。八〇〇〇万人の人々を抱える実業界全体がいきなり動かなくなり、人々は何もせず、怯え、不安がっている。今の状況を見ていると、強力な機械のベルトがひとつ外れ、衰えゆく余力で動いてはいるものの、何も成果を出せないでいる状態を思い起こさせる。財界がこれといった重大な過ちを犯したわけではない。相場の暴落も雷鳴も地震もなかった。ただ不気味で生恐ろしい静けさと、不安で張り詰めた空気が漂うだけだ。

「一時解雇」という言葉が使われだし、うんざりするばかりだ。あれこれいろいろな巨大な企業が一〇〇〇人、二〇〇〇人、三〇〇〇人の一時解雇をしたと耳にする——これを聞けば、アメリカにある無数の大富豪企業に広がりつつある事態がよく呑み込めてくる。しかし新聞にも載っていない、より広範囲でもっと悲惨な一時解雇もある。全米の表面下で起こっている一時解雇である——アメリカの端から端のいたるところで慎ましい小さな店や工場が、三人ごとに一人を一時解雇している――こうした一時解雇は、巨大産業の場合と違って数千人規模ではないが、何十万もの店や工場を合わせれば、総計で百万人規模の解雇者がでてくる。これに比べたら大企業の一時解雇はわずかなもので、重大なことではない。四人の使用人を抱えていた家族は三人の使用人でやりくりし、三人雇っていた家族は二人に、二人雇っていた家族は一人に、一人雇っていた家族は使用人なしでやりくりする。通いの女性家庭教師も生徒数が六人から三人に減り、三人いたところは、すべての生徒を失ってしまう。売り子は、男女問わず大量に解雇されている。アメリカのあらゆる業種で労働力を減らし、一家の、いや一〇〇〇家庭の食い扶持を危うくしている。枯死はいたるところに蔓延し、ローズヴェルト氏がその張本人である。

先週、世界的な大暴落が迫っていた。あのことがなければ大暴落になっていただろう。大統領が観衆の拍手を受けたくて勇んで罵倒してきた百万長者の「強盗達」が、自ら進み出て、破滅を食い止めたのだ。[7] これをローズヴェルト氏は自分の手柄だといち早く表明したので、多くの証拠からすると、浮かれた国民が大統領の功績とみなしたらしい。偉大な金融家達はニューヨーク中の主要銀行と信託銀行に救いの手を差し伸べたが、例外もあった――ニッカーボッカー信託銀行だけは助けてくれなかったのだ。[8] この銀行だけは友もなく、四二〇〇万ドルにも及ぶ返済義務――主に預金――を抱え営業停止に追い込まれた。この一時的な営業停止で誰も損失を被ることはないだろうが、二万二〇〇〇人の預金者は多かれ少なかれ不便を強いられることになる。銀行の「ヘボ取締役会」はぐずぐずと一週間も営業停止を続け、株主達が追加保証金を支払わないで済むよう策を練っていた。当然ながら、この窮地に陥った唯一の銀行に、私も預金をしていたのだ――運が悪かった。五万一〇〇〇ドル預けていたのだ。[9] 傷つき、裏切られた気分だった。あの男の気持ちが今ならよく分る――ずいぶん前に、この自伝でキリスト教青年会の男の話をしたと思うのだが[10]――記憶がない。とにかく、こんな事件があった。ある日曜の午後、私はマジェスティック劇場でキリスト教青年会の大勢を前に話をすることになった。ライオン女史と私は通用口から劇場に入ると、ボックス席に座って、空席が延々と広がる会場を見下ろしていた――不思議に思いながら。やがてライオン女史も観客がいないことを訝しんで、事情を探りに、反対側の通路から中央口へ向かった。向かっている途中で、キリスト教青年会の連中が津波のごとくなだれ込んできた。彼女が人の波をぬいつつ中央口のドアにたどり着いた時には、観客で一杯になっていた。騎馬警官と通常の警官が繰り出して、劇場に入りきれないキリスト教青年会員達の大群衆相手に格闘し、なんとか押しとどめていた。群衆の目の前で、ドアは閉じられた。もちろん最後の一人がいた――必ずいるものだ。彼はもう少しで閉じゆくドアに体を滑り込ませようというところで、大柄の警官に押し戻された。中に入る機会が潰えたと悟ったのだ。彼は一瞬言葉を失ったが、気持ちは高ぶってきて、「私は七年ものあいだキリスト教青年会の模範的な会員だったのに、報いられたことなんて一度もない。ここでもそうだ――くそったれめ、なんで俺だけ運が悪いんだよ！」と言った。私はこれほど神に毒づくつもりはない――それでも、その状況はわかるし、この男には同情する。

リンカン信託銀行の取締役は預金者達からの激しい突き上げにあったが[11]、即座に投入

［この後の一ページとその次のページは二行を除いて、すべて（約四二〇語）消失している］[12]

昨晩ここにL氏が来ていた[13]。彼はニューヨークでは名の知れた若手弁護士で、成功しており、名士への階段を足早に駆け上がっているところだ。彼は子供の頃の話をしてくれ、それがことのほか面白かった。というのも彼もテネシー州東部のノッブズで生まれたからだ。私の両親が八〇年前にマルベリー・セラーズ大佐とともに住んでいた、あの辺境の未開地だ。そこの生活や環境については、『金メッキ時代』という作品の第一章で私が詳しく書いておいた[14]。L氏が若い頃そこで暮らしていたときの様子を聞くと、両親が八〇年前にいた頃とちっとも変わっていないと感じた。そこの人々は狡猾で賢いが、教養がなく、文盲で、想像を絶するほど無知だった。外の世界については何も知らないし、興味もない。全く無関心である。本もないし、読むこともできない。信心深いが、おのおの自己流の信心をしている。教会もない。宗派もない。L氏の父親は八〇歳で、読み書きができない。彼の最初の妻も読み書きができなかった。彼の二番目の妻は教育のある女性で、教師で、遠くから来た人だったが、地元の人々と二〇年も付き合っていると、文法も周りと同じぐらい荒れてきて、言葉遣いや発音も野蛮になった。一家には一五人の男の子と四人の女の子がいた。父親は慣習――この一世紀ほとんど途切れなく続いた慣習――に従って息子達を農園に留まらせようとした。しかし息子達は父親の期待を裏切って、独り立ちする年頃になると早々に出ていって、よそで運をつかむことに

した。L氏は現在三五歳だが、二〇歳の時、テキサスへ行った。しばらくは、そこの慎ましい職場で週一ドルか二ドル稼ぎながらその間に独学で勉強していた。それからニューヨーク市に出て、弁護士の看板を出すと、すぐに割のいい仕事が舞い込んできた。しばらくして彼はニューヨークでしっかりと地歩を固めると、少年時代を過ごした故郷に里帰りした。七年前のことだ。彼は以前、勝利に沸くボーア人司令官達と知り合って、親しく語り合ったことがあった。彼の父親も南北戦争では南軍の大尉だったので、ボーア人司令官達が南アフリカ戦争〈ボーア戦争〉で繰り広げた目覚ましい冒険談を聞かせれば、父親もきっと胸躍らせて耳を傾けるだろうと考えていた。さてそこで、とても興味深く面白い話がある。こういう奥まった田舎の者達は、地元の話題には興味津々だが、見知らぬ他人の話となると退屈する。L氏は家族に囲まれると、ボーア人の話を始め、南アフリカの大草原に広がる戦闘や撤退の光景に、危機一髪の場面、流血や大虐殺の様子などを、次から次へと繰り出した――彼は次第に興奮し、この壮大な物語をほとばしるように熱く語った。すると自分でも惚れ惚れしてきて、きっと周りの人間も聞き惚れているに違いないと思った。ところが、ちょうど胸躍る圧巻の場面の最中に、年配のウィリアムおじさんが手を伸ばして、彼の老いた父親の足をぎゅっとつねって、ひどく興奮し、満足した様子で言った。

「ジミー、ニップが帰ってきたぜ！ きのウな、誰に付き添われるわけでもなく、ニップがふらりと山の向こうから姿を現したんだと。それでまた、ジェイクが連れ戻したよ！」

ぱっと太陽が差し込んだかのように、驚愕と仰天と歓喜の色が家族の顔に広がった。自分の壮大な戦争話が家族の心無い仕打ちによって、もみ消され、かき消され、消滅してしまったのを見て、L氏は屈辱で言葉を失ってしまった。するとと兄弟の一人が、胸に手を当てて、体が小刻みに震えるのを抑えながら、立ち上がり、その場から立ち去っていくのが見えた。L氏は彼のあとを追うと、兄弟は外の薪の山にもたれかかりながら、魂が飛び出しそうなほど大口を開け、歯をむき出しにして笑っていた。L氏は言った。

「何がおかしいんだ。どこを笑えっていうんだ？ 恥ずかしいことだよ！ ニップって何だよ。ニップって誰なんだ。その放蕩息子が帰ってきたからって、家族みんなが、どうしてあんなに節操もなく大騒ぎして、声を上げて喜んでるんだ？」

兄弟は答えた。

「笑っちまうよ――笑うしかないさ。身内の連中ときたら、お前の戦争話にはちっとも興味を示さなかった。なのに、地元の話題になって、**本当に**興味があることとなると、興味のある風を装う必要もない、最高にとてつもなく興味があることとなると、態度を急変させやがって。ダイナマイト級の好奇心がさく裂しただろう――その急変ぶりが、おかしくってさ。ニップってのは、薄汚くて年寄りの役立たずの灰色馬さ、もう一五歳にもなるやつで、ジェイク・アターバックのものさ。二年前に迷い出ていってしまってな、以来見かけなくなって、噂一つ聞かなかったのに、昨日の夜ふらりと山の向こうから戻ってきたんだ。ウィリアムおじさんは、この大ニュースをどうしても自分で家族に伝えたかったんだ。だからお前の戦争話が終わるのをじりじりしながら待ってたんだけど、あの時は、もう一分だって待てなくなって、早く言いたくて途中で死にそうだったんだ。ニップのことはここらじゃ何マイル先まで飛ぶように伝わって、聞いたら最後、男も女もいてもたってもいられなくなる。仕事も遊びも務めも娯楽もすべてを放り出して、一番乗りでそれを伝えようと駆け出すんだからな。

ああ、その通りさ、ノッブズはちっとも変わってない。

(1)続く記事は、一一月一日のニューヨーク『タイムズ』紙に掲載されたもの。

(2)ジョン・W・オーリング（一八四二年生まれ?）は羊毛製造業者の息子で、少なくとも一八六四年からニューヘイヴンで弁護士を開業している（『ニューヘイヴン国勢調査』、一八七〇年、一〇九―一二Aページ。Rockey 1892、第二巻、二八ページ）。

(3)不明。

(4)ヘンリー・クルーズ（一八三四年～一九二三年）はウォール街の著名な証券会社の社長をしていた（「ヘンリー・クルーズ、八九歳で死去」、ニューヨーク『タイムズ』紙、一九二三年二月一日号、一ページ）。

(5)一九〇七年の経済恐慌は、国内で最大手の銀行ニッカーボッカー信託銀行が営業を一時停止した一〇月に始まった。営業停止に至る一連の騒動は、銀行頭取のチャールズ・T・バーニー（一九〇八年四月二七日付「自伝口述筆記」、注4を参照）が、マーカンタイル・ナショナル銀行頭取F・オーガスタス・ハインツ（一八六九年～一九一四年）と組んで、ユナイテッド・コッパー社の株を買い占めようとして失敗したことに始まった。一〇月一六日には心配した預金者達がマーカンタイル銀行とハインツと提携している銀行から預金を引き出し始めたのである。ニューヨーク手形交換所は、ハインツの辞任を条件に、マーカンタイルの小切手を現金化することに合意したため、危機は回避された。しかし一〇月二一日、バーニーが株の買い占めに関わっていたことが暴露されると、彼も辞職に追い込まれ、翌日にはナショナル・バンク・オブ・コマースがニッカーボッカー銀行の手形を現金化しないと発表した。それを受けて、預金者がニッカーボッカー銀行に殺到した。八〇〇万ドルまでは支払えたが、銀行はそれ以上の引き出しに応じるだけの現金がなかった。これを皮切りに、二週間にわたって預金者は銀行に殺到し、株の乱売が続いた。こののち多くの銀行が倒産し、厳しい不況へと突入していった。経済界の保守派は、ローズヴェルトの独占禁止法案と輸送料規制法案のせいで実業界の利益は脅かされ、鉄道債券の信用評価が落ちたのだと非難した。例えば、『一九〇七年のローズヴェルト恐慌』(Edward 1907)を参照。一方でローズヴェルトは、「ある特定の富豪犯罪者達」による無責任な投機と株操作に責任があるとした(Moen 2001。Campbell 2008b。Pringle 1956、三〇四ページ〜三〇八ページ)。一九〇七年九月一三日付「自伝口述筆記」で、クレメンズは一九〇七年の経済不況がローズヴェルトの責任だと非難した。

(6)ローズヴェルトが一九〇五年に大統領二期目に入って以降、最も論争を呼んだ政策のひとつが、政府による鉄道規制の権限強化だった。これにより、政府は鉄道会社による輸送料金設定権といった優遇措置など、悪弊とされる制度を撤廃しようとした(ローズヴェルトが法外な輸送料金を課して莫大な利益を上げていると非難した会社には、クレメンズの友人ヘンリー・ロジャーズが副社長を務めるスタンダード石油も含まれていた。一九〇七年九月一三日付「自伝口述筆記」、注5、注6を参照)。ローズヴェルトは、アイオワ州選出民主党下院議員ウィリアム・P・ヘップバーンに依頼し、州際商業委員会が鉄道業務を監督する権限を認める法案を提出させた。さらにローズヴェルトは、自分に対する批判をずっと繰り返していたサウスカロライナ州選出民主党上院議員ベンジャミン・ティルマンと一時的に同盟を結び、ティルマンは上院でこの法案を見事通過させた。一九〇六年六月二九日に成立したヘップバーン法は、ローズヴェルトの大統領在任中では最も重大な国内法の制定であった。この法律は、州際商業委員会の鉄道産業に対する権限を拡大するもので、適切な輸送料を決定する権限を同委員会に認めた。ただし、採決には法令審査をへねばならなかった(Pringle 1956、二九二ページ〜二九九ページ。Murphy 2011、一六〇ページ〜一六五ページ)。

(7)J・ピアポント・モーガンとジョン・D・ロックフェラーを含む数人の大富豪銀行家は、一九〇七年一〇月の経済恐慌により財務状況が逼迫した証券会社のために二五〇〇万ドルの資金を投入した。加えて財務長官ジョージ・B・コーテルユーは、国内銀行の現金不足を緩和するため、財務省基金の二五〇〇万ドルを投入することで同意した。ローズヴェルトは個人的には関わっていない。彼は一〇月二四日にコーテルユーに宛てて手紙を書き、彼と彼に協力をした金融家達を称賛した。大統領のこの手紙は広く再掲された（「現金の洪水、不安を飲み込む」、シカゴ『トリビューン』紙、一九〇七年一〇月二五日号、一ページ。「ローズヴェルト、コーテルユーの決断を支持」、ニューヨーク『タイムズ』紙、一九〇七年一〇月二七日号、一ページ。Pringle 1956、三〇六ページ〜三一一ページ、Campbell 2008b）。

（8）モーガンと同業者は当初ニッカーボッカー銀行を援助するとしていたが、一〇月二二日深夜に銀行の資産と負債総額との差額が不十分で援助を容認できないと決定した。モーガンは「それまでの悪質な経営の責任を取りたくなかった」のである。伝えられるところでは、彼は、「全員の尻拭いをし続けられない」と言った（Pringle 1956、三〇八ページ。以下ニューヨーク『タイムズ』紙より、「ニッカーボッカーを援助」、一九〇七年一〇月二二日号、一ページ。「ニッカーボッカー、営業できず」、一九〇七年一〇月二三日号、一ページ）。モーガンら銀行家の決定を受けて、他の組織も大掛かりな資金援助をあきらめた（Moen 2001）。

（9）ライオンは一〇月二二日付の日記に次のように記している。

ああ、なんと恐ろしい。キングの全財産は一銭残らず――五万一〇〇〇ドルが――ニッカーボッカー信託銀行に入れてあった――それで引き出しを停止されてしまった――恐ろしい状況に突入してしまった。町に出て、『タイムズ』紙で恐慌の事を知った。アシュクロフトと私は三四丁目と五番街の角の銀行に行くと、震える手に預金通帳を握りしめた群衆が詰めかけていた。タキシードに戻るとキングはまだベッドにいた――しかも明るく、朗らかで、りりしかった――彼は不安を見せまいとしていた。彼から電話で預金を下ろすように指示されていたのだけれど、手を尽くしたときには手遅れだった。（Lyon 1907）

この翌日彼女が付けた日記によると、クレメンズは証券を売却して、当時レディングで建設中だった邸宅の代金を調達し、生活費は著作権収入で賄おうと考えた。

今朝になっても金融界の様子はひどかった。昨日の新聞ではニッカーボッカーに資金援助がなされるとあったのに、それが望めなくなったからだ。今朝キングの部屋に行くと、彼の顔は蒼白になっていた。それでも彼はりりしくて、明るく振舞い、私達にできることを話し合った。しばらくはＵＳスティール社の証券を少し売って、レディングの邸宅を建てる資金に回し――自伝の原稿料はニッカーボッカーに入っていたから――ハーパー社から入ってくるお金で生活することになった。（Lyon 1907、一〇月

二三日付日記）

この口述筆記が行われた朝、ニッカーボッカー銀行の取締役は、銀行がすべての預金額を支払えるだけの十分な資産を持っているため、業務停止は単に一時的なものだと発表した。しかし銀行は一九〇八年三月まで営業を再開できなかった。当事者全員――取締役と預金者と株主と裁判所――が納得のいく再建計画を立てるのに難航したからだ（以下ニューヨーク『タイムズ』紙より、「ニッカーボッカー、全預金の支払い可能」、一九〇七年一一月一日号、二ページ、「ニッカーボッカー、三月二六日より再開」、一九〇八年三月八日号、一二ページ）。クレメンズは一九〇八年一月一七日に「預金者の皆さま」に宛てて自ら手紙を出し、銀行の再建計画を支持することを正式に表明した（トウェイン家博物館蔵）。

期限は本当に短いのです。明日には期限切れとなってしまいます。預金者のグローヴァ・クリーヴランド氏は再開に向けたサタリー計画に賛同され、私もまた、この計画なら安全であり賢明であるため、すべての預金者が納得できるように思えます。我々がこの計画を受け入れ、支持すれば、いかなる金も失うことはないでしょう。受け入れなければ、ニッカーボッカーは管財人の永久管理下に置かれることになります。私も一度だけ管財人に任せてみたことがありますが、満足のいく結果は得られませんでした。管財人を抱えるというのはハーレムを維持するよりも費用がかさみます。こうした問題を経験したことのある方なら、どなたでも同じことを言われるでしょう。長期的には――ひどく長期的には――預金の一部を取り返せるでしょうが、それではハーレムを維持できません。預金者はみなそう言って、失望し、後悔してきました。我々預金者がサタリー計画を受け入れ、即座に実行するならば、事は上手く運ぶでしょう。拒否すれば、きっと回収金額の目減りにつながり、犠牲者にとって好ましくない結果になるでしょう。こう申し上げているのは、頼まれたからではありません。それだけの価値はあると思い、あえて言わせていただきたく存じます。

敬具
マーク・トウェイン

クレメンズの手紙は再建計画の計画者達に回覧され、新聞各紙に掲載された。クレメンズの預金額のほとんど（七〇パーセント）は現金で回収され、残りの預金（三〇パーセント）は株で返還された（「アシュクロフト・ライオン原稿」参照。「マーク・トウェインを金融破綻が直撃」、ポートランド『オレゴニアン』紙、一九〇八年一月一一日号、三ページ。「マーク・トウェイン、管財人について意見する」、〈カリフォルニア州〉サンルイオビスポ『テレグラム』紙、一九〇八年二月一二日号、五ページ)。

(10)一九〇六年三月一五日付「自伝口述筆記」を参照(『自伝完全版第一巻』、四〇九ページ〜四一二ページ)。

(11)「ニッカーボッカーの破綻を受けて」、一〇月二四日にはリンカン信託銀行にも「預金の引き出しを求める人の波がじわじわと押し寄せ始め、約七〇〇万ドル支払った」。この銀行の頭取によると、「多少は苦しかったが、コールローン〈主に銀行間で行われる、請求次第で返済することが条件の貸付金〉ですべての引き出しに応じられるだけの額はすべて揃えた(「七〇〇万ドル支払い済み」、ワシントン『ポスト』紙、一九〇七年一〇月二五日号、二ページ)。本文の切り取られた部分については以下の注12も参照。

(12)バーナード・デボートは『噴火するマーク・トウェイン』にこの日の口述筆記も載せようと作業している時、もともとのタイプ打ち原稿の一ページ目と、二ページ目の二行を除くすべてを廃棄した。紛失したページには、彼自身が削除を決めた本文も含まれていたが、その箇所は現在消失している。口述筆記の初めの内容要約の段落によると、消失部分にはリンカン信託銀行についての議論があり、ニッカーボッカー信託銀行に宛てた手紙があった。この手紙の本文は一切見つかっていない。しかし、この後に(一一月二二日から二六日ごろに)クレメンズがニッカーボッカーの取締役に宛てて書いた手紙の下書きが残っており、これと同様な心情が書かれていたと思われる。現存している手紙の一部を紹介する(ニューヨーク公共図書館蔵)。

預金を引き出すよう警告された人が出た後、私に二つも口座を持たせて、ひどいことをしましたね。リンカン信託銀行や他のまともな金融会社のように、ポケットに手を入れて、有り金はたいて負債にあてるところを、そちらの銀行では債務を逃れるために一ヶ月もぐずぐずして、より安上がりでより悪質な再開方法を模索しておられました。なぜ再開されたいのですか? またそちらに預金して危ない橋を渡ろうなんて人がいるとお考えですか。次に貴殿達が刑務所に収容されたら、きっと長い、長い年月になるでしょう。貴殿達を野放しにしていると社会の脅威となりますが、刑務所に入れば人の役に立てますよ――見せしめとして役立てるのです。またあそこなら落ち着くので、ご機嫌でしょう。落ち着いて、気の合うお仲間に囲まれて。お仲間達と、みんな仲良く、素敵な縞柄模様の囚人服を着るわけです。ああ、もう営業再開なんて考えてはいけません。そんなことをしたら、フランス風に言うと、人に笑われますよ。今だって世間では相当ひどいことを言われているのに、再開なんかしたら散々嫌味を言われますよ。世間の人は覚えています、政府や資本家達がリンカンのようなまともな銀行を急いで救ったのに、おたくらには優しい言葉どころか一ドルだって出さなかったことをね。私はあなたの味方です。ですから保証いたします。営業を再開するのは間違いです。

敬具
M・T

(13)マーティン・W・リトルトン(一八七二年~一九三四年)は、テネシー州ロアン郡の貧しい一家で一九人きょうだいのひとりとして生まれた。彼はほとんど独学で弁護士、ブルックリン地方検事、民主党議員にまで成りあがった。彼は一九〇八年の殺人事件の第二回公判で、被告のハリー・K・ソーを弁護した(『自伝完全版第二巻』、四五四ページおよび関連する注参照)。リトルトンはクレメンズの友人で、ニューヨークに住んでいた頃の隣人で——同日の口述筆記見出しでは、彼を「クレメンズ氏の弁護士」と紹介しているが、実際には彼がクレメンズの弁護人を務めたことはない——ただし彼はビリヤードをしにクレメンズの家をよく訪ねていて、こうした付き合いは、クレメンズが一九〇八年六月一八日にストームフィールドに引っ越したあとも続いた。クレメンズは、リトルトンが自伝のことで述べた冗談を書き残している。「私が地獄の業火を吹き出すがごとく口述をつづけ、ライオン女史がそれをノートに書き取っていたら、リトルトン氏がこう言ったのだ。私の記録を残すのに編者が三人がかりで、伝記作家と自叙伝作家と腕白な伝記作家が勢ぞろいだと——三人とは、ペインと私自身とライオン女史のことだ」(一九〇七年一二月二一日付、ジーン・クレメンズ宛、タイプ打ち書簡、カリフォルニア大学蔵)。リトルトンは後にニューヨーク第一選挙区で選出される(「M・W・リトルトン(一世)弁護士が六二歳で死去」、ニューヨーク『タイムズ』紙、一九三四年一二月二〇日号、一ページ。Crowell 1922。『トウェイン伝記』、第三巻、一四〇六ページ)。

(14)クレメンズの両親は一八二七年から一八三五年までテネシー州フェントレス郡ジェイムズタウンと、その近隣で暮らしていた。『金メッキ時代』(チャールズ・ダドリー・ウォーナーとの合作)の序章で、クレメンズはオベッズタウン(ジェイムズタウンの小説上の名前)での生活について描いている。この著書の登場人物セラーズ大佐は、当初の出版本では「エスコル」という名前だった。実在する「エスコル・セラーズ」が訴訟を起こすと脅したので、クレメンズとウォーナーは名前を「ベリア・セラーズ」に変更した。『金メッキ時代』の舞台用脚本と、『アメリカの爵位主張者』(一八九二年)では、彼の名前は「マルベリー・セラーズ」になっている(『自伝完全版第一巻』、二〇六ページ~二〇八ページおよび関連する注を参照)。

一九〇七年一二月二日、口述筆記

クレメンズ氏が七〇歳の誕生日を祝うカーネギー氏を訪問――カーネギー氏の性格について、カーネギーは自慢話が好きで、自分の浴びてきた注目について話したがる。[1]

昨日、私はアンドリュー・カーネギー宛にメッセージを記した。彼は友人達の手を借りて七〇歳の誕生日会を催していて、私も誕生祝いの言葉を披露しようと町に向かった。彼の自宅には午後の三時頃には到着すると電話で知らせておいた。彼の宮殿には三時を少し回って到着し、祝いの言葉を進呈した。それから皆で「和やかな空間」と呼ばれる部屋に移って世間話をした。私はそこでイギリス大使のブライス氏を待つことにした。彼は所用で場を外していたが、私宛に伝言が残されていて、すぐに戻るから待っていてほしいとのことだった。私は喜んで応じた。というのもブライス氏とは旧知の仲で、特にロンドンでは彼の食卓で温かいもてなしを受けたので、彼のことは尊敬し敬うばかりか、崇めていたからだ。[2] しかし、私はその場で一時間ほど待ったが、彼との再会は諦めざるをえなかった。だが待っていた一時間は無駄ではなかった。知り合ってからこのかた、アンドリュー・カーネギーほど興味深い観察対象はなかったが、昨日の彼もその点で見劣りしなかった。

彼を一言で説明するとしたら、「隠せない人間」だと言えるだろう。彼も他の人間とそう変わらないが、ある一点だけ違う。他の人間は自分の本性を隠そうと努め実際に隠すことができるのに、アンドリューだけは自分のことを隠そうとしても隠せない。昨日の彼がその最たる例だ。彼は自分のことをさらけ出し続けているのに、自分ではそのことに気づいていないようなのだ。自分では気づいて**いない**、と言い切ってよいものだろうか――気付いていないように思われると言う方がおそらくより安全だろう。彼が話すことはたったひとつしかない――自分のことだけだ。自伝を執筆中というわけでもない。見知らぬ土地で頼れる友すらいない哀れな少年時代を果敢に生き抜いたという話でもない。大抵の人間が同じような状況に置かれたら打ちひしがれるような障害にあいながらも、着実に、そして見事に、資産を増やしていったという話をするわけでもない。どうやって大望の頂点に到達し、二万二〇〇〇人の従業員を束ね、同時代の三本の指に入る資産をどうやって手にいれたかを語るわけでもない。いいや、こうした輝かしい功績に関しては彼は他の誰よりも控えめで、その点ではどこにでもいる普通の人と変わらない。彼はこの手の話題については、軽く触れることも滅多にない。ところが、先に言ったように、今このひととき――この社交のひととき――の唯一の話題、ひとつのお気に入りの話題は彼自身であり、興味があるのはこのことだけのようだ。もしじっと聞く人がいれば、彼はきっと死ぬまでそれを話すのだろうと思う。

では彼は一体自分の何を話すのかというと、自分が**注目**を浴びたという話を、永遠に、ひたすらに、ずっと、疲れも知らずに話し続けるのだ。ときには、大きな注目を浴びたという話もあるが、大抵はほんの少し注目を浴びたというだけの話だ。だが大小なんて関係ない。どんな注目も彼に向けられるので、彼は喜々としてこの話をしたがるのだ。話を聞く友人達は、次第に驚きの目を向けるようになっていく。というのも彼の注目話には、折にふれ新作が加わっていくのだが、新作が加わっても、昔の使い古した自慢話を取り除いて場所を空けることをしないからだ。彼はその注目話の一覧表を持っている。完全なままにしているので、もし時間があって、生き抜く体力があれば、この一覧を丸ごと、新作も込みで、聞かされる羽目になる。私の知る限り死ぬほど面倒なことだけは確かだ。彼は長話をする「老水夫」そのものだ。彼に違う話題をさせるのは不可能である。聞いている者は疲れ果て、絶望の中、機会あるごとに話題を変えようと試みるが、いつも失敗する。彼は相手の言葉尻をつかみ、それにこじつけて、すぐさま自分の話へと結びつけてしまうからだ。

一年か二年前、『センチュリー』誌のギルダーと私は、当時大病を患っていたカール・シュルツ将軍に関する用事でカーネギー氏を訪ねた(3)。カーネギー氏はシュルツ家に一番近い隣人だったので、カーネギー氏とともにシュルツ家を訪問することで話がまとまった。それで用事は済んだので、我々は引き揚げようとしたのだが、うまくいかなかった。カーネギー氏は書斎で陽気なハチドリのように、写真から写真へ、色紙から色紙へ、贈呈本から贈呈本へと次々と飛び回り、さえずっていた。どの品も、カーネギー氏への賛辞が添えられていたのだ。賛辞の中には受けるに値し、心に留めておくべきものもあれば、そうでないものもあった。「カーネギー図書館」に何百万ドルと寄付してきた彼の寛容さに感服して、率直に賞賛の意を示したものもあれば、彼の現金袋を崇め称えるだけの、虚しくて見え透いた言葉を書いただけのものもある。しかし、なんであろうと彼にはうれしくて、この話題を語り、解説し、延々と続けたいのだ。スコットランドの労働者が彼のために書いた詩があった。文学的に優れた作品で、アンドリューの栄光を美しく歌っていた。この詩はスコットランド方言で書かれていて、アンドリューが声に出して、朗々と読んだ――あまりにきれいな発音だから、スコットランド生まれの人間には聞き取れなかったことだろう。彼はスコットランドのスキボ城でエドワード王を出迎えた話もしてくれた。(4) この詩の朗読は以前にも聞かせてもらったし、国王を出迎えた話も聞いた。そして今後も、この詩の朗読と国王訪問の話は何度も聞かされることになるのだろう。彼の書斎を隅々までさらったようなので、逃げようとしたが、そうはいかなかった。こちらの部屋、あちらの部屋と部屋を幾つも引き回された。どの部屋に入る時も、まるで必見の品が置いてあるかのように案内してくれる――だがそこにはいつもの同じ古い品があった。ロンドンやエディンバラやエルサレムやエリコの名誉市民権を飾る金箱が並んでいた。あるいは彼が教育し、熟練させ、百万長者にまで出世させた製鉄王ら全員が映った大きな写真――製鉄王達が、晩餐会を開いて彼のために捧げた写真が飾ってある。また世界中のあらゆるところから届いたカーネギー図書館を求める嘆願書がどっさりと積み上げられ、棚からあふれそうになっているのを点検せねばならなかった。(5) 他にも、あれやら、これやら、彼に与えられた呪わしい注目を形に表した有象無象のガラクタが置かれていた。腹立たしいのは、これら賛辞のほとんどが彼の金への賛美であって、彼自身に対するものではないのに、彼はそこには一瞬たりとも思い至らないようだったことだ。

引き続き、アンドリュー・カーネギー――彼の性格などについて

カーネギーの話を長々としすぎたか？　そうは思わない。彼は金で名声を買ってきたのだ。自分一人の名声のために、念入りに計画してきた。自分の名が今後数世紀にわたって人々の口に上り続け、知れ渡るよう仕組んできたのだ。如才なく、安全で、確実な計画を練っており、望みのものを手にするだろう。地球上のどんな町や村でも、寒村であ

一九〇七年一二月二日

っても、ある一定の条件がそろえば、公立図書館を持てるようになっている。その条件とは、申請側が必要な費用の半分を集め、カーネギーが残りの半分を提供し、図書館の建物には永続的に彼の名を冠することだ。彼は過去六年から八年の間に、年間六〇〇万から七〇〇万ドルをこの計画に費やしてきた。そして今なお資金を提供し続けている。すでに地球上のあちこちに無数のカーネギー図書館が乱立しているが、今もなお新たなカーネギー図書館ができつつある。彼が死んだら、その年間利子だけで永続的にカーネギー図書館の建設費用になるほど巨額の資金が用意されていたことが分かるのだろう。今から三、四世紀もすればカーネギー図書館は教会よりもはるかに多くなるだろう。それは先見の明のある考えなので、カーネギーが他のもっと大きなことにおいても先見の明のあった人物だと多くの人々は騙され、誤解することになろう。彼は非常に多くの小さなことにおいて先見の明があるに違いない――それは仕上げ職人のやり方であり、利口な計算人のやり方である。そうして、潮流を正確に読み取れるようになり、上げ潮とともにやってきて、引き潮とともに去っていきながらも、波の頂上の有利な立場を維持している。一方で、カーネギーと同じくらい聡明でありながらも、より信念にこだわるが、方針にはこだわらない人々は、浅瀬や砂州で座礁しているのだ。

世界がカーネギーの図書館計画を私欲なき壮大な善行とみなしているとカーネギーが考えていたとしてもおかしくはないが、それはないだろう。ところが世界はそんなことを考えてはいない。世界はカーネギー氏の図書館に感謝しているし、彼が数百万ドルという金をその有益な事業に費やしているのを見て喜ばしく思っているが、その動機について騙されてはいない。それは世界が聡明だからではないし、事実、世界は聡明ではない。カーネギー氏の動機に関して騙されずに済んでいるのはひとえに同氏に対する偏見があるからだ。ローズヴェルト大統領があの理不尽な大統領令七八号を発布したとき、世界はその動機について騙されてしまった(6)。それは世界がつまらぬ偶像の賞賛に夢中だったからだ。大統領令七八号が票の買収で財務省を苦しめていることは、あの聖なる共和党教団の信者以外の、知能の足りない人でも分かっていた。カーネギー氏が金を出すのは名声を買うためだけだと言うのは決して公平ではないだろう。ただ彼は宣伝という目的がなければ、どんな程度でも金を出さない。それでもある例が記録に残っている――注目は集めたが、ほんの一瞬のことで、すぐに忘れ去られてしまった事業だ。

昨日カーネギーの宮殿を訪問したことに話を戻そう。彼の最初の言葉は彼の性格をよく表すものだった――どう彼らしいかというと、自分が新たに注目を集めていることを持ち出し、しかも、それを遠回しに言うのではなく耳に押し込むようにして聞かせたのだ。彼は言った。

「大統領に会いにワシントンに行ってきたよ」。

それから、自慢なのに自慢と取られたくなくて、そういう時によくやるように、彼はわざとらしい演技で、なんでもないような素振りをして言った。

「大統領に呼ばれたのだ」。

彼が言わんとしていることは分かった。カーネギーは口に出さないものの、自分は偉大な人物にすり寄ることは一度もない――いつも向こうからやって来ると言いたいのだ。彼はさらに大統領との会談について話し出した。大統領は昨今のアメリカ経済の悲惨な状況について、彼に助言を求めたそうである。カーネギー氏は求めに応じて助言を呈した。カーネギー氏の性格で、自分の助言については詳しく話してくれないし、助言者としての自身のことを誇ろうともしない。奇妙なことだ。彼ならば大統領に助言する資格は十分あり、彼が呈した助言には最高級の価値と重要性があることぐらい彼も分かっていて、私も分かっている。また、私がそう思っていることぐらい彼も分かっていた。無駄な賞賛の言葉などなかった。彼は自分が成した真の偉業、一大偉業を誇る言葉は一言も言わず、そのようなことには寸毫も興味がないらしい。彼が唯一関心あるのは――しかも強烈に関心があるのは――賛辞という名の追従を集めることであり、虚栄心を満たすことだけだ。他の人間は虚栄心を大事にしても、人前では隠しておきたがるものだ。念を押しておくが、彼は自分の偉業については真に心から謙虚なのに、虚栄心を満足させるだけの下らない追従には子供のように喜ぶのであり、この点では驚くべき人物だ。

カーネギー氏は自分のことが全く分かっていない。まるで一昨日初めて自分のことを知ったかのようだ。彼は自分のことを無礼で朴とつな自由人だと思っている。物おじせず意見を言い、自らをアメリカ独立記念日の精神でものを書き、その精神で満たされていると言っている。だが実のところ、彼は他の人類と似たようなもので、自分の身に危険が及ばないと分かるまで、本心は語らない。彼は王や皇帝や公爵を軽蔑しているのに、その内実は他の人類と同じで、こうした人からちょっと注目されると、一週間は歓喜に酔いしれ、おめでたい舌はペラペラと七年間も自慢話をさえずり続ける。

そこで一時間かそこら過ごしたのち、我々が家を出ようとすると、カーネギー氏は不意に――みたところ――忘れていたこと――を思い出したようだ。これは度忘れしていたことだが、実はこの一時間ひと時も頭から離れなくて、死ぬほど言いたかったことのようだった。彼は飛び出してきて、こう言った。

「ああ、ちょっと待ってくれ。言いたいことがあったんだ。皇帝と謁見したときの話をしたいんだよ」[7]。

彼が言っているのは、ドイツ皇帝のことだ。彼の言葉である光景がすぐに私の頭に浮かんできた――カーネギーと皇帝が並んだ光景だ。まるで戦艦とブルックリンの連絡船が並んだ光景だ、堂々たる大男の横に、こぢんまりとした、洗濯ばさみのような小男が隣に並んでいて、ゴリアテの妻が洗濯ばさみと間違えて洗濯物を物干しに留めておくのに使いそうだ――とにかく、彼女がその気になればこの小男を洗濯ばさみとして使っただろう。私の記憶に残る皇帝の率直そうな大きな顔が、勇敢な大きな顔、自立心あふれる大きな顔が目に浮かんできた。その横で皇帝に顔を向けている男も見える――あの狐面で白い顎ひげをはやし、狡猾な小さな顔をして、幸福で、祝福を受け、神々しい光を目に宿し、言葉もなく、ただキーキー鳴きながら、「私は天国にいるのか、それとも夢をみているだけなのか」と言っている様子が浮かんできた。

カーネギーの身長についていま少し語っておきたいことがある――大仰な言い方をすると――来たるべき世代のために話しておきたいのだ。次世代の者達は、こういった身体的特徴について実際に見てきた人間から聞くと喜ぶものだ。次世代の人達にとって身長というのは、カエサルやアレキサンダーやナポレオンやカーネギーの偉人伝を読んでいると、必ずや興味をそそられるものだ。カーネギー氏は、実は、ナポレオンと同じぐらいの背格好で、その他よく知られた歴史的有名人達とそう変わらないくらいだが、何らかの理由で実際よりも小さく見えるのだ。驚くほど小さく――考えられないほど小さく見えるのだ。何が理由か分からない。どんな理由があるかも分からない。説明不能としておくしかない。しかしカーネギーを見ると、私はいつも、遠い遠い昔にハートフォードで起こったある事件を思い出す――私は一八七一年にそこに移り住んで住居を構えたが、その一〇年ほど前に現地の法廷で起こった事件だ。

かの地には背の低い弁護士がいた。名をクラークといい、[8]二つのことで知られていた。ひとつは体の小さいことで、もうひとつは証人に対して手厳しい反対尋問をすることだった。彼の反対尋問を受けた証人は必ず抜け殻のようになってしまうと言われていた――手足はだらりと垂れ下がり、打ち負かされ、うなだれて、ボロ布のようになるというのだ。一度だけ例外があった。その時だけは証人が打ちひしがれることがなかった。証人は大柄のアイルランド人女性で、被害者として証言台に立っていた。罪状は強姦だった。彼女は朝起きると、かたわらに被告が寝ていて、自分が辱められたことに気づいたと証言した。くだんの弁護士は証言台の女性を感じ入ったという風に見上げ、彼女の巨体をしげしげと見ると、言った。

「奥さん、あなたがここの陪審員達に訴えておられることは、起こりえない奇跡です。これほど荒唐無稽な話を真に受ける者がいるなら、私だって犯人になりえます。いいですか、もしあなたが朝起きて、私が横で寝ていたら、どう思われますか？」

彼女は落ち着いた聡い目で彼の小さい体を隅々まで丁寧に見ると、言った。

「流産をして胎児が出てきたのかと思うと」。

引き続き、アンドリュー・カーネギーについて

先にも話したが、帰る間際になってカーネギーが飛びあがって、皇帝と謁見したときの話をしておきたかったと言う。彼は続けて次のように話した。

「タワーと私の二人でホーエンツォレルン号に乗船した時のこと、あれは完全に非公式だった。皇帝も平民も私には全く同じで、私が乗船していることを皇帝の耳に入れてほしくはなかった。皇帝は甲板に立たれていて、歓談中だった。いつものように皇帝のお供をしていたのが、海軍や政府の高官達金ぴかのまばゆい連中で、彼らは少し離れたところに控えていて、恭しく皇帝の話に耳を傾けていた。私は一行の傍らに静かに立っていて、考ぇ事をしていた。皇帝のほうでも、私がそこにいることすら気付いていなかった。すると大使が言った。

「『皇帝陛下、かねてより会ってみたいと、一度ならず、おっしゃっておられたアメリカ人がここに来ております』」。

「『それはだれだね、大使閣下？』」

「『アンドリュー・カーネギーでございます』」。

「皇帝は『神の御恵みを！』というようなことを言ってから、」

「『まさに！　この男にはずっと会いたいと願っていたのだ。彼を呼んできなさい。彼を呼んでくるんだ[9]』と言った。それから皇帝は自ら歩みよられ、私の手を取って親しげに握手をし、笑いながら言われた。『ああ、カーネギーさん。貴殿は、信念のある根っからの自由人で、国王だろうと、皇帝だろうと一般市民ほどにしか考えておられないお方とうかがっております。私はあなたのそういうところが気に入っております。世間に認められるかどうかなど気に留めず、自分の頭で考え、考えたことを口にする、そんな男が私は好きなのです。それこそ見上げた心意気です。強靭な心意気です。そういう人物は、地球全体を探して、そうそういるものではありません』」。

「私は言った」。

「『皇帝陛下、ありのままの私を受け入れてくださり嬉しく存じます。陛下がおっしゃったことを私は否定も否認も訂正もいたしません。すべて真実でございます。私は自由人でいるほかなく、他の生き方を望んだとしても叶いません。自由な精神こそ私の本質であり、人の本質というものは生まれつき備わっているもので、後から作れるものではありません。ですが、陛下、私にも敬う気持ちはございます。私が敬い、尊敬し、尊重し、敬意を示す相手とは、**人間**でございます！――ひとりの人間、完全なる人間、恐れを知らぬ人間、男らしく義を感じ義を行う男です。生まれが屋根裏部屋だろうと宮殿だろうと、私にとっては同じことです――人間であればこそ敬意を抱きます。陛下はひとりの人間であられ、完全な人間で、男らしい人間でございます。これがゆえに私は陛下を敬います。陛下が世界で力強い立場にあるからでは**ございません**[10]』」。

などなど。お世辞と謝辞の応酬が始まり、どちら側もはしたないほど浮かれ喜びあっていたそうだ。カーネギー氏は皇帝に対してひとつ二つ演説をし、朗々と甲高い声を響かせ、派手に、雷のごとく美辞麗句を繰り出していった。カーネギーはそのときの台詞を再現してくれ、熱心で力いっぱい、派手な身振りを交えながら演じてくれた。それは躍動的で見ごたえがあった。

引き続き、アンドリュー・カーネギーについて――カーネギーがワシントンのローズヴェルト大統領を――要請を受けて――訪問し、提言したこと。

我々アメリカ人はみな同じだ――中身は。外見だって変わらないが、カーネギーだけは別だ。アメリカ人は民主主義者として公爵をあざ笑いながらも、声をかけてもらうのが本当に好きなのだ。君主に目を留めてもらうとその後死ぬまで脳が軟化してしまう。我々はこうした貴重な遭遇のことには触れないよう必死に努めるし、公爵や貴族との出会いをいくらかなら胸に収めておける。これは我々にとっては相当の苦行なわけだが、それでもやがてやれるようになる。私の場合、この手の自己否定を慎重にたゆまず己に課してきたので、この頃はヨーロッパ帰りのアメリカ人が、出会ってきた伯爵達の話をさり気なく有り難そうに持ち出してきても、冷静沈着に相手の手札を見下ろすことができるようになった。静かに騒がず見下ろすと、勝負に出ることもしない。もっともこちらの手札には、キングが三枚と二枚の皇帝の手札なのだ。こうした自己抑制の極みに到達するにはかなりの時間を要するが、カーネギーはまだそこまでたどり着いていないし、決して無理だろう。彼は君主や貴族達との出会いを自慢するのが大好きなのだ。こうした方々の華麗な立ち居振る舞いについて、少し見下し憐れんだ調子で語るのが大好きで、こうした方々との出会いを思い出の宝箱にしまい、かけがえのない骨董品とありがたがっているのに、そんな素振りはおくびにも出さない。だが彼も人間なので、自分をごまかしきれないし、家猫だってごまかせない。カーネギーは穏やかに中傷しているものの、高貴な方々との触れ合いに喜々としていて、その喜びようといったら熱狂的なほどだ。エドワード王をスキボ城にお迎えしたのは四年も前に違いないが、それ以来毎日それについて詳しく語ってきたはずで、国王の訪問が些細なことで、それが迫っていることも忘れていて、人が呼びに来るまで国王を待たせてしまったという逸話も自慢しながら詳しく語ったはずである。カーネギー氏は王のご訪問をそのままにしておくことはできない。彼はこの話を少なくとは四回は丁寧に話してくれた。彼はこの拷問を二度、三度、四度とくりかえしてきたが、そのため二度目、三度目、四度目だということは覚えていたはずだ。なにせ彼には並外れた記憶力があるのだから。彼は自慢の好機とみたら、その機会に値するものを最大限利用せずにはいられないのだと信ずる。彼には人懐っこい所もあって、彼のことが好きだが、エドワード王の訪問話だけはもう耐えられない。

それからカーネギー氏が先頃——要請を受けて——大統領を訪問したときの話になった。[11] 彼はローズヴェルト大統領がこの前打ち出した愚策をとてもとてもやんわりと非難したのだそうだ。愚策のひとつが、年に一隻新しい戦艦を揃えるという昨年度の計画を撤回し、代わりに六九〇〇万ドルをかけて四隻の新しい戦艦を一気に揃えることを決めたということだ。[12] カーネギー氏は失礼のないよう言葉を選びながら諭したという。こんな好戦的で派手なやり方は、ローズヴェルト大統領が苦労して手にした「平和の鳩」としての国際的地位や、地球上最高位の「平和の鳩」として四万ドルのノーベル賞を受け取った者に全くふさわしくない、と。[13] またカーネギー氏は失礼のないよう言葉に注意しながら、戦艦の増産は延期するよう諭し、六九〇〇万ドルはアメリカの水路改善に使うべきだと助言したそうだ。

私は彼に言った。戦艦を諦めるよう勧めたのは良い忠告だが、大統領の気持ちは揺るがないだろうと。戦艦を諦めたりしたら、彼の方針に支障をきたしてくるからだ——方針というのは政策のことではなくて、彼個人の信条のことだ。大統領が唯一掲げている方針とは、愚かしいほど法外なことをやって、話題になることだ。

カーネギー氏はその愚かな提案について慎重に思い巡らしていた。彼がこの点について直接言及することはなかった。彼が答えるとは期待もしていなかった。彼には政治上の危うい告白を私にする義理などないのだ——それに私が既に分かっていることを彼も言う必要はなかった。つまり、大統領は、事実上、最も肝心なところでは、もはや正気でなくて、精神病院に入れておかないといけないことぐらい、聡明なアメリカ人なら誰もが内心考えていたことだ。私は、返事を待たずに、また期待もせずに、次のように付け加えた。

「ローズヴェルト大統領は、二〇世紀の政界におけるトム・ソーヤだ。彼はいつでも目立ちたがって、目立つチャンスを探している。彼の誇大妄想では、この偉大な共和国はバーナムの巨大なサーカスで、彼はそこに立つ道化、全世界が観客なのだ。彼は目立つ見込みが半分でもあれば首をはねられにハリファックスまで行くし、確実に目立てるなら地獄にだって行くつもりなのだ」。

カーネギー氏はなかば肯定するようにクックと笑って、やはり何も言わなかった。何も言わないことも、私は分かっていた。

先に言ったように、カーネギー氏はワシントン訪問に関して二つのことを話した。ひとつは先ほど述べた件――戦艦のことで、もうひとつは「イン・ゴッド・ウィ・トラスト〈「我らは神の存在を信ず」の意〉」についてだ。はるかにさかのぼること南北戦争の時代、神の名を合衆国憲法に入れようと多大な尽力が払われた。それは叶わなかったが、妥協案が提示され、神の友人達をなんとか納得させることができた。神の名を合衆国憲法に入れないかわりに、アメリカ硬貨の表に刻むことになったのだ。これ以降アメリカの硬貨には、片面にインディアンや自由の女神像といった類の刻印がほどこされ、もう片面には「イン・ゴッド・ウィ・トラスト」の文言が刻まれることとなった[14]。あれからほぼ四〇年にわたって、硬貨の表はこの碑銘のままだった。問題になったことも、誰かの気分を害したこともなかったのに、今頃になって大統領が唐突に怒り出し、先日などは「突然かっとなって」、この文字を硬貨から外すよう命じたのだ。これは大した問題ではないと、カーネギー氏も認めた。碑銘があろうがなかろうが硬貨の価値は変わらないからだ。ただしローズヴェルト氏の行為に問題はないが、その表明されている理由には問題があるとカーネギー氏は言う。大統領がこの標語を消すよう命じたのは、神の名が硬貨とともに不適切な場所まで運ばれていくからで、それは「キリストの御名」への冒瀆になると考えたからだ[15]。カーネギーによれば、いつでもどこでも神の名は不適切ところまで運ばれるので、大統領の理屈は根拠として乏しく弱いという。

私も同意見だったが、次のように答えた。

「しかし、それこそ大統領らしいじゃないか。もう気付いているだろうが、彼には変な癖があって、大義名分が目の前にぶら下がっていても、下らない言い訳を挙げ連ねる癖がある。あの標語を外す十分な理由があったのに。事実、反論の余地もない、十分な言い分だ――あの標語は嘘だという事実だ。この国が神の存在を信じていたとしても、それは過ぎ去りし時代のことだ。この半世紀近くほとんどのアメリカ国民が信じているのは共和党とドル――おもにドルだ。これは私個人の見解を述べたに過ぎず、根拠を示していないことも自分で分かっている。残念だが、これが私の癖なのだ。そして残念だが、すべての人がこの病を患っているようだ。例えば、あの標語を消したことで宗教界からは激しい抗議の声が上がった。そこで国中の聖職者が小さな集会や会議を開いて決起したが、その中のひとつ、二二人ほどの牧師が集まる小さな集会で、ある途方もない主張が提出された。裏付けとなる数字もつけずに。それでも決議案として満場一致で可決した。彼らの主張とは、アメリカはキリスト教国である、というものだった。[16] それでは、カーネギーよ、地獄だってキリスト教国ということになる。あそこの牧師達も分かっていると思うが、聖書によれば、イエスの「門は狭く、その道は細いゆえ、そこに入りて歩める者は少ない――本当に**少ない**」ということらしいから、当然の帰結として、世界で唯一、真に卓越したキリスト教国だって地獄ということになるではないか。我々だってこんなこと自慢にはならないね。アメリカ全人口の六分の五がイエスの「狭き門」をくぐれやしないと誰もが分かっていながら、アメリカはキリスト教国だと謳って自慢するのは、絶対に間違っている」。

カーネギー氏はその点を議論しなかったし、私は期待もしていなかった。彼がその種の暴露話をしようものなら、私がその軽率な打ち明け話をどう使うか分かったものではなかったからだ。

(1)アンドリュー・カーネギーに関する四つの口述筆記は、明らかに数日かけて行われたものだが、この日付のもとひとつにまとめられている。

(2)ジェイムズ・ブライス（一八三八年〜一九二二年）は一九〇七年から一九一三年まで駐米大使を務め、一八八〇年から一九〇七年まで自由党の有力な下院議員だった。彼がクレメンズに初めて会ったのは一八九九年より以前だった。というのも同年の六月に彼はクレメンズを昼食会に招待して、旧交を「温め」たからだ（ブライスからサミュエル・L・クレメンズ宛、一八九九年六月一四日付書簡、カリフォルニア大学蔵。「備忘録」、第四〇巻、タイプ原稿、五八ページ、カリフォルニア大学蔵）。

(3)リチャード・ワトソン・ギルダーは一八八一年から『センチュリー・マガジン』誌の編集者を務め、クレメンズとは友人として二〇年以上の付き合いであった（『自伝完全版第一巻』、四八六ページ、七七ページ脚注）。カール・シュルツは一九〇六年五月に亡くなるが、その少し前にクレメンズ氏は彼のもとを訪れている（一九〇七年八月一九日付「自伝口述筆記」、注10参照）。

(4)カーネギーは一八九七年にスコットランド高地地方のドーノック湾を見下ろすスキボ城を購入し、大幅に改築した。英国国王エドワード七世は一九〇二年九月にそこを訪問している（「エドワード王、スキボ城のカーネギーを訪問」、ニューヨーク『タイムズ』紙、一九〇二年九月七日号、四ページ）。

(5)蒸気船用語で、過重搭載を意味する。船体の外縁部分のガードと呼ばれる安全柵まではみ出すほど積み荷を甲板に載せるという意味である(『初期短編スケッチ集第一巻』、四四三ページ)。

(6)一九〇七年五月二九日付「自伝口述筆記」、注7を参照。

(7)以下の注9と注10を参照。

(8)不明。

(9)カーネギーは自伝で、彼がドイツ帝国皇帝でプロイセン王国国王のヴィルヘルム二世に招かれて謁見したことを書いている。カーネギーは一九〇二年にセント・アンドリューズ大学の学生に向けて学長演説を行い、それを読んだ皇帝が「政治的、産業的同盟の枠組みとして未来のヨーロッパ連合を創設するには、カーネギーの影響力を利用すべき」だと考えた(「アンドリュー・カーネギー、産業の優位性について語る」、ニューヨーク『タイムズ』紙、一九〇二年一〇月二三日号、九ページ)。しかし延期されていた会談が実現したのは一九〇七年六月で、この時カーネギーと妻はキールへ赴き、そこで駐独アメリカ公使のシャルルマーニュ・タワーが皇帝のヨットであるホーエンツォレルン号まで案内して乗船させた(Carnegie 1920、三六六ページ~三六九ページ)。

(10)カーネギーはこれと同様な会話を自伝に書き残している。それによると、ヴィルヘルムは「君の本は読んだよ。君は国王が好きでないらしいね」と言うと、カーネギーは嫌いだと答えて、「しかし国王という肩書の後ろに見えるその人が好きです」と述べた。カーネギーが第一次世界大戦がはじまる直前に書いたものによると、彼は皇帝を「ご一緒して楽しく、(中略)熱心な方で、世界の平和と発展を望んでいる」と褒めたたえ、ドイツの「軍官僚」が不穏な動きを見せているものの、「世界平和がドイツによって脅かされる心配はほとんどない」と述べている。このあと第一次世界大戦が勃発すると、カーネギーは「軍官僚」のせいだと非難している(Carnegie 1920、三六九ページから三七二ページ。Nasaw 2006、七八五ページ)。

(11)仲介役として戦争終結に向けた和平合意の根回しをしたり、経済危機の問題で相談をするため、カーネギーは一九〇七年一〇月から一二月までにローズヴェルトと数回会っている(Nasaw 2006、六九二ページ~六九五ページ)。

(12)それまでの数年、ローズヴェルト政権は年に一隻ずつ米国戦艦を造るだけで十分と考えていた。しかし一九〇七年のハーグ国際平和会議において、戦艦の数と規模を制限することで合意に至らなかったため、彼は造船数を増やすことに決めた。一九〇七年の秋、アメリカ合衆国海軍長官ヴィクター・H・メトカーフは、様々なタイプの大型船二六隻に加え、戦艦四隻の造船を認可するよう議会に求めた。これらの総費用は試算で九六〇〇万ドルだった。海軍長官の提案はこの口述筆記が行われた日に新聞で報道された(「我らが海軍も有効性を支持」、ニューヨーク『タイムズ』紙、一九〇七年一二月二日号、八ページ)。戦艦四隻の造船申請に対して、議会は二隻だけ認めた。ただし一九〇九年一月には二度目の申請が議会に出され、さらに二隻の戦艦造船を認めた。ローズヴェルトの大統領時代、総計で一四隻の戦艦が新しく作られ、海軍は従来の二倍以上の規模に膨れ上がった(「ローズヴェルト、戦艦の必要性を訴える」、ニューヨーク『タイムズ』紙、一九〇八年四月一五日号、五ページ。Hodge 2011、二六四ページから二七一ページ。以下ワシントン『ポスト』紙より、「議会と海軍」、一九〇八年二月一六日号、E四ページ、「二隻の戦艦に対して」、一九〇九年一月二三日号、一ページ。『自伝完全版第二巻』、一三四ページ~一三五ページおよび関連する注を参照。一九〇七年四月八日付「自伝口述筆記」、注4参照)。

(13)日露戦争を終結させたポーツマス条約の締結ではローズヴェルトが仲介役を果たし、この功績が認められて一九〇六年一二月にノーベル平和賞を受賞した。クレメンズは一九〇五年九月に調印されたこの条約を「政治史上最も派手な惨事」と呼び、平和の回復によりロシア皇帝は人民に対して「中世からの暴虐を再開」できるようになったと主張した(Trani and Davis 2011、三七四ページ~三七五ページ。『自伝完全版第一巻』、四六二ページ~四六三ページおよび関連する注を参照)。

(14)キリスト教の神を支持する文言を合衆国憲法に盛り込もうとする運動は古くからあり、カヴェナンター〈「盟約者」の意〉と呼ばれる小さなプロテスタントの宗派がそれを引き継いで、一八六一年に新たに活動を始めた。他のキリスト教宗派もこの運動に加わり、一八六四年初頭に全米改革協会が創設され、「国民がイエス・キリストへの忠誠を誓い、キリスト教の道徳律に従うことを明文化した憲法修正案を合衆国憲法に」盛り込むことを目的とした。この協会は、家族法や教育、安息日の順守といった、政府が統括するほかの分野にまで宗教を盛り込むことも求めていた。ワシントンではあまり賛同は得られなかった(Allison 2013)。一八六三年に財務長官のサーモン・P・チェイスはこの運動を支持する人達から複数の嘆願書を受け取り、(その一通によると)「何らかの形で全能なる神を認める記を我らの硬貨に刻んでもらいたい」と要請され、米国の硬貨に「イン・ゴッド・ウィ・トラスト」〈「我らは神の存在を信ず」の意〉の標語を加えることを認めた。この変更は一八六四年の硬貨法として議会で承認された。この標語は同年二セント硬貨に刻印され、二年後には一〇ドルのイーグル金貨と二〇ドルのダブル・イーグル金貨を含む様々な硬貨に刻まれることになった(U.S. Department of the Treasury 2013)。

(15)一九〇五年の末頃、ローズヴェルトは彫刻家のオーガスタス・セント=ゴーデンズに合衆国硬貨の意匠変更を依頼した。最初の新硬貨は一〇ドルのイーグル金貨で、この彫刻家が亡くなって数ヶ月後の一九〇七年一一月初頭から流通している。硬貨の表には、インディアンの髪飾りをした自由の女神像の横顔があしらわれていて、裏面には枝にとまる鷲が刻まれていた。セント=ゴーデンズの息子によると、彼の父親が「イン・ゴッド・ウィ・トラスト」の標語を外したのは、「非芸術的な邪魔もの」と考えたからで、ローズヴェルトも同意していた。これを外したことで、即座に抗議の声が上がった。ローズヴェルトは自らの責任で削除を決定したことを認めたが、芸術的な観点から消したことは認めず、代わりに「この標語を切手や宣伝ポスターで安易に使って軽んじてはならないように、硬貨に入れて軽んじるべきではなく、それは著しく無分別だ」と訴えた。市民の圧力によって最終的に一九〇八年五月にマッキンリー法案が可決され、これにより以後すべての硬貨鋳造では前と同じところにこの標語を復活させた（Levine 2011、一四五ページから一四七ページ。Saint-Gaudens 1913、第二巻、三二九ページから三三二ページ。「新しいイーグル金貨、標語なし」、ニューヨーク『タイムズ』紙、一九〇七年一一月七日号、八ページ）。

（16）数多くの宗教団体が新硬貨から「イン・ゴッド・ウィ・トラスト」を外すことに反対した。クレメンズが触れているのは、長老派牧師協会が一九〇七年一一月一一日に開いた集会で提起された決議案のことで、報道によると、国家は「蛮行時代に逆戻りしている」とウィリアム・J・ペック牧師が述べたという（「『イン・ゴッド・ウィ・トラスト』の削除を非難」、ボストン『ヘラルド』紙、一九〇七年一一月一二日号、一ページ）。この協会は長老派教会と改革派教会と改革監督教会の牧師達で構成されていたが、同協会ではこの一週間後、「イン・ゴッド・ウィ・トラスト」の標語は我らが国家の歴史的、宗教的信念と合致しており」、「宗教と道徳のため」に留めておくべきという決議案を採択した。この硬貨をめぐる議論と並行して、ニューヨーク公立学校におけるクリスマス行事の合法性をめぐっても論争が巻き起こっていたため、合衆国は「キリスト教国」かという議論へと発展した（「『イン・ゴッド・ウィ・トラスト』は必要」、ボルチモア『サン』紙、一九〇七年一一月一九日号、一ページ。「標語の復活を求む」、ワシントン『ポスト』紙、一九〇七年一一月一九日号、五ページ。「教育委員会、抗弁に立つ」、ニューヨーク『タイムズ』紙、一九〇七年一一月二六日号、五ページ）。

一九〇七年一二月一〇日、口述筆記

技術者協会主催のカーネギー氏謝恩晩餐会――スピーチと、カーネギー氏の綴り字簡略化運動に関するクレメンズ氏の見解。

宴会とスピーチづくりが続くこの時期、二年間に渡って、私は平穏で健全な生活を送っている。この季節は九月から始まって四月末まで続く、半年間だ。宴会は夜が遅く、宴会シーズンが終わる頃には常連客達の顔はやつれ果て、目は落ちくぼみ、心はくたくた、足はふらふらになる。三年前までは私もまだ常連客として宴会に通いつめていた――一八六九年か七〇年から始まり、それ以降三五から三六年という長きにわたって、季節ごとに宴会に通い続けた。三年前、四月二九日に私はその習慣を止めた。その六ヶ月間は週二、三回は宴会に出て、スピーチをしてきた(1)。この精も根も尽き果てる奴隷状態からなんとか逃れられないかと毎年、長年あがいてきた。しかし拙い作戦――つまり宴会を少しずつ減らすという呑み助が使う手――だったので、私の願望もむなしく潰えてきた。晩餐会は一シーズン三回までに限定すると宣言したのだ。これが、そもそもの間違いだった。気の弱い人間というのは一度宴会の誘いに乗ると、残りの誘いも断れなくなるのだ――だが私は、先ほど挙げた四月二九日に、より効果的な方針に切り替えた。禁酒の誓いなるものを立てて、スピーチ込みの宴会には二度と参加しないと宣言したのである。この誓いを立てたお陰で命拾いし、平穏で心やすらかな生活が戻ってきた。この誓いを立てて以来、破ったのはせいぜい三回だったと思う。

昨晩はこの誓いを破ったが、今後一二ヶ月間は誓いを決して破らずにすみそうだ。昨晩は誓いを破ったのには十分な理由があった――アンドリュー・カーネギーの様子をもっと見ておきたかったのだ。というのも、私にとって彼はいつも強烈に興味深い対象だからだ。彼のことは好きだ。恥ずかしいとも思っている。だから彼が姿を現すところへ喜んで行く。彼が虚栄心をむき出しにし、スポットライトを浴びるかのようにして自分をひけらかす、新しい材料を手に入れた時には行くことにしている。昨夜は技術者協会が彼のために催した晩餐会だった。この協会は、ありとあらゆる類の技術者一万五〇〇〇人が会員の驚くべき組織であり、素晴らしい業種のすべての分野を内包する産業組織である。その業種は発明家の手をへて現代に奇跡的なもの――この我らが近代物質文明――をつくり出してきた。この晩餐会に集まったのが二五〇人、どこを見渡しても知的な顔ばかり――見ているだけでも実に驚くべき集団だった。最高齢の会員フリッツ氏は八六歳ながらもかくしゃくとし、彼こそはアメリカ鉄鋼産業の革命児であった――ホリー氏と始めた小さな事業が、いまやほとんど数字化できないほど巨大に膨れ上がった(2)。エジソンもそこにいて、若々しくてふくよかに見えた。その他にも高名な方々が出席していた。カーネギー氏は一二〇万ドルの小切手を切って、大きなビルとその三九番街の土地を技術者協会に贈ったので、協会が同氏を称える晩餐会を開いたのである。(3)

一世紀後の晩餐会はどうなっているのだろう。その時までに大きく改善されていなかったら、廃止すべきだ。晩餐会なんて過酷な試練でしかない。私も長いこと付き合ってきたが、改善の兆しは全く見られない。一世代前よりひどくなっていると思う。招待客は夜の七時半から集まって三〇分ほど立ち話するが、この立ち話だけで疲れてくる。それから司会と主賓を先頭にして二列行進を始めると、耳をつんざく大音響で騒々しく音楽が鳴り響く。招待客が席につくと、初めこそめいめいが穏やかに良識をもって話しているのだが、徐々に、さらに少しずつ大声になっていく。全体が騒がしくなる中各々のグループが相手に伝わるように声を張り上げるから、ほどなくして会場の誰もが金切り声と叫び声になっている。カチャカチャとナイフとフォークが皿に触れあう音も重なって、己が安らぎを求めるなら、伏魔殿にいるほうがましだ。かつては、こんな状態が一時間半も続いた。そして九時半頃からスピーチが始まって、一時間はかかる。ここまできてようやく、晩餐会の暴動は沈静化し、生存者は家路につくわけだ。私は自分の命を守るため、数年前からある方式を取り入れることにした。自宅で食事を済ませてから晩餐会に向かうことにしたのだ。会食が終わってスピーチが始まろうという時間帯に——約九時半に——会場入りするのである。それから会場に集まった受難者達に手持ちのスピーチを吐き出すと、ひとつ二つ言い訳をしてそそくさと会場を後にする。ところが近頃では宴会の献立も恐ろしく長くなっていて、たっぷり一〇時を回るまでスピーチが始まりそうもなくなってきた。そこで昨晩の晩餐会では、一〇時過ぎに呼びにくるよう、そしてスピーチの順番をできるだけ早くしてもらうよう頼んでおいた。これでほどよい時間に帰宅できるというものだ。ところが九時に迎えが来たので、私は浮足だち大喜びした。会食の終わりが近いから呼ばれたのだと思っていたからだ。これが間違っていた。私は九時半に会場入りしたが、食事は一〇時四五分まで終わらなかった。それからその晩の大仕事が始まった。司会とカーネギー氏とフリッツ氏のスピーチだけで三五分かかった。それから私が一〇分間のスピーチをして、一一時半に会場を出たとき、まだ聞かねばならないスピーチが六人分残っていた。一時になっても、最後の一人は話し終わっていなかったことだろう。

カーネギー氏が主賓でなければ、晩餐会にはもう二度と関わり合いたくない。カーネギー氏はいいスピーチをしていた――的確で、思慮深く、当を得ていて、一分だって余分に話さない。ユーモアもあって、謙虚さがはっきりとにじみ出ていた――だがそれは用意してきたスピーチをしっかりと暗記していたからだ。彼は目の前のテーブルにタイプ打ち原稿を置いてはいたが、目を向けている様子はなかった。彼は自分の記憶力を信じていた。ところが記憶力は厳密には忠実ではなかった。彼はキプリングの詩を引用しようとして二回ほどつまった。この詩には迫力がある。すらすらと難なく詠じていたら、効果は絶大だっただろう。ところが詩の半ばで頓挫してしまい、立ちつくし、間延びしたまま、考え込んでしまったので、詩の魅力も少しずつ薄れていき、完全に損なわれてしまった――とはいえ、これ以外には取り立てて問題はなく、彼のスピーチは高らかな大喝采を浴びた。彼が着座すると、フリッツ氏が呼ばれた。彼は原稿を見ながらかなり長いスピーチを静かに読み上げ、そして座った。そこで私の番と思われたが、横やりが入った――フリッツ氏が額縁入りの名誉会員証を取り出して、カーネギー氏に献呈したのだ。司会は、会場中が見えるよう、この大きな額縁を掲げて中身を説明すると、皆が拍手した。それからカーネギー氏が立ち上がり、低い姿勢から、長身で恰幅のいいフリッツを見上げてにっこりほほ笑むと、上方に手を伸ばしてフリッツの手を取って、言った。

「私は彼のことをミスターとは呼びません。それでは、よそよそしすぎます。私にとって彼はミスターではなく、アンクル・ジョン〈「ジョンおじさん」の意〉なのです」。そこで皆が賛同の声をあげ、ある男性がドイツ語で「ウンザー・フリッツ〈「我がフリッツ」の意〉」と叫ぶと、会場中もそれにならって口々に叫んだ――フリッツ氏にはドイツ人の血が流れていたのである――それは、とても微笑ましくて胸躍る光景だった。この小さな出来事があまりに感動的だったので、カーネギー氏がここで着席していれば、その晩の主役として有終の美を飾ったことだろう。だが、そうはいかなかった。彼はあくまでカーネギーなのだ。そんな風に進むわけがなかった。彼はカーネギーであり、カーネギーとして当然のことながら、この前ドイツ皇帝と謁見したときの話を持ち出してきた。先日彼の宮殿でしたように、あの時とほとんど同じ言い方で――あのときのまま意気揚々と――あの時と同じ、たまたま思い出したという振りをして皇帝の話を切り出したのだ。座ろうとして、ふと思い出してしまった、のような仕草をしてみせる――だが、これは演技であり真っ赤な嘘なのだ。きっと彼は自分と皇帝のことを話したくて晩餐会に来ていたのだろうから、この話のことを忘れていたはずがない。それは彼の頭の中では、いつまでも新鮮で湯気がたつほどの思い出なのだ。彼は話すきっかけを待っていただけだった。それでも、本当にたまたま思い出したという態度で言い出した。

「ああ、そうそう、この前ドイツ皇帝と謁見したときのことを言い忘れていました」。

カーネギーのように信念をもって誠実に努めてきた男が、あんな風にすらすらと難なく嘘をつき、自然を装えるなんて、どうやったらそんなことができるのか分からない。彼は引き続き長々と語り出し、彼の宮殿で話してくれた時とほとんど同じ文言で、皇帝との出会いについて細かく説明した。少なくともある一文だけは、私があの場で聞いたのと一言一句同じだった。

「閣下は言われた。『ああ、なんと、カーネギー君か、君のことは知っているよ。君の本はすべて読んだ。君は国王が好きでないらしいね』。私は、「ああ、その通りです、閣下、確かに私は民主主義者の中でも生粋の民主主義者でございます。ですから国王は好きではありません。ですが閣下、国王という肩書の後ろにひとりの人間が見えましたら、その人が好きになります。そして、閣下こそはまさにひとりの人間であらせられます」。

カーネギー氏が毎日毎時間、皇帝との謁見話を繰り返すあまり疲れ果てて衰弱して、皇帝の目に留まったという自慢と喜びで寿命も縮まるばかりとなっている姿が目に浮かぶ――しかし、なんともまあ、この自慢話しか頭にはないのだから！　自分では隠し通していると思い込んでいる人々に、本当は自分をさらけ出して得意満面だ。カーネギーは王族を敢然と蔑んでみせ、その恐れ知らずの発言に聴衆からは拍手も巻き起こる。だが聞かされているほうは心の底で思っている。謁見の話を言い忘れていたなんて切り出しているが、最初からこの自慢話をするのが目的だったのだろうと。自分で自分の自慢話に酔いしれ、皇帝と直に話をした男を見せつけては、有名人を見た永劫の誉れを手土産に客達を家路に送り出したいだけなのだろうと。聞かされているほうは、カーネギーの魂胆ぐらい察していたが、それでもみんな心優しいので、おくびにも出さなかった。

心からの拍手が随所で巻き起こり、それに中断されながら彼は話を続けた。ほどなく場を沸かせて、会場中が総立ちにならんばかりだった――おそらく一〇〇人は本当に立ち上がって彼に向かってナプキンを振り、誰もができる限りの歓声や拍手を送った。カーネギーはここで座るべきだったが、そんなことをしたらカーネギーではない。彼は幸福だと止まらなくなるのだ。カーネギーはそれからも話し続け、中だるみして、締まらない終わり方になってしまった——これが彼のやったすべてだ。

そこで音楽が鳴り、ようやく司会が私の名を呼んだ。

私は、晩餐会の主賓として呼ばれたことが何回もあるので、主賓の苦しみを経験上よく分かっていると語った。カーネギー氏本人も司会から見事な賛辞を賜って当惑すると言っておられる。主賓はいつもそうした目にあうものだが、そんなふうに扱われるのはあんまりだ、と私は言ってやった。彼が至福の極みに至る前座として、あまのじゃくを演じてくれる心ある友人がいつも必要だし、主賓の経歴や人格で、褒められない点を少しばかり披露してくれるような、親切をしてくれる友人がいつも必要なのだ。たとえカーネギー氏でも犯罪とは無縁の人間などいないのだ、と私は言った。

「座っておられるカーネギー氏をご覧ください、顔つきは優しく、穏やかで、善人の証と印で慈愛に満ちて照り輝いておられる。彼は犯罪と無縁なのでしょうか。彼の有害極まりない綴り字簡略化運動を考えてみてください[4]! この運動は国中の人心をかく乱し、何百もの形で悲しみと災難を人々にもたらしたのです。そのせいで、家族は離散し、家庭は崩壊しました。この運動のせいで、サンフランシスコ大地震が起こり、アメリカの巨大産業は停滞し、フロリダからアラスカ、五大湖からメキシコ湾にいたる全米で経済不況が広がり、不当な貧困と飢え、収奪と苦悩がいたるところに蔓延したのです——太陽系ですら、その災禍から逃れられませんでした。太陽は未曽有の黒点で覆われ——来年は一年を通じてあらゆるサイクロンやハリケーン、激しい雷雨に襲われるでしょう。天文学者によると、これらすべての厄災はカーネギー氏の有害な綴り字簡略化運動が原因なのです。彼は綴り字法を攻撃しましたが、それは本末転倒なものでした。彼は病気そのものを根治しようとせず、病状ばかり責めました。しかし本当のところ、病の源はアルファベットにありました。母音字はどれも、一定不変の音素を持たず、読み方が単語ごとに変わります。また発音しない子音字が単語に添えられることもあります。honor〈名誉〉、honesty〈誠実〉、gherkin〈キュウリの一種〉などなど無数の単語に添えられているhは発音しないのですから、抜き出すべきです。wheat〈小麦〉、which〈どれ〉、what〈何〉などのhも間違った位置に据えられています。hは綴りの二番目ではなく、最初に来るべきアルファベットです。なぜならhの音（ホ）はwの音（ウ）の前に来ているからです。w-heat《ウヒート》とは言わず、h-weat《ホウィート》と発音するでしょう。w-hich《ウヒッチ》とは言わずh-wich《ホウィッチ》と発音する——などです。mnemonics〈記憶術〉とpneumonia〈肺炎〉の最初の子音字mとpはそれぞれ必要ありませんし、phthisis〈肺結核〉では三つの子音字が無駄——などです。適切な改革を推し進めるなら、それぞれの子音字にひとつの決まった役割を持たせ、それだけに限定した使い方をさせればよいのです。改革を適切に推し進めるなら、それぞれの母音字と母音変化にひとつの決まった音素を持たせ、それだけに限定した使い方をすればいいのです。こうなれば綴り字を教わる必要がなくなります。アルファベットを教わるだけでいいのです——そうすれば耳に聞こえてくる単語は一つ残らず、直ちに、自動的に綴り字になります。三時間ほどかけて改造アルファベットを覚えてしまえば、目をつぶっていても、ウェブスター大辞典のあらゆる単語を即座に正しく綴ることができます。一方現在のアルファベット表記はどうしようもないほど馬鹿げているので、会場の皆さまも、綴り字が分からなくて手紙から毎日一五〇〇単語を省いているでしょう——それでも綴り字を覚えようとして、これまでうんざりするほどの時間を、鬱々とする幾重もの歳月を費やしてきたのです。これでは義足で聖ヴィタスの舞踏〈手足などが不随意に動き、踊っているように見えるため舞踏病とも呼ばれた〉を踊るぐらい、馬鹿げています。皆さんの中で、「翼竜」の綴り〈pterodactyl〉をご存知の方はいらっしゃいますか？　いいえ、一人もいないでしょう。おそらく、ただいま公判中の被告人、カーネギー氏だけは別でしょう。この単語を彼がどのように簡略化するのか見当もつきません。彼の手にかかれば、鳥なのか爬虫類なのか分からなくなるでしょうし、おそらく象の牙と鼻がついて、卵まで産めるような生き物になるでしょう。

「それぞれの母音に特定の決まった音素をひとつだけ割り当てて綴るというアクセント方式を採択すれば、合理的かつ正確に、あらゆる類の単語を綴れるようになるし、元々あった言葉から大きく隔たることもありません。これこそ**真の**簡略化であり、完全な簡略化にして的確な簡略化です——髪の毛を剃り、イボを焼き取って、腫瘍を切り取り、ガンの薬物治療をするような——ただ頭を丸めて醜くなっただけのような、古い部分はそのままで実質的には以前と同じという——不十分で中途半端な簡略化とは**違います**。もしb-o-wと綴ると、どんな意味になるかと訊ねられたとして、bow《バウ》〈会釈〉とbow《ボウ》〈弓〉のどちらを指しているのか分からないうちは、皆さんも答えようがないでしょう。

r-o-w〈漕ぐ、喧嘩〉でも同じです。sore〈痛い、牡鹿〉、bore〈退屈させる、穴をあける〉、tear〈涙、裂く〉、lead〈先導する、鉛〉、read〈読む、精通している〉も同じです——他にも、正規の婚姻をへずに生まれた庶子のように、自分の起源を知らず、誰一人として分かっていない、あの頑迷な単語一族も同様です。私がs-o-wの発音を尋ねたとしたら、皆さん迷われるはずです。耕された畑と種をまく農民が思い浮かぶ詩的な言葉sow《ソウ》〈種まき〉のほうか、将来ハムになるほうのsow《サウ》〈雌豚〉なのか、どちらかと聞くだけで無駄な手間がかかります。粉砕骨折した人や去勢された男性達を集めたかのような、バラバラで欠陥だらけの綴り字ではなくて、論理的で健全で有能なアルファベット表記を使っていれば、すぐに答えられたでしょうがね。今のは腐敗したアルファベットです！　ああ、カーネギーよ、汝、公判中の被告人よ、改革！　改革！　ダビデとゴリアテの時代からソドムとゴモラにいたるまでの、気高く高潔で正義心にあふれる預言者ならば、当然のこととして君のしたことを咎めるでしょう。それでもあなたは良かれと思っているのです。意図的な犯罪者ではないのですが、あなたの綴り字簡略化運動には長所も価値もありません。確かに多少のメリットはあります——ですが、公正を期して、厳密に公正を期して、あえて言わせていただきます。あなたの綴り字簡略化運動は結構ですが、貞節と同じで（**ここで、一瞬恐ろしい沈黙の間をあけて、聴衆が言葉の意味を理解し、どこに類似点があるのか考えさせる時間を与える**）——やり過ぎはいけません！」

(1)クレメンズは「二年前」と言うべきだった。一九〇六年四月に彼は、「出演料なしで観客の誰一人として入場料を払う必要のない場合に限り」講演をすると宣言した。また一九〇六年から一九〇七年のシーズン中は、宴会への招待を数多く断っていたのは確かで、一九〇七年一〇月五日にもクレメンズはジョージ・ハーヴェイに対して「去年は晩餐会に全く参加しなかった。安らかで幸せな年だったよ。今季も去年通りやるつもりだ」と述べている（複写をカリフォルニア大学蔵。『自伝完全版第二巻』、一四ページ、一五ページ）。

(2)ジョン・フリッツ（一八二二年～一九一三年）はベスレヘム・アイアン社の技術主任で、ベッセマー製鋼法を応用して鉄鋼の製造法を革新させた。アレクサンダー・L・ホリー（一八三二年～一八八二年）は、一八六三年にアメリカにおけるベッセマー製鋼法の使用権を買い取り、国内最先端の鉄鋼工場の技術者となった。

(3)ニューヨーク『タイムズ』紙によると、この晩餐会は「エンジニアズ・クラブの新居を公式にお披露目するための洗礼式」で、三、四〇〇人の会員が参加した（「マーク・トウェインが綴り字簡略化運動をひやかす」、一九〇七年一二月一〇日号、一ページ）。カーネギーがその二棟の隣接する建物の建設のために一五〇万ドルを寄付し、彼の貢献を称えて晩餐会が開かれた。その建物は五番街近くの三九番地と四〇番地にあり、内部通路でつながっていた。四〇番地のほうはエンジニアズ・クラブのために建設されたルネサンス・リバイバル様式の一二階建て建築で、公開社交場と六六の個室があった（NYC Circa 2011）。三九番地のビルは技術者協会が入る一三階の建築で、公会堂に加えて講義ホールと事務局と図書館も備わっていた。クレメンズはこの二つの建物と組織を混同している。

（4）クレメンズが次に引用するスピーチは、ニューヨーク『タイムズ』紙に掲載されたスピーチとは扱っている主題は同じであるが、細部に異同がある（「マーク・トウェインが綴り字簡略化運動をひやかす」、一九〇七年一二月一〇日号、二ページを参照）。クレメンズは、一九〇六年一一月一九日の「自伝口述筆記」でも、カーネギーの綴り字簡略化運動について取り上げている（『自伝完全版第二巻』、二六六ページ〜二六九ページ、二七三ページ〜二七七ページ）。

一九〇七年一二月一二日、口述筆記

引き続きカーネギーについて——カーネギー研究所に追加で二〇〇万ドルを投入——誰しも注目されるのが好きだ——かつて英国皇太子がクレメンズ氏にマッチ箱を見せて、スペイン王からの頂きものだと自慢した話。

カーネギー研究所(1)はカーネギーの金字塔だ。技術者が集まる九日の晩餐会で彼は演説していたが、その際も、先にも述べたように実に彼らしかった——ちょっとばかり注目を浴びたことを喜々として熱く宣伝したが、その一方で公共の福祉に根ざした立派な行いをしたことは見落とし、失念し、小事に気をとられるあまり、言わずに終わった。福祉の話題なら招待客達も関心を示すと、彼と同じ立場なら誰でも気付いただろうに。しかしアンドリューはアンドリューだった——立派な目的のために何百万ドル使ったところで、興奮もしないし、虚栄心で心拍数が毎分三回と上がることはない。彼にとって自分の偉業はどうでもいいことなのだ。彼にとって本当に重要で、思い出深く、大切に思っている出来事とは、ただひとつ、同胞から注目されたことだ。次のような新聞の電信記事を差し挟んでおく。[2]

一二月一〇日、ワシントン発。アンドリュー・カーネギーは、カーネギー研究所への寄贈基金一〇〇〇万ドルに加えて、二〇〇万ドルを上乗せした。この報告は、ニューウィラードホテルで今夜開かれた理事会主催の晩餐会にて発表された。

カーネギー氏は出席できなかったものの、ニューヨークの自宅からR・S・ウッドワード所長宛に次のような手紙が送られてきた。[3]

「閣下へ――貴殿が運営される研究所のご発展を拝し、寄贈基金を二〇〇万ドル追加できます栄誉をここに表明できますことを嬉しく思います。研究所は素晴らしい成果を上げてこられ、その功により理事会は高らかに祝福されることでしょう。理事会と貴殿の尽力により、我らの期待に沿っていただけるばかりでなく、我らの大切な希望まで叶えてくださることに完璧に満足しております。研究所創設時より尽力くださったすべての皆様に、この場を借りまして御礼申し上げます」。

理事会の打ち合わせ会議の後に晩餐会が行われ、来年の科学研究費として五二万九九四〇ドルが割りあてられることになった。理事会は現在の賃貸本部を引き払って、〈コロムビア特別区〉ノースウエストの六番街P通りに管理棟を建設することを決めた。

誰しも注目されるのが好きだ。カーネギー氏が他の人間よりも注目好きというわけではない。彼が他と違うのは次の点だ。我々は数々の注目を集めてきたことを宣伝だと思われないように何気ない調子で話すが、彼は、いわば、三〇フィートの看板に長い柄のついた筆で書いて宣伝する。いいや、私がまったく間違っていた。我々との差はそこではない。本当の差は宣伝の腕前だ。彼はついでだから話しておくという風を装って自分が注目された話を宣伝するのだが、アンドリューのやり口は我々より繊細さにかけ、見え見えなのだ。紫衣をまとう高位高官も人間だ――そんな人々でも、ある状況の下では些細な注目でも嬉しいものだ。例えば一七年前のこと、私はドイツで男性六人と女性二人だけの小さな晩餐会に招かれ、人間味溢れる素晴らしい、あの御仁の隣に座ったことがある。その時はまだ皇太子だったが、現在はイギリス国王であり皇帝であられる方だ。(4) 彼は銀色の小さなマッチ箱を持っておられ、それをつまみ、思案気にいじって、それからマッチ箱をまた下に置いた。次第に私のほうも感づいて、彼がマッチ箱のことで言いたいことがあるのだろうという気がしてきたが、どう切り出せばよいのか分からずにいた。この勘が当たっていた。最終的に彼はマッチ箱を私に渡して見せてくれると、何でもないことのような素振りで、我々も身に覚えのある、あの見え見えの演技をしながら、スペイン国王から頂いた品だと言われた。これは、全く新鮮な驚くべき事件だった。巨大な大英帝国の後継者がこの地球の誰かに目を留めてもらったと有難がるとは、ほとんど考えられないことだ。だが現実にはあったのだ。七流でも国王は国王なので、皇太子より位は上だ。その高位から目を掛けてもらえたことが皇太子には有難かったのだ。

何度か言っているが、褒め言葉だけでも心の支えになるから、それ以外に心の糧がなくても私は生きていける。この点に関しても他の人間と変わらないし、紫衣をまとう人達とて違わないと思う。

(1)ワシントンのカーネギー研究所は、あらゆる科学研究を支援するため、一〇〇〇万ドルの寄付金をもとに一九〇二年に創設された(「カーネギー研究所」、ワシントン『ポスト』紙、一九〇二年一月五日号、五ページ)。

(2)この記事は、ニューヨーク『ワールド』紙、一九〇七年一二月一一日号に掲載された。

(3)ロバート・シンプソン・ウッドワード(一八四九年〜一九二四年)は、数理物理学者で、一九〇五年から一九二〇年までカーネギー研究所の所長であった(「R・S・ウッドワード博士、カーネギーの科学者が七五歳で死去」、ワシントン『ポスト』紙、一九二四年六月三〇日号、一〇ページ)。

(4)この晩餐会は一八九二年八月二五日のバート・ホムブルクで開かれたもので、クレメンズが皇太子に紹介された四日後のことである(『自伝完全版第二巻』、一八一ページおよび関連する注を参照。クレメンズはこの時のことを備忘録に、「英国皇太子に面会するためにチャールズ・ホール卿とともに夕食。参加者七人。皇太子の左に座る。[チョーンシー・]デピューは左側(中略)多く語らい、たくさんのたわいない話、すべてが社交的で楽しく、堅苦しいことはなかった。二時間を愉快に過ごす」(「備忘録」、三二巻、タイプ原稿二二ページ、テキサス大学蔵)。チャールズ・ホール卿(一八四三年〜一九〇〇年)は判事で、王室とも親しい保守派の政治家だった。

一九〇八年一月一三日、口述筆記[1]
エリノア・グリン夫人がクレメンズ氏を訪ね、自著『三週間』について論議する。

二、三週間前のある午後、エリノア・グリンが私を訪ねてきた。そして私と書斎に入って、あの明らかに異様な登場人物についてずいぶん話しあった。この章が出版される頃には、彼女も今ほど世間に知られてはいないだろうから、彼女についてはここで一言二言説明しておく。彼女はイギリス人だ。作家である。新聞によると、彼女は恋愛小説を書こうと構想中で[2]、その主人公にぴったりの英雄像を探しにアメリカを訪問中だという。彼女がアメリカに降り立つと、各地で悪評の大嵐がどっと吹き荒れた。悪評の元は、『三週間』と呼ばれる小説だった[3]。この小説の男性主人公は、見目麗しく、才能があって、教養もある、良家の若いイギリス人紳士だった。彼は、何の取り得もなく、快活さに欠ける、平凡な牧師の娘と恋に落ちたと思い込んでいた。しかし、彼はヨーロッパを旅していて、偶然、他とは明らかに違う出自を深々と漂わせ厚い神秘に包まれた、きらめく美しい若い女性と出会う。やがて、彼女は国王あるいは小国の王――粗野で心無い獣で彼女は愛していなかった――の妻で、子供がいないことが判明する。彼女と若いイギリス人はお互い一目で恋に落ちる。牧師の娘に対する主人公の気持ちは、色を失ったとは言わないまでも、色あせた。彼はこの謎の異邦人を溶鉱炉の炎のごとく激しく慕ううちに、牧師の娘への恋心はあっという間に焼き尽くされ、消滅してしまったのだ――これこそ情熱と呼ぶにふさわしかった。二人の外国人がお互いを想い合う気持ちはまさに情熱だったのだ。二人はこれを真実の愛だと思い――唯一の真実の愛、そう呼ぶにふさわしい愛だと考えていた――一方で、青年が牧師の娘に抱いていた恋心は束の間の思い込みに過ぎなかったのだと感じられた。小国の妃とイギリス人は密かに山中に逃げ込むと、山奥の人里離れた一軒家の豪勢な部屋を借りた――そこから情事は始まる。二人はお互いと添い遂げるためだけに創られた高貴で神聖な存在であり、二人の情熱は神聖なものだと考えていた。情熱こそが「神授の権利」であり、心のあるじと信じ込み、それに一刻も早く従わざるをえないと考え、従い続けた。読者は猛烈に楽しみ、同時に非難する。彼らが情熱に従う様子は、数回にわたって描き出され、描き尽くされたが、描き切れてはいなかった——毎回不貞の最終場面になると、一部分だけは読者の想像に委ねられていた。その部分だけ削除されて星印を付けられ[4]、読者は想像力の赴くまま結末を思い描く。

その本に関して議論されていないのは、「自然の法則」こそ至上の法であり、人間の制定法は人の生に無理を強いるものだということだ。面倒で押し付けがましくて束縛のきつい制定法よりも、当然、「自然の法則」のほうが優先されるということだ。

既に話したように、グリン夫人が来た。そして彼女は絵のように美しかった！　すらりとして、若く、申し分のない容姿で、誰もが認める美しさだった——金髪に青い目、類まれなる英国人の肌色。際立って稀有で、うっとりするような色合いの赤毛が、栄冠のごとく彼女の頭上を飾っていた。彼女は、とても趣味のいい最高級の装いに身を包んでいた。この姿で彼女がここにいたわけだ——ひたすら美しい娘だった。それでも彼女には一四歳の息子がいた[5]。彼女は人を引き付ける魅力に欠けていた。彼女には、美しさと若さ、上品さと知性と快活さという魅力は揃っていたが、それ以外の魅力はなかった。彼女は魅力ある風を**演じ**、その演技の腕前はなかなかのものだった。実際見事な演じっぷりだったが、それに惑わされることはなかった。彼女の演技を前にして、心拍数が上がることもなく、胸にぐっとくることもない。心は静まり返り、感情も波立たない。彼女の小説に出てくるイギリス人の主人公なら、彼女に心酔したことだろう。彼なら喜んで、彼女の傍らに座り、彼女を見つめ、彼女と話したがるだろう。彼が望めば、貞節を守りつつ、山奥のあの家から抜け出してくるだろう。

彼女とはあえて率直に話した。冷静に、象徴的表現でぼかさず、率直に、歯に衣着せず語った。彼女のほうも、同じく率直だった。失礼を承知であえて言わせていただくと、この美しい外国人女性とは史上最悪の下品極まりない会話をしたのだ。彼女の本について意見を求められたので、文筆家としての彼女の腕は見事だと答えた。また性的関係を人間が法律で規制するのは、人間の法よりも尊い法——「自然の法則」——に対する明らかな侵害だという彼女の見解にも賛同するとも言った。さらに続けて、世界中でどの時代に発布されたいかなる法令集や、聖書であっても、殺人から安息日の違反まで人間の行動を規制するために人間が作り出した法は**いずれも**「自然の法則」を侵害しているのであり、そうでない例はひとつとして思い浮かばない――「自然の法則」こそは至上の法であり、あらゆる法の中でも従わざるを得ない絶対的な法なのだ――「自然の法則」は、神が設けた法であるのだから――他ならぬ神によるのだから――明らかに、純然たる、神の法であると信じている――発令元が神であり、その威光を考えれば、人間が作った法律よりも優先されてしかるべきだ、と述べた。彼女が描いたみだらな恋人達は、生まれもっての気質や性格という法に従ったまでのことで、つまり神の定めた法に従ったことは明らかで、神の目から見れば二人には何の咎もないということになると、私は言った。

もちろんグリン夫人が望んでいたのは、私の支持であり擁護であった――それは分かってはいたものの、擁護はしかねると私は答えた。我々は因習のしもべであり、蛮国だろうと文明国だろうと、因習なしには生き残れない。たとえ因習を非難していたとしても、因習を受け入れ、因習を守っていかなければならないのだ。「自然の法則」――すなわち神の法――においては人間一人一人が法であり、人が自然体で欲望のままにあるよう求めている。とすれば我々は「自然の法則」を断固として拒否しなければならないし、「自然の法則」を無視する因習を断固として守り通さねばならない。なぜなら人間が定めた法は平和と公平で善良な政府と安定をもたらすからだ。だが、神の法を取り入れれば、我々はあっという間に混乱と動乱と無秩序へと追い込まれるだろうから、我々にとっては神の法よりも人の法のほうが役に立つ、と私は述べた。彼女の本は古くからの強固で賢明な因習を壊すもので、あなたの本に共鳴してくれる人は多くはないだろうし、実のところ、多くいては困るとも言った。

彼女は私のことをとても勇敢だと――彼女が会った中でも最も勇敢な人間だと――言ってくれた（身に余るお褒めの言葉に、もっともっと若かったら、その言葉にすっかり惑わされているところだっただろう）。それから私の意見を出版させてほしいと懇願してきた――だが私は、「無理だ、そんなことは考えられない」と答えた。もしも私が、あるいは他の聡明で知的で世慣れた者なら誰でも、地上のほとんどすべての話題について、自分の**本当の**考えを守り、隠している壁を突然壊したら、たちまち知性と分別をなくしたと思われて精神病院送りだ。彼女に明かしたのは、私的な所見であって公式見解**ではない**。他のすべての人類と同様に、私が世界に公表するのは体裁よく整え、香水を振って、余計な部分は注意深く刈り取った公式見解だけで、私個人の考えは、用心して、丹念に、賢く、隠していると言った。「公式見解」というのは、**出版した**意見——出版を通して広く世間に**広まった**意見——だと説明した。私は普段から友人との私的な会話の中で、宗教や政治や人間に関する個人的な意見を、何でもかんでも包み隠さず言ってしまう癖があるが、それらを**出版する**なんて夢にも思っていない。私の個人的見解は、すべての人の公式見解とは、個別的にも、総体的に見ても、相容れない。それでいて同時にほとんどすべての人が内心で考えていることと変わらない。例えば、「処女懐胎」を個人的に信じている知識人に出会ったことはあるかと彼女に問うた——もちろん会ったはずがない。こんなおとぎ話は信じていないと世界に向かって公然と問いかけ、出版できるほど勇敢な知識人を見たことがあるかと彼女にたずねた。もちろん彼女はそんな人に巡りあったことはない。私は地上のすべての大問題についてとても興味深くて意義ある意見を個人的に山ほど抱いているが、出版用ではないと言った。念のために言っておくが、誰しも一生のうちで二回か三回はその掟を破って、不快で不評な意見を出版物に暴露することがあるが、いずれも避けて通れるものなら絶対にやらない。そうしたいとする欲求が大きすぎて、冷静沈着で賢明な判断力を上回ってしまった時だけで、そうでなければ決してやらないと言った。彼女は、私が幾度となく一般に不評な理念を擁護して自らの見解を公にしてきた例を指摘し、私が自らに関して述べてきたことはおそらく厳密には事実にそぐわないのではないかと暗にほのめかした。だが私は、これまで述べてきたのは単なる例に過ぎないのだと答えた——中国でのアメリカ人宣教師や邪悪な人間や主義を公に攻撃した時は、たったひとつの理由に駆られてやったのだ。つまり伝えたいという思いが如才なく生きようとする本能よりも上回り、それに従わざるを得ず、その結果を受け入れるしかなかったのだ。[6] だが私は彼女の本を公的に擁護する気になれないと言った。そうしたいという気持ちに抗えないというほどでもなく、それゆえにおとなしくしていられるし、そうすべきだからと述べた。

　この女性はまだ若くて、経験も浅いから思い込んでいるのだ。もし一般の人々の教育に役立つ意見であれば、それがたとえ世間には不快な意見であったとしても、必ず出版し、公表して戦うのが**義務**だと。そんな青臭い考え方を捨てさせるのは至難の業だ。我々は義務のために義務を果たしているのでは決してない。義務を果たすことで得られる個人的な満足感を求めて、義務を果たしているだけなのだが、彼女にどうしても分かってもらえなかった。彼女も実際には世間と同じく、**義務のための義務**という愚かな先入観を刷り込まれて育ってきているからどうしようもなく、彼女を無明の闇に残しておくしかなかった。教育的だが個人的で不快な意見があるなら、それを出版することで絞首刑になるとしても出版すべきで、それができなければ臆病者だと彼女は信じていた。すべて振り返ってみると実に楽しい会話だったが、絶対に出版できない――特に我々のこの話に関しては、勇気がなくてぼんやりとほのめかす程度にしか話せなかった部分がかなりあり、それは絶対に出版できない。

それから数日して再び彼女と顔を合わせる機会が少しあって、彼女から思いも寄らない報告を受けた。彼女は、私の話したことを一言一句正確に、口にしたままを書き残していたというのだ。表現を抑えたり清潔に見せる修正は一切なしにだ。それがまた「実に素晴らしく、見事だ」と彼女は言う。彼女はその原稿をイギリスにいる夫に送ったという[7]。私は内心それはまずいことをしたと思った。だが、きっと興味を持たれるだろうとも思った。彼女はこれを出版させてほしいと懇願し、限りなく世界のためになるからとも言った。だがそんなことしたら生きながらにして破滅だ、こんな高い代償を払ってまで世のために役に立ちたいとは思わないと私は答えた。

彼女はこの対談録を見せたがった。その正確さに感心してもらいたいのだ。興味はないが、もしよければ、別の機会にでも持ってきてくださいと答えておいた。

グリン夫人の友人がクレメンズ氏とグリン夫人との対談録を持ってきて、出版を承諾してほしいと迫る。

案の定、グリン夫人の対談録が届けられた！　数日前のこと、彼女本人の手でなく、別の人間の手をへてだ――グリン夫人とごく親しくしているアメリカ人女性で、グリン夫人の熱烈な支持者にして、私の知り合いで、私が好ましいと思っている女性からだった。彼女は若くて美しく、ドレスの趣味も完璧で、道楽にはまってさえいなければ魅力的だっただろう。だが道楽に取りつかれると、内面的な魅力まで吸いとられて中身は空っぽ、熱に浮かれて目は充血、不健康で知性も愛嬌も説得力もなくなり、敢えて言うと嫌悪すべき人間になってしまうものだ。概して、道楽に魅入られた人間の相手なんてまともにやっていられるものではない。道楽に取りつかれた者は、自分の言っている理論が唯一の正論だと思い込んでいる。自分に反対する意見は狂気か不誠実だと思い込んでいる。こういう人達は、反対意見に耳を傾けたとしても、心には少しも響かない。大体は、聞く耳すら持っていない。道楽狂いは、相手が話している最中も、相手の言い分なんて聞いていなくて、頭はフル回転で次に何を言ってやろうかと思い巡らしている——相手が息継ぎで一瞬言葉を詰まらせる隙を縫って割り込めたら、何を言おうかと考えるのに忙しいのだ。

　この女性はグリン夫人に頼まれてきたのではなかった。彼女は自分の判断でグリン夫人には知らせずに訪ねてきたのだ。彼女はグリン夫人の許しを得て、例の対談録を読んでみたそうだ。その結果[8]、これは出版させてもらえるよう説得に向かうのが彼女の義務だと感じた。この義務感は威圧的であり圧倒的で、逆らうことなどできるはずもなく、ただひたすら心の命ずるままに従うしかなかったのだ。彼女はさらに、後々まで世間に与える影響を考えると、対談録の出版を承諾することが私の義務であると——名誉にかけて避けられない義務であると確信していると言った。

　残念ながら、かような次第ですから、義務につきましては別の考え方をしていますと私は答えた。さらに、私は義務逃れの常習犯で、一日五〇回だろうと平然と義務逃れをする。つまり一日五〇もの義務を課せられたとしても、そうする機会があれば、平然と逃げる。一日に五〇もの義務を背負い込むことはないが、一週間ならそれぐらいの義務は平均的に背負い込んでいる。そういう義務が巡ってくる時には、ある一定の法則、きわめて興味深い法則があることに気づいた——義務はいつも外部から持ち込まれるもので、自分で発案したものではない。いつも、私が世間に負うべき義務を、私以上に分かっている人物から押し付けられているのだと私は述べた。大義を捨てずに戦うのが私の義務だと説得されても、目に留まった大義を端から順に擁護していたら、中国の宣教師叩きなど、自分で発案し、可能な限り心を砕いてきた義務に好きなだけふけっていられる時間は残らないではないか。「それなのに」と私は言った。「中国の宣教師とベルギーのレオポルド国王[9]と『子供劇場』[10]を除けば、私は自らから発案した義務のために働くこともせず、ひたすら他人に押し付けられた義務のためだけに働くことになってしまいます」と言った。

「他人の大義を支えるための活動だって——依頼を受けて——本当に熱心に取り組んできました。紹介します——

一覧を挙げてみせましょう。現在いくつもの案件のために水車のように忙しくしています」。

「フルトン記念基金のために、私はジェームズタウンまで二度も足を運びましたし、嘆願書をいくつか掲載し、六回のスピーチと一回の講演を行いました[11]」。

「ホルト女史が進めている運動では、アメリカにおける成人視覚障害者で、身寄りも後ろ盾もない人達の生活を向上させるために、多額の基金を募ろうとしています[12]」。

「あのロシアの革命家達の支援を目的とした、アメリカ人による運動もあります[13]。革命家達の望みは、ロシア皇帝とその血筋の連中を正し、庶民がロシアでなんとか生活していけることです」。

「しかしすべてを挙げていくときりがありません。残りは割愛します。いま丁度正午になりましたが、昨日の正午から今日の正午にかけて、立派な大義を支援する機会が、抱えきれないほど舞い込んできています。例えば、」

「アメリカとフランスのさらなる親睦を目的としたあの大きな協会の支援パーティが差し迫っており、そこでのスピーチを依頼されました。それも断らざるを得ませんでした」。

「さらに同じ目的で式典が差し迫っているのですが、そこで重要な役目を任せたいと誘われました。これも断らざるを得ませんでした」。

「さらにもう一つ式典が同じ目的で近々開かれるのですが、そこで重要な役目を任せたいと誘われました。これも断らざるを得ませんでした」。

「この地におけるクリスチャン・サイエンスの伸張阻止を目的とした市民集会への参加も誘われましたが。これも断らざるを得ませんでした」。

「新たな北極探検のための支援基金を募る市民集会でスピーチをするよう誘われました。これも断らざるを得ませんでした」。

「これですべてではありません——ですが、残りはもういいでしょう。これだけ挙げれば十分でしょう。あなたも、私が世間に対して負うべき義務と思われるものを提供してくださっているのですが、出遅れていることはお分かりでしょう。人の役に立つ機会が二四時間ごとにこれぐらい舞い込んでくると、ついに無感動になって、新しい機会がひとつ舞い込んでも、あるいは一〇〇舞い込んでも、心はちっとも反応しないのです。ご自分で持ち込まれた問題に関してはさぞかし関心も強いんでしょうね？」

「ええ、心を砕いております」。

「全霊を傾けておられますか？」

「ええ、全霊を傾けていますわ」。

「グリン夫人も同じですよね」。

「ええ、まったく同じです」。

「お二人のもとにも大勢の人がやってくるでしょう。お二人とは異なる、これもまた大層な大義に全霊を傾けていて、その大義への理解と支援を乞いたいと願い出てくる人達が――違いますか？」

「はい、それは確かです――何度もそういうことはありました」。

「それらを断っておられるのですか、と聞きはしません。当然、断られていることと拝察します。人間というものは、立派な大義に目を留めるたびに同情心が湧き出てくるほど寛容な性質ではありませんし、一方で熱い同情心が湧かなければ、どんな大義だって受け入れられません。なぜなら、大義に全身全霊を傾けているのは他の誰かで、その誰かに押し付けられていては、意欲が湧くはずもありませんから。私は、あなたとグリン夫人が持ち込んだ問題を少しも心に掛けていませんし、ずいぶん前から、食指の動かない大義は立派だろうと邪悪だろうと、口にすることすらやめています。あなたとグリン夫人は不思議に思われるでしょうね、私があなた方の問題について持論がありながらも、その持論は公表できないと拒んでいることに。そうでしょう」。

「はい、その通りです」。

「もし自分なら、私的な意見も公的な意見も同じで、持論を出版して公にするのが人としての義務であり、出版を断るというのは道徳を軽んじる臆病者だとお考えでしょう――そうですよね？」

「そこまで辛辣におっしゃる必要はありませんが、大体は、そのように考えています」。

「誰の誹《そし》りも受けずに個人的にやっていることなので、公にはしたくないというようなことがよくあるとは思いませんか。例えば、あなたは三人の子供の母親ですよね」。

「はい、そうです[14]」。

(1)この口述筆記が二日かけてまとめたものであることは間違いない。後半部分（本書四三二ページの要約から始まる部分）は一月一六日か、その後に作られたものである。

(2)エリノア・グリン（一八六四年〜一九四三年）は社会小説と恋愛小説のベストセラー作家で、その作品の中には猥褻とされるものもあった。クレメンズが彼女と出会ったのは、ダニエル・フローマン夫妻が一九〇七年一〇月二七日に催した小さな晩餐会の時である。グリンは自らの小説『三週間』の販売促進旅行をするため、一〇月四日にニューヨークへ到着した（以下の注3を参照）。彼女はこの旅行で東部の数州を回り、カリフォルニアまで足を延ばした。またこの旅は彼女にとって、アメリカ人、特にアメリカ人男性を研究するための「文学的な探求」でもあり、できれば「母国に帰るまでに新しい本の結末を見出したい」と考えていた（以下ニューヨーク『タイムズ』紙より、「グリン夫人、アメリカ人男性を称賛」、一九〇七年一〇月五日号、六ページ。「エリノア・グリンがニューヨーク市について思ったこと」、一九〇七年一〇月一二日号、一ページ。フローマンからクレメンズ宛、一九〇七年一〇月二一日付書簡、カリフォルニア大学蔵）。グリンはイギリスへに帰国すると、書簡形式で綴ったひどく感傷的な小説『エリザベスのアメリカ訪問』（一九〇九年）でアメリカに関する観察を記した。彼女はのちにハリウッドの脚本家となり、性的な魅力を『あれ』と呼び、この言い方を普及させた（Anthony Glyn 1968、一五七ページ〜一五八ページ、二二三ページ、二七九ページ、三〇一ページ〜三〇二ページ、三〇五ページ〜三〇七ページ）。

(3)『三週間』（一九〇七年）は当時としてはきわどく、姦通を扱っていた。グリンはかなり年下のアラスター・ロバート・イニス＝カー卿（一八八〇年〜一九三六年）と、おそらく成就しなかった恋愛関係があったばかりで、これに触発されて『三週間』を書いたとされている（Hardwick 1994、一一三ページ〜一一八ページ、一四八ページ。「ルクスバラ公爵」、Cracroft 2012）。彼女は、自著が招いた非難の「嵐」にも、酷評にもたじろがなかった。口述筆記の少し前に、自分を非難する人達について彼女は次のように述べた。

批評家達が本を酷評していることは分かっていますが、（中略）それが何だというのですか？　少しも苦になりません。先月だけで五万冊売れ、いまも売れ続けているのだから、多少の批判ぐらい耐えられます。なぜ批評家達の言葉が気にならないのか、その理由は分かっています。教えてさしあげます。批評家達は負け組なのです。厭世家で、志したことに失敗した人達だから、他の人間も失敗させたいのです。（中略）イギリスで、渡航直前に、ある女性が私に会いにやってきました。その時の会見記事をぜひ読んでみてください。何もかもでたらめです。（中略）この若い女性も批評家だったのだと思います。彼女もそうした愚か者だったのです。（「愚か者の批評家達――グリン夫人」、ニューヨーク『タイムズ』紙、一九〇七年一一月一七日、一ページ）

（4）＊＊の星印のこと。

（5）グリンには、一八九三年生まれのマーゴットと一八九八年生まれのジュリエットという二人の娘がいた（Hardwick 1994、六七ページ、七八ページ～七九ページ）。

（6）「暗闇に座する者へ」（『ノース・アメリカン・レヴュー』誌の一九〇一年二月号に初めて掲載され、後にニューヨーク反帝国主義者連盟から冊子として出版される）で、クレメンズは中国におけるアメリカ人宣教師は帝国主義の手先だと非難した。さらに彼は、中国だけでなく、ほかのイギリス、ドイツ、ロシア、米国で起こっていた帝国主義的な活動をも非難している（SLC 1901a、1901b）。この記事に対して称賛の声も多く寄せられたが、批判も多かった。クレメンズは、『ノース・アメリカン・レヴュー』誌、一九〇一年四月号で「私を批判する宣教支持の皆様へ」を出した（SLC 1901c）。事の一部始終は、Foner 1958、二六九ページ～二八二ページを参照。

（7）エリノアは、借金を抱えた浪費家の地主クレイトン・グリン（一八五七年～一九一五年）と一八九二年に結婚した。グリンは妻と娘達には無関心で、夫婦仲は悪く、不幸な結婚生活を送っていた（Hardwick 1994、六〇ページ～六四ページ、七一ページ～七九ページ）。

（8）このグリンの友人については不明。彼女がグリンには知らせず訪ねてきたとすれば、彼女が「対談録」の写しを置いていくとは考えにくい。この「対談録」は五ページ分のタイプ打ち原稿でマーク・トウェイン・ペーパーズに残っていて、そこにはグリン本人のメモ書きも記されている。ただし、日付はクレメンズがこの口述筆記を行った三日後になっている（カリフォルニア大学蔵）。

プラザホテル

一月一六日

クレメンズ様へ

私達の対談録をお送りいたします。「記者」として私がどれほど正確を期せたか、ご堪能いただけると存じます。出版は控えるようお望みでしたら、素敵なアメリカ人紳士との素敵な午後の思い出として胸にしまっておきます。

ご自愛くださいませ。

敬具

エリノア・グリン

追伸、あの午後あなた様がいかに魅力的であられたかご存知ですか?! どれほど思慮深いことを話されたか覚えていますか?

グリンの対談録のほとんどは、クレメンズがここで述懐している内容と一致している。ただ彼女の対談録では、「彼にとっての『法』とは娘達を守ること」で、彼女の小説における女性にとって「何よりも大切な偉大な法とは恋人に身を捧げることで、この法が持つ強力な際限のない引力に本能のまま」突き動かされていったのは、彼女には子供もなく、それゆえに「母性本能」を持っていなかったからだとクレメンズが述べたことを付け加えている。クレメンズが彼女の本を「優れた作品」と称したことは、グリンの対談録でも記されている。クレメンズは彼女に宛てた返事の中で、彼女の対談録について次のように述べた。

五番街二一番地

一九〇八年一月二四日

親愛なるグリン夫人――

少しも面白く読めませんでした。言いたいことは分かるのですが、文芸作品としては不作です。しかし、それもやむを得ないのでしょう。速記者でもない限り忠実に記録できる人はいないですし、忠実に近づけることすら叶いません。ほぼ忠実な対談録、スピーチ概要、翻訳詩、造花、カラー刷りの絵といずれも多少の価値はありますが、僅かなものです。とはいえ私が実際に述べたことを紙に起こしたりしたら、貴殿のタイプライターが潰れていましたよ。話の中には、悪臭が漂ってきてしまうほど過激すぎる内容も含まれていましたので。ですが、それもひとえに内々の私的な会話だったからです。出版できるようなことは何も言っておりません。この同じ対談を私なりに自伝に残しましたが、まるでサタンが日曜学校を焼いたかのような俗悪な読み物になっていました。私の自伝には、この対談録を含め面白く読める章が幾つかありますが、いずれもクレメンズ家が全員死ぬまで――死んだら当然この世になんの頓着もなくなるわけで、それまでは――出版しません。これらは自分が楽しむために書いているのであって、私以外の人間に公開するつもりはありません。世間の役に立ちたくて生きながらえているのではないのです――

少なくとも自ら進んで役立とうとは思いません。代筆にてお手紙を差し上げますこと、なにとぞお許しください。いまだ病床にあって、快復叶いません。

敬具、
S・L・クレメンズ

グリンはクレメンズの一月二四日の書簡と合わせてクレメンズとの対談原稿を、自費出版の冊子『マーク・トウェイン、「三週間」について語る』に載せた（Elinor Glyn 1908、八ページ、一〇ページ、一三ページ～一四ページ［クレメンズの書簡としては他に類を見ない出典］。ニューヨーク『アメリカン』紙の編集者がこれを一部クレメンズに見せたところ、グリンは「私の台詞を屈辱的なほど抑え気味に書いている」とクレメンズは不満を述べた（「トウェイン、彼女の『著書は誤り』と言ったことを認める」、ニューヨーク『アメリカン』紙、一九〇八年九月二七日号、第二巻、一ページ。同冊子を再版したSchmidt 2013aとShelden 2010の一八八ページ～一九三ページ、二七八ページ～二七九ページを参照）。グリンは一九三六年に出版した自叙伝『ロマンチック・アドヴェンチャー』の中で、クレメンズとの出会いを一段落かけて語っており、「彼の書斎で胸躍る午後を彼と過ごした」と述べ、彼のことを「誰よりも機知に富んだ人物」であり、「素晴らしく奇想天外」な「愛おしい老人」と称している（Elinor Glyn 1936、一四四ページ）。

（9）『自伝完全版第一巻』二六八ページおよび関連する注を参照。

（10）マンハッタン南東部にある「子供劇場」は、一八八九年から東ヨーロッパ系ユダヤ人移民のための社会福祉機関の教育連盟の賛助を受けて、一九〇三年に設立されており。この劇場の俳優は――観客のほとんどを含め――近隣の青少年達であった。演目には、戯曲化されたおとぎ話、聖書物語、シェイクスピア劇の簡略版があり、複数回にわたって『王子と乞食』も公演された。一九〇七年にクレメンズはこの劇場の熱心な後援者となり、公演にもしばしば出演してスピーチを行っている。また一九〇八年四月には理事会の「名誉会長」になっている。彼はこの口述筆記を作成した頃に執筆した「偉大なる連盟」では、教育連盟の有意義な活動について褒め、中でも劇場を称賛した。その後、同じく一九〇八年に、クレメンズは劇場について自分の「お気に入りであり自慢の種」であり、「道徳と品行と高い理想を教えるうえで、学生達を決して飽きさせない唯一の先生だ」述べている（一九〇八年一〇月付、フックウェイ宛書簡、複写をカリフォルニア大学蔵。SLC 1908。Educational Alliance 2013。以下ニューヨーク『タイムズ』紙より、「マーク・トウェインの語る、役者になるということとは」、一九〇七年四月一五日号、九ページ、「教育劇場」、一九〇七年九月一五日号、八ページ。「聖書物語の名場面を観に集まる子供達」、一九〇七年一一月二五日号）。

(11)『自伝完全版第一巻』、四二六ページ～四二八ページおよび関連する注を参照。クレメンズがロバート・フルトン記念協会の要請により、一九〇七年四月開催のジェイムズタウン博覧会の開会式に出席したという証拠は見つかっていない（一九〇七年五月一八日付「自伝口述筆記」を参照）。しかしクレメンズがそこにいた時、協会の副会長が近づいて来て、同年九月にジェイムズタウンで開催されるロバート・フルトン記念日の行事でスピーチをしてほしいと要請されている（一九〇七年九月二六日付「自伝口述筆記」を参照）。
(12)ウィニフレッド・T・ホルトはニューヨーク州視覚障害者支援協会の創設者だった（『自伝完全版第一巻』、四六四ページおよび関連する注を参照）。クレメンズはこの協会の名誉副会長を務めていた。一九〇八年一月一四日にホルトはクレメンズに手紙を送り、「行事の成功に大きく役立つはずだから」資金集めの行事で彼の名を使わせてほしいと依頼している（カリフォルニア大学蔵）。
(13)『自伝完全版第一巻』、四六二ページ～四六四ページおよび関連する注を参照。
(14)この口述筆記は、通常サイズのタイプ用紙一枚に記録されていて、この用紙の最後の一行までタイプしたところで終わっている。内容的には回想半ばで中途半端に終わってしまっていることは一目瞭然であることから、当初クレメンズは少なくとももう一枚を割いて回想の続きを書いていたと思われるが、その原稿は現在見つかっていない。現在残っている原稿用紙では「はい、そうです」という台詞で終わっているが、この用紙のページ数が二四三九となっていて、ページ数二四四〇と記されているタイプ用紙では次の口述筆記が始まっている。これを考え合わせると、一ヶ月後に次の口述筆記を始めるときには、当初書いていた二四四〇ページを破棄したことになる。

一九〇八年二月一二日、口述筆記

ニューヨークで見つけた外国人英語の実例——クレメンズ氏が五回目のバミューダ旅行に発つ——彼が凝っている少女収集。

奇妙で愉快な外国人の英語なら、外国に行くまでもなくお目にかかれる。コンチネンタルホテルの広告の英語や同ホテルの地元ガイドブックにある説明、カルカッタの大学を出たインド紳士が見せる派手でお見事な英語も面白いが、我が町ニューヨークでユダヤ人の仕立屋が披露する労作も負けてはいない。魅力といい、天真爛漫《てんしんらんまん》で、的確な所といい、群を抜いている。ペイン氏が偶然見つけて持って帰ってきてくれたのだ。質素で粗悪な安物の印刷チラシである。

紳士淑女の皆さま!

どうして衣類に気オ配らないのですか?

しわ伸ばしや着くずれ直しに高いお金を払ってますよね仕立てのことを何も知らない店にアイロンかけを任せたら、コートの肩は歪み、襟はノヒきって裏返り、ズボンにはヒジがツイテ、袖にはしわがより、コートの前は飛び出ています、商品は一度もブラシをかけずフクラマセテ置いているから蛾が付き放題で商品も傷ついてしまう、きっと、正直な仕立て屋がこれを読んだら、本当だと言ってくれるでしょう。

衣服をベルボーイに預けてはいけません、高額な料金を請求しておいて、安物の店にもっていくからです、正直な仕立て屋を呼んだほうがいいのです、やって来て、セイトンして届けます。

どのような仕事でも適切な価格で承ります。

また紳士淑女のサイズが合わない衣類のお直しもぴったりに仕上げます。

満足していただいたら、お友達にも勧めてください。

M・ローゼンガーテン。
実用洋装店、

一九〇八年二月一二日

ニューヨーク市、七番街近く
西三八丁目二一三。
照会先
アバレス、デルヴン社
ブルックス兄弟・ジョス・F・ウェバー社。

またバミューダに行ってきた。これで五回目だ(1)。気管支炎のためで、この一七年から一八年、毎年起こる。今年はこれまでよりは早期にあるいは快適に発作から快復した。発作が起こると五週間、時には六週間、一度は八週間も、ベッドから離れられずにいた。今回は病床についてから最初の一週間の終わり、吹雪で雪が一〇インチも降り積もってから二日後には起き上がり、思い切って厳冬の航海に出た。四五時間の船旅をへて上陸すると、晴れやかな夏の気候だった。船旅だけで病も癒えそうだった。環境の大きな変化は名医に匹敵する。バミューダの太陽を一日たっぷり愉快に浴びただけで完治した。それからさらに八日滞在して(2)、精神的平静と肉体の若返りをあの幸福で小さな楽園で満喫した。口惜しいし、悔やまれてならないのは、すぐに手の届くここにバミューダがあったというのに、私は医師達の勧めるままに、一〇〇日もの過酷な船旅を強いて妻をイタリアに連れて行ったことだ(3)。ここなら彼女にとって必要なものがイタリアの一〇〇倍はあっただろうに。暖かく穏やかで温暖な気候が必要で、それ以外に彼女の病を治す手立てはないと医者達は言った。フィレンツェの冬が必要な条件を満たしていないのは明らかだった。底冷えのする不快な季節が八ヶ月も続き、二ヶ月は雨で、ほんの時折太陽が出るだけだった。彼女はこれほどの天災の中、生き残れるはずがなかった。体力も落ちていたので、逃げ出すこともできなかった。思い返すと驚き、口惜しくもある。イタリアを勧められた時、バミューダが全く思い浮かばなかったなんて。フィレンツェのことはよく知っているし、バミューダもよく知っているので、フィレンツェの気候はバミューダに比べると皮肉でしかないとわかる。

我々は誰しも収集癖がある。そしてその熱中ぶりは他の人間に比べればまだ理性的なほうだと誰もが考えるだろう。

ピアポント・モーガンは珍しくて貴重な芸術作品を収集し、それらに毎年何百万ドルも払っている。私の古くからの友人のローマの王孫はあちこちで見つけてきた、ありとあらゆる奇妙なガラクタをローマの宮殿に集め、ため込んできた。また片手間に——気晴らしの些末な趣味として——四〇万ドル相当の郵便切手も収集している。ほかにも希少本を競りあって買い集める収集家もいた。読むわけでもなく、一ページでも欠けたら価値が無くなるものだ。また料理のメニューの収集家もいれば、芝居のポスターを集める者もいれば、大昔の暖炉の薪台を集める者もいる。私はといえば、ペット（かわいい子）の収集家だ——一〇歳から一六歳の少女達——を集めている。[4] 可愛くて愛らしくて天真爛漫で無垢な少女達——人生は完全な喜びであり、苦痛も苦悩もなくて、涙することもほとんどない、そんな愛おしい若者達を集めている。私のコレクションは、この世における最高品質の宝石達だ。

（1）クレメンズのこれ以前のバミューダ旅行は以下の四回である。一八六七年一一月一一日から一五日まで、クエーカー・シティ号の聖地巡礼の帰途に立ち寄っている。一八七七年五月二〇日から二四日まで、ジョゼフ・H・トゥイッチェルと一緒に旅をし、それを「気楽な散歩の記録」で語っている（SLC 1877-1878）。一九〇七年一月四日から七日までの時には、トゥイッチェルとライオンと三人で向かい、一九〇七年一月六日付「自伝口述筆記」でこのことに触れている（『自伝完全版第二巻』、三五九ページ〜三六一ページおよび関連する注）。一九〇七年三月一八日から一九日までの時には、一月のバミューダ旅行で知り合った若い友人パディ・マッデンとライオンとで向かった（一九〇七年三月二六日付「自伝口述筆記」、注3を参照）。クレメンズのバミューダ旅行の詳細については、Hoffmann 2006 を参照。

（2）一月二五日土曜日、クレメンズはアシュクロフトに伴われて英国郵船バミューディアン号に乗船し、その二日後にハミルトンに到着した。彼は一九〇七年一月の旅行で利用したプリンセスホテルを予約していた。二月三日月曜日には英国郵船バミューディアン号で帰国の途につき、その三日後にニューヨークの港に着いた（Hoffmann 2006、八九ページ、一〇〇ページ、一五七ページ）。

（3）温暖な気候が必要だという医師達の処方箋に従って、クレメンズは一九〇三年の秋に妻のオリヴィアと娘達を連れてフィレンツェに向かった。彼は「ヴィラ・ディ・クアルト〈クアルトの館〉」の中で、このときのことを不幸な滞在と説明しており、結果的に一九〇四年六月にオリヴィアは亡くなっている（『自伝完全版第二巻』、二三〇ページ〜二四九ページおよび関連する注を参照）。

（4）クレメンズは一九〇八年四月一七日付「自伝口述筆記」で「エンゼルフィッシュ」のコレクションについて詳しく語っている（一九

○七年七月二五日付「自伝口述筆記」、注3、一九○八年二月一三日付「自伝口述筆記」、注1も参照)。

一九〇八年二月一三日、口述筆記

バミューダ、マーガレット、モード、レジナルドと徒歩旅行。

バミューダに着いた初日からいいことがあった——実に二重にいいことだ。バミューダのおかげで風邪が治り、私の収集品には宝石がひとつ加わった。朝食用の部屋に入ったとき、あの広々とした場所で最初に目にしたのが、二人用のテーブルに一人ぽつんと座る女の子だった。私は腰をかがめて、彼女の頬を撫でながら、愛おし気に、同情を込めて言った。

「どうしたんだい、お嬢ちゃん——こんな寂しい所で一人きりで朝食かい?」

彼女は愛想がよく、人懐こい顔を上げて、答えてくれた。その声には非難めいたところが一切なく、むしろ好意的なのが分かった。

「ママはちょっと遅れてるの。でもママは前もここで休んでたの」。

「お母さんはいい場所を見つけたね、お嬢ちゃん。君の名前を思い出せないんだが、何だったかな?」

彼女は、茶色の目を輝かせて面白がって、言った。

「いやだ、知ってるわけないわよ、クレメンズさん、初めて会うんだもの」。

「いやだ、本当だ。考えてみたら、そうだったね。確かに君の言う通りだ。だから君の名前を忘れてしまっているんだね。でも今度はちゃんと思い出してきたよ——メアリだろ」。

彼女はまた面白がってくれた。面白がってにんまりすると、クスクスと心地よい声を上げて笑い出して、言った。

「まあ、違うわ。マーガレットよ」。

私は間違えて恥ずかしいというふりをしながら、言った。

「ああ、そうだったか。数年前ならこんな間違いしなかったのに、もう年だからな。年をとって現われるのはまず記憶の衰えからだね。だがもう、さえてきた——頭がさえてきたよ——蘇ってきたよ。君のフルネームが、昨日のことのように思い出せてきたよ。マーガレット・ホルコムだろ」。

彼女は驚いて笑い出した。心地よい小川が、木陰から日当たりに流れ出てくるような笑い声を立てて、言った。

「まあ、また間違った。ひとつも当てられないのね。ホルコムじゃないわ。ブラックマーよ[1]」。

私はまた恥ずかしがってみせ、面目ないと言った。それから——

「何歳だい、お嬢ちゃん？」

「お正月で一二歳になったわ。だから一二歳と一ヶ月ね」。

「正確に覚えているんだね、君は。一二歳と言えば人生でも貴重な時期だね。七二歳にもなると、歳なんて月単位で考えなくなるんだよ」。

お愛想もあるのだろうが、無邪気な目で驚いて、言った。

「まあ、そんな年には見えないわ、クレメンズさん」。

私は暦の上では七二歳でも、中身は違う——本当の年は一四歳なんだと答えた。そして彼女の日焼けした華奢な手を撫でて、付け加えた。

「それじゃあね、お嬢さん。自分のテーブルに行かないといけないから。でも朝食が終わったら——どこで待ち合わせしよう？」

「あの大きな共用ホールで」。

「そこで待っているよ」。

この八日間で私達は親友に——まさに離れがたい親友に——なった。私達は毎日歩いて遠足に出かけた——とにかく私達はこれを遠足と呼んでいたし、本人達も心からそのつもりだった。灰色のくすんだ剛毛でモードという名前の小型ロバに始終邪魔されなければそうなっていた。モードは体長四フィートだった。四つの小さな蹄鉄をはいてもまだ背は低くて、耳を上向きにピンと立てると背丈は二倍になった。耳を立てることは滅多になかったが。彼女の耳は実に興味深い研究対象だった。彼女は耳を使って心中の思いや考えを表すのだ。耳を微妙に動かして実に分かり易く表してくれるので、もはや言葉なんてなくても彼女の気持ちが伝わってくる。これが私にはいたって新鮮だった。それまで私にとってロバは封印されて解読不能の書であった。だが今や粗悪な印刷本を読む程度には、この本を理解できるようになった。彼女はときおり両耳をまっすぐ前方にそらせて、フォークの先みたいに伸ばす。そこで新しい感情が沸き起こると、右舷の耳を水平まで下げる。それから後方に伸ばして、耳先を北北東に向ける。次にくるりと戻してぴったり東方向を指し、それからは南東微南に進路をとる――こうした変化すべてが本人の気づかないうちに彼女の考えを表現していた。左舷の耳は右舷とは全く別の感情に合わせて動いている。時には両耳を後方水平に伸ばしてフォーク状にして、一方の耳先を南東に、もう一方を南西に向けることもある。彼女は実に興味深い小さな生き物だ。いつも自己中心的で、いつも威張っていて、絶えず権威に逆らい、誰にも同調しない。この八日間でたとえ笑っていたとしても、私はそれを一度も見たことがなかった。彼女は後ろに二人用の座席が付いた荷車を引いていた。荷車の底は地面すれすれなので、乗った人は知らないうちに転がり落ちてしまう。この一団を指揮するのが、上品で重々しさと威厳を兼ね備えた、温和な顔つきの黒人少年だった。年は一二歳くらいで、名前はどういうわけだかレジナルドだった。レジナルドとモード――これだけ豪華な名前だと簡単には忘れられないし、この組み合わせもまた思い出深い。一度だけレジナルドを叱ったことがある。私は言った。

「レジナルド、いったいどんな道徳を身に付けているんだ。昨日の午後はロバで馬車を引く契約になってた――安息日にだ、違うか！――二時だ、いつものようにスパニッシュ・ポイントとパラダイス・ヴェイルまで遠出するのを手伝うことになっていた。その契約を破ったんだ。これをどう説明するつもりだ――君のしたことは、私に言わせれば犯罪だ」。

彼は慌てるどころか、少しも動じず、恥じ入るわけでもなく、心乱されることもない。彼は落ち着き払ったまま、のんきな声で自己を正当化した。しかもモードの耳が動くときのように平然とかつ総合的に、説明してくれた。

「だって、日曜学校に行かないといけなかったんだ」。

私は厳しく言った。

「それが、バミューダ流の道徳というものか。安息日を守るためなら契約も破ってもいいというわけかい？　自分のしたことを君はどう思っているんだ、レジナルド？」。

叱責の言葉もどこ吹く風。彼はちっともこたえていない。こともなげに、さらりと、堂々と言った。

「だって、両方は無理でしょう。どちらかの約束を破らないと」。

私は説教をするのは諦めた。一旦染みついた確信を攻撃しても無駄というものだ。


行楽のメンバーはいつも同じ、W女史[*2]、アシュクロフト氏、マーガレット、レジナルド、モード、私だ。遠足は往復で五、六マイルほどの距離だったが、通常三時間ほどかかった。こんなに遅いのは、モードの速度に合わせているからだ。彼女は自分の影を追いかけるように早く歩くこともあったが、大抵は違った。彼女は一行の中でも坂に一番敏感で、水準器やアルコール水準器で測れないほど僅かな坂でも、検知した。しかも坂だと分かると、必ずそれに敬意を示して登ろうとしない。彼女は立ち止まると、耳で言った。

「これでは立ち行かなくなる。ここでひと休みしよう」。

そこで臣下達は荷台の後ろに回り、押しながら坂を登り、一緒にモードも押してやるのだ。マーガレットと私の仕事は、力を合わせて荷台を押せるよう、奴隷を雇うことだった——とはいえ我々二人は歩くよりも荷台に乗っていることのほうが多かった。彼女が運転手、私が監督。その初めての遠足に出かけた際、スパニッシュ・ポイントの海岸で美しい小さい貝殻を見つけたのだ。つなぎ目が古くて干からびていたので、手の中で片側ずつにはなれた。私は片方の貝殻をマーガレットに渡して、言った。

「いいかい、いつの日か遠い未来に、私は君とどこかで出会うかもしれない。でも、その子は君ではなく君に似ているだけの少女だとわかるかもしれない。私は一人つぶやく。『あれは、顔つきからしてマーガレットに違いないが、本当にマーガレットか、それとも別人なのか確信が持てない。でも問題ない』と。すぐに分かる。ポケットから貝殻の片方を出して話しかけるだけだ。『君は私のマーガレットだと思うのだけれど、自信がないんだ。もし私のマーガレットなら、これと対になっている貝殻を見せてくれないかい』と」。

翌朝、朝食の部屋に入ると、あの子が二人用の朝食テーブルに一人で座っているのが見えたので、彼女に近づき、探るように眺めてから、悲しそうに言った。

「おや、人違いでしたか。マーガレットに似ていると思ったんだがな、違うようだね。失礼しました。私はこれから遠くに行って、そこで泣きます」。

彼女の目は勝ち誇ったように輝き、叫んだ。

「ううん、泣かなくてもいいのよ。ほら！」と彼女は同じ形の貝殻を差し出した。

私は我を忘れ、感謝と喜びが全身からあふれ出た。舞台で演じていたとしても、この小さなドラマをこれほどまでに楽しむことはできなかっただろう。その後彼女は何度も主役を演じて、今度は彼女が私を見つけると、私本人かどうか悩んでいるふりをして、貝殻の片方を見せてほしいと頼んだ。彼女はいつもこのお約束事を省略して声をかけてこようとしたが、この駆け引きで私が負けることはなかった――ついに彼女も観念した。私のほうが年をとっているだけでなく、賢いことを認めたようだ。
＊魅力的な明るい女性で、髪に白いものがちらほら交じる、シカゴ大学の学部長だ。私を除けばマーガレットの最も大切な友達だった。

（1）マーガレット・グレイ・ブラックマー（一八九六年〜一九八七年）はヘンリー・M・ブラックマーとその最初の妻ヘレン（一八六九年〜一九六二年）との間にできた娘である。ブラックマーは裕福な弁護士で、投資家、銀行家、石油業者でもあった。彼は一九二四年にティーポット・ドームの海軍保有油田事件に関与し、脱税の刑事訴追を受けたが、それから逃れるため国外に逃亡している。マーガレットと彼女の母親は一九〇七年一二月九日からバミューダに滞在していた（Schmidt 2009、「ヘンリー・ブラックマー、石油業者、九二歳で死去」、ニューヨーク『タイムズ』紙、一九六二年五月二七日号、九ページ。Hoffmann 2006、八九ページ）。
（2）エリザベス・ウォレス（一八六五年〜一九六〇年）は一八八六年にウェルズリー大学を卒業し、シカゴ大学でフランス文学の講師であり学部長でもあった。彼女が休日を過ごすためプリンセスホテルに到着したのが一九〇七年一二月三〇日で、それからすぐにマーガレット・ブラックマーと友達になり、そこからクレメンズと友人になる。彼女はバミューダ旅行後もクレメンズと交友を続け、一九一三年に彼との交友録『マーク・トウェインと幸福な島』を出版している。また一九五二年の自伝『終わりなき旅路』で一章を割いて彼のことを書いている（University of Chicago Library 2006。Wallace 1952、一五四ページ～一六九ページ。Hoffmann 2006、八九ページ～九一ページ）。

一九〇八年二月一四日、口述筆記

クレメンズ氏が生まれて以降、素晴らしい発明品が数々生まれたこと。その最新のものがオートクローム写真――クレメンズ氏がバミューダでマーガレットと一緒に撮影した写真をリュミエール方式で現像。

人は斬新で胸躍る発明品に初めて触れたときのことを忘れられないものだ。銀板写真を始めてみたときに体を駆け巡った、あの驚嘆と歓喜は今でも鮮明に覚えている。それだけではない。この奇跡が現実とは思えなくて、夢か魔法の産物を見ているような――見事で目覚ましい作品ではあるものの、ひとときの幻を見ているような気分になったのも覚えている。電信装置に初めて出会った時のことも覚えている。(1) 蓄音機も、(2) 無線電報も、電話も、(3) ホウの回転式印刷機も忘れられない――新聞の片面を一時間二万部刷っていくところを自分の目で見たが、実際に見ていながらも、まだ信じられなかった。おお、このちっぽけな奇跡に比べたら、現在の印刷機はさらに進化している！(4) バミューダでは、こうした発明品の数々、輝かしくもあり得ないものの数々に加えて、新たな出会いがあった。オートクローム写真だ。この美しい奇跡は始めて見た。バミューダの素人写真家が一人で撮影して、それをリュミエールの現像法で五、六枚の写真に仕上げていた。(5) バミューダの景色と、タペストリーや花瓶、絨毯や花などの色とりどりで、多彩さと美さが際立つ品々の前に少女が休んでいる写真もある。私はこれらに一瞬にして引きこまれた。あの遠い遠い昔に写真家が夢にまで見ていたこと――太陽光という匠に彩られたカラー写真――が実現する日を迎えられるなんて、今まで生きていてよかった。

私が生まれてからというもの、素晴らしい発明がどれほど生まれてきたことか！ 大ざっぱな言い方をするならば、まさに枚挙にいとまがない。私も生まれた年に、ルシファー・マッチが生まれた[6]。この発明という偉大なる連鎖の最先端にあるのが、優雅で魅惑的なリュミエールの現像法だ。

先に話した素人写真家は、リュミエールの現像法に関する記事を大きな雑誌に投稿するため準備を進めているところで、私の写真もそこに載せたいということだった。私は喜んでモデルになるつもりだったが、マーガレットも一緒でなければ写真は撮らせないと言った[7]。写真はすこぶるうまくできた。私は白い服を着て、マーガレットも同じだった。彼女のワンピースは、とても白い白だった。彼女の白いジャケットには、幅広い深紅の襟が付いていて、赤い皮のベルトも巻かれていた。私の白い洋服は、微妙に濃淡の異なる三種類の白で構成されていて、写真の中でこの濃淡が正確に再現されていた――上着はある種の白で、シャツはそれよりも少しだけ白い白で、ネクタイはそれよりさらに白い白だった。リュミエールの現像法は、私よりも鋭い目を持っていたのだ。私は写真を見せられるまで、これら白の濃淡に全く気付かなかった……。

ある日、W女史がマーガレットのちょっとした甘い打ち明け話を私に教えてくれた。マーガレットが彼女に言った。

「クレメンズさんに奥さんはいるの？」

「いいえ、いらっしゃらないわ？」

マーガレットは少し間を置いてから、愛らしく、愛おしい真剣さで、大きな独り言のように、言った。

「私が奥さんだったら、彼のそばを一時も離れないわ。彼の傍で、彼を見張って、彼のお世話をずっとしてあげるわ」。

一二歳の子供に芽生えた母性本能だった。齢の差も気にならず、私が七二歳だということも気にならない。ただ私の注意散漫ぶりが気になって、この欠点から私を守りたいという愛情でいっぱいなのだ。

私の収集品には他にも二つの宝石達がいて、彼女達についてはすでに詳しく語った。フランチェスカとドロシーだ。ニュージャージーに住む愛しのドロシー、ドロシー・クイックだ。他にもドロシーが二人いる――アメリカ人とイギリス人のドロシーだ[8]。

引き続き、私の集めた宝石について――ドロシー・クイック――彼女が教えてくれたエイブリルフールの面白話とハーヴェイ大佐が聞かせてくれた競馬場のお転婆メイベルについて――ドロシー流ビリヤードの遊び方。

ドロシー・クイックはちょうど一一歳と半年になる。彼女は相変わらずで、一時もじっとしておられず、快活で、元気で、明るい。くわえて面白くて、善良で、素直で、優しくて、人懐こくて、愛らしかった。去年の夏イギリスからアメリカに戻る船で一緒になった。私は船上二日目にして彼女を発見すると、彼女を独り占めしてしまった。彼女の母親、それから彼女のおじいさんとおばあさんには、一日のほとんどを彼女抜きでなんとか楽しんでもらった。それほど私と彼女は離れがたくなっていた。恒例の洋上宴会「音楽会」が差し迫っていた時のこと――イギリスとアメリカの船員病院に寄付金を送るため、有料で開かれることになっていたのだが――乗客から選任された音楽会の責任者が私のところにやって来て、音楽会でスピーチをしてくれないかと頼んできた。私は無愛想に答えた。

「それなら、**私のところに**来るのは筋違いだよ。私は主人にお仕えする身ですからね。この件に関しては権限がないのだよ。責任者のもとへ行きたまえ――私の主人のもとへ。主人がお許しになったら出演してもいいですよ」。

「よろしければ、ご主人とは誰のことか教えていただけませんか」。

「ドロシーだよ」。

責任者はドロシーを探し出して、恭しくお伺いを立て、彼女も同様に恭しく返答した。その結果が、一時間後のプログラムに印刷された――こう書かれていた。

「マーク・トウェイン、スピーチ（ドロシー・クイックの承諾を得て）[9]」

去年の九月にタキシードでドロシーと共に過ごした一週間のある日のこと、[10]昼食の席にいた彼女が、明るい夏服で輝くほど愛らしくて可愛らしかったので、私は言った。

「ドロシー、抑えてはいるんだ——一生懸命に抑えてはいるんだが——でも抑えきれなくなってきたよ——君を食べてしまいたい！」

彼女は即座に答えた。

「駄目よ、食べちゃだめ、クレメンズさん。寂しいじゃない」。


私達は二人で面白話を言い合った。ドロシーがひとつ二つ面白い話を披露してくれた。そのひとつが、次のような内容だった。

エイプリルフールに、小さなジョニーが居間に飛び込んできた。一〇人ほどの女性達が集まって五時の紅茶を飲んでいると、ジョニーが興奮して叫んだ。

「ママ、上の階でね、知らない男が家庭教師の女先生にキスをしているよ」。

ママは怒った目をして、憤然と階上に向かおうとした。そこでジョニーが、してやったりと大喜びして叫んだ。

「エイプリルフールだよ！　知らない男なんていないよ——安心しなよ、相手はパパだよ」。


翌日ハーヴェイ大佐が訪ねてきてくれて、一日を共に過ごした。あの魅力的で、才能多き男には、ひとつだけ奇妙な癖があった。ユーモラスな話を聞きながら、心ここにあらずとなってしまうことがあるのだ。時には話の最中で考え込んでしまい、もはや声も聞こえていない様子になる。我々は彼の奇癖に馴れているが、ドロシーは初めてだった。大佐はご機嫌で、いくつもの面白話をしてくれた。そのひとつが次のようなことである。彼が実際に出くわした事件だ。

舞台は競馬場の特別観覧席。大競馬レースの大会でのことだ。居合わせたのは裕福なドレスをまとった上流階級の婦人達。少し離れたところに、付き添いもなく、けばけばしい装いの美しい女性がいた。彼女は、見た限り育ちがあまり良くなさそうだった。彼女は教養ある高貴な女性に見えるよう懸命に努めていて、その場にふさわしい落ち着いた威厳を立派に保っていた。だが疾走する馬達が近づいてくると、彼女は我を忘れて熱狂し出した。彼女の興奮は高まり、さらに我を忘れて立ち上がった――まわりの婦人達は競馬よりも彼女に目を奪われた。それでも彼女は夢中になっていて気付かない。彼女は首を伸ばして競馬を見守っている。熱い目は興奮して燃え出した。彼女は思わず声を張り上げた。あえぎながら思いを吐き出した。

「勝てるわ！――きっと勝てる……行け――鞭よ――鞭！……いいぞ、鼻先半分、前に出てるぞ！……鼻先四の三、前に出た！……えー、抜かれた！　後ろに下がってやがる、まだ下がるのか、まだ！……くそ、死んじまえ、負けたじゃないか！」

彼女はベスビオ山の噴火さながらに不敬語や卑猥語をぶちまけて罵り、その場は気まずい雰囲気になり、婦人達は驚いて息を呑んだ！　そこで間があって、一人舞台を続けていた彼女もはたと我に返る。彼女は痛ましい視線を――恥ずかしそうな視線を――怯える婦人達に向けて、そして叫んだ。

「お転婆メイベルでした！」

そこで我らがドロシーをお披露目するちょうどいい頃合いだと思い、私は彼女にエイプリルフールの面白話をしてほしいと頼んだ。彼女は可愛らしくて愛らしくて、実に愛嬌ある素朴な仕草で素直に語り出した――ところが成果はない。大佐からの反応がないのだ。彼は頭の中で、水車のようにグルグルと思索を巡らしていた。ドロシーの話も聞こえていなかった。ドロシーは傷ついたようだったが、何も言わなかった。しかし傷は深かった――ただし、それはずっとずっと間をおいてから表面化することになる。それから二四時間というものドロシーがこの話題に触れることはなかったが――その間もずっと怒りをくすぶらせていたことは明らかだった。その証拠に、ついに本音を吐き出したとき、彼女は家の前にいて、これといった話題があったわけでもなかったのに、なんの前触れもなく、大佐の名前すら出さず、突然ぽつりと「彼はね」と言って愚痴り出したのだ。

「彼はね、自分の面白話は笑うのに、他の人の話にはかまってくれないのね」。

ドロシーは先週の土曜日にやってきて、月曜日まで泊まっていった。[11]　彼女は相変わらず愛おしいドロシーのままだった。私達二人は一日中ビリヤード室にこもっていた。ドロシーは今回もシェイクスピアを朗読してくれた。芝居の中からお気に入りの箇所だけを抜き出して読むと、あとは飛ばしてしまう——というのが、彼女のやり方だった。時折彼女はビリヤードの合間でも、そこここで本にざっと目を通して次から次へと選ぶ。いつもいい本を選んだ。二〇分ほど朗読すると、次は私にも二〇分ほど朗読を求めてくる。それから「五〇〇」というゲームを始めて二〇分で打ち切ると、[12]次はトランプゲームのユーカーを二〇分して、それからバーバリウムというゲームをしたりして一日を過ごした——彼女の関心事はうつりゆき、いつでも二〇分しか留まっていられない。二〇分ビリヤードをすると、違う遊びを二つして、またビリヤードに戻る。こうして彼女と過ごす一日は、朝の九時から彼女が寝るまで——夜の九時まで——彼女は限りなく愉快だった。

　バーバリウムというゲームを知らないかもしれないので、説明しておこう。紙の上段にとても長い単語を書き出し、この単語の最初の一文字からゲームを始める。この頭文字を先頭にして、長い単語の綴り字の中から好きなアルファベットを拾って並べ変え、新しい単語を作るのだ。決められた時間内に最もたくさんの単語を作れた人が勝ちとなる。それからお題になっている単語の二番目の文字を先頭にして、同じようにアルファベットを並べ替えて単語を作っていく。ドロシーは苦労して六個から七個の単語を見つけてきたものの、さらに成果を上げるには、お題の単語に新たな母音や子音を加える必要があることに気づいた。そこで彼女は自分の欲しい文字を加えてもいいかと提案してきた。私は絶対に反対しない。いつでも、加えてもらえるとこちらとしても有難いと言った——私はニコリともせず言うので、彼女には絶対に疑われなかった。しかしチャンスがあれば、にんまりとした。というのはドロシーがこのゲームに飽きた頃には、お題の単語はもともと一七文字しかなかったのに、ゲームをしているうちに残りのアルファベットが全部追加されていたのだから。彼女はビリヤードをしている時も可愛らしかった。彼女とビリヤードをしていると、誰でもないドロシーと対戦しているのだと思い知らされる。というのも彼女がやっていると、すべてのルールが無くなり、彼女が新しいルールを導入するからだ——彼女だけが唯一絶対的権威なので、誰の同意も求めない。こうしてビリヤードには想像を超えた改良がなされた。ボールが望んだ場所にないと、彼女は何も言わずに、有利な位置にボールを集めては、何も言わずゲームを続けた。

引き続きドロシー・クイックについて――彼女から最近届いた手紙の写し(13)。

ドロシーから手紙が届いたのでここに引用する。彼女の句読点の使い方も、書きなぐる手を落ち着かせることも、夢中になって突き進む可愛いらしいところも改善していないことがわかる。

我が親愛なるクレメンズ様

バレンタインカードを送っていただきありがとうございますあなたのカードが来たとき三一枚のカードが来てたのでこれで三二枚になりました素敵なカードばかりですみんながあなたにバミューダで買ってきてもらったベルトをとってもほめてくれます本当にきれいなベルトですクレアラさんのミュージカル(14)のことを新聞で読みました素敵だったんでしょうねクレアラさんは大好きですとってもきれいだからすぐにお返事ください郵便が来るたびに走って取りにいきますここには一日三回配達が来るのでいつもあなたからの手紙だといいなと思って取りにいきますでもきっとお忙しいからそんなにたくさん書けないですよね今日もお散歩に行かれたと思いますこちらも今日は愛らしい天気です昨日パーティに行って愛らしいたくさんのふざけたゲームをしたけどとっても楽しかったです私は一度も賞を取れませんでしたそれをどう思います愛とキスをたくさんたくさん送ります。

敬具
ドロシー

追伸、ライオンさんによろしくお伝えください。

彼女の手紙には小さな欠点がひとつ二つあるが、いずれも彼女自身が抱えている欠点と同じ――欠点も含めてドロシーなのだ。ドロシーの一部分ならすべて大切なので、欠点ですら切り捨てられない。言葉の急行列車がコンマやセミコロンやピリオドによって、こうした道しるべを通るたびに妨害され速度を落としていたら、ドロシーの手紙はど

一九〇八年二月一四日

うなるだろう。また類語反復に夢中になっていなかったら、あの子の光り輝く快活な心からあふれ出る言葉の洪水はどうなるだろう。計算された冷たい文学的算術で飼いならされてしまったら、土手の合間を整然と流れる小川のようになり、二度と氾濫しなくなったら。それはあり得ない。そんなのはドロシーの手紙ではない。ドロシーは今のままで完璧なのだ。子供のドロシーに成長なんてありえない。適切な時期が来るまで、落ち着いた大人の女性になるのは待ってもらおう。

去年の夏のこと、私は浅はかにも作文のためになるようなことをドロシーに教えて、後から悔やんだ。だが悔やむことはなかった——的外れだったらしく、なんの結果ももたらさず、損害もなかった。私の教えたことは次のようなものだ。反復と類語反復には大きな違いがある。同じ言葉を繰り返すことで意味をはっきりとさせられるなら、意味を明確かつ鮮明にして、はっきりさせ、限定的で間違いがないようにするためなら、恐れずに反復すればいい。だがその効果がない場合は言葉を繰り返すのは控えたほうがいい。意味のない反復は類語反復でしかなくなり、結果として退屈で間の抜けた文章になる、と。しかし彼女の手紙を見て確信した、ここには「愛」や「愛らしい」という言葉が惜しみもなく繰り返されていて、幸いなことに今日にいたるまで有益な反復と類語反復の違いなんて、ドロシーには関係なかった。

(1)一九〇七年一〇月一八日付「自伝口述筆記」と一七三ページ三二行目〜三四行目の脚注を参照。

(2)トマス・エジソンが一八七七年に最初の蓄音機を発明した時、金属の回転胴を使って音の記録と再生を行った。その一〇年後には蠟製の回転胴を使用した。クレメンズは一八八八年に『コネチカット・ヤンキー』の口述筆記で蓄音機を使おうと考え、同年六月にはニュージャージー州の研究所までエジソンを訪ねた。後のエジソンの回想によると、彼は「たくさんの楽しい話をしてくれて、その一部分を蓄音機で記録した。残念なことに、そのときの録音は一九一四年の研究所を襲った大火事で焼失した」という(エジソンからシリル・クレメンズ宛、一九二七年一月一〇日付書簡、複写をカリフォルニア大学蔵)。クレメンズは一八九一年に『アメリカの爵位要求者』の口述記録を蓄音機で試したが、結果に満足せず、吹き込んだ四八本の回転胴を破棄したものと思われる(米国議会図書館、二〇一三年。『備忘録第三巻』、三八六ページ〜三八七ページ、注二八九と二九二。『トウェイン・ハウエルズ書簡集』、第二巻、六三七ページ〜六四二ページ)。一九〇八年〜一九〇九年にエジソン・マニュファクチャリング社の代表がクレメンズの声を広告用に録音したいと依頼した。ライオンはクレメンズの反応を手紙に書き残した。「これは仕事です。エジソン氏のことはとても気に入っていますが、仕事と友情は分けたいようです」（一九〇八年八月一〇日付、マーティンからダイアー宛書簡に書かれた注意書き、カリフォルニア大学蔵）。しかしクレメンズは、一九〇九年に同社が『王子と乞食』の活動写真を制作することを認めている（プリムプトンからアシュクロフト宛、一九〇九年六月一日付書簡、カリフォルニア大学蔵）。そのフィルムは現存していない。おそらく一九一四年の火事で焼失したと思われる。研究の一環としてストームフィールドで撮られたクレメンズの活動写真は、現在ミズーリ州ハニバルのマーク・トウェイン家基金にある。

（3）マルコーニによる無線電報の開発については、一九〇七年一〇月一八日付「自伝口述筆記」の注4を参照。クレメンズは一九〇七年三月二七日付「自伝口述筆記」で「無線電話」を売りだす計画について語っている。無線技術を最も実用的に応用したのがラジオで、マルコーニが一九〇四年に特許権を得た。

（4）クレメンズは一八五四年にワシントンの新聞社を訪ね、そこでリチャード・M・ホウの発明した回転式印刷機を始めて見た時のことを述懐している（一八五四年二月一七日と一八日付、マスカティン『ジャーナル』紙宛書簡、『書簡集第一巻』、四〇ページ～四四ページを参照）。一九〇八年に開発された最新技術の新聞印刷機ホウ・ダブル・オクトプル・ロータリー・マシーンは一時間で二〇万部を印刷し、両面で、八ページ〈用紙一枚で一六ページ〉を裁断し折り込みまで行った。

（5）多彩なカラー写真製法で、オーガスト・リュミエールとルイス・リュミエール兄弟が一九〇四年と一九〇六年に発明し、特許を得た。この兄弟は以前から父親のアントワーヌと一緒に有名な写真会社をフランスのリヨンで経営していた（Jones 1912、四六ページ～四七ページ。三四四ページ～三四五ページ）。

（6）正確には黄リンマッチで、「ルシファー」マッチとも呼ばれることもあり、クレメンズが生まれた翌年の一八三六年にアメリカで特許が取られた（『ハックルベリー・フィンの冒険　二〇〇三年版』、三九三ページ）。

（7）「素人」写真家による記事は見つかっておらず、カラー写真も現存していない。しかし、ライオンはマーガレットと一緒にロバの馬車に乗っているクレメンズの写真を何枚か撮影している（口絵写真を参照）。

（8）フランシス・ナナリーについては、一九〇七年七月二五日付「自伝口述筆記」および注3を参照。ドロシー・クイックについては一九〇七年一〇月五日付「自伝口述筆記」および注5を参照。アメリカ人のほうは、ドロシー・ハーヴェイ（一八九四年～一九三七年）で、ジョージ・ハーヴェイとその妻アルマとの一人娘だった（Schmidt 2009）。イギリス人の少女はマーガレット・ドロシー・ビューツだった。一九〇八年四月一七日付「自伝口述筆記」および注5を参照。

(9)彼女は一九六一年に書いたクレメンズとの交友録で、この出来事が事実であると認め、音楽会プログラムを紹介している。それによると、クレメンズは出演者として名を連ね、「マーク・トウェイン（マーガレットの好意により）」と記されていた。彼女の述懐によると、クレメンズが彼女に権限を委託したことを次のように説明している。「この旅行では君が仕事の責任者だ。できれば私が死ぬまで、マネージャーの仕事を頼めないものかと強く考えているところだ」とクレメンズは述べたという。また音楽会で「彼は、成人の視聴覚障害者の待遇改善について語り、『徒歩旅行者、海外へ』の物語をひとつ抜き出し、ベルリンで一時間以上も暗闇で過ごしている時に旅仲間と出くわした逸話を披露して、僅かな時間でも見えないことの恐ろしさを語った」とマーガレットは述べている（Quick 1961、二六ページ～三〇ページ）。暗闇の逸話は『徒歩旅行者、海外へ』の第一三章からの引用で、著書ではベルリンではなくハイルブロンで起こった。

(10)一九〇七年一〇月五日付「自伝口述筆記」および注5を参照。

(11)クイックがニューヨーク市五番街二一番地の部屋に来たのは初めてのことで、彼女を迎えるにあたってライオンが一九〇八年二月七日金曜日に電話で連絡をとっている。彼女は二月八日の日記に、「ドロシーが今日到着した。王様は待ちきれず、大きな部屋を行ったり来たりしていた。呼び鈴がなるたびごとに正面玄関まで行き、冷たい風が吹き込む中白い洋服で立っていた」と記した。この二日後にドロシーが帰ったあと、ライオンは、「王様は一日中ドロシーと遊び、彼女が今日の午後に帰ってしまうと、寂しそうに二階に上がっていったけれど、疲れていて、眠ってしまった」（Lyon 1908、二月七日、八日、一〇日付日記）と書いている。クイックはこの時の訪問のことを交友録では簡単に触れているだけだ（Quick 1961、一〇九ページ）。

(12)ユーカーとブリッジの特徴を組み合わせた、人気のトランプゲーム。

(13)口述筆記のこの部分は二月一九日以降に加えられた。クイックは自分の手紙に「一九〇八年二月一八日」と日付を付けていたが、ホビーがそれを文字に起こす前にクレメンズによって日付が消されていた。

(14)一九〇八年二月一九日付「自伝口述筆記」および注2を参照。

一九〇八年二月一九日、口述筆記

三日後クレメンズ氏は再びバミューダへ向けて出航——クレメンズ嬢の音楽会について、ク

レメンズ氏からジーン女史宛ての手紙の写し——シェリーレストランでのパーティで興味深い面々と会ったこと、二度目のバミューダ旅行を前にした放蕩の日々。

これから三日後に私はバミューダに向けて出航するが、療養のためではない。先週の木曜日は精力的に過ごし、晩になってもとても元気で、大いに動いていた。翌朝には、この健やかな放蕩について手紙でジーンに知らせた[1]。

最も親愛なるジーン様。クレアラの昨晩の音楽会について、取り急ぎお知らせします。当日は土砂降りでしたが、何の問題もなく、一六〇人を招待して一四〇人ほどが集まってくれました[2]——みな選りすぐりの方々で、快活で教養もある人達ばかりでした。クレアラは見目麗しく、声もしっかりとしていました。彼女はまるで絵画のように優雅でゆとりがあって、物おじすることなく音楽会の主役を務めあげました。彼女は時には滑稽なおどけ役を演じ、時には心に響くせつない歌を甘く、表情豊かに歌い上げ、時には嵐のように激しく奏で、またある時には悲劇の女王を堂々と演じ切りました。どのような心情だろうと巧みに表現して、会場を魅了していました！　堂々の大勝利です。誰もが彼女の歌を称え、熱烈に賞賛し、演技についても歌と同じぐらい賞賛してくれました。客達からは褒め言葉以外、聞こえてきません。ＡＰ通信社の局長メルヴィル・ストーンも出席していて、クレアラのために一肌脱ぎたいとライオンさんに言づけたそうです。彼ならアメリカの隅々までクレアラの魅力を広めてくれそうです。

ニコルズ女史の演奏は神々しいほどでした。彼女とクレアラの二重奏に会場中が湧き、二人は演奏を繰り返す羽目になってしまいました。他の曲でもアンコールの声はいくつも上がって、素晴らしい夜でした。

真夜中になってからは、シェリーレストランで催された大晩餐会と舞踏会に繰り出し、そこで朝の四時五分まで思う存分楽しみ[3]、最後まで残った放蕩仲間達と帰りました。

今朝から口述筆記をしていますが、午後はビリヤードをして過ごそうと思っています。

健康と幸福をお祈りしています。愛を込めて、親愛なるジーンへ——

一九〇八年二月一九日

父より。

シェリーレストランでの晩餐会では、最初から最後まで関心が途切れることがなかった。ロバート・コリアーが催した晩餐会だった。彼と、かぐわしく美しいあの若奥さんも、[4]クレアラの音楽会に来てくれ、私達は真夜中に連れ立って、自動車でシェリーレストランに出かけた。大きな晩餐会で、有名人の名前が目白押しだった。その中にジョン・ヘイの娘で詩人のペイン・ホイットニー夫人がいた。[5]彼女とは彼女がまだ小さい子供の時に会ったきりだった。彼女の母親と父親には無限の財力があったが、[6]彼女は恵まれすぎた環境で文学的才能をしぼませたりせず、贅沢におごることもなく才能を伸ばしてきた。晩餐会には彼女の義理の妹にあたるハリー・ペイン・ホイットニー夫人も来ていた。彼女もまた何百万ドルという財産に押しつぶされそうなのに、この世で最も崇高な魂の持ち主が清貧に甘んじて偉大なる芸術に心血を注ぐように、日々、熱心かつ誠実に彫刻の創作にいそしんでいる。[7]彼女は本名を隠して偽名で出展し、名高い展覧会で二度も大賞をさらったことがある。トルベツコイ王子もおられた。立派な方で、芸術家として努力し、成功していた。彼とは少し前に知り合いになったばかりだった。彼の妻アメリー・ライヴズは詩人だ。[8]女優の、麗しのエセル・バリモアも来ていた。[9]彼女は未亡人の母親とその家族をひとりで養っていた。彼女は懸命に働き、ここ数か月で沢山の金を稼ぎ、貯め込んでいた。ところが不幸が彼女を襲った。数日前の晩、彼女が劇場に出ていたとき、強盗が彼女の高級アパートに押し入ったのだ。彼女は、壊滅的な恐慌が続く昨今にあって、銀行を信用せず、自宅で保管し貯めていた現金を含め、家じゅうの貴重品を残らず強盗に持ち去られた。あの有名なロシア人女優ナジモアも来ていた。実に興味深い人物だった。彼女にはこれまで、舞台でも、舞台以外でも、会ったことがなかったのだが、彼女はすらすらと流暢で正確な英語を話していた。しかも彼女は、初めて英語を口にして二ヶ月半でなんとか英語の演劇に出られるようになったという。彼女は生まれも育ちもスイスで、一一歳になってからロシア語を知ったのだそうだ。それから彼女は外国語を習得するときのように、幾重もの苦労を重ねて母国語を身に付けてきたのだという。[10]

私は朝の四時半に帰宅し、五時にはベッドに入り、六時頃眠りにつくと、八時には朝食に向かう支度を始めた――

疲れもなく、新たな活動に向けて準備は十分だった。それ以降も予定はたんまり入っていて、せっせとこなしていった。昨日はプラザホテルで愉快で胸躍る二時間を過ごした。ベン・ジョンソンの仮面劇で二〇人ほどの若くて魅力的な男女が出演する舞台を観覧したのだ。豪華な美しい衣装といい、見事な歌声といい、演技といい、素人舞台としては、これほど素晴らしいものを見たことがない。[11]その晩はダブルデイ家で夕食をとり、そこからワシントン・スクエアのギネス邸に向うと、[12]そこに続々と人が集まってきて、一一時には人だかりとなっていた。素晴らしい楽器や歌の演奏もあった。かの有名なカルーソーも仲間入りした。[13]オペラの舞台以外で彼を間近で見たのは初めてだった。流行の先端を行く人々ばかりが集まる中に、私は白のスーツで入っていった。これが私の流儀だし、皆もそれを認めてくれている。あの快活で愛嬌があって自由奔放な若いヴァージニア人、私にとって遠い従妹にあたるウィリアム・ウォルドーフ・アスター夫人も、[14]親族を訪ねてイギリスから里帰りしており、晩餐会にも姿を見せていた。彼女は、真夜中頃、部屋の中央まで私を引きずりだすと、演奏開始の合図を送り、私にダンスの相手を求めてきた。喜んで応じた。ダンスを踊ったことはないのだが、やろうと思えばダンスぐらい簡単だと常々考えていた。私のダンスは会場中を飲み込んで、大喝采を浴びた。私も滅多にない良い出来だったと心中では鼻高々だった――人生を満喫し、人生を活発に生きている姿があれば、それだけで素晴らしいことを私は分かっていた。アンコールの声がどっと湧きあがり、それに応えてもう一曲、斬新でこれまで試したことのない見事な芸術的改良も加えて踊った。来年の夏にはイギリスに彼女を訪ねてクリブデン館で数週間過ごす約束をした。[15]恐らく私は行けないだろうが、あの美しい場所は本当に見てみたかった。真夜中を少し回ったところで、トルベツコイ王子とピーター・ダン（ドゥーリ氏）と一緒に帰った。[16]大勢が晩餐会を後にし、さらに大勢がやってきて晩餐会に加わった。

冒頭で述べたが、私は健康を立て直すためにバミューダに行くわけではない。私には何の問題もない。どうしても景色や気候を変えて静養する必要があったのはH・H・ロジャーズだったのに、私と一緒でなければ絶対に行かないと彼が言い張るので、四月一六日までの予定をすべて投げ出して同行することにした。[17]

（1）ジーンはてんかんのためコネチカット州グリニッジで介護を受けながら暮らしていた（「アシュクロフト・ライオン原稿」の六章注

5を参照)。

(2)クレアラの音楽会は、伴唱者のチャールズ・ワークとボストンのヴァイオリニストのマリー・ニコルズとの共演で、二月一三日の夜に五番街二一番地のクレメンズの自宅で行われた。翌日にはニューヨーク『タイムズ』紙がこの音楽会を報道し、招待客六〇人ほどの名を挙げている。その中には、ヘンリー・ロジャーズ夫妻、ヘンリー・ロジャーズ二世夫妻、リチャード・ワトソン・ギルダー夫妻、ジョン・ハウエルズ夫妻、フランク・N・ダブルデイ夫妻(以下の注12を参照)、アンドリュー・カーネギー夫妻などがいた(「クレメンズ嬢の音楽会」、一九〇八年二月一四日号、七ページ)。日記の中でライオンはこの音楽会を「大成功」と呼び、「素敵な方々がここに集まった――だいたい一四〇人ぐらい。すべてが終わった後で、滞りがあったことが分かった――ウェイターが酔っぱらっていたのだ」(Lyon 1908、二月一三日付日記)と記している。マリー・ニコルズ(一八七九年～一九五四年)は、クレアラが一九〇六年九月二二日にコネチカット州ノーフォークで行った本格デビュー公演と、クレアラが一九〇七年春に行ったニューイングランド演奏旅行でも共演している(『自伝完全版第二巻』、二四〇ページおよび関連する注を参照。一九〇七年三月一日付「自伝口述筆記」および注5を参照)。ニコルズ本人は演奏会で成功を収めてきた実績を持ち、演奏旅行でアメリカとヨーロッパの各地を回り、とりわけ、ボストン交響楽団とベルリン・フィルハーモニー交響楽団など多数の交響楽団で演奏した。演奏会の舞台から引退したのち彼女はヴァイオリンを教え、セアラ・ローレンス大学で音楽監督を務めた(以下ニューヨーク『タイムズ』紙より、「ボストンのニコラス女史、ミュージカルの都ベルリンを魅了」、一九〇三年一一月一日号、四ページ。「ヴァイオリニスト、七五歳で永眠」、一九五四年一一月二三日号、三三ページ。ワークについては、一九〇八年一〇月六日付「自伝口述筆記」および注6を参照)。

(3)ライオンの日記によると、「王様がシェリーレストランのヴァレンタイン晩餐会から帰ってきたのは今朝の四時三〇分だった。(中略)恐ろしく巨大なコガネムシみたいな車(自動車)が大きな音をたてながら通りを走ってくるのが聞こえたので、階段の手すり越しに見たら、王様がはつらつとした陽気な少年のように階段を走ってやってくるのが見えた」と記している(Lyon 1908、二月一四日付日記)。シェリーレストランはオーナーのルイス・シェリーから名前を取り、五番街と四四丁目の角の上品なレストランとしてニューヨークの上流階級で人気だった。

(4)ロバート・J・コリアー(一八七六年～一九一八年)は父親のピーター・F・コリアーと共同で出版社P・F・コリアー&サン社を経営し、一八九八年から一九〇二年まで『コリアーズ・ウィークリー』誌の編集長を務めた。一九〇九年に父親が亡くなってからは彼が社長となり、一九一二年から一九一三年にかけて再び『コリアーズ・ウィークリー』誌の編集長になる。彼は一九〇二年に、アスター一族の一人セアラ・スチュワード・ヴァン・アレン(一八八一年～一九六三年)と結婚した(「R・J・コリアー、晩餐会のテーブルで死去」、ニューヨーク『タイムズ』紙、一九一八年一一月九日号、一三ページ。Mott 1957、四五三ページ～四五七ページ、四六二ページ～四六五ページ)。

(5)ヘレン・ヘイ・ホイットニー(一八七六年～一九四四年)は一九〇二年に銀行家で金融家のペイン・ホイットニー(一八七六年～一九二七年)と結婚した。彼女は一八九八年から一九一〇年にかけて、旧姓で数冊の詩集を出版した。のちに彼女は世界でも最大級の厩舎を所有し、ケンタッキー・ダービーの優勝馬が二頭輩出して、競馬界の著名人となった。彼女はまた幅広く慈善事業に貢献したことでも知られていた。

(6)ヘレン・ヘイ・ホイットニーの母親クレアラ・ルイーズ・ストーン・ヘイ(一八四九年～一九一四年)はクリーヴランドの百万長者アマサ・ストーンの娘だった(フェアバンクス宛、一八七四年二月二五日付書簡、『書簡第六巻』、四九ページ注三)。

(7)彫刻家のガートルード・ヴァンダービルト・ホイットニー(一八七五年～一九四二年)は初代コーネリアス・ヴァンダービルトのひ孫にあたり、ペイン・ホイットニーの弟で金融家のハリー・ペイン・ホイットニー(一八七二年～一九三〇年)と一八九六年に結婚した。彼女は彫刻家として知られているだけでなく、他の芸術家達のために惜しみなく支援したことでも知られ、賞金を設け、一九〇八年にはニューヨークにある彼女の工房に画廊を開設し、芸術家達が作品を展示できるようにした。彼女はその後も活動を続け、ホイットニー・ミュージアム・オブ・アメリカン・アートを設立して、一九三一年に開館した。

(8)肖像画家ピエール・トルベツコイ王子(一八六四年～一九三六年)はロシア人貴族の一族に生まれ、アメリカ人の小説家で詩人、脚本家であるアメリー・ライヴズ(一八六三年～一九四五年)と結婚した。彼女にとっては二度目の結婚だった。

(9)エセル・バリモア(一八七九年～一九五九年)は一流の舞台女優で、のちに映画のわき役として活躍していた。モーリス・バリモア(一八四九年～一九〇五年)とジョージアナ・ドルー・バリモア(一八五六年～一八九三年)の娘で、両親ともに俳優だった。彼女はニューヨークのハドソン劇場で二ヶ月間の公演の『彼女の姉妹』に出演し、千秋楽を迎えたばかりだった(「劇場通信」、ニューヨーク『タイムズ』紙、一九〇八年二月一六日号、一一ページ。Kotsilibas-Davis 1977、一一ページ)。バリモアは二月九日に強盗に入られた。

女優は日曜の夜九時三〇分ごろに自宅を出て、叔父と伯母のシドニー・ドルー夫妻を訪ねたあと、夜更けまで戻らなかった。彼女が戻ると、寝室の窓が大きく開け放たれていた。

邸内はくまなく荒らされ、タンスの引き出しもすべて開いていた。最も深刻な金銭的被害は、現金五〇〇ドル余りを入れた封筒だった。しかしながらバリモアさんにとって最も悔やまれる損失は、母親のロケットとネックレスと、形見としてとても大切にしていた幾つかの宝石である。(「エセル・バリモア、強盗にあう」、ニューヨーク『タイムズ』紙、一九〇八年二月一一日号、一ページ)

バリモアの母親は未亡人ではなく、夫より先に亡くなっている。彼女の叔父シドニーとその妻グラディスは舞台俳優としてかなり成功していて、この時もまだ俳優活動を続けていた。バリモアが叔父夫婦、あるいはドルー家の誰かを養っていたという証拠は見つかっていない(Kotsilibas-Davis 1977、三一九ページ〜三二〇ページ、三五六ページ〜三五七ページ、四二五ページ)。

(10)アラ・ナジモア(一八七九年〜一九四五年)はロシアで生まれ、スイスで教育を受けたのち、〈現ウクライナ共和国〉オデッサに戻ってヴァイオリンを学んだ。それからモスクワでスタニスラフスキーの元で演技を学び、一九〇五年にニューヨークに移住した時にはすでに女優としての名声を確立していた。彼女は一九〇六年までに英語を習得して、同年にはイプセンの『ヘッダ・ガーブレル』で、主役を演じて初の大成功を収める。彼女は舞台女優として(特にイプセン解釈に長けた女優として)、長きにわたり第一線で活躍し、無声映画でも人気スターとなり、亡くなるまで性格俳優として映画に出演し続けた(「アラ・ナジモア、六六歳、ハリウッドで死去」、ニューヨーク『タイムズ』紙、一九四五年七月一四日号、一一ページ)。

(11)一九〇八年二月一九日付ニューヨーク『タイムズ』紙は、「女子青年連盟の第八回年次発表会は、今シーズン社交界デビューをする男女だけの舞台で、昨日の午後プラザホテルで行われ、華やかな成功を収めた。社交界デビューの若者達がこれほど華麗で完成された演技を披露したことは今までなかった。ベン・ジョンソンの有名な仮面劇『キューピットを追いかけ大騒ぎ』はこれ以降の良い先例となるだろう」と報じた(「社交界デビューの若者達、慈善公演で無言劇を披露」、七ページ)。同紙によると、クレメンズも娘クレアラと観劇していた。

(12)フランク・ダブルデイ(一九〇七年九月四日付「自伝口述筆記」、注4を参照)は旧姓ネルジュ・ド・グラフ(一八六五年〜一九一八年)と結婚している。彼女は博物学者で、ネルジュ・ブランチャンというペンネームで自然関連の作品を多数残した作家だった。ベンジャミン・S・ギネス(一八六八年〜一九四七年)は、退役したイギリス海軍将校だったが、ウォール街の銀行家であり、かつ企業重役として財を成した。彼の妻、旧姓ブリジット・ヘンリエッタ・フランシス・ウィリアムズ゠バルクリー(一九三一年死亡)は準男爵の娘で、社交界の花形だった(以下ニューヨーク『タイムズ』紙より、「B・S・ギネス、著名な社交界の花形、死去」、一九三一年一月六日号、二五ページ。「ベンジャミン・S・ギネス」、一九四七年一二月一七日号、二九ページ)。ライオンは日記でこの時のことを記している。

女王然とされるあの方、ネルジュ・ブランチャン・ダブルデイが、またキプリングの話をした。彼が詩作する時、頭の中で何度も何度も考え抜き、無用な言葉はすべて削ぎ落としてから、詩を紙に記すのだという。去年の夏、彼らが〈イギリスの〉サセックスにキプリングを訪ね、彼と一緒に自動車で辺りを回った時、彼の頭はタイヤのリズムに合わせてあふれ出てくる陽気な詩で一杯になり、皆が車で走っているあいだ、彼は詩を吟じたと、ニルティアは教えてくれた。

王様は私を家に残してギネス夫人の家に行った。彼はそこで真夜中過ぎまで過ごした。(Lyon 1908、二月一八日付日記)

(13)この名高いテノール歌手はメトロポリタン・オペラ劇場に出演中で、ここ最近では二月一七日の夜にプッチーニの『マノン・レスコー』に出ていた(「カヴァリエリが舞台に降り立つ」、ニューヨーク『タイムズ』紙、一九〇八年二月一八日号、七ページ)。

(14)ナンシー・ラングホーン・アスター(一八七九年～一九六四年)はヴァージニア州で名だたるラングホーン一族の一人である。クレメンズのミドルネームは、彼の父親の友人で、明らかにこの一族に属する男性への敬意をこめて付けられた。だからといって、当然ながらクレメンズがナンシー・アスターの「遠い従兄弟」だったということにはならない。彼女は美貌で知られ、一九〇六年にウィリアム・ウォルドーフ・アスター(一八四八年～一九一九年)の息子ウォルドーフ・アスター(一八七九年～一九五二年)と結婚し、裕福なアスター家のイギリスにおける分家筋に入った。一九一九年に彼女は英国初の女性議員となっている。彼女は、一九〇八年二月、「ヴァージニアのブルーリッジ地区の『白人貧民層』への支援資金を集めるためニューヨークに来ていた。彼女の訴えによると、ブルーリッジ地区の貧民層は「とても貧しく、しばしば食べる物すらなく、教育を受ける僅かな手立てすら持たず」、「動物同然の暮らし」を強いられていた(「ウォルドーフ・アスター夫人が大義を訴える」、ニューヨーク『タイムズ』紙、一九〇八年二月一四日号、七ページ。Lampton 1990、九六ページ)。

(15)アスター家の屋敷は、敷地内に何百エーカーもの庭園と森林地帯があり、オックスフォードとロンドンに挟まれたテムズ川を見下ろせた。政治家や作家、芸術家など様々な知識人達が集う豪勢な晩餐会が繰り広げられた場所でもあった。

(16)ユーモア作家のフィンリー・ピーター・ダン(『自伝完全版第二巻』、三七七ページおよび関連する注を参照)。

(17)ロジャーズは一九〇七年七月に心臓発作を起こした。ライオンによると、二月二二日にロジャーズが、クレメンズとライオンとともにバミューダへ向けて船出したときには、まだ「病身で、とても、とても弱っていた」(Lyon 1908、二月二二日付日記)。七週間にわたるバミューダ旅行に関しての詳細は、一九〇八年四月一六日付「自伝口述筆記」を参照。

一九〇八年四月一六日、口述筆記

バミューダから戻る——クレメンズ氏はうかつにも主席裁判官とは気付かず——グレイ伯爵の人柄。

ライオン女史とロジャーズ一家と私は、七週間におよぶ愉快な健康快復の旅を終えてバミューダから三日前に戻ってきた(1)。

あのおとぎの国で、私は二度の慈善講演をした(2)——一回目はある病院を支援するためで、二回目は水族館支援のためである。二回目の講演で、私は痛恨の大失敗をしそうになった。オペラハウスには通用口がなかったため、私は中央通路を進むことになり、一時的に最前列の椅子に座らされていた。私の出番になったら、そこから小さなはしご段を登って舞台に上がることになっていた。講演の前に、まずは首席裁判官のスピーチがあって(3)、水族館の状況報告や展望といった類の話になることは分かっていた。この裁判官がステージには上がらず、観客席に立って、ステージを背にしたまま聴衆に向かってスピーチすることも分かっていた。右の席はひとつ空いていて、左手は四つ空いていた。この四席は英国国旗でくるまれ、来賓席となっていた。ウッドハウス知事閣下夫妻と、視察訪問中のカナダ総督グレイ伯爵(4)とグレイ伯爵夫人が座ることになっていた。かつては世界講演旅行で英国植民地も回った経験から、観客がすべて集まってから高官達が会場入りするという段取りは承知していた。私が席に着いてからほどなくして、主席裁判官が私の右側に座った。彼とは一年前に出会っていたが、顔を覚えていなかった。彼が親しげに接してきたので、私も知り合いであるかのような振りをした。ジョーンズかスミスかブラウンだかの知り合いだろうと思ったのだ。そして本来なら彼の奥方か他のご友人が座るべき席を私が横取りしてしまっているのではないかと思い、慌てて、一時的にこの席を使わせてもらっているだけだと説明した。私としては謝罪のつもりで言ったので、「気にしないでください、友人も席が空くまで待てますから」などと優しい言葉をかけてくれると思い込んでいた。ところが彼からは一言もなしで、私は戸惑ってしまった。きっと私が親しげな振りをしたがために、彼は勘違いをしたのだろう。彼が何のためにそこにきているか私が分かっていて話しかけているものと思っていたのだ。それゆえ彼にしてみれば、的外れな私の発言に答える言葉も見つからなかった。私はいたたまれず、気まずい空気を和ませようと話のきっかけを探したが、何も浮かんでこない。じりじりと待ちながら、話しかけるのにふさわしい言葉はないかと思案を巡らせるのだが、収穫はなかった。とうとう会場は一杯になった。観客の間でひと時の間、静かな待ち時間が訪れると、オーケストラがイギリス国歌「国王陛下万歳」を演奏し始め、観客が一斉に立ち上がった。これを合図に来賓が入場してくるのは分かっていた。来賓達が最前列までやって来ると、握手を交わしてから、席に着いた。そこで私は、右側の見知らぬ、私にとっては初対面の男性に顔を向け、軽快な調子で、「これで、クソ主席裁判官殿が出てきて、一席ぶってもらえば会は始まるんですな」と声をかけようとした。ところが神の摂理により間一髪のところで救われた——天から授かった今年最初のご好意だ——というのも私が最初の言葉を発しようとしたとき、知事閣下が、私の隣にいる知り合ったばかりの友人に向かって会釈し、ほほ笑んで、手を振りながら、「主席裁判官殿、どうかスピーチをお願いします」と言われたからである。

　私は一瞬固まり呆然となった。それから麻痺していた感覚が戻ってくると、この六五年間味わったことのない、あの時の感触が蘇ってきた——私がベアクリークで溺れかけ、三度目のあがきでとうとう力尽きて水中へ沈みゆく時、奴隷女が私の髪の毛を摑んで救い上げてくれたときの危機一髪の感触だ[5]。

　グレイ伯爵は愛嬌があって魅力的な方で、素晴らしい人格者だった。彼は我々と同じ船で帰宅の途についた。彼は長いあいだ世界の果ての辺境地で過ごし、その厳しい環境にも、そこで暮らす、半ば野生のカウボーイや金鉱堀りや牧場男達とも親しみ、こうした荒くれの武骨者達のこともこよなく愛おしんだ。飾り気がなく、出会った人には誰とでも気さくに語り、どんな相手だろうと、誰とでも、ものの数分で簡単に打ち解けてしまう——若い女の子相手でさえそうなのだ。私のエンゼルフィッシュの一人も[6]——ボストン在住の女学生で、内気な一六歳も——同じ船に乗り合わせていた。私達が後部デッキに座って日向ぼっこをしているところに、彼が加わってきた。彼が来てから五分ほどは彼女も緊張して言葉も見つからない様子だったが、しばらくするとくつろぎ出し、恥じらいも消えていった。彼女は前に読んだ物語について熱心に、さも面白そうに話した。それから彼女は物語の面白さを挙げて、彼にも感心してもらおうとした――彼は喜んで応じ、いたく感心してくれた。

彼は簡素な装いで、お付きの者も伴わず、副官と馬上の制服警官だけを引き連れてカナダ連邦を旅して回っていた。彼の人懐こい顔はどこへ行っても人気で、支持を得ていた。彼の副官がいくつも実例を挙げて彼の人気ぶりを説明してくれたのだが、そのひとつが次のような話である。ある日総督一行はカナダ辺境地のつつましい家まで馬でやってきた。するとスコットランド系長老派に属する白髪の老女「イスラエルの母」が騎乗の一行に挨拶をするために出てきて、(7)伯爵の膝に手を置いて、彼の顔を愛おしそうに見上げて言った。

「兵士をお連れのところから察しますに、総督でいらっしゃいますね。総督なのにちっとも恐れ多くなくて、まるでイエス様に話しかけているかのようですわ」。

(1)クレメンズの一行には、ライオン、ロジャーズ、ロジャーズの付き人、義理の息子のウィリアム・E・ベンジャミンが含まれ、二月二四日にバミューダに到着した。ロジャーズの妻エミリーは三月半ばに合流した。クレメンズらは四月一一日に英国郵船バミューディアン号で帰国の途についた。詳しくは Hoffmann 2006、一〇二ページ～一二六ページを参照。

(2)コテージ病院の慈善公演がプリンセスホテルの舞踏会場で三月五日に行われ、クレメンズはそれに出演した。彼は式典の進行役として何人かの演者を紹介してから、三ドルの犬の物語（一九〇七年一〇月三日付「自伝口述筆記」に収録）を語った。ライオンによると、「准将が犬を売ってほしいと頼むくだりになると」彼は「少年のようにどっと声を上げて笑い崩れてしまった」という。バミューダ『ロイヤル・ガゼット』紙によると、クレメンズが見せる「変幻自在の声色や、奇妙で可笑しげな声、見栄えのいい白髪ときらめく目の魅力」を言葉で表しきれなかった（Lyon 1908、三月五日付日記。「コテージ病院を支援する催し物、プリンセスホテルにて」、バミューダ『ロイヤル・ガゼット』紙、一九〇八年三月七日号、ページ数不明、Hoffmann 2006、一一〇ページ～一一五ページも参照）。クレメンズは募金を訴えて、「淑女の皆様は宝石を寄付くださり、紳士の皆様は通帳か、速達小切手にしっかりと署名を付けてお出しいただければ幸いです」と提案した（「サミュエル・ラングホーン・クレメンズ［一八三五年～一九一〇年］」、『バミューダ歴史季刊誌』、第三四号、［一九七七年秋号］、五四ページ～五九ページ）。近くのエイガー島で、元々は英軍火薬庫だった場所に建設された、「バミューダ生物研究所水族館」のための慈善興業がコロニアル・オペラハウスで四月九日に行われた。クレメンズが語ったのは三つの得意の話だった。ひとつは、青いスイカを盗み、それを熟したスイカと交換してもらう話、もうひとつは、父親の事務所で死体を見つけた衝撃的な逸話。最後は、メキシコの駄馬に乗ろうとして悲惨な目にあった話である（『苦難をしのびて』、第二四章から）（「コロニアル・オペラハウスで講演」、バミューダ『ロイヤル・ガゼット』紙、一九〇八年四月一一日号、ページ数不明。Hoffmann 2006、一二三ページ～一二五ページも参照）。

（3）ヘンリー・クーパー・ゴラン（一八六八年～一九四九年）は一九〇四年から一九一一年までバミューダの主席裁判官を務めた。

（4）ジョスリン・ヘニッジ・ウッドハウス（一八五二年～一九三〇年）は一九〇七年から一九〇八年にかけてバミューダ知事を務めた。彼は一九〇一年にメアリ・ジョイス・ウィルモット＝シットウェルと結婚した。アルバート・ヘンリー・ジョージ第四代グレイ伯爵（一八五一年～一九一七年）は一九〇四年から一九一一年までカナダ総督を務めた。彼は、帝国主義支持の政策をとっていたため、ケベックでは特に人気が低迷していたが、誠実で良心的な人柄で有名だった。彼はカナダとアメリカ間の協力関係をみごとに促進し、数々の文化スポーツ事業を創設した。彼と、彼の妻で旧姓アリス・ホルフォードは、一八七七年に結婚し、五人の子供がいた。

（5）クレメンズはこの時の出来事を――他で溺れかけた逸話を含めて――一九〇六年三月九日付「自伝口述筆記」で述べている（『自伝完全版第一巻』、四〇一ページ～四〇二ページおよび関連する注を参照）。

（6）ドロシー・スタージス。一九〇八年四月一七日付「自伝口述筆記」、注14と注16を参照。

（7）徳が高く信心深い女性のこと。この用語は、聖書に登場する賢明な士師であり勇敢な指導者だった女預言者デボラからきている（士師記、第五章七節）。

一九〇八年四月一七日、口述筆記

クレメンズ氏の、一〇人のエンゼルフィッシュ達のクラブ――クラブ本部はレディングの新居に用意されたビリヤード室――トゥイッチェル氏への手紙で、ボストン発「新文化運動」

について語る。

ハドソン川沿いのリヴァデイル邸で過ごしていたある日、[1] 妻と私は失った子供達のことを想い、悲しみにくれていた。あの子達は死んだのではないが、私達の人生から永遠に消え去ったことに変わりはない——**小さな子供としては、**ということだ。娘達は今も私達のそばにずっといるが、すっかり大人の女性になってしまい、私達と同じ地平をともに歩くようになった。**あの頃の**娘達と**今の**娘達の間には、四方に広がる地平線全域ほどの大きな隔たりがあるのだ。妻と私は子供だった娘達の姿をぼんやりと思い浮かべていたものだ。とうに去ってしまった日の姿を——短いワンピースを着て、ひょろ長い足にお下げ髪で遊び、跳ね回っている姿が目に浮かんでくる——だがいつも遠く、おぼろげになってしまう。子供達のはしゃぐ声も笑い声も聞こえてこない。どれほどあの子達をこの腕に抱き寄せたかったことか！　だがあれは、はかなくて愛おしい幻影でしかなくて、しだいに薄れて消えいくと、私達は打ちひしがれた。

あの日、私は胸にわだかまる思いをできるだけ詩にしたためた。この詩は出版用ではなく、決して世に出すつもりはない。ここに詩を残しておくので、これを読めば、私がいかに女子学生達を崇拝しているか、明らかになるはずだ——崇拝という言い方が相応しいのなら、もちろん相応しいと思うのだが。

「彼方に舞う、ひとときの淡い幻影」

オリヴィア・スーザン・クレメンズを偲んで

一八九六年八月一八日に、この世を去りし君に。[2]

「私は年老いた哀れな女。
もし年月を経た人の共感が——

「**経験は**時代である。年月ではない！
あなたの顔は経験知らずでしわひとつなく、経験知らずで桃色だ。
あなたは長く生きてきたが、何も苦しみを知らずにきたのか。
私を憐れまんとする、善意はわかり、それはわかる。
しかしその対価をどうやって支払うというのか、
あなたの原石の中にまだ埋もれているものに？
悲しみの火——心臓を炎に包むのはまさにその火だ、
それこそ赤い黄金を溶かして解放する！　血が流れ出す心臓こそ
金属燃焼分析で嘆きの対価を支払うのは——
運命の悪意で不幸がそう定めるなら
いずれ発見される未開発の鉱山の
よきにはからう
文書ではない」。

老女は過去の刹那を夢みて、
痛みの中、うつろな顔で、つぶやいた。
「私は年老いて深い悲しみに埋もれ——ひどく年老いてしまった！」
それから彼女は語りはじめた、傷心の物語を、
まるで瞑想者のうつろな独り言のように。
「私の可愛い、巻き毛の妖精さん！
私の女の子の赤ちゃん——あれは、どれぐらい前のことだったろう——
五年と二〇年にもなる——ひとつの時代だ！

「私はあそこに座って、幸福を噛みしめていた、
心は豊かに肥え、夢見ていた望みは叶い、
この世で私ほど満たされた者はいるのだろうかと。
「まあ、あそこに、私の服の裾から
太陽に輝く黄金色の髪がきらめくのが見える、
だけど、黙っておくの。かくれんぼなんだから。
クマがあそこに隠れている。よく分かっている。
やり口もね。みんなこっそりと忍び寄ってきて
木陰や森に隠れている——
(馬毛のソファーだと考える人もいた)——
クマは有利な地点にまで詰め寄って、
そら——ガオーと飛び出してきて、
私は怯えて崩れ落ちる——それが私の役。
「ああ、かわいい我が子がいまだに目に浮かんでくる。小さな体は
クリーム色のふんわりとした子供服を着ている、
おなかに巻いたピンクのベルトに大きなリボン、
家猫の耳ほどの青い靴で——
嬉しくて飛び跳ねて、歓喜で笑い転げ
私が怯えおののいているのを見て大はしゃぎ。
「すると突然、あの子の笑い声が止んだ——
愛らしい心は後悔の涙に溺れて——
あの子は私のもとに飛んできて、私をきつく抱きしめる、

私の目や顔や口にキスをして、
心配そうな声で、怯えた私をなだめてくれる、
「見て、ママ、泣かないで。**本物の**クマじゃないのよ。私よ」。
「ああ、私に、ああ、私に、どうして知り得たか
あの子の顔を二度と見られなくなる日がくるなんて！

「なんと可哀想に！　彼女は死んだのか？　まさにこの日に？」

「いいえ、あの子を失ったの。そう思う――あるいは奪われた。
私達には分からない」。
私はぞっと寒気がして、言葉も出なかった。
言葉もなかった。だが老女は気付いていなかった
私が声を掛けようが、掛けまいが、さすらっていく――
嘆きの物語を口に――疲れた足を引きずりながら
あの哀れな旅路を、昼も夜も、
日暮れから夜明けまで、夜明けから日暮れまで永遠に、
幸福な人間達があくせく働き、そして眠る間も。

「駄目だ。私は見逃してもらえなかった。
ずいぶん昔、一時代前のように思える、またも不幸がやってきた。
あれから一六年になる。数えないではいられなかった。ああ、ない、ああ、ない。

あの子はまだ愛らしい小さな女の子だった――一〇歳にもならない――ひどく変な感じだった――本当に変な――本当に変な感じ！

「夏の午後だった。丘には
青葉が私の頭上に茂り、眼下の谷間まで広がった。
遠くの村はひっそりとまどろみ、世界中が
夢の中に浸っている。私に平和の時が舞い降りていた、
その魔法にかけられ、悲しみを忘れていた。そこへ
まだ小さい私の女の子が、通り過ぎていった、彼女は
厳粛な思いを胸に、物思いに沈んでいた。
反抗的な態度、私の叱責。私の顔を
彼女は「今日一日見てはいけません」。
彼女は贖罪をしていたから……**彼女が**？
いいえ、それは**私**だった！　母親がそれが何かわからないのか？
それで、彼女は通り過ぎた、私は崇め、焦がれる……
間違ってなかったか？　私が間違っていないと思いますか？
私は最善を尽くした。本当にそのつもりだった。
そして愛情ゆえにしたことで――激情ではない。いいえ、
ただ愛情ゆえに。私が間違っていないと思いますか？
私が間違っていなかったと思えたら、慰めになる……
私が彼女と話していたら！　わかっていたら――わかってさえいたら！

「あの時の彼女のように、今でも私には彼女が見える。

そして目を向けるたび、起きていても、夢の中でも、
彼女は通り過ぎる。私に気づかずに、通り過ぎる！
「義務だから、呼び止める言葉を、愛情で溢れ
舌で燃えても、おさえた。そして嫌々彼女を行かせた――
ただ座して彼女を愛しながら、嫌々彼女を行かせた……
ああ、運命の日が迫っていると、私がどうして知り得たでしょう！

「彼女が、いま目の前で舞っている。
桃花色の、ふんわりクレープの服を着て、
三つ編みの髪を下げて、
夏の帽子からリボンが軽やかに流れる、
苦悩する顔、垂れた頭、心配事に心奪われている。
ああ、華奢で小柄な体で！――
それが動く、ゆっくりと径を遠のいていく、
空を舞う蝶々に取り囲まれながら。それが届くのが見える
そよ風吹く天に、そして空にくっきりと映し出され……
それからあの子は向こう側へ超えて行き、見えなくなってしまった――永遠に！」

「死へと？」

「わからない。でも私には失われた。
もう二度と戻らない、この世で目にする幸福はもうない。

彼女はどこをさまよっているのか——今もどこかでさまよい、生きているとしたら——
それは私には決してわからない……そして、まだ
もうひとつ」。

「いってしまった?」
「連れ去られた、私が立ち尽くし、見つめる前で!」
「おお、なんと可哀想に!」

「一〇〇人の友人のいる前で
彼女は私の目の前から消えてしまった! まさに私の家の中で
それはあった。内には光と歓声。外は
吹きすさぶ冬の夜。劇をした
彼女流に。彼女の創作、
誰の助けも借りず、自分ひとりで考え——そして彼女は
一六歳になったばかり! 可愛らしい劇、
粋な幻影をちりばめ、
陽気な歌に、たくさんの妖精達が登場し
森に住む神々に女神達、
羊飼いも出てきて、笛を吹き、ダンスを踊り、
跳ね回って、ふざけ合って
邪心のない時が流れた。
「彼女の少女時代の友人も劇に出演した、

彼女も出演した。女神だった、彼女——
私には、そう見えた。
おとぎの国の再現だった——それはとても美しく
そして無邪気。私達大人は、声を上げた、
これらおとぎの国の幸福な相続人とともに
私達も失われし若さを生き直す。
「ゆっくりと、最後に幕が降りた。
私達の目の前に、そこに、彼女が立っていた、花冠に
露の滴るバラの服をなびかせ——とても甘美で、とても福々として、[3]
とても輝いていた！——勝利を祝う賞賛の嵐をうけて
私達に何度も投げキスを送った……ああ、
時の霧の向こう側に、まだ彼女が見える、
私の花の女神！

……「幕はおり、彼女を隠した……
あなたは理解できるか？　時が果てるまで！
私の見ている前で、彼女は私の人生から消えてしまった。

……「あれから一〇年の歳月が流れた。
ああ、私はもう長いあいだ目を凝らしている、
長いあいだ。それでも彼女はもう来ない……
もう二度と。いいえ、彼女はもう来ない」。

一九〇八年四月一七日

彼女は泣き崩れ、少しの間、言葉にならぬうめき声をあげた、私は無言のまま、この深い悲しみを、癒す言葉を求めた。それから彼女は、ため息をついて、再び語り始めた。

「それでも私はこれを生き延びた
そして心の底の底から感謝した
大切な宝石達の中で、たったひとつだけ残った、
いっとう貴重なもの
取られずにすみ、私の目を楽しませ、
そして私の日々の暗闇を照らした。

「私の偶像、彼女は！
私は怯え、震えるわが魂に彼女を抱きよせる——私の大切なもの！——
そして毎日が不安でこと切れた。いまは、
私にはすべてのものが恐怖だった、以前は
害のないものだった。雨、雪、太陽——
彼女に触れただけで、私はたじろいだ。
「ああ、彼女はすらりとして美しく、綺麗だった！
そしてすべての世界と私の関係、それは私と彼女の関係。彼女の中で私は生きた、
彼女は私の中に。私達は二人ではなく、ひとつだった。
それは母と子を結ぶ普通の絆とあまり似ていない、
二人の恋人同士を結ぶ絆に近かった。

二人が離れると、時は空しくなった。
時は重くのしかかり、太陽は冷たく、
人生は価値を失った。空しい時が過ぎると、
そして二人は生を再び飲み干した、互いの目から、
そして唇と言葉――ああ、それほど満ち足りた喜びに
天上でもなにも付け加えられないだろう！……

「あなたにも彼女を見てもらいたかった。
見知らぬお方、あなたがもしも……でもあなたはもう決してあの子に会えません。
私も――ああ、決して二度と！

……「彼女はなんと美しかったことでしょう！
外見だけでなく――内面までも。彼女の霊が
顔に映し出され、彼女の心が両方を高貴たらしめた……
そして、いまや……
ああ、いまや、あの奇跡をもたらす英知の中で、
光が消え、頭の回転も止まり、
物言う目が、心を魅了した声が、
魔法が解けたように消えた！

……「彼女のことがどれだけ愛おしかったか！　生命に満ちていた！
喜びの火と炎と情熱でできていた生き物――
生きる悦楽だった！　ああ、誰が夢想できたか
彼女が死ぬなんて？……二年――ほんの二年前……

「変な気分……ほんとに変だ……
前触れもなく襲ってきた！
若さという金では買えない恩恵の中で低く横たわる――
すがすがしい若さの花開く最高の時に低く横たわる――
人生の朝に、切り倒された！
「そして私はそばにいなかった！　そばにいなかった
夕闇が降りて、死の夜が忍び寄ってきた時に、
私の人生を照らした太陽が沈んだ。私はそばで答えてやれなかった
彼女の唇から最後のささやきが漏れてきた時
私にはそれは愛おしいささやきだったのに――私の名前だった！
私の郵便ははるかかなた！　世界中が一斉に息を呑んだ。
ああ、死の波に沈んでいく時に、彼女は私を呼んだ
母親の助けを叫んだ、答えはない――
静寂（4）だけ！
「ああ、あなたは私の心をかきむしる！
神よ、あなたを憐みたまえ、この哀れな女性を！　神の憐みがありますように
この過酷な鉄槌が最後の試練でありますように
神のお導きがありますように――」
　私は言葉に詰まった――彼女の顔に浮かぶ強い表情に叱責されて
彼女は夢の中にさまよい入った――聞いていなかった。
彼女の心は遠くにあって、
人生の廃墟をさまよい歩いていた。

それからほどなくして、彼女は独り言をつぶやいた、
「みないってしまった。
みんな。彼女も、最後に残った私の喜び、私の誇り、私の慰めも――
死んだ。死んでしまった、若さの完全な華季にありながら」。

彼女は立ち上がり、歩いていった。
彼女のことを知っているらしい人に尋ねると、教えてくれた、
「可哀想な女性、彼女は狂ってしまった。
彼女は四人の子供を亡くしたと、思いこんでいる。一人しかいなかったが」。

ああ、神よ！
それでも彼女は、傷ついた哀れな心で、真実を語った！
年老いた我々なら――我々にはわかる。我々でも
たとえ狂っていなくともわかる、子供達が大人になって、
それぞれの物語を完成させるのを見届ければ、
私達は、折に触れ、子供の幼い頃が瞼に浮かぶ
かげりゆく遠い過去の中に。
子供達の小さかった体が、かつてのまま、見えてくる、
そして、それを、この胸に抱けたらと歯ぎしりしている間に
我が子の幻影は消えていく。わかっているのだ、それは失われたと――
永遠に失われていたと。もう二度と戻ってこないと。
年老いて、死者を恋しがるように、それが恋しくなる、

死者を偲ぶように、それを想って偲ぶのだ。

S・L・C

ヨークハーバーにて、一九〇二年八月一八日。

一九〇四年六月五日に妻が亡くなった後、私は不安と孤独に長いあいだ苦しんだ。クレアラとジーンは勉強や仕事に忙しく、私は荒涼とした海のような、高尚で尊い大義の晩餐会とスピーチの中を漂っていた――スピーチをすれば知識人としての喝采を浴びられたし、娯楽にもなったが、心に響くのは一夜限りで、終わると心はまた渇き、干からびてしまう。私もおじいさんと呼ばれる世代になっていたということだ。私に欠けていて、私に必要だったのは、孫の存在だったのだが、そのことに気付いていなかった。そうした、ある幸運な日のこと、黄金に輝くあの日に、孫の必要性を偶然に知ることになった。それ以来、私の心の中から孫達が消えることはない。それどころか私の心の中は、あの幼き者達が宿る宝の宮殿となった。私は、この宮殿に身を寄せた女の子達を、崇め、進んでよく働く奴隷として仕える身なのだ。今生きている人間の中で、私ほど孫に恵まれたおじいさんもいない。なぜなら私は孫を**選べる**が、普通のおじいさんは、生まれてきた孫を、いい子も、悪い子も、平凡な子でも、受け入れなければならないからだ。

先に触れた偶然は、ドロシー・ビューツとの出会いだった。彼女は一四歳で、私に会いたいと言ってくれて、彼女の母親が連れてきた。あれほど可愛らしい子はいない。イギリス人で、いかにもイギリス人らしく、素朴で、誠実で、あけっぴろげで、まっすぐで、人生の最盛期にいた。これが二年以上前のことだ。彼女は八ヶ月前にイギリスに帰ったが、それまでは数週間ごとに会いに来てくれた。帰国してからも、私達は文通している。(5)

次の宝フランシス・ナナリーは、ジョージア州アトランタの女学生で、フランチェスカという愛称で呼んでいた。去年の夏ロンドンで彼女と私はいくつかの家に答礼訪問して、それは楽しい毎日を過ごしたことは前にも話した。彼女はそのとき一六歳で、可愛くて愛らしくて落ち着いた小柄な女の子で、イギリスで訪問したお宅ではどこでも大変歓迎された。彼女は六週間後には両親とともにヨーロッパに向かうことになっていて、その途中で北部に寄るので、私のもとにも立ち寄るという。(6) 彼女も忠実な文通相手だ。

三番目の宝はドロシー・クイックだ。去年の夏イギリスから帰る船の中、洋上で捕まえた。あの時彼女は一〇歳と一〇ヶ月だった。ドロシーという子は、本当にすごいのだ！　あの子の話を何章分話したことか。(7) 彼女の快活で、賑やかで、跳ね回る仕草や、句読点のない作文や、ほれぼれするほどでたらめな綴り字については既に語った。彼女のことを語り尽くせたかって？　いいや、誰もそんなことはできない。少なくとも私のように、彼女を崇拝する人間にはそれはできない。彼女は今度一一歳とおおむね八ヶ月になる、本当に愛しい子だ！　私がバミューダから帰り次第、あの子は訪ねて来ることになっていたのだが、彼女のおじいさんが、私よりも古くから彼女のおじいさんだった。来週月曜日の朝にはヨーロッパに発つので、当然ながら、航行前に彼女との最後のひと時を過ごしたいという。彼女は今もあの時のままだろうか、彼女らしく快活に筆を走らせるところや、彼女ならではの綴り字や句読点が、時とともに薄れていないだろうか？　今も私の誇りであり喜びでいてくれているのだろうか？　きっとそうだろう。

親愛なるクレメンズ様

お帰りになって大いにうれしいです月曜日にお会いできるのでとてもうれしいです月曜日の朝に行けませんが一九の汽車で向かいますお会いできるのがとてもうれしいです土曜日にご一緒できなくてごめんなさいでも本当におじいちゃんといたかったんですもう手紙を終わります。

愛を込めてライオンさんにも会いたいです

愛情をこめて

ドロシー

追伸　おじいちゃんが旅行に出かけてしまうのでニチ曜日はおじいちゃんと一緒にいないといけません

ドロシー

一九〇八年四月一七日

次はマーガレット——この前の新年で一二歳になるニューヨークのマーガレット・ブラックマーだ。合わせ貝の彼女だ（前章を参照）。あのときの貝はもろくて壊れやすかったから、懐中時計の鎖には付けられなかった。そこで私達は貝を安全な所に大切にしまっておいた。代わりに、エナメルを塗って貝らしく玉虫色に光らせた金の貝殻を懐中時計の鎖に付け、それを見せればお互いを確認できる。マーガレットの父親はこれから六日後にハドソン川沿いにあるブライアクリフの彼女の学校から彼女を連れて来ることになった——これは、五日前の手紙で知ったことだ——そしたら彼女を連れて「子供劇場」の芝居に出かけよう。私はこの素晴らしい機関の名誉会長として二言三言演説することになっている[8]。

次がアイリーン。ニューヨーク市七五丁目のアイリーン・ガーケンは、実に美しくて優美で、それでいて驚くほど子供っぽい——いわば、妖精——一二歳だ[9]。明日彼女は私と一緒に芝居の昼公演を見にいって、午後はビリヤードをして過ごすことになっている。この前の一月にバミューダで過ごした時も、私達は大いにビリヤードに興じた。それで球がある場所に止まると、今でも彼女の名前が出てくるようなった。アイリーンはビリヤード中に、打った球がヘリ沿いのクッションに止まり、ほとんど役立たずになるような失敗をしても、一切動じない。改善策を心得ていたからだ。彼女は、一言も発せず、謝罪の言葉すらなく、球を手頃な場所に移すと、淡々とボールを打ち出すのだ。さっきもここでビリヤードをしていて、球がクッションに止まった時、あの子に会ったことのない紳士達まで、こう言って痛恨のミスを嘆くのだ。「くそ、やっちまった、またアイリーン状態だ」。

次はヘレン・マーティン。カナダのモントリオールで暮らす[10]、細身で明るくて、愛らしい、一〇歳半の子供。

次がジーン・スパー。彼女はこの前の三月一四日で一三歳になった[11]。一緒にいると天上の王国を思わせるような子だ。

次が九歳半のロレーン・アレン[12]。彼女はフルートのような声に、本当に花のような顔で、その美しさたるや、どんな花よりも優雅で魅惑的だった。

次はヘレン・アレン。バミューダ生まれの一三歳で[13]、完璧な人柄に、愛らしい性格に、人を惹きつける外見をしている！

次が――現在のところ最後となる――ボストンのドロシー・スタージス、一六歳だ。[14] 昨日の章でグレイ卿の話をしたときに触れた魅力的なな子だ。帰航中に、私達は船尾にいて、二人して、大きな波が船を押し上げては落とす様を見て興奮した。天まで舞い上がっては落ちる感覚がひどく面白かったが、そのうち巨大な波が手すりを越えて襲い掛かってきて、私達二人を押し流し、数トンという海水の中に飲み込まれた。これをアメリカ全土の新聞が危険で衝撃的な事件に作り上げたが、[15] 本当は決してそんなことはなかった。ドロシーは怯えていなかったし、誰にも怪我はなかった。洋服を肌からはぎ取って着替えると、私達二人は甲板で半時間ほど過ごした。昨日ドロシーの話をした時、彼女も「エンゼルフィッシュ」の一人だと言ったかと思う。

右に挙げた一〇人の女生徒はみんなエンゼルフィッシュで、私のクラブ、その名も「水族館」のメンバーだ。このクラブに入れるのは、これらのエンゼルフィッシュ達と、彼女らに仕える奴隷一人だけ。私がその奴隷だ。バミューダのエンゼルフィッシュは、豪華な青い模様がついていて、泳ぎわたる魚の中では断トツの美しさを誇っていると私は思っている。そこで私は一〇人のお気に入り達をエンゼルフィッシュと呼び、そのクラブを「水族館」と名付けたのだ。[16]

クラブのバッジはエナメルで作ったエンゼルフィッシュの飾りで、襟章ピンとして胸元を飾った――少なくとも女の子達はそこに付けていた。これらの小さなピンはバミューダで手に入れたもので、ノルウェー製だった。

一年か二年前にコネチカット州レディングの郊外で二一〇エーカーの素敵な土地を購入し、ハウエルズの息子のジョン・ハウエルズに別荘を建ててもらっている。今度の夏はそこで過ごす予定だ。[17]

そこのビリヤード室のドアには「水族館」の看板を付ける予定だ。ここをクラブの公式本部にするのだ。エンゼルフィッシュの寝室もある――ダブルベッドを用意した――エンゼルフィッシュとその母親とが、神のお許しになる限り何度でも泊まりにきてもらえたらと思っている。

モントリオールのヘレンから手紙がきた。いま返事を書き始めたところで、書きあがるにはもう少しかかりそうだ。[18]

君が恋しいよ、愛しのヘレン。バミューダも恋しいが、君を恋しがる気持ちほどじゃない。君は選び抜かれた稀有な限定品だが、バミューダの魅力と優雅さは、ただだし、その辺によくあるものだ――いわば雨みたいなものさ、分かるだろう、正しき者にも、そうでないものにも、同じように降り注ぐ。[19]私が天に代わって雨を降らせるとしたら、そんなことは決して させないけどね。絶対に。私なら正しき者には優しく心地よく雨を降らし、正しくない者が外を歩いていたら、雨で溺れさせてやるだろう。

トゥイッチェル牧師がハートフォードからやってくるというので、歓迎の旨を手紙に添えて、今から送るところだ。[20]

嬉しい、ジョー――格別うれしい――あなた達聖職者連中がボストンから輸入した「新文化運動」について、ここまで話しにきてくれるのでしょう。多少の話はこちらにも伝わっている。おかげで不敬な笑いが瞼にまで浮かんできています。私の理解が正しければ、「新文化運動」というのは、単にクリスチャン・サイエンスのことだ。西部の未開の荒野で、聖油とは無縁の牛泥棒と同じ手口で、牛の耳にある飼い主の焼印を塗り潰したり、切り取っているのが「新文化運動」だろう。[21]私の言葉通り、キリスト教の歴史は繰り返されているし、ユダヤ人は神と創造と洪水伝説と戒律といった教えをバビロンからくすねてきて、自らの宗教に盛り込んだのだ。エジプトでは忘却の太古から同じようにくすねてきた神々を崇め、ギリシア人はエジプトから略奪品をくすね、ローマ人はギリシャの神々をくすねて崇めている。キリスト教は遅れてやって来て、仏陀や孔子から道徳や奇跡などあれやこれやとくすねて使っている。クリスチャン・サイエンスがやってきてキリスト教の体裁だけをくすね、そこに新しい名前を付けて信仰している。[22]そしてついにはボストンの清教徒達がやってきて――クリスチャン・サイエンスを憎む者達なのに――分捕ってきたものをかっさらい、それを洗礼し直して、素知らぬふりを装って、涙を誘う有難い神の恩恵を叫んでいるのだ――ここ三千万年繰り返されてきた、神のいかがわしい伝統によれば、そういうことだろう。

ああ、そうだ、クリスチャン・サイエンスがニューイングランド中の教会を空にしたことを私は知っている。それで賢い人達が危機感を募らせ、何とか手を打たなければ、破産して、説教壇も競売に出して財産整理をせねばならなくなると慌てていたことを知っている。危険が迫っていることも私には分かっていた。どうして分かったかって？　私はクリスチャン・サイエンスが別組織のごとく偽装して、新しい名前でハートフォードにやってきて、教えを説いて回り、ありがたがられていることを分かっていたからだ——どこかだって？　あらゆる場所の中で最も適したところだ。あの「聖職者工場」だよ。[23]あのほとんどは盗んだ金で建てたのだ。あのご大層なキリスト教徒のニュートン・ケースが、アメリカン出版社の仲間達と結託して私から盗んだ金で建てたんだ。[24]

ああ、親愛なるジョー、誰か「キリスト教徒のなり方と他人の物に手を出さないでいる方法」という冊子でも書いてくれないだろうか。

(1)クレメンズ一家は一九〇一年一〇月一日から一九〇三年の秋にイタリアに出発するまで、主にリヴァデイルで暮らしていた（『自伝完全版第二巻』、八二ページおよび関連する注、九九ページおよび関連する注）。

(2)この「自伝口述筆記」は、実際には二つの原稿をまとめたものである。クレメンズが「一九〇八年四月一七日口述筆記」と記している部分は、別の時期に作られた二つの散文をまとめたものである。ここに挿入された詩は、家族が一九〇二年の夏を過ごしたメイン州の避暑地ヨークハーバーで書き上げられたもので、以前に書かれた詩を手直しながら書きあげたものである。これは一九〇二年八月一八日と日付けを付けられ、二四歳の時に髄膜炎で亡くなったスージィ・クレメンズの六周忌を悼んで書かれたことになる（SLC 1902）。「去りし君」は一八七四年生まれのクレアラと一八八〇年生まれのジーンのことである（巻末の「家族伝記」を参照）。この詩はもともと一八九八年八月一八日にオーストリアのカルテンロイトゲーベンで書かれた詩「壊れし偶像」に手を加えたものだった（SLC 1898）。多くの行が一八九八年の詩と一致しているが、新しく書き足されたり、変更されている部分もある。いずれの詩にも女性と失われた子が登場し、オリヴィアとスージィのことを指していることは明らかである（「壊れし偶像」についての考察全般はBush 2007、二四六ページ〜二五〇ページを参照）。

(3)スージィは一七歳の時に「ギリシャ語の詩行を元につくられた」『恋の狩り』の脚本を書き、上演した。クレメンズはこの時のことを「スージィの思い出によせて」で書いている（『自伝完全版第一巻』、三二七ページおよび関連する注。口絵写真を参照）。

(4)スージィが亡くなったのは家族と暮らしていたハートフォードの自宅だったが、彼女の両親と妹達は外国にいた。一九〇六年二月二日付「自伝口述筆記」を参照（『自伝完全版第一巻』、三二三ページ〜三二五ページ）。

(5)マーガレット・ドロシー・ビューツ（一八九三年〜一九七五年）はクレメンズの最初のエンゼルフィッシュで、アルフレッド・ビューツとジャネット・ビューツの娘としてロンドンに生まれる。彼女の父親は熟練の速記者で、ニューヨークの出版者ジョセフ・ピューリッツァーの個人秘書を何年もしていた。ドロシーは、一九〇六年の秋に『エヴリバディズ・マガジン』誌の副編集長のジョージ・バー・ベイカーを通じてクレメンズと知り合うことになる。ベイカーは、ある夕食会でドロシーとお喋りをしていて、彼女から「マーク・トウェインはどこに住んでいるのか知りたい」と言われ、彼女の願いをクレメンズに書いて知らせた（ベイカーからクレメンズ宛、一九〇六年一〇月二一日付書簡、カリフォルニア大学蔵）。その三日後の一〇月二四日に、ドロシーは自分でもクレメンズに手紙を書き、彼の作品を熱烈に褒めたたえ、一〇月三〇日に母親につれられて彼に会いにきた（カリフォルニア大学蔵。Lyon 1907、一〇月三〇日付日記、八月二八日付日記）。一九〇七年初頭にドロシーは少なくとも作品ひとつを『セント・ニコラス』誌に出している。三月号の奨励賞の欄に彼女の名前が残っている（三四号、四七四ページ）。一九〇七年半ば、アルフレッド・ビューツはピューリッツァーの秘書を辞め（ピューリッツァーの財産の管財人としての地位と五万ドルの遺産を放棄して）、イギリスの出版者ノースクリフ卿の秘書になった（一九〇八年付一一月二四日付「自伝口述筆記」と注1を参照）。ドロシーが七月に家族とともにイギリスに帰ることになり、クレメンズは彼女を見送って「悲嘆に暮れ」た（Lyon 1907、七月二五日付日記。Schmidt 2009 を参照。この口述筆記に付された注の多くはこの著書に負っており、自伝関連の情報を知るうえで重要な資料である）。マーク・トウェイン・ペーパーズではドロシーの書簡のうち一〇通だけを保管しているが、クレメンズの彼女宛ての手紙は三通しか見つかっていない。クレメンズとエンゼルフィッシュの間で交わされた書簡は『マーク・トウェインの水族館』に収録されている（Cooley 1991、二八五ページ〜二九三ページ）。

(6)一九〇七年七月二五日付「自伝口述筆記」と七四ページの注を参照。フランシスとクレメンズは彼女がヨーロッパに旅立つ前に、ニューヨークで会う計画をしていたが、日付までは決まっていなかった。二人は、彼女が船出する前日の六月一二日に会うことになる（ナナリーからクレメンズ宛、一九〇八年四月三〇日付書簡、カリフォルニア大学蔵。一九〇八年五月二九日付、ウェルズ宛書簡、カリフォルニア大学蔵）。

(7)一九〇七年一〇月五日付「自伝口述筆記」と一九〇八年二月一四日付「自伝口述筆記」を参照。

(8)クレメンズはバミューダでマーガレットと初めて会った時のことを一九〇八年二月一三日付「自伝口述筆記」で語っている（注1も参照）。彼女はウェストチェスター郡のブライアクリフ・マナーにあるミシーズ・テュークスベリー女学校の生徒だった。彼女から来た「五日前」の手紙は現存していないが、クレメンズは四月一五日に返事を送っている。

二三日に会えるのを楽しみにしているよ。私は「子供劇場」の名誉会長ですが、二三日は大きな慈善事業の一環として子供達が芝居をします。本当に皆すごくて、才能ある子供達なんです。もちろん私も舞台を見に行きます（そこで二、三言話さないといけないからです）。君も、ライオンさんと私と一緒に来てくれると嬉しいです。来れるかい。来てくれるよね？（Cooley 1991、一三六ページに収録、イエール大学蔵）

ライオンの四月二三日付の日記によると、彼女とクレメンズは、出版者ロバート・J・コリアー夫妻とともに（クレメンズ同様コリアーも新設された理事会のメンバーだった）、「子供劇場」の夜の公演を観に行った。ただしライオンの日記にはマーガレットのことには触れられていない（Lyon 1908、四月二三日付日記。「子供劇場」については一九〇八年一月一三日付「自伝口述筆記」、注10を参照）。ニューヨーク『タイムズ』紙によると、クレメンズは舞台で「短い挨拶」をして、「子供劇場」の全員が「カーテンの後ろに並び、適当な覗き穴があれば目をあて、僅かな音にも耳を澄まして」彼の話を聞いていた（「子供俳優が、会長マーク・トウェインに熱い視線」、一九〇八年四月二四日号、九ページ）。

（9）クレメンズは一九〇八年二月二五日にバミューダでアイリーン（一八九六年〜一九六九年）を「発見」した（Lyon 1908、二月二五日付日記）。彼女の両親フレドリック・ガーケンとシャーロット・ガーケンはともにドイツ移民である。フレドリックは裕福な実業家であり、不動産開発事業者だった。彼の事業の一つがニュージャージー州ディールのカジノ開発で、彼の家族はそこで夏を過ごした。彼はヨット競走や競馬関連の事業にも関わっていた。アイリーンは一九一五年に弁護士のジョゼフ・L・イーガンと結婚し、彼は後にウェスタン・ユニオン電信会社の社長となる。

（10）ヘレン・エリザベス・マーティン（一八九七年生まれ）はカナダのオンタリオ州生まれのロバート・デニソン・マーティンとスコットランド移民で旧姓ヘレン・モンクリーフ・モートンの娘だった。彼らは一八九九年からモントリオールに住んでいた。マーティンは非常に成功した穀物商人だったが、一九〇五年に妻と五人の子供達を残して五〇歳で亡くなった。ヘレンは五人兄弟の二番目だった。彼女は一九四七年頃、ジャマイカ駐在のスイス領事ルドルフ・ジェイムズ・ヴェカーリンと結婚した（Atherton 1914、第三巻、九四ページ〜九七ページ。Lowrey 2013）。

（11）クレメンズがバミューダでジーン・ウッドワード・スパー（一八九六年〜一九七九年）に出会ったのは三月二〇日よりも前で、その頃のライオンの日記によると、「ジーンは金髪のカツラを付けていて、眉毛もまつ毛もなかったが、王様はそんな些細なことなど気にしていなかった。彼は彼女の美しく若い魂しか見えておらず、とても喜んでいた（Lyon 1908）。彼女はハリエット・スパーとエドウィン・ロバート・スパーの娘だった。スパーは石材業者だった。彼の会社は父親が創設したもので、ニューヨークにある数多くの主要建築に資材を提供していた。ジーンは一九一七年にヴァッサー大学を卒業し、一九一九年に石油製造業の技師で、ジャージー・シティのウォルター・ウッド・ギャンブルと結婚した（ジーン・ウッドワード・スパーの記録については、『コネチカット州死亡欄』、一九四九年～二〇〇一年。『ヴァッサー大学人』、第二九号［一九一七年］、八六ページ）。

(12)ローレーン・アレン（一八九八年～一九八四年）はニューヨークのジョージ・マーシャル・アレンと旧姓グレース・ファンショーの一人娘だった。一九〇四年に彼女の父親はバミューダ電灯電力会社とバミューダ鉄道郵送会社を合併させて、一九〇八年五月から電気を供給していた。一九一七年にローレーンはコーヒー貿易商のアラン・マクドゥガルと結婚した。二人は一九四一年に離婚した。彼女は後にゴドフリー・スティーヴン・ベレスフォードと再婚した。

(13)ヘレン・スカイラー・アレン（一八九五年～一九五六年）は、バミューダ駐在アメリカ副領事ウィリアム・ヘンリー・アレンと妻マリオンの娘だった。プリンセスホテルにダンス鑑賞に来ていたヘレンにクレメンズが気付き、二日後には彼女のほうからクレメンズを自宅のベイ・ハウスに招待した。そこでクレメンズは、一八六七年にクエーカー・シティ号でニューヨークに帰る途中バミューダに立ち寄った際、アメリカ領事をしていたヘレンの祖父チャールズ・マックスウェル・アレンに会っていたことに気付いた。そしてさらに驚くべき偶然を発見した。オリヴィア・クレメンズが子供時代にヘレンの祖母スーザン・エリザベス・アレンと知り合いだったのだ。それゆえクレメンズはラングドン家の思い出話をするため、ヘレンの祖母を訪ねてフラッツヴィレッジを訪問した。アレン家はクレメンズを暖かくもてなす友人となり、クレメンズが一九一〇年に最後のバミューダ旅行をした際、ベイ・ハウスに滞在した。一九一三年にヘレンの母親は、雑誌記事「マーク・トウェインの新たな逸話」でクレメンズの滞在記を綴った。ヘレンは一九一五年に一九歳でパーシー・ウォーカー・ネルズと結婚する。彼はカナダ海軍で輝かしい軍歴を上げていた軍人で、艦隊司令長官まで上り詰め、一九四五年に退役した。

(14)ドロシー・スタージス（一八九一年～一九七八年）は、母親に手術後の静養をさせるため、両親と兄とともにバミューダに来ていた。クレメンズはプリンセスホテルで彼女と知り合いになったが、彼女の父親で著名な建築家リチャード・クリップストン・スタージス（一八六〇年～一九五一年）とはボストンのタバーンクラブですでに会ったことがあった。ドロシーは、有名女子校のウィンザースクール（彼女の父親が設計したボストンの建物を校舎とした学校）で学び、芸術に関心があった。彼女は後に、ボストン美術館で勉強し、ポーツマス（ニューハンプシャー）海軍造船所で製図者として働き、蔵書票のデザインや本の挿絵画家として成功した

(Harding 1967、三ページ～四ページ。「社交生活」、ボストン『ヘラルド』紙、一九〇八年四月一二日号、二ページ。American Antiquarian Society 2013)。

(15)ドロシーはクレメンズに宛てた一九〇八年四月一四日付の手紙の中で、自分が遭遇した災難が大げさに報道されていることについて、次のように述べている。「波をかぶったときのことが新聞に載りましたが、どんな風に書かれたかは、すでに読んでご存知のことと思います。ボストン『ヘラルド』紙の記事は本当にすごく面白いですが、もちろんほとんど間違いです！」(Cooley 1991、一三五ページ、カリフォルニア大学蔵)。『ヘラルド』紙が掲載した記事「マーク・トウェイン、巨大な波に襲われ、あわや落命」は、次のような内容だった。

ユーモア作家は時速六〇マイルの突風が吹き荒れる中、勇敢にも甲板に上がった数少ない一人だった。彼のお供をしたのが、ニューヨークの有名建築家のご息女ドロシー・スタージスさんだ。クレメンズ氏はドロシーの腕をつかみながら、甲板を散策するというとんでもない危険な遊びを楽しんでいた。二人は顔面に水しぶきを浴び、風に押されて足を滑らせ、よろけながら進んでいたのだ。

そこへ突然巨大な波が横から船に押し寄せ、大量の水が手すりを超えて流れ込み、雲のごとく覆いかぶさってきた。渦巻く海水がマーク・トウェインと少女の上に落ち、その衝撃でクレメンズ氏の手から彼女は引きはがされてしまい、排水溝まで押し流された。そのとき別の波が脇から押し寄せて、クレメンズも足を取られたが、機敏な動きでなんとか手すりを捉まえて難を逃れた。

彼は足場が固まるとすぐに排水溝に向かった。スタージス嬢が排水溝に溢れる水の中で溺れあえぎ、完全に気を失っていたからだ。彼は少女の腕をつかむと、船内入口から船室まで運び入れ、無事保護した。(一九〇八年四月一四日号、一六ページ)

この記事を全米各紙が取り上げた。例えば、ウォータールー（アイオワ州）『クーリエ』紙の「マーク・トウェインが英雄に」（一九〇八年四月一五日号、四ページ）とロサンゼルス『タイムズ』紙の「船上から投げ出されかけたトウェイン」（一九〇八年四月一四日号、一一ページ）を参照。

(16)クレメンズは三月一日にバミューダ水族館を訪ねている（一九〇八年四月一六日付「自伝口述筆記」および注2を参照）。ペインによると、彼がそこでエンゼルフィッシュを見て――「若々しさと女性らしい美しさを漂わせていた」のを見て――少女達のクラブを作ろうと思いついた（『トウェイン伝記』、第三巻、一四四〇ページ）。ライオンは四月一日付の日記の中で、「彼は少女達の水族館を持っている――すべての女の子達がエンゼルフィッシュだ――彼は自分のことをニシンだと言っていたが、そのとき彼は胸元にトビウオのスカーフピンを付けていた。彼にもトビウオみたいな細くて小さな足が新しく生えてきたら、閃光のごとく飛んでいってしまうのかもしれない。もし少女達が頭の後ろに蝶々の羽のようなリボンを付けていたら、彼の幻想は完璧だ」（Lyon 1908、三月一日と四月一日付日記）。クレメンズの一九〇八年六月の備忘録（「備忘録」、四八、タイプ原稿三ページ、カリフォルニア大学蔵）に記された「水族館」名簿には、この自伝で触れていない会員が二人記載されていた。一人はマージョリー・ブレッキンリッジ（一八九三年～一九八〇年）である。彼女はモード・ブレッキンリッジの娘で、母親の再婚相手で弁護士のジョン・M・デイターとは義理の親子だった。家族は、レディングでクレメンズの隣人だった。もう一人はルイーズ・ペイン（一八九四年～一九六八年）で、彼女はアルバート・ビゲロー・ペインと妻ドラの長女だった。一九〇八年四月一四日付「自伝口述筆記」で「アメリカ人」ドロシーとだけしか記されていなかった会員のドロシー・ハーヴェイも、名簿には載っていた。自伝ではガートルード・ナトキン（一八九〇～一九六九年）についても触れられておらず、恐らくは彼女が他の女の子達よりも年長だったため、正式なエンゼルフィッシュと認めていなかったと思われる。（神童のスコットランド人少女マージョリー・フレミングの著書を敬愛していたことから、クレメンズは彼女に因んでガートルードをマージョリーと呼んでいた。『自伝完全版第一巻』、三二八ページおよび関連する注を参照）。クレメンズはガートルードと一九〇五年一二月にニューヨークで出会い、一九〇六年四月に彼女が一六歳になるまで頻繁に文通している。それ以降、彼の手紙は簡潔で、途切れがちになる（二人の文通書簡のほとんどをカリフォルニア大学蔵）。彼女の誕生日にクレメンズは、「もう一**六歳**だって！　私の小さかった女の子はどこに行ってしまったんだ？　サイコロ［キス］を投げるのは無謀なこととためらわれたが、一か八か賭けてみよう。おやおや、困った、サイコロの目が、不適切と出たよ！　一四歳に戻って来ておくれ！――それなら不適切じゃないのに」と書き送っている（一九〇六年四月八日付書簡、カリフォルニア大学蔵、Cooley 1991、一ページ～三ページ、二四ページ～二五ページ）。

（17）一九〇七年三月二六日付「自伝口述筆記」および注22を参照。ペインはこの邸宅を「建築は気取らずかつ質素で――彼がフィレンツェで見てきたようなイタリアの別荘をアメリカの気候や必要に合わせて作り変えたようだ」と説明している。クレメンズは設計や建築工事はすべてクレアラ・クレメンズとイザベル・ライオンに任せ、彼の言葉を借りると「猫が暖炉の前でくつろぐまで」家を見ないでおくことにした（『トウェイン伝記』、第三巻、一四四六ページ、一四五〇ページ）。加えて、「自分からは建設計画の話し合いに加わらなかったし、設計図すら見ようとしなかった。私が望む三つのものを用意してくれたらいいとだけ言っておいた――静かに過ごせる私の部屋。玉つきをしていて、キューが壁に突っかからない程度の広さがあるビリヤード室。縦四〇フィート横二〇フィートの居間」(Dugmore 1909、六〇八ページ)。コネチカット州ダンベリーのウィリアム・W・サンダーランドと彼の息子のフィリップが建築を請け負って、一九〇七年五月二三日に平地作りを開始した。建設が進むと、ライオンは新しい邸宅の装飾や家具選びに没頭した。六月初めには「夜も昼も」働いて新居の用意を整えた(一九〇八年六月一四日付、クイック宛書簡、カリフォルニア大学蔵)。クレメンズは六月一八日にペインと共にレディングまで列車で来て、そのとき初めて邸宅に足を踏み入れている。演奏旅行中のクレアラに、クレメンズは次のような手紙を送った。

こちらの家に来て二日になります。これほど満足な家に住んだことがなく、これほど美しい家もなかったのではないかと思います。ハートフォードの家も素敵でしたが、構造上的にあまり快適ではなかったですし、無駄なスペースも多かったのです。ニューヨークの家は部屋数も多くて快適でしたが、日当たりが悪く美しくもありませんでした。この家は部屋数も多く、明朗で美しく、無駄なスペースがありません。太陽が降り注ぎ、本当に音が聞こえてきそうです。ライオンさんは素晴らしい仕事をしてくれたと思います。(一九〇八年六月二〇日付書簡、複写をカリフォルニア大学蔵)

当初クレメンズは夏の間だけレディングで過ごし、それ以外は五番街二一番地で暮らすつもりだった。しかし七月一八日にクレアラに宛てた手紙でクレメンズは次のように述べている。「この家で暮らすのがとても楽しくて、あの無味乾燥なニューヨークの納屋に帰ると思うと、一晩過ごすと思うだけで、吐き気がしてきます。ここ以外で暮らしたくありません」(ヘンリー・E・ハンティントン図書館蔵)。クレメンズは、八月半ば頃には、「冬と夏の両方をここで過ごす」ことに決めていた(一九〇八年八月一三日付、アレン宛書簡、バミューダ資料館蔵)。この邸宅の詳細な様子と写真と設計図はMac Donnell 2006を参照。

(18)クレメンズはこの「口述筆記」が記録されている原稿には「一九〇八年四月一七日」と日付を入れているが、これが仕上がったのは、おそらくその数日後のことである。ヘレンが四月半ばに書いた二通の手紙は、どちらも四月一七日までに届いていない。どちらも四月一八日に配送されたと思われる。彼女の最初の手紙は四月七日付になっているが、バミューダに宛てて送られていたため、四月一六日にはまだニューヨークに転送されていなかったことが消印から分かる(カリフォルニア大学蔵)。

マレー通り一番地
一九〇八年四月七日

親愛なるクレメンズ様へ

私達は四月五日の日曜日の朝に家に着きました。ニューヨークには五日間滞在して、楽しい時を過ごしました。家に帰ると、うちの猫が土曜日の夜から家出してしまっていたことが分かり、月曜の朝になってようやく猫を見つけました。うちの犬も私達が帰って来て大喜びです。そちらはご機嫌いかがですか。私は船酔いがきつくて、お母さんも気分を悪くして、帰国の旅はとてもつらかったです。雪が少しずつ溶けていっています。今日は気持ちのいい日で、とても暖かくて、私達は旅先から良い天気も一緒に連れて戻ってきたみたいです。私はまだお稽古を始めていません。私の可愛い小鳥ちゃんはきれいな声で鳴いています。私達は昨日町に出ていきました。明るく楽しいイースターになりますように。私は今とても元気にやっています。

沢山の愛を込めて、XXXXXXXXXXより

あなたの小さな友より
ヘレン・マーティン

追伸、すぐにお返事ください。

ヘレンの二通目の手紙には日付がないが、四月一七日（午後六時）、モントリオールの消印があり、そこから直接ニューヨークに配送されている（カリフォルニア大学蔵）。

親愛なるクレメンズ様へ

先日手紙を書きましたが、バミューダに郵送してしまい、行き違いになってしまいました。あなた様の帰りはとても快適な旅だったと思います。兄のチャーリーは下宿学校にいますが、イースターの祭日には戻ってきます。そちらはお元気ですか？　私は元気です。

沢山の愛をこめて、

あなたを大切に思う小さな友より
ヘレン・マーティン

追伸、今月は幸福なイースターを送れますように。H・M

クレメンズからの返事は、この口述筆記の断片を除くと、見つかっていない。とはいえ、彼は確かにこの手紙を書きあげて送っている。ヘレンは「私もあなたのことが恋しいです」と述べていることから、四月二四日に手紙を受け取っていたことは確かである（カリフォルニア大学蔵）。

(19)マタイによる福音書第五章四五節の言い換え。
(20)トゥイッチェルは次のような手紙を送っていた（カリフォルニア大学蔵）。

ハートフォード
一九〇八年四月一五日

親愛なるマーク様――
家に帰って、この事実を知ったら、君は間違いなく心を痛めるでしょう――知ってしまえばですが――先週の日曜日、私の手元に「隠」しておける名誉と特権を逃したのです。ですが涙をぬぐってください。素晴らしいことに、ある者に対して神はこれほど恵み深くあられるものです。私はもう一度ニューヨークに呼ばれました。今回は来週木曜日の午後（四月二〇日）にカーネギーホールで開かれる会合に参加するためです。その時は、君の家に泊めて下さい、君がそう望めばですが。
ですが**強制**じゃないですから、お分かりのように。

敬具
ジョー

トゥイッチェルはもともと従軍牧師で、一九〇八年四月一二日日曜日は、合衆国愛国在郷軍人会の南北戦争記念式典に参加するためニューヨークに来ていた。彼が四月二〇日に参加することになっていた会合は、『信者による伝道運動協会の主催のもとに開かれ』たもので、招待講演者としてタフト陸軍長官が招聘された。この会議の後トゥイッチェルは本当に五番街二一番地のクレメンズ宅に「泊めて」もらった。推測するにクレメンズは「歓迎の旨」を手紙に書いて送ったことは間違いないだろうが、ここにある文面と全く同じ内容ではなかったと思われる。本文の元となった原稿はクレメンズが所有していたもので、彼が実際にトゥイッチェルに送った手紙は見つかっていない（「貿易業者は東洋の同胞を傷つける」、ニューヨーク『タイムズ』紙、一九〇八年四月二一日号、三ページ。『自伝完全版第一巻』、二八七ページ、三一二ページ、四三〇ページ～四三一ページ、六三二ページ～六三三ページ、および関連する注を参照。Twichell 1874-1916、一九〇八年四月一一日～一三日と二〇日～二一日付日記）。

（21）ボストンのインマヌエル聖公会の主任牧師だったエルウッド・ウースター（一八六二年～一九四〇年）は一九〇六年に「神経障害」を持つ人々を治療する医院を創設した。ここでは、ジークムント・フロイトやウィリアム・ジェイムズ（など他にも多数）が提唱した心理学原理で、肉体の健康が精神面の健康と関係があることに重点をおいた治療法を取り入れていた。ウースターはクリスチャン・サイエンスが説く教えのほとんどを否定しており、とりわけ従来の薬を拒絶するという戒律には否定的だったが、キリストの治癒力という中心的な概念だけは受け入れていた。ウースターと同教会の牧師サミュエル・マコーム（一八六四年～一九三八年）は、うつ病、神経症、不安症、アルコール中毒といった病気を彼ら独自の処方で治療した。彼らの治療法には、心理療法、催眠療法、暗示療法などがあり、一九〇八年五月に出版した本『宗教と医学――神経症の道徳的管理』で詳解している（Worcester, McComb, and Coriat 1908）。マコームが主にインマヌエル聖公会運動の広報活動を担うようになり、彼が一九〇八年一月三一日にハートフォードで行った講演は、牧師達と医師達の関心を大いに集めた（「マコーム博士が医院について語る」、ハートフォード『クーラン』紙、一九〇八年二月一日号、六ページ）。

（22）一九〇六年六月二〇日と二二日付「自伝口述筆記」でも同様な見解を示している（『自伝完全版第二巻』、一三〇ページ～一三二ページ、一三六ページ、および関連する注を参照）。

（23）ハートフォード神学校の校長ウィリアム・D・マッケンジーはハートフォードの医師や牧師達が、インマヌエル聖公会で実施されているような治療を、十分な訓練も受けずに直接始めたことに懸念を示していた。こうした「危険な」治療行為に歯止めをかけるため、彼は神学校で神経病に関する講義を二つ用意した。一つは、医師を講師に招き、「肉体面」を学生に学ばせるものだった。もう一つの講義は、サミュエル・マコームを講師に迎えて、「病の心理学、信仰生活との関わり、病に対処するうえでの祈りと心理的暗示療法における治療の有効性」（「病める体に宿った病める心の癒し」、「人々からの手紙――注目の声明」、ハートフォード『クーラン』紙、一九〇八年三月一一日号、八ページ）。ニューヘイヴン『レジスター』紙によると、マッケンジーの「声明は、全国に散らばる現代の神学生達の注目を引き付けずにはいられなかった。これは、教会が肉体を癒すという新しい方向性を、最も明確に示した画期的な声明であった」。（「シンプソンとマコームの講義」、ハートフォード『クーラン』紙［ニューヘイヴン『レジスター』紙に転載］、一九〇八年三月一四日号、八ページ)。

(24)アメリカン・パブリッシング社の事務局長だったエリシャ・ブリスがクレメンズに対し、五パーセントから一〇パーセントの印税収入で少なくとも総利益の半分を得られることになると偽り、騙したが、このブリスの詐欺行為に取締役ニュートン・ケイスも絡んでいたとクレメンズは疑っていた。一八八〇年にブリスが亡くなってから、取締役会から預金取引明細書がクレメンズに提示された。この内容から、クレメンズは一八七〇年に『苦難をしのびて』の契約を結んで以降ずっとブリスが金をだまし取っていたと確信する。クレメンズは著書契約を買い取ろうとしたが、ケイスは拒否し、以降は別の会社で出版するよう促された。その次に出版された『王子と乞食』は一八八一年にジェイムズ・R・オズグッドによって発行された。ケイスはハートフォード神学校の理事で、多くの寄付金を出していた。彼は一八九〇年に図書館建設のため、少なくとも一五万ドルを――クレメンズから「盗んだ」と言われている金で――寄付した(『自伝完全版第一巻』、三七〇ページ~三七二ページおよび関連する注、一一二ページおよび関連する注。『自伝完全版第二巻』、五二ページ~五三ページおよび関連する注。「訃報。ニュートン・ケイス」、ハートフォード『クーラン』紙、一八九〇年九月一六日号、一ページ)。

一九〇八年四月二七日、口述筆記

地区検事長ジェロームは先日のスピーチで、新聞の影響下にある政権である限り、民主政治は機能しないと明言――クレメンズ氏はこのスピーチに関して見解を述べ、日刊紙の悪しき影響について語る。

地区検事長ジェロームは、ある夜の晩餐会でありのままの真実を述べていた。新聞の報道を抜き出しておく。(1)

ジェローム氏が立ち上がると声援が上がり、まずは英国大使のブライス氏を称える言葉を述べた。(2)それからアメリカ人がユーモアでこの難局を乗りきれると期待していると言った。

「何事も成し遂げられないのです、みなさんが公人の仕事をもっと注意して見守っていかないと。みなさんはニューヨークというこの偉大な州を手に入れ、それをパトリック・マッカレン、チャーリー・マーフィー、フィンジー・コナーズ、パッキー・マクケイブに明け渡して、[3]後は座しています。アイルランドの国民には神のご加護があらんことを祈っておりますし、みなさんが彼らを征服しなかったことを嬉しく思います。それでも、この四人のアイルランド人がニューヨーク州を仕切っているのは見たくありません」とジェローム氏は言った。

そこで地区検事長は矛先を変えた。

「私には断言できます」とジェローム氏は語気を強めた。「新聞の影響下にある政権である限り民主政治は機能しません。人間の精神が編み出した政治形態の中で、市民がこれほど注意して見守る必要があるものは他にありません（民主政治だけです）。制定法だけでは物事を正しく治めることはできません。人間がいてこそ物事はうまく動くのです。政府が賛同を得る必要はないと言う人もいるでしょうが、そういう人は愚か者で嘘つきです」。

「賛同を得る必要はないと言う人は嘘をついています。しかもそれをみなさんが信じていると思っていたら、その人は愚か者です。民主主義政体は普通選挙に根ざすはずなのに、今や世論を土台としています。こうなった原因は、みなさんのように教育ある方々が自らの義務を怠ったからです。みなさんは新聞の見出しを読んでも、何も印象に残らないでしょう。読み直してください――同じ見出しを――確証となる事実がひとつもなくても、明確な意見を二、三週間で持つようになります。私は断言します。新聞に影響を受けた政権である限り、民主政治は機能しません」。

「ほら、つい最近も大きな金融機関の経営者が自殺しました。[4]彼は自分にできる、せめてもの罪滅ぼしをしたのですが、ある大きな新聞が彼の私生活をあばき、世間に広めました。彼には成人した愛らしい娘が二人いました。[5]世界中に伝わった彼の不貞行為という個人的な話を読むことが世間の人々にとって何の関係がありますか？これを読めば、我々自身の制度を何とかする可能性がもっとあったのでしょうか？」

「それは何のためになされたのでしょうか？　金のためです。しかも我々はそれを読んで、目の前にばらまかれたすべての詳細を受け入れるのです。フィラデルフィアで大手の広告主が罪を犯してここで自殺しました。ところがフィラデルフィアでこの事件を報道した新聞社はひとつもありませんでした。[6] ある進歩的で偉大なニューヨーク市民が経営する、同じく進歩的で偉大な新聞社が、フィラデルフィア向け特別版にその恐ろしい話を載せて送ると、その話に火が付き、その一族を没落させました」。

「もうひとつ別の例があります——ニューヨーク市の有力者が百貨店で撃ち殺されました。[7] ところが殺人が行われた場所を報道した新聞はこの市にはひとつもありませんでした。新聞の報道を抑えたかったらどこに行けばいいのでしょうか？」

ここでジェローム氏はこの都市の大手デパートの名前をいくつも挙げた。

「この都市にある主だった新聞社は会計課に言われるままに記事を書いています」と地区検事長は続けた。「ある大手新聞が氷について調査をしました。社員の一人がメイン州へ行って、調べ回り、戻ってくると、社長のもとで言ったのです。『少量の氷を買い取る権利を手に入れました。これをお求めになりたいんじゃないですか？』氷が品薄だった一九〇六年のことですから、会社側は、大喜びで手に入れたかったのです」。

「いずれにせよ会社はその氷に高値を付けて売り出し、若者には五〇〇〇ドルが入りました。[8] こうした新聞が華々しい見出しで読者を扇動し、公約を果たそうと尽力してきた公僕達の栄えある名前を塵埃に引きずり込むのです——彼らはそれを私利私欲でやっているのです」。

「先頃私はある音楽会で偉大な批評家の隣に座りました。私自身はさほど音楽が得意ではありませんが、歌うことはできます。この偉大な批評家によると、彼の批評文が編集室に入ると、新聞の宣伝目的にあうよう修正されるのです」。

「今日の名誉毀損法は一体どうなっているのでしょうか？　私は、様々な言い方で泥棒呼ばわりされてきました。[9] その訴訟を起こすのに二年間も尽力してきました。オールバニーで公共事業法案が可決されましたが、この法案についてしっかりと議論した議員などほとんどいなかったことも分かります。議員達は新聞社が怖くて、やみくもに賛成票を入れたのです。八〇セント・ガス法案の時もそうです[10]——議員達は新聞を恐れたのです。このように無理に法案を可決させるのは間違っています。もしかしたら新聞記者の判断は他の誰よりも優れているのかもしれません。もしそれが真実なら、改善策として編集長を州議会に送ればいいではないですか」。

我々が文明と呼んでいる物は確実に劣化してきていると私は思う。南北戦争前までは我々は汚れのない人民だった。今は性根から腐っているようだ。その責任の多くは新聞にある。彼らは胸の悪くなるようなニュースを摑んだら、逐一報道するのだ。そしてありのままの事実がさほど醜悪ではない場合は、誇張して報道する。国内には二五〇〇の日刊紙があるが、私が間接的に知り、その行動がジェロームが言うことに当てはまらない、しかも今私が述べたことに当てはまらない新聞社は、六紙しかない。ジェイ・グールドは商売上の不正を流行らせ、常識にまでしてしまった。彼を皮切りに腐敗が広がりつつある中、これを食い止めようと手は尽くされたが、ことごとく失敗に終わっている。

我々の新聞は奇妙な産物だ。新聞の論説は道徳的で汚れもなく、その理念は高く清らかで、これらの理念に従う記者達は有能で、雄弁で、説得力に富んでいる。しかし、このような新聞にニュースという名の有害なごみが七ページも上乗せされている。我々の新聞は一種の神殿で、そこには一人の天使と七人の悪魔がいる。国民は七人の悪魔のほうが好きで、悪魔達が言うことには何でも興味津々で、むさぼるように好奇心を傾ける。しかし一人の天使に耳を傾けるのはほんの一握りの選ばれた人達だけだ。七人の悪魔達は途轍もない影響力をふるう。しかも全国の新聞がもたらす全影響力の八分の七が悪魔によるのだから、破壊的な影響力だ。残り八分の一は良いほうの影響力で、確かに貴重なのだが、それは一対七の比率しかない。

グールド一族の速報がまた入ってきた。王室ニュースは彼らの日常が満載だ。先週の新聞には次のような内容が載っていた。

グールド一族を取り巻くキューピッドの悲哀。

ハワード・グールド。

一八九八年一〇月に女優キャサリン・クレモンズと結婚。

冷酷で非人道的な扱いを受けたとして、妻から一九〇七年五月に別居の訴えを起こされ、年収一〇〇万ドルの収入をもとに算出された別居扶養料を要求される。

これに対しグールドは、妻が結婚前に「バッファロー・ビル」と、結婚後はダスティン・ファーナムと親密な交友関係を持っていたと訴えた。

新たな事実と裁判が待たれる。

アンナ・グールド。

ボニ・ド・カステッラーニ伯爵と一八九五年三月に結婚。

夫は彼女の財産を多分に浪費し、結婚二、三年で不仲が報じられる。

彼女は再婚が可能な完全離婚を求めて裁判を起こし、夫だけでなく、彼の多数の文通相手を共同被告人として訴えた。伯爵から自由になったら別の伯爵と結婚する予定。ハーレ・ド・サガン伯爵の予想と希望が成就すれば。

フランク・グールド。

故エドワード・ケリーの息女ヘレン・マーガレット・ケリーと一九〇一年一二月に結婚。

この二人の恋愛結婚は口論がもとで程なく破局し、最終的には別居が可能な限定離婚にまで発展し、もめた末、別居となった(11)。

アンナ・グールドはヨーロッパに留まっている。昨日の王室ニュースは、彼女が芳しい王子とナポリで過ごしていて、彼とは結婚する予定だと発表した。彼女はヨーロッパ住まいのほうが性に合っていて、最上クラスのアメリカ人が生活するのに耐えられる洗練さがあるのは、ヨーロッパだけだという。グールド家の一人が洗練というものを語り、賞賛するのを聞こうとは!

一九〇八年四月二七日

(1)ウィリアム・トラバーズ・ジェローム（一八五九年～一九三四年）は、コロムビア法科大学院の卒業生で、一九〇一年から一九〇九年までニューヨーク市の地区検事長を務めた。彼は犯罪と不正の撲滅運動を精力的に行ったことで知られ、腐敗した政治に影響を与える機関のタマニー・ホールと絶えず敵対していた。一九〇五年に彼が再選挙に出た際、クレメンズは彼を支持し、選挙運動に二五ドル寄付している。一九〇九年に開催されたジェロームのための晩餐会で、クレメンズは簡単なスピーチを行い、コネチカット州の住民なので彼に票を入れる資格がなく本当に残念だと述べた。そして最後に、「私は議員ではなく、年金をばらまくこともできず、票を買収する合法的な手段が見つからない」と言った（以下ニューヨーク『タイムズ』紙より、「ジェロームが公人としての年月を振り返る」、一九〇九年五月八日号、一ページ～二ページ、「ジェローム、長きにわたるタマニーの敵、七四歳で死去」、一九三四年二月一四日号、一九ページ。一九〇五年一〇月一四日付、ジェローム宛書簡、カリフォルニア大学蔵）。ジェロームはこのスピーチを慈善団体セント・ジョージ協会の年次晩餐会で行ったが、これはニューヨークの貧しいイギリス系住民を支援するため一七七〇年に創設された団体であった。この晩餐会は一九〇八年四月二三日にウォルドーフ＝アストリア・ホテルで催された。クレメンズがここに挿入している文章は、翌日のニューヨーク『ワールド』紙からの引用（「ジェロームが『新聞に影響される政府』に毒づく」、二ページ）。

(2)ジェイムズ・ブライス（一九〇七年一二月二日付「自伝口述筆記」、注2を参照）。

(3)パトリック・ヘンリー・マッカレン（一八四九年～一九〇九年）は一八九〇年から亡くなるまで、一期を除いてずっと民主党ニューヨーク州の上院議員であった。一九〇三年にはブルックリン政界の「顔役」になり、タマニー派に属することはなかった。死亡記事によると、彼は「最もさもしくて卑しい類のペテンと不正で告発され」たが、ニューヨーク州で最も強固な地盤を持つ政治的指導者であり続けた」。チャールズ・フランシス・マーフィー（一八五八年～一九二四年）は一九〇二年から亡くなるまでタマニー・ホールの民主党リーダーだった。ウィリアム・ジェイムズ（〝フィンギー〟）・コナーズ（一八五七年～一九二九年）は、バッファローの新聞社を経営し、五大湖における船舶運送を営む大実業家で、一九〇六年にはニューヨーク州民主党委員会の議長となった。パトリック（〝パッキー〟）・マッケイブ（一八六〇年～一九三一年）はオールバニー郡における民主党リーダーであった。彼は一八九九年に郡書記官に選ばれ、一九〇四年にニューヨーク州民主党委員会の一員となった（以下ニューヨーク『タイムズ』紙より、「マッカレン、病気療養後、死亡」、一九〇九年一〇月二三日号、一ページ。「指導者、急逝」、一九二四年四月二六日号、一ページ、「ウィリアム・J・コナーズがオールバニーで死去」、一九二九年一〇月六日号、N六ページ、「かつてのオールバニー支配者P・E・マッケイブ死去」、一九三一年一一月三日号、二四ページ）。

(4)チャールズ・T・バーニー(一八五一年～一九〇七年)は一九〇七年一一月一四日に銃自殺を図り、数時間後に死亡した。彼はこの三週間前にニッカーボッカー信託銀行頭取職を追われていた(一九〇七年一一月一日付「自伝口述筆記」、注5を参照)。彼の経済的問題はほんの一時的なもので、不正を疑われてはいなかった。友人によれば、解任されたことによる「精神的な苦悶」が彼を自殺に駆り立てたという(「C・T・バーニー、自殺にて死亡」、ニューヨーク『タイムズ』紙、一九〇七年一一月一五日号、I一三ページ)。いくつかの新聞が個人的な理由で自殺したとの憶測を報じ、彼の「社交界で著名な女性」との不適切な関係のために妻から離婚を求められていたことを報じた(「バーニーの家庭生活、不和で知られる」、ロサンゼルス『タイムズ』紙、一九〇七年一一月一五日号、I一ページ)。ニューヨーク『デイリー・ピープル』紙は、(おそらく他の新聞も)さらに追及して報道している。バーニーが亡くなって僅か三日後に報道された衝撃的な記事によると、彼の机から手紙が見つかり、彼がもう一人別の女性――「フランス王子」の元愛人――と関係があり、彼女の贅沢な暮らしを金銭的に援助していたという。彼が「経済的な苦境」に陥ったことを彼女が知ると、彼女は彼との関係を終わらせた。「経済不況の最も厳しい局面にあって、彼は自分の家族とすべてのものを失ったことを悟り、これが彼にとって最もつらい打撃となった」と報じられた(「バーニーの秘密。スケルトン家が家族の密室から覗き見」、一九〇七年一一月一七日号、一ページ)。バーニーは亡くなる直前に新しい遺書に署名し、別居中の妻を唯一の遺産受取人に戻した。しかしながら、その主な目的は(弁護士によると)、「債権者への支払いをできるだけ容易に進めるため」であり――恐らくジェロームがこのスピーチで述べていた「罪滅ぼし」とはこのことを指していたと思われる(「勇敢に死んだ男」、ワシントン『ポスト』紙、一九〇七年一一月一六日号、一ページ)。

(5)バーニーと妻のリリーには、結婚した娘ヘレンとキャサリンがいた(「C・T・バーニー、自殺にて死亡」、ニューヨーク『タイムズ』紙、一九〇七年一一月一五日号、一ページ)。

(6)ベネディクト・ギムベル(一八六九年～一九〇七年)はフィラデルフィアの大手百貨店を兄弟と共同経営していた。一九〇七年四月一八日にニューヨークで一六歳の少年に対するふしだらな行為で逮捕された。少年の母親は警察を呼び、ギムベルが自分の息子と過ごして金を得ていたことを知った。ギムベルは自分を逮捕した警察官に二一〇〇ドルで逃がしてほしいともちかけ、買収未遂の罪も上乗せされた。ギムベルは保釈金を支払うと、ニュージャージー州のホーボーケンにあるホテルに泊まり、そこで喉と両手首を切った。彼は数日後に死亡した。シカゴ『トリビューン』紙の通信員は、「ギムベルがフィラデルフィアで巨大な影響力を持っていたこと、そしてフィラデルフィアの新聞界に独特の流儀があることは明らかで、その証拠に今日までフィラデルフィアの主だった日刊紙はギムベルの逮捕と自殺未遂を全く報道していない」と伝えた。加えてフィラデルフィア警察本部長がこの「不祥事」を扱ったニューヨークの新聞の販売を禁じた（「ギムベルの富が不祥事を隠す」、シカゴ『トリビューン』紙、一九〇七年四月二一日号、六ページ。「ギムベルが望んだ死」、ワシントン『ポスト』紙、一九〇七年四月二三日号、三ページ）。このニュースは一時的にしか抑えられなかった。四月二一日にフィラデルフィア『インクワイアラー』紙はこの事件を報道したが、できる限り差し障りのない書き方にしようとし、少年の母親は「最近よくある誘拐事件に巻き込まれたかと恐ろしくなり」、ただ「息子を探してほしくて警察に行った」だけと主張し、またギムベルが事件を起こしたのも働き過ぎによる神経衰弱が原因だったという家族の弁を報じている（「ベネディクト・ギムベルを正確に報道」、二ページ）。

（7）身元不明。

（8）一九〇六年の夏、ニューヨークは氷不足となっていた。アメリカン氷会社はメイン州の氷採取地域を独占し、氷の供給量を減らして氷価格を釣り上げたと告発された。長期の調査の結果、大陪審は一九〇八年三月に起訴手続きを却下した（以下ニューヨーク『タイムズ』紙より、「氷四〇セントまで上昇で品不足顕著に」、一九〇六年三月二日号、一六ページ、「州が氷独占企業を提訴、氷解が待たれる」、一九〇六年一二月二一日号、三ページ、「氷独占企業への提訴ならず」、一九〇八年三月一七日号、一ページ）。「メイン州まで行」ったという「若者」については不明。

（9）ジェローム（は、巨大で強大な企業の重役達を起訴に失敗したとして新聞で繰り返し非難されてきた。特に彼は二期目の選挙戦で、一九〇五年の醜聞に関与する複数の保険会社から五万ドルの寄付を受け取り、その見返りとして起訴追求の手を緩めたと告発された（『自伝完全版第一巻』、二五七ページおよび関連する注を参照。『自伝完全版第二巻』、五九ページおよび関連する注を参照）。汚職の嫌疑でジェロームを解任させようとする試みが何度かなされたが、長期の調査の結果、彼の容疑は完全に晴れ無罪となった。この判決を受ける前から、彼は自分の評判を守るため、複数の新聞を相手取って名誉毀損で訴えた。特筆すべき訴訟のひとつが、（ニューヨーク州）ヨンカーズ『ヘラルド』紙の編集者に対する訴訟で、裁判には勝ったが、ジェロームは損害賠償として二五〇ドルしか手にできなかった。さらに特筆すべきは彼が一九〇六年三月に始めた訴訟である。彼は、長年の政敵ウィリアム・ランドルフ・ハーストの所有するニューヨークの新聞社二つを訴えたが、こちらは明らかな不首尾に終わった。スピーチをした時はまだジェロームは企業不正にからむ嫌疑で集中砲火を浴びていた（以下ニューヨーク『タイムズ』紙より、「ジェローム、ハーストと編集者数名を告訴」、一九〇七年七月一九日号、一ページ、「ジェローム、名誉毀損を訴え二五〇ドルの徒労」、一九〇七年一〇月一六日号、二ページ、「告発を受けジェロームの退任要求」、一九〇八年二月二八日号、五ページ、「ジェローム、手元の疑いを晴らす」、一九〇八年八月二五日号、一ページ。以下シカゴ『トリビューン』紙より、「ジェローム、名誉毀損を訴える」、一九〇六年三月一三日号、七ページ、「ジエローム、審理で争う」、一九〇六年三月三〇日号、三ページ。「ジェローム、告発される」、ワシントン『ポスト』紙、一九〇六年六月八日号、一ページ。Richard O'Conner 1963、二五四ページ〜二六四ページ)。

(10)公共事業法がニューヨーク州議会で可決され、一九〇七年六月に施行された。公共福祉の向上と料金の値下げを目的として委員会を設置し、ニューヨーク市内とその周辺地域でガス、電気、公共輸送を提供する企業を監督管理させた(「公共事業法案はどう民衆の役に立つか」、ニューヨーク『タイムズ』紙、一九〇七年六月九日号、三ページ)。「新しい法律では、ニューヨーク市のガス料金を一〇〇〇フィート一ドルから八〇セントに変更するよう規定され」、この前年の一九〇六年五月一日から値下げは実行された(「八〇セントのガスが今日から始まる」、ニューヨーク『タイムズ』紙、一九〇六年五月一日号、一ページ)。

(11)この新聞記事は金融家で鉄道事業家のジェイ・グールドの子供達にまつわる結婚問題をまとめており、一九〇八年四月一八日のニューヨーク『ワールド』紙に掲載された(グールドに関しては、『自伝完全版第一巻』、三六四ページおよび関連する注)。ハワード・グールド(一八七一年〜一九五九年)は金融家でヨット愛好家であり、コロムビア大学で教育を受けた。彼の妻キャサリン・クレモンズ(一八七四年〜一九三〇年)が夫から残酷な仕打ちを受けたという訴えに対して反論するために、彼は妻が結婚前に「バッファロー・ビル」(ウィリアム・F・コーディ、一八四六年〜一九一七年)と関係があり、不遇な舞台女優時代に経済的支援を得ていたこと、有名俳優のダスティン・ファーナム(一八七四年〜一九二九年)と不倫関係を持っていたことを申し立てた。一九〇九年にグールド夫人の疑いは晴れ、裁判所は別居を認めたうえ、夫は妻に年三万六〇〇〇ドルの扶養料を支払うよう裁決した(「グールド氏、妻に反撃」、シカゴ『トリビューン』紙、一九〇八年四月七日号、一ページ。以下ニューヨーク『タイムズ』紙より、「ハワード・グールド、八八歳、この地にて死去」、一九五九年九月一五日号、三九ページ、「ハワード・グールド夫人、ヴァージニアで死去」、一九三〇年一二月二五日号、二一ページ)。アンナ・グールド(一八七五年〜一九六一年)は一九〇八年七月にサガン公爵ハーレ・ド・タレーラン=ペリゴールと再婚した。彼女の結婚を無効とする訴えをローマ教皇が認めなかったため、サガン公爵がプロテスタントに改宗し二人は結婚した(「教皇への嘆願」、ロサンゼルス『タイムズ』紙、一九〇八年五月一日号、I一六ページ。「今日はマダム・グールドの結婚式」、ニューヨーク『タイムズ』紙、一九〇八年七月七日号、一ページ。「アンナ・グールド、パリの葬儀と埋葬」、シカゴ『トリビューン』紙、一九六一年一一月三日号、K三八ページ)。フランク・ジェイ・グールド(一八七七年〜一九五六年)は一八九九年にニューヨーク大学工科校を卒業した。また若い頃から金融家としての才能を発揮した。彼の結婚問題は一九〇六年から始まっていたが、グールド夫人が法的な別居を申請したのは、この記事のほんの少し前のことだった(「フランク・グールド夫妻別居へ」、ワシントン『ポスト』紙、一九〇八年四月一八日号、三ページ。「フランク・ジェイ・グールド、リビエラで死去」、ニュ

マーク・トウェイン自伝

ーヨーク『タイムズ』紙、一九五六年四月一日号、八八ページ)。

一九〇八年四月二八日、口述筆記

父サザンが演じた『ダンドリアリー卿』を息子が演ずる。

長年の沈黙のあと『ダンドリアリー卿』が再演され、サザンの息子が演じている。[1]舞台に現れたダンドリアリー卿を一目観るなり、墓場のような震えがした。顔や体付き、仕草や衣装まで、細部にわたってほとんど完璧なまでに、四半世紀前のダンドリアリー卿そっくりなのだ。随分前に死んだ男が出てきて歩いているのかと、一瞬思った。父親のサザンが演じるダンドリアリーを最後に観た時のことは今でもはっきりと覚えている。二五年も前になるだろう。ハートフォードでのことだった。[2]なぜよく覚えているかというと、良識の範囲を超えて笑って、きまり悪いことに、会場中の注目をほぼ一気に、役者と私とで二分したからなのだ——それで体裁が悪くなって、立ち上がって上演の最中に退出したのだ。

あれは当時観た舞台の中では最高に面白かったし、再演も昔と同じぐらい面白かった。それを昨日観たのだ。今や私も老齢で知性もあるので、必死に用心して笑いをこらえ、ヒステリックに笑わずにいられたが、観客の中には私のような幸運に恵まれない人もいた。隣の升席にいた女の子は役者達にとっては大災難だった。彼女は絶えず鋭い笑い声をあげるので、役者のほうは、彼女の声が聞こえていない振りをしながら演技に集中しなければならなかった。

一世代も前だが、ロンドンでの上演時に、『ダンドリアリー』が近年初のロングラン記録を立てた。一〇〇夜公演すればロングランと言われ、[3]二〇〇夜だと驚異的なロングランと言われたた時代に、サザンはそこで二年ほども続けて毎晩ダンドリアリー卿を演じた。サザンの劇団員は何ヶ月も何ヶ月も毎晩続けて同じ演技をして、同じ台詞を言っていたせいで、実際におかしくなった。そこで精神がおかしくならないよう、公演を定期的に休止せざるを得なかったと言われている。

ダニエル・フローマン夫妻と私達で夕食をとっていた時、[4]ローラ・キーンがこの芝居を受け取り、ここニューヨークで上演するにあたって、[5]サザンをダンドリアリー役に抜擢したが、彼がそれを断った、とフローマンは言った。彼は僅かな給料で雇われた劇場専属の俳優だったが、そんな彼にとってもダンドリアリー役は端役すぎた。台詞が一七行しかなく、その一七行も言葉にするほどの価値もなかった。しかも見せ場がなかった。ダンドリアリー役と盲目で口のきけないローマ兵士の役とどちらがいいかといえば、ブリキの鎧を着た紳士役をやるほうがましだ、とサザンが言うのだ。この緊急事態にローラ・キーンは通常の劇場支配人が絶対にしてはならないことをしたとフローマンは言う——彼女は支配人としての権限を放棄し、もし引き受けてくれるなら、好きなように演じてよいとサザンに伝えたのだ。サザンはこの条件を受け入れ、この寛大な特権に恵まれたおかげで、程なく舞台の中心人物となり、ついにはほとんど唯一の登場人物となって、他のどの登場人物に対しても一五語は話しかけるようになった。この芝居にはもともと「アメリカ人のいとこ」という題名が付いていたのだが、これがしだいに影をひそめ、ついには人目につかないまま、耳にすることすらなくなった。いつしか『ダンドリアリー卿』と呼ばれるようになり、今でもそう呼ばれ、もともと芝居であったことを匂わせる要素はほとんど残らなくなった。もはや芝居ではなくて、単に彼の一人舞台になった。ダンドリアリーという滑稽で目の離せない貴族のことしか観客の目には入らなくなった。

(1)エドワード・アスキュー・サザン（一八二六年〜一八八一年）はイギリス人の喜劇役者で、ニューヨークのローラ・キーンの劇場が一八五八年一〇月にトム・テイラーの『我らがアメリカ人のいとこ』初演時に、愚鈍な貴族ダンドリアリー卿を最初に演じた役者である（以下の注5を参照）。彼の息子のエドワード・ヒュー・サザン（一八五九年〜一九三三年）は、恋愛物とシェークスピア劇が得意な一流の俳優であったが、一九〇八年一月にはニューヨーク・リリック劇場で『我らがアメリカ人のいとこ』を五〇年ぶりに復活させ、これが一五ヶ月の長期人気公演となった。クレメンズはイザベル・ライオンとともに、四月二五日の公演を観た（以下ニューヨーク『タイムズ』紙より、「『我らがアメリカ人のいとこ』の歴史」、一九〇八年一月二六日号、日曜版一〇ページ、「娯楽欄」、一九〇九年四月一四日号、九ページ。Lyon 1908、四月二五日付日記）。

(2)クレメンズが一八七四年三月にハートフォードで、父親のサザンがダンドリアリー卿として出ていた舞台を観ていたことは明白だ。サザンが初めてダンドリアリー卿の役を演じたのは一八七二年一月で、この時クレメンズは講演旅行でハートフォードを留守にしていた(「サザンの父が一八七二年にここで上演」、ハートフォード『クーラン』紙、一九二二年四月一日号、六ページ。「講演日程、一八七一年～一八七二年」、『書簡集第四巻』、五五九ページ～五六〇ページ。一八七五年四月二六日付、ジェニングズ宛書簡、『書簡集第六巻』、四六八ページ～四六九ページ、注六)。

(3)サザンは一八五八年から一八五九年の六ヶ月のニューヨーク公演を成功させ、ロンドンでも上演した。最初は失敗だったが、ヘイマーケット劇場の支配人が六週間にわたって「無料チケット」で会場に客を呼び寄せてからは、ニューヨーク『タイムズ』紙によると、「ダンドリアリー卿は注目の的となり、『アメリカ人のいとこ』は目を輝かせる満員の観客相手に、四七七夜連続で公演を続けることとなった」(「『我らがアメリカ人のいとこ』の歴史」、ニューヨーク『タイムズ』紙、一九〇八年一月二六日号、日曜版一〇ページ)。

(4)フローマンは、クレメンズとハウエルズの合作企画であった『科学者セラーズ大佐』を一八八六年に舞台化しようとしたが実現せず、少なくともこの時からクレメンズはフローマンと知り合いであった。フローマンは、リチャードソンが手掛けた短命の舞台『王子と乞食』を一八八九年から一八九〇年まで上演した(『備忘録第三巻』、二三七ページの注三九。一九〇七年八月二八日付「自伝口述筆記」、注10と注17を参照)。一八八〇年代半ばから一八九八年までのフローマン運営の舞台で、息子のサザンはスターとなり、一九〇〇年には有名女優マーガレット・イリングトン(一八七九年～一九三四年)がフローマンの舞台でデビューした。彼女とフローマンは、三〇歳近い年齢差にもかかわらず、一九〇三年に結婚した(「E・H・サザン、七三歳、肺炎で死去」、ニューヨーク『タイムズ』紙、一九三三年一〇月三〇日号、一ページ。Schmidt 2009)。クレメンズはイリングトンを非常に気に入っており、一九〇八年にフローマン夫妻と何度も夕食を共にしていて、四月二六日に会ったばかりであった(Lyon 1908、一月五日付日記、四月一九日付日記、二六日付日記)。クレメンズが五月一二日にドロシー・クイックに宛てた手紙で、「マーガレット・イリングトンが我々の「水族館」にはいろうとしているよ。入れられないけどね。でも日曜の晩に彼女がご主人(ダニエル・フローマン)と一緒にここへ夕食に来た時、彼女は一二歳児のような服装でピンクのリボンを首の後ろのところに付けていたから、一四歳に見えました。だからエンゼルフィッシュに加えることにして、彼女の胸にあのバッジを付けてあげました」(カリフォルニア大学蔵、Cooley 1991、一五四ページ掲載)。フローマン夫妻は一九〇九年に離婚し、その数日後にイリングトンは、裕福な不動産開発業者のエドワード・J・ボーズと再婚する。クレメンズは一九一〇年一月二六日に書いた彼女宛ての手紙の中で次のように述べている。「君のことが大好きだから、君が幸福だと知ってとても嬉しいです。人はそれぞれ生まれてきた目的は違います。あなただけは愛し愛され、そして幸福になるために生まれついています――だから今いるあなたの生活は、あるべくしてもたらされたものです」（複写をカリフォルニア大学蔵、Cooley 1991、二七〇ページ～二七一ページに掲載）。

（5）ローラ・キーン（一八二六年～一八七三年）はイギリスで生まれで、一八五二年にアメリカに移民した。アメリカに来てからほんの数年で劇場支配人として成功し、名女優として名を馳せた。ニューヨーク『タイムズ』紙では次のように述べている。

トム・テイラーはこの喜劇をイギリス舞台向けとして書いたが、大西洋の両側の滑稽文学にはいる、粗野なアメリカ人の形を利用しようと考えた。（中略）そこで作者はニューヨークで全盛期にあったローラ・キーンに脚本を送った。おそらく、ロンドンの喜劇役者がエイサ・トレンチャードの役に感情移入できるとは思えなかったのだろう。あるいはイギリスの舞台でおどけ役として重要な位置を占めていたトニー・ランプキン〈ゴールドスミスの『彼女はへりくだって征服する』に登場する滑稽な怠け者〉が、それとは大きく異なるアメリカ人の田舎者にロンドンの大衆が興味を示すとは思えなかったのだろう。（「『我らがアメリカ人のいとこ』の歴史」、ニューヨーク『タイムズ』紙、一九〇八年一月二六日号、日曜版一〇ページ）。

キーンはこの脚本に「さほど大きな可能性を見出していなかった」が、演目の隙間を埋めるために上演することに決めた。彼女は劇場専属の俳優だったジョー・ジェファーソン（一八二九年～一九〇五年）に「田舎者」のエイサ・トレンチャード役――サザン演じる独創的なダンドリアリー卿により影が薄まってしまう役――を頼んだ。

一九〇八年四月二九日、口述筆記[1]

クレメンズ氏が大聖堂近くでヴァン・ダイクと出会い、人類について語る――ヴァン・ダイク氏が釣りについて語った文章。

昨晩ヴァン・ダイク師の本からの引用文が『アトランティック』誌に掲載されているのを目にし、これを切り取っておいた。はっきりとした意図があったわけではなく、いつの日か、そのうち必要になるのではと漠然と思いながら切り抜いたのだ。私はヴァン・ダイクのことが好きだし、彼の文筆スタイルにはいたく感服している——文筆内容のほとんどが宗教的だというのが難点だったが、それでも敬服していた。彼は三五歳ぐらいで[2]、長老派で、牧師で、プリンストン大学の教授だった。それでも彼のことは好きだし、敬服している。

今日の昼前のこと、五番街をぶらついていたら、ローマ・カトリック教会の大聖堂の向かいで足が止まり、そこで建物の前に集まる群衆を眺めていた。実は、盛大なカトリックの祭日——カトリック週間が始まっていたのだ。枢機卿が、ローマ教皇からのメッセージを携えて、六〇人もの司教を伴ってこちらに来ていた。大きな祭典を控えていたのだ[3]。すると私の肩を叩く手がある——なんとヴァン・ダイクだった！　彼と会うのは一年ぶりだった。彼は目の前の群衆に向かって顎をしゃくりながら、こう言った。

「これを、どう思うかね。見ていて、心温まるだろ。彼らは無知で貧しいが、信仰があって、信念もある。それがあるからこそ、人間として高められ、自由でいられるのだ。彼らにも感情があり、意見や意思を持って、自由の旗のもと暮らしている。この自由の国では、彼らを支配する者もなく、自分自身の考えを持ち、誰にも干渉されることなく、自分の好きなように行動する権利と特権を有している。これを、どう思うかね」。

「私が思うに、君はいくつか誤解しているようだ。ここにいる人達がみな自分の頭で考えている、と君は思うわけだね。君のほうが賢いんだから、分かるだろ。彼らは、自分の頭で考えたりしないのさ。一見すると自分で考えたように見えるものも、本当はどこかの受け売りなのさ。感情も受け売り、信仰も信念も信条だって受け売りなのさ。彼らが、どうして自由でいられるものか。君や私だってそうさ、人類はみな彼らと同じ——奴隷なのだ。慣習の奴隷、環境の奴隷で、周りの影響や関係性に支配されている。ここにいる群衆は人類の縮図さ。人類を愛おしむのは簡単だ。事実、我々は人類を愛おしんできた。人類は子供と同じだからね、子供を愛おしまずにはいられないだろう。だが人類を**敬服**するとなると話は別で、君らがしてきたことと同じことを我々だってしてきた。つまり人類は、自分達にはない部分をわざわざ選んで、敬うものなのだ」。

などと私達は議論に議論を積み上げて、最初の話に戻った。彼のほうは人類への敬意を貫き、人類こそは創造主が作り出した最高傑作だと言い張った。私のほうは、人類など創造主がさほど誇れるような代物ではないという考えを貫いた。お陰で決着はつかないまま話は終わった。それからしばらく二人は何も言わず、のんびりと通りを歩いていた。すると彼のほうから、この問題を蒸し返してきた。人間の本質には、疑いようもなく、ある立派で美しい良さがあったことに気づかせようとしてきたのだ。言うなれば、我々人間は勇敢で、臆病な行為を憎んできた。我々は忠義心に厚く、誠実で、裏切りと偽りを憎んできた。私達は公正で、公平で、高潔で、不正と不公平を憎んできた。我々は弱者を憐れみ、悪事と悪意から弱者を守ってきた。我々は寛大にも、迫害する者と迫害される者の間に立ち、残虐嗜好の人間と寄る辺ない犠牲者の間に立ちはだかってきた、と彼は言うのだ。

私は、そんな人間と出会ったことはあるかと尋ねた。

彼は、あると答えた——何百人と見てきたと。大まかに言えば、彼が話しているのは、キリスト教徒そのものなのだと。彼が語っているのは至高のキリスト教徒だ、と彼は言った。

私はこう答えた——

「とても立派なキリスト教徒で、この人物像に当てはまらない——実際には、一つも当てはまらない——人間を知っているよ」。

「それは、冗談として受け取っておくよ」と、彼は軽やかに言った。

「いや、冗談じゃないよ」。

「それじゃあ、せいぜい、妄言か誇張だろう?」

「いいや、事実、純然たる事実だよ。それも一般的なキリスト教徒ではなく、高尚なキリスト教徒の話だよ。キリスト教徒としての経歴に一つの汚点もなく、キリスト教徒としては最高位の、確固たる地位を得ている人物の話さ。これ以上尊い人間は知らないよ。私は彼のことを愛しているし、敬服もしてる」。

「おい、おい——君はその人物のことを愛していて、敬服すらしているというのに、それでも私の描いた、あの美しい人物像に一つも当てはまらないというのかい」。

「一つも当てはまらないさ。彼のしてきたことを一つ挙げてみよう。彼は、子供を騙し、欺き、むしり取り、追いかけまわして、怖がらせて、捕らえて、拷問して、バラバラに切り刻んで殺して楽しもうと思いついたんだ――」

「ありえない！」

「何の害もない子供に対してだよ。汚れなき人生と自由を楽しく満喫していた子供にだよ。そんな他人の人生と自由を――なんらかの理由で、せいぜい娯楽目的で――奪いたがる人間がいるなんて、考えもしない子供にだ。それでね――」

「君は、キリスト教徒の話をしているのかい？　そんなキリスト教徒なんていない。君が今話しているのは、狂人のことだろう」。

「違うよ、キリスト教徒だよ――実物大のキリスト教徒だ。遊んでいる子供を探して、その子を高価なお菓子で釣っておいて――狡猾に、言葉巧みに、二枚舌で、卑劣な手で――子供のほうは親切でくれたのだと思い込んで、感謝しながら菓子にかぶりつく――だが子供は苦痛と恐怖で飛び出ていく。贈り物には毒が入っていたからだ。男は、巧妙な仕掛けに見事引っかけてやったと大喜びで、それからは怯える子供を一時間も追いかけ回すのさ。子供が身を隠しても、隠しても、何度となく見つけ出しては、狂喜して追い立てていき、ついに子供を捕らえて殺してしまう。これには彼もよほど誇らしかったと見えて、感極まった様子だ。まるで勇敢な騎士が、三〇フィートもある残忍で、邪悪で、有害な巨人を騙し、欺き、裏切って、殺してから、その偉業が誇らしくて胸が熱くなっているのと同じだよ。ほら――これで分かっただろ？　このキリスト教徒と君の言うキリスト教徒のどこに共通点があるというんだい。このキリスト教徒は勇敢でもなく、むしろその逆だ。彼は公平でも誠実でもない。彼は相手を騙し、惑わして、搾取する。世間知らずで人を疑わないところに付け込んで、裏切るのだ。他人の苦悩や、恐怖や、痛みに同情心を示すどころか、自らの手で相手を苦しませ、それを見て狂喜乱舞する。危ぶまれる自由と脅かされる生命の守護者どころか、略奪者だった。それも娯楽目的で、純然たる娯楽でやっているんだよ。私の話を疑っているようだね。ではここに、彼がしでかしたことを書き留めているから、自分で読んでみたまえ。昨晩『アトランティック』誌から切り抜いたやつだ[4]。この記述にある「魚」という言葉を、「子供」に置き換えて読んでごらん。どちらで読んでも、違いはないよ。キリスト教徒のことを「魚」とか「神の子」と呼ぶじゃないか。どちらで読んだとしても、ここには人類の真の姿がさらけだされているよ——自画自賛のいかさま師の姿が。

狩りや魚釣りを見直すきっかけにするべく、ヘンリー・ヴァン・ダイク博士の言葉に耳を傾けてみよう——「シュルルー！　リールが鳴った。釣り糸が重い。固く握った小さな釣り竿が美しい曲線を描いてしなった。我々の一〇〇フィート後ろで見事なギンザケが飛び跳ねた。「何だろう？」とジプシーが叫んだ。「魚か？」確かに魚だった。最高級の淡水サケだった。しっかりと釣り針に掛かったのだ。もしカモメ達が飛んできたら、小魚を一気にさらって絶対に逃がさない奴らだから、ここで見事に魚を仕留めたことだろう。もし口先だけの感傷的人物がここにいたとしたら、網にかかった魚をゆっくりと窒息死させていくほうが好みなので、それにあった釣り竿の傾け方も十分心得ていたはずだ。

「魚は、格闘している釣り竿の二〇倍は重かった。魚の顎の軟骨には小さなかぎ針が痛々しく引っかかっている。釣り糸は長くて軽い。魚は湖じゅうを泳ぎ回ってでも、糸を振りほどこうと必死だ。ボートの先を走り、飛び跳ね、水深く潜り、不意に戻って糸を緩めてくる。こうして釣り糸をほとんど使いきるほど、もがいたのだ。ジプシーのほうも大いに興奮して、巧みにボートの舵をとる。あちらこちらとオールを漕ぎ、魚の出方に合わせて水面のボートを進ませたり、後退させたりする。船頭としての腕の見せ所を見事にこなしていった。

半時間もすると淡水サケは疲れ果て、ボート近くまで引き揚げられていた。薄暗い水中でちらちらと光る魚がはっきりと見えてきた。魚の引揚げを考える頃合いだ。そのとき、私達は魚をすくう網を持ってきていなかったことを思い出して、とっさに青くなった！　糸だけで魚を水中から釣り上げたりしたら、糸はすぐに切れてしまう。浜辺の滑らかな岩場は一フィート足らずなので、そこから陸に引き上げるのも不可能だ。我々が被っている帽子は小さすぎるから、これほどの大魚をすくえない。どうしたらいいのか？　魚が疲れ果てて大人しくなるまで、さらに一〇分ほど、そろそろと静かにボートを漕いで魚を引いていくしかない。そこで私の出番だ。ボートまで魚を優しく引き寄せて、えらの下に指を滑り込ませると、ぐっと握りしめ、魚があえぎ跳ねまわる前に、船べりからすばやく引き上げた。釣り竿の箱で魚の頭を軽くたたく——そら、釣れた——これほど見事な淡水サケをついぞ見たことがない。丸々と肥え、色形も完璧で、重さは六ポンド半もある。ジョーダン湖で釣った魚としては新記録だ。

私とヴァン・ダイクは一時間ほど楽しく語りあったが、全く合意できなかった。楽しい時を過ごせたということは、意見の衝突は会話を味付ける塩なのだろう。ヴァン・ダイクは、ある事実を証明するいい例だ。人間は自分の専門外のこととなると、貧弱でぞんざいな考え方しかできなくて、無意味な結論に至ってしまう。ヴァン・ダイクの専門はイギリス文学だ。これには彼も真摯で熱い関心を傾け、鋭く卓越した知性を持って研究してきた。結果としてイギリス文学に関する彼の判断には信頼がおけ、軽々しく意義を唱える者などいない。しかし、こと人間に関しては、彼も大統領や教皇や哲学者達と同じで、猫ほどの理解力しかない。私が個人的に印刷した本がある。名前も伏せて、公には否認しており、出版すらしていない福音書『人間とは何か？』[5]だ。啓蒙のため彼に一部渡してやろうかと思ったが、考えなおした。彼には理解できないだろうから。

（1）この「口述筆記」は、実際には、原稿をもとに作られている。

（2）ヘンリー・ヴァン・ダイクは一八五二年生まれであった。

（3）ニューヨーク市でカトリック教区の創設を祝う祭典が開かれ、同市のカトリック教徒が集まっていた。この祭典は、四月二六日にセントパトリック大聖堂で行われる感謝祭ミサを皮切りに、一週間続き、五月二日に五番街をパレードして終わった。このカトリック週間のクライマックスは、アイルランドのマイケル・ローグ枢機卿が四月二八日に大聖堂で行う祝賀ミサだった。ミサの最後に、ニューヨーク市の大司教ジョン・M・ファーリーが教皇ピウス一〇世から届いたお祝いのメッセージを読み上げた（以下ニューヨーク『タイムズ』紙より、「アイルランドの大司教が一〇〇周年でこちらへ」、一九〇八年四月二六日号、一六ページ、「ニューヨークのカトリック教徒達へ、ローマ教皇からのご挨拶」、一九〇八年四月二九日号、三ページ、「一〇〇周年大パレード、大聖堂まで続く」、一九〇八年五月二日号、五ページ）。

（4）ここに挿入されている文章は、もともとはヴァン・ダイクの記事「カモメに関する考察」からの引用で、『スクリブナーズ・マガジン』誌の一九〇七年八月号に掲載されていた（van Dyke 1907、一四二ページ）。クレメンズは監督派教会の牧師ヘンリー・ブラッドフォード・ウォッシュバーンが『アトランティック・マンスリー』誌に投稿した随筆「狩りと釣りをしませんか？　センチメンタリストの告白」で、この文章を引用しているのを見つける。ウォッシュバーンは、「狩りや釣りを見直すきっかけに」したくて、ヴァン・ダイクの言葉を引用し、「死まで追いやる狩りの過程と末路にたいして、彼が抱いていた断然たる嫌悪感」について語り、説明した。「あえて言わせてもらうなら、センチメンタリストだけが一貫してキリスト教徒であり続けてくれた。センチメンタリストだけは、動物達に苦痛を与えることや、自然界の自由を奪うようなことを徹底的に嫌い、それを貫いた人達だった。動物達が生きるうえで避けては通れぬ苦痛に加えて、狩られる苦しみを強いることなどできない人達だった（Washburn 1908、六七二ページ、六七四ページ、六七八ページ）。

（5）一九〇六年六月二五日付「自伝口述筆記」を参照（『自伝完全版第二巻』、一四二ページおよび関連する注）。

一九〇八年五月二二日、口述筆記

〝バック〟・ブラウンの息子からインタビューを依頼される——ドーソンの学校に通っていた〝バック〟・ブラウン——雑誌経営者が集うアルダイン・クラブの昼食会——そこに集まった雑誌社の人達は誰もがスタンダード石油の重役達を厳しく非難してきたが、ダブルデイ氏とクレメンズ氏の労によりロックフェラーの二人とヘンリー・ロジャーズをうまく昼食会に迎えた。

昨日の朝、同窓生の息子から会見を求める手紙が届いた。この同窓生というのがW・B・ブラウンだ[1]——あのはるか遠い昔、〝バック〟・ブラウンと呼ばれていた男だ。「はるか遠い昔」とはよく言ったもので、ドーソンの学校時代の話だから、私が一一歳だった一八四六年までのことだ。一八四七年の春に父親が亡くなり、父の死後は全く学校には行ってないからだ[2]。六二年経っても〝バック〟・ブラウンのことはよく覚えている。学校には男の子と女の子が二五人いて、中には小さい子供達もいた。年長の大きな生徒もいて、〃バック〃・ブラウンは最年長で一番大きな生徒だった。年は二五歳で、私を含むほとんどの生徒からすると別世界の人間のように感じられ、齢を重ねた長老、白髪の古代人の生き残りにも等しかった。彼はとても勉強好きで、とても落ち着いていて、威厳すらあった。親切な笑みを浮かべ、その笑みにふさわしい人柄だった。舌もちゃんと付いていたが、滅多に使わない無口な男だった。彼の息子と話せるのはうれしい限りだが、予想するに、話題は墓場の住人達に集中するだろう。この息子さんは、父親や私と机を並べた同窓生達の名前をいくつも挙げてくれていたが、どの人も亡くなっていて、大抵が何年も前に死んでいる。手紙にあった友人達の名が目に入るたび、彼らの顔がぱっと鮮明に浮かんでくる。二世代前に親しんだ、あの頃の元気で若い顔が。どの顔も今や塵と灰となって土に還っていたが。彼らの幸せで若々しい目から光が消えたのは何年も何年も前のことだ。

〃バック〃・ブラウンは実に忍耐強い男だった。いつも昼休みは学校に残って、昼食を食べながら自分の勉強をしていた。ウィル・ボウエンとジョン・ブリッグズと私も必ず居残り[3]、昼食なんか後回しで、それよりも彼に付きまとって悪戯をしかけているほうがよっぽど楽しかった。それでも彼は絶対に怒らなかった。本当に彼はいつだって温和で朗らかな顔をしていたが、それが崩れた場面を一度だけ見たことがある。知的障害のある奴隷の女の子が町にいて、彼女はどこに行っても、傍らの少年達に付きまとわれ、冷やかされ、からかわれ、笑いものにされていた。寄る辺ない哀れな狂人や知的障害者はこのように扱われるのが当時のならいで、誰も気にもかけていなかった。しかしある日、大人の男が悪童どものいじめに加わった。丁度その時〃バック〃・ブラウンが通りかかった。そして突如として人が変わった。朗らかだった様子は一瞬にして消え去り、ギョッとするほど激高して怒りを炸裂させた。彼はその男に殴りかかり、ほとんど全身どろどろの赤い果肉状態になるまで打ちのめしてしまった。

昨日は雑誌経営者達がアルダイン・クラブ[4]の昼食会に集まった。彼らは、とても賢明な目標を立て、二、三年前から月に一度ここで会合を開いていた——目標とは、経営者同士が顔見知りになり、親しくなって、互いの利益のために協力しあうというもので、かつてのように互いが優位に立とうと蹴落としあった時代は終わっていたのである。四〇人ほどの経営者が参加していた。彼らは会社の方針を決める立場にいた。編集長ですら、彼らに給料で雇われている使用人で、方針決定の権限はなく、実際に影響力もほとんどない。ここ数年雑誌社の方針は、新聞各紙と足並みを合わせて、大手企業や独占会社相手に戦争を繰り広げることだった。戦争状態といっても、仕掛けられたほうは防戦一方で言い返すこともできないような状態で戦争をしていた。勇気をもって勇猛果敢に企業を攻撃することは、もはや陳腐で安い手になっていた。なぜなら友人などいなく――少なくとも世間からの非難の嵐に対抗するだけの勇敢な友などいなかったからだ。企業にも審問の場が与えられていたら、当然、調査と審理に値する弁明もできただろうが、そのような審問は、ここ数年全くなかった。ローズヴェルト大統領が企業に対して強烈な敵意を見せた。大企業が共和党とローズヴェルト大統領に何にでも全くひどい関税をかけさせた。(5)この追いはぎのような関税をある一定まで引き下げるだけ、こんな単純な作業だけで、厄介な独占企業を潰せることは、ローズヴェルト氏も共和党も最初から分かっていた。それだけで、一握りの巨大資本の生産者に膨大な富が集中することもなく、残りの国民が潤うことも分かっていた――分かっていて、大統領も共和党も認めないのだ。ご丁寧に病気の原因を野放しにしておいて、症状ばかり攻撃している。(6)そうするには彼らなりの理由があった。共和党は株主達から受け取る巨額の選挙献金で権力の座に留まっているのだ。大統領がこの二、三年、企業を猛烈に攻撃しているが、それは単なる見せかけであり、虚偽でしかない。彼が本腰を入れて企業を起訴するつもりはなくて、追及方法も饒舌にわめき散らしてはいるが、口先ばかりなのだ。(7)

巨大企業の中でも、悪党の親玉として攻撃されているのが、スタンダード石油だ。(8)この会社は、商業界の圧制や不正として評判の犯罪と悪行を何から何まで背負わされ、好き放題に、嫌疑をかけられてきた。この企業を責める底意地の悪い言葉が見つかると、誰にでも、新聞や雑誌で発言の場が与えられた。それゆえアメリカの世論は、スタンダード石油の人間とはみな良心の欠片もない悪徳犯罪者だと信じ込まされた。スタンダード石油には六万五〇〇〇人の従業員がいる。この会社が四五年間で、これまで一度もストライキを起こされたことがない。(9)ここ数年、国内では他のどの産業でもストライキは頻発していて、新聞はこの話題で一杯だ。ストライキのせいで暴動や流血沙汰も日常茶飯事だ。スタンダード石油では一度もストライキが起きていないという事実を知れば、この会社の重役達がそれほど悪い人間ではない、と、察してくれる真っ当な人間も多少は出てくるだろう。もし重役連中が本能的に誰かれ構わず虐げ抑圧するような性分ならば六万五〇〇〇人の従業員達も慣例的に本能的に虐げられているはずだからだ。会社の重役達が従業員を高い給料で雇っていることなど、彼らの擁護となりえるような証言が一時的にせよ、アメリカの新聞や雑誌に上がってきたことはない。

　昨日の昼食会には四五人の雑誌経営者が集まったが、彼らが経営する雑誌社ではロックフェラーやヘンリー・ロジャーズなどスタンダード石油の重役達をいじめるのが数年来の習慣になっていたはずで、そうでないと言える経営者は恐らく一人もいなかっただろう。疑いなく、これら雑誌社の長達はくだんの重役達を心から憎み、彼らの名前を聞いただけで恐ろしくて身震いするというのが習慣化していたことだろう。それゆえ昨日、ジョン・D・ロックフェラー一世とジョン・D・二世とヘンリー・ロジャーズが一列に並んで入って来て、テーブルの前に座り、クラブの会長と膝付き合わせて座った時には、驚きで目を見張ったに違いない。私にとっては興味深い光景であり、劇的な場面であった。ここに集まった雑誌経営者らの四分の三の人達は、この三人の実物を見たことがなく、二〇〇万もの写真や風刺画でしか彼らを見たことがなかった。

　これ程の悪名高き犯罪者達が、どういうわけで不倶戴天の敵地に自ら赴くことになったのか？　実は次のような経緯があった。数日前にダブルデイがここにやって来て、相談を持ちかけてきた。彼が思うに、出版業界とつながりのある誰かがスタンダード石油の巨頭に会いに行き、どれほどの悪魔なのかとくと検分させてもらう時期が来たというのだ。出版業界の経営者達に、この悪鬼と実際に対面し、話をし、内面に触れ、本来の姿を知ってもらう時期が来ていると。[10]ダブルデイがこのような突飛でキリスト教徒らしからぬ計画に駆り立てられたきっかけは、ロックフェラー医学研究所の「年次報告書」を見て、ある事実を知ったからだという――「報告書」にはロックフェラー氏が研究所につぎ込んだ一〇〇〇万ドルで素晴らしい成果を上げた事実が記載されていた。だが素晴らしい成果であるがゆえに、新聞・雑誌で大きく扱うと不評を買い、取り上げるのは得策ではなく、三行だけ軽く触れると、あとはひたすら賢く黙して語られることがなかった。最新の強姦事件に紙面を割き、「報告書」からの簡単な引用文すら載らなかった。この「報告書」の事実の一つに次のようなものがあった。研究所では、あの恐ろしい病、髄膜炎を克服すべく、忍耐強く、継続的かつたゆまぬ研究が続けられた結果、罹患者の死亡率を七五パーセントから二五パーセントに引き下げ、[11]

これからも更に死亡率を下げられる見通しも立っているという。この他にも「報告書」にはいくつもの偉大な成果が記されており、ダブルデイから聞かせてもらったが、ここでは割愛する。ロックフェラー氏は、慈善事業や何らかの大義を支援するため一億三八〇〇万ドルを公に寄付し[12]、これに加えて個人的にも同様な趣旨で莫大な寄付をすることで知られていて、ダブルデイもぼんやりと耳にしていた。そこで彼は確認をとり、この噂が事実に沿っていることを突き止めたのである。ロックフェラーがスタンダード石油への嫌疑を払拭するために、一回何千万ドルという単位で民間の慈善事業に金をばらまいているようには思えなくなった。ついに彼はロックフェラー氏の元へ行き、彼と知り合いになって、スタンダード石油の悪鬼というのはどこまでが本当の姿で、どこまで普通の人間なのか見極めようと決めた。そこでロックフェラーのところへ行き、彼と知り合いになり、郊外で毎日のようにゴルフをした。そして何時間も彼と会話し、彼の義妹[13]と知り合いになって、ロックフェラーについて彼女と語りあい、この男への敬意と好意が大きく膨むまでにいたったのである。さらには彼の一面だけを見て、これを根拠に、こんなにも長いあいだ彼を軽蔑してきたことを大いに恥じたのである。

　というわけでダブルデイが、ある思惑を胸に私のところにやって来た。雑誌の経営者ら全員とロックフェラーを引き合わせてみたいと考え――これが賢明な策と思えるか、私の考えを求めたのだ。彼はロックフェラーの役に立ちたいのだが、この思惑が仇《あだ》になるかもしれない。雑誌で彼のことを手厳しく批判している人達だから、自分達の縄張りにロックフェラーが現れたら、出しゃばりと憤慨するかもしれなかったからだ。ロックフェラー氏に彼らと会ってほしいと尋ねると、ロックフェラーは答えた。

「もちろんだとも。行かずにおれるものか? たとえ友人だろうと敵だろうと、誰とでも喜んで会い、語りあうよ」。

ダブルデイは、この計画についてどう思うか――進めるべきかどうか――私に聞いてきた。これは素晴らしい企画だと思う、と私は答えた。ロックフェラー氏のことをとてもよく知っていて、彼ならきっとあの敵達にも好印象を与えられると思う、と言ってやった。ダブルデイは計画を全力で進めたいので、ロジャーズ氏もそこに迎えたいと言った。それについてどう思うかと私に聞いてきた。それに私はこう答えた。彼に向けられたどんな辛辣な証言も、ロジャーズの顔を見ただけで、力を失ってしまうと。彼に言葉はいらないのだ。あちら側の皆さんも彼を一目見ただけで、読み取り、悟るはずだ。彼が悪人なら、この国で悪人でない人間など一人もいないと。

そこで私にも昼食会に来てくれないかと、そしてロジャーズを連れてきてくれないかと言われた。私はこれに答えて、彼は断らないだろうし、きっと了承してくれると思うので、家まで迎えに来てくれるなら一緒に行くとロジャーズ氏に言づけておいてほしいと頼んだ。

昨日ロジャーズが時間通り私の家に来て、私をアルダイン・クラブまで連れて行ってくれた。それから先に述べた通り、あの愉快で驚きの小ドラマが展開された。ロックフェラーと息子のジョンとロジャーズが私と列を組んで行進し、会長の隣に座ると、横一列の砲撃線を張った。会長のスピーチとクラブ事務局からのスピーチがあって、クラブの特徴と目的が説明されたあと、引き続き私がスピーチを行なった。それから会長がロックフェラーに対し、少し話をしていただきたいと促してきたので、ロックフェラーは立ち上がって、愛想よく、良識を持って、飾らず、慈悲深く語り出すと、驚きの大反響で、一文話すごとに、どっと拍手喝采が湧き起こった。彼が席についた頃には、向こう側の人間を全員友人にしてしまい、私の知る限り最高の完全勝利を達成してしまった。会合が終わると、皆が一斉に押し寄せてきて、一人ひとりが順に勝者と熱い握手を交わし、彼の手を握りながら演説者として見事だったと熱く褒めたたえた。

ところで印象的な逸話があったのを忘れていた。クラブで、ある医師からの手紙が読み上げられたのだ。そこには、先の三月、ある子供を治療するために施された感動的で興味深い手術について書かれてあった。手術を受けたのは医師の子供で、四ヶ月になったばかりだったが、ある恐ろしい病気に冒されてしまった。この病には大人が時折かかるが、子供の発症率はさらに低かった。発症すると内出血が起きるのだが、私には詳しいことまで説明できない。いずれにせよ発症者のほとんどが死に至るという病気だった。子供の病状は急激に進行してしまい、治療にあたっている医師も手詰まりで、子供は明らかに死にかけていた。時刻は真夜中だった。その時、誰かが言った。ロックフェラー氏の研究所に、子猫でこの病の治療法の実験をしている研究者がいて、この子供にも効果が期待できるのではないか——一縷《いちる》の望みだが、かけてみないかと。* 医師団の一人が研究所の医師宅まで馬車を走らせ、到着したのが一時だった。それでも眠っている医師を叩き起こして、二人で研究所に向かった。そこで僅かな器具をかき集めたが、必要な器具はすべて揃えられなかった。残りは鍵をかけて保管されていて、鍵は別のところに置いてあったからだ。それでも手術には絶対欠かせない器具があって、これだけは運よく、研究所の医師が手元に保管していた。この器具というのが、見えにくいほど細くて華奢な針と、黒い背景紙にあてないと全く見えないほど細い糸だった。二人は患者の家に向かった。麻酔を使用するには子供が小さすぎたので、麻酔を施すことは止めた。必要な処置は、私のうろ覚えによると、子供の静脈と父親の動脈を取り出し、双方の血管の端と端を、完璧に縫い合わせ、間違いなく接合させると、血液を失いつつある子供に、丈夫で健康な父親から新しい血液を流し込んでいくというものだった。子供は衰弱しきって、青白くぐったりとなっていた。その上あまりに小さい子供だったので、手術に耐えうるだけの太い血管がなく、ふくらはぎの奥深くに隠れている血管しか使えなかった。手術の準備が整ったときには、子供がまだ生きているのかどうか医師達にも分からず、絶対的確信を持って見極められる術もなく、死んでいるように見えた。それでも医師達は手術を進めた。新しい血液が子供に注ぎ込まれると、効果を確かめたくて皆が固唾を飲んで見守った。しばらく効果は現れなかった。程なくして子供の耳上部が微かに紅潮し出した。少しして指先にも血の気が戻ってきた。さらに少しして、死人のように蒼白だった頬に血の気が宿ってきた。それからしばらくして、小さな体全体がぱっと紅潮し、赤ん坊は手を突き上げて泣き出したのである――この泣き声が母親には有難く、音楽の響きに聞こえた。これが、約三ヶ月前のことである。今ではこの子も回復して健やかに育っている。[14]この子が生きていられるのも、ロックフェラー氏があの研究所に投入した一〇〇〇万ドルのお陰である。

手紙が読み上げられている間、聞いている者は引き込まれ、胸を打たれて、静まりかえっていた。手紙によって好奇心をそそられ、感情を揺さぶられただろうことは、その場にいた人達全員の顔を見れば明らかだった。聴衆は、折に触れ、息もつけないほど聞き入った。読み終わると、一時の間があって、深く息を呑んだあと、感謝と希望に満ちた歓声が一斉に湧き上がり、公判中の被告がまたも大勝利をあげた。

＊輸血により父親の血を赤ん坊に提供するというもの。これまで大人の血を幼児の血に混ぜるなどという無謀な行為を試した者はなく、試す価値もないと考えられていた。

(1)この口述筆記に登場する「W・B・ブラウン」の思い出話は、クレメンズが一八七〇年二月六日付の手紙でウィリアム・ボウエンに宛てて書いた「ビル・ブラウン」の記述と酷似している。しかし「バック」というあだ名を用いていることから推測するに、クレメンズが回想しているのはウィリアム・リー・ブラウン（一八三一年?～一九〇三年）のことではなく、彼の兄の「ドック・バック・ブラウン」の名で知られるジェイムズ・バーネット（あるいはバーケット）・ブラウン（一八二七年～一九一五年）だと思われる。ジェイムズは薬剤師で、一八八二年から八三年までハニバルの市長を務めており、一九〇三年にクレメンズがハニバルを最後に訪問した際も彼と会っている。息子からの「手紙」は見つかっていない（『インディアン』、二〇ページ～二三ページ、三〇八ページ。Edgar White 1924、五二ページ。Wecter 1952、三〇五ページ、注一六。Find a Grave Memorial 2013b。『マリオン国勢調査』一八七〇年、第七九一巻、五二四Bページ。Holcombe 1884、九一〇ページ。『トウェイン伝記』、第三巻、一一六八ページ）。

(2)一〇月に編纂された一八五〇年のハニバル国勢調査によると、クレメンズは「その年度内」は学校に通っていたことになり、これから類推するに、少なくとも父親の死後しばらくは学校で授業を受けていたことになる（『インディアン』、三一四ページ）。

(3)『自伝完全版第一巻』、四〇二ページおよび関連する注、四二〇ページおよび関連する注参照。

(4)『パブリッシャーズ・ウイークリー』によると、アルダイン・クラブは、「文学と芸術を推進」し、ニューヨークの出版者が「共に集って昼食をとり、仕事の話ができる場」を提供するため一八八九年に創設された。一八九八年にアップタウン協会と合併してからは、アルダイン協会という公式名称で通っていたが、「一般人の間では、最初の名称アルダイン・クラブで認識され」続けた（「アルダイン協会」、一八九九年三月二五日号、五五二ページ）。アルダイン協会はクレメンズのため一九〇〇年一二月四日に手の込んだ晩餐会を開き、「あのクラブで開かれた、この種の会合としては、過去最高の会合」とまで呼ばれることになる（「マーク・トウェインがアルダイン・クラブに」、ニューヨーク『タイムズ』紙、一九〇〇年一二月一五日号、BR八ページ。以下の注10も参照）。

(5)保護関税は、一九世紀末から二〇世紀初頭にかけて政治論争の大きな問題になっていて、とりわけ一九〇八年の大統領選では争点となっていた（一九〇八年七月一六日と九月一二日付「自伝口述筆記」、注7を参照）。民主党の主張によれば、外国製品への課税によよる材料費の高騰は、巨大独占企業よりも中小企業にとって痛手となり、巨大独占企業は生産量を削減して小売価格を引き上げることになると訴えた。クレメンズはこの民主党の考えを支持する意向を表明した。砂糖精製工場の経営者ヘンリー・O・ヘイヴメイヤーは関税を「あらゆる独占企業の産みの母」と呼び――このフレーズが反関税主義の標語になった。これに対して共和党は、国内製品を外国製品よりも安くすることで、「国内の労働者と産業にとって非常に有益」だとして、保護関税の政策を支持した（Hornig 1958、二四一ページ～二四三ページ。Hardesty 1899、一八五ページ）。共和党の見解では、独占企業は市場経済における必然の産物だとしていた（次の注6を参照）。

（6）ローズヴェルト大統領は一九〇一年一二月三日付の着任後初の年次教書で、共和党の立場を表明して、「これらの巨大企業の富豪達が生まれたのは、関税のせいでもなければ、それ以外のいかなる政策とも関係なく、経済界そのものに本来の原因がある」と述べた。さらに大統領は一九〇三年四月四日のスピーチで、関税の引き下げについて次のように述べた。

俗にいう独占企業問題なるものを解決できるだけの現実的な効果は期待できない。いくつかの巨大連合や巨大企業は関税の影響を全く受けていないのだから。それ以外のほとんどすべての有力企業には、実際には、アメリカ国内に小規模ながら数多くの競合相手がいるため、当然ながら関税の変更により大企業に痛手を負わせることはできるが、その競合先である中小企業にとっては単なる痛手にとどまらず、破滅に至るだろう。同様にこのような関税の変更により、大企業と中小企業の両方の賃金労働者にとってもちろん惨事となるだろう。（Roosevelt 1908、第一巻、一六四ページ、二一一ページ）

（7）クレメンズは以前にもローズヴェルト大統領が選挙献金の見返りに独占企業を保護するという共和党の「密約」を重んじていないという不満を述べたが、今回ここで述べていることとは矛盾している（一九〇七年九月一三日付「自伝口述筆記」、一三五ページ一一行目〜一六行目の注を参照）。彼は、かつて期待されていたほど反独占企業の改革を推し進めなかった。他の問題で手一杯だったうえに、現行法と企業の巧みな弁護団に阻まれたからである。しかしながら独占企業の抑制が重要であることを知らしめ世論を喚起し、これが布石となって、続くタフト大統領の政権下でさらなる改革が推し進められることとなった。タフト大統領は、独占企業にたいしてほとんど二倍の訴訟で勝利した（Pringle 1956、三〇〇ページ）。

（8）一九〇七年九月一三日付「自伝口述筆記」および注5を参照。

（9）この会社は、ジョン・D・ロックフェラー一世と数人の共同経営者のもと一八七〇年に創設され、一八八〇年代初期には石油産業を牛耳っていた。この会社の従業員が初めてストライキを起こしたのは一九一五年だった。

（10）フランク・N・ダブルデイは一九〇八年五月一五日にクレメンズに宛てて手紙を出している（カリフォルニア大学蔵）。

親愛なるクレメンズ様、

ライオン女史に電話でお伝えしましたとおり、ロジャーズ氏と会ってまいりました。彼も了承してくださり、町から離れることがなければ、五番街一一一番地のアルダイン・クラブで行われる五月二〇日水曜日一時の昼食会に彼も来てくださるとのことです。ロジャーズ氏は、**町から離れることがなければ**、来てくださると思うのですが、彼には来るべき義務もないので、もしかしたら逃げ出してしまうのではないかと不安です。大義のため、彼を抱え込んでおいていただけると有り難いです。当日はクラブで待っていましょうか、それとも私が一緒のほうがいいというのでしたら、私はあなたの家まで行って、あなたとロジャーズ氏と落ち合ってから行きます。

ご子息のジョン・ロックフェラー氏とウォルター・ジェニングズ氏も招待しましたので、お二人とも来てくださると有難いです。記者は呼んでおらず、完全に非公式の友好的な会です。

心より、あなたの、

F・N・ダブルデイ

ウォルター・ジェニングズ（一八五八年～一九三三年）はオリバー・バー・ジェニングズの息子で、創設時からスタンダード石油の株主だった。一九〇三年にはスタンダード石油ニュージャージー社の取締役になり、一九〇八年から一九一一年まで同社の事務総長だった（「ウォルター・ジェニングズ、南部で死去」、ニューヨーク『タイムズ』紙、一九三三年一月一〇日号、二一ページ）。

(11)ロックフェラーは三歳の孫をしょう紅熱で亡くしたのち、疾病の研究と治療だけを目的としたこの国で最初の研究所を一九〇一年に設立した。彼は一九〇八年五月までに四五〇〇万ドルを投じてイーストリヴァーの六六丁目に研究棟と病院を建設し、研究所の将来のために莫大な寄付をした。ロックフェラー研究所における最初の重要な医学的発見は、研究所長のサイモン・フレクスナー（一八六三年～一九四六年）による、伝染性球菌髄膜炎の治療法の開発だった。以前は免疫血清を皮下注射していたため効果がなかったが、脊柱に直接注射することで死者数を劇的に減らせることを証明した（「子供の死がきっかけに、医療研究所生まれる」、ニューヨーク『タイムズ』紙、二〇〇一年二月二五日号、RE七ページ。「ロックフェラー、病院を贈る」、シカゴ『トリビューン』紙、一九〇八年五月三一日号、六ページ。Rockfeller University 2013。Fitzpatrick 1941）。

(12)ロックフェラーによる慈善事業への寄付総額については意見がわかれるが、公の寄付だけで一億三八〇〇万ドルというクレメンズの試算は法外である。一九〇八年一月一日付のシカゴ『トリビューン』紙によると、ロックフェラーの寄付総額は七〇〇〇万ドルほどで、そのうち四五〇〇万ドルが一九〇七年に支払われた（「絶賛博愛年間」、六ページ）。

(13)ジョン・D・ロックフェラーの弟ウィリアム・ロックフェラー（一八四一年～一九二二年）の妻アルマイラ・ジェラルディーン・グ

ッドセル・ロックフェラー（一八四四年〜一九二〇年）のこと（「W・ロックフェラー夫人、七五歳で突然死」、ニューヨーク『タイムズ』紙、一九二〇年一月一八日号、二二ページ）。

(14)輸血が行われたのは一九〇八年三月で、ニューヨークの著名な外科医エイドリアン・V・S・ランバート博士（一八七二年〜一九五二年）の乳児の娘に対してであった。彼女が患っていたのは新生児メレナで、消化管から出血する珍しい病気だった。治療にあたった医師はフランス人のアレクシス・カレル博士（一八七三年〜一九四四年）で、一九〇六年から一九三九年までロックフェラー研究所で働いていた。彼は動物臓器の移植を成功させたうえ、ここでクレメンズが説明しているとおり、患者と供血者の血管を縫合して輸血する技術を発見して、一九一二年にノーベル医学賞を受賞している。不適合な血液型が存在することはまだ知られていなかったため、この処置で死ぬこともあった（「アレクシス・カレル、『ロボット』心臓の発明者が死去」、シカゴ『トリビューン』紙、一九四四年一一月六日号、二三ページ。Lambert 1908、八八五ページ）。

一九〇八年五月二二日、口述筆記

四年前からクレメンズの出版社になっている、ハーパー社――この四年間における彼の著書売上数と著作権収入総額など――マーク・トウェインの本を読んでいて三隻も船を難破させた船長の話が書かれていた、若いジャーナリストからの手紙の写し――この手紙で思い出した逸話、ジャック・ヴァン・ノストランドが西部を旅していて見つけた本はただ二冊――聖書と『無邪気者達、海外へ』だけだった。

この四年半、ハーパー社が私の出版社だった。先の一二月、同社から四年目の年次報告書が提示され、その明細に目をとおした。それによると、どの著書の売れ行きもすこぶる良かったのだ。著書のほとんどが年代物で新しくもないのにだ――多くの本が一五年から二七年前に出されたもので、最も古い本は三五年から四〇年前のものだった。

本は古いが、その売上高は減るどころか年々増え続け、それが慣例となっている。ハーパー社における初年度の販売総数は九万三二八冊、二年目で一〇万四八五一冊、三年目で一三万三九七五冊となり、四年目の――つまり去年の――売上高は一六万冊であった。四年分の総数は、あと一万一〇〇〇冊で五〇万冊に達する。

最も古い本が『無邪気者達、海外へ』で――現在四〇年になる――この四年で売上総数が四万六〇〇〇冊になった。『苦難をしのびて』[1]は――現在三八年になると思うのだが――四万三三四冊売れている。『トム・ソーヤの冒険』は四万一〇〇〇冊、などなどという具合だ。

私にとって、ことのほか有難い数字がある。『ジャンヌ・ダルクについての個人的回想』という本も売り上げ数が減るどころか順調に数字を伸ばしていることだ。有難いのは、これが真面目な本であり、それゆえ受けが良くないだろうと思われていた中で、売れている点だ。ユーモア作家が重いものを書くと、たいがい反発を買ってしまうのが世の習いだ。どうしてそうなるのか、少し不思議である。真のユーモア作家に絶対的に備わっているべき根本的な資質とは、重厚な真面目さであり、人間の悲しみと苦しみに対する非常に深い共感である。ある意味でこの本は小説なのだが、別の意味では、より深く言うと、歴史書であり、細部まで正確を期した。正確さについてはアンドリュー・ラングも認めており、当然ながら、この評決を不服とする上訴の声も上がってきていない[2]。一二年かけてこの乙女を熱心に調べ、彼女の言動や性格に没頭した。本では架空の人物も登場させ、その一人や二人に現実には起きていないことをさせたが、ジャンヌ・ダルクだけは細部にまでこだわり、史実と異なる行動をさせたことは一度もなかったし、彼女が実際に語った言葉以外には話させたりはしなかった。私は愛のためにこの本を書いたのであり、金のためではない。だからこの本を『ハーパーズ・マンスリー』誌で連載することになった時、初めは、自分が作者であることは伏せておいた[3]。私の名前が付くと世間がユーモラスな作品だと誤解して買ってしまいかねない。私としては信頼を裏切ってまで商売をしたくなかったのである。ところが本の中に潜り込ませていた架空の登場人物達が私のことを暴露してしまったのだ。この登場人物達の言動がしばしばユーモラスな代物で、私の子供達であることは一目瞭然だったからだ。雑誌連載が三ヶ月ほど進んだ頃には、私が作者だと告発する手紙が殺到し、これ以上隠していても無駄だということがすぐ分かった。先にも言ったが、私は愛のためにこの本を書いたのであって、売れるとは期待もしていなかった。しかし有難いことに予想は外れたのである。この本も刊行して一五年になるが、ユーモア作家による真面目な本でありながら、いまだに好調な売れ行きを博しているばかりか、順調に販売数を伸ばしている。一九〇四年には一七二六部売り上げ、一九〇五年には二四四五部、一九〇六年には五三八一部、去年――一九〇七年――の売上高は六五七四部だった。これでも、私の本の中では最も高額な本なのである。

ハーパー社から支払われる著作権料はこの四年で次のようになっている。一九〇四年二万四九三九ドル。一九〇五年には二万九三一一ドル九二セント、一九〇六年には三万九二八四ドル三三セント、一九〇七年には四万八二二五ドル九八セントである。四年合わせて一四万一七六一ドル二三セントである。

今朝受け取った手紙で、四〇年前のことを思い出した。『無邪気者達、海外へ』という本は、あの往年のクエーカー・シティ号で旅してまわったときの歴史である。ジャック・ヴァン・ノストランドも旅仲間の一人だった。彼は魅力的で、気立てが良くて、足が長く、ニューヨーク出身で当時一七歳、我々とは船上でつるんでいた――他につるんでいたのが、ダン・スロート。彼はすでに亡くなっている。モールトンもいたが、彼もすでに亡くなっている。デイヴィスも仲間だったが、こちらも亡くなっている。チャーチも死んだ。若かったジャックもずいぶん前に亡くなっていて、いま生き残っているのは私だけだ。この本を完成した二年後、可哀想にジャックは肺病にかかってしまい、両親は彼をコロラドに送った。あそこで空気を吸って暮らせば助かるだろうと望みをかけたのだ――この望みは打ち砕かれることになる。[4] 一方『無邪気者達、海外へ』は出版され、国中で広く流通していった。ジャックは二、三百マイルほど馬を走らせ、コロラドの牧場をいくつも一人で通過し、旅の最後にダン・スロートへ手紙を書き、おおよそ次のようなことを言った。

「クレメンズに言っておいてくれ、私はあの長い旅路でカウボーイ以外の人間には出会ったこともなく、飯を食い眠るところといったら泥壁の小屋しかないのだ。やつに伝えておいてくれ、旅の最初から最後まで目にした本は二冊だけ。一つは聖書で、もう一つは『無邪気者達、海外へ』だ。聖書はきれいなままだった」。

さっきも言ったが、今朝届いた手紙を読んでいて、この遠い昔の思い出話が自然と蘇ってきたのだ。今朝の手紙というのは、私の秘書宛で、ある若いジャーナリストから来たものだった。彼は一年前、オーストラリアの自宅から地球の最果てまで[5]ふらふらと放浪し、その道すがら私達を訪ねて来た。彼はグラスゴーから、次のように書いてよこした。

私は五番街二一番地を本当にねたんでおりまして、この思いを知ってもらいたく思います。私は不定期の貨物船チャリングクロス号でセビリアからグラスゴーまでの航海を終えようとしているところですが、この航海中は船長の蔵書（生涯をかけた彼のコレクション）に甘んじるほかありませんでした。それが、ウェールズ語で書かれた聖書一冊とアメリカ英語で書かれたマーク・トウェインの三冊の本だけでした。このウェールズ人の老船長が航海に迎えた旅仲間の中で、マーク・トウェインに会ったことがあるのは私だけだったものですから、以前に同船したどの乗客よりも私の負担は重くなりました。起きているときも寝ているときも、好天でも悪天でも、ひたすら本の引用を聞かされて逃げ場もなく、しかも二日目以降は同じ引用が繰り返されるのです。食事は異端審問の拷問そのもので、身の毛もよだつ時間となりました。コーヒーを手渡す時に必ずこう言われるのですから。「コーヒーの水深も気をつけろ（冗談ですよ。マーク・トウェインの「警戒《マーク》、水深二尋《トウェイン》！」に引っかけているんです）。

ロンドンからの良船チャリングクロス号が船長デイヴィッド・デイヴィスのことが気になり、彼の経歴を調べてみました。すると彼は働き盛りの頃、三隻もの船を難破させていたと分かり、納得しました。「事故」が起きた時、彼はいつも船室にこもってユーモラスな蔵書が並ぶ棚に張り付いていたのです。そこで私は二つの打開策を考えており、どちらを選択すべきかお知恵を拝借できれば幸いです。一つ目は英国船のため予防策を講じるもので、運動を起こして、船長達にマーク・トウェインの著書の販売を禁止する法律を設け、英国中の港の貸本屋から彼の作品を排斥するよう働きかけるものです。あるいは代替案です——先の案に比べて遥かに利益も大きいのですが、まっとうなやり方とはとても言えません。是非やりましょう。船長のデイヴィッド・デイヴィスが定年になるまで、船舶会社の株主配当金を受け取れるようにします。これを確保してから、船長にマーク・トウェインの本を新たに三、四冊ほど贈る——それから他にも利益が薄くて保険料がかさんでいる船の船主を探し出し、面談します。考える材料にしてもらうのに、このデイヴィッド・デイヴィス船長と知り合いになってもらいましょう。そして最後にロイズ保険者協会の海運情報誌を研究され、配当金を受け取らせるのです。これにかかる保険引受組合の経費は（貴殿も利益になると思いますが）、マーク・トウェインの本をそれぞれの汽船に三冊ずつ置く費用だけですから、年間約一八冊分です。金はあります。

（1）ハーパー社は一九〇三年一〇月からクレメンズの独占出版社となった（『自伝完全版第二巻』、一四三ページおよび関連する注、一六〇ページおよび関連する注参照）。ここで列挙されている販売数と著作権収入は、次の二段落で示された数字も含めて、ハーパー社の年次報告書「マーク・トウェイン著書の売上総数、一九〇三年一一月一日から一九〇七年一〇月三一日」から引用している（カリフォルニア大学蔵）。一九〇八年六月三日付「自伝口述筆記」では、クレメンズが五月二〇日の「アメリカ小売書店協会」で行ったスピーチを新聞から切り抜いて差し挟んでおり、そこでも同じ数字を挙げている。

（2）アンドリュー・ラングは著名な英国人作家であり批評家、ジャンヌ・ダルクの専門家で、一八九五年と一九〇六年に彼女についての本を二冊出版した。彼は一八九六年五月一八日の『セント・ジェイムズ・ガゼット』紙で、クレメンズの『ジャンヌ・ダルクについての個人的回想』を批評した。彼の批評によると、物語の「細部に誤り」があるものの、「生涯にわって純粋で完全無比の敬愛すべき」存在として描かれたジャンヌは読みごたえがあり、作者の「現代的な演出」も、「作者が心を込めている」からこそ出てくるものだと称賛した。「鮮やかな文体は現代的で、ユーモアや台詞回しはミシシッピ人らしい趣向が見られ、背景や仕草に時代劇らしさがない。しかしこの本は率直で、読んでいて心湧きたち胸躍るのである」と書いた（Budd 1999、三八四ページ～三八六ページ。ラングについては『自伝完全版第二巻』、三四八ページおよび関連する注参照）。一九〇八年四月にラングはクレメンズに手紙を書き（現在消失）、その中でアナトール・フランスが新しく出版したジャンヌの伝記『ジャンヌ・ダルクの生涯』を酷評している。ペインの要約によると、ラングは手紙の中でフランスを「大うつけ」と呼び、「彼女の精神的な生き方を台無しにして、彼女が物理的にたどった経歴を一つずつ」追うばかりで、作品は「安っぽくなってしまった」と批判した。クレメンズは四月二五日に返事を書き、英語の翻訳版が待ち遠しいとし、権威筋の意見と、この驚異の小説家が権威筋の意見をどう受け止めているのか、完全にまとめてラングが送ってくれるなら――彼の望み通り――フランスの本をからから記事を書くと答えた（一九〇八年四月二五日付、ラング宛書簡、『書簡集（ペイン版）』、第二巻、八一〇ページ～八一一ページ。ラングからサミュエル・ラングホーン・クレメンズ宛、一九〇八年五月四日付書簡、カリフォルニア大学蔵）。クレメンズが実際にこのような記事を書こうとしていた証拠は見つかっていないが、ラングはこの後、一九〇八年に伝記『フランスの乙女』を出版し、フランスを攻撃した（Searle 1976、六六ページを参照）。

(3)『ジャンヌ・ダルク』は一八九五年から一八九六年まで連載され、一八九六年に単行本として出版された。クレメンズが名前を伏せたことについては、『自伝完全版第二巻』、三五三ページおよび関連する注参照。

(4)ジョン・A・ノストランド（一八四七年?〜一八七九年）はニュージャージー州グリーンビルとニューヨーク市の出身で、クレメンズは当初彼に対して悪い印象を抱いていたが、のちに「気立てがよくて、いつでも善意の」若者だと好意を寄せるようになった（備忘録第一巻』、三三〇ページ。一八六七年六月八日付、マッカム宛書簡、『書簡集第二巻』、六四ページの関連する注）。クレメンズは一九〇六年五月二四日付「自伝口述筆記」で、スケッチブック製造業者のダニエル・スロートとともに商売をして、不調に終わった経緯を説明した（『自伝第二巻』、五五ページ、五四ページおよび関連する注参照）。クエーカー・シティ号で一緒に旅した乗客ウィリアム・R・デニーによると、スロートは「きれいな顔」をしていて、「世界で一番思いやりのある男で、止むを得ない時以外は誰も傷つけない男で、困ってしまうぐらい賢い」とのこと。ジュリアス・モールトン（一八四三年?〜一九一六年）は鉄道機関士の息子で、この船旅のあいだ旅行通信文を書き、セントルイス『ミズーリ・リパブリカン』紙に送っていた。クレメンズは一九〇七年に彼のことを「静かで、とても内気」だったと述べている。デニーは、モールトンのことを「背が高く、細身で、親切だった」と記している（Denny 1867、九月一一日付日記。一八六七年六月八日付、マッカム宛書簡、『書簡集第二巻』、六四ページ〜六五ページに関連する注）。ジョシュア・ウィリアム・デイヴィス（一八四〇年?〜一九〇〇年）はニューヨークの銀行家で、株式仲買人で、一八七四年に自分の会社を立ち上げた。デニーによると、彼は「厳格なキリスト教徒というよりはむしろ俗物だったが、いいやつで、折り合うのがうまく、相手を喜ばせ、相手に賛同しようと努めた」という（『リッチモンド国勢調査』、一八八〇年、九二三巻、三五九Cページ。ニューヨーク『タイムズ』紙、「共同組合からの告知」、一八七四年一二月一日号、一〇ページ。「ジョシュア・W・デイヴィスの死」、一九〇〇年二月二四日号、七ページ）。ウィリアム・F・チャーチ（一八一九年生まれ?）はシンシナティ出身の保険査定人で、一八七二年には州保険庁長官に任命されている。デニーによると、「率直で善良な容貌で、意志の強さが唇に現れていた」という。チャーチは一八七〇年三月にその旅行について講演を行った。シンシナティ『ガゼット』紙によると、彼の話は――「あのユーモア作家の語りとは全く違う形で」――「愉快で明快な内容だった」という（「聖地巡礼についてのあるシンシナティ人の回想録」、一八七〇年三月二三日号、二ページ。『ハミルトン国勢調査』、一八六〇年、九七四巻、二八四ページ）。一八六七年九月に、クレメンズはこれらの「つるんでいた」五人と、別の二人（デニーとジョージ・バーチ博士）と一緒に、船からはなれて三週間の馬上旅行をした。旅程はベイルートからダマスカスまで行き、パレスチナを通ってエルサレムに向かい、最後にヤッファで船に合流した

（『備忘録第一巻』、三七三ページ、四一六ページ〜四四三ページ）。

（5）不明。

一九〇八年六月三日、口述筆記

書店協会の晩餐会で、過去四年間における自著の販売数について、クレメンズ氏がしたスピーチの写し——過去四年間の著作権収入についての報告。

新聞記事の切り抜きを次に入れておく。(1)

アメリカ書店協会の第八回年次晩餐会で、マーク・トウェインはスピーチを行い、自著の人気ぶりを示す驚くべき数字を示した。この協会には、事実上、全米のすべての書籍販売業者が加入している。晩餐会は五月二〇日水曜日の夜、五番街一一一番地にあるアルダイン協会で行われた。マーク・トウェインのスピーチは数々の話題に及んだが、主だった趣旨は次のような次第である。

「この集会にはアメリカ全土の書店が集い、表向きは飲食に来ているように見えますが、その内実は商売の話をしに来ています。それで私も仕事の話をするよう求められているというわけです。ここにお集まりの紳士諸兄には、生活費を稼ぐ手助けをしていただいており、どれだけ恩義に感じているか、数字で示す必要があります。私はこの四〇年余り、本で飯を食ってきました。『無邪気者達、海外へ』から始まり、『苦難をしのびて』、『トム・ソーヤの冒険』、『金メッキ時代』などを約一年おきに出版してきました。三六年もの間、私の本は予約購読で売られてきました。皆様はこの三六年のことよりも、その後に続く四年間に興味がおありでしょう。一九〇四年初頭から私の本が現在の出版社の手に渡ったことで、皆様が私の食い扶持を運んできてくださることになりました。お世辞を抜きにして、皆様には非常に良くしていただいていると言わせていただきます。非常に良くしていただいたと申しましたが、この言い方は決して大げさではないのです。というのも、出版社との契約で、皆様のところで毎年決まった冊数を五年間かけて売ってくれるという約束だったのですが、皆様のところで私の古雅な本を売っていただいた結果、四年で約束の二倍も売り上げを伸ばしてくれたからです。残念ながら皆様もよくご存じのように、本というものは五年、一〇年と古くなるにつれ、年間の売り上げ総数が二、三〇〇部に落ち込み、さらに一〇年、二〇年たつと売れなくなるということが非常によくあります。しかし、皆様には、苔むした私の古臭い本を毎年何千と売っていただいているのです――私の本の中で一番新しくて一五年から二七年で、一番古くて刊行されてから三五年から四〇年にもなります」。

「私が出版社と結んだ契約条件では、出版社のほうで毎年五万冊の売り上げを五年間報告する義務があり、実際に売れても売れなくても五万冊分の著作権を私に支払うことになっていました[2]。そこで、ここにお集まりの紳士諸君の登場というわけです。五年の間で、二五万冊のうち、できる限りを世に送り出すのが皆様の仕事だったからです。皆様は目標数を達成できたか？　ええ、やってくれました――それ以上のことを。四年間で、あとまだ一年も残っているのに、二五万部に加え、二四万部も販売してくださったのです」。

「販売総数は毎年増えています。初年度は九万三二八部、二年目は一〇万四八五一部、三年目で一三万三九七五部、四年目で――最後の年ですが――一六万部売れたのです。四年間の売り上げ総数は、あと一万一〇〇〇部で五〇万部になります」。

「一番古い本が『無邪気者達、海外へ』です――現在四〇年になります――これを皆さんは四年間で四万六〇〇〇部以上売って下さいました。『苦難をしのびて』は――現在三八年になると思うのですが――四万三三四部売って下さいました。『トム・ソーヤの冒険』は四万一〇〇〇部売っていただく、という具合です」。

「私にとってとりわけ有難いことがあります。『ジャンヌ・ダルクについての個人的回想』は真面目な本です。私は愛のために書いたのであって、決して売れるなどと期待していませんでしたが、その期待は喜ばしいことに裏切られました。皆様の手で、毎年販売数を伸ばしていただいております。一九〇四年には一七二六部売っていただき、一九〇五年には二四四五部、一九〇六年には五三八一部、去年は六五七四部です」。

ここには三五〇人の書店が全米各地から来ていた。彼らは数字を欲しがっていたから、ハーパー・アンド・ブラザーズ社からの公式報告を提示することにしたのだ。この四年間でどれだけの印税を稼げたか言うまでもないから、控えておく。だがここだけの話だが、本の収入が四年目に入ってからは初年度のほぼ二倍になっていた。初年度は二万五〇〇〇ドルだったが、去年は四万八〇〇〇ドルを少し上回っていたのである。

(1)ここにある切り抜き記事が、どこの新聞から取られたかは不明。
(2)一九〇三年一〇月二二日付の契約では、年に最低二万五〇〇〇ドルの著作権料を五年間支払うと保証していたが、特に販売数は明示されていなかった(『トウェイン・ロジャーズ書簡集』、六九四ページ。『自伝完全版第二巻』、一六〇ページおよび関連する注参照)。

一九〇八年六月二六日、無邪気者、自宅で口述筆記。[1]

新聞の切り抜き記事二つの写しと、それについてのクレメンズ氏のコメント――クレメンズ氏がグローヴァ・クリーヴランドの死について語る。

私達は八日前から、この新居で暮らしている。[2] 以前の章でも語ったが、クレアラと私は、辛い出来事があると、クレメンズ夫人にだけは悟られないよう嘘をついた。思いやりゆえの方便であり、正当化してもいいだろう。その章で、「天国か地獄か?」という題の短編も紹介した。危篤の母親と娘が、同じように嘘という方便を使って、看取ってくれる者達とともに、お互い死にかけていることを相手に隠し通した。私はこの真実の物語を雑誌で発表し、[3] 人を騙しても良いのだということを実証しようとした。

すると不快なほど信心深い人々から、私と私の道徳観を厳しく非難する手紙が届いた。しかしそれでも心変わりはせず、次のような記事を見ると、私はひどく痛ましい思いになる。五〇年後にこれを読む者達も同じだろう。私の人間理解が正しければ。

父親を襲った二重の不幸(4)
子供に死なれ、病床の妻を逝かせたくなくて訃報を隠す。

パトリック・マクダーモットは、昨晩、いつもより少し早めに仕事場を出ると、自宅アパートメントがある二番街二四八七番地に急いだ。妻が病気で伏せっていて、一五歳の娘アンナの夕食作りを手伝わねばならなかったからだ。彼は足早に角を曲がり、一二六通に入ったところで、東一二六丁目二〇六番地の住居前の歩道の脇に、救急車が停まっているのが見え、足を止めた。

父親はふいに不安を覚え、群がる子供達を押しのけると、長い廊下の向こうの裏庭に白い診察着の救急医がいるのが見えた。マクダーモットは玄関を走り抜けると、その先に生気のない人影があった。救急医が上からかがみこんで確認していた。

娘のアンナだった。この若い女の子はエドリー・クレイグ夫人の子供達を訪ねたのだが、アパートメント五階の夫人宅で避難はしごから転落したのだ。亡くなった娘を見て父親は半狂乱となり、警官が二人がかりで抑えこむのがやっとだった。ハーレム病院のベネット医師が発熱と心労で苦しむ父親に薬を処方した。しばらくしてようやく男性は落ち着きを取り戻し、話ができるようになった。それから彼は、病身の妻を診察に来ていた医師と相談し、アンナの訃報を知れば、きっと妻も生きていられないと伝えた。そこでベネット医師は、娘の遺体を自宅に帰さず、警察署で預かると申し出て、そのまま預かった。

マクダーモットは家に帰ると、努めて悲しい素振りを全く見せず、アンナは友達の家に泊まると妻に伝えた。

昨晩彼は辛そうに語った。朝になっても戻ってこない娘のことを、妻にどう言えばよいか分からないと。

もう一つ別の記事がある。これなら五〇年先でも興味を引くことだろう。今これを読んでいる人達のように、未来の読者だってこれには憤りを覚えるはずだ。

気球事件の犯人、逮捕へ(5)

グリッデン氏の大型気球に発砲した罪で、バーモント州の住民二人を起訴へ。

六月二五日、バーモント州ブラトルボロ。——先週の金曜日、ボストン在住のチャールズ・J・グリデンはニューヨーク在住のレオ・スティーヴンズとともにブラトルボロを気球で横断中に銃弾を受けた。暴行の罪で、同市のウィリアム・マーフィー三〇歳とチャールズ・リガマン三三歳が、今夜、マイロン・P・デイヴィス保安官代理に拘留された。さらに司法長官のクラーク・C・フィッツは、事態を重く受け止め、二人の起訴手続きに踏み切ることとなった。

この気球ボストン号が銃弾を受けたのは金曜日。グリデン氏によれば、間違いなく白い納屋から二発の銃弾が撃ち込まれた。発砲された時間と発砲を受けた正確な場所についても操縦士達が記録していた。一発目はバルーン部分をかすめ弾痕も残っており、二発目はバルーン部分を完全に貫通したため気球は着陸を余儀なくされた。

私は思うのだが、キリスト教世界ではどんなに卑劣で破廉恥かつ残忍な犯罪でも、誰かが望まなければ、そもそも思いつくこともなかっただろう。操縦士の殺害を企だて、下手をすれば無残なバラバラ死体という危険な目にあわせたのだ。私からすればひどく下劣で悪質で残忍な犯罪だ。残酷な刑罰には反対だが、それでもこの二人の容疑者が本当に襲撃した当人ならば、生きながらにして手足を切り刻んで煮えたぎる油に放り込んでやるべきだ。

一九〇八年六月二六日

我が国は偉大な人物を失った。偉大な男にして偉大な市民でもある。我が国で最も偉大な市民であるばかりか、マサチューセッツ上院議員のホア亡き後、(6)我々に残された唯一の政治家でもあった。私が話しているのは、米国大統領を二期務め、昨日逝去されたグローヴァ・クリーヴランドのことである。(7)彼はとても偉大な大統領で、自職の誉れをきちんと理解していただけでなく、さらなる誉れを積み上げた男である。クリーヴランド大統領に比べたら、現在ホワイトハウスに住んでいるご仁は雲泥の差で、大天使と類人猿ほど違う。クリーヴランド氏は大統領に望むべき資質をすべて兼ね備えていたが、ローズヴェルト氏は大統領に望むべきでない資質をすべて兼ね備えている――すべて網羅している。

クリーヴランド氏は、家族が暮らしていけるだけの僅かな財産しか残さなかったそうだ。彼の未亡人は二万五〇〇〇ドルの生涯年金がもらえることになっていたが、それも受け取ろうとしない。(8)もし彼女が入隊報奨金泥棒みたいな悪党だったら、自分の一票すら売っただろう。そうなればローズヴェルトと議会は、お互い押しのけ合いつつ、我先にと彼女に年金を与えて、票を買収しただろう。

(1)クレメンズは当初、レディングの自宅をこう呼んでいた。一〇月になってから、彼はこの家をストームフィールドと呼ぶことに決めた。一九〇八年一〇月六日付「自伝口述筆記」を参照。
(2)一九〇八年四月一七日付「自伝口述筆記」の注17を参照。
(3)『ハーパーズ・マンスリー』誌の一九〇二年一二月号に掲載された短編で、一九〇六年六月四日付の「自伝口述筆記」にも差し挟まれている。クレメンズは一九〇六年六月六日の口述筆記でも、「偽り」という話題に触れている。また一九〇六年六月七日の口述筆記ではクレアラがオリヴィアに隠し事をしようした逸話について述べている（『自伝完全版第二巻』、八〇ページ～一〇八ページ、および八三ページに関連する注参照）。
(4)この書き出しで始める記事は、ニューヨーク『タイムズ』紙六月二六日号に掲載された。
(5)この口述筆記に挿入された先の記事と同じく、これもニューヨーク『タイムズ』紙、六月二六日号に掲載されたものである。
(6)ジョージ・フリスビー・ホア（一八二六年～一九〇四年）はハーバード大学ロースクールを卒業し、一八六九年から一八七七年まで下院議員を、一八七七年から一九〇四年まで上院議員を務め、合計三五年間マサチューセッツ州議員として働いた。黒人の市民権を求めて戦い、ニューイングランド女性参政権協会のため尽力した。また反帝国主義者として、プエルトリコ人とフィリピン人の民族自決権も支持した。さらにはスポイルズシステム〈選挙に勝った政党が公職の任免を意のままにする慣例〉に断固として反対し、能力重視で任命するよう運動を進めた。

(7)クリーヴランドは民主党選出の大統領で、一八八五年から一八八九年と、一八九三年から一八九七年の二期を務め、六月二四日に七一歳で亡くなった。クレメンズは「マグワンプ〈党派に関係なく気に入った候補者を支持する信条の持ち主〉」として一八八四年の大統領選でクリーヴランドに投票した。このときクリーヴランドは共和党候補者ジェイムズ・G・ブラインを破って当選した。一九〇六年一月二四日、三月五日、三月六日付の「自伝口述筆記」で、クレメンズはこの大統領選や、クリーヴランド夫妻と親密に過ごした日のことを述べている(『自伝完全版第一巻』、三一五ページ～三一九ページ、三八五ページ～三九二ページ、および関連する注参照)。

(8)六月二八日のニューヨーク『タイムズ』紙によると、亡くなった大統領の妻で人気の高かったフランシス・クリーヴランドに、議会では年五〇〇〇ドルの年金支給を認める見込みだと報道した(大統領に軍役がなかった場合、その妻は同様な死亡年金を受け取ることになっていた。軍役がある場合、未亡人は軍年金を受け取ることになっていた)。複数の新聞は、クリーヴランドが「亡くなった時、比較的貧しかった」と報道したが、実際には相当額の財産を妻に残しており、彼女は議会から提案された年金を断った(「クリーヴランド夫人への年金」、ニューヨーク『タイムズ』紙、一九〇八年六月二八日号、一ページ。「裕福な大統領は少ない」、ワシントン『ポスト』紙、一九〇八年七月一一日号、一一ページ、ブルックリン『イーグル』紙からの転載。Watson 2012、三六九ページ)。

一九〇八年七月三日、無邪気者、自宅で口述筆記

クレメンズ氏が七月四日の独立記念日をどう呼びたいか——新しい家と、マントルピースや絨毯などについて語る——オールドリッチ記念館と、オールドリッチ夫人の性格について。

明日は「ヘル・ファイア・デイ〈「地獄の火祭り」の意〉」だ。[1] 毎年七月四日になると、我々はこの英国の祭日を祝ってきた。火まみれ、血まみれ、涙まみれ、残虐三昧のばか騒ぎを一二五年にわたって何度も何度も、繰り返してきた。これは、我が国の歴史家と政治家と教師達が思慮不足で、この七月四日がアメリカ人の祝日でないことを周知させてこなかったからだ。とはいえ、歴史家も政治家も教師も、この祝日が本当はどの国のものかと考えないのだろう。私はこの英国の祝日を心底嫌っている。英国の祝日だからとか、アメリカの祝日でないとかいうのではなく、ただ単に、アメリカ中がこの祝日になると狂乱し、喧噪や花火で国中が身の毛もよだつ伏魔殿と化すからだ。このお祭りのことを国民は愛情を込めていろいろなあだ名で呼んでいるが、私があだ名をつけるとしたら、詩心は捨てて、「ヘルズ・ディライト〈「地獄の歓喜」の意〉」と呼ぶ。

しかし幸運なことに、私達はあの伏魔殿から遠く離れたところにいるので、ばか騒ぎも目に入らないし、耳にも届かない。私達が、この快適で心地よくて、広々としたイタリア風別荘に引越してきてから二週間になる。ジョン・ハウエルズが私のために森林の丘と渓谷に囲まれた高台に建ててくれた家で、他の人間達からはたっぷりと距離があり、隔離されている。この邸宅の名称を「無邪気者の自宅」と定め、私自らが「無邪気者」として居座るつもりなので、申し分のない最高の邸宅に仕上げる必要があった。三五年前にクレメンズ夫人と私がエディンバラを歩いた時のこと、家具の修繕などもする古雑貨屋で、古い彫刻入りのオーク製マントルピースと巡り合った。クレメンズ夫人はこれがひどく気に入り、買った。当時コネチカット州ハートフォードで建設中の自宅に置こうと考えた。このマントルピースは高さ一四フィートで、精巧で均整のとれた造りに、美しい彫刻が施されていた。下半分は一五〇年前のもので、上半分は一〇〇年以上の年代物だった。[2] それはスコットランドの田舎屋敷でずっと使われていたもので、その古道具屋で売りに出されてから二年ほど経っていた。店主によると、値段の問い合わもなく、欲しがる人もなく、無駄に場所を食うだけなので喜んで手放したいという。店主は二〇ポンドだと申し出た。私達はこれを買い取り、直ちにアメリカに送った。数年前ハートフォードの家を売る際、[3] クレメンズ夫人はマントルピースだけは取っておいて、将来使おうと保管しておいた。それが今この家にある。間口三一フィート奥行四一フィートの居間を立派に飾っている——この部屋にぴったりのマントルピースだと思う。その下半分が暖炉を包みこみ、上半分も部屋の反対の壁にはめ込んだ。最初からこの場所のために設計されたかのようだ。二〇ポンドの投資が、この三五年をへて、実に大儲けになった。ニューヨーク一の彫刻家に同じものを作らせたら、手間賃だけで八〇〇〇ドルはかかるだろう。それでも、こちらのほうが倍の価値がある。これは光を浴び、暖炉や煙草の煙にさらされ、一世紀ものあいだ高貴な感化に触れ、豊かな色合いになっているからだ。

同じく三五年前のパリで、クレメンズ夫人は東洋の古い絨毯を大量に購入した。みすぼらしくて汚らしいものにしか見えない絨毯だった。当時こんなものを買おうとする者などおらず、気に留める者もいなかったが、クレメンズ夫人の直感は正しく、彼女の審美眼に口を挟める者はいなかった。誰もが彼女の見る目には舌を巻いたものだ。何年もかけて、折に触れ東洋の古絨毯を買い集め、ずいぶん前に必要以上に買い揃えた。その頃になるとキリスト教国ではどこもかしこも、東洋の絨毯を買いあさるようになり、絨毯の値は当然ながら上がりだし、今も上がり続けている。これら古絨毯が、利益率のいい投資になった。絨毯にかけた金額は覚えている。確か全部合わせて八〇〇〇ドルぐらいだったと思う。去年ニューヨークで国内外の専門家数人に見てもらったら、現在は四万ドルになると保証してくれた。私が今住んでいる新居の建築費用も、業者の請求書によると、まさにこの金額だった。前の章でも述べたが、私は投資するたびに損をしてきた。自分の商才などあてにせず、クレメンズ夫人の商才を利用すれば良かった。

些細なある一点を除くと、この家はすでに完成している。数ヶ月前にサンドウィッチ諸島の住民から手紙が来て、マントルピースをこの家に寄贈したいという――サンドウィッチ諸島で採れる美しい木材でマントルピースを作るというのだ。建築士が寸法を送ってくれたので、暖炉を飾るマントルピースが届くのを待つばかりだ(4)。

この前の月曜日、アルバート・ビゲロー・ペインに付き添ってもらってボストンまで出かけた。翌日はニューハムプシャー州のポーツマスへ向かい、トマス・ベイリー・オールドリッチ記念館の寄贈式典に手を貸した(5)。――この時点で、私の遺作を受け継ぐ者達に、受取人から遺言執行人まで、厳命しておきたいことがある。今からこの珍妙な式典について話すが、これについては今後七五年間封印すること。封印せねばならぬほどの話ではないが、ただ遠慮なく、自由に――自由で、気兼ねなく、欲望のままに、味わって――語りたい。

基本情報として、まずは簡単な略歴を二、三挙げておきたい。故トマス・ベイリー・オールドリッチは、七二年から七三年前にニューハムプシャー州ポーツマスの小さな町で、祖父の自宅で生まれた[6]。この祖父の家をオールドリッチの奥方が先頃買い取って、そこに夫の遺品を展示したのである。幼少期のトム・オールドリッチ、学童時代のトム・オールドリッチ、詩人時代の老齢トム・オールドリッチと、それぞれで使っていた雑多な物を並べて、記念博物館にしたのだ。彼の名誉をたたえ、後世まで伝えるためである。奥方はニューハムプシャー州法にのっとってオドリッチ記念博物館会社を設立し、記念博物館をこの会社に譲ったのである。この会社はポーツマス市の委託機関でもあるから、寄贈先としては最強だった。さらに彼女はポーツマス市長などの重要人物達を会社に投入して、宣伝と理事をやらせた[7]。虚栄心に凝り固まった異様で忌まわしい女性だ！　どうしても彼女だけは好きになれないと信ずる。いかだで大海原を漂流していて、他に食料が見当たらなければ、好きになるかもしれないが。

オールドリッチ記念館を建てれば、オールドリッチ詣でに巡礼者達が集まるだろうというのだが、私からすれば、あやしいものだ。オールドリッチは決して世間に広く知られた作家ではなかった。彼の本は幅広く普及しなかった。彼の散文には締まりがなくて、自意識過剰で、特徴のない文体だった。散文作家としての知名度はそこそこで、詩人としての知名度も非常に限定的だったが、その程度でも誇れるものだった。彼が世に送り出した詩集が総じて評価されていたわけでなく、五、六編ほどの短い詩が、我々の言語でこの上なく優美な気品と美にあふれた仕上がりだった。これら珠玉の作品の存在を知っていて、崇め、愛でているのは、真価の分かる人だけで、一万人に一人ほどしかいない。こうした人間が全米にポツポツといるわけだが、記念博物館が手頃な場所にあれば巡礼にも来てくれることだろう。博物館がボストンかニューヨークにあれば、一ヶ月に一人は巡礼者を見込めたことだろうが、あんな所――ニューハムプシャーのポーツマスでは、ボストンからボストン・メイン鉄道を使って一時間四五分もかかるのだ。しかもあそこの鉄道ときたら、五〇年前の創業時から使ってきた車両をいまだに使っているし、いまだにティーポットとブリキ《ティン》の給水タンク《カップ》で水をがぶ飲みしながら走っている。黒炭を使っているので、吐き出されるジャリジャリのすすが窓や隙間や連結部分から、あの古ぼけた車内に入り込んでくる。ジョージ・ワシントンの遺物が祀られている記念館でも、あんな朽ち果てた町にあって、ボストン・メイン鉄道で行くとなれば、さほど関心を呼べなかっただろう。

愚かで、下らなくて、上面ばかりの、軽薄で、いかれたばか騒ぎを、からかわせたら、輝けるオールドリッチ、皮肉屋オールドリッチ、アイロニーの名手オールドリッチ、毒舌家オールドリッチは大物だった。ポーツマスのオペラ劇場で繰り広げられた記念式典も、からかってくれただろうに、彼が参加できなくて残念だ。彼ほど見事に攻撃し、叩き潰して、焼き討ちのうえ、滅多斬りの目に遭わせられる人はいなかった。ところが大切なことを一つ見落としていた。彼も他人の愚かな記念式典なら熱心にからかっただろうが、自分の為に催された式典を笑い飛ばそうとは思わないだろう。というのも彼は自分の才能を高く評価していて、その自惚れぶりときたら亡きエドマンド・クラレンス・ステッドマン[8]に近いものがあったからだ。ステッドマンも相当な人物で、自分の詩を崇めるために太陽は昇ってくるのだと本気で信じていたし、太陽は日暮れ時になっても自分の詩を愛でていたいがために沈むのを惜しんでいると思っていた。そして、別れを惜しんで一刻一刻と暮れる時を逃している間に、日照時間が何分もずれこんで、自分が地上にいるかぎり太陽は正確な時を刻むことができないのだと本気で信じていた。ステッドマンはいいやつだった。オールドリッチもいいやつだった。でも自惚れ屋でもあっただろう?――「自惚れさ加減なら、二人まとめてようやくお前ひとり分になるかな」、なんて切れ者のオールドリッチならさらりと言い返してきたかもしれない。

　読者のために白状するが、もしかしたら私は色眼鏡で見ているのだろう。オールドリッチ夫人のこととなると、何から何まで否定的に見ている可能性はある。三九年前に初めて会った時から彼女には嫌悪感を抱き、今だにそれが続いている[9]。彼女は惜しみなく親愛の情を示してくれるのだが、示されたほうでは胃がムカムカする、そういう種類の女性なのだ。絶対に信用できない。上辺だけ愛想良くしているようにしか見えず、利己的な下心があるのだと思ってしまう。オールドリッチは愉快な奴だったが、彼を大いに評価することはできなかった。彼はひとりでいることがなかったからだ[10]。あの女性への嫌悪感を、今以上に膨らませ、結晶化し、石化させ、とにかく不朽のものとするまでに、まだ足りない、その不足分を埋める出来事が三年前に起こったのである。この時私はボストンで六日間過ごすことになり、そこから数マイル先にあった「ポンカポッグ」のオールドリッチ邸に招待されていた[11]。うまい言い訳が見つからず、断れなかったのだ。あそこの家と土地は[12]、狡猾なあの女性が哀れなピアース老人をそそのかし、この老紳士が亡くなる何年も前から、巻き上げたものだった。一一年前ピアース氏がついに息を引き取ろうという時、彼女はこのオールドリッチ邸でのびのびと羽を広げ、彼の遺産で家中を飾りたてていたのだ。その前にもピアース氏は、オールドリッチ一家のために、ボストンにあるマウント・バーノン通り五九番地の大邸宅を買い与え、海岸沿いに小さな家まで建ててやった[13]。またオールドリッチ夫人は成金趣味の金ぴか骨董品に目がなく、彼女の趣味を満足させるため、ピアースは自分の財布から大枚をはたいて買ってやっていた。彼は、彼女には何でも欲しいものを買わせ、その請求書が自分に回ってくるという生活がすっかり当たり前になっていた。また随分前から旅行に凝っているオールドリッチ夫妻を満足させるのも彼の日課となっていた[14]。オールドリッチ一家は、ピアースの費用で、贅沢で豪華な旅を続け、世界中、人が住めるところなら隈なく回ったのである。私が破産してヨーロッパにいた頃、金銭的に苦しくて生活するのがやっとの時期があった。そんな時オールドリッチ夫人がクレメンズ夫人と私をもてなし、自分の虚栄心を豪快にひけらかした。オールドリッチとあの哀れな老人ピアース氏を目の前にして、言いたい放題だった——それでも亭主どもは、非難する素振りすら見せない[15]。彼女はピアース氏とオールドリッチと自分自身のために日本旅行を計画した。ところが汽船には通常の一等客室しか残っておらず、旅を延期するしかなかったという。このレベルの客室をひどく蔑んでいて、徹底していたため、今後も贔屓《ひいき》にしてほしければ、それ以上の部屋を用意するよう汽船会社に迫ったのだと、説明してくれた。汽船には七五〇ドルもする遊歩甲板沿いのスイートルームが二つだけあり、この片方を会社側が用意できるまで彼女は待った——しかしスイートルームには二人分のベッドしかないはずで、ピアース氏の寝床はどうしたのだろうか？　彼女の説明はなかった。きっとピアース氏は操舵室にでも積み込まれたんだろう。それから彼女は一着何百ドルもする豪華なドレスを五、六着も持ち出してきて、これらのドレスをパリの有名な仕立屋ワース[16]に作らせた時、少々小言を言ってやったという。採寸など面倒な手間でひどく時間が食われたと仕立屋に文句をつけたのだそうだ。ドレスは値段も聞かずに注文してきたし、いくらかかるかなんて気にもならないが、採寸やなにかで時間を無駄にされるのだけは許せないと怒りをあらわにし、我慢も限界だから、二度とここを贔屓にするつもりはないと宣言したのだという。

考えられるか!!　彼女は人にたかって生きてきたくせに、目もくらむほどの高下駄をはいて、こんなふうにふんぞり返って歩いていたのだ。

（1）一九〇七年八月二九日付「自伝口述筆記」の、七月四日に関するクレメンズのスピーチを参照。
（2）オーク材のマントルピースは——一八五一年に作られ、エイトン城に置かれていた。元の持ち主の紋章が彫刻されていたが、クレメンズ家ではハートフォードの自宅に設置した日付（一八七三年の夏にエジンバラで購入したもので——一八七四年）も彫らせた。また真鍮製の標札にはエマソンからの引用文「屋敷の装飾は、そこに集まってくる友人達だ」を刻んで、マントルピースに付け加えた（Courtney 2011、六〇ページ。Emerson 1870、一一五ページ）。
（3）この邸宅は一九〇三年五月に二万八八〇〇ドルでハートフォード火災保険会社の重役リチャード・M・ビッセルに売却された。クレメンズは一九〇六年に（多少の誇張はあるにしても）「家土地と家具」で一五万ドルか一六万七〇〇〇ドル費やしたと述べているので、相当な損失だったと言える（『自伝完全版二巻』、七九ページ、一五九ページ、一八一ページおよび関連する注参照。Courtney 2011、一二三ページ。屋敷の建設については、一九〇七年四月一〇付「自伝口述筆記」の注2を参照）。
（4）ハワイの人々からの贈り物で、コア材のマントルピースにパンノキ材の銘板がついていた。彫刻を施したのは、ドイツ生まれで一八八二年頃からホノルルに定住している木彫り師で高級家具職人のフランク・N・オトレンバ（一八五五年〜一九一〇年）だった。このマントルピースは、クレメンズの七三歳の誕生日の一九〇八年一一月三〇日に設置された。クレメンズはその日に、オトレンバとハワイ広報委員会総裁のH・P・ウッドに礼状を送っている（ウィスコンシン大学蔵）。クレメンズは礼状の中でハワイ諸島を謳う名言「沖に掛かる戦艦と見まごうばかりの美しさは、大海一の絶景なり」を残している（『トウェインとハワイ』、二四一ページ〜二四三ページ、書簡の複写は二四三ページの向かいに掲載。Rose 1988、一三一ページ〜一三二ページ）。
（5）オールドリッチは一九〇七年三月に亡くなった（一九〇七年三月二六日付「自伝口述筆記」の注5参照）。オールドリッチ記念博物館の寄贈式は一九〇八年六月三〇日にポーツマスの音楽堂で行われ、クレメンズは招待講演者として呼ばれていた（「トマス・ベイリー・オールドリッチ記念館の寄贈式」、カリフォルニア大学蔵の式次第）。クレメンズが行ったスピーチの詳細については、一九〇八年七月九日付「自伝口述筆記」を参照。
（6）オールドリッチは一八三六年にポーツマスで生まれたが、コート通りにある祖父の家で生まれたわけではなかった。二、三年後、彼は両親とともにニューヨーク市へ渡り、それからニューオーリンズに引っ越して、一八四九年から一八五二年まで祖父とともに暮らすためポーツマスに戻る。彼は一八六九年に出版した半自伝的な小説『悪童物語』で、ポーツマスでの暮らしや、家や祖父のことを描いている（Walk Portsmouth 2011。Aldrich Home 2013）。

(7)リリアン・ウッドマン・オールドリッチ(一八四五年?～一九二七年)は、一八六五年にオールドリッチと結婚し、一九〇七年七月八日に開催された会合で、トマス・ベイリー・オールドリッチ記念協会を発足させている。ポーツマス市長のウォレス・ハケットが、この協会の会長を務め、一九〇八年の寄贈式で司会を務めた(一九〇八年七月八日付「自伝口述筆記」および注5を参照)。「選任された」理事には、ウィリアム・ディーン・ハウエルズやフィンリー・ピーター・ダンなど、クレメンズの友人達も何人かいた。クレメンズも理事になっていたが、一九〇七年七月二五日に理事辞退の旨を協会幹事のチャールズ・A・ハズレットに知らせるよう、ライオンに頼んでいる。

クレメンズ氏は、寄付金を募って公の記念館を設立することを快く思っておりません。これがお断りする理由でして、オールドリッチ氏に寄せる厚い友情と親愛がほんの僅かでも陰ったわけでは決してございません。当人は何年も前から、こうした記念館の後援はお断りしており、生前・没後のいずれにあっても、この類の栄誉を遠慮させていただきたいと折に触れ表明されております。(カリフォルニア大学蔵)

ポーツマスのコート通りの邸宅はオールドリッチが過ごした後、孤児院として利用され、後に町で最初の病院として使われた。「一万ドルの基金」が集められた経緯について、リリアン・オールドリッチは一九一一年に次のように述べている。

募金集めは好評で、額は一ドルから千ドルまでと様々な寄付金が寄せられた。邸宅を(中略)購入すると、作業は直ちに開始され、屋敷と庭を以前と同じ状態に戻した。(中略)材料だけでなく当時の雰囲気まで再現したので、それは現実味があって、知らない人は急いで出ていかないと、この家の家族が帰ってきて、顔を合わせてしまうのではないかという気分にさせられる。(Aldrich 1911、二〇六ページ)

現在このオールドリッチ・ハウス博物館は、ポーツマス・ストロベリー・バンク博物館所有の歴史的住居の一つとなっている(以下ニューヨーク『タイムズ』紙、「T・B・オールドリッチを偲んで」、一九〇八年七月一日号、一六ページ。「トマス・B・オールドリッチ夫人」、一九二七年五月二三日号、二一ページ。*New York Passenger List* 1820-1957、四〇〇巻、八八八ページ三八。サミュエル・L・クレメンズからハズレット宛、一九〇七年七月九日付書簡、カリフォルニア大学蔵。Walk Portsmouth 2011。Aldrich Home

2013)。
(8)ステッドマンは詩人であり批評家で編集者でもあった。クレメンズは彼のせいでチャールズ・L・ウェブスター社の経営は失敗をしたと非難した。彼もまたトマス・ベイリー・オールドリッチ記念協会の理事として選ばれた一人だった。
(9)クレメンズとリリアン・オールドリッチは(一八六九年ではなく)一八七二年一月にボストンで不幸な出会いをした。オールドリッチは連絡もせずにクレメンズを自宅に連れてきて夕食を振る舞おうとしたが、リリアンは不機嫌となり、食事を出したくないと拒否した。クレメンズの顔つきやゆっくりした話し方から酩酊していると勘違いしたのである。彼女は一九二〇年に出した自叙伝『去来する思い出』で、この時のことを鮮明に描いており、彼女がぞんざいに扱った相手がマーク・トウェインであったと知って後悔したことも述べている(Aldrich 1920、一二八ページから一三二ページ、一八七四年三月一五日と一六日付、オールドリッチ宛書簡の転載、『書簡集第六巻』、八〇ページ~八一ページの注一一)。
(10)少なくとも会っている時は、クレメンズもリリアン・オールドリッチへの嫌悪感を隠していたようだ。彼女の自叙伝によると、一八七四年三月七日から一〇日まで彼女は夫とともにハートフォードのクレメンズ家を訪問して愉快に過ごした。クレメンズも大はしゃぎで、ある朝など朝食前から、そして食卓についてからも、「大きな笑い声と賑やかな会話」で溢れていた(Aldrich 1920、一四六ページ~一四八ページ、一五七ページ~一六〇ページ、一八七四年三月二四日付オールドリッチ宛書簡の中にほぼ全文を転載、『書簡集第六巻』、九三ページ~九四ページの注一三)。オールドリッチ家とクレメンズ家は一八七九年五月にパリで複数回会っており、その後クレメンズは「オールドリッチ一家が旅立ってから、私達(家族)は虚しくて、ぽっかりと穴が開いてしまったような気分です」と書き送っている(一八七九年五月二五日付、オールドリッチ宛書簡、米国議会図書館蔵。一八七九年五月一三日と一六日付、オリヴィア・ルイス・クレメンズからオリヴィア・ルイーズ・ラングドン宛書簡、トウェイン家博物館蔵)。リリアン・オールドリッチもまた、パリで過ごした日々は「ユーモアと冗談と(中略)楽しい食事とはしゃぎ声と笑い」に包まれていたと述懐した(Aldrich 1920、二二九ページ)。
(11)クレメンズは一九〇五年一〇月二一日にボストンに出て、「色々なところで(アゴを使った)仕事をする約束になっていて、州の端まで行きます――武器のアゴがもてばいいですが。かつてサムソンがアゴを使って戦っていた時代にはアゴも効果的な武器でした。一週間か、おそらく二週間いるつもりです」(一九〇五年一〇月二〇日付、サーム・ロジャーズ宛書簡、『トウェイン・ロジャーズ書簡集』、六〇二ページ~六〇三ページ)。彼は今回のボストン滞在中、一〇月二四日にカレッジクラブで、一〇月二五日にはオーサーズクラブで、一〇月二六日にはラウンドテーブルでスピーチをしてから、レッドマン農場のオールドリッチ家を訪ね、二、三日過ごした。そこは、彼らが一八七四年の秋に購入した農家を改装したもので、ボストンから南に一二マイル行った小さな町ポンカポッグにあった。一一月四日には、トウェインは再び二〇世紀クラブでスピーチをし、一一月六日にニューヨークに戻った（Lyon 1905b、一〇月二一日、一〇月二四日〜二六日、一一月六日付日記。Schmidt 2008。一八七四年三月二四日付、オールドリッチ宛書簡、『書簡集第六巻』、九二ページ〜九三ページの注一二。一九〇八年七月六日付「自伝口述筆記」、注2）。

（12）ヘンリー・L・ピアース（一八二五年〜一八九六年）はチョコレート製造業者で、マサチューセッツ州議員を務め（一八六〇年〜一八六二年、一八六六年）、ボストン市長を二度務め（一八七三年、一八七八年）、マサチューセッツ選出の共和党下院議員（一八七三年〜一八七七年）も務めた。彼は博愛主義者でもあり、ポンカポッグでオールドリッチ家の隣人だった。リリアン・オールドリッチは、夫とピアースが二五年にわたって親しく付き合ってきたことを述懐し、「（同じ町に住み、）二人が会わない日はまずなかった。ピアース氏が亡くなってから、オールドリッチ氏の世界は一変してしまい、寂しさから長く落ちこんでいた」（Aldrich 1920、二七八ページ〜二八〇ページ）。クレメンズがここで挙げているような贈り物について、彼女もオールドリッチの伝記作家フェリス・グリーンスレットも一切触れていない。しかしながらピアースは亡くなる際、オールドリッチ家にかなりの遺産を贈与した。トマスとリリアンには二〇万ドル、彼らの双子の息子達にはそれぞれ一〇万ドル、ポンカポッグの邸宅と家具一式、そこに連なる一五五エーカーの土地と、その領地内にあるすべての建物が贈られた（「オールドリッチ氏への贈り物」、ニューヨーク『タイムズ』紙、一八九六年一二月二六日号、A一ページ）。オールドリッチ一家が一八七九年五月一〇日にパリのクレメンズ家を訪ねた際、ピアースも一家に同行して来た（オリヴィア・ラングドン・クレメンズからオリヴィア・ルイーズ・ラングドン宛書簡、一八七九年五月一三日と一六日付書簡、トウェイン家博物館蔵）。

（13）オールドリッチはもともとピンクニー通りとチャールズ通りにそれぞれ家を持っていたが、一八八二年に新たに家を購入した。

マウント・バーノン通り五九番地の美しくて広々とした家を購入した。この家が、時とともに、選りすぐりの本や古い希少本や自筆原稿や芸術品の宝庫となった。冬になるとオールドリッチはこの家で過ごし、書斎でくつろいでいるときはフランス語やスペイン語の小説を数え切れないほど読みあさり、快く開かれた玄関に客達が押し寄せると、重い腰をあげて陽気に居間へ降りていって、完璧な主人としてもてなした。

一八九三年にオールドリッチ家が建てた「避暑地は、メイン州の海岸にあるテナンツ・ハーバーの『岸壁』にあり、とてもお気に入り」の場所となった（Greenslet 1908、八五ページから八六ページ、九四ページ、一五一ページ、一六一ページ）。

(14)オールドリッチ家は頻繁に、広範囲にわたって、海外を旅して回った——例えば、一八七五年の三月から一〇月、一八九〇年から一八九二年と、一九〇〇年の夏、一八九四年から一八九五年と一八九八年から一八九九年の冬に、一家は世界一周旅行をした（Greenslet 1908、一一七ページ、一一九ページ、一六一ページ）。

(15)この出来事に関しては、現在分かっていない。

(16)チャールズ、フレドリック・ワース（『自伝完全版第二巻』、四三ページおよび関連する注参照）。

一九〇八年七月六日、無邪気者、自宅で口述筆記

ジョエル・チャンドラー・ハリスの訃報——クレメンズ氏のオールドリッチ夫人に対する偏見を膨らませた事件。

ジョエル・チャンドラー・ハリスが亡くなった[1]。子供も大人も楽しんだ、あのリーマスおじさんの物語はもう聞けないのだ。大きな損失だ。

話を戻すが、オールドリッチ夫人への偏見が膨らみ、丸々となって、完璧なまでに嫌いになってしまった、あの事件について述べたい——三年前に「ポンカポッグ」で起きた些細な出来事で、前に少し触れたと思う。私はボストンに出かけていて、ある友人宅で一週間過ごしていた[2]。本当は「ポンカポッグ」になど行きたくなかったのだけれど、嘘でも何でも良かったが、上手い言い訳が思いつかなくて、急な誘いを断り切れずに出かけることになったのだ。行けばどうなるかぐらいは分かっていた。話題はもっぱら「社交界」——いわゆる裕福層——のうわさ話だ。イギリスの貴族達がしているようなやつだ。貴族達も話すことといったら大概が貴族仲間のことで、最後に会った時、相手が何をしていたとか、最後にうわさを聞いた時はどんな様子だったとか、そんな話ばかり。亡きピアース氏が遺した金

で買い集めた自慢の贅沢品を、これ見よがしに喜々としてひけらかされるだろうということも予想していた。若かりし頃の魅力的で愛らしいトム・オールドリッチも時おり顔を見せ、楽しませてくれるだろうということも分かっていた。そして奥方のほうも昔のままで、相も変わらず、自分本位で、身勝手で、ひとりよがりで、歯の浮くようなお世辞を、折に触れ、絶えず見せつけてくれるのだろう。面白いが、同時に腹立たしい偽善者ぶりを。そうなることは分かっていたし、もちろん予想通りの展開だった。オールドリッチ家には自動車があった。その頃の自動車は、目新しくて恐ろしげな代物だったから、金が余っている人間か、金のない人間しか手を出さなかった。あそこの自動車は安物で、けばけばしい派手な色をしていた。一家は蒸気式ヨットも持っていたが、これを私に披露することはなかった。それも当然で、私には七月にバー・ハーバーですでに見せびらかしていたからだ。(3) ヨットも三人乗りの安物で、金をかけているように精一杯取り繕っているから、金を持っていることを大声で宣伝していた。彼らだってヨットぐらいは持つだろう。それで経済力を誇示し、知らしめることができるのだから。あそこの息子がポロ選手だったが、貧弱だった。私は競技場に連れていかれ、その息子が六人ほどの選手と一緒に、この貴族趣味的なスポーツをしている雄姿を見せられた。「ポンカポッグ」の家では、必然的にポロに夢中になっていた。ポロもまた肥え太る経済力の象徴であり、宣伝になるからだ。選手も練習着だけ見れば最新の流行を追っていたが、どの選手もポロ用の馬を二頭ずつしか持っていなかったので、試合は長続きせず、すぐに失速してしまうのだ——すぐに失速するから、愉快なほど試合は未熟で不完全だった。不完全で危なっかしかったが、ボールだけは安全で手つかずのまま。選手は誰一人としてボールを打てないのだから。可哀想にオールドリッチは、この見るも無残なありさまを何とか取り繕おうと絶望的な講釈を並べた。ずいぶん前から予告しながら、なかなか切り出せずにいたが、ようやくここで例の事件の話に辿りついた。私は農場の古屋敷をくまなく案内され、行く先々で全力を尽くして、心にもないお世辞を、井戸水を汲み上げるように恥ずかしげもなく垂れ流した。ところが、本心から褒めた場所が二つあって、そこだけは、汲み上げなくとも、褒め言葉がすんなり出てきた。そのひとつが居間だった。部屋の色合いや調度品も美しくて趣味も良く、何もかもが魅力的で居心地がいいのだ。もう一つは、屋敷唯一の、一室しかない客間だ。広々としていて、適度な家具や絨毯もあって、堂々とした大きなベッドも置いてあった。その部屋を用意してもらい、私は当然、心から感謝し、言葉にも表した。ところが午後に不意の来客があり、二〇歳の女の子を迎えることになったため、私はその部屋から追い出され、彼女がそこに入ることになった。私は、遠く離れた部屋に移された。そこは細長い部屋で、奥行きもなく、ひどく狭くて、人ひとりが振り返ることもできない広さしかなかった。テーブルとイスが一脚ずつあって、小さな灯油ランプと洗面器と水差しが置かれ、鉄板製の円筒ストーブがあるだけで、他の家具は一切なかった。これほどみすぼらしくて、狭苦しくて、小さくて、汚らしい独房は、刑務所を出て以来初めてだ。時期は一〇月で、夜は非常に冷えた。この小さなストーブの燃料はストローブ松のかけらで、一回に一握りほど火にくべる。すると激しく燃え上って、三分ほどで根元からてっぺんまで真っ赤に熾《おこ》るものの、一〇分もするとストーブは空になり、干上がり、冷たくなってくる。ストーブが燃え盛っている三分間は、暖まりすぎて部屋に居づらいほどだが、半時間もすると、再び冷え込んでくる。小さな灯油ランプを灯すと、部屋はほのかな優しい光に包まれたが、明かりを消すと、強力な悪臭が盛んに漂ってくる。

私があの汚らしくて不快な部屋に移された理由は、すぐに判明した。オールドリッチ家の息子は三七歳の独身だった。部屋を明け渡した若い女性は、元州知事の娘で、「社交界」の殿上人だった。奥方は縁談に持ち込もうと、罠を張っていたのである。息子のため彼女を捕まえようと、知恵を絞って画策し、計画し、策を練って、あらゆる手を尽くした。彼女は露骨に結婚話を進め、思惑通り事は運ぶものと思い込んで、のんきに構えていた。ところが、彼女の思い通りにはいかなかった。女の子は逃げ出してしまった。(4)

恨み骨髄の一件をようやく吐き出すことができた。思い出すたび、はらわたが煮えくりかえる。私が到着した時、あの女性は、頼みもしないのに飛びついてきて、両頰にキスをしたのだ。それから七〇歳の私を地下牢に放り込んで、たかが知事の娘のために、あの豪勢な部屋を空けさせたのだ。ここまでされれば、無礼の限りを尽くされたと言ってもいいだろう。

記念式典のことは、今度話すことにしよう。

(1)クレメンズは一八八一年からハリスと手紙のやり取りを始め、一八八二年からは友人として個人的につきあってきた。ハリスは七月三日に亡くなった（『自伝完全版第一巻』、二一七ページおよび関連する注、『自伝完全版第二巻』、二六〇ページ、二六四ページ〜二六五ページ参照）。

（2）一九〇五年の一〇月から一一月にかけてクレメンズがボストンに滞在したのは、株式仲買人のサムナー・B・ピアメインとアリス・ピアメイン夫妻宅だった。この夫婦とクレメンズは、一九〇五年の夏と秋および一九〇六年の夏に、ニューハムプシャー州ダブリンで近くに住んでいた（『自伝完全版第二巻』、一九〇ページおよび関連する注。Lyon 1905a、一〇月二一日と一一月二日付日記）。

（3）オールドリッチの伝記作家によると、「オールドリッチは息子のヨット、ベスリア号で海岸を遊航したり、自分の自動車で旅したりして、一九〇五年の夏を過ごした――自動車のエンジンはいつも彼の想像力をかきたてて、アラジンの絨毯のように不思議な力を持っていた」（Greeslet 1908、二三二ページ）。ベスリア号はオールドリッチの息子タルボットが所有していた。クレメンズは一九〇五年七月にメイン州バー・ハーバーを訪ねたとしているが、これについては一切不明である。

（4）タルボット・オールドリッチ（一八六八年〜一九五七年）は一九〇六年初頭にエリノア・ラヴェル・リトル（一八八四年〜一九七八年）と婚約し、一九〇六年六月に結婚した。彼女はブリンマー大学を卒業したばかりで、彼女の父親デヴィッド・M・リトルは船舶建築技師で、一九〇〇年にマサチューセッツ州セーレムの市長であったが、知事だったことは一度もない。父親の役職について、クレメンズは明らかに思い違いをしていた（Greenslet 1908、二三二ページ。『セーレム国勢調査』、一九〇〇年、第六四七巻二Aページ。「セーレムで日中結婚式」、ボストン『イブニング・トランスクリプト』紙、一九〇六年六月三〇日号、三ページ）。

一九〇八年七月七日、無邪気者、自宅で口述筆記

ムラート・ハルステッドの死――彼とクレメンズ氏の人生は対照的――ムラート・ハルステッドが蒸気船に取り残され、クレメンズ氏一家とベイヤード・テイラーとともにドイツまで行った事件――ハルステッドとテイラーが二人とも心臓病を患っていると思い込んでいた偶然とその思い込みから解放された経緯。

だが、今ではないよ——二、三分後だ。

ムラート・ハルステッドが亡くなった。[1] 本当に良いやつだった。もう少しで八〇というところまで生きた。その中で彼は六〇年間粉骨砕身して、勤勉かつ実直に編集業をこなしてきたのだ。私の人生とは奇妙なほど対照的だ。一八四八年三月二四日、私が一一歳を過ぎた頃父が亡くなり、それから一八五六年末か一八五七年初頭まで、私は働いていた——勤勉だったわけでも、望んで働いていたわけでもなく、ふてくされて、のらりくらりと、愚痴って、不平を言いつつ、嫌々仕事をしていたし、見張られていない時はいつもさぼっていた。計算すると、私は一〇年ほど働いていたことになる。私はもうすぐ七三歳だが、あれから一度として仕事をしたことがない——ただし太平洋沿いで二、三年のらりくらりと記者をしていた時期があったが、これは仕事と呼べるほど大層で立派なものではない——こう考えると、私は五〇年か五一年前に印刷所を逃げ出してからは、働くのを止めたということになる。永遠に働くのを止めたと言っても過言ではない。ミシシッピ河で蒸気船の操舵手をしていたが、私にとって仕事ではなく遊びだったから——それも楽しくて、血が騒ぐ、冒険だったから——大好きだった。ハンボルト山での銀鉱探しも遊びで、遊んでばかりいた。というのも仕事と呼べるようなことは一切やらなかったからだ。愉快な仲間達が代わりにしてくれたので、私はそばに座って感心しているだけだった。エズメラルダでの銀鉱探しも仕事ではなかった。ヒグビーとロバート・ハウランドが仕事をしたので、私はまた傍らに座って感心していた。そこの石英工場で、くず石をシャベルでかき集める仕事を引き受けたことがあった。これこそ真の労働で、自ら働かねばならなかったが、二週間目の終わりには、この真面目な仕事から手を引いた。私の退職に賛同したのは、私だけでなく、給料を支払っている人達だった。こうした鉱山の経験は一〇ヶ月続いたが、一八六二年九月末に終焉を迎えた。それからネヴァダ準州のヴァージニア・シティ、のちにサンフランシスコに移り、程なくして記者となった。こうして二年あまり給料をもらって怠惰に暮らしていたが、懇願され、社主から頼み込まれて『モーニング・コール』紙を辞めることになった。それからヴァージニア・シティ『エンタープライズ』紙のサンフランシスコ通信員として二、三ヶ月働き、それからジャッカス渓谷でギリス兄弟とともに砂金採りをして三ヶ月過ごした。それからサンドイッチ諸島へ行って、そこから五、六ヶ月間サクラメント『ユニオン』紙に通信記事を送った。一八六六年一〇月には講演家として売り出し、その日から今日までいつも仕事をせずして生活費を稼ぐようになった。本を書いたり、雑誌に投稿したりするのは、いつも遊びであって、仕事ではなかった。私は楽しんでいたのだ。私にとって、ただビリヤードをしているのと同じだった。

どうしてムラート・ハルステッドが編集業六〇年の労役刑に処され、私は苦役を免除されて、生涯愉快に遊び暮らせたのか。これについては、実に不公平だと――正しい裁きではないように――思える。持つに値する人間が持てず、値しない人間が価値あるものを手にするのは、人間界の法則のようだ。これは、私には、全く馬鹿げているように思われる。

三〇年ちょっと前の四月一〇日、私はまだ小さい子供ら家族とともに蒸汽船ホルサチア号で、ドイツに向けて出発した――少なくとも出発する予定だったのだが、天候の様子を見るため、間際になって船は港に留まることに決定した。大勢の人間が乗客にお別れを言うためタグボートに乗り込んだが、暗くなって蒸汽船が出港することになり、皆船から去った。タグボートが去ったあと、ムラート・ハルステッドが我々の蒸汽船に残っていたと分かった[2]。彼は自分の妻と娘の見送りに来ていたのだが、我々と一緒に船にいるしかない。選択の余地はなかった。我々は海に出た。ハルステッドには、そのとき着ていた服以外に着替えもなく、これから先は一四日の船旅が待っていた。運良く、ハルステッドと同じ体格の男性が一人、船に乗り合わせていた。唯一似た体格の男性だった。その男性の洋服は合うのだが、彼以外は仲間内のどの男性の洋服も合わなかった。この幸運な出来事に当たった相手は、ベイヤード・テイラーだった[3]。彼は非常に大きな男で、ハルステッドと全く同じサイズ、洋服も沢山持っていたし、ハルステッドとは親しい友人として長い付き合いだったので、喜んで服を貸してくれた。彼らと真夜中まで喫煙室で過ごしていると、興味深い事実が判明した。二人は一〇年ぶりに会ったのだが、お互い福々しくはつらつとしていて、いたって健康な様子に驚いているのだ。お互いが、相手の訃報は近いだろうと思いながら何年も過ごしてきたからだ。最後に別れた時には、既にお互い医師から死刑判決を受け取っていたのである。二人とも心臓病と診断され、間違いなく二年以内に死ぬとされていた。両人とも、静かな生活を送り、歩くだけで走ったりせず、必要のない限り、階段も登らないように言われていて、特に不意打ちや突発的な興奮は可能な限り避けるよう注意されていた。ほんの一回、急激で激しい興奮にみまわれただけで十分であり、それだけで即座に命は尽きるものと理解していたのだ。それゆえこの二人は一〇年間這うようにして歩き、小走りも駆け足もせずにやってきた。階段を登るのも、砂利を山積みにした貨物列車のように進む。怠ることなく、たゆまず、興奮を避けてきた――ところが、そうしている間も、二人は二対の象さながらに、いつも壮健で、なぜ生き延びられるのか不思議だった。そして、ある事件が起こった。ほぼ同時期に、二人とも、ある事件に遭遇したのである。二人の身に起こったこととは、驚きの事実に見舞われた直後に、驚きの事実がもう一つ待ち受けていたことだ――驚きの事実で心臓に衝撃を受けても、その場で倒れ込んだりしないということだ。この驚きの事実は、ホルサチア号が船出する一週間前に起きた。ハルステッドは編集者で、シンシナティ『インクワイアラー』紙の社主だったので[4]、真夜中まで、ビルの高層階にある編集室のデスクに座っていた。そのとき近くで大きな爆発が起こり、ビルは根元から揺さぶられ、窓ガラスはガタガタと振動した。ハルステッドは考える間もなければ、爆発で興奮しないように気を付けるゆとりもなく、六階から一階まで一気に三五秒で駆け下りると、息切れしながら通りで立ち尽くし、「御心のままに」と唱えようとした。「御心のままに」召される時が来たのだと思い、死ぬほど怖くなったのである。しかし何も起こらない。その瞬間、彼は解放されたのだ。それからの一週間、彼は一〇年分の失われた時を補おうと、あえて興奮することを探し出しては、飢えた男のようにむさぼった。

ベイヤード・テイラーの経験も同じ様なものだった。彼は田舎で通りの角を曲って線路を渡り切った瞬間、急行列車が急カーブしながら突進して来て、すんでのところで彼の尻を削り取っていくところだった。列車から繰り出された突風はハリケーンのごとき衝撃で、彼は隣の郡まで吹き飛ばされそうになった。ついに心臓破りの驚きの事実に見舞われたと嘆き悲しんだ。それから彼は心臓に手を当ててみると、またも驚きの事実があった。心臓がまだ動いているのに気づいたからだ。彼は立ち上がって、体の砂を払うと、歓喜に沸き、神を称え、ハルステッドのように、さらなる興奮を探しに出かけ、失われた一〇年を埋め合わせていった。

ベイヤード・テイラーは駐ドイツ公使としてベルリンに向かう途中だった。彼は親切で愛嬌があって、純朴で、世界が始まって以来の新全権大使の持つ威厳に負けないほどの威厳に幸せを感じていた。彼は詩人で、沢山の詩を書き、ゲーテの『ファウスト』の英訳としては最高傑作を生み出した[5]。しかし今では彼の詩もすべて忘れ去られ、例外は珠玉の二編のみ。一つは、クリミア戦争に出征したスコットランド人兵士がセバストーポリ要塞の塹壕で「アニー・ローリー」を歌うもので、もうひとつはアラビア人が恋人に贈った恋歌で、[6]非常に感動的な詩だ。だからといって、彼のガラクタを集めて、記念博物館を始めようなどとは誰も思わない。彼だって、もしこの世に戻ってきて、よくよく思案したら、助かったと思っているはずだ。

彼には並外れた記憶力があった。ある晩、私達が甲板を歩いていた時、彼は子供の頃に覚えた単語帳を記憶の奥底から引き出し、暗唱してみせた。この単語帳には無関係な奇妙かつ奇異な単語が一ヤード並んでいて、彼が子供の頃に、賞品を賭けて、覚えたものだった。彼は単語帳を二回読み上げるだけで覚えられたので、易々と賞品を勝ち取ってしまった。というのも競争相手達は一時間単語帳を睨んでも、間違わずに暗唱などできなかったからだ。それ以降、単語帳のことなど考えたこともないが、半時間ほど記憶を掘り下げれば確実に再現できる、とテイラーは言った。私達は甲板を半時間ほど無言で歩いたが、最初の単語を皮切りに、彼の口からは、つまずきもせず、間違うこともなく、すらすらと単語が流れ出てきた。

彼は黒人の召使いを連れて乗船していたが、この下男が身悶えするほど奇抜な最新ファッションに身を包んでいて、虹のごとく鮮やかに映えていた。[7]それから彼は姿を現さなくなり、一〇日から一二日ほどしてようやく甲板に出てきているのを見かけた。うなだれて、そろそろと、弱々しく、ひなびて、しおれきっていて、温室の中や外で見かける花のようにしおれていた。その謎はすぐに解明された。彼は波に揺られたせいで、乗船初日からお通じの具合が悪くなってしまったのだ。そこで船医のもとに行き、下剤を頼んだ。医師は一四粒の大きな錠剤を与えて、便通があるまで三時間ごとに一粒飲むようにドイツ語で言った。しかし彼はドイツ語を理解できないので、一気に一四粒飲み込んで、先に述べた通りの結果となった。

(1) ムラート・ハルステッド（一八二九年生まれ）は一九〇八年七月二日に亡くなった。彼は五〇年間にわたって新聞雑誌の文筆業に身を置き、シンシナシティ『コマーシャル』紙の編集員、編集長、所有者、戦争通信員をへて、シンシナシティ『コマーシャル・ガゼット』紙の編集長、ブルックリン『スタンダード＝ユニオン』紙の編集長を歴任する。その後彼は歴史作品をいくつか執筆した（「ハルステッド編集長が逝く」、ニューヨーク『タイムズ』紙、一九〇八年七月三日号、七ページ、Mott 1950、四五九ページ〜四六〇ページ)。

(2)クレメンズ一家は一八七八年から一八七九年のヨーロッパ旅行に出かける際、最初に上船したのがホルサチア号で、実際のところ一八七八年四月一一日にニュージャージー州ホーボーケンから出発したが、ベイヤード・テイラーを見送りに来た団体が下船できなくなったため、スタテン・アイランド沖で一夜停泊し、翌朝に再出発した(次の注を参照)。この遅延のため、ハルステッドは、「フランスに向かう家族を見送るため、ナロウズ海峡までの僅かな距離だけ同行するつもりだった」のだが、「この小旅行を船旅に変更するという計画が突然湧き上がってきた。彼は、二ヶ月以内にパリに行って、そこで仕事を済ませねばならないという事情もあったので、船旅を続ける」こととなった(以下ニューヨーク『トリビューン』紙より、「ベイヤード・テイラーの見送り」、一八七八年四月一二日号、五ページ、「ベイヤード・テイラーに見送りを」一八七八年四月一三日号、二ページ)。

(3)ベイヤード・テイラー(一八二五年〜一八七八年)は多作の詩人で、旅行記作家であり、翻訳家でもあった。一八七〇年から一八七七年にかけてコーネル大学でドイツ文学の教授を務めた。全盛期は大きな名声を博したが、その後は陰り、一八七八年に駐ドイツのアメリカ公使に任命され、任務地に向かうためホルサチア号に上船した。しかし彼は任命前から健康を害して、同年の一二月にベルリンで亡くなった。

(4)ハルステッドは『コマーシャル・ガゼット』紙にいたので、そのライバル紙『インクワイアラー』紙とは一切関係ない。

(5)テイラーの二巻本の翻訳書で、一八七一年に出版され、当時は高く評価されたが、現在では二流作品とされている。

(6)テイラーの「野営地の歌」は一八六三年に『ポエット・ジャーナル』誌に掲載されたもので、クリミア戦争でセバストポリが一一ヶ月間にわたって英仏軍に包囲された時(一八五四年から一八五五年)の英国兵士達を描いたものである。彼らは古いスコットランド歌謡の「アニー・ローリー」を歌ったのだが、この歌は、おおむねウィリアム・ダグラスの詩をもとにして作られており、これにアリシア・スコットが曲を加え、歌詞も付け加えている。アラブ人の恋人を扱っている詩は、「ベドウィンの歌」で、テイラーの『オリエント詩集』(一八五四年)に収録されている。

(7)テイラーは自分の召使いについて、一八七八年にベルリンから出した手紙の中で次のように語っている。

ハリスを見てください。ネイビーブルーの衣装に、金箔のボタン、白いネクタイに、幅広い金の帯がついたシルクハットなどをまとっています。皇帝の弟君カール王子でもなければ、誰もこんな黒人を雇いません。ハリスを従僕として御者席に乗せて馬車を走らせると、たちまち大騒ぎになります。細々とした仕事は非常に抜けているのです(紳士クラブで給仕をしていた結果そうなりました）。しかし勉強熱心で、非常に誠実です。マリーと私は彼に絶大なる信頼を寄せており、彼がいれば、不便することはないと思っています。面白いことがありました。彼の世間知らずなところが露呈するような話です。私が宮殿を訪問した二日後（中略）ハリスが私のところに来て言ったのです。「閣下が行かれた翌日に、私も宮殿に行きました。軍服の紳士が招待してくださったんです。名簿に名前を書く時に、『国王の幸福を願う者』って記名しておきました」――彼は次に何をやらかすやら。しかし「黒い肌の」人間でも、ベルリンでは多くの自由が許されているようです（一八七八年六月一〇日付、リチャード・ストッダードとエリザベス・ストッダード宛書簡、Bayard Taylor 1997、四八九ページ～四九一ページ）。

一九〇八年七月八日、無邪気者、自宅で口述筆記
引き続き、オールドリッチ記念館について。

オールドリッチ記念館の話に戻ろう。記念館までの所要時間を確認することもなく、出発したものだから、もう少しで長旅になるところだった。まずニューヨークに行って、そこでボストン行きに乗り換えるつもりだったのだが、これだと天候も勘案すると、かなり過酷な一日になるところだった。朝起きて家を出てからボストンのホテルに入るまで一二時間という、長い――とても長い――一日になるところだった。ところが折よく、サウス・ノーウォークで乗り換えると四時間も短縮できることが分かって、猛暑の長旅でぐったりしたものの、午後二時にはボストンに到着できた。その翌日の六月三〇日に、私達はポーツマスに行くことになっていた。印刷された案内状が招待客に郵送されてきて、現地までの列車案内も添えられていた。それによると、九時発のポーツマス行き急行列車には招待客専用の特別車両が二つ用意されているらしかった。私以外の人間のような良識的で邪推のない人なら、裕福なオールドリッチの遺族が特別車両を用意するぐらい当たり前で、むしろ適切なもてなしぐらいにしか捉えていないので――実際、必要で欠かせない礼儀なので――この知らせを受けても、とくに感想を漏らすわけでもなく、淡々と事務的に、疑い

もせず指示に従うだろう。ところが偏見があると、目は曇り、片寄った考え方や感じ方、意見になるものだ。私は偏見だらけだったので、この特別列車には憤然とした。柄にもないことをしたものだと、心の中でつぶやいた。他の者のような、普通の人、一般的な人なら、こういう場合、ちょっとしたもてなしとして特別列車を用意して、その費用を負担するものだろうが、オールドリッチ夫人がそこまでするなんてありえない。オールドリッチ夫人のように施しで金持ちになった女が、礼儀だからと、招待客のために金を散財するなんてありえない。家族の大切な行事にあって、上流階級を気取っている彼女の姿が、腹立たしくて、悔しくて、胸糞悪いのだ。意地悪心がうずき、なにか裏があるはずだと考え、彼女の足を引っ張るネタを探そうとした。彼女は相当な宣伝家だ。それもしつこくて、ごり押しで、やみくもに、飽くことなく宣伝をする人だったから、新聞で取り上げてもらうために、こんな派手なことをしているのではないかと思った。宣伝に使えれば費用も無駄にはならないではないかと思った。これなら一応説明がつきそうなものだが、私の偏見は根強く、この程度の勘繰りでは満足できなかった。彼女らしからぬ態度で、いつもの流儀とは打って変わって、自腹で客をもてなす彼女など到底見ていられなかった――だが彼女の勝ちだ。私は潔く負けを認め、敗北者の苦杯を飲みほそう。それでも敵愾心は収まらず、二ドル四〇セントの運賃で恩に着させられてなるものかと、ペインにポーツマスまでの往復切符を買わせた。この案を思いついてからは、楽しくなってきた。実際のところ立派な行いを三〇回するよりも、心血を注いだ意地悪を一回するほうがよっぽど楽しいものだ。

それでもペインと私は、彼女の用意した特別車両に乗り込んだ。そこに集まる男女様々な作家達と――友人か顔見知りだろうから――お喋りを楽しみたかったのだ。乗っていて良かった、結果として楽しい旅になったのだから。私は座席に座ると、そこから車両の北側で男女と大声で会話をしていた。その時車掌が、この手合い特有の、あの厳めしくてふんぞり返った態度で入って来て、切符を集め始めたのだ！　私の周りにいた招待客の中には、裕福ではない者も何人かいて、それは私も知っていたので、彼らが驚いて息を呑み、窮した哀れな表情を浮かべているのが見えた――見ていて決して楽しいものではなかった。彼らはポケットやハンドバックから、品よく印刷された招待状とともに特別車両を指定してあったカードを取り出し、それらの証明書を、冷淡な車掌に見せた。そして彼らは遺贈式典まで**招待**を受けているから、支払う必要はないのだと説明した。すると鬼車掌は、にこりともせず、ボストン・メイン鉄道特有のあの冷たく鈍い怒鳴り声を上げて、誰かを通すよう指示は受けていないと答えると、運賃を巻き上げた。

この事件で、私のオールドリッチ夫人が、無傷のまま、昔通りの姿で蘇った。当時の彼女がそうだったように、不快な匂いもそのままで、少しも衰えていない。今の彼女は、老カモメの施しで裕福になって[1]、威風堂々たる特別列車を仕立て、これを自分の宣伝に有効利用して、栄誉を独り占めした。そして額に汗して働く六〇人に自腹を切らせたのだ。私は悟った、見失っていた宝が、真実のオールドリッチ夫人が、戻ってきたのだと。口汚い連中なら言うだろう、彼女は「やっぱり正気だった」と。この悲しい事件にはまだ続きがあって、贅沢なプルマン式車両になじみがなく、庶民用の一般車両で移動するのに慣れている人達は、前席の後面に列車の切符を挟んでおき、車掌が来たらそれが見えるようにしておいた。ニューイングランド鉄道では車掌が数分おきにやってきて、挟んである切符を確認してはパンチで穴をあけていくのだが、一日中それを繰り返していると、もはや切符とは言えないほど穴だらけになってしまう。それでも切符の持ち主は心穏やかなもので、二、三分おきにベストのポケットから切符を取り出して確認する苦労とは無縁だ。というわけで特別列車の招待客達は、当然のことながら、正式な招待状が切符代わりだと思い、これを前席の後面に挟んでおいた。車掌によって招待状をざるのようになるまで穴をあけられても、煩わされないように。そこで客達は車掌に切符を求められても、自信たっぷりに、得意げに、多少非難めいた様子で、招待状を指さした。ところが、それに対して車掌は鼻で笑うばかりで、顔には不遜な表情がありありと浮かんでいた。これには連中もひどくばつが悪くて、恥をかかされた苦悶の表情があからさまに見て取れた。オールドリッチ夫人ですら見ていたら可哀想になったと思う。私は高尚な人間なので、彼らが可哀想になった——あまりに可哀想で、出来ることなら見たくなかったと思ったほどだ。六〇人の招待客のうち、一〇人から一五人はニューヨーク市からで、あとはボストンかボストン近郊から来ていたので、これら全員の運賃は一五〇ドルぐらいだろう。それなのにあの裕福なしみったれ女は、多くの犠牲を払ってやって来る作家連中に、しかも裕福でもない彼らに、運賃を払わせるなんて、礼儀知らずにもほどがある。あの幸福な老ピアース氏なんて可哀想に、彼女によくまとわりつかれていた。彼女がピアース氏の首にしなだれては、抱き寄せ、撫でまわし、両頬にキスをして、「ねえ、あなた」なんて呼んでいた頃——でも、この話はやめておこう。私は陸でも船酔いするから、取るに足らない些細なことでも見ているだけですぐに吐き気をもよおしてしまうので。

途中駅で、マサチューセッツ州知事が関係職員を引き連れて列車に乗り込んできた。職員達は控えめな制服だったが、二人だけ例外だった。その例外は豪華ないでたちで、まさに極楽鳥そのものだった。その一人が、オールドリッチの息子であり、彼の唯一の遺児にして相続人だった。彼は三八歳、愛想がよくて謙虚な好青年だったが、その謙虚さが役に立つことはなかった。なぜなら彼は父親と同じく母親の所有物だったのだから。母親の言いなりになって知事付き将校[2]を、いわゆる立っているだけの蠟人形を、やらされていたのだ。これが母親の希望だったとしたら、おそらく宣伝目的だったはずだ。

特別列車では、車掌に滅多切りされた子羊達が、他の子羊達に、列車の責任者は誰なのかと訊ねる声が始終聞こえていた。この質問に答えられる子羊はいなかった。この特別列車に責任者などいないことは明らかだった。ボストン駅でも、招待客はどこへ行き、どの特別列車に乗るのかを案内する担当者もいなかった。猛暑日のうだるような暑さの中、ときおりブリキのポットを持った少年[3]はいないかと探すが、列車内で見かけた人はいなかった。ポーツマスでも、招待客を案内してくれる人間はいなかったが、知事一行と一二人ほどの重鎮だけは別待遇だった。奥方ご用達の自動車が、今回は正真正銘の豪華で快適な車が、知事を迎えに来ていたのだ——無料送迎だったという。

オペラハウスでは、特別列車にいた招待客の四分の三ほどが一般客と同じ席に送り込まれた。知事一行と多少名の知れた作家数名は控室に案内されて、会場が埋まり[4]、式典開始の準備がすべて整うまで待つこととなった。ポーツマス市長[5]もそこにいたが、丈夫で大柄な体に、筋骨隆々で、荒廃した今世紀にとってまさに理想的な市長だった。ほどなくして我々は舞台上へと行進していくと、当然ながら歓迎の喝采を浴びることとなった。ハウエルズと私は市長と知事一行のあとに続いて舞台に上がり、さらにその後ろに続いて残りの三流作家が続いた。舞台上では観客に向かって一列に並んで座るのだが、その中でもハウエルズと私は柳細工の短いソファの中央近くを陣取った。彼は舞台に居並ぶ自分達をちらりと見渡して、こうささやいてきた。

「こうして並ぶと、昔のお笑い舞台そのままだな。顔に炭を塗って、長くてぴんと尖がった襟を、線路の横木みたいに眉毛の上まで斜めに突き立てたら完璧じゃないか。オールドリッチがここにいたら、あの楽しかった思い出の舞台口上を威勢よく切り出して、こう言ってくれただろうね「よう、ブラザー・ボーン、今夜の調子はどうだい。ご機嫌いかが、ブラザー・タンバリン。今夜もお体の具合はよろしくって？」

少しして市長が前に歩み出ると、力強く自信に満ちたスピーチを轟かせ、オールドリッチにたいする見事で正当な賛辞をいくつも述べると、六〇年前に少年時代のオールドリッチが過ごした、寛容で心安らぐ辺境の町、ポーツマスについて語った。そして昔に比べて急成長を果たした現在のポーツマスについても触れた。実際には「急成長」という言い方はしていない。そのほうが賢明だ。「急成長」したかのように匂わせているだけだ。現在のポーツマスは急成長などはしていないのだから。静かで、本当に静かで、まどろんだように静かなところなのだから。さらに彼は、オールドリッチの形見を集めたこと、また形見の一部は少年時代に過ごした家に、残りは庭にある防火性建築内に展示したことに触れ、ここにあるすべての供託品は寛大にもオールドリッチ博物館協会に委ねられ、それが市の負担で後世までこれらの記念物を保全する栄誉を授かったと述べた。

それからギルド知事が——これについては明日まで寝かしておこう。

（1）ヘンリー・L・ピアスの遺産（一九〇八年七月三日付「自伝口述筆記」の注12を参照）。

（2）カーティス・ギルド二世（一八六〇年～一九一五年）は、ボストン『コマーシャル・ブリタン』紙の編集長であり社主で、一九〇六年から一九〇九年までマサチューセッツ州における共和党の知事だった。タルボット・オールドリッチは、一九〇七年一二月二七日、少佐の階級で、知事付き補佐官に任命された（『米国主任補佐官録、一六三一年～一九七六年』、一九〇七年、一九〇八年）。彼の双子の兄弟チャールズ（一八六八年～一九〇四年）は一九〇一年に患った結核がもとで死亡した。

（3）「使い古したブリキの紅茶缶に飲み水を入れて車内に持ち込むという古い慣習が、ニューイングランドでは地域によっては未だに残っている。少なくとも私はそのように聞いている」（「貯水の旅」、『鉄道ガゼット』紙、一八九五年四月二六日号、二六一ページ）。

（4）「数百人におよぶ（中略）男女の作家達を含めて」、「千人ほどのファンが」式典に参加していた。（「オールドリッチに捧げる弔詞」、ボストン『イブニング・トランスクリプト』紙、一九〇八年七月一日号、一三ページ）。

（5）ウォレス・ハケット（一八五六年～一九三九年）は弁護士で、ポーツマスの市長を一九〇七年から一九〇八まで務めた（Foss 1988、五一ページ）。

一九〇八年七月九日、無邪気者、自宅で口述筆記

オールドリッチ記念式典について結び

ギルド知事は、流暢な語り様で、優雅で生き生きとしたスピーチをした。実にその場にふさわしい内容で、完璧に暗記したうえでのスピーチだった。つまずくことも、まごつくこともなく、もたつくこともない、滑らかな語り口だった。どんな時でも、どんな場所でも、どんな話題であれ、スピーチをする者は、自分自身と聴衆のため、スピーチ原稿を書き、それを暗記しておくのが義務だ。ただし、それだけの時間があればだが。私もまだスピーチを暗記していられた頃は、いつもこの義務を忠実に果たしてきた——聞き手のためというよりは、自分自身のためにだ。スピーチをしっかり暗記しておけば、コツや術で聞き手を完全にだましおおせるからだ。暗記さえしていたら、スピーチの用意もないまま立ち上がったかのように見えるだろう。それでいて完璧に連ねられた名句を、易々と、楽々と、自信をもって繰り出していくから、聞いているほうは感銘を受ける。凡人なら同じようにやっても退屈で陳腐な言い回ししか出てこないものだ。私はここで教訓を垂れているのではない。センスの話をしているのだ。というわけで、いい出だしだったわけだ——しっかりと暗記したスピーチだった、市長と知事ともに。楽しくて、興味深くて、生き生きとして、効果的なスピーチだった。

それから式典が始まった。追悼者が順番に前へ這い出てきて、式のために用意した詩を、控えめに、弱々しく、ひそやかに読み上げた。大概がひそひそと読み上げるので、本物の詩人でも、三流詩人でも、朗読する声がベンチの中程に座っている私達のところに届くことは滅多になかった。まもなく黒服を着ていて良かったと私は思った。黒服のおかげで、家にいた時から、こういう暗い雰囲気に浸って自分を戒めることができるからだ。式典は祝賀会でなくて追悼式なのだから、天候に関係なく、弔意を表す服装をしなければならない。あの悲しみの壇上で黒服を着ていると、

気分が悪くなるほど暑くなってきて、窮屈で、息が詰まりそうで、湯気が出てきて、汗が噴き出てきたが、詩の雰囲気にはぴったりだった。嘆きの語りにぴったりで、聴衆の疲れ切って火照った顔にも、これまたぴったりだった。この服だと会場全体の苦悩の色とよく合っているから良かった。詩人が次から次へと立ち上がり、壇上に這い上がっては原稿を取り出して追悼詩を読み上げた。これが延々と、延々と、延々と続き、ひどく厳かだからこそ滑稽に見えてきた。どんな場であれ、人生でこれ程大量の朗読を聞かされたことはなかったからだ。どれもいい原稿だったことは否定しないし、悪い原稿はひとつもなかったことは認めよう。しかし一流でない詩人は朗読の仕方を心得ていないので、読み上げている本人以外は苦痛でしかない。ヒギンソン大佐は想像もつかないほど高齢で、何世代も何世代にもわたって壇上の追悼式を経験してきたため、立ち上がっても、老いゆえに背中は丸く曲がったままで、原稿のスピーチを読み上げるのにも、残り僅かにしか残っていない弱々しいしわがれ声を絞り出していた。これでも遠い昔に彼が連隊を引き連れて敵陣に突入する時には、その声が警鐘のごとく鳴り響き、血の勝利へと部隊を導いたものだ(1)。ハウエルズのスピーチは簡潔(2)で自然で、当然のことながら優れた思想が適切な言葉遣いで表現されていた。この完璧な言葉遣いこそハウエルに備わった天賦の才だった。彼は暗記していて、見事に詠じあげた。しかし追悼詩は、彼も原稿を見ながら読んでいた。優雅に見事に読み上げると、原稿の山に自分のものも添えて、隣の席に戻ってきた時には、終わったことが嬉しくて、恩赦を受け、解放された罪人のような顔つきをしていた。そこで私は、前もって用意しておいた厳粛な弔問文を捨てた。ぼんやりとしか覚えていなくて効果も期待できないと思ったからだ。そして、放埒で放漫で下品なばか話を一二分も喋りつづけ(3)、その日の出演を終えた。

記念式典が終わった。鬱々として、忌まわしくて、耐え難かった。うだるほどの暑苦しい二時間だったが、この二倍の暑さと疲労とボストン・メイン間の旅行代金、灰を飲みこむことになっても、式典には駆けつけただろう。

(1)トマス・ウェントワース・ヒギンソン（一八二三年〜一九一一年）はユニテリアン派の牧師であり作家だったが、南北戦争中は北軍の第一サウスカロライナ義勇軍第一黒人連隊で大佐を務めていた。この連隊は大規模な戦闘には一切参加していないが、重要な戦闘には遭遇した。

(2)ハウエルズは「この式典用に書いた創作詩を読み上げた」(「文人の出演者がオールドリッチに敬意を表す」、ボストン『ヘラルド』紙、一九〇八年七月一日号、二ページ)。このスピーチ原稿は発見されていない。

(3)クレメンズは一九〇六年九月号の『ノース・アメリカン・レビュー』誌に掲載した「ロバート・ルイス・スティーヴンソンとトマス・ベイリー・オールドリッチ」からオールドリッチに関する抜粋を読み上げた(『自伝完全版第一巻』、二二八ページ〜二三〇ページ)。これ以外に彼が何を語ったにせよ、リリアン・オールドリッチはこれを「下品なばか話」とは受け取らなかった。彼女は一九〇八年七月二日にトウェインに宛てて手紙を書き、「火曜日の小さな『トム・ベイリー』とあなたの大切な古い友人『トム・オールドリッチ』に捧げる友情の弔詞には心から感謝もうしあげます」と述べている。さらに彼女は、オールドリッチが晩年クレメンズのもとを訪れたときのことを述懐し、「その帰り道、彼の胸には古い友情と愛情が新たに燃え上がりました。彼があの時愛情深く貴殿のことを話していたのが忘れられません」(カリフォルニア大学蔵)。トム・ベイリーは『悪童物語』の主人公で、『トム・ソーヤの冒険』に影響を及ぼしたとされている(「文人の出演者がオールドリッチに敬意を表す」、ボストン『ヘラルド』紙、一九〇八年七月一日号、二ページ。「ジャーナリストの慣例に従い、文人達がトマス・ベイリー・オールドリッチに敬意を表する」、ボストン『ジャーナル』紙、一九〇八年七月一日号、六ページ。タイプ打ち原稿、五ページ)。

一九〇八年七月一〇日、無邪気者、自宅で口述筆記

クレメンズがジョン・ハウエルズに宛てて手紙を書き、この家の建築家としての彼の仕事を称賛する——W・D・ハウエルズがクレメンズ氏に送った手紙からの引用——クレメンズ氏が髪をふさふさに保てる理由についての理論、人類が髪の手入れや食事などに関して矛盾した態度をとることを指摘。

二、三日前ジョン・ハウエルズに宛てに手紙を書き、この家の建築家としての彼の仕事を褒めたたえ、あふれんばかりの熱烈な賛美を送った。[1] 小さい頃のジョンのことが思い出される。生きて、生きて、生きてきて、絶えず、たゆ

まず、飽くことなく生き続けていたら、とうとうあの子供が、私の後を追いかけていたあの少年が、私のために家を建て、私の頭上を屋根で覆ってくれる日がやってくるなんて、奇妙だ。変な気分だし、信じがたい。これがあの時の少年だなんて実感がわかない。この子のことは昔から良く知っている。彼が大きくなって、七歳ぐらいだった頃のこともよく覚えている。あの子が父親とハートフォードにやってきて、[2]我が家で一日、二日泊まった時のことは今でも覚えている。おそらく三〇年前にもなる。今は亡き、惜しまれし我らが友、黒人執事のジョージ[3]がまだ若かった頃の話だ。ハウエルズとジョンは、一階の、マホガニー・ルームと呼ばれる部屋に泊まった。ジョンは朝早くから起きて、家の中を探索してまわり、軽い忍び足で熱心に発見の旅を続けた。彼は黒人になじみがなかったが、七歳なので、もちろん『アラビアン・ナイト』によく親しんでいた。彼は探索の航海を終えて帰路につこうとした時、ちらりと食堂を覗いた。そして父親の元に逃げ帰ると、父親を揺さぶり起こして、畏れて、半分喘ぎながら言った。

「起きて、お父さん、奴隷が食卓の準備をしているよ」。

要するに私はこの建築家に対し、印象的で恰好の言葉で、しかもそれらを上手につなぎ合わせて、言うべきことを言ったのだ。だからこそ昨日の夜、彼の父親から届いた返事にはこう書いてあった。

> 新宅に満足されている旨をジョンに書き送って、あなたの心遣いに感謝します。最高の別荘を手に入れるより、このような手紙を頂戴するほうが有難いです。

ハウエルズの手紙には別のことも書いてあったので、以下に引用しておく。

> オールドリッチだったら、先日の式典をどう笑い飛ばしただろう。僕達みたいなヨボヨボの年寄り連中を、彼ならどうからかっただろうかと、考えていました。ところで、ヒギンソン大佐はいくつなのだろうか。彼といると、自分が若く見えてきます。君もそう感じただろう。

若さで思い出したが、私は人からよく言われることがある。「年相応に禿げていたら、それほど若く見えないだろう。どうやったらそんなに、ふさふさのままでいられるのかい。どうやったら髪を減らさずにいられるんだい?」とね。そこで私の持論で答えることになる。ただし、これには根拠となる十分な知識があって言っているわけではない。ふさふさのままでいられるのは、髪を清潔に保っているからだと思う、と言うのだ。毎朝、石鹸と水でごしごしと念入りに洗ってから、しっかりとゆすぎ、髪を清潔にしておく。それから石鹸の泡をたっぷり塗り付けると、それを粗めのタオルでこすり取る。これで髪の一本一本にまで油分が――石鹸から出る油分が――薄く覆われることになる。洗髪と油分補給で、髪はやわらかくてしなやか、絹のような感触となり、その日一日を機嫌よく快適に過ごせる。空気中には極小のほこりが沢山漂っているので、田舎でも都会でも一〇時間ほどすると、髪は汚れてくる。二四時間では、手触りはまだゴワゴワというまではいかず、多少の不快感が出てくるというほどだ。それでも二四時間もたてば汚れて、洗髪した水は濁ってくる。そこで興味深い事実へと話はなる。私が説明すると、いつも同じ返事が返ってくる。古くから変わらない馬鹿馬鹿しい話だ――「水は髪をダメにするよ。水につけると髪の根元が腐ってくるから」。疑う様子もなく、確信に満ちて言うのだ――本人はこの件について詳しく検討し、熟知しているといった口ぶりだ。そこで私は言う。「どうして分かるんだい?」――相手は自信満々だったが、答えに窮する。私は問いたい。濡らすことで髪をなくしたのなら、髪の根元を腐らせないようにと髪をそんなに濡らさないということになり、自分の経験から語っていないことになる。私は問いたい。水に濡れて根元が腐ったという症例を個人的に知っているというのは、たったひとつの例も知らないということだ。私は相手を執拗にとことん問い詰め、ついに白状させる。水が髪の根元を腐らせると「一般に言われている」と。おかしいだろう――宗教か政治のようだ。宗教や政治では人々の信念や主義は、ほとんどの場合、権威からの受け売りを検証もせずに鵜呑みにしたものだ。この権威というものも問題となっている事案を自ら検証せず、同じく検証なしの人物からの受け売りを、一銭の価値もない意見を、鵜呑みにしていただけなのだ。

人類は実に奇妙で面白い、興味深い頑固者だ。絶えず目、耳、鼻、歯、口、手、体、足、そして後ろ脚を洗い、清潔はほとんど聖なるものと思い込み、水は健康維持において最も尊く確実なものであり、全く危険性がないとしている。しかし、一ヶ所だけは例外だという——髪にだけは水を使ってはいけないのだそうだ！　髪だけは怠ることなく清潔にしてはならないという。髪だけは注意して汚しておかないと、抜けていってしまうのだ。誰もがこれを信じて疑わないが、実際に試してみたことのある人を見たことはないだろう。個人的に経験したり、個人的に実験してみたり、個人的に実証して、水の悪影響を確認した人も決して見たことがないだろう。うんざりするほど聞かされてきた一言「一般に言われている」があったからこそ、この貴重な情報を、救済の情報を真に受けたはずで、そうでないと言えるキリスト教徒など一人もいないはずだ。七二年と半年生きてきた中で、人類ほどの頑固者に出会ったことがない。

この件については検討すればするほど、興味深くなってくる。だれもが食事の前には、手を濡らして、石鹸を付けて、ごしごし洗うものだ。夕食前に洗い、朝食の前にも洗い、昼食の前でも洗う。あてずっぽうなどではなく、昔からの経験で、いかなる場合でも手は汚れていて、手を使う前には洗う必要があることを知っている。無防備にむき出しになった髪が、手と同じく露出された状態にあり、手がそうであるように、髪もほこりを浴び続けていると思わないのだろうか？　手は刻々と汚れていくのに、髪はきれいなままだと思うのだろうか？　私は冬も夏も白い服を着ているので、変わり者だと思われている。たしかに衣装を清潔に保ちたがるという点では——この汚い世界において清潔を保ちたがるという点では——変わり者だ。回帰線より北の全キリスト教国において、私だけが間違いなく唯一、清潔な装いに身を包む男なのだ。それが私だ。どんな衣服も一日で汚れる——一度洗ったあとは時間とともに刻々と汚れていく手のように、衣服も汚れるのだ。衣服の汚れは、紳士淑女なら恥じるべき怠慢だ。そこで、あらゆるキリスト教徒が暗い色の洋服を着ることになる。一日着ると衣服は汚れてしまい、それから日々、週ごとに、使えなくなるまで、汚れ続けていく。宴会でも黒のドレスや洋服を着ていれば立派に見える。だが実のところ、ドレスもスーツも個人的な持ち物というよりは、不動産なのだ。衣服にたくさんの土埃がうず高く積もり、そこに種をまいて作物を育てられるのだから。

人類というものは、一度迷信を信じ込むと、死の運命と同じで、生涯付きまとわれ、取り払うことができない。クレメンズ夫人は、毎年、何年にも渡って、あの命にかかわる病気、深刻な赤痢に襲われたが、医師に処方されていた、きつい副作用のある薬を止めて——しばしば効き目がなかったため——新鮮で熟した一切れのスイカを食べるという快適な治療法に切り替えると、(4)たちまち治ってしまった。クレメンズ夫人の場合、この治療法に関する症例データは長々とあり、その中で一切れのスイカを食べても赤痢がすぐに治らず、翌年には免疫が付いていなかったという症例は一つもない。しかし医師やその他の人間に対しては、私もこの治療法を勧めていない。南北戦争中に南の軍野営地で兵士達が分隊単位で赤痢にかかり死にかけたことがあったが、そこにスイカを持ち込んだ者は厳しく罰せられた。当然ながら、スイカへの偏見は理論をもとに構築されたものであって、経験上のものではない。理論は理論にすぎず、経験をもとに証明されたものではないことを医師会が悟るまであと数世紀はかかるだろう。

(1)クレメンズは六月三〇日にポーツマスで開かれたオールドリッチ記念館寄贈式典で、「レディングの新宅を褒める手紙をジョンに書く」と彼の父親のハウエルズに約束していた。ジョン自身も七月二日にライオン宛の手紙（カリフォルニア大学所蔵）で、そのような手紙をもらえることが彼にとってどれほど「貴重」であるかを述べている。クレメンズは、翌日に約束の手紙を書き送った（米国議会図書館蔵）。

一九〇八年七月三日

親愛なるジョン様

君がここにイタリア風の魅力的な邸宅を建ててくれましたが、その外見は、この北部人の森や丘にもよく馴染んでいて、居心地がいいのです。素晴らしい出来栄えです。均整がとれていて、風格があって、見栄えのいい立派な家です。この家を知れば知るほど、ますます感服し、満足し、美しく見えてくるのです。これは外見の話です。邸内は、まっとうなのです——これは、どのイタリア風邸宅にも使われたことのない賛辞だと思います。部屋の配置は合理的で、無駄な部分がありません。すべてのスペースが有効利用されているのです。ここには使いやすくて有用な部屋が、我々が前に住んでいたフィレンツェの邸宅の四倍はあります。こちらの邸宅のほうは、長さ二〇〇フィート、幅六〇フィートで、三階まであって、この無駄に大きな建物の下には地下室までありました。それでも、一つの寝室にたどり着くまで、他の人の寝室を通っていかなければなりません。それでいて、**まともな**寝室が三つしかなかったのです。

ここを訪れる客達は誰もがこの家を、私同様、気に入ってくれました。どんどん推し進めたまえ、ジョン君。アメリカのイタリア風邸宅をこの地に紹介し、広めて下さい。これは理想的な家であり、理想的な家庭となります。

愛を込めて
S・L・クレメンズ

クレメンズは家族とともに、一九〇三年から一九〇四年にかけてヴィラ・ディ・クアルト〈クアルトの館〉を借りて住んでいたが、彼はこの不満の多い屋敷について回想している。詳しくは『自伝完全版第一巻』、二三〇ページ～二四四ページを参照。
(2)クレメンズは、一八七六年三月一一日と一二日にハウエルズ家の父と息子がハートフォードに滞在した時のことを回想している（『トウェイン・ハウエルズ書簡集』、第一巻、一二六ページ～一二七ページを参照）。
(3)ジョージ・グリフィン（『自伝完全版第一巻』、三三五ページに関連する注参照）。
(4)少なくとも一八六九年初頭から、赤痢の治療法としてスイカを推奨する医師がいた。クレメンズは、遅くとも一八九三年初めには、自分の作品や個人的書簡の中でスイカの服用を勧めている。K・パトリック・オウバー医師はクレメンズがスイカ治療を提唱する記述を徹底的に集めたが、科学的裏付けに関しては見つからなかった。「二〇世紀の観点からしても、滋養のある液体と糖分が吸収できるので（あるいは不特定の作用により）、スイカは赤痢患者の体にはいいかもしれないという考えは魅力的ではあるが、スイカの抗菌作用を示す証拠は見つかっていない（Ober 2011、八七九ページ）。

一九〇八年七月一四日、無邪気者、自宅で口述筆記

七月一一日の『コリアーズ・ウィークリー』誌に掲載されたノーマン・ハップグッドの大統領賛歌についてクレメンズ氏が意見する。

『コリアーズ・ウィークリー』誌は七月一一日の筆頭社説で七、八文から成る文章を掲載した――短い文ばかりの簡略な文章だ。見事に積みあがった言葉のゴミくずを、よくもこんな小さな中に詰め込んだものだ。ローズヴェルト大統領にこびへつらう、狂ったような賞賛と賛美が炸裂している。これは、国民の気持ちを反映させたものだとされているが、正確には、国内における共和党支持者の意見を反映させたものだ。新聞が共和党支持者の気持ちを代弁していると、考えただけで、私の胸は痛むべきなのだろうが、痛まなかった。私の考えでは、自国の大統領のこととなると、あるいは自国の国王や皇帝や政治や宗教のこととなると、国民の意見なんて無意味で、重きを置く価値もなければ、一考する価値も検証する価値もない。そこには知性の欠片もなく、単なる感情論であり、社主の推論力の助けを受けずに得られた、受け売りの意見でしかない。一方で、この社説を読んで、良識と分別と知性のある膨大な共和党員はここでもローズヴェルト大統領を崇拝しており、軽蔑していなかったということを認めざるをえないことで、私の胸がひどく痛んでしかるべきだ。というのも分別と知性ある共和党員も公にはローズヴェルト大統領を敬っており、大多数の聞き手がいるところで、これとは反対の態度をとる勇気がないからだ。これは至極当然のことで、分別と知性ある共和党員も他の人間達と変わらない。腹の中にある本心は注意深く、用心して、忍耐強く世間から隠しておき、その代わりに一般大衆向けの着飾った意見を述べている。ノーマン・ハップグッド[1]があの社説を書いたのだが、彼は有能な青年で、博学で教育もある。私が親しくしている者達の誰よりも誠実で高潔だ。しかしこれほど病的な文章が彼の本心で、この辞任目前で面汚しの大統領に対する本当の気持ちだなどと信じられるか？　とんでもない、私には信じられない。ここにしばらくハップグッドを呼んで、個人的に話を聞いたとする。そしてローズヴェルトが四年前に大統領を辞めて皇帝になってから、この国にもたらした大きな利益は何かと問うたとする。すると彼は半ダースも挙げられないと思う。ハップグッドの文章は次のように始まるのだ。

ローズヴェルト氏は、国民の胸に刻まれつつ、大統領職を終えることとなった。彼は己の才覚と誠意をもってして、自身の再任を阻み、自らの政策信奉者を後任に指名し、これにより人類は彼に対する愛情と信頼をさらに深めることとなった。

この文章は大統領の才覚を褒めたたえているが、これを書いている本人も、大統領に引けをとらない才覚の持ち主だ。この文章では、恐らく名誉といえるであろう行為と明らかに不名誉な行為を混同している。見事に混同しているので、不名誉な行為から目をそらされて、一つ二つの重要な単語「才覚と誠意」が、そのあとに続く一文と関係があるかのように見え、さらにその後の一文にまでつながっているように見える。だが実際には、つなげて考えるのは間違いだ。この騙しの文章を二つに区切って、前半だけをよくかみ砕いて読んでみるといい。「彼は己の才覚と誠意をもってして、自身の再任を阻み――」

確かに文の前半は正しい。いや、それは言い過ぎだ。正確とはいえない。「才覚」という言葉を取って「不本意」と入れればいい。そうすれば、この文は真実を述べていることになる。ローズヴェルト氏は自身の再任を阻んだが、本当は、派手な公約や将来に渡る公職の辞意を撤回しようと、世間体のいい方便を二年も探したあげく、嫌々辞意を決めたのだ。一般紙はハチの大群よろしく彼を追いかけ、二年に渡ってつつきに、つついて、ついにはっきりとした最終的な辞意を取り付けたのだ。そこで文の前半から「才覚」を取って、代わりに「不本意」と入れれば、四〇万マイルほど真実に近づく――だが「才覚」という言葉は、文の後半とは相性がいい、非常にいいのだ。「己の才覚をもってして、自らの政策信奉者を後任に指名し――」

そうなのだ、彼は才覚を生かしてタフト氏の指名を取り付けたのである。[2] しかし「才覚」と言う言葉だけでは、全体像を表しきれない。真実をすべて語るには、もう少し言葉を足す必要がある。「才覚」には次の形容詞が必要だ。ただ「才覚」と言うと肯定的な意味合いに聞こえるが、この場合、肯定するのは妥当ではない。タフト氏の指名に際して大統領の才覚とは、不誠実で不名誉な才覚だった――この類の才覚を彼が発揮した例は他にもある。五〇人もの正規軍准将達、これら真の兵士達を飛び越して、彼はあの馬医のレナード・ウッドを昇進させたのだ。そしてこのローズヴェルト支持のごますり男を少将にしたのである。かの有名な「仕切り直し」という手を使ってだ。[3] このやり方は、正真正銘の、純然たる、詭弁であり詐欺であるばかりか――喩えるなら――上院に対する暴行罪と言えるだろう。大統領の行為は、盲目の白痴を――盲目で嫌がる白痴を、助けを乞う白痴を、懇願する白痴を――強姦するにも等しくて、卑しさで劣ることはない。事実、この姿こそ議会上院の本来の姿であり――上院は盲目の強姦されやすい白痴なのである。このいわゆる白痴の女性に対して、大統領は五〇年前の西部の新聞がこの種の例で使った言い方のように、「悪魔の所業を完遂した」わけだ。

ハップグッドによるローズヴェルト大統領賛歌批判続く。

ルーズヴェルト大統領の経歴を検証する、ハップグッド氏の残りの文章はお笑い草だ。

日々降りかかってくる甘言や饒舌《じょうぜつ》な説得に惑わされることなく、彼は権力の座を明け渡し、約束を固持して尊き模範を示した。タフト氏が指名されるとすぐに、大統領は、ヘンリーやスプレックルズなどサンフランシスコにいる友人達を勢いよく熱心に援助して、(4)自らの資質をさらに世に示した。この時、世論は彼らを批判する方向に激しく流れていたからだ。その二、三日後、ローズヴェルト氏はクリーヴランドを称える二度目の追悼文(5)において、前大統領の熱意と真実を称える言葉を、熱くみなぎる誠意をもって表明した。ローズヴェルト氏は善良な警察委員長(6)であり、善良な知事であり、善良な大統領であり、善良な人間である。彼は、感謝に堪えない国民のため、これまでも華麗なる奉仕を続けてきたが、今後の二〇年も精力的な人生を送られんことを祈る。

ローズヴェルト氏の一体どこが、権力を明け渡したと言えるのか？　明け渡してなどいるものか。彼は、自分の農奴のタフト氏に、形式だけ、権力の座を移行させただけだ。タフト氏は、ローズヴェルトの許可を得るために、毎日へつらいながら走っていく。タフトは指名受諾のスピーチ原稿までご主人のもとに持っていって書き直してもらうのだ。この農奴の意見ではなく、ご主人の発言を盛り込むためにだ。大統領の一体どこが、尊き模範と言えるのか？アメリカ合衆国の大統領が、約束を守れば、尊き模範となるのか？　偉業を成し遂げた人物が文明国家における第一の市民だという時代に、約束を守ることがそれほど特別なことか？　約束を守った泥棒がいて、それが他の泥棒らへの尊き模範となったというなら、確かに褒められるだろう。しかしこれまでに歴代のアメリカ合衆国大統領に向けられた賛辞としては、最も下手な賛辞だ。それでもハップグッドがこれを賛辞であり賛歌としているのは、現大統領に関して少しは根拠がある。というのも現大統領は、約束を守ろうとひたすら盲従したことがないからだ。人間の行動は口ほどにものを言う。ローズヴェルト大統領を見てみたまえ、彼はいつも勢いよく、純潔、公正、公平、正義を口にしている。まるでこれらの信条を心から敬い、これらのために戦ってきた愛すべき英雄であるかのように。ところが、彼がこれらの言葉を理解していたという証拠が、彼の経歴にはほとんど見当たらないのだ。彼が政界に入って有名になってから、ローズヴェルト大統領の性格と行動は大きく変わった。この変化が彼の誉れになることはなかった。良いほうにではなく、悪いほうに絶えず変化したからだ。数年前まで彼は行政改革を求める急先鋒であり熱い闘士だった[7]。彼のこうした人柄ゆえに、猟官制度に絶望した民衆から、熱心で声高な称賛を集めたのである。彼が大統領になる前のことだ。公職と政治の癒着に対峙する、この堂々たる戦士が、先日三〇〇人の連邦職員をシカゴの共和党大会に送り込み、自らの利益を代弁させて片腕タフトを指名させたのだ[8]。ローズヴェルト氏はいつも自分の政策については語るが、自分の信条については語ることを慎重に避けている。もし彼に信条があったとしたら、信条と政策はとても似通っていて、あの商品と区別ができず、しかもあの商品の一番目立つ目印――可変性という性質、つまり都合よく薄れたり、消えるという目印を持っている。正義と公平さに関して、彼は明らかに定まった考えがない。彼は公平と正義を声高に語るが、これらの信条を、いつでも都合に合わせて、喜んで、実に平然と、犠牲にできるのだ。彼は三文小説の英雄を崇めていて、いつも英雄を真似てきたが、俗にいうところの「最後までやり抜く」ということが彼にはどうしてもできなかった。彼は鮮やかで華麗な英雄役をいつも進んで買って出るのだが、それで国民の半分を喜ばせることができて、残りの半分を喜ばせられなかったりすると、やらなければ良かったと、これまたいつだって進んで匙を投げようとする。六、七年前のこと、彼は三文小説における英雄なみの雄姿を披露できる機会をつかんだ。大評判になり、アメリカ全土から拍手喝采をあびる――彼の気骨と勇気と大胆さに拍手してもらえる――絶好の機会を進んで承諾した。彼はホワイトハウスの昼食会に黒人を招待し、その黒人もそれを受けたのである。それが、ブッカー・T・ワシントンだ[9]。ローズヴェルトの一〇〇倍は価値のある男で、ローズヴェルト氏には彼の靴紐を結ぶほどの価値もない。[10]　黒人がホワイトハウスで食事をするのだ！　国の端から端まで嵐のような騒ぎになり、ちょっとしたカウボーイ気取りの大統領のサーカス魂が最高潮に熱狂しただろう。だが、それも二、三時間だけのことだった。八〇〇〇万人の人間が総出で騒いだが、賞賛の声ばかりでなく、半分は南部からの激しい非難だったと分かり、彼も性格上楽しんでいられなくなった。

　私は知っているかのように話している。実際、分かっていると思う。彼がこの事件のことで落ち込んでいたことだけは、ちゃんと分かっている。それには理由がある。イエール大学で名誉学位の大放出があり、大統領も名誉学位を授かりに、挨拶を受けにやって来た。私も同じ用事でそこにいた。ほかに六〇人もの人が式のため、ガウンと博士帽をまとっていた。[11]　そこで大統領は、ブッカー・ワシントンをホワイトハウスの昼食会に招いて正解だったかと私に訊ねた。声の調子から判断するに、あの派手な冒険で、彼は悩み、苦しみ、後悔しているようだった。そしてちょっとした慰めと賛同の言葉をかけてもらいたがっているようだった。そこで私は答えた。誰でも好きな相手を食卓に誘えるのが一般市民の特権だが、大統領の自由はもっと制限されている。また大統領の責務上どうしても必要だというなら、誘う以外の選択肢はない。だが責務上特に必要でない場合は、やめておいたほうが良かっただろう。なぜなら招待したことで非常に多くの人間を憤慨させたが、彼らを怒らせても、国家の利益になるわけではないのだから、と言ったのだ。

　私は彼に対して思っていることすべて伝えたわけではない――そんなことは誰もしない。誰もが、思っていることの半分を内側に隠し、一般受けする残りの半分しか出さない。個人的には思っていた。自分を売り込み、騒動を起こしたいためだけに、国民を怒らせるなんてことは控えるのが大統領の責務だ。だが口には出さなかった。彼はきっとこの失敗を放っておきはしないはずだ。必ずや挽回の機会を待ち受け、南部の支持を取り戻そうとするはずだ。その機会がほどなくしてやって来た。彼はそれを貪欲につかみ取ると、たちまち、悪名高きアレクサンドル六世[12]が地獄に迎え入れられたように、南部で輝かしい人気者になった。彼に挽回の機会を与えたのが、ブラウンズビル事件だ。戦争省に想像を絶する間抜けがいて、第二五黒人歩兵隊をメキシコ国境沿いのブラウンズビルに駐屯するよう命じた――きっとタフトではない――やっぱりタフトの仕業じゃない。タフトはいつも国外にいて、地球上のどこかを飛び回り、国費でローズヴェルトの票集めをしているからだ。この駐屯計画を知ったブラウンズビルの人々は、抗争の火種を自分達の懐に投げ込まないでほしいと、戦争省に懇願した。テキサス人にとっては黒人兵士を見るだけでも耐えがたく、もし黒人兵士がここにくれば、惨事が続くだろうということは間違いないと訴えたのだ。この異常なほど間抜けなことをやらかしたやつが戦争省の誰だろうと構わないが、そいつは、この時訴えに耳を貸さなかった。黒人兵士がそこで営舎に入ると、ほどなくして、予想されたとおり、白人と黒人の憎悪と軋轢《あつれき》が目立ち始めた。それからすぐに、真夜中の銃撃があったのである。明らかに政府軍の武器を使って、黒人兵士によって発射されたのだった。ブラウンズビルの市民をなだめるため、政府は姑息でばかげた事をいくつもやった。政府は正規軍士官の調査委員会を送り込んで、事件に関わる証言を取らせることにした。実際に委員会は証言を取ってきた。黒人兵士の誰かを有罪に仕向けた証言を取り付けたが、そこで頓挫した――なぜなら黒人達の有利になるような証言が出てきたのだが、そんなものに委員会は興味を示さなかったからだ。[13]テキサス・レンジャー部隊のマクドナルド大尉は誠実な性格で定評があり、この男の証言をもとに、政府とその調査委員会は徹頭徹尾、姑息で、不誠実で卑劣な態度をとり続けた。[14]ローズヴェルト氏は何人かの黒人兵士を有罪にし、再び南部の支持を取り付けようと望んだ。しかしそれがかなわないとなると、次の手を打った。彼は自らの手で部隊全体に有罪判決を下し、証拠も弁明もないまま、彼らを軍から解雇すると、次のような悪意ある卑劣な言葉「分限免職（官職に必要な資質に欠けるといった理由での解雇）」を付け加えた。

　ローズヴェルト氏に対するノーマン・ハップグッドの評価が社説の締めくくりで見事にまとめられているが、これとは食い違う大統領の行動や発言を挙げていくと、どれだけ時間がかかることか。相当時間を食うだろう。多すぎて、今日中には無理だし、今日の天気だと終わりそうもない。果てしなく続く食い違い一覧表はここまでにしておいて、また別の機会に記録することにしよう。

　しかし一方で、こんな社説を古い新聞の中で――一ヶ月以上前のニューヨーク『ヘラルド』紙で――見つけた。[15]この社説を書いた記者は、ローズヴェルト氏のことをよく分っているらしい。

タフト大統領——ローズヴェルト大統領の恐怖政治がついに終わる。

次期アメリカ合衆国大統領はウィリアム・H・タフトで決まりだろう——民主党全国大会でウィリアム・J・ブライアンが指名されれば[16]、間違いない。

タフト氏には、大統領の職にふさわしい卓越した資質がある。だが何よりも重要なのは、彼の指名により、ローズヴェルトとローズヴェルト主義が終焉を迎えられることだ。ワンマン政治と、独裁政権と、軍国主義と、侵略的排他主義を、声高にあおり、叫び、騒動を起こし、弾劾するだけの政府が終焉を迎えることだ。ローズヴェルトの恐怖治世は終焉し、大統領職は憲法のもと培われてきた歴史的な重みを取り戻すのである。

アンドルー・ジャクソンですら、しらふの時には[17]、大統領職そのものに対して、その伝統や形式も含めて、ローズヴェルト氏が示したよりはもっと根源的な敬意を抱いていた。これほど無法な大統領はいなかった。故意に感傷的な自己宣伝欲を満たすために、意図的に大統領職が貶められたことはない。

タフト氏の指名により、アメリカ史上最も衝撃的な乱費がやんだのである。これほど過度に経済と経費削減をないがしろにした行政執行官はいない。馬鹿げた戦争熱に訴え、馬鹿げた敵国脅威を煽って、これほど無責任に海軍の軍備拡張を叫んだ大統領もいない。憲法による制約と憲法による抑制と均衡が、これほど無分別に軽んじられたことはない。真摯で思慮深い市民は誰もが安堵のため息をつき、共和国の人権への新たな試練を耐え抜いたので、もう安全だと感じられる。

(1)ここに引用されている文章（この口述筆記に後から加えられた部分）は「筆頭社説」ではなく、一九〇八年七月一一日の『コリアーズ・ウィークリー』誌に掲載された一二の短い社説の一つに過ぎなかった。同誌では、一九〇三年からハップグッドが編集主幹を務めていた。この時期、彼とクレメンズは定期的に会う間柄で、大抵は夕食か昼食を共にしていた（『自伝完全版第一巻』、三七五ページおよび関連する注参照）。

(2)ウィリアム・マッキンリーが暗殺されたため、ローズヴェルトが一九〇一年九月一四日に大統領職を引き継いだ。彼は一九〇四年の大統領選で当選したが、同年の一一月八日、この当選した夜に、次期大統領選には出馬しない意向を発表した。一九〇七年には後継者として陸軍長官のタフトを選び、一九〇八年には共和党候補として彼が指名を受けられるよう調整した。タフトは一九〇九年三月に大統領となったが、就任後すぐにローズヴェルトと距離をとり、保守的政策を支持し、ローズヴェルトの進歩的政策をいくつか切り捨てた。これにより、ローズヴェルトは一九一二年の共和党大統領候補指名選挙に出馬して、対立候補のタフトと戦ったが、落選したため、進歩党（一般には、ブル・ムース党という名称で親しまれている）の候補として本選挙に出馬して、タフトに対抗した。これにより共和党は分裂して、民主党のウッドロウ・ウィルソンが当選することになる。

(3)ローズヴェルトは最初一九〇三年八月にウッドを少将に任命したが、上院で反対された。そこで二回分の会期の間の短期間、一九〇三年一二月七日に再度ウッドを任命して、最終的に一九〇四年三月に承認された（『自伝完全版第一巻』、四〇九ページおよび関連する注参照）。

(4)ルドルフ・スプレックルズ（一八七二年〜一九五八年）は砂糖産業界の大物で、サンフランシスコ・ファースト・ナショナル銀行の設立者でもあった。一九〇六年から一九〇八年にかけてサンフランシスコ市長ユージーン・シュミッツと共和党の大物、エイブラハム・ルーフと数人の市役人による汚職事件の捜査が行なわれたが、スプレックルズはこの立役者であり、融資者だった。この注目された裁判の主任検事が、著名な連邦検事でありサンフランシスコ地方検事補のフランシス・J・ヘニー（一八五九年〜一九三七年）だった。その過程で、スプレックルズとヘニー及び支持者達はサンフランシスコの裕福な有力者数人から攻撃された。一九〇八年六月八日に、ローズヴェルトはスプレックルズを支持する長い手紙を送り、彼とヘニーが、「卑劣な罪を犯してきた男達が、何らかの事情で罪を逃れているのを目にしたからといって落胆しないよう、特に富裕層の、一流企業の、いわゆる上流階級の人達が結束してあなたに歯向かうのが見えたとしても落胆」しないよう述べている。ローズヴェルトは彼らに「くじけず、ひるまず」、「戦いを続ける」よう強く説いた（以下ニューヨーク『タイムズ』紙より、「汚職との戦いを続けるよう、ローズヴェルトが激励」、一九〇八年六月二一日号、八ページ、「明日、フランシス・ヘニーの告別式」、一九三七年一一月二日号、二五ページ、「ルドルフ・スプレックルズ死去、八五歳」、一九五八年一〇月五日号、八六ページ）。

(5)グローヴァ・クリーヴランドは、民主党の大統領として二期（一八八五年〜一八八九年、一八九三年〜一八九七年）務めたが、一九〇八年六月二四日に亡くなった。六月二七日に、ローズヴェルトはニュージャージー州プリンストンで彼の葬儀に参列した。この葬儀でクリーヴランドの二度の任期中の顧問だった人達だけに向けてローズヴェルトは追悼文を読み、その中でローズヴェルトは「クリーヴランドの生涯と死について見事な追悼文を読み上げげた。これは、葬儀における唯一の追悼文であり、しかもこれが閉ざされた部屋の中で、かつて公人として注目を浴びてきた人々に向けられたものだった」（「大統領による追悼文」、ワシントン『ポスト』紙、一九〇八年六月二八日号、三ページ）。

（6）『自伝完全版第一巻』、一三ページおよび関連する注を参照。

（7）党派関係によって政府の公職の任免が慣例的に決められるのが猟官制度で、選挙後に全体的人事異動が行われる。これを改革しようとした指導者がローズヴェルトだったので、当選後は一八〇度の転身を遂げたことになる。彼は一八八九年から一八九五年まで公務員人事委員会で最も精力的な委員だった。

（8）主に政治的な利益供与を通じて、ローズヴェルトは一九〇八年六月一六日から一九日にシカゴ・コロシアムで開かれた全国大会を掌握し、自ら選んだ後継者としてタフトを指名した。

（9）一九〇一年一〇月一六日、ローズヴェルトは南部における共和党の形勢について話し合うため、有名な黒人指導者ワシントンをホワイトハウスに招き、家族との晩餐会でもてなした。昼食会ではない。黒人がホワイトハウスで晩餐を取ったのは、これが初めてである。クレメンズは「嵐のような」反響があったと誇張しているが、特に南部の白人達からはローズヴェルトの罷免を要求する声が上がった。ローズヴェルト陣営の中には、政治的悪影響を抑えようと、この会食が大統領室で行われた、即席の、ただの仕事上の昼食会だと強調する者もいた。ローズヴェルト自身も罵声に動揺し、伝えるところによると、ワシントンを再び晩餐会に誘うのを怖がったという。実際にはそんなことにならず、彼はワシントンへの相談を続けている。この晩餐会とその後の波紋についての詳細は、Davis 2012、一八七ページから二四七ページを参照。

（10）マルコによる福音書、第一章七節の「わたしにはかがんで、そのくつのひもを解く値うちもない」を真似ている。他に、ルカによる福音書、第三章一六節とヨハネによる福音書、第一章二七節。

（11）一九〇一年一〇月二三日にイエール大学の二〇〇年記念祝典の際の凝った閉会式でのことを述べている。ブッカー・T・ワシントンも学究者として招待され、参列していた。ローズヴェルトは法学博士の名誉学位を受けるため、そこに来ていた。クレメンズは文学博士の名誉学位を授与されている。他に名誉学位を受けとった者の中には、トマス・ベイリー・オールドリッチとウィリアム・ディーン・ハウエルズとリチャード・ワトソン・ギルダーもいた。クレメンズに学位を授与する際、イエール大学学長のアーサー・T・ハドレーは「貴殿の学識について紹介するのは、過分な務めです」と述べた（「イエール大学、二〇〇周年を祝う」、ニューヨーク『タイムズ』紙、一九〇一年一〇月二四日号、一ページ～二ページ。Davis 2012、二一九ページ～二二三ページ）。

（12）ローマ教皇アレクサンデル六世（『自伝完全版第二巻』、一三四ページおよび関連する注を参照）。

(13)この「事件」は、一九〇六年八月一三日にテキサス州ブラウンズビルでの人種衝突がきっかけで始まり、白人民間人が一人死亡し、もう一人が負傷した。ブラウンズビルの住民は、近隣のフォート・ブラウンに駐屯していた第二五歩兵隊の黒人兵士達を非難した。そこでローズヴェルト大統領は、彼の任期中の最悪の失策とされる決断をした。騒動の際、黒人兵士達は兵舎にいたと白人将校らが証言したにもかかわらず、大統領は、軍法会議にかけずに、全黒人兵士一六七人を解雇するよう命じ、彼らの経歴や給料や年金や勲章を剝奪した。しかしながら、一九〇七年から一九〇八年にかけて行われた上院の調査は、ローズヴェルトの判断を支持した。一九〇九年と一九一〇年のさらなる調査により、免職された兵士のうち数人が再入隊を認められた。一九七二年になって初めて、新たな調査が行われ、軍は黒人兵士達の無罪を宣言し、当時存命だった二人の地位を回復した。

(14)ウィリアム・ジェシー・マクドナルド(一八五二年~一九一八年)はテキサス・レンジャー部隊の名高い大尉として一八九一年から一九〇七年まで務め、一九〇五年にはセオドア・ローズヴェルトの護衛を務めた(Texas Ranger Hall of Fame and Museum 2013)。ブラウンズビルの事件で告発された兵士達の有罪を確信していた彼は、一般の刑事訴追で、彼らを逮捕しようとした。軍当局は、しかしながら、兵士達の引き渡しを拒否し、ここでのクレメンズの記述とは異なり、実際には「黒人達の有利になるような証言」に耳を傾け、最終的には兵士達を告訴するには証拠不十分だと確認した。マクドナルドに関するクレメンズの記述は明らかにペインの影響を受けており、ペインは一九〇九年に出版した本『テキサス・レンジャー部隊、ビル・マクドナルド大尉』で彼の活躍ぶりを描いている。しかし同時にペインは、マクドナルドが大酒飲みで、ひどくうぬぼれ屋だったことを明らかにしており、彼の批判的な報告書を見て、ローズヴェルトが極めて過酷な措置を行ったと主張した(Pain 1909、三一五ページ~三五六ページ)。一九七〇年の研究で、兵士達の免罪へとつながる調査が開始され、マクドナルドの扇動的で偏見的な行動が明らかになった(John D. Weaver 1970、八〇ページ~八七ページ)。

(15)続く四段落は、一九〇八年六月一九日付ニューヨーク『ワールド』紙に掲載された長い記事からの抜粋で、『ヘラルド』紙からではない。

(16)ウィリアム・ジェニングズ・ブライアン(一八六〇年~一九二五年)は弁護士で、編集長で、民衆中心主義の指導者だった。彼は大統領選で二度敗退し(一八九六年、一九〇〇年)、一九〇八年七月にデンバーの民主党全国大会で指名を受けた。一一月の大統領選では大差でタフトに負けた。

(17)アンドリュー・ジョンソンはリンカンの副大統領に任命され、一八六五年三月四日の就任式には酔って参列した。二、三週間後にリンカンが暗殺され、彼が大統領職を引き継いだ。一八六八年には彼を罷免する試みがなされたが、かろうじて切り抜け、リンカンの二期目の大統領職を全うした。一八六九年三月にジョンソンが大統領を退くと、クレメンズは彼と彼のいかがわしい経歴を「ホワイトハウスの葬式」において風刺した。これはニューヨーク『トリビューン』紙のために書き下ろしたものだったが、出版されなかった（SLC 1869b。この原稿については、一八六九年三月八日〜一〇日付ヤング宛書簡、『書簡集第三巻』、四五八ページ〜四六六ページの同封物を参照）。

一九〇八年七月一六日と九月一二日、口述筆記[1]

一九〇八年七月一六日、口述筆記。三五年前、戯れにある手紙を書いた。妻に宛てた手紙という体裁をとっているが、本当はハウエルズ氏に宛てて書いたもので[2]、君主制の到来を予想し、君主制が共和制にとって代わられたら、アメリカはどうなるのか想像して楽しんだのだ[3]——これでハウエルズにも楽しんでもらおうとしたのだ。今頃になって、この手紙に関心が湧いてきた。**手紙**の内容が重要ではなく——真面目な文章なんて一つもないのだから——この手紙を読んでいると記憶がよみがえってきたからなのだ。これを書く前にしたためた手紙で、私はきたるべき未来の君主制について真剣に論じたことを思い出してきたからなのだ[4]。

君主制の到来は、自分の時代に起こるとか、自分の子供の時代にはきっと起こるとか、どの時代に起こるかなんて確信めいた予想を立てていたわけではない。君主制の時代はすぐにやってくるかもしれないし、遅くなるかもしれない。一世紀以内か、二世紀先か、三世紀先か分からないが、とにかくやってくると考えていたのだ。はっきり明確な理由があってのことかって？　ある。はっきりとした理由が二つと、条件が一つ。

一、人間は本質的に、愛し、称え、恭しく見上げて、従う相手を欲するものだ。例えば、神と国王。

二、小規模の共和制国家はその貧困としがなさによって守られ、長続きするが、大規模な共和制国家は長続きしない。

三、条件——巨大な権力と富。これらは商業的、政治的腐敗を生み、民衆の人気者は危うい野心へ引き付けられていく。

私の所見では、共和制は永遠には続かない。時とともに滅びゆき、ほとんどの場合は葬り去られる。しかしすでに転覆させられた君主制は、やがては鞍に跨って戻ってくる。私の所見では——よくある言い方をすれば——歴史は繰り返される——歴史上の規則は何であれ、それに重きをおいているからこそ、規則であり続けるのだから。目下検討中の事例でいうと、人々が己の共和国を滅亡させんと意図的に**願い**、画策するからではなく、破滅を**余儀なくされる状況**を人々自ら作り出していながら、そうしているなどとは疑いもしないからこそ、共和制は滅びるのだ——嘆き悲しみながら。私の見解では、近い将来、あるいは遠い将来、国民の気付かないあいだに**環境**が整い、そのおかげで野心的な国家の英雄が共和制を転覆して、その廃墟の上に王座を打ち立てることも可能になる。歴史もすぐに英雄の味方をする。

しかし、これらはすべて三五年前に考えたことだ。今見ると奇妙な気がする。**未来の**君主制についての夢物語を想像していたが、君主制はすでにそこにあって、共和制が過去の遺物となっていたことを疑いもしなかった。ところがそうだったのだ。共和制は名義上残っているだけで、その実体はすでに無くなっていたのだ。

この五〇年間ずっと共和党が政権の座にあり、実質的に憲法制下の君主国家だったといえる。クリーヴランド氏が二期大統領を務めていた間だけは別だ。この短期間だけは(5)、偶発的なもので、一時的なもので、共和党王権にたいする永続的な攻撃はなかった。我々の国家は君主制と言うだけでなく、世襲君主制だ——共和党という一つの政治一家だけだ。我らの国家の王権は、ヨーロッパのあらゆる王座と同じように、繰り返し、確実に、妨げられることなく、跡取りから跡取りへと受け継がれていく。ホワイトハウスの命令はヨーロッパのどの国よりも強力で、専制的で、独裁的であり、法律や慣習や憲法の制約を受けず、ロシア皇帝が国会を押えつけられないのに、ホワイトハウスは議会を押えつけている。ホワイトハウスは、各々の州に約束されている権利を剥奪して、首都に権力を集中させ、かつ強化しようとする。実際に国務長官の声明を通して、この意図を明らかにし、この企みに賛同する裁判官で最高裁判所を埋め尽くすと(6)——国務長官の声明を通して——この計画の実行を迫ったのである。見事に計画しつくされた数々の手法で、ホワイトハウスは強固な防衛網をはりめぐらせ、手にした玉座を揺るぎないものとしたので、私が思うに、永久にそこに居座るだろう。ホワイトハウスは、臨時関税を使って、少数の金持ちだけを益する巨大企業を多数作り上げ、政府を有難がる、大多数の裕福ならざる者達には、実に巧妙でうまい言い訳で、関税は**彼らのため**に設けられたのだと諭したのだ！　次に君主政府は、自らの申し子である独占企業を敵と認めて戦うと宣言し、この申し子達を潰したがっているかのような振りをする。しかしホワイトハウスは用心深くて慎重で、独占企業の生命線――つまり関税制度――を断つことに関しては何も語らない。用心深く「選挙後」まで攻撃を先延ばしにしている。[7]「選挙後」が千年後というのが、いたって明白だが、国民はそれに気付いていない。我々の君主政府は後退することなく、絶えず前進し続け、究極の、今や達成確実な目標に向かって、**真の**君主制実現に向けて歩み続けている。

目標が達成される日まで生きてはいないだろうが、先頃、新たな一歩があって――最も近々の前進で、実に驚くべき前進だったので――私も確信するにいたった。つまり、こういうことなのだ。君主政府はこれまで、形式上は国民による選挙で自らの傀儡を当選させていたが、その傀儡が去ると、新たな後継の傀儡を**指名**したのだ！[8]

私が思うに、共和制という蠟人形は溶け落ちてゆき、最後に残った欠片まで、この指名によりはぎ取られてしまったのだ。ローマ共和国における最後の欠片だったのだ。

九月一二日、口述筆記。私は君主政府の存続に票を投じよう。つまり、タフト氏に一票入れるつもりだ。ブライアン氏を当選させれば、君主制が永遠に廃止され、共和制を取り戻せるというのなら、私は民主党候補に投票する。だがそんなことは起こりえないだろう。君主制はここに留まるのだ。どんなことをしても、権力の座から引きずり下ろすことはできない。今後は、この新しい政策が引き継がれ、永遠に続けられるだろう。その政策とは、退任する大統領が自らの後継者を指名し、政党はその指名を承認するという形ばかりの体裁をとる。こうした手配であれば、ティトゥスがウェスパシアヌスから皇帝の座を引き継ぐのも、つまりタフトがローズヴェルトから大統領の椅子を引き継ぐのも、問題なく進む。ドミティアヌスのような残忍な後継者については、名前が挙がるまで考えないようにしよう。[9]だがその男はやがて現れるだろう――いつものごとく――神のお導きによるのだ。私のしがない一票をティトゥス・タフトに投じよう。彼が引き継ぐ馬鹿げた政策なども含めて支持し、君主政府の意のままに、彼を当選させてやる！

タフトまで、残忍な後継者を自分で選んで指名するとは思えない。だが我々の予想を裏切って彼が後継者にドミティアヌスのような人物を指名したとしても、当選することも承知している。だが、この件に関しては個人的には気にならない。それを嘆く頃には、私は死んでいるだろうから。

　間違いなく、預言の魂がまたも私に降りた。三五年前に妻に宛てた手紙という体裁で、ハウエルズ氏に手紙を書いた時[10]も、この魂が降りてきた。手紙の日付――一九三五年――は私を遠い未来へといざなう。そこに登場する人々も非常に老いている。例えば、ハートフォード伯爵（私のこと）は一〇〇歳。ケンブリッジ公爵閣下（ハウエルズ）は九八歳。ダブリン大主教（ジョセフ・H・トゥイッチェル師）九六歳。海軍総司令官（ジョン・ハウエルズ）六五歳。ハートフォード伯爵夫人（クレメンズ夫人――冥福を祈る！）九〇歳。ポンカポッグ侯爵（トマス・ベイリー・オールドリッチ――冥福を祈る！[11]）九八歳。

　くだんの手紙は次のとおりだ。

　リヴィ様――

　あなたも気付いていると思いますが、私は未だにこの愛すべき古い町をボストンと呼んでいます。私が若かった頃の名でね。今じゃ、リメリックだ！　聞いただけで、胸糞悪くなる。

　待合室の紳士達がじろじろ見てきます。私がここに座って、あなた宛てのこの手紙を電報で送ろうとしているのが見えて、きっと陰で笑っているのです。だが**構うものか！**　ゆったりとした古いやり方が性に合っているのです。やれやれ、これ以外はありえないよ。現代っ子の間抜けどもは座って、電信線の先端を手に握って没頭しています。一〇〇〇マイル先では別の間抜けが電信線の反対側とつながっているのです。こんな姿を見ていると、怒りで逆上しそうです。こうなると私は今まで以上に偏屈になって、頑なになって、恥ずかしい真似をして、新しい技術を使えば、一〇秒で伝わるものを、二〇分もかけてあなたに電報を送り続けます。応接室は重苦しいほどの静けさに包まれていて、そこに集まる現代の馬鹿どもは、ただ手を額に当てながら、お互いの「交信」をしているんですよ。こんな姿を見ていると、私は白髪を引きむしりながら、悪態を炸裂させるのですが、そうこうしているうちにぜんそくの発作が起きて、ゼーゼーとせき込み出すので、有難いことに怒りも収まり、一服つくことができます。我々の若い頃には人が集まれば、大抵は、ひどい馬鹿話や「与太話」をしていたものですが、今のやつらよりは一〇〇〇倍もましでした。こんな声のない不気味な会話をしていたら、葬式と同じで、この狂った世代の元気は沈むばかりです。

私が以前ここに来たのは、六〇年前です。そのときは大切な友人とここまで歩いてきたのです[12]。今では信じられません、そんなこと二日で成し遂げたなんて。私の記憶によれば、間違いなく二日で歩いてきたのです。戻りはなんと、たった一日で歩いて帰ったのですが、これはもう言いますまい。聞いている人が、疑わしそうな表情を浮かべると頭に血が上ってきてしまうからです。あの頃は男も**男らしかった**。こんなに女々しい時代に生まれた未熟な生物達の中で、あれほどの苦行に挑戦しようとする奴がいると思えますか。

私の飛行船が遅れています。べらべらと意味の分からない言語を話す褐色の宣教師達をいつも通りたっぷり積み込んでいた中国の飛行船と衝突したせいです。これで、一時間ほど足止めをくらいましたが、ありがたいことに、この事故で宣教師が一三人負傷し、数人が亡くなり、時間が潰れても私は満足です。とにかく、こんなふうに時間を潰すのは大好きです。昔ながらの、永遠に失われた、地を這う鉄道旅行の日々を思い出せて、心が和むからです。

我々は巧妙に悪戯を仕掛け、成功しました。もちろん不意の訪問をしたのです。そして公爵宮殿の護衛官に向かって、「ダブリン大主教とハートフォード伯爵だ。公爵閣下にとりつぎたまえ」と言ったら、相手が目をまん丸くしていました[13]、あなたにも見せてやりたかったです。私達は屋敷に入ると、ケンブリッジ公爵と公爵夫人を探して目を皿のようにしていました。二人の顔を思い出せるのか、そして彼らは私達の顔を覚えているのかと不安に思いながら。すぐにも二人がよろよろと入ってきました。彼の腰は曲がり、衰えて、頭は禿げあがっていました。彼女は健やかに年を重ね元気そうでした。彼はちらりと眼鏡越しに覗きこむと、金切り声を上げて叫びました。「来たまえ、私の腕の中へ。称号なんか捨てたまえ――私が知っているあなた達の名は、トゥェインとトゥイッチェルだけだ!」それから彼は我々の首にしな垂れて、耳元で大きなおたけびをあげた。それに応えて我々も大声を上げて、こう言った「なんてこったい、歳をとったなハウエルズ。変わり果てたな!」

その晩、我々は遅くまで**喋り**ました――我々のような年寄りには、あの間抜けどもの無言の「交信」なんて無縁です。昔話を舌の上で転がしながら、飲み明かしたのです。大主教殿はすっかりご機嫌になられて、ご機嫌な時代に戻った気分になりました。彼の中ではダブリンはもはやダブリンではなく、忘れ去られた愛しきニューヨークに戻っていました。実際のところ彼は、オマリガン一世がイエズス会をアメリカ帝国に設置して以来ずっと良きイエズス会士だったのですが、今では大昔に信仰していた宗派に戻ってしまいそうでした。

それから我々が来ていることを、皆に知らせました。ポンカポッグ侯爵ベイリー・オールドリッチがやってきて、見事に酔っぱらい、可哀想なオズグッド[14]の話をしてくれました。オズグッドは、第二皇帝を転覆させようとした罪で伯爵の称号を剝奪され絞首刑になったのだそうです――ですが、オールドリッチ自身も同じ企てに加担して絞首刑になりかけたのに、そのことには触れませんでした。彼は六〇年たっても相変わらず人をからかってばかりで、大主教と私は絶対にボストンまで歩いたことがないと言い張ります――ポンカポッグ侯爵が嘘をつかない日は一日としてなく、神のお恵みにより嘘をつく機会を与えられるたび、嘘をつくのですから。

海軍総司令官もやってきました。彼は七〇歳近くでしたが、かくしゃくとした紳士で、様々な国の太陽と嵐にさらされ茶褐色に日焼けし、数々の戦闘で負った傷の跡もありました。彼が赤ん坊用の高椅子に座って、フルーツやケーキを食べ、ジョニー坊やと呼んだら答えてくれていた頃を知っていると、私は言いました。彼の（一番上の）孫娘は最近グランド公爵家の末っ子と結婚したのです。ハウエルズ家の子孫がこの国の王座につく日が来るかもしれないなんて、誰に予想できたでしょうか。言い忘れないように、あなたの入歯ができあがったよ。あなた、あなたのカツラもね。カツラが届くまではショールでしっかり頭を包んでおくんだよ。それで辛い神経痛とリューマチも紛らわせられます。信じられるかい。ケンブリッジ公爵夫人があなたより耳が遠かったんです――彼女のご主人よりも遠いんだ。使用人が朝食を知らせに彼女の部屋に行く時は、大砲付き戦車で向かうんです。いつも大砲が轟くと、彼女は分かっているといった態度で見上げて、「入りなさい」って言うんです。でも彼女も歳とともに落ち着いてきて、柔らかくなりました。今はもう、ひどくいらだったとき以外は、家具を壊したりしません。ああ、あなた。あなたもハーモニー大主教夫人[15]もこういう心持ちになってくれたら、どんなに有難いか分かりません。しかしあなたが歳をとるにつれて、本当に、家具がどんどん潰れていきます。**私が**窓から椅子を投げた時には、それなりの理由がありました。ところがあなたときたら──あなたときたら、まるで感情のままなのですから。

『グローヴァーソンと彼の無口な相棒(16)』の作者を称える記念碑が今日完成しました。追悼碑として建設されたものの中では、誰のものよりも堂々として費用もかかっています。この偉大な古典作品は、今や、地球上のあらゆる言語に翻訳され、世界中で崇められ、全人類に知れ渡っています。ですが私は、自分のひ孫に話しかけるように、この作者とも親しく語り合ったものでした。

あなたにもケンブリッジ公爵とポンカポッグ侯爵を見せてあげたかったです。彼らのことは心から愛していますが、本音を言うと、あなた、本当にもう、彼らときたら、間抜けどもとあまり変わりません。気の抜けた同じ話を一晩に三度も四度もべらべらとしゃべるんですよ。その全く同じ話を前の晩にも三度、四度と話していることを忘れてね。これを聞かされ続けるんだから、気も滅入ります。ポンカポッグ侯爵は現在も詩を書いていますが、昔の情熱はほとんど消え去っていました。おそらく近年で最高の作品はこれです。

ああ、我が魂よ、魂よ、魂よ！
汝の魂よ、魂よ、魂よ！
汝の魂と我が魂、二つの魂が交わらん
汝を称え歌おう、澄んだワインで！

彼はこれを誰にでも、毎日、毎晩、繰り返し唱え続けるのです。今では、彼を知る者すべてにとって、彼は苦痛の種となっています。

もう終わりにします。ここでも、どこに行ってもそうですが、風は吹いています。私がなってしまった痛風は、恐ろしい病気です。左足が、黄土色の水膨れみたいになってしまいました。ではごきげんよう。

ハートフォード伯爵

ダブリン市の北地区より、ハートフォード伯爵領市のハートフォード伯爵夫人に宛てて。

一九〇八年七月一六日と九月一二日

一、最初の段落は不吉な予言だ――本当に不吉だ。だが興味深い。ここでは、驚異的な政治的変化に鋭く目を光らせるよう注意している――三五年という短期間で、この驚異的な変化が実際に起こったことを考えると、まさに驚異的だ。三五年から四〇年前にはアイルランド人達は我々と共に過ごして三〇年ほどしかたっていなかったが[17]、すでに強大な勢力となっていて、その勢力を飛躍的に伸ばし続けていた。そんな中、予言好きの人間が、もっともらしい口ぶりで、二世代後のアイルランド人が政治的覇権を握り、教皇制度をニューヨークに持ち込み、国中にアイルランド系の地名を――ダブリンとかリメリックとかを――ばらまくと予言したのである。

そんなことは起こっていない。確かに、三五年前の予想は外れた――大きく外れている。当時アイルランド人達は、外国系住民としては最多で、次いでドイツ人が多かったのである[18]。他の外国人は数も少なくて、目立たなかった。それでも、あの頃のニューヨーク市には、たくさんの、実にたくさんのアメリカ人がいた――現在では考えられないことだ。今では、通訳を連れて出歩かないといけない。大ニューヨークに住む四〇〇万人強のうち八五パーセントが外国人か、半分外国人か、外国人の二世だ。曾祖父母の代からアメリカ人という市民は――もし見つかったら――剝製にされて、ブロントサウルスなどのもの凄い化石達と一緒に、公園の大きな博物館に展示されてしまう。アイルランド人達は未だにニューヨーク市を支配している――言ってみれば、地獄のように！――だが数の多さで圧倒してきたのではなく、生来の才をもって成し遂げたのだ。

二、第二段落で予想したのは、電報を使うと時間がかかりすぎるので、思考伝達で――脳から脳に直接――通信するようになった時代だ。この予測が実現するまでには、あと二七年ある。この予見をここで改めて繰り返し、待つことにしよう。一九三五年にはこれは夢ではなく、現実のものとなっているだろう。無線電報はすでに存在している。現在では金属で作られた電池から電波の羽にのせて意思を伝える。そこからほんの少し進歩させて、脳細胞で作られた電池から意思を伝えるだけでいいのだ。これを可能にする方法を考え出せる、マルコーニ[19]のような人材もすでに生まれている。第二段落で短気な私が描かれているが、これまた不吉な予言だ。私は一〇〇歳になっても、あのように癇癪をおこしたりしない。その頃には私はとても物静かな預言者になっていて、墓場仲間達の良き模範となっているはずだ。

三、三段落目は明るい予言だ。もし一〇〇歳まで生きられたら、書いてある通りだと証明できると思う。その頃の私はきっと、トゥイッチェルと一緒にハートフォードからボストンまで**本当に**歩いたと思い込んでいて、帰りも**本当に**一日で――一〇〇マイル以上を――歩いて戻ったと思い込んでいるはずだ！[20] 今でもこの歩いた話をする時、驚きを抑えきれない。思い出深い旅だった。散々な企画だった。トゥイッチェルが提案してきたから、深く考えもせず、行くと答えたのだ。これで分かるように、当時のハートフォードには頑固者が一人ならずいたわけだ。初日は二〇マイル歩いたところで、体はガタガタで、そのまま床についた。トゥイッチェルは咲いたばかりの花みたいに爽やかだった。彼は戦争中ずっと従軍牧師として行軍に付き合っていたから、[21] 体は鍛え上げられ、鋼鉄の持久力が備わっていた。翌朝、我々は徒歩横断という大業を再開した――足を使ってではないよ。電車でね。AP通信社で我々の出発が全米に向けて報道されたのだ。それでオールドリッチとハウエルズとオズグッドといった仲間達が、この横断旅行に熱い関心を寄せてくれ、見届けに来てくれた。翌日の電報で我々が日暮れ前にボストンへ到着したと伝えると、この仲間達が誇らしく思い、感心してくれた。この距離なら三日はかかると思われるところを、二日で徒歩横断したと。それで仲間達はヤングのホテル[22]まで花束を持ってきて、我々が（駅から）歩いてホテルに入ると、我々への称賛と我々に対する誇りで上気し、狂わんばかりに出迎えてくれた。列車のことを言ってやればよかったと思うのだが、その時は考えもつかなかった。

四、四段落目も明るい予言だ。一昨日、ライト兄弟の飛行船が世界記録を抜いた。[23] これは別の意味でも快挙だった。これで――歴史上はじめて――有益な飛行船を開発**できる**ということが証明されたのである。これまでの数年間、あらゆる文明国家の新聞紙面は、毎日のように、この開発者の勇気ある飛行実験のことで埋め尽くされてきたが、ついに長年の悲願の日を迎え、すぐにでも気楽に、安心して、快適に空の旅ができるようになったのである。この四段落目には別の予言も書かれている。一九三五年までには中国人が宣教師として我々のもとにやってくるとしているのだ。だがこれは予測として書いたというよりは、むしろ**期待**がこもっているように思う。いつの日か、かの地の優れた人々がここまでやって来て、彼らのように、軍隊や海軍など野蛮な手段を使わず、何千年も平和に、血も流さずにやっていける方法を指南してくれるのではないかという希望だ。しかしこのような淡い夢も潰えた。我々は彼らに、似非文明を取り入れるよう指導し、すでにあった腐敗政治に軍隊と海軍を継ぎ足すよう教えたからだ。

八段落目では、可哀想なラルフ・キーラー[24]について書いた——彼の冥福を祈る！　彼は愛おしくて若い善良な青年で、我々は皆、彼のことが大好きだった。彼はニューヨーク『トリビューン』紙の通信員としてキューバへ船出したが、そこにたどりつくことはなかった。いくつかの証拠が語るところによると、何人かの王党派スペイン人が聞いている中で、彼は臆することなく話をしたため、暗殺されて、遺体を海に投げ込まれたらしい。彼の小説『グローヴァーソンと彼の無口な相棒』は、多分、忘れさられて久しい。というのもキーラーがいなくなった後も、この小説を忘れずにいてくれる人物は一人しかいないからだ。私がそう判断したのは、この本は一冊だけしか売れなかったと本人が言っていたからだ。

(1)この「口述筆記」は実際には一つの原稿をもとにしている。前半は七月一六日付で、後半は九月一二日付である。しかしながら、この原稿は途切れなくページ番号が入れられており、一つの随筆として書き始められたことは明らかだ。彼はこれを一旦中断して、八月一六日に甥のサミュエル・E・モフェットのために追悼文を書いた。

(2)クレメンズはこの手紙を、後から原稿に差し挟んでいる。

(3)この不可避と思われる過程に関するクレメンズによる初期の記述については、一九〇六年一二月一三日付と一九〇七年一月一五日付「自伝口述筆記」（『自伝完全版第二巻』三一一ページ～三一五ページと三七〇ページ～三七四ページを参照）と本書の一九〇七年九月二六日付「自伝口述筆記」を参照。

(4)前の手紙が現存しているかは不明。

(5)一九〇八年七月一四日付「自伝口述筆記」、注5を参照。実際には、一九〇八年以前の五〇年間で、クリーヴランド以外にも、民主党から二人の大統領が出ている。ジェイムズ・ブキャナン（一八五七年～一八六一年）とアンドリュー・ジョンソン（一八六五年～一八六九年）である。

(6)クレメンズは、一九〇六年一二月一三日付「自伝口述筆記」で、ローズヴェルトの国務長官だったエリフ・ルートについて、政府権力集中化を図る彼の信念を論じた（『自伝完全版第二巻』、三一二ページおよび関連する注参照）。一九〇八年五月に、ルートは最高裁判所長官の指名候補として名が挙がり、九人の最高裁判所判事のうち六人が大統領によって任命された共和党員だった。またタフトは彼の政権下で、どの大統領よりも多くの任命を行った（「ルート、最高裁長官の可能性」、シカゴ『トリビューン』紙、一九〇八年五月一八日号、一ページ）。

（7）一九〇八年五月二一日付「自伝口述筆記」、注5を参照。タフトは、いくつかの関税を引き上げ、いくつかの関税を引き下げる法改正をすると公約し、これを就任直後の特別議会で実行すると提案した。対立する民主党のブライアンは、共和党は「企業利益を守ることにとらわれすぎていて、このような約束を果たせない」と主張した。タフトは、独占禁止法の厳格運用によって、不公平な慣行を取り除き、独占企業を抑えることができると主張していた。彼の立場は、反対勢力からの厳しい批判を受け、その中には共和党員もいた。この共和党員らは企業の利益のための関税ではなく国庫の歳入を増やす関税という民主党案を支持していた（Hornig 1958、二四〇ページ～二四三ページ、二六二ページ）。

（8）「傀儡」ローズヴェルトが、「後継の傀儡」タフトを選んだ。

（9）ローマ皇帝ウェスパシアヌス（在位六九年～七九年）は、皇帝の座を息子ティトスに譲ることに成功した。それまでの皇帝はすべて、票決により選ばれるか、近衛軍による宣言で決定されていた。ウェスパシアヌスとティトス（在位七九年～八一年）の統治期間は、「束の間の至福」だったと後の歴史家はみなした（Gibbon 1880、第一巻、三一一ページ）。ドミティアヌス――ティトスの兄弟で、彼の後継者であり、（恐らく）暗殺者――が犯した犯罪はスエトニウスの『ローマ皇帝伝』に記録されており、これはクレメンズがお気に入りの蔵書だった（Suetonius 1876、四七九ページ～五〇五ページ）。

（10）一九〇八年七月八日に、ハウエルズは「君の膨大な手紙の塊」をクレメンズに返送し、クレメンズはそれを見直してから、ペインに託した（ニューヨーク公共図書館蔵、『トウェイン・ハウエルズ書簡集』、第二巻、八三〇ページ～八三一ページ。「アシュクロフト・ライオン原稿」の二章注14を参照）。この手紙は、一八七四年一一月二〇日に自筆で書いたものを、ハウエルズが保管していて、ペインによる伝記用にとクレメンズへ返送したものである。明らかに、ホビーがタイプ打ち原稿に直し、クレメンズがこのタイプ打ち原稿に僅かな修正を加えてから、自伝用としてもう一人のタイピストに打ち直させた。もとの自筆書簡は現在ニューヨーク公共図書館、バーグコレクションにある。

（11）オールドリッチは一九〇七年三月に亡くなった。彼は、ボストン近くにあるポンカポッグ村に引退し、その郊外の隠遁生活の中で多くの執筆をした（一九〇七年三月二六日付「自伝口述筆記」とその注5を参照。一九〇八年七月三日付「自伝口述筆記」の注11を参照）。

（12）後の注20を参照。

(13)ヴァーモント州ブラットルボロ出身の旧姓エリノア・ガートルード・ミード(一八三七年～一九一〇年)は一八六二年にウィリアム・ディーン・ハウエルズと結婚した。彼女は一八七〇年代半ばからクレメンズ一家とは親しい友人であった(Howells 1988、三ページ～四ページ)。
(14)ボストンの出版者ジェイムズ・R・オズグッド(『自伝完全版第一巻』、一一二ページおよび関連する注参照)。
(15)ジョゼフ・H・トゥイッチェルの妻(『自伝完全版第一巻』、四三〇ページおよび関連する注参照)。
(16)ラルフ・キーラー。この口述筆記の最後の段落を参照。
(17)クレメンズは、一八四五年から一八五〇年のジャガイモ飢饉の最中と、その後の、一八四七年から一八五四年に、アメリカへ移民してきた一五〇万人以上のアイルランド人のことを言っている。
(18)一八四五年から一八五五年に一〇〇万人以上のドイツ人が、経済的苦境と一八四八年の革命に至る政治不安を逃れて、アメリカに移民した。
(19)一九〇七年一〇月一八日付「自伝口述筆記」、注4を参照。
(20)一八七四年一一月一二日の朝、クレメンズとトゥイッチェルは、ボストンまでの道のりを徒歩で旅するつもりで、ハートフォードを出発した。翌朝、約三五マイル歩いたあと、二人はこの計画をこともなげに放棄し、列車に乗って目的地へ向かった。二人は一一月一六日の夜までボストンに留まり、ハートフォードに戻ったが、その際も列車を使った(詳しくは、オリヴィア・ラングドン・クレメンズ宛、一八七四年一一月一二日から一四日までの書簡、『書簡集第六巻』、二七七ページ～二八五ページを参照)。
(21)『自伝完全版第一巻』、二八七ページ～二八八ページと四三〇ページ～四三一ページおよび関連する注参照)。
(22)小規模の、ボストンの高級ホテルで、長年にわたって快適なベッドと上質なレストランで知られていた(一八六九年一一月一〇日と一一日付、オリヴィア・ルイーズ・ラングドン宛書簡、『書簡集第三巻』、三九五ページの注四参照)。
(23)一九〇八年九月三日にオーヴィル・ライトがヴァージニア州フォート・マイヤーの米軍のために飛行機の実演飛行を開始した。二週間に渡って、彼は飛行時間の最長記録を何度も塗り替え、九月一〇日には約一時間六分飛行を続けた。(彼の兄のウィルバーは、同時期にフランスでも、同じような実演飛行を行った)。オーヴィルの実験は九月一七日の衝突で中断され、この事故で自身は重傷を負い、同乗者は死亡した(以下ニューヨーク『タイムズ』紙より、「ライト、一時間以上飛行」、一九〇八年九月一〇日号、一ページ。「ライト、七〇分以上飛ぶ」、一九〇八年九月一二日号、一ページ。「ライトの飛行船、死の激突」、一九〇八年九月一八日号、一ページ、『自伝完全版第二巻』、三六〇ページおよび関連する注参照)。

（24）「ラルフ・キーラー」を参照（『自伝完全版第一巻』、一五〇ページ〜一五四ページおよび関連する注参照）。

一九〇八年八月一六日

サミュエル・イラズマス・モフェット

八月一六日。今月一日の晩早くに、電話で知らせを受け、私は衝撃のあまり呆然となった。私の甥サミュエル・E・モフェットが溺死したのだ。[1]海水浴をしている最中だった。高波だったことから、海には出ないよう促されたが、泳ぎには自信があったので、ひるまなかった。小さな息子が怖がって見ている中、彼は大胆に飛び込んでみせた。すぐに彼は身動きが取れなくなった。大波にさらわれて、あちこちに引きずりまわされ、波の下に埋まり命を奪い取られたのである。ほんの一分の出来事だった。

彼は四八歳だった。肉体的にも精神的にも絶好調で、名声への道を確実に歩んでいた。彼は寛大にして寛容で、人柄は汚れや染み一つなく、理想は高く高潔で、これらの理想に沿った人生を、生来の気質ゆえ、自ずと努力せずとも、送ってきたのである。

彼はほぼ三〇年に渡って、新聞社勤務のジャーナリストとして、また社説担当として働いてきた。しかも、この攻撃されやすい仕事にありながら、全力で己の独立性を保ち、己の信条を守り通してきた。数年前に『コリアーズ・ウィークリー』誌での重要な地位を得て、亡くなった時も、その仕事に就いていた。

自伝では、三年前に書いた前の章でも、すでに詳しい経緯を書いているが、彼がまだ若造だった頃、サンフランシスコから手紙を送ってきて、ここらの日刊新聞社で勤め口を紹介してほしいと頼み込んできた。そして私の出した厳しい条件を受け入れて職を得ると、そこで一六年間踏ん張ったのである。

子供の頃から青年期にかけて、彼の健康状態は脆弱で、移ろいやすく不安定で、病気のため視力[2]も落ち、本での勉強や読書を禁止された。これは彼にとってきつい試練だった。というのも彼には、素晴らしい記憶力と激しい知識欲があったからだ。学校教育は彼には無理だった。それでも、まだ小さい子供だった頃の彼は、教育を、それも素晴らしい教育を受けてきたのだ。自分なりに考案した手法を使って、なんとか乗り切っていたのだ。通常の学校で生徒達が授業中に難解な課題を暗唱し、数学を黒板に書いているのを、彼は許可を得て聞かせてもらっていたのである。この少年に問題を解かせてみると、学校きっての優秀な生徒達と肩を並べる学力だと分かった。

その当時、彼がバッファローに遊びに来たことがある。我々は結婚一年目（一八七〇年）で、彼は一〇歳だった。その時私は、妻と自分で楽しもうと、古代歴史ゲームを苦労して作っているところだった。[3] 百科事典で日付や史実を調べ出すという面倒で厄介な作業をしていた。その作業に心血を注ぎ、ある程度進んだところで、無理もないと思うが、その出来栄えに惚れ惚れした。だから、この子にカードの束を見せてやったのだ。すると彼は、たちまち興奮して夢中になった。私が彼の歳の頃は、日曜学校のピクニックであなったものだ。彼は手伝いたがって、どうしても手伝いたいというので、飽きつつあった外科手術への関心を譲り渡すかのように、喜んで仕事を譲った。百科事典は自由に使えるようにしたが、彼は一度も見なかった――事典の中身が頭の中に入っていたからだ。残りは全部彼一人で組み立て、歴史ゲームをあっという間に、難なく完成させた。

一八八〇年か一八八一年にスンダ海峡のクラカタウ島で大規模な噴火がおこり、その情報が夜遅くにサンフランシスコに届いた――深夜だったため、編集者があの未知の火山について百科事典から情報を集め、徹底的に調べぬいた造詣の深い記事を第一報までに書きあげるのは不可能だった。編集長が言った。「モフェットの家に使いを送れ――彼をベッドから引きずり出して、連れてこい――彼なら何でも知っているから、百科事典は必要ない」。これは本当の話だ。彼は事務所に来ると、本も調べず、素早く書き上げてしまった。[4]『コリアーズ・ウィークリー』誌に彼の記事が掲載されていたので、そこから少し引用しよう。

どの話題のどんな事柄でもいい、急ぎで知りたければ、本を参照するよりも、彼のもとへ向かったほうが早い。温厚ゆえに、仕事の邪魔をされても殉教者のごとく受けいれてくれる。急ぎの仕事で文を書いている途中であっても、にこやかに顔を上げて応えてくれる。知りたいことが鉄道統計だろうと国際法だろうと、彼は脳内にある整理棚の一つから情報を抜き出してくれた。彼は生まれながらの知識販売機なので、いかなる場面でも、情報提供が彼の名誉であり喜びだった。

彼の百科事典ばりの才能には驚いてしまう。なぜなら、これは彼に備わっている素養のほんの一部でしかなくて、他の才能と組み合わされ、計り知れない価値があった。彼は勉強家でありユーモリストで、読書を楽しみ、政治的会合の場も欠かさず見ていた。

知的職業にある者から見れば、彼の能力は異彩を放っている。彼は編集室という回廊で、他人に名声を与えるという仕事を自ら選んだのだ。わが時代の裁判官と閣僚は皆、彼ほど人のためになる仕事をしている人材がいたことを誇るべきだ。モフェットほど高い知性を持つ男は稀有である。

＊　＊　＊　＊

彼が提唱している活動について、彼と話していると、誰もが畏れ入ってしまう。世界中の人々にとって最良となることを、二、三世代先まで丹念に考え、その信条に沿って自らの仕事を全うする人間がここにいると分かるからだ。この信条こそが、彼の関心事すべてに共通する大きな一つのテーマなのである。例えば、彼は世界平和に向けた運動にも関心を傾け、繰り返し記事にしてきた。ニューヨークの共同住宅にある窓台や避難ばしごに花を置く計画など、ほんの些細な活動でも、彼は筆を持って賛同の意を表明するだけでなく、自ら参加し、協力していった。彼は所属する当誌の編集部で、何度も何度も、同様な活動への支持と支援を、規模の大小にかかわらず扱い、記事にしてきたのである——具体的には、アメリカの森林保護、結核撲滅、ニューヨークの貧困学童に対する食事の無料提供、老人年金、工場労働者のための安全装置、アメリカの都市美化運動、内陸部の水路開発、産業界の和解などがある。

彼は妻と娘と息子を——悲嘆に暮れる遺族を——残して逝った。息子は一三歳の美しい少年で、彼のしっかりとした顔は父親と祖父ゆずりで、高潔な人柄と知性が見て取れる。この少年は、やがては、ひとかどの人物になると思う。(5)

一九〇八年八月一六日

この短いサミュエル・E・モフェットの素描を締めくくるにあたって、名残を惜しみつつ、彼の高潔な人柄と理想に重きをおいて、述べたいと思う。健康よりも金を求める時代に、自分の金よりも他人の金を求める時代に、彼は生き、汚れることなく亡くなった。国家的な偉業と称賛へつながる最も確実な道が、政界では華美で堕落した扇動主義であり、経済界では巨大犯罪であるという時代に、彼は生き、紳士として亡くなった。

マーク・トウェイン

(1)このモフェットをしのぶ追悼文は、原稿で、口述筆記によるものではなかった。ニュージャージー州のシー・ブライト海岸近くで泳いでいる最中に亡くなった。波の中から助け出されたものの、意識を取り戻すことはなかった。駆けつけた医師らによると、死因は恐怖と過度の運動により卒中が引き起こされたためで、溺死ではなかったと結論づけた(「モフェット編集長が波にさらわれ、死去」、ニューヨーク『タイムズ』紙、一九〇八年八月二日号、一ページ)。

(2)一九〇六年三月二七日付「自伝口述筆記」で、モフェットが一八八六年、二六歳の時に、「生活の糧を稼ぐために何か働き口を探さないといけなくなった」とクレメンズは述懐している。しかしながら、彼は一八八二年にカリフォルニア大学を出てすぐに、ジャーナリズムの仕事を始めたのは明らかだ。ニューヨーク『タイムズ』紙と『コリアーズ』誌の死亡記事によると、モフェットはサンフランシスコ『イヴニング・ポスト』紙で一八八五年まで論説委員長をしていた。それからの二〇年は、カリフォルニアとニューヨークにある他の新聞・雑誌数社で働いている。一九〇五年一月には、『コリアーズ』誌の「世界は何をしている」編集部で編集を始めたばかりだった(『自伝完全版第一巻』、四五〇ページ～四五一ページおよび関連する注参照)。

(3)この歴史ゲームは、最終的にはクレメンズの手によって開発され、一八八五年に特許が取得された。モフェットは一〇歳だったので、彼はバッファロー滞在中に、このゲームの初期版を作っていたと思われる(『自伝完全版第一巻』、四五〇ページおよび関連する注参照)。

(4)クラカタウ島はジャワとスマトラに挟まれたスンダ海峡沖に浮かぶ小島で、ここで一八八三年八月に火山が噴火した。それで島は壊滅し、新しい大量の土砂に飲み込まれたうえ、巨大な津波を引き起こした。サンフランシスコ『クロニクル』紙によると、推定一〇万人もの死者が出たとしている(「ジャワ災害の続報詳細」、サンフランシスコ『クロニクル』紙、一八八三年九月三日号、三ページ。

「ぱっかりと口を開けた大地。数千人が飲み込まれる――ジャワの凄まじい光景」、ワシントン『ポスト』紙、一八八三年八月三一日号、一ページ)。

(5)モフェットは、一八八七年にカリフォルニアのサンノゼで暮らしていた才能豊かな画家メアリ・エルヴィシュ・マンツ(一八六三年～一九四〇年)と結婚した。夫婦には二人の子供アニタ・モフェット(一八九一年～一九五二年)とフランシス・クレメンズ・モフェット(一八九五年～一九二七年)がいた。アニタはカリフォルニア大学を第二位優等で卒業した。彼女は『パブリッシャーズ・ウィークリー』誌の年間縮刷版の索引作成者となる。彼女は遺言を残さずに亡くなったため、彼女が所有していたクレメンズの手紙とスクラップブックは一九五四年にカリフォルニア大学が購入し、現在マーク・トウェイン・ペーパーズのモフェット・コレクションにある(「摂理解説書」、『書簡集第六巻』、七三六ページ～七三七ページを参照)。フランシスはコロムビア大学で修士号を取り、広告業界に進み、短編も書いている。彼は三一歳で心臓発作で突然亡くなった(「サミュエル・E・モフェット」、『コリアーズ』誌、四一号[一九〇八年八月一五日]、二三ページ。「覚書」、『アンティクウェリアン・ブックマン』誌、一九五三年一〇月一七日号、一〇七九ページ。以下ニューヨーク『タイムズ』紙より、「クレメンズ・モフェット」、一九二七年三月六日号、二六ページ。「サミュエル・E・モフェット夫人」、一九四〇年一〇月三日号、二五ページ)。

一九〇八年一〇月六日、ストームフィールドにて口述筆記[1]

私はこの邸宅を、『無邪気者の館』と呼んでいたが、娘のクレアラがこの名称を廃して、ストームフィールドとすげ替えた。これが私にとっては都合よく、申し分ない。以前の名前だと、その名にふさわしい無邪気ぶりを提示していなければならず、その負担が重くのしかかって、限界を超え始めていたからだ。この家は丘の上に一軒だけぽつりと立っているので、吹いてくる風をもろに受けてしまう。したがって嵐の吹きすさぶ野原《ストームフィールド》とは、この家の名前としては理に適っている。また敷地の奥に柱廊や部屋を、クレアラのために建てる予定だが、経済的な理由により、来年か再来年まで先延ばしになっていた。ところが建築費なしでもすぐにも建てられることが分かり、建てた。我々は一銭も出さずに。建築に必要な金はすべて、整理箱で四一年も温めてきた、とある短編原稿から手に入れたのだ。つまり、この原稿を『ハーパーズ・マガジン』に売ったのである。この短編の題名が「ストームフィールド船長の天国訪問記[2]」だ。というわけで、すべてを総合すると、ストームフィールドというのは、前の名前よりも筋が通っていて、正当性がある。

最近ではストームフィールドが泥棒の押し入る家として有名になった。ここからニューヨークは僅か一時間半の距離で、四〇〇万人が暮らしているが、そのほとんどが泥棒なのだ。そんなことを考え合わせると、ここのように孤立した一軒家に盗難予防警報器は欠かせないので、これほど目立つ必需品をニューヨークの建築家が見落とすのは不思議だ。泥棒対策に犬を飼おうなどとは考えもしなかった。なにせ犬は何にでも、来るものすべてに吠えるから、うるさくてかなわない。もちろん泥棒にも吠えるだろうから、それなら泥棒がいてくれたほうがいい。

この家に泥棒が入ったのは、真夜中の一二時半で、一八日前のこと。二人組の泥棒で、地下貯蔵庫のドアから入って、一階の食堂まで上がってきた。一階で寝ていた者はおらず、家じゅうの者は皆二階で寝ていた。泥棒達は大きな音を立てたが[3]、それで目を覚ましたのは秘書のライオン女史だけだった。彼女は階下に降りていくと、泥棒達を発見して、執事[4]に助けを求めて大声を上げた。泥棒達は、逃走用に開けておいた食堂のドアから、逃げていった。この泥棒達はすでに銀食器を玄関の門のほうに持ち出していて、その残りを取るために戻ってきたのだ。

盗難予防警報器が必要な理由をすべて挙げる。盗難予防警報器の機能はまず、盗難防止のためにある。実際にそうなのだ。警報器が鳴り始めると、泥棒はそれを聞いた瞬間に何もかも捨てて、逃げ出す。警報器がその役目を開始し、警報音を出し始めてからも留まっている泥棒など、一人もいない。また、警報器が設置されていると分かっている家に押し入る泥棒もいない。というわけで、今は家に警報器を付けてもらっている。少し遅かったが、やるだけの価値はある。

ライオン女史が、一番近くに住むラウンズベリー氏[5]に電話をした。すると彼が六マイル先に住んでいる保安官代理のバンクスに電話をしてくれて、一時を少し回るまでには二人ともここに到着すると、任務の用意は整った。この二人に、ウォーク氏[6]と執事も加わって、泥棒追跡に出かけたのである――道は土深く、泥棒達は森に逃げ込まずに、道なりに逃げたので、ランタンのもと足跡はをたどるのはたやすかった。だが明かりのもと足跡にそって歩いていくのは時間がかかる。追跡者達は、そろそろと疲れた足を引きずりながら六マイル進むと、駅にたどり着いた。すると列車がやってきたので、追跡者と泥棒は同時に乗った。泥棒は片側から、そして追跡者はその反対側から乗り込んだ。これは普通列車だったので、ほとんど車掌が知った顔の乗客ばかりだった。保安官が車掌に、見知らぬ顔はいないかと訊ねた。彼は、二人いると言って、その二人を指さした。その二人組は並んで座り、その二人の間には小さなハンドバックが置かれていた――はたして、それが我々の銀食器を入れたハンドバックだったのだ。追いはぎが列車強盗に入ったときの第一声は、「手を上げろ！」だろう。保安官バンクスがこの二人組にかけた第一声は、それを少し変更して、「足を上げろ！」だった。彼らの間違いない足裏が、彼の追ってきた足跡と一致するか直ちに調べたかったのである。彼の問いかけだけで、泥棒達にも明らかだった。二人は一目散に逃げ出した。それから乱闘が続き、一人の泥棒が抵抗しながら車両の後ろまで逃げると、走り続ける列車から飛び降りた。その間も後ろをウォーク氏の放った弾丸が迫ったが、当たらなかった。一方、保安官はもう一人の泥棒を床に押さえつけていた。銃弾一発を相手の太ももにお見舞いし、もう一発を残りの足に放って、泥棒を確保したのである。一時間後にはもう一人の泥棒も捕えられた。二人とも今は刑務所に入れられて、裁判を待つ身だ。

泥棒達が盗んでいった銀食器はすべてそのハンドバックに入っていたので、取り戻すことができた。二人は、もう二袋分、銀メッキ製品もごっそりと盗んでいた。だが泥棒達はニューヨークの年季の入った熟練の夜盗だったので、それらを暁の日のもとで値踏みをしており、メッキであることに気づいて、道路わきの草地に隠しておいた。それも一〇日後に同じ場所から発見された。この泥棒達が可哀想に思えてくるのではないだろうか。危険な賭けに出たせいで、刑務所で約一五年過ごさねばならないうえ、散々苦労した挙句、何ひとつ手に入らなかったからだ。

しかし同情はしない。この事件のある局面がきっかけで、泥棒に対する心証が変わった。たとえ強盗に入った際、肉体的には誰も傷つけていなかったとしても、泥棒は極めて重大な犯罪だと思うようになった。世帯主として三五年の経験があるが、その中で何回か夜中に、泥棒に入られた。泥棒達は手あたりしだい盗んで、誰一人起こすことなく去っていった。我々はいつも何が起こっているかすら気付かずにいたのだ――唯一の例外――今朝の事件が起こるまでは。泥棒達が去ったあとの印象は不快というほどでもなかった。事件のせいで不安がる者も家には一人もいなかった。今思うと、恐怖心をあおる悲鳴を聞いていなかったおかげで救われていたのだ。今回は違う。うかつな奴らがライオン女史を起こし、彼女が家じゅうの者を、私以外全員起こした。それが一八日前のことだ。それ以降、上質な眠りについているのは私だけになった。クレアラはここでは眠れないとニューヨークに逃げていった。ライオン女史は大抵いつも不眠症だし、四日前に執事は無理して眠るのを諦め、出て行った。その翌日、料理人と女中も辞表を出した。[7] 昨日、四年も私達のもとで働いてくれていた女中の一人が、今後四〇年はそばで仕えていてくれると思っていたのだが、辞めると言ってきた。彼女が言うには、泥棒が入ってからは眠っていても三時間以内に目が覚めてしまうという。この間隔の長短にかかわらず、とにかく眠っていると、悲鳴をあげて飛び起きる。それからベッドで起き直ると体中の毛穴から冷汗が出てくるというのだ――それは、いつも同じ一つの夢を見るからだそうだ。泥棒が彼女を撃ち殺ろし、体を突き抜ける銃弾の感覚がある夢を、毎晩毎晩、繰り返し繰り返し、何度も何度も見てしまい、そのたびに飛び起きるのだという。私はこの強盗事件以来、泥棒に入られた経験を持つ大勢の人達と話しをしてきて分かったことがある。泥棒が物音を立てて、家の女達を怖がらせてしまうと、その女性達は事件の後遺症から立ち直るのに何年もかかるということだ。何ヶ月ものあいだ彼女達の眠りは、もし眠れたとしても、恐怖に満ちていて、彼女達の人生は悲惨なものになる。すでに述べたが、この新たな視点が加わったことで、私にとって泥棒はとりわけ重大な犯罪になった――泥棒が押し入った先で人を殺すより、はるかに重大な犯罪だ。なぜなら恐怖に満ちた人生よりも死のほうがはるかにましだからだ。

そこで、もし私に法律を変える権限があるならば、音を立てずに強盗に入った者は軽い罪に、家族の平穏を乱した泥棒は情け容赦なく絞首刑に処することにしたい。

強盗があってから二日して、正面ドアに通告書を張り出した。今ここに続々と届く手紙から、この通告書がヨーロッパ各紙に掲載され広まっていることが分かる。またアメリカ各紙においてもすでに報道されているので、世界中のほとんどの泥棒達がこれを読んで、自らの行く末を決める道しるべとして尊重することだろう。

通告

次に来たるべき泥棒へ(8)。

現在、また今後も、この家に置かれるのはメッキ食器のみである。食器は食堂の真鍮箱に入れてある。角においてある猫用バスケットの隣だ。バスケットが欲しければ、子猫達を真鍮箱に入れておくように。物音は立てないこと——家族が動揺するので。正面玄関にはオーバーシューズも置いてある。傘を入れておく、あれ、シフォンと言えばいいのかな、パーゴラかな、とにかくその類の入れ物の横に置いてある。出ていく時は、ドアを閉めてください。

敬具、

S・L・クレメンズ。

(1)七月一四日から一〇月六日まで、クレメンズはほとんど自伝に手をつけず、原稿を二つ執筆しただけだった。七月一六日に書き始めて九月一二日に完成させた原稿と、八月一六日に書いた原稿だけである。クレメンズは、七月二八日にジーンに宛てた手紙で、先頃創作活動が停滞していることについて、こう述べている。「本当に、本当に、本当に、本当に、少ししか仕事をしていません。すまないね。でも仕方がないのだよ——やる気が起きないし、それにやる気を起こしたいと思う気持ちもなくなっている。トランプをしたり、ビリヤードや読書を楽しんだり、煙草を吹かしたり、木陰で寝そべっているほうがよっぽど好きみたいだ」(複写をカリフォルニア大学蔵)。この二週間後に彼はハウエルズにも手紙を書き、「私は速記者を解雇し、休暇に入りました。この休暇が終わるのは、私が墓に入る時です」(一九〇八年八月一二日付、ニューヨーク公共図書館蔵)。七月一四日付「自伝口述筆記」が、八月四日に解雇されたジョゼフィン・ホビーの最後の仕事になった。この口述筆記は、新しく雇ったメアリ・ルイーズ・ハウデン(一八八〇年生まれ?)が速記したものである。クレメンズは彼女のことを「有能で、貴婦人然としていて、教育があって、愛想がいい」としている(一九〇八年一〇月一二日付、ジーン・クレメンズ宛書簡、複写をカリフォルニア大学蔵。『スコットランド国勢調査』、一九〇一年、CSSCT 1901、三二七ページ。「給料支払い概要、一九〇七年三月一日~一九〇九年二月二八日」、「財務表および目録」一九〇九年の八項)。ハウデンはニューヨーク『ヘラルド』紙の募集広告「郊外での業務希望の方で、速記初心者求む」に応募してきた女性だった。クレメンズが経験の浅い速記者を希望していた理由が、彼女は後に分かった。クレメンズは「とてもゆっくり口述する」うえに、文が終わるたび長く間を空けるので、「注意して待ち受けてもらうほうが、火花を散らすような高速より望まし」かったからである（Saunders 1925）。彼女は、応募手紙に書いた。

私はパリのキリスト教女性青年会の事務局で一年働き、フランスで使用されていたレミントン式タイプライターを習得しております。一年前にロンドンのピトマンズ学校で速記を学び卒業しましたが、ヨーロッパを出発してアメリカに来るのに時間を要したため、卒業後の一年のうち半年しか働いておりません。私はスコットランド出身の女性で、監督教会信徒です。礼儀作法も教わり、教育も受けております。（ハウデンからサミュエル・ラングホーン・クレメンズ宛、一九〇八年九月二三日付書簡、カリフォルニア大学蔵）

一九二五年にハウデンはストームフィールドでの経験について長く興味深い記事を発表した。その中で、クレメンズが寝室かビリヤード室のどちらかで口述するのが習慣になっていたことや、ユーモラスな話を無表情に語る彼の語り方や、タイプ打ち原稿に自分で句読点を付けたがり、速記者にはコンマをそんなに付け加えることを許さなかったことなどが語られている（Howden 1925）。彼女は一九〇九年二月までクレメンズのもとで働き、その後はウィリアム・E・グラマンが代わりに速記者を務める（「アシュクロフト・ライオン原稿」に関連する注を参照）。

（2）ハーパー出版社のジョージ・ハーヴェイは、一九〇六年九月に「ストームフィールド船長の天国訪問記」の出版を断っている――この作品は「当誌のような通俗的な雑誌に載せるには、あまりにも敬虔すぎる」とおどけた言い方で断った――その一年後、彼は『ハーパーズ・マンスリー』誌での出版を受け入れ、一九〇七年一二月と一九〇八年一月の二ヶ月にわたって掲載した（ハーヴェイからサミュエル・ラングホーン・クレメンズ宛書簡、一九〇六年九月七日より以前、コロムビア大学蔵。SLC 1907-1908。『自伝完全版第二巻』、一九三ページ～一九四ページおよび関連する注参照）。一九〇九年にクレメンズは、「あの色あせた一束の原稿用紙を取り出して、文字数を数えると、あのイタリア風柱廊を建てられるだけの量はあることが分かった。それで私は『天国訪問記』を『ハーパーズ・マンスリー』誌に送り、金を回収したのである」と述懐している（「ストームフィールド、マーク・トウェインの新築カントリーホーム」、『アメリカのカントリーライフ』誌、一五号［一九〇九年四月号］、六〇七ページ～六一一ページ、六五〇ページ～六五二ページ）。一九〇七年二月には建築業者のサンダーランドが、イタリア風柱廊の建築費用として四一〇〇ドルの見積もりを出した。柱廊の上部にはクレアラの寝室用の屋根裏部屋を追加し、総額で四五五〇ドルになった。この金額は、クレメンズが先の作品で得た金額と一致しており、作品の価格は一単語三〇セントで、おおよそ一万五〇〇〇単語あった（以下カリフォルニア大学蔵の手紙、一九〇八年二月二〇日付、サンダーランドからハウエルズとストークス宛書簡、一九〇八年二月二一日付ハウエルズとストークスからサミュエル・ラングホーン・クレメンズ宛書簡に同封、ハウエルズとストークスからサミュエル・ラングホーン・クレメンズ宛、一九〇八年三月二三日付書簡）。

（3）押し入られたのは九月一八日の早朝だった。押し入った強盗、ヘンリー・ウィリアムズとチャールズ・ホフマンについて、一九〇八年一一月一二日付「自伝口述筆記」および関連する注を参照。

（4）クロード・ブショット（後の注7参照）。

（5）ハリー・A・ラウンズベリー（一八七三年～一九三八年）は、レディングの国勢調査には「農家」と記録されているが、いわゆる「何でも屋」で、ストームフィールドの建築では監督をしており、貸馬車の手配を含め、彼の屋敷と地所の管理全般を行っていた。クレメンズは、「色々な分野の才能」を持つ彼を頼りにしていた（『レディング国勢調査』、一九一〇年、二一七巻、七Aページ。『トウェイン伝記』、第三巻、一四六三ページ。Find a Grave Memorial 2013a。ハウエルズとストークスからサミュエル・ラングホーン・クレメンズ宛、一九〇七年七月一九日付書簡、カリフォルニア大学蔵）。

（6）チャールズ・エドマンド（〝ウィル〟）・ウォーク（一八七七年～一九五四年）はカナダのオンタリオ州出身のピアニストで、クレアラが一九〇七年初頭にニューイングランドと、一九〇八年にヨーロッパでコンサートツアーを行った際、彼女の伴奏者として同行した（『自伝完全版第二巻』、二四〇ページおよび関連する注参照。一九〇七年三月一付「自伝口述筆記」および関連する注参照）。ウォークは結婚していたが（妻とは疎遠で）クレアラとの恋愛関係に発展していたため、これが一九〇八年の秋には噂となった。一九〇八年九月七日、二人がヨーロッパから帰ってきて間もなく、ニューヨーク『ワールド』紙は、この二人が婚約を発表する見込みだと報道した。ライオンは記者達に問われると、この噂を強く否定し、醜聞は避けられた。それでもクレアラはすぐに、私生活と仕事の両面で、ウォークとの関係を断ち、オシップ・ガブリロウィッチと復縁した（Shelden 2010、九一ページ～九二ページ。二六一ページ～二六五ページ、三〇一ページ、四五六ページ、注四七と四九。ストームフィールド宿泊者録、一九〇八年一二月一八日付、カリフォルニア大学蔵。Trombley 2010、一六〇ページ～一六七ページ）。

（7）ケイティ・リアリィ（長年一家の家政婦をしていた女性）によると、クロード・ジョセフ・ブショット（一八七七年生まれ）はフランス人の執事で、最初に雇われたのはクレメンズ家がリヴァデイルに住んだ時（一九〇一年～一九〇三年）であった。彼は一九〇七年五月一日に、ニューヨーク五番街二一番地でも再び雇われた。一九〇八年一〇月一日に一団の使用人がストームフィールドを去った時、彼はその中の一人だった（「アシュクロフト・ライオン原稿」でクレメンズは、使用人達が辞めたのはライオンのせいであって、強盗のせいではないと述べている）。クロードは一九〇九年四月に復職し、クレメンズが亡くなるまで勤めた（「給料支払い概要、一九〇七年三月一日～一九〇九年二月二八日」、「財務表および目録」一九〇九年の八項。他の使用人については、「アシュクロフト・ライオン原稿」および関連する注参照）。ヘンリー・ロジャーズ二世は、父親がマサチューセッツ州のフェアヘイヴンに建てたホテル、タビサ・インの支配人として、後にブショットを雇っている（Schmidt 2013b）。

（8）一七歳のドロシー・スタージスは、エンゼルフィッシュの一人であるが、ストームフィールドに泊まるため九月一八日に到着し、このユーモラスな指示を大きなカードに飾り文字で書き込んだ（口絵写真を参照）。クレメンズはストームフィールドの宿泊名簿にこのことを記した。「採飾された『次に来たるべき泥棒への通告』がビリヤード室に掛けられているが、これは私の下手な手書きをドロシーが書き直して制作してくれたものである」（カリフォルニア大学蔵。Lyon 1908 九月一八日付日記。ドロシーに関しては一九〇八年四月一七日付「自伝口述筆記」および関連する注参照）。クレメンズは同じ文章を正面玄関にも貼り付け、長く新聞に取り上げられた（「強盗がマーク・トウェインの屋敷に侵入」、ニューヨーク『タイムズ』紙、一九〇八年九月一九日号、九ページ）。

一九〇八年一〇月三一日、口述筆記（1）

一日か二日前の新聞記事より切り抜いた文章を以下に記す。

未亡人は扶養済み、バターズの資産は学生の息子が引き継ぐ。

（『ワールド』紙特報）

サンフランシスコ、一〇月二九日——オークランドの資本家ヘンリー・バターズは、先週の月曜日に亡くなる前から、未亡人と、彼女が先の結婚でもうけた二人の娘にはすでに十分な扶養費を支払っていたことから、彼女達が彼の遺言状に対し無効の申し立てをする意向はない。遺言状によると、実質的に全財産がニューハンプシャーのフィリップス＝エクセター・アカデミーの学生である息子のヘンリー・バターズ二世に譲られることになる。バターズの資産は一〇〇万ドル近くになると思われる。これは、南アフリカの市街鉄道事業で築き上げた私財だ。[2]

これでバターズは逃げ切った[3]。最近、私はついていない。私の境遇は、ウィリアム・C・プライム[4]と似ている。プライムは、酒浸りの篤信家だった。信仰は毎日の強い酒だった。彼はいつも信仰に酔っていた。聖なるものに、とことん酔うことは実際には滅多になかったが、そうなりかけていて、いつも、ふらふらで、酒の臭いをさせて、たわごとを言っていた。しかし彼には別の愉快な面もあった。彼が祈りを捧げていない時、深酔いするほど神を称えていない時は、心底嫌っている三、四人の男達のことを、地獄の底まで突き落としそうな悪態で罵るのだ。そして「神の御座」に手を合わせ、憎いやつらをどうか生かし続けていただきたいと、そうすれば彼らを憎み、罵り続けられて、幸福でいられるからと懇願した。その憎き最たる相手が、リンカーン政権下の偉大なる陸軍長官エドマンド・M・スタントン[5]である。

スタントンが一八六九年に亡くなった時、プライムは、義理の兄弟でハートフォードの著名な文献学者だったハモンド・トラムブル[6]と一緒にナイル川を観光していた。ある日、ナイル川の屋形船ダハビヤがルクソール近くの岸辺に寄せられたので、プライムは下船して、芳醇なたそがれの中、川沿いを散策しながら、創造主に敬虔な感謝の祈りを歓喜に震えながら唱えていた。まだこの世にあるうちに、これほど豪華な風景を、創造主のしもべに見せてくださったことに感謝していたのである。上流に向かうダハビヤで、我が国のある人物の訃報を伝える悲しいニュースがトラムブルに手渡された。トラムブルは岸辺に降りて、それをプライムに伝えた。トラムブルは立ち止まると、恭しく待った。プライムが祈りの姿勢をとっていたからだ――最高に芝居がかった格好で祈りの姿勢をとり、気付いてもらえているか確かめようと、目はこっそりと天に向いていた。彼は賛美の言葉を繰り出して、感謝の祈りを山のように積み上げていった。彼は最後に、ひどく雄弁な歓喜の声をあげると、満足してうなずいた。まるで、こう言って合図を送っているかのようだった。「よろしいでしょうか――それを天の保管庫にお残しください」。そこでトラムブルは訃報を伝えた。

一変した。プライムは拳を空に向かって振り回し、毒々しく叫んだ。

「奴まで連れていったのですか――私のものを全部連れていってしまったから、もう私には小物しか残っていません！　赤ん坊の頃から、慎ましく、誠実にあなたに仕えてきたのに、その見返りが**これ**ですか！」

バターズに逃げられたのだ。私はプライムと同じ心境で哀れだ。バターズは、ほぼ七年に渡って私が目を付けてきた敵で、心から嫌うことのできる恰好の相手だった。その彼を、十分な理由も適切な弁明もなく、私から奪っていった。叔父を三〇人失うほうがまだましだ。バターズは、私の知るかぎり、明らかに最も卑しい白人で、最も堕落した精神の持ち主で、最も浅ましい性格の奴だ。彼の次に嫌っているのが、弁護士のウィリアム・W・ボールドウィン(7)で、神は彼をまだ残しておいてくれている！　彼はまだ生きている。まだ生きて、スカンクと張り合い、スカンクよりもくさい。今や私には彼だけが残された慰めとなった。

百万長者のバターズは、その忠実な友人であり、高潔で高尚な男ジョン・ヘイズ・ハモンド(8)の紹介で私のところに来た。彼はすぐに罠を仕掛け、私に「信用詐欺」を仕掛けてきた。なんの目的でだって？　単に、はるかに僅かな金――一万二〇〇〇ドル――を私からだまし取るためだ。彼は成功した。この僅かな金額のために彼が費やした嘘や裏切りときたら――ほら、普通の悪党なら一〇〇万ドルにも満たない金のためにこれ程の労力をかけたりしないだろう。

彼はカリフォルニアに逃げて、そこに留まらざるをえなかった。彼は心からニューヨークに住みたがっていたが、その楽しみは先伸ばしにせざるをえず、逃亡先で六年間も苛立ち、嘆いていた。もし彼が無理をしてニューヨーク州に戻ろうものなら、刑務所で余生を過ごさなければならないことを分かっていたから、ニューヨークから離れていたのだ。

三年前に、「馬物語」と題した短編の中で、一頭の馬にバターズの名前や性格について語らせた。ちょっとからかったら、バターズはニューヨークにいる法律家の手下を使って、名誉毀損の訴えを私に対し起こしたのだ――そして五万ドルの損害賠償を請求してきた(9)！　名誉を傷つけられたというんだ、分かるだろう。ところが、それはどんな科学的方法によっても、傷つきようがなかった。彼の名誉でまだ腐っていない部分など、水素分子ほども存在していなかったからだ。今や彼も死んだ。ああ、これで名誉毀損も取り下げられる。私は大笑いする機会も奪われた。世も末だ。こんな訴訟を起こす自由が保障され、公開裁判で審理されたら、今世紀の喜劇として楽しめただろうに。

昨日ブルックリンの夕刊紙にカリフォルニアからの電信記事が掲載されており、私の身に降りかかった訃報についてさらに詳しく伝えてくれていた。概要はこうだ。バターズが遺言で、妻（二度目の妻で、最近彼に対する離婚手続きを取っていた）を切り捨て、一銭も残さないことにした。娘達も切り捨て、それぞれ五ドル与え、残りの強奪品は息子に遺した。また息子には自らの名――バターズ――も遺すこととした。結局、家族の中で息子が最も恵まれていないことになる。なぜなら娘達は結婚しているし、未亡人も名前を変えられるし、彼女は若くて魅力的で善良だからだ。(10)

（1）この「口述筆記」は実際には原稿による。

（2）カリフォルニア州ピードモントのヘンリー・A・バターズ（一八五〇年生まれ）は鉄道王であり実業家で、一〇月二六日に死亡した。彼はまずはコロラドの鉱山業で成功し、それから南アフリカでも成功し、この時そこでは電車路線を建設して財を成した。亡くなる時彼はカリフォルニアのノーザン・エレクトリック鉄道の社長だった。一八九一年に、彼はルーシー・ビービー・サンクテラ（一八四九年～一九〇九年）と結婚し、一人息子のヘンリー二世（一八九二年生まれ）をもうけた。バターズ夫人は二度夫と死別していた。彼女は二度目の結婚で二人の娘マリー・サンクテラ・バターズ（一八八三年生まれ）とマーガリート・サンクテラ・バターズ（一八八五年生まれ）をもうけ、バターズは彼女達を養女とした。一九〇七年バターズは運転資金が不足し、以前彼女に譲渡していた「多額の財産」を返却するよう求めたが、彼女はこれを拒否し、二人は仲たがいをしていた。バターズは自分の雇っていた「美貌の秘書兼速記者」と関係を持っていて、これが仲たがいの発端であったことも、（オークランド『トリビューン』紙によると）「広く知られた噂」だった（「バターズ夫人の子供達が、彼女に対する遺言無効の申し立て。ヘンリー・A・バターズが自分の速記者に一〇万ドルを贈与」、一九〇九年七月九日号、一ページ。一九〇八年二月にバターズは妻を捨てる。彼は実質的に全財産を一六歳の息子ヘンリー二世の信託財産とし、遺言で妻には一銭も残さず、養女達にはそれぞれ五ドルだけを残すことにした。これについて、彼の説明によると、妻達には「生活と贅沢」ができるだけの「十分な扶養費は支払い済み」だからとした（以下オークランド『トリビューン』紙より、「故ヘンリー・A・バターズの遺言全文」、一九〇八年一一月三日号、九ページ、「ヘンリー・A・バターズ夫人の相続人が宣言、彼女の持つ遺言書は偽物」、一九〇九年八月一二日号、一ページ～二ページ。『ラッセン国勢調査』、一九〇〇年、第八八巻、九Aページ。以下サンフランシスコ『クロニクル』紙より、「オークランドの資本家、肺炎に倒れる」、一九〇八年一〇月二七日号、四ページ。「夫に抵抗、彼女も遺言を作成」、一九〇九年八月一三日号、一ページ～二ページ。『自伝完全版第一巻』では誤って彼の誕生年を一八三〇年と記述)。

(3)クレメンズとアメリカ・プラズモン社の取引については、「アシュクロフト・ライオン原稿」とそれに関連する注参照)。

(4)クレメンズは四〇年前、『無邪気者達、海外へ』の四六章と四八章でジャーナリストで旅行記作家のプライムを風刺している(『自伝完全版第一巻』、七四ページに関連する注参照)。

(5)エドウィン・M・スタントン(一八一四年～一八六九年)は、一八六一年から一八六五年まで陸軍長官を務める。

(6)『自伝完全版第一巻』、二七二ページおよび関連する注参照。プライムはJ・ハモンド・トラムブルの妹のメアリ(一八二七年～一八七二年)と一八五一年に結婚している。クレメンズはトラムブルと親しく、彼からこの話を聞いていた。

(7)ウィリアム・ウッドワード・ボールドウィン(一八六二年～一九五四年)はアメリカ・プラズモン社のために働くニューヨークの弁護士だった。彼はグローヴァ・クリーヴランド政権下の一八九六年から一八九七年に第三番目の国務次官補を務めた(「W・W・ボールドウィンの任官」、ニューヨーク『ヘラルド』紙、一八九六年二月一八日号、六ページ。「死亡欄」、シカゴ『トリビューン』紙、一九五四年一〇月一八日号、C六ページ)。

(8)ジョン・ヘイズ・ハモンド(一八五五年～一九三六年)は南アフリカで金鉱山開発を手伝った鉱山技師だった。クレメンズは一八九六年五月に、世界講演旅行で南アフリカを訪れた際、そこで彼と会っている。ハモンドはこの時、ボーア人政府トランスヴァール共和国の転覆を謀った未遂事件「ジェイムソン・リードの侵攻」に加わり投獄されていた。クレメンズは、ハモンドのことを、バターズやその仲間らから「便利に使われていない時は、実直な人物」と考えていた(一九〇六年一月一六日付、マカリスター宛書簡、ヴァージニア大学蔵)。

(9)「馬物語」は一九〇五年に書かれ、最初『ハーパーズ・マンスリー』誌に一九〇六年に発表された。この物語の第六章で馬の一頭が「お前の主人を知っているよ。あくどい手合いだ。詐欺師の盗人で、馬泥棒で、女々しい男で、裏切り者――ハンク・バターズだ――奴のことはよく知っている」と言う場面、クレメンズは校正刷りで「ハンク・バターズ」と書き換えた(SLC 1905b、四八ページ。SLC 1906c、三三六ページ)。バターズが名誉毀損の訴えを起こしたという記録は見つかっていないが、クレメンズは少なくとも、そういう行動を挑発するつもりだった。一九〇四年一月にフィレンツェから送った手紙の中で、彼は弁護士にこう述べている。「戻り次第、我々でバターズを裁判所に引きずり出しましょう。それで彼を拘置できます。とにかくやってみましょう。それから私はあの中傷文も上乗せして、彼に私を訴える勇気があるか確かめてみます」（一九〇四年一月二九日付、スタンチフィールド宛書簡、カリフォルニア大学蔵）。未完作品「細菌の中で三〇〇〇年」（一九〇五年）でもクレメンズは「もぐりの仲買屋をしている赤痢菌」という登場人物にバターズの名前をつけた。また一九〇七年一月二八日付「自伝口述筆記」（一九〇五年の原稿がもとになっている。『自伝完全版第二巻』、三九三ページと三九九ページ参照）と一九〇六年二月八日付「自伝口述筆記」も参照。こちらの口述筆記は、多少の修正を加えて、『ノース・アメリカン・レビュー』誌、一八三号（第四回目）に掲載された（一九〇七年一〇月、『自伝完全版第一巻』、五四ページ、三四二ページを参照。『どっちが夢だったか』、五四五ページ）。

(10)この新聞については不明。ルーシーが――当時六〇歳近かったが――バターズの二度目の妻だとする証拠は見つかっていない。バターズ夫人は最初の夫とのあいだに、嫁いだ娘二人（と三人の息子）をもうけていた。彼らは、バターズと法的な関係がなく、遺言では言及されていない。

一九〇八年一一月二日、口述筆記

未出版の私の哲学書『人間とは何か？』については、この「自伝」で何度も話してきた。三年ほど前、私はボズワース氏の名前でこの本の著作権を取り、数冊だけ印刷して装丁させた――四〇〇冊だ。F・N・ダブルデイが、私に代わって事務処理をしてくれた。ボズワースはニューヨークの大きな印刷所の社長である。彼が本の著作権をダブルデイに譲渡し、ダブルデイがそれを私に譲渡した。このようにして作者の名は他に漏れないようにしておいた。六人ほどの、安全で信頼できる特別な友人には、作者であることを明かしていた。ダブルデイはこの一〇年から一一年間ずっと私の秘密を抱えていた。私は一八九七年か一八九八年に、ウィーンでこの原稿の一部を彼に読んでやった。[1] この本を自費出版で四〇〇部印刷したが、それは、この本を思考力のある人達に作者名を伏せたまま配り、こうすることで偏見に歪められていない意見を聞くためだった。非常に良識的で知的な人物でも、これを読んで理解を示さず、その主張は受け入れられないと強く確信していたのである。しかし私には立ち向かわなければならない深刻な困難が二つあることが判明した。その二つとは次のようなことだ。高い知性をもつ良識的人物は、必ずや忙しいので、注意を引く名前がついていない哲学書が届いても、同じく必ずやくずかごに捨ててしまう。もうひとつは、どれほど良識や知識があろうと、新しい哲学を読んで理解を示せる人間などいないことである。こういう類の人間は、教育と環境ゆえに長い年月をかけて先入観を植え付けられ、そのせいで視野も曇ってしまい、誰かがそれを払うまで、この本を誤って解釈し、誤って理解し続けることだろう。ダブルデイは、キプリングの父親にも一部送った。彼は非常に知的な人物だったのだが、[2] 返ってきた評価はひどく面白い内容だった。同時に、しごく当然ながら、またしごく自然なことであるが、奇怪なものとなっていた。彼はこの本の解説を受けたことがなかったのだ。それゆえ大昔の愚かな先入観や迷信で焦点のずれた眼鏡を通して本を見ていたのである。その結果は、アンドリュー・カーネギーの時も同じ。[3] バーナード・ショーの伝記作家の時も同じ結果だったが、彼などは、ショーと私の哲学に数多くの類似性があると強引な意見を導き出した。[4] 結局この本の読み方を教わっていない良識的で知的な人物から、知的な評価を得ることは不可能であることが明白となり、諦めることにした。しかしこの小さな本を知性の高い人物に私自らが読んでやると、いつも必ず、その人物は、年齢や性別にかかわらず、私の弟子になった。大抵は当人もなりたくもなくて、自分の意志に反して弟子になり、私の虜となったのだ。虜となり、やがてそれに甘んじるようになる。さらにたつと、知力がついてきて、私のおかげで自分が解放されていたことを悟り、私から授かった教えに対して、心から有難がり、感謝をするようになるのだ。

アシュクロフトも弟子の一人だ。少し前に彼はカナダ人の友人まで改宗させてしまい、その友人がこの本を密かに人の手から手に回して、この本の読み方を説いて回った。その結果、数人の改宗者が加わることとなった。彼自身は作者名を知っていたが、この本の愛好者達には伏せていた。

ノリス氏も、確かな目標に向かって進んでいた一人だ。彼は宣教師のやり口で弟子を獲得していき、たった二、三ヶ月で、私が一〇年もかけて集めた人数と同じだけを集めてしまった。私の福音書はこれから幸先よく世に出ていくだろう。この福音書にとって、それこそが大切なことである。これでこの福音も栄え、広まるだろう。それが見られる日までは生きていないだろうが、そんなことは問題ではない。

以下の手紙がノリス氏から届いた。[5]

トロント
一九〇八年一〇月三〇日。

親愛なるクレメンズ様――

今日デイヴッド・グレイソンに送った手紙の写しをここに同封いたします。手紙の趣旨はお読みになれば自ずとお分かりいただけると思います。グレイソンのことはご存知でしょう。「幸福への冒険」や「開かれた道」[6]といったタイトルで、一九〇七年から八年にかけて『アメリカン・マガジン』誌に、折に触れ、楽しい記事を載せている作家です。彼の作品を読めば、彼が稀有な洞察力をもった作家であることが分かります。

私は、『人間と何か?』のタイプ打ち原稿を四部作り、これらの原稿と手書きの本が絶えず人の手に回るようにしていきたいと思います。現在、いずれも貸し出し中です。

グレイソン氏に回す本が一部そちらにあればと思い、お尋ねします。もしお貸しいただけるのでしたら、アシュクロフト氏が『アメリカン・マガジン』誌気付で彼宛てに郵送してくれることになっています。彼の著す精神には大きな敬意を抱いているものですから、彼には私の本を読んでもらいたいという気持ちが一方にあるのですが、そうした気持ちよりも、この本がもたらす結果のほうが私には気になるのです。本はアシュクロフト氏のもとに返送するよう私から彼に伝えておきます。しかしもし返送してもらわない方がいいとしても、私のほうで回している本ではあまり役に立ちません。

エルバード・ハバードもこの本を見てみたいと、手紙を書いてきました。彼は一二月初頭にトロントに来る予定で、その時に手渡そうと思っています。手紙では本の題名を伝えていませんでしたが、ハバードの講演の一つに、興味深いことに「人間とは何か」という題名がついていることに気付きました。率直に申しますと、私からすると、ハバード氏の性格には好ましくない点があります。彼はエゴイストとして広く知られた人物のようです。それでも、自分の罪を問われて包み隠さず答える態度には感服せずにはいられません。[7]誰も彼の独立心と影響力を否定することはできません。

また私は、他でもない、イギリスの哲学者エドワード・カーペンターにも手紙を書きました。彼のことは、『民主主義に向けて』(『草の葉』を手本として書いた本)などの作者としてご存知のことと思います。[8] レフ・トルストイ伯爵にも書いています。トルストイがこの本を読む前に、あなたは恐らくご自身でこの本の作者であることを明かされたいのではないかと拝察いたします。[9] まだこの二人からの返事はいただいていません。

ここまで書きましたら、説明するまでもないと思いますが、私の信条と願望は奉仕することです。これ以外に私が従うべきはただ一つ。それは、「魂を満足させる」* ことです

敬具
C・G・ノリス
トロント
一九〇八年一〇月三〇日。

*人間の行動を決める基本的な法則として、この本で明示されている。S・L・C

親愛なるデイヴィッド・グレイソン様――

昨日、二六日付の貴殿の短い手紙を受け取りました。『人間とは何か』という題名の本は、ニューヨーク市のアイザック・K・ファンクに送りました。彼からほんの数時間前に、この本を読んでみたいという依頼がありました。ファンクのことはご存知だと思います。彼は、私にとって格別なあの作品、霊感的で哲学的な本『進化の次段階』の作者であり、『スタンダード辞典』の主幹です。[10] ニューヨークの友人からすぐに一冊回してもらうようにしますが、無理なようでしたら、ファンクに、本を読み終えしだい編集者宛てに送るよう頼んでおきます。

本の作者は飾ろうともせず、宗教の衣服で繕うことすらせず、赤裸々な真実を提示しており、少しでも霊的な知性がある読者なら、この本の趣旨が理解できないことはないでしょう?

私はたった一つの「霊」、たった一つの「力」、たった一つの「生命」が、存在することを悟りました。何かをするのは「私」ではなく、この「霊」で、本の中で「主人」が述べているようにこれが、私の望むと望まないとにかかわらず、私の中で作用していることを知ったのです。自分の意識が最良と判断して選択していると、あるいは決定している（作者の言葉を借りると、自由選択の意志を表している）と思っていても、その一方でこの「私」の意志とは関係なく、私の何かが、「私」でない何かが、動き出し、**それ**の命じるままに動いていると分かります。この「主人」の意志が私の意志となる時が、今はまだだとしても、足早に近づいてきていると信じています。

この意志に従う以外に、私の霊を満足させることは――真に私を満たすことはできないのだと分かります。さらに、私が何かをする時の動機、あるいはそれらしいものは一つだけ――自分自身を喜ばせるためなのだと分かるのです。

この本への依頼が他にもあると思いますので、都合がつけば、この本をすぐにでもお届けできるよう手配させていただきます。この本を満足いくまで検証していただけましたら、直ちにご連絡申し上げます。言うまでもなく、大いなる関心を持って貴殿の批評を賜りたいと思っております。もし好意的な意見なら、それを著者に送る許可をいただきたいと思います。

敬具
C・G・ノリス

（1）一九〇七年九月四日付「自伝口述筆記」および関連する注参照。この口述筆記では、クレメンズは印刷した本の部数を正確に覚えていた（二五〇冊）。彼はここでもまた、デ・ヴィン出版社の総支配人の名前J・W・ボースウェルを間違えている。

（2）ダブルデイは、一八九九年に大西洋横断の航海中、キプリングの父親と知り合いになった。J・ロックウッド・キプリング（一八三七年～一九一一年）は約三〇年間インドで活動を続けてきた芸術家で、教師で、作家だった。この二人と同じ船に乗り合わせていたエドワード・ボクによると、彼は「知識の百科事典」で、「稀にみる話し上手」だった。現在彼は、息子の作品に挿絵を添えた挿絵画家として最も知られている（Bok 1922、三〇九ページ～三一二ページ。『自伝完全版第二巻』、四四六ページおよび関連する注を参照）。『人間とは何か?』に関する彼の意見については発見されていない。

（3）（明らかに作者名を伏せて謹呈された）『人間とは何か?』に対するカーネギーの反応はダブルデイを通じてクレメンズに伝えられた。「本をありがとう。普通の人間なら、これを読んで腰を抜かすでしょう。しかしこれを読んでも、新たに思想が深まったとは思えない。（中略）もし幸運なことに、我々は自分達の感情や行動が起きている理由も分からずに、これらをやっているとしたら、我々自身は一体どうなるのだ。しかし、これは残る。『皆が進歩すれば、すべてが良くなる』〔ダーウィンの進化論に影響を受けたカーネギーの格言〕。我々の責務は、ただひたすら内なる『審判者』に従うことだ」（ダブルデイからサミュエル・ラングホーン・クレメンズ宛書簡、一九〇六年一二月一七日か一八日付、カリフォルニア大学蔵）。

（4）クレメンズは『人間とは何か?』に関するアーチボルド・ヘンダーソンの手紙を一九〇七年九月四日付「自伝口述筆記」に挿入している（一九〇七年七月二五日付「自伝口述筆記」および注1参照）。

（5）アシュクロフトの友人、トロントのチャールズ・G・ノリスについてはほとんど分かっていない。彼は、一九〇八年九月から一二月にかけて、クレメンズに少なくとも四通手紙を書いている。そのうちの一通がこの口述筆記に挿入されている。彼が一九〇八年一〇月九日に送った別の手紙には、彼の随筆が同封されていて、その中で彼の父親が会衆派の牧師であったことに触れていた。ノリスの随筆では、彼の個人的哲学が説明されており、フリーメイソン主義を具体的に表現し、「真実は唯一の権威なり」を支持する内容だった（カリフォルニア大学蔵）。クレメンズはノリスに少なくとも二通手紙を送っており、その一通だけが現存している。彼は、一九〇八年九月一七日に、ノリスからの手紙に対して以下のような返事を書き送っているが、これは消失している。

私が望んだことは、私が望むことは、『人間とは何か』を**偏見のない**（そして**才長けた**）知性の人々に検証してもらうことです。**検証です**――一瞥ではないのです。これを成し遂げるためには、作者名を隠しておかなければなりません――当面ですが。私の名前を付けて本を出版すれば、台無しになってしまいます。私が正体を明かす前に、数百人の才長けた人達の後押しが欲しいのです――**偏見を持たずに**読み、承認してくれた人達です。こういう人達が加わってくれれば、彼らは自分の意見を曲げることなく、他を説得してくれるでしょう。

この本を理解できるぐらいに、自身の受けてきた教育をしっかりと捨て去れる人間を、君は数人も見つけ出してくれたことに感服しております。私はこの本を（こっそりと）五、六人の有望な人材の前に置いてみました――結果は、愉快なほど悲しいものでした！　私はこの六人の前で読み上げたのです——注釈や解説を付けて。それで三人は理解してくれ、三人はできませんでした。この家が完成し、六月一八日に引越してきてから、ここには三六人ほどの客を迎えました——みな教育があって、みな知的な人達ばかりでした——ですが、誰にもこの本のことは持ち出しませんでした。誰一人として理解できないでしょう。

私は、二三年前に手痛い経験をして思い知ったのです。一二人の非常に優れた知識人達に探りをいれてみた時のことです。**個人の美徳などありえないという私の主張を理解し、受け入れた人はその中に一人もいませんでした。**

いいです、好きなだけタイプ打ち原稿を作りたまえ。「著作権取得者J・W・ボースウェル」を付け足して。やがて君に渡した本がすり減るのを祈っています。そうしたら、アシュクロフトが君に新しい本を渡すでしょう。（ニューヨーク公共図書館蔵）

(6)デイヴィッド・グレイソンはレイ・スタナード・ベイカー（一八七〇年～一九四六年）の筆名である。彼はジャーナリストであり、作家でもあり、『アメリカン・マガジン』誌の共同編集長で共同所有者だった。「安らぎの冒険」は田舎の生活に関する随筆で、一九〇六年一一月から一九〇七年一一月まで同誌で連載されていた。この続編が、一九〇八年一月から三月まで連載された「開かれた道」だった。

(7)エルバート・ハバード（一八五六年～一九一五年）は印刷工で、ジャーナリストで、道徳思想家であった。ウィリアム・モリスに触発されて、一八九五年にロイクロフト・プレスを立ち上げる。そして、ロイクロフトを中心に芸術家集団が、ニューヨーク州バッファローの近くに出来上がり、「アメリカ芸術・工芸運動」の中心となった。ハバードは社会的および政治的見解——過激思想と保守思想が交ざった内容——を共同創刊した（最終的には彼一人で全体を書き上げた）『実利主義者』誌に掲載した。彼が一八九九年に書いた同雑誌の社説「ガルシアへのメッセージ」で、国民的名声を手にした。彼の講演「人間とは何か」（トウェインと同じく詩編、第八章四節から題名をとったもの）は一九〇八年の『実利主義者』誌で宣伝されている。ノリスが述べた「罪」とは、アリス・ムーアとの不倫関係のことで、彼女との間に一八九四年に娘が生まれた。彼は一九〇七年にアリスへの賛辞『白いヒヤシンス』を執筆し、彼女の性格を大仰な言い回しで称え、彼女との関係を認めたが、二人の関係について謝罪はしていない（「エルバート・ハバートの講演」、『実利主義者』誌、第二七号［一九〇八年九月］、ページ数なしの宣伝広告欄。『女性の中で最も偉大なる存在』、エルバート・ハバードが妻におくる驚きの賛辞」、ワシントン『ポスト』紙、一九〇七年七月一〇日号、二ページ）。

(8)エドワード・カーペンター（一八四四年～一九二九年）はイギリスの社会思想家であり、作家で、同性愛者の権利を求めた草分け的運動家である。一八六八年のウォルト・ホイットマン『草の葉』を読んで、彼は社会主義者となり、後に東洋宗教の広範囲な研究を行った。こうした関心事が合わさって、彼の個人的な哲学が出来上がった。彼の最もよく知られた作品が、ホイットマン風の詩集『民主主義に向けて』（一八八三年）だった。彼はシェフィールドの近くの田舎の家でパートナーと静かな生活を送り、シェフィールドは彼の崇拝者達が集まる中心地となった。彼は社会主義、平和主義、同性愛に関する多数の著書を出し、E・M・フォスターやD・H・ロレンスなどの作家に影響を及ぼした（Dawson 2013）。

（9）ライオンは、一一月二日付の日記で、この口述筆記をした時の状況を説明している。

今朝ノリス氏から、『人間とは何か？』をデイヴィッド・グレイソンとトルストイに送ったことを知らせる手紙が届き、これに触発されて王様は口述筆記にとりかかった。彼は赤い絹のガウンを着て私の部屋に入ってき、窓際に座ると、言った。彼の頭の中ではどっと溢れ出るほど空想が湧き出てきて、それを表現する物理的な方法がない、という。ああ、人間の思考を記録できる、驚異的に、簡単な機械が発明される時代まで、彼が生きていられたらいいのに――もしかしたら発明されているのかもしれない。この機械はハンドルを回すだけで、灰色のガス状の思考が、戻ってきて、機械を使う前に頭に浮かんだ通りに映像化され、言語化される。そこに彼は目を輝かせて座りながら、こう嘆いている。彼の体の中には特大の巨人が宿り、生まれ出ようとあがいているのに、体内に抑え込まれたままだ。巨人は混乱しながら、力を使い果たして消えていくのだと。

王様はトルストイがキリスト教徒なので残念がっていた――「キリスト教徒などくそくらえ」だそうだ。（Lyon 1908）

トルストイが『人間とは何か？』を受け取り、読んだという証拠は見つかっていない。

（10）アイザック・K・ファンク（一八三九年〜一九一二年）はルター派の牧師で、辞書編集者で、一八七七年にファンク・アンド・ワグナルズ社を共同創設している。彼は『英語標準辞書』の編集長として最もよく知られていたが、霊的作用や心霊現象に関しても執筆した。『進化の次段階』（一九〇二年）は「キリストの再来における蓋然性、重要性、および特徴」を考察したものである（「新刊」、ワシントン『ポスト』紙、一九〇三年二月二日号、七ページ。「出版者のアイザック・K・ファンク、死去」、ニューヨーク『タイムズ』紙、一九一二年四月五日号、一三ページ）。

一九〇八年一一月五日、口述筆記

しばらくして、引き続きこの件にまつわる手紙が届いた。アシュクロフトに宛てられたもので、有名女子大で教授を務める女性研究者からだった。[1] このようにひどく不愉快なものは珍しくなく、私はこれをあえて受け入れ利用する。ただし手紙の中身は、女性的な憎まれ口とか、女性的な吹雪とか、女性的な地理学研究と言ってやりたくなるほど腹立たしいものだった。手紙の中で、彼女が『人間とは何か？』について述べている部分から一、二段落抜き出しておく。以下に記す。

「彼のこの素晴らしい本を返さないといけないことは分かっていたのですが、今はまだ、どうしてもお返しできません。もう一度読み返し、もっと消化したいのです。私にとって彼の哲学は非常に斬新で、毎ページごとに反発してしまい、まさに苦闘しながら読み進めました。ですが、忌まわしいほど説得力があって、読み終える頃には呆然となり、彼の考え方を完全に受け入れ、あなたのご友人が言われた言葉が、私の口からも漏れてきます。これほど偉大な人物がこのような偉大な著書を書きながら、世間に知られていないのは残念だと。本当にすぐにお送りします。本をお貸しいただきありがとうございました」。

（一〇日後）

「これまで読みたいと願った本でも最高の一冊を返送いたします。今ではこの本を暗記しており、この本を私の人生にもたらしてくださったことを心より感謝申し上げます。私はすっかりこの本の虜になってしまいました。一点だけ、話し合ってみたいことがございます――例えば、クレメンズさんが少し前に法廷送りにした泥棒ですが、[2] この泥棒が、人生を通して受けてきた教育という外側の影響に加え、『自分の持って生まれた資質にしたがって』行動するよう強いられているだけだったとしたら、彼も裁判官もいかなる権利で泥棒を罪に問えるのでしょうか。また彼に責任がないとするならば、法や政府はどうなるのでしょうか。お教えください」。

クレメンズ氏の口述による返信、一一月四日。

この質問は**憶測**の話をしているので、いわば国境線を超えて、他国の領土へ、この本とは関わりのない領土に踏み込んでいるのです。この福音書が世界で受け入れられたら**どうなるかということなら**、確かに、予想や憶測をするのに興味深い問題ではあります。ですが推測や予言からは、確実なことはないのです。益することは何も生まれません。いかなる場合でも予想どおりに結果が出てくることはないのです。この福音書が認められたらどうなるかなど、我々には全く分からないのです。歴史を見れば分かるように、我々が起こり**えない**と想像していたことが、まさに起こってくるのです。

質問の答えは本にありますが、それは、たまたまそうなっただけです。この本の役割は事実を述べることで、これについてしか――つまり真実しか――扱っていません。文明に欠けているもの、文明に欠けていて、大切なものは、もっぱら真実だけであり、そこから導かれた結果は成り行きにまかせるというのが、一貫した文明の立場です。通常文明は嘘をつきます。文明が生まれてこのかた心を砕き、執心してきたことは、できることなら真実を避け、それが叶わないなら真実と闘い、真実を打ち破ることでした。それでも真実は貴重で、貴重であることを機会あるごとに自らの身をもって示してきたのです。新しい福音書が受け入れられ、認められたらどうなるのか、と思案を巡らせたくなるのはごく自然なことです。フエゴ諸島の島民達は一〇までしか数えることができず、彼らが掛け算をすると、その計算結果はとんでもないものになります。そこで仮定の話として、フエゴ人達の九九の表は四×一が一四で、三×七が九六で、九×五が一五〇だったとします。そこへ教育を受けた白人がやって来ます。彼は知性と努力と忍耐をもってして島民達の九九表がすべて間違っていて、無秩序極まりない偽りだと証明できたとします。それからさらなる努力と忍耐をもって、自分達の九九の表がすべてにおいて正確であり、それこそ正真正銘の事実であり**真実**だと理解させることができたとします。この時点で島の野蛮人達はきっと懸念を示し出し、こう言うでしょう。

「すべての商い、すべての取引、すべての事業を、これまで、そして今も、四×一は一四という九九の表で計算してきたのだ。新しい九九の表でそのすべてがひっくり返ってしまえば、商業は混乱をきたすのではないだろうか?」

知性あるこの白人はどう答えるでしょうか。彼はこう言うしかありません。

「神のみぞ知るところだ。結果がどうなるかなんて、しばらく待って様子を見るまで分かりようがないだろう。私はここへ真実を伝えにきただけであって、君らが真実を受け入れたらどうなるかを伝えに来たわけじゃない。私の使命は、これだけで十分偉大で高尚なのだから、そこから外れた無関係の問題にまで首を突っ込むつもりはない」。

違う形で説明しましょう。ある男が幻覚に苦しんでいたとします。医師はそれを幻覚だと証明し、幻覚を取り除くことを提案し、さらには幻覚を拭い落としたので、彼には健全な精神だけが残りました。しかし不安になった患者は言うでしょう。

「でも、これらの幻覚があってこその私だったのです。これらの幻覚を信じて、幻覚とともに生きてきたのに、それらを拭い去られたら、私はどうなるのでしょうか?」

医師は答えるでしょう。

「分かりませんな。やってみるしかないでしょう。そうすれば自ずと分かります。私がここにいるのは、あなたに健全な精神を与えるためであって、それを手にしたあと、あなたがどうなるか予測するためではありません」。

この女性からの賛辞の言葉は熱烈なものだったが、私の欲求を満たしてくれるほど熱烈ではなかった。数日ほどは、私はウィーンのフォン・ビューロー侯爵[3]のことで怒りに震えていた。この二日ほどはタフト氏のことで怒りに震えていたからだ[4]。今度は私自身のことで怒りに震え始めてもいい頃だろう。一〇年か一一年前に、私はウィーンでビューロー侯爵と知り合いになった――その頃は侯爵ではなく、まだ伯爵だったが――彼はすでに政界で頭角を現し、さらなる出世を続けているところだった。そして彼はついに出世の階段をのぼりつめ、首相と侯爵にまでなった。これまでの数年間、世界中で彼の偉大な名が溢れ、彼に対する賞賛で溢れていた。それゆえ、当然ながら彼は非常に幸福で幸運な人物として羨ましがられていた。ところが先頃、とうとう大失態をやらかした――単なる失態で、犯罪ではなかったが――たちまち山の上からガラガラと転がり落ち、しどろもどろになりながら、谷底に激突して、地球の最果てまで届くような音を立てた。もうひとつの例では、何年も何年も前に起こった事で、人間の栄光なんて死ぬまで安泰ではないということが分かる。ほんの些細な災難が、予想外で、思いがけず、防ぐ間もなく起こり、それが屈辱の道をたどる可能性は必ずあるのだ。三ヶ月前にオハイオ州選出の上院議員フォーレイカーは偉大な男だった。偉大な男で、役に立つ男で、上院議員の同僚達の中でも、彼ほど優秀で、果敢で、自律的で、素晴らしい業績を持っている人物はほとんどいなかった。彼は大統領の椅子を予約したようなもので、いずれはその地位までのぼりつめると思われた。そこで、なんと先日、美徳と高潔の模範ハースト氏が、あるところから盗まれた私的な手紙を買い取り――彼が自分で盗む機会はないので、買い取って――出版した。その中に、フォーレイカー上院議員が数年前にスタンダード石油と不適切な関係を持っていたと思わせる手紙が二通含まれていた。これだけで十分、十分すぎるほどだった。国民は立ち止まって、フォーレイカーが本当に罪を犯していたかどうか検証したりしない。一斉に立ち上がって彼を攻撃したので、今の彼は打ちひしがれ[5]、もう二度と立ち上がれないだろう。三ヶ月前までは、今月開かれるオハイオ州議会の上院選でフォーレイカーが独り勝ちするとアメリカ中の誰もが信じて疑わなかった。なんと、いまや彼は所轄署の保安官にすら当選できない。一昨日タフト氏が米国大統領に当選した。アメリカとヨーロッパ大陸では今日、彼を称える言葉が巻き起こり、彼のもとには祝福の言葉が手紙や電報や電話や電信などで降り注いだ。彼の幸せな魂は絵に描いた虚構の夕焼けに包まれている。ああ、ままよ、彼のことを考えると怒りに震えが起こる。あの女性教授の手紙に書かれてあった、あの愉快な感想を何度も、何度も、何度も読み返していると、ああそうさ、自分自身のことでも、怒りに震えてくる。

(1)不明。

(2)これはストームフィールドの強盗裁判について述べているとは考えにくい。この裁判は一一月一〇日から始まったからだ。しかし九月一八日にレディングの裁判官が判事室で罪状認否の手続きを行っており、そこにクレメンズは、白のスーツをまとい、クレアラとチャールズ・ウォークに伴われて、出席した(「マーク・トウェイン、被害者を楽しむ」、ボストン『ジャーナル』紙、一九〇八年九月一九日号、六ページ。以下スプリングフィールド『リパブリカン』紙より、「強盗ら、マーク・トウェインから盗む」、一九〇八年九月一九日号、一六ページ、「マーク・トウェイン、証言席へ」、一九〇八年一一月一一日号、一四ページ)。

(3)ベルンハルト・フォン・ビューロー侯爵(一八四九年〜一九二九年)がまだヴィルヘルム二世の外務大臣だった当時、一八九七年から一八九八年に、クレメンズがウィーンに滞在し、彼と知り会った。フォン・ビューローは一九〇〇年から一九〇九年までドイツ首相とプロイセン総理大臣を務め、一九〇五年に侯爵となる。彼の「大失態」とは、一九〇八年一〇月二八日のロンドン『テレグラフ』紙に掲載された皇帝の対談記事を出版させたことだ。この中でヴィルヘルムは、酒が過ぎていたこともあって、英国には親近感があると宣言したのであるが、大多数のドイツ人は当時英国を敵対視していた。さらにヴィルヘルムは、第二次ボーア戦争で英国を勝たせるための援助計画を提案し、台頭するドイツ海軍に対する英国人の懸念は「常軌を逸して」いて「無意味」だと述べたのである。フォン・ビューローは内容確認のため対談記事の原稿を受け取っていたが、読み損ねた。「デイリー・テレグラフ騒動」は英国人とドイツ人だけでなく、フランス人とロシア人をも憤慨させ、たちまちフォン・ビューローの辞任問題へと発展した(「英国人の恩知らず、とカイザーが宣言」、シカゴ『トリビューン』紙、一九〇八年一〇月二八日号、一ページ。「ドイツ首相、辞任を申し出る」、ニューヨーク『タイムズ』紙、一九〇八年一一月一日号、C三ページ)。

(4)一一月三日にタフトが大統領に選ばれた。ライオンはその日の日記で、「王様が言うには、どちらを気に入っているかと言われればタフトだが、共和党が引き続き権力を握るのは見ていて口惜しいそうだ」と述べている(Lyon 1908)。

(5)一九〇八年の秋に、新聞界の大物ウィリアム・ランドルフ・ハースト(一八六三年から一八五一年)が独立党の党首候補(トマス・L・ヒスゲン、一八五八年〜一九二五年)を擁して選挙運動を進める中で、共和党と民主党の汚職を非難していた。九月一七日、彼はオハイオ州選出の上院議員ジョゼフ・B・フォーレイカーに攻撃を集中し、スタンダード石油のジョン・D・アーチボルド取締役がフォーレイカーに宛てて書いた手紙の内容を暴露した。この手紙は会社から盗まれたもので、フォーレイカーが上院議員一期目の時に、スタンダード石油にとって不都合な法案に反対する見返りとして同社から多額の金銭を受け取っていたことを明かすものだった。一九〇八年一二月には、フォーレイカーは撤退を余儀なくされ、上院選再出馬の意向を取り下げた(Page 19C8。以下ニューヨーク『タイムズ』紙より、「今やローズヴェルトがフォーレイカーを狙い撃ち」、一九〇八年九月二三日号、一ページ、「バートンが上院選へ。タフトはフォーレイカーを追い出す」、一九〇九年一月一日号、八ページ。「フォーレイカーの弁明」、サンフランシスコ『クロニクル』紙、一九〇八年九月二六日号、二ページ)。

一九〇八年一一月一二日、口述筆記

以下の電報記事が昨日の朝刊に掲載されていた。

トウェイン宅の強盗が裁判へ。
――
作家は証言席に立ち、盗まれた銀食器であることを確認。

コネチカット州ダンベリー、一一月一〇日発――チャールズ・ホフマンとヘンリー・ウィリアムズ(1)は、数週間前にレディングにあるサミュエル・L・クレメンズ(マーク・トウェイン)宅に押し入った罪で起訴され、今日公判に出廷した。ウィリアムズは逮捕時に抵抗し、彼を逮捕しようとした保安官を銃撃したため、暴行罪と殺人未遂罪も追加された。被告人は暴力的と判断され、公判中は三人の保安官代理が監視につけられていた。

クレメンズ氏は、秘書のライオン女史と数人の隣人にともなわれ、私邸の「無邪気者の館」から自動車でやって来た。彼は毛皮を着込んでいたが、一階の部屋で上着を脱ぐと、明るい灰色のスーツ姿で法廷に登場した。

彼が証言席に呼ばれ、地方検事のスタイルズ・ジャッドソン(2)は審問中一貫してクレメンズ博士と敬称を付けて尋問を行った。強盗を列車で逮捕した際に発見された銀食器をクレメンズが確認し、大部分を盗品と認めた。

これまで私は法廷に入ったことはほとんどなかったので、裁判所の形式や様相や厳粛さには興味を惹かれ、新鮮だった。このダンベリー裁判所での審理には、見事な威厳と秩序があった。儀式的で、正確で、歴史の重みがあって神聖だ。イギリスの古代から引き継ぎ、我々の祖先達を通してアメリカにもたらされたものだからだ。弁護士達は演説を繰り出すのではなく、低くて上品な声でただ話すだけだ。審理が始まってすぐ、ある出来事があった。陪審員達が判決の賛否を問われ、落ち着いて、裁判官らしく言うだけだ。裁判官は声を荒げることもなく、言うべきことを静かに、その審理に入ろうという時、獰猛な顔つきをしたボサボサ頭の荒くれが、ニューヨークの犯罪巣窟から這い出てきたのだろうが、法廷で立ち上がると、裁判官に会釈した。顔つきから察するに、彼は強盗達を弁護するためにやって来たのである。また顔つきから察するに、羽振りの良かった頃は彼も泥棒をしていたのだと思われる。彼はとても恭しく法廷全体に語りかけると、二人の被告人が保安官代理三人の監視下に置かれていることを指摘して、これほど大々的に警戒態勢をとられては、被告人が暴力的との印象を陪審員に与えてしまい、そのせいで陪審員が被告に対して偏見を抱くのではないかと進言した。そして監視の数を減らすよう求めて、彼の陳情を終えた。もちろん、この陳情がなされているあいだ陪審員は法廷から出されていた。この陳情は、法廷全体に訴えるというよりは、強盗達への受けを狙ったもので、イーストサイド流の安っぽい人気取りでしかなかったが、この陳情に対し裁判官は落ち着き払って言った。

「保安官は警察業務に精通していると思われるので、強力な警戒態勢が必要かどうかは、保安官の判断に委ねられている。陪審員を呼び戻しなさい」。

このサルが静かに効果的に撃退されるのを見て、法廷内で笑いが起こった。ただし用心して、手で口をふさぎ、出来る限りこっそりと笑っていた。

我々の事件が審議にかけられる前、ある出来事があり、これをきっかけに、三五年前にいざなわれ、忘れ去られていた記憶の片隅からイギリス法廷での光景が鮮明に蘇ってきた。その古い記憶を呼び覚ました出来事とは、こうである。ある裁判が結審され、その被告人に刑が言い渡されるところだった。被告は粗末な身なりをした二五歳から三〇歳の若い女性だった。見たところ彼女には友もおらず、被告席で一人わびしく物憂げに座っていた。彼女は些細な窃盗で起訴され、刑務所に入れられようとしていた。彼女は宣告を受けるため立ち上がると、顔に涙がつたっていた。この悲嘆に暮れる姿が凝縮されて目の前に映し出され、私はある種の衝撃を受けた。その瞬間、私の記憶は三五年という年月と大洋を越えてイギリスのウォーリックにいざなわれた。(3)巡回裁判所でのことだった。法廷は、こちらのダンベリー裁判所とよく似ていた。裁判所の職員はダンベリーの職員と同じく優秀で知的な顔をしていた。イギリスの裁判官は、ダンベリーの裁判官と同じく、慈悲と知性が顔に大きく刻み込まれていた。しかしイギリスの法廷には、ここアメリカの法廷に勝る強みが一つだけある。それは、裁判官の深紅のローブ、保安官とその部下達の役人用制服、門衛達が下げているこん棒などが、法廷の重々しさを一際強調し感銘深くしている点だ——そして人類に強烈に訴えかけるこれらの品々は、いやおうなしに尊敬を集め、民主国家においても、君主国家におけるのと同じだけ尊ばれている。イギリスの法廷には様々な色があるが、アメリカの法廷は単調な灰色で覆われている。このイギリスの法廷で審判中の被告だったのが、おどおどして、陰鬱で、粗末な身なりの若い女性だった。三五歳か、もしかしたら四〇歳ぐらいで、顔や物腰には辛く不幸な人生を送ってきたあとがにじみ出ていた。彼女は一度も顔を上げず、周りも見ない。ただ頭を垂れて座っている。頭の中は、おそらく、己の苦悩や恥辱のことでいっぱいなのだろう。裁判官は、彼女に刑を言い渡す際、憐れみを込めて、実に優しく暖かく語りかけたので、法廷全体が感動した。判決文の序文を締めくくる際、彼は大体次のようなことを言った。

「君のは痛ましい事件であり、矯正よりも同情が必要な事件だ。君の罪は偽造コインを流通させたことであり、これは法律的には重罪である。しかし君自身の意志により行なったものではなく、暴力的な夫や犯罪仲間に強要されたものである。道徳的には君の無罪を主張したいところだが、法的に君は有罪であり、法のもとではわけ隔てすることができない。本法廷では、法廷の規定にしたがって寛大に君を扱ってきた。君が以前にも、ある犯罪で有罪となり、この罪を償ってきた事実を陪審員には明かさないよう注意を払ってきた。それゆえ君の犯罪歴が、君に対する偏見を陪審員の心に生じさせることはなかったと思われる。もしも君のように、このような罪を犯さざるをえない過酷な状況に置かれていたならば、だれもが同様な罪を犯し、長い獄中生活に苦しんだことだろう。ここでの私の務めは、非常に心痛む務めであるが、君に一四年の重労働を宣告するものである」。

女性は泣き崩れ、悲嘆と嗚咽と懇願の声を上げた。そしてその場でさらに泣き続け、なおも嘆き続けると、彼女のまわりで心動かされぬ者などなく、強い感情が顔にあふれ出ずにいられなかった。その最たるものが裁判官だった。

昨日、先ほどの泥棒達の裁判が結審した。私はその場にいなかったし、行きたくなかった。というのも私の福音書によれば、泥棒達は有罪ではないからだ。気質という定め、生来の抑えがたい欲求、彼らの教育や彼らの仲間や彼らの環境に従っただけなのである。彼らの生い立ちは彼らの責任ではなく、自分で自分の気質を作ったわけでもない。生まれ落ちた境遇や環境や人間関係など、強制力があって避けがたい、これらすべての要素は、彼らのせいではないのだ。社会は、社会の安全のため、強盗、泥棒、変質者、野蛮な殺人を束縛するのである。これは避けられない。本人には何の罪もなくて、罪を犯したのは気質と環境と人間関係と境遇であるのだが、これらを法廷に呼び出して、裁判にかけ、罰することはできないので、この不幸な者達を裁判にかけ、罰するしかないのだ。彼らは不運ゆえに、不運を強いられ、捉えどころがなくて理解しがたいこれらの真犯人の身代わりとなって苦行する羽目になるのだ

強盗達は有罪を言い渡され、一人は強盗罪一件で重罪刑務所に服役四年を言い渡され、もう一人は強盗罪と殺人未遂罪の二件で九年の服役となった。(4)

(1)クレメンズの強盗事件に関する記述は、一九〇八年一〇月六日付「自伝口述筆記」を参照。一九〇八年一一月八日付「自伝口述筆記」ではウィリアムズの手紙を挿入している。ホフマンについてはほとんど分かっていない。ニューヨーク『タイムズ』紙によると、彼はサウスノーフォーク在住の三〇歳であった。ヘンリー・シュペングラー・ウィリアムズは一八八二年にドイツのシュプレンドリンゲンで生まれている。彼の自伝によると、彼は一四歳で孤児となった。一八九八年に密航者としてアメリカにやってくると、半端な仕事をしていたが、浮浪罪で逮捕され、「でっち上げの罪名をつけられて」刑務所に入れられた。出所後は社会に対し憤り、強盗となる。一九〇二年には別件で有罪となり、刑務所で五年強過ごした。一九〇八年に彼は結婚を決めたが、未来の妻のための家を構えるのに「金が必要となった。それも沢山の金がいる」という時に、クレメンズがストームフィールドに引っ越したことを新聞で読んで、格好の標的だと判断した(Williams 1922、一三ページ、三五ページ〜四一ページ、四六ページ〜五〇ページ、五九ページ〜六〇ページ、八一ページ、一一〇ページ〜一一一ページ、一六八ページ〜一六九ページ。「クレメンズの泥棒が出所、更生の道へ」、ハートフォード『クーラン』紙、一九一六年一〇月二四日号、一ページ、二ページ)。

(2)スタイルズ・ジャッドソン（一八六二年〜一九一四年）はコネチカット州議会で議員を何期も務めたあと、一九〇八年にフェアフィールド郡の州検事に任命された（Pullman 1916）。

(3)クレメンズは一八七三年七月にウォーリックの巡回裁判（定期的に開かれる刑事裁判）を傍聴した。彼は七月八日から一〇日までストラットフォード＝オン＝エイボンまでオリヴィアとモンキュア・コンウェイと一緒に小旅行に出た際に、恐らく寄り道して傍聴したと思われる。彼がウォーリックで書いた備忘録によると、彼が目にしたのは「偽造の二シリング硬貨を流通させて有罪となった女性。再犯者（中略）彼女は、温情をかけられ、五年の刑に処され」た（『備忘録第一巻』、五六六ページ）。

(4)ホフマンは「州刑務所での三年以上、五年未満の服役」を申し渡される。ウィリアムズは強盗罪で五〜六年、暴行罪でさらに四年の刑に処され、ウェザーフィールドのコネチカット州刑務所に送られた。彼は模範囚であったため、一九一六年一〇月に早期出所が認められた。彼は服役中に、囚人や前科者への援助を目的とした慈善団体、人道主義者の支部を組織し、出所後も刑務所の環境改善ため活動を続けた。クレアラ・クレメンズ・ガブリロウィッチは、一九一七年に彼が自動車整備工の訓練を受ける手助けした。その後彼は以前の恋人と結婚し、ブルックリンに住居を構え、一九二二年には匿名で回顧録『環境の呪縛』を出版した。彼は自らを「マーク・トウェインの強盗」と宣伝して、一九三一年まで刑務所改革の講演を活発に行った（Williams 1922、二五五ページ〜二五八ページ、二六八ページ〜二七二ページ。以下ニューヨーク『タイムズ』紙より、「強盗がマーク・トウェインの屋敷に侵入」、一九〇八年九月一九日号、九ページ、「トウェインの強盗に判決」、一九〇八年一一月一二日号、四ページ。以下ハートフォード『クーラン』紙より、「クレメンズの泥棒出所、更生の道へ」、一九一六年一〇月二四日号、一ページ、二ページ、「州刑務所の物語を語り続ける」、一九一六年一〇月二五日号、二ページ、『マーク・トウェインの強盗』、討論会へ」、一九三〇年一月一一日号、四ページ。無題の広告文、ブルックリン『イーグル』紙、一九三一年一一月二八日号、一〇ページ）。

一九〇八年一一月二四日、ストームフィールドにて口述筆記

ノースクリフ卿がハーヴェイ大佐と共にやってきて、私の新たな著作権計画について話し合い、皆で夜を明かした。彼の四三年の経歴を考えると、彼こそは間違いなく、昨今で最も目覚ましい人物だろう。人当たりのいい若い顔付き

で、率直で力強く若々しい熱意があった。彼の熱意は、生粋のイギリス人らしい謙虚な態度で覆い隠されていたが、それでもはっきりと感じ取ることができた。私が彼に初めて会ったのは、八年か九年前のことで、彼は若々しい顔立ちで、実際に少年のように見えた。それでも彼はすでに財産を築き上げ、有名になっていて、イギリスのその界隈では一目置かれる存在だった。

彼の人生は恵まれない境遇からの出発だった。彼は世に知り合いもなく田舎からロンドンに出てきて、彼を引き上げる有力な友もなく、よそ者の宿なしで、金もなかった。彼はすぐに出版社で慎ましい職を得て、月給が二〇ドルまで増えるとすぐ結婚した。その時はまだ二一歳か二二歳だった。それから一二年後、私が彼に初めて会ったとき、彼は一〇から二〇の雑誌と日刊新聞を所有し、どれも繁盛していたため、どう使えばいいか分からないほどの大金を抱えていた。彼は称号も得て――アルフレッド・ハームズワース卿になっていた。現在彼は四三歳。ノースクリフ卿となった。政治的な影響力という点では四〇〇年間もの間、世界の君主達とも肩を並べてきた、あの新聞の筆頭経営者でもある。今述べた新聞、つまりロンドン『タイムズ』紙のほかにも、彼は五二の新聞や雑誌を所有し運営している。(1) 彼はいくつもの宮殿を所有し、そこに住んで、贅沢と豪奢の限りを尽くしている。彼には際限なく金があったが、それに溺れることは決してなく、彼なりに質素で謙虚に暮らしていて、月二〇ドルの収入の時に選んだ無一文の女の子と結婚した当時のまま、気取らない人物だった。

彼は、もちろん、私の新しい著作権計画を気に入ってくれた。これまで案出されたものの中では、唯一まともな計画だからだ。私がこの計画を携えてイギリスに来るなら、議会に強く働きかけ、ロンドン『タイムズ』紙など彼の五二に及ぶ新聞や雑誌を総動員して、これらの砲台からも、これまた強く援護すると言った。著作権に関わる法案がイギリス議会で可決されれば、アメリカ議会で可決したも同然であることを私は知っていた。なぜなら著作権に関しては、アメリカ議会はいつもイギリス議会にならうばかりで、その手の問題であえて危険を冒し、自ら先陣をきったことなどないからだ。だが私はまだ、この計画を持ってイギリスに行くつもりはない。今冬には私の著作権案をアメリカ議会に持ち込めそうなので、(2) 適切な時期がきたらワシントンに行って、攻撃を仕掛けてみたい。もし失敗したら、来年の初夏か春にイギリスに行って、そこでノースクリフと共にこの計画を働きかけていこう。

私の計画の全容を以下に記す。

著作権(3)。

上院および下院議員の皆さまへ、謹んで陳情申し上げる。

議会方針

一九年から二〇年前、ジェイムズ・ラッセル・ロウエル、ジョージ・ヘイヴン・パトナムら署名者達は、著作権者の利益を図るため、上院特許委員会に姿を現した(4)。その時まで、コネチカット州選出のプラット上院議員(5)から説明があったように、議会の方針として、著作権の保護期間は一定年数までに制限することとしており、その明確にして唯一の意図は——言うなれば、作者は自らの手と頭脳で作り出した文学的財産からの収入を一定期間だけ享受させてもらえるが、その後は景品よろしく、この文学的財産を「**公衆に**」明け渡すよう迫ることにある。これがいまだに、現在の議会方針である(6)。

目論見

その目論見は明らかだ。いかなる財布でも賄えるよう本の価格を下げて、何百万人という人々が著作権の保護下では購入できなかった本を、手にできるようにして、これらの人達まで広くいきわたらせることである。

目論見は打ち砕かれる

この目論見はいつも打ち砕かれてきた。著作権の消滅により、しばらくの間は本の値段も半額になり、時にはそれ以上減額されることもあるが、**大幅に**値段を下げることは決してなく、**永続的かつ確実な**値引きが**つねに**実行されてきたわけではない。

理由

理由は簡単である。議会は値引きを**強制**しなかったからだ。議会は、作者の著作権を撤廃すれば、必然的に（少なくとも、可能性としては）本がいくつもの対立する出版社のあいだで拡散されていくことになるから、競争の原理に従って本は安くなっていくと確信したのである。それは間違いだ。結果は違っていた。理由は、出版社達は競争相手と市場を分け合わねばならず、**過度に**本を安くしてしまうと利益が見込めないからだ。

打開案の提示

妥当な打開策は、安価な本の発行を**義務づける**修正法案である。

この打開案は次の手法によって、陪審員も作家も出版社も巻き込むことなく実行できるうえに、**最大限の利益が大衆に**もたらされることになる。その手法は、以下に記すとおりに現行法を修正することだ——すなわち、本の出版年数が四一年目に入ってから四二年目が終わるまでに、著作権保有者は、その時までの直前の一〇年間に発行された、この本の最安値の**十分の一**で本を発行し、販売することで、著作権の保護期間を三〇年延長できるというものだ。この延長期間の三〇年のあいだに、いかなる相手が本の購入を希望し、要求したとしても、一〇パーセントの価格で提供せねばならず、その義務を三ヶ月間続けて怠った場合は、この延長期間は取り消され、失効され無効となる。

著作権保護期間の延長

結果

その結果、三〇年の保護期間延長にあるかぎり、いかなるアメリカの古典作品も、いかなるアメリカ人の財布で賄えるようになり、**非強制**の本の価格は成るようになるしかない。購買者は二ドルの本を二〇セントで購入することとなる。このような低料金で本を購入することができるのは**著作権切れの古典作品だけ**となる。

最終結果

三〇年の延長期間が終わり、著作権は再び消滅すると、価格は再び**上がる**だろう。これもまた自然の法則だ。過度に安価な本はいかなる出版社にとっても有益ではないからだ。

現行法を再構築する必要はない

提案したい改正案条項を以下に記す。これをもって、現行法を打ち壊して、新たに法案を再度構築する必要性が排除できるものである。

全書籍と書籍以外の全冊子は現行法のもと四二年の著作権保護期間を有しているが、以下の条件を満たす限り、三〇年の著作権延長期間を認めるものである。条件とは、くだんの書籍あるいは冊子のその時までの直前の一〇年間に市場に出ている、最低価格から九〇パーセント差し引いた金額で、一定の品質あるいは形式に合わせて発行し、永続的に販売することを求めるものである。

見解。

提案している改正案は現議会の支持を得て、法制化された場合——そうなることを希望するところであるが——その効果はただちに現れ、私は身をもってそれを体験することになるだろう。事実、私の処女本『無邪気者達、海外へ』が来年それに該当する。この本の四二年間の著作権保護期間は終わり、三〇年間の延長期間が始まることになる――そしてこの延長期間に限り、永続的に低価格版を発行することとなる。現在、この本の最高価格は一冊八ドルで、最低価格が三ドルである。したがって永続的な低価格版は一部三〇セントということになる。こうした破格の値下げこそは、議会が当初から望んできたことであるが、出版社に危険を冒させるだけの説得材料に欠け、達成できずにいたことでもある。

謹んで建議申し上げる。
S・L・クレメンズ

（1）ハーヴェイは、一九〇年一一月二〇日から二二日にかけて、ノースクリフ卿（アルフレッド・チャールズ・ウィリアム・ハームズワース、一八六五年〜一九二二年）をストームフィールドへ連れてきた（ストームフィールド宿泊者名簿、カリフォルニア大学蔵）。ハーヴェイは一九〇一年一月二人の男性を紹介したようである（「備忘録」、四四、タイプ原稿、三ページ、カリフォルニア大学蔵）。ハームズワースはアイルランドに生まれたが、彼の家族はすぐにロンドンに引っ越した。彼は一八八〇年代からジャーナリストとして頭角を現した。彼は母親の反対を押し切って、一八八八年にメアリ・エリザベス・ミルナーと結婚し、同年には自身の出版社を立ち上げた。一八九〇年代初頭までに、兄弟のハロルドとの共同経営で、数多くの人気雑誌を発行し、これらの雑誌の総販売数が年間一〇〇万部を超えるまでになった。一八九四年には、売り上げを落としていた『イヴニング・ニュース』紙を買い取ると、それを中流階級層の好みに合わせて方向転換させ利益を伸ばした。二年後には『デイリー・メール』紙を創刊し、その後の二、三年で新たに数紙を彼のメディア帝国に加えることとなる。一九〇八年三月には、ロンドン『タイムズ』紙を三二万ポンドで購入した。一九〇四年には準男爵に叙され、一九〇五年一二月に貴族の爵位を拝領し、サネット領ノースクリフ男爵の称号を得る。

（2）一九〇八年一二月一一日にクレメンズは、ミズーリ州選出の民主党下院議員で、この著作権法改革運動の賛同者だったチャンプ・クラークに手紙を書き、ハームズワースの訪問を受けたことを伝えている（マーク・トウェイン少年時代博物館蔵）。ペインによると、クレメンズがこの口述筆記で示した計画はクラークの提案により作成されたものだったが、議会で紹介されることはなかった（『トウェイン伝』、第三巻、一六四〇ページ）。

（3）続く本文、クレメンズの著作権「計画」についての説明は原稿による。

(4)クレメンズは、二つあった活動のうちのどちらかについて言及していると思われる。一八八六年一月、彼とジェイムズ・ラッセル・ロウエルは、二つの国際著作権法案を審議する上院特許権関連委員会の答弁に立った。その三年後の一八八九年一月、彼は再度ワシントンに足を運び、この法案の一つを通そうと議会活動を展開した。この法案に関する審議は一八九一年まで続き、同年、外国人の出版物にも、申請者の出身国においてアメリカ人作家の著作権を認めている場合に限り、著作権資格を認めるという法案が採択された。ロウエルとパトナム（アメリカ出版社著作権連盟事務局長）と上院議員の公聴会での議論については、『自伝完全版第二巻』、二八三ページ～二八四ページと三一七ページ～三一八ページおよび関連する注参照。

(5)オーヴィル・H・プラット（一八二七年～一九〇五年）は一八七九年から亡くなるまで共和党の上院議員だった。議員としての在任中は、ほとんど上院特許関連委員会で尽力し、一八八一年から一八八七年までと、一八九五年から一八九九年まで、同委員会の委員長を務めた。国際著作権の熱烈な支持者で、一八九一年の法案可決は彼によるところが大きい（Coolidge 1910、七〇ページ、九〇ページ～一一〇ページ）。

(6)アメリカ最初の著作権法は一七九〇年に可決され、一四年の著作権保護期間と、さらに一四年の保護延長期間が定められた。一八三一年に保護期間は延長されて、二八年と追加の一四年が認められている。この法律が一九〇九年三月まで続いたが、同年には、二八年の保護期間と二八年の保護延長期間を認める法案が可決された（『自伝完全版第二巻』、二八六ページおよび関連する注参照）。

一九〇八年一二月八日、ストームフィールドにて口述筆記

押し込み泥棒と言えば、奇妙な偶然がここにある。ここで一通の手紙を挿入してその話まで持っていきたい。それは一週間ほど前にコネチカット州刑務所から届いたものである。二人の押し込み泥棒のうちで最悪で最も邪悪な奴――ウィリアムズ――からのもので[1]、この人物は真夜中に私の家で悪さをしたために、保安官と共に列車に乗ってそこで九年の刑期を始めることになった。

コネチカット州刑務所。

一九〇八年一二月八日

一九〇八年一一月二九日、日曜日、コネチカット州ウェザーフィールド
氏名　ヘンリー・ウィリアムズ、
囚人番号　二二一七六　第二級重罪犯。

S・L・クレメンズ法学博士殿
通り、　番地
コネチカット州レディング
フェアフィールド郡。　州（私信）

卦線に沿って書くこと。
受刑者は自身の家族宛の手紙か仕事に関する手紙しか書くことはできない。他の受刑者や犯罪に関わることを書いてはならない。さらに刑務所あるいは刑務所職員に関することを発信することも受け取ることもできない。
どの手紙も大きな都市の局留め郵便で送ってはならない。

この手紙の受取人へ――日曜日、七月四日、断食日、感謝祭、クリスマスに受刑者との面会はできません。第一級重罪犯は二週間にひとりの面会しかできません。第二級重罪犯は一ヶ月にひとりしか面会できません。第三級重罪犯あるいは面会許可証が取り上げられている受刑者には面会はできません。面会者は受刑者に以下の物を郵送することができます。ズボン吊り、ハンカチ、櫛、ヘアブラシ、歯ブラシ、上履き――他はすべて禁止です。面会者は受刑者との面会の際に少量の果物を差し入れることができます。第一級重罪犯は一週間に一通の手紙を書くことができます。第二級重罪犯は一ヶ月に一通の手紙を書くことができます。第三級重罪犯は一切手紙を書くことができません。いくつかの週刊新聞と雑誌は差し入れ可能ですが、日刊紙は認められていません。手紙はすべて検閲されます。受刑者宛の手紙は氏名をフルネームで書き、受刑者番号も書くこと。右記のことに従って、

金曜日に受刑者に面会できます。速達郵便物は受け付けません。
合衆国への手紙と合衆国からの手紙はすべて英語で書くこと。

拝啓、最も立派な方へ、

人間としての生活には不可欠な明確な良心と安らかな心を持つために、また、あなた様の持つ「純粋な優しさと心からの同ジョウ、勇気ある人間性と温かい情け(2)」とを固く信じておりますので、大胆にも次のようなお願いを謙虚にしかも丁寧にするものです。

あなた様は、弱さも脆さも、多くの誘惑や苦闘も、人間の生の惨めなことも、たいていの人よりもよくご存知ですので、私は謙虚にあなた様にお願いをいたします。私を許して信じてください、悔い改め後悔している罪人に無慈悲にならないでください、私に対して悪意も敵意も抱かないでください、と。我々はみな人間であり、それゆえ間違いを犯し、誘惑に陥りやすいものです。(あなた様による言葉をお借りすれば)「必要の前に法が無くなる時」が来てしまうものなのです(3)。しかし、時はもう遅く、その時はじめて何とも恐ろしい間違いをしでかしたとわかるのです。しかしそれはひたすら、

「老齢と経験は、共に手を携えて我々を死へと導き、我々に理解させようとする。
長く苦しい探求の果てに、人生はすべて間違いだった(4)」

というものです。

すべてのことが終わりましたので、私は「ある階級の人々」に関して言及せねばなりません。その人々は、自らの力のすべてを使って、全体的に愚かで思慮が浅く、頭の回転の遅い大衆に、私に対する偏見と先入観を抱かせようとします。私を卑しくて無情な悪徳にまみれた危険な悪人だと断じて、自らは有名になって慈悲深い政治的野望を満足させようとするのです。——しかし、「父なる神よ、彼らを許したまえ、自ら成すことを

分かっていないのですから」[5]。――私は初犯ですので[6]、公正で公平な裁判を求めました。しかし拒否されました。私は慈愛と寛容を懇請しましたが、何も得られませんでした。「ああ、社会がものを考える存在を見捨てて、未来永劫断絶してしまうとは何とも致命的なことでしょうか[7]」。私が懇請しているのは私自身のためでもなく私の暮らし向きのためでもありません。私が愛し、あとに残してきた人々のためです。その人達は私にとって大切で偽りの無い存在で、私はその人達を辱め、名誉を失わせました。おそらくその人達も私と同様に苦労し、それぞれに後悔を感じ取っています。しかし、悔い改め、あなた様に許しを願うのは私の立場です。悔い改めた罪人の苦しく打ちひしがれた心を解放し、同情をもって下さるのは、最も敬愛すべき方、あなた様のお力なのです。というのは、「汝に言う、たったひとりの悔い改める罪びとの上に天の喜びはあり、九九人の正しき人にはない、悔い改めを必要としないからである、と」（ルカによる福音書、一五章七節）だからです。私の唯一の慰めは「許す」という言葉にかかっています。――

あなた様の『徒歩旅行者、海外へ』はとても楽しかったですし、それに――わかりやすいものでした。というのも私は少年時代の多くの場面を思い出したからです。「昔のハイデルベルク」を見たことがある人には、「なぜ私が人生の盛時に悲しむのか」〈ドイツ語〉がわかるからです[8]。

私のお願いが、私のためにではなく私の愛する者のために、拒絶されないことを願いながら、あなた様の同情心が情けを与えて下さるよう、もう一度懇願し、感謝と後悔の心でこの短く純粋な文章を書き終え、私の感謝と誠実さとをあなた様が再度確信して下さいますようお願いします。最も敬愛すべき方であるあなた様に尊敬を込めて、

ヘンリー・ウィリアムズ。

この手紙を読み始めた時、私も心を動かされ始めた。私は自分の心が和らぐのを感じた。だがその過程は突然中断された。この手紙には、おぼろげに、かすかに、ずっと以前によく知っていたと思われるふしがあったからだ。それはまるでずっと以前に私がそうした手紙を読んだことがあるような、あるいはそれを夢見ていたかのような気持ちだ

った。同時にその大昔の経験に関して不快なものがあったと感じていた。はっきりとした理由は分からないが、この目の前の手紙の書き手に対して私は冷たいものを感じ始めた。

やがて、私は以前、過去のいつかよくわからない時に、この種の手紙を見たことがあるという気持ちが湧いてきた。私の頭の中の機械が自動的に記憶の奥深くへとどんどん侵入し、そして今の空想やら想像やらのもとをついに見つけた。そして、かつてそんな手紙を読んだことがあると今や思い出した。さらに、自分の本のどこかに書いたことも思い出した。その本がどれかはわからないが、私がその本を書いた部屋の外観そのものを思い出すことができる。その本全体ではなく、最後の二章であり、そのうちの一章にその思い出が書かれていた。私がその部屋を使ったのはほんの二週間だけだったが、そのことを含む章を書いたのはまさにその二週間だったと思い出した。それで日付がわかった――一八八二年である。これでその本がわかった――『ミシシッピ河での生活』だ――というのはその年はその本だけで忙しかったからである。私はその本を取り出して探し始めると、五二章に私が求めていたものがあった。その章にあるのは、宗教に目覚めた偽の犯罪者から、強盗犯として刑務所で刑期をつとめているごろつきの兄弟に宛てた手紙である。その手紙は、見たところ、並外れて無学で、入念なくらいに優しく、純粋な心を持ち、永久かつ完全に悔悛した人物による作品である。ジョゼフ・H・トゥイッチェル師がずっと昔にその手紙を私のもとに持って来て、私に読み聞かせようとしたが、その感動的な言葉に彼は泣き崩れ、最後まで読めなかったのだ。私も読もうとしたが泣き崩れた。その写しが牧師達のあいだに出回り、牧師達はそれを教会員に読み聞かせて、むせび泣き、教会員達もみなその辛いできごとに涙した。

そうこうするうちにその手紙が捏造だとわかった。それは収監されている受刑者本人が書いたもので、これ見よがしの無教養は見せかけだとわかった。そのごろつきは教養のあるごろつきだったのである。こうした観点をもって私はもう一度その手紙を読んでみると、今度は泣き崩れることはなかった。紛れもない詐欺、明白なる詐欺が、洞察あるいは知性を持つすべての人を騙すことができたことに驚愕した。私はもう一度、今から十分前にその古い手紙を読み返してみた。それでまた驚いたのは、その手紙がトゥイッチェルだけでなく他の聖職者も私をも騙していたことだ。その綴り字は、不自然で、はなはだしく、あり得ないほど間違っていた。間違っていたが上手に間違っていたわけではない。馬鹿げたように、愚かなように、芸もなく間違っていた。贋作としては異様なほどに下手で不器用である。それがペテン師のつくりものだと家猫でもすぐに感じ取ったはずである。

右に述べた偶然の一致は次のようなものだ。つまり、例の大昔の手紙の作者が使った名前はウィリアムズだった。大昔のウィリアムズは強盗だった。今回のウィリアムズも強盗である。大昔のウィリアムズは九年の刑期に送られ、同じことが今回のウィリアムズにも二週間か三週間前に起こった。大昔の手紙に看破される心優しい悔悟の調子と信心深い感傷は今回の手紙にも充満している。刑務所の人達はいつでもそうした感情になるのだろうか。二年前、ロバート・フルトン・カッティングが私に語ったところでは、[9]刑務所内の受刑者のために感傷的な手紙を書いて生計を立てている者がおり、そうした書き手が新たな依頼者に対して新しい手紙を書く必要を認めず、本当に優れて感動的な手紙の名前と地名とを新しい状況と依頼者とに合わせて変更するだけで、何度も何度も使い回しているというのだ。おそらくこうした優れた書き手が先に引用した手紙を書くのを手伝ったのだろう――その人物が感傷、感情表現、悔恨、信心深さ、謙遜、聖書やその他からの引用を提供したことは確かだ。というのも我がウィリアムズがこの種の知識を持っているとは考えられないからだ。彼はその気質が卑しく、荒っぽく、がさつであり、情感や信心深さや悔恨や謙遜などはまったくお門違いだ。刑務官の手に預けられて去っていく時に彼が残した最後の言葉は、刑務所を出たらもうひとりの犯人を見つけ出し殺してやる、[10]というものだった。

(1)一九〇八年九月一八日の強盗と二人の犯人、ヘンリー・ウィリアムズとチャールズ・ホフマンに関する情報に関しては、一九〇八年一〇月六日付「自伝口述筆記」と一一月一二日付「自伝口述筆記」を参照。

(2)この言い方(「同情」を「同ジョウ」と書き間違えた点を除き)はブランダー・マシューズの文学批評の「伝記的批評」から取ったもので、『無邪気者達、海外へ』の第一巻に付されていた。これはアメリカン出版社や一八九九年に刊行を開始したハーパー・アンド・ブラザーズ社からのマーク・トウェイン作品全集のいくつもの版に付されていた(Matthews 1899。様々な版に関する情報は、Schmidt 2010 を参照)。

(3)クレメンズはこの古いことわざを『無邪気者達、海外へ』の五一章で引用している(SLC 1869a、五四二ページ)。

(4)第二代ロチェスター伯爵ジョン・ウィルモットによる「人間への諷刺」(一六七九年)の中の詩行を忠実に書き換えたものである。
(5)ルカによる福音書、二三章三四節に記されているイエスの言葉を忠実に書き換えたものである。
(6)ウィリアムズは既に五年間の刑期を終えていた(一九〇八年一一月一二日付「自伝口述筆記」、注1参照)。
(7)ヴィクトル・ユゴーの『レ・ミゼラブル』(一八六二年)からの引用で、『古代・現代文学傑作集』として訳されたものである(Peck et al. 1899、第一二巻、六三三一ページ)。
(8)フリードリッヒ・シラーの詩「若者、小川のほとりで」からの引用で、さまざまに訳されているが、「なぜ私は人生の盛時に悲しむのか」という意味である。
(9)ロバート・フルトン・カッティング(一八五二年~一九三四年)は、蒸気船の開発者ロバート・フルトンの甥の息子で、ニューヨーク市の資本家、実業家、慈善家、いくつかの教育機関と社会福祉機関の役員でもあった。それによって彼は「ニューヨーク第一の市民」と称されていた。カッティングとクレメンズはともに一九〇六年一月にロバート・フルトン記念協会の組織委員になっており、この協会はニューヨーク市にフルトンの記念碑を建立するのを目的にしていた。クレメンズは協会の初代副会長で、執行役員会委員だった(『自伝完全版第一巻』、四二六ページ~四二八ページおよび関連する注を参照。以下ニューヨーク『タイムズ』紙より、「フルトン記念碑のために」、一九〇六年一月一八日号、八ページ、「主だった市民、R・フルトン・カッティング、死去」、一九三四年九月二二日号、一五ページ)。
(10)ウィリアムズは、ストームフィールドの家に強盗に入った際に、彼が「静かに」床の上に置いた真鍮製の大壺に「つまずいて大きな音を立て」て、一家を目覚めさせたのは、共犯のチャールズ・ホフマンだと考えていた。そしてウィリアムズは、ホフマンが一時的に「民兵隊」の追撃をかわしたので、(彼が言うには)ウィリアムズが荒っぽい捕り物の際に一撃を食らい、流血し意識を失ったとして、激高した(Williams 1922、一七二ページ、一七五ページ~一七七ページ)。

一九〇八年一二月一〇日、ストームフィールドにて口述筆記

いつも私の気がめいるのは、私には特別に、しかも見事なほどに気が利いていると思われることで、しかも密かに、人目を忍んでやっても、それがいわば不発に終わったとわかることだ。私の持つこうした気遣いはしばしばうまくい

かないので、気遣いというものはひとり相撲であり、それがわかる人にしかわからないものである、と最終的に結論付けている。こうした失敗に気がめいる時に私は、自分が気が利かなければこんなにひどく、しかも頻繁に苦しむこともないのにと思ったことさえある。

少し前のことだが、近くの農家の小さな集まりがあった。そこで小さな図書館を建てるための費用を集めるために(1)、図書館にはまったく関係のない見ず知らずの他人にそれを負担してもらう方法を考え出そうとしていた。私は気が利いていて目的を明確に達成できると思われる計画を思いついた。表面上この計画はまったく、人目をひくほど単純だった。見ず知らずの他人に対する陰謀などおくびにも出さず、私の家に偶然やって来る人だけが関心を持つと思われた。図書館建設費用に使うためにその客人から一ドルだけ徴収したのだ。それは見ず知らずの他人の関心をひくようには全く思われなかったが、必要なのは彼らだった。というのも見ず知らずの他人の数はとても多いし、その一ドルが集まれば大きな額になるからだ。確かに私の家に来る人は必ずしも多くはなく、金もそんなに素早く集まるものではない。我が家の客は一月平均二〇人ほどで、その半数が女性だが、男性の客人のみに払ってくれるようお願いしていた。となると、一番安い図書館を建てるとしても、そうした寄付金で十分な資金を集めるにはとんでもなく時間がかかっただろう。

私が深く考えたこの計画を実行する際、私は友人達に回覧してもらう文書を書き、資金徴収の目的とその正当性を説明した。私はこの文書を模造羊皮紙に綺麗に印刷してもらい、それを各部屋に何気なく、それとなく、しかも誰の目にもとまるくらい目立つように置いた――そして結果を待った。客人に関して言えば、結果は満足すべきものだった。客はすぐさま金を払ってくれたし、人によっては二〇倍も三〇倍も払ってくれたが、そこで私の計画は中断し、失敗してしまったので、私は失望した。私が求めていたのは見ず知らずの他人であったが、そうした人をつかんだとは思えなかった。私が深く考えた計画の要点は短い一文に込められていたが、私がそれをあまりにしっかりと閉じ込めたものだから、明らかに誰もそれを発見しようとしなかったのである。その文章を私は大いに重要だと思い、その文章の助けを借りて広い金銭的結果を期待した文とは次のような文だった。

「お金は私に個人的にお支払い願います」。

おわかりだろうか。金を個人的に私に支払うということは、私が領収書を自書することになる。まさにそこにこの偉大な計画の賞賛すべき気遣いがある。見ず知らずの他人でもこの自署領収書のことを伝え聞き、その見事な、ずるく、目新しい計画に心を奪われることを希望し、信じ、期待したのである。一ドルを送れば、私の自署の領収書をもらえるし、個人的訪問のためにわざわざストームフィールドまでやって来る煩わしさもない。私が客間に置いた文書は次のようなものだ。

我が客人へ

敬白そして栄あれ！

そしてそれにより長寿を願う。謹聴。

近隣農家の友人達が数百冊の書籍を集め、公共図書館を設立し、私の名前を冠しています。『コリアーズ・ウィークリー』誌のロバート・コリアー[2]、ハーパー・アンド・ブラザーズ社のハーヴェイ大佐、ダブルデイ・ペイジ社から多数の本がそこに寄贈されています——これらすべてが強制ではありません。ほんの僅かばかりのほのめかしは確かにありましたが。他の大出版社もこの企画について聞き及べば、すぐに同様のことをしてくれるでしょう。『ハーパー・ピリオディカルズ』誌、『コリアーズ・ウィークリー』誌、『ワールズ・ワーク』誌、『アメリカの田園生活』誌などが無料でその図書館に送られてきています——これもまた強制ではなく単なる助言によるものです。その助言はやがて他の雑誌にも広げられることでしょう。そうすることで、それは立派な図書館になるのです。さらに私の友人である農家の人達は図書館員の給与とそれ以外の運営費用を取り決め、必要な資金を自ら出そうとしています。しかし、ここに抜けている些末なことがひとつあります。図書館の建物です。セオドア・アダムズ氏[3]は土地を提供してくれました。サンダーランド氏[4]は無償で建築計画と設計明細書を作ってくれ、その建物の建築請負と監督を引き受けてくれるでしょう。図書館の建物は約二〇〇〇ドルかかります。どなたでもこの資金に寄付していただけます。我が家の客人を含めどなたでも――遠来の客人のことです。この場合強制するのが最良かと思われます。それゆえ私は一ドルの税金――「客人へのマーク・トウェイン図書館税」です――貴い女性に課すのではなく、もう一方の性の方にのみです。貴い女性の客人の方は税金無しで、そのまま留まり下さい。もう一方の性の方は、意志の如何にかかわらず、お支払いいただきます。金は個人的に私に支払っていただきますようお願いいします。それが最も安全な方法です。もし秘書に支払われた場合には、記録が残されますが、その記録は紛失するかもしれません。

家庭の平和は汝にあり、汝とともにある。

一九〇八年一〇月七日、コネチカット州レディング「ストームフィールド」。

一日か二日ごとに客は罰金を払ってくれて、私の自署領収書を持ち帰った。こうした領収書を約五〇枚ほど書いたので、今では私は見ず知らずの他人がこうした餌に食らいつきにやって来るとずっと期待していたが、はずれた。今朝までそんなにがっかりすることは一度も無かった。今朝カナダから一通支払いの手紙が来て、一ドル同封されており、私の心は救われ、ようやく安心した。計画は上手くいきそうだ。それは深く、よく考えられたものだから、成功するだろう。我々は最初の見ず知らずの人をつかまえたので、他の人をもつかまえられるだろう。予言したのは私であり、私の予見したとおりになっている。遠い見ず知らずの人が我々の図書館の建物を建ててくれることになろう。私にこんな平和な気持ちをもたらしてくれたカナダからの手紙は次のようなものだ。

一九〇八年一二月七日、トロント(5)

コネチカット州レディング
「ストームフィールド」

サミュエル・M・クレメンズ様

拝啓――

昨年の三月に、あなたがバミューダのハミルトンにあるプリンセスホテルで船員病院の援助のために講演したと聞いて、[6]喜びを感じました。

一二月五日付『トロント・サタデー・ナイト』誌で、あなたが図書館建設を援助していることも知りましたので、[7]ここに一ドル一五セントの小切手を同封いたします。一五セントは返信用の費用で、一ドルは図書館建設のための費用です。はっきり申し上げますが、小切手が戻って来る時にはその裏に貴重なあなたの署名があるものと期待して小切手をお送りするものです。ゴム印を使ったり、代理権限を持つ誰か他の人に代筆させたりして私の望みをつぶさないで、あなた本人の直筆署名をください。

この手紙が着く時にあなたの気分がすぐれていることを望みます。おそらくあなたは「いつでも気分がすぐれている」と推測しますが、あなたの自伝を読みますと、[8]これがつまらない追従だろうと分かります。

敬具

今朝の配達では面白い手紙がたくさん来た。その中でドイツの男子生徒からの手紙があり、とりわけその英語の文章の魅力的な面白さゆえにここに転載したい。外国人が本から学んだ言葉を使う際の、とらえどころがなく、可愛らしくて愉快なものがあって、その表現はいつでも楽しくて香り豊かで、適切だ。ドイツの少年の英語は確かに英語なのだが、同じくらい英語ではない。それでも我々の言語の奇妙な使い方にはピリッとした魅力があり、独特なのである。

私はあなたの『徒歩旅行者、海外へ』を私の英語の授業で学校の友人と一緒に読んでいます。私はとても満足し、今まで仲間の生徒全員と先生のイェムーゼンス先生と一緒に大いに楽しんでいます。私達はそのユーモアに時に大いに笑っていますし、含まれています、それが。先回の授業で私達はある文章を見つけました。私達にはあまりよく分からない文章で、あまりよく理解しつつありません。三章の「ベイカーのアオカケスの作り話」の真ん中に近いところ、[9] 丸太小屋の屋根の穴の調査のところでしゃべらせていますね、アオカケスに。私は二分間のうちにおがくずで腹を満たして、博物館に落ち込めるようになりたいのです。これらの文章であなたは何を意味しているのかを聞きたいのです。それゆえにどうか親切に私に教えてくれませんか、この文章であなたが何を表現したいのかを。さらにあなたのアオカケスはジム・ベイカー自身と全く同じように奇妙な思想を持っています、そして彼の文体は時にとても滑稽です。

返信の葉書代を出していただけることを望みます。というのは、もちろん、私はドイツの切手で郵便代をあなたに償うことができないからです。あなたはこれらの文章をわざわざ理解させるつもりなのですか、どうかご容赦ください、私はたった二年半しか英語を勉強していないのですから。

いつまでも留まるのは光栄です、

こころからあなたの
クルト・ミュンヒ
レアルシューラー
駅の近くのアウアーバッハより
（ドイツ語）

クレメンズ様

私がミズーリの荒野の少年だった時、博物館の鳥にはおがくずが詰められていると考えていたことを彼に説明した。[10]
さらに剝製製造業者が他の物を使っていたとしても、私達は知らなかったのだと伝えた。

（1）クレメンズが一九〇八年六月にレディングに引っ越して二、三ヶ月すると、彼は近隣の人とともにマーク・トウェイン図書館協会を設立した。マーク・トウェイン図書館は、以前礼拝堂だったところで、一九〇八年一〇月二八日に開館した。それからクレメンズはこの口述筆記にあるような戦略で新しい建物のための資金を集めた。一九〇九年一二月二四日のジーン・クレメンズの突然の死(「『我が自伝』の結びのことば」参照)の後、ストームフィールドの彼女の家と財産は売却され、クレメンズは一九一〇年四月の自らの死の二、三日前にその収益の六〇〇〇ドルを、ジーン・クレメンズ記念館建設に寄付した。これは一九一一年二月に正式に開館した。図書の中心はクレメンズ所有の約三〇〇〇冊の書籍と、クレメンズ自身が寄贈した数百冊の書籍、さらにクレアラが父親の死後に寄贈したものから成る(Mark Twain Library 2014a-b。Gribben 1980、第一巻、xxviiページ〜xxviiiページ。「トウェインの書籍、図書館へ」、ニューヨーク『タイムズ』紙、一九一〇年七月一〇日号、一ページ。「アシュクロフトとライオン原稿」の関連する注も参照)。

(2)一九〇八年二月一九日付「自伝口述筆記」、注4参照。

(3)図書館の開館の際に行われたスピーチで、クレメンズはセオドア・アダムズが新しい建物のための敷地を提供するよう提案した。アダムズの曽祖父が一七六〇年頃にレディングに入植し、アダムズはマサチューセッツ州スプリングフィールドの馬車製造業者で三五年間働いた後、この地域に最近戻って来ていた(Todd 1906、二二二ページ〜二二三ページ)。クレメンズの発言に驚くこともなく、アダムズはすぐに「最も望ましい敷地」の寄付を申し出た(『トウェイン伝記』、第三巻、一四七一ページ〜一四七三ページ。Fatout 1976、六三〇ページ〜六三一ページ)。ライオンは一九〇八年一二月一九日付の日記で、「人々が必要な土地の二倍の面積を歩測し、大股で土地を分捕るのをアダムズ氏が見た時の困惑の表情を見ると、心が痛んだ」と記している(Lyon 1908)。

(4)フィリップ・N・サンダーランドは、ストームフィールドを建てた、父親の請負会社で働いていた。

(5)クレメンズはこの手紙を自伝に転載する前に書き変えて、レターヘッド(「特別で標準的作品の上装本の出版および輸入を行う、有徳な会社」と題するトロントの会社)を削除し、発信者の署名「J・B・サザランド」も削除した。

(6)クレメンズは住み込み式のコテージ型病院(船員病院ではない)の援助のために、一九〇八年三月五日に講演した(一九〇八年四月一六日付「自伝口述筆記」、注2参照)。

(7)『トロント・サタデー・ナイト』誌は、おもに公共の事柄と芸術を報じる週刊雑誌だった。一八八七年に創刊され、様々に形式を変化させながら、二〇〇五年まで続いた。一九〇八年一二月五日号は、クレメンズの「我が客人へ」という回状を掲載したのは確実だか、手に入らず、確認できなかった。

(8)つまり、一九〇六年九月から一九〇七年一二月まで『ノース・アメリカン・レヴュー』誌に掲載された、「我が自伝からの章」二五章分のことである。

（9）『徒歩旅行者、海外へ』の第二章と第三章にある。
（10）クレメンズからミュンヒへの回答は存在するは不明。

一九〇八年一二月一六日、ストームフィールドにて口述筆記

二、三週間前に私は七三歳の誕生日を迎え、毎年いつものように祝福とお悔やみの言葉とが郵便と電報でそれに続く。今回は普段と違うことが起こった。かつて親しくしていた友人から手紙が来たのである。四五年か五〇年も会っていなかった——ハワード・P・テイラーからだった(1)。

我が親愛なるサムへ——

昨日フリスコ〈サンフランシスコ〉の新聞で、あなたが七三歳の誕生日をちょうど迎えたと読みました。ほぼ五〇年前にかつてあなたの友人だった者があなたの後退した頭に祝辞を一言二言いわせてほしいのです。あなたが長生きしてもっと何度も誕生日を祝い、あなたの冗談で世界を楽しませることを切に望んでいます。私はあなたより三歳だけ若いが、一四歳も年上のように感じます。体の中へと成長するひとかたまりのリューマチが私の体のいたるところを蝕んでいるからです。それは地震の直後「カリフォルニアの美しい霧」の間に、私がオークランドにいて、特売日に買ったマットレスの上で、中古のタイプライターを持って、肉体的にも金銭的にも「ピンチになった」時以来です。あなたがしばしば病気になったことも読みましたし、あなたの非凡な生命力には驚嘆するばかりです。というのも、ヴァージニア・シティのあの懐かしい『エンタープライズ』紙で我々が過ごしていた時分には、あなたは「一段落ほどの大きさ」もなく(2)、敷物を留める平鋲を取り外すほどの力もなかったからです。あなたの宗教観については知りませんし、あなたが何らかの宗教を今まで信じてきたかどうか（かつて私達の中で宗教を信じていた者は僅かでしたから）知りませんが、神があなたに与えた祝福すべき生命力のため

に、生き長らえていることに、あなたが世界にとって陽気で有用な人物になっていることに、あなたが見えざる偉大な神に感謝しているのは疑いありません。それでも、かつての我が同僚のうち、本当にわずかな者しか生き残っていないのを知り「我々昔のやつら」は悲しくなります。新しい、ずっと新しい世代の人々が飛び出して来て、あなたの若々しい友人達の間で腰の曲がったしわだらけの顔がひとつ、サンフランシスコとオークランドの通りを時々あてもなくさまよっているのが見られます。それは見知らぬ家の屋根裏にいる名うての猫のように感じられます。

我々の知る昔の新聞の編集者や記者や植字工のほとんどすべてがあちらに行ってしまいました。例外はジョー・グッドマンさんで、(3)彼はどこにいるのが知りませんが、南カリフォルニアのどこかにいると聞きます。ジム・タウンゼンドさんは、(4)私が聞くところでは、一年か二年前にカリフォルニア州ローダイで亡くなりましたし、ジジム・ギリスさんは昨年逝きました――ダン・デ・キルさんは、(5)ご存知のように、少し前に亡くなりました。デニス・マッカーシーさん、ジャック・マッカーシーさん、(6)ピット・テイラーさん、ジャック・マギンさん、マイク・マッカーシーさん、ジョージ・サーストンさん、(7)他の懐かしい社員達もすべて一緒ですし、かつてのコムストック鉱山の人達で来るべきものに直面している人はわずかしかいません。私の兄のビリーをご存知かと思いますが、彼はまだ生きていて、私と一緒にこちらにいますが、中風病みです。兄は七六歳です。すべて悲しいことです。しかし私が振り返って見るところ、回想はそんなに悪くはありませんし、この人生が生きるに値すると思わせる神聖なものが今でも我々二人の中に眠り続けています。

あなたが今でも健康な状態でいることを知り、この上なく喜んでいます。我々は二人とも意図的に残されたのです。疑いもなく――しかしあなたのしてきたことは、あなたが世界に提供して来た楽しい糧により、少なくとも部分的に完成していますーーところが私の仕事は不安な円盤の上の小さな汚点にしかすぎませんし、その相違をあなたは確実に理解していますーーが、私は理解していなかったのです。

もう一度あなたに祝福をおくります。

この手紙がはるか遠い過去から掘り起こした数々の名前のために、私は自分が感じてきた以上に老いていたようだ。我々二六人は、ヴァージニア・シティ『エンタープライズ』社で、あの時、あの場所で、みな若者で、いたって陽気で元気でうるさい一団だった。新聞は朝二時に印刷され、それから全社員と全植字工とが植字室に集まって来て、ビールを飲み、当時流行の戦争の歌を夜明けまで歌うのだった。いま振り返って見ると、あの若者達は本当に非常識なくらいに若かったと思われる。いまテイラーの手紙でその若者達の生き残りのことを読むと、その人達が非常識なくらいに、そしてどうしようもなく年老いたと思われる。その大多数がずっと前に墓地に収まったのは明らかだし、残っている我々もすぐにその仲間になることだろう。私自身に関して言えば、喜んでそうなろう。事実、一八歳の時からずっと私は喜んでそうしようとしていたと思う。強く求めていたというのではなく、喜んで、であり、単に喜んでそうしようとしていた。

ハワード・テイラーは南部人で、南部特有の鼻にかかった心地よい声でしゃべった。彼は若く男前で、上品で、生命力と陽気さと人の善さにあふれていた。インド人以外には見たことがないような真っ黒な髪の毛をしていたと思う。きっと今では白くなっているだろう。彼は植字室の責任者で、自惚れたような下手な文章について私が話をしていると――それをけなして、自分の非難を一言にまとめようとしていると――彼がひとつの単語を作り出すのだった。私はその単語を本の中で何度も使ってきた。私の仕事は地方記事の編集で、他の記者達が書き終えた後まで書き続けていた。テイラーはいつも入って来て私のそばに座り、読者が会社の玄関から中国まで、そして地球の隅々にいたるまで列をなして立って私の文章を待っていると言うのだ。実際それをどうしても読みたくてそれを手にするまでは寝たくないと言うのだ。すぐに彼は私の原稿を手にとって、それにざっと目を通し、それからやる気なさそうに言うのだった。

「大体書き上げたというところかい。今日のくだらない話はこれでいいとは思っていないだろうね」。

本当に見事な言い方だった。彼が私の文章について他の言い方をしたことは一度も無かった。一〇年前にロンドンでポールトニー・A・ビゲローが私達の家にやって来た[8]。そして、私の古い、古い、愛情あふれる友人がウェストエンドの綺麗な地区に住んでいるので、そこで彼と夕食を共にして大昔の思い出を交換したいと望んでいる――友人の名前はハワード・P・テイラーだと言うのだ。私は喜びで興奮した。ポールトニーと私がその場所に着くと、今風のイギリスのエレベーターに乗った――我々二人とエレベーター係の少年をつめ込んで、荘厳で厳粛な様子で動いた――そして四階で降りると、テイラーが目を熱烈に輝かせ、両腕を突き出して立っていた。我々は握手し、握手し、握手した――最初はとても強く、やがてそんなに強くなく、最終的には全く活気を失って力が入っていなかった。これは私のことで、テイラーには当てはまらなかった。テイラーはとても強く握手し続けていた。我々が豪華なテーブルに着くと、ヴァージニア・シティでの、とても陽気で懐かしい思い出を話し始めた。すると彼もアイオワ州キーオカックでの、同じように陽気で懐かしい思い出を語り始めた。私の話は彼には思い当たらないようで、彼の話も確かに私には思い当たらなかった。私達二人ともこの懐かしく情愛深い友人関係をせっかく取り戻したので、それを失いたくなかった。私は彼とキーオカックで会ったこともないし、彼がそこにいたとは以前には知らなかったと穏やかに言った。さらに彼の思い出話が私の身辺で起こったことではないと言った。私は細かなことをはっきりと思い出せず、かなりぼんやりと回想しているかのように、ぎこちなくわざと下手に――「ずっと昔のことだったので、でしょう」と演じて見せた。同時に彼も私のヴァージニア・シティの思い出話を同じように情け深く扱ってくれた。彼はそれをなんとなく思い出すだけで、自分がヴァージニア・シティには一度も行ったことがないこと以外は、遠い昔の細かなことを思い出せなかった。私はこの状態がついに耐えられなくなり、唐突に言った。

「あー、ちょっと待って。このインチキなことを中断して確認しましょう。あなたは一体誰？　我々は以前に会ったことがあるのですか？　それともこれは全く大間違いですか？　私はキーオカックにいました。何年にそこを後にしたかも分かっています。あの楽しいキーオカックに関するあなたの思い出話はすべて一八五七年の夏から始まっていますが、その年の一月以降のキーオカックのことを私は知らないのですよ[9]。あなたは誰ですか？　私は誰ですか？　あなたはあなたですか、そして私は私ですか？　お互いまるで自分じゃないみたいです」。

　その説明で雰囲気が一変し、その夜のすべてのことが楽しく、愉快なものになった。彼はキーオカックで私の兄オーリオンと会っていたのだ。しかし、おそらく兄のことをあまりよく知らず、兄の名前と私の名前との違いなどという些末なことには気づかなかったのだ。私が最初に彼と握手し始める前に私は心を温め、怪しいと思わなかった。怪しいと思わなかったし疑わなかった。だが握手が終わる前に私は不信を抱きながら思ったのだ、「でもこの人がハワード・テイラーだろうか？」と。

私が最初に切り出した思い出話は大失敗で、床の上に落ちる音が聞こえたようだった。それは次のようなことだった。私は言った。

「『くだらない話』は今では気に入っていますか？」

その時の彼ほど困った顔をした人物を見たことがない。彼の表情は「くだらない話」のことを忘れたことを示すような困惑ではなかった。それは今までの生涯で「くだらない話」のことなど一度も聞いたことがないことを断然と示すものだった。

あれからもう三年も過ぎ、私も老齢に慣れ、その出生を振り返ってもなんら良心の疼きを感じないので、ここに引用したい（この自伝のもっと前のところで引用していなければだが）ことがある。それはハーヴェイ大佐が私の七〇歳の誕生日を祝して開催してくれた晩餐会についての見事な話だ。それは一週間後に『ハーパーズ・ウィークリー』誌に掲載されたものだ。[10]

（1）ハワード・P・テイラー（一八三八年～一九一六年）はケンタッキー州ルイヴィルの生まれで、まだ少年の時にカリフォルニアにわたった。彼はそこでサンフランシスコ『アーゴノート〈金鉱探検者〉』紙の印刷所の徒弟として働き、後に社説担当執筆者になった。一八六〇年代初期に、クレメンズが初めて彼に会った頃、テイラーはヴァージニア・シティ『テリトリアル・エンタープライズ』紙の植字工をしていた。その後、短期間だが、ヴァージニア・シティ『イヴニング・ブリタン』紙の共同所有者で出版人となった。ニューヨーク市に移動し、テイラーは数多くの通俗的な演劇を書いた。クレメンズが最後にテイラーと接触したのは「四五年か五〇年」前ではなく、一八八九年から九〇年にかけてで、テイラーが『コネチカット・ヤンキー』を演劇に書き直すことに合意していた。一八九〇年七月一五日にテイラーはその劇を完成させ、「大儲け」できると信じていたが、上演する資金が無かった。彼はそれを喜んで上演する劇場支配人を見つけようとかなり頑張ったが、それが「一人芝居」であり、上演するにはあまりに費用がかさむと反対された（テイラーからサミュエル・L・クレメンズ宛、一八九〇年七月一五日付書簡、一八九〇年一二月一六日付書簡、カリフォルニア大学蔵）。裕福だが人気のなくなったユダヤ教徒の喜劇俳優M・B・カーティス（一八五二年～一九二一年）からの申し出をテイラーは一八九一年一月にクレメンズに知らせた。カーティスは一八八〇年代初期に『ポーゼンのサミュエル、または地方巡回セールスマン』と題する喜劇的メロドラマで成功した。カーティスは、ハンク・モーガンを「現代のアメリカのユダヤ教徒にして」、その作品を「ポーゼンのサミュエル、アーサー王の宮廷にて」と題することが認められれば、『ヤンキー』の劇を上演したいと願った（テイラーからサミュエル・L・クレメンズ宛、一八九一年一月二四日付書簡、カリフォルニア大学蔵）。クレメンズは同意したのだが、この企画は中断された。最終的に、一八九一年四月にテイラーはニューヨークの資産運用会社と自身の劇作品の上演契約に署名したが、その劇は一度も上演されなかった（テイラーからクレメンズ宛、一八九一年四月二九日付書簡、カリフォルニア大学蔵。Doten 1973、第三巻、二二五一ページ。Angel 1881、三二三ページ。Kelly1863、二八六ページ。「ハワード・P・テイラー死去」、ニューヨーク『タイムズ』紙、一九一六年七月八日号、九ページ。クレメンズからテイラー宛の以下の日付の各書簡、一八九一年一月二九日付、一八九一年三月九日付、一八九一年四月三一日付、書記による複写原稿をカリフォルニア大学蔵。Erdman 1995、二八ページ、三二ページ、四一ページ～四三ページ）。

（2）『コネチカット・ヤンキー』の第二章への言及（『ヤンキー』、六一ページ）。

（3）ジョゼフ・グッドマン（一八三八年～一九一七年）はヴァージニア・シティ『テリトリアル・エンタープライズ』紙を一八七四年に売却し、その後一八八〇年までサンフランシスコに住み、その後はカリフォルニア州フレズノでブドウ農家になった。彼は一八九一年にカリフォルニア州アラメダに移住した（『自伝完全版第一巻』、五四四ページ～五四五ページの注）。

（4）ジェイムズ・W・E・タウンゼンドは、ヴァージニア・シティ『テリトリアル・エンタープライズ』紙、サンフランシスコ『ゴールデン・イーラ』紙、その他のカリフォルニアの新聞の編集局員だった。とても器用に大袈裟な話を書くので「嘘つきジム」として知られ、ブレット・ハートの「異教徒シナ人」の忠実なジェイムズの原型だとも言われるし、クレメンズの「跳び蛙」話を最初に書かせた名誉もある。というのはタウンゼンドがソノーラ『ヘラルド』紙を所有していた一八五三年に「跳び蛙」の短縮版が掲載されたからである（『備忘録第一巻』、六九ページ、注三）。

（5）ダン・デ・キル（ウィリアム・H・ライト、一八二九年～一八九八年）はクレメンズの前任者で、その後ヴァージニア・シティ『テリトリアル・エンタープライズ』紙で同僚になった。ジム・ギリス（一八三〇年～一九〇七年）はカリフォルニア州ジャッカス・ヒルの鉱山での友人（『自伝完全版第一巻』、二五一ページに関する注。一九〇七年五月二六日付「自伝口述筆記」および注2、一九〇七年五月二九日付「自伝口述筆記」を参照）。

（6）デニス・マッカーシー（一八四〇年～一八八五年）は『テリトリアル・エンタープライズ』紙の共同社主で、一八六六年には一時期クレメンズの講演代理人を務めた。兄弟のジャック・マッカーシーは『エンタープライズ』紙の印刷工だった（『自伝完全版第一巻』、二二七ページおよび関連する注を参照。Doten 1973、第二巻、一二五一ページ）。
(7)ピットニー・テイラーはヴァージニア・シティ『ユニオン』紙の編集補佐だった。マイク・マッカーシー（デニス、ジャック兄弟との関係は不明）とジョージ・サーストンは『エンタープライズ』紙の植字工だった（Doten 1973、第二巻、八三五ページ～八三六ページ、第三巻、二二五一ページ）。
(8)ポールトニー・A・ビゲロー（一八五五年～一九五四年）は弁護士で、米西戦争の通信員、国際政治と旅行に関する本を数冊出版していた。彼とクレメンズは一八九六年から九七年にかけてロンドンの社交界で会っていたが、ここに描かれているような出来事はそれぞれ証明されていない。
(9)クレメンズがアイオワ州キーオカックに住んでいたのは、一八五五年六月から一八五六年一〇月までのほぼ全期間で（彼がここで言うように一八五七年一月までではない）、兄オーリオンのベン・フランクリン印刷所で働いていた。その後ミシシッピ河の操舵手時代の一八六〇年七月に再訪した。一八八五年一月には、ジョージ・ワシントン・ケイブルと一緒に朗読講演旅行をしていた折に再訪した。さらに一八八六年七月にはクレメンズは家族を伴って母親に会いに再訪している（以下の書簡の関連する注を参照、一八八五年三月五日付、マスカティン『トライ・ウィークリー・ジャーナル』紙宛書簡、一八五六年八月五日付、ヘンリー・クレメンズ宛書簡、一八六〇年八月一一日付、ストッツ宛書簡、『書簡集第一巻』、五八ページ～五九ページ、六九ページ、一〇一ページ、注1。『自伝完全版第二巻』、三五六ページ～三五八ページ、三〇二ページおよび関連する注。『備忘録第三巻』、二四二ページ、注六〇）。
(10)クレメンズは一九〇六年一月一二日付の「自伝口述筆記」で、ジョージ・ハーヴェイがクレメンズの七〇歳の誕生日を祝ってニューヨーク、デルモニコのレストランで開いた晩餐会のことを語った。さらに一九〇五年一二月二三日号の『ハーパーズ・ウィークリー』誌のかなりの部分を占めた「見事な話」を先の箇所に引用することを考えていたが、そうしなかった。その紙面の複写はマーク・トウェインプロジェクトにある（『自伝完全版第一巻』、二六七ページ～二六八ページおよび関連する注、六五七ページ～六六一ページ）。

一九〇八年一二月二二日、口述筆記(1)

郵便で面白い手紙がいくつも届くのだが、時には素晴らしい手紙もある。そうした素晴らしい手紙を取っておき、私の『自伝』の中にばらまいておこうと思う。はるか遠い時代の読者が私がそれを楽しむのと同じくらい大いに楽しんでくれることを望んで。私は今オランダから素晴らしい手紙を受け取ったところだ。それをすぐに一般の人々に知らせたい。私はそれを他の手紙類と一緒にして何年間も墓地に葬り去るようなことはできない。その墓地の中には外国からの手紙がたくさんある――それらが素晴らしいのは、おもにその英語が古風で滑稽で驚くようなもののためである。ところが、今日の手紙はもちろんそうした長所できらめいてもいるが、読み手がすぐに認めるような長所がさらに他にもある。それは生まれながらのユーモア作家からの手紙で、彼のユーモアは本当に天性のものなので、本で学んだ英語のよろいでも隠すことができないほどだ。そのユーモアはよろいを破って現れてくるし、隙間から明滅してくるのだ。彼は不完全な発話器官に妨げられて、自分が言おうとすることを正確に言うことはめったにできない。しかし、それは問題ではなく、彼はいつでも適切に表現し、いつでも風変わりで、しばしばきらめくように表現する。自身の母語でない言語できらめくということは本当にまれな妙技だ。そうしたことを時に噂で聞くことはあるが、自ら遭遇することはない。彼の英語はまったく魅力的で、その背後にある彼の人格もまた魅力的だと私にはわかる。

彼の「束」（彼のユーモアあふれる本）はオランダでは売れていないようだ。その本を英語に翻訳させよう――彼自身の手で翻訳をさせて、それを誰かに修正して損なわせることがないように――そして試して賭けさせよう。自由で、自然で、気取らない翻訳で、完全を求めて削ることも、磨くことも、洗練することもしない。ユーモアを愛する人はその本を読んで楽しみ、著者を好きになると思う。

アーウィンがその感じのよい日本人の男子生徒にしたことを見てみるがいい[2]。その男子学生の英語は製造されたが、いかに強制的にそれがなされ、手ひどく損害を受け、それでいてまっすぐに的を射ていることか。そしてすべての人々はつたない言葉にまどわされて、それがまき散らす大混乱に無邪気にも――明らかに――気づいていない。ボーシュ氏の覚束ない言葉が感動を与えることもあると考える。以下が彼の手紙である。

最も名誉を与えられ尊敬される方、

こんなにまで下手な英語で書かれた手紙をオランダから受け取ることはおそらくあなたをとてもおどロかせる

でしょうし、実は私は本当のオランダ人ではなく、ヨーロッパの国の約半分の血が、私の血管を流れているという事情がいくらかこのことを説明できるかもしれません、互いの言語が完全に理解不可能であり、ほとんどスすめられず、まったく特定の国に属さない言語の知識の無さにおいて。

それにもかかわらず私はこの手紙をできる限りよくするために可能なあらゆることをしました。もし（ドイツ語で「もし」の意味――マーク・トウェイン注）私が本当に純粋なオランダ人だったなら、うたがイもなく、とても輝かしい文を書けたことでしょうから、何年か後にはこの手紙があなたの国の言語学者によって、あなたの言語に関する知識で最も信頼できるものだと考えられるでしょう。まるで彼女がこの時代にいたかのようですが、今は言語における教訓に達したのは私であり、三人の異なる未知の人に対して三つの異なる言語で自らを笑い者にすることができるというような結果しか得られず、――本物のオランダ人というものはもちろん存在しないのです――そうした人物が手紙を書いたのですから、結果はいくぶん好ましからざるものになると懸念します。

しかしながら私はそれについてあなたが何かを考えてくださる可能性のあることを望み、この点に関してあなたの親切とご協力に訴えるものです。しかし、あなたノからの、このご誠心と私の側のそれをすべて合わせても、私の胸騒ぎが正しイく思われます。しかもあなたの良心的研究の後で、この手紙が私によって意図的に、この機会に発見された死語か、あるいはこれまでに知られていないエスペラント語かヴォラピュック語の方言のような言葉で書かれたものに見えると言うつもりダッタかもしれません。[3] それにもかかわらず私はあなたがワタシから私のものである栄光を奪うことはないと望んでいますし、しかもあなたがこの手紙を「死語の現在の居所に関する情報」の項目の指揮者宛にお送りくださるか、あるいはあなたの地方新聞の「人工言語の自然発生的ゆがみの観察」の項目の方にお送りくださる時には、私がこの手紙に関していつでも大切なものを獲得できますように、私の名前をこの作品とケッコンしたままにしておいてください。

さて、それでこの手紙の正当な理由です。

私はこれが実は幾分困難な問題だと言わねばなりません。私は腹蔵なく誓いますが、私はこの点を避けたかったのです。それから注の中にしまっておき、この手紙の下の欄外に置きたかったのです。そうすれば、事柄ジシンと関係なくあらゆる面白い問題について扱うことができたでしょう。でも、おそらくあなたはこの手紙の半分しか読んで下さらないだろうと懸念し、この目的に戻って問題の説明を私にさせて下さい。さらに、この手紙の半分のところであなたがこれを投げ捨てたとしても、私が書いてあなたに伺うことの半分を読んで同意したか、拒否したかうかがいたいと思います。どちらにせよ、私があなたにお認めいただきたいことの半分は少なくとも拒否されてはいません。私はまだ何もカケていませんし、いつもいくらかもうけていますので、あなたに率直にお願いします。私の最初の短編スケッチの束に序文を書いて下さいませんでしょうか？

それは確かに本当に奇妙な要求です。あなたはおそらくそう言うでしょう、私が読んだことのない本のために、私があったことのない人のために、序文をどうやって書けるのでしょうか？　と。

このお願いが、あなたが本当にそれを発したならですが、ある条件下では十分な理由があることを私は認めます。それでも私があなたに推薦を求めているものが単なる本にすぎず、ソーセージの新商品でも、安全マッチでも、自動自殺機でも、この種のことでもない以上、このお願いは決して理由を持たないのです。

推薦文を書く前に本の中身を知る必要があるでしょうか？　あなたがソーセージで腹がいっぱいになるように、あなたは本を読んで腹がいっぱいになったことがありますか？　では、あなたが子供達に本を与えたために、保証書付きの安全マッチが疑いもなく引き金となって、子供達が次々と墓に入るのを見たことがありますか？　そうしたことは誰も聞いたことがないでしょう、違いますか？

そして、では、さらに、人はいつその仕事によって著述家や芸術家や俳優と名乗れるのでしょうか？　それは確実に、決して起きないでしょう、違いますか？　それは確かに慣習にも礼儀にも反しています、そうでしょう。それは確かに昔からのよい習慣からそれることでしょうし、人々から決して是認されないでしょうし、その本を紹介しようとする人がそれで人々を憤慨させ、その人物の憎しみと怒りをかきたてるでしょう。

そして現行の習慣が今日までいかに効果的にはたらいていなかったことか！　忘れ去られてしまった政治家で自らの栄誉と彫像とを状況のおかげだと感謝しない政治家が何人いるでしょうか？　妻が夫とともにいるのに耐えられず少しずつ離れていったというのに。あまり知られていない、あるいはたとえ有名だとしても、歌手や俳優などの人の多くが、今までに芸術のためにやってきたことは、足首をねんざするか、ダイヤモンドを失くすか、逮捕される程度のことでしかなく、しかもこれらすべてのことをこれまでで一番の感性を持って成し遂げたのです。私自身ある人物を知っています。あなたもきっとわかるような人物で、誰からもほめられ、考えられる限りのあらゆる美徳と才能に恵まれている人物です。我々ドイツ人が言う小さな腹を得たと分かった良い例のためです。*

この腹の幸福な所有者が去って行く時に、「彼によって私は最高の望みを得ました」と仲間の一人が言います。「それは尊い人です！　才能のある人です！　その腹を持ち続けるでしょう！」

そしてこの人物についてとても高い評価を口にする人々はすべてこの際立った、豊かな腹に目を向けるのです。その人達が口を開き、彼のよい性質を強く主張しようとし、彼に関して口を開こうとすれば、人々はすべて無意識に彼の腹に関して非常に熱心に賞賛していることに気づきます。そしてこれは彼の同国人の評価と賞賛を獲得するのに非の打ちどころのない、美しい方法ではないでしょうか？

いいえ、とても名誉あるお方、私が揺るぎなく確信していることは、あなたが私の本のことを知らないというこの主張を決してしないということで、逆に、美しく完璧な序文でありながら、私の本とは関係ないものを書いても、全文明世界の賞賛と同意を獲得することはあなたにとって喜びになるということです。

そうすれば他のものにとってそうした序文はなんとも美しい仕事になります。ソレはなんと大きなあらゆる種類の興味深い熟慮をあなたに提供することでしょう。この束の著者がその計画を抱いて以来、徴兵される獣達の靴に関する法律違反は、統計によると、目立って減少しておりますからあなたは例イをあげて、大きな経済的視点からその問題を批評することができます。さらにより地元的性質の問題に戻れば、この本の出版が決まって以来、あなたの住居のある町の舗石が外部であまり使われなくなり、地上にある足元でもっと使われるようになったので、こうした作品の出版はしみったれた共同体社会にとって舗装とそれに関わる経費の目立った削減を意味し、あなたはよりすばらしく公正ナさらにここに書かれているよりも、もちろん、多くの洞察力をもって書くことができます。

しかしその男はなぜ自分の国のよく知られたユーモア作家に序文を依頼しないのでしょう。いくらか怪しいのではないか？　とあなたはきっと考えるでしょう。

とても名誉あるしかも尊いお方、あなたの論理的力、あなたの賢明さ、すべての問題に関するあなたの生き生きとした見方に対して私がこれまでにお示しした賞賛の繰り返し、それはあり得ることだと心から誓います。あなたがこのイライを本当に置くのならば、私がこれについてしてきたすべての明言を撤回することも心から誓います。

葬儀の際の説教と考えた方がいいような、そんな序文で私は何を始めるルべきでしょうか？

＊ドイツ語で彼自身の名前と語呂合わせになっている。

もしオランダにユーモア作家がいて、さらによく知られたユーモア作家だとしたら。あるいは、あなた自身がオランダノユーモア作家だとしたら、私があえてあなたの序文とともに登場することになりましょうか？　私はそのようなことをあえてしません。私にとって人生は貴重なものですから。この点において私はあなたを賞サンしなければなりません。私が今あなたを賞賛しているのと同じくらいか、そう、おそらくそれ以上です。というのも、きっとそのような悪い運命は貧しい人のものであって私には値しませんから。そして私が最大限悔やまねばならないことは、あなたがより恵まれた状況下に生まれなかったことです。あなたはグリーンランドの人でもなく、北極点の市民でもなく、（惑星の）火星の人でもなく、とりわけ、あなたはアメリカ人でもなかったのです。

そしてこれによってあなたがおドろくことは本当にないでしょう。というのも、もちろんあなたは知っているからです。我が国の人々が、私が列挙した人種や国民や民族をどれだけ賞賛しているか。とりわけ、いかに多くの賞賛をあなたの国の人々に対し抱いていることか。

独立を好むアメリカ、ここではこのような狭い了見はもちろん知られていませんので、あなたが我が国を旅行した際には二重に強い印象を受けられたはずです――あなたはそのあらゆる方面を散歩し、隅々まで知っているのでしょうね？(4)　我々が学校で学ぶように、我が国を駆け抜けていないアメリカ人は、本当のアメリカ人ではありません――あなたとあなたがここで見た自国の人からの、あらゆるものに対する著しい好みによってわかるのです。

あるいはオランダ人がそれぞれどんな驚くような話を聞いていたのか、あなたはもっと良くご存知でしょう。あなたは旅行中に見た美しいものについて語り、オランダ人が今日まで一度も聞いたことがないような、あなた自身の国の奇妙なことからいくらかを話してくださったのですから。あなたの国ではそれはもちろん全く異なっています。あなたの国の人々が外国を旅行するのは、自分の国のことを自分の家と同じくらいよく分かっている場合だけですが、こちらではそれは正反対で、自分の生まれた国で見るべきものが何かを正確に分かっている人はいないのです。そしてますます強くなっています。注目すべきものが本当にいくらかあると誰かが言っても、人々がにわかにそれを信ずることはないのです。ところが、そう言ったのがアメリカ人の時には別で、この場合、もちろんそれは本当だからです。

そのような状況下で私が同国人の序文を伴ってあえて登場すべきだとお考えでしょうか？　閣下、私はそうは考えていません！　たとえ私がその束にオランダが持つ最高に正統的で古い流派の聖職者から序文を得たとしても、すべてのものに関してこれが我々のモちえる最高の推薦だったとしても、そうは考えません。

そうではなくとても名誉あるお方、あなたの序文だけが私の目的なのです。ユーモア作家であり、あなたの国で最も著名なユーモア作家で、アメリカで最も著名なユーモア作家のあなたのご推薦、それで私の成功は確実なのです。編集者にこれを見せたならば、私の束が印刷されるのは疑いありません。私の見取り図がなくとも、それは可能です。しかし起こり得るであろうことは、広告が得られず編集者が寛大ならば、これらは表紙カバー（ドイツ語で「外表紙」）に印刷されるでしょう。あるいはおそらくあなたの序文の間に挟む紙に置かれ、告知とは異なりこれらを読むことがあまり単調にならない意図のものです。しかしいずれにせよその目的は達せられます。

それであなたは支援を与えるのをそれゆえ断るべきでしょうか？　とても名誉あるお方、私にはそれが信じられません。私はあなたの親切心に訴えているのです！　あなたのドルの力によって画家達の絵を購入することで画家達を養うことになりますし、それ以外のところから彼らは支払いを受けられませんし、だからより大量に描いてきたのであり、あなたの国の人々の背後に身を隠そうとされますか？

いいやとても名誉あるお方、あなたはそのようなことをされないでしょう！　それについて確信しています。しかしあなたの強力な支援の他には我が国の誰にも望めないし、金を出せる人間はいないし、地上の誰も喜びの時を犠牲にしなかった本の出版が可能になるのはあなたにとって名誉になります。

私は申し開きを得られたでしょうか？

ああ、その通りです。大切なことを忘れていました。あなたは私という人物について文字通り何も知らないのです！

しかし私が忠誠と信頼を目覚めさせられるようなどんなことをあなたに言えましょうか？　私が自分からきれいごとをあなたに伝えるとすれば、あなたはこの男はもちろん嘘をついていると考え、私は序文が得られなくなります。私が逆に悪い行いを正直に大量に告白したら、この人物に何か問題があるし、さらにどれだけのものを隠しているかは誰にも分からないと私はすぐに考えたと、あなたは考えます。そして私は序文を完璧に失うのです。

それにもかかわらず私は一切何も言いたくないこともなく、私の意志が良いことをあなたに示すために、あなたにお知らせします、私の長さは一・六一メートルで、私の顔色は漂白色で、目は青色、髪は亜麻色、あごひげがあります。鼻は普通で、耳も普通、口も普通、前歯が一本かけています。黒い怪しげな素材の服を着て、黒い帽子にはC・Wの印があり、白いズボンにはJ・A・BとC・B、P・Bの印があり、汚れた襟とK・S・Dと印のついた穴あきハンカチは除いてください。長靴は黒く、くたびれテ長い間磨かれていません。これも除いてください。ポケットに入っているのはパイプ、紙の無くなったメモ帳、象牙の柄のついたインド風の剣、推定によるとネクタイです。(5)

あなたはあまり見たくはないでしょうが、それが確実だと保証されているのか私には分かりません。それは警察が八年前に描いたものです。私は古くからの友人を歓迎するために新年の夜に出かけたのですが、約二四時間離れてタッテいたのです。なぜなら水のない塹壕、先回はそこで彼に会いましたが、今や凍りツイていて、そんな重大な変異が過去の二ヶ月か三ヶ月の間にどのようにして起こり得るのか私には理解できなかったからです。

そしてこうしたすべてのことでは、疑問の生ずる事柄に関して、私を信頼するには十分ではないでしょうから、そこで、とても名誉あるお方、私はおとなしく私の名前を提示し、私があなたに求めているものを軽蔑と引き換えに私に下さいますようお願いいたします。そうすれば、それによって喜びでとても嬉しく存じます。

いずれの場合でも私の最大限の尊敬の気持ちと賞賛の表明をお受け取り下さい。

ネッシンナ読者、
ピーター・ボーシュ。
(筆名「ペート・ベーツァー」。)

追伸　おそらくあなたが使い古されたか、不適切なユーモア話を贈呈しなければならないとすれば、私は自らを送付するのを丁寧に推薦いたします。

追伸　私の家内がこの手紙を読み、あなたが序文ではなくきっと医師を送って来るだろうと言いますし、このすべてがばかばかしいものだとあなたが信じるだろうと言います。そしてあなたの序文は冬の間中私達にとって大いに助けになるだろうと家内は言います。彼女の言うことは正しいこともありますが、家庭の繁栄と平和を考えると私がこのように明言してはならないのですから、もしも医師がすぐに来たらその医師は私の悪い歯を抜くことができるだろうと家内にもちろん答えました。それにもかかわらず私は彼女の意向を全く無視するわけにはまいりませんし、私がここに書いたすべてのことは深くまじめなもので、特に序文に属することはまじめだと公言いたします。さらにあなたがとても親切なことにお節介を焼いてくださり、そしてあなたが今日か明日にでも我が家の近くにお越し下されると、この序文のおかげで家族全員の感謝の声であなたに脅威となりましょう。私達には子供がおりませんので、残念ながら、子供の声は断念せざるを得ないでしょうが、反対に両親は大声を出します。

それが私の妻の言ったほとんどすべてですが、感動的な文タイで私が翻訳したもので、それで妻は事実自分のやりたいこともやるのです。

一九〇八年一二月九日

アムステルダム
フロリックシュトラート三三三―一一一
オランダ(6)

(1)この「口述筆記」の最初の三段落は——つまり、ボーシュからの手紙へのクレメンズの導入は——実際には原稿にもとづいている。

(2)ウォレス・アーウィン（一八七五年～一九五九年）は『コリアーズ』誌に多くの文章を書いたジャーナリストで、著述家、ユーモア作家で、同誌専属の作家だった。日本人の「生徒」トウゴウハシムラ（実際には三五歳の召使い）の声を借りてアーウィンがアメリカの社会と政治に関するまとまりのない英語の手紙を書いた。これは一九〇七年一一月号から一九〇九年二月号まで（毎号ではないが）連載された。この連載は当時非常に人気があり、その後数十年間続いたが、今日では紋切り型で人種差別的だと考えられている（「ウォレス・アーウィン、ユーモア作家死去」、ニューヨーク『タイムズ』紙、一九五九年二月一五日号、八七ページ。Irwin 1909、三ページ。Uzawa 2006）。クレメンズは前の七月にその雑誌に次のように書いた。

九〇八年六月六日

名誉ある『コリアーズ・ウィークリー』誌は日本の学校生徒を十分に登場させませんでしたが、彼の本はいつ出るのでしょうか。あなたが一番最初に一冊送ってくれるか、少なくとも二番目に早く送ってくれると感謝いたします。その少年は、過去長い間に我が国の文学に加えられた中で最も可愛くて、最も愛らしくて、最も正直で、最も変で、最も喜ばしく、最も愛すべき人物です。彼は永遠に続く人だと考えますし、そう望んでいます。

心からあなたの
サミュエル・L・クレメンズ

『コリアーズ』誌はクレメンズの手紙の複写を一九〇八年八月八日号（四一号、二二ページ）に掲載し、アーウィンはクレメンズに感謝の手紙を書いた（日付不明、カリフォルニア大学蔵）。

親愛なるクレメンズさん――

私の日本人の子供を誉めていただき深く感謝しておりますことを述べさせていただきます。『コリアーズ』を通じてちょうど到着しました。あなたからのお褒めの言葉は望みようもないものです。しかも突然に、青天の霹靂のように、あなたからとてもたっぷりとしたお褒めの言葉をいただいたことは――そうです、可愛いトウゴウはいまでも日本風に結い上げた髪をかきながらすべて本当なのかと不思議がっています。

いいえ、日本の生徒のことはまだ本の形になっていませんが、出版社から申し出がありますので、やがて本になるものと望んでおります。それが実際に本の形になりました際には最初に贈呈いたしますことをお認めください。

あなたがお教えくださった善いことに沿ってハシムラが生きていくよう導くようにいたします。

真心を込めて、
ウォーリス・アーウィン

一九〇九年二月に本が出版されるとアーウィンは、すぐに一冊クレメンズに送付し、クレメンズは三月八日付の手紙で、「年を取り黴臭くなっていても善良で賢きマーク・トウェイン、人類の恩恵者――尊き民衆の言うところでは――は日本人生徒に関する本を受け取りました。尊き人類のもう一人の恩恵者、日本の生徒に心の底からの感謝を送りますし、含み笑いをして楽しみながらそれをずっと読むことでしょう」と返答した（カリフォルニア大学蔵）。

（3）エスペラント語とヴォラピュク語は人工的に作られた国際語で、どちらも一九世紀後半に作られた。エスペラント語はロシアのルドヴィコ・L・ザメンホフが作ったもので、ヨーロッパの主要語に共通する語句を中心にまとめられている。エスペラント語は、アメリカ合衆国軍などの、様々な国家機関と国際機関で使用されたが、公式に採用した国はない。ヴォラピュク語はエスペラント語を補完した言語で、ドイツ人のカトリック司祭ヨハン・マルティン・シュライヤーにより作られた。これは主に英語を基本とするが、ドイツ語、フランス語、ラテン語からの語根も取り入れた。

（4）クレメンズと彼の家族は一八七九年七月半ばにオランダを訪問した。『徒歩旅行者、海外へ』の材料を求めるためのヨーロッパ滞在の一環であった（『備忘録第二巻』、四八ページ）。旅行のその部分に関しては彼は最終章の終わりでほんの短く、「私はパリからオランダとベルギーを歩き通し、疲れると時おり列車や運河の船に乗って、『全体的に』かなり楽しかった」としか言及していない（SLC 1880、五八〇ページ）。しかし、広範囲の「散歩」であったことは、一八七九年七月二〇日付のオリヴィア・クレメンズから母親宛の手紙から明らかで、彼女はロッテルダム、アムステルダム、ハールレム、ハーグとその周辺での「魅力的な」外出について書いている（トウェイン家博物館蔵）。

（5）ボーシュは自分と妻の写真を一九〇九年二月二七日にクレメンズに送ってこの自画像を完成させた（口絵写真参照）。

（6）クレメンズはボーシュの手紙がいたく気に入り、『ハーパーズ・ウィークリー』誌、一九〇九年二月二〇日号に、この「自伝口述筆記」全文を掲載した（SLC 1909d）。ボーシュからの手紙がさらに四通マーク・トウェイン・ペーパーズに残っており、一九〇九年二月二七日から六月二二日までに書かれたものだが、クレメンズの返信は見つかっていない。しかしクレメンズが二回返信したことは明らかで、求められた序文（今は消失）と、『ハーパーズ』誌の記事に対するボーシュへの報酬として五〇ドルを送った。ボーシュは三月一七日付の、部分的に筋の通った二六枚の手紙で謝意を伝え、次のように述べた。

そしてあなたが私をほめて下さいます！　今日にいたるまで私の作品に喜びを見出してくれたのは、私が書いている時に膝の上で暖かく穏やかに座っている猫だけでした！　そしてそれから序文です！　そしてそれから五〇ドルです！（中略）その結果、私の義理の母親がもう今では私の作品を批判しなくなりました。（中略）そしてそれがすべてではありません。私の義理の兄弟の一人がチーズを商っており、それゆえいつも私〈より〉優れていると感じている人物があなたからの手紙のことを聞いてすぐさま私の家に来たので、すべて話してやりました。（中略）これが栄光の始まりで、新聞に私のことが言及される前兆なのであり、私が有名人物になればあらゆる種類の問題について会見をするでしょうし、それには、私は何の関係もないのに、あらゆる問題について私がほとんど何も知らないことでも、私の意味を述べねばならないのです。これはすべての有名人が順番にすることとなのだともちろん私は理解しています。

そしてこのすべてがあなたの序文のおかげです！（カリフォルニア大学蔵）

ボーシュは四月二七日にまたもう一度（たった一〇枚の長さの手紙で）感謝を表明し、そこで財政的困窮を語り、「あなたの手紙に同封されていた五〇ドルで私達の命が救われました」と書いた。この時点でクレメンズは文通が嫌になっていた。この手紙の封筒に彼は「返信せず。見知らぬ者への親切は**決してせず**」と書いた（カリフォルニア大学蔵）。彼が返信しなかったことでボーシュは六月二二日に四通目の手紙を書くことになり、これははっきりと『ハーパーズ・ウィークリー』誌宛で、「クレメンズ氏は他の何らかの理由で返信するつもりがないか返信できないのかどうか」をたずねている（ドゥネカからクレメンズ宛、一九〇九年七月二日付書簡に同封、カリフォルニア大学蔵）。

一九〇八年一二月、クリスマスに口述筆記[1]

一〇日前にロバート・コリアーがクリスマスに子象を購入し[2]、それを運ぶ車の手配ができ、ブリッジポートにあるバーナム・アンド・ベイリーの越冬用動物園から一時的に飼育員を借りてきたら[3]、送ると手紙で知らせてきた。そのずるい悪党はその手紙が決して私の手には届かないし、途中でライオン女史の手で握りつぶされることを知っていた。私はロバートを知っていて、その背後に笑いごとが隠されていると疑っていたので、その手紙に煩わされることはなかった。ところが、ライオン女史は仰天した[4]——まさに彼が期待した通りに、それをまじめに受け取ったのだ。彼女とアシュクロフトは差し迫る大災難のことを一緒に話し合って、どんなことがあってもそれを私に見せてはならないということにした。彼らが苦難を背負い、不眠症に耐え、私を救うことを決意したのだ。彼らは象について何も疑わなかった。ロバートが友人に何か親切をしようと思い立ったら、彼は費用など決して考慮せずに、象やあるいは彼にとって必要だと思われるどんな高価な珍しいものでも買うだろうということを彼らはとてもよく分かっていたのだ。ライオン女史はニューヨークに電話をかけ、ロバートと話した。彼女はこちらでは象の世話ができないし、象は暖かい気候になれているのだし、とおどおどしながら切り出した——

「ああ、それは大丈夫ですよ、車庫に入れなさい」とロバートは陽気に遮った。

「でもそこにはストーブしかないですし、それにとても——」

「まさにそれです！　それ以上は望めないでしょう」。

敗北である。ライオン女史は別の口実を探した。

「でも車庫には仔馬がいますし、コリアーさん、小さくて臆病な仔馬ですから、もし象がやってきたりしたら、仔馬は――」

「ああ、それは大丈夫ですよ、ライオンさん、あなたには迷惑をかけません。この象は仔馬が何より大好きで、仔馬と遊んでくれますし――」

「コリアーさん、仔馬は屋根から飛び出してしまいますわ！　その二頭を一緒にしておくなんて、決して、決してできませんわ。象が愛情を示し、仔馬が狂乱している間に車庫全体がめちゃくちゃになりますわ」。

「ああ、そうだ。開廊がある、開廊です。広々として――ガラス窓で囲まれているし――蒸気で暖かいし――気持ちのいい環境ですよ――明るい陽光――素敵な風景――ああ、まさにうってつけの場所です！　開廊に入れましょう！」

「でもコリアーさん、そんなことは決してうまくいかないと思います――うまくいかないと考えます――本当に確信があります。私達はそこでトランプをして――」

「まさにそれです。象はトランプが大好きなのです。ええ、なんでも好きです。それこそ彼の専門です。彼がいい手を引いたら疑ってはいけません」。

ライオン女史は絶望的になりながらも次々と口実を考え出したが、ロバートはそのすべてを象の持つ利点へと話をそらしていった。それでついに彼女の口実製造所も破壊され、彼女はあらゆる点で打ち負かされて受話器をおいた。

それが一〇日前のことだった。それ以来ライオン女史は昼も夜も迫りくる象のことで思い悩んでいたし、アシュクロフトは象がここに来るのを何とか耐えようと、できる限りの理由を探していた。そうした緩和剤の中で彼がとりわけ際立った主張をしたのが、これが子供の象でしかなく大人ではないという事実だった。

やがてロバートから時折電報が来て、進行状況を知らせてきた――進行は遅く残念なものだったが、希望に満ち、激励に満ちていた。このすべてが象のための車に関するものだった。例えば途中でクリスマスの渋滞があることなどだった。しかしついに車が確保できたという心温まる知らせが届いた。ライオン女史はずっと希望を捨てないでいたし、少し、それからさらに少し、そしてさらに少し——しかしこの知らせが彼女のそうしたはかない望みもすべて無にした。

一昨日電報が来て一〇梱の干し草——つまり一トン——急行貨物便で私達の家に輸送され、干し草と一緒に二〇ブッシェル〈約七〇四リットル〉の人参と果物も送られたという。すべて象のためである。輸送費は前払いされていた。

昨日の早朝に三マイル離れた列車の駅からこの餌が届いたことを知らせてきて、一時間後それがこちらに届き、車庫に収められた。ライオン女史は——しかし、絶望は既に頂点に達していた。

ラウンズベリー氏が今朝九時に電話してきて、ロバート・コリアーからの手紙を持つ人物が駅にいるというのだ。その人は自分がバーナム・アンド・ベイリーの象の飼育員で、クレメンズ氏の象を飼育するためにここに派遣されたと言った。彼を呼び寄せようか？　そうだ、呼ぼう。それでラウンズベリーは彼を呼んだのだ。ラウンズベリーはいつも生き生きしていて、いつも元気一杯なのである。途中で彼は活気づいて言った。

「象はどこにいる？」

「昼に着きますよ」。

「どこに入れるんだい？」

「開廊の中ですよ」。

「どんな象なんだい？」

「赤ちゃん象ですよ」。

「どれぐらいの大きさ？」

「牛くらいです」。

「バーナム・アンド・ベイリーでどれくらいになる？」

「六年です」。

「いいだろう。それならあそこの古くからの私の友人を二人ほど知っているだろう——ビリー・ブリズベインとハンク・ロバーツだ」。

「ええ、よく知っています。いい人達です」。

「この上なくいい奴さ。どうしてる？」

「ビリーさんは先週ちょっと苦しんでました――リューマチだと思います――ハンクさんは頑固なくらいに元気です」。

ラウンズベリーは心の中で言った。「二人とも死んで二年になる。この人物はペテン師だ。どこか怪しいものがあるな」と。

ライオン女史は飼育員（ロバート・コリアーの執事が変装していた）をできる限り機嫌よく出迎え、彼女とアシュクロフトは象に気に入られるための正しく安全な方法と、怒った時にどちら側に避けるべきかに関する指示を書きとっていた。それから飼育員はラウンズベリーに動物を受け取りに行かせると、アシュクロフトは開廊を（草木などで）装飾するのが遅れているので、一時間か二時間ベッドにいてほしいと伝えるために私の部屋にきた。彼らは仔馬を近くの人の家にあずけ、私が私達を襲った大災難を発見して、クリスマスを台無しにしてしまわないよう象を車庫に入れて隠しておきたかったのだ。

約半時間後に象が届いたが、ライオン女史は出て行くことができなかった。彼女はその顔を見ることができなかった。(5) しかしそれを恐れることはなかった。それは二フィートの長さの布製の車のついたものでしかなかったからだ。

ロバート・コリアーは最後には得をした。いいや、得をしたのは仔馬だ。一トンの干し草とさらに美味しいものを得たのだから。

(1)この「口述筆記」は実際には原稿による。
(2)この情報を含むコリアーからの手紙は存在が不明である。彼は実際にはそのような手紙を送っていなかっただろうし、クレメンズが主張するように、それを途中でライオンに横取りさせるつもりだったのだろう。逆に、コリアーは一二月一九日になって初めて彼女に直接伝えて、そこで彼女は日記に、「今夜九時三〇分に就寝した直後に、ロバート・コリアー氏から電話があり、赤ちゃん象――王様のクリスマスのために本物の象を贈ると伝えてきた」と記した（Lyon 1908）。この挿話に関するクレメンズの話は、その年も含めて厳密には事実にもとづかない可能性がある。

(3)フィネアス・T・バーナムは一八七一年設立の「地上最大の見世物」をジェイムズ・A・ベイリーのサーカスと一八八一年に合体させた。バーナムが一八九一年に死去し、一九〇六年のベイリーの死後は、そのサーカスはリングリング・ブラザーズ社に売却され、それを自身のサーカスとは別に何年間も公演し続けた。一八七五年、クレメンズ一家はコネチカット州ブリッジポートにある避暑用の家でバーナムの見世物を観に行った。ブリッジポートにはそのサーカスの越冬用施設もあった（一八七五年二月三日付と一八七五年六月七日付、バーナム宛書簡、一八七五年一〇月一一日付、ブレイン宛書簡、『書簡集第六巻』、三六八ページ～三七一ページ、四九一ページ～四九二ページ、五五五ページ～五五六ページ）。

(4)ライオンは一二月二四日付の日記に次のように記している。

> 三時三〇分にテーブルの上に踏み台を乗せて、その上に立ってガス灯の出っ張りにクリスマスのボールを結び付けていた時に、象の飼育員がやってきた――そしてその動物がやってくること、牛ほどの大きさであること、車庫を温めておくべきこと――一日に半梱の干し草とパンと人参が必要なことを言った。さらに家の中には入らないし、駅に一トンの干し草が届いているというのだ――それで私の心配が本当になった。というのも野生動物を虜にすることになると、激しい感情の波が王様を襲うだろうと分かっているからだ。（Lyon 1908）

(5)ライオンは一二月二五日付の日記で、おもちゃの象の荷を開けた後でもその冗談がはっきりわからずに、「電話に走って、それについてラウンズベリー氏に話した」と認めている（Lyon 1908）。

一九〇九年一月五日、ストームフィールドにて口述筆記[1]

二週間か三週間前にあった大統領のあの奇妙な行ないに関する記事はたった三つしか読んでいない[2]――国家元首が若い少女を手荒く扱った記事である。ニューヨーク『タイムズ』紙にひとつ掲載された。思い出すところでは、その内容は次のような趣旨だった。『サン』紙の記事か社説がローズヴェルト氏を非難した――彼は友人と一緒に田舎で乗馬に出かけた――そして、自身の「乗馬用鞭の柄」で、彼を馬で追い越そうとして礼儀を破った少女の馬を打ったのだ。ローズヴェルト氏がその少女には作法が欠けているとして、その少女を厳しく叱ったことがさらに批判されている。続けて、『タイムズ』紙は象のように巨大な風刺を付け加えた。その大体の趣旨は、その少女と父親が逮捕され、軍隊の地下牢に送られ、軍事法廷で裁かれる、などということである。私にはそのことが理解できなかった。一体何が起こったのか、あるいは起こらなかったのか、私には分からなかった。ローズヴェルトらしい事件が起きたようだが、その規模も様態も『タイムズ』紙のぎこちなく馬鹿げた風刺力のためにどうしようもなくぼやけてしまっていた。

だが、今日訪問者があり、その人が事実だと言うことを教えてくれている。(3) 彼はその少女の父親の友人から事実を得ている。つまり、大統領は三人の友人とともに田舎に出かけ、乗馬を楽しんだ。やがて一五歳の少女が背後に現れた――彼女は馬に乗っていた。彼女は間隔をせばめ、騎乗のまま追い越すつもりだったが、大統領の肩かあるいはおそらく耳を見てそれが誰か認識し、速度をゆるめ、少し手前で止まった。しばらくして、地上最高の国の元首が向きを変えて戻って来てその子供に向かって叫んだ――

「私が誰だか分からないのか？　ずっと私の後を追ってきたな。作法を知らないのか？」

少女はおびえて説明した。

「急いでいたので追い越そうとしたのですが、大統領だと分かったので、私は――」

「そんなことはどうでもいい！　あそこに脇道があるだろう――あの道を行け。行け！」

少女は突然泣きじゃくり、言った――

「あれは父の家に行く道なのです、閣下。あの道へ行くつもりだったのです――」

「行け――いいか！」

言われた通りのことを少女はした。その父親は大統領に手紙を書き送り、苦情を申し立てたが、返事はなかった。(4) そのような話が伝えられながらも信奉者がいる大統領というものが、かつていただろうか？　きっといなかった。

それは愚かで法外なでっちあげで、明白な嘘だと認識されただろう。というのは、自尊心に欠け、自らの高い地位に対する敬意を欠く大統領というものはこれまでいなかったからである。紳士でない大統領は今までいなかった。肉屋か地下酒場の主人かガキ大将になろうとし、自分で制御できない状況に陥って職務を見失ってしまうような大統領は今までいなかった。そんな話がいま信じられるだろうか？　信じられる、しかも筋が通っている。その話の本質部分が真実だとローズヴェルト氏を知る者は誰でもわかる。この人物は、三年前にホワイトハウスの待合室で婦人に野蛮な扱いをして、そのご褒美にワシントン郵便局長職に任命されたごろつきの部下を持つ[5]、あの同じごろつきなのである。

（1）この「口述筆記」は実際には原稿による。

（2）「ロサンゼルスの裕福な家庭の娘、メイ・ローズ女史」を含む乗馬事件の話は、ニューヨーク『サン』紙、一九〇八年一二月一九日号（「少女達大統領に憤慨」、三ページ）に掲載された。翌日『タイムズ』紙が『サン』紙の「うわべを飾っただけの不完全な報告」が次のようなことを露呈していると非難する記事を掲載した。

『サン』紙の通常のやり方で、事件の重要性を過小評価しようとし、ローズヴェルト氏にとってできる限り好意的なことに作り上げようとする明白な意図がある。大統領が右の腰ポケットから機関銃タイプの回転式拳銃を取り出し、馬を撃ち、乗っていた少女を落馬させて重傷を負わせたにもかかわらず、少女をフォートモンロー軍用地に送ったという事実をなぜ握りつぶすのか。そのかわいそうな者の両親と彼女の仲間は手錠をかけられて秘密裁判の審理を待つためにワシントンに送られた。こうした事件の犯罪者に対して武装した官憲がいかに過酷になりえるかを彼らだけが今日まで知っている。この国の全未来に影響する事件を軽んじようとし、一般読者に「でっち上げ」だと思わせるように取るに足らない形で、あるいはせいぜい噂好きの女生徒のほとんど根拠のない誇張された、たわ言として紙上で扱おうとする、弱腰のたわけた意図は最も厳しい非難に値する。（「不注意な報告」、一〇ページ）

（3）一九〇九年一月五日にストームフィールドに二人の来客があったが、どちらが「事実」を伝えたのか不明である。著述家と写真家の代理人のポール・トムプソンは一九〇八年一二月二一日にクレメンズに宛てた手紙で「私が代理人を務めるイギリスとヨーロッパの数人の写真家が新居でのあなたとあなたの家族の写真を撮りたいと依頼してきました。（中略）写真を撮るために写真家をレディングに向かわせる許可を明確にお取り計らいくださるととてもうれしく存じます」と書いている（カリフォルニア大学蔵）。ポール・トムプソン（一八七八年〜一九四〇年）はイエール大学の卒業生で写真家（「テイラー氏」、ストームフィールド来客帳による）で、一月五日にストームフィールドを訪問した。「そこでそのユーモア作家はビリヤードに興じ、書き物をしているところ、他の家族と一緒にいるところを写真に撮られた。この一連の写真を一〇〇〇ドルで直ぐに売り、これが独立した報道写真家としてトムプソン氏の地位確立のための初期の資産となった」（「ポール・トムプソン、六二歳、初期のカメラマン」、ニューヨーク『タイムズ』紙、一九四〇年一一月二八日号、二三ページ。一九〇九年一月五日付、ストームフィールド来客帳、カリフォルニア大学蔵）。ストームフィールドで撮影された四枚の写真が『バー・マッキントッシュ・マンスリー』誌、一九〇九年三月号に掲載された（Paul Thompson 1909。口絵写真を参照）。

（4）少女の父親でロサンゼルスの著名な銀行家で金融家アロンゾ・ウィラード・ローズの苦情の手紙は見つかっていないが、ローズヴェルトに「ワシントン近くの道路で追い越した際に娘の馬が大統領から撃たれたことを否定します」と手紙で書いた（「ローズヴェルトは感謝。大統領少女の母親に書く」、ニューヨーク『タイムズ』紙、一九〇九年二月九日号、一ページ。「金融家A・W・ローズ死去」、ロサンゼルス『タイムズ』紙、一九三七年一一月五日号、A一三ページ）。ローズヴェルトは二月初旬に次のように返信した。

我が親愛なるローズ夫人、二〇日付のお手紙、この上なく感謝申し上げ、私がお嬢様の馬を撃ったとする話を否定する手紙を受け取り、喜んでいます。話そのものがばかばかしくて否定する価値もないものでした。この種の数限りない話が愚かな人々や悪意ある人々によって時々つくられるのです。折に触れて私はそれらを否定するのですが、概してそれらをただ無視するのが最良だと分かっています。なぜならそれらを否定するとそれらに注目を向けることになり、善意ある人々に話を何度も繰り返させて誤解を生じさせる機会を中傷者に与えることになるからです。

心よりあなたの、
セオドア・ローズヴェルト。

（5）大統領補佐官補ベンジャミン・F・バーンズは一九〇六年一月にホワイトハウスからマイナー・モリス夫人を強制的に排除した。クレメンズはこの事件を一九〇六年一月一〇日、一五日、一八日の「自伝口述筆記」、さらに一九〇六年四月三日、四日の「自伝口述筆記」で詳しく論じている（『自伝完全版第一巻』、二五六ページ〜二五九ページ、二七九ページ〜二八一ページおよび関連する注、二九二ページ〜二九三ページ。『自伝完全版第二巻』、六ページ〜一二ページ）。

一九〇九年一月一一日、ストームフィールドにて口述筆記

シェイクスピア・ベイコン論争のまさに最初の部分にまで話をずっと前にまで戻すと、私はベーコンに賛成してきて、堂々としたシェイクスピアが敗北するところをずっと見たいと思ってきた。[1] 私のこうした考えの理由は十分だったかもしれないし、不十分だったかもしれないが、そういうものだったので私は強く影響を受けた。歴史家と伝記作家が主張するシェイクスピアのように、一人の人物がエリザベス朝の小さなロンドンで突出し、しかも人々の記憶に残るような事件をほとんど残さないということは、私にはいつも説明できないように思われた。あとに残したのはほとんど些末なことでしかない。あとに残したのは全く普通の人の生涯の出来事程度でしかなく、肉屋や食料品屋、燭台製造者、葬儀屋など果てしない人々に起こり得る出来事なのだ――深く、重々しく、不気味な静寂だ。著名な馬が死んだとしても後に残すのがそんなにも乏しい伝記とはいつも思えなかった。伝記作家達は最善を尽くしたし、それは認めねばならない。彼らはシェイクスピアの文法学校の出欠もつかんだ。六ペンスの心付で馬を所有していたこと、川のあちら側で劇の上演をしたこと、鮮やかな鹿泥棒のこと、ストラトフォードで羊毛選別をまじめにやって金をもうけたこと、続く妻との早すぎる関係、彼の遺書――あの記念碑的遺書――その厳粛で笑いを誘う二番目に良いベッドの件、恭しく保存され、唯一現存する二つほどの署名によって彼が自身の名前さえ上手に綴れなかった事実を暴露していること。[2] 一握りのさらに半分ほどのこうしたどうでもよいことをつかんで、それを引き延ばし、効率的に利用し、破裂しそうになるまで膨らませ、伝記作家達はそこから本当だとする伝記を創った。シェイクスピアのように有名な人物が、五二歳まで生きて、何ひとつ起きなかったことが私には理解できないくらい奇妙に思われた。

イグネシアス・ドネリーの本が一八年か二〇年前に出てきた時、私はそれを出版しただけでなく読んだ。(3) それは独創的な作品で興味深かった。世界は大いにその本を笑いものにしたが、思慮深い人々がほとんど笑えないことがそこに書かれていると私は思った。今ではそのことを忘れてしまい、時間と疲労で曖昧になってしまったが、ドネリーの本で見事な点の詳細を今でも覚えている。私の記憶によると、作家がペンで情景を描く際に噂でしか知らない風景を使うのではなく、よく知っている風景を使うのはいたって当然だということだ。これに関して彼が注目したのは、シェイクスピアが出来事に地域色を出したい時にストラトフォードの周囲の光景やストラトフォード周辺の名前を使っておらず、かわりにベイコン卿がよく知っている景色を使っているという際立った事実であった。ストラトフォードにはほとんど言及がないが、聖アルバヌスには三回から二〇回言及がある！

イグネシアス・ドネリーはベイコンの名前が暗号文字列として配置され——あるいは折りたたまれて折向として配置され——どちらが正しいのか私には分からないが——暗号化されてシェイクスピアの劇作品のあらゆるところに隠されているのを発見したと信じていた。彼の頭字語は必ずしも納得できなかった。頭字語が正しいと信じたければ、かなり強烈に想像力を働かせなければならないと私は思う。ドネリーの本は全く失敗に終わり、その当時から今日までベイコンがシェイクスピアの作品を書いたという考えはゆっくりと廃れつつある。今日ではそれにちょっと言及したものもほとんど見ないし、そうした言及があったとしても一様に静かな冷笑を誘っている。

それで、今から二週間か三週間すると我々の上に爆弾が落ちて来て、きっと人類をひどく驚愕させることになろう。ボストンでイギリス人聖職者による本が個人的に密かに印刷されていて、それがシェイクスピアを永久に落馬させ、ベイコンを安座させるだろう。暗号がもう一度勢いを得て、今回それを笑うのはためらうことになろう。その奇跡中の奇跡ヘレン・ケラーは献身的教師で保護者のジョン・メイシー夫妻とともにこちらに三日間滞在した。メイシー氏がその聖職者の本のことを内密に教えてくれた。(4) 私はその秘密をはるか遠い未来に向けて自伝の中で暴露しているが、口にしてはいない。その聖職者はベイコンの名前が劇作品やソネットの中の暗号文字列に隠されているのを一〇〇ヶ所以上見つけた。二つほどの例を私自身で確認してみると、これら二つの例だけでシェイクスピアの王位を奪い、ベイコンを玉座に据えるのにほとんど十分だと感じた。ひとつの例は『あらし』の「むすび」である。この暗号文字列の中にベイコンの名前がラテン語の形――「フランシスコ・ベイコノ」の形で隠されている。[5]「むすび」の最後の言葉（free）を取り出し、指を左に動かしその行の最初に持っていき、それから上の行の右へと指を動かし、さらに三行目の左に動かし最初に指を持っていく、などなどをして、左へ、右へ、また左へ進み、Rで始まる単語を見つけることになる。そして下から五行目にそれを見つける。そこで指を左に動かすと六行目の最初でAの文字に出会い、そこから右に移動する。七行目を左まで移動し、八行目を再び右に移動するとそこでNの文字に出会う。上の九つの行の中にCとIの文字がある。その上の二つの行にSがある。この暗号文字列では単語の中の文字も右端にくる文字も使われていない。このやり方を続けるとCとOの文字が然るべき場所に配置されているのが分かる。単語の最初の文字と一単語で成り立っているものだけが使われている。

「ベイコノ」という単語は下から二行目の端の単語「be」から始まり、先のように右と左に移動していき、単語の最初の文字を拾い上げると、「むすび」の最初の行にいたり、その行に「ベイコノ」の最後の部分がある。『リア王』の最後のページの中にも暗号文字列「ヴェルラム〈Verulam〉」が逆さつづりでちりばめられている。それは最後の行の最後の単語から始まるが、それはト書き（「死の行軍とともに退場」）だ。その行にはMとAの二文字があり、そのすぐ上の行にはLの文字がある。Uで始まる単語にいたるまで九行上まで行き、さらに四行上に行くとRで始まる単語がある。さらに二一行分上に行くとEで始まる単語があり、それ以前にはEで始まる単語はない。その直前の行にVの文字があり、それで暗号文字列が完成する。

読者はこれら二つの名前がどこにも**偶然の**支障もなく秩序だって体系的な方法で配置されたことを望みながら、いやになるまで検証することだろうが、その苦労の末に得るものは楽しみだけだろう。たったひとつの例しか見つからなければ、気の利いておそらくもっともらしい理由づけによってそれが偶然だと納得できるかもしれない。しかし、厳密にルール従って二つの例を見つけたとすれば、きっとその二つが偶然ではないと分かるだろう。そしてその二つがある意図の結果であり、どちらも驚くべきことではない可能性が極めて高いことをおそらく最終的には認めるだろう。というのもまさに驚くべきことでなければ、このような複数の手の込んだ異常な偶然などあり得ないことがわかるからである。

メイシー氏はこれら二つに相当する例がその劇作品とソネットに一〇〇例から一五〇例はあると言う。そうだとすると、シェイクスピアが自分の作品にベイコンの名前とベイコンの称号を謎として入れながら、自身の名前を暗号文字列化し忘れた可能性は著しく低く――この惑星上では測れないほどで、事実、ビッカリング教授のあの新惑星よりも遠いことになり[6]、その軌道は海王星のはるか外側なので海王星がかなり身近で近づきやすいものと思われるほどだ。

これらの暗号文字列はシェイクスピアの最初期の、しかもほとんど改ざんされていない版から抜き取られたものである。今日の相当に編集された版では本文が変化している場合があり、暗号文字列が壊れている。一般の読者では一六二三年の二つ折り本やその類を読むことはできないので、そうした初期の版の写真のように精密な複写を作成し、その聖職者の読者の前において、暗号文字列を自分でたどれるようにせねばならない。私はゲラ刷りが出たらすぐ手に入れて、行儀よく、静かにしていなければならない。今しばらくは私も興奮気味の期待で天に住んでいられよう。シェイクスピアの存在を信ずる人々を笑うという下品な特権を私は何年も何年も自らに認めてきたので、もしその聖職者の本がそのはなはだしく商品化された羊毛商人を落馬させるのに失敗したら、私は恥ずかしくて死んでしまうことになる。しかし、いずれわかることだ。私はまだ自分の記念碑を注文していない。

(1)フランシス・ベイコン卿（ヴェルラム卿、一五六一年～一六二六年）が通常ウィリアム・シェイクスピアの名前で劇を書いたとする理論はハートフォードのデリア・ベイコン（一八一一年～一八五九年）によって最初に提示された。一八五六年に雑誌に掲載された記事と翌年に出版された本で彼女はその劇作家はストラトフォードの「愚かで、無知で、読み書きのできない、三流役者」のシェイクスピアよりも良い生まれでなければならないと主張した。「シェイクスピアは死んだか?」にあるクレメンズの記述が信じられるとすれば、「デリア・ベイコンの本」によって一八五六年か一八五七年にはクレメンズはベイコン主義者になっていた。だが証拠はこれに反している。彼は一八七三年の備忘録にシェイクスピアが作者であることにある程度の疑いを記しているが、概して彼のベイコン派への傾倒は一八八七年以降に明確になった（以下の注3を参照。Delia Bacon 1856、一九ページ。Delia Bacon 1857。SLC 1909a、四ページ～一七ページ。『備忘録第一巻』、五六二ページ～五六三ページ。Berret 1993。Gribben 1980、第二巻、六三三ページ～六三六ページ)。

(2)シェイクスピアの生涯におけるこうした事件（の様々な程度の真実性）は、シドニー・リーの『生涯』などの標準的伝記やS・ショーンボームの『シェイクスピアの生涯』などのシェイクスピアの伝記研究の中で議論されている（Sidney Lee 1908。Schoenbaum 1991）。

（3）イグネシアス・ドネリー（一八三一年～一九〇一年）はミネソタ州の政治家で、弁護士で、著述家だった。彼は『偉大な暗号』（一八八八年）でベイコンがその劇を書き、自らが書いた目印を暗号の形で書いて一六二三年の『シェイクスピア全集』ファースト・フォリオの随所にちりばめたと主張した。ドネリーの理論は出版以前から新聞各紙で大いに議論された。クレメンズがドネリーの本を出版したという記憶は間違いである。彼は一八八七年七月九日に（チャールズ・ウェブスター社の代理人の）フレッド・ホールに宛ててエルマイラから、「イグネシアス・ドネリーのシェイクスピアの暗号の本を手に入れられないでしょうか――それともソーンダイク・ライスが既に手に入れましたか？」と手紙で伝えている。しかし彼はこの文を消して、「いいや――我々はそれを欲しくありません」と書いた（ヴァッサー大学蔵、『実業家マーク・トウェイン』、三八四ページ）。ホールは「ドネリーはシェイクスピアの本を我々に提供しましたが、それを断るのが最良と考えています。特に著者が全利益を求めていますので」と返信した（一八八七年八月一〇日付書簡、カリフォルニア大学蔵）。クレメンズはこの時自らの先の手紙のことを忘れて、自身の決定を繰り返しただけなのにウェブスターの決定を非難した。彼は九月七日にオーリオン宛に手紙を書いて、ウェブスターが「私の意見を求めずにドネリーのシェイクスピアに関する本を断る勇気がなかったのです（中略）もちろん、五万ドルを投げ捨てることになることも分かっていませんでした。彼は単に無知でした。おそらくベイコンのことを聞いたこともなく、議論があることも知りませんでした。このようなことは二度とあってはなりません」と伝えた（カリフォルニア大学蔵。『備忘録第三巻』、三三四ページ、注七三）。同日、スージィ・クレメンズはエドワード・H・ハウスに次のように書いた（ヴァージニア大学蔵）。

現在我が家では（中略）シェイクスピアの劇作品の原著者に関して大きな議論になっています。ドネリー氏の本の注目点は懐かしく可哀想なウィリアムにとってあまり好意的ではありません。もしもシェイクスピアがその地位を奪われ、ベイコンがシェイクスピアによって長く占められてきた座にすえられるとしたら革命的なことになります。ママはその考えそのものを嫌っていますが、パパはベイコンを支持していて、私も同じです。

『偉大な暗号』は広範囲に（しかし大抵は軽蔑的に）報道され、経済的には失敗した（Friedman and Friedman 1957、二七ページ～五〇ページ。Fish 1892、一一五ページ）。

(4)ヘレン・ケラーは彼女の先生アン・(サリヴァン・)メイシーとジョン・メイシーと一緒に一九〇九年一月八日にストームフィールドに到着した。ジョン・メイシーがベイコン・シェイクスピア論争に関する新たな本の校正刷りを持ってきて、「王様は即座に警戒した」とイザベル・ライオンは日記に記した。ウィリアム・ストーン・ブースの『フランシス・ベイコンの署名、暗号文字列』は『シェイクスピア全集』ファースト・フォリオに暗号化された文字列を通じてベイコンが原作者であることを示そうとするもうひとつの試みであった。ライオンは「王様はその信ぴょう性を確信し」、「そして圧倒的熱狂に取りつかれた。(中略)二人がシェイクスピアの喉をつかんでその忌まわしい犯罪ゆえにまさに絞殺したと思われるだろう」と書いた。メイシーのすすめでクレメンズは「シェイクスピアは死んだか?」を一月一一日に書き始め、三月九日に書き上げた。ハーパー・アンド・ブラザーズ社がそれを四月に出版した(Lyon 1909。Booth 1909。SLC 1909a)。イギリス生まれの作家ウィリアム・ストーン・ブース(一八六四年～一九二六年)はクレメンズが言うような「聖職者」ではなかった。

(5)この例はウィリアム・フリードマンとエリザベス・フリードマンが明確に論じており、彼らはブースの方法を使うとベン・ジョンソンや他のチューダー朝の著名人の「署名」を抽出することもいたって簡単であることを示している(Friedman and Friedman 1957、一二〇ページ～一二一ページ)。

(6)ハーヴァード大学の天文学者ウィリアム・H・ピッカリング(一八五八年～一九三八年)は一九〇九年初期に海王星の軌道の「摂動」を分析し、九番目の惑星の存在を結論付けた。(ピッカリングの推測上の惑星は、一九三〇年に発見される冥王星と同じではなかった)。クレメンズは「新惑星」と題する短いスケッチを一月四日に書き、その月の終わりに『ハーパーズ・ウィークリー』誌に掲載した(以下ニューヨーク『タイムズ』紙より、「新惑星報告」、一九〇九年一月二日号、一ページ、「新惑星の軌道発見」、一九〇九年一月四日号、三ページ、「新惑星確認に向けて」、一九〇九年一月一〇日号、四ページ。SLC 1909a、1909b。Hoyt 1976)。

一九〇九年三月一〇日、口述筆記

ライオン女史が一時間前にビリヤード室に入って来た。私は部屋着を着たままで、昨夜偶然発見した、驚くべき新しい一打を完成させるのに忙しくしていた——アシュクロフトが今夜やってきたら、彼の目の前で何気なく、無頓着な様子でその一打を打とうと考えて完成させようとしていたのだ。その一打を見事に打ったのを彼が見た後で、この一打は上手く打てたけれども、それは信じがたい一打で二度とできないと彼に言わせる時のことをも考えていた。さらに、その時までその一打を見たこともなかったが、私はもう一度打てると信じていることを彼に断言したいという気持ちさえあった。それで先に言ったように私が練習しており、ライオン女史が入って来た時には五回中四回はできるようになっていて、今晩アシュクロフトをびっくりさせる確信はすでに十分あった。私達は二週間ほど前の出来事について話した。先日、私のかわいいエンゼルフィッシュのアイリーンに会いに、ニューヨークの私立学校を訪問したら、彼女との面会を断られたのである。その学校を所有する年老いた厳格な未婚婦人が授業時間中に若い女子生徒が訪問者と面会するのは校則に反するというのだ。私の虚栄心はひどく傷つき、威厳は踏みにじられた。私が機知を与える地の塩としてではなく普通の人間と同様に扱われたのであり、私は我慢できなかった。ストームフィールドに戻るとすぐにアイリーンから手紙が届き、私が普通の訪問者に求められるのとまったく同様の規則で扱われた事実を彼女のお気に入りの教師ブラウン先生が恥じていた。[1] それが私だと知ったなら、彼女は授業をすぐにやめて、私はアイリーンをタクシーに乗せ、彼女の家まで連れて行けたことだろう。

この事件は当然もうひとつの事件をもたらした。あの魅力的なケアリー、頭のいいケアリー、愛らしいケアリー、比類なきケアリーが生の世界でまだ私達とともにいた時のこと、そしてまだ『センチュリー・マガジン』誌の編集局で高い地位をずっと占めていた時のことだ。[2] 彼は編集室に続く廊下をやってくると、暗くぼんやりした光の中に合衆国の中で尊敬すべき、深い敬意を払われるべき、傑出した市民が入室を待っていた。ケアリーの土手は決壊しており、彼は洪水のような謝罪をし、その市民をすぐに編集室の聖域に導いた。それから彼は自分の席につくと小間使いの少年を呼んだ。少年はその偉大な市民がかなりの時間そこで待っていたことを認めた。さらに、少年はただ会社の規則に従ったまでだと主張して完璧に自己弁護した。ケアリーは少年を激しく叱り、言った。

「会社の規則だと！　どんな場合にも適用される規則なんて世界中にいまだかつてなかったことを知れ、知らなければ誰かに教われ。どんな規則にだってその規則が及ばない場合というのが必ずあるのだし、そういう場合には自動的にその規則を廃止するものなんだ。こうした例外的な場合に担当者は仕事の一部が一時的に自由裁量になって、規則を無視することになると覚えておけ」。

そうしてケアリーは三枚の大きな石版画の肖像画をそれぞれ並べた——ワシントン、リンカン、シェイクスピアである——そして少年に言った。

「いいか、この顔はしっかり覚えておけ。記憶に焼き付けるのだ。永遠に忘れないためにな。それでだ、もしこのうちの誰かがやって来てうちの雑誌の編集者に会いたいと言ったら、規則は即座に一時停止して、その人物を聖域に連れてこい」。

さらにずっと会話が進んで、私が今朝ひげを剃っている時にロートス・クラブでのカーネギーのためのスピーチができた。これは四日前にバスタブの中で考えたものとは異なると私は言った。さらに今月一七日にそのカーネギーの晩餐会でスピーチに立つ時には、私はきっと三番目のスピーチを作っているだろうと言った[3]。三番目のスピーチは前の二つとはほとんど似ていないだろうし、それら二つと同列に並ぶだろう。価値の点で真鍮製の四分の一ペニー貨が国債と同列に並ぶようなものだ。私は無生物によって喚起される霊感について詳しく語った。友好的で、気に入っていて、批判的でない浴槽によって、あるいは昔から馴染んだ椅子や敷物によって、整理タンスやその他の声を出さない物によって、私は霊感を与えられる。それらの物は個人の私的空間を家庭の中で最も家庭的な場所にするものだ。さらに講演者なら一度は遭遇する最も霊感を与えてくれる聴衆がこれに含まれる。そうだとも、そしてそれは本当だ。椅子や物をじっと見て自分の話がどのように受け取られるかを知る必要はない。微妙な悪魔である聴衆の雰囲気を鋭く観察し、注目する必要はない。その雰囲気は講演者の魂に侵入し、講演者がうまくやっているかそれとも失敗しているかを言葉や身振り以外のもので講演者に教えてくれるからだ。

これで私が四三年前のある事件のことを思い出したのは当然だ。それは今でも記憶に生き生きと残っており、それが起こってから今にいたるまで僅かばかりも変化していない。私は講演家になったばかりで自信がなかった。サンフランシスコから五〇マイル南のサンノゼで講演することになっており、遅刻して着いた[4]。私は演壇の自分の席に急いで向かったが、動揺して弱気になり、震えていた。聴衆は私を待ちながら一時間半も座っていたのだ。不愉快な顔が演壇から出口まで広がり、雷雲のように会場を暗く覆っていた。私の短い講演経験の中で初めて私は静かに迎えられた。拍手もなかったし、動きもなかったし、身振りもなかった。私は悲観的になり、心まですっかり悲観的になった。私は語り始めた——もちろん自信なく——そしてもちろんそれが事態をさらに悪化させた。自信がないとたいていの集団内で友人ができないし、特に自分を取って食べてしまおうと待ち構えている人間の中で友人はできない。自信なく冗談を言うのは得策ではない。笑いはないし、冷笑だけしかなく、大きな文字で顔に書かれているかのようにはっきりと冷笑が読み取れる。

私の絶望しきった目は敵意に満ちた会場中をさまよった。すると、あたかも嵐の雲の切れ間からさす太陽の光のようなものに突然行きあたった。何ということだ！　驚くべきことで、歓迎すべきこと、気分の高揚、霊感だった。それは一八歳くらいの、愛らしくて優しく、友好的な少女の顔で、幸せそうな期待感で光り輝いていた——間違いなく私が今までに見かけた中で最も美しい顔だった。おそらく多少偏見のある判断だ。私の動揺のすべて、私の不安のすべて、私の絶望のすべて、私の不快のすべてが一瞬で消え去った。私は夏の海にこぎ出したかのように凪に乗って、快適に、私の話題に沿って進んだ。そこは大きな会場ではなかった。人々は会場に詰め込まれて、およそ三〇〇人ほどいた。その綺麗な人は会場のまさに中心に座っていた。私は彼女の目をじっと見つめ、すべての言葉を彼女に直接語りかけ、他の誰にも語らなかった。それはまるで二人が秘密の空間で秘密の話をしているかのような、気楽で気さくな、型にはまらないものだった。私は最初の一言で彼女を完全に笑わせた。彼女の霊感のもと、その言葉は笑いのツボにはまった。彼女はその恵まれた若さゆえの屈託のない笑いを発し、それから終わりまで私達はともに大成功を収めた。絶えず、休みなく、大きな笑い声が私には聞こえたし、時には拍手喝采も聞こえたし、それが聴衆から起こっていることもぼんやりと分かった。しかし私はそれには関心がなかった。私には聴衆はたったひとりで、その少女だけだった。他の三〇〇人は部外者であり、私に関係のあるこの問題には関与していなかった。私は自分の生涯でそれよりも魅力的な夜を過ごしたことはないし、しかも聴衆は述べたとおり、とても僅かだった。たったひとりしかいなかったし、その人も見知らぬ人物だった。そう、それは、人がまったくひとりになった時、ちょうど誰もいない寝室で共感を示し、批判をしない家具に向かって話しかけているのと同じような時に、何ができるかを見せてくれる。その時、人の想像力は自由になり、人間という聴衆を前にした時よりも広く翼を広げられるのだ。しかし家具と並んで、すばらしい霊感のために、あの少女をもう一度欲しい！

(1)アイリーン・ガーケン（一九〇八年四月一七日付「自伝口述筆記」、注9を参照）のこと。彼女の学校も彼女の先生も特定されていない。

(2)ウィリアム・ケアリー（一八五八年～一九〇一年）は二〇年間『センチュリー・マガジン』誌の編集部に勤めた。『今世紀最高の年』の中のアーサー・ジョンによると、ケアリーは「編集部と製作部の間の連絡係で（中略）著者から印刷所へと校正刷りを持って往復して」働いた。『センチュリー』誌編集者リチャード・ワトソン・ギルダーは「趣味と判断のすべてにおいて」彼に依存していた（John 1981、一一六ページ）。彼はたぐいまれな親切で知られただけでなく、ずば抜けて面白い話をする人で、著者に非常に人気があった。センチュリー社総務部長ウィリアム・ウェブスター・エルズワースは「マーク・トウェインは彼ほど機転の利く人物を見たことがないと語った」と記している（「ウィリアム・ケアリー死去」、ボストン『ヘラルド』紙、一九〇一年一〇月一九日号、二ページ。Ellsworth 1919、三一ページ～三五ページ。「ウィリアム・ケアリー」、『センチュリー・マガジン』誌、六三号［一九〇二年一月号］、四七七ページ～四七八ページ。『備忘録第三巻』、四九五ページ、注四三）。

(3)アンドリュー・カーネギーは一九〇七年の金融恐慌の間に彼の示した寛大さを表彰するロートス・クラブの晩餐会に名誉賓客として一九〇九年三月一七日に出席した。彼が西五七丁目一一〇番地に新会館を建設したおかげでクラブは活動を継続できた。晩餐会は新しい場所での最初の行事であった。クレメンズは短いスピーチを行い、カーネギーの自ら受けた惜しみない賞賛に対する遠慮と、スピーチで頻繁にスコットランドに言及することをからかった（「カーネギー、財政支援するクラブからの名誉」、ニューヨーク『タイムズ』紙、一九〇九年三月一八日号、九ページ。スピーチ原稿に関しては、Fatout 1976、六三七ページ～六三九ページ）。

(4)クレメンズはカリフォルニア州サンノゼで一八六六年一一月二一日にサンドウィッチ諸島に関する講演を行った。彼はこの話で一〇月二日にサンフランシスコで講演家として初めて登壇し、その後ネヴァダとカリフォルニアを回り、一二月一〇日にサンフランシスコで再び講演し、その最後とした（以下『書簡集第一巻』より、一八六六年八月二五日付、ボウエン宛書簡、三六一ページ～三六二ページおよび関連する注、一八六六年一〇月二九日付、ハウランド宛書簡、三六二ページ、注一、一八六六年一一月二日付、ジェイン・ラムプトン・クレメンズと家族宛書簡、三六六ページ～三六七ページ、注四、それぞれ参照）。彼はサンノゼの新聞各紙から様々な批評をされた。例えば『イヴニング・パトリオット』紙は「想像力と表現力がとても美しく――部分的にこの上なく美しい――それが拍手を引き出した――有難い有益な情報もあった――聴衆が節度なく笑ったユーモアあふれる話がたくさんあった」が、次のような言い方で賞賛が薄められた。「個人的にトウェイン氏のものと認められる悪ふざけが多すぎ、それは我々の受け入れにくいもので、年老いた伝道師が食人種にとって消化しにくかったのと同様にほとんど消化できなかった」（一八六六年一一月二二日号、三ページ）。

一九〇九年三月二五日

約二ヶ月前に私はこの「自伝」でベイコンとシェイクスピアの議論に関する自説を展開した[1]。その際私はストラトフォード時代のシェイクスピアがその期間には公的重要性も知名度も無く、全く無名で重要視されていない人物だったとする意見を公表する機会があった。大ロンドンだけでなく、彼が生まれ、四半世紀を過ごし、死去して埋葬された小さな村でもそうなのである。私が主張したことは、もし彼が何らかの注目を受ける人物だったとしたら、彼の死後何年経っても村の長老達が彼について語ることはたくさんあっただろうが、彼に関する事実はたったひとつも調査研究者に提供できなかった、ということだ。私が信じていたことであり、今でも信じていることは、もし彼が有名だったとしたら、彼の名声はミズーリの奥の、私自身の村での私の名声と同じくらい長持ちしたことだろう。これは十分根拠のある主張であり、並外れて強力な主張で、途轍もなく強固な主張で、最も才能があり独創的で一見信頼できそうなストラトフォード支持者でさえも納得し説明できるほどだ。最新のハニバル『クーリエ・ポスト』紙が今日届き、本当に著名な人物は六〇年という短い期間で忘れられることはないとする私の論点を一層強化する記事が載っていた。以下に抜粋を挿入する[2]。

都市としてハニバルは釈明すべき多くの罪を犯しているのだろうが、恩知らずでないことは確かであるし、あるいはこの都市が生んだ偉大な人物達に対する畏敬の念はきちんと持っている。年月が過ぎていくとともにハニバルの最も偉大な息子マーク・トウェイン、あるいは少数の無教養な人がサミュエル・ラングホーン・クレメンズと呼ぶ人物は、彼が有名にし、彼を有名にした町の住民の間でその敬意と評価が上がっている。彼の名前は、急速に発展する都市の求める近代的建築に道を譲るべく取り壊される、あらゆる古い建物、あらゆる山や洞窟、彼が歩き回った可能性のある場所と結びついている。さらに彼が物語の中に織り込んだ面白い多くの場所、例えばホリデー・ヒルやジャクソン島やマーク・トウェイン洞窟などの場所は、今では彼の天分を示す記念碑になっている。(3)ハニバルは彼がハニバルに栄誉を与えたのと同様に彼に栄誉を与えるあらゆる機会を歓迎する。

それでマークと一緒に学校に行ったり、あるいは彼のいつもの型破りな冒険をともにした「昔を知る人」は多くの聴衆から栄誉を与えられた。彼らが思い出にひたり、将来並外れたユーモア作家になる運命の、その普通の少年との親密な友情を語り聞かせ、その子供っぽい行動のすべてが来るべきものを暗示していたと語る栄誉である。マークがここに住んでいた時には彼がほとんど好意を持たれておらず、少年としてやったことや鞭打たれる原因になったことは、結局それほど悪いことではなかったと、彼らはベッキーおばさんやクレメンズ夫人と同様に考えている。それで彼らは「マーク・トウェインの物語」、つまり、彼の現在の名声に照らしてみて、彼がやった悪いことも良いことも同じようにしゃべるのをためらわなかった。そして「トウェイン逸話集」の巻はかなりの数になり、「昔を知る人」が身を引き、物語が子孫によって再度、再々度語られていくにつれてその巻数も増えていく。マークは約七三年間も自宅ではなく田舎の邸宅に若々しいままに生活している。マークは有望な標的であり、彼の望み通りに会社をつくり、著作権を設定し、彼自身の特許が取得できれば、(4)ハニバルの煙突に登るような彼の「作品」はいくつかある。あご髭が灰色になった年寄りが炉火の回りに集まって、「親父が語るのを聞いたのだが」とか、あるいはおそらく「むかし私が」で語り始める人がいる限り。

「クレメンズ夫人」とは私の母親である——**母親だった。**

さらにここにもうひとつ別のハニバルの新聞からの抜粋がある。(5)日付は二〇日前だ。

「ハックルベリー・フィン」の妹ベッカ・ブランケンシップ女史、昨日七二歳で死去。(6)

一九〇九年三月二五日

ベッカ・ブランケンシップ女史は昨日午後二時三〇分にロック通り四〇八番地のウィリアム・ディカソン宅で死去、七二歳だった。故人はマーク・トウェインの『トム・ソーヤ』の中で有名な登場人物「ハックルベリー・フィン」の妹だった。彼女はディカソン家の一員——家政婦——としておよそ四五年間働き、大いに尊敬された婦人だった。この八年間彼女は寝たきりだったが、ディカソン氏の近い親戚であるかのように同氏と家族から十分に看病されていた。彼女はパーク・メソジスト教会の会員でキリスト教徒だった。

彼女のことはよく覚えている。彼女の姿は六三年経った今でもはっきりと明確に生き生きと心に残っている。彼女は九歳くらいで、私は一一歳くらいだった。彼女がどこに立っていてどんな姿だったか覚えている。そして彼女のはだしの足も帽子をかぶっていない頭も茶色の顔も短い亜麻製の子供服もいまだに目に浮かぶ。彼女は泣いていた。その理由が何かずっと前に忘れてしまった。だが、その光景を私が覚えているのは彼女の涙にあったことは疑いない。彼女は良い子だったし、そのことは確実に言える。およそ七〇年前に彼女は私と知り合った。その後私のことなど忘れただろうか？　そんなことはないと思う。彼女がシェイクスピアの時代にストラトフォードに住んでいたらシェイクスピアのことを忘れただろうか？　そうだ、彼は生前決して有名ではなく、ストラトフォードでは全く無名だったのであり、死後一週間もすると彼を思い出す機会もなくなったのだ。

「インジャン・ジョー」[7]、「ジミー・フィン」、「ゲインズ将軍」は二世代前のハニバルでは目立っていたし、ひどい大酒飲みのごろつきだった。その町の灰色の髪の年寄の多くが今日でも彼らのことを覚えており、彼らについて語ることができる。二人の「町の酔っぱらい」と一人の混血の浮浪者が、はるかなミズーリの村で、ある名声を残し、それがシェイクスピアが生涯の半分を過ごした村で後に残したものよりも百倍も大きく、明確な事実に関して数百倍も詳述できるという事実は珍しいのではないか？

（1）一九〇九年一月一一日付「自伝口述筆記」を参照。この文章は原稿にもとづいている。

（2）この記事の切り抜き——掲載の日付は特定できていないが——をクレメンズが筆耕者に渡して書き写させた。彼がそれをハニバルの以前の遊び仲間で恋人、『トム・ソーヤの冒険』のベッキー・サッチャーの原型であるローラ・フレイザー（旧姓ホーキンズ）からの手紙で受け取ったことは疑いない。ローラは一九〇八年一〇月にストームフィールドを訪問し、その後子供時代の友人について手紙を交わした。彼女は三月一六日付の手紙で「あなたがお気に召すと思われる新聞記事をいくつか同封いたしました」と書いた（カリフォルニア大学蔵。『インディアン』、三二三ページ）。

（3）ホリデーの丘とマクダウエル洞窟——カーディフの丘とマクドゥーガル洞窟として小説に描かれている——は『トム・ソーヤ』の二九章から三三章に登場する。ジャクソン島——グラスコック島を元にしている——は一三章から一六章で少年達の冒険の舞台になっている（『自伝完全版第一巻』、一五八ページおよび関連する注参照。四一八ページおよび関連する注参照。『ハックルベリー・フィンの冒険　二〇〇三年版』、四一ページに関する注参照）。

（4）アシュクロフトの提案でクレメンズは娘達の経済的先行きを確実にしようと、自身の名前を無許可で使うのを止めさせるために二つの策を講じたばかりだった。アシュクロフトは一九〇七年一一月にマーク・トウェインという筆名と写真と自署をウィスキーと葉巻に使用することに関して、特許権をアシュクロフト自身の名義で登録した。彼はその登録についてブルックリン『イーグル』紙記者に「合衆国特許庁あたりではその著名な著者でユーモア作家は洗面所の石鹸や今風の朝食とまったく同じように四文字の通し番号で登録されている」と答え、次のように述べた。

　私達は主に予防対策として行動した。その名前を有名にした人物の家族の中でその著名な名前の使用と価値を保持するのはひとつの保護手段だった。（中略）

　クレメンズ氏が純粋に経済的動機からこれに着手しないので、彼の特許権と通し番号を守るために彼の名前でウィスキーと煙草を売らざるを得なくなるだろう。（中略）商売は制限されるだろうし、できる限り私的に行われるだろう。（「特許『マーク・トウェイン』ウィスキー」、ブルックリン『イーグル』紙、一九〇八年一月五日号、一ページ）

アシュクロフトはさらに「ウィスキー一本と葉巻二、三本」だけで法律の条件を満たすことを明示した（「マーク・トウェインを『一杯』」、ニューヨーク『トリビューン』紙、一九〇八年一月六日号、七ページ）。クレメンズは自分の権利を守るために一九〇八年一二月二二日に第二の方策をとった。マーク・トウェイン社と呼ばれる会社を創設し、彼の名前と文学的財産の権利をそこに移した

（「会社設立証書」）。『ウォール・ストリート・ジャーナル』紙によると、

マーク・トウェインはマーク・トウェイン社の株式の大部分をクリスマスの贈り物にするつもりで、五〇〇〇ドルの資本金でオルバニーで、水曜日に会社を設立した。理事会はユーモア作家と二人の娘と彼の私設秘書I・V・ライオン女史と彼の事業の代理人R・W・アシュクロフトで構成され、株式はすべて彼らが所有している。会社の存続期間は永遠になる予定で、その目的はサミュエル・L・クレメンズから「マーク・トウェイン」という名称に関する、さらにその名称に対する全権利と資格と利益を獲得することである。

クレメンズ氏がその会社の社長で、ライオン女史が副社長、アシュクロフト氏が総務部長で経理部長である。自らを会社組織にすることでマーク・トウェインは自らが有名にしたその名前の使用から発生する将来の全利益を確保する。（「マーク・トウェイン社設立」、一九〇八年一二月二四日、二ページ）

多くの会社が「マーク・トウェイン」の名称を葉巻とウィスキーにつけていたが、それらがクレメンズの承諾を得てそうしているという明白な証拠はなかった。彼の死後マーク・トウェイン社はその名前と似たものに対する権利を保有していて、娘のクレアラへの信託資産一覧を保持していた。彼女が死去すると信託資産からの収入は夫のジャッカス・サマソードに移譲され、彼の死に際してウィリアム・サイラー博士に移譲された。サイラーが一九七八年に死去すると、クレアラの遺書に明記されていたように彼女の不動産はマーク・トウェイン財団設立に使われた。財団は以前の会社を継承し、その権利を現在も所有している（Rasmussen 2007、第二巻、七七六ページ～七七七ページ）。マーク・トウェイン社と後の財団は、クレメンズの出版された作品および未出版作品に対する権利をも保持していた。事実、クレメンズの会社設立の主な理由は、本当に「クレメンズ氏の著書からの収入を著作権そのものの消滅後も継続的に家族内で保持するため」であった。この方策は絶対確実ではなかった。というのは「サミュエル・L・クレメンズ」の名前での海賊版を防げなかったからである。クレメンズは自分の筆名が登録商標であると、少なくとも一八七三年、一八八三年、一九〇一年の三回の海賊版出版に対する訴訟で主張したが、最初しか成功しなかった（以下ニューヨーク『タイムズ』紙より、「原告マーク・トウェイン」、一九〇一年三月二七日号、六ページ、「マーク・トウェイン会社になる」、一九〇八年一二月二四日号、二ページ。『備忘録第二巻』、二七一ページ、注一一二。「筆名は登録商標にあらず」、シカゴ『トリビューン』紙、一八八三年一月九日号、七ページ。『自伝完全版第二巻』、一五二ページおよび関連する注）。一九〇八年にニューヨーク『タイムズ』紙からインタビューを受け

た弁護士によると、たとえクレメンズが新たな著作権を確保するために題材を作品に付け加えたとしても、「もともとの何も付け加えられていない作品を最初に出版された時の名前とは違う名前で再版することは純粋な本の出版には当たらないし、純粋な本の出版を妨害していることになるとクレメンズ氏の息女は主張できた」という（「マーク・トウェイン会社になる、海賊版から娘達を守るために筆名を会社化、一九〇八年一二月二四日号、二ページ」。一九〇七年三月二六日付「自伝口述筆記」、注6参照。「我が自伝」の結びのことば参照）。著者の名前が少なくともいくつかの州で登録商標として有効であることをマーク・トウェイン財団は主張したので、一九二三年以前に出版された（それゆえ著作権が消滅し公有財産となった）作品は「サミュエル・L・クレメンズ」の名前で時折出版されてきた。一九二三年から二〇〇二年の間に出版された作品の著作権は財団が所有している（さらに詳しいことについてはMark Twain Project 2014を参照。Rasmussen 2007、第二巻、七七五ページ。Judith Yaross Lee 2014）。

(5)抜粋は新聞の切り抜きからタイプ打ちされ、おそらくこれもローラ・フレイザーが送ったものだろう（前の注1を参照）。新聞はおそらく三月五日号だと考えられるが、特定できていない。

(6)エリザベス（ベッカ）・ブランケンシップはハックルベリー・フィンの原型となったトム・ブランケンシップの妹だった（『自伝完全版第一巻』、三九七ページおよび関連する注参照）。

(7)『自伝完全版第一巻』、二一三ページおよび関連する複数の注参照。

一九〇九年四月一六日、口述筆記

クレアラが人々の前で歌うのを聞いたのは二回目だった[1]。ニューヨークでのことだった。クレアラが歌うのと、その舞台上の完璧な振る舞いとで私は途轍もなく喜んだ。上品で優雅で、威厳があって優しく、愛嬌のある舞台上の振る舞いは初心者としては異例なものだ。私はH・H・ロジャーズ夫妻とともに音楽会に行った。ロジャーズ夫人[2]が気を遣って歌い手の出来が確かなものであれば投げ渡そうと、極上のバラの大きな花束を準備していたのを見て、歌い手の父親として私が気が利かなかったので恥ずかしくなった。このことの詳細はまたすぐに語ることになろう。ここでニューヨーク『イヴニング・ポスト』紙から取った記事を引用する[3]。

クレメンズ女史とリトルヘイルズ女史(4)。

昨夜のクレアラ・クレメンズ女史とリリアン・リトルヘイルズの共同独唱会には、異常なほど高名な聴衆が集まった。音楽と同じくらい文学が表現されていた。マーク・トウェインが娘の成功を見届けるためにそこにいたし、W・D・ハウエルズが金で雇われた「さくら」の一人のように拍手喝采した。第二幕の歌の後、複数の花束がクレメンズ女史に手渡され、最後の花束は彼女の尊敬すべき父親が運んだ。そして彼女が少しゆっくりと再登場すると、彼は彼女がそれを拾い上げるようにとステージの上に置いた。

数週間前、クレメンズ女史の歌声は同ホールのいくつもの歌のひとつとして聞くことができたが、当時彼女は風邪をひいており、十分に力を発揮できなかった。昨夜、彼女の声は非常に良い状態にあり、その歌によって聴衆に多くの喜びを与えたし、彼女の歌が気に入らなかった人は目で聞いて、そんなにも魅力的な歌手が今までいたかと思ったことだろう。歌劇場としての独唱会場で視覚的魅力と聴覚的美しさがひとつになっているのは彼女の長所である。

プログラムは約二〇曲で構成されていた。曲調に多様性がないという欠点があり、いくつかの曲は名作でなかったのが残念だった。シューベルトの「音楽に寄せて」、「夜と夢」、さらにシューマンの「春の夜」、「間奏曲」を歌ってクレメンズ女史は名曲を知性と感性で解釈できることを示した。彼女が最初の曲、ヘンデルの「ああ、私の心である人よ」を歌い始めた時には彼女は神経質だったので、それが声に出ていた。しかし、それからあとは曲が進むにつれて声の調子が改善し、オペラ歌手にはよくあることだが、最後の幕が最もよい。彼女は「優しきアフトン川よ、穏やかに流れよ(5)」を繰り返さねばならず、特に英語で歌われたいくつかの歌で最高潮に達した。フランス語とドイツ語とイタリア語で歌われた曲もあり、その詩的内容を十全に理解していた。クレメンズ女史の声は本物のコントラルトの特質を持ち、今日ではかなり珍しい。しかし彼女の一番高い声もとても美しい。もしもメゾソプラノやコントラルトと同じくらいソプラノを上手に歌うシューマン－ハインク夫人がクレメンズ女史の声を持っていたら、(6)偉大なことが成し遂げられよう。

さらにここにもうひとつ別の記事がある。これはニューヨーク『ヘラルド』紙から。(7)

独唱会に行ってマーク・トウェインが席を立ってピンクのリボンのかかった花束をステージに持っていくのを見られるのは毎夜のことではない。しかし昨夜メンデルスゾーン・ホールの聴衆が見て楽しんだのは、そんな興味深い光景だった。もちろん、マーク・トウェインが席を立って花を運んだのは当然すべての歌手のためではない。昨夜の歌手は彼の娘クレアラ・クレメンズ女史であり、彼女はチェロ奏者リリアン・リトルヘイルズの伴奏で独唱会をしていた。

第二幕の歌の後、聴衆が拍手喝采すると、クレメンズ女史が登場し、バラの花束とスミレの花束を受け取った。それから楽屋に戻ったが、拍手が続いたので父親の登場となった。銀髪のユーモア作家が脚光を浴びた時には娘はまだそこに来ておらず、それで父親が莫大な花束をステージにおいて歩き去った。クレメンズ女史が登場し、バラを見つけて父親に目配せをすると、既に席についていた父親との間にほんのわずかないたずらっぽい視線が交わされた。そして娘と父親は互いに感謝の気持ちを無言の合図で交わした。

クレメンズ女史の声は以前にもここで聴くことができた。昨夜彼女は愛嬌のある真剣な様子で聴衆を魅了し、非常に長く興味深い多様な曲目を歌い、太いコントラルトの声をうまく表現した。リトルヘイルズ女史は三拍子のガリアルダ奏鳴曲を申し分なく演奏し、(8)温かい拍手を得た。

神の摂理によってしばしば理解力のない者が守られて、その困難な状況から快適に抜け出すものだ。クレアラの成功に続く爆発的拍手喝采のあいだ、一人の人物が真ん中の通路を歩いてたくさんの花束を運んで来て、彼女に与えた。ロジャーズ氏はロジャーズ夫人の花束をとり、それを私に渡して言った。

「あの人物が戻ってきたら、これを持って行ってくれるよう頼みなさい」。

しかしその人物は戻ってこなかった。彼は左側に方向を変えて、別の通路を進んだ。自分が何をやっているかを考えないまま、私はとても幸運なことをした。本来ロジャーズ夫人の名誉をくすねることになると考えもせずに、私は立ち上がって通路を歩いて行き、花束を舞台に置いたのだ。それで聴衆は突然熱狂的賛同を示し、その意味するところを確認し、「自慢の父親がここにおり、自分の娘を愛し、賛美して、下働きを雇うのではなく、自ら全世界の前でそれを証言する勇気がある。他の父親と同じようにすべて忘れてしまうのではなく、思慮も思いやりもあり、花を自らたずさえるのだ」。その心からの賛辞に私の心はまっすぐに打たれ、私がそれに値するかのように思った。私達は神の摂理によって確実に庇護されており、私は感謝している。

私は今日もうひとつ賛辞を受け、それで再び自身で喜び、幸福である。賛辞はクレアラからであり、彼女の手紙は次のような言葉で終わっていた。

「お父さん、お父さんは私の音楽会では考えられる限り器用で礼儀正しく、行儀よく魅力的でしたので、音楽会が歴史的出来事になりました」。

くどいほどの御世辞だが、そのような言葉なら、私はいくらでも我慢できる。

(1)クレメンズは一九〇九年四月一三日にニューヨークのメンデルスゾーン・ホールで開催されたクレアラの独唱会を聴いた。彼は一九〇六年九月二二日にコネチカット州ノーフォークでの彼女の公演を先に観たことがあった(「クレメンズ女史、ニューヨークにて」、ハートフォード『クーラン』紙、一九〇九年四月一五日号、六ページ。『自伝完全版第二巻』、二四〇ページおよび関連する注、二四三ページ〜二四四ページ参照)。

(2)ヘンリー・H・ロジャーズは二番目の妻エミリー・オーガスタ・ランデル・ハート(一八四七年?〜一九一二年)と一八九六年六月三日に結婚した(『トウェイン・ロジャーズ書簡集』、二一七ページ、注一。「H・H・ロジャーズ夫人、列車で死去」、一九一二年八月三一日号、七ページ)。

(3)ニューヨーク『イヴニング・ポスト』紙、四月一四日号、クレアラの独唱会の翌日号からの切り抜きである。

(4)リリアン・リトルヘイルズ(一八七四年?〜一九四九年)はカナダに生まれ、パブロ・カザルスとともに研究し、チェロ奏者として成功、オリーヴ・ミード弦楽四重奏団で何年も演奏した。一九二〇年代後半に彼女はヴァッサー大学で教え、著名なよき指導者パブロ・カザルスの伝記を一九二九年に出版した（「リリアン・リトルヘイルズ、長きに渡るチェロ奏者、七五歳」、ニューヨーク『タイムズ』紙、一九四九年八月九日号、二五ページ）。

(5)ジョナサン・エドワーズ・スピルマン（一八一二年～一八九六年）作曲の「優しきアフトン川よ、穏やかに流れよ」はロバート・バーンズの詩の舞台。

(6)エルネスタイン・シューマン＝ハインク（一八六一年～一九三六年）はボヘミアのリーベン（現在のプラハの一部）に生まれ、生涯で五〇年以上にわたって最も著名なコントラルト歌手として活躍した。

(7)この記事は四月一四日号からの切り抜きである。

(8)三拍子のガリアルダ奏鳴曲はチェロ（あるいはバスーン）と鍵盤楽器のための六曲の奏鳴曲のひとつで、ドイツの作曲家ヨハン・エルンスト・ガリアルド（一六八七年～一七四七年）が作曲した。ピアノ伴奏者の名前は新聞記事にはなかった。

…章の注

自らやったことのない職に関する専門的な用語やフリーメイソン団の慣行をあえて作品に書こうとする著者は、必ず間違いを犯し、その道の大家に「正体をばらして」しまう――ああ、そうとも、文学はそういう例でいっぱいだ。アリス・ケガン・ライスの新作（「オーア氏」）の第一〇章はミシシッピ河の蒸気船上の場面から始まり(1)、そのような蒸気船をよく知っている平均的読者にとってずっと良識的で自然で正しい場面のように思われるが、熟練した蒸気船乗務員をただ煙に巻くものでしかない。蒸気船の詳細について多くのことが描かれ、それによって彼が話の場面を設定できるはずであるが、そうなってはいない。彼は嫌になるまでそれらを調べるだろうが、敗北者のままであろう。蒸気船の**どちら側で**その事が起きたのかすら決定できないだろう。

三七年か三八年前、ジョン・ヘイと私は若く、彼は『トリビューン』紙の編集に関わり、パイク・カウンティ・バラッドを収集し、本の形で出版しようとしていたので、「プレイリー・ベル」のバラッドに関するアドバイスを私に求めた。蒸気船について何か不正確なことはなかっただろうか？　というのだ。

「ありました。ですがわざわざ修正するほどではありません。誤謬はあまりに小さく、あまりに技術的なものなので、大多数の一般人は決してわからないでしょう。あなたは燃える船の技師を英雄にしています。彼こそは『最後の新兵が岸に上がるまで蒸気船の噴射口を勇敢にも岸に向け続ける』と決意する人物です。彼は一人でそれをできなかったのです。正甲板の中ほどの彼の場所からでは噴射口がどこか見えませんでした。操舵室から理にかなった命令をベルか伝声管で知らせねばならなかったのです。その場合、英雄は**二人**おり、操舵手が主な英雄でしょう。彼の立場が技師の約三〇倍から四〇倍も危険であったためです」。

それで、ヘイは変更せず、詩は今でも彼が最初に書いたままである[2]。

バラッド「異教徒のシナ人」ではトランプのユーカーが行われる。そこではブレット・ハートが創造した狡猾で卑劣な中国人がいかさま用トランプを一四個も密かに隠し持っている[3]。こんなありそうもないことを大多数の一般人は嘲笑しただろうか？　いや、一般人は嘲笑しなかった。そのトランプゲームを知らないので、何の問題もなかったからである。

戦争中ずっと、バターフィールドの旅団で軍隊ラッパを吹いていたラッパ手と交わしてきた手紙を、私は三年前にこの「自伝」の中に入れた。私は「馬の物語」と呼ばれる短い物語を出版し[4]、そこで正規軍の軍隊ラッパの音をいくつか書き入れ、そこに規則通りの一覧にはない音を付け加えた。私の秘書がオペラの最初の小節から私のためにそれを取り去った[5]。その退役したラッパ手は苦しんでいた。そんな音階の組み合わせを吹けるラッパ手は世界にいなかったからだ。彼は私の誤謬が発見され、私が笑われる前に、また、私の名声のためにそれを本から取り去りたかった。私はその音を押しつぶす必要はないと思う理由を彼に説明した。

先月、ニューヨークでもう一人の軍隊ラッパ手が姿を現した。彼はそのラッパの音を取り去るようにと、この上なく熱心に私に求めてきた——以前と同じ理由だった。そんな音の組み合わせを吹ける軍隊ラッパはあり得なかったし、私の間違いが発覚するだろう、などと。先に文句を言ってきた人に、私がなんと言ったかまるで思い出せなかったが、私は自分の主張をほぼはっきりさせることができた。それで次のようにたずねた——

「その物語を読んだのはいつでした？」

「昨日です。それで私はあなたに手紙を書こうとしたのですが、あなたがここにいらっしゃることを新聞で知り、自ら来る方がよいと考えたのです」。

「合衆国には何人の人がいると思いますか？」

「八〇〇〇万か九〇〇〇万人、だと思いますが」。

「軍人は何人でしょう？」

「七万人です」。

「ラッパ手は何人ですか？　七万人ですか？」

「なんと、いいえ！　ほんの約――」

「正確でなくて結構です。例えば七〇〇人ですか」。

「それは多すぎます。ほんの約――」

「お気になさらずに。七〇〇人としましょう。三年間で私は二人の人から連絡をもらいました。一年半にひとりのラッパ手です。他のすべてのラッパ手から連絡をもらうのに四六九年かかります――その間にそれらの人々が死ななければですが。私はいま海に関する物語を書いています[6]。その中の見せ場、中心的場面、最も興奮する話は、若い主人公の足が滑り、竜骨側板から檣楼下静索まで落ち、その途中でメイントゲルンマストの補助横帆のブームに衝突して頭蓋骨を砕くのです。いかがですか？　お気に召しましたか？」

「**気に入ったかですか？**　そうですね、**おそらく**気に入りました。やれやれ、それは素晴らしいと思います！」

「興奮しますか？　それが中心的なのです――**興奮しますか？**」

「ええ、**そんなこと**はご心配なく！　頭のてっぺんから足先まで興奮しますよ」。

「さて、それは格別満足できるものです。私があなたに示したのはただ動きの部分**だけ**で、それ以上ではありませんし――飾りもないのですから。私が劇的な装飾品でそれを十分飾り付けるまで待ってください――**それから**見てく**ださい！**　ご存知のように競争が起こります。甲板にいる全員です――溢れるような乗客と水夫と高級船員達――そして全員興奮しています。ロープ巻き上げ機のところにいる船長は乗員に大声で命令を発しています。主人公の幸福な母親と小さな娘は羅針儀架台の中に立っていますし、誇り高き恋人は吊錨架《ちょうびょうか》に照らされて彫像のように美しく直立して、目と耳を愛する主人公にくぎ付けにしています。そしてその崇高な瞬間に彼は落ちて、落ちて、ぶつかり、次の瞬間には、命よりも彼を愛し、賛美し、崇拝する者の足元に息絶え絶えに横たわっています。これをどう思いますか？」

「何ということでしょうか？　すごいです！　それは本当に素晴らしいと思います！」

「率直に言いますと、私も同感です。ご理解いただけますか？　その**すべて**が素晴らしいですか？」

「そうですね、いや、いいえ船の話ではありませんが、それは問題ではありませんし、**興奮**します——その**すべて**を分かりますし、ええ、ですがそれは本当に壮大です！」

「了解しました。それが今、私が書いているものですし、私は一語も変更しません。アメリカには八五〇〇万人いますが、竜骨側板から落ちることがあり得ないことを誰も分かっていません。竜骨側板は船の底の下にあるのですから」。

（1）クレメンズはアリス・ヘガン・ライス（一八七〇年～一九四二年）の『オップ氏』のことを言っているが、彼女のミドルネームも本の題名も間違えている。ライスは大衆小説『キャベツ畑のウィッグズ夫人』（一九〇一年）で最もよく知られた。彼女は一九〇四年七月にクレメンズに会った。このとき彼女はリチャード・ワトソン・ギルダーのマサチューセッツ州ティリンガムにある小家屋の隣の家屋を借りていた（一九〇四年六月一三日付、ラングドン宛書簡、トウェイン家博物館蔵。ギルダーからウッドベリー宛、一九〇四年八月四日付書簡、Gilder 1916、三六一ページ～三六二ページ）。ライスと夫ケイル・ヤング・ライスは七月二六日にギルダー家を訪問した際にクレメンズを訪問した。ライオンは日記に「ライス夫人に私は失望したと言ってはならないが、失望した。彼女は文学に通じているとも、論理的に一貫しているとも、とても思えなかった。クレメンズ氏は『ウィッグズ夫人』が文学ではなく、ライス夫人に対する文学界の好意は必要ではないと言っている」と書いている（Lyon 1903–6、七月二六日付日記）。ライスの自伝によると、クレメンズが「不敬で、不幸な老人」だとギルダーが彼女に警告したという。クレメンズはブレット・ハートについてのお世辞を含まない逸話をたくさん話した（Rice 1940、七六ページ～八〇ページ）。クレメンズは『オップ氏』が一九〇九年四月に出版されたすぐ後に、おそらくそれを読んで、五月か六月に「…章の注」を書いた。その小説の場面はミシシッピ河ではなくオハイオ川だが、川の名前は一一章になるまで出てこない。この章は口述筆記ではないが、未完の原稿によっている。題名が不完全なだけでなく、この章は文章の真ん中で終わっている。編集者は「船」の後のセミコロンをピリオドに変更した。それにもかかわらず、「この『自伝』という言葉はクレメンズがこれを『自伝』に含める意図があったことを意味している。

（2）ジョン・ヘイの詩「プレイリー・ベルのジム・ブルーゾー」はニューヨーク『トリビューン』紙一八七一年一月五日号に掲載され、その年に『パイク郡のバラッドと小作品集』に収録された。助言を求めるヘイの手紙もクレメンズの返信も見つかっていない。ヘイはクレメンズの手紙に対し、一月九日に「あなたの親切な手紙に何度も感謝申し上げます。その操舵手がより一層ふさわしく絵になる人物だと思いますし、私はジム・ブルーゾーを知っており、彼が技師で私が言ったことを彼が行ったという事実を除いて、確かに彼を使うべきでした」と返事を書いた（『書簡集第四巻』、二九九ページ〜三〇〇ページ、注一。ヘイに関しては『自伝完全版第一巻』、二二二ページおよび関連する注参照）。クレメンズは一九〇五年の『ハーパーズ・ウィークリー』編集者宛の手紙でヘイの技術用語に関する誤謬は「とても些細なことだが、二人の人物の間の英雄性を区別することなく修正することはできなかったでしょうし、それではその詩をだめにしてしまったでしょう。それでヘイはそれをそのままにして置いたのです」と説明した（SLC 1905c）。

（3）ブレット・ハートの詩「忠実なジェイムズからの平明な言葉」は『オーヴァーランド・マンスリー』誌一八七〇年九月号に掲載され、「異教徒のシナ人」としてより広く知られ、彼は一躍有名になった（『自伝完全版第二巻』、一二〇ページおよび関連する注）。そこにはトランプのユーカーのことが語られ、二人の鉱山師が中国人登場人物アー・シンを騙そうとするが、彼がそのかわりに袖口に隠したトランプで勝つことになる。この詩は人種的偏見を風刺する意図があったが、反中国人的作品と誤解されることが多く、一八八二年の中国人排斥法を支援するためにも使われた（Penry 2010）。

（4）クレメンズは一九〇六年一〇月にラッパ手オリヴィア・W・ノートンから手紙を受け取り、『ハーパーズ・マンスリー』誌に掲載されたばかりの「馬の物語」に関する以下のような所見を書いた（SLC 1906c。『自伝完全版第二巻』、一八九ページ〜一九〇ページおよび関連する注参照）。

最初の楽節を除いて、軍隊ラッパでもトランペットでもきっと演奏できません。あなたはラッパの情感を正しく理解しているので、少女が自分の馬を呼ぶ際のラッパの音についての、あなたの音楽への私の批評をおそらく受け入れて下さるでしょう。これらの楽器では音の調性ができず、しかも、音の大きさと高低がどうであろうとも、楽器には同じようにたった五つの音階しかないのです。（ノートンからクレメンズ宛、一九〇六年一〇月三日付書簡、カリフォルニア大学蔵）

ノートンはダニエル・バターフィールド准将（一八三一年～一九〇一年）の下、南北戦争で戦い、一八六二年七月には「タップス」を演奏する最初の軍隊ラッパ手となった。これはバターフィールドが伝統的な軍隊の集合ラッパから改作した曲だった。クレメンズはノートンの手紙を口述筆記に挿入したかったようで、タイプ打ちされたノートンの手紙を修正したが、決して挿入しなかった（Villanueva 2014）。
（5）少年兵のラッパの音は、クレメンズが「馬の物語」で認めているように、レオ・ドリーブのバレエ曲『シルヴィア』では、導入からピチカートの楽節へと「引き上げられて」いる（SLC 1906c、五三九ページ。SLC 1907、viiiページ、八一ページ）。
（6）不明。

一九〇九年一〇月二一日、口述筆記

ライオン女史の飲酒癖に関する証拠が少しずつ出てきている。ストローマイヤーの部下が昨日ここにいて[1]、これに関する出来事を話した。それはこの家が居住のために内装を終えようとしている頃に起きた。彼はここにいて窓にブラインドとカーテンを取り付けようとしていた。彼はライオン女史の叫びを聞き、彼女のいる部屋に走り込んだ。彼女はヒステリーに襲われているようで、「私の手をおさえて！　手をおさえて！」と大声を上げた。彼は彼女の手をおさえた。叫び声が何かを確認しに一〇人ほどの職人が走ってきて、私が今描写した劇的状況をそこで発見した。入ってきた者の中にラウンズベリーがいた。彼は冷静だった。彼はライオン女史のヒステリーについて知っていた。以前同じ経験をしていたのだ。それでどうするか知っていた。彼はウィスキーの瓶をとって来て、「これを与えるんだ、静かになる」と言った。それは大歓迎だった。

ライオン女史は酔っぱらっており、ラウンズベリーはそれを知っていた。別の時に彼女がヒステリー気味に酔っぱらっていると、彼女はウィスキーを要求したので、三杯目を与えた。それで瓶はからになった。彼女はさらに求めたが、すぐにはもう手に入らないことを告げられた。クロードがワイン戸棚の鍵を持っていて[2]、彼がつかまらなかったのだ。彼女はすぐに怒り出し、コップを壁に投げつけて割った。ラウンズベリーもその時、その場にいたと思うが、彼に聞いて確認したい。

ケイティ[3]とクロードとライオン女史が昨年九月に五番街の家の片づけを終えようとしていた時、ライオン女史は酒が切れて新たに飲みたいと求めた。酒はなかった。彼女は気付け薬がなければこんな仕事はできないと言い、ブレヴォート[4]からスコッチウィスキーを持ってくるよう命じた——そして彼は持ってきた。クロードとケイティの証言によると、彼女は就寝前にその瓶を飲み終えた。

ストローマイヤーのところの若い男が昨日言っていたところでは、家の建設中——職人がそう言ったのだ——ライオン女史は至極常習的に、しかも明確に酒に酔っていただけでなく、男達にかなり寛大に勧めていた。男達を急がせる際に彼女はウィスキーを勧め、仕事をするにはこの種のちょっとした刺激の助けがいると言うのだった。

昨年の春に彼女がここから解雇されて二、三日して[5]、彼女はある日家を訪問したのだが、家を出る前にクロードに一杯求めた。彼はコップとウィスキーの瓶も一緒に持っていった。彼女が欲しがると推測したのだ。だが彼女はいらないと言った。彼女がへとへとに疲れているとウィスキーよりもブランデーの方がよい気付け薬だと分かったのだ。彼女は瓶を取り出し、ブランデーグラスになみなみと注ぎ、それを水で割らずに飲み干した。

ライオン女史はニューヨークでも、ここストームフィールドでも、部屋の食器棚にカクテルの瓶をいつも置いていたとケイティは言う。一瓶がだいたい一日しかもたないし、さらにウィスキーをかなり飲んでいたと言う。アシュクロフトも同じことをしていた。彼も気前よく飲んだとクロードとケイティは言う。

昨年七月と八月の六二日の間にこの家は四八クォート〈約四五・四リットル〉のスコッチウィスキーを注文し——消費した。昨日私が来客帳を調べると、スコッチウィスキーをたっぷり飲む人の名前を二人ほど見つけた。そのうちの一人はここで二日二晩過ごしたし、もう一人は一晩しか過ごしていない。彼らが自分達で三クォート飲んだということは考えられる。この二ヶ月の間に他に二人ここに滞在し、彼らはスコッチウィスキーを飲むが、彼らはイギリス式に水で割ったウィスキーを晩餐の時にしか飲まないので、その種のウィスキーの消費量は必然的にわずかだった。

いずれにせよ、彼らがここにいたのは一日か二日でしかなかった。その頃私は二四時間に一回、スコッチウィスキーを飲んだ。しかもいつもベッドに入った後に、寝る準備ができてから飲んだ。私はいつも同じ分量、リキュールグラスに一杯飲んだ。その頃私はおそらく二週間で一クォートのスコッチウィスキーを消費したが、今では一クォートで一ヶ月もつ。三人か四人の来客がその二ヶ月の間に四瓶飲み、私が四瓶飲んだとして、それで八瓶になる。我々がこの家に引っ越してからライオン女史がワイン戸棚の鍵をいつも管理していたが、たぶん彼女は一九〇八年の七月と八月の六二日間で、この家の中で残った四〇クォートがどこに行ったのかアシュクロフトの助けを借りて説明できるだろう。

昔はたくさん来客があった。今では来客の多くがライオン女史の飲酒についてかなり自由に口にするが、彼らはそれを見ているからだ。さらに彼らは彼女が酔っぱらいだったことを認識しなかった私の鈍感さをかなり無遠慮に口にする。これに関する私の鈍感さを彼らが口にしない場合には、私が彼女が酒豪だと知らなかったという時に、本当に真実を言っているのか疑う。そしてそうなのだ、彼らがどんな態度をとろうとも、私は暴露する。私はライオン女史が酒飲みだと知っていること、その二年間ずっと知っていたことを否定しないが、彼女が酒豪だとは知らなかった。彼女は夜も昼も、頻繁に私の部屋にやって来ては私のウィスキーを借りていった。酒が切れて気分が悪く、ワイン戸棚よりも私の瓶の方が近くにあると言うのだった。そして、彼女は窃盗の確信犯であり、私の金を盗むために私の小切手帳を悪用しているから、苦しい時にウィスキーを盗むことも十分あり得ることだ。ケイティが言うには、ライオン女史はいつも私の瓶を持ち出し、誰かがいつもそれをくすねていたと言い、それは間違いなくテリーザだったと言うのだった。テリーザは軽いワインの国で生まれ育った[6]。しかし、状況証拠が示すのは、ウィスキー泥棒は彼女ではなくライオン女史だ。

(1)C・F・ストローマイヤー社はニューヨーク市東九丁目にあり、家具や室内装飾品に「装飾的絵画」を扱う業者だった。ライオンはストームフィールドの内装を彼に依頼した（ストローマイヤーからクレメンズ宛、一九〇八年一二月一日付書簡、カリフォルニア大学蔵）。

(2)クロード・ブショットは執事だった（一九〇八年一〇月六日付「自伝口述筆記」、二六八ページおよび関連する注参照）。
(3)ケイティ・リアリィのこと。
(4)ブレヴォート・ホテルは五番街二一番地でクレメンズが借りていた家のすぐ近くにあった。
(5)ライオンは四月一五日に解雇された（「アシュクロフト・ライオン原稿」参照）。
(6)家政婦のテリーザ・ケルビーニのこと（「アシュクロフト・ライオン原稿」の注参照）。

「我が自伝」の結びのことば(1)

一九〇九年、クリスマスイヴ、午前一一時、ストームフィールドにて。

ジーンは亡くなった。

そして、この「自伝」もここで終わる。三年前、私がこの仕事をする理由はあった。その理由も彼女とともに消滅する。

私を動かしてきた理由は私の著作権の消滅を避けたいとする願望で、それによりジーンとクレアラが私の死後にも、私の本から十分な生活ができるようにするためであった。私の本がその四二年という限度に近づいたらいつでも、私の「自伝」から二万語ほどをその内容に付け加えて、新たにすぐ出版することを意味していた。これで二八年間分の著作権になり、そのあいだは本全体を実質的に生き続けさせることになる。五〇万語の「自伝」を書くつもりで私は書いた。

そのぞっとするような長い労働は無駄であった。先の三月に議会は四二年の期間に一四年を付け加えて、それで私の一番古い本でも、今からもう約一五年生きることになる。(2)私にはその付け加えは意味がない。(私は七四歳だし)、かわいそうなジーンは今それを必要としていないし、クレアラは結婚して幸福で裕福であり、それを必要としていないからだ。(3)

人間が考え、状況が決める。

——

大切な人と関係のある些細な出来事のすべて——その大切な人の予想外の死に先立つ二四時間の出来事を紙に記そうとした人がかつていただろうか？　そのようなことが本に書いてあるだろうか？　それらが書いてある本が二冊とあるだろうか？　ないと思う。それは洪水のように頭の中に入ってくる。それは毎日いつでも起こってきた些細なことであり、以前にはあまりにつまらない、しかも簡単に忘れられてしまうものだった——しかし今は違う。今では、なんと変わってしまったことか！　それらが何と大切で、何といとおしい、何と忘れられない、何と哀感を誘う、何と神聖な、何と威厳のあるものであることか！

昨夜ジーンは全く素晴らしく健康で紅潮していた。そしてバミューダでの休暇の健全な影響のおかげで私も同じだった。(4) 手と手を取って夕食の席から離れ、書斎に座って話をして、陽気に、幸福に、何の疑いもなく、九時——私達にとっては夜更けなので——までおしゃべりをして、計画を立て、話し合い、それから二階に上がると、ジーンの可愛がっているドイツ犬が後について行った。私の部屋の入り口でジーンは「おやすみのキスはできないわ、お父さん。私の風邪をうつすといけないから」と言った。私は身をかがめて、ジーンの手にキスをした。ジーンは感動していた——それを私は彼女の目の中に見た——そして彼女はお返しに衝動的に私の手にキスをした。それからいつもの陽気な「お休みなさいね！」をともに言って、私達は別れた。

今朝の七時半過ぎに起きると、ドアの外で声が聞こえた。「ジーンがいつものように、郵便を取りに駅まで馬に乗って出かけるところだ」と思った。それからケイティが入って来て、私のベッドのわきで一瞬震えながらあえいで立っていた。そしてやっと口が利けるようになった。

「**ジーンお嬢様が亡くなりました！**」

弾丸が心臓を貫通して砕く時に、兵士がどんな風に感じるか、今ならわかる。

彼女は寝室の中で、完全な若い被造物のまま、床の上に寝かせられシーツで覆われていた。そしてとても静かで、とても自然で、あたかも眠っているように見えた。何が起きたか分かっていた。彼女はてんかんに罹っていた。発作に見舞われてバスタブから出られなかったのだ。助ける人が近くにおらず、彼女は溺れてしまった。医師は数マイル離れたところから来た。彼の努力では私達のそれまでの努力と同様、彼女を生き返らせることはできなかった。

今は昼だ。彼女はなんと愛らしく見え、なんと優し気で穏やかなことか！　高貴な顔であり、威厳に満ちている。そしてよき人はとても静かに、そこに横たわっていた。

一三年前にイギリスで妻と私は「スージィが今日慈悲深くも解放された」と言う電報に心臓まで突き刺された。[5]私は今朝同じような衝撃的な情報をベルリンにいるクレアラに送らねばならない。「戻ってはならない」と有無を言わせぬ追伸を付け加える。彼女と夫は今月一一日にここから出航したのだ。[6]クレアラにどうやって耐えられようか？　赤ちゃんの頃からジーンはクレアラになついていたのだ。

四日前、私は一ヶ月間のバミューダ休暇で完全に健康になって戻ってきた。だが、何らかの手違いで新聞記者はこれに気付かなかった。一昨日、手紙と電報が友人や見知らぬ人からも届き始め、私が危篤状態だと思われていると知らせてきた。昨日はAP通信を通じて私の状態を説明するようにとジーンが言ってきた。それは重大なことじゃないと私は言ったが、彼女はクレアラのことをよく考えないといけないと言った。クレアラはドイツの新聞で記事を読むだろうし、夫を四ヶ月間、夜も昼も看病し続けてきたので、疲れ切って弱っているだろうから、衝撃を受けてしまうかもしれなかった。それは道理だった。それで私はAP通信社に電話をかけユーモアたっぷりの文章を送り、私が「瀕死の状態」だという「疑い」を否定し、「私は生きている間に決してそんなことにはならないだろう」と言った。[7]

ジーンは少し困惑して、ことをそんなに軽々しく扱うものじゃないと言ったが、重大なことは何もないのだから、そんなふうにするのが最良なのだと私は言った。今朝私は今日の取り返しのつかない大きな不幸という悲しい事実をAP通信社に送った。両方が今日の夕刊に掲載されるのだろうか？――一方はとてものんきで、他方はとても悲劇的だ。

私は一三年前にスージィを失った。そして彼女の母親も失った――比類なき母親だった！――五年半前のことだ。

クレアラは生活するためにヨーロッパに行った。そして今私はジーンを失った。私はなんと哀れなことか、かつてとても恵まれていたのに！　七ヶ月前にロジャーズ氏が亡くなった——これまでで最高の友人であり、私が今まで出会った人の中で、人間としても紳士としてもほとんど完璧な人物だった。この四週間の間にギルダーが逝き、ラッファンが逝った[8]——私の古い、古い友人だった。ジーンはそこに横たわり、私はここに座っている。私達は自分の家にいるのに赤の他人である。昨夜このドアのところで互いの手にお休みのキスをした——そしてそれが永遠となり、私達は疑いもしなかった。彼女はそこに横たわり、私はここに座っている——ものを書きながら、忙しくしながら、胸が張り裂けないようにしている。陽光が周囲の山々にまぶしく降り注いでいる！　まるで嘲笑だ。

二四日前、私は七四歳だった。昨日も七四歳だった。今日の私の年齢を誰が判断できるだろうか？

——

私は彼女をもう一度じっと見た。私に耐えられるだろうか。彼女はずっと以前に母親があのフィレンツェの山小屋で横たわっていた時と全く同じように見える。死の優しい静謐だ！　眠りよりもずっと美しい。

彼女の母親が埋葬されるのを見た。私はあの恐ろしさに二度と耐えられないだろうと言った。私にとって大切な人の墓の中をもう一度見ることは決してないだろうと言った。私はそれに固執してきた。ジーンは明日この部屋から運び出され、ニューヨーク州エルマイラに運ばれる。そこには私達のうちでこの世から解放されたものが横たわっているが、私は行かないだろう。

四日前、船が入って来た時、ジーンは埠頭にいた。次の日の夜、私がこの家に着くと、彼女は歓迎に顔を輝かせながら玄関にいた。私達はトランプをして、彼女は「マーク・トウェイン」と呼ばれる新しいゲームを私に教えようとした。昨夜は書斎に座って陽気に話し合い、彼女はクリスマスの準備をしていた開廊をのぞき見ないように言った。彼女は朝には出来上がると言って、それから彼女のフランスの小さな友人がニューヨークから到着することになっていた[9]——驚きが続く予定だった。彼女が何日もかけて準備してきた驚きの仕掛けだった。彼女がちょっと外出している間、私は彼女を裏切って盗み見た。開廊の床には敷物が敷いてあり、椅子とソファが置いてあった。完成していないが驚きの品がそこにあった。銀の細布で一杯に飾られ、この上なく見事なクリスマスツリーの形になっていた。テーブルの上には彼女が今日ツリーに飾るつもりだった光るものが沢山置かれていた。その豊かな未完成の驚きをその場所から追放するのがいかに冒瀆的であることか。それは私の手ではない、確実に。これらの些細なことが過去四日間に起きた。「些細なこと」。そう——その時には。だが今は違う。ジーンが言った、あるいは考えた、あるいは行ったことは今ではどれも些細なことではなかった。そしてあまりに大きなユーモア！——それはどうなるのだろうか？それは今は悲しみに変わっている。悲哀と、考えただけで涙が出てしまうようなものになっている。

これらすべての些細なことがほんの二、三時間前に起きた——そして今、彼女はそこに横たわっている。そこに横たわり、もう何も気にしていない。奇妙な——驚愕すべき——信じられないことだ！ 私は以前にこの経験をしたことがある。だが一〇〇〇回経験したところで信じられないままだろう。

「ジーンお嬢様が亡くなりました！」

それがケイティの言った言葉だ。事前のノックもなしにベッドの頭の方のうしろでドアが開くのを聞いた時、ジーンがおはようのキスをしにやって来たと思った。彼女は礼儀なしに入ってくるのに慣れている、ただ一人の人だった。そして、そう——

私はジーンの部屋に入ってみた。使用人と友人へのクリスマスの贈り物で大混乱だった！ 贈り物はあらゆるところにある。テーブル、椅子、ソファ、床の上——あらゆるところに、重ねて置かれている。私がそれと同じような光景を見てから何年も何年も経つ。ずっと昔のこと、クレメンズ夫人と私はクリスマスイヴの真夜中にそっと子供部屋に忍び込んで、贈り物の配列を調べたものだ。当時子供達は小さかった。そして今ここではジーンの部屋はかつてのあの子供部屋とちょうど同じような様子だ。贈り物には張り紙がしていない——今日それに張り紙をするはずだった手は永遠に動かない。ジーンの母親はいつでもクリスマスの準備に忙しくしていた。ジーンも昨日とそのずっと前から同じことをしていた。そして疲労が彼女の命を奪った。疲労が今朝になって発作を起こしたのだ。何ヶ月も発作はなかったのだ。

ジーンは生命力と活力に満たされて過ごしていたために、その力を酷使する危険が常にあった。彼女は毎朝七時半に馬に乗って駅まで行き、郵便物を取ってきた。彼女がそれを調べ、私が選り分けた。いくつかが彼女宛で、ペイン氏宛もあり、残りは速記者[10]と私宛だった。彼女は自分の仕事を手早く片付けると、それから再び馬に乗り、その日の残りの時間、自分の農場と家禽の管理に費やした。時折夕食後に私とビリヤードをしたが、彼女はたいてい疲れていてビリヤードをやらずに早くに寝た。

昨日の午後、私がバミューダに行って留守にしている間に、彼女の負担軽減のために私が考案していた計画について彼女に伝えた。家政婦を雇うことと、秘書の仕事をペイン氏の手に委ねることだった。

いいや――彼女は望まなかっただろう。彼女は自分で計画を立てていた。その案は妥協で終結した。私が降参した。私はいつもそうした。彼女は請求書を検査せずにペインに小切手を代筆させなかった――彼女は自分でその仕事をやり続けていた。さらに、彼女はケイティに手伝わせて家政婦をやり続けていた。さらに、彼女は私宛の個人的友人からの手紙に返信を書き続けた。以上が妥協案だった。私達二人はそれを妥協と呼んだ。その恐ろしい変化がどこで起こったか分からなかったけれど。

しかし、ジーンは喜んでいたし、私も満足した。彼女は私の秘書であることが自慢であり、その不愉快な仕事の彼女の分担を、放棄するよう説得することはできなかった。私の今までの秘書の中でペインを除けば、ジーンが唯一正直で高潔な秘書だと言って彼女をほめた。ジーンは私に何も言わなかったが、私は何かを言って欲しいわけではないし、彼女は正直だから、何も言わないことで不安になったことは一度もないと私は言った。

ああ、それは不幸な会話だった！　気づかないうちに私は彼女の疲労を増すばかりで、彼女は既にとても疲れていたのだ。夜になる前に彼女はクリスマスのことを中断し、一一月の詳しい文書を書き上げて私に手渡してくれた。

「おや、ジーン、なんでそれをやったんだい？　私は冗談を言っただけだったのだよ、知らなかったかい？」

しかし彼女はやることがいっぱいで、自分の管理が世話焼きで簡潔なものだと私にしきりと見せようとしていた。数字が彼女の言葉を裏付けていた。昨夜の話の中で私はすべてのことがとても順調にいっているので、彼女が望めば二月にはバミューダに戻ってもう一ヶ月、幸いにも衝突や騒動から離れられると分かった。ジーンは私がそうすべきだと強く主張し、その旅行を三月まで延期すればケイティをつれて私と一緒に行くと言った。私達はそれで手をうち、決着した。私は明日の船でバミューダに行き、家具付きの家と使用人を確保する手紙を書こうとしていた。今朝手紙を書くつもりだった。しかし今になっては決してその手紙が書かれることはない。

彼女はそこに横たわっており、それとは違う、もうひとつ別の旅が彼女の前にあるからだ。

日が暮れつつある。太陽のへりが山の端にかすかに見えている。その顔を再び見続けていた。それは毎日ますます愛おしいものになっていたのだ。この過ぎ去った九ヶ月間にジーンをより深く知るようになった。彼女は長いあいだ家から離れていたが、九ヶ月前に私達のもとに帰ってきた。彼女は何マイルも離れた療養施設に閉じ込められていたのだ。彼女が再び父親の家の敷居をまたぐことになって、何と心から喜び、感謝したことか！

もし私にできるなら私は彼女を生き返らせるだろうか？　そんなことはしない。一言でそれができるとしたら、それを口にしない力を求めたい。そしてそれだけの力が私にはあるだろう。確実にある。彼女を亡くし、私はほとんど破産状態になり、人生が苦痛になったが、私は満足している。というのは彼女が天からの贈り物の中で最も貴重なもの——他のすべての贈り物が貧弱で粗末なものになるあの贈り物——死で豊かになったからだ。私が大人になって以来、解放された私の友人達を生き返らせたいと望んだことは一度もない。スージィが亡くなった時にもそう感じた。そして後に妻の時にも、後にロジャーズ氏の時にも同じだった。クレアラがニューヨークの駅まで来て、ロジャーズ氏がその朝突然死んだと伝えてくれた時の私の気持ちは、「ああ、幸運に恵まれた——長く美しい生涯の間ずっと幸福だった——最後の瞬間まで幸福だった！」である。新聞記者は私が目に悲嘆の涙を浮かべていたと書いた。その通りだ——だがそれは彼のためではなく、**私**のための涙だ。彼は何も失っていなかった。彼が生前に作り上げたすべての財産はこの死に比べれば貧弱なものだった。

私は二年前になぜこの家を建てたのだろうか？　この巨大な空虚を覆い隠すためだろうか？　私はなんと愚かだったことか。しかしそこにい続けなければならない。死者の霊が私のために家を神聖なものにしてくれる。他の家族の場合にはそうではなかった。スージィはハートフォードに建てた家で死んだ。クレメンズ夫人はその家に二度と入ろうとしなかった。しかしそれでその家はいっそう私には愛おしいものになった。あれ以来、一度だけその家に入ったことがある。居住者もなく、静かで、寂しかったが、私にとってそこは神聖で美しいところだった。死者の霊がずっと私の周りにいて、できることなら私に話しかけ、歓迎したいように思われた。リヴィ、スージィ、ジョージ[11]、ヘンリー・ロビンソン[12]、チャールズ・ダドリー・ウォーナーだ。私は空想の中で彼ら皆にもう一度会うことができ、子供達を呼び戻して、もう一度ジョージとはしゃぎ回っている声を聞くことができた——あの無類の、黒人でかつて奴隷だった、子供達の英雄が、ある日やってきた——軽快に通り過ぎていった——窓を拭いて、一八年間い続けた。死ぬまでだった。クレアラとジーンは母親が若い時に頻繁に使ったニューヨークのホテルに二度と入ろうとしなかった。彼女達はそれに耐えられなかった。しかし私はこの家にいよう。以前よりも今夜はずっと愛おしい。ジーンの霊のおかげで私にとってはいつまでも美しいままだろう。彼女の寂しく悲劇的な死——しかしそのことは今は考えないことにしよう。

ジーンの母親はいつでも二週間か三週間をクリスマスの買い物に費やして、クリスマスイヴになるといつでも肉体的に疲労しきっていた。ジーンはまさに彼女の子供だった——彼女は最近の数日間ニューヨークでの贈り物探しで疲れ果てていた。ペインは彼女の机で長い名簿を見つけた——五〇人、と思われた——昨夜彼女が贈り物をした相手だった。彼女がひとりも忘れていなかったことは明らかだった。そしてケイティは使用人のために、紙幣を巻いたものを見つけた。さらに、私がバミューダへ行った時に彼女に預けていた署名入りの小切手帳が二冊あった。彼女はその半分を使っていた。

彼女の犬は今日は仲間もなく寂しそうにうろつき回っている。私は窓からずっと見ていた。彼女はそれをドイツから連れてきた[13]。大きな耳をしていて本当に狼のように見える。その犬はドイツで教育を受けたため、ドイツ語しか理解できない。ジーンはドイツ語で命令していた。それで、盗難予防自動警報器が二週間前の真夜中にけたたましい音をたてた時、ドイツ語が分からないフランス人の執事はその犬の関心を強盗に向けようとした。彼はジーンのドイツ語の命令語（その意味を知らずに）を思い出し、動きたくてうずうずしている犬に向かってそれを叫んだ。「横たわれ！」〈原文ドイツ語〉犬は従った——執事は失望した。「静まれ！」〈原文ドイツ語〉犬は床の上に身をのばして、尻尾で床を叩くのさえやめてしまった。そこへジーンが寝巻のまま走って来て、「行け！　とべ！　急げ！」〈原文ドイツ語〉と叫ぶと、犬は風のように飛び出していき、静寂を破って吠えた。ジーンはこの事件についてバミューダにいた私に手紙で書いてきた。それが彼女の明晰な頭脳と優れた手による手紙の中で、私が受け取る最後の手紙となった。その犬のことは忘れることはできない。

　ペインが入って来て、新聞記者がジーンの写真を撮りたいと言っているという。彼は彼女の机の上に写真の試し焼きをいくつか見つけた——特別いい写真で、二週間も経っていないのは明らかだ。これは奇妙なほどに幸運だ。彼女の写真は一年以上も撮っていなかったからである。

　ジーンよりも心根の優しい人は決していなかった。彼女は子供の頃からずっと、いつでも小遣いのほとんどを何らかの慈善事業に使ってきた。彼女が秘書になって収入が倍になってからは、これらの慈善事業に好きなように金を使った。私の金も使った。そう言えることに喜びと感謝を感じている。

　彼女はすべての動物に対して忠実な友人だったし、そのすべて、鳥も、獣も、あらゆるものを愛していた——蛇さえ愛していた——私からの遺伝だった。彼女はすべての鳥を知っていた。それに関する知識では彼女は非常に優れていた。彼女はほんの子供の頃から様々な動物愛護協会——国内外の——の会員で、しかも最後まで積極的な会員だった。彼女は国内とヨーロッパで動物愛護協会を二つか三つ設立した。

　彼女は困った秘書だった。というのも屑籠の中から私宛の手紙を探し出してそれに返事を書いたのだ。彼女はすべての手紙に返事を書くのが礼儀だと考えていた。母親がそんな優しい間違いを彼女に教え、育てた。

　彼女はいい手紙を書けたし、書くのがとても早かった。彼女は音楽にはほとんど関心がなかったが、彼女の舌はいくつもの言語に容易に順応した。しばらく使わなくても、彼女のイタリア語も、フランス語も、ドイツ語もさび付かなかった。

彼女にとって不当な全くひどい慢性病――てんかん――が彼女の気質を損ない、影響を与え、思いやりのないことをしたり言ったりさせる時があった。しかしその影響が去ってしまうと、彼女の持って生まれた優しさが戻り、そうなると彼女は全く愛すべき人物だった。彼女の病気と付随する恐ろしい発作で、優しい母親は悲しみと、見守りと、不安とにその力を使い果たし、亡くなってしまった。可哀想なリヴィ！　ジーンの性格は――母親と同じように――素晴らしいものだった。これ以上素晴らしいものはない。

同情する電報がいたるところから今も流れ込みつつあり、それはまさに五年半前にこの子の母親がイタリアでその汚れなき生涯を終えた時と全く同じだ。それで傷が癒えることはないにしても、苦痛をいくらか和らげてくれる。ジーンと私が部屋の入り口でそれぞれの手にキスをして別れた時、二二時間後に電報で次のような言葉を伝えられるとは、想像だにしていなかったのだ！

「心の底から哀悼の意を表します、最愛の人であり最愛の友人へ」。

これから先、何日も何日も、私がこの家に入る時にはいつでもジーンの思い出が無言のうちに私に語りかけることだろう。その数はいくつになるだろうか？

彼女は長いあいだ、とても長いあいだ、遠く離れていた！　彼女が誰も知らない人の家で運命に出会うことにならず、自らの家という愛すべき場所で運命に出会ったことに、私がどれほど感謝しているか、言葉では言い表せない。

「ジーンお嬢様が亡くなりました！」

本当だ。ジーンは死んだ。

私は一ヶ月前、雑誌に掲載予定の、沸き立つように滑稽極まる記事を書いていて、今も書いている――次のようなものだ。

クリスマスの日だ。昼。昨夜私は何度も間をおいてジーンの部屋に行き、シーツをめくり、その穏やかな顔を見つめ、その冷たいまゆにキスをした。そして、ずっと以前、フィレンツェの、あの洞窟のように静かで巨大な貸別荘で

の胸の張り裂けるような夜のことを思い出した。あの時、私は何度も階段を下りて行って、シーツをめくり、彼女とそっくりの顔——ジーンの母親の顔——をじっと見て、彼女とそっくりのまゆにキスをした。そして昨夜、私はあの時に見たものをもう一度見た——あの奇妙で愛らしい奇跡——めぐみ深い死によって、若い乙女の柔らかな体の曲線が戻っていたのだ！　ジーンの母親が死んで横たわっていた時、心配と困惑と苦しみと年齢による衰えのすべての跡がその顔から消え去っていたので、昔、若く満開の美しさの中で私が知り、崇拝したものをその顔の上にもう一度見ていた。

朝三時頃、こういう時間に人がするように、深い静寂の中、家を歩きまわっていると、もう二度と見つけられない、たとえ無益に探すことで得られるものでしかなくても探さねばならない、大切なものが失われたという無言の感覚が起こった。その時、階下の広間でジーンの犬に出くわし、犬がいつものもてなしの流儀に従って私に走り寄って挨拶をせずに、ゆっくりと悲しそうにやってくるのに気付いた。さらに悲劇以来、犬がジーンの部屋に行っていないことを思い出した。可哀想な奴だ。わかったのだろうか？　そうだろうと思う。ジーンが外に出ている時にはいつでも犬は一緒にいた。彼女が家の中にいる時にはいつでも、夜でも昼でも、一緒にいた。彼女の部屋が犬の寝室だった。一階で私が偶然その犬と一緒になると、犬はいつでも私の後をついて回り、私が二階に上がると犬も二階に上がった——慌てて全速力で上がってきた。しかし今は違っていた。犬を少し撫でてから私は書斎に行った——犬は後ろでじっとしていた。私が階段を上がると、ついてこなかった。もの言いたげな視線で私を追っただけだ。その犬は驚くべき目——大きくて優しくて雄弁な目を持っている。犬はそれで語ることができる。その犬は美しく、ニューヨークの警察犬と同じ血筋だ。必要もないのに吠えるので、私は犬が好きではない。しかしこの犬の飼い主がジーンで、必要な時——週に二回もなかったが——にしか吠えなかったので、私はこの犬が好きだった。

さ迷い歩いていると私はジーンの部屋に来た。棚の上には私の本が積み重ねられており、それが何を意味するか私は分かった。彼女は私がバミューダから戻り、それに署名をするのを待っていたのだ。それから本を発送するつもりだった。誰に発送するつもりだったのかを知っていればよかったのだが！　だが私が知ることはないだろう。私がその本を預かる。彼女が触れたものだ——それは褒賞であり——今では高貴なものだ。

そしてクローゼットの中に私への驚きの品が隠されていた——私が何度も欲しいと願っていたものだった。きれいな大きな地球儀だった。涙でかすんで見えなかった。私の誇りと喜びを彼女が知ることは決してない。今日、手紙は彼女への愛情あふれる挨拶でいっぱいだ。彼女がとても愛した、あの昔からの懐かしく優しい言葉、「ジーンへメリークリスマス！」で。彼女がもう一日だけ長生きしてくれたら！

ついに彼女は金がなくなったが、私の金を使おうとしなかった。それで彼女は自分のいらなくなった服をすべてニューヨークの貧しい少女の施設に送った——そしてそれ以上を送ったに違いない。

クリスマスの夜だ。今日の午後、彼女は部屋から運び出された。できる限り早く、私は書斎に入った。そこで棺の中に横たわり、彼女がクレアラの結婚式の際に新婦の付き添い頭として、昨年一〇月六日に着ていたのと全く同じ服を着ている。その時彼女はこの同じ部屋のもう一方の端に立っていた、その時、彼女の顔は幸福な興奮で輝いていた。その同じ顔が今、死の威厳と神の平和の表情をたたえている。

最初の弔問者は犬だったと教えられた。求められないのに犬は来て、後ろ足で立ち、前足を棺の架台にかけ、犬にとってとても愛おしい顔を最後に長いあいだ見つめた後、来た時と同じように黙って去って行った。犬は分かっている。

午後の中頃、雪が降り始めた。哀れなことに——ジーンには雪を見ることができなかった。彼女は雪がとても好きだったのに。

雪は降り続いていた。霊柩車はその痛ましい重荷を運び去るために六時に玄関に到着した。ペインがジーンの好きだったシューベルトの『即興曲』を弾いた。(14) それから『間奏曲』を弾いた。スージィのためだった。それから『ラルゴ』を弾いた。母親のためだった。彼は私の求めに応じてこうしたのである。『間奏曲』と『ラルゴ』がスージィとリヴィのこの世での最後の時間に、私の心の中でどれほど彼女達と結びついていたか、この「自伝」のいたるところで語ってきた。(15)

私の部屋の窓から霊柩車と四輪馬車が道路を曲がって行き、降る雪の中で次第にぼんやりと幻のようになり、やがて姿を消すのが見えた。ジーンは私の生涯から出て行って、もう二度と戻らない。彼女が赤ちゃんの時に一緒に遊んだいとこ[16]──彼と彼女の最愛のケイティ──が彼女を遠い子供時代の家庭に導いていく。彼女はそこでもう一度母親のそばで、スージィとラングドンと一緒に横たわることになる。

一二月二六日。犬は今朝八時に私のところにやってきた。犬はとても愛情にあふれ、可哀想な孤児になった！　私の部屋がこれから犬のいる場所になるだろう。

嵐は一晩中吹き荒れていた。午前中もずっと吹き荒れていた。横殴りの雪が景色を巨大な雲に変え、壮大で崇高なものにする──しかしジーンはここにいて見ることはない。

午後二時三〇分。約束の時だ。葬儀が始まった。四〇〇マイル離れているが、私はその場にいるかのようにそのすべてが見える。場所はラングドンの屋敷の書斎だ。ジーンの棺は四〇年前に母親と私が結婚した時に立っていた場所に置かれている。そして一三年前にスージィの棺の置かれていたところだ。五年半前には母親の棺の置かれていた場所だ。そしてしばらくすると私の棺が置かれる場所だ。

五時だ。すべては終わった。

クレアラがヨーロッパで生活するために二週間前に去った時は辛かったが、私にはジーンが残されており、耐えられた。**私達**が家族になろうと私は言った。私達が親密な仲間になり、幸福になれると私達は言った──私達二人だけで。ジーンが先週の月曜日に蒸気機関車で私に会いに来た時、その完全な夢は私の考えの中にあった。先週の火曜日の夜にこのドアのところでジーンが私を出迎えてくれた時、それは私の考えの中にあった。私達は一緒だった。**私達は家族だった！**　その夢は本物になった──ああ、かけがえのない本物で、満たされた本物で、満足すべき本物で、その二日間は本物だった。

そして今はどうだろうか？　今ジーンは墓の中にいる！
墓の中で――私がそれを信じられればだが、神が娘の優しい魂を永眠させてくださいますように！

マーク・トウェイン
「自伝」終わり。[17]

(1)この文章のもとはクレメンズが三日間――一九〇九年一二月二四日、二五日、二六日――に書いた原稿である。

(2)マーク・トウェインの一番最初の本『無邪気者達、海外へ』は一八六九年に出版された。以前の法律ではその本の著作権は一九一一年を超えて更新できなかった。一九〇九年三月に通過した法律ではそれが一九二五年まで延長された（著作権に関するクレメンズのさらなる見解については、『自伝完全版第二巻』、三三七ページ～三四二ページ、一九〇八年一一月二四日付「自伝口述筆記」を参照）。

(3)クレアラはオシップ・ガブリロウィッチと一九〇九年一〇月六日にストームフィールドで結婚した。ガブリロウィッチ（一八七八年～一九三六年）はロシアのサンクトペテルブルクで生まれ、ウィーンのテオドル・レシェティツキのもとでピアノを学んだ音楽的天才だった。彼が師の新しい生徒のクレアラに出会ったのは一八九八年であった。続く一〇年間に彼は成功したピアノ奏者として地位を確立し、ヨーロッパとアメリカを演奏旅行した。その間彼とクレアラは不穏な関係を続けた。彼らは二回、短期間婚約し、クレアラがそれぞれ解消した。ガブリロウィッチは一九〇八年秋にもう一度婚約を申し込んだ。この時クレアラはチャールズ・ウォークとの恋愛感情を断ち切った。一九〇九年の夏にガブリロウィッチが危篤状態から快復する間、クレアラはストームフィールドで彼を看病した。そして九月の終わりに彼の三度目の結婚の申し込みを受け入れた（一九〇八年一〇月六日付「自伝口述筆記」、注6参照。Shelden 2010、九二ページ～九五ページ、三〇一ページ～三〇四ページ、三七八ページ～三八〇ページ。CC 1938、一ページ～五一ページ）。

(4)クレメンズは一一月二〇日にペインを伴ってバミューダへ旅行し、一二月二〇日に戻った。

(5)一八九六年八月一八日、ハートフォードでのスージィ・クレメンズの死の知らせをクレメンズはロンドンで受け取り、この時オリヴィアとクレアラはニューヨークに向かっていた（『自伝完全版第一巻』、三二三ページ～三二五ページ）。

(6)クレアラとオシップは、オシップがドイツで演奏会の仕事があったので結婚式の一〇日後にドイツに向けて出航する計画だった。だがアトランティック・シティ号での新婚旅行は、オシップが虫垂炎になりニューヨークの療養施設で手術を受けることになって、中断された。彼のヨーロッパでの仕事は解約せねばならなくなった。クレアラと彼は一二月まで（彼の両親のいる）ドイツに向けて出航できなかった（CC 1938、五一ページ～五二ページ。「ガブリロウィッチの手術」、ニューヨーク『トリビューン』紙、一九〇九年一〇月一九日号、七ページ）。

（7）クレメンズがバミューダから戻った際にクレメンズに挨拶した新聞記者の中には、彼が「健康そうでなく」、「胸の激しい痛み」に苦しんでいると報じた者がいた。クレメンズは「私は自伝を含めて五つか六つの仕事をやり終えておらず、いつになったら終わるのかわからない。過去三年間ほとんど何もやってこなかった。二、三週間でまた自伝に取り掛かるだろう。既に一〇万語を出版し、五〇万語を出版してもらうつもりだが、ほとんどが私の死後になろう」と記者に語った（「マーク・トウェイン帰還、健康悪し」、サンフランシスコ『クロニクル』紙、一九〇九年一二月二一日号、五ページ）。一二月二三日に彼は次のような「のんきな」文章を発表した。『私が瀕死だと新聞がいうのを聞いた。非難は正しくない。私は生涯でそんなことにならないだろう。私はできる限り善い行いをしている。すべての人にメリークリスマス！」ジーンの死はクリスマスの日に報じられた（以下ニューヨーク『タイムズ』紙より、「トウェインのメリークリスマス」、一九〇九年一二月二四日号、六ページ、「ジーン・クレメンズ女史、浴槽で死去」、一九〇九年一二月二五日号、一ページ）。

（8）ヘンリー・H・ロジャーズは五月一九日に六九歳で亡くなった。クレメンズはロジャーズの家に行く途中、グランドセントラル駅に着いたところでその衝撃的な知らせを受け取った。『センチュリー・マガジン』誌編集長リチャード・ワトソン・ギルダーは一一月一八日に六五歳で亡くなった。ニューヨーク『サン』紙編集長ウィリアム・マッケイ・ラッファンは次の日の一一月一九日に六一歳で亡くなった（以下ニューヨーク『タイムズ』紙より、「H・H・ロジャーズ死去、遺産五〇〇〇万ドル。脳卒中でスタンダード石油・鉄道・ガス・銅会社で有名な金融家去る」、「悲嘆にくれたマーク・トウェイン」、ともに一九〇九年五月二〇日号、一ページ、「R・W・ギルダー心臓病で死去」、一九〇九年一一月一九日号、一ページ、「W・M・ラッファン虫垂炎で死去」、一九〇九年一一月二〇日号、一一ページ）。

（9）マーガリート（ベベ）・シュミットのこと（「アシュクロフト・ライオン原稿」および関連する注参照）。

（10）ウィリアム・E・グラマンのこと（「アシュクロフト・ライオン原稿」および関連する注参照）。

（11）ジョージ・グリフィンのこと（『自伝完全版第一巻』、三三五ページおよび関連する注参照）。

（12）ヘンリー・C・ロビンソン弁護士（一八三二年～一九〇〇年）で、ハートフォードの友人だった（『自伝完全版第一巻』、二七二ページおよび関連する注参照）。

(13)「アシュクロフト・ライオン原稿」および関連する注参照。

(14)おそらく四つの即興曲作品一四二第二曲（D九三五、第二曲）のことで、クレメンズの好きな曲のひとつでもあった（『トウェイン伝』、第三巻、一三〇九ページ）。

(15)自伝にはピエトロ・マスカーニの『カヴァレリア・ルスティカーナ』（一八九〇年）の間奏曲も、ヘンデルのオペラ『セルセ』からの「ラルゴ」にも言及がない。だがライオンの日記にはクレメンズにとって、それらの曲が特別な意味を持つことが記録されている。

私はクレメンズ氏のために彼の好みの曲を演奏していた――そして彼の愛する多くの曲の後で私は「ラルゴ」を取り上げた――彼は私のすぐ近くにある緑の大きな房飾りのついた椅子に、背を向けて座り、私がそれを演奏し終わると言った――「もし疲れていなかったらスージィの曲を弾いてくれ」。それが「間奏曲」で、私がそれを演奏すると彼は「その言葉をその二つの曲にぴったりと合わせられる。スージィと母親の棺がハートフォードの家の食堂と広間と客間を運ばれて行く時に、スージィは間奏曲で私に呼び掛け、母親はラルゴで呼び掛ける――そして自分達はその場所をもう二度と見ることはないと嘆いている――」と言った。（Lyon 1906、三月二日付日記）

(16)オリヴィアの弟チャールズ・J・ラングドンの息子ジャーヴィス・ラングドン二世（一八七五年～一九五二年）のこと（『トウェイン伝』、第三巻、一五四八ページ）。

(17)ペインは『トウェイン伝』の中でクレメンズが「『我が自伝』の結びのことば」の中から「省いた」とペインの言う文章を載せている。この文章の原稿はマーク・トウェイン・ペーパーズにはない。ペインが掲載したものからここに転載する（『トウェイン伝』、第三巻、一五五二ページ）。

一二月二七日。私はジーンの価値を知っていただろうか？　いいや、私は知っていると思っていただけだ。私は一〇〇分の一の部分を知っており、それがすべてだった。私達はいつでもそうだし、いつでもそうだった。私達は無知で惨めな兵卒のようなものだ――もう四〇〇年前に死亡し――負け戦の戦場でサンシー・ダイヤモンドを拾い、それを一フランで売った兵卒だ。後になって自分のしたことを知るのだった。

再び元気になって、私は再び幸福になるのだろうか？　なる。それもすぐに。私には自分の気質が分かっているからだ。気質というのが人間を支配し、人間はそれによって拘束され、絶望的な奴隷であり、あらゆることにおいてそれが命ずるままにしなければならない。個人の気質は生まれながらに備わっているものであり、周囲の状況で変化することは決してない。

私の気質によると、私の魂は一度に長い間滅入ったままだったことがない。

それはジーンの気質のひとつの特徴でもあった。彼女はそれを私から引き継いだ。それ以外の部分は母親からもらったと思う。

アシュクロフト・ライオン原稿

[アシュクロフト・ライオン原稿]

生まれくる読者へ

今から一〇〇年後のあなたの時代に、この原稿は明確な価値を持つことになる。そしてそれはわずかな価値ではなく大きな価値である。もしそれが一〇世紀もの間保存されるとすれば、もっときっともっと大きな価値を持つことになろう――確実に一〇倍に価値が膨れ上がる、本当だ。というのはそれが今日の私達の家庭生活のごく内密の内側を見せることになり、そのページのほかでは赤裸々で網羅的な詳細は読めないからだ。その中の挿話はあらゆる国のあらゆる時代で起こってきたものだが、これらが進行順やまとまりに従って、これまでにまとめられたことは一度も無いし、明白な事実を語るものとして以前に書かれたことも一度もない。これまでのところ、そのある程度が空想物語の中で使われたことはあるが、それ以外ではない。そうした使用法が空想物語の迫力を失わせてしまい、力強いものにしてこなかったからだ。というのも、そうした使われ方ではそれらの持つ非常に貴重な信憑性が失われてしまうからだ。

私に関するこの真実の話、この奇妙で軽蔑すべき哀れな話には三人の際立った登場人物がいる。すなわち、私二人の、堕落して十分に不器用な詐欺師と私である。私は生まれながらの馬鹿者であり、彼らが扱いやすい餌食だった。そのこれらの三人の登場人物は多くの空想物語の中で上手な作り話として描かれてきたが、この「原稿」では我々は作り話ではなく、血と肉を持つ現実の人間である。我々が行い言ってきた、馬鹿げた下品なことは事実であって、空想ではないのだ。

私はこの歴史を「手紙」の形で記した――年老いて気の合った友人で、三五年間も付き合ってきた、小説家ウィリアム・ディーン・ハウエルズ宛の手紙である。これによって私は自由が得られた。全くの自由で、制限なしの自由で、心の底から屈託なく気ままに話せることになった。一般大衆に向けてそのように語ることはできなかったし、仲間の前で自ら裸になることはできなかった。

ハウエルズは生まれつき、しかも訓練によって、品格というもの、そのものである。時折私の話が強烈になったり、無神経になってしまった時などには、ハウエルズは私を持て余していた。それで私は淑女に言えないことはハウエルズにも言えないのだと分かった。こうした場合には私はジョージ・ハーヴェイ大佐に話しかけているのだと想像することで困難を乗り越えた。彼は私自身と同じくらい強烈だったからである。

この原稿そのものは封印され、しまい込まれ、複写されることはないだろう。私が見た後、最初に目を通すのは読者だということになる。

もしもパストン文書が四二五年前にハウエルズのような人に向けて自由に語られた個人的情報だったとしたら、そんな昔の時代のイングランドの家庭生活にそれが投げかけるであろう光を想像していただきたい(1)。それは深い夜に隠された生活であり、世界にとって永遠に封印された本のような生活だ。その価値を想像していただきたい！

マーク・トウェイン

一九〇九年、秋、ストームフィールド。

昨日一九〇九年五月一日に受け取ったアシュクロフトの手紙を挿入。

> 一九〇九年四月二九日
>
> ラルフ・W・アシュクロフト
> ニューヨーク
> ストーン通り二四番地
>
> 親愛なるクレメンズ氏へ

今朝ロジャーズ氏の求めに応じて彼の会社でお目にかかりました。彼の会計検査人が一両日中にこちらに来て、過去二年間の収支決算と業務を調査します。それで、その問題に関するあなたのお気持ちも静まるでしょうし、あなたの業務がライオン女史と私とによって正直に、良心的に執り行われてきたことを知れば現在のあなたの心配も少なくなることでしょう。

ロジャーズ氏はあなたの多くの友人達と同じご意見のように思われます。つまり、あなたの家族の一員による過去一、二週間のライオン女史に対するとんでもない処遇は、クレメンズ夫人死去後に、彼女があなたやあなたの娘さん達やあなたの業務に対して執り行ってきたことに対する非常にひどい返報だという意見です。もちろん、彼女を誹謗中傷する人が賠償することは考えられませんので、私とあなたの他の友人はあなたがこの件に関して公平さと正義を求めるあなたの名声を守り、あなた自身ができる限りの賠償をするだろうと信じています。既にあなたが述べておられるように、その非難はねたみと悪意と嫉妬で病んだ脳から発生したものであり、この事実を忘れた時にのみ初めてその非難を真剣にとらえることができます。しかしながら、いい加減に思い描いたのであろうとそうでなかろうと、あなたの安寧と幸福に重大な影響を与え、今でも与えていますし、他の人にも同様に影響していますので、その視点から考えられねばなりません。

あなたが残りの生涯を、作為と拘束と自己犠牲の雰囲気の中で過ごされねばならない理由は全くありません。一九〇八年の最後の六ヶ月間にあなたのものであった幸福がすべて完全に、かつそっくりそのままに戻るだろうと私は思っていませんが、それでもあなたがその哲学的理論とは無関係に、父親であり、かつ人間としての大権を、あなた自身の最高の利益を生み出すために振るわれんことを信じています。感情的な表現が私とあなたとの関係に与えるであろう影響とは関係なしにこのことはお伝えしておきます。

私は、

あなたのものです、真心を込めて、

R・W・アシュクロフト。[2]

一九〇九年五月二日、ストームフィールド、

親愛なるハウエルズさん――これらの腹立たしい、そしてかなり無礼な言及はクレアラ・クレメンズに対するものです。それは当然の報いなのです。というのは、アシュクロフト夫妻の正体を見破ったのが彼女だったからです。あなたは彼らを知っていますし、あなたは現実のドラマやメロドラマが好きです。私達にもそれがあったのです――活発なものです――三年間もまさに我が家にありながらも、今日までそれを少しも疑わなかったのです。他の人はほとんど最初から疑っていました、――ハーヴェイ、ドゥネカ、リー少佐とデイヴィッド・マンローは一年前から、[3]そしてアルバート・ビゲロー・ペインは二年前から――ところが、クレアラと私は安らかに眠ったままでした。隣人でずる賢い、あの北部人のラウンズベリーは、知り合って一ヶ月にもならない時にライオン女史とアシュクロフトを「心のねじ曲がった輩」だと見ていました。[4]使用人達は二年以上前の、まだニューヨークに住んでいた時から、同じ判断に至っていました。ブロートン[5]とジョン・ヘイズ・ハモンド[6]は二年も前からアシュクロフトをごろつきでアナナイアスのような嘘つき[7]だと断じました。H・H・ロジャーズは彼に最初に会った時からアシュクロフトのすべてに「詐欺的なもの」を読み取っていました。エドワード・ルーミスも同じでした。[8]ところが――人の性格を読み取ることに関して私は何ともいつも鈍いのでした――私はその二個のくさった卵の正直さ、忠誠、誠実さを最も絶対的に、断固としてずっと信じて来たのです。そうです、そしてクレアラも同じでした。クレアラとライオン女史はまるで恋人同士のようでした。二人は互いに愛称で呼び合っていました。クレアラはライオン女史を「ナナ」と呼び、クレアラの愛称は「サンタ・クララ」でした。今彼女らの前でそれを口にすれば、この愛称は催吐剤として作用することでしょう。

何としたことでしょう、二ヶ月余りの間でどれほど変わってしまったことでしょう！　クレアラが疑い始めたのはそれくらい前のことだったのです。クィンタード博士からでした。[9]彼はライオン女史とアシュクロフトがその執事職の収支報告書の提出を求められるべきだと考えたのです。ライオン女史が不正を働いていると信じているとクィンタード博士が彼女に言うのを、アシュクロフトが聞いたと私に訴えてきたのです。アシュクロフトは忠々しいほどに憤慨していましたし、私も同じでした。

しかしクレアラは穏やかな気分ではありませんでしたので、クィンタードの提案を実行しようと望みました。彼女の気分は、近頃起こっていた二、三の些細なことから生じたものでした。そうです、些細なことが時には大きな仕事を成し得るのです。安全マッチが小さな火事を引き起こし、それが大都市を焼き尽くすことになるのです。ある日クレアラが使用人をひとり呼んで用事を言いつけました。ライオン女史がそれを聞きつけて、その言いつけを撤回したのです。さらに、すべての命令は**自分を**通さねばならないと付け加えたのです。別の日には、ケイティが食卓で食事をするのを拒んで——「イタリア人とは一緒に食べたくない」と言って使用人達を怒らせているとライオン女史は言ったのです。ケイティとしてはおかしな行動でした。というのは、彼女は二七年間も私達の家で仕えていて今までに気取った態度をとって責められたことはなかったからです。ライオン女史はそれがテリーザとジュゼッペのせいだと言いました[10]。(二人はすぐにそれを否定しました)。私はケイティを叱りました。彼女は、全く完璧に全身全霊で、ひどく驚いた様子でした。彼女はそんなことを言ったこともないし、言おうと思ったことさえないと言うのでした。クレアラは激怒し、ケイティの味方をして、ケイティが疑いを否定したことで十分だし、その疑いが虚偽だと言ったのです。それでライオン女史がいつもの滑らかな口調で、疑いを私に伝えたのは**彼女ではない**と私に信じ込ませたのです。彼女のことを**信じられない**くらいなら呪われた方がましです！

　ハウエルズさん、これは先に引用したアシュクロフトの手紙に対して、この手紙の中で私が説き明かしている、小さいがとても際立つ話です。そして私の回答を**あなたに**伝えるひとつの第一の理由は、あなたの訓練された鋭敏な文学的才能と理解力こそがそれを明らかにするのに私が知る限り最良かつ最も霊感を与えうるものだからです。そのことについて楽しみながらゆったりと愛情を込めて語り、しかもその味を自分の舌で味わえる読者だからです。それは素敵な話ですし、それをア［シ］ュクロフトに書いてだめにすることはできないのです。それは私の権威を再び上昇できないほどに失墜させることになり、あの礼儀知らずな男の程度まで権威を落とすことになります。彼が礼儀知らずな男だとあなたは分かっていただけますね？　彼は三四歳で、世界では価値のない人物です[11]。私はもうじき七四歳で世界的な人物ですが、彼は温和な様子で自分が私と平等であるかのように考え、私が彼と同じようにろくでなしで同じように貧困な生まれであるかのように、やりたい放題遠慮なく私を侮辱するのです。しかもご存知ですか——彼が何事も無かったかのように、にこやかに笑いながら、その手紙のすぐ後で、昨日の午後やって来たのです。ペインがそこ（ビリヤード室）にいましたので私はよかったのです。そのお陰で私はアシュクロフトを下種野郎と呼ばずに済みました——人前では決して使わないようにしている言葉です。私はある目的があって怒りを鎮めておくつもりです。私が怒りを鎮めてその手紙に返事を書かなければ、彼は同様の手紙を何通も書いて私を生き埋めにするでしょうし、そうしたらそのすべてを私はこの話に付け加えて、あなたに読んでもらいたいのです。それがどれほど見事なものになるか推測できないでしょう。しかし私はこうしたことを良く知っているのです。というのは、彼が二、三年前にはジョン・ヘイズ・ハモンドにペンの力で襲い掛かり、[12]二、三週間の間に下品な言葉と憤怒と想像を絶するばかばかしい言葉を雨のように浴びせかけたのです——毎日か、ですって？　いいえ——ほとんど毎時間です。ハモンドのような人物——近々合衆国副大統領職を熱望する者[13]——になると、もちろんアシュクロフトのようにシラミのような奴に返事を書く余裕はありませんでしたから、黙っていたのです。アシュクロフトはハモンドが恐れをなしたと考えたのです。何ということでしょうか。言わせてもらえば、アシュクロフトは私と言葉の上での戦争をやれる力が自分には十分あると考えているのでしょう。ところが、それは本当なのです。真面目に言います。彼は有能です——しかも多くの点で有能です——でも、文筆はだめです。このことを彼は全く疑っていません。ご存知ですか——彼は詩も作っていましたし、しかもそれを印刷させて、[14]貧しい人々に配っているのです。私は読んでいませんが、そのすべてが下手だということはないのです。いくつかはまあまあ上手です。

（1）イングランドのノーフォークのパストン家の手紙と文書は、主に一四二二年から一五〇九年にかけて書かれた。一七八七年に最初に出版され、その当時のイングランドの郷紳についての重要な情報源となっている。クレメンズは少なくとも一八九六年以来そのことを良く知っていた（Stoker 1995。「備忘録三九」、タイプ原稿、一二ページ、一五ページ〜一六ページ、カリフォルニア大学蔵。Gribben 1980、第二巻、五三五ページ）。

（2）クレメンズはアシュクロフトがタイプして署名した封筒に、「泣きじゃくる偽善者からの手紙——さらにスカンクであり根っからの嘘つきだ。貴重だ、アメリカスカンクの文学では相棒がいない——見失ってはならない。ＳＬＣ」と書いた。

(3)ジョージ・ハーヴェイ、フレデリック・ドゥネカ、デイヴィッド・マンローに関しては『自伝完全版第一巻』、二六七ページに関する注と二八四ページに関する注を参照。『自伝完全版第二巻』、一四三ページに関する注。フレデリック・T・リー(一八六四年～一九一四年)はハーヴェイが彼を一八九九年にハーパー・アンド・ブラザーズ社に連れて行った時に州兵少佐の地位にまで上っていた。彼は一九〇〇年に始まった会社の会計担当になった(「F・T・リー中佐死去」、ニューヨーク『タイムズ』紙、一九一四年一一月一一日号、一三ページ。「死亡記事」、『パブリッシャーズ・ウィークリー』誌、一九一四年一一月一四日号、一五六五ページ。「フレデリック・T・リー」、『ノース・アメリカン・レヴュー』誌、二〇〇[一九一四年一二月]号、ページ番号未載)。

(4)ハリー・A・ラウンズベリー(一九〇八年一〇月六日付「自伝口述筆記」、注5参照)。

(5)アーバン・H・ブロートンはロジャーズの義理の息子(一九〇七年五月一八日付「自伝口述筆記」、注5参照)。

(6)以下の注12を参照。

(7)アナナイアスと妻サファイラは、受け取った土地代金について嘘をついた。それに続く彼らの死は、神の罰とみなされていた(使徒行伝、五章一節～一一節)。

(8)鉄道会社の重役エドワード・ユージン・ルーミスは、オリヴィア・クレメンズの弟チャールズの娘ジュリア・オリヴィア・ラングドンと一九〇二年に結婚した(『自伝完全版第一巻』、三九八ページおよび関連する注参照)。

(9)エドワード・クィンタード博士(一八六七年～一九三六年)は、医師でニューヨーク大学院病院(後にコロムビア大学の一部になる)の医学教授であり、また、散文と詩の著者でもあった。家族ぐるみの親しい友人であり、ニューヨークでもストームフィールドでもクレメンズと娘達を治療し、クレメンズの死の床で診察することになる(『トウェイン伝記』、第三巻、一五一一ページ、一五六三ページ、一五七七ページ～一五七八ページ。以下、ニューヨーク『タイムズ』紙より、「マーク・トウェイン、七四歳で死去」、一九一〇年四月二二日号、一ページ、「医学教育者クィンタード博士死去」、一九三六年二月一三日号、二〇ページ。一九〇五年五月二〇日付、クレアラ・クレメンズ宛書簡、マーク・トウェイン博物館蔵。Lyon 1903-6、一二月二四日付日記。Lyon 1906、一月二日付日記)。

(10)テリーザ・ケルビーニとジュゼッペ・ケルビーニ夫妻のこと。テリーザはフィレンツェのヴィラ・デ・クアルトでクレメンズ一家の家政婦として働いた。一九〇四年のオリヴィアの死後、彼女はクレメンズ一家と一緒に合衆国に戻った。一九〇六年の初期に彼女は病気になって、一時的に仕事を離れた。一九〇八年六月にクレメンズがストームフィールドに移った後、彼女はしばらくの間五番街二一番地の家で管理人を務めていた。その年の秋に彼女は、メアリ・ウォルシュの代わりに料理人として雇われた夫のジュゼッペとともにストームフィールドでの雇い人に加わった(以下の注38を参照)。夫婦はクレメンズが「紅玉髄ネックレス事件」と呼ぶものに巻き込まれた後、一九〇九年にクレメンズ一家と仲たがいをした。二人はライオンの詐欺疑惑の共犯者として疑われたのである。夫婦は一九〇九年五月一九日にクレメンズ一家のもとを去った後、イタリアに戻ったのだろう（「備忘録四七」、タイプ原稿一六、カリフォルニア大学蔵。JC 1900-1907、一九〇六年一〇月一八日の記載。Lyon 1906、二月六日付日記。Lyon 1908、一〇月八日付日記と一一月三日付日記。一九〇六年二月一八日付、クレメンズからクレアラ・クレメンズ宛書簡、カリフォルニア大学蔵。一九〇六年一〇月二日と三日付、クレメンズからクレアラ・クレメンズ宛書簡、複写をカリフォルニア大学蔵。一九〇八年一〇月六日から九日付、クレメンズからブラックマー宛書簡、イエール大学バイネッケ図書館蔵。ジェイン・クレメンズからトゥイッチェル宛、一九〇九年六月一四日付書簡、ストウ・デイ記念館蔵。ジェイン・クレメンズからブラッシュ宛書簡、一九〇九年七月八日付書簡、スミソニアン博物館蔵。「給与支払い概算総額」、一九〇七年三月一日から一九〇九年二月二八日まで、「会計士計算表と予定一覧」の予定一覧八、一九〇九年）。

（11）クレメンズは一九一〇年二月一四日にペインに宛てて次のように書いた。

> アシュクロフトをごく親しく知るようになって五年になりますが、私が聞いた中で彼が自分の過去の歴史について語った唯一のことは、リヴァプールで生まれたこと、イギリス国民であること、父親が非国教徒の牧師だったことだけです。彼は自身に関することを絶対的に抑え込み、隠してきました。私はこれに類似することに以前に出会ったことがありません。
>
> きっと彼は寝室の管理人か近習だったのでしょう――おそらく両方でしょう。後者の仕事を彼は完璧によく知っています。
>
> 彼は過去二年間に毎日私達がレディングと家の建築について話すのを聞いていながら、自分がそこの著名な家で少年時代を過ごしたことをたった一度も口にしなかったのです。
>
> ドリッグズさん一家が一年前に自動車でこちらのこの家に来ると、彼を「ラルフ」と呼び、彼のことについて大いにしゃべりたて、一日家に連れ帰ったのです！　私達がそんなことを聞いたのは初めてでした。（ウィスコンシン大学マディソン記念図書館蔵）

ラルフ・W・アシュクロフト（一八七五年～一九四七年）は、イギリスのリヴァプールに近いロック・フェリーの会衆派教会牧師ロバート・アシュクロフトの九人の子供のうちのひとりだった。一八八九年に母親が死去した後、彼は父親と姉のドーラとともに合衆国に移住し、彼らはブルックリンに定住した。さらに五人の兄弟が一八九〇年の初期にやって来た。（レディングに夏用の別荘を所有するフレデリック・ドリッグズと彼との関係を確認できるものは見つかっていない。）一九〇〇年のブルックリンの人口調査では、アシュクロフトが巡回セールスマンだと記している。一九〇一年一二月には彼はニューヨークの輸出会社デイヴィス・アレン社の経営者になっていた。一九〇二年六月には彼はアメリカ・プラズモン社の経営補佐として雇われ、その後一二月には総務部長兼会計部長になった（『自伝完全版第一巻』、三四二ページに関する注。「マーク・トウェインの実業界の大物の友人で顧問」、トロント『グローブ・アンド・メール』紙、一九四七年一月九日号、七ページ。『ブルックリン国勢調査』、一九〇〇年、六Aページ。*New York Passenger Lists* 1820-1957、第五四〇巻、一四八五、四一ページ～四三ページ、第五四三巻、八一、二ページ～六ページ。Ashcroft 1904、三ページ～八ページ。アシュクロフトからクレメンズ宛、一九〇四年九月一九日付書簡、カリフォルニア大学蔵。Todd 1906、一八一ページ～一八二ページ）。

（12）アシュクロフトはクレメンズの代理としてハモンドを含むプラズモン社の株主の中で敵対する株主と見事に戦った（以下の二章注4参照）。アシュクロフトはハモンドの敗北に勝ち誇り、一連の辛辣な手紙で彼を繰り返し悩ませ、バイロンの『チャイルド・ハロルドの遍歴』を幼稚にもじった言葉で嘲笑さえした（Ashcroft 1905a）。彼はハモンドに対して名誉毀損の訴えもした――一九〇四年の電報でアシュクロフトを「無能でよりひどい」と呼んだためである――これはアシュクロフトが最終的に敗訴した（ハモンドに関しては、一九〇八年一〇月三一日付「自伝口述筆記」、注17と注18参照。Hill 1973、一〇一ページ～一〇三ページ。アシュクロフトからクレメンズ宛、一九〇五年七月一九日付書簡および一九〇五年八月三日付書簡、カリフォルニア大学蔵。一九〇五年七月二〇日付、アシュクロフト宛書簡、複写をカリフォルニア大学蔵。アシュクロフトからクレメンズ宛、一九〇五年八月二三日付書簡、一九〇五年八月五日付、一九日付、二二日付、二三日付のアシュクロフトからハモンド宛書簡のタイプ打ち複写を含み、カリフォルニア大学蔵。「ジョン・ヘイズ・ハモンド提訴」、ニューヨーク『タイムズ』紙、一九〇七年一〇月一六日号、七ページ。「機密情報」、『マンデーズ・マガジン』、九号［一九一〇年四月］、三〇四ページ）。

（13）ハモンドは一九〇八年にウィリアム・ハワード・タフトのもとで副大統領候補者だと考えられていた。彼はタフトをイエール大学で知っていた。

（14）アシュクロフトは一九〇五年八月二五日にタイプ打ちした『チャイルド・ハロルド』のもじり詩をクレメンズに送り、「私は詩人となった／そしてあなたにそれを知らせたいと思った」と説明した（カリフォルニア大学蔵）。彼はさらにそれを印刷して小冊子にした（Ashcroft 1905a）。

二

私はその話の結末から始めました。元に戻って導入部分を語らねばなりません。ロンドンで、一九〇〇年頃か一八九九年のことですが、私はプラズモン企業連合の株を二万五〇〇〇ドルで取得し、その頭金を支払いました（総額は一五万ドルです）。私が指揮をとりました。[1] 一九〇〇年五月にはその企業を立ち上げ、将来有望で順調な事業をやらせました。すると、アメリカでもその権利が欲しいと言うアメリカ人が何人か出てきました。その中に南アフリカの百万長者で有名な技術者のジョン・ヘイズ・ハモンドがいたのです。私は彼の南アフリカでの経歴を知っていましたし、彼を尊敬し、信頼していました――非常に優れた人格者です。私は反論がありましたが、ハモンドがその一員だと分かった時にも反対しませんでした。取引は成立し、アメリカの会社がほどなくニューヨークで活動し始めました。カリフォルニアのヘンリー・A・バターズは発起人で取締役のひとりでした。彼は私から一万二五〇〇ドル詐取しましたし、下っ端のライトが私からさらに七〇〇〇ドル詐取するのを手伝ったのです。[2]

二人の重役――バターズともうひとり――がみずから進んで会社から資本金を騙し取ったのです。[3] 一九〇五年頃までには彼らがそれを搾り取って空にしたので、会社は倒産したのです。[4] その時アシュクロフトは総務部長か会計責任者か、あるいは両方を兼任していて、彼と知り合い、彼が好きになり、彼のことを信用しました。言っておきますが、彼が一貫して常に不誠実であることはまだ証明されていませんし、単に疑惑がかけられているという、ただそれだけなのです。

二年ほど前（たしか一九〇七年）には、彼は私の経営者であり保護者を自任するようになりました[5]――無給です。彼がやれる仕事は使い走りとちょっとしたことくらいでしたが、こうしたことに関して彼は素早いし上手なのです。彼がやるよりもうまくやれる人はいなかったのです。

やがて彼はスパイラル・ピンという会社を始め、[6] 私は一万ドルか一万二〇〇〇ドルをつぎ込み、彼の企業が成功するのを望みました。その会社がどういう状態にあるか私は知りません。公式の報告書を出していませんし、配当金の発表も控えています。しかしそのことは問題ではありません。私は以前にも同じようなことを経験してきました。私は彼が無給で私のために働くのでそれに関わっただけです。彼を傑出した、しかも有用な人々に紹介するという点で、私は彼にとって時々役に立ったと思います。

この浅ましい小さな恋物語の男の主人公を紹介するにはこれで十分でしょうか？

それでは、女の主人公イザベル・ライオンについて一言。彼女は一九〇二年に私達のもとにやって来ました。私達がハドソン川沿岸のリヴァデイルに住んでいた時です。彼女はクレメンズ夫人の秘書になる予定で、住み込みの食事付きで月給五〇ドルか、通いで七〇ドルかのいずれかでした。彼女はデイナ氏という人の家で家庭教師をしていて、その後、ハートフォードの昔からの友人ホイットモア家で働いていました。(7)彼女はほっそりとして小柄で美しく、実年齢三八歳でしたが、物腰や服装などの点では十七一八歳でした。私は彼女のことが気に入りましたが、その頃は彼女のことをあまり見かけませんでした。賄い付きの下宿に住んでいたのです。彼女には秩序も無く、組織的なやり方も持たず、勤勉でもありませんでしたが、彼女はかなりうまくやっていました。というのは彼女のすることがあまり無かったからです。しかしながら、彼女はひとつのことだけは勤勉にやりましたし、推奨に値するほどでした。それはハートフォードの女性交換会で売るために針差しを作ることでした。それはすぐに売れました——一個一ドルです。彼女が教えてくれたのだと思います。彼女は母親を養っていると言いましたし、(8)それは本当だったと信じています。彼女が私の代わりに小切手に署名できるようになってから、二年前かその頃のいつかですが、彼女は針差しを作らなくなりました。私はこれを偶然の一致として言っているのですし、二つの事実を必然的に結び付けているのではありません。過去二年か三年の間、彼女はバミューダ製スカーフ、肩掛け、絹製品、ビーズ、骨董品を売る複数の店の営業権を買い取り、ニューヨークの複数の店から、敷物、真鍮製の鉢、銅製の鉢、豪華で品のよい安ぴか物の日用品の過剰在庫を仕入れさせて、「競技場」を乗り回すために一輪車と自転車を買い、(10)先日はアシュクロフトとフリーマン(9)が私に五〇ドルの贈り物（ビリヤード台用の緩衝側壁）をするのを援助し、際限なく高価な本を買いました——彼女はこうした贅沢なことをすべてやってきましたし、それを月給五〇ドルでやって、しかも母親の支援もしていたのです。もっと忠義な人あるいは五〇ドルの仕事でもっと一生懸命に仕事のできる人を私はひとりも知りません。それは経済的には良い判断ではありませんでした。というのは、ファーミントンの家小家屋には抵当権が設定され、彼女がやろうと思えばおそらくそれをかすめ取ることができたでしょうから。私はそう考えています。私が彼女に家と「五エーカーか一〇エーカー」の土地を与えた時[11]、彼女はさらに一〇エーカーも私からかすめ取ってそれを譲渡証書に記していたのですから。私は読んで、考えて、署名し、何も言いませんでした。私の習慣に従ったのです。生涯を通じてずっと私は読み、考え、署名し、何も言ってきませんでした。私の署名を求めて文書を提示する人の名誉と誠実さを信じられる限りは、署名する前に文書を慎重に理解しながら読むということさえしてきませんでした。今の件この件に関しては、かなりの土地の増加で私は不愉快な気分になり、事前に私に相談することも無く土地を没収するライオン女史のことが恥ずかしくなりました――単なる名誉です――彼女がそれをしようとしたのです――単なる名誉です。私は反論をすべきではなかったのです。私は別のことも感じていました。最初から二〇エーカーを配分することを思いつかなかった自分を恥じていたのです。まさに物を出し惜しみすることに慣れた人の感じる恥を感じていたのです。

しかし、こんちくしょうめ、私は二〇エーカーの土地を所有することに慣れていなかったのです！　私達のバッファローの家の「土地」は、太古のかすかな記憶ですが、半エーカーしかありませんでした。義父ラングドンのエルマイラの広大な土地の合計はたった三エーカーでした。ハートフォードの土地もわずかに三エーカーだけでした。私達がタリータウンで購入した家の土地――五エーカー――は私には広いように思われました[12]。リヴァデイルの家の土地で住むのに適して使える土地は四エーカーだけでした。それで、私は古い考え方を持っていて、土地惜しみになっていたのです。「五エーカーか一〇エーカー」の土地をすべてひとまとめにしてくれてやれば、私はかなり太っ腹だと思っていたのです。確かに私は密かに自慢していました。ですが、「彼女」は――そうです、彼女は私を分かっていたのです。彼女はさらに一〇エーカーか一五エーカー取り出して譲渡証書に書き込めるし、私が署名し、何も言わないと分かっていたのです。

なぜ彼女は四〇エーカーにしなかったのでしょうか。彼女は私を分かっていますし、私も**彼女を**分かっています。そして彼女が四〇エーカーとしなかったことで自分を何度も罵ったことを私は分かっています。

私の性格上の治しようのないひとつの欠点を、彼女は早い段階で発見したのです――突然友人に頼まれて考えるそれを一晩寝て考える機会がないと、私は**どんなことでも**友人に約束してしまうことです。その時以降彼女は日常的にその欠点に付け込んだのです――結果は私にとって苛立たしいものでした。重要な問題を、考える、イエスと言う前に注意深くけん検証する機会もなしにいきなり持ち出すのはやめて欲しいと常々強く求めていました。そして幾度も幾度も言っていたのです、「常に二四時間待ってくれ。他の人の計画を私のところに持ってくる時には、私を守ってくれ。**私の**友人になるのであって、相手方の友人にはならないように。二四時間待たせなさい、お願いだから」と。

彼女はいつでもそうしました――**彼女が**その計画をつぶしたいと思う時には。しかし、そうでない時はやりませんでした。彼女は遺著管理者の立場に関するアルバート・ビゲロー・ペインの計画をつぶしました[13]。考えるための遅延期間が**ありました**。しかし彼女が私の代わりに考えたのです。そのことに関してペインは腹黒く悪いことを計画していると私に信じ込ませたのです。

しかも、それだけではなく、他にもたくさんありました。彼女は、ペインがいつでも周囲をうかがっていて、読む立場にはない手紙を内緒で読んでいると私に信じ込ませたのです[14]。重要な手紙や文書を不名誉なことにいつでも密かに持ち出し、その一覧も受け取りも残さないというのです。そして彼女は行くペインさんが私の古い手紙をたくさんその私の「伝記」の中に詰め込んで、『マーク・トウェイン書簡集』の彼女の巻とクレアラの生涯巻がそれによって貧弱になって商業的には損害を被ることになろうという妄信をたっぷりと私に信じ込ませたのです[15]。

それで私は実際にハーヴェイ大佐に手紙を書いてペインが私の手紙から「抜き書き」することも、そしてためそれに近い切り取りをすることも制限して欲しいと伝えました[16]。これがそうならなければ、そう――、これは変なことになったでしょう。しかし、印刷に適さないというので、唯一のふさわしい言葉を使えません。一昨日私はハーヴェイさんに手紙を書いて私の先の命令を取消破棄して欲しいと伝えました。彼はすぐにそうしてくれました。彼の手紙が今日（五月五日）届きました。

しばらく前に私は「私は彼女を分かっている」と言ったばかりです。それは本当です。**約一ヶ月前に**彼女のことが分かりました。彼女は七年間も私と一緒にいたのです。

二

七年間で私が知ったのは彼女の一面でした。彼女にはもうひとつの面があったのですが、誰もあえてそれを私に暴露しに来なかったのです。というは、彼女の性格や行動に関する攻撃の情報源が誰であれ、あるいは何であれ、そのすべてを私が一瞬も聞こうとしなかったことを皆が分かっていたからです。それで私が思い出すのは、ずいぶん前に友人からもたらされた三つの警告で、それを私は怒りに任せて否定し、スパイと取引したくはないと言ったのでした。そのうちのひとつが――事実と数字をともなっていたのです――ハートフォードのブリスが私を騙しているという警告でした。[17]その告発が本当だとはっきり分かるまでに九年かかりました。その時までに告発を拒絶していたために私は六万ドルを失いました。もうひとつの警告はペイジに対するもので、それを拒絶していたために一七万ドルを失いました。[18]三度目の警告は、ウェブスターの会計係とウェブスターの無能に対する警告でした。[19]私は耳を傾けようとしませんでした。後になって、その会計係を信じたために三万六〇〇〇ドルを支払うはめになり、ウェブスターの能力を信じたがためにその三倍以上もの金額を支払うことになりました。

（1）一九〇七年八月三〇日付「自伝口述筆記」の注12参照。

（2）バターズに関しては、一九〇八年一〇月三一日付「自伝口述筆記」の注2を参照。ハワード・E・ライト（一八六七年～一九四二年）はアメリカ・プラズモン社の総支配人だった。一八六〇年代初期にクレメンズはヴァージニア・シティで彼の父親サミュエル・H・ライト（一九〇四年死去）と知り合った。そこで父親のライトは長い間地方裁判所裁判官を務めていた。当初クレメンズはプラズモン社の経営についての疑問点をライトと話し合っていたが、後に彼を資金の不正流用に共謀していると見なすようになった。クレメンズは一九〇二年にバターズから二五〇株を二万五〇〇〇ドルで最初に購入したことで、自分が「最初の出資者」となり、購入したのと同数の株を特別配当株として得る権利があると信じていた。しかし、売買の登記方法のために、彼はこの特別配当株を一度も受けなかった。彼はバターズが計画的に自分を騙したと信じていたし、それに対してバターズはその間違いが故意ではなかったと主張した。クレメンズは、クレメンズが「（額面価格以上の値段で）もう少し増資」してくれたら、「バターズが自分から盗んだ二五〇株」を「回復する」というバターズの申し出を一九〇四年一月に断った（一九〇四年一月二九日付、スタンチフィールド宛書簡、カリフォルニア大学蔵）。クレメンズの「さらに七〇〇〇ドル」の損失（別の資料では七五〇〇ドル）はライトへの貸付だったが、一度も返済されなかった（一九〇二年一月一四日付、ライト宛書簡、複写、ライトからクレメンズ宛、一九〇三年二月四日付書簡、一九〇三年二月五日付、ライト宛書簡、ライオン代筆、一九〇七年一二月一二日付、プラズモン社宛書簡、アシュクロフトからクレメンズ宛、一九〇四年九月一九日付書簡、以上すべてカリフォルニア大学蔵。Kramer 1997、一ページ、九ページ。「著名な弁護士に死が訪問」、サンフランシスコ『コール』紙、一九〇四年八月二七日号、六ページ。「クレメンズの財産」、一九一〇年、四ページ。Ashcroft 1904、九ページ～一三ページ。Ashcroft 1905b。「マーク・トウェイン商会、幽霊を断念」、ニューヨーク『タイムズ』紙、一九〇七年一二月一日号、六ページ。「マーク・トウェイン、損失を笑う」、サンフランシスコ『クロニクル』紙、一九〇七年一二月一日号、二三ページ)。

(3)アメリカ・プラズモン社の倒産に関してクレメンズが批判している第二の重役は、ハロルド・ホイーラー(一八五七年～一九三六年)で、サンフランシスコの弁護士だった(*California Death Index* 1905-1939、ハロルド・ホイーラーに関する記録。『サンフランシスコ国勢調査』、一九〇〇年、一〇六の一四A)。

(4)クレメンズはプラズモン社の倒産が一九〇五年だと言っているが、実際にはさらに二年存続することになる。会社の経営に関する重役間の厳しい意見対立の結果、一九〇四年九月にアシュクロフトが新たな委員会選出を準備した。旧重役達は支配権放棄を拒否し、株主との間で同盟を結び、その選出が不当だと宣言させる訴訟を起こした。ハモンド、バターズ、さらに旧経営陣を支持する人達は破産申し立てを裁判所に訴えた。その裁判はニューヨーク最高裁判所まで行き、一九〇五年九月二九日に最終的に不成功に終わり、破産申し立ては一九〇六年一月一六日に取り下げられた。同日、クレメンズはJ・Y・W・マカリスター(国際プラズモン社重役)に手紙を書いて、「アメリカ・プラズモン社を破産に追い込み、その特許と財産を奪い、イギリス・プラズモン社と私をこわばらせて全く排除しようという陰謀があったのです」と伝えた(ヴァージニア大学蔵。「複数の破産申し立て」、ニューヨーク『タイムズ』紙、一九〇五年二月一一日号、一一ページ。アシュクロフトからアメリカ・プラズモン社株主宛、一九〇五年四月二九日付書簡、カリフォルニア大学蔵。アシュクロフトからクレメンズ宛、一九〇六年六月一五日付書簡、カリフォルニア大学蔵)。しかしながら、プラズモン社は自社製品の市場調査が上手くいかず、債務超過に陥っていた。債権者は一九〇七年一二月に過失による破産を申し立て、一九〇八年一月に裁判所で認められた。この時の負債総額は二万六八四三ドルで、流動資産は、現金と預金が九四五ドル、一〇〇ドル相当の特許、製造機械類二〇〇ドル、一五〇ドル相当の「三万ポンド〈約一万三六〇〇キログラム〉のカゼイン〈乳汁から作るタンパク質〉」を合わせて、一三九五ドルしかなかった。クレメンズは自らの損失総額が、もともとの投資額二万五〇〇〇ドルとライトへの不良債権を合わせて、三万二五〇〇ドルになると新聞各社に伝えた(「マーク・トウェイン、損失を笑う」、サンフランシスコ『クロニクル』紙、一九〇七年一二月一日号、二三ページ。「トウェインは騙されやすい人〈原文『マーク』〉だ」、シカゴ『トリビューン』紙、一九〇七年一二月二一日号、二ページ。Ashcroft 1905b。以下ニューヨーク『タイムズ』紙より、「実業界の事件」、一九〇八年四月二三日号、一三ページ、「破産宣告」、一九〇八年四月二四日号、一三ページ、「実業界の事件」、一九〇八年五月七日号、一〇ページ)。破産にもかかわらず、クレメンズはプラズモン社の生存可能性を信じ続け、一九〇八年の遅くに彼は新たな会社を設立した(以下の三章注7を参照)。

(5)一九〇七年六月のイギリス旅行でアシュクロフトはクレメンズの秘書として働いた(一九〇七年七月二四日付から三〇日付までの「自伝口述筆記」を参照)。帰国後、彼はタキシード・パークにも頻繁に訪れるようになり、時折クレメンズの書簡の管理も行った。一九〇八年一月の後半には彼はクレメンズのバミューダ旅行にも同伴し、六月にクレメンズがストームフィールドに移ってからは、彼はほとんど毎週末をそこで過ごした。彼らの友情が深まるにつれて、彼は次第にクレメンズの実業面での管理をも引き受けるようになった。彼はアメリカ・プラズモン社から給与を得ており、投資からの収入もあったが、クレメンズからその仕事に対する報酬は受けていなかった(一九〇七年七月二四日付「自伝口述筆記」、注1参照。アシュクロフトからクレメンズ宛、一九〇五年七月一九日付書簡、カリフォルニア大学蔵)。

(6)一九〇四年にアシュクロフトはクレメンズに国際スパイラル・ピン社とその子会社で、安全ピンと金属製ヘアピンとセルロイド製ヘアピンを製造するコイロ社に投資するように提案した。アシュクロフトのおじで、オーストラリアのメルボルンに住むW・D・ガーサイドがそれらの会社の株主で、アシュクロフトはコイロ社の総務部長で会計担当だった。クレメンズが死去した時、彼の所有していた国際スパイラル・ピン社株一三三株とコイロ社株三四五株は「価値がないと信じられ」ていた(「クレメンズの財産」、一九一〇年、四ページ。『トウェイン・ロジャーズ書簡集』、六二三ページ。Hill 1973、一〇二ページ。アシュクロフトからクレメンズ宛、一九〇四年九月一九日付書簡、国際スパイラル・ピン社からクレメンズ宛、一九〇六年五月一〇日付書簡、および一九〇六年七月三〇日付書簡、アシュクロフトからクレメンズ宛、一九〇七年四月一八日付書簡、以上すべてカリフォルニア大学蔵)。

(7)ライオンはハリエット・ホイットモアとフランクリン・ホイットモア夫妻の六人の子供の家庭教師として一八八四年頃から一八九〇年まで雇われていた。ホイットモア家はクレメンズ家の友人であり隣人で、フランクリンはクレメンズのハートフォードでの事業の代理人として働いていた。ライオンは一八九〇年からすくなくとも一八九四年まで、フィラデルフィアに住む芸術批評家でペンシルヴァニア大学教授のチャールズ・エドマンド・デイナ(一八四三年〜一九一四年)の家で働いていたが、ハリエット・ホイットモアとの親交をとぎらせず、彼女が一九〇二年六月にライオンをオリヴィア・クレメンズに推薦した。ライオンはその年の一〇月からクレメンズ家で働き始めた(『自伝完全版第一巻』、一〇五ページに関する注。『自伝完全版第二巻』、二七ページに関する注。Trombley

2010、八ページ、一二ページ〜一三ページ、一七ページ〜二〇ページ。オリヴィア・L・クレメンズからハリエット・ホイットモア宛、一九〇二年六月三〇日付書簡、マーク・トウェイン家博物館蔵。クレアラ・クレメンズからハリエット・ホイットモア宛、一九〇二年一二月一〇日付書簡、マーク・トウェイン家博物館蔵。『トウェイン伝記』、第二巻、六七八ページ〜六七九ページ)。

(8)ライオンの母親ジョージアナ・ヴァン・クリーク・ライオン(一八三八年〜一九二六年)は一八八三年に寡婦となった。イザベルと弟チャールズと妹ルイーズと一緒に、母親はニューヨーク州タリータウンからコネチカット州ファーミントンに移住し、そこで歴史的建造物の家オールドゲイトを借りた。チャールズは一八九三年に死去した。おそらく(ライオンが後にジーン・クレメンズに打ち明けたところでは)自殺だった。ルイーズはジェシー・ムーア(一時期ハートフォード『クーラン』紙の記者として働いていた)と結婚し、彼らはファーミントンに家を建てた。イザベルは隣接する土地を妹から購入し、そこに小さな家を建て、そこで母親とともに住みながら、母親の世話もした(『自伝完全版第二巻』、二七ページに関する注。Trombley 2010、一二ページ、一七ページ〜一八ページ。Rafferty 1996、四三ページ〜四四ページ。『ハートフォード国勢調査』、一九一〇年、一三一、一Bページ。「死去」、ニューヨーク『タイムズ』紙、一九二六年一月二〇日号、二五ページ)。

(9)クレメンズは一九〇七年五月七日に代理署名権限をライオンに与えた。

(10)ゾウイス(ゾーイ)・スパロー・フリーマン(一八七五年〜一九三二年)は銀行家で、クレメンズの財産管理人のひとりだった。フリーマン家はしばしばストームフィールドにクレメンズを訪ね、フリーマン夫人(グレイス・ヒル・(〝シバ〟)・フリーマン)は明らかにライオンの友人のひとりだった。クレメンズがライオンを解雇した後、ゾウイス・フリーマンが一九〇九年に彼女に代わってマーク・トウェイン社の取締役副社長になった(一九〇八年一一月一六日付、ゾウイス・フリーマン宛書簡、複写をカリフォルニア大学蔵。『トウェイン伝記』、第三巻、一五二八ページ。「死亡通知、フリーマン」、ニューヨーク『タイムズ』紙、一九三二年七月二四日号、二二ページ)。

(11)クレメンズは一九〇七年六月八日にライオンに二〇エーカーの土地と農家を証書にして譲渡した(Lystra 2004、一〇六ページ。ジーン・クレメンズからトゥイッチェル宛、一九〇九年六月一四日付書簡、ストウ・デイ記念館蔵 Hill 1973、一七二ページ)。

(12)一八九六年にスージィ・クレメンズが死去した後、クレメンズ家の人々は愛着のあるハートフォードの家には戻らないと決めていた。彼らは一八九一年にヨーロッパに行って以来、そこには住んでいなかった。彼らがリヴァデイルで家を借りていた間、オリヴィアは、ハドソン川を一六マイルほどさかのぼったタリータウンで、地所を四万五〇〇〇ドルで一九〇二年四月に購入した。その不動産は——一八八二年建築の家と一九エーカー(クレメンズが回想しているような五エーカーではない)の土地であった——彼らがこれまでに所有した最も大きなものだった。しかし、オリヴィアの家屋改修計画とその後の彼女の病気のために一家がそこに住むことはなく、一九〇三年一〇月に一家はイタリアに向けて出発した。クレメンズは最終的にその不動産を四万七〇〇〇ドルで、オリヴィアの死後六ヶ月後の一九〇四年一二月に売却した（『トウェイン伝記』、第三巻、一一四一ページ～一一四二ページ、一一五二ページ。一九〇二年四月一四日付、ロジャーズ宛書簡、マサチューセッツ州ミリセント図書館蔵、『トウェイン・ロジャーズ書簡集』、四八四ページ～四八五ページ。オリヴィア・L・クレメンズからキャサリン・B・クレメンズ宛、一九〇二年五月四日付書簡、マーク・トウェイン家博物館蔵。一九〇三年五月一一日付、サーム・ロジャーズ宛書簡、『トウェイン・ロジャーズ書簡集』、五二六ページ～五二七ページ。クルートからクレメンズ宛、一九〇四年一二月一六日付書簡、カリフォルニア大学蔵。ベンジャミンからクレメンズ宛、一九〇四年一二月二一日付書簡、カリフォルニア大学蔵。Hill 1973、四三ページ～四四ページ。Courtney 2011、一二三ページ）。

(13)ライオンは一九〇六年一二月二五日付の日記に、「アルバート・ビゲローを遺著管理者にするため」の書類を書かせているが、「――しかしそれはアルバート・ビゲローのする仕事ではない――それに彼がそれを占有するのをクレアラ・クレメンズは望まないだろう――そうなると彼がその立場の取り消しのことを聞いたら驚くだろう」と記している。一ヶ月弱後の、一九〇七年一月一四日には、ライオンはクレメンズが「すべての遺稿に関する全権」をクレアラ・クレメンズに与えるために遺書を修正したと記している（Lyon 1906、Lyon 1907）。クレメンズの最終の遺書は一九〇九年八月一七日付で、遺言執行者と被受託人が「出版未出版を問わず、私の文学的産物の管理、取り扱い、処理に関するあらゆる点でのすべてのことに関して、当該の娘クレアラ・ラングドン・クレメンズと当該のアルバート・ビゲロー・ペインと協議し、忠告を求める」と明記していた（SLC 1909e、七ページ）。

(14)その企画を何ヶ月間もクレメンズと話し合った後、ペインはトウェインの伝記を書く契約をハーパー・アンド・ブラザーズ社との間で一九〇六年八月に締結した。一九〇六年の終わりまでに彼はクレメンズの手紙と他の文書を収集する許可を得た。つづく二、三年で彼はクレメンズ所有のものを整理し、彼の友人や同僚からの書簡類を集めた。当初、ライオンとペインは一緒に働き、彼の仕事に対する賞賛さえも書いており、「ペイン氏は素晴らしい『見つけもの』――彼が今やっていることは、崇拝すべき人物に処理してもらいたいとずっと願っていたことで、クレメンズ氏の手紙、文書、切り抜き、自伝的書き物を処理するというまさにそのこと。彼はそのかたまりに秩序を与えつつある――触れることができればいいとずっと願いながらもその時間が今までなかった大きな混沌を単純化しつつある」と記している（Lyon 1906、一月一九日付日記）。しかし、一九〇八年一月にはライオンはペインのやり方に不信を抱き始め、クレメンズの許可なく手紙を複写していることを疑った――特にハウエルズ宛の手紙であった。アシュクロフトの支持を得て、彼女はその疑念をクレメンズに明確に伝えた（ペインとハーパー・アンド・ブラザーズ社との一九〇六年八月二七日付契約書、写しをカリフォルニア大学蔵。ペインが選び出し、「一九〇六年一二月一〇日、コロムビア特別区ワシントン」と日付をつけた無署名のクレメンズのメモ書き、ヴァッサー大学蔵。Lyon 1908、一月二二日、二三日、二四日、二六日、二月七日、七月二六日、八月八日の日記。一九〇八年七月三〇日付、ハーヴェイ宛書簡、ライオンによる複写、複写をカリフォルニア大学蔵。SLC 1909e)。一九〇八年一月二二日にクレメンズはハウエルズに宛てて、ライオンの懸念に明確に答える形で、次のように書いた。

サム・モフェットが私の古い手紙を最初に私のところに出して貸し出しを承認するかしないかを求めずに、既にペイン氏に貸していると分かっていましたので、私はそれを止めました。私はそうした私事がたとえ私の伝記作家に対してでも、そのような方法で暴露されることを好みません。もしペインがあなたのところに手紙を求めに行ったとしても、どうか応じないで下さい。私はトゥイッチェルさんにも強くお願いせねばなりません。人は私的な馬鹿げたことが印刷される危険が生ずる前に死ななければなりません。(ハーヴァード大学蔵、『トウェイン・ハウエルズ書簡集』、第二巻、八二八ページ)

ハウエルズは既に数十通の手紙をペインに渡したと回答したが、まだ未発送だったその「巨大な束」をクレメンズに見せることに同意した(ハウエルズからクレメンズ宛、一九〇八年二月四日付書簡、カリフォルニア大学蔵、および一九〇八年七月八日付書簡、ニューヨーク公共図書館蔵、『トウェイン・ハウエルズ書簡集』、第二巻、八二九ページ～八三一ページ)。ペインは一九〇八年一月二八日にライオンに宛てて手紙を書き、次のように彼女に抗議している(本人による複写をカリフォルニア大学蔵)。

それが何であれ、知るべくして存在するすべてのことを私が知ることは、**絶対的に必要な**のです。それは私が全く揺るぎない人格を作るためであり、それによって次の時代に努めて過小評価したり見くびる可能性のある人々が、あらゆる点で先手を打たれていることに気付き、我々が知り、愛し、敬愛する人物が、我々が知る通りにいつまでも知られ続け、愛され、敬愛され続けるためです。

もし私が王様の全幅の信頼と協力が得られるのなら、このことを実行するための力と理解と忍耐力と表現力を得られると感じます。しかしもしその逆であれば、私は調査の道程の両側で締め出されることになるでしょう。もし私が秘められた動機による隠ぺいと反対と疑惑によって不利な条件に甘んずるのなら、もし私がハウエルズさんやトゥイッチェルさんに宛てて書かれた手紙を利用できないのなら、要するに、私が**唯一**の伝記作者ではなく、**単に**一伝記作者——ぎこちなく装備も不十分な多数のひとりになるのであれば、実質だけでなく信用においても、我々すべてにとって、私の精力をもっと楽な仕事でもっと確実で素早く見返りのある方向に向ける方がよいでしょう。

(15)ペインが伝記の仕事を始める六ヶ月前の一九〇五年六月に、クレメンズは自分の書簡を出版する計画を立てた。彼はそれを六月一八日にクレアラに書きとらせている(複写をカリフォルニア大学蔵)。

私はクレアラとジーンを私の「書簡集」をいつの日か整理して出版する者として指名するつもりである——それを外部の誰かにやってほしくはない。ライオン女史は**それを**やれるし、うまくやれる。選択すべき手紙はあちこちいろいろなところにたくさんある。トゥイッチェルは二五〇通持っているし、ハウエルズは一ブッシェル〈約三六リットル〉も持っているし、ロジャーズ氏もある程度持っている、などだ。ライオン女史が実際の仕事をして、結果的に印税の一〇分の一を得ることになる。

一九〇六年の初めに、ペインは自分の本のための材料のまとめ作業を進めたが、ライオンは、手紙収集に関してアシュクロフトからの支援を受けていたにもかかわらず、仕事が滞った。二つの企画は最終的にひとつになり、ペインの仕事が彼女の本に取って代わるのではないかと彼女は不安になり始めた(一九〇八年八月二日付、フェアバンクス宛書簡、マーク・トウェイン家博物館蔵。一九〇五年六月六日付、ドゥネカ宛書簡、一九〇八年七月三〇日付、グッドマン宛書簡、ライオンによる転記の複写、アシュクロフトからヘンダーソン宛、一九〇九年二月一三日付書簡、複写、以上すべてをカリフォルニア大学蔵。Lyon 1905b、六月六日付日記。Lyon 1906、一月一二日付、一月一九日付、二月四日付日記。Lyon 1907、三月二七日付、七月一一日付、七月一二日付日記。一九〇五年九月五日付ライオンによるメモ書き、ヴァッサー大学蔵。ライオンにクレメンズの書簡出版権限を与える、一九〇九年三月一三日付契約書、カリフォルニア大学蔵)。

(16)クレメンズは一九〇八年八月一〇日にヨーロッパにいるクレアラに宛てた手紙にハーヴェイとの合意を書いた。その手紙は今日失われているが、同日に彼はハーヴェイ宛の手紙にそれを次のように引用している(ハーヴァード大学蔵)。

ペインとの元々の理解では、私が最終的採用不採用の権限をもって、伝記の編集をすることになっていました。ところが、私がその編集の仕事をハーヴェイ大佐に依頼すると、彼は引き受けてくれたのです。(中略)彼は私の**手紙**と私の手紙からの抜粋を制限し（ペインの書く文章を別として、簡潔に述べた場合に）、伝記全体を総計一万語にするつもりです。（中略）しかしペインは、一文あるいは二文、さらには短い文章を彼の本文のあちこちにかなり自由に振りまくように付け加えるでしょう。これはあなたとライオン女史の『書簡集』は助かるでしょうし、妨げにはならないでしょう。

クレメンズの一九〇九年五月三日付の手紙はこの合意を破棄していないし、ハーヴェイの返信も見つかっていない。

(17)クレメンズは、当時アメリカン・パブリッシング社社員だった兄のオーリオンによる告発、イライシャ・ブリスが『苦難をしのびて』の出版費用を過剰に主張して、それでマーク・トウェインと利益を折半するという合意を回避したとする告発を、一八七二年三月には却下した。一八七九年になって初めて彼は印税の条件（利益の半額と同額と考えられる一〇パーセント）がごまかしだと信じるようになった。彼は一九〇六年二月二一日付と五月二三日付の「自伝口述筆記」の大部分を費やしてブリスを厳しく非難した。一九〇六年七月一七日の口述筆記では、ブリスが奪ったのは、彼がここで主張している金額の半分でしかないと言っている（一八七二年三月七日付、オーリオン・クレメンズ宛書簡、および一八七二年三月二〇日付、ブリス宛書簡、『書簡集第五巻』、五五ページ～五六ページ、六八ページ～六九ページ。『自伝完全版第一巻』、三七〇ページ～三七二ページ、および関連する注。『自伝完全版第二巻』、五〇ページ～五二ページ、一四三ページ、および関連する注）。

(18)クレメンズは一八九〇年頃に主に書かれた「機械に関する挿話」で、ジェイムズ・W・ペイジ発明の植字機に投資した運の悪さについて書いている（『自伝完全版第一巻』、一〇一ページ～一〇六ページ、一〇二ページに関する注）。

(19)クレメンズはチャールズ・L・ウェブスターがどうやってウェブスター出版社を倒産させたかを一九〇六年六月一日付「自伝口述筆記」で書いている。それによると、会社は「借金」として彼とオリヴィアから一二万五〇〇〇ドルを借り出し、他の債権者から約九万六〇〇〇ドルを借りた。そして彼は会計係のフランク・M・スコットの着服について述べ、その金額――二万八〇〇〇ドル――を正確に思い出している（『自伝完全版第二巻』、七四ページ～八〇ページ、七五ページと七六ページと七九ページに関する注。『自伝完全版第一巻』、七九ページに関する注、四五五ページに関する注も参照）。

三

再開します（五月二七日）。クレアラは執事としてライオン女史がどうしても必要だと言ったのでアシュクロフトは調べました。私はそれに反対し、馬鹿げたことだと言いました。彼らはそれで傷つかないのだから、決してそれに反対しないだろうと言いました――彼らは完全無欠の状態で切り抜けることになります。私はクレアラに手紙を書いて、彼女の考えが偏見を持った人によって既に毒されていること、世界の他の誰（暗にクレアラ自身をも含めて）よりもこの二人を私は良く知っていること、そして彼らの誠実さ、信頼性、私への献身的尽力を私が絶対的に信頼していたこと、彼女には話し手としてさらに接待役としての魅力があり、家に来客があった時にはライオン女史は非常に貴重であること、彼女は才能豊かで、上品で感動的な文体を身に付けていること――など、など、など、を伝えました。私は賞賛と、感謝と、愛情高い評価を惜しみなく浴びせるように書きました。（そしてその間ずっと――私に、しかも私だけに疑われることなく――この二人組のこそ泥ばい菌は私から略奪し続け、しかも共謀してクレアラと疑っている使用人を家から追い出そうとし、永遠に強奪しようとたくらんでいたのです！）私は今その手紙のことを恥ずかしく思いますし、忘れたいのです。しかしあなたにとってはそれは興味深いでしょうから、恥ずかしいのですが、ここに引用して、お見せします。[*]

＊私はそれを十四章に移動した。マーク・トウェイン[1]。

（クレアラへの手紙）

正直なところ、彼女がひとつの文体を身に付けたと私は本当に考えていましたが、それは間違いでした。彼女がベッツィさんに宛てて書いた何通かの手紙で私は騙されていたのです[2]。それらは素晴らしく優れたものでした。それらは感化されたのでしょうか。そうだろうと思います。彼女が最初に私達のところに来た時、七年前には彼女の文章は変なものでした。子供の文章でした。何も知らない子供の文章と言う意味です。ぎこちなくて、ばらばらで、締まりのない文章でした。私が削除したり、書き加えたりし終えると、そのページは印刷工の徒弟のゲラ――校正刷りのようでした。そして手紙は**その頃は**文章になっていなかったのです。言葉のぞんざいさを文章にする技術が無かったのです。

しかし、公平に言えば、彼女は自分の能力に思い上がったところがなかったのです。彼女の能力がアシュクロフトの能力を思い起こさせることは一度もありませんでした。アシュクロフトの能力は全くの虚栄であり、まがい物で、彼が上品な書きものだとみなすものを意識的に自己満足に陥りながら、わざとらしく意識的に真似したものです。そして、なんということでしょうか、彼は九両編成の砂利運搬列車のような青臭く平凡な言葉をつなぎ合わせているのに、その列車のすべての貨車がプルマン式寝台車だと密かに確信しているのです。そして、いかにも才能があると感じ、何とも雄弁で、厳粛で、印象深いと確信しているのです。私は淋病の痔疾に罹るよりはむしろこの手紙の冒頭で彼の散文詩の著者になりたいと願っています。本当です――正直に、そう願っています。

しかしその二人に関する、クレアラが提案する調査に耳を傾けましょう。アシュクロフトがそれを嗅ぎ付け、電話で呼び出して、自分にはそのつもりが十分にあるけれども、あなたは危険を冒したいかとたずねました。それは驚くべき発言に思われたので、彼女は説明を求めました。彼の説明は、もしも調査が開始されれば、彼女が過去数ヶ月間にどれほど多くの金を父親に使わせてきたかが露見するだろうというものでした。

たった一言の中に二つも三つも侮辱が含まれているのです。それは暗に彼女の父親は愚か者で（大体ほぼ本当です）、自分の娘のやっていることについて何も知らないというほのめかしでしたし、それが自分自身にどう影響するかも分かっていませんでした。彼女は自分の出費を私から隠していて、どれだけの金額を私に請求しているかを私が知ったら問題が起きるであろうこと、二人の共謀者は彼女の欠点を隠し、悲しみから彼女を守るために、義務を私に転嫁することで暴露と惨事から彼女を全体として**守ろうと**していたのだとほのめかしたのです。

本当に、ハウエルズさん、どんなに頭の切れる人でも怯えている時には度を失ってしまいますし、愚者に堕してしまうことがあることをそれは教えてくれます。

三

アシュクロフトの愚かな「説明」に答えて、クレアラは私に隠すことがあるとする考えに当然憤慨しました。アシュクロフトは最近一ヶ月間の彼女の出費――約八六五〇ドルについて言及しました。クレアラはその数字を否定し、アシュクロフトに証拠を提供するように要求しました。彼は約束しました。それ以降、彼がそれらの数字を一度も二度も求められていないながらもいまだにそれを提出していなかったので、彼の主張が本当ではなかった可能性があります。しかし彼が本当のことを話している可能性も決して無くはないのです。クレアラの性格は芸術家達に似ており、私自身に似ており――金銭問題に関しては疎いのです。彼女は時折毎月の出費を簡単に倍増させながらもそれに気付くことができなかったのでしょう。

私はライオン女史をこの程度まで正当に評価せねばなりません。（クレアラが大西洋の向こう側にいる時）彼女が五〇〇ドル送って欲しいと言ってくると、大金を手にすればするほど彼女は不注意になってより多額金を浪費してしまうと主張して、ライオン女史は忠実に精を出して私を説得し、たった二〇〇ドルか三〇〇ドルしか送らせなかったのです。ライオン女史はジーンの金も節約するよう私を説得しました。事実彼女は自分以外のすべての人の金を節約していたのです。彼女自身とストームフィールドに関して。＊

＊（脚注）私が彼女を解雇して以来、二月の給与を支払う際に彼女が二人の使用人に対して月給ではなく日割りで支払い、それによって二、三シリングを奪っていたことが判明しました。その二人を嫌った憎んだということ以外、彼女自身には何の利益もなかったのです。これは卑劣さを数字に移したものでしょう。ジーンが発見し、支払いました。

しかしその二つの単語を使う必要はないのです。彼女とストームフィールドは一体でした――そして彼女は唯一だったのです。それが彼女の考えでした。彼女は自分の支配権が永遠に確立されていると信じていました。彼女は支配権を絶対的で永遠のものにできると完全に予想していました。そしてクレアラの幸運な突然の出現が無ければ、ライオン女史は上手くやっていたでしょう。彼女は使用人全員に次のように言っていたのです。

「あなた方に理解してほしいのは、私がこの家の唯一の女主人だということ、そしてクレアラお嬢様がこちらにいらっしゃらない時には、あなた方は私に対して責任を負うのです、私に対してのみ、です」。

しばらくはそれが定式となっていました。しかし権力欲と支配欲はますます大きくなって行き、すぐに彼女はクレメンズお嬢様の名前を削除しました。彼女には強い権力欲があり、その**すべてを**欲しがったのです――分割はあり得ませんでした。彼女は誰かが自分の玉座に近づくのが耐えられませんでした――その基底の台座に近づくのも耐えられませんでした。クレアラでさえだめでした。クレアラが私を訪問していた時に五時のお茶を自分の部屋に持って来させたことが一度あり、その時彼女はテリーザを呼んで命じました。ライオン女史のドアはいつも開いたままになっていて、私と彼女の残りの臣下を彼女が監視するためでした。彼女はテリーザが通り過ぎるのを見て、彼女を呼び入れると、その用事を聞きました。~~テリーサ~~テリーザがそれを彼女に言うと、次のような辛辣な答えを受けたのです。

「今後は最初に私に報告してからクレメンズお嬢様のベルに答えるように。それから答えていいのかどうか**私が**伝えますから」。

私の呼び鈴には決して答えないようにとライオン女史は家政婦のひとりに命じていました。ライオン女史は私が何かを欲しい時には執事のホレスを呼び出して欲しいと私に伝えました(3)。エリザベスではなく――エリザベスの手は一杯以上だと彼女が言うのですが、それなのに彼女はホレスに仕事を提供するのが困難だと分かっていたのです。もし彼女が一週間ほど早くにもっと良い理由を明かしていなかったら、おそらくそれが本当の理由なのだと私は信じていたでしょう――つまり、家政婦を私につけることは彼女と話をさせることになるというのです。それは、田舎のあらゆるところで**醜聞**になってしまうというのです。彼女（ライオン女史）は誹謗中傷から私という人物を守り、ストームフィールドを守るためにあらゆることをしているので、自分を援助して欲しいと懇願しました。彼女が言うには、彼女は私のことだけをいつも考えているし、ただ**私を**醜聞から守ることだけに尽力していました。

それは忌々しい厚かましさでした。なぜかというと、ハウエルズさん、毎週末、彼女とアシュクロフトは彼女の寝室で過ごし、毎日ある程度一緒で、夜も一緒ですし、~~と◇~~時には深夜を過ぎてまで、しかもドアを閉じたままなのです！　使用人は皆このことを知っていますし、他のすべての人も知っています。私はこの状況について触れて、私の助けが無くても、彼女とアシュクロフトは二人だけで**ひとつの**田舎の社会に十分に醜聞を提供できるよ、と言いました。そして彼らの尽力に感謝して家の名前を〈ストームフィールドから〉スキャンダル・ホール〈醜聞邸宅〉に変更しようと言いました。

三

先の一〇月か九月のある夜――いずれにせよ強盗に入られた後のこと[4]――ひとつの事件がありました。朝の二時頃のこと、音に気付いて使用人が目を覚ましました――もちろん強盗です！――使用人達はすぐにアシュクロフトの部屋に走り、銃を持って調べてもらおうとしました――ところが彼のベッドは空でしたし、シーツ類も乱れていなかったのです。そこには誰もいなかったのです。ライオン女史の部屋は広間を隔てた反対側にありました。彼女は荒々しく部屋から出て来て、使用人達を声高に激しく罵りました――彼女のいつものやり方でした――そしてアシュクロフトにちょっかいを出す〈「性交する」の意味もある〉前に最初に私の部屋のドアをいつも叩くようにと命じました。

使用人達はライオン女史と彼女の侮辱的な奴隷監督のような言葉による暴力に耐えられませんでしたので、やがて書き置きを残して一団となって出て行ったのです[5]。彼女が自分のこうした言葉による暴力をやたらに自慢していたことをご存知ですか。彼女はそれが何か上質で、何か英雄的で、何か威厳のあることだと考えていました。彼女はこの種の顕示をしたあとで私のところにいつもやって来て、自分が放った感情の爆発の詳細を私に語りました、――~~笑やす、~~――そしてその高慢で独裁的なやり方で、それについて自慢するのです。それが誇るべきことではなく、恥ずべきことだと私は何度か彼女に伝えましたが、効果がありませんでした。彼女は大人になってからずっといつも使用人でしたので、結果的に使用人を軽蔑し、使用人をどう扱うか知らなかったのです。彼女はこれまでに金を持ったことは一度もありませんでした。いま彼女は私の小切手帳を持っており、自由に、贅沢に、見とがめられずにそれを使っていたのです。乞食を自動車に乗せて下さい、など、など、など。彼女は自分のやりたいように乗り回しました。そのタイヤに穴をあけたのがクレアラだったのです。

(1)手紙は二一章に引用されている。

(2)クレメンズはエリザベス・ウォレスのことを言っている（一九〇八年二月一三日付「自伝口述筆記」、注2参照）。ライオンは彼女に対してとても強い愛情を感じていて、彼女を「素晴らしく」、「活発で胸の高鳴るような女性」で、「より力強く、より胸の高鳴る生き方」に値する人だと述べている（Lyon 1908、三月二四日付の日記）。彼らの書簡は現存が確認されていない。一九一二年にペインは、クレアラが父親の生涯の記録の中でライオンに触れて欲しくないと望んでいるという理由で、ウォレスに自身の本『マーク・トウェインと幸福な島』の中でライオンのことを議論しないように求めた（ペインからウォレス宛、一九一二年三月九日と［一二日］付書簡、カリフォルニア大学蔵。Wallace 1913）。

(3)ホレス・ヘイズンに関しては、後の一一章注2を参照。用地管理人ハリー・アイルズの親戚で、「一七歳ほどの可愛い女の子」エリザベス・ディックは、「二階での仕事に関してテリーザを助けるために」一九〇八年一〇月に雇われた（Lyon 1908、一〇月一一日付の日記）。

(4)強盗事件は一九〇八年九月一八日に起きた（一九〇八年一〇月六日付と一一月一二日付「自伝口述筆記」を参照）。

(5)使用人達が強盗に怯えて出て行ったのであって、ライオンと対立して出て行ったのではないと、家族は当初考えていた（一九〇八年一〇月六日付「自伝口述筆記」参照）。一〇月一日に書き置きをして出て行った使用人は、執事のクロード・ブショット（一九〇八年一〇月六日付「自伝口述筆記」、二六八ページに関する注）、料理人のメアリ・ウォルシュ、洗濯女のケイティ・マレー（以上三人は後に戻った）、給仕人のキャサリン・グレゴリーである。ジーンの御者のジョージ・オコナーも出て行ったが、それはジーンがベルリンに行ったからである（「給与支払い台帳概算一九〇七年三月一日から一九〇九年二月二八日まで」、「会計士による計算書と計算表」一九〇九年、計算表八。一九〇八年一〇月六日から九日付、ブラックマー宛書簡、イエール大学蔵。一九〇八年一〇月一二日付、エミリー・ロジャーズ宛書簡、マサチューセッツ州ミリセント図書館蔵。ジェイン・クレメンズからライオン宛、一九〇八年一〇月二七日と二八日付書簡、カリフォルニア大学蔵。一九〇八年一一月三〇日付、ジェイン・クレメンズ宛書簡、ニューヨーク公共図書館蔵。『レディング国勢調査』、一九一〇年、一二七、一八Aページ）。

四

しかしながら、その頃彼女は自分を見失っていたのです。わ公平を期すために私達はそのことを考慮しなければなりません。彼女にはヒステリーの発作がありました——時折ではなく、頻繁にありました。単に頻繁にではなく、とても頻繁にありました。ヒステリー——アシュクロフトがそう名付けたのです。しかし本当は彼女は泥酔していたのです。毎日泥酔していました。カクテル、ウィスキー、鎮静剤を飲んでいました。私はそのことを全く知りませんでしたし、部分的にウィスキーがあやしいとさえ疑いませんでした――それが主な原因だったのです。そこにいた私以外のすべての人はそのことを知っていました。訪問客もそれを分かっていて、訪問客の中でそれを話し合っていました。ある証人は彼女が三杯のカクテルを次々と飲み――目に見えた変化が出なかったのを目撃したと証言しました。さらにもう一人さらに二人の完璧に信頼できる証人は、それが彼女にとっての同種療法だったと証言し、さらに、**大きなコップに半分以上もはいったウィスキーをストレートで**――水を一滴も入れずに飲み――船荷用クレーンのように真っ直ぐに歩き去って行くのを見たと付け加えたのです。

ハウエルズさん、彼女は一流の人物ですよ。ある日、私はエリザベスを呼び出しました。その時私はライオン女史の部屋にいて、アシュクロフトもそこにいました。私は自分の部屋に行って、それから戻りました。ライオン女史は非常に興奮していて、奴隷監督が奴隷に言うような口調で、私がエリザベスに何を求めたかを聞いたのです。¶「置き忘れた原稿一束を探してくれ」と私は言ったのです。

それで彼女は突然怒り出しました――ええ、まるでヴェスヴィオ火山のようにです！

「エリザベスがそれに何の関係があるのですか？　彼女はそれに何も**関わっていません**。**彼女が**原稿の何を知っているというのですか？　アシュクロフトさん、原稿を探してきなさい。そしてエリザベスを台所に追いやりなさい！」

アシュクロフトは従順に用事をしに出かけましたし、私も同じように従順にビリヤード室に向かいました。

その頃彼女は疑いも無く泥酔していましたが、当時私は彼女が酒飲みであると気づきませんでした。しばらくしてアシュクロフトがやって来て、そしてビリヤード室まで来ると言ったのです――

「彼女はとても申し訳なく思って反省していますし、自分を許して欲しいと言っています。見逃してやってください。悪意はなかったのですが、彼女は自分をなくしているのです。彼女は三日間もの間、例の物凄い頭痛に罹っていたので、ヒステリーで、あなたに仕えることですっかり疲れ果てていたのですから、彼女に優しく思いやりを持ってやってください。彼女はまったく混乱状態になっており、単なる難破船のようですし、それに――彼女は危険な状態にあり、まさに精神的に極度の疲労状態に陥りそうになっていると医師はいうのです」と。

私は何とか怒りを鎮めると、次のように言うのがやっとだった――

「**彼女**の問題は、彼女が忌々しい愚か者だということだ！」

彼女は生まれついてのスパイです。彼女はいつも自分の部屋のドアを、夜自分が寝る時まで、開け放しておきましたので、誰も彼女に見とがめられずに広間を通ることはできませんでした。呼び鈴が鳴るとその呼び鈴の持ち主の使用人を呼び出し、誰が鳴らし、何を求めているのかを問いただしました。

そして、何とも、何とも、彼女は何とも贅沢な物乞いだったのでした。彼女は上品な色合いで肌触りのよい東洋風の絹の薄着を身にまとい、クッションのよくきいた寝室の長椅子に身を横たえ、慎重に考え抜いた誘惑するような姿勢で、片腕を枕にし、紙巻きたばこを口にくわえながら、自分がスルタンを惹きつけようと意気地のない男達を待っているハーレムのスターだと想像していたのでした。そしてそこで彼女は時間があるごとに空想上の可能性に思いを巡らして横になっていたのです。彼女が何かちょっとしたものを欲しい時には、使用人を階下から呼び出して持って来させました。彼女は家族の中で自分自身のためには決して何もしない唯一の人でした。

私が今までに見てきた白人の中で、私自身を除いて、この上なく最も怠惰な白人でした。彼女が大いに好んだ仕事は半ダースほどあり、彼女はそれを上手に、喜んで、てきぱきとやりましたが、他のすべてのことは回避しましたし、彼女が逃れられることはたったひとつも実行しなかったのです。彼女はやると約束しました――そして約束しました――そして約束しましたが、一度も実行しませんでした。それで非難されると、彼女は身を低くして言い訳をするのでした。たいてい哀れを誘う言い訳で、心に訴え同情をかうようと意図したものでした。通常手の込んだ言い訳で、いつも嘘だったと、いま私は推測しています。しかし当時、私はそれが本当だとしばしば信じました。彼女が特に苦労して使った言い訳が二つありました。ひとつは、「追い立てられて**いた**」等々、というものでした。もうひとつは三日間の「病的頭痛」の一日にあたっていて全く衰弱していた、というものでした。実際には、彼女は泥酔していたのですが、私は当時それを少しも疑いませんでした。私はその二つの単調で使い古された弁明についに嫌気がさして来て、彼女がそれを言いたてようと口を開いた時にすぐに遮ったのです。それでも私はそうした空想上の頭痛を本当に心から可哀想だと思ったのです。彼女は確かにひどく具合が悪そうだったのですから。

ああ、しかし彼女は口先だけで約束する人だったのです。彼女はいつでも、すぐに、やります、と言うのです。いつも「やります」でした。その頃私自身は耳にすることがなかったのですが、彼女が「いつもやります」というあだ名を付けられていたことを知りました。

彼女はいつも速記者に自分の秘書としての仕事をさせていました――小切手を作成することさえさせていました。すぐに彼女はその仕事の大部分を毎日毎日、一週間も山積みにするようになり、それから週末に丸一日かけてアシュクロフトにその仕事をさせたのでした。その間、彼女はハーレムのスターを気取って寝椅子に横たわり、紙巻きたばこをふかし、スルタンを待ち焦がれていたのです。あるいは意気地のない男でもいいので、待っていたのです。

彼女を解雇した後、彼女が秘書としてやり残した仕事の中に、三ヶ月前のアルトマンの未払いの請求書を見つけました。請求書が届いたらできる限り速やかに支払うというのが我が家の三五年間の法律だったことは彼女もとても良く分かっていました。そこで私はパトナムとワナメイカーとアルトマンなどに問い合わせ(1)、帳簿を確認してもらい、結果を教えて欲しいと伝えました。ハウエルズさん、あの横着者は請求書をたて続けに何ヶ月も何ヶ月も支払わずにおくことを**習慣**にしたのでした。私は今までマッシグリア伯爵夫人が地球で最低の下劣な女性だと考えてきました(2)。そうですね、ライオン女史のことを詳しく調べ終わる時には、私が伯爵夫人に悪いことをしてきたとはっきり分かることでしょう。

三年後、私達がニューハンプシャー州の山の中で夏を過ごしていた時、ある日彼女が自分のための小切手をアルバート・ビゲロー・ペインに作成してもらいました。彼が言うには、山のように積み重なった請求書と格闘し終えるのには素早く書いてもたっぷり一時間はかかったし、それはとても高かったそうです。ほぼ約一二枚にのぼるそうした請求書は、六週間から五四ヶ月間にもわたって未払いの状態だったのです。

当時彼女は約一年間私に代わって小切手に署名をしていましたので、彼女が最初に署名し始めた時にこれらの支払い不履行を始めた可能性があります。いずれにせよ、彼女がその権限を持つようになって七ヶ月もしないうちにそれをし始めたことが分かりました。彼女の権限は限られていたのです。彼女は一枚につき一〇〇〇ドルを超える小切手の作成はできませんでした。その認可証書は（今は破棄されていますが）それでも存在しているのです。リンカン・ナショナル銀行がそれを持っています。同様の許可証書を、**違法に入手されたものでなければ**、私は過去七年間に**誰**

にも与えてきませんでした。このことに関してあとでもっとお話しします。

(1)クレメンズが定期的にひいきにしていた店である。ニューヨークのG・P・パトナムズ・サンズ社は出版社だけでなく、書籍販売、文房具販売、印刷業も行なっていた。ジョン・ワナメイカーの百貨店は国内最初で最大の百貨店のひとつで、フィラデルフィアとニューヨーク市に主要店舗があった。B・アルトマン社はもうひとつのニューヨークの大百貨店だった。

(2)クレメンズは「ヴィラ・ディ・クアルト」の中で一九〇三年から一九〇四年のフィレンツェ郊外での滞在と、そのヴィラの所有者でアメリカ生まれのマッシグリア伯爵夫人（フランシス・パクストン）との苛立たしい衝突を書いている（『自伝完全版第一巻』、二三〇ページ～二四四ページおよび二三一ページに関する注）。

五

六年前ライオン女史は私達と一緒にイタリアに同行し、フィレンツェの城外で約八ヶ月生活しました。彼女は私達と邸宅に一緒に住むことはなく、敷地内の小家屋にいたので、彼女をあまり見ることがありませんでした。その前の年には彼女のことをほんの少ししか見かけませんでした。私は彼女が好きでした。彼女はごまかしと作為と見せかけから成っているのであり、誠実な性根は彼女のどこにもないのだということを私は分かっていませんでした。五年前にアメリカに戻り、ニューヨークで家を手に入れると、彼女も私達と一緒に住み、必然的に勢力を振るうようになりました。というのは、彼女は事実上家族の一員だったからです。彼女は食卓に着き、人がいる時もいない時も居間にいましたし、私達の親しい友人は彼女の親しい友人になり、彼らが彼女を訪問し、彼女が彼らを訪問するようになり、彼女自身の申し立てと彼女自身の願望によって彼女は家政婦となりました。~~クレアラとジーンと私は~~彼女が力を伸ばし、増長し始めたのはまさにその頃でした。

素早くはありませんでした。いいえ、とてもゆっくりと、手順を踏んでいました。一度にひとつの見せかけ、ひとつのごまかし、ひとつの作為、と進みました。私のように鈍感な者でさえもそのいくつかに気付きました。しかし私にとってそうしたものは、彼女が時折やり過ぎた場合を除けば腹立たしくはなかったのです。そうした機会には、たいがいその場に上品な人がいて、彼女は見栄を張っていました。彼女はおそらく彼女のお気に入りのごまかしは次のようなものです。滑稽だと称されることを彼女が話し始めます。死ぬほど面白く滑稽なことで、この世の中ではあまりに可笑しすぎることです。そして彼女が語りながら発作的にわざとらしく笑い始め、椅子に座ったままで身をかがめ、曲げて、身もだえし、身をねじり、激しく陽気な痙攣《けいれん》に陥っていると見せかけ、最終的に彼女はその話を「もう、ほんとに」という突然の叫び声で語り終え、胸を膨らませ、息せき切って、喘ぐのでした。ハウエルズさん、神にかけて言いますが、それこそ史上最低の卑しい見せかけだったのです。

　彼女の自己顕示欲はますます増大しました。彼女はずっと以前にそれを仲間に見せまいとしなくなり、私達の前で実践し始めたのです。私の前でさえもひとりでにやりました。過去二年間の間、彼女の見せびらかしは激情とは言わないまでも彼女の癖になっていました。か過去一年間でそれは限界に達したと私は思います。状況がこれを招いたのです。私が新しい家に引っ越してちょうど一年ほど経った時のことです。大勢の客がありました。ライオン女史はすべてを指揮する立場にあり、クレアラはほとんどずっといませんでしたし、ジーンも**ずっと**いませんでした（ライオン女史自身のはかりごとであり、悪意ある巧妙なたくらみによるものです）。客人達は彼女をおおいに誉めました。彼女は自分の望む時にいつでも使用人を叱り飛ばしました。彼女は自らの至上の権限を感じていましたし、それが大好きになり、魂の救済以上に大切にし、それを私を越える絶対的なものにしでえい永遠のものにし、子供達を永久に追い出そうと考えたのです。しかし彼女は私達を裸になるまで**強奪し**、私達の頭の上の屋根を奪うことは、彼女の計画の一部分ではありませんでした——アシュクロフトと結婚するまでは。あるいはその奇妙な出来事から少なくとも二、三ヶ月経つまではそうではなかったのです。

　そうです、彼女は振り返ったのです、お分かりでしょう。彼女は「然るべき地位」を獲得すると、今や正面玄関から自由に入れるようになったのです。二、三年前には彼女もアシュクロフトも裏口から入ることもできなかったのです。彼女はかつて何も持っていませんでした。今では価値あるものはなんでも**持っている**ようです。彼女は、言うなれば、いつも階下の地下食糧庫に住んでいたのに、今では避雷針と一緒に屋根の上に住んでいました。かつて彼女はずっと無名な人でしたが、今では世界中の人々と文通していたのです。「人類」と「偉大なユーモア作家」との間で彼女は直立して、堂々と、たったひとりで立ち、ニュージャージー州の自由の女神のようですし、[1] 彼女の許可なくして「人類」のどの集団も「偉大なユーモア作家」の足元で祈りを捧げられないようになったのです。お分かりでしょう、かつて彼女はいつも単なる鶏かごにしか過ぎなかったのが、今では飛行機になったのです。

　そうです、彼女はソーセージのようにひっくり返ってしまい、彼女の内面のすべてが曝されることになったのです。彼女のごまかしのすべて、彼女の見せかけのすべてが曝されたのです。かつて彼女はグレイト・ゲイシール間欠泉のように定期的に噴き出していたものですが、[2] 今では実質的に「連続的間欠泉」になったのです。狂った結婚の直後に、彼女が最近アシュクロフトについて熱狂的有頂天になってしゃべりまくるこうした発言を聞くことが、莫大な額の国王の身代金に値するのは誓って確実です――彼女がしゃべりまくるのを聞くと書きましたが、彼女が嬉しそうに目をまわし、けだるそうに眼を閉じ、カナリヤを消化している猫のように満足した笑みを浮かべるのを見ながら、「彼って**愛しく**ないかしら?――しかもとても**正直な**のよ!」と言うのを聞くのです。

「正直な!」**そんな**誉め言葉――そんな人から聞くのです。ハウエルズさん、それはまるで年老いた売春婦が他の売春婦の純潔を褒め称えるようなものです。

(1) 一八八六年以降、「世界を啓蒙する自由の女神像」の所在地のベドロー島はニュージャージー州内にあるが、ニューヨーク州に属している。

(2) 地質学では突発的に噴射する間欠泉と絶え間なく噴き出す泉とを区別している。グレイト・ゲイシール間欠泉はアイスランドにある。

六

私はいま承知していますが、ライオン女史は多くの卑劣な行為と、多くのさもしい行為と、多くの些細な詐欺行為、勝手気ままで悪意ある膨大な嘘で有罪ですし、さらにひとつの甚大な犯罪、ひとつの破廉恥な、残酷な、許されざる犯罪で有罪です。(彼女はクレアラにとって最も愛情ある、献身的な友人だと振る舞いながらも)クレアラが狂っているという風説を一年前にこちらで広めるという犯罪のことを言っているのかですって? 違います。それはそんなにひどい犯罪ではありませんでしたが、私が言っているのはもっとひどい犯罪です。それは、ジーンが家で彼女の幸福を何ら損なうことも無いほど快復した後も、彼女をいまいましいわびしくて気が滅入る療養施設に一年以上にわたって追放するという犯罪でした[1]。

彼女はどうやってこんな非道な行為ができるようになったのでしょうか。様々な姦計によってです。主なものは、治療ジーンの痛ましい慢性病――てんかんでした――の治療は家に戻ると、どうにもならないほどに妨げられると言って、私を納得させ続けたことです。家庭には仲間がおり、気を散らすものがあり、興奮させるものがあり、さらに家庭には彼女の改善にとって必要な厳格な規制も厳密な管理体制も無いからだというのです。いいえ、あの可哀想なもの子供にとって療養施設が良い場所ですし、最高の場所ですし、健康的で体に良い唯一の場所です――罪のない罪人です――これが変わらぬ言い方でした。

彼女は私がジーンの手紙を読まないようとまで言い、そのかわり**自分が**読んで私が知る必要のある内容を伝えるようにさせてほしいと言いました。手紙には衝動的な不満が書かれてあり、ジーンの想像の産物であり、さらにそれらには認めがたい要求と受け入れられない計画が書かれているというのがその口実でした。これらの事例のほぼほとんどすべてに関してライオン女史が嘘をつき、私に虚偽を提供していたのだと今はわかっています。ジーンが父親である私に何度も哀れなほどに哀訴し、嘆願していたのに私の耳に届かない、さらに娘の最良の友人だったはずの私が困っている彼女を見捨て、偽善を働こうとする草むらに待っているこの蛇者の言うことを聞き、この人物を、見捨てられた我が子が占めていたはずの場所に置いて私が大切にしていたことを知って、私は今、はなはだ断腸の思いです。その恥ずべき時にも、ジーンが苦悩の中で外側から遠回しに私の耳に聞かせようとしながらも上手くいかなかったことを今知って惨めに思います。訴えを受けていた親戚達はジーンの祈りと訴えを私のもとに伝えにこようとはしませんでした。*ライオン女史がそれを発見し、彼女の憎悪に見舞われたくなかったのです。私の姪のジュリー・ラングドン・ルーミスもジーンの伯母のスーザン・ラングドン・クレインでさえもジーンのために私のところに話に来たがりませんでした。これはライオン女史の要塞がいかに難攻不落だと信じられていたかを、私と私の所有物に関する彼女の主権がいかに挑戦しがたいと信じられていたかを示しています。ジーンの訴えのひとつに（決して私のもとには届かなかったのです）夏用のひざ掛けが欲しいというのがありました。ライオン女史はそれを拒否しました——節約が口実です——それでジーンは冬用のひざ掛けを夏の間中使わねばならなかったのです。

裏へ

その同じ時にライオン女史は自分の欲しいあらゆる、すべてのちょっとした贅沢を自ら楽しみ、私からくすねたもので請求書の支払いをしていたのです。

裏へ

ライオン女史は金に関してジーンに節約させ続けました。そしてクレアラも、ああなんということでしょうか。しかし私は彼女自身が節約していたことに気づけなかったのです。彼女はいつでも金を自らのポケットにしまい込んでいましたし、自由に使ってもいました——私の預金口座から、ある場合には私の署名を詐称してちょろまかした金を、別の場合には出入り証人から徴収した不正利得で手に入れた金でした。彼女は給与（月五〇ドル）以外に収入源がないし、その給与から母親を養っているといつでも言っていました。私宛の最近の手紙では——私が彼女を解雇した時です——彼女は「完全に養っている」という言葉さえ使っています。

（鉛筆書きの手紙を引用(2)）

昨年、スタンチフィールド家の人々がこちらを訪問した際に[3]、彼らが契約したドイツの専門医のことをとても高く評価していると言ったので、ピーターソン医師の同意のもと私達はジーンをその専門医のもとに送りました。ライオン女史はジーンに十分に金を提供していませんでした。ジーンはそのベルリンの医師を疑っていましたので、彼の処方箋のひとつを家に送ってきました。ピーターソン医師は「これではよくない。すぐに家に連れ戻しなさい」と言いました。これを私達は電報で知らせました。彼女は電報で、自分は大丈夫で、自分で費用を払い、英語を教えて自活するのでベルリンに留まるのを認めて欲しい、と伝えてきました。この猶予はジーンに認められませんでした[4]。それについて良く知っていたなら、私自身がそれを認めなかったでしょうが、私が「金銭的逼迫のために」と付け加えることはなかったでしょう。そんなことはなかったのですから。ジーンはベルリンにいる間に一度もオペラに行ったことがありませんでした。医師達はそうした気晴らしを頻繁に楽しむべきだと勧めてくれたのですが。ライオン女史は娘にほとんど金を送りませんでした。しかし、彼女をそんなにも不親切に扱う根拠は何一つなかったのです。

~~私が前に言ったように、ライオン女史は娘を~~

ジーンはオペラに行けませんでしたが、ライオン女史とアシュクロフトは私の小切手を使って高価な一人乗りの自転車（さらに~~ふた~~二人乗りの自転車も）に乗るのに耽っていました。この山の中で自転車ですよ！　この地域で自転車に乗れる三〇〇ヤードの細長い道は一マイルも行かないと見つからないのです。彼らは家の前の楕円形の土地の回りを二晩あまりも乗り回し、それから自転車を持って行き、それからそれを持ち去り、ライオン女史の家の小屋に入れたのです。そして、三月に爆発が起こり、私がライオン女史を解雇するまでそれを見たことは一度もありませんでした。その後すぐに彼らは誰も見ていない時にそれを私の家の屋根裏部屋にこっそりと持ち込み、放置しました。自分達の金で買ったものではなく、起こり得る結果を恐れたことを自ら認める行為です。

既に述べたように、ライオン女史はジーンの健康状態が快復し満足すべき状態になった後一年以上もジーンを家に入れませんでした。その間彼女は、ジーンが家にいると私が神経質になるので、ジーンが家にいることに私が耐えられないと、専門医のピーターソン医師に内密に説き伏せていたのです。~~なんとも無慈悲な邪悪な人です！~~　ハウエルズさん、あなたはそんなことを許せますか？　どうですか？　昨年の夏の初めにライオン女史はジーンのためにマサチューセッツ州グロスターから三四マイルほど離れた海岸沿いに心地よくとてもきれいな小家屋を手に入れてくれたので、(5) ジーンは親友を二人ほどその場所に連れて行き、家事をしながら仲間になってもらいました。病弱で、嘆き悲しみ、不満を口にする体の動かない者の兆候はこの時なにも現れていません！　これで私はジーンとこの友人達が自分達だけで一年前にもコネチカット州グリニッチの一軒家で生活していたことを思い出しました。つまり、**その時に**ライオン女史が間で邪魔しなければ娘はおそらく家に帰れるほどに快復していたのです。

　ライオン女史は私が訪問するのにいつでも反対しました。彼女が言うには、私の姿を見るとジーンが家を思い出し、彼女の心が本当は彼女に分け与えられるべき願望で満たされてしまうというのです。ライオン女史は私がグロスターに行くことを考えもしなかったのです。そうでなければ止めたことでしょう。彼女とアシュクロフトはまるで心配と敬愛を込めた一組の看護師のようにいつでも優しく、私の心配をしながら監視し続けましたので、私はバミューダに行くにも、ニューヨーク（一時間半の距離なのです）に行くにも、二人の内の一方か両方が必ずついて来て、私が風邪をひかないように、乳母車にひかれないようにしていたのです。そして私はそうした看護が好きだったし、大事にされることが好きだったし、そうした奉仕や献身を求められる人間であることにうぬぼれていたのです。二人はいつでも私を笑っていたのですが、私は一度も疑いませんでした。

　しかし、私はついにグロスターに行きました――かなり偶然でした。ペインと私がトマス・ベイリー・オールドリッチの追悼会に参加するためにニューハンプシャー州ポーツマスまで行ったので、その機会をとらえて少し足を延ばし、ジーンを訪問したのです。(6) 彼女がとてもよくなっていて、身も心もとても健全で元気なところを見て大いに喜び、驚きました。私達がストームフィールドに戻るとその嬉しい良い知らせを溢れんばかりの熱意を込めてライオン女史に伝え、ピーターソン医師は彼女の追放を止めてすぐに家に帰らせないといけないと伝えました。ライオン女史は精一杯喜んだ顔つきをし、医師に手紙を書きますと言ったのですが、彼女の歓喜には怜悧なところがあり、私でもそれに気が付きませんでした。

　私が背を向けるとすぐに彼女はピーターソン医師に電報を送り、ジーンをストームフィールドに移すことに絶対同意しないようにと伝えました。ラウンズベリーがその電報を持って行き読んだのです。

その晩、アシュクロフトとライオン女史は居間で歩きながら興奮して話し合い、ライオン女史が大声で次のように言うのをペイン女史が聞いたのです。

「これが**最後なのよ**！ 彼が再びこの場所を離れる時には私達のうちのひとりを**必ず**同行させるわ！」*

物語のようじゃないですか？ ちょうど本の中で起きることのようじゃないですか？ ハウエルズさん、ライオンとアシュクロフトに関するとても長い挿話自体がまさにそのまま本になるものです。物語のような話なので、時折その事実や現実が私には単なる安物の、どこにでもある店晒しの人工物に思われてくるのです。そしてそれは決して今までに起きたことではなく、あたかもあの太古の神聖化された時代の、全くくだらない、ややこしく、もったいぶった~~ローマ~~の古くさい小説から出て来て、私の半ば眠った意識の中に彷徨いこんできたもののようです。それは……それは……そう、あなたならよくお分かりです、そのすべてがまったく**芝居がかって**いるのです。

再開しましょう。ペインも

＊（裏）~~ペインも~~ラウンズベリーもこれらのことを私に伝えようとしませんでした。私が聞きたくないだろうと信じていたのです。そう、彼らは正しかったのです。私は自分が大切に崇拝していたお気に入りの人には批判的な言葉を言わせなかったでしょう。この領域の中のすべての男性、女性にとって、彼らが悪党なのは自明でしたが、私にとって彼らは天上の王国に値したのです――彼らがすぐにそこに到着することを望みます！ すべての人が私のことを笑っていましたが、私はそれを知らなかったのです。

共謀者達は医師を「説き伏せ」ましたので、私はジーンを家に連れ戻せませんでした。

（1）ジーンは一九〇六年二月から、てんかんの専門家としてよく知られたフレデリック・ピーターソン医師（一八五九年～一九三八年）のもとで治療を開始した。一連の急な発作に襲われたあと、彼女はニューヨーク州カトナにある彼の私設隔離療養所に行くことに同意し、彼女はそこに一九〇八年一月九日まで滞在した（Lyon 1906、二月五日付日記。以下ニューヨーク『タイムズ』紙より、「ピーターソン医師死去」一九三八年七月一一日号、一七ページ、「医学界の開拓者」、一九三八年七月二四日号、五七ページ。Lystra 2004、八〇ページ～八五ページ、一二二ページ～一二四ページ）。

（2）もともとクレメンズはこの原稿のこの場所に一九〇九年四月一二日付のライオンの手紙を引用するつもりだったが、考えを変え、もっと後のところで引用した（一二章）。

（3）オリヴィアの子供時代の親しい友人のクレアラ・スポールディングは一八八六年九月にジョン・B・スタンチフィールド弁護士と結婚した（「ジョン・B・スタンチフィールド弁護士、六六歳で死去」、ニューヨーク『タイムズ』紙、一九二一年六月二六日号、二三ページ）。

（4）ベルリンの専門医ホフラス・フォン・レンフェルス医師はスタンチフィールド家の娘アリスを治療したことがあった。ジーンは一九〇八年一月にカトナを去った後、数ヶ月間複数の友人と一緒に生活していた（以下の注5を参照）。クレメンズが一九〇八年七月には彼女を家に連れ帰る決断をしたのだが、ライオンはジーンがフォン・レンフェルス医師に診てもらうことを強く主張した（そしてピーターソンも明らかに同意見だった）。彼女は女中のアンナ・スターリットとピーターソンのフランス人の家庭教師マーガリート（ベーベー）・シュミットを伴って九月二六日にドイツに向けて出発した。彼女はベルリンでの生活を楽しんだが、ピーターソンが彼女に処方された薬に反対したため、クレメンズは一二月一七日に帰国を命じた。彼女は一九〇九年一月に帰国するとロングアイランドのバビロンにある農家に有給の看護人とともに移ったが、そこは特に不快でわびしい環境だった。クレアラはジーンの苦境を知り、ニュージャージー州モントクレアの私立の療養施設「ヴァンフリート」に入る手はずを整えた。しかし、ライオンと意見が合わなかったため、クレメンズとクレアラはジーンを家に引き取ることを四月の終わりにはピーターソンに最終的に納得させた（『自伝完全版第一巻』、三八〇ページに関する注。一九〇八年一二月一七日付、ジーン・クレメンズ宛書簡、カリフォルニア大学蔵。Lystra 2004、一四二ページ～一四三ページ、一四九ページ～一五一ページ）。

（5）ジーンはカトナを出たあと、病人仲間のミルドレッド・カウルズとその姉妹イーディス・カウルズ、マーガリート・シュミットとともにグリニッチに移った。一九〇八年五月には全員がより一層ピーターソンに近いマサチューセッツ州グロスターに移った（Lystra 2004、一二三ページ～一二六ページ）。

（6）クレメンズの古くからの友人トマス・ベイリー・オールドリッチは一九〇七年三月一九日に死亡した（一九〇七年三月二六日付「自伝口述筆記」参照）。一年後に未亡人リリアン・オールドリッチが一九〇八年六月三〇日に開催されたオールドリッチ記念博物館開館式での講演をクレメンズに依頼した。クレメンズはペインとともに六月二九日にポーツマスに立ち寄ってボストンに行った（一九〇八年七月三日付「自伝口述筆記」および関連する注を参照）。式典後に彼らはグロスターにジーンを訪ね、七月二日にレディングに戻った（Lystra 2004、一三九ページ～一四〇ページ）。ジーンは父親にグロスターで留まることを求めたが、ピーターソンはそれを認めなかった。クレメンズは六月一九日にジーンに以下のように手紙を書いた（複写をカリフォルニア大学蔵）。

あなたの家で一晩中過ごせないことは確かに残念なことですが、あなたの健康が大切なのであり、ピーターソン医師が良い仕事ができるように**せねばなりません**し、その判断や命令に反することでそれを台無しにしたり、妨害することはしてはならないのです。

私は彼があなたのためにしてくれた素晴らしい治療にとても感謝していますし、あなたも私も彼のどんな軽微な望みをも尊重して感謝を明確に示さねばならないと感じているのです。

ジーンは父親とともにレディングに行くことを望み、自分がストームフィールド近くの古い農家に住めないかと父親の訪問中に求めた。彼は戻ると娘に手紙を書き、「愛しいジーン、私は失望し、落胆し、気落ちしています。あなたと私の夢は無駄になりました。あの家はこの地域にあるとても古い農家と同じような状態で、惨めなほど小さな家だとわかりましたし、そこに部屋がないのです」と伝えた（一九〇八年七月二日付書簡、複写をカリフォルニア大学蔵）。次の春の一九〇九年三月に、クレメンズはジーンのためにそうした不動産を実際に購入した（次の八章注2参照）。

七

六月一九日。ここで、私にしっかりととりついてしまったこれらのできものを調査するようクレアラが促し、彼女がそうしなければならないと考えるならその計画を実行するようにとクレアラに少伝えた時点まで話を戻しましょう――彼らはきっと無傷でその試練を乗り切ることができるはずですから。彼らは**喜んで**調査を受けるだろうと私は言いました。私はこれを誇りをもってアシュクロフトに言いました。驚いたことに彼は喜んだ顔をせずに、困った顔をしたのです。私は言いました。

「**異議**があると言いたいのかい？」

彼はまごつき、そして、ためらい、そして、口ごもり、最終的にやっとのことで答えた。「専門的な会計士による調査は**私にとって**は屈辱的でしょう。というのもそれで私の個人的なことのすべてが記者に知られてしまいますから」――「**では**、それがどうしたというのだね！」と。私は彼のことを恥ずかしく思ったし、彼のことが気に入っていたのですが、思わずそう言ってしまいました。結局彼は調査に同意しました。その範囲は二年ほどにおよびましたが、とても単純で簡単なことで、ほとんど時間がかからないだろうと彼が言ったのです。（間違いです。時間がかかりました、それはとても長い時間がかかっています）。

クレアラはロジャーズ氏に会いに行きました。彼はその比類のない性格に従って動き、私の知っている限り最も無欲な人物です。彼は彼女の話を聞いて、アシュクロフトを呼びにやり、彼と話をして、小切手帳と証明書類をスタンダード石油まで持って来させました。そして当事者のどちら側にも、関係する同業者に対しても先入観を持っていない専門家によって調査されるだろう、と言いました。それがなされたのです――とても素晴らしいことに、調査は始まりました。しかし、彼はその結果を見る前に亡くなりました。彼は四月五月一九日の早朝に突然亡くなったのです[1]。彼を亡くしたことで私は最良の友人を亡くしたのです。

二月は、「サンタ・クララ」と「ナナ」と「ベナレス司教[2]」――すべて愛称ですが、これらの人々の間の情緒という点から、冷たい月でした。そしてすべてがその霜によってしおれました。しおれ、腐敗し、押しつぶされました。押しつぶされ、捨てられました。永遠に、です。しかし私はそれでもナナとベナレスと親密な関係にありましたし、いまだに彼らの擁護者でした。彼らの純粋性を揺るぎなく信じていました。

アシュクロフトが調査に同意したあの時まで、です。彼はしぶしぶ同意したのです。しぶしぶですよ！　喜んですぐさま同意すると期待していたのに。その時点で私の心に冷たいものがよぎりました。しかしそれはよぎっただけで、すぐに骨まで至ることはありませんでした。これが三月の初め頃のことでした。

たったひとつの雰囲気の変化がいたってわかり易くなりました。ライオン女史に関してです。彼女はいらいらし、不安になり、興奮しやすくなりました。アシュクロフトはそれが過労のせいだと言いました。私の仕事をし過ぎている、つまり、友人をもてなし、家政を取り仕切り、秘書の仕事をし、村の図書館の仕事をしたり(3)、ということです。それはちょっと言い過ぎだと私は判断しました。彼女はもてなしが好きですし、買い物が好きでした。こうした楽しい事を彼女はいたって見事にやってのけましたし、いつでもやれたし、やりたがったのです。アシュクロフトの診断のそれ以外の部分は、悪に染まったとは言わないまでも、行き過ぎた彼の想像力の所産でした。彼女の困惑、興奮した状態に関する説明としては、彼の言うものよりももっと良い説明がありました。彼女は自身の執事としての仕事に関して予想される検調査を恐れていたのです。

彼女にはそれを恐れる理由がありました。そして明らかにアシュクロフトはそれを知っていました。しかし私は落ち着いて闇の中にいて、彼女を疑いませんでした。アシュクロフトが渋ったことで、アシュクロフト自身に対する疑念が私の中に育ちましたが、それはとてもわずかなものでした。確かに、ほとんどあるいは全く重要ではなかったのです。

事実、二人はその頃びっくり仰天していたのですが、アシュクロフトはそれをおくびにも出しませんでした。彼は陽気で、魅力的で、いつもの彼そのものでした。外面的には、です。しかし彼は、内面は穏やかではありませんでした。いつもと違って、彼はこちらに残り居続け、彼の時間の半分以上もこちらにいました。たいてい彼女の部屋で、これ見よがしに調査報告書の準備の仕事を一生懸命やっていました。今から考えると、彼らは見通しを話し合い、事前の対応策を建てていたのです。さらに、彼らは最終的に互いの口を封じることに決め、どちらも自分の安全のために相手を犠牲にしないためにそれを効果的に実行することに決めたのだと考えています。

そして事件の日になりました。アシュクロフトが上手にタイプ打ちされた、無礼な言葉遣いの調査契約書を持って来て署名を求めました——いつものようにすぐに、です。**補遺を見て下さい**。私は読みました

冷淡さが次第につのりつつありました。別れ道が近づきつつあること、そしてこの二人の援助者支えの一方か両方を失うであろうことがすぐに私にもはっきりしてきました。私はライオン女史を失うのは致し方ないとしてもアシュクロフトは失いたくないと思いました。二人ともいなくてはならないとずっと考えていましたし、二人とも全く明らかに同意見でした。しかしライオン女史は最近あまりに攻撃的で、高飛車で、横暴で、気難しく、ヒステリックで、

不機嫌になってきて、もし私が彼女を家からすぐに追い出さなければ、彼女が私を追い出すことになったでしょう。それで私は彼女に代わるものが誰かいないか周りを見回し始めました。

(1)「『我が自伝』の結びのことば」の注8参照。

(2)ライオンとクレメンズはチャールズ・ラン・ケネディ作の大衆向け演劇『家の使用人』からとったこの通称を使っていた。クレメンズはこの劇の公演を一九〇八年六月六日に観て「高貴だ」だと評し、その晩に著者と会食した。劇の中でインドのベナレス司教はイギリス人の教区付き司祭の兄弟の家に到着する。彼は執事に扮装して、兄弟の罪を贖い「普遍的兄弟愛にあずからせるために、生まれ変わったキリストの姿をする」のである（「劇評」、シカゴ『トリビューン』紙、一九〇八年八月一八日号、八ページ。Gribben 1980、第一巻、三六八ページ）。

(3)一九〇八年一二月一〇日付「自伝口述筆記」、注1参照。

八

家の中の温度計は華氏二九度まで下がって行きました。雰囲気は不信と不安と懸念に満ちていました。明らかに何か重大なことが起きそうでした。ライオン女史は何日間もアシュクロフトをそばにおいてずっと自分の長椅子に座り続けていました。彼女は彼女の仕事のひとつをやっていましたし、そう見えました。医師は毎日やってきました。ある日、医師が帰った後で、彼女は自分がほとんど神経衰弱に陥りかけていて、荷物をまとめてすぐに立ち去り、二週間の完全休暇――完全休暇、ひとりでの徹底的な休暇を取らねばならないと医師が言ったと私に伝えました。彼がそう言った可能性もありましたし、そう言わなかった可能性もありました。しかし私は彼に問い合わせませんでしたので、どちらの証拠もありませんでした。しかしながら、彼がそう言ったと信じましたので、私は彼女にためらってはならないし、遅れてはならない、私の都合も彼女自身の都合も他の誰かの都合をも考慮して立ち止まってはならないし、すぐに進まねばならないと命じました。彼女は狡猾でいじらしいためらいを見せながら譲歩し、荷造りを命じました。

彼女には何の問題もありませんでした。駆け引きがあって、彼女はその中で彼女の役割を果たしているのです。アシュクロフトは彼女をハートフォードに連れて行き、そこで一番豪華なヒューブリンド・ホテルに宿泊させました[1]。彼女はそこで二、三人の友人とだけで人目をしのんで三日間過ごしました。彼女はその後十分に元気を回復し健康になりました。それで彼女はニューヨークに五日間出かけて行って、往来のたてる、治療効果のある轟音と警笛の鋭い音の中でうたたねしたのです。その後まるで木の実のように元気になって帰宅しました。［そして素面でした］。

アシュクロフトは私のために近くの農家を購入しようとしていました[2]。ライオン女史が出て行った後の日になって、彼は購入を完了し、譲渡証書を持ってきました。彼がその不動産の支払いを済ませました。それで私は驚きました。小切手の署名人がいないのに彼はどうやってそれをやったのでしょうか。それは、(私が考えるところでは)ライオン女史が署名の無い小切手に署名し、彼女が休息療養ではしゃぎまわっている時に、後に残しておいたことを意味していました。やり方はよくないと私には思われましたし、これからはそれをやらないようにと早い機会を捉えて命じようと思いました。

本当はアシュクロフトも私の代わりに小切手に署名できたのですが、**私は知らなかったのです**。このことはそのうち説明しましょう。¶さて——それは時代がかった機械で作った小説のようでは**ないですか**。

¶その日の午後、ビリヤード室で、予想もしなかったことが起きました。アシュクロフトが、恥ずかしそうに、困惑して、ためらいながら、自分とライオン女史が**結婚する**と決めたと私に伝えてきたのです。まるで彼らが自殺すると決めたと言うのと同じくらいひどい驚きでした。

~~それは狂気のカン~~ 彼はそのことに関する私の判断を求めたので、私はそれを伝えました。それが狂気の考えであり、信じられないと言ったのです。

もしそれで私が不便になるようなら、彼らはそれを実行しないだろうし、もし私が望めば、彼らはそれを棚上げするつもりだと彼は急いで言いました。

それは私の問題ではないし、私はその立場にないと、私は当然言いました。彼らは自分達の道を進まねばならないし、自ら責任を取らねばならないと。

私が望めば結婚を延期するし、しかも私が望む間は延期するつもりだと彼は言いました。

しかし私はその怪奇なことにどんな形でも関わり合いたくないと言いました。

すると、彼が言うには、自分達は密かに結婚したいし、さらに——

しかしそんなことを考えるべきではないと私はもちろん言いました。それによって私達はすぐに苦境に陥るだろうと言いました。

結婚によって私に不便はかけないし、何も変わらないだろうというのが彼の意見でした。花嫁は私の家に住むし、以前と同じ立場で物事を処理し、彼はブルックリンで姉妹達と一緒に生活し、週末にこちらにやって来るというのです。

それはあらゆるものの中で最も現実離れした提案だと思われましたので、私はそう言いました。私は結婚した二人が家の中にいて欲しくないし、赤ちゃんもいて欲しくないと言いました。

赤ちゃんはできないでしょうと、彼は自信と確信をもって答えました。これはそうした類の結婚ではないし、動物的なものは何もないし、自分はライオン女史に対してそうした感情は少しも抱いていないと言うのです。

彼は非常に冷静に、落ち着いた様子で、あたかも全く正常であるかのようにそう言い、その時それは何も重要な問題ではないと言いました。だから私は言いました。

「何、何ということを言うんだ。君は彼女を愛していないというのか？」

彼は冷静に、「そういうことではないのです」と言いました。

「では一体何のために君は彼女と結婚するんだね、理由は何だね？」

ハウエルズさん、彼は哀れみと慈悲と仁愛から結婚するのです。言葉通りではありませんが、それが彼の答えの意味するところでした。彼女は私に仕える仕事で疲弊し、肉体的にすっかり参っているし、彼女の生命は危険な状態にある。注意深い世話と優しい看護しか彼女を救えない、と彼は言うのでした。彼は彼女と結婚し彼女を救うというのです。

こうした偽善的行為の背後に何があるのかを、私には分かりませんでしたし、その背後のどこかに不思議なものがあるとしか分かりませんでした。それが何であるかを推測するだけでこの結婚が**現実的な**目的を視野に入れていたことしか分かりませんでした。

愛情の無い結婚は馬鹿げているし、この結婚は二年以内に破たんすると私は言いました。

あなたはお分かりでしょう、これが収入のためだけの結婚であることを**私は**分からなかったのです。私は少しも疑わなかったのです。私はそれが愚か者達の結婚だと考えましたが、詐欺師達の結婚だとは分からなかったのです。事実は、両方でしたが、それに気づきませんでした。

彼は弁解しました。**彼女が彼を愛している**ので、その結婚が全く愛情の無いものではないと彼は言いました。そうです、彼女は彼を愛していましたし、彼は彼女の性格や特質をとても非常に尊敬しており、彼女の無防備な状況に同情もしていました。

すがすがしいものではないですか、ハウエルズさん、こんな蛙のような奴に出会ったことがありますか？

私達は赤ちゃんの問題に戻って行きました。あるいは、少なくとも彼は戻り、赤ちゃんはできないと言いました――彼はそれが分かっていました。完璧に分かっていたのです。一〇ドル対一ドルの割合で賭けようと私は申し出ると、彼は私の賭けを受けました。[(] 秘密ですよ。ライオン女史が戻ってきたら**彼女は**この投機に加わりたかっただろうと私は言いたいのです。一ドル対一〇ドルの割合で赤ちゃんができないことに彼女は賭けて、私は彼女の賭けを受けると思ったでしょう。私は自分の賭けの可能性がどういう状態か分かりませんが、彼らもその可能性については同じだと推測します。彼は三四歳で、彼女は一一歳年上です。彼女は火のような人で、彼は霜のような人です。氷山と火口の組み合わせです。お分かりでしょう。激しい洪水になるかもしれませんし、凍結になるかもしれません――一緒に生まれる子猫と氷山を見るまで待ちましょう――見るまで待ちましょう。

アシュクロフトは結婚によって何も変わらないし、私達のすべてのことが以前と同じように続くと、もう一度言いました。

そんなことはできない、夫婦を家の中におきたくないからだ、と私は言いました。後の出来事によって彼が私を信じていないことが判明しました。彼は彼の妻がいなければ私が家を切り盛りできないこと、私に関する仕事を永久に彼女に提供できること、彼と彼女は身も心も私に服従しており、私はひとりで生活できないから、時が来れば彼らは疑いも無くここで最高の者になり、私は身ぐるみはがれて見捨てられたもうひとりのリア王となる、ということを彼は信じていました。このすべてがずるくて腹黒い劇的計略によってもたらされることになっており、私は三ヶ月後にそれくらい後になってその軌跡を偶然見つけることになっていたのです。その計略はとても腹黒く、ぞっとするほど、しかも不思議なほどに派手で非現実的だったので、彼らはきっとそれを古い時代の小説から盗んだに違いなく、現代の人間では考えつけるものではなかったのでした。私がいつそこにたどりついたかお分かりでしょう。

(1)ハートフォードのヒューブライン・ホテルは人気のあるホテルで、ギルバート・ヒューブラインとルイス・ヒューブライン兄弟が所有し、アルコール類の流通販売業も行っていた。ライオンはクレメンズが当時「過度の仕事と気苦労によるある種の神経衰弱」と名付けたものに苦しんでいた(一九〇九年二月九日付、ナナリー宛書簡、ハンティントン・ライブラリー蔵。G・F・ヒューブライン兄弟社、クレメンズ宛、一八八一年一月一日付、送り状、カリフォルニア大学蔵)。

(2)アシュクロフトは一九〇九年の春の初めに、クレメンズの隣人スティーヴン・E・カーミナから不動産を購入する交渉をした。クレメンズはクレアラに、「(不動産譲渡証書が登記されるまで、このことはまだしばらくは言えないのですが)彼は隣地の一二五エーカーの農地と建物類と家畜を七二〇〇ドルで購入する手続きをちょうど完了したところで、六〇〇ドル節約してくれました」と書いた(一九〇九年三月一一日と一四日付書簡、カリフォルニア大学蔵)。この農園購入時にジーンはニュージャージー州モントクレアに住んでいたのは確かだが、クレメンズは彼女がストームフィールドに戻って来て農園の管理をすることを明らかに期待していた。そのことをジーンは友人のナンシー・ブラッシュに次のように説明している。

私がここ［ストームフィールド］で起きた後、さらにそれ以前でも、お父さんはそこを私の農園と呼び始め、何かがやれるまでにこれらの月日を待つという退屈な見通しを持っていました。しかし昨夜、所有者の借地人がやって来て、自分が飲もうと楽しみにしていたリンゴ酒を誰かが一樽飲んだか、売ったことが分かって、その人はひどく怒って、**すぐに**その地所を手放したいし、彼が二、三週間前に提示したよりもかなり低い条件でその賃借物件を放棄することにしたいと決めたのです。(一九〇九年六月一三日付、スミソニアン博物館蔵)

ジーンが死亡した後、ペインは一九一〇年三月に、その家と四〇エーカーの土地をクレメンズのために六〇〇〇ドルで売却した。クレメンズはその家に生えていた藤をジーンの思い出にするために掘りあげてストームフィールドに移植できないか、そしてその売却利益をレディングの図書館新館の資金として寄付したいと打診していた(一九〇八年一二月一〇日付「自伝口述筆記」、注1参照。「サミュエル・L・クレメンズ殿、R・A・マンスフィールド弁護士事務所宛」、一九〇九年四月八日付、送り状、カリフォルニア大学蔵。一九一〇年二月一七日と一八日付、ヘレン・アレン経由ペイン宛書簡、カリフォルニア大学蔵。一九一〇年四月六日付、ラーク宛書簡、『トウェイン書簡集』、第二巻、八四三ページ。一九一〇年三月一二日付、クレアラ・クレメンズとガブリロウィッチ宛書簡、複写をカリフォルニア大学蔵。『トウェイン伝記』、第三巻、一五六五ページ〜一五六六ページ)。

八九

若いアシュクロフトが成熟して出産の時期を逃したライオン女史を妻に選んだ理由は述べました。人を騙すための理由であり、老練な船乗りによる精密な調査に耐えられる理由ではありません。彼には他にもっとよい理由があったのですが、それは黙っていました。ライオン女史は若いアシュクロフトをとして夫に選ぶ理由がありました。彼女はそのひとつをラウンズベリー夫人に語りました。(1) そこに悪知恵があったのです。ストームフィールドで近いうちに爆発的な出来事が起こり、突然屋内を一掃するようなことが起こり――その時、**自分の身**に何が起こることだろうかと彼女は言ったのです。そこで彼女が必要とするものは避難所であり支援でした――頼れる人であり、彼女の傍にいて彼女の面倒を見てくれる人でした。彼女はアシュクロフトを愛していることについては何も言いませんでした。事実彼女は愛していませんでした。彼女は彼をとても気に入っていましたが、他の我々もとても気に入っていました。彼女は私達よりも情熱的ではありませんでした。ほとんどの我々の友人は彼のことが大いに気に入り、そして彼女のことも大いに気に入って高く評価していました。二人について曖昧な疑念を持つ人が友人の中に二、三人はいました（今ではそれが明らかになっています）が、確定的な疑念や無慈悲な疑念を抱いていたのはほんの二、三人だけでした――例えば、ロジャーズ氏やブロートン氏です。私達は一月平均二〇人の客を迎え、その人達は一日二日から一〇日も滞在しました。クレアラとジーンがいないので、ライオン女史が女主人役になりました。有能だったかですか？有能でした。彼女は客を満足させ、陽気にし、朗らかにし、喜ばせました。技術やって来た人々を喜ばせることに関して、さらに彼女では手が出ない骨董品の選定に関して、彼女はよく知っていて能力がありました。私の人生行路は彼女が支配していた間が最も愉快でした。

二人はすぐに結婚することに決めました。最初、彼らはとてもひっそりとしているつもりで、その知らせを友人にしか伝えないつもりでした。友人以外には誰もそのことに興味を持たないはずですから、それは確かにもっともなことと思われました。ところが、ライオン女史の生まれ持った、目立ちたいとする願望がまさり、彼女はハートフォードのある新聞に婚約を「発表し[2]」、愚かにもそれが「社交界」の事件であるかのように見せたのです。それは正しくありませんでしたし、正当でもなく、敬虔でもありませんでした。というのは、何も知らない人は確実にそうだと思い込んでしまいますし、騙されてしまうからです。

次に、結婚式の日取りが決められました――三月一八日です。それからその二人のペテン師は虚栄心にまみれたちっぽけな魂を完全に解放し、貴族的な大げさなことを真似て大見得をはることにすっかりふけったのです。彼らは案内状を出しました――浮き彫り印刷で――イタリアの書体です。しかも、神学博士パーシー・スティクニー・グラント師の聖母被昇天教会で結婚すると記した案内状でした[3]。さらにこれを彼らが聞いたことのあるすべての人に送った郵送したのです。私はそう思います。アシュクロフトの椅子のそばには山のように案内状が積み重なり、私はマッターホルン、モンブラン、巨大ピラミッド、アコンカグア山を思い出し、そうしたこぶをすべてまとめたよりも強い印象を受けました。なぜなら、私はその郵便代を誰が払い、誰がその便箋の金を払うのか分かったと思ったからです。

愉快ですね、ああ、愉快。華やかな花嫁、喜びに溢れた目、などです。

その次にもうひとつの山がありました。また浮き彫り印刷の案内状です。次の言葉が最後に記されていたのです。

R・W・ライオン＝アシュクロフト夫妻
自宅にて
六月毎週土曜日
コネチカット州レディング「サマーフィールド」。

それらはまさに、快いちょっとした上流社会の猿まねではありませんか——ハイフンでつないだ名前や、「自宅にて」「サマーフィールド」などはそうではありませんか？　彼らはその一三樽分の「自宅にて」を何のために発送したのでしょうか？——村の郵便局長を感動させるためでしょうか？　というのは、私の友人と知人以外では、彼女が自分の粗末な小屋の中で不自然に結婚して、どんな姿をしているだろうかと見るためだけに、列車に乗る可能性のある友人はライオン女史にはいなかったのですから。たった一回の突然の豪雨で三人が流れ込んできたら、彼女の家では寝るところもなく、身を寄せるところもなかったのです。その粗末な小屋から八マイルの範囲内に宿屋もホテルも無かったのです。そうでしょう、「自宅にて」の意味を知りたい友人は、アシュクロフトにはいなかったので、夫人はその地区からの人の流入を探し求めなかったでしょう。

しかし問題ではありません。期待しましょう。必要な七五日間が過ぎ、六月の最初の土曜日が来ると、「サマーフィールド」の自宅には誰もいませんし、続く三回の土曜日にも誰もいない、ということに運命で決まっていたのです。昨日（六月二六日）が最後の土曜日でした。ハイフンでつないだライオン＝アシュクロフト家——彼らはどこにいるのでしょうか？　多くの子午線が彼らとその粗末な小屋との間、地球の丸みのところで湾曲しているのです。彼らはライオン女史の「健康」のために旅行しているのです。

三月の初期の頃に戻りましょう。丬新聞の社交欄にライオン女史の婚約「発表」があってから、事態が素早く動きました。結婚した二人を家に置くことはできないという言葉を私は繰り返しました。関係は緊張しました——全くもって緊張しました。アシュクロフトは四通の契約書と「覚え書き」を一三日に私のもとに持ってきて署名を求めました。(4) その一枚は彼を私の仕事の総代理人に正式に任命する契約書でした。もう一枚は二年間にわたり彼をマーク・トウェイン社の支配人に任命し、私の稼ぐすべての金を徴収する権限と、その業務のための手数料を取る権限を与えるものでした。私が彼に指示を与える時には必ず、あらゆる事例においても「文書で」伝えねばならないのです。彼は最低三ヶ月に一回私に報告すればいいことになっていました。その文言は主人が奴隷を働かせるための文言で、私が奴隷でした。この文書のおかげで彼は何もせずに、ただ私の収入に関して手数料を徴収できたのです。そしてそれは簡単なことでした。ハーパーズ社の小切手は彼のところへ（私のところへではないのです、以前と同じです）郵送されていたのです。彼はそれを追い求める必要はありませんでした。私は満足しました。もうひとつの文書は私が重要だと考えるものでした。(5) その条文によると彼が私の仕事のすべての面倒を見て、あの煩わしさと手間を私の代わりに行わねばならないことになっていました。私は彼が一週間の通知期間後に契約書を破棄できることに気付きました。しかし、それには補償について何も書かれておらず、それゆえ何も価値がなく、拘束力がないのでした。私はその事実の重要さに**気付きませんでした**。むしろその重要さを認識していませんでした。もうひとつの文書がこれらの義務を網羅し補償するのだと推測していました。間違いでした。そうではなかったのです。私は両方に署名しました。［~~十二週間~~五週間以内にアシュクロフトが何も言わずに永遠に金にならない文書を持ってきました］。

　私はさらに二つの契約書にも、かなり自発的に署名しました――それによってライオン女史の排除が簡単になり、厄介でなくなったからです。そのうちのひとつはライオン女史を私の社交事務担当秘書に任命するものでした(6)――全く新しい役目だと信じますし、この薄汚く無粋な惑星ではこれまで知られていなかったものです。その条文によってライオン女史は「社交事務担当」秘書として働くように格下げされました――これは、彼女が私のために客を招待し、食卓と居間を取り仕切り、客をもてなすが、家の中で誰か他の人――クレアラのことです――のために社交上の文書作成を一切しないこと、という明確な意味でした。アシュクロフトの説明によると、他のすべての、あらゆる秘書業務は速記者がすることになりました。それで私は何も困りませんでしたし、私が爆発的に驚くこともありませんでした。というのは、速記者がそれを既に三年間もずっと行っていたからです。さらに、ライオン女史は家政業務に加わることを、一切求められていませんでした。ライオン女史の「社交事務担当秘書」兼「飾り」としての給与は、月額一〇〇ドルで、食と住はストームフィールドで提供されねばならなかったのです！

これは、家の中に結婚した二人をおくことは認められないと私が言ってきたことすべてからすると、私には途轍もなく厚かましく思われました。しかしながら、一ヶ月間の通知期間の後にはいつでもその契約を解消できることになっていましたので、私は何も言わずに、喜んでそれに署名しました。私は最近になってようやく少しはライオン女史のことを知るようになってきましたし、彼女を排除したくなっていました。彼女は自分の性格を隠す驚くべき術を持っていました。経験豊富な優れた目利き、――例えばクィンタード博士のような人――がそれに近い人を今まで見たことがないと私に教えてくれました。クィンタードさんは昨日こちらに来て、彼女が三年間も完全に彼を騙してきたと言っていました。その間ずっと彼は彼女の言葉を金言だと見なし、彼女の精神を美しいと見なし、彼女の理想を崇高だと見なしてきた、などというのです。要するに、彼女は欠点も汚点も無く、全く賞賛すべきで、全く愛らしく、愛すべき人物と思われていたのです。しかし彼女は心の底まで腐敗しています。心があれば、の話ですが。それ自体が怪しいのです。

もうひとつの契約書では、ライオン女史が「マーク・トウェイン書簡集」の仕事に「すぐに」取り掛かり、出版の準備をすることを約定していました。[7] この仕事に関して彼女は何の補償も受け取らないことになっていました。これは明確でした。私は一週間の通知期間の後にこの契約書を失効させることができましたし、彼女も同じでした。

~~私はアシュクロフトにひどく驚かされました~~

もちろん、この文書は三年前に彼女との間で結んだ合意文書を失効させるものでした。合意ではその本の印税の十分の一の利益を**永久に**彼女に与えることになっていました。

アシュクロフトは彼女がその十分の一の利益をとても冷静に放棄する理由を説明しました。彼は非常に強い軽蔑を込めて次のように言いました。

「それは僅かなものですから、彼女は望まないのです」。

私は次のように言えたことでしょう。

「何だと、この馬鹿者、それは三巻か四巻になるものだ、五六年間で、彼女が今までの生涯で得た以上の、あるいはこれから得るよりも多い年収を彼女は手にするのだぞ」と。

しかし私はそれを口にしませんでした。自分の中にしまって、何も言いませんでした。その古い契約書の条文に関して私は**有能な**人物を獲得することができました――彼女がそうでないのは確実でしたし、その事実を彼女自身が知っていました。しかし、私は彼女を長い間賞賛し、その仕事あるいは他のほとんどすべての仕事を彼女はできると信じていました。私は喜んで署名しました。

その文書の可笑しいことときたら！ 彼女は「書簡集」を「すぐさま」手に入れようとしていたのです。私はそれらを手に入れるようにと三年間も彼女に嘆願していたのです。ハーヴェイ大佐が私の年間二万五〇〇〇ドルの保証金のうち五年間の第二期分を再契約するよう、重役達を説得するために(8)、昨年の十二月八月に書簡集の一巻を一緒にして、所見も差し挟まずに、大急ぎで投げて欲しいと懇願しましたが、無駄となりました。七ヶ月後、彼女はその仕事を始めてもいませんでした。

ライオン女史とアシュクロフトは私の印税収入の事情をよく知っていて、「書簡集」の十分の一の利益は価値があり、三ヶ月間の文筆活動しか必要としないことを分かっていました。ですから、それが軽蔑を込めて放棄された時に私は当然驚きました。彼らが既にかなり多くのものを手にしていて、それと比べてその十分の一の利益は本当に「僅か」で――僅かでくだらないものなのだと私が分かっていたら、それほど驚かなかったでしょう。

(1)ハリー・A・ラウンズベリーの妻イーディス・L・ボートン・ラウンズベリー（一八七二年～一九二七年）はライオンの友人で、彼女とともにレディング図書館設立に尽力した（*Connecticut Death Index* 1650–1934、ハリー・ラウンズベリーに関する記録。Lyon 1908、八月二〇日付日記。一九〇八年一〇月六日付「自伝口述筆記」、注5）。

(2)この発表はハートフォード『クーラン』紙の「個人消息」欄に以下のように掲載された。

ファーミントンのG・V・ライオン夫人は、娘のイザベル・ライオンがニューヨークのラルフ・アシュクロフトと婚約したことを発表する。結婚はすぐにでも行われる予定である。ライオン女史はサミュエル・L・クレメンズ（マーク・トウェイン）の私設秘書を七年間務め、その専門的な仕事に変化はない予定である。アシュクロフト氏はイギリス人で、クレメンズ氏の個人的な親友である。（一九〇九年三月一一日号、七ページ）

(3)神学博士パーシー・スティクニー・グラント師（一八六〇年〜一九二七年）は進歩的な監督教会派の牧師で、ニューヨークの昇天教会の教区牧師を一八九三年から一九二四年まで務めた。ライオンはクレメンズ家とともにその都市に住んでいる時に彼の礼拝に参加した（Lyon 1905a、四月二三日付日記）。

(4)三通の契約書しか見つかっていない。それは続く三つの注で語られている。アシュクロフトをマーク・トウェイン会社の支配人にするという契約書は現存が確認されていない。「覚え書き」について言及していることは不明である。一〇章注3を参照。

(5)この契約書によると、アシュクロフトはクレメンズの「金銭上の収入と支出」を管理し、それに関して毎週報告し、「彼の銀行預金額を定期的に監査し、彼の金銭的業務を全体的に監督し世話すること」に合意していた。双方とも書面で一週間の通知期間をおかなければ合意を終了できなかった（一九〇九年三月一三日締結、クレメンズとアシュクロフトとの契約、カリフォルニア大学蔵）。

(6)この合意に従ってライオンは「社交事務担当と著作担当秘書の仕事」を月一〇〇ドルの給与と「彼の『ストームフィールド』の家で食事と住居」を提供するという条件で行うことに合意していた。同時にそこには彼女は彼の家の他のどの人のことに関しても「監督し、指示し、処理することを求められない」とも規定されていた。そこにクレメンズは「四月一五日に手書きメモで解約した。一九〇九年五月一五日に発効。二ヶ月分の給与を小切手で支払う。ＳＬＣ」と書いた（クレメンズとライオンとの間の最初の契約は一九〇九年三月一三日に結ばれた。カリフォルニア大学蔵）。クレメンズはそれ以前の三年の間に三人の速記者を雇った（『自伝完全版第一巻』、二五〇ページに関する注参照、一九〇八年一〇月六日付「自伝口述筆記」、注5参照）。

(7)この契約書によると、ライオンは「件の原稿の編集に対する補償を一切受け取らないことに明確に同意」していた。クレメンズはそこに「四月一五日に文書にて破棄、同日にもうひとつの文書が破棄された日と同じ日である。ＳＬＣ」と記した（一九〇九年三月一三日付、クレメンズとライオン間の第二の契約書、カリフォルニア大学蔵）。ライオンがクレメンズの書簡を編集することを認めた最初の合意文書は見つかっていないが、一九〇五年六月には、彼女がその仕事をして十分の一の印税を受け取ることを彼は既に決めていた（前記の二章注14参照）。

(8)クレメンズはハーパー・アンド・ブラザーズ社との間で一九〇三年に達していた合意を延長する申し出について述べている（『自伝

完全版第二巻』、一六〇ページに関する注）。

一〇

私はアシュクロフトの目の前で四枚の契約書に署名しました。他に誰もいませんでした。アシュクロフトが持ってきた書類に署名する時にはいつも他に誰もいませんでした。[1] そしていつも副本はありませんでした。原本のみしか存在せず、彼はいつもそれを持ち去りました。私が一体何に署名したのかを後で知りたくなると、彼はいつも無署名の写しを私のもとに持ってきました――少なくとも写しだと称するものです。彼のやり方のある程度――実際にはそのすべて――が疑わしかったと今は分かります。しかし三年間か四年間はその考えが浮かんできませんでした。

　その記憶に残る三月一三日に、アシュクロフトが何かをやるつもりでやって来たことは間違いない事実でした――完全で網羅的な清算をやるつもりだったのです。過去を清算し、私達の間に不明確なものを何も残さず、議論になったり、論争になったり、再調整になるものを何も残さないようにするための清算でした。四枚の契約書が署名された後で、彼は小さな紙片にタイプ打ちされた覚え書きを出しました。私はそれを読んで署名しました。

　そして最後に彼は四枚の預かり証と**彼が**言うもの、それぞれ二五〇ドルのもの――預かり証と彼が言うものを取り出しました。[2] 私へのライオン女史の一〇〇〇ドルの負債を彼が肩代わりしたいと書いてありました。そして、さらに彼女は、クリスマスに私が彼女に与えた五〇〇ドルも受け取りたくないので、すぐに返却したいというのです。彼女がどこで五〇〇ドルを手に入れるつもりか彼は言わなかったし、預かり証の分の一〇〇〇ドルをどこで手に入れるつもりなのかも言わなかったのです。二人とも私に依存して生活し、それ以外の生活の糧がありませんでした。私がその事情を知っていることを二人とも知っていました。

　しかし彼らは後で密かにちょっとした財産を手に入れることを私が知らないと分かっていました。

　私は預かり証をよく見ませんでした。そんなものは少しも気にしませんでした。私にはそれを回収するつもりはありませんでした。私はアシュクロフトに片付けてしまっておくように言いました。彼はおそらくそうして、私は二度と再びそれらを目にしなかったでしょう。

ライオン女史へのクリスマスの贈り物について話したでしょうか？　いずれにせよ、それは次のようなことでした。ストームフィールドが建築中の間、ライオン女史は「サマーフィールド」の改築を進めていました——その当時は「ロブスター用かご」と呼ばれていました——古い農家で、私が二年ほど前に彼女に与えたものです。一年前に私が初めてここに来た時に、それを修築する金がないので、彼女がファーミントンの村に持っている小家屋を抵当にして一〇〇〇ドルの金を集めるつもりだと彼女がこぼしていました。重みで瓦が割れつつあったその小家屋はすでに抵当に入っているのをおそらく彼女は忘れていたのです。しかし問題ではありません。彼女が示唆するところを私は理解しました。私から借りたかったのです。私は貸そうと彼女に言いました。

とても良いことに、修築は進みました。クリスマスに近づいた頃、彼女が私のところにやって来て、修復と補修が終わったことを上機嫌で伝え、一五〇〇ドルかかったと言います。私はクリスマスの贈り物として五〇〇ドルとその受領書を渡しました。

次の日

クリスマスの日にアシュクロフトは彼女がとても喜んでいると報告しました。私はあとでさらに一〇〇〇ドル、一度に五〇〇ドル、領収書と引き換えに彼女に与えるつもりだと言いました。二四時間後に彼は一〇〇〇ドルの領収書を手にもって私の書斎にやって来て、言いました——

「最終的に何らかの形でそれを彼女に与えるのなら、いっそのこと——」

¶私はいささか激高して叫んだのです。

「それについて君に一体何の関係があるのだ？！」気分転換に自分の仕事に専念してみたらどうだね？」

四枚の契約書と一枚の覚え書き、忘れられない三月一三日[3]、総清算日でした。ここにその覚え書きがあります。アシュクロフトの、この上なく心地よく、しかもこの上なく厚かましい文体で——自己満足の無礼な言葉遣いのために、真似できない、模倣できない、近寄り難い文体で表現されています。ジームズの文体です[4]。アシュクロフトはイギリスで下僕として長い間働いていたことがあり、もっと良い仕事が無かったのだろうと推測します。

（ここに引用）。

覚え書き

一九〇九年四月七日。

これは、二、三週前までラルフ・アシュクロフト夫人（前ライオン女史）がクレメンズ女史の不在時に私の秘書、家政婦、女主人として役割を果たし、金銭上の代理人、法的代理人、他の様々な立場でも役割を果たし——私の現在の家庭「ストームフィールド」の建造の全監督を行っていたことを証明するものである。しかも私はそれだけの仕事に対して彼女に次のように給与を支払っていた。すなわち、月五〇ドルの給与、食事と住居と医療費である。さらに、私の家の女主人としての立場を適切に維持するのに必要な、あるいは望ましい服装類を私の費用で購入すること。コネチカット州レディングで約二〇エーカーの土地とそこに建てられた小家屋を彼女に譲渡すること。件の小家屋を私が先払いした金、私が昨年のクリスマスに彼女に贈与した五〇〇ドルも含めた金で、彼女が修繕し修復することを認めることによって支払った。

ラルフ・W・アシュクロフト

ニューヨーク

ストーン通り二四番地

［紙片の右下の角に、おそらくサミュエル・ラングホーン・クレメンズの署名があったと考えられるが、破り取られている］。

私はアシュクロフトが立って待っている間にその覚え書きを読み終えました。それから私は署名し、彼はそれを他の書類と一緒にニューヨークに持って行きました。その夜、私はその覚え書きの意図は何なのかと考え始めました。それはライオン女史の仕事を厳粛で荘厳に細部まで列挙し、送り状として付けるためでしょうか？　なぜ？　私にそんな情報が必要だったろうか？　そうでないことは確実です。では、誰がそれを必要としたのでしょう？　アシュクロフトでしょうか？　いいえ――彼はそのことを良く知っていました。彼はなぜそれを文書にしたかったのか、そして署名させたかったのでしょう？

そんなこと知るものか、です。やがて何かしら好ましくない秘密があるに違いないと思いつきました――秘密、その無価値なくずに秘匿された重要な**理由**があるはずで、それが分かればよかったのですが。よろしい、分かりました。少なくとも私はそう信じています。それが医師の請求書のはずがありませんでした――私が家族全員の医師の請求書を払っていたことをライオン女史は何年も前から知っていました。そうだとすればそれは衣類に違いありません。彼女はいつも衣類を買っていましたし、たいてい一日に二ドルで村の女性服仕立屋を家に呼んでいました。その女性に実質的に冬の間中ずっと来てほしいと伝えていたことを私は知っていました。私がそれを知ったのはライオン女史が自分で私にそう言ったからです――彼女のいつもの誇らしげな態度で――そしてその女性の仕立屋がとても驚いて喜んでいたと私に言ったのです。ライオン女史はそんなふうに正体を明かしてしまうくらい全く思慮の無い人だったのです。私がきっと（おそらくではなく、ですが）見え見えの条件から結論を引き出し、この結論に至るだろうとは彼女は思いつかなかったのです。さらに、彼女が自身のためにはほとんど金を使わずに、ひと月五〇ドルの給与を母親の援助に使っている事実を頻繁に誇示することが、この新たな誇りの原因とあまりうまく合致しないということが彼女には思いつかなかったのです。ガウンなどを作るのだけでひと月五〇ドルかかるとしたら、その**材料**はいくらしたのでしょうか。

衣類に関する条文は覚え書きの中でも微妙な部分であることは明白でした。彼女がそれらを購入する許可を私が与えたと、文書で認めることを彼女は望んでいたのでしょうか？　彼女と我々の他の者も分かっていたように、問題は表面化していました。喧嘩別れになった場合、彼女が私の小切手帳を不正使用したとして訴えられた時に、身を守る文書が必要だったのではないでしょうか？

次の朝、私は彼女にききましたアシュクロフトに電話してその覚え書きを持って来て、もう一度読ませるように伝えてくれと言いました。彼はそれを持って来て、私がそれを詳しく読む間も与えずに、次のように言いました――「衣服類、彼女は――そう、彼女はだいたい三〇〇ドルくらいしか使っていませんし、それに――そう、彼女は服を買う権限を与えられていたのですよ」。

「誰が彼女に権限を与えたのだね？」

「彼女はとてもたくさんの人に会わなければならないので、それにふさわしい衣装を着ないといけないとクレメンズ女史が言いました。それで彼女が必要なものを買う権限をクレメンズ女史が与えたのです」。

「アシュクロフト、クレメンズ女史の許可には意味がないことをライオン女史は知っていたよ。君もそれを知っていただろう」。

そのことは覚え書きの中で本当に微妙な点でした。それが重大ではなかったので、問題になりませんでした――ひとつのことを除いて。これがほんの小さな強奪で、毎年ほんの僅かな金額にしかならなかった時には、強力な推定証拠がありました[5]。衣服類に関する強奪者がそれで終わることはなく、さらに強奪するということ――実際にもっと強奪していたのです。

私はその覚え書きをしまい込んで鍵を掛けました。アシュクロフトは何も言いませんでした。それをここに複写します。

覚え書きを挿入。

ました。(6)

衣服類は本当の理由を隠すために巧妙に書き入れられていたことを私は何ヶ月か後になって発見するのでした。その隠れた要素の本当のところは**最後の文章に**ありました。

契約の日です！　清算日です！　多忙な日です！　素晴らしい三月一三日、忘れられない日です！　ふと考えてみると、なんと多くのことがその日に詰め込まれていたことでしょう。一日全体の中には詰め込めないものです――いいえ、一時間のうちには詰め込めないものでした。

結果として私はライオン女史の奴隷であり、アシュクロフト氏の奴隷でもありました。そしてそれを書面で告白し、その場所のための賃金を払わされ、見返りに全く何も得られないことになっていました――いずれにせよ、市場ならば半額で手に入らないこともないものです。

しかし私は幸福でした。私は私の大切な人である私のアシュクロフトを雇っていたのですし、我々はかつての喜ばしい同僚関係に再び、すぐに戻れるはずでした――彼らが密かに持っていたあのことについて私はよく分かっていなかったからです。ライオン女史に関しては、突然過ぎたということはないでしょう。三〇日待ってから解雇するつもりでした。

(1)現存する三枚の文書には証人の署名がある。アシュクロフトの契約書にはテリーザ・ケルビーニとホレス・ヘイズンが保証人として署名し、ライオンの契約書にはアシュクロフトとヘイズンが保証人として署名した。その文書はレディング地区判事ジョン・ニッカーソンによって、おそらくクレメンズが自ら姿を現すことなしに、証書として認証もされていた。

(2)クレメンズが以下で説明しているように、彼が彼女に与えた小家屋を修築するために、彼はライオンに金を貸した。一九〇九年七月三〇日付のスタンチフィールド宛の手紙で、アシュクロフトはクレメンズが一九〇九年三月一三日に署名したと彼が主張する領収書のタイプ打ちの写しを提供した（ラルフ・W・アシュクロフトからジョン・B・スタンチフィールド宛、一九〇九年七月三〇日付書簡）。全体の「合意」は、ニューヨーク『タイムズ』紙、一九〇九年八月四日号に掲載され、クレメンズはその切り抜きをこの原稿のあとの部分で引用している。

(3)クレメンズは三月一三日の覚え書きに繰り返し言及しているが、彼はライオンをアシュクロフト夫人として表記してある四月七日付の覚え書きを引用している——彼女が結婚する五日前の三月一三日に署名できた覚え書きでないことは明白である。アシュクロフトがもともとの内容を保持しながらも彼女の結婚後の立場を考慮して、覚え書きを書き直した可能性がある。

(4)滑稽な下男あるいは従僕の名前で、一八四五年から一八四六年にかけて『パンチ』誌で最初に掲載されたウィリアム・メイクピース・サッカリーの物語「ジームズ・デ・ラ・プルーシュの日記」の主人公からとった名前である。

(5)原稿のページにピンで留めてあり、この段落を覆っていたのが、出所不明の新聞の切り抜きで、次のように書いてある。

車掌の窃盗したもの。

盗んだものは一日二ドル八〇セントから一一ドル五セントにまで及ぶことが彼のノートに書いてあった。

ブルックリン郡裁判所ダイク判事は、ブルックリン快速交通社で車掌として二年半かあるいは五年以上にわたってシングシングで働いている間に、同社から金をくすねた容疑で有罪宣告を受けたフレデリック・レーエフェルドに昨日判決を言い渡した。明らかになったところでは、被告はノートをつけており、そこに彼が窃盗したものあるいは利益の、一日当たり二ドル八〇セントから一一ドル五セントに及ぶ金額の記載があった。

ダイク判事は「被告の裁判中にブルックリン快速交通社が特別配当金の支払い宣言をしたのは当然である」と強く印象に残る判決を述べた。

クレメンズがこの記事をとっておいた理由も、それをどこかで使うとしたらこの原稿のどこで使うつもりだったかも不明である。

(6)クレメンズは数ページ前の覚え書きをここに挿入することにしていた。前の注3を参照。

一一

五日過ぎました。そして結婚式になりました。私は参列しました。それは二人の共謀者を防護目的のためにひとつにまとめるものでした。それぞれが相手の犯罪をよく分かっており、互いに相手を信じておらず、相手を信頼しようとすると吐き気をもよおすのでした。いいや、そんなことは全く無かったのです、おそらく。アシュクロフトは自分が既に犯してきた犯罪について心配していなかったのは確実でした。というのは、――おそらくライオン女史からも犯罪を巧みに隠蔽できるのがほぼ確実だったからです。私が考えるところでは、彼が恐れたのは、もし彼女が発言を禁じられなければ、さら**注意深く計画された**犯罪をいつか暴露してしまいかねないということでしょう――その二人が将来やろうと計画している犯罪です。そうでなければ、彼はなぜ彼女と結びつこうとしたのでしょうか？ 彼は彼女を望んでいませんでした。彼は彼女に一度もプロポーズしませんでした。彼は自ら私にそう言ったのです。彼女が結婚を申し込み、強力に促したのだと彼は私に言いました。［「督促」が**強制**に変化したように私に思われたのはビリヤード室でのあの日のことでした。これは一〇〇〇ものよく知っている状況から見て、筋の通った推測でしたが、今の私ができるような見事な推論ではありませんでした。いま私は彼らが隠し事をしていたと分かっているのですから。］

裏へ

教会は冷たくてしめっぽく、いたって彼らにふさわしいものでした。ライオン女史の母親がそこにおり、アシュクロフトの親族も来ていたし、フリーマン家の人も二人きていました。私もいました。さらに、マーティン・W・リトルトン夫人も、さらに神もいました。もし神　神がそこにいたとすれば。彼はそこにいました。私は彼を見ませんでした。――パーシー・グラント師は神がいたとほのめかしていました。[1] しかしそれはおそらく単に通常の結婚式の集まりでしかなく、――たとえ神がそこにいたと言われたとしても、何もそこにありませんでした。全体で九人でした。

ライオン女史は、幸福で若い花嫁を賞賛に値するほどに演じました。彼女はほとんど本当にそうであるかのようにふるまいました。現実そのものは、心地よくしかもほとばしるように、狡猾に、無邪気に、より娘らしいはずがありませんでした。そして彼女が祈禱台に跪《ひざまず》き、恭しくこうべを垂れると、花嫁のヴェールがそれとともに揺れました。パーシー・グラントさんは神聖な法服に身を包み、堂々と立ち上がり、両手と顎を上げて、彼女のために祈りを捧げました――そうです、それは呆然とするくらい強烈な印象を与え、不潔なもので、私はその場で見られたことを喜びました。

新婚旅行はありませんでした。R・W・ライオン－アシュクロフト夫妻は「家に」戻って、夜は彼らの家で過ごし、昼は私の家で過ごしました。

この頃はいつでも家にお客があり、新婦は有給の社交担当秘書兼飾りとして重要な存在となりました。彼女は元気な人の中で最も元気で、陽気な人の中で最も陽気な人となりました。クレアラは家事を切り盛りする者として今では命令する立場になりました。アシュクロフト家と私は再び仲のよい友好的な関係にすぐに戻り、私はこの状態が続くことを望み、そう信じていました。しかし、クレアラは反対のことを望んでいました。

三月三〇日にクレアラは、ホレス・ヘイズンが給与の増額と午後から夜にかけてのさらなる休暇を求めていることを報告してきました。(2)「できるのなら認めてやりなさい」と私は言いました。彼は執事としては十分ではありませんでしたが、改善しつつありました。彼は田舎出の一九歳の若者で、とても痩せており、身長が一九フィート〈約五メートル八〇センチ〉もありましたが、これは視覚的錯覚で、彼は六フィート二インチ〈約一メートル九〇センチ〉しかなかったのです。彼はよい人物で性格もよく、近くの農家の息子で、彼の先祖は大昔からその農場を所有していました。彼の給与は十分高く――月三五ドルで――それでも彼は学んでいる最中で、すぐにもっと高い給与を取ったでしょう。

クレアラと私は次の朝ニューヨークに発ちました。駅までの三マイルの道程で私はホレスについてたずねると、彼と彼女が毎月四五ドルの給与と、彼が求めていた臨時の休暇とで合意したと彼女は教えてくれました。

一二

その晩私はH・H・ロジャーズの家で過ごし、次の日の旅行の準備をしました。ヴァージニア州ノーフォークへ行って彼のための祝宴で挨拶をし、集まった人々から寄せられる賞賛を見届けるためです——彼は四四六マイルもの長い大鉄道会社を設立し、(3)たったひとりでそこに乗り込んで、その地区に莫大で永遠の繁栄をもたらしたのですから。~~というのも~~アシュクロフトは私と一緒に行って、私の面倒を見て、私を大切に扱い、隙間風から私を守る、等々をすることになっていました。ちょうど以前と同じように、かつての素敵な、かつての幸福な時のように、ちょうど我々が天から授かった関係を偶然にも乱すようなことは今まで一度も起こらなかったかのようになる予定でした。

我々は他のお客と一緒に午後三時に船で出発しました。私達は一緒にいて、真夜中までずっと満足し、快適でした。それから彼は私を部屋に入れ、本、煙草、パイプ、葉巻、マッチ、ホットウィスキー一式を便利なところに置くと、~~私の服を脱がせてから~~彼は出て行きました。私達は晩御飯も一緒に摂りました。朝、朝食も一緒に摂りました。私達は一緒にノーフォークのホテルまで車で行きました。その日は行きも帰りも私達はずっと離れられなかったのです。この上なく楽しい付き合いでした。

その後事件が起きました。晩餐頃に、彼が開封した手紙を手にして私の部屋に入って来て、次のように言って私をひどく驚かせました。

「クレメンズ女史がホレスさんを解雇しました！」

「そんなことはないだろう。あの娘はそんなことはしなかった」。

「いいえ、**やりました**」と言い、彼のドブネズミのような目が悪意ある喜びで輝きました。

「あの娘がそうしたとどうして分かったんだね」。

「ホレスさんはそう**言っています**。これがホレスさんからの手紙で、まさにそう書いてあります。その言い方を借りれば」。

「彼がそう言ったからそうなるのかね？」

「ええ、そうです。ホレスさんは絶対的に信頼できますから——絶対的に。彼は**嘘のつき方**を知りませんので」。

「私が出かけてから彼の解雇にいたる重大なことが起こっていないとしたら、彼は全く同じように今回も嘘をついたのだ」。

「そうですか、いずれにせよ彼は留まりたくなかったのです」。

「留まりたくなかった？　どうやって分かるのだね？」

「彼が自分でそう言ったからです。彼はクレメンズ女史のもとではどんな給与でも決して仕事をしたくないと言いました」。

「**彼は**君にそう言ったのかね？」

「そうです」。

「彼が君を侮辱していたと思わなかったのかね？　彼を打ちのめそうとしなかったのかね？」「彼の沈黙はしなかったという意味だった」。「君はそう受け取るほど下劣な奴だったのかね？」「さらに沈黙があった」。

「いつ彼が」

「彼はこれをいつ君に話したのだね？」

「あなたが出発する前夜です」。

「何だと、君はニューヨークにいただろう！　その朝出かけたじゃないか」。

それで彼はしばらく困惑したように思われたが、それから言った。

「あることがあって戻らねばならなかったのです」。

「そしてホレスが私の家でそのことを君に話した、に違いない、そうだね」。

「そうです」。

「その朝娘と私が出かけるのを君は知っていた。その会話をなぜ私に報告しなかったのだね？　ニューヨークで執事を雇えただろうに」。

彼はかなり落ち着かない状態になりつつあった。言葉が容易に出てこなかった。ホレスが真剣なのだと彼には信じられなかった、ただ何かに苛立っていたので、そのうち冷静になって気持ちを変えるだろうと信じたのだと、彼は最終的に言った。そして彼は付け加えた。

「しかしそうはならなかったのです。彼は解雇されました。そして事前通知なしでしたので、一ヶ月分の給与を得る権利があり、それを求めています」。

「求めているって。**彼の**言い分だけで、確認も取らずに、有無を言わせずに解雇されたのか？　そうなら、彼は一ヶ月分の給与をすぐには手に入れられないだろうな、今、私が知ったの**だから**」。

そのドブネズミの眼が再び陽気に光って、アシュクロフトは言いました――

「彼はもうそれを手に入れていますよ」。

「どういう意味だ？」

「今朝あなたが署名したのが、彼の小切手でしたので、私が昼の便で発送しました」。

「そうだ、私としたことが。君はとても法外なほどに急いでいるようだな。君は有給の事業判断者で、事業顧問で、事業看護人で、証明も確認もされていない主張に則って誰かが私から金を盗まないように、監視塔で監視する事業見張り番だ。**これは**君の最初の公的仕事だ。さあ、アシュクロフト、私は子供みたいなものだが、事業については、君よりもよく知っている。その小切手を取り戻してくれ。しかもすぐに取り掛かってくれ」。

彼は自分がおそらく小さな未熟児だったと、かなりおとなしく告白し、すぐに行ってホレスに電報を打つと言いました。

もし私が黙っていて、その小切手を回収させられたなら、私は今一〇〇〇ドルかなりの金額を与えようと思います。しかし私にはその時アシュクロフトが分からなかったので、彼を投獄する機会を失ったのです。

私はホレスの手紙を手に取って読み、それをポケットに入れました。封筒はありませんでした。ひとつも無かったのですが、私にはその理由は分かりませんでした。それをここに挿入します。ある十分な理由からそれは面白い文書なのです。

コネチカット州レディング
一九〇九年三月三一日

二

S・L・クレメンズ様

拝啓――クレアラ・クレメンズ女史によって一九〇九年三月の、この三一日に仕事を解雇されましたが、一九〇九年四月五日まで留まることで合意しました。契約によりますと、私は一ヶ月分の給与を得る権利が認められており、それをお送り下さるかその時までにもらえればありがたいです。あなたに雇われて以来、私にお示し下さった親切に対する~~オ~~感謝をどう表現すればいいのか分かりませんし、私があなたにとてもオンギを感じていることを、親愛なる方、信じて下さい。再度感謝を申し上げ、またあなたの音信に接し、お目にかかれますように。

いつまでもあなたの
謙虚な使用ニンでいたい、
H・W・ヘイズン。

［クレアラ・クレメンズによるメモ］

私はホレスを解雇していない。逆に私がレディングを出る前に彼の給与を月四五ドルに上げ、さらなる週一夜の休暇を認める新たな合意ができていた。ホレスは自ら辞職した。

クレアラ・クレメンズ

一九〇九年四月七日

私達は五月四月六日火曜日の遅くにノーフォークからニューヨークに着きました。私はロジャーズさんの家に泊り、次の日の朝にスタイヴェサント・スクエアにあるクレアラのアパートに行きました。(4) ホレスが自分は解雇されたと表明していることを四日にクレアラに電報で知らせました。(5) 彼女はすぐにクロードを呼び寄せました。彼には仕事がありましたが、一五日に私達のところに来ると知らせてきました──「とても喜んでいますが、ライオン女史のもとでは働かないという条件で」と言うのです。[彼女は相変わらずすべての人──夫も含めて──にとって「ライオン女史」でした]。クレアラはその知らせを電話でストームフィールドにいるケイティに伝えました。彼女は「ライオン女史にすぐに伝えたら、彼女はとても怖がって、幽霊のように白い顔になりました。あの朝二時の出来事についてクロードが何を考えているか**彼女は**分かっているからですし、(6) それが彼をその仕事から追い出し、彼に語らせないようにと彼女が決めた理由だからでした」と電話で答えました。

私はホレスの手紙をクレアラに見せると、それは全くの虚偽だと彼女は言うのでした。彼女は彼を解雇していないし、そんなことを考えたこともないと言うのです。私はその要点を書いて欲しいと言いました──彼女はその手紙の裏に要点を書きました。私は当惑して行き詰まってしまいました。どうしてホレスがこの手紙を書くことになったのか、私は筋が通るような推測を立てることができませんでした。クレアラもできませんでしたが、「アシュクロフトの意向がどこかに潜んでいる」とする考えにふと行きつきました。

午後の半ば頃、アシュクロフトは駅まで私に会いに来ました──それが最後でした──そして私の切符を買って、昔のやり方通りに私が乗車するのを手伝ってくれました。それから彼は「サマーフィールド」の牝ライオンに電話し、彼女はストームフィールドに電話をかけて、テリーザに興奮して言ったのです──

「ホレスを家から追い出しなさい！　すぐに追い出しなさい！　クレメンズさんが戻って来ると、完全に怒るわよ」。怒るとは！　さらなる彼女の嘘でした。私は何も怒りませんでした。私にはまだ分かっていなかったのです。

私が帰った時にライオン女史はストームフィールドにいて、彼女はこの上なく感情的に、しかも彼女の技で演じられる限りの喜びを込めて大声で言いました。

「ああ、クロードが戻って来るのはとても嬉しいわ！　今までで最高の使用人だった。最も正直で、最も有能だった。本当に彼を失いたく**なかったし**、私に仕えるためならいつでも燃えるような鍬の刃先の上を歩いて身の潔白を示したいと言っていた。[7]　彼はまさに**大切**な人だわ！」

(1)グラント師（前出の九章注3参照）がニューヨーク市の昇天教会での結婚式を司宰した。モード・ウィルソン・リトルトン（一八七四年生まれ）はマーティン・W・リトルトンの妻だった（一九〇七年一一月一日付「自伝口述筆記」、注13参照）。フリーマンズに関しては前出の二章注10参照。少なくともひとつの新聞記事によると、クレアラも参列していた（「アシュクロフト－ライオン。マーク・トウェインの業務代理人と秘書が結婚」、ハートフォード『クーラン』紙。一九〇九年三月一九日号、六ページ）。

(2)ホレス・W・ヘイズン（一八九〇年～一九三〇年）はクロード・ブショットの代わりに一九〇八年一〇月に雇われた。彼はジョージ・E・ヘイズン（一八六八年～一九五〇年）の息子で、父親は近くの農家で時折農産物や肉をクレメンズ家に売りに来ていた。ライオンは日記の中で「彼は一度もどんな役にも立ったことがなかったが、王様の執事になろうとする特権を与えられていることを名誉だと感じているのだ」と記している（Lyon 1908、一〇月九日付日記。『レディング国勢調査』、一九〇〇年、一三四、一〇A―Bページ。「クレメンズ家の従業員」、日付不明のメモ、カリフォルニア大学蔵。*Connecticut Death Index* 1650-1934, 1934-2001）。

(3)ロジャーズは自身の最後の大事業となるヴァージニアン鉄道設立を技師のウィリアム・ネルソン・ペイジと共同で行った。一九〇七年の金融恐慌で社債販売が困難になると、ロジャーズはその事業資金をおもに彼の個人資産から提供した。その会社は当時最も成功した鉄道会社になり、ウェスト・ヴァージニア州南部からハムプトン・ローズの港まで基本的に石炭を運んだ。ロジャーズとクレメンズと数人の仲間（一三章注4）がオールド・ドミニオン汽船の蒸気船ジェファーソン号に四月一日に乗船してニューヨークを出港し、四月三日に開催された、鉄道会社設立祝賀会に参加した。クレメンズは祝辞を述べた数人のひとりであった。司会者がロジャーズをカエサルにたとえると、彼は「そうです、カエサルはイギリスでたくさん道を造りましたし、今でもそれは分かります。ですが、ロジャーズさんは片道しか造っていませんし、しかもまだ完成していないのです。私は古くからの友人が褒め称えられるのを聞きたいと願っていますが、褒められ過ぎるのを聞きたいのではありません」と皮肉を言った（Fatout 1976、六四〇ページ。「祝賀会の演説者マーク・トウェイン」、サンフランシスコ『クロニクル』紙、一九〇九年四月四日号、三七ページ。『トウェイン・ロジャーズ書簡集』、六四七ページ～六四八ページ。以下ニューヨーク『タイムズ』紙より、「H・H・ロジャーズ、ヴァージニアに出発」、一九〇九年四月二日号、一ページ、「ロジャーズ・ロード、海岸から鉱山まで開通」、一九〇九年四月三日号、六ページ）。

(4)クレアラはスタイヴェサント・スクエアのリヴィングストン・プレイス一七番地の二つの寝室からなる部屋に一九〇八年一〇月二日に引っ越した。彼女のピアノ伴奏者で愛人と思われるチャールズ・ウォークも同じ建物に部屋を持っていた（一九〇八年一〇月二日付、ジェイン・クレメンズ宛書簡、複写をカリフォルニア大学蔵。一九〇八年一二月一日付、クィンタード宛書簡、ミズーリ州ハニバル、マーク・トウェイン家基金蔵。一九〇八年一〇月六日付「自伝口述筆記」、二六七ページに関する注。Trombley 2010、一六九ページ～一七〇ページ）。

(5)クロード・ブショットのこと。

(6)つまり、「昨年の一〇月か九月の」ある晩「――強盗事件のあと」アシュクロフトの寝台が空だった時のことである（「アシュクロフト・ライオン原稿」、三章参照）。

(7)伝説によると、エドワード懺悔王の母親、ノルマンディのエムマ女王（一〇五二年死去）は、九個の赤く焼けた鍬の刃先の上を歩いても傷を受けなかったことで姦淫を犯していないことを示した。

一二

私は本当にとても喜ばしい知らせをライオン女史に伝えました。九ヶ月前にペインさんと私がグロセスターから持ち帰った知らせでした。私は言いました――

「クレアラのところに今朝ジーンがやって来て、私も偶然ちょうど間に合って会ったのだ。ジーンは健康な状態だ！彼女はピーターソン医師に診てもらいにやって来て、それからそこに向かって行った。すぐに土砂降りの中、馬車で行った。彼女が家に戻れるくらいによくなっていることをクレアラと私は**強く**確信した。彼女は医師を呼び出し、明日の午後四時に予約をとった。今度は彼も同意する、確実に！」

ライオン女史は顔を赤らめ、その目から炎が噴き出し、一瞬でヒステリックになりました。彼女は乱暴に口走りました――

「医師が来ないのは確実ですわ。ジーンさんが戻って来るですって？　それは一瞬たりとも考えられないことです。

あの方は見かけよりもはるかに悪くなっているのです。ひと月に二回も三回も発作を起こすのですよ」。

私は驚きました。

「君はどうしてそれが分かるのだね？」

「アンナさんからですわ。[1] 彼女はいつも知らせてくれるんです」。

「どうやってだね？」

「手紙で、です。」

その奴隷は嘘を言っていましたが、私には分かりませんでした。彼女が本当のことを言っていると考え、クレアラのピーターソン訪問は上手くいかないと判断しました。ジーンがドイツから戻って、たった三回しか発作を起こしていないことを知ったのは、アンナ自身の口からで、六月二五日（五日前です）になって初めてでした。彼らは一ヶ月間離れていました。アンナはジーンの世話を四年間もしています。

ライオン女史がアシュクロフトに電話をしてクレアラのピーターソン訪問に先手を打ち、彼の考えを嘘で満たしたことを疑うことは妥当ではないかもしれません。この根拠は~~ウソ~~ジーンが家に戻ることを彼が断固として認めたがらなかったことにあります。彼女は彼の態度にひどく驚き、彼がなぜそんなに嫌がるのか、その理由をたずねました。ジーンがここにいることで**私が**迷惑するだろうというのが理由でした！

その考えには全く根拠がないとクレアラが伝えると、彼女が本当のことを言っていないと彼が信じたことは、既にお伝えしました。彼女がクィンタード博士のところに行って彼をどうやって説得してもらったか、クィンタードさんが彼をどうして納得させられなかったか、次に私がピーターソンさんのところに行くと、彼は最初、どうしても**私の**言うことを信じなかったこともお伝えしました。それが四月~~二〇日~~一四日頃のことでした。彼はその前日に私の留守中にこちらにやって来て、一日中ずっとライオン女史の虚偽を聞いていたのです。

私がピーターソンから得られた許可は、ジーンは一週間だけ家に戻ってもよいというものでした。その試みが失敗しなければもう少し長くいてもよいし、その成果は報告されたでしょう。

それでジーンは四月二六日にこちらに来ました。自分の家にまた戻って来て彼女はとても喜び、感謝の言葉もあり

二二

ませんでした。彼女は今でもここにいますし、岩そのもののように健康です。非常な苦痛を与える彼女の慢性病の兆候はこれまでほんの少しも現れていません。彼女は朝六時に起きて、それから夜の九時の就寝時まで忙しく活動しています。彼女は自分の農園で熊手をつかい、草刈りをします。自分の使用人を監督しています。自分の家と納屋の修復を指揮しています。鶏と家鴨を近くの農家から買い入れ、自らその世話と餌やりをして。一一時には歩いて家に来て、郵便物を調べ、それを書きとめ、それから返事を書き、すべての請求書に小切手を用意します。二時間後には一日の秘書としての仕事をすべて終えてしまいます――以前の怠惰で無能な秘書の怠けたやり方から、とても愉快で満足すべき変化を遂げました。以前の秘書は文章を書けませんでしたが、ジーンは書けます。ジーンは午後、五時のお茶の時間まで馬に乗り、馬車に乗って過ごします。ご想像下さい――二年前に彼女を家に引き取ることができたはずだったのですが（ついに発覚したのです）、あの無慈悲な二人の陰謀と、私自身の弁解できない愚鈍さがなければよかったのですが！

それで、彼らは自ら私に報復しました。結婚したのですから。二ヶ月半になります。ヵこの時までには彼らは互いに嫌いあっています。彼らは結婚したくなかったのですが、恐ろしくなって結婚したのです。彼らは悪い空模様が近づきつつあるのを感じました。それぞれが互いの首に付けられた石臼となり、それぞれ、相手が地獄におちるニュージャージーにいることを望んでいます。彼らは私に報復しすぎました。私は私の最も親愛なる敵犬が彼らのような幸運に恵まれることを望めませんでした。

既に述べたように、私は四月七日にストームフィールドに着きました。事態はたとえて言えば、ざわめいていました。アシュクロフトは一日か二日後にやってきました。その間、私はホレスに関することを何も見かけませんでしたし、彼の件を調べるには忙しすぎました。アシュクロフトがやって来て、彼はホレスに期日を計算し、支払いましたので、私は小切手に署名しました。彼はホレスに以前の水準で支払いました――それはホレスが「解雇」されたの**ではない**こと、そしてアシュクロフトがそれを知っていたことを明確に示す告白でした。

そうです、事態はざわめいていました。クレアラはライオン女史が解雇されるのを望み、彼女をすぐに家から追い出したいと望んでいました。私は最初に今月の三月一五日に契約が満了することを伝え、そこで一ヶ月の通知期間を与え、自分の家に退去させることにしました。

クレアラは屋根裏部屋にあるライオン女史のトランクを探し、盗品を探ろうと捜索しました。これには本当に驚きました。ライオン女史が**そんな**泥棒だと娘は考えていたのでしょうか。そうです、そうだと考えていました。そうするための単なる筋の通った理由以上のものがあると彼女は信じていました。

私は一二日か一三日に、クレアラの一三日のコンサートを聴きに行きました[2]〈原文ママ〉。私はロジャーズさん一家と行ったのです。アシュクロフト家は同行しませんでした。一ヶ月前にアシュクロフト家と私とが一緒に行くと計画されていたのですが、今では事態が変わりました。あの二人はクレアラの音楽を全く聞きたくありませんでしたし、クレアラもアシュクロフト家の人に来てほしくありませんでした。

一四日には私はまだニューヨークにいたと思います（その日は全日ではありませんが）。その時に起こったはずだと思われることについて私はアシュクロフトと話しました。ライオン女史に対するクレアラの感情はひとつの限度にまで至っていて、クレアラがライオン女史のトランクを捜索させたとライオン女史は信じているし、自分を逮捕させるつもりだと信じているというのです――それでライオン女史は惨めなほどの屈辱と失意の状態にあると言うのでした。

そこでアシュクロフトが泣き声を上げました。

私は言いました――

「彼女を逮捕するかって？　馬鹿げたことだ。理由は何だね？」

「彼女は疑いを受けていますから――」

「そう、**それも**馬鹿げたことだ。クレアラは弁護士に依頼して、弁護士は単なる疑いで訴訟を起こすことはないだろうから」。

ライオン女史の恐怖は自責の念となりましたが、私はそれを知りませんでしたし、それを推測もしませんでした。クレアラの疑いは十分に根拠がありましたが、それが単に憤慨と嫌悪であると私は考えました。

一五日に私は再び家にいて、ライオン女史の代わりとなる家事を切り盛りする人について、手紙を出し、これクレアラからの手紙を受け取りました。ライオン女史は一ヶ月前の契約で社交事務担当秘書の仕事だけをして、家事には関わらないとすることに決まりました。先に述べたハインドホー女史は高等教育を受け、しかし、豊かでしたが、三年前に財産を失い、その時から月五〇三〇ドルでコロムビア大学教授の家で家政婦兼秘書として働いてきました。つまり、一年のうち九ヶ月間です。一家は毎年夏に彼女を、無給であとに残して、休暇に出掛けたのです。彼女はクレアラの申し出で——月五〇ドル——私達のところにとても来たがったのです。ところが彼女は来ませんでした。教授がそのことを聞きつけると給与を五〇ドル——休暇も含めて——に上げたのです。彼女はその家族がとても気に入っていましたし、家族も同様に気に入っていました。

クレアラの手紙は以下の通りです。
（それをここに挿入）

最も親愛なるマーカス様

ハインドホー女史が五月一日に来られなかったとしても、ジーンがレディングにストームフィールドにいるので、私達はしばらくは誰もいなくても完璧にうまくやっていけますし、私はそこで大丈夫です。クロードやテリーザのような使用人がいれば家はほとんど自動的にまわっています。——もちろん私はホレスの言うことを信じていません。彼が他にどんな誤解をしたとしても、私が彼を解雇するとはほんの一瞬たりとも想像できなかったからです。

あなたにより高い給与を支払わせるのはちょっとした案だったと思います。そうでなければ、彼はその問題に関してあなたではなく私に訴えてきたことでしょう。しかし幸運なことに、それは私達にとって苦悩ではなく恩恵になりました。他の誰かがその考えを彼に吹き込んだのかもしれません。誰が知るもんですか？

昨夜、私はちょっとした社交的音楽会で、緊張することなく歌えましたので、結果的にうまくいきました。明日私達はボストンに行って、マリー・ニコルズの家でケイティと一緒に泊まるでしょう(3)。

二一〇〇番、ビーコン通り。

あなたが快復して喜んでいます。

大いなる愛情を込めて

クレア

あなたがライオン女史に**すぐにも**通知を与えることを望みながら——

しかし私はここで二、三日戻らねばなりません。ライオン女史からの四月一二日の日付の手紙を落としたことに気付いたからです。それは覚え書きと衣類について書いてあります。覚え書きに日付はありませんでしたが、それは三月一三日に署名を求めて持ってきたその他の文書と一緒にあったと思います。それが今（七月五日の）私の覚えている限りのことですが、おそらく私が間違っているでしょう(4)。しかしながら、それは重要ではありません。

しかし手紙は以下の通りです。

その中では、カメラが今までに写した彼女のどんな顔よりも彼女の性格描写がよりよく、~~より明らかに、より悲しげに、~~認められます（今では私はそれを知っているのですから）。~~すなわち、~~「アシュクロフトに対した時の彼女の愛称である「ベナレス」——」

（四月一二日の鉛筆書きの手紙を挿入）。

一九〇九年四月一二日

親愛なるクレメンズ様
私が購入しました、二、三の衣類について誤解があるとアシュクロフト氏が教えてくれましたので、どうかこれをお読みください――それは、約二年前にホビー女史が自分の仕事を怠けながらも一日五ドルももらっているというので私が立腹した朝のあとに(5)、全くの親切と寛大さゆえにクレメンズ女史が私に買い求めるように言わなければ、決して買っていなかった品物です。クレメンズ女史はあなたの部屋から出て来て、私が得ている給与総額のちょうど倍額をホビー女史が支払ってもらっているのは間違っているし、私が給与の値上げを受け入れていないのだから、私は少なくとも服を買わなければならないとあなたに伝えたと言ったのです。私があなたと一緒に旅行してまわらないといけないし、その他あれこれしないといけないとクレメンズ女史は言いました。それだから私がアルトマンの店でちょっとした服を**実際に**買って彼女に伝えましたが、彼女はとてもとても優しくて、「ああ、そんな小さなことは言わなくていい」と言ったのです。彼女は最も大切な人で、私が服を持つのは全く正しいことだ――というのも、私が自分の給与だけで母親を援助しているからだと言いました。私はほんの僅かなものしか買いませんでしたし、そのすべてを列挙することも簡単にできます。あなたの家で着るためだけに買った絹の服がここに何着かありますし、幸運なことにそれはまだ一度も腕を通していませんので、私がベナレスさんに言ったようにあなたの物です――そして他の物については私は大いに喜んでお支払いします。
もうひとつだけ。私はクレメンズ女史が買い物をするところでは買わないように注意しておりました。それは会計が矛盾しないようにするためです。あなたがこの手紙をクレメンズ女史にお見せいただけると私はとても嬉しいですし、私が所有し、着ている物からいかに僅かなものしか私が購入しなかったかが彼女にお分かりいただけるでしょう。私は――しかしよしとしましょう。

I・V・ライオン

「私が購入しました、二、三の衣類」。「二、三の」とは、ペンが滑ったに違いありません。ケイティは彼女ライオン女史がクレアラよりもたくさんの服を持っているし、より高価な服を持っていると述べています。彼女の衣裳部屋が外套や上着や絹の上掛けや、そうした衣装の効果を引き出し、際立たせるために合う最も高品質で最も優美な小物で溢れかえっているのを私自身が知っています。さらに私が知っているのは、一九〇五年、六年、七年、八年に、クレアラが一度しか仕立屋に仕事を依頼しなかったのに、彼女は何度も依頼したことです。彼女がストームフィールドにしばらくいる時に、ペインさんは村の仕立屋のバンクス女史について彼女にたずね、彼の妻は仕立屋に依頼したいことがあり[6]、その仕事内容と値段について聞きたいと言ったのです。ライオン女史はそれで冷淡になって、バンクス女史に冬の間中仕事をしてもらうのは自分だと言ったのです。当然、彼女が買ったその「二、三の衣類」に関する仕事です。別の機会にも彼女はその仰々しく自慢たらしい言い方をペインさんに繰り返していました。彼女は、さらに、それを大々的に堂々とやったのです。この前の冬にその私はその仕立屋が家にいることにかなり辟易していました。というのも、彼女が私の部屋から見て居間を隔てて反対側の部屋で縫物をし、ずっとドアを開け放っていたからです。私も自分の部屋のドアを開け放っていましたから、我々は両方ともプライバシーを保てなかったのです。私は午後の半ばまで寝間着姿で自分の部屋で過ごし、足を踏み鳴らして歩き回って仕事を中断し、それで考えたり書いたりするのでした。私のこの姿がその知らない人物の目にさらされることになり、必要な精神の休息を奪って、私の仕事の邪魔物になっていました。私は何度かドアを閉めておくように言いました。一日か二日は言うことを聞くのですが、それから都合よくそのことを忘れて、以前の習慣を復活させるのでした。今から考えると、それはライオン女史の命令で、彼女はその頃私達すべてを監視していたのです。

そうです、彼女は「完全に」母親の援助のために使っていた月五〇ドルの金で、二、三の衣類に全く夢中になっていました。ああ、そうなのです！「**完全に**」なのです。それは強烈な言い方です。私が述べてきた年月の間、彼女は上品で高価なものをとても頻繁に家に持って帰って来て、甘ったるく、笑いながら、少女のような言葉遣いで表現したまくしたてたのです、「店の人がそれを持って行って**ください**って――どうしてもって――いいえって言っても聞かないのよ――それにほとんどただみたいに値引きしてくれて、私が要らないって言うなら**贈り物**として受け取って、と言うのよ――そう、それで――それで、もう固辞できなくて、**でしょう**」――その無邪気な顔を鳥のように上向きにして――まあ、というような言い方をしばしばするので、家の中で物笑いの種になって、使用人達でさえ彼女のそうした気取った態度や言い方の物真似をしています。彼女は可愛らしい絹製品を家に持って帰って来たものです――そしていつでも可愛らしいので、彼女は材料や品質、色や調和に関して完璧な審美眼を持っていたのです――そしてそれを椅子の上に広げ、その広がりと折り目を効果的に合わせるのでした。それから少し離れて立ってみて、しばらくそれを批判的に眺め、頭を最初に一方に傾け、それからもう一方に傾けたのです。

裏へ

それから前に進み出て、手慣れた手でそれにもう一度芸術的な修正を加え、それから後ろに下がって、もう一度愛でたのです。そしてその間ずっと彼女の顔は喜びに輝き、「店員」がどうやってそれをひたすら自分に**買わせよう**とするかを愛嬌を込めてふざけたように早口でまくしたてるのでした。どうやって値段をほとんどゼロにしたか、それがまさに**自分のために**ある商品、**まさにそうした物で、**自分が買わなければ、どうしてでも買ってもらう、と店員が言うのだと。ある時、彼女がこの種の演技を始めようと口を開くと、彼女を快く思わないメアリ・ロートンはそれを遮って言ったのです[7]――

「お気になさらなくても結構ですわ。その話は知っていますわ。それ知っていますから代わりに復唱しますわよ。四七ドルしたんだけど、四ドル半にしてくれたんでしょう。あなたが店員にとても愛されているからですわ」。

ケイティがクレアラの買い物の時の事件について語っています――次のような話です。クレアラが上品な下着を欲しそうにしながら念入りに見ていました。それはうっとりするようなレースで編んだもので、浮き彫り模様になった、あるいは刺繍を施された、装飾を施された、光沢のある、そう呼ぶようなものでした。そして彼女はそれを諦めて脇に置きました。ケイティがなぜ買わないのかとたずねると、クレアラはお金がないわと言ったのです。ケイティは言いました――

「何ですって、クレアラお嬢様、ライオンさんはそういうものをたくさん持ってますわ」。

これが三月の最初の第一週目のことで、クレアラの小遣いがひと月四〇〇ドルにちょうど引き上げられたところでした。ケイティはこのことを彼女に思い出させながら、言ったのです——

「ライオン女史がそれをやれるのに、なぜあなたがお出来にならないのか分かりません」。

「彼女は父の代わりに小切手に署名できるからよ。私はできないの」。

その頃になるとクレアラはライオン女史を心の底から熱意を込めてひどく嫌い、軽蔑していましたので、ライオン女史もクレアラを真剣に嫌っていました。私がこのことをあなたに伝えなければ、ライオン女史の手紙の中の表現で誤解していたかもしれません。「全く優しくて寛大なクレメンズお嬢様」や「彼女はとても、とても大切な人でした」や「彼女は最も大切な人でした」などです。そして彼女は
そうです、ライオン女史は二、三の衣類を買っていました——いずれにせよ、それほど多くのものを、私が述べた年月の間に買っていました。アシュクロフトは彼女が絹製品とちょっとしたもの以外には最近は何も買っていないと言いました——せいぜい三〇〇ドル以下の物です。いずれにせよ——そこで間違いに気付いて——「四五〇三五〇ドルを越えるものではありません」と修正しました。彼女は自分の手紙の中であの絹製品は自分のものだと言っています。私がそれを取り返すと彼女は考えたのでしょうか？　彼女はそれを私に返すつもりだったのでしょうか？　彼女がそんなつもりがなかったのは確かです。彼女は私のことをずっと以前から知っていました。この頃になって私が彼女を知り始めたのです。

彼女の手紙は非論理的なのです——しかしながら彼女はいつでもそうでした。彼女はいつも給与の値上げを拒否していますし、それによって許可を求めずに私の費用で高価な衣類の購入を正当化できると思っているのです。彼女は給与の値上げが**得られない**ので自分自身のものでない金を取らねば**ならない**と言えたはずです。しかも、給与値上げを拒否するのではなくそれを求めるべきだったのです。あるいは、彼女は衣類を求めることができたのです。しかし、どうしたものか彼女は衣類を得るために不名誉で信じられない方法しか思いつかなかったのです。彼女は理解しにくい人物でした。かつて私が外套を買うための小切手を渡した時には彼女はそれを受け取りました。七八ヶ月のちに私が同様の目的で同様の小切手を彼女に提供しようとすると、彼女はそれを断り、必要な衣類はすべて持っていると言

ったのです。

そして、彼女は不躾なことを言ってはいないのです。彼女はクレアラが「自分が持っているものと着ているものから、自分がいかに僅かなものしか購入していないか分かるでしょう」と言うのです。なんと、まあ、彼女は婦人服商にある一揃いの衣装を、トランクと衣裳部屋一杯に持っていたのです！

そしてあの可哀想な速記者ホビー女史に対するその当てこすりを見て下さい。彼女がホビー女史にどんな関係があったというのでしょうか。ホビー女史は毎日午前中に一時間半、私の口述筆記を行い、毎日午後にその結果をタイプ打ちし、その三時間の仕事の詳細を提出しました。彼女は私の秘書ではなく、速記者でしたので、求められた仕事をし、それを十分に行い、給与を得ていたのです。ライオン女史は私の秘書でしたが、自分の仕事の四分の三を徐々にホビー女史に肩代わりさせ、さらに四分の一の半分を回避したのです。ところが、彼女は彼女自らがすべてを回避するという自分の特権に他の人が介入することには果敢に憤慨するのです。ホビー女史は自分の力で一日五ドルを稼いでいたのです。ライオン女史はその約半額を受け取っていましたが、稼いだのではありません。

ライオン女史は私と一緒に「旅して回ら」ねばならないのでしょうか？　それは言い過ぎです。私が彼女にそれを求めたことは一度もありません。私が旅行を計画すると、いつも彼女がすぐに「私も同行せねばなりません。あなたをお世話無しで行かせることはできません」と言ったのです。私は彼女が同行するので嬉しかったのですが、彼女が同行するのは彼女の個人的な理由であって、私の問題ではありません。そハウエルズさん、彼女はとても有能で能弁な追従者でした――私はそれが分かっていました。さらに、彼女は不快で腐敗した偽善者でした。**そのことを**私は分かっていませんでしたが、時折私はそうではないかとある種ある程度、限定的に疑っていました。

聞き手がいる時に彼女が見せることのあったあの神聖な顔つきを憶えていますか？　次の写真をよく見て下さい。ニューヨーク『アメリカン』紙から切り抜いたものですが、その片鱗をうかがえるか見て下さい。

それをここに挿入。

ライオン女史。

(1) ジーンのアイルランド人使用人、アンナ・スターリット（一八五九年生まれ。*New York Passenger Lists 1820-1957*、一一九〇、四、二八ページ）

(2) 一九〇九年四月一六日付「自伝口述筆記」参照。

(3) 一九〇八年二月一九日付「自伝口述筆記」、注2参照。

(4) クレメンズはもっと前のところで挿入した覚え書きのことを言っていると思われるが、明らかに四月七日の日付だった（一〇章注3参照。さらに、以下に挿入された、ライオンの四月二二日の手紙が衣服類の支出のことに触れており、それが四月七日の覚え書きに答えて書かれたことを暗示している。

(5) ホビーは当初口述筆記一時間につき一ドルと、一〇〇語タイプ打ちするごとに五セントを支払われていた（『自伝完全版第一巻』、二六ページ）。しかし、彼女は一九〇七年三月には月一〇〇ドルの給与をもらっていた。ライオンは月五〇ドルの給与を得ていた（「一九〇七年三月一日から一九〇九年二月二八日までの給与支払い台帳概算」、「会計士の陳述と日程」、一九〇九年の「日程八」）。

(6) ドーラ・ローシー・ペイン（一八六八年生まれ）は、一八九三年にアルバート・ビゲロー・ペインと結婚した（一九二三年六月一八

日に発行されたドーラ・ローシー・ペインの旅券申請書類、米国国立公文書館、一七九五年〜一九二五年）。
（7）メアリ・ロートンは女優でクレメンズ一家の友人だった（『自伝完全版第二巻』、一八ページ〜一九ページ、および一八ページに関する注）。

一三

一九〇九年七月一一日、日曜日。トゥイッチェル一家（ジョゼフ・H・トゥイッチェル師とハーモニー・トゥイッチェルさん）がここに昨日と一昨日滞在していました。そこで中断がありました。しかしこの手紙は中断することができます。これを急いで終える必要はありません。これは私だけでやっていることであり、さらに、ビリヤードを除けば、私だけの気晴らしなのです――ビリヤードは毎日午後五時から七時までペインとやっています。私は六〇年間も熱心に喫煙に執心したおかげでついに「煙草心臓」という機能障害を獲得し[1]、旅行をしたり、歩いたり、階段を駆け上がったり、その他の疲労の蓄積をしないように命じられています。私はじっとして、静かにしていなければならないのです。とても良いことです。その才能はありますので。

先に述べたように、私は四月七日にヴァージニアから家に戻りました。一五日に私はライオン女史に、解雇のための一ヶ月間の猶予期間を与えました――それを彼女の部屋まで女中に持って行かせました。午前中のことでした。

（執事の）クロードが昼にやって来ました。

午後、ライオン女史が回答を女中を使って私に持ってきました。彼女は結婚して約一ヶ月になりますが、まだ未婚時代の名前で呼ばれていて、彼女自身もそれを使っていましたので、以下の手紙に未婚時代の名前で署名しているのは彼女にとっては自然なことだったのです。

（回答を挿入）

コネチカット州
レディング

一九〇九年四月一五日

親愛なるクレメンズ様

私が予想していたことに関して、とても親切にやっていただき、大いに感謝しています。

私が預かっておりました手紙の原本は、のぞすべて家にありますので、ハウエルズさんからの手紙を越えるものはありませんが、集めたものについてクレメンズお嬢様に喜んでお伝えするものです。

そしてあなたの仕事から解雇されることを私は今受け入れ、今月中のあなたがエラばれる時に出てまいりますし、あなたが私の生涯にもたらして下さった驚異と美に、ことばにできないほど感謝しております。

尊敬と賞賛を込めて、
あなたの秘書
イザベル・V・ライオンより。

（裏へ）

「集めたもの」とは！　彼女は書面での契約によって私の書簡の出版準備のために二年間もその整理に携わっていたのです。その十二分に与えられた期間の最後に、彼女が「集めたもの」が「ハウエルズさんからの手紙を越えるものはありません」なのです。仕事を怠けることに関して彼女はいつでも一流でした。

一三

ひとつの――◇――特有の、しかも最も理解困難な性格――それを今、私はついに知りました。昨日私が知ったことは、彼女が先の手紙を書くほんの八日前に、テリーザに電話して、私が「憤慨して」家に戻って来るので、すぐにホレスを家から追い出すようにと伝えただけでなく、私が全使用人すべてを即座に解雇するつもりなので、全使用人を家から追い出すようにと警告していたことです。彼らは彼女の言うことを信じ、荷物をまとめたのです。彼らは嵐が起こると予測しましたが、私は嵐が求められているとは知りませんでしたので、それを起こさなかったのです。それで彼らは留まっていました。

私の使用人達が一体になって私のもとを去るように仕向けることでクレアラと私を困らせ、困惑させようと彼女が努力していたまさにその時に、彼女は自ら特に関わるのを断った家政に関する契約のもとで、給与を受け取ろうとしていたのです。そして彼女のこうしたさもしいというよりも下品な振る舞いは、私の記憶の中でいまだに鮮明で、彼女は――私が見る限り赤面することもなく――先の彼女の手紙の最後を締めくくる言葉、「**あなたが私の生涯にもたらして下さった驚異と美に、ことばにできないほど感謝しております**」と書けるたのです。

彼女は四月一五日に私が彼女を解雇した時まで、三月一三日の契約に基づいて約一ヶ月間働いていましたので、二ヶ月間の給与を得る権限がありました。私はそれを支払い、小切手に自ら署名しました。私は少し前に彼女の小切手署名権を取り消していましたので。

~~私は考えるのです~~

小切手の署名を求めて持ってきたのはアシュクロフトでした。他の紳士なら彼の二〇〇ドルの小切手を信頼したでしょうが、アシュクロフトはそうした紳士ではありません。アシュクロフトについて私が賞賛していた点は、自分の利益を求める際の彼の勤勉さとひたむきさでした。他の紳士には卑しいと映る行為でもアシュクロフトにはそうは映らずに、その行為の目的が自分自身の利益になるのならそれをなすがままにして置いたのです。

この時までアシュクロフトは三月一三日の契約のひとつにある条項に従って、毎週土曜日にその週の報告をしていました（「報酬」についてずる賢く触れていない巧妙な~~は~~報告でしたので、価値はありませんでした）。彼はその要件で一七日の土曜日にこっそりとやって来ました。仕事を済ませると、またこっそりと出て行き、私は彼が遠くの道のところで姿を消すのを窓から見て、それ以来彼には会っていないと思います。

ライオン女史は二、三日、九時頃にのろのろとやって来ました。彼女は朝の一〇時頃に来て、五時頃に自分の小家屋に帰りました。彼女には正式にやらねばならないことはありませんでした。私が速記者グラマンの助けを借りて自ら秘書業務をやっていましたので。[2]それでも、彼女は屋根裏部屋でぐずぐずと自分のトランク相手に文句を言い、自分自身のことで様々に忙しくしていました。

私は彼女が出て行ってくれたらいいのにと思っていましたが、そうは言えませんでした。

次に起こったのは、ホレスが登場したことです。私はノーフォークの手紙の謎について説明するよう彼に求めました。

「クレアラが君を解雇するというのは本当じゃなかったのに、どうしてそう言うようになったのだね？」

彼はとても後悔していて、自分のしたことを恥じ、そう言ったことを残念だと感じていると言いました。

「そうかね、では、君にそう言わせたのは何だったのだろう、ホレス？」

それで、**そう言わせた**のがアシュクロフトだと判明しました。

「アシュクロフトが？　どうしてアシュクロフトにそんなことができるんだい？　彼はヴァージニアに行っていたじゃないか？」

「いいえ、クレメンズさん、彼はここにいました。その三月三十日三〇日に私はクレメンズお嬢様と話をして、私の給与を四五ドルに上げ、一晩の特別休暇を与えてくれましたので、その朝私は満足ですとお嬢様に伝え、喜んで残りたいと伝えました。私は満足でした。アシュクロフトさんはその時ここにいなかったのです。彼は昼の列車でニューヨークへ行きました。次の日の朝――三一日です――あなたとクレメンズお嬢様が一〇時三一分の列車でニューヨークに行きましたが、アシュクロフトさんは昼の列車でやって来て、二時頃に家に着きました。彼は私が解雇されるだろうと言ったのです。そして私が解雇される前に去った方が良いと彼は言ったのです。クレメンズお嬢様が使用人全員を解雇するつもりだと彼は言ったのです。あなたに手紙を書くようにと彼が私に命じ、『解雇された』という言葉を書かせたのです。それは彼の言葉でした。私は自分が解雇されていないので正確ではないと言いましたが、彼は**その言葉を使え**と命じ、私に使わせ、それが私にとって一ヶ月分の給与になるのだと言ったのです」。

一三

「なんということだ、これはすごい。まるで空想物語だ！　続けなさい」。

「クレメンズさん、私はその手紙をそんなふうに書き送りたかったのではなくて、書き変えたかったのです」。

「なぜ書き変えなかったのだね？」

「できなかったのです。書き終わるとすぐに彼が取っていきましたから」。

「彼が取っていったって？」

「ええ、その通りです。それ以降はその手紙を見ていません。彼は次の日、四月一日の朝七時の列車でニューヨークに発ちました」。

面白いでしょう？　そして、まるで取るに足らない七級品の劇のやすもけちな悪党みたいじゃないですか？

二日には私はアシュクロフトを連れてゴサム・ホテルで二人の淑女と昼食を食べました[3]。彼はとても優しくて上品だったので、淑女達は今までになく彼のことが気に入り、その間ずっと彼はその手紙をポケットにしまい込んだままでした。そして、三月一三日の契約通り、彼は私の事業の世話をして面倒を見ていました。我々は午後の中頃、船上でロジャーズ氏とその他の人と合流しました。アシュクロフトはその手紙をポケットに入れたままその人達と会食し、興味深い話や社交儀礼を交わしました。そして、そこにいた人々は彼がまさに紳士であるかのように扱ったのでした。そして、その中の三人は彼と同国人で――イギリス人でした。ブロートン氏、ロジャーズ氏の女婿のコウ氏、リヴァプールのランカスター氏でした[4]。リヴァプールはアシュクロフトが生まれた都市でした。

就寝時までずっとアシュクロフトはいましたその手紙をポケットに入れたまま、今までになく優しく、用心深く、愛情を込めて、私のほんの僅かな望みや願望にも気を配っていました。次の日、ノーフォークでも同じでした。彼がひどく驚いた様子で、ホレスの手紙を開いて手に持ちながら私の部屋に入って来て、次のように言ったのは、その日の午後遅くだと思います――

「これはホレスからです――クレメンズお嬢様が彼を解雇しました！」

ロマンティックではないでしょうか！　芝居がかっていて面白くはないでしょうか！

ホレスは四月二六日、ジーンが私達のもとに戻った日にまた顔を見せに来て、別の話をしました。彼は優しい少年で、純朴な農業青年で、悪だくみもしません。母親が言うには、彼はその職を続けたかったので、自分の手紙がこっそり持ち去られた次の日にはずっと泣いていたというのです。私はホレスに家に帰ってその手紙の経過を私に書いて欲しい、大ざっぱにではなく、事細かに書いて欲しいと伝えました。彼はそうしました。

彼の手紙をここに挿入

S・L・クレメンズ様――

拝啓――

私が解雇されたことをあなたに伝える手紙を書くようにと（**アシュクロフトから**）忠告された、R・W・アシュクロフト氏と私自身との会話に関して、書面での報告をするようにと先月二六日の私達の会話で言われましたので書きます。

私は三月一四日にアシュクロフト氏に給与の値上げとさらなる休暇を求めました。彼は、私がライオン女史と交渉しなければならないと言いました――アシュクロフト氏と私との会話で、「彼は言いました」（ホレス君、これ以上誰も君がここにいることを望んではいないのだ）。（私は言いました）。何ですって、それはどうしてですか？（彼は言いました！　君も知っているようにここはこれから変わるのだと思うよ）。私は言いました、知りませんでした、と。（彼は言いました。クレアラ・クレメンズお嬢様が自分でこの家を切り盛りしたいのだよ）。彼は言いました、私がこのことを君に言うのは、何が起こりそうか君に知ってほしいためだよ）。それによって私の仕事に何か起こるとお考えですかと私は彼にたずねました。

¶（彼は言いました、クレアラお嬢様は君がここで仕事をし始めたその最初の時からずっと君を**嫌っていた**ので、君を首にすることに決めたのだけれども、ライオン女史は決してそれに賛成しなかったのだよ）。

¶彼（アシュクロフト氏）はそれで言いました、クレアラお嬢様は父親のところまで行って、私がこの家に留まらないようにして欲しいと求め、あなたが私の言うことに満足したと言ったというのです。それで私はそれについて何もお知らせしませんでした。¶アシュクロフト氏は言いました。（しかし、もちロン、お嬢様はもう君を雇わないだろう）。そこで私は次のように言いました。「クレアラお嬢様がそんなにまで私を嫌っていたと知っていたなら、私は同じ家に居続けることは決してなかったでしょう」と。

¶その時まで、クレメンズさん、私は家の中の問題について何も知りませんでしたし、その時以降ずっとアシュクロフト氏は私がクレアラお嬢様によって解雇されるという印象を与え続け、それが全雇い人達に対する彼女の意向だと思っていました。それで彼は雇い人のすべてに首になる前に出て行くようにと忠告したというのです。¶私がアシュクロフト氏と給与と休暇について話したすぐ後に、私はそれについてライオン女史に話しました。（彼女は言いました）「私はそれについて何も言うことはありませんから、クレアラお嬢様がそれについて仰ることを聞かねばならないでしょう」。

クレアラお嬢様がレディングに戻られるとすぐに、私は私の給与と休暇について話しました。私が月当り六〇ドルの給与を受け取るまで給与を上げるとライオン女史が約束していましたので、私が説明すべきだったようにはクレアラお嬢様に説明しませんでした。ですが、少なくともお嬢様の私に対する気持ちは知らされていた、あるいは知っていたので、もう少し休暇が欲しいことと月当たり五〇ドル欲しいことを言いましたが、その職を求めることさえほとんど意味がないと思っていました。

クレメンズさんがひと月四五ドル支払うが、五〇ドル払うくらいなら出て行ってほしいのだと彼女、クレアラお嬢様は言いました。

次の日、アシュクロフト氏は私に「君は解雇されたと聞いたよ」と言いました。それはゲんみつには解雇ではなく、単にクレアラお嬢様と私とが給与の点でも休暇の点でも何も合意していないだけだったので、分からないと彼に答えました。「全雇い人を解雇するのがお嬢様の考えだと君に言わなかったかね?」（と彼は言いました）。それで、アシュクロフトさんがあなたの秘書代理だと見なされているのに、あなたの家の計画についてなぜ知らないのか、私にはその理由がよく分かりませんでした。

彼（アシュクロフト氏）はその次に（私の忠告に従って、クレメンズさんに手紙を書いて、クレメンズお嬢様によって解雇されたと伝えた方がいいよ、そして私がその手紙をクレメンズさんに渡し、小切手を書いてもらい、それを君に送るよ、と）言いました。クレメンズさんはきっかり一ヶ月分の小切手に署名し、私はそれを受け取りました。でも、アシュクロフト氏がクレメンズさんと一緒にノーフォーク経由で家にレディングに戻ると彼（アシュクロフト氏）に返し、本来自分のものである物をほしいだけですと伝えました。

それで、私がクレアラお嬢様について言ったとアシュクロフト氏が主張する発言に関して言えば、私はいたって簡単な言葉さえ交わす機会が一度もありませんでした。というのは、クレアラお嬢様は私に対する処遇すべてにおいて完璧な淑女のようにいつモ私を扱ってくれたからです。私はお嬢様の部屋や家のどこでもお嬢様のための仕事をするよう求められたことは一度もありませんでしたし、お嬢様がいつモ姿を見せられるところでしか求められませんでした。私はお嬢様がどんな種類のひわイな言い方をするのも聞いたことがありませんし、お嬢様が私に不満を抱いているという印象を与えるような顔つきも言葉も、お嬢様は私に一度も示したことがありませんでしたし、言葉を交わす機会が無かったことは確実ですし、**一度もありませんでした**。私が言葉を交わしたとアシュクロフト氏が主張するのなら、彼は偽りを述べています。私は自分が淑女に対する時に知るべき男性としてのシュギを確実に知っています。そして私があなた本人ふたりから受けた敬意を確信していますし、クレアラお嬢様はいつもていネイで名誉ある方でした。

私がついていた仕事を考慮すると私が強く影響されたことがお分かりいただけることを信じ、あなたご本人とクレメンズお嬢様の二人が私を無慈悲に判断されることがないように望みながら、いつまでも、

真実の、立派な友人であり続けたい

ホレス

(1)クレメンズの狭心症の発作のためにクィンタード医師は一九〇九年夏に喫煙量を減らし、「階段を軽快に駆け上がったり降りたりする」ような終生の癖をやめるようにと忠告することになった（『トウェイン伝記』、第三巻、一四九八ページ、一五〇三ページ～一五〇五ページ、一五二七ページ～一五二八ページ）。

(2)ウィリアム・エドガー・グラマン（一八五四年～一九二五年）はクレメンズが「自伝口述筆記」のために雇った最後の速記者だった。彼は一九〇九年二月にハウデンと交替し、少なくとも一〇月までその職に留まった。自伝の中の四つの部分だけがグラマンがタイプ打ちしたもので、そのうちひとつはクレメンズの手書き原稿から書き写したものである（いずれも一九〇九年の、三月一〇日付、三月二五日付、四月一六日付、一〇月二一日付、「自伝口述筆記」を参照）。さらに後になって、彼はクレメンズの書簡類に関しておもに仕事をした。地元在住歴史家として彼は独立革命戦争時のレディングの部分について書いた。さらに彼はレディングのマーク・トウェイン図書館の図書館員として何年間も務めた。クレメンズはジーンに「新しい速記者を雇いました――今回は**男性**速記者です――私が望めば罰当たりな言葉も口述筆記できます」と書いた（一九〇九年二月八日付、ジーン・クレメンズ宛書簡、デトロイト公共図書館蔵。『トウェイン伝記』、第三巻、一四七二ページ～一四七三ページ。『自伝完全版第一巻』、二七ページに関する注。一九〇九年九月一六日付、セイヤー宛書簡、スミソニアン博物館蔵。「本日のウィリアム・E・グラマンの葬儀」、ブリッジポート『テレグラム』紙、一九二五年三月二七日号、六ページ。Grumman 1904）。

(3)五番街と五五丁目の角にある品格のあるゴサム・ホテルでのこの昼食会（四月二日ではなく一日）に参加した淑女達は誰か判明していない（一九〇九年四月一日付、ゴサム・ホテル食堂請求書、カリフォルニア大学蔵）。

(4)ブロートンはイングランドのウースターの出身である。ウィリアム・R・コウ（一八六九年～一九五五年）はロジャーズの末娘マイ（メアリ）の夫で、彼もウースターシャーにあるスタウアブリッジの生まれだった。彼の富は主に石炭と不動産への投資から生じた（『トウェイン・ロジャーズ書簡集』、七三七ページ）。チャールズ・ランカスターはリヴァプールとロンドンの土木工事会社のヒューズ・アンド・ランカスター社の共同経営者だった（ランカスターからクレメンズ宛、一九〇七年六月一四日付書簡、カリフォルニア大学蔵）。

十四

ライオン女史は長いあいだ最高部族長でしたが、ホレスの手紙の第二段落が示すところでは、アシュクロフトが昇進して、彼女ともう玉座を共有していたことが分かります――私にはわからない協定で、それについて相談を受けたことはありません。そして、執事は、給与を上げてもらう時にクレアラや私と同様につまらないことを知らないことにして、そのことでアシュクロフトのもとに行くのです。それに対してアシュクロフトは、「ライオン女史と相談せねばならない」と彼に言うのです。何ということでしょうか、こんちくしょう、ライオン女史は、正式に、明確に、傲慢に、その家政の最高権を持つ地位からまさに昨日引退したところなのです――彼はそのことをもう忘れたのでしょうか。

あなたもお気づきのように、ホレスに関するこの問題はうちのこれら三人の使用人が、クレアラと私がことを聞きつける一六日も前からずっと話し合い続けていたことです。ライオン－アシュクロフトのずうずうしさはどこにも仲間敵なしです。新種です。

ホレスの手紙の第三段落でアシュクロフトは想像力を働かせて、自由に、元気よく、口先だけで嘘を言っていますが、私が思うには上手ではありません。彼には才能がありますが、無知でその使い方を良く知らないのです。私ならもっと上手にやれたことでしょう。「ライオン女史はそんなこと我慢できないでしょう！」それでよくありませんか？その大切な小さい女主人公ですから！　そうです、ハウエルズさん、彼女の姿は簡単に**見られます**よ――勇敢で小さないいえ洗濯バサミです――あの石油の油井のクレーンの間で真っ直ぐに勇ましく立っています。よく注意して下さい、**彼女は**それが我慢できなかったのです！――それで自然に解決します。あ彼女がその未完成の小さな三週間の胎児が「それが我慢できない」のであれば、私達が使用人を解雇できないのは明らかでした。

第四段落でホレスはアシュクロフトが「雇い人のすべてに、首になる前に出て行くよう」にと忠告したと述べています。まさにその通りです。彼は使用人全員を抱き込んで、その言葉を直接伝えたのです。

時々私が思うのは、アシュクロフトが温かい私達の家の中で、うちの使用人と密かに、陰険に、こっそりと共謀し、彼らに私達のもとを去らせようとし、それによって私達に大変な迷惑と不便を与えようとしているということです。アシュクロフトはその月の初めに署名した契約書に十全に忠実ではなかったのです。その契約書によって彼は私の利益をはかり、彼はできる限りそれに配慮せねばならなかったのですから。ハウエルズさん、彼の行動はほとんど背信の可能性があるのです。

ホレスは手紙の最後で自分が「強く影響された」とほのめかしています。そうです、それが起こったことのすべてです。

二人は明敏で、鋭く、並外れて頭のよい男女でした。しかし必ずしもいつもではありませんでした。時に彼らは間違いをおかしました。明らかに到達する寸前にあり、明らかに到達することは間違いないけれども、到達しなかった状況を彼らはときおり予想していたのです。私に対する**絶対的至上の地位**に到達寸前だったことは明らかですが、彼らは使用人を追い出し、自分達で選んだ子分と入れ替える前に、まず自分達が至上の地位にしっかりと座るまで待たねばならなかったのです。

一四

三月に起きたことをいくつか見落としていました。ひとつは私が一一日にクレアラに宛てて書いた手紙です。それは少し先に引用します。もうひとつは物産取引所にある貸金庫に関するものです。金庫の鍵は二つありました――二つとも私のお気に入りの人が手にしていました。クレアラに説得されて私は彼らがその鍵を使う権限を取り消し、私が自分で持つことにしました。

次に、クレアラが金庫の中身を調べ、有価証券や契約書などがまだそこにあるかどうかを確認したいと言いました。それで私は鍵を、それを使う権限書と一緒にハーパー・アンド・ブラザーズ社の経営陣のドゥネカ氏に送り、金庫の中身を徹底的に検査して、その一覧を送って欲しいと依頼しました。**私は**一覧を持っていませんでした。私の秘書は**どんなものについても**決して一覧表を作ったことがありませんでした。彼女はいつでもやろうとしていましたが、一度もやったことがありません。彼女はどの株式に配当があるのか一度もわかりませんでしたし、配当金がいつ支払われるかも分かりませんでした。彼女はいつでも（七年間のあいだ）調べることになっていましたが、一度もしませんでした。ある点で彼女はこの世界の今までの秘書の中で最も注目すべき秘書だったのです。

しかしながら、アシュクロフトが金庫の中身の一覧を作成していたと判明しました。彼はずる賢く、抜け目のない、注意深い、油断のない、観察力の鋭い人物で、あらゆる金庫、収納箱、物置、銀行の金庫、馬小屋、鼠の巣、売春宿、汚物だめ、彼が正当な方法でも不正な方法でも利用できるあらゆるものの一覧表を確実に持っていると考えられる人物です。彼はドゥネカ氏と一緒に行き、自分で作成した一覧を持って行きました。ドゥネカ氏は三月一二日に手紙で報告してくれ(1)、金庫の中身についての一覧を同封し、それがアシュクロフトの一覧と一致していると教えてくれました。

さて、ご覧ください。その一覧には「マーク・トウェイン社」の設立関係書類が載っていなかったのです！　そこには株式のことが記載され、全五〇株が存在し、すべて私名義で、私の管理するものである事実が記載されていました。つまり、四五株が私の名義で、三株がアシュクロフトの名義（署名済みの名義書き換え書）、二株がライオン女史の名義（署名済みの名義書き換え書）でした。しかし、あの設立関係書類のことには触れられていなかったのです。

私は困惑しました。一ヶ月――二ヶ月か――あるいは三ヶ月前――いつだったか思い出せませんが――アシュクロフトがいくつかの書類に署名を求めて私のところに来ました。そして彼は急いでいました。書類に署名を求める時に、彼はいつでも急いでいました。私はその書類を読もうとしました――三つの書類でした――しかし彼は、問題ないと言うのでした。その書類は単にマーク・トウェイン社の設立関係書類で、純粋に通りいっぺんの、法令集を基にした一定の型にはまった書式に従って書かれたものだと言うのです。

それで私は署名しました。

それが金庫にしまわれていると私が思った理由は自分でもわかりませんが、私はそう考えたのです。それがドゥネカさんの一覧になかったので、私は不安になりました。

不安、なぜか、自分でも分かりませんでした。しかし私はぼんやりとした考えを抱いていたのです(2)――一点だけ私はそれに署名する時にその設立関係書類のひとつに「**不動産**」という語句があるのに気づいたのです。その時にはその語句で仰天しませんでしたが、今では仰天しています。マーク・トウェイン社が不動産とどんな業務上の関わりがあるのでしょうか？　その業務は考えられる限り私の著作権に限られるものでした。

明らかに私は不安でした。そこで、もうひとつのことが起きました。ドゥネカ氏が次のような趣旨の私的な口頭による伝言を送ってくれたのです。すなわち、株券と有価証券の裏の名義書き換え書に署名し、**鍵を部外者に預けるのは安全だと思うか？**　と。

もちろん、それは狂気の沙汰ですし、私がそれをしたかどうかアシュクロフトにたずねました。彼は私がそうしたと答えました。私がそうするのを彼がなぜ認めたのかとたずねました。それは賢明なことではないけれども、私がそうしたいというので彼は強くは反対できないとその時感じたと言うのです。

すぐに私はニューヨークに出かけて行き、アシュクロフトと私は金庫室に入りました。私が書類有価証券を一枚ずつ取り出し、名義書き換え書の署名欄の私の名前を消し去っている間、彼はテーブルをはさんで反対側に座っていました。私は設立関係書類があるものと望みながらも、完全に期待していたわけでもありませんが、それはそこにありませんでした。私は探して、探して、探しまくり、すべての書類の一枚一枚、折りたたまれたすべてを詳しく、何度も何度も調べました――無駄でした。アシュクロフトは穏やかにメフィストフェレスのようにほほ笑みながらそこに座り、一言も言いませんでした。私が何を探し求めているか彼がわかっていたと私は確信しました。彼が私の目の前でその書類を盗み、身につけて持っているのだと確信しました。その確信は長くは続きませんでした。我々はウォール街四四番地まで行って、ジョン・ラーキンさんをそっと呼び出して、(3)マーク・トウェイン社が私の不動産に対して何らかの権限を持つのかとたずねました。彼は、そんなことはない――著作権に対してのみ権限があると言いました。

それで私は安堵し満足しました。同時に、アシュクロフトを疑ったことをすまなく感じました。

さて、四月のことに戻って、しばらくはまたその月のことについてはしゃぎながら話しましょう。

シェイクスピアの誕生日にクレアラは東七八番通り三番地にあるロジャーズ氏の家を訪問し、(4)私達の家の問題を彼と話し合いました。その日の間に彼はスタンダード石油の会社から次のように手紙を書いてくれました。

（四月二三日付の手紙を挿入）

口述筆記。

一九〇九年四月二三日

H・H・ロジャーズ
　ニューヨーク市ブロードウェイ二六番地

~~サミュエル・L・クレメンズ殿~~
~~コネチカット州レディング~~

我が親愛なるクレメンズ様、

　クレアラさんが今朝、私のもとに来て、彼女の困りごとについて話し、さらに彼女の訪問をあなたがよくわかっているとのことですので、あえて申しますが、あなたが望まれるのであれば、私がその問題を大いに喜んでお引き受けしますし、あなたが完全に満足するようにそれを解決できるかどうか見てみます。

　私は見通していたと考えています。過去二年か三年の間、私はそのことを疑っていました。あなたは生まれついた優しい性格からそれを大目に見てきました。あなたが認めてさえくれれば、私は以前と同様に喜んであなたのために働くことを確信してください。私の判断では、有能な弁護士で会計士の人物を雇い、すべての実務を徹底的に検査させることです。これはほんの僅かに煩わしいだけですし、私に事態を調べるよう依頼したとあなたがその人々に伝えるだけで、あなたがやるべきこととしてはそれ以上ありません。あなたがこの問題にどこまで深入りするつもりなのか私にはわかりませんが、あなたのために誰かがそれを腹蔵なく、真剣に引き受けてくれれば私は満足です。私に会って聞きたいというのであれば、私は次の木曜日までニューヨークにおりますが、その後はフェアヘイヴンにしばらく滞在する予定です。

クレアラさんはとても慎重に品位をもって話をしました。彼女の話はとても納得できるものでしたし、彼女の不安とちょっと神経質なことを考慮しても、彼女は見事に、流れるように話してくれました。私がその問題に関して必要なつとめを大いに喜んで負いましょうと伝えると彼女はまったく安心したと思います。

敬白、

H・H・ロジャーズ

私自身がロジャーズ氏と話したところでは、彼はその処理案を私に教えてくれました。関係するすべてについて完全に公平に調査が行われるように彼が計らうと言いました。そしてその問題を彼が二五年間雇ってきて、この種の仕事にずっと忙しく携わって来た人物の手に委ねること、アシュクロフトの申し開きにたったひとつでも不正なところがあれば、その人物はそれを発見すること——その人物から隠すことはできないことを彼は話しました。彼の言うことにあなたは気づくでしょう。

「私は見通していたと考えています。過去二年か三年の間、私はそのことを疑っていました」。さらにその件についてのクレアラの主張について彼の言うことをあなたは気にとめるでしょう。

「彼女の話はとても納得できるものでした」。

しかも、ほんの六日後には、雄弁家の真実性を持つあのクロトン貯水池であるアシュクロフトによれば、「ロジャーズ氏は同意見で、あなたの他の友人の多くも同じである。すなわち、過去二、三週間に、家族のひとりによってライオン女史になされたぞっとするような扱いは、クレメンズ夫人の死去以来、あなたとあなたの娘達の世話とあなたの用事をライオン女史がしてきたことに対するひどく粗末なお返しだ」というのです。

例えば、私の不具の娘ジーンの世話をしてきたこと——健康が快復し、自分自身の家で快適に守られて生活すべき状況になった後も、何ヶ月間も見知らぬ人達の中に追放状態においたこと。

「既にあなたが述べたように、そうした非難は妬みと悪意と嫉妬で病的になった頭脳から発したものです」と言ったことです。

いいえ、私はそうは言っていません。その言い方は私にはあまりにも上品過ぎます。私はそんなにも華麗で輝くような高みに登れることは決してありませんでした。私がクレアラに言ったことは、全く平明で普通の人間的な言葉で書き記されたもので、アシュクロフト的な虹や爆竹のようなものはありません。偏見を持つ友人に彼女が悪いことを吹き込まれてきたと私は言ったのです[5]。そう言ったのです。私はそれを郵送する前にアシュクロフトに読んで聞かせました。私がそうしたのは、私がライオン女史をできる限り守り、彼女に対するクレアラの気持ちを変えるためにできる限りのことをしていると示すためでした。そうです、ハウエルズさん、私が「発した」などと言ったはずが**ありません**——その言い方はあまりに上品で、あまりに美し過ぎて、あまりにかさばっていて、あまりに文学的で、あまりに貴族的過ぎます。私ならもっと身近な言葉を使ったでしょう。私なら彼女の精神からほとばしり出たとか、それに似た言い方をしたことでしょう。そして私なら「病的になった」頭脳とは言わなかったでしょう——それはあまりに高尚で、あまりに派手に飾り過ぎた言い方です。私なら「腐った」と言ったでしょう。

そして、私ならもちろん「妬み」も「嫉妬」とも言わなかったでしょう。そうした言葉は、あなたならおわかりの通り、その点に関して何の意味もない言葉だからです。ライオン女史に関してクレアラが妬むことがあったでしょうか？　彼女が私の家政婦をなぜ妬まねばならないのでしょうか？　彼女はむしろ料理人のことを妬んだでしょう。そしてライオン女史に関してクレアラが嫉妬する何があったのでしょうか？　ハウエルズさん、私が生きている間にそれを推測できたら私は呪われてもいいです。クレアラは若く、クレアラは美しく、クレアラは才能豊かで、クレアラは教養があり、クレアラの親しい友人はこの国で最も厳選された人達です。その彼女が、この才能もなく、地位もなく、取るに足りない貧しい老女中になぜ嫉妬するのでしょうか？

ああ、そうです、アシュクロフトの詩の神が、その言葉に何らかの意味があるからではなく、堂々とした響きがあるがゆえに、妬みと嫉妬についての言葉を発射したのだと私は推測しています——その堂々とした響きはハウエルズさんを**とらえる**もので、それは紛れもないことです。それに突然出会った時にはかなりぞくぞくしますよ。アシュクロフトは言葉の意味に関しては何も持っていませんが、音に関しては本当に優れた耳を持っているのです。そして彼は、言い回しに関しては当代の誰よりも洗練されていると私は思います。~~いつも私よりもはるかに洗練されています。いつも彼は私がはらわたと言うところを伝達臓器と言いますし、~~他の人が「なんてこった」と言うところを「ああ」と言うのです。

彼の立派な手紙をまた引用する時だと思います。それを何度も読めば読むほど私は楽しくなりますし、それだけ私には大切なものになります。ハウエルズさん、それに匹敵するものはどこにもありませんよ。それは単独でひとつの種類になっています。それは**まさに**何代にもわたる文学的催吐剤嘔吐になっています。彼は何を糧にしてきたのでしょうか？　**あなたは**どう思いますか？

（四月二九日付の手紙を再引用）

一九〇九年四月二九日。

親愛なるクレメンズ様、

今朝ロジャーズ氏の求めに応じて彼の会社でお目にかかりました。彼の会計検査人が一両日中にこちらに来て、過去二年間の収支決算と業務を調査します。それで、その問題に関するあなたのお気持ちも鎮まるでしょうし、あなたの業務がライオン女史と私とによって正直に、良心的に執り行われてきたことを知れば、現在のあなたの心配も少なくなることでしょう。

ロジャーズ氏はあなたの多くの友人達と同じご意見のように思われます。つまり、あなたの家族の一員による過去一、二週間のライオン女史に対するとんでもない処遇は、クレメンズ夫人死去後に彼女があなたやあなたの娘さん達やあなたの業務に対して彼女が執り行ってきたことに対する非常にひどい返報だという意見です。もちろん、彼女を誹謗中傷する人が賠償することは考えられないですので、私とあなたの他の友人はあなたがこの件に関して公平さと正義を求めるあなたの名声を守り、あなた自身ができる限りの賠償をするだろうと信じています。既にあなたが述べておられるように、その非難はねたみと悪意と嫉妬で病んだ脳から発生したものであり、この事実を忘れた時にのみ初めてその非難を真剣にとらえることができます。しかしながら、いい加減に思い描いたのであろうとそうでなかろうと、あなたの安寧と幸福に重大な影響を与えましたし今でも与えていますし、他の人にも同様に影響していますので、その視点から考えられねばなりません。

あなたの残りの生涯が作為と拘束と自己犠牲の雰囲気の中で過ごされねばならない理由は全くありません。一九〇八年の最後の六か月間にあなたのものであった幸福がすべて完全にかつそっくりそのままに戻るだろうと私は思っていませんが、それでもあなたがその哲学的理論とは無関係に、父親でありかつ人間としても大権をあなた自身の最高の利益を生み出すために振るわれんことを信じています。感情的な表現が私とあなたとの関係に与えるであろう影響とは関係なしにこのことを私はお伝えします。

私は、

あなたのものです、真心を込めて、

R・W・アシュクロフト。

(1)フレデリック・A・ドゥネカからの報告書は見つかっていない。

(2)クレメンズはおそらくマーク・トウェイン社の設立証書の一段落を思い出しているのだろう。一九〇八年一二月二二日署名のその証書には、会社が、特に、「不動産を売買、取引、賃借、所有、改修する」権限を持つとあった。その文書の書き方は標準的で、例えば、会社が「ダム、貯水場、給水塔、水路を建設する」と明記されていた(「会社設立証書」一九〇八年。マーク・トウェイン社に関しては、一九〇九年三月二五日付「自伝口述筆記」および注4参照)。

(3)ジョン・ラーキンはクレメンズの税金、不動産、著作権を担当していた弁護士である(『自伝完全版第二巻』、一四九ページに関する注)。
(4)シェイクスピアの実際の誕生日は分からないが、伝統的に四月二三日とされている。
(5)クレメンズは、クレアラがアシュクロフトとライオンの窃盗を最初にとがめた後、一九〇九年三月一一日と一四日に書かれたクレアラ宛の手紙のことを言っている。この手紙はこれに関する話のあとのところで引用されている(二一章)。

一五

アシュクロフトは、彼の手紙に十分に示されているように、クレアラに対して辛辣でした。私が彼の妻を四月一五日に解雇した後も、彼女は次の日も次の日も、ずっと居残って、その場所に入りびたり、しばしば出没しては嫌がられる存在になり、三月一三日の彼女の契約であった横柄で無礼な言葉に私がずっと苛立ち、彼女の姿を見ると憤慨しているというのに、我々の関係が相変わらず良好であるかのように見せかけようとしていたのです。

彼女は毎朝一〇時に自分の家からやって来て、午後遅くまで自分の部屋に陣取っていました。時おり彼女は非常に滑稽なことを私に語ろうとして、わざとらしく目を輝かせて乙女のように私の部屋に入って来ると、私のベッドのそばに立ちました。そしてその話を、うっとりさせるような態度と上品さと偽りの笑いのすべてを駆使して詳しく語るのでした――ところが、反応は得られません。座るように求められそうもないと分かると、彼女は、滑稽な感情に圧倒されて椅子に崩れ落ちたかのようにするのです。そうすることで、座ることを求められなかったことをすぐに補って、困惑を糊塗するのでした。私は、共感を示さない態度から彼女が何かを感じ取るのを待っても無駄だと分かると、その場を立ち去りました。私はいつも彼女に忙しいので、ひとりになりたいと**言わねば**なりませんでした。

彼女は結婚する際に、私のために彼女がどれほどの犠牲を払ったかを、発作的な激しい感情にかられて語り始めたことがかつてありました。つまり、彼女は結婚したくなかったのですが、彼女とアシュクロフトが、さびしい生活からくる憂鬱から私を救い、私が必要とする目の行き届いた、献身的な世話ができる唯一の方法が結婚だったというのです――彼女はどんどん続けて言いましたが、私は彼女の言うことをやんわりと遮り、そうした腹立たしい馬鹿な話は既にアシュクロフトからたっぷり聞かされたし、もう結構だと言いました。二人組はある目的を視野に入れて――「それが何であるかは神のみぞ知るで、**私には**推測もできない！」――馬鹿げたことをしたのだし、**私のためにして**きたことだと偽って、私に押し付けることはできないと、私は言いました。

彼女はジーンが二六日に到着する二日ほど前まで来つづけていたと思います。彼女は屋根裏部屋に積み上げられたトランクに囲まれてかなりの時間を過ごし、自分のものを自分の家に運んでいるのだと言いました。さらに、秘書としての業務を整理していて、それが無秩序ではなく体系化されていると後任者が分かるようにしたいと言うのです。まさに適切な仕事であり、やるべきことです。こういう事情ですが、彼女がその仕事を怠ったことは言うまでもありません。彼女は全くやらず、秘書としての業務をほとんど驚異的混乱状態のままにして置いたのです。

彼女は私の原稿も同様の混乱状態にしておきました――引き出しの中に乱雑にどさっと入れられていました。原稿がそうした野放しの状態に長い間おかれていたので、いくつかの作品のかなりの部分が散逸したのです。

クレアラは彼女のトランクの検査を望みました。彼女は鍵を出すよう求め、それを手に入れました。私はこれには不快になり、事実、かなり苦しみ、クレアラを説得し――彼女の意には大いに反するのですが――そんな屈辱を与えないようにしました。

それが間違いでした。トランクは調べるべきでした。ライオン女史は綺麗なもの、上品なもの、宝石、つまらない装身具、骨とう品などが、ほとんど病的に好きでした。そして／……しかし調べはなされませんでしたし、時を経た今日ではそれでよかったと思います。もし彼女が思い出の品や先祖伝来の財産や神聖な気持ちのこもった品を持ち去らなければの話ですが。

後でわかったことですが、そうしたものをひとつ彼女はくすねていました――大きな紅玉髄のネックレスで、クレメンズ夫人がずっと以前に身に着けていたものです。

ペインがその出来事をよく分かっていました。私の求めに応じて彼がそれを書いてくれました。次の通りです私の弁護士がそれを使う可能性があったのです。次の通りです。

（ラーク宛のペインの手紙[1]）

紅玉髄ネックレス事件。

一九〇九年六月七日付、W・ラーク氏宛の手紙から。

クレメンズお嬢様が、ここの屋根裏部屋で、ライオン女史の出発に際して、いくつかのトランクの中身を彼女とともに詳しく調べていると、そこにあった古い飾り戸棚に大きな紅玉髄のネックレスを見かけたことを偶然に思い出しました——とても珍しいネックレスで——事実ほかにはないもので——ひもが切れていました。このネックレスはクレメンズ夫人のもので、とても高価でした。ライオン女史もそのネックレスを見たことがありました。そこでクレメンズお嬢様が飾り戸棚のところに行くと、ネックレスはありませんでした。彼女はライオン女史の方を向いて、言いました。

「少し前にこの飾り戸棚にあったあの紅玉髄のネックレスはどこにあるの？」

ライオン女史はすこし驚いた様子で答えました。

「ニューヨークで私達が荷物を詰めている時にウォークさん[2]（家族ぐるみの友人）が持って行きました」。

（つまり、一二ヶ月前のことです。）

クレメンズお嬢様は答えました。

「私がそれを見たのはニューヨークではなく、ここでした」。

これに対してライオン女史は全く何も答えませんでしたし、クレメンズお嬢様の視線に目を合わせられませんでした。ドロシア・ギルダーさんと、クレメンズお嬢様付きの女中ケイティ・リアリィがその場にいました。クレメンズお嬢様は二〇分間ほどしてからもう一度そのネックレスのことを口にしました。

「ライオンさん、あのネックレスを見つけて私にくださいね」。

ライオン女史は言いました。

「私が?」

クレメンズお嬢様は「そう、あなたよ!」と仰いました。

またライオン女史が答えられなかったのでその話題は中断しました。ライオン女史はそこでクレメンズ家の家族のことから話をそらし、家族の誰かのネックレスのことにはそれ以上触れずに、「紅玉髄のネックレスを盗んだと責められたことさえ」知人のせいにしたのです。

約二週間前に女中のテリーザとその夫ジョゼッペ(3)——ジョゼッペはクレメンズ氏の料理人でした——がレディングを発ってニューヨークに行きました。出発するその都市に戻る前にテリーザが、おそらくさよならを言うためにライオン女史をたずねました。次の日、彼女はニューヨークでケイティ・リアリィに会い、次のように言ったのです。

「『紅玉髄のネックレスは屋根裏部屋のトランクの中にあるとクレメンズお嬢様に伝えて下さい』とライオン女史が言っています」と。

テリーザは付け加えて言った。

「ライオン女史が緑のネックレスのことを言っているのかと私がたずねると、彼女は『いいえ、こんなビーズのネックレスのことよ』と言って、仕事用のかごから大きな紅玉髄の球を取り出して、私達に見せたのです」。

一日か二日してからクレメンズお嬢様とケイティがレディングに来て、屋根裏部屋のたったひとつ残された鍵のかかっていないトランクを調べると、厚紙の箱の中に紅玉髄のネックレスを見つけたのです。しかしその箱は以前にはそこにはなかったのです。ケイティ・リアリィ自身がその箱をトランクに入れたので、そこには造花が二、三本しか入っていませんでした。そしてそのネックレスは（以前は）紐が切れていましたが、緑色の新しい包装用のより紐で結ばれていたのです。
　その問題をよく考えてみると、必然的に次のような結論になると思われます。つまり、ライオン女史はクレメンズお嬢様が調べた時にはそのネックレスを持っていた。紐の切れたのを仕事用のかごに入れた。そして彼女はそれに紐を通し、玉をひとつ見落とした。時が過ぎて彼女は窃盗容疑で逮捕されるという恐怖にとらわれた。それを壊してしまうことをおそれて返すことにした。そして家族と関係する人―テリーザだろうか？―に、それがその後に見つかった場所に置いてもらった。恐怖と薬物、アルコールの飲用による混乱した精神状態の中で、彼女はそれを持ち出した時に紐を通していなかったことを忘れていた。ネックレスが修繕された後もそれがその古いトランクの中に何年間もあったという恐怖と、それが消えたことで自分が訴追される危険が少なからずあるという恐怖で一杯になった。そしてテリーザがクレメンズ家の家族と良好な関係にあったので、テリーザに託した、という結論です。しかし、テリーザがネックレスを修繕し、窃盗のことをおそらく聞き知っていた可能性はないようです。というのは、テリーザがもうひとつの玉と仕事用のかごの出来事の話を作ったとは考えにくいからです。その話は事実のようですから、ネックレスを修繕したのは別の人物だと示しているようです。ひょっとするとライオン女史のお気に入りだったテリーザの夫か、あるいはライオン女史本人の夫でしょう。アシュクロフトはライオン女史が去った後二週間の間、家政を見ていましたので。

　それはちっぽけで些末な出来事ですが、悲劇的なことです。というのは、それはひとりの人物を刺殺する物だからです。社交事務担当秘書であり、飾りである人が泥棒だったのです！　この事実が、何の疑いもなく立証され、クレアラとの話し合いの際にライオン女史が正しいと信じ、その正直さを支持してきたのと同じ強さと一貫性をもって、私自身が認めざるを得なかったのです。彼女―ライオン女史が聖別された形見、神聖な記念品を習慣的に盗んでいたのですから、彼女が**盗まなかった**ものなどあるのでしょうか。

ホレスに関するアシュクロフトのちっぽけで、些細で、みすぼらしい行いもまたひとつ悲劇的なことでした。**彼の人格を永久に暴露し**、それを破綻させたのです。二人の性格破綻者が二ヶ月間もひとつの家庭にいたのです。

（1）アシュクロフトとライオンのことを詳しく調査していたジョン・B・スタンチフィールド（以下の一六章注3を参照）はチャールズ・T・ラーク弁護士の助けを得ていた。ラークもクレメンズの様々な個人的法律問題、例えば遺書の改訂やレディング図書館建設文書の準備などで支援した（『トウェイン伝記』、第三巻、一五二八ページ、一五六六ページ。一九一〇年四月六日付、ラーク宛書簡、『トウェイン書簡集』、第二巻、八四三ページ）。
（2）ピアニストのチャールズ・E・ウォークのこと。
（3）テリーザ・ケルビーニとジュゼッペ・ケルビーニのこと。

一六

三月一三日の大清算日に、ライオン女史は、署名捺印した契約書にあるように、全く粗野で全く低俗ですが、役に立つ活動から引退し、社交事務担当秘書兼社交的装飾という高い玉座に座り、ただ招待客の気をひきより高い給与を得ることになっただけなのです。彼女はもう小切手帳を必要としなくなりました。それで翌日に私は銀行に関する彼女の代理権限を取り消し、小切手の署名を今後は私に戻すようにと命じました。

先に述べたように、一ヶ月後（四月一五日）に、私は彼女を解雇しました。

五日後（四月二〇日）、アシュクロフトは開廊に関する鉛筆書きの紙を私に持って来て、「丸屋根」のまわりの道をきれいにするようにとラウンズベリー氏に指示し、これがその（ラウンズベリーの）見積書――五四ドル――ですと言いました。アシュクロフトは彼にそれに取り掛かるよう命じたと言うのです。彼はそれでよかったか私にたずねました。私は「よい」と言いました。後になって私は彼アシュクロフトが道路の補修とどんな関係があるのかと考えました。それから私は道路を調べてみると、補修する必要はなく、それに金を浪費する時ではないと分かりました。しかし丸屋根の向こう側は補修が必要で、しかも本当に必要だと分かりました。私はそれをラウンズベリーさんに持ちかけると、費用は二五〇ドルだと言いました。私は丸屋根の件は完全にそのままにしておいて、こちらの仕事を続けるようにと命じました――彼はそうしました。アシュクロフトがニューヨークから戻って来ると、彼は道路の修繕許可を出したのは誰かとラウンズベリーに尋問聞きました。ラウンズベリーは彼に答えました、アシュクロフトは「**危険を冒したいのなら、**その仕事をやりなさい」と言ったのです。

ラウンズベリーにはこれが理解できませんでした。彼はそれを私に報告し、そして私にも理解できませんでした。それにはある意味があったのですが、その時には深すぎて私には分かりませんでした。

四月二九日になるとアシュクロフトはすでに何度も引用した手紙を書きました。

メアリが到着しました。

五月の最初の日々、私は少し悩んでいたことの理由を突き止めました。スタンダード石油で会計検査の仕事だけを二五年間もやって来た人物にライオン女史の会計簿の検査調査を委ねるとロジャーズ氏が言っていました。そしてその会計簿に邪なところがあれば、その人物は確実にそれを発見し、アシュクロフト家はそれをその人物から隠すことはできないだろうと言ったのです。

その時私を悩ませていたことは、ロジャーズ氏がその調査を女性の手に委ねたことでした！　それは彼の第二秘書で、ワトソン女史といいました。(1)私は彼女を知っていました。私がアシュクロフト家の人に山のように加えた残酷な権利侵害でアシュクロフト家の人が秘書の心を苦しめることになり、そして彼女が判断者ではなく、彼らの献身的な友人で擁護者になると信じていました。そのあいだ私にはその説明をする機会がありませんでした。

しかしながら、ワトソン女史の報告書は最終的にロジャーズ氏に提出されるのであり、その時に何か邪なことがあれば、彼が絶対的にそれを必ず発見すると信じていましたので、私はそれほど気にしませんでした。

ちょうどその時、九日か一〇日頃に、ペインさんと私は仕事でニューヨークに行くことになり、ラウンズベリーさんが列車の駅まで送ってくれました。途中でライオン女史の家の修復費用のことが話題になりました――一五〇〇ドルでした。ラウンズベリーさんは言いました――

「一五〇〇ドルですって？　何ですって、三五〇〇ドルかかりましたよ！」

いいや、そんなことはあり得ない、ライオン女史がクリスマスの一日か二日前に正確な数字を私に教えてくれた――一五〇〇ドルより少し足りなかったし――修復がすべて終わり、それが費用の全額だ、と私は言いました。

しかしラウンズベリーさんには明確な根拠がありました。彼は非常に正確なメモ帳を取り出し、そこにすべてが書き込まれていました。それをもとに、数字も、名前も、日付も言えたのです。日付によると、私が彼女の借入金の支援を申し出る**前に**ライオン女史は私の金、約二〇〇〇ドルを自分の家に使っていたのです。これは明白な、はっきりわかる、まる裸の**窃盗**でした。

スタンダード石油にロジャーズ氏がおらず、私はロジャーズ氏の第一秘書のハリソン女史に数字を示しました。[2] そして、照査調査に介入するべきではないのだが、今回だけは、私はこれらの数字をワトソン女史に見せたいのだと言いました。その数字でおそらくワトソン女史はとても気分が悪くなったでしょう――実際そのようになりました。そしてそれでおそらくワトソン女史は私をひどく嫌うことになったでしょう――その方向でアシュクロフトからの助勢が少しあれば。実際そのようになりました。

五月二十五日頃

その数字はアシュクロフト家にとても困難な問題を与えました。私達は彼のアシュクロフトの問題解決の試みについての証拠をつかみました――試みは悲しいことに失敗しました。それは興味深いものなので、そのうち提示します。さらにそれと一緒になったロジャーズ氏宛の手紙も興味深いものです。もしロジャーズ氏がその手紙とアシュクロフト氏の失敗に終わった数字を見たら、彼はライオン女史が何者か――とてもずうずうしく、とても周到な泥棒だったこと――を知ってこの世から去ったでしょう。

もしロジャーズ氏が生きていたならこの事件を個人的に解決したことでしょう。それは今も――当時でも――上手に処理していたならば個人的に解決できるものです。私はジョン・B・スタンチフィールドさんの手にそれを委ねています(3)。

私はそれを「事件」と呼びます。それはこの時までにそうなったのです。もともとそれは「事件」ではなく、調査でした。クレアラを満足させるために行われた調査でした。私が信じ、明言する限り、アシュクロフト家の人が純粋で、清廉で、雪のように白い人物だと証明する調査でした。クレアラを混乱させ、アシュクロフト家を栄光で満たす調査でした。

しかしその段階は過去のものであり、過ぎ去ってしまいました。事が起きました——ノーフォークの出来事のような事で、アシュクロフトがとても、とてもちっぽけな嘘つきで、こそ泥で、ペテン師だったことを明かし、彼を排除したいと思わせた事でした。そしてアシュクロフト家を近隣からも排除したいと思わせる事でした。それで私は「事件」と言ったのです。アシュクロフト氏は三月一三日のマーク・トウェイン社の契約を~~破棄する~~解約することを求められねばなりませんし、彼の妻は家と土地を私に返還するよう求められねばならないのです。

五月二五日頃、ペインさんと私はニューヨークに出掛けました。スタンチフィールドさんが小切手と領収書類の照査を**ある人物**に移譲したかったのです——責任のある公共会計士で、傷心の使用人の涙や、非常に感傷的なことで揺らぐことなどない人物です。それでペインさんと私はスタンダード石油に行き、個人事務所のひとつにいる~~彼女~~ワトソン女史に伝言を伝えました。彼女はとても冷淡でした。それで、彼女の後ろでライオン女史が泣き落としにかかっていて、私についてよからぬことを言っていると分かりました。しかもその致命的な数字でアシュクロフト家に関する彼女の評価を害し、さらに彼女は彼らを傷**つけない**方法は見つけられなかったので、ワトソン女史は私に対してさらにいきり立っていました。

彼女は少しだけ矛盾していました。最初彼女は暗い顔つきで、調査ではぞっとするほど疲れる仕事を一〇日間しなければならないと言っていました。ところが、話の終わり頃には、帳簿~~と~~領収書類と小切手がとてもよく記載されていたので、それらを調べ~~はなす~~上げるのにほんの僅かな労力しかかからなかったので、とても楽な仕事だったと言ったのです。

「調べ上げる」。そう彼女は言ったのです。一ヶ月後、請求書を送って来た時にも彼女はまたそう言いました。

口述筆記。

一九〇九年六月二三日。

H・H・ロジャーズ

ニューヨーク市ブロードウェイ二六番地

サミュエル・L・クレメンズ殿、

コネチカット州レディング

拝啓——

あなたの会計簿に関して本社で行われた仕事に対する請求について、ロジャーズ氏が彼女を同伴してあなたにお伝えすると、ハリソン女史が知らせてきました。あなたの代理人に手渡された報告書は専門家が調べ上げるのにほんの僅かな労力しか要しない状態にあり、そうした事実に鑑み、一五〇ドルの請求書をここにお渡しするものです。

敬具

A・ワトソン。

私がその請求書に疑義をとなえるだろうと彼女が考えていたのは明らかです——そうでなければ、その最初の言葉の根拠がありません。私は小切手を送り、ロジャーズ氏がそう言ったことを私が知っていると述べました。どちらが本当なのでしょうか。しかし彼は**そのような**言い方をしませんでした。彼は「本社」とは言いませんでしたし、**ある人物**——男性であれ、女性であれ——のことを口にしましたし、彼はその時には冗談を言っていたのです。彼の家では、まじめな話、「うちの社員が公共会計士のように料金を請求しませんよ」と彼は言ったのです。

スタンチフィールドのところの専門家がこの問題を扱うと、それほど簡単なことではないとわかり、**その人物は**それがいたる所でかなりもつれて曖昧で、「調べ上げる」程度のピクニックどころではないと分かったのです。

彼は二週間ほどそれを徹底的に調査し、分かりやすい明快な数字に変換し、の痛いところを痛烈に指摘し、たった二五〇ドルしか請求しませんでした。そして彼がやり終えると、……まだ、その話をするところまではきていません。

(1)これ以上は不明である。
(2)キャサリン・I・ハリソン（一八六六年～一九三五年）はロジャーズの秘書を約二〇年間務めていた。彼女はロジャーズにとって不可欠で、世紀転換期に一万ドルの給与を得ていると噂され、ウォール街で働く女性達の中で最高給のひとりだった（「ヘンリー・H・ロジャーズ」、『自伝完全版第一巻』、一九三ページ～一九四ページ。『トウェイン・ロジャーズ書簡集』、七三八ページ～七三九ページ。合衆国国立公文書館、一七九五年～一九二五年、キャサリン・I・ハリソンの旅券申請書、一八九六年七月三日発行)。
(3)ジョン・B・スタンチフィールド弁護士（一八五五年～一九二一年）は以前にクレメンズがプラズモン社の重役に対して訴訟を起こすのに役立った（一章注18参照)。スタンチフィールドは弁護士業とは別に、政界でも活躍し、チェマング郡地区検事長（一八八〇年～一八八五年)、エルマイラ市長（一八八六年～一八八八年)、州議会議員（一八九五年～一八九六年）を歴任し、ニューヨーク州知事民主党候補になった（一九〇〇年)。

一七

ペインさんと私はスタンダード石油をあとにして、しゃべりながら地下鉄で中心街まで行き、アスター・プレイスに出ました。その時の話は次のようなことでした。ライオン女史が自分の家を修繕するのに私の小切手帳を自由に使っていたのだから、我々が正式に追跡を開始すれば、おそらくそれ以外にもこうした勝手気ままな例がラウンズベリー氏によって暴露されることになろう、と。ペインさんはいずれにせよ「不正利得」の例を発見できると信じていました。彼は確実だと思われる例をひとつ挙げました。ある日彼がライオン女史と（アルメニアの絨毯取引業者の）ボヤジャンの店にいると、[1]彼女が九〇ドルの敷物を買い、その半額をペインさんから借用し、残り半分を小切手で業者に送ることにしたというのです。二、三週間後、彼女が約束を守った事実をその調査が明らかにすると言ったので、私は予知しました。彼女が私の小切手でその四五ドルを支払ったのだと。

次に、ストローマイヤーの件がありました。[2]ライオン女史は私達の家を改修し、貨車で二台分ほどの家具を再購入するのにストローマイヤーに依頼しました。彼は彼女のやり方にとても感謝したので、彼女のために大きな古いマホガニーのテーブルを無料で修理して、完璧なものにしてくれ、他の人にはその仕事で六五ドルを請求するのだと言ったと、彼女は言いました。我々はストローマイヤーのところに行き、彼がそのテーブルを修理したのかたずねました。すると、彼は――何も知らない人でしたので！――何も疑わず、それについてすべてを教えてくれました。それは古いがとても上質なテーブルだが、彼が見た時にはただのがらくただったと彼は言いました。彼が仕事をやり終えると新品同様になりました。彼は工房の請求書の明細を出しました――半ページ分の詳細です――それによって彼はその仕事で自社の職人に三三ドル支払ったのに、ライオン女史にはたった一〇ドルしか請求しなかったことが明らかになりました。請求書の最後に一〇ドル受け取ったことが記されていました。この頃になると彼も疑いを持ち始め、少し神経質になって、否定し、見知らぬ人には六五ドルも請求しなかったでしょうし、おそらく四五ドルしか請求しなかったと言うのです。これでも事態はあまり改善されていなかったのです。というのも彼がライオン女史のために三三ドル分の仕事を一〇ドルで行ったことを告白したからです――とてもはっきりした不正利得事件です。ライオン女史がその仕事に実際には一〇ドル支払いながら無料でやってもらったと嘘をつき、自慢したのは、全く彼女らしい性格の自然な表れだとペインは内密に教えてくれました。彼によると彼女はどのような状況でも本当のことを**言えない**――その方法を今まで学んでこなかったというのです。

ストローマイヤーさんは我々の調査の不気味な主意を察知して、大いに困惑し、確かライオン女史を完全に非難したと言いました――そうです、疑いもなく！　台帳が明らかにすることでした。台帳が持ち込まれました。不幸なことにそれは一〇ドル分を裏付けました。しかし、同時に不幸なことに、それで終わりませんでした。そこにはいくつかの項目があり、私はそれを詳しく調べる許可を求めました。それは体よく断られました。ベッドの枠組みとマットレスがありました――誰のためのものでしょう？　ライオン女史の母親のためです。サマーフィールドへ送られたのです。（盗んだ金を純粋に浪費したのです。この家の屋根裏部屋には複数のベッドもマットレスも完全な状態で十分に備えられていました――ライオン女史がそうしたものを買う必要はなかったのです）。さらに七〇ドルの椅子がありました。なんと、まさに値の張る物でした。それは誰の宮殿のための物でしょう？　ライオン女史のためでした。台帳記載のいくつかの品物は、ひとまとめにすると、総計一一五ドルになりました。その当時、ライオン女史は私から金を借りるように勧められていたわけではありませんでした。彼女は監視されていないところで自ら有能な稼ぎ頭になっていたことは明らかでした。

次に、ペインさんと私はライオン女史による請求書の支払い遅延を調べたいと考えました――彼女が本当にそうした怠惰で悪い癖を持っていたとすればの話ですが。われわれは手紙で二、三の大きな百貨店に、一年から二年前の帳簿を調べてもらい、請求書が発送された日付と支払われた日付を教えて欲しいと依頼しました。二、三は今月（五月）の早い段階で答えてくれました。

私は既に以前にそんな請求書を目にしたことがありました。ライオン女史が一週間ほど留守にしていた折に届いたものでした。三ヶ月前のもので、泣き叫ぶ声がそこに記されていました。つまり、以下の通りです。

一七

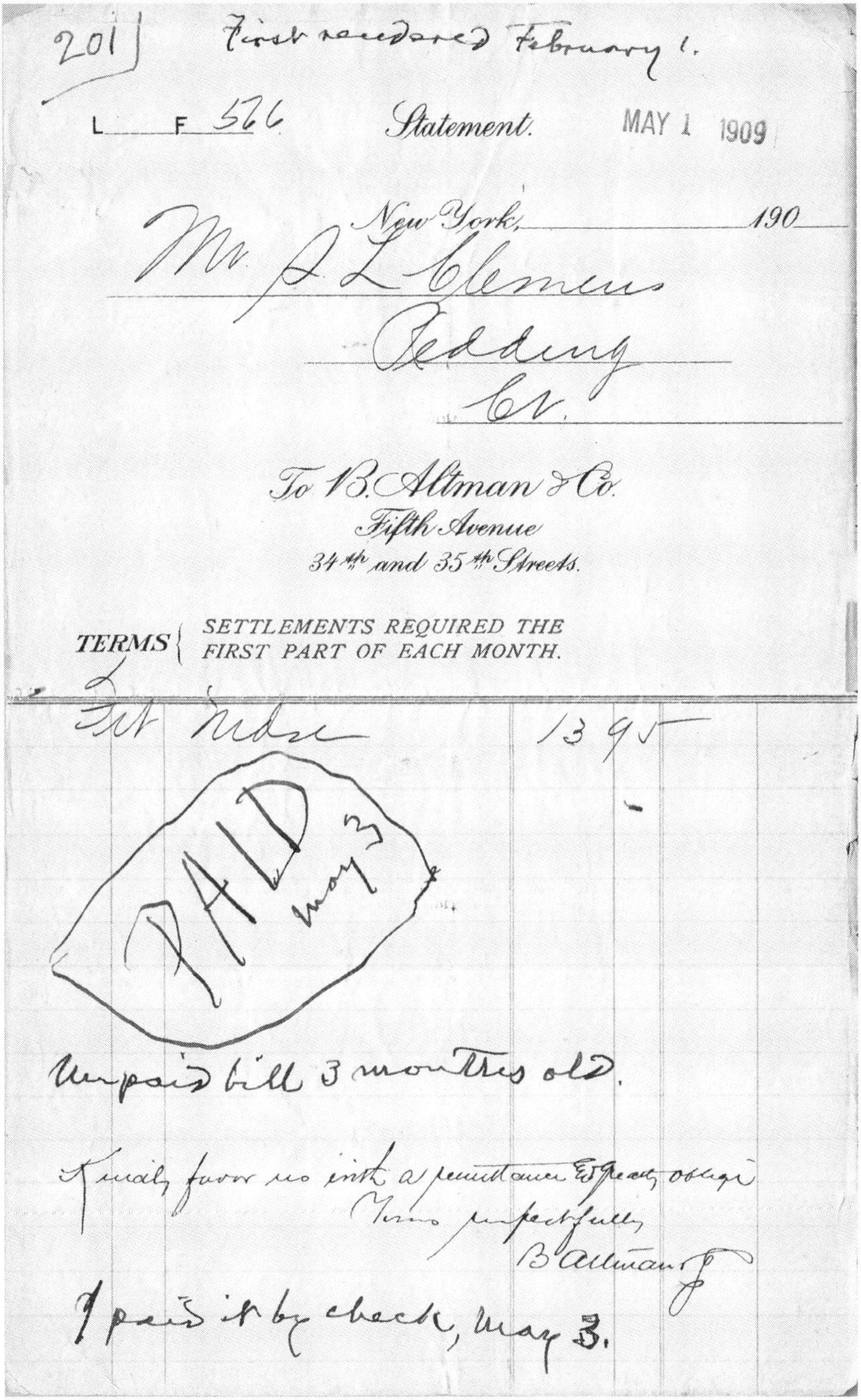
201 First rendered February 1.

L F 566 Statement. MAY 1 1909

New York, 190

Mr S L Clemens
Redding
Ct.

To B. Altman & Co.
Fifth Avenue
34th and 35th Streets.

TERMS { SETTLEMENTS REQUIRED THE FIRST PART OF EACH MONTH.

Bal Mdse 13 95

PAID May 3

Unpaid bill 3 months old.

Kindly favor us with a remittance & greatly oblige
Yours respectfully
B Altman & Co

I paid it by check, May 3.

私の求めに応じてアルトマンがつけた新しい記録によると支払いは三ヶ月、さらに五ヶ月も遅れているものもありました(3)。

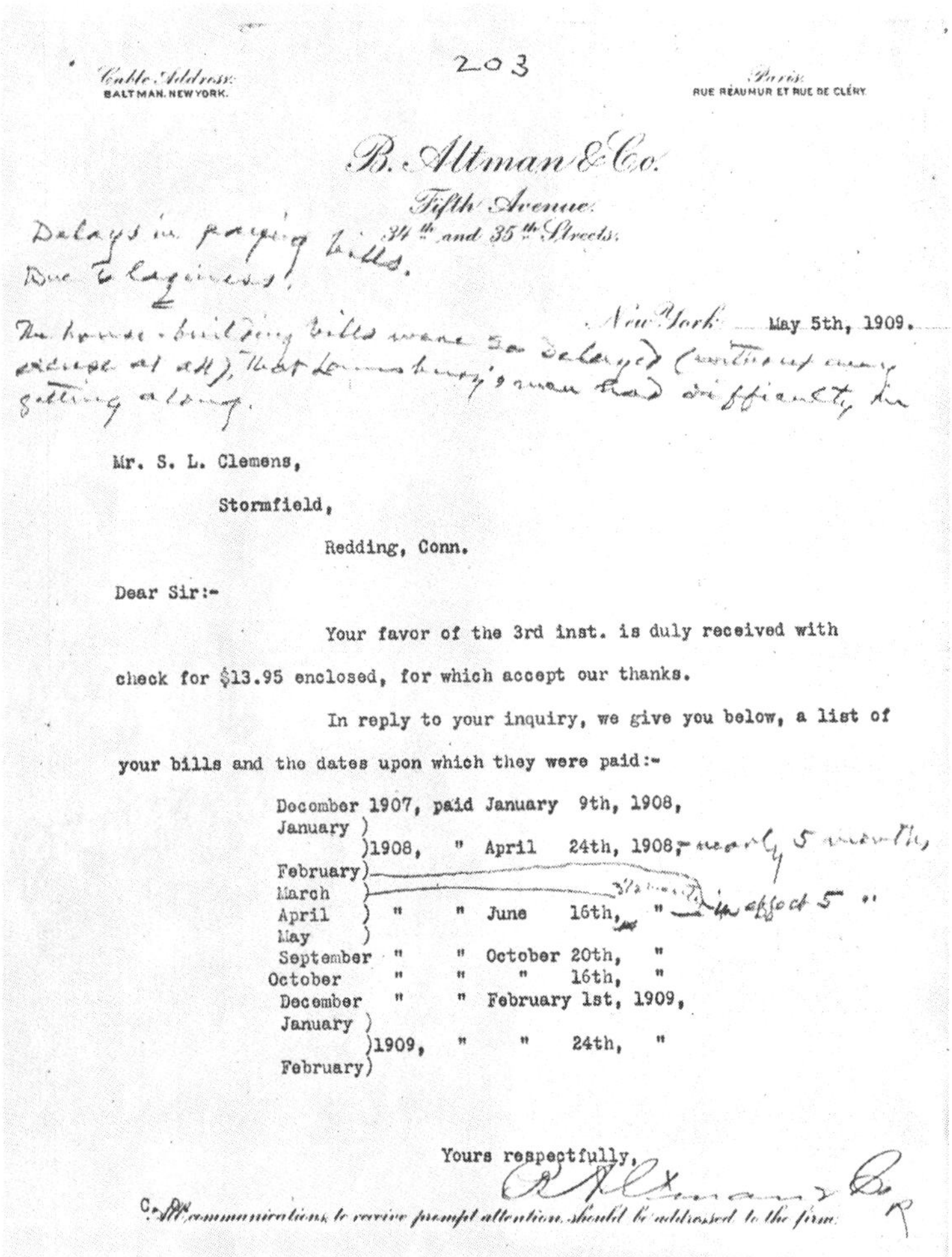
203

Cable Address: BALTMAN, NEW YORK.

Paris: RUE RÉAUMUR ET RUE DE CLÉRY

B. Altman & Co.
Fifth Avenue: 34th and 35th Streets:

Delays in paying bills. Due to laziness!

New York May 5th, 1909.

The house-building bills were so delayed (without any excuse at all), that Lounsbury's men had difficulty in getting along.

Mr. S. L. Clemens,

Stormfield,

Redding, Conn.

Dear Sir:-

Your favor of the 3rd inst. is duly received with check for $13.95 enclosed, for which accept our thanks.

In reply to your inquiry, we give you below, a list of your bills and the dates upon which they were paid:-

December 1907, paid January 9th, 1908,
January)
)1908, " April 24th, 1908, — nearly 5 months
February)
March) — 3½ months
April) " " June 16th, " — in effect 5 "
May)
September " " October 20th, "
October " " " 16th, "
December " " February 1st, 1909,
January)
)1909, " " 24th, "
February)

Yours respectfully,
B. Altman & Co.
R

C.O.W.
All communications to receive prompt attention should be addressed to the firm.

これはあの怠け者の首を絞めてやりたいと思わせるには十分でした。私は本当にそうしたかったのですが、それをした場合の世評のために私はやりませんでした。

建築家と建築業者との契約――ストームフィールドの建築のための――は、ローズヴェルト大統領の悪名高き恐慌が起き[4]、国内の全産業を麻痺させ、生活必需品を買う金さえ得にくくなる前に締結されました。しかし生涯でこの時だけは、私も深く考え、ずる賢く、注意深くなっていました。私はその契約が完成したら、その契約金を全額支払うのに必要な金額を神聖な預金として銀行に預けました。それなのに、ライオン女史は何の言い訳らしきものも示さずに、契約業者に金を支払わなかったのです。そしてついにはその業者の中に、家族が食べ物にも窮しているので、その契約を放棄し、金を払ってくれる仕事を探さねばならないと言う者も出てきました。

このライオン女史の行動をどう説明すればよいのでしょうか？　その頃は私には説明できませんでしたが、今は説明できます。まず、彼女は小切手を書くのに怠惰過ぎました。次に、彼女の心を動かすべき胸の筋肉が単にジャガイモにしか過ぎなかったのです。彼女には感情がありません。彼女は自分のことしか頭にありませんし、母親に対するこれ見よがしの愛情でさえも、わずかばかりの圧力でこなごなになってしまうのです。

ワナメイカーの請求書はまさに見ものです。

Wanamaker bills　　206

Samuel L. Clemens,
Redding, Ct.

Bill Rendered	Feb. 1/06	50.34		Paid	Feb. 13	
" "	Mar. 1/06	17.13		"	Mar. 26	-25 days
" "	Apr. 1/06	5.85	— 50 days			
" "	May 1/06	26.02		"	May 23	22 "
" "	June 1/06	31.27		"	June 14	-13 "
" "	July 1/06	50.23	— 2 months + 10 days			
" "	Aug. 1/06	8.05	— 40 days			
" "	Sept 1/06	6.00		"	Sept 11	
" "	Oct. 1/06	24.12		"	Oct. 16	-15 days
" "	Nov. 1/06	44.55	— 3 months + 1 week			
" "	Dec. 1/06	36.76	— 2 " " " "			
" "	Jan. 1/07	36.83		"	Feb. 8	-37 days
" "	Feb. 1/07	15.20	— 4 months			
" "	Mar. 1/07	116.37	— 3 "			
" "	Apr. 1/07	8.88	— 2 "		May 31	
" "	May 1/07	20.53	1 month			
" "	June 1/07	62.34	— 3 weeks		June 20	
" "	July 1/07	77.50		"	July 19	-18 days
" "	Aug. 1/07	52.40		"	Aug. 22	21 "
" "	Oct. 1/07	15.00		"	Oct. 17	16 "
" "	Nov. 1/07	19.93		"	Nov. 11	10 "
" "	Dec. 1/07	128.97		"	Dec. 16	15 "
" "	Jan. 1/08	10.00		"	Jan. 9	- 8 "
" "	Feb. 1/08	126.14		"	Feb. 8	- 7 "
" "	Mar. 1/08	66.94	1 month		Apr. 4	
" "	Apr. 1/08	1.40		"	Apr. 27	-26 "
" "	May 1/08	9.44		"	May 20	19 "
" "	June 1/08	119.55		"	June 5	
" "	July 1/08	97.35		"	July 23	22 "
" "	Oct. 1/08	107.50		"	Oct. 5	
" "	Nov. 1/08	115.66		"	Nov. 4	
" "	Dec. 1/08	.25.22		"	Dec. 8	
" "	Jan. 1/09	51.85		"	Jan. 20	-19 "
" "	Feb. 1/09	32.73		"	Feb. 16	15 "

ライオン女史について私が最初に気が付いたことは、信じられないくらいの怠け癖でした。怠け癖は私の専売特許で、この点で張り合いたくはなかったのです。何ということでしょうか、怠け癖に関して言えば、私が下り坂の暴走列車なら、彼女はじっと停車しているのだとやがて私は発見することになります。私が最も怠けている時でさえも私は、彼女がまわりにいても、動き回っていました。

ここで私はパトナムの報告を付け加え、アルトマンの補足と共にてこの話題を終わりにします。遅延者として、そして良心を持たない者、同情すべき者、恥を知らぬ者として、ライオン女史は際立っているという言葉を付け加えておきます。

208

GEORGE HAVEN PUTNAM, Pres't.
JOHN BISHOP PUTNAM, Treas.
IRVING PUTNAM, Sec'y.

Retail Department

24 Bedford Street, Strand
London, W.C.

27 and 29 West 23d Street (4 doors from Fifth Ave. Hotel)

All accounts are due and rendered monthly.
Interest will be charged on all accounts in arrears.

New York, 5/7/09

S. L. Clemens Esq

Memorandum only

Bought of G. P. PUTNAM'S SONS
PUBLISHERS, BOOKSELLERS, STATIONERS, AND PRINTERS

Telephone Call for Retail Department, 6304 Gramercy

1908

January a/c		Paid	2/21	2 50
February	"	"	3/9	112 50
(Set of Twain 3/4 Lev for J B Stanchfield)				
February a/c		Paid	4/18	8 75
May	"	"	6/17	8 10
June	" (Stationery)	"	7/22	13 40
July	" "	"	9/1	26 85
Sept	"	"	10/6	16 00
Oct	" "	"	11/26	13 05
Nov	" "	"	12/8	12 55
Dec	" "	"	1/20	15 50
1909				
Jan	"	"	2/9	35 70
March	"	"	4/10	2 40

Several accounts allowed to go more than a month unpaid
SLC

About 2 months made when paid

Except by special arrangement, books sent according to order, are not returnable
Customers wishing books on approval, will please so state at the time order is given

209

Mr. S. L. Clemens. Altman — Concealed Delays

Date.	Tuxedo Park,	Redding Conn.	21-5th Ave.	When paid.
Sept.1907	24.07		3.33	Oct.17, 1907 40 days
Oct. 1907	9.95		76.76	Nov.25, 1907 7 weeks
Nov. 1907			137.69	Jan.9, 1908 2¼ months
Dec. 1907			165.09	Jan.9, 1908 40 days
Jan. 1908			123.36	Feb.21,1908 7 weeks
Feb. 1908			212.60	Apr.17,1908 2½ months
Mar. 1908			35.70	Apr.17,1908 6 weeks
Apr. 1908			99.66	May 6, 1908 4 weeks
May 1908			117.42	July24,1908 3 months
June 1908		462.22	42.28	July24,1908 7 weeks
July 1908		17.88	.73	Sept.8,1908 9 weeks
Aug. 1908		19.80	.50	Sept.8,1908 5 weeks
Sept.1908		20.29	16.00	Oct.5, 1908
Oct. 1908		3 1.51	.43	Oct.5, 1908

(1)ボヤジャン双子兄弟社は、五番街にあった絨毯業者で、N・M・ボヤジャンとK・M・ボヤジャンが一九〇九年八月二七日まで経営していた(「双子兄弟社倒産」、『アメリカン絨毯室内装飾ジャーナル』誌、一九〇九年九月一〇日号、四九ページ)。
(2)C・F・ストローマイヤーのこと(一九〇九年一〇月二一日付「自伝口述筆記」、三〇九ページに関する注1参照)。
(3)ここに再掲した請求書の上部にあるクレメンズのメモは、「請求書支払い遅れる。**怠惰**のせいだ。家建築の請求書も(全く何の言い訳もせずに)とても遅れて、ラウンズベリーの部下にはとても迷惑をかけた」と読める。支払期日の隣には「一九〇八年四月二四日」、「約五ヶ月」と彼は書いた。その下には、二月と三月のところに、「三ヶ月半」、「実質五ヶ月」(繰り返し符号が「月」の下にある)と彼は書いた。
(4)クレメンズは一九〇七年の経済危機のことを一九〇七年一一月一日付「自伝口述筆記」で述べている(一九〇七年九月一三日付「自伝口述筆記」、および注9も参照)。

一八

五月の終わり頃、我々の空騒ぎはすごい勢いで吹き抜けて行き、近隣の森に包まれた丘と谷に点在する農家と里の間に結構な騒ぎを起こしました。毎日ちょっとした新しい事件が起き、噂話の新たなネタが加わりました。双方が行い、話すことのすべてが次の日にはいたる所に広まり、話し合われていました。

月の前払いに際して過去二年間の計算書を出入り商人に求め始めると、アシュクロフトがこれを聞きつけました。私はあるひとつの場合での支払いの遅延を探していただけですが、彼は私が不正利得をこっそり追及していると推測したのです。ライオン女史がほとんどの件でその痕跡を上手に隠したことを彼はおそらく知っていたのですが、ストローマイヤーの件について彼女が不用心だったことを彼は知っていたに違いないのです。彼はそのことで私を出し抜こうと手段を講じたのですから。彼は手紙を書き、ライオン女史との取引についてストローマイヤーにたずね、取引が完璧に公明正大であったかを問いただしたのです。ストローマイヤーの答えは有頂天になるような肯定でした。ペインさんと私が密かに情報収集しているのを知る前に、彼は私達にその手紙を見せました。のちに彼は悲しむべき人物だったと私は見なしていますが、その時、アシュクロフトはすべてを私達に明らかにしたので、有頂天になるような肯定の手紙を証拠として調査専門家に提出する価値がないものにしたのです。

五月の終わり頃、アシュクロフト家の人が不安で神経質になり、心配しているとのうわさが流れました。ラウンズベリーは彼らがサマーフィールドを抵当に入れて一五〇〇ドル借りようとしていると言いました。彼らはその金をどうするつもりだったのでしょうか。アシュクロフトによると彼らはそれで私の関係を清算したかったというのです。一ヶ月前ならその金額で十分だったでしょうが、今ではそうではありません。私はライオン女史に一五〇〇ドルを貸しましたが、貸し借りについてとやかく言う前に、彼女が二〇〇〇ドル以上も取っていたことを今では私達には分かっていました。

さて、それで、彼らはその金をどうする**つもりだった**のでしょうか？　持って**逃げる**ためでしょうか？　そうでしょう、そのような噂が流れ、信じられ、話題になりました。

次に、彼らが一五〇〇ドルを得たことが知れ渡りました。

二八日頃に、アシュクロフトはまた大失敗をしました。その明晰さゆえに彼は時折馬鹿げたことをするのでした――まさにホレスと彼の架空の「解雇」[1]事件のように。今回の大失敗は特にばかげた大失敗でした。若いハリー・ラウンズベリーが彼を駅から馬車に乗せると、二人は話をしあい、ハリーは私があれこれやろうと提案しているという噂があると言ったのでした。

「彼がやるのか！」とアシュクロフトは軽蔑したように言いました。「私が望めばいつだって彼の家を、彼の同意を得ないで一〇〇〇ドルで売れるのだよ！」

ハリーはこのことを家で話しました。彼の父親がペインさんに話しました。そしてきペインさんはすぐにその知らせをもって私のところに来ました。それは何の意味もないし、ただの誇らしげな脅しにしか過ぎないと私は言いました。しかしペインさんは満足しませんでした。アシュクロフトが言ったとおりのことがやれるという意味だと彼は言うのです。アシュクロフトに代行権限があったのでしょうか？　いいや――それに近いものも何もない、と私は言いました。ライオン女史は小切手帳に署名する代行権限を持っていたが――それ以上は何も持っていないし、しかも私がそれを三月一四日に口頭で取り消した、と言いました[2]。

さて

彼は私がそれを文書で取り消すようにと忠告しましたので、そうしました――そして、その文書をラウンズベリーが待っていたので、持って行ってもらうと、彼はライオン女史の書面の受け取り通知を持って帰りました。

そこで私は満足しましたが、ペインさんとクレアラは満足しませんでした。彼らはアシュクロフトのその自慢気な発言をいまだに心配していたのです。三〇日の日曜日に彼らはニッカーソンの事務所に行くと、彼は一一月か一二月に総代行権限に私が署名したのを承認した覚えがあるというのです。それによって権限はライオン女史とアシュクロフトの両名にあると彼は考えていました。彼らは戻って来て、知らせてくれました。ニッカーソンさんの記憶は間違っているし、それについて思い悩むことはない、私が総合的権限を誰かに与えてはいないのだから、と私は言いました。

それが戦没将兵追悼記念日[3]のことでした。私が間違っていてニッカーソンの言うことが正しいだろうとペインさんは言いました。それで私達が思い切ってやってみるということはありえないことでした。私達はニューヨークに行って銀行をくまなく捜さねばなりませんでした。私達は次の日、月曜の朝に出かけて行き、私がグロヴナー・ホテルに留まっている間に、ペインさんが銀行に行きました。案の定、リバティ・ナショナル銀行で彼は代行権限を見つけたのです。堂々として、十二分の、すべてを網羅する権限でした。それによって私は私の全所有物、最後のシャツ一枚にいたるまで、アシュクロフト家に移管し、好きなようにさせていたのです。

彼らがずっと密かに用意していたものはこれだったのです。道路の修繕についてアシュクロフトがラウンズベリーに「**危険を冒したいのなら**やりなさい！」と言えた理由はこれだったのです。ライオン女史が使用人に「私がこの家で唯一権威のある人物なのです。私の言うことが法律で、唯一の法律なのです。そのことを理解して下さい！」と言えた理由はこれだったのです。アシュクロフトが三月三一日に使用人を招集し、「すぐに辞職し、面目を保つように！あなたがたはみな解雇されるのですから」と言えた理由はこれだったのです。

アシュクロフトはこの不正な文書が不動産譲渡証書であるかのように、記録させてニューヨークで保管していました。これに加えて彼はもうひとつの異常な予防措置をとっていました。彼は、ニッカーソンの公証人としての権限をフェアフィールド郡役所で認証してもらい、その認証を登記していたのです。ニッカーソンさんの印章では彼には不足だったのです。

この詐欺的文書は一九〇八年一一月一四日以来ずっと有効でした――約六ヶ月半の間です――そして私は一度もそれを疑わなかったのです。

そのぞっとする代理人権限の文書の写しと、その元の破棄文書をここに挿入します。

以下に示したものですべての人に分かることは私、すなわちコネチカット州フェアフィールド郡レディングのサミュエル・L・クレメンズは一九〇八年一一月一四日付の委任状において、かつそれによって、イザベル・V・ライオンとラルフ・W・アシュクロフトを正当で合法な代理権者となし、選任し、任命した次第であり、前記の委任状により一層より完全にかつ詳細に明示される。そして、

件のラルフ・W・アシュクロフトは続いて件のイザベル・V・ライオンと結婚し、前者は現在その名をラルフ・W・ライオン－アシュクロフトと称し、後者は自らの名をイザベル・V・ライオン－アシュクロフトと記している次第であり、私が先に述べた件の代理権を破棄することが必要であり望ましいこととなった。

かくして汝らの知るところは、件のサミュエル・L・クレメンズこと私が、前記の委任状およびそれにより件のイザベル・V・ライオンおよびラルフ・W・アシュクロフトに与えられた、あるいは与えることを意図された全権限と全権能を破棄し、撤回し、失効させ、無効としたものであり、ここに示すものにより、そのすべてを破棄し、撤回し、失効させ、無効とするものであり、委任状の写しをここに貼付し、ここで「証拠物件A」と記したものの一部とするが、委任状原本はニューヨーク州ニューヨーク郡役所に一九〇八年一

一月二三日かその近日に登記されたものである。

右記証明するものとして、私は一九〇九年六月一日にここに署名捺印する。

サミュエル・L・クレメンズ　捺印箇所

以下の人々の署名捺印告知による

チャールズ・T・ラーク
アルバート・ビゲロー・ペイン
クレアラ・クレメンズ!!

ニューヨーク州
ニューヨーク郡 }

一九〇九年六月一日に、私の前にサミュエル・L・クレメンズ本人が自ら来て現れ、私には文書に書かれた人物だと分かり、前述の法律文書を施行した人物であり、同文書を完成させたことを私に対し承認した。

チャールズ・T・ラーク

〔捺印　ニューヨーク郡公証人、キングズ郡で受理、一二番。〕

〔刻印　チャールズ・T・ラーク
ニューヨーク郡公証人〕

証拠物件A

ここに名を連ねる人々によってすべての人に知られることとは、私ことコネチカット州フェアフィールド郡レディングのサミュエル・L・クレメンズ(4)はイザベル・V・ライオンとラルフ・W・アシュクロフトを正当で合法な代理権者となし、選任し、任命し、かつ、ここに名を連ねる人々によって現在でもそうであり、さらに私の名前と地位と立場において以下のことを委任する。私のすべての事柄に関して全体的監督を行い、そして、すべての私の不動産と動産の両方とそれに関連する案件のすべてに責任を持ち管理すること、つまり、今あるいは今後何時でも私の所有物になる状況下のあらゆる動産の貸借、売却、移動、さらにその不動産からの賃料の要求、受領、徴収、さらにそこにあるあらゆる建物の修復、あらゆる建物に保険をかけること、私のものであり当然支払われるべき、あるいは私のものになるべきで支払われるべき、すべての配当金、利息、金の要求、受領、徴収、そして抵当による借入金の支払いと返済、私に属するあるいはいかなる時でも私のものであろう、あらゆる株式と債券と抵当証書の売却、譲渡、譲与、そしてあらゆる投資金の変更と私に属するあらゆる金を投資すること、私が金を預けるかあるいは私名義の金がある、あらゆる銀行あるいは銀行家、信託銀行あるいは金融機関の小切手あるいは手形の振り出し、預金あるいは徴収金の署名裏書き、または、今あるいは今後私もしくは私の口座に支払われるあらゆる証券、小切手、手形、交換可能な為替の譲渡、訴訟や法的手段の起訴と弁明と妥協と解決、私の利益を守るために弁護士と契約し雇用し、その目的のために相談すること、そして私の弁護士があらゆる種類と性質において私の利益になるのが正当だと考えるあらゆる所有権と請求権の放棄と免責、そしてあらゆる受領書、領収書、免責証明書、返済証明書、譲渡証明書、譲与証明書、契約書、不動産譲渡証書、あるいは他の法律文書で捺印その他があり、件の私の弁護士の判断で必要で、適正で、適切だと判断されるものに署名、捺印、承認、告知すること、そして件の私の両弁護士あるいはどちらか一方が個別に、私が自ら存在すれば行い、あるいは行えたすべての意図と目的を完遂する根拠において、およびそれに関して不可欠で必要なあらゆる行為あるいは事柄を行い、さらに実行する全権力と全権限を与え、代理と破棄に関する全権限を伴い、これによって件の私の両弁護士あるいは一人の弁護士、あるいはその複数の代理人あるいは一人の代理人がこの目的のために合法的に行う、あるいは行わせようとするすべてのことを承認し、確認するものである。

以下の証人のもとに一九〇八年一一月一四日に私はここに署名し捺印する。

サミュエル・L・クレメンズ　印

レディング

以下の人物のもと署名捺印告知される。

ホレス・W・ヘイズン

ハリー・アイヴズ⑸

コネチカット州
フェアフィールド郡

一九〇八年一一月一四日、私の前にサミュエル・L・クレメンズ本人自ら来て現れ、私には文書に書かれた人物だと分かり、前述の法律文書を施行した人物であり、同文書を完成させたことを私に対し承認した。

コネチカット州公証人、
ジョン・W・ニッカーソン

（捺印）
（レディング在住）

（1）ハリー・A・ラウンズベリーとイーディス・ラウンズベリーの息子で、一八九六年に生まれた（一九〇八年一〇月六日付「自伝口述筆記」、注5。『レディング国勢調査』、一九一〇年、一二七、七Aページ）。

(2)ライオンの代行権限はクレメンズが思っていたよりも広範囲のものだった。「私のすべての動産と不動産の両方とそれに関連する案件を管理すること、今あるいは今後何時でも私の所有物になる状況下のあらゆる不動産の貸借、売却、移動」の権限が彼女に認められていた（「代理権限」、一九〇七年）。彼は、ペイン立会いのもと、一九〇九年五月二九日にそれを手紙で破棄し、既に「口頭で数ヶ月前に破棄した」ことも書き入れた（著者の複写、カリフォルニア大学蔵）。彼女による「書面の承諾書」は発見されていない。

(3)戦没将兵追悼記念日〈メモリアル・デー〉の以前の呼び方〈デコレーション・デー〉で、伝統的には五月三〇日に祝われていた。第二次大戦後、「メモリアル・デー」の言い方が一般化した。一九七一年にこの祝日は五月の最終月曜日に移動された。

(4)一九〇八年一一月一四日付の代理権に関する合意文書の複写は破棄文書に関する「証拠物件A」の一部をなすもので、その存在だけしか知られていない。しかしクレメンズが少なくとも二枚の原本に署名したのは疑いなく、一九六六年にチャールズ・ハミルトン・オートグラフ社（「商品一覧一五」、商品番号二八一、複写をカリフォルニア大学蔵）によってデトロイト図書館に売却された（現在所在不明）。その証書のクレメンズの署名は公証人の金紙印で有効であり、そのうち一枚はウィリアム・T・ハヴィランド郡役人によって認証された。

(5)ハリー・アイヴズ（一八七七年生まれ）は用地管理人で、ストームフィールドで仕事をするために一九〇八年六月に雇われた（ジーン・クレメンズからライオン宛、一九〇八年八月五日付書簡、カリフォルニア大学蔵）。

一九

それを読めば誰でも息が詰まるものです！　それは私の所有物のすべてを所有するもので、例外は私の魂だけなのです。

これが彼らが袖口に隠していた切り札でしたし、私はそれを疑っていませんでした。私は半年以上も彼らの所有物であり、彼らの奴隷であり、そのことを知らなかったのです。

これらの人々は私に代理権など要求してきませんでしたし、彼らに代理権を与えたことはありませんでした。その問題は一度も言及されたことはありませんでした。

では、彼らはどうやってそれを手に入れたのでしょうか。私にはわかりません。その原本は今でも私の弁護士が所有し、私はいまだ目にしていません。それで私がそれに署名したのか、署名が捏造されたものかどうか私にはわかりません。スタンチフィールド氏とラーク氏は私が自ら署名したものだと考えています。私が署名したのだとすれば、どうしてそうなったのでしょうか。

私は推測することしかできません。アシュクロフトはおそらく（私が背を向けている間に）私が見たことのないこの文書を私が読んで承諾した文書と入れ替えたのでしょう。そうして後者の文書に私に署名させたのです。

彼がこれを上手くやれた機会が二回ありました。私がライオン女史に「ロブスター用かご」（サマーフィールド）を与えた時、私達はまだニューヨークに住んでいて、こちらの地区には一度も来たことがありませんでした。（レディングにいた）ペインさんが不動産譲渡証書をニューヨークに送って来たので、私は署名しました。ライオン女史はそれをレディングで登記させたのです。少ししてから彼女はその贈り物を永久の所有物ではなく、自分と母親の生存中のみの所有物として受け入れたいとクレアラとペインさんに話していました。それゆえ彼女はそれを変更するつもりで、遺書でそうするか、新たな不動産譲渡証書の中にそれを組み入れるつもりでした。その考えは彼女独自のもので、私が提案したものでも望んだものでもありません。

一年か二年して「ストームフィールド」が出来上がり、家具が入ると、私はやって来て、その場所を初めて所有見て、所有することになりました――昨年、一九〇八年の六月一八日のことです。やがて――秋だったと思います――アシュクロフトは新たな不動産譲渡証書を私の寝室に持って来て署名を求めました。私はそれをよく読みました。新たなことは何も書いてないと分かりました。そこに生涯にわたる所有権が書かれているものと思いましたが、書いてありませんでした。私は言いました――

「その財産を最終的に私に返還することについてここには何も書いてないね」。

彼は何も説明せず、全く感情を交えずに、ただ言いました。

「書いて**ありません**」と。

それには私も少し驚きましたが、何も言わずに、その変更を**私は**一度も提案しておらず、ライオン女史自身の考えであるとだけ言いました。さらに私はなぜ二つの不動産譲渡証書が必要なのか不思議に思いました――それで私はたずねました。アシュクロフトは、ライオン女史が最初の証書の登記を怠っていたこと、そして今では彼女はそれをなくしてしまったのだと言いました。それで理由としては十分だったので、私はそれ以上問いませんでした。我々は部屋の中央のテーブルから七フィートか八フィート離れて立っていました。彼はその不動産譲渡証書を取り、それをテーブルまで持って行き、そこで署名しやすいように並べたので、私は彼に呼ばれてそこまで行って署名しました。

　アシュクロフトは嘘をついていました。最初の不動産譲渡証書は、それがニューヨークから届いた時の、ずっと以前に登記され**ていたのです**。このことを私達は昨年五月の終わりに、若いハリー・ラウンズベリーに対するアシュクロフトの不用意な発言（つまり彼が望み、私がどうしようもなくなれば、いつでも彼は私の全財産を処分できるという趣旨）でペインさんとクレアラが探し疑わしい文書を探しにレディングに飛んできた時に知ったのです。

　そうです、最初の不動産譲渡証書は登記されていましたが、二番目のものは登記されていませんでした[1]。

　それでは、第二の不動産譲渡証書がライオン女史にとっても他の誰にとっても価値が想定できなかったのに、アシュクロフトはそれで何を望んだのでしょうか？

　それには次のような価値があったと考えられます。アシュクロフトは私の手からそれを奪い、私に背を向けて歩き去り、それを胸ポケットにしまい込み、総代理権文書を取り出し、ひそ後者を机の上に並べ、署名のために上手くたたみ、署名欄以外は見えなくしていました――そして私が今まで見たことも聞いたこともない、いたって望ましくない危険な文書に署名させたのです。

　その第二の不動産譲渡証書はどうなったのでしょうか。アシュクロフトだけがわかることです。それは目的を達しましたので、間違いなく火の中に投じられたのです。

　同様の取り換えがなされた可能性のあった時がありました。そしてかなり簡単に、しかも容易になされました。それは、アシュクロフトがマーク・トウェイン社の設立書だと言った、タイプ打ちの文書を私のもとに持って来た時のことです。

　私がそれを読む必要はありませんでした。それは一般的な法のもとに認められた設立書と同様のものだったでしょう。彼がどこに署名するか示したので、私は署名しました。これが偽装された総代理権文書だった可能性があります。私は署名しました。今回は全部大きな文字でタイプ打ちされたページの下に署名しました。あとから思い出すのは、そのページの中に「不動産」という語句を見かけたことと、著作権管理会社が地所と関係することがあり得るのか不思議に思ったことです。

まもなくこの家で些細な騒動が起きた時、その状況を思い出し、それで私はひどくびっくりしてアシュクロフトを連れて貸金庫に出向き、その時そこに行って株式譲渡証書から署名を削除したのです。私の著作権と不動産と他のすべてを、マーク・トウェイン社を装ったアシュクロフトに移譲する文書に署名したと信じていましたので、私はとても恐ろしくなったのです。

いいでしょう、私はすべてをアシュクロフトに**移譲し**ました――それもたったひとつの方法だけでなく、二つの方法で移譲したのです。ひとつはマーク・トウェイン社株の移譲証書に署名したことです。私はそれを修正しました。アシュクロフトは密かにほくそ笑みながらその場に座っていたと思います。その場にはない、しかも私が決して署名していない設立趣意書を私が懸命にしかも躍起になって探していることを彼は知っていたのです（と想像しています）。そして、彼が私を騙して手に入れ、しかもその存在を私が少しも疑っていない総代理権という大権によって、私がいくら署名を削除しても、彼が望む時にはいつでもそれらを回復できることも彼はわかっていたのです。

（1）現在存在が知られている唯一の譲渡証書は一九〇七年六月八日付である（「アシュクロフト・ライオン原稿」一章注25を参照）。

二〇

その二人はなぜ総代理権の証書に自分達二**人の**名前を記したいと考えたのでしょうか。その理由は何だったのでしょうか。ライオン女史が残りの全生涯にわたって私の家族の一員であり続けたい（実際に私の**家族**の一員であると確かに尊敬され、重んじられ、愛されるのです）と望んだことはほとんど疑いのないことです。彼女はこの敷地にずっといたいのです。私もずっといたいのです。どうすれば三人が必要とされるのでしょうか？——何のためなら？　一年に一度か二度、有価証券を売るためでしょうか？　他に売るものはありませんから。一年に一度か二度、有価証券を買うためでしょうか？　他に買うものはありませんから。私に法律顧問を雇うためでしょうか？　私には既に法律顧問がいて——五年も雇っていて、[1]満足しています。

　総代理権を私が誰かに与える理由は何が考えられるでしょうか？　そんなにも不必要なこと、そんなにも愚かなこと、そんなにも馬鹿げたことを、たとえ私がしたいと思っても、その権限をなぜ二人の人物に与えるのでしょうか。私を支配する絶対的権限を二人の人物に与えて、その人達の奴隷になる理由は何でしょうか？　主人はひとりで十分でしょう？

　この謎の解答は、その驚くべき結婚を説明するとわかります。つまり、二人は犯罪者であり、しかも共犯者なので、互いに疑心暗鬼になり、二人は必然的に一緒に我慢するか、落ちるかでした。離れていれば、彼らは、緊急事態になって、共犯証言をひるがえし、互いを裏切ったでしょう。

　（八月の）今になると、当時は分からなかった多くのことが分かっています。ライオン女史が二年間にわたり金を盗み続けていたこと、そしてアシュクロフトがそれで生活しており、その従犯として有罪であることです。ライオン女史を泥棒にしたのは間違いなくアシュクロフトでした。小切手帳の控えによれば、一九〇七年まで彼女は正直でした。彼と彼女は一九〇六年後半に仲良くなり打ち解けてきて、一九〇七年の初めにはあまりに仲良くなり打ち解けすぎて、その段階で、小切手帳の控えにあるように、盗みが始まったのです。彼らが互いに——清らかに、恋に落ちたというつもりはありません。それはあり得なかったでしょう——彼女にではなく、少なくとも彼の側には。彼女は基本的信条を決して持っていなかったと思いますが、彼が彼女を騙して証拠の隠蔽方法を教えるまでは、彼女は恐怖のおかげで不正直に陥らなかった——小切手帳の控えが明かすように、彼女が時にひどく不幸にも忘れていた教訓です——と考えます。

　その問題に関して、私が自らここにいてそうしたものに何の効力もないのに、彼らが総代理権文書に二人の名前を記載することを望んだのはなぜでしょうか。私達はこの問題をあらゆる点から話し合って、アシュクロフトが包括的にしかも徹底的に私から奪うという考えを抱くに至り、最初にライオン女史の口を封じなくては計画の実行がおぼつかないと感じたのだと結論づけました。彼が彼女を共犯に仕立てたに違いないのです。これを成し遂げる最も確実な方法は総代理権の文書に自分の名前と一緒に彼女の名前を書き入れることでした。

彼女は説得しやすかったのです。少なくとも恐ろしいと感じない限りは。彼はそのことを非常によく分かっていたのです。彼がそう望んだらいつでも彼女の窃盗事件を暴露することができましたし、それを徹底的に証明することもできたのです。

彼らがその総代理権を急いで行使しようとは目論んでいなかったと思います。私は七三歳でした。私がいつか病に倒れて死ぬまで彼らは私に依存して快適に生活し続けることができ、それから彼らは私の証券と私のマーク・トウェイン株券を売ることができましたし、名前素早く去ることもできたのです。あるいはそのまま居続け、死に際に彼らが自ら行い、言葉にしてきたことを是認する、私の名前署名を捏造するのでしょう。(一週間後の八月四日、アシュクロフトがまさにこの種の行いの例を露呈しました)。

(1)ジョン・B・スタンチフィールドかジョン・ラーキンの一方か、両人が一九〇四年以来クレメンズの事業を扱っていた。

二一

貸金庫室にある株券、証券、マーク・トウェイン社の株券に私の財産譲渡署名をそのままにして私が死んだらどうなっていたことでしょう。アシュクロフト家がその鍵を持っていたので、それらを持ち出し、その所有権を自分達に移すことができたでしょう。裁判所がそれに対する反証を見つけるのは困難だったでしょう。マーク・トウェイン社株は一〇〇万ドルの価値を払いがありましたし、他のものは約二〇万ドルの価値がありました。子供達は乞食になっていたことでしょう。しかしながら、私は死にませんでした。

アシュクロフトは貸金庫に保管されていなかった財産を除いて、（これまでに分かっている限りでは）何も売っていないようです。ニッカーボッカー信託銀行が一九〇七年秋に倒産し[1]、私にも被害がありました。私はそこに五万一〇〇〇ドル預けていたのです。二、三ヶ月するとその銀行が再生し、預金者に分割して返済し始めました。一九〇八年の終わりには、七〇パーセントを現金で支払い、三〇パーセントを、四パーセント上乗せした銀行株で支払いました。私はその株を求めました。それは八〇パーセントの価値があり、すぐに額面価格になる予定でした。総代理権文書の日付から一一日後にアシュクロフトがそれをうさん臭い仲買人を通じて七五パーセントの価格で売却し、その仲買人がその株を同日に八〇パーセントの価格で売却したことを私達は知りました。私達は銀行にかなりの預金残高があったのでその株を売る機会がなかったのです。その取引で八〇〇ドルの仲買手数料があり、おそらくアシュクロフトがその不正利得の半分を得たでしょうが、それ以上ではありません。

さて六月四日のところに来ました。スタンチフィールドさんの会社の専門家によるライオン女史の小切手帳控えと証書類の審査も最終段階となり、かなり難しい質問をしていました。彼女が満足できる説明ができないことがありました——彼女が泥棒だと証明することであり、疑問の余地なく証明することでした。アシュクロフトはとても神経質になっていました。

彼らが結婚した時——先に述べたように——彼らが名前を貴族的にハイフンで結んだ、R・W・ライオン－アシュクロフト夫妻は「六月の毎土曜日」にサマーフィールドに「在宅しています」と美しい書体で記した結婚通知カードを大量に発送した時のことです。四日の金曜日になると、その地方の住民達は上品な都会の人がやって来るのを見に道路に並び、小さな鉄道の駅舎に集まって来ました。ところが人々は彼らを見はしませんでした。人々が見たものはとてもおかしな格好をしたアシュクロフト家の人々が降りて来て、ニューヨーク行きの列車に乗り込んでいく姿でした。彼らはその月の間、二度と再び姿を現しませんでした。

彼らは恐れていました。彼らはライオン女史を逮捕させないために逃走しました。彼女がダンベリー刑務所に「在宅」する危険があると信じていたのです。彼らは第一回目と第二回目の「在宅」予定の中ほどの日（六月八日火曜日）にオランダ行きの目立たない蒸気船に乗船しました。[2] 彼らの意図が疑われました。

一二日にスタンチフィールドさんの部下、ラーク氏が次のような知らせをペイン氏に送って来ました。

コリン・ウェルズ・アンド・ヒューズ
法律事務所
ナッソー通り五番地
ニューヨーク
一九〇九年六月一二日

チャールズ・A・コリン
ジョン・L・ウェルズ
トマス・L・ヒューズ
――――
チャールズ・T・ラーク
ウィリアム・M・パーク

A・B・ペイン様
「ストームフィールド」
コネチカット州レディング

我が親愛なるペイン様――

今月の一一日付のあなたの手紙に答えて、ワイス女史[3]があなたの考慮に対するさらなる陳述書をいまだに完成できていないことをお伝えしますが、出来得る限り早い段階でその陳述書に関してあなたにご忠告したく、仕事が許せばレディングに伺います。

我々の友人アシュクロフト氏に関して、彼が今月八日火曜日にヨーロッパに向けて出発することを彼の社の人からの電話で知らされましたが、それはあなたとクレメンズ氏がこちらの会社に来たまさにその日でした。確かに、アシュクロフト氏は、月曜日に彼が乗船券を予約していないし、いつ出航するかわからないことを私に伝えて、実は彼の妻の状態が悪く、彼女を療養施設に入れねばならず、当面は決して出発しないことを伝えて来ましたけれども。

あなたのさらなるご意向をお待ちしています。心より、

敬白

チャールズ・T・クラーク

そうして、その汚れた鳥達は飛んで行きました。

彼らには怯える理由がありました。予防措置としてラーク氏がフェアフィールド郡地区検事長にライオン女史の事件を当該の郡の大陪審にかけることを求めた意図して彼女を召還し、新たに訴訟委任状を受けた時にはいつでも大陪審員が訴訟を進行するようにと求めていたからです。こうした予備手段ができました。その問題を司法外で解決するすべての努力が失敗するまで、この方針に沿うことはさらに行わない予定でした。ライオン女史を投獄するのは市民としての私の義務でしたが、彼女は女性ですし、そのことがぞっとすることでしたので、私の市民としての立場が果たせるだけのものではほとんどなかったのです。それがアシュクロフトだったらよかったのですが。事態はまた別のものになっていたでしょうし、私の市民としての立場ははるかに上品にその負担に耐えたでしょう。

アシュクロフトのいかめしい美辞麗句を再び詳細に読む時です。

アシュクロフト家の正直さと誠意をいまだに信じていた三月のあの頃に、私の大切なアシュクロフトをずっと雇い続けたいし、失いたくないと願っていた三月のあの頃の深夜に、私がクレアラに書いた手紙を挿入することとします。

その最初の日付は三月一一日で、三月一三日の聖なる記憶の記念日、「契約が流れた日」、大「清掃の日」の二日前です。追伸の日付はその壮大な流れのあとの日になっています。

二一

極秘親展。ここでの内容がジャクソン氏に知らされなければならないのなら、私は喜んで応じますが、詳細をそれ以外のどなたにも明かさないでください。

追追伸

コネチカット州

レディング

一九〇九年三月一一日

朝二時半

親愛なるクレアラ様、この問題に関してまた睡眠時間を失いつつあります。

私が先に手紙を書いた時には、そそれを健全で効果的な方法——明快で理解できる方法——での解決に持って行ったと信じていました。一年から二年にわたる収入と支出の明細書が必要な情報を提供するものと信じていました。今でもそう考えています。

材料はすべてここに揃っています。出版社の決算書、銀行の預金と小切手帳などです。そして、私はその報告書を準備するようにアシュクロフトに求めました。過去一二ヶ月間の報告書は今、準備されていて、それ以前の一二ヶ月分が続く予定です。

すべてのことが再び平和的になり落ち着いたと私は考えていました。ところが、あなたの手紙でその夢も終わりました。あなたとジャクソン氏(4)が満足していないことが分かったからです。アシュクロフトが、二、三、異議を申し立てていることについてあなたが要求していました。それで私は驚きました。**私は**絶対必要なものすべてをすでに彼に要求し、何も異議はありませんでしたから。

(今夜、彼が説明しました)。あなたの手紙への返信を書いている際に、私は私自身の側の異議として、その項目のひとつを既に書き出していました。つまり、小切手帳を家から持ち出してはならないという一項でした。

そうです、アシュクロフトは異議を申し立てました。私の要件を専門の会計士の手に委ねることが提案されていました。彼は――それはまだ完成していませんし、その機会が来るまで延期されねばなりません。つまり、私が要求していたその二つの報告書をアシュクロフトが私に手渡す時まで、です。それらを私とあなたの有能な友人が調査し、小切手帳と銀行預金と照らし合わせることもできます。もしそれらが一致しなければ、もし疑わしい不一致があれば、会計士に問題を委ねましょう。

それらを今、動かすことはライオン女史の正直さに疑問を呈することになります。そしてアシュクロフトの正直さをも――実質的に**非難する**ことになります。私はそんな非難をするつもりはありません。その基になるような証拠もないし、その土台となるような疑いも私の中にはないのですから。

私達はアシュクロフトの報告を待ちましょう。あなたが証拠を提出できなければですが。仮説でもなく、推測でもなく、証拠です。

あなたにこれができれば、私達は先に進みましょう。もしできなければ私達は報告書を待って、有能な友人達が報告書を精査した後で何を言うかを見きわめましょう。

そうすることで報告書が来るまで弁護士にはさらにやってもらうことはないでしょう。この手紙を受け取ったら彼にそう伝えて下さい。

私の信ずるところでは、あなたは再び弁護士に依頼する必要はないでしょう。

承前。

私が（手紙のために）つくった覚え書きの中に次のようなものがあります。「私達が**ひどい**仕打ちを熱心に求めている間に、私達は奉仕を求めることを忘れていませんか？」

私がとても快適だと感じられないのはひとつの考え方のせいです。

ライオン女史は月給五〇ドルで秘書として母さんのところにやって来たのです。彼女はそれ以上を決して求めませんでした。しかし彼女は四年か五年間、多くの苛立たしいことと困ったことを含めて家政婦をやって来ました。彼女は我が家の友人と社交的交際をして受け入れられるだけの能力もあったので、どんな代償を払っても代えがたかったのです。この仕事に類するものはなく、金銭での計算はできなかったのです。

しかも、彼女は大工でした。この仕事に関して——とても大変な仕事で、厄介な仕事であり、彼女があら捜しばかりするようになりましたが——彼女は一年間一生懸命働いたのです。私なら、いくらもらってもやらなかったでしょうし、あなたもそうでしょう。その仕事をあなたなら引き受けないでしょう。そう思います。彼女ほど有能で、その仕事を引き受ける人物を見つけられたでしょうか？　その半分くらいのやる気がある人か、あるいはその半分くらい献身的な人なら見つけられたでしょうか？　その趣味と手腕で彼女に匹敵する室内装飾家はニューヨークにいません。彼女のこうした貢献はとても価値があったのです。ところが彼女はそれについて対価を請求しませんでした。~~ニューヨークにいる私達の愚か者に私達がいくら払っていたか私は知りもしなければ聞きもしませんでしたが、[5]リトルトン夫人は居間の家具一式の装飾プランというぞっとする仕事に対して四〇〇〇ドル支払ったのです。彼女はほとんど家具のない状態から考えたに違いありません。そこは家具がないようでしたから。~~

[サミュエル・L・クレメンズは原稿の一ページの半分と次の一枚の上半分を切り取り、およそ一二〇語分を削除した]。

誰でも心を毒されますし、ライオン女史に関しては、私も完全にそれを免れ得ませんでした。しかし再び健全になりました。私は彼女を疑ってはいません。彼女は商売に慣れていませんでしたし、疑いもなくずぼらで、几帳面でなかったのですが、それだけです。彼女は一セントにいたるまで正直でした。彼女の持っている衝動はよくありたい、上品でありたいということだけです。彼女は誰とでも友人になり、友人を無くしていません。彼女はホイットモア家とデイナ家で働いてきて、それらの家の人々は彼女に愛情と賞賛しか感じていません。彼女にはいくつかの才能があり、それは人並みをはるかに超えるものです。最近の三年か四年の間に彼女は明確に際立った文学的素養を身に付けてきました。彼女はうむことなく私に仕えてくれ、私はそれに感謝しています――しかも私は感謝しているだけでなく、感じ取っています。私は彼女の性格に最大限の敬意を払っています。

彼女はあの小さな書斎で奴隷のように働いていましたし、断固として独立してやっていたのです――ほとんどひとりで、しかも謝礼もなしに。

そして我々の貧しく、古くからの隣人(6)の家屋敷を強奪することになる計略に彼女は全くひとりで勝利を収めたのです。

［原稿の余白に横に書いてあり、次の段落のところから書き始められている］。

追伸――私は貸金庫を調べる権限をドゥネカ氏に与え、マーク・トウェイン社の本質と範囲と所有権も含めて、その中にあるものを私に報告するよう依頼するつもりです。彼からの報告が付け加わるまで私はこの手紙を保存しておきます。土曜日か日曜日まででしょう。

それで、アシュクロフトについてはどう言えばいいでしょうか？　彼は限りなく、しかも驚くほどの能力を持って――際立った才能で仕事をしてくれた、と言えましょう。彼は勝ち目は見込めないプラズモン社との戦いを七四年間にわたり行いました――何ヶ月間にもなる昼夜を分かたぬ闘争で、訴訟に続く訴訟と、陰謀に続く陰謀でも、決して不平を言わず、決して望みを失わず、最終的にはそのすべてで圧倒的勝利を勝ち得ました。少なからぬ訴訟で古い泥棒会社は裁判で勝っていましたが、費用は一〇〇ドルも掛かりませんでした。結果は、奪還された財産が、いま、彼と、私と、ロンドンの会社の手にのみ委ねられることになりました(7)。彼は自身の行ったすべての動きとその結果をいつも私に報告してきました。彼は執拗にトマス・リプトン卿（卿は彼を大いに賞賛しています）のあとを二年間も追い続けて、成功に向けて確実な進歩を得て、今日では彼が卿をあたかも捕らえようとするかのようです(8)。あらゆる件で彼は、私にとっても他の人にとっても悲惨で絶望的に思われる穴からその大きな財産を引き出し、今ではそれは安全が確保されています。

彼は（当初、私が思うに――ラーキンさんとは確かに別のやり方で）マーク・トウェイン社を考案し――天才的なやり方で、この一家が株式のすべてを所有しています。それはいつか著作権法に取って代わることになるでしょう。

彼は今や、隣接する一七五一二五エーカーの農場と、農家の家屋と家畜とを七万二〇〇〇ドル、七二〇〇ドルで購入し終えて（このことは不動産譲渡証書が登記されるまで、まだしばらくは公言してはならないのです）、それで六〇〇ドル節約しました。

彼は私のロンドンでのプラズモン社の権益を整理し、その事業は再びうまくいき始めました。

しかし彼の仕事はまったく終わりのないもので――そして毎日、絶え間なく続いています。彼は家の建築費として一〇万ドルの経費――実はそれ以上でした――を出しそうになったことはお伝えしたと思います――恐慌の真っただ中に、です。私は銅山株を二五ドルで購入する指示を出していたのです――二七ドルで売られていたのです。その機会に最後の一セントまで手に入れようとして少額の金を失う危険をおかさないようにと彼は私に忠告してくれました――**市場で購入する**指示を出すようにと彼は言ったのです。もしそうしていたら私は二七ドルで手に入れていたでしょう――しかし私はそうしませんでした。私が冷静になるのに二四時間かかりましたが、その時には遅すぎました――信託会社は失敗し、私の出費のほとんどすべてを飲み込んでしまいましたので、やがて私は私の必要経費と負債額を払うために経費を割って優良有価証券を売るしかありませんでした。彼が一〇万ドルを私にとっての一財産にすることができなかったのはひとえに私の所為です。二〇〇〇株を二七ドルで購入していれば、私は三七五〇株を所有することになり、全体の経費は三八ドルにまで下げられたのです。私が五〇〇株（経費は五三ドルでした）を所有していた時、彼は六五ドルで売るように求めました。私はロジャーズ氏の忠告に従い、売るかわりに買ったのです。支払う金があれば、今日、私はその株を四七ドル（私が知った最新の時価です）でカウ買うつもりでした。今年の終わりまでにはそれは六五ドルかおそらく七〇ドルになって戻るでしょうから。かつて私はそれを四三ドルで買って六九ドルで売ったことがあるのです。[9]

アシュクロフトとライオン女史のことは他の誰よりもよく、親しく知っています。例外はあなたのお母さんです。私はあの二人の忠実さと名誉を重んずることを少しも疑っていません。

ライオン女史は病気で、神経衰弱になっていますので、彼女をそっとしておいてほしいのです。私の個人的なことを専門的な会計士に暴露し続け、彼女を不必要で弁解の余地のない屈辱にさらし続ける証拠がアシュクロフトの報告書によって提示されるまでは。その時までにあなたの弁護士を解雇してください――そうでなければ、私が前に提案していましたように、あなたは、はっきりと明確に有罪となるものを手にすることになります。

私は（四年前ですが）ジーンがブラシュさんのイタリア人メ召使いを窃盗容疑で告発し、その逮捕を求めるのを認めませんでした。ジーンはその時は怒っていましたが、（三ヶ月後に）ブラシュ夫人が自分でその銀器をずっと以前にしまい込んで忘れていたのを見つけるとジーンも機嫌がよくなりました。同時にその人物は――社会的ヒ非難を浴びて解雇され――去りました。[10] そして彼の人物も去りました。

さようなら、大切な人、六時半です。疲れました。たくさんの愛を込めて。

父より。

追伸

三月一四日、日曜日

何も昔のままではありません。すべてのものが変わります。感情は完全に消去されました。この家の中のすべてのものが今では厳密に事務的になっています。仕事のすべてが書面による契約書に記載され、厳密に定義され、公証人の前で署名されるのです。

［サミュエル・L・クレメンズは一枚の原稿の下の三分の一を破り取り、およそ四〇語を削除した］。

私に対してなされることは、今後すべて金が支払われます。

しかし険悪な感情は少しもありませんし、双方ともに敵意を抱いていません。同僚としての関係はそのままですが、金が支払われています。友情も同様です。ストームフィールドはかつて家庭でした。ですが、今では酒場になり、私はその主人です。

デュネカの報告書です。彼はその私書箱を調べ、その中身の一覧を作ってくれました。その後、アシュクロフト作成の一覧を取り寄せ、二つを比較しました。それらは正確に一致しました。

彼はマーク・トウェイン社を調べ、私自身が完全な監督権を持つ会社そのものだとわかったのです。

ゾー・フリーマンが、ライオン女史のかわりに副社長で取締役になっています。

私は将来すべての小切手に署名します。

アシュクロフトはライオン女史の家の修繕のために彼女を通じて私から借用した金の残金一〇〇〇ドルを引き受け、私はそれぞれ二五〇ドルの借用書（四通）を出しました持っています。

いやはや、何という一週間でしょうか！

心より愛をこめて
父より

本当に、そうなのです、私はあの人達のことを心から信じていたのです。

アシュクロフトが私に示した覚え書きを私は見てもいません。献身的で愛情あふれる古くからの使用人のライオン女史のような人物とそんなはした金――私が回収することも、受け取ることも、今まで一度も考えたことのない金額です――を値切るような態度をとっていると見られるのは煩わしく、恥ずかしいことです。私はその覚え書きを持っているようにとアシュクロフトに言いつけました。私が持っていると無くしてしまうと思ったからです。彼はそれをポケットにしまい込み、それ以上何も言いませんでした。つまり、その後五ヶ月後に彼の想像の産物がさらに新聞に掲載されるまで、それ以上何も言いませんでした(11)。

二

鳥は飛び去ったのです。それが起きてからしばらくして初めてこのことが発覚したのです。彼らはとてもひっそりと逃げ出したのです。アシュクロフトの会社の人も詳しい事情が分かりませんでした。二人がどの船で出発するのか知らなかったといいますし、分かっているのは二人の目的地がイギリスで、そこでアシュクロフトがP・マイク・F製造会社（破産し、資産を奪われ、倒産したかつてのプラズモン社にアシュクロフトがつけた新たな社名です）と関係するトマス・リプトン卿と商用で会う必要があったということだけです。

イギリスの大汽船会社の乗客名簿を調べてもアシュクロフトという名前は出てきませんでした。彼らが偽名で乗船したのは明らかです。ところが、彼らは乗船しなかったのです。彼らは聞いたこともないオランダの汽船に乗りオランダ経由で行ったのです。彼らは逮捕から逃れようとしたのです。つまり、彼らは逮捕という恐怖から逃れようとしたのです――スタンチフィールド氏はライオン女史が女性だという理由で彼女を逮捕しようとはしなかったのです。大した女性ではありませんでしたが、それでも女性でしたから。

私はトマス・リプトン卿とアシュクロフトの二人をイギリスの列車の中で形式的に紹介したことがあるだけで、アシュクロフトの身元保証をしたわけでもなく、トマス・リプトン卿について困ることはありませんでした。ノースクリフ卿の場合とは事情が違っていました。[12] 卿はアシュクロフト夫妻が実質的に家族の一員だった頃の冬に、ストームフィールドに私を訪ねてきました。私はアシュクロフトをすこぶる賞賛し、徹底的に彼の身元を保証したのです。それで私は送りましたアシュクロフトがノースクリフ卿と卿の五八の新聞すべてを利用するつもりだろうとその時に懸念しました。それで私は今ではアシュクロフトの身元保証をしていないとする手書きの私信を卿に送りました。

スタンチフィールド氏はそこで、ライオン女史の「サマーフィールド」を修繕するために私から盗んだ金の部分的返済として「サマーフィールド」の差し押さえを提案してきました。借金ではなく、借用について何も言わなかった時点で彼女が盗んだ金です。それで私達は件の「ロブスター用かご」を差し押さえたのです。

保安官は時を移さずにその事実を新聞各紙に伝えました。それはすぐさまロンドンの日刊新聞に電信で伝えられ、アシュクタ大したことのないアシュクロフト夫妻を一躍有名人にしました。会見の申し込みと通信員が群がりました。アシュクロフトはそのすべてを私を通じて知っていました。彼が一九〇七年夏にオックスフォード大学から学位授与で呼び出された時に彼は私と一緒に行ったので、六週間の滞在期間中、彼が私の代わりに新聞記者や写真家に毎日対応していたのです。それは彼の人生で今までにないほど誇らしく幸せな時でした。そして彼らはアシュクロフトを丁重に扱いました。彼を紳士として扱ったのです。それは彼らの親切心からのものでした。というのは彼らはアシュクロフトがイギリスの基準からすると紳士でないことをある種の兆候から分かっていたからです。アシュクロフトの使うある種の言葉が彼の身元を暴露していたのです。例えば、イギリス紳士が「何もかも」と言うところを、彼はまるで行商人のようにいつも「なんでも」と口にしたのです。

　アスクロフト［アシュクロフト］夫妻が逃亡した時、会計の専門家ワイス氏はライオン女史の帳簿の調査が終わっていませんでした。彼女が家の修繕費用をくすねていたことと、くすねた部分のある程度を糊塗しようとして、真新しすぎるインクで小切手控え帳を改竄したことを彼は突き止めていました。

　我々はさらに彼女に対して反論しましたが、彼女が逃亡した時にそのすべてが調査されてはいませんでした。それは彼女が盗んだ金に関するものであり、「住宅費」として控え帳に記入されていました。住宅費は現金払いでした。それは小切手では支払えない少額の出費だけだったのです。私達は一年に三〇〇ドルか四〇〇ドル弱の現金しか使いませんでした。これは何年間もの小切手帳から証明できました。さらに一九〇六年の小切手帳からも証明できました――ライオン女史にとっては悲痛な証拠でした。当時小切手帳を管理していたのは彼女であり、一月当たりの住宅費は二五ドルから三〇ドルで十分に賄えたのですから。ところが、一九〇七年になってアシュクロフトが支援を求め、彼女に盗むことを指示するとすぐに金額が急上昇したのです。

　一年一〇ヶ月のあいだに彼女は約一万ドルの住宅費を引き出していたのです。[13]さらに彼女は様々な費目で現金を引き出し、それをC・C――つまりクレアラ・クレメンズのものとして記入し――その九〇パーセントを盗んでいたのです。[14]あるひとつの費目では、彼女は五〇〇ドルを引き出し、それをクレアラの費用と記入しましたが、その時クレアラは南部にいて**自身の**銀行預金に基づく小切手で生活していたのです。

ワイス氏の計算書からの覚え書き。

「ロブスター用かご」にかかった費用で、現在までに発覚した金額　三四三一ドル三七セント
一九〇七年二月二六日から一九〇九年一月九日まで、(九七週間)（一年一〇ヶ月）一年一〇ヶ月の「現金」小切手金額　九七七九〇ドル
一週平均一〇〇ドル。
小切手控え帳のいくつかには「ロブスター用かご」の文字と「I・V・L」のイニシャルが最近書き加えられたと見受けられる――インクが経年劣化していないのです。

ロジャーズ氏のために作成されたその計算書によると、アシュクロフトは「ロブスター用かご」に二七一七ドル三三セントを使ったことを認めました。ですが、これを認めた直後に彼はライオン女史による金額を、現在までの時点で会計検査で示されている数字である約一五〇〇ドルとしています――先の計算書とは全く矛盾する数字です。

それで今では電信が次のようにうなりを上げ始めました。

アシュクロフト夫人「トウェインの告発は虚偽」を表明

ユーモア作家の前秘書に贈られた家、差し押さえられ、再審理へ。

ニューヨーク『アメリカン』紙特報。

　ロンドン、七月一日発――マーク・トウェインの前私設秘書ラルフ・アシュクロフト夫妻が本日ロンドンに到着し、クレメンズ女史による告発を列挙し、その農家の差し押さえを伝えるアメリカからの切り抜きを受け取る。その農家がアシュクロフト夫人とユーモア作家の係争の核心である。

　アシュクロフト夫人はその告発が虚偽であり、自分達の知名度の高さを考慮し、もともとの目的には反するが、土曜日にモーリタニアに向けて出航し、自らの立場を立証するつもりであると、『アメリカン』紙の通信員に語った。アシュクロフト氏はイギリスに留まる予定である。

　アシュクロフト夫妻はともに問題のクレメンズ女史の姿勢が理解できないと『アメリカン』紙の通信員に語った。

「彼女が主張するように彼女が父親の仕事に精通しているのであれば、コネチカット州のその農家の改修の全過程が父親の認知と承認を得たものだと知っているはずだ」。彼らは言った。「さらに、アシュクロフト夫人が支払い義務を負った全金額に対しても、その修築費用の最初の概算が作成された時にアシュクロフト氏が署名した約一〇〇〇ドルに及ぶ書付をマーク・トウェインは所有しているし、ユーモア作家がその修理の完成時に未払いの負債金の請求を受け入れるとする書面による合意書をアシュクロフト氏との間で作成したのである」。

「マーク・トウェインから費用の返還を求められたことはなかったし、修築費用を彼からの贈与とみなしたいとする彼の提案をライオン女史は何度か拒否してきた」。

　アシュクロフト夫人は『アメリカン』紙の通信員に結論として、「私は自らの立場を立証すべく土曜日に出航して、私に対して起こされた告発の一部始終を虚偽であると立証する」と語った。


　どうして「クレメンズ女史」がこの件に関して新聞記者に語ることになったのか不思議だった。私達の問題を紙上で議論するのは家庭の主義に反することであり、これはひどく驚くべき不名誉で、全く予想外だった。

ああ、悲しや、それはクレメンズ女史ではなく、ジーンだったのです。

彼女は長い間療養施設に追放されていた。彼女は家庭の主義を忘れ、油断していたのです。極めて不幸なことに、電話が鳴った時に彼女のまわりにはたったひとりしか人がいなかったのです。話すのを断ることもできず、彼女は話したのです。

それはとても残念なことでした。それでアシュクロフト夫妻は好機を得たのです。それによって彼らは無名で取るに足らない人から舞い上がり、遠い国でも一瞬にして関心の的になる重要人物となったのです。それは、半パイント程度の強力な古いスコッチウィスキーで磨きをかけ、簡単に扱える一六の素人芝居を演じ、自分自身が早口でしゃべるのを聞くという、何とも重要で歓迎すべき機会を小さな牝ライオンに与えたのです。帝都の複数の新聞が、彼女の小さな「ロブスター用かご」の問題を世界の首都の数百万人もの群衆の前に拡散することを求められるとは！　やれやれ、彼女がそうしているのがとてもはっきりと目に浮かびます――彼女のあらゆる策略と身振りと声音が分かりますし、彼女のそうした型にはまった魔術のすべてを私は知っていますし、彼女が一番機嫌のよい時にその美しく黒い目から発するあの消え入りそうなうっとりする光を知っています。その小さなものが膨れ上がり、膨れ上がり、膨れ上がり、ついには自分がニューヨークの港で明かりの消えたたいまつを掲げている「自由の女神が世界を照らす」像と同じくらい大きく、背が高く、特大のものになったと彼女は感じたのです。彼女の生涯で最高に誇らしい日だったのではないですか？　ええ、確かにそうだったのです。

ジーンの「告発」がなぜライオン女史の力をそんなにも奮い立たせたのか私にはわかりません。彼女は泥棒でしたし、自分が泥棒だと知っていました、彼女が逃走――（アシュクロフトに言わせると、彼女の「健康」のためですが）――した時には専門家が証拠を握っていると彼女は信じていました。それでは彼女はなぜそんな力強い狂乱に陥り、急ぎ戻って「自らの立場を立証」したかったのでしょうか？――彼女はアシュクロフトによれば**ひどい**病気だったのですが。

どうすれば彼女はそんなに非論理的になれたのでしょう？　彼女の「立場」とは何**だった**のでしょうか？　彼女に

は立場などありませんでした。彼女には立場がないことを立証できなかったのでしょうね。しかし、お分かりのように、あるのです。彼女の「健康」がひどく心配な折にすぐさま非論理的に戻ろうとし、サム・ヒルのように立証しようとするのですから。**何を立証する**のでしょうか？　**彼女には**分かっていませんでした。その言葉は気品のある大袈裟な言葉だったので、吐き出さねばならなかったのです。致し方なかったのです。それがまさに彼女にはお似合いでしたし、彼女はいつでもそうでした——そういうふうに生まれたのです。見ている人がいるといつでも華々しいことをしようと準備し、後になってウィスキーが頭から抜けると自分を慰めることになるのです。

　彼女は害のない自発的な嘘つきでしたが、才能がありませんでした。できる限りのことはしましたが、彼女の最高の嘘でもほとんど何も価値がなかったのです。そのやり方ときたらあまりに芸がなく、あまりに明け透けで、あまりに明白なのでした。さて、今回の場合では彼女は人生をかける好機だったのにへまをしました。ヨーロッパ中に鳴り響く名声、太陽系に鳴り響く名声を得られる好機でした。はるか高いところに祭り上げられ、史上最高の敬意と輝きを持つ嘘つきの仲間に入れてもらえるほどの名声でした。しかし彼女はそれを無駄にしたのです。

　彼女の努力に注目してください。近々彼女が話す言葉への永遠の名声に向けられる世間の目があります。そして注目されると、ああ、何とも期待を裏切るのです。彼女の話は四番目の段落から読み始め、最後まで読みましょう。

　すべてのあらゆる声明はそれぞれ関連がなく、紛れもない嘘なのですが、**それでは**役に立たないのです——どんな人でも嘘はつけるのですから。**単なる**嘘では役に立ちませんし、芸を見せて**芸**が才なければなりませんし、説得性を示し、目覚ましくまことしやかで納得できるような**公算**を示さねばなりません。言い換えると、嘘というものは**だますこと**を強烈に計算したものでなければなりません。

　彼女がもし本当の芸術家だったとすれば、彼女は次のように思案したことでしょう——クレメンズ氏の名前は知られているが自分は知られていない。彼は注視し、守るべき名声があるが私にはない。私の**言葉**以外に何の証拠もなしに私が彼を告発すれば、彼を好意的に受け止め、私のことを何も知らない国民を納得させられるだろうか？　こうした人々は「こんなことをクレメンズが無慈悲にもするなんて全く彼らしくない。彼には理性があり、しかも**十分な理性**があることは疑いない」と言わないだろうか？——

疑いもなく彼女はイギリスで私を大いに傷つけました。疑いもなくあちら側の昔からの、私の大切で貴重な友人と賞賛者は悲しみ、言いました——

「この人物はクレメンズの個人教授を七年間も受けたのだ——それなのに、結果を見てみると、司教に教えを受けた程度の芸しか持っていない。彼女はうっかり口を滑らせてしまう、非科学的で、無知なただの素人だ。クレメンズが悪いのだ」と。

しかし、**私に**何ができたでしょうか？　彼女は学ぶことができなかった、その才能が無かったのです。もうひとつあります。彼女は平静を保てないのです。彼女はそれが堂々として立派に聞こえるからという理由だけで突然英雄的な侵攻を始め、そこで彼女は——引っ込みがつかなくなるのです。彼女は名誉を回復するために戻るのだと言ったことで何度も自らを呪いました。というのも戻って拘束される危険があることを彼女は少しも考えなかったからです。ところが、彼女ははっきりそう言ってしまったので、それでも戻らねばなりませんでした。

そして彼女が戻ると、彼女はまたあの嘘を口にしました——名誉回復のために戻ったというのです。彼女はその問題に関して動きませんでした。私達は自らその問題を彼女の目の前に提示しなければなりませんでした。そして、私達は彼女に**詰め寄る**こともしなければなりませんでした。そうなのです、彼女はそれほど私達と顔を合わせたくなかったのです。

とてもよいことです、彼女は戻りました。三艘の船に乗って。「出エジプト記」か「レビ記」か、あるいはそれにふさわしい名前が何であろうとも、そうしたものを企んでいるかのように三という数字が、いずれにせよ口にされています。彼女は、下手に教えを受けた、芸のない事実曲解者として戻り、港で新聞屋との関係を再開したのです。私達は彼女の会見記事を二つか三つ取っておきました。一ヶ月ほどになりましたので、それも新鮮で面白く読めます——その一つの理由はその後に起きたことのためです。彼女が大いに同情に値するからという理由で、彼女を気の毒に思うということがないためです。ほとんど同情に値しません。『イヴニング・テレグラム』紙のおそらく七月一三日号から引用します。(15)

マーク・トウェインの贈与差し押さえの報で新婚旅行中断
前秘書R・L・アシュクロフト夫人、事情聴取のために急遽帰国。
夫をヨーロッパに残す。夫君はのちに帰国予定。
トウェイン贈与の家への四〇〇〇ドルの抵当権の設定の報は理解不能。

ラルフ・L・アシュクロフト夫人、旧姓ライオンで、サミュエル・L・クレメンズ氏（マーク・トウェイン）の私設秘書を結婚の二ヶ月前まで務めていた人物が、キュナード汽船カルマニア号でイギリスから到着した。

アシュクロフト夫人は新婚旅行を中断し、当地に来て、彼女が秘書だった折に贈与されたコネチカット州レディングの家を四〇〇〇ドルのために差し押さえたという趣旨の一週間前の報道について調査検討した。

「私には状況が全く理解できません」とユーモア作家の前秘書は言う。さらに、「クレメンズ氏は最も愛すべき人のひとりで、私以上に彼のことをよく知る人物はいません。伝えられた彼のこの行動は自発的になされたものではないと私は確信しています」と。

アシュクロフト夫人は彼女の家の差し押さえは誰の差し金だと思うかということについては即答を避けた。

マーク・トウェインの娘ジーン・クレメンズ女史との関係について話している間に、彼女は次のように言った――

「クレメンズ女史はこの件に関して間違った忠告を受けていると思いますが、彼女は最も愛すべき女性です」。

アシュクロフト夫人は、クレメンズ氏に財政的な負債があるのかと問われると、トウェインが彼女にその家を贈与した時に、その修築費用として四〇〇〇ドルを彼女に前払いしたのだと答えた。

「しかしそのお金は私の都合のよい時に返済できることになっていました」と彼女は付け加えた。

アシュクロフト氏は妻に同行しなかった。彼は一週間程度イギリスに留まり、それからニューヨークに行く予定だ。アシュクロフト夫人の母親ライオン夫人は娘を出迎えに桟橋に来ていた。彼女達はすぐさまコネチカット州レディングの家に向かった。


気がつきましたか？　彼女は**ついに**ちょっとした芸術的作り事の光輝を放って見せています――彼女は留置場の口が開きつつあったので、自分の混乱したものを国の外に向け、**新婚旅行**にまで持ち込んだのです。しかしそれは本当に彼女の仕事でしょうか？　それを彼女から取り去ってしまうのは残念に思われますが、それでもそれはあの記者の仕事でしょう。

ジーンはクレアラの警告を受け、それが功を奏しています。ライオン女史のことをロンドンの新聞各紙に暴露し、彼女の人生に関わる機会を与えたのはジーンでしたから。

歴史的上昇と降下、膨張と消滅、他の食い違いを作り出すことに関しては、私はライオン女史が専門家として彼女の夫以外の誰にも負けないことを請け合いましょう。昨年のクリスマスの頃に私は彼女に一五〇〇ドル貸しました（修築費用です）が、彼女はそれ以前にすでに二〇〇〇ドルを私からくすね、それを家に使ったのです。今彼女はそれらの金額を四〇〇〇ドルに水増しし、私が彼女に「**前払いした**」と言ったのです。

その泥棒と私達の意外な出来事は昨年九月一八日に発生し、彼女の金銭に関する言葉遣いを少し乱れさせたと思います。**私は**泥棒に銀製品を「前払いし」ましたが、知りませんでした。その時私は上の階で寝ていたのです。

MRS. RALPH ASHCROFT.

四〇〇〇ドルは「私の都合のよい時に返済できることになっていました」。彼女は私の知る限りで最も愚かな人間だと思います。私を除いて、ですが。そしてアシュクロフトも除きます。彼女の給与は一ヶ月たった五〇ドルでした。彼女自身の物語によると、その値上げを彼女が私にどうしても認めさせなかったというのです。彼女の書面での声明によると、その五〇ドルで母親を「完全に」養っていたというのです。彼女の都合のよい時に返済していたら約七五年はかかったことでしょう。彼女は先に三五〇〇ドルを使ったこと、それを『マーク・トウェイン書簡集』――クレアラが準備することになっていた本です――の印税の彼女の取り分で支払いたいことを、愚かにも私に伝えなかったのです。その保証で十分だったでしょう。

しかし彼女はなぜ四〇〇〇ドルほどのはした金で気を揉むのでしょうか？　まさにあの当時、彼女とアシュクロフトは五週間にわたり代行権限を捏造し、私が致命的な病に倒れたらすぐにクレメンズ家の最後の一セントにいたるまで奪おうと準備していたのです。彼女が私の全遺産を人に知られず、疑われもせずに完全掌握できると分かっているのに、一万五〇〇〇ドルや二万ドルの本からの儲けをなぜ気にする必要がありますか？

その本の彼女の分け前の価値を彼女は非常によく理解していました。彼女が三月一三日にそれを放棄した時には私はひどく驚きました。しかし今ではそれが理解できるように思われます。アシュクロフトはそれをひどく見下して、それを「取るに足らない」というのです――これには私も大いに驚きました。でも今はそうではありません。

彼らはその当時駆逐不能なほど確実に私を掌握していると強く確信していたのです！　しかも彼らのやり方と姿勢は何とも傲慢で、彼らが私に署名させた厚かましい契約書を表現する際に、どれだけ冷静に主人風を吹かせるように独裁的だったことか！　彼らは私のピアーズ・ギャヴィストンであり(16)、私の愛玩動物であり、私の偶像であり、私をクレアラと反目させることができるし、クレアラをその座から追い出して、ストームフィールドと私を独裁的至上権をもって支配できると絶対的に確信していたのです。つい最近になって、信頼できる証人の証言でやっと私も分かったことは、ジーンが私の家の敷居をまたぐことは二度と許されないと、彼らが不用意に感情を爆発させた際に言ったことです。ライオン女史が残酷な面を持ち、不寛容で無慈悲なことは知っています――が、アシュクロフトもそうでしょうか？　そうなのです。こうした特質に関しては彼はまさに彼女と瓜二つだと思います。

その写真ではライオン女史は悲しそうに見えます。私が彼女を憐れんでいると思いますが、私が憐れんでいるとしたら呪われたいものです。

次に私が切り取っておいた記事は『アメリカン』誌からのものと思われます。[17]

二一

彼女はトウェインに説明させるつもり
四〇〇〇ドルの訴訟について

ユーモア作家の前秘書、クレメンズ女史の扇動を確信。

農家をめぐり紛争。

クレメンズ氏と彼女はこの父にしてこの娘あり、とアシュクロフト夫人の弁。

ラルフ・W・アシュクロフト夫人はマーク・トウェインの私設秘書で、ユーモア作家が彼女に贈与した、コネチカット州にある農家が近頃彼により差し押さえられ、新婚旅行を突然中断し、カルマニア号で本日ニューヨークに到着した。彼女はすべての問題が作家の娘クレアラ・クレメンズ女史の「芸術家的気質」にあると非難している。

アシュクロフト夫人はきれいな、クエーカー教徒のような顔つきの小柄な女性で、折りたたんだスカーフを首に巻き、鳩羽鼠色の婦人用ドレスを着るという予想通りの服装だった。彼女の旧姓はイザベル・ライオン女史で、アシュクロフト氏と結婚した。彼は三月一八日にマーク・トウェインの相談役にもなっていた。二人は六月九日にヨーロッパに向けて出航し、二日、三日すると、コネチカット州レディングのマーク・トウェインの地所に隣接するアシュクロフト夫人所有の家と一六エーカーの土地が、四〇〇〇ドルを回収する訴訟で保安官代理によって差し押さえられた。

アシュクロフト夫人はユーモア作家がその農家の修繕のために使ってよいと許可した以上の金を使ったと言われている。クレメンズ女史はこの問題を故ヘンリー・H・ロジャーズの手に委ねた。彼はマーク・トウェインの会計簿を調査するために専門家を雇い、のちにジョン・B・スタンチフィールドがその調査を指揮した。

「私は自らの名誉を回復するために戻ってきました」と今日アシュクロフト夫人は述べて、その問題を議論する時には目に涙をいっぱいにため、感情を抑えるのもひと苦労だった。「私は訴訟のことを何も知りませんでしたが、友人が新聞の切り抜きをロンドンに送ってくれ、できるだけ早い船に乗ったのです。アシュクロフト氏をシばらくあちらにおいておかねばなりませんでしたが、お金がないので戻れないでしょう」。

「それは私にはひどい衝撃でした」。彼女は続けて言った。「私はクレメンズ氏を父親のように愛し、彼は私を娘のようによくしてくれました。誰も彼に何年も近づかなかったと信じていますが、この提訴を彼がしたのだとは考えていません。それをしたのは彼の娘だと確信していますし、彼女のそうした行動の背後には彼女にそうさせたテキがイると考えています」。

「すべて彼女の芸術家的特質のためです――そのために彼女はあとで後悔するようなことをいつもするのです。クレメンズ氏は修理に必要なお金はすべて持っていくように言いましたし、ヘン済を求められたことは一度もありませんでした。逆に、修築費用を彼からの贈与と考えたいとする申し出を私は何度も拒絶しました。私は今日すぐにレディングに行ってクレメンズ氏に会うつもりです。彼は私を正当に公平に扱ってくれるはずですし、この告発のすべてを私はきっと論駁できます」。

迫力ある見出しが並んでいます。「彼女はトウェインに説明させよう」。ええ、彼女はそうするでしょう。あの小さなチャボが羽根を逆立てながらイカクするように激しく足を踏みならし、あの記者達の血を危グで冷たくさせる――完全に病的な危惧ですすぎませんが――姿だけが見えます。最も興奮し血に飢えた蝶でさえも、もっとぞっとするよ

Mrs. Ashcroft and Her Mother Here to Answer Mark Twain Suit.

(Especially Photographed by an Evening World Staff Artist.)

二一

うな恐怖心を抱かせられるかと思います。

しかしそのことをよく考えてみると、彼女の勇敢な公然とした反抗には、素晴らしく、勇ましく、英雄的なものが**あり**、それによって我々はどうしても賞賛することはできないと分かっているので賞賛することになります。我々は卑屈にも隠したいところです。彼女の状況下では**我々が**そうすることはできないと分かっているので賞賛することになります。我々は卑屈にも隠したいところです。泥棒が発覚し、詐欺が露見し、社会的に破滅した追放者としての拭い去れない意識のために、我々は気力を失い、たわごとなど言わなくなるでしょう。

彼女の最後の段落は嘘だらけですが、それが下手で、いい加減で、芸がないのです。彼女は、決して、決して、**決して**、学習しないのです。彼女が準備をしていないのは明らかで、いつでも直感に頼り、その時の衝動で嘘をつくのです。結果として、彼女は思いつく限りの嘘を吐き出し、ほとんどの場合それが危機的状態にとって最良の嘘にならず、品格も完成をも必然的に欠くことになるのです。

それでも、これらの嘘にはひとつだけ好ましい特質があります――目新しさです。新鮮で、棚ざらしではないのです。さらにそれはよさそうな安直で爽やかな矛盾があるのです。彼女は「修築費用を彼からの贈与と考えたいとする申し出を私は何度も拒絶しました」というのです。何という言い草でしょうか、彼女にはたった一度（五〇〇ドルです）しかその機会がありませんでしたし、彼女はその機会を拒絶しませんでした。彼女は借用した一五〇〇ドルの残金についてそのような申し出を決して受けていませんでした。

さらにもうひとつ好ましいものがあります。「クレメンズ氏は修理に必要なお金はすべて持っていくように言いました」というのです。

イザベルは手に負えません。彼女は修繕についての話が少しでも出る以前に、既に二〇〇〇ドルも盗んでいるのです。そのことに関して私達は一度だけ話したことがあります。彼女は必要な金額（約一五〇〇ドルです）を口にし、私は私から借りればいいと言いました。ちょうど一九〇八年のクリスマスの直前に彼女は家が完成し、費用は一五〇〇ドルを少しだけ下回ったと言いました。しかし彼女は盗んだ（ほぼ）二〇〇〇ドルについて言い忘れていました。

イザベルは一点において少し不当です。彼女は提訴という悪行をクレアラに負わせているのですが、非難されるべきは私だと彼女は分かっているのです。私が私が悪いのです、――彼女が泥棒で留置を免れるために逃亡したことを知るまで提訴しなかったのですから。彼女を留置するのは市民としての私の義務だったのですが、私は**自分のこと**を考慮し、そうしなかったのです。彼女のためではなく、ひたすら私のためです。

「返済を求められたことは一度もありませんでした」とあります。とても上品な様子でそう言うのです。それで、私が**求めている**のは金だけで、それを手に入れることだけだと示し、実質的にそう主張する様子なのです。それはまったく狂気じみています！　なぜか、彼女はこの世では一文無し――盗んでいない金は一文もない、という意味ですが――でしたし、私自身の小切手を使って返済する機会は、永遠にすべて失われたのです。「私達にはその余裕がない」ので金銭的困難のないおしゃべりな人には戻れないと彼女は自ら言っているのです。

「（中略）この告発のすべてを私はきっと論駁できます」。

彼女は確かに上手な嘘つきでは**ありません**。彼女のそうした努力を知れば知るほど彼女に失望を感じます。クレアラを説得した「敵」がいるのだと彼女は考えています。それは**ペインさん**への明瞭で明白な平手打ちです。ペインさんがかわいそうです。我が天使の非難という枯れ葉病が降りかかったすべての人がかわいそうです。そんな災難を何にたとえたらいいのか私には分かりませんので、それをそのままにして、無理をしないことにします。

人目を惹く見せかけの見出しの記事がもうひとつありました。(18)

マーク・トウェインは説明の義務あり

アシュクロフト夫人ヨーロッパより帰国、彼が贈与した家の差し押さえの理由を問う。

彼の娘を非難

作家の家族、彼女に嫉妬、前秘書断言、関係を物語る。

サミュエル・L・クレメンズ（マーク・トウェイン）の前秘書ラルフ・W・アシュクロフト夫人が二週間前にロンドンについたすぐ後に、コネチカット州レディングの家を四〇〇〇ドル分の金のためにユーモア作家が差し押さえた。この家は彼が彼女に与えたものだった。それで、彼女はキュナード汽船の蒸気船オーシャニック号で本日帰国し、彼女いわく、「差し押さえの真意を知り、誤解の結果に違いないこの問題の解決が可能かどうかを確認する」ためであった。

クレメンズ氏が彼女に対する法的手段をとったのは娘の影響だとアシュクロフト夫人は明言し、ユーモア作家の家族が彼女に対して抱いていた嫉妬のために差し押さえという挙に出たと信じていると付け加えた。アシュクロフト夫人は仕事のある夫をロンドンに残したままだが、波止場で母親のライオン夫人と会った。母親は娘がニューヨークで一日休んでから、「ストームフィールド」という田舎家にクレメンズ氏を訪ねる予定だとの情報をもたらした。

アシュクロフト夫人はI・N・ライオン女史としてユーモア作家の秘書を数年間務め、手紙のやり取りを管理し、作家の仕事に他の誰よりも深く関与していた。

「クレメンズ氏が私に贈与した財産に対してどうして差し押さえがなされるのか理解に苦しみます」と明言し、ユーモア作家と自身との関係とその家が贈与された状況について忌憚《きたん》なく語った。

「最初から話させてください。二週間前にロンドンにいる時に私は手紙を受け取り、クレメンズ氏がとった今回の措置を知りました。彼が四〇〇〇ドルのために差し押えを宣言したその家は彼が私に贈与したものです。私はロンドンに夫を残したますぐに帰国することにしました」。

アシュクロフト夫人は続けて、「私はこの問題をきれいに解決できると確信しています。私はそのことでひどく落胆しています。私は数年間彼の秘書としてクレメンズ氏と深く関わってきました。娘が父親を愛するように私は彼を愛してきました。私は数年間できる限り彼の世話をしてきました。彼はレディングの家を贈与してくれ、その後その家に家具をそろえるためのお金を貸してくれました。私が返済できるようになったらすぐにその金を返すという理解が私達の間でできていました」と言った。

「私がクレメンズ氏のもとを去る時には、私が秘書だった時と同じように彼は私に親切でした。クレメンズ氏がその家を差し押さえたなど、あり得ないことです。彼はそういう人ではありません。今回の問題のすべては彼の下の娘のジーン・クレメンズ女史が引き起こしたことだと私は固く信じています。彼女はいたって芸術家気質の人なので時折間違った方向に進む傾向があるのです。彼女が自らの意志の働きで今回の私に対する問題を起こしたとはまったく信じていません。私がクレメンズ氏と以前に深い関係にあったことを嫉妬する人から悪い忠告を受けたのだと信じています」。

「ジーン・クレメンズ女史がそれまでの条件を十分には理解しておらず、そのために彼女が犯した間違いを正しく理解していれば、とらなかったであろう措置をとったのだという印象を私は持っています。私に対してなされた非難を払拭するのにできることは何でもするつもりです。私の中ではほんの僅かばかりも疑いはありませんし、私によせられたあらゆる非難をすべての人が満足するまで論駁すると確信いただいて結構です」。

アシュクロフト夫人は五フィート［一五二センチ］足らずの小柄な女性だが、クレメンズ氏と個人的に合うために明日レディングに行くつもりだと付け加えた。


私は説明「せねばなりません」。彼女は私の首根っこをつかまえて説明を搾り取ろうと、ここストームフィールドにまさにやって来つつあります。私は今までにそんな暴力的な恐竜に会ったことがありません。こうした前もって計画されていない会見のすべては、文学的所産としてとても多様性に富んでいて、私には面白いものです。それらは実質的にはどれも同じ調べを奏でていますが、その有り余るほどの変奏によって単調にならないのです。

二

彼女は「理解が困難」とのことです。しかし、それは新しい嘘ではありませんし、以前にもそのような嘘をつきました。

そして
しかし、彼女の家に「家具をそろえる」ために金を貸すことについての嘘は以前に使われたことがありません。工場で生産されたばかりです。彼女は家具をそろえるための金をくすねていましたが、私はその家具をそろえる目的で金を貸してはいません。

「私が返済**できる**ようになったら**きっと**すぐにその金を返すという理解が私達の間でできていました」。これも新たな嘘です。彼女は以前にそんなことを言っていません。「できる」というのはとても強い表現です。その言葉は私がその金のことをとても心配し、それをすぐに返してほしかったことを示しています。さらに、この新たな形の嘘によって、その金に関して私が不安を感じ、彼女が私を慰め、再び確証を与えるためにとんぼ返りをした――いい子だ、と暗示しているのです。私を勇気づけるためにとんぼ返りをし、私の薄れつつある勇気を回復させるためにとんぼ返りをし、私を失望から救うためにとんぼ返りをした――最愛の小鳥ちゃんです。ちくしょうめ、彼女は進歩している――これはほとんど芸術です。

「非難を払拭するのにできることは何でもするつもりです」。これも進歩です。これまで彼女は空威張りをし過ぎました。彼女は自分が脱走したハリケーンで、この周辺に発破をかけ、破滅させ、鞭で打ち、打ち据え、衝突し、彼女の行く手を阻むものすべてを破壊し、彼女が通った後には平らになった山と煙が上がった森が残るだけ――しかも自らの清浄さを絶対的に回復するのだという印象を世間に与えていました。絶対的にしかも突然に、です。しかし、いま彼女はただ試みようとしているだけです。試みるのはより良いことです。それは明確な進歩です。これは暴力よりははるかに良いものです。我々は犬を今、再びつなぎ留めることができます。

非難されるのがクレアラではなく、再びジーンになっています。問題を起こしたのがジーンの「いたって芸術家気質」のせいになっています。これももうひとつの進歩です。というのは繊細さに関わることだからです。一年前、彼女はここの周辺の農家のすべての人に、ジーンは「狂っている」ので保養所に身を預けている――死ぬまで――と語っていました。それを高い芸術家気質に変えたのは一層親切なことです。ジーンは芸術家的ではなく、著しく実利的で実務に長けているので、これは正しくないのですが、私はその古い嘘よりも新たな嘘の方が好きです。それでも、それは恒久的ではありません。彼女は場合に応じて変化させているだけです。必要になれば、場合に応じて彼女は以前の嘘を再び使うでしょう。彼女はペインさんをもう一度横殴りにするために今回の変化をつけたのです。ペインさんが悪い忠告者です。彼が嫉妬深い忠告者です。

しかしながら、ジーンは何も「措置」を取らなかったのです。弁護士達がやりました。ライオン女史が犯した窃盗を部分的に埋め合わせるために「サマーフィールド」あるいは「ロブスター用かご」を差し押さえのは弁護士達でした。ライオン女史はそのことを知っていました。

彼女がこちらにやって来たことはとても良いことでしたが、彼女は「私によせられたあらゆる非難をすべての人が満足するまで論駁する」ことはできませんでした。さらに彼女はそれを試みようともしませんでした。そうする方法はありませんでしたし、始める場所もありませんでした。

当然その会見によって新聞記者達は奮起し、昼間列車も夜行列車もともに——あらゆる列車に乗って私達のところに群がって来ました。しかし私達は何も提供しませんでした。アシュクロフト家の人々を重要人物にしたくなかったですし、彼らがそうはなれなかったのです。彼らは無名の名もない冒険者であり、新聞が彼らの不満に紙面を割こうとする唯一の理由は私が回答する可能性があるからです。

私はもちろん回答しませんでした。しかし記者が会見を申し込むと私はいつも空手で帰らせ、私が言**いたかった**ことが新聞に掲載されるのでアシュクロフト家に対する私の怒りは静まるのです。それが私の憤慨した魂を沈める最良の方法です。それは効果的です。私はそれを四〇年間も実践してきたのです。

例。——

例。書かれ、とって置いたもの：

「それは弁護士と専門の会計士が調査する案件であり、裁判所が決定することであり、新聞が決定することではありません。評決は私に有利になるでしょう。他にはあり得ません」。

「その案件に関して情緒的なものは何もありませんでしたし、感傷的なものも何もありませんし、哀感や涙を誘うものも、大衆が見るものも何もありません。それは単に不正利得に関するだけのもので、徹底的に味気ない実務にのみ関するものです。そこに感傷を付け加えようとする試みは場違いでした」。

もうひとつの例。

「このアシュクロフト夫人の問題は新聞によってあまりに重大な試練になっています。それを正当に評決できるのは大陪審と裁判所のみです。それで、それに関して話して何の得になるのですか？　私は何も言うことはありません」。

「もしアシュクロフト夫人が自分の個人の下着を公共の場で洗濯するのが彼女の所有権に関する考えと合うのなら、それを認めましょう。彼女の権利ですから。私は自分の下着を決して洗いませんが」。それで、それに関して何の得になるんですか？

［サミュエル・L・クレメンズはジーンからの鉛筆書きのメモの上に先の二つの段落を書いて、折りたたみ、その外側に「殿」と書いて宛先とした］。

グリノワ様、

私は早いうちにその立場を離れるつもりですが、必要な郵便物は昼食後すぐに準備できます。今、急いでいる者はいないし、私の干し草は注意が必要です。

あなたは必要なだけ眠っていなかったのではないでしょうか。私が寝る時にあなたの部屋の灯りがついていましたし、午前三時三〇分にもついていましたから、とても大変なのだと思いました。

多くの愛情を込めて、大切な人へ　J・L・C。

もうひとつの例。

「私はアシュクロフト事件について新聞で話したくはなかったのです。アシュクロフト夫人は女性ですので、彼女に寛大だったことを除いて、私には何も言うことはありません。私の手の中にある証拠が弁護士と専門の会計士が有罪を証明すると考えるほどだとすれば、彼女は留置所に入ります。彼女を救うことで私は市民としての義務を怠っていましたし、それに対して感謝しなかったのです」。

もうひとつの例。以下の文書をAP通信社社長に送り、世界中に公表するようとても強く求めたいと思ったのですが、私はじっとこらえてそうしませんでした。

（AP通信社に**のみ**送られる。メルヴィル・ストーン宛に送るように）。

「アシュクロフト夫人と私との間の事件は数ヶ月間弁護士の手にゆだねられて、それが世間の注目も集めずに密かに自分達だけで解決できなかったのは彼女――アシュクロフト夫人のせいです。彼女がそれを新聞に載せたがっているのは明らかです。この目的のために彼女は新聞に多くの陳述――多くは間違っていましたが――を流したのです。私は出版業界に応じていませんが、おそらく私はその方針を捨てて、公に一言か二言言わなければならないのです」。

「事件は単純で、それについて複雑で困難なものはありません。何年間か彼女は私の代わりに小切手に署名してきました。私が彼女を監視したことは一度もありません。私は彼女に全幅の信頼を置いていましたので。しかし、この前の春に彼女の執事の仕事について調査する状況になりました。過去二年間の彼女の勘定書の調査を専門の会計士がやり始めました。不正の証拠が現れました。彼女は外国に行くと言い出しましたが、残って専門家の仕事の結果に立ち向かうように求められました。そうするとする約束が――彼女の夫から――六月八日になされ、夫婦が切符を購入していないという発言も付随していました。ところが、彼らは即座にイギリスに逃亡し、姿を消し、出発したのです。この事実は数日後にようやく発覚したのです」。

「新聞によると彼女は自らの名誉回復のためにいま戻ってきているとのことです。彼女が立ち去る前にそうする機会はありました。彼女にはもう一度機会があります。彼女に求められていることは次のようなことだけです。彼女の家の工事が完了し、一四八二ドル四七セント（私から借りた金です）の費用がかかったことをなぜ私に伝えなかったのか、そしてこの計算書の金額の部分が故意に不正確だったことをなぜ私に伝え忘れたのかあるいは伝えるのを控えたのか、説明することです。彼女はさらに二、三千ドルも使っていましたが、この事実を彼女は隠蔽していました。彼女はそれを隠蔽し続けていました。そして最終的にそれが発覚すると、何ら助けも感謝も彼女の側からの話も強力な釈明もなく発覚暴露されたのです」。

「さらに望ましいことは、二年間に十ヶ月も欠けることなく九九七〇ドル――前例のない金額で、彼女はそれを小切手帳の控えでは「家計費」と記しているのですが――の銀行預金を私から引き出した理由を説明すべきです。彼女は私達は現金でその十分の一程度しか使っていませんでした――切手代、列車の切符、急行料金、車代、ほか二、三の些末な代金です。それ以外の出費は小切手で支払っていました」。

「他にも説明が必要な些細なことがあります。例えば、『改竄された』小切手帳控えです――いわば、緊急の小切手帳控えです――専門家の査察を必要とするような緊急事態に対応するために改竄された小切手帳控えです」。

「アシュクロフト夫人は、その執事としての仕事に関する調査を、彼女に受けさせる責務を私の娘に移管することで、その責任を私に負わせないようにと一度ならず尽力しました。これは親切でしょうが、まったく公平ではありません。私が責任者であり、娘ではありません」。

［サミュエル・L・クレメンズはこのページの下半分を破り捨て、七五語ほどの文を削除した］。

「私は今日にいたるまで、このやかましい淑女に対してとても忍耐強かったと考えています。刑事訴追の手続きが私の市民としての義務であったにもかかわらず、一九〇七年一〇月一六日、一九〇八年一月三日、一九〇八年五月一一日、一九〇八年七月一日になされた行為に関して彼女を私が刑事訴追しなかった点で、私はとても慈悲深かったのです。一九〇七年一一月一八日、一九〇八年八月三一日、一九〇八年七月二日にもありました。私は彼女が女性なので許したのです。男性なら許しませんでした」。

サミュエル・L・クレメンズ。

サミュエル・L・クレメンズ

「追伸　他にも説明が必要な細かなことがあります。彼女には機会はあるのです」。

「目下のところ彼女の夫に関して次のようなことしか言うことはありません。三月三一日と四月三日に彼は、二点か三点の狡猾でいんちきな裏切りと、背信行為と恥を知らぬ惨めなほどに低級で、不誠実な行為を犯しました——今までの私の生涯で私に対してなされた最も低級で最も卑劣な行為です。並みのいかさま賭博師なら恥ずかしくなるような行為です。彼がこうしたことを私にしていたのは彼が私に雇われた金で私のために仕事をしていた時のことでした[19]。さらに彼は信頼すべき親しい友人でした。彼は一ヶ月間留置されましたが、当然のことでした」。

サミュエル・L・クレメンズ。

ライオン女史と母親はすぐに「サマーフィールド」にやって来ました——新聞記者達にうまく自慢するためでしょうか？　おそらくそうでしょう。彼女がそのことだけしか考えていなかったのかどうかはわかりません。もしかしたら私達との間で本当に解決策を探ろうとしていたのかもしれません。それでその目的を果たすためにラーク氏がニューヨークからやって来たのです。

しかしライオン女史が、マーク・トウェインのものである金を凶悪なやり方で支出し続けていたとする虚偽の口実のもとに彼女の財産を差し押さえようと彼が怒っていることに関して、マーク・トウェインに返答「させよう」とす

二

るその猛烈な執着を彼女はあきらめたのです。そうです、そして彼女は「捨て身で攻撃しよう」という望みもあきらめたのです――「誤解」の本質とそれがどのようにして生じたかを見出そうとする望みもあきらめました。彼女は私達のもとに来ませんでしたし、公式の代理人もよこしませんでした。一日中待っても彼女は来ませんでした。次の日も来ませんでした。午後二時になっても来ませんでした。夜になっても来ません。

その間ずっと彼女が記者や他の無邪気な人々を騙して「はったりをかけて」いたことは明らかです。彼女が解決を望んでいなかったのは明らかです。ではなぜ彼女はそうしたのでしょうか？　彼女には主張がありませんでしたし、よって立つ場がありませんでした。彼女は金を盗んだのですし、私達には証拠があり、**私達の望む解決**は彼女の財産の譲渡証書を彼女の負債の一部を完済するために手に入れることでした。

次の日の朝も事情は変わりませんでした。ラーク氏は私達自身が先手を打たねばならないと言いました。彼は「サマーフィールド」に出かけて交渉を開始したいと提案しました。しかし証人が必要でしたので、一人で出かけるのを望みませんでした。用心深い人です。彼の言い分は正しかったのです。彼の仕事は、ひとつも嘘のない文を五つも作れない女性、自身で手掛けた場合には一五の嘘を五つの文章にまとめることのできる女性、女性の中には匹敵する者がなく、男性の中でも、彼女の夫を除けば誰も太刀打ちできない嘘つきを相手にしていたのですから。

そうです。ラークさんには証人が不可欠でした。ペインさんでどうですか？　ああ、**絶対**無理です。私ではどうですか？　ああ、**絶対**無理です。それでは会談にはならず、まったく最初から大騒ぎになってしまったでしょう。そして負けるのは誰でしょうか？　ペインさんと私です。あの猫は私達の目をえぐり出したでしょう。

ではその証人はどこにいたのでしょうか？　ジーンが行ったのでしょうか？　彼女は行くと言ったでしょう。彼女というのも彼女は何が起ころうとも威厳を保つ人ですから。ラーク氏を除けば、彼女は最良の頭脳と、最も公平な判断力を持っていました。彼女は何が行われ、何が言われたかを思い出し、なしに粉飾も誇張もない、平明で分かり易く直接的な言葉でそれを裁判所に行って主張できたでしょう。彼女以上に適任の証人はいませんでした。彼女はライオン女史を軽蔑していましたが、憎んではいませんでしたし、自尊心を持つ人が憎むにはライオン女史では十分ではなかったのです。ライオン女史はジーンを憎み、それは明白でした。ジーンが恐ろしい慢性病に苦しみ

（おもにライオン女史の策略と虚偽と不実な行為によって）家庭からも友人からも引き離されていた時に、ライオン女史はジーンに対して無慈悲で、残酷で、野蛮でした。そしてライオン女史は我が家でその権力の絶頂にあった時には、ジーンに生涯決して我が家の敷居をまたがせないと自慢していたのです。そうです、彼女はジーンを憎んでいました。彼女はずっと以前から憎んでいましたので、その感情が和らいだと想像できますか？　ジーンが**自分のために**邪な計画を立てているという特権が与えられていたと想像できますか？あり得ないことです。

すべてのことに鋭く目を光らせるようにと私はジーンに言いつけました。彼女がこの件に関していつか証人として出廷しなければならなくなるだろうからでした。さらに記憶が薄れてしまう前に書き留めておいてほしい、そして証言を求められた時には**それを**法廷で読むようにしてほしいと私はジーンに求めるべきでした。

彼女とラークさんは二人そろってロブスター用かごまで歩いて行きました。

ここに彼女の話があります。彼女が次に翌日にざっと書き留め、一週間後に私のために清書したものです。それをここに挿入します。

ジーンの話

七月一六日土曜日、ラーク氏が午前一〇時三〇から一一時の間に「サマーフィールド」に行くのに私は同行した。彼はアシュクロフト夫人に会いたかったが、彼女の母親のライオン夫人に玄関のところで会い、彼女はアシュクロフト夫人が病気で、そのためお目にかかれないと言うのだ。ラーク氏が午後にアシュクロフト夫人と会える可能性はないかとたずねると、母親は可能性はあるかも知れないので電話で知らせるとのことだった。

我々が「ストームフィールド」に戻るやいなや伝言が送られてきた。アシュクロフト夫人はラーク氏に二時から二時半の間に会うとのことだった。同時に彼が一人で来るようにとの要求があったが、彼はすべての言動の証人として私に同席を求めたかったので、それを認めたがらなかった。

昼食後すぐに我々は再び「サマーフィールド」に出かけて行った。今回は我々は中に入れてもらった。ライオン女史は、この時、黒いサテンのあるいはサティーンのブラウスと黒い毛織物のスカートを着ていた。ライオン夫人は娘を呼んできましょうと言ったが、私がラーク氏と並んでソファにまだ腰かけないでいると、彼女が部屋の反対から入って来た。それは家を横切るほど離れていた。

アシュクロフト夫人は白いブラウスとスカートとベルトというとてもさっぱりした身なりだった。装身具は何も身に着けず、ただ認印付きの結婚指輪をしていた。アシュクロフト夫人は私には話しかけなかった。彼女は入ってくるとラーク氏を見て、私が彼女の名前を口にしただけのところで彼女はお辞儀をし、私は腰かけた。

ライオン夫人はラーク氏から二、三フィート離れた、氏とほとんど向かい合う大きな肘掛椅子に座り、アシュクロフト夫人は私の左側のとても小さな椅子に腰かけ、私は彼女とラーク氏に挟まれた。

しばらく何も言葉がなかった。そして、アシュクロフト夫人がクレメンズ氏との困難な問題を解決するためにヨーロッパから帰国し、その目的のためにレディングに行くつもりであると我々が新聞で読み、彼女が「ストームフィールド」に姿を見せていなかったので、彼（ラーク氏）が彼女に会いに来るのが最良だと考えたと、ラーク氏が説明し始めた。そこでライオン夫人が突然口をはさみ、娘を淑女として扱って欲しいと求めた。それに対し、アシュクロフト夫人が母親に黙っていて口出ししないでほしいとすぐさま求め、一方ラーク氏は淑女以外のものとして扱う意図はまったく無いと答えた。それで彼は、彼が言わねばならないことの中にはライオン夫人が聞くのは辛いこともあるので、退席してもらう方がよいと提案した。その提案は考慮されなかったので、彼は目下の問題を続けた。

しばらくの間アシュクロフト夫人は差し押さえの理由が分からないふりをした。それから、理由を彼女が知らなかったといっても無駄だと分かると、彼女は小切手帳を見ることを認められていなかったので明細書を何ひとつ作成し準備する作成することができなかったと主張しようとした。彼女とアシュクロフト氏は、一緒になって、彼女の家をきれいにする費用の詳細な明細書を作成したが、その明細書はまったく不正確だったと、ラーク氏は彼女に伝えた。そこで、アシュクロフト夫人は、請求書があれば、彼女の概算を越えるような明細総額が不正確だと証明すると言った。ラーク氏は、ひとつの例として、「ストームフィールド」の工事が六一ドルになり、「サマーフィールド」の工事が四五〇ドル以上になった時に——彼女が全体を一枚の小切手で支払い、控えに「ストームフィールド」と記したことを示した後で、彼女が仕事の大半を誰に依頼したのかどうかをたずねた。両方で仕事をしていたのは、大工のアダムズさん、（よろずや）ラウンズベリーさん、配管工のハルさんだけで、その人達の仕事はほんの僅かでしかなかったと述べた[20]。これに対してラーク氏は、「ストームフィールド」での工事と彼女が記したのがハルからの四〇〇ドル以上の請求だったと回答した。それで彼女はしばらく黙りこみ、彼女は方針を変えて、じっと、まったく瞬きもせずに、哀愁に満ちた顔つきでラーク氏を見つめようとした。彼女はもちろん失敗して、もし自分が間違いを犯していたのなら、「とても申し訳ない」と弱々しく言った。

　会談のあいだ、彼女が父のお金で彼女の家の修復代金を払う小切手を作成し、それが一九〇七年にタキシードで過ごした夏の時にまで遡ると非難されたのに答えて、父が彼女にそうするように言ったのだとアシュクロフト夫人は答えた。父が金を貸す許可を彼女に与えたのは一九〇八年春夏が最初だという記憶しかないし、その時修繕費用を払うために彼女が自分の地所を抵当に入れねばならないと言ったことを、ラーク氏は伝えた。

　もし彼女アシュクロフト夫人がその資産を返還譲渡したなら、父親は訴訟を取り下げると信じているとラーク氏が最終的に述べた。つまり、彼女がその資産を譲渡し、抵当分の支払いをするかどうか、である。ところが、かつて彼女が言っていたことの結果から、彼女にはそうする権限もなかったのである。そして彼は次に、父が彼女にその資産を与えた時、それが彼女と母親の生涯の所有物でしかなく、彼女達の死後はクレアラと私に返却することになっていると説明した。父はそれが必要だとは考えていなかったが、同意した。

その条項は譲渡証書にはないが、アシュクロフト夫人はその地所に抵当権を設定した時点で実質的にはそれを売ったにもかかわらず、それを決して売らないと言った。その地所を売ってはならないことを示した書類はないと彼女は答え、それに対してラーク氏は応ずると言ったが、彼女がその件に関して約束を破ったと言った。

それから彼は四〇〇〇ドル（七〇〇〇ドルでしょうか？）にもなった「家計費」のための驚くべき小切手に注目した。それはそんな高額が今までに使われたことがなく、うまく説明できないものだった。使用人はほとんど皆が同様に小切手で給与を支払われており、何らかの金額の請求書もすべて小切手で支払われていた。ラーク氏が続けて言うことには、彼女がその地所を売り、一五〇〇ドルを払えば、父は約三〇〇〇ドル失うだけだが、単刀直入に言えば、父が最も強く求めているのは彼女を近隣から追い出すことだった。アシュクロフト夫人は間を置きながら、自分の家を放棄することは**できない**こと、すべてを払い戻すためのお金を集めていること、返せるようになった時に返すという了解のもとに父からお金を借りたけれども、最初にしばらく考えねばならず、返せずにとても申し訳ないこと、そのことを母親と相談せねばならないし、決定する前に弁護士に相談しなければならないことを話した。

ラーク氏はアシュクロフト夫人が一九〇七年の一時期と一九〇八年に母親を養っていたかどうかたずねると、一九〇七年の冬に、母親はアシュクロフト夫人と暮らし、夏の間は（アシュクロフト夫人の）姉妹と一緒にハートフォードで暮らしたと答えた[21]。ラーク氏がライオン夫人の食費が一月五〇ドルのライオン女史の給与のかなりの部分を占めていたであろう事実に注目すると、食費は週八ドル半を決して超えなかったと彼女らは答えた。それを受けて、それではライオン女史の手元に服飾費として残るのは一五ドルだと言うと、アシュクロフト夫人がより高額の給与を何度も断ったために、必要な衣類を買う許可を父が与えていたのだと彼女は回答した。その許可はニューヨークではなくここで、昨年の冬に与えられたものだと私はラーク氏に伝えた。

高額の家計費が引き出されていたことに関して、アシュクロフト夫人はその大半を「ストームフィールド」の設備の支払いに使ったこと、それが現金で、メイシーズ百貨店で支払わねばならなかったことを主張しようとわずかに努力した。彼女は自分が家計簿を見ることが許されてさえいれば、その超過を説明できること、さらに彼女がある程度の額の銀行預金を一度も持っていないことを自発的に語った。ラーク氏は彼女の設備に関する言質をすぐにとらえて、彼女が設備に支払った小切手に関する会計士の明細記録を彼女に示した。しばらくして、彼は再び彼女をとらえた。貸付金の話になると、彼女は、それを預けて以来触れていないので、その全額を払えるということだった。彼女がつい今しがた言った銀行預金を持っていないということがどうやって生ずるのかを問われると、貸付金はリバティ銀行に預け、それ以外の自分の僅かな預金はリンカン銀行にあると説明した。

アシュクロフト夫人が女性なので、この問題の解決を裁判所から外したいと父が望んでいるとラーク氏は説明し、男性との間で問題になったのであれば、そんなことは考えないこと、同様の状況で父ははるかに寛大だと密かに信じていることを説明した。さらに、問題が未解決のままなので、父がますます憤慨し、説明したように、約七年間にわたって実質的に家族のひとりとして扱ってもらったあとでは、彼女の行為が忘恩だと実感していること、同時に父は市民としての義務を実行していないとも感じているとラーク氏は言った。アシュクロフト夫人がもしも現在の提案を受け入れたくないと感じているのなら、地裁大陪審員が訴状を既に作成しており、提出されることを彼は続けて言った。それが何を意味するか彼女が理解していなかったので、訴状がこの郡の地方検察官に渡されるだろうと彼は説明した。ライオン夫人はそれが何を意味するか分かっていることを示したが、アシュクロフト夫人はその考えを十分には把握していないか、彼女が見事に自制していたかである。

アシュクロフト夫人が一度神経衰弱を起こしそうになったと思われた時、その場に彼女の母親がやって来て、しばらく彼女をなだめた。

ライオン夫人は、不動産譲渡証書にいったい何が含まれるのか、家具のすべてが含まれるかどうかたずねた。それに対してラーク氏は、家と納屋と土地だけで、父が金を払った水回りの改良工事を除き、父が与えた時と同じものであると回答した。

アシュクロフト夫人は、とてもすまないと、少なくとも四回繰り返し、ラーク氏が選んだ通りに進めるようラーク氏に伝える前に一度、その後に一度、すべてを払い戻すために金を集めていると、二回繰り返した。彼女と母親は「互いに考えを共有しており」、そのことに満足していると言った。

アシュクロフト夫人が決定する前に弁護士に面会し、その後ニューヨークに行ってスタンチフィールド氏に会いたいともらした時、そうした場合、彼女が州の裁判権の外に出ることになり、望ましくないとラーク氏は暗示した。

最終的にアシュクロフト夫人は午後三時三五分に要求を受け入れ、ラーク氏は不動産譲渡証書を持ち帰り、七月一九日月曜日の午前中に署名を求めると言った。私達が出る時には、彼女達二人はほとんどヒステリーに陥り、そういう状態なので互いの腕の中ですすり泣いていた。

アシュクロフト夫人は、済まないと言った後で、「私がそんなことをしようとしたことがないのは知っているわよね、お母さん」とふと言って、小切手を一度も不正に作成したことがないとする主張を支持するよう母親に求めた。ライオン夫人はこれについて当然「ええ、そうよ、あなた、あなたはもちろんそんなことはしてないわ」と答えた。これに対してラーク氏は「ライオン夫人、この件に関してあなたは証人とはなりませんなりませんでした。小切手がその事実の証拠になります」と言った。

私達が「ストームフィールド」に到着した後で、その不動産譲渡証書がニッカーソン氏からすぐに手に入ることがわかったので、月曜日にラーク氏が出向かなくてよくなった。

それで私はもう一度「サマーフィールド」に出掛け、今回も徒歩で、G・M・アクロム氏を伴った。[22] 私達は玄関先で午後五時四五分六時一五分に落ち合った。アクロム氏は馬と一緒にいたが、ラーク氏と私は中に入った。両淑女達はいくらか冷静になっていたけれども、すぐにでも抑えきれなくなるであろうと分かった。

小さな奥まった部屋でニッカーソン氏が不動産譲渡証書をアシュクロフト夫人に読んで聞かせている間、ラーク氏と私は大きな部屋に留まり、その間、ライオン夫人も私達に背を向け、山を見おろす窓から外を眺めながら、そこにいた。読むのが終わるとアシュクロフト夫人はそれに署名したがらず、というか抵当権証書の作成を嫌がった。確かに彼女はとても神経質だった。彼女は日付もはっきり分からず、しばらく抵当権証書の作成方法も分からないようだった。ライオン夫人は家具類について再びたずね、その多くの部分がファーミントンから持ち運んだものだと言った。家具類は含まれないことをもう一度伝えた。すると彼女達はいつまでに引っ越さねばならないのかたずね、ファーミントンが貸し出されているのでどこにも行くところがないのだと涙ながらに言ったので、ラーク氏はライオン夫人が求めていた九月一五日までいられると最初は返答した。しかし、私達は外に出て、九月一五日という日付は二ヶ月先の二日前までという日数を認めることになり、九月一日で私には十分だと思われると私は彼に言った。それで彼は中に戻って、結局六週間あれば引っ越し先を見つけるのに本当に十分なはずだと伝えた。

そうした手続きを合法にするために必要な一ドル紙幣をニッカーソン氏がアシュクロフト夫人に手渡すと、彼女はそれを半分に破き、それは決して受け取りません、となかば泣き叫びながら大声で言った。それでニッカーソン氏はその二つの紙片を注意深く拾い上げ、財布にしまった。

そこを去る直前に、ラーク氏が今、父がファーミントンの家の抵当権を放棄するつもりだと考えられるとアシュクロフト夫人に伝えた。

私達が「ストームフィールド」に着いてすぐにライオン夫人がまた電話してきて、さらなる困難に毎日怯えながらずっと生活しなければならないのか聞いてきた。ラーク氏がそれに答えて、父が他に訴訟を起こさないはずだが、それはもちろん父が決めることだと伝えた。

ジーン・ラムプトン・クレメンズ。

一九〇九年七月二四日。

ラーク氏とジーンは彼女を「アシュクロフト夫人」と呼んでいます。聞き慣れない呼び方です。結婚以来ずっと周囲の人々は彼女をライオン女史と呼び続けてきました。私の家族も使用人も同様です。アシュクロフト本人もそうです。誰もその結婚が本物だという印象を持っていなかったのは明らかです――夫本人でさえそうなのです。しばらくして、その貴族的で、舞い上がった、ハイフンで結ばれた名前はどうなったのでしょう？ すぐに無くなってしまったようです。その新聞のインタヴューではライオン女史本人がその名前を捨てていました。

インタヴューでは彼女は何の飾りもない普通の「アシュクロフト夫人」となっています。それはとても良い判断です。傷ついた人格をつくろい、湿布を当てて治すために外国逃亡から戻ったのなら、民主的な公衆の前に出るにはハイフンなしの名前が最も良いでしょう。

ライオン女史がハイフンで結ばれた名前を選択した時、彼女はその理由を、世間が一度も聞いたことのない（アシュクロフト）という名前から自分自身の知名度の高い（ライオン）の名前を消したくなかったからだと言っていました。確かに彼女は私の秘書として国中の新聞に知られていました。彼女はその知名度の高さを自慢し、しばしばそれを口にしていました。彼女はそれを名声と誤解していたのです。それは間違いでした。彼女の知名度は滅びやすく、はかないものでした。ほんの三ヶ月前に使われなくなっただけなのですが、今ではすでに忘れられています。彼女は「アシュクロフト夫人」になり、価値のない、無名の、かまってもらえない、招かれざる人になりました。彼女は有名になることを心から望んでいたので、それは可哀想なことでもあります。

ジーンとラークさんが昼前に訪問した時、彼女は病気でした。私は以前は彼女の病気が本当だと信じていましたが、今では疑っています。彼女はいつでも手っ取り早く元気になれたからです――私が今まで出会った誰よりも手っ取り早く元気になれたのです――そしてそうなると彼女は今までにないほどすぐに健康で活発で機嫌よくなったのです。その理由は彼女が酒を飲んでいたからで、「飲み過ぎ」てよく眠り、治したからですが、その当時は私はそのことを知りませんでした。誰もそのことを私に教えてくれませんでした。それに私はどんな言い方でもそうしたことを聞かなかったでしょうし、中傷する者を黙らせたことでしょう。みんなそのことを知っていましたが、私にそれを教えて、不必要だと言われたくはなかったのです。しかし今ではその証人がたくさんいます。ずっと以前からの使用人のケイティ、さらに洗濯女のケイティ、いくつもの出入りの請負業者とその雇い人が一〇人あまり、建築家助手、ラウンズベリー家の人達、ペインさん、クレアラです。最後にフランス人執事のクロード——ライオン女史は彼が不正直とは何かを言葉の点でも文章の点でも分かっていないといつも言っていました。ライオン女史が夜に階下で飲む酒の他に、自分の部屋で毎週二クォートのスコッチウィスキー（時には三クォート）を空にしていたと彼は言います。さらに夕食の前に階下でカクテルを飲んでから、自分の部屋で毎週二瓶か時には三瓶のカクテルを飲んでいたというのです。ケイティはこうした主張が本当だとし、ライオン女史がアルコール中毒になっていて、ここでもニューヨークでも客間から酒を盗むほどになっていたので、彼女（ケイティ）が客間を監視し、客が来た時には——用心のために客間に行かねばならなかったと言うのです。ライオン女史がそこにいて乾パイをしているのを彼女がたいてい見ていたのですから、必要な用心でした。

ライオン女史は、ここでもニューヨークでも、夜遅くになってしばしば私の部屋にやって来て、ウィスキーを手に入れました——そして彼女はまた病気になったのです。一度、おそらくそれ以上に頻繁に——いずれにせよ一度は、私が「君がそんなにも頻繁に病気になっているのに、一体何でウィスキーが君の部屋にあるんだい？　しかも夜中に要るんだい？」と言って彼女を叱りつけました。彼女によるこうしたウィスキー強奪は知的な人物の注意をきっと引きつけたことでしょうが、私の注意を引いたことは一度もありませんでした。（約二〇ページほど前にその名を挙げた）ジョン・スタンチフィールドさんは彼女がカクテルを三杯たて続けに飲んでも真っ直ぐに、しっかりした足取りで歩いていくのを見たと私に知らせてくれました。ライオン女史がウィスキーのストレートを一杯飲んで、彼女の仕事に活を入れた直後にそうしたとスタンチフィールド夫人が後で教えてくれました。

私達にカクテルを教えてくれたのはライオン女史でした。それは私達がイタリアから戻った五年前のことです。その強烈な飲み物の使い道がまったく分からず、飲みたいとも思いませんでした。そして四ヶ月前にライオン女史が去って以来、私達は一度もカクテルを目にしていません——求めてもいません。彼女は在庫を残していきましたが、それはいまだにあります。彼女は自分が解雇されると知らなかった時に、酒場を始められるほどのワインとウィスキーとカクテルを買い込んでいたのです——ああ、請求書は驚くべきものです。彼女がロブスター用のかごに身をひいて最初にしたことは一二クォートのスコッチウィスキーとそれに合わせたカクテルやブランデーなどを注文することでした。その時ラウンズベリーさんは我が家の食糧庫から五樽の酒樽を運び出しました。彼はそれ以前に空になった一〇樽を運び出していたのです。昨年の七月と八月に（客の中に飲む人は三人しかおらず、その三人は二ヶ月の間に三日しか来なかったのに）私達は四八クォートのスコッチウィスキーを消費していたという事実は述べたと思います。ライオン女史が出て行ってからは、一週間にたった一~~ビ~~クォートあれば家族と客が飲むのに十分なのです。私のナイトテーブルにある瓶は目に見えて減ることはありません――五週間に三回しか飲まなかったのですから当然です。かつては一瓶で一週間か一〇日間ありました。今ある瓶は数ヶ月もつと予想されます。ライオン女史の退去は貴重な道徳的投資になったのです。

　そうです、ラークさんとジーンが午前に訪問した時、彼女は病気だったのです。

　私はジーンの記述がとても気に入っています。言葉遣いは単純で直接的で、事実だけでなくその光景も描いています。少なくとも私にとってはそうです。私はその家もソファも知っていますし、俳優達もその性格付けも知っています。それで彼らが何かをする時にはその姿が私には**見える**のです。あの鋭くて賢く油断のない――しかし丁寧で冷静な――若者のラークさんの姿が見えます。あのやせて小柄で均整の取れたライオン女史の、外見上は悪意があって怒りっぽいだけで、内面は地獄の炎が煮えたぎり、燃え盛っている姿が見えます。ジーンの真面目で気配り上手で思いやりのある姿が見えます。さらに、私に見えるのは――哀しいことに――あの優しく、臆病で、内気で、従順な、小さな母親、あの立派で、尊敬すべき、評判のよい、欠点のない、少し太った平凡な人が自分の娘の不名誉のために、みじめで、不運で、恥じ入り、心の底まで傷ついている姿で、件の娘がもたらした事情のために実際に娘のおよそ一〇倍も苦しんでいる姿です。

　あの卑しく小さな人、あのたるんで小柄な人、顔を曇らせ、冷酷で、女王然として、陰気で、若いよそ者を非難することの好きな人――私には見えませんし、その姿は私には不明です。私は虫が脱皮して成長するのを見てきました**ので**、それがどういうものかわかっています――が、ライオン夫人はどうでしょうか？

　彼女の娘を「淑女~~として~~のように」扱う、のです。あの可哀想なラークさんが何もせず、娘がどんなにしても淑女でないことを考えると、その訴えにはひどくもの哀しいものがあり、かなり見当違いで目立って早すぎました。いいえ、私にはその姿が見えませんが、その次の姿は生き生きと見えます――ライオン女史が目を光らせて、彼女の可哀想な戦士に横柄な目を向けて黙らせているのです！　そうです、私にはそれが見えます――ライオン女史がどんなふうに見えたか私には正確にわかっています。そして彼女の母親が元気を失っていくのが見えます。それがかなりはっきりと見えます。というのも、私はニューヨークでライオン女史が母親の元気を失わせていくのをかつて見たからです。偶然でした。私が見ていたことを彼女らはわかっていませんでしたが、私は見ていたのです。

そのことで当然感じたはずの傷心も、悲しみも、恥ずかしさも私は感じませんでした。思うに、私にはライオン夫人に対する嫌悪があったからでしょう――単に彼女がとても従順で無害だったからでしょう。それは強い嫌悪ではなく単なる嫌悪でした。皇帝がドーナツひとつに対して感じるような嫌悪感です。情熱もなく、燃える思いもなく、強い憎悪もない、単なる怠惰な不快感です。事実、**あらゆる**心の広い人物がドーナツについて感じるようなものに過ぎないのです。そう、ライオン夫人はドーナツです。卑しくて、出しゃばらないキリスト教徒のドーナツに過ぎないのであり、彼女に関して言えることはそれだけです。

彼女の状況は可哀想で、彼女は惨めで小さい女性です。アシュクロフト家は数ヶ月間地獄の中にいましたし、彼女もずっと一緒で、いたって不当なことでした。

私が見ることのできる光景がもうひとつあります。ライオン女史が敗れて、黙り込み、その邪悪な目つきで間にいたジーンを飛び越えてラーク氏をじっと見て、当惑した顔をしているのでした。その表情を私は知っています。彼女は一度ならず私をそういうふうに見ました。その「長く、哀感を含む、瞬きをしない視線」を見分けられます。哀感を含む、です。そうです、彼女は哀感を含む術を知っていました。誰をも騙せない類いの技術ですが。

ライオン女史と母親の死後にその地所が私の娘達に返還されることを示した「文書がない」（書かれたものがない）とするライオン女史の発言は、環境が個人の道徳に与える影響を示すびっくりするような例です。彼女がアシュクロフトの影響下に落ちるまでは、文書の後ろ盾がなければ、彼女の口約束は十分な保証にならないと誰かが口にしたなら、彼女は憤慨し、憤りを感じたことは間違いありません。

私が訴訟を起こした主な理由について、ラーク氏が遠慮なく、忠実であったことを知って私は喜んでいます――「彼女を近隣から排除」したかったのです。彼は私を代弁していましたし、それは私が自ら口にしたであろう言葉です。

彼女がストームフィールドの家具類の請求書をメイシーズ百貨店で現金で払わねばならなかったと言うのであれば彼女は「家計費」の支出の説明を強く求められていたに違いありません！　メイシーズ百貨店は彼女の小切手を引き受けてくれたでしょうから。

大陪審員が提示したとされる「訴状」は数日間ライオン女史の頭上に掲げられていました。彼女の投獄に向けての第一段階です。彼女を投獄することは市民としての私の義務ですが、私は他のどんな男性でもすること――その義務から逃げることをしていたのです。

一ドル紙幣を破って金切り声をあげたこと――**それは**ライオン女史です！　ライオン女史は「影響」を受けていたのです。あの人物は生きているどんな淑女にも劣らないほど侮辱に対して敏感で、それによって著しく苦悩する人に違いありません。しかし彼女は野人です。醜く単純な心無い野人に過ぎず、骨の髄まで腐っているのです。

ペインさんは昨日（八月二四日）ニューヨークへ行って、私のものをリンカン貸金庫に移動しました。それは四二番街にありより便利でした。戻って来る列車の中で、彼はペック夫妻に会ったのです。夫妻は我々の住む谷あいの反対側の峰の頂上に大きな地所を持っていました[23]。ライオン女史がこちらのストームフィールドで驚くほど酒を飲んでいるのをペック氏は見たというのです。さらに、夫人によると、夫人がライオン女史をプルマン式寝台車で会った時にはライオン女史がアルコールで目もうつろになっていて、その匂いもしたというのです。私は驚異的に鈍感で、驚異的に邪推をしなかったに違いなく、これらのことに一度も気づかなかったのです――**その時には**。明らかなことは、彼女が酔っていると他の誰もが分かっている時に、私は彼女がヒステリーを起こしていたと考えていたということでした――アシュクロフトがそう名付けたものです。我が家のアルコール飲料に関する請求書がどれほど高額になっていたかを私が知っていたら、私はアシュクロフトかライオン女史、一方か他方を疑わざるを得なかったでしょうが、私は請求書の類を一度も見たことがなかったのです。結果的に、専門家によるライオン女史の小切手の調査でそれが暴露されるまで、私はそのアルコール飲料の洪水のことを何も知らなかったのです。

アシュクロフト家の人をロブスター用のかごから引っ張り出す話に戻りましょう（「サマーフィールド」です）。ラーク氏はアシュクロフト家の人をロブスター用のかごから引っ張り出す話に戻りましょう

盗を明確に、そして決定的に告白していたのです。よく考えてから彼女はその告白を後悔し、その譲渡証書を一生懸命棚上げすることで、その証書を法律上無効にしようとしたのかもしれません。そこで彼は九月一日までその場所を貸すことでその問題を進んで決着させようとし、その譲渡の正当性をさらに立証しようとしました。

クレアラは証人として彼と一緒に行く予定でした。（インタヴューによると）このすべての問題がライオン女史に対するクレアラの嫉妬から発生したものであり、愉快な間違いではなかったのです。何を根拠とする嫉妬なのでしょうか。しかし、ライオン女史は何らかの説明を見出さねばなりませんでした。彼女の名声のために本当の説明を提供できない限りはどのような説明でも同じだったでしょう。インタヴューでわかるのは、ライオン女史がジーンを嫉妬深い人だと呼んでいることから、ライオン女史の精神が相当ひどく混乱した状態にあったということです。ジーンがそのような立場にほんの一度もいなかったことを見れば、ジーンがそのことを耳にする前の二ヶ月半前の間に反乱は完全に進行していたのです。

私はロブスター用のかごを訪問した際の記録を、記憶が新しい間に細かなことまで記録しておくようにクレアラに求めました。この問題が裁判所に持ち込まれた時に証拠として使うためでした。彼女は記録を採りました。

クレアラの話

ラーク氏はアシュクロフト夫人と彼女の母親が九月一日までその家に留まるのを認める賃貸契約書を提示する目的で七月二〇日火曜日にレディングまで出向いてきた。姉が同席していた先の土曜日の会見で彼女達

がその許可を求めたのである。

ラーク氏はニッカーソン氏がその賃貸契約書を作成するまでの約二時間の間待たねばならず、それから証人が欲しかったので私にアシュクロフト夫人の家に同行するよう求めた。ラウンズベリー氏も私達と一緒に行ったがそこに到着すると、使用人のウェルズさんに最初に少し待つように言われ、それからアシュクロフト夫人ではなくライオン夫人と面会した。

ライオン夫人は台所に通じるドアから居間にやって来て、ライオン女史が病気で伏せっていると言った。ライオン夫人を静かで控えめな女性だとしか見なしていなかったので、彼女が猛烈に興奮して怒りながらラーク氏に食って掛かるのを見て驚いた。彼女は顔を赤らめ、神経質に身振り手振りを交えながら大声で次のように言った。

「あなたは戻って二、三日のうちに不動産譲渡証書を持って来ると約束したのにそうせず、その日のうちにそれを持って戻って来たので、先週の土曜日にあなたは私達の立場を不当に扱い、約束を守っておらず、それゆえそれは**不法**です。私の娘は何に署名したかも**わかっておらず**、私達二人は**ひどく怒って**います。署名しなければ逮捕させると娘を脅すことで、脅迫して署名させたでしょう——この家の中に**男性が**いれば、あなたは**決して**そんな**大胆な**ことをしなかったでしょう」——この段階で彼女の声はほとんど叫び声になっていて、ラーク氏が彼女の話に割って入り、先の土曜日に娘を脅したという彼女の主張を否定しようと試みても、彼女は彼の言うことを聞こうともせずに、憤りと憤慨をしゃべり続けた。

ライオン夫人は一度も私の方を見なかったが、しかしこの時点で私は彼女に向かって次のように言った——

「ライオン夫人、私達があなたの娘にこの財産の返却を求めねばならなくなった理由が私にはわかりませんし、なぜ彼女は自身の判断で進んでそうしようとしなかったのでしょうか?」

その時点までは、ライオン夫人が彼女の娘か娘の弁護士から教えられていたことを単に繰り返していたことは明白だった。というのも彼女が私の質問に答えた時に、それは法的助言ではもう抑えられない純粋な感情の爆発になっていたからだ。「**私が**一日でもここに留まりたいと思いますか？　クレメンズ家にわずかにでも関係するこのぞっとするような土地や家や物を私が望むと思いますか？　いいえ――いいえ――いいえ。私達はできる限り早く出て行くために荷造りをしています」。

「それはとても良いことです、ライオン夫人――私は口を差し挟みました――あなたの娘が先の土曜日に署名したことはそれだけです。あなた自身が望んでいないものを彼女は返しただけですし、財産として私達には何の使い道もないけれど、あなたの娘の存在がとても不快なために私達が心から望むものを返しただけです」。これに対してライオン夫人は直接返答せずに「あなたに哀れみがあったら、**哀れみが**」と半泣きになって叫んだ。

「ライオン夫人あなたにはとても哀れみを感じていますが、あなたの娘には全く何も感じていません――と私は答えました」

彼女は「この家で幸せな日は一日もなかった、**一日も**」と泣き叫び、そこでラーク氏があえて口にした不運な一言でライオン夫人はヒステリーを起こした。彼は、

「あなたの娘がひどく不快な扱いをあなたにしてきたので、あなたがどんなに不幸であったはずかはわかっています」――と言ったのである。

「娘がひどく不快な扱いをしたですって？」彼女はラーク氏に詰め寄りながら叫んだ。「なんでそんなこと

が**言える**んですか？　娘はいつも私に優しくしてくれました。なんで、なんでそんなことが**言える**んですか？」

ラーク氏と私は彼女をなだめようとして、玄関の奥の長椅子に座るように説得した。他の人達はその時すこし後ろに下がっていたので、まだ泣いていたライオン夫人はいくらか少しは冷静になって、私と話し始めた。「七年間もあなたの家族のために尽くしてきたのに、あなたはそんなことでどうして娘を責められるのですか、娘はあなた方すべてのために**生きて来て、**あなた方のためにとても一生懸命に働いたのに――」

「それは私達も信じていたことです」と、私は言い、「私達はそれに感謝していたので、父はこの場所を彼女に与え修復費用を貸したのです――」

「娘は本当に一生懸命働いたのです」ライオン夫人は続けて言った――「使用人と家政の面倒を見ていました」。

「ですからライオン夫人、そのために家政婦をひとり入れることを申し出ましたが、彼女はそれを拒否しました――また給与の増額も申し入れましたが、それも彼女は拒否しました。彼女が私達の一員だと感じられるように努力しましたし、増大する仕事に対する給与増額を、彼女がどうしても受け入れなかった時には、その時々に彼女が欲しい服を少なくとも自分で買うようにと伝えていました」。

「ところがこうしたことについてすべてはライオン夫人、あなたと話ができないのです、あなた自身の娘についてあなたに話せないことがたくさんあるのです」。

「しかしそのすべてとは一体全体何ですか」と、ライオン夫人は聞いた。「**私達には**お金はありませんし、ほんの少しも持っていません――」

「持ってないですって――そんなことはないですよ」私は返答した。

「イザベルも持っていません」――彼女は言った。

「いいえ、そうは思えません」――私は言い返した。

「だとしたら、誰が持っていると思うんですか、アシュクロフト氏ですか？」彼女は言った。

「誰が持っているかは問題ではありません。ライオン夫人、私達が求めているのはお金ではなく、単にこの家と土地であり、それをあなたは既に放棄したのですから」。

彼女は話している間中ずっとすすり泣き、うめき声を上げていた。

「あなたのお父さんは、なぜ代理権限を私の娘に与えて、その後で奪ったのですか？」

私は返答した。父が奪ったのは、ライオン女史がすべてを自ら所有し、彼女が望めば私達を破滅させられるという異常な文書を発見したからだ。

「でも娘はそれを行使しませんでした」ライオン夫人は言った。

「しませんでした。ライオン夫人、彼女はまだ行使しませんでしたし、あなたの娘がこのすべてのことをひとりでやったとは私は信じていません。もちろん彼女は影響を受けていましたが、彼女がその強力で信頼される立場にある時に影響を受けるというのがひどく悪いことでした」。

「そうです――そうです――」、ライオン夫人はそれで放心したかのようにつぶやき、それから彼女の誠実で献身的働きについて、先に述べたことを繰り返した。

「私は以前はそう考えていました、私は答えた。それでも彼女が私について嘘を言い、私の信頼を裏切っていることをニューヨークの様々な人達から私が聞くに至ったのです――彼女は過去二年間にとても変わってしまいました」。

「そうです、娘は変わりました」と、ライオン夫人は認めた。「しかし、娘はしばらくひどい病気だったのです。彼女がそこで立ち直るのを待つ代わりに、イギリスに行ってもいいかどうかをたずねた、あなたのお父さんへの手紙に、なぜ答えてくれなかったのですか？　そして、彼女の財産を差し押さえ、そのすべてのことを新聞に流して即座に娘をはずかしめたのですか？」

「父はそうした手紙を決して受け取っていません」と私は答えた。さらに「スタンチフィールド氏がニューヨークにいたアシュクロフト氏に電話し、アシュクロフト夫妻にはこちらにいるよう求めており、イギリスには行かないようにと伝えました。すべての事情は確かに私達を通じてではなく、ブリッジポートの新聞公証人を通じてブリッジポートの新聞各紙に掲載されましたが、私達はこうした新聞報道を望みませんでした」――この時点でかなり立腹していたが、告発された立場を私が果たさねばならなかった。私は行動の説明を求めた。私はかなり猛烈に叫んで言った。

「ライオン夫人あなたの娘は有罪です——**有罪です**」

「何の罪で有罪ですか？」彼女は問うた。この発言で彼女は身振りを交えて立ち上がり、私はのけぞったが彼女は走って私を通り過ぎ、玄関から二三歩はなれた芝の上に立っていた。ラウンズベリー氏とウェルズさんに訴えかけ、あらん限りの声で何度も何度も次のように繰り返した。

「クレメンズ女史の言うことを聞きましたか？　私の娘が窃盗容疑で有罪だったというのです窃盗——窃盗です」。

彼女の金切り声はかなり離れた父親の家でも聞こえた。（半マイルか、それくらいだった。）

私は自分の言葉を後悔し、もう一度私達は全員で彼女を静めようと努力し、そのことはもう考えないようにとお願いしたが、彼女は不幸で半狂乱になり、自分が今までにそんな立場になったことは一度もなく、その不名誉を生き延びられないと何度も繰り返した。最後に彼女は私に向かって「なぜそれについて法に訴えて私達の名を一生破滅させるのではなく、そのすべてを私達と解決するために来なかったのですか」と言った。

あなたのところに来たかもしれませんと私は返答したが、「あなたの娘のところに来ることがどれほどのものになったでしょう？　問題が生じたことを彼女が知ってからも、彼女は何の説明もしようとせずに私と何週間も同じ家に住んでいたのではないですか？　彼女は自分が疑われていると知った後も、私達と毎日一緒に昼食を摂り、聖餐をともにしていましたが、彼女は沈黙し続けたのです。彼女がここに住み続けると言い張るのではなく、私達の近隣から姿を消していさえすれば、このすべての問題は起こらなかったのです」。

「しかし娘は何も悪いことをしていません、とライオン夫人は続けた。**できなかった**のです。それでも私達が直面せねばならないことを考えてください。娘の友人は皆こうした告訴になぜ反駁しないのかたずねますが、反駁することに何の価値があるのでしょう。あなたのお父さんはそれができる唯一の人でしょう？おお、私は天にまします我が神をいつも信じてきました。私は我が贖い主を信じていましたが、難題を抱え込んでいまだに持っているのです」。彼女はとても悲愴な顔つきになり、私の声目からは涙の粒がひとつ二つ彼女の服に落ち、彼女はそれを見ると片腕を私の首に回して私を引き寄せ、娘の名前を守ってほしいと再びかき口説いた。「完璧に名誉ある立派なことしかしてこなかったと、どうか新聞で言ってください」。

私はラーク氏をちらっと見て、それから「彼女は返済を済ませたし、過労のために彼女の会計は混乱していたのだと言ってほしいのですか」とたずねた。

最初ライオン夫人はそうだと言ったが、その後何も言わない方がよいという結論になった。彼女は突然倒れ込み「吐き気が、吐き気がします」と叫び続けた――それで私達は彼女に手を貸して家の中に入れ、ソファに寝かしつけた。

彼女の上にかがみこんで別れを告げると彼女は低い声で「屋根裏部屋にドロシー・ギルダーさんがいたあの時に、娘が物を取ったと疑って、あなたはほとんど娘を殺したようなものです――」と言った。(24) 私は古い戸棚の中に何年もあって、その時にはなかったネックレスについて彼女に聞いただけですと答えた。

「それで見つかったのでしょう」彼女は聞いた「そうです、でも同じ場所ではなかったわ」と私は答えた。

そこで、ライオン夫人は泣いている最中に私をさらに近くに引き寄せて、私の耳に「もし娘が一度でも何か悪いことをしたとすれば、それは彼女が病気だったからです」とささやいた。

ラーク氏がそこで辞去する提案をしたので、私達は彼女をウェルズ氏に任せた。

＝＝＝

哀れなことです。その老いた母親は何も悪いことをしてきていないのに、彼女ばかりが苦しまねばなりません。アシュクロフト夫妻は私を呪い（ライオン女史はそのやり方を知っています）、犠牲者として報復を計画することで心が休まりますが、ライオン夫人にはすがるべきものはありません。激しい憎悪と報復は彼女のものではありません。彼女はもっと上品な性格です。

自分は上の階にいながら自分のための闘いを母親にやらせるのはライオン女史の冷酷さにふさわしいことです。彼女が上階にいて――いつものように――間違いなく「病気」だったことは確かですが、彼女は伏せってはいませんでした。ラウンズベリーは彼女が窓辺にいてそのけんか騒ぎを見おろしているのを見ました。

クレアラの報告はラーク氏のそれと基本的には一致していますが、ラーク氏の報告より多くのことが書いてあります。ライオン夫人は娘がその賃貸借契約を決して受け入れなかったし、娘はそれとは知らずに不動産譲渡証書に署名したのであり、それゆえ法的効力はなく、弁護士を通じてその書類の無効を求める手段をとる、と言いました。ライオン女史が署名する前に書記がその不動産譲渡証書の最初から終わりまで彼女に**読み上げた**という事実を考えると、かなり理不尽な話です。玄人の嘘つきからなるアシュクロフト社とやり合うには証人で十分に守りを固める必要があるは確実です。

それで、ラーク氏の賃貸借契約に関する計画は上手くいきませんでしたが、彼は困りませんでした。ライオン女史の弁護士がその不動産譲渡証書の無効を彼女に求めさせる可能性はまったくないと彼は言いました。一家がロブスター用のかごを九月一日に明け渡し、抵抗をやめると信じていました。

とても良いことです。ようやくここまで到達しました。ライオン女史が財産を返還し、貸付金（一五〇〇ドル）を返す際に、摘要説明書では口頭で否定しながらも、みずからが泥棒だということを極めて明確に――具体的に認めていたのです。

人が文書の内容を知らずに文書に署名した場合に、その文書が無効で効力がないという点で、彼女は母親と同意見なのでしょうか？　そうだとすれば、私が署名したと称する強固な代行権限をどのように考えるのでしょうか？――（表向きは）私が署名したとされる日付から六ヶ月半後まで私は見たことも聞いたこともない文書です。

そのインタビューのひとつで可哀想なライオン夫人がかなり際立った発言をしています。絶望し希望を失い、娘のことを口にする際に、「私達は互いに分かっている」という幸いなる事実に慰めと慰安を見出しています。もしラウンズベリーさんがひとり言ではなく「私達の親愛なるアシュクロフトも」と声に出して言っていたならそれは言い訳できない残酷なことになっていたでしょう。

というのは疑いもなく彼らは十分に得ていたし、これよりもずっと以前にその親愛なるアシュクロフト以上のものを得ていました。激しい恐怖に追い立てられるようにした結婚後、彼らは自分達が飛び込んだ巣穴に気づき始めました。彼らは私の姪とその夫、ジュリア・ルーミスとエドワード・ルーミス夫妻とともに列車でニューヨークからやって来たのですが、列車の中だけでなくこの家に着いた後でも別々に行動したのです。彼らは会食の席でも互いに言葉を交しませんでした。夜の間も離れており、次の二日間もずっと離れていました。たとえ一週間氷の上にいたとしても、彼ら以上に冷たい夫婦はいなかったでしょう。私の部屋の隣室にはダブルベッドがあったので、そこが彼らに準備されていました。ところが彼らは別々の部屋に入ってさらに文句を言いました。彼らはこちらで寝ていた間、一〇夜か一二夜の間ずっとこの状態を続けました。

一〇日か一二日――ライオン女史が財産を再譲渡したすぐ後に、夫がイギリスからニューヨークに到着しました。数日後彼はラーク氏を訪問し、和解案の調整を望み、そのことを明確に心配し、和解案が成就し完成されることを熱心に望んでいました。彼は理にかなっていることなら何でもするし、些末なことは棚上げして、本質的なことだけ処理したいのだと言いました。

それは八月三日のことでした——そしてライオン女史は同日の午後に彼に会いに出かけました。ラーク氏は私達に電話で嬉しいことを知らせてくれ、すべてのことが次の日には友好的で満足できる形で決着し、長い口論も終わるだろうと言いました。

ところがライオン女史が気鬱になっていると彼には分からなかったのです。気鬱になっていて無性に手を取りたかったのです。しかし彼はそれを翌朝一番に知ったのです。ニューヨーク『タイムズ』紙がもうひとつ別のアシュクロフト関連のインタヴューを掲載したのでした[25]。『タイムズ』紙はそれにうってつけの場所でした。というのはその新聞は見出しの横のキャッチフレーズに「掲載するのにふさわしいすべてのニュース」とあるからです。そして掲載するのにふさわしくないものをつかむとそれも必ず掲載するのです。例えば、次のように。

アシュクロフト、クレアラ・クレメンズ女史を非難。

マーク・トウェインの娘が攻撃するのは成功を嫉妬しているからと言う。

ユーモア作家の手紙を引用

不満を言ったので、手紙の中で彼は秘書をほめて娘を叱った——資金流用については何も書かれていない。

ラルフ・W・アシュクロフトはストーン通り二四番地のマーク・トウェイン社の経営者で、その妻が結婚前に数年間クレメンズ氏の私設秘書を務めていた。四〇〇〇ドルの返還を求めてユーモア作家が彼を訴え、

彼は妻がクレメンズ氏の金を不正に流用したとする嫌味に対して妻をあたたかく弁護する旨の声明を昨日発表した。

アシュクロフト氏はその声明の中で、父親の秘書としてのライオン女史の業績をユーモア作家の娘クレアラ・クレメンズ女史が妬んでいたとして非難している。彼が言うには、クレメンズ女史はライオン女史をその地位から除こうとしたかったのである。

クレメンズ家の邸宅に隣接するコネチカット州レディングの小家屋をユーモア作家はライオン女史に与えたのだが、今回の訴訟でそれを差し押さえたことをユーモア作家のニューヨークにいる弁護団は知らない、とアシュクロフト氏は明言している。彼はその著述家の手紙からの抜粋を提示して、その著述家がかつてライオン女史を高く評価していたことを示した。彼の声明は次の通り。

「私が一週間前にヨーロッパから戻って以来、メアリ・トウェインの娘達によってアシュクロフト夫人に無理に押し付けられたけんかに関係する出来事を徹底的に調べ、その件に関して双方の言い分を聞いた」。

「その件を真に理解するためにはクレメンズ夫人がイタリアで死去した一九〇四年の夏にまで遡る必要がある。アシュクロフト夫人（当時はライオン女史）はマーク・トウェインの秘書だった。妻が死去するとマーク・トウェインは舵を失った船のようになり、ヘンリー・H・ロジャーズさんが死去する二、三日前に次のように私に語った通りの状態だった。『人生のこの危機にクレメンズさんは彼と彼の仕事の面倒をみてくれる、まさにライオン女史のような人を求めており、ライオン女史が前面に登場したのであり、これまでのところずっとその立場にあり、誰も彼女を批判する権限はない』と」。

娘達、ライオン女史に嫉妬する。

「母親の死後二年間かそれ以上のあいだ、娘は二人ともほとんどの時間療養施設に入っており」[26]、下の娘は以来ずっと精神科の専門医の治療を受けていた。こうした状況下で、ライオン女史がクレメンズ氏の女主人役になり実務担当者になったのは当然で、彼女がいかに上手にその職責を果たしたかは、その立場にあった彼女を知る人すべてにわかっていた。ところが、娘二人は彼女に嫉妬するようになり、マーク・トウェインが彼女と結婚するのではないかと懸念し、彼女への信頼をなんども台無しにしようとした。彼女は二年か三年前におそらく交替させられていただろうが、上の娘が音楽と他のことをやりたがっており、年老いた父親の世話をし、母親の代わりを務めることよりもその方を優先した」。

「しかしながら、個人の職業上の願望はその面での個人の能力を超えることがしばしばあり、この例に関してはこの辛い現実はマーク・トウェインのすべての友人の賞賛と尊敬を獲得し、それを維持し続けてきた女性の虐待を引き起こすことになった。マーク・トウェインはかつて彼女を『クレメンズ夫人を除いて、この地上で知り合った誰よりもよく彼女のことを知っている』とほめていた。彼の娘の一人が約二年前に彼女を攻撃した時には、彼は以下のように書いた[27]」。

私の文学上の仕事を除いて私の毎日の細かなことすべての処理を信頼して任せられる人が必要だ。そのうち私はひとつも自分では処理しないで、指示を出してそれが守られるかを見るのである。私はライオン女史に指示を出す――彼女が自らの決断ですることはない。彼女を責めることは単に私を責めていることになる――これに関して彼女は非難されることはない。その場所であなたが幸福でないと分かれば、ピーターソン医師とハントにお願いしてあなたに気分転換をするように彼女に指示し[28]、彼女はその指示に従う。彼女自身に関して私は何ら気分転換を必要としない。というのも私のことに関するすべてのことを彼女はうまくやるし、それがしばしば微妙で困難なことであっても、彼女は自身にとっても私にとっても敵を作ることはないからだ。こんなことを言える人を他に私は知らない。

毎日記者や知らない人に会って求めを断りながらも追い返す時には、私と彼女は良き、永遠の友人になっている――私がそうした人達と話をしようとすれば、その人々の多くを敵に回したはずだ。家の中の使用人は彼女の友人であり、使用人は皆、彼女を信頼しており、使用人の友情と評価とを勝ち取り維持できる人は多くない――それはあなたの母親の最も優れた才能のひとつだった。タキシード・パークの人は誰でも彼女のことが好きだ――貸し馬車屋の御者も貴族も、すべて。彼女があなたの信頼と評価を得られないので、残念だ。そうでないことを願っているが、彼女は他のどの人の場合でも失敗したことがなかったから、それは議論の余地はない。一五〇〇の成功に対してたったひとつの失敗なので、原因は彼女にはない。

経費勘定、説明される。

「私の知る限り、アシュクロフト夫人を不正直だと非難したたった一人の人物はクレアラ・クレメンズさんです。マーク・トウェインは非難していませんし、彼の弁護士もしていません。大きなお宅ではどこでもすることですからクレメンズ家でもそうしていました――小切手で支払うのは不便なので、非常にたくさんの負債や出費を現金で支払うべく金が銀行からおろしてありました。マーク・トウェインが（他の雑多な責務に加えて）財務上の仕事のすべてをライオン女史に任せていた時には、会計簿をつけるために簿記係を雇うよう彼女に命じたことはありませんでした。彼女はクレメンズ氏の管理体制の下で流行の習慣に単純に従っていたのです。つまり、（小切手帳以外には）会計簿はまったくつけていませんでしたし、現金の支出に関して細目も記録もつけていませんでした。ライオン女史はそうした記録をつけるように求められたことは一度もありませんし、そうしていませんでした。

クレアラ・クレメンズさんはライオン女史が銀行から引き出してきた現金の大部分を着服していたと今ほのめかしています。その金の大部分がクレアラ・クレメンズさん自身のコンサート旅行の費用に支払われ、主に「招待券」と「無料入場券」でいっぱいにするしかない公演会場の支払いと、彼女のピアノ伴奏者チャールズ・E・ウォークさんの生活費のために支払われ、未完成のテトラツィーニ[29]が当然負担を余儀なくされる現金支出をするために、払われたことを証明する立場にライオン女史がいるのは幸運なことです。クレアラ・クレメンズさんが、ある日、公演旅行がうまくいかずに意気消沈して家に戻ると、ライオン女史が父親の雑事をうまく管理しているのを見て単純に腹に据えかねたのです。それで「是が非でも彼女を排除する」ことになったのです。それで彼女は先に述べた方針に沿って、私の同情と尽力を得ようと努め、その結果として——そうです、私はライオン女史と結婚しました。

「クレメンズ氏のニューヨークの弁護士はアシュクロフト夫人の小家屋が弁護士の了解と忠告なしに付け加わったと今、主張しています。その小家屋の修繕にクレメンズ氏が前払いした資金に関して、クレメンズ氏と私が合意していたことを知らなかったと同時に今、主張しています。しかしこの合意によりこの負債に関するアシュクロフト夫人に対する訴えは完全に根拠がなく、滑稽なものになっています。部分的に既に支払われ、かつ残金の支払い義務のない負債では誰も訴えられませんから」。

「合意は以下の通りです(30)」。

一九〇九年三月一三日、コネチカット州レディング

R・W・アシュクロフトより九八二ドル四七セントの証書を受領した。これは「ロブスター用かご」の修繕費用としてイザベル・V・ライオンに先払いした金額に関して支払い義務のある残金と判断されるもので、この受領書は件のアシュクロフトが一九〇九年二月二三日に終了する会計年度の私の支出を精査して明らかになるさらなる支出を同様の方法で支払う意思があるという理解の上に発行されたもので、同様の目的のために先払いされた。

S・C・クレメンズ（認印）

右記に合意し、私の他の仕事が許す限りすぐに件の精査をすることに合意します。

R・W・アシュクロフト（認印）

友好的な解決。

「マーク・トウェインとアシュクロフト夫人と私に関して、この事案は友好的に解決され、正当な書類が作成され次第、すぐに調停が締結される。ただしアシュクロフト夫人が当面の間、彼女の法的権限を単に守るためだけに、その小家屋を彼に譲渡する証書を無効とする訴訟を、マーク・トウェインに対して起こす必要があるかもしれない。マーク・トウェインと彼の弁護士、ジョン・B・スタンチフィールドがその約束を固守するけれども、どちらか一方か双方が不慮の死で亡くなる可能性は常にある。もしロジャーズ氏が突然にしかも予期せずに亡くならなければ、この事件は世間に知れ渡ることなく、ずっと以前に解決していただろう。それはひとえに不幸な出来事である。私は相変わらずマーク・トウェイン社の経営者であり、当面の間そのままだ。私の契約はまだ約二年間残っている」。

クレメンズ氏とレディングの家で昨夜話をしようとしたが無駄だった。『タイムズ』紙の記者がそのユーモア作家の自宅に電話し、既に床に就いたので、どんな状況下でもアシュクロフト氏の主張の一言も伝えられなかったと知らされた。クレメンズ女史も自宅にいるが、彼女も床に就いたので、翌朝まで彼女に何も知らせることはできないと言われた。さらにクレメンズ氏の弁護士ジョン・B・スタンチフィールドにも連絡できないとわかった。

その炸裂弾が突然降りかかると、スタンチフィールド氏とラーク氏は驚きました。彼らは改心した犯罪者には慣れていましたが、さすがにこれは見たことがありませんでした。それほどまで突然に、もう一度もとに戻ってしまう犯罪者など。しかしそれで三週間前のようにひどく驚くことにはなりませんでした。あの時、アシュクロフトは彼と彼のリュウゼツランが留まって調査に対応すると暗黙のうちに約束し、それから密かに同夜、ヨーロッパに逃亡したのです。

私はこの会見を楽しみにしています。それがアシュクロフトの性格をいたって明確に描くでしょうから。しかもとても無垢でもあり、とてもうっかりしているのです。彼は自分の正体をさらすことになると分かっていないのです。読者は自分を褒めるだろうと考えているのです。

なぜクレアラ・クレメンズが小さなライオン女史に嫉妬したのか**ついに**私達は知りました。彼女はライオン女史の秘書としての「実績」に嫉妬していたのです。それは明白ですが、問題点がひとつあります。それには妥当性がないということです。そしてもうひとつの問題点があります。それは根拠の弱い理由を示していますが、根拠の強い理由が後に控えていたのです。私が思うに、クレアラはライオン女史の**家庭装飾家として、魅力的で主張があり、効果的な色の調和を工夫する人**としての実績に嫉妬することがあり得た、あるいは可能性があったということです。というのは、その女性のその筋の実績は**本当の**実績だからです――柔らかく、洗練され、上品で、出しゃばらず、愛撫するようで、感じのよい、魅力的なもの――ちくしょうめ、ハウエルズさん、それが実績ですし、それにふさわしい言葉です！

しかもこの鈍感で盲目のロバはこのことには気づかず、口にもせず、誉めることもなく、私の秘書としての「実績」についてうるさくいなないているのです。ところが、そんなものはなかったのです。ずっと以前から**彼は**私の**知らない**ことを知っていました。つまり、彼女は秘書としてのあらゆる仕事を回避できる限り巧妙に、しかも徹底的に放棄していたのです。さらに彼女が私のいい加減で規律のない帳簿の付け方を採り入れ、もっと良い方法を導入する努力――他の馬鹿でなく怠惰でない秘書なら誰でもすること――をしなかったことを彼は知っていたと告白しています。彼は私の知らないことを知っていました。私が娘に私信を書いた時、彼は不正直にもそれを何とかして手に入れ、不名誉なことにそれを印刷で使い、ライオン女史の賞賛に値することはたったひとつ――記者や会見者達に対する宥めるような、巧みで上手な対処法しかないと書いたことです。彼は私の知らないことを知っていました。タキシードの人々が彼女を嫌い、そのため私が彼女をタキシードの社交生活に押し込んだことに感謝していないことです。彼は私の知らないことを知っていました。彼女が私達のところに来た最初から終わりまで、彼女は敵を作り、友人を作りませんでした。彼は私の知らないことを知っていました。彼**と**ライオン女史は――ハント医師とピーターソン医師に嘘をつくことで——ジーンを父親の家から追放されたままにしておこうと三年間一生懸命働いてきましたし、さらに三年目には家に帰れるくらいにずっとよくなっていたのに追放し続けたことです。（彼女はいま——八月三〇日——四か月以上も私の家にいて、家の中で一番健康的です）。彼は私の知らないことを知っていました。彼と彼女はジーンが家の中では問題を起こすだろうから、生涯ずっと離しておいた方がよい——**私の**ために、と私達の友人に伝えていたことです。彼は私の知らないことを知っていました。ライオン女史をひどく嫌わない使用人はたった一人もいなかったことです。そして彼は私の知らないことを知っていました。彼女が私の家にいた最後の二年間に彼女は手にいっぱいの金を私から盗んでそれで彼を養っていたことです。

ライオン女史を不正直だと私が責めなかったと言うのは誤っています。アシュクロフトは印刷物以外のあらゆるところで私がそれを責めてきたことを知っています。私が印刷物上では何も言えないことを彼は知っています。というのも、少将はその地位を放棄して、従軍商人の従業員と公の場で言い争うことはできないと彼は分かっているからです。

「マーク・トウェインは彼女のことを誉めてきました。『クレメンズ夫人を除いて、この地上で知り合った誰よりもよく彼女のことを知っている』と。」アシュクロフトは言うのです。

これが私の私信からとったもので、彼がそれを盗んだことは説明しません。次のようにして盗んだのです。ライオン女史が投函する前に複写したのです。いいえ——**それは**犯罪ではありません——複写をすることは重大なことではありませんでした。しかしそれを出版するために彼に渡したのは犯罪でした。非常に卑劣な犯罪でもあり、彼女の性格に背信という最終の烙印を押すことになりました。それは人間の恥ずべき行為の一覧表にあるどんな不名誉なことでもやれるという十分な証拠です。

アシュクロフトは奇妙なほどに非論理的です。彼がライオン女史の人格を擁護し、修復しようとしているのは明らかです。彼は私の彼女への**以前の**高評価を彼女を弁護する私の主張として使っているのです。**最近の**彼女に関する私の見方は今それだけの価値を持つものであり、証拠として今使う価値があります——**そして**彼女を泥棒として告発する人がいます。それで彼女は自分の家を私に返還することで、その非難が本当だとはっきりと明確に**白状**したのです。

嘘をつくことに関しては、アシュクロフトは遠慮も謙遜も**ない**ようです。「その小家屋が差し押さえられたことはユーモア作家のニューヨークの弁護士達の知らないことだったとアシュクロフト氏は明言する」と。

彼はこの発言をラーク氏と話をした直後にしていたのです。そして、彼がこれを口にした時、その小家屋を差し押さえた人物がラーク氏本人だと彼は知っていたのです。

アシュクロフトは偽証するためには死者を墓から罩く◇引きずり出すくらいの卑劣なこともするのです。「ロジャーズ氏は私に言いました、など、など」。それは明白で単純な嘘です。ロジャーズ氏はそんなことは何も言いませんでした。読んでみてください、ハウエルズさん。ご存知のようにスタンダード石油の重々しく、感情的にならず、冷静でいられる社長です――彼がその冷たく落ち着いた自己制御を失って、噴火口のように**誰か**についての賞賛を突然噴き出すことを想像してみてください。彼がそんなことをするなどあり得ません。彼がクレアラに対してある一言を言ったはずなどないのと同じです――ライオン女史に関してついて――例えば月曜日に何か言い――その次の火曜日にアシュクロフトに正反対のことを言うなどあり得ません。彼は一六年間もクレアラのことを知り、好きでしたし、彼は彼女に遠慮なく話しました。彼は自分がライオン女史を好きになったことは一度もなかったし、いつも彼女を疑っていたと言いました。さらに調査の結果、彼女とアシュクロフトが清廉潔白だということになれば自分は驚くだろうと言ったのです。

ロジャーズ氏は彼がクレアラと話し合った**後に**アシュクロフトに会いました。アシュクロフトによると彼はまったく反対の方向を向いていたというのです。

ハウエルズさん、あなたはクレメンズ夫人のことを一八七一年の秋から一九〇四年に死ぬまで知っていました。もし彼女に匹敵すると思われる人物を見つけることができたとしても、さらに再婚したい気持ちになれるとあなたは信じられるでしょうか？　もし私がそういう人を見つけたとしても、それがライオン女史だということがあり得るとあなたの心に浮かびましたか？（およそ）七四年の私の生涯において、私が結婚したいと思った人はたった一人しかいませんでしたし、私はその人を亡くしました。ライオン女史はハゲタカが鳩と競うかのように彼女と競うのです。（ハゲタカに申し訳なく思いながら書いています）。

それでクレアラとジーンがなぜあの小さくて年老いた処女に「嫉妬して」いたのか、そのさらなる理由に至るのです——彼女達は「私が彼女と結婚するのではないかと考え」たのです！　私達は笑劇の絶対的限界にまで今来ました。笑劇というのは来たそれを超えることはできません。あのリヴァプールのろくでなしはなんと美しくて大きく、素晴らしく輝く堕落した想像力を持っていることでしょうか！　ライオン女史は酔っぱらっていても素面でも、良い仲間ですし、好ましい仲間で、感じがよいのですが、親しく個人的に接触したいと思うところはどこにもありません。彼女の愛撫するような接触——そして彼女はそうするための口実をいつでも見つけていました——私の手の甲をまるで初心《うぶ》な女の子のように軽くたたき、私の頬をふざけたようにちょっと打つのです——こうした愛情に満ちた心遣いで、私は不快で身が縮む思いでした——カエルが胸に飛び込んだ時の不快感と同じくらいです。ハウエルズさん、私がライオン女史と寝られると思いますか。蠟人形の方がまだましです。

彼女が私と結婚しようと心を決めたのが一九〇六年の半ば以前だと私は気づかなかったでしょうか？　いいえ——私は知っていました。私は並外れて洞察力が無く、並外れて観察力が無いのですが、それはわかりました。同じように使用人も、ジーンも、クレアラも、幾人かの友人も——例えば、H・H・ロジャーズ夫人、ブロートン氏、ベンジャミン氏（義理の息子です）はバミューダでそれに気づき、それを口にしました。しかし私は嚙みついて文句を言ったりしませんでした。それから、一九〇七年の夏にアシュクロフトが私に付き添ってイギリスまで行った時、イギリスの新聞に私が秘書のライオン女史と婚約したという噂を伝える文章が掲載されました。アシュクロフトがそれを持ってきて熱心に私に見せました。私は彼をロンドンの記者数十人に紹介していましたので、その記事は彼の仕業で、ライオン女史に頼まれてやったのだろうと推測しました。今でもそう考えています。その時にはもうライオン女史はいわば毎日私の金を盗んでいましたので、恐れ恐怖を感じるほどに彼女は沈んでいたのです——そしてアシュクロフトもおそらく同じでした。というのは彼が彼女の窃盗に頼って生活していたことは疑いないからです。それて彼女は私よりも彼を良く知っていましたので、当然**彼のこと**を恐れたのでしょう。それゆえ、もし彼女の助力がうまくいかなければ、彼がその窃盗を利用できると考えた瞬間に彼が自分を裏切るだろうと彼女は分かっていました。その記事はアメリカに電信で送られ、新聞各紙に広がりましたので、私は新聞記者と通信員に待ち伏せされるようになり、事実を求められてきました[31]。それで私はいつものやり方をやめて、事実を伝えました。つまり、その記事は本当ではないと伝えました。

その前に——いいや、その前かその後か、どちらか思い出せませんが、ライオン女史は打診を拒絶しました。彼女ははるかにいたずらっぽく、やけに少女っぽく、愛想よく、愛情を込めて軽くたたくあのやり方でたたいて、言いました——

「彼らが何と言うと思います？」

「そうですね、何と言うのでしょうか？」

「私達は結婚します！　でしょう」。「それがいかにおかしくてひどく馬鹿げた考えかをやけに少女っぽい芝居がかった笑いが示していました」。

「誰がそう言うんです？」

「みんなですよ。町中の人です！」

「ああ、そうです、それは何も問題ではありません。それは戯れに始められたのではなく、ある目的のために始められたのです。その目的が何であったかわかりませんが、それを始めた人物は、俗な言い方をすれば、取り残されつつあるということしか分かりません」。

私は報道関係者がクレアラを巻き込んで、彼女私がライオン女史と結婚することを彼女とジーンが考えたかどうか聞くことがないようにさせました。

「いいえ、私達は考えなかったわ。でも彼女がパパと結婚するんじゃないかと考えてたの」。

「本当に間違いなく考えていたのかい、クレアラ？」

「ええ、本当に間違いなく」。

「いつだい？」

「パパがタキシードからニューヨークに戻ってきた時よ——それにタキシードにいた時にも。私達は知っていたし——友人達も知っていたわ——彼女がパパと結婚するのを狙っているって、そして彼女はパパをしっかりとつかんで

二一

いるから彼女の思うままにパパを動かせると思われてたのよ。彼女は最高だったわ。彼女は家の中のものをすべて自分のやりたいようにしていたわ。彼女は要求するのをやめさせていて、ただ命令していたの。パパは彼女のことを何も否定しなかった。いいわ、彼女がパパと結婚したがっていると分かっていたから、お父さんがそれに従うのじゃないかと私達は**考えたの**――実際、パパが従うと予想していたのよ。心理学者のメアリ・ロートンが言うには、お彼女がお父さんに催眠術をかけていて、本当にそう見えたのよ」。

クレアラは続けて次のような他の例も挙げました。

「パパは弁護士のジャクソン氏によるアシュクロフト家の調査をジャクソン氏と二回調整させてくれたけど、二回ともアシュクロフト家の人が周りにいて、パパを催眠術にかけて調整を破棄させて査問をやめさせたのよ。ジャクソン氏はアシュクロフトと一度だけ会見して、言ったのよ。アシュクロフトが筋の通った話ができないくらいおびえていたって。調査に反対する合理的な理由をひとつも示せなかったけど、自分がどれほど金を浪費して来たかをパパに暴露することになるから彼はひどい不安でいっぱいだったのよ！――まるで私がパパから**彼を**守ってあげなければならないと思うくらい不安だったのよ」。

「全く同じことがロジャーズ氏に関しても起きたわ。私達の困っていた問題について、ロジャーズ氏の家で私が二回会うことになっていたの、それで二回ともパパはアシュクロフト夫妻を呼んだわ。そして彼らはパパに手を引いて中止するように言ったの。パパを催眠術にかけていると私達は皆、思ったわ、今でもそう思っているの。パパがひとつのことばかりに執着するとは考えられなかったから、彼らがいつでもそうしないように話していたのよ。パパは彼らに牛耳られていたのよ、パパ、だから彼らはパパを自分達の好きなように変えることができたの。パパは以前はそんなふうじゃなかったわ。アシュクロフト家の人が来る前パパは自分の意志を持っていたわ。私がロジャーズ氏と三度目の面会の約束をした時にはパパには秘密にしていたのよ。もしパパがそれを知ればアシュクロフト家の人にそれを教えたでしょうし、彼らはそれを握りつぶしたことでしょう」。

彼女は続けて言いました。

「パパがジーンに手紙を書いたことがあったわ――それはおそらく**本物**の手紙だったわ――父親から娘への手紙だ

った――そこにはある感情、同情が書かれていたの。一ページや二ページの中身のない、感じるもののない陳腐な内容じゃなかったの。あの友達のいない可哀想な追放者の訴えに対する答えとして、ライオン女史がパパのために口述筆記するのに慣れた内容じゃなかったの――」

「何ということだ、クレアラ、耐えられない！　私は犬みたいだ――駄犬のようだ。この瞬間にライオン女史を地獄に落とせるなら、それができないなら私は呪われよう――そしていずれにせよ、そこが私のいる場所だ。続けてくれ」。

「それはおそらく**本物**の手紙だったわ。次のような理由からそう考えるの。ジーンへ中身のない話を二、三行だけ書いてそれをライオン女史に編集するように手渡すのがパパの習慣だった。そこから衝動的に手紙に書きこまれた感情や愛情を示唆するようなことを彼女が削除するのよ。それからパパはその空虚な手紙を書き直して投函するようにライオン女史に返したのよ。でも今回パパはその習慣を捨てたの。パパは**分厚い**手紙を書いた。さらに封をした。さらにパパは他の手紙と一緒にそれを投函するためにライオン女史に渡さなかったのよ。パパは内密に家から出る機会を待っていたの。パパ見えるでしょう――寝室の窓から――ラウンズベリー氏が家に近づいてくるわ、パパは走って降りて行って、広間で彼に追いついて手紙を手渡し、投函してほしいと言ったのよ。ライオン女史は電話室にいてそのすべてを盗み聞きしたの。パパは階上に戻った。ラウンズベリーは台所に入って行った。彼はそこに一五分いて、彼が出てくるとライオン女史は用事で降りてきたかのようなふりをして階段の下で立っていたの。そして言ったのよ」。『ラウンズベリーさん、お待ちしていたわ。クレメンズ氏が手紙を渡したけれども、忘れていたことを付け足したいので返してほしいと言っています』と」。

「彼女はその手紙をとって、ラウンズベリーは出て行き、言ったの、『そこらの材木の山に黒んぼがいて』――彼のためにラウンズベリーはライオン女史がこの地域にやって来た最初の日に彼女の正体を見破ったの――彼女が彼の家に泊まった夜に、彼女はひどい頭痛で死にそうなのでウィスキーが欲しいと言った。彼が一クォートのウィスキーを与えると、彼女はそれを二時間で全部飲み干し、運搬人夫のようにひどく泥酔して、寝台用のソファから床に転げ落ちた。彼と彼の妻がその音を聞いて、そこに行って彼女をよく調べてみたの。その夜から今にいたるまで、ラウンズベリー家の人はライオン女史に対して独自の意見を持っていて、それは誉めるものではないの。そうなの。ラウンズベリーはその手紙をそれ以降見ていないの。ジーンがそれを受け取ったかどうか、もちろんジーンには分からないし、しかもずっと以前のことだわ。でも**本物の**手紙も**分厚い**手紙も、この謀反が起きるまでは一度も受け取っていないと彼女は考えているわ。三年の間ライオン女史がずっとジーンの敵だったことはパパもはっきりと分かったでしょう。だってピーターソン医師に嘘をついてジーンが肉体的に健康になって頭もすっきりしたあと、丸一年もこの家から締め出されていたのよ。保養施設も不自由も、社会的に恐ろしい出来事も困惑も、もういらなくなった後に、よ。あの手紙が本当にジーンのもとに届いたと思うの、パパ？」

「いいや、そうは**思わない**。あの卑しむべきドブネズミが破棄したと思う」。

そう、それで終わりです。クレアラがもうこれ以上ここに入って来てほしくありません。私は時に真実を好みますが、それを渇望するほど好きなわけではありません。しかも私は嘘つき達と長い間一緒に生きてきたので、正しい調子を失ってしまったし、事実は不協和音のように不快感を与えるのです。

何と、あのアシュクロフトは何ともひどく驚かせてくれることか！　今回の~~十回の~~インタヴューでひとつ驚くことがあります——それなりの傑作です。必然的に会見の前にひとつか二つの嘘があります。というのはアシュクロフトは口を開かねばならなかったからです。彼が口を開けば結果はたったひとつしかありません。ライオン女史の小家屋の修復費用の「前払い金に関して」彼と私が「合意していた」ことを私の弁護士が知らなかったと彼は言うのです。そして彼はその「合意」を発表するのです。

それには、すべてが明確に書かれて、日付が付され、私の署名もあるのです！

なんと、ハウエルズさん、私は自分がこの文章を書き終わらないうちに地獄に落ちたらいいのにと願っています。八月四日の午後に『タイムズ』紙のあのインタヴュー記事で読むまではあの文書のことを決して知りたくなかったのですから。決して知りませんでしたし、聞いたことも、見たことも、署名したこともありません。

それは低俗な人が使う見事な「厚顔無恥」ではないですか？

八月三日のインタヴューで使うために彼がそれを作り上げ、私の署名を**捏造した**のだと私は最初考えていましたが、そんなことは起こらなかったと私は今考えています。三月一三日の有名になったあの大清掃の日に彼は四枚の覚書を持ってきて[32]、その際にあの小さな書類を持っていたのだと思います。

私はその覚書を手に取って見ることもしませんでしたが、それをしまって私の他の事業上の文書と一緒に保存しておくよう命じました。彼はおそらくそんなことを予想しておらず、当面何のためにもならず、次に何をすべきか彼には全く分からなかったのでしょう。

その時彼は私の署名を取らなかったでしょうが、後に取りました。最も可能性があるのは八月三日で、その際に彼は彼のインタヴュー記事の中でその小さな文書を印刷したかったのです。彼は署名を捏造したのでしょうか。彼はたぶんより安全なやり方をしたのです。酸を使って手紙から（私の本物の署名の上で）私の書いたものを取り、それから空欄を彼のごまかしの「合意」で埋めたのです。ラーク氏がその閲覧を求める予定ですが、彼はきっと閲覧できないでしょう。

その疑わしい「合意」に続く文章が面白いのです。八月三日にラーク氏とアシュクロフトとの間で「友好的合意」が**成立した**のです。文書類が四日に作成され、署名されることになっていました。すべての人物が即座に手を引き、将来口を開いてはならないことになっていました。私達の望みの中心はマーク・トウェイン社の経営者の辞表をアシュクロフトに提出させることです。取締役会の正式な選挙で彼を解雇すればまた新聞ネタになります。彼はそれに合意しましたし、彼とラークは会見の結果に十分満足して別れたのです。

しかし、以前にも述べたように、ライオン女史がその**時**時**ニューヨークへ行くところでした**。そうです、じっとこらえた恥と怒りと復讐心でいっぱいでした。二、三の要求事項が偶然欠落していれば、到達した合意文書を打ち壊してやろうという決意で間違いなくいっぱいでした。それで、要求事項は合意文書になかったのです。アシュクロフトはそれを申し出ましたし、合意の中に入れようとしましたが、できなかったのです。私が思うに、彼女がその張本人で、それが認められると想像するほど彼女は常軌を逸していたのでしょう。彼女は本当に途方もなく常軌を逸しています、ハウエルズさん。この数週間の激怒とウィスキーと悪夢と睡眠障害のためです。この七年間で彼女は私をよく知るようになったので、通常よりもいっそう常軌を逸しているのでしょう。そしてついに彼女の想像力は制御を失い、規制を失い、向こう見ずになってしまい、自らを騙し、私がその二つの要求事項を認めるだろうと考えたのでしょう。まあ、何ということでしょう、私には**認められません**。そんなことは夢にも見ません。

彼らは本当にいい人達です！　よく見て下さい。

一、アシュクロフトはマーク・トウェイン社の経営者と取締役の地位を辞任する。**ただし**、私が彼のその職責を失うことを遺憾とする文書を書くこと。さらに

二、**ただし**、私がR・W・L夫人女史アシュクロフト夫人の不誠実に関する疑惑を晴らし、不幸な間違いによって彼女が間違ってその非難を受けたことを遺憾とすると書くこと。

なんとも、私は誰にも負けないくらい素早く文学的な嘘をつけますし、しかも標準的な規模の嘘をつけます。しかし二人の泥棒と悪党に嘘をついて無害の公衆の信頼を得るという話になると、私にその能力はありません。私は、重大な問題に関する発言が価値を持つ名声のある人間ではありません。そして、ハウエルズさん、もしあなたにそうした名声があれば、それが人をどのような奴隷状態に陥らせ、愚痴をこぼすことがいかに無益なことかお分かりでしょう――それはどうしようもないことですし、その名声を守らねばなりませんし、それを避けられないでしょう。ハウエルズさん、私の古きよき友人よ！　あなたがそうした状況に決して陥らないように祈っています！　しかし、それについて私がヒステリーを起こしても意味がないのです。あなたに危険はないと思います。

私の弁護士は――ペインの支援を得て――彼は私の回答がどうなるかを知っていました――その二つのただし書きと、その麻痺した合意手続きを受け入れませんでした[33]。

私は本当に遺憾の意の文書を書いたのです。私にそれができるかどうか、わざとらしく、不誠実に思われないかを知りたいだけです。しかしラークはそれではアシュクロフトは満足しないだろうと考えたので、それは中止になりましたので、私が善意を持っていたことを示すためにそのままここに挿入します。

ところが、私が理解しているように、アシュクロフト氏はマーク・トウェイン社の経営者兼取締役としての辞

表提出を求められている身にあり、その職責にある彼を失うことを遺憾である旨の文書を私が書くことで彼はそれに応じるのです。

それゆえ、

三月三一日から四月三日の間に起きたある事件により、彼が嘘つきで、軽蔑すべき下司で、裏切り者で、臆病者で、下劣な人で、自称泥棒であることを認識し[34]、マーク・トウェイン社が経営者兼取締役としての彼の働きを失わねばならないことは私にとって深く遺憾なことです。なぜなら、前記の欠点を別にして、彼がその職責に対する高度な能力を持ち、さらに自らの利益になり、自らの才能を誇示するあらゆる事業活動の運営において、彼が際立ってずる賢く、創意と積極性に富み、倦むことなく勤勉で、油断がなく、粘り強いからです。

S・L・クレメンズ社長

偶然の一致とは何とも愉快なことです！　偶然と呼ばれるあの不思議な結びつきに関心のない人はいないのです。そうです、そのひとつがまさにこの私の家の中で、この八月の終わり頃に生み出されていたのです。

私達はその夜アシュクロフト一家のことを話し合っていました。私達はたいていアシュクロフト一家のことを話し合っています。疑問が浮かび上がりました。彼らはどうやって私に対する大きな優位性を得るようになったのでしょうか？　それは奇妙なことで、極端に奇妙なことでした。夢中になることとの創造と維持に必要な主なもののすべてが欠けていたからで、多くの些細なものしかなかったからです。私はライオン女史がそばにいることを大いに望んでいましたが、彼女を大好きというわけでは決してではありませんでした。彼女はわざとらしく、不誠実で、虚栄心が強く、むやみに感情的で、愚かな気取りばかりしていました——そして私はそうした物をひどく嫌っていました。彼女は年老いた乙女で枯れていましたが、私は別の女性が好きだったのです。私以外のほとんどすべての人にとって彼女は見え透いた詐欺師でしたが、私にはそうではありませんでした。私は彼女の正直さと、私と私の利益への忠実さを全く信じていました。彼女が主人で私は奴隷でした。彼女は自分が望むどんなことでも私にさせることができました。やがて——それほど時をおかずに——彼女はここで永久に最高の地位につこうとし、クレアラとジーンはこの家にい

二一

られなくなって、ジーンは入ることもできなくなるでしょう。私が死んだら、彼女とアシュクロフトは捏造された総代理権を使って子供達を丸裸にしていたでしょう——疑いなく彼らが視野に入れていた目論見です。

そしてアシュクロフトを見て下さい！　小さくて胡散臭い、人を裏切る小さな目をした、卑劣で小さい人物で、**あらゆる**点で卑屈な追従者です——こびへつらい、油断なく、注意深く、人の機嫌を取りたがっている顔つきなのです。私が自分の部屋に着くと必ず誰かに手伝ってもらって服を脱ぎました——彼はいつでも私のすぐ後についてきて、いつでも服を脱がせ、夜着を着せ、次の日の服を並べておきました。その下賤な仕事にも彼は手を抜きませんでした。私は彼を軽蔑していましたが、彼を気に入っていましたし、彼がそばにいることが好きでした。私は彼が申し出ることをいつでも何でも承諾することにしていましたし、よく考えずにそうしていました。私の他の友人の言うことならほとんどすぐに断ったことを、彼にはすぐに認めたのです。

彼らに反対するようなことを私に吹き込むことは誰にもできませんでした。そうした努力はたった一度しかなされませんでしたし、繰り返されませんでした。

クィンタード博士がクレアラを呼んで重大なことを相談し、件の二人が私から金品を強奪しているので調査し**なければならない**と言いましたが、**私は**その件をアシュクロフトに伝えるのを全くいとわず、彼もライオンもきっと喜んで調査を受けることと確信していました。そして私が最初に激しく動揺したのは、アシュクロフトが調査の可能性を完全に喜んでいるわけではないことを私がアシュクロフトの振る舞いから発見した時でした——それは喜ばれると私は考えていましたので。

それで、私が言うように、私達はアシュクロフト家の人々のことを話し合い、彼らが私を支配していたその力を説明しようとしました。最後にクレアラが言いました——

「それは**催眠術**だわ！　それですべて説明がつくわ」。

私は全く思いつきませんでした。その可能性は合理的に思われました——過去二年か三年間に私が陥っていた奴隷状態を説明するためにもっともらしいものが特に見つからないのですから。

これまで触れてきた「偶然の一致」とは次のようなことでした。私がベッドに行って最初に目にした印刷物が『世界の研究』誌の九月号の記事の、[35]催眠術的示唆に関するもので、私の目に最初にとまった文章はこれでした――確かに私の例にすばらしいほど合っていると思われます。

年老いた人はあらゆる点で自立して責任のとれるものに見えるでしょうが、そういう人が支配力があったり私利私欲に偏った人の示唆的影響を完全に受けることがしばしばあるのです。見たところ正常な金持ちの老人が、本来の性格に全く反する行動をとった、本来の性質と異なり、自らの利益にならないことなのに、主人の心をうまく支配した看護師や付添人の影響を受けている例を私は見てきました。そうした例では策略を用いる人は自分の示唆を使って最終的には家全体を支配するために示唆をどう使うかをよく知っているのです。そして合法的遺産相続人を騙してその権利を奪い、あるいは結婚の約束を取り付けるのです。

これは私の症例を詳細に、正確に、生き生きと、しかもこの上なく屈辱的なほど如実に書き表しています。私がまさにそうしていた時――まったくその時でした――その話が頭の中で新鮮に強く残っていた、まさにその時に、私がその記事を目にしたことは稀なことです。それを一日前に読んでいたら、おそらく何の興味もわかず、何の印象も残らなかったでしょう。

噂話をもう少しします。ペインさんが先日俳優クラブでズ氏に会って話しました。[36]ズで始まる名前だとしか思い出せませんが、問題ではありません。私は彼のことを一八年か二〇年前にハートフォードで少し知っていました。そこで彼はよい人物で、ある程度著名な人物でした。彼がペインさんに教えてくれたのは、ライオン女史と彼の妻とがずっと以前――何年も何年も前――から仲の良い友人でしたが、ズ夫人がハートフォードの婦人交歓会の責任者だった時に、彼女が一度大変なことになりかけたことをズ夫人が知っているというのです。その交歓会は彼女が一九〇二年に私達のところに来た時に針山を作っていた組織です。(そして彼女が私の代わりに小切手に署名するようになってからは針山を作らなくなりました)。彼女は決算の金が不足し、ズ夫人とホイットモア夫人と他の友人が不足額を集め、彼女を助けたというのです。名声を失う危険が迫っていた時でした。

ライオン女史は私達のところに来てしばらくしてから銀行口座を開設し、私はその写しを銀行から手に入れて持っています。ひと月五〇ドルの給与で彼女は最初の七ヶ月間に七〇〇ドルを預け入れました。この彼女の正直さに反対するものは何もありませんが、それに有利になるものは何もありません。十年三年後彼女は、私の筆記者のホビー女史によると、ちょっとした盗みをしていましたし、そして彼女は最終的にホビー女史を解雇させました――ホビー女史は知りすぎていたから、と彼女は言います。[37]

私には信じられませんでした――まったく――彼女がアシュクロフトの影響を受けるまでは一度も盗みをはたらいたことがないとは。そして婦人交歓会での出来事で私は半ば納得したのです。彼女はそれより一〇年以上も前に盗みを始めたということを。しかし彼女に**大きな**盗みをさせたのはアシュクロフトだったと推測しています。

そして彼女はなんと無神経だったことでしょうか！ 彼女は結婚した時に一二ドルの電報をエジプトにいたペインに送り、[38]その事実を知らせたのです。それは一週間の給与でした。

そして彼女が先の春に休息し、体力を回復させるためにハートフォードに行った時、彼女はヒューブラインのホテルに部屋を取り、そこで彼女は一日一〇ドル以下では生活ができなかったのです！ それで彼女はペインに頼み込んで冬の間中ずっと婦人服仕立て屋のバンクス女史のところで仕事をさせてもらうことにしたのです！ もし私が私自身でなくH・H・ロジャーズ氏だったら、こんな浪費が怪しいと思ったでしょうし、収支決算の徹底的検査をすぐにしたでしょう。しかし**私が？**――私は催眠術にかけられていてそんなことは思いつきませんでした。

（1）一九〇七年一一月一日付「自伝口述筆記」を参照、および関連する注参照。

（2）二人は豪華なホーランド・アメリカ汽船会社の蒸気船ニューアムステルダム号に実名で乗船してロッテルダムに向けて出航した。アシュクロフトによると、かれは「ホーランド社」に関して処理しなければならない実務があった（「積み荷と郵便」、ニューヨーク『タイムズ』紙、一九〇九年六月八日号、一三ページ。ホーランド・アメリカ汽船会社、二〇一四年。ラークからペイン宛、一九〇九年六月一七日付書簡、カリフォルニア大学蔵）。

（3）W・F・ワイス社はニューヨーク市ブロードウェイ一二八番地にあった公共会計士の資格を持つ会社で、一九〇七年から一九〇九年のクレメンズの帳簿管理の調査を行った（ワイスからクレメンズ宛、一九〇九年九月二七日付書簡、カリフォルニア大学蔵）。
（4）クレアラがアシュクロフトに対する件で助言を得るために雇った弁護士で、それ以上のことは不明。
（5）ニューヨークの五番街二一番地にあった家は一九〇四年の冬と一九〇五年の初期に室内装飾をやり直していた。ライオンは一九〇五年一月八日にハリエット・ホイットモアに手紙を書いて、「その家はまだ完全には終わってはいません。壁の張替えをもう一度やってください。雇った室内装飾人がひどく下品な趣味の女性で、――壁紙の大半がクレメンズ氏には『不快の種』なのです」と知らせた（マーク・トウェイン家博物館蔵）。一九〇四年から一九〇五年にかけての家政に関する帳簿のライオンの記録によると、家具類に五九八ドル二セント支出され、メイソン・C・ダヴィッジ夫人は「家具類」として三九〇ドル六六セントの支払いを受けた。ダヴィッジはニューヨークの上品なホテルの家具調度類の設置と友人や知人の家の室内装飾で一人で仕事をしていた（「女性のホテルの部屋」、ニューヨーク『トリビューン』紙、一九〇二年二月七日号、七ページ。Kirkham 2000、三一四ページ）。
（6）不明。
（7）アメリカン・プラズモン社破産の後、クレメンズは合衆国とカナダの製造用特許とそれを作るための機械をも手に入れた。彼は一九〇八年一一月に新たなプラズモン・ミルク製品製造会社を資本金一〇万ドルで設立した。彼以外の取締役はアシュクロフトとR・A・マンスフィールド・ホッブズ（アシュクロフトの弁護士で、翌一二月にマーク・トウェイン社を設立した）であった。クレメンズはこの新たな企業に三万五〇〇〇ドル投資し、うまくいかなかった。二年後に彼の資産目録が作成された時には、この「救出された」会社の株式は「実質的に無価値」として挙げられていた（「サミュエル・L・クレメンズの資産」、一九一〇年、三ページ。「ミルク製品会社のマーク・トウェイン」、ニューヨーク『タイムズ』紙、一九〇八年一一月二六日号、六ページ。アシュクロフトからラーク宛、一九〇九年一一月二日付書簡、カリフォルニア大学蔵。ラークからルーミス宛、一九〇九年一一月九日付書簡、カリフォルニア大学蔵）。
（8）リプトンは一九〇七年六月にアシュクロフトに会い、この時アシュクロフトはクレメンズに伴いイギリスに来ていた（一九〇七年一〇月一日付「自伝口述筆記」と一九〇七年九月二六日付「自伝口述筆記」および関連する注参照）。クレメンズが一九〇〇年にロンドンにいた時、クレメンズはリプトンを国際プラズモン社への投資に誘おうとして接近することを考えた。新たなプラズモン・ミルク製品製造会社設立のすぐ後の一九〇八年一二月にクレメンズはアシュクロフトに渡英してリプトンが「英国販売代理人になる」よう説得することを求めた（アシュクロフトからラーク宛、一九〇九年一一月二日付書簡、カリフォルニア大学蔵）。次の年の春にアシュクロフトはリプトンとさらに交渉していたようで、夏に彼はイギリスに戻り、今回は妻としてのライオンを伴っていた。リプトンは時間稼ぎを続け、最終的には断った（一九〇〇年三月八日付、マカリスター宛書簡、ヴァージニア大学蔵。『自伝完全版第一巻』、四一三ページおよび関連する注。Hill 1973、二一二ページ、二五一ページ〜二五二ページ。Lyon 1908、一二月二八日付日記。ルーミスからペイン宛、一九〇九年一一月六日付書簡、カリフォルニア大学蔵）。

（9）クレメンズは一九〇七年三月二七日付の「自伝口述筆記」で銅鉱山株への投資についても議論した。

（10）画家のジョージ・デフォレスト・ブラシュとその家族はニューハンプシャー州ダブリンの芸術家村に住んでいた。クレメンズ一家が一九〇五年にそこで避暑をしていた時に、ジーンはブラシュの子供二人、ナンシー（一八九〇年生まれ）とジェローム（一八八八年生まれ）と友達になった（『オックスフォード国勢調査』、一九〇〇年、五九六―三Bページ。『自伝完全版第二巻』、二〇〇ページおよび関連する注。Lystra 2004、四七ページ）。この出来事に関して他に言及は見つからない。

（11）つまり、ニューヨーク『タイムズ』紙、一九〇九年八月四日号に掲載された会見の中で示されるまで何も伝えられなかった（以下注25）。

（12）アルフレッド・チャールズ・ウィリアム・ハームズワース、ノースクリフ卿がハーヴェイ大佐を伴って一九〇八年一一月二〇日の夜にストームフィールドに滞在しに来た際に、アシュクロフトとライオンに会ったことは明白である。ライオンによると、次の一二月にアシュクロフトが渡英した際、クレメンズがリプトンとノースクリフ両人に宛てた「感謝の手紙」をアシュクロフトに渡した（一九〇八年一一月二四日付「自伝口述筆記」および関連する注参照。Lyon 1908、一一月二〇日付日記と一二月二八日付日記）。

（13）ワイスの決算にはライオンが一九〇七年三月から一九〇八年一二月までに作成したすべての小切手を含んでいた――「家計費」として総計五二二五ドルが支払われていた。「不特定の」理由のために現金化された小切手六五〇ドル（「銀行を通らなかった」一〇〇〇ドルの小切手を割り引いて）に加え、「明細を明らかにしていない小切手」三六六二ドルを加えると、支払総額は九五三七ドルになり、クレメンズの言う「約一万ドル」になる（「会計士による計算書と別表」〔一九〇九年〕の別表五の「総括」）。ライオンは家計費の多くを使用人に現金で支払うのに使ったと主張した。ところが、アシュクロフトが彼女のためにスタンチフィールドに提出した陳述書の中では現金給与は二六二五ドルと記されていた。その文書の下にペインは「ア〈シュクロフト〉はこの数字をどこで手に入れたんだ？　メモがあったのか？　あるいはただの思い付きか？　A・B・P〈アルバート・ビゲロー・ペイン〉」と書いた（Ashcroft 1909）。ワイスが記すところでは、二年間の給与支払い総額、約七五六〇ドルのうち、ライオンが「実際に現金で使用人に支払ったのは二〇九七ドル八〇セントで、五〇〇ドル以上の食い違いがある」（「支払い計算書」〔一九〇九年〕、七ページ。「会計士による計算書と別表」〔一九〇九年〕の別表八の「一九〇七年三月一日から一九〇九年二月二八日までの給与支払い概算」）。

(14)ワイスの決算書には二年以上にわたりクレアラに「支払われたかあるいは支払われたと主張するかあるいは推定される」小切手が二万二九〇三ドル挙げられている。またワイスは「ライオン女史がその期間に自分が家計費から都合した一九五〇ドルをクレメンズお嬢様に与えた」と主張したと書いた（「支払い計算書」〔一九〇九年〕、七ページ。「会計士による計算書と別表」〔一九〇九年〕の別表四の「総括」）。

(15)クレメンズはこの記事を一九〇九年七月一四日号から切り抜いた。

(16)初代コーンウォール伯爵ピアーズ・グレイヴストン（一三一二年死去）はエドワード二世王の寵臣で、若い王を惑わしたとした告発され、宮廷の敵対者によって追放され、最終的に処刑された。

(17)この切り抜きは実際には、ニューヨーク『イヴニング・ワールド』紙、一九〇九年七月一四日号からのものである。

(18)この切り抜きの出典は不明。

(19)クレメンズがアシュクロフトに支払わなかったという事実を間違って記憶していたことはあり得ないと思われる。先に「無給で」という言葉を削除したのはクレメンズがそれを認めたくなかったことを示唆している。

(20)ラークの発言はワイスの準備した陳述をもとにしており、彼は建設関係の請求書を受け取り、ライオンが自分の小家屋のためにさせた仕事について認められていない支払いがいくつかあるのを確認した。それらの支払いの中には、三件のユージン・アダムズ宛支払い、総額一〇三一ドル、二件のラウンズベリー宛支払い、総額三六五ドル、一件のF・A・ハル親子社宛支払い、小家屋の仕事の四六六ドルとストームフィールドに関する仕事の六二ドルが合計されてあった（「支払い計算書」〔一九〇九年〕、一ページ～六ページ。「サミュエル・L・クレメンズの金」〔一九〇九年〕）。

(21)これはファーミントンのすぐ近くにある。二章注8を参照。

(22)ジョージ・モアバイ・アクロム（一八七〇年～一九五四年）はイギリス人で、編集者であり詩人だった。クレメンズ家がインドのアグラ、ジャイプル、アジュメールを一八九六年に旅行した際に彼の両親ロバート・E・アクロム（一八四六年～　九二六年）と妻アナベラ・アクロム（一八四八年生まれ）と親しくなり、その後も交流を続けた。ロバートが一八九七年にカナダ中央部州の警察および留置場の監察官に任命された。ジョージは一九〇九年七月一六日にストームフィールドを訪問した（一八九六年三月七日付、ロバート・アクロムとアナベラ・アクロム宛書簡、一八九六年三月七日付、ロバート・アクロム宛書簡、ヴァージニア大学蔵。アナベラ・アクロムからクレメンズ宛、一八九七年八月五日付書簡、カリフォルニア大学蔵。「ストームフィールド来客帳」、一九〇九年七月一六日付記録、カリフォルニア大学蔵。一九〇九年七月一八日付、クレアラ・クレメンズ宛書簡、カリフォルニア大学蔵）。

(23)レスター・ペックとローラ・ペックはストームフィールド近くのレディング・リッジに農場を持ち、ニューヨークのウェスト・エンド街に家も持っていた（ペックからクレメンズ宛、一九〇九年一二月二五日付書簡、カリフォルニア大学蔵。William Harrison Taylor 1912、二二四ページ）。
(24)この出来事に関するペインの話（「アシュクロフト・ライオン原稿四章」）を参照。
(25)クレメンズはこの記事を一九〇九年八月四日号の第一面から切り抜いた。
(26)クレアラは一九〇四年と一九〇五年にニューヨーク市とコネチカット州ノーフォークで休息療法を受けて、母親の死から立ち直った（一九〇五年二月二八日付、ルキーニ宛書簡、複写をカリフォルニア大学蔵。一九〇五年三月二六日付、ヒギンソン宛書簡、ペインによるタイプ原稿をカリフォルニア大学蔵。一九〇五年七月一六日付、マカリスター宛書簡、ヴァージニア大学蔵）。ジーンの隔離に関しては、「アシュクロフト・ライオン原稿六章」と関連する注参照。
(27)ジーンによる「攻撃」の証拠は見つかっていない。クレメンズの彼女への返信はおそらく一九〇七年六月に書かれ、アシュクロフトの二つの転載文の中にしか残っていない。ひとつは『タイムズ』紙に掲載され、もうひとつは、一九〇九年七月三〇日付、ジョン・B・スタンチフィールド宛の彼の手紙の中に引用されている。
(28)エドワード・リヴィングストン・ハント――以前に考えられていたようにフレデリック・ハントではない（Hill 1973、Lystra 2004）――はカトナの療養施設でピーターソン医師とともに働いていた内科医で、ジーンの治療に個人的にあたった（ハントからライオン宛、一九〇七年二月二二日付書簡、カリフォルニア大学蔵。ジーン・クレメンズからナンシー・ブラッシュ宛、一九〇七年一〇月二日付書簡、スミソニアン博物館蔵）。
(29)イタリア人でソプラノのオペラ歌手ルイーザ・テトラツィーニ（一八七一年～一九四〇年）のこと。
(30)この合意文書の手書きの複写はアシュクロフトが作成し、彼とクレメンズが署名したもので、デトロイト公共図書館に現存する。
(31)もともとの記事を一九〇七年七月初期に掲載したイギリスの新聞はわかっていないが、その物語はニューヨーク『ヘラルド』紙に電報で送られ、同氏はクレメンズの強烈な否定を六月五日号に掲載した（「マーク・トウェインは結婚せず」、九ページ。『自伝完全版第二巻』、一九〇六年一〇月二日付「自伝口述筆記」、注3参照）。
(32)この合意は言及されたが、クレメンズが引用した（前出の）ニューヨーク『アメリカン』紙七月二日号からの記事の中にはなかった。
(33)この中断された合意の草稿は見つかっていない。
(34)九月のどこかで書かれた手紙でクレメンズはマーク・トウェイン社の役員会に宛ててアシュクロフトが「その職責にふさわしい人物

ではなく」、「会社の経営者の職を辞任するよう求められている」ことを次のようにほのめかした。

先の四月の早い頃に、ヴァージニア州ノーフォークで彼は偽の口実で私からある程度のまとまった金額を手に入れ、それは口実の特徴から明らかに犯罪的方法であった。彼は自ら作った嘘と、もう一人の悪い男を恐喝と懐柔によって自分のために嘘をつかせて、自分のやり方を支えた。私には証拠があり、それを詳細に提示する用意がある。（一九〇九年九月五日から九日付、マーク・トウェイン社役員会宛書簡、原稿は複写、『トウェイニアン』、五三号［一九九七年九月］、一ページ～四ページ）

この出来事に関してより詳しいことは分かっていない。アシュクロフトは既に七月三〇日の手紙で辞任を申し出ていた。ラルフ・W・アシュクロフトからジョン・B・スタンチフィールド宛、一九〇九年七月三〇日付書簡参照。彼はアシュクロフトによるクレメンズとの最終的解決の一部として後にそうした。

(35)クレメンズは一九〇九年九月号の、フレデリック・ヴァン・イーデンによる「示唆による治療」のことに触れている（van Eeden 1909）。

(36)「ズ」氏は不明。俳優クラブは、俳優と芸術の愛好者のために一八八八年にニューヨークに設立されたクラブで、クレメンズは何年間も会員だった（『自伝完全版第一巻』、二五五ページおよび関連する注参照）。

(37)ライオンは日記の中で彼女が理由も伝えずに一九〇八年八月四日に個人的にホビーを解雇したと記している（Lyon 1908、八月四日付日記）。

(38)ペインは『無邪気者達、海外へ』で描かれた、一八六七年のクレメンズによるクエーカー・シティ号の旅行を追体験するために旅行に出ていた。彼は四月の終わりに戻り、その旅行に関することを『船上生活者』に盛り込み、次の年に出版された（Paine 1910。『トウェイン伝』、第三巻、一四八〇ページ、一四八四ページ）。

覚え書き。(1)

一九〇九年九月七日。五日か六日前にクック博士が**北極圏**から電信を送り、北極点を一九〇八年四月二一日に**発見した**ことを公表し、それ以来、彼の名前は全地球上を雷鳴のようにとどろいている。過去五日間、彼はノルウェー王に招待され、全キリスト教圏の新聞が彼の栄光を紙面の一部ではなく金のかかる電報便記事の全紙面を使って、報じ続けている。

そして今、昨夜はピアリー艦長からの電信が氷山の中から到着し、**彼が**北極点を発見したという。日付によれば、クックの一年後に発見したことになる。

世界の半分はクックを信じ、残り半分は信じていなかった。しかし全世界がピアリーを信じている。私は両人とも真実を述べていると信じる。

二人の人がそれをしたことは可哀想だ。たった一人の実績であるとき、それはコロムブスと並ぶし、空に舞い上がることになる——そこに永遠にあり続けることは明白だ——その偉業を繰り返すことが決してできないことをする発見者には、もはや発見すべき世界はないし、発見に**値する**極点はもうない。だが、いま栄誉が分かれている——そう、巨大な価値が消えてしまった。

クック博士が氷山の中に座り一年を無駄にしたことは明らかだ——発見について書いていたのだろうか？　もしも実際それほどまでに愚かだったとしたら、彼は次席だ——海王星の発見を無理に押さなかったアダムズとも一緒にならないが、ルヴェリエを先に行かせて永遠に第一位を取らせよう。

#

（1）クレメンズがこの「覚え書き」でこの原稿を終えた理由は明らかではない。彼は一九〇九年九月七日の朝刊にある発表、ロバート・E・ピアリー（一八五六年～一九二〇年）が北極点に到達し、それがフレデリック・A・クック（一八六五年～一九四〇年）による北極点到達の主張よりも六日遅かったことに触れている。その偉業に関して名誉を受けるべき人物に関して厳しい論争が噴出した。クックはピアリーよりも一年前の一九〇八年四月に極点に到達していたが、次の年の春まで帰れなかったと言ったのである。すべての証拠を調べ、ナショナル・ジオグラフィック協会はピアリーに栄誉を与えた。クックの主張は拒絶され、彼は詐欺師と批判された。現代の研究者はおそらくどちらの探検家も成功しなかったと結論を出している（「ロンドンはピアリーの偉業を賞賛」、ニューヨーク『タイムズ』紙、一九〇九年九月七日号、一ページ。Warren E. Leary 1997。Bryce 1997 も参照）。イギリスの天文学者ジョン・クーチ・アダムズ（一八一九年〜一八九二年）とフランスの数学者ユルバン・ジャン・ジョセフ・ルヴェリエ（一八一一年〜一八七七年）の二人が海王星の位置を計算したが、ルヴェリエが最初にその予測を発表し、一八四六年に確認された。今日では両者が発見の名誉を与えられている。

補遺

サミュエル・L・クレメンズ小年表

年	事項
一八三五年	ジョン・マーシャル・クレメンズとジェイン・ラムプトン・クレメンズの六番目の子供として、一一月三〇日にミズーリ州フロリダに生まれる。七人の子供のうち大人になったのは、オーリオン、パミーラ、サミュエル、ヘンリーだけである。(詳細については次の補遺の「家族伝記」参照)。
一八三九年〜四〇年	ミシシッピ河西岸のミズーリ州ハニバルに移住。典型的な西部の公立学校に入学(一八四〇年)。
一八四二年〜四七年	ミズーリ州フロリダの義理の叔父ジョン・クォールズの農場で毎年夏を過ごす。
一八四七年	三月二四日父親死去。学校をやめ、ヘンリー・ラ・コシットのハニバル『ガゼット』紙の使い走り兼植字工の徒弟として働く。
一八四八年	ハニバル『ミズーリ・クーリエ』紙の新しい編集長で社主のジョゼフ・P・アーメントの徒弟になる。一八五〇年の終わりまでアーメントと仕事と生活を共にする。
一八五一年	一月、オーリオンの新聞ハニバル『ウェスタン・ユニオン』紙に加わり、最初期の出版作品「勇敢な消防士」をすぐに同紙に掲載。
一八五三年〜五七年	ほとんど三年間オーリオンの徒弟を務めた後、一八五三年六月ハニバルを去る。セントルイス、ニューヨーク、フィラデルフィア、(アイオワ州)マスカティン、(アイオワ州)キーオカック、シンシナティで植字工として働く。

一八五七年	二月一六日、ホレス・ビクスビーが操舵するポール・ジョーンズ号でシンシナティを出発、ビクスビーがクレメンズをミシシッピ河の水先案内人として訓練することを承知。
一八五八年	ヘンリー・クレメンズ、ペンシルヴァニア号の爆発事故の怪我がもとで死亡。
一八五九年	四月九日、「セントルイスとニューオリンズ間で」蒸気船を操舵する正式な免許を得る。「平均的に良い」水先案内人として一八六一年まで少なくとも一二の船で乗務した。
一八六一年	南北戦争勃発まで事業用蒸気船の水先案内人として働く。フリーメイソンになる（一八六九年に退会）。南部連合国に味方する小さなハニバル地方義勇隊に加わる。二週間後に除隊し、オーリオンに同行しネヴァダ準州に行く。そこでオーリオンは一八六四年まで準州長官を務める。しばらくオーリオンのために働くが、それから銀の採鉱をする。
一八六二年	ハンボルトとエズメラルダ地区で採鉱する。「ジョシュ」の筆名でヴァージニア・シティ『テリトリアル・エンタープライズ』紙に寄稿（今は消失）し、一〇月にその地元記者になる。
一八六三年〜六四年	一八六三年二月三日、初めて「マーク・トウェイン」と署名する。『エンタープライズ』紙に記事を書く一方で、サンフランシスコ『モーニング・コール』紙ネヴァダ通信員になる。決闘による刑事告発を避けるために六月一日頃サンフランシスコに移り、四ヶ月間『コール』紙の地元記者として働く。『カリフォルニアン』誌と『ゴールデン・イーラ』誌に書く。一二月初めにカリフォルニア州トゥーラム郡ジャッカス・ヒルを訪問。
一八六五年	カリフォルニア州キャラヴェラス郡エンジェルズ・キャンプを訪問。サンフランシスコに戻り、『エンタープライズ』紙に日刊通信文を書く。『カリフォルニアン』誌に書き続ける。「ジム・スマイリーと彼の名高き跳び蛙」が一一月一八日にニューヨーク『サタデー・プレス』紙に掲載される。

一八六六年	サクラメント『ユニオン』紙の通信員としてサンドイッチ（ハワイ）諸島に旅行し、同紙に二五本の通信文を書く。一〇月に最初の講演をサンフランシスコで行う。
一八六七年	彼の最初の本『キャラヴェラス郡の名高き跳び蛙、その他のスケッチ』が五月に出版される。ニューヨーク市で初めて講演する。クエーカー・シティ号でヨーロッパと聖地への旅行に出る。一二月二七日にニューヨークでオリヴィア（リヴィ）・ラングドンに会う。ワシントンDCでネヴァダ州選出ウィリアム・M・スチュワート上院議員の私設秘書としてしばらく働く。
一八六八年	西部と中西部の州で講演を行う。リヴィに結婚を申し込み、一一月に彼女の同意を得る。
一八六九年	『無邪気者達、海外へ』出版。ジャーヴィス・ラングドンの援助を受け、バッファロー『エクスプレス』社の株式の三分の一を購入。
一八七〇年	二月二日、オリヴィアと結婚。ジャーヴィス・ラングドンが彼らに買い与えた家に住む。息子ラングドン一一月七日に生まれる。早産。
一八七一年	『エクスプレス』社と家を売り、コネチカット州ハートフォードに移る。次の二〇年間一家はハートフォードに住み、夏はエルマイラのクォリー農場で過ごす。
一八七二年	三月一九日、娘オリヴィア・スーザン（スージィ）・クレメンズ生まれる。六月二日、息子ラングドン死去。『苦難をしのびて』、ロンドン（イギリスでの著作権確保のため）とハートフォードで出版。講演のため秋にロンドン訪問。
一八七三年	家族をイングランドとスコットランドに五ヶ月間連れていく。家族を家まで送り届け（リヴィが妊娠）、一一月に単身イギリスに戻る。『金メッキ時代』、チャールズ・ダドリー・ウォーナーとの共作で、ロンドンとハートフォードで出版。

一八七四年	一月帰国。六月八日、娘クレアラ・ラングドン・クレメンズ生まれる。一家はハートフォードに建てた家に移る。
一八七五年～七六年	『マーク・トウェイン新旧スケッチ集』（一八七五年）と『トム・ソーヤの冒険』（一八七六年）出版。
一八七八年～七九年	家族を連れてヨーロッパを旅行。
一八八〇年	『徒歩旅行者、海外へ』出版。七月二六日、娘ジェイン（ジーン）・ラムプトン・クレメンズ生まれる。
一八八一年	ペイジ植字機に投資を始める。『王子と乞食』出版。
一八八二年	『ミシシッピ河での生活』の題材を集めにミシシッピ河周辺を再訪、同書は一八八三年に出版。
一八八四年～八五年	出版社チャールズ・L・ウェブスター社設立、社長で義理の甥の名前を付ける。ジョージ・ワシントン・ケイブルと朗読会旅行を行う（一一月から二月）。ロンドン（一八八四年）とニューヨーク（一八八五年）で『ハックルベリー・フィンの冒険』出版。ユリシーズ・S・グラントの『回想録』出版（一八八五年）。
一八八九年	『アーサー王宮のコネチカット・ヤンキー』出版。
一八九一年～九四年	フランス、スイス、ドイツ、イタリアに旅行し、滞在。しばしば商用で合衆国に旅行。スタンダード石油副社長のヘンリー・H・ロジャーズ、クレメンズの財産を保全する仕事を引き受ける。一八九四年にウェブスター社が破産を宣言し、ロジャーズの忠告に従いクレメンズはペイジ植字機械を放棄。『間抜けのウィルソンの悲劇』を連載、一八九四年に書籍の形で出版。
一八九五年	八月、資金を集めるためにオリィヴィアとクレアラを伴い世界一周講演旅行開始。太平洋岸へ向かう途

	中、さらにオーストラリアとニュージーランドで講演をする。
一八九六年	インド、セイロン、南アフリカで講演を行う。『ジャンヌ・ダルクに関する個人的回顧録』出版。八月一八日、スージィ、ハートフォードにて髄膜炎で死去。ジーンが癲癇と診断される。ロンドンに滞在。
一八九七年	『赤道に沿って』をロンドンとハートフォードで出版。(スイスの)ヴェギスとウィーンに住む。
一八九八年	債権者に全額完済する。ウィーンと近くのカルテンロイトゲーベンに住む。
一八九九年〜一九〇一年	ロンドンに滞在しながら、ヨーロッパの温泉地を訪問。一家は一九〇〇年一〇月に合衆国に戻り、ニューヨーク西一〇番街一四に住み、後にブロンクスのリヴァデイルに住む。「暗闇に座す者へ」を出版(一九〇一年二月)。
一九〇二年	ハニバルとセントルイスを訪問、最後の訪問となる。オリヴィアの健康状態がひどく悪化。イザベル・V・ライオンがオリヴィアの秘書として雇われるが、すぐにクレメンズの秘書になる。
一九〇三年	家族をフィレンツェの貸別荘ヴィラ・ディ・クアルトに移す。ハーパー・アンド・ブラザーズ社がマーク・トウェインの全作品の独占権を獲得。
一九〇四年	ライオンに自伝の口述を開始。ジーンがライオンの複写をタイプ打ちする。オリヴィア、フィレンツェにて、心不全で六月五日に死去。一家は合衆国に戻る。クレメンズはニューヨークの五番街二一の家を借りる。
一九〇五年	ニューハムプシャー州ダブリンでジーンと共に夏を過ごす。「戦争祈禱」を出版。
一九〇六年	一月に自伝口述を始める。その選集を『ノース・アメリカン・レヴュー』誌に、一九〇六年から一九〇七年にかけて掲載。ジョン・ミード・ハウエルズにコネチカット州レディングに建てる家の設計を委託。『人間とは何か?』を私的頒布用に匿名で印刷。

一九〇七年	『キリスト教科学』出版。ラルフ・W・アシュクロフトを仕事上の助手として雇う。オックスフォード大学から名誉博士号を受けるために渡英。
一九〇八年	レディングの家に移る（「自国での無邪気」、「ストームフィールド」）。
一九〇九年	ライオンとアシュクロフトを解雇。ジーンがストームフィールドのクレメンズのもとに戻る。クレアラがピアニストで指揮者のオシップ・ガブリロウィッチと一〇月六日に結婚。ジーンが一二月二四日に心不全で死去。
一九一〇年	バミューダで激しい狭心症の発作にみまわれる。四月一二日、ペインと共にニューヨークに向かう。四月二一日、ストームフィールドで死去。

より詳細な年表については『マーク・トウェイン小話、スケッチ、講演、エッセイ集、一八五二年から一八九〇年』（Budd 1992a、九四九ページ～九九七ページ）を参照。

家族伝記

ここで記される伝記はクレメンズの肉親――彼の両親、きょうだい、妻、子供に関してのみである。他の親戚についての情報は、オリヴィア・クレメンズの家族についての情報も含め、索引から該当ページを参照のこと。

ジョン・マーシャル・クレメンズ（一七九八年～一八四七年）

クレメンズの父親でヴァージニア州に生まれる。若い頃彼の母親ときょうだいと共にケンタッキー州に移住し、そこで法律を学び、一八二二年に弁護士業を開業する免許を得た。翌年ジェイン・ラムプトンと結婚。一八二七年にクレメンズ一家はテネシー州ジェイムズタウンに移動し、彼はそこで店を開き最終的に郡裁判所職員になった。一八三五年、家族をミズーリ州に移し、彼は最初フロリダの村に定住。そこでサミュエル・クレメンズが生まれる。二年後モンロー郡裁判所判事に任命され、敬意のこもった「判事」という呼び名を得たが、若いクレメンズはそれを知らずに偉大な力を持つ地位へと誇張して見せた。一八三九年には家族とハニバルに移り、そこのメイン・ストリートに店を持ち、おそらく一八四四年に保安官に選出された。死ぬ間際彼は巡回裁判所の職員の候補者となったが、選出の数ヶ月前に死去した。彼はその郡の第一級の市民のひとり、実直で正直な人と見なされていたが、家族内では陰気で怒りっぽかった。ジョン・クレメンズの「神経衰弱」についての当時の言及は、彼の多種多様な薬の服用と合わせて、それが慢性的な症状だったことを示している。一八四八年肺炎による突然の死により、一家はこれまでの生活を維持するのが難しくなった。父親が死んだ時クレメンズはやっと一一歳だった。彼は後に「父についての私の知識はほとんどなかった」と書いている（『インディアン』、三〇九ページ～三一一ページ、一八八三年九月四日付、ホルコウム宛書簡、ミネソタ歴史協会蔵）。

ジェイン・ラムプトン・クレメンズ（一八〇三年〜一八九〇年）

クレメンズの母親で、ケンタッキー州アデア郡生まれ。気難しく面白みのないジョン・マーシャル・クレメンズとは恋愛結婚ではなかった。晩年になって彼女は、もうひとりの求婚者をじらすために結婚したと家族に打ち明けた。彼女は七人の子供を生み、彼女の夫が一八四七年に死去した時に、そのうち四人しか（オーリオン、パミーラ、サミュエル、ヘンリー［一八三八年〜五八年］）生き残っていなかった。未亡人となったジェインはミズーリ州ハニバルを出て、一八五三年から一八七〇年まではアイオワ州マスカティンとおそらくキーオカック、さらにミズーリ州セントルイスにも住み、最初はオーリオン・クレメンズの家族の一員として、後には娘のパミーラ・モフェットと一緒に暮らした。クレメンズが一八七〇年に結婚し、ニューヨーク州バッファローに住むようになると、ジェインは未亡人となったパミーラと共に近くのフレドニアに居を構えた。彼女は一八八二年にアイオワ州キーオカックに移り、そこで残りの人生をオーリオンと共に過ごした。彼女はハニバルのオリーヴ山墓地に、夫と息子ヘンリーと並んで埋葬された。ハニバルの牧師は彼女を「最も朗らかな性格の女性で、快活で、愛想がよく、皆に愛される人」と呼んだ（Wecter 1952、八六ページ）。彼女は『トム・ソーヤの冒険』（SLC 1876）、『ハックルベリー・フィンの冒険』（SLC 1885）および他の作品のポリーおばさんのモデルだった。一八九〇年の彼女の死後クレメンズは彼女に「ジェイン・ラムプトン・クレメンズ」という感動的な文章を献じた（『インディアン』、八二ページ〜九二ページ、三一一ページ）。

オーリオン・クレメンズ（一八二五年〜一八九七年）

クレメンズの長兄で、テネシー州ゲインズボロで生まれる。クレメンズ一家がミズーリ州ハニバルに移動した後、彼は印刷工の徒弟になった。一八五〇年にハニバル『ウェスタン・ユニオン』紙を創刊し、次の年にはハニバル『ジャーナル』紙の社主にもなり、クレメンズと末弟のヘンリーを植字工として雇った。一八五三年、クレメンズが家を出た後、オーリオンは母親とヘンリーを伴ってアイオワ州マスカティンに移った。そこで彼はメアリ（モリィ）・ストッツ（一八三四年〜一九〇四年）と結婚し、娘ジェニィが一八五五年に生まれた。彼は一八六〇年の大統領選挙でリンカンのために選挙運動を行い、それで、新たに形成されたネヴァダ準州長官職任命（一八六一年）という報酬を友人の影響力によって得た。モリィとジェニィは一八六二年にそこに行って彼と合流した。ジェニィは斑点熱で一八六四年に死去した。その年ネヴァダは州になったが、オーリオンは準州時代の地位に匹敵する地位を獲得できなかった。その後二〇年以上にわたり彼は、校正係、発明家、養鶏農家、弁護士、講演家、著述家として生計を立てるのに苦労した。一八七〇年代半ばから一八九七年の死去まで、クレメンズの支援を受け、クレメンズは彼を面白がったり、いきり立ったりした。そして、「彼はいつでも正直で真っすぐだった」が「彼はいつでも夢を見ていた。生まれた時から夢想家だった」と述べた（『インディアン』、三一一ページ〜三一三ページ。「自伝口述筆記」、一九〇六年三月二八日付、および注参照）。

パミーラ・クレメンズ（一八二七年〜一九〇四年）

「パミーリア」あるいは「ミーラ」としても知られている、クレメンズの長姉である。テネシー州ジェイムズタウンに生まれ、一家がハニバルに移住して以後、エリザベス・ホールの学校に通い、一八四〇年一一月に彼女の先生から「素直な態度と様々な勉強に熱心に努力すること」を賞讃された。パミーラはピアノとギターを弾き、一八四〇年代には音楽を教えて一家の生計を支援した。一八五一年九月に彼女は仲買人のウィリアム・アンダーソン・モフェット（一八一六年〜一八六五年）と結婚し、セントルイスに引っ越した。彼らの子供達には、アニィ（一八五二年〜一九五〇年）とサミュエル（一八六〇年〜一九〇八年）がいた。一八七〇年以降パミーラはニューヨーク州フレドニアに住んだ。クレメンズはパミーラを「生涯病人」だったと言っている。彼女は『トム・ソーヤ』、『ハック・フィン』その他の作品に登場するトムの従姉のメアリのモデルであろう（『インディアン』、三一三ページ）。

オリヴィア・ルイス・ラングドン・クレメンズ（一八四五年〜一九〇四年）

「リヴィ」としてよく知られ、裕福な石炭業者ジャーヴィス・ラングドン（一八〇九年〜一八七〇年）とオリヴィア・ルイス・ラングドン（一八一〇年〜一八九〇年）の娘としてニューヨーク州エルマイラに生まれ育つ。ラングドン一家は宗教的に熱心で、改革論者で、奴隷制廃止論者であった。一八五〇年代と一八六〇年代のオリヴィアの教育は家庭での個人指導と、サーストン女学校とエルマイラ女子大学での授業とを合わせたものだった。いつも繊細で、彼女の健康状態は一八六〇年から一八六四年の間の一時期悪化して長期間病弱だった。「彼女は生の続く限り再び壮健になることは決してなかった」とクレメンズは一九〇六年に言っている。クレメンズが一八六七年一二月にリヴィに最初に会った時彼女は内気で思慮深かった。彼はすぐにまじめでとても長い求婚を始め、主に手紙を書いた。彼らは一八七〇年二月に結婚し、リヴィの父親によって買い与えられた、ニューヨーク州バッファローの家に住んだ。彼らの最初の子供ラングドン・クレメンズは一一月にそこで生まれた。一八七一年にコネチカット州ハートフォードの近くのヌック農場に間借りし、そこの文学的、知的小集団の社交界にとってすぐに不可欠の存在になった。彼らは土地を購入し、一八七四年から一八九一年まで彼らの家庭となる、特別な家を建てた。幼いラングドンは一八七二年に死亡したが、一八七二年にオリヴィア・スーザン（スージィ）、一八七四年にクレアラ、一八八〇年にジェイン（ジーン）と、三人の娘が生まれた。クレアラは母親が「私心のない、優しい本質を持ち、知的にも人間的にも、夫への完全な理解力を兼ね備え」ていたと後に回想し、「家と家庭に付随するあらゆることを世話しており、それには多くの客に対する歓待も含まれ」、「姉妹と私とのためのフランス語とドイツ語の授業の時間と読み聞かせの時間」も含まれていたという（CC 1931、二四ページ～二五ページ）。彼女の立派な夫に対して、リヴィは「若いの」と呼びかけるのを好み、「私の忠実で、思慮分別のある、労を惜しまない編集者」だった（「自伝口述筆記」、一九〇六年二月一四日付、「自伝口述筆記」、一九〇六年二月一三日付も参照のこと）。一八九一年六月、出費が重なり、クレメンズの投資が彼の儲けとリヴィの個人的収入を枯渇させてしまったので、彼らは永久にハートフォードの家を閉じてヨーロッパでの経費節約の期間に入った。それでリヴィの生活は一時的な住居、ホテルの特別室、借家で営まれることになった。クレメンズが一八九四年四月に破産宣告をせねばならなくなると、リヴィに「優先返済債権者」の地位を与えクレメンズの全著作権を彼女に委譲するという方法を使うことで一家の財政は救済された。一八九五年から九六年にかけて、彼女とクレアラはクレメンズの世界一周講演旅行に同行した。一八九六年の娘スージィの死は彼女が二度と回復しえない痛手だった。彼女は一九〇四年六月に心不全のためにイタリアで死亡した。

オリヴィア・スーザン・クレメンズ（一八七二年〜一八九六年）

「スージィ」として知られる、クレメンズの長女である。彼女の初期の教育は母親によって、一八八〇年から数年間は家庭教師によって主に家庭で行われた。作文と芝居と音楽についての彼女の才能はすぐに明らかになった。一三歳の時、彼女はクレメンズの伝記を密かに書き始め、その多くを彼は自らの自伝の中に組み入れた。それは牧歌的家庭生活を魅力的に描いたものだった。彼女は両親と共に一八七三年にイギリスに行き、一八七八年から七九年にかけてはより長期間、海外で過ごした。一八九〇年秋に彼女はペンシルヴァニアのブリンマー大学に通うために家を出たが、たった一学期しか修了できなかった。一八九一年六月にクレメンズ家はハートフォードの家を閉じ、スージィを含めた一家は、一八九五年半ばまで続くことになるヨーロッパでの経費節約期間に入った。スージィはジュネーヴとベルリンの学校に通い、語学と発声の授業を受けたが、ますます彼女は肉体的精神的不調に苦しみ、両親は「精神療法」や水治療法をも含めた治療を探し求めた。ヨーロッパ滞在の後、スージィはクレメンズの世界一周講演旅行（一八九五年〜一八九六年）について、父親、母親、妹クレアラには同行しないことを選んだ。彼女と妹のジーンはおばのスーザン・クレインのニューヨーク州エルマイラの家に滞在した。一八九六年八月にハートフォードの子供時代の家を訪問中に熱で倒れ、脊髄膜炎と判明した。母親と妹が彼女の元に来るために大西洋横断旅行をしている間に彼女は死亡した。「曇りが、今や、永遠になった」とクレメンズは覚え書に書いた（覚え書、四〇、タイプ打ち原稿、八ページ、カリフォルニア大学蔵。「自伝口述筆記」、一九〇六年二月二日付参照）。

クレアラ・ラングドン・クレメンズ（一八七四年〜一九六二年）

「ベイ」と呼ばれた、クレメンズの二女。コネチカット州ハートフォードに生まれ、彼女はほとんどの教育を母親と家庭教師によって行った。一八九一年から一八九五年まで一家がヨーロッパに滞在していた間、クレアラは姉妹達よりも自由で、音楽を学びにひとりベルリンへ行った。彼女はクレメンズとリヴィの一八九五年から九六年の世界周遊にクレメンズの娘達の中で唯ひとり同行した。姉スージィの死と妹ジーンの最初の癲癇の発作が一八九六年に起こり、「家の中で誰も笑わなくなって長い時間が過ぎた」と彼女が回想することになった（CC 1931、一七九ページ）。一家は一八九七年にウィーンに移った。クレアラはピアニストになることを望み、セオドア・レシェティスキーの下で勉強し、この人物を通じて若いロシア人ピアニスト、オシップ・ガブリロウィッチ（一八七八年～一九三六年）に出会った。一八九八年までにクレアラの職業はピアニストから声楽家に変わり、その仕事に賞讃にかかわらず没頭した。一九〇四年の母親の死後クレアラは健康が衰え、一九〇五年と一九〇六年には家族から離れて断続的に安静療法を受けた。彼女は経済的には父親に依存していたが、父親の家で過ごす時間はますます少なくなり、旅行をし、時に独唱会を開いた。父親とその財産とに関するイザベル・ライオンとラルフ・アシュクロフトによる支配についてますます疑いを持つようになり、クレアラはクレメンズを説得して二人を一九〇九年に解雇させた。彼女はガブリロウィッチと一九〇九年に結婚し、彼らの娘ニーナ・ガブリロウィッチ（一九一〇年～一九六六年）が最後の直接の子孫になった。一九〇四年から一九一〇年の間にクレアラは、母親、妹ジーン、父親を失い、三五歳の時にマーク・トウェインの遺産の唯一の相続人となり、その遺産は彼女に代わって委託管理され、彼女自身の死まで全体として処分することはできなかった。残りの生涯の間彼女は父親の一般的表象を管理するのに自らの影響力を使った。ガブリロウィッチが一九三六年に死亡すると、一九四四年に彼女はロシア人指揮者のジャック・サモソー（一八九四年～一九六六年）と結婚した。クレメンズについての彼女の回想録『我が父、マーク・トウェイン』は一九三一年に出版された。彼女は晩年の一〇年間を南カリフォルニアで過ごした。クレアラの遺言で、クレメンズの個人的文書類は一九六二年にカリフォルニア大学バークリー校に遺贈され、今日バンクロフト図書館内にあるマーク・トウェイン・ペーパーズの元になった。

ジーン（ジェイン・ラムプトン）・クレメンズ（一八八〇年～一九〇九年）

クレメンズの末娘で、彼の母親にちなんで名付けられたがいつもジーンと呼ばれていた。彼女の姉達と同様に彼女も概ね家で教育を受けた。しかし一八九六年にニューヨーク州エルマイラで学校に通っていた時に彼女は激しい癲癇の発作に見舞われた。鎮静剤が処方され、続く数年間心配した両親は病気の進行を防ごうとし高名な整骨医のヨナス・ケルグレンの治療を受けられるようにと一八九九の夏にはスウェーデンに滞在した。彼女の状態は一九〇四年の母親の死後悪化し、家族の住まいがしばしば変わったこともあって、ジーンが独立して生きることはほとんどなかった。一八九九年の後半、彼女は父親の原稿を書き換えられるようにとタイプの打ち方を自習した。彼女は乗馬や屋外での活動を愛し、動物と人間の権利を信奉していた。一九〇六年に彼女はニューヨーク州ケイトナーの療養施設に送られ、一九〇九年四月まで「追放」されていたが、コネチカット州レディングのストームフィールドの父親の元に戻った。続く数ヶ月間彼女は父親との親密で幸福な関係を楽しみ、秘書としてイザベル・ライオンの仕事を引き受けた。ジーンは一九〇九年一二月二四日にストームフィールドで心臓発作によって死去した。クレメンズはその後の一日二日をかけて彼女についての悲痛な思い出を「『我が自伝』の結びのことば」と題して書いた（SLC 1909）。

アシュクロフト・ライオンに関する年表

年月日	事項
一八八〇年代後半	クレメンズとライオンとが互いの友人のフランクリン・ホイットモアとハリエット・ホイットモア夫妻のトランプパーティで出会った。
一九〇二年六月	クレメンズがアメリカ・プラズモン社の株式を購入。アシュクロフトがその会社の副経営者だった。
一九〇二年一〇月	ライオンがクレメンズ家の秘書として働き始めた。この時一家はリヴァデイル・オン・ザ・ハドソンに居住。
一九〇三年一〇月	クレメンズ家、ライオンを伴いイタリアに出発。フィレンツェ郊外のヴィラ・デ・クアルトを借りた。
一九〇四年六月五日	オリヴィア・クレメンズ、イタリアで死去。この後ライオンがクレメンズ家の家政をより実質的に管理するようになった。
一九〇四年夏～一九〇五年秋	クレアラが母親の死の悲しみから神経虚脱状態に陥り、医師の処置を受けた。彼女はニューヨーク市でも、ニューハンプシャー州ダブリンでも家族とあまり一緒ではなかった。
一九〇五年六月一八日	クレメンズが自分の書簡の編集と出版をクレアラとジーンに依頼する手紙をクレアラに書いた。ライオンは二人を助け、印税をもらうことになっていた。
一九〇六年一月	アルバート・ビゲロー・ペインがクレメンズの伝記執筆の許可をクレメンズから得た。彼は一家とともに生活し始め、クレメンズの私的文書も利用するようになった。

一九〇六年二月	ジーンがてんかんの権威、フレデリック・ピーターソン医師による治療を始めた。
一九〇六年八月二七日	ペインがハーパー・アンド・ブラザーズ社と伝記を書く契約をした。
一九〇六年一〇月二五日	ライオンとピーターソン医師の勧めで、ジーンがニューヨーク州カトナの療養施設に入所。彼女はそこに一五ヶ月間いた。
一九〇六年一二月後半	クレメンズがペインを遺著管理者とすることを考えた。
一九〇七年一月一四日	クレメンズが遺書を修正し、クレアラを遺著管理者に指名。
一九〇七年二月一九日～三月二八日	クレアラが演奏旅行でニューイングランドを回った。
一九〇七年五月七日	ライオンが、小切手の署名権も含め、クレメンズに関することの総代理権を与えられた。
一九〇七年六月八日	クレメンズはコネチカット州レディングに所有する小家屋と二〇エーカーの土地をライオンに譲渡する証書を作成。新しい家は建設中だった。
一九〇七年六月八日～七月二二日	クレメンズがアシュクロフトを伴いイギリスを訪問し、オックスフォード大学から名誉学位を受ける。
一九〇七年一二月	アメリカ・プラズモン社の債権者が同社の強制破産を申し立て、一ヶ月後に認められた。
一九〇八年一月	ライオンがペインによるクレメンズの手紙の扱いに疑問を抱き始め、クレメンズに不安を伝えた。
一九〇八年一月九日	ジーンがカトナの療養施設を出て、コネチカット州グリニッチの小家屋に移住し、イーディス・シュミット、ミルドレッド・カウルズ・シュミット、マーゲリート（ベベ）・シュミット姉妹と住んだ。

一九〇八年五月	ジーンと友人達が、ピーターソン医師により近い、マサチューセッツ州グロスターの小家屋に移住。
一九〇八年五月一六日〜九月九日	クレアラがヨーロッパで演奏旅行を行った。
一九〇八年六月一八日	クレメンズがコネチカット州レディングの新居に移り、そこを最終的にストームフィールドと呼ぶ。
一九〇八年九月一八日	早朝に強盗がストームフィールドに侵入し、取り逃がすが後に捕縛。
一九〇八年九月二六日	ジーンが二人の付き添いと一緒にベルリンに向け出発し、ホフラス・フォン・レンヴァース医師の治療を受けながら生活する。
一九〇八年一〇月一日	クレメンズ家の執事、クロード・ブショットと他の多くの使用人がストームフィールドを去る。ライオンの居心地の悪い処遇に反対してのこととされた。
一九〇八年一〇月二日	クレアラがニューヨーク市スタイヴェサント・スクエアのアパートメントに引越した。
一九〇八年一〇月二八日	レディングのマーク・トウェイン図書館が臨時の場所で開館。ライオンはその設立に関してクレメンズを助けた。
一九〇八年一一月	アシュクロフトは新たなプラズモン・ミルク製品製造会社の取締役になった。
一九〇八年一一月一四日	クレメンズはアシュクロフトとライオンに広範囲に及ぶ代理権を与える文書に署名。後に彼は署名したことを覚えていなかった。
一九〇八年一二月一七日	クレメンズはジーンにベルリンから戻るように指示。

一九〇八年一二月二二日	マーク・トウェイン社が正式に設立され、ライオンとアシュクロフトがその取締役になる。アシュクロフトは取締役社長になった。
一九〇八年一二月 クリスマス	クレメンズは自身が贈与した小家屋の改修費用としてライオンに五〇〇ドルを与えた。
一九〇九年一月	ジーンがベルリンから戻り、有料の介護人とともにロングアイランドの農場に移った。
一九〇九年二月	ペインはクレメンズの一八六七年の『無邪気者達、海外へ』の旅路を追体験しに、海外へ向かった。
一九〇九年二月二三日	ライオンは精神的疲労で、ハートフォードのヒューブラインホテルで数日間、療養した。
一九〇九年二月二四日	アシュクロフトがライオンとの婚約をクレメンズに伝えた。
一九〇九年三月初期	ジーンがニュージャージー州モントクレアにある私設の療養所ヴァンフリートに移った。
一九〇九年三月初期	クレメンズは、アシュクロフトとライオンとの不正を疑い始めたクレアラの提案に従って監査に合意した。H・H・ロジャーズが調査を指揮し、アシュクロフトは関連する記録を提出することで自発的に協力するよう求められた。この時点で、クレメンズはアシュクロフトとライオンが不正を行っていると確信していなかった。
一九〇九年三月一三日	「大掃除の日」である。クレメンズは多数の書類に署名し、ライオンとアシュクロフトの義務と責任と金銭的条件について細かく取り決めた。
一九〇九年三月一四日	クレメンズは一九〇七年五月七日にライオンに与えた小切手署名代理権限の破棄を口頭で伝えた。
一九〇九年三月一八日	アシュクロフトとライオンが結婚。

一九〇九年三月三一日〜四月六日	クレメンズとクレアラはニューヨーク市へ行った。そのあとクレメンズ、アシュクロフト、ロジャーズは、ヴァージニア州ノーフォークに行き、ロジャーズのヴァージニアン鉄道の開通式に参加した。
一九〇九年四月二日	クレアラが執事のホレス・ヘイズンを解雇したとアシュクロフトはクレメンズに伝えた。
一九〇九年四月七日	クレメンズはノーフォークからの帰路、ニューヨークでクレアラと会い、ヘイズンについて彼女に尋ねた。彼女は決して解雇していないと主張する。のちにヘイズンはアシュクロフトから無理にそう言わされたと述べる。
一九〇九年四月一三日	クレメンズはニューヨーク市のメンデルスゾーン・ホールでのクレアラの音楽会に行く。ライオンとアシュクロフトは事前の計画通り、行かなかった。そのかわり彼らはピーターソン医師を呼び出し、ジーンの病状について聞いた。
一九〇九年四月一五日	クレアラはジーンがストームフィールドに一週間戻る許可をピーターソン医師から得た。クレメンズはライオンに一ヶ月以内にストームフィールドを去るようにと伝えた。クロード・ブショットがクレメンズ家の執事として戻った。
一九〇九年四月二二日〜二五日	ライオンはジーンが到着する前に荷物をまとめて出て行った。クレアラは母親の紅玉髄の首飾りが無くなっていると伝え、ライオンがそれを盗んだと非難した。
一九〇九年四月下旬	ペインが海外旅行から戻った。ジーンが帰ってきてストームフィールドに住むようになった。
一九〇九年四月二九日	アシュクロフトは自身とライオンとが「正直にしかも良心的に」家政を処理してきたことを保証する手紙をクレメンズに書いた。

一九〇九年五月二日	クレメンズは「アシュクロフト・ライオン原稿」を書き始め、アシュクロフトからの手紙を前書きに含めた。
一九〇九年五月初旬	ロジャーズの秘書ワトソン女史がアシュクロフトによるクレメンズの金銭の管理を調査することになった。
一九〇九年五月九日か一〇日	クレメンズはライオンによる家政費が彼女の報告のように一五〇〇ドルではなく三五〇〇ドルに近いことを、ハリー・ラウンズベリーから知らされた。ラウンズベリーによると、クレメンズが一九〇八年のクリスマスにライオンに貸与する以前に、クレメンズの金、約二〇〇〇ドルを使っていた。
一九〇九年五月一九日	H・H・ロジャーズがニューヨーク市で死去。クレメンズはアシュクロフト・ライオン問題の調査をジョン・B・スタンチフィールド弁護士に委ねる。
一九〇九年五月二九日	クレメンズはライオンの一九〇七年五月七日付書簡に返信し、小切手の代理署名権限を破棄した。
一九〇九年六月一日	ニューヨーク市内のクレメンズの銀行で、ペインは一九〇八年一一月一四日にクレメンズがアシュクロフトとライオンのために署名した代理権限書を発見した。クレメンズはその日のうちにそれを破棄した。
一九〇九年六月八日	アシュクロフトとライオンはイギリスで長期滞在するために出国した。アシュクロフトはクレメンズとプラズモン・ミルク製品製造会社のためにそこで仕事をした。
一九〇九年七月一四日	ライオンは、クレメンズがレディングの小家屋の返却を求め、コネチカット州ファーミントンの自分の資産に先取特権を設定したことを知ると合衆国に帰国した。

一九〇九年七月一七日と二〇日	クレアラとジーンとチャールズ・ラークがライオンの小家屋を訪問し、そのクレメンズへの返還とライオンの退去について交渉した。
一九〇九年七月二七日	アシュクロフト、イギリスから帰国。
一九〇九年七月三〇日	アシュクロフトが、ライオンに対するスタンチフィールドとクレメンズの対応に抗議する手紙を書いた。彼は両者の間のすべての協議が終わったと考えられる以前に、クレメンズから受けた様々な憂慮すべき案件を列挙した。この手紙はラルフ・W・アシュクロフトからジョン・B・スタンチフィールド宛、一九〇九年七月三〇日付書簡に記されている。
一九〇九年八月四日	ニューヨーク『タイムズ』紙、アシュクロフトによる激しい非難の記事「アシュクロフト、クレアラ・クレメンズ女史を非難」を掲載。
一九〇九年八月一七日	クレメンズは遺書の最終版で自身の既出版と未出版の著作物に関する共同著作権をクレアラとペインに与えた。
一九〇九年九月七日	「アシュクロフト・ライオン原稿」に記載された最後の日。
一九〇九年九月一〇日	クレメンズ、アシュクロフト家との訴訟を回避するするために弁護士を通じ合意した（二、三の些末な項目は残った）。アシュクロフトはマーク・トウェイン社の役職の辞任に合意。
一九〇九年九月一三日	ニューヨーク『タイムズ』紙の記事、「マーク・トウェインの訴訟すべて終了」に、クレメンズとクレアラがすべての告発を取り下げ、アシュクロフトがマーク・トウェイン社の役職に慰留を求められていたというアシュクロフトによる虚偽の主張が掲載された。クレメンズは公式発言せず。

一九〇九年九月二六日	詳細な事項に関する最終合意成立。クレメンズはアシュクロフト家との関係を完全に断絶。
一九〇九年一〇月六日	クレアラ、オシップ・ガブリロウィッチと結婚。
一九〇九年一二月	クレアラ夫妻、ヨーロッパに向け出発、そこで生活することを計画。
一九〇九年一二月二四日	ジーン、ストームフィールドで死去。
一九一〇年四月二一日	クレメンズ、ストームフィールドで死去。
一九二三年五月二四日	アシュクロフトとライオン、別居。
一九二七年六月一三日	アシュクロフトとライオン、離婚。
一九二七年一〇月一日	アシュクロフト、再婚。
一九四七年一月八日	アシュクロフト、トロントで死去。
一九五八年一二月四日	ライオン、ニューヨーク市で死去。
一九六二年一一月一九日	クレアラ、カリフォルニア州サンディエゴで死去。

自伝的覚え書きと伝記的素描

クレメンズによる一八七三年の自伝的覚え書きと、チャールズ・ダドリー・ウォーナーによる伝記的素描

『アメリカ文学百科事典』（一八五六年初版出版）改訂版の出版準備のために、マイケル・レアード・シモンズから伝記的素描を求められていたクレメンズは、一八七三年一月二七日と二八日に返事を書いた。クレメンズは一一段落からなる自伝的覚え書きを用意し、選集のために自作の中からいくつかの抜粋を提示した。その後、彼は「その資料をチャールズ・ダドリー・ウォーナーに提供」した。ウォーナーはそれを書くことに合意していたのである。クレメンズの資料にもとづく、ウォーナーの無署名の伝記的素描は、『百科事典』の改訂版に収録され、『苦難をしのびて』から一節、『無邪気者達、海外へ』から二節収録された。『百科事典』は一八七三年から七四年にかけて逐次刊行され、その後一八七五年に二巻本で出版された（一八七三年一月二七日と二八日付、シモンズ宛書簡、『書簡集第五巻』、二八三ページ〜二八七ページ）。クレメンズの自伝的覚え書きは現在ニューヨークのピアポント・モーガン図書館に所蔵されている。「平文」と呼ばれる原稿表記法に従って複写されている。これは著者の改訂も含めて、できる限り忠実に原本を再現している。ここで記載するには複雑すぎる、表記に関する補足的詳細については、インターネット版マーク・トウェインプロジェクトの「原文への注釈」に掲載されている［一八七三年、「スケッチ」］。クレメンズによる一八七三年の自伝的覚え書きは、一八七五年出版のウォーナーの素描の後に記載してある。

クレメンズによる覚え書きにある情報のほとんどは、この三巻の『自伝完全版』で注釈がつけられており、特定できる。クレメンズが最後の段落で言及している「男」とはモーリッツ・ブッシュ（彼についてはGriffin 2010、一三一ページ参照）だった。彼の二巻本が一八七五年に出版された。『外国旅行記』と『新巡礼』である（Leipzig: Grunow)。

一八七三年の自伝的覚え書き

サミュエル・ラングホーン・クレメンズ

一八三五年一一月三〇日にミズーリ州モンロー郡フロリダ村で生まれる。

ミズーリ州ハニバルの通常の西部の公立学校に五歳から一三歳近くまで通った。それが教育のすべてだった――教育というものが――ずる休みをしてそのためにぶたれることをさすとすればだが。

教育はハニバル『クーリエ』紙とハニバル『ジャーナル』紙での印刷工徒弟として続いた。その後、セントルイス、シンシナティ、フィラデルフィア、ニューヨークで、まだ少年ながらもその仕事をして働いた――そしてこれらの都市で印刷工組合に入った。組合員資格は二一歳からという規則を考慮してもらったのである。

一八五五年頃、二〇歳でニューオーリンズに向かった。蒸気船の旅客運賃を払うと一〇ドルか一二ドルほどしか残らなかった。そこから〈ブラジルの〉パラ港行きの船に乗り、アマゾン川を探検し、コカと呼ばれる驚くべき薬草の交易を開始しようと真剣に考えていた。コカはアマゾン川源流地域の国に住む部族の（長く、辛い旅をする際の）パンと肉を凝縮したものである。次の一世代の間、パラ行きの船はニューオーリンズから出そうもないとわかると落胆した。少し安心したのは、それ以前の数世代の間にニューオーリンズからパラ行きの船は一艘も出ていなかったので、私の到着が早すぎたとしても、少なくとも遅すぎたということはなかったと分かったことだ。

河を下る際に操舵手と学ぶ友人になり、操舵法を学んだ。そして彼らは善意をもって五〇〇ドル、しかも免許取得時の支払いで、私をセントルイスとニューオーリンズ間の操舵手にしてくれると約束した。彼らは約束を守り、私は一八ヶ月間、河を行ったり来たりし、一二七五マイルの河を、昼も夜も研究し操舵した。その間、貨物係を助け、ときし船上乗務員や岸の荷物警備員の任務について暮らしを立てていた。その後、操舵手の合衆国免許を取得し、月給二五〇ドルの安定した職を手に入れた――これは職工に対する給与の低かったその当時の若者としては王侯のような給与額だった。

とき私が見習い操舵手だった頃、全西部で最も老齢の操舵手（アイザイア・セラーズ船長）が時おりニューオーリンズ『ピカユーン』紙に文章を書いていた。それに彼は「マーク・トウェイン」と署名し、それは測鉛手の用語で水深二尋を意味した。その記事の中で彼は、河の最高水位の時には、自分が一八〇〇何年以来見たことのない高水位だ、最低水位の時には、一八〇〇何年以来見たことのない低水位だといつも言った――河で働く他の誰も生まれていなかった、とても古い年代をいつも持ち出した。だから彼はベテランと思われたい他の百人もの操舵手にとっては癪に障る不愉快な人物であった。それから彼は今まで誰も聞いたことのない島のことをいつも口にし、それがずっと遠い世代に流されたと付け加えるのだった。それも無邪気で、人をいらだたせるような言い方だった。私の最初の文学上の冒険は一八歳頃のことで、ニューオーリンズ『トゥルー・デルタ』紙宛の一段半の長さの通信文を架空の署名で書いたことだ。その中で私はセラーズ船長を約六〇年前に移動させ、彼の最も驚くべき記憶を「しのぐ」最高水位と最低水位を思い出させ、彼が生まれる以前に島が本土と合体し、州と準州の一部になったことを紹介した――それで私は他のすべてのベテランの感謝を得て、セラーズ船長から終わることのない敵意を受けることになった。彼は二度と書かなくなった。

私の兄が一八六一年の初期にネヴァダ準州長官に任命されたので、私は兄の私設秘書としてそこへ行った。私は銀鉱山熱にとりつかれ、つるはしと鋤を持って一年以上も鉱山と格闘した。『苦難をしのびて』で語ったように、私は本当に一〇〇万ドル相当の人になった。ほんの一〇日間だけだったが。そして私は自身の無精な不注意からそれを失った。それで私は週給一〇ドルで石英の塊を銀鉱山水車場にシャベルで入れる仕事をまる一週間はたらきしたが、辞めた。水車場会社全体の合意も得たし、辞めて感謝もされた。

その間に私はヴァージニア・シティ『エンタープライズ』紙に架空の署名で時おり通信文を書いていた。一八六二年から六三年の間、その新聞の地方記事編集長が他州を訪問するというので、私はその職を週給二五ドルで三ヶ月間の条件で提供された。私はそれを喜んで引き受け、およそ三年間その職を勤めた。私はその新聞に（州都カーソンから）時々議会議事録を送った。毎週土曜日にその結果をまとめる週報を書き、そのために署名が必要となった。ちょうどその折にセラーズ船長の死の報が電信で伝わり、彼が冷たくなる前にその筆名に「とびつい」た。

銀鉱山熱の崩壊で私はサンフランシスコに出て、『モーニング・コール』紙に五ヶ月間記事を書いた。その後、あまりに怠惰になり、あまりに落ち着きがなくなり、あまりに積極的になった。キャラヴェラス郡に行って、地表露出金鉱脈の採掘を三ヶ月行ったが、結果は出なかった。それから私はサンフランシスコに戻り、新聞記事を書いたり、文学的小話を書いて数ヶ月間暮らしていた。

その後、~~一八六七~~一八六六年の初期にサクラメント『ユニオン』紙のためにサンドウィッチ諸島に行った。そこから五ヶ月か六ヶ月間、書いた。戻ると太平洋岸で高い評判を得ていたので、一人でカリフォルニアとネヴァダの都市とその周辺で講演をした。

私が慣れていた服装よりも、より世俗的な服装で東部に行った。

一八六七年春に『跳び蛙とスケッチ集』を出版した。それはこの国でかなり売れ、イギリスでもよく売れた。ラウトレッジが再版したのである。

一八六九年八月に、六五〇ページ、八ツ折り版〈一六センチ×二三センチ〉、挿絵入りの『無邪気者達、海外へ』を出版した。この本は、三年間に一二万五〇〇〇冊売れ、今でも安定して売れている。

一八六九年から一八七〇年にかけて私はこちらで講演業界に入った。

一八七二年三月には、挿絵入り、六〇〇ページの八ツ折り版『苦難をしのびて』を出版した。これは九ヶ月で九万一〇〇〇冊売れた――毎年の返品はまだない。

イギリスではラウトレッジとホッテンが一緒になって私のすべての小作品を出版した。こちら〈アメリカ〉では本になっていないものがかなりたくさんある。こうした小作品集が四巻ある。『苦難をしのびて』と『無邪気者達、海外へ』がそれぞれ二巻本で出版され、よく売れている。

住居、コネチカット州ハートフォード。

〈ドイツの〉タウフニッツ男爵が私の英語版の全集をヨーロッパで出版したいと提案している。

そしてドイツでドイツ語の全集を出したいという男がいると彼は言う。現在『無邪気者達』を翻訳中。

チャールズ・ダドリー・ウォーナーによる伝記的素描

サミュエル・ラングホーン・クレメンズ

彼は「マーク・トウェイン」の筆名で広く知られるアメリカのユーモア作家で、明らかな独創力と、偉大な活力、明確さを持つ記述文体の持ち主である。彼はミズーリ州モンロー郡フロリダ村に一八三五年一一月三〇日に生まれた。彼の唯一の学校教育はハニバルでの通常の地方の学校教育で、五歳から一三歳までだった。その後彼はその町の新聞社で印刷業の徒弟として働いた。彼は旅する職人にならって印刷工として、セントルイス、シンシナティ、フィラデルフィア、ニューヨークで働き、未成年ながら印刷工組合に入った。彼は二〇歳の時に、蒸気船の運賃を払った後でも約二〇ドルの資金をもってニューオーリンズに向かい、そこからパラ港に向かって、アマゾン川を探検し、コカの交易を開始しようと目論んでいた。それは彼が以前に理解していたところでは、川の源流辺りの部族のパンと肉を凝縮したものだという。しかし、ニューオーリンズからパラ行きの船は次の一世代の間出航しないということが分かると、この経済上の企てはくじかれた。それでも彼はそれ以前の数世代の間ニューオーリンズからパラ行きの船は一艘も出ておらず、彼が来るのが早すぎたとしても、遅すぎたことはなかったと知って安堵した。

彼は操舵手の何人かと知り合いになり、河を下る途中で操舵することを学び、ミシシッピ河の操舵手になろうと決心した。同業組合の会員が修了時に五〇〇ドル支払うことで教えることになった。彼は一八ヶ月間河を上下し、河を昼も夜も研究し、貨物係を助け、岸の警備員と舵輪任務について、暮らしを立てていた。そして操舵手の免許を獲得し、月給二五〇ドルの安定した職を手に入れた。これは職工に対する給与が低かったその当時としては王侯のような額だった。彼が見習いだった頃、名の知れた操舵手のアイザイア・セラーズ船長が河で働いていた。彼はニューオーリンズの新聞に「マーク・トウェイン」の筆名で文章を書いていた——それは測鉛手の用語で水深二尋を意味した。セラーズは河に関する大昔の知識をひけらかし、他のすべての操舵手には迷惑な人だった。河の最高水位の時には、彼は一八〇〇何年以来見たことのない高水位だと言って、河で働く他の誰も生まれていなかった年代を持ち出すのであった。そして今まで誰も聞いたことのない島のことをいつも口にし、それがずっと遠い世代に流されたと考えもなしに付け加えるのだった。ベテランと思われたい他のすべての操舵手にとって彼は迷惑な人物であった。若いクレメンズの最初の文学上の冒険はニューオーリンズ『トゥルー・デルタ』紙宛の一段半の長さの通信文を架空の署名で書いたことだ。その中で彼はセラーズ船長を約六〇年前に移動させ、彼の最も驚くべき記憶を小さく見せる最高水位と最低水位を思い出させ、彼が生まれる以前に島が本土と合体し、準州と州の一部になったことを紹介した。その通信文はセラーズ船長を黙らせた。彼は二度と書かなくなり、クレメンズは河で働く人に寵愛された。

クレメンズ氏は、準州長官に任命された兄の私設秘書として一八六一年の初期にネヴァダへ行った。彼はそこでの冒険を『苦難をしのびて』と呼ばれる本に生き生きと書き記した。彼は銀鉱山熱にとりつかれ、つるはしと鋤を持って一年以上も鉱山と格闘し、彼がその本に書いているように、数年間で一〇〇万ドル相当の採掘権の所有者となった。しかしそれを確保するための必要な手続きを不注意にも取らずに、それを失った。富豪から貧困に一瞬で落ち込み、彼は週給一〇ドルで石英の塊を銀鉱山水車場にシャベルで入れる仕事に雇われたが、一週間で辞めた。水車場会社全体の合意も得たし、辞めて感謝もされた。その間に彼はヴァージニア・シティ『エンタープライズ』紙に時おり通信文を書いていたので、一八六二年から一八六三年の間に週給二五ドルで地方記事編集長になり、三年間その職を務めた。彼は議会議事録を送り、その結果をまとめる週報を書き、その論評がかなり個人的なものだったので、署名が必要となった。ちょうどその折にセラーズ船長の死の報を聞き、彼は「マーク・トウェイン」の筆名を流用することにし、それ以降彼はそう呼ばれてきた。

銀鉱山熱の崩壊で彼はサンフランシスコに出て、『モーニング・コール』紙に五ヶ月間記事を書いた。その後、怠惰になったが、積極的になり、キャラヴェラス郡に移動し、地表露出金鉱脈の採掘を三ヶ月行ったが、結果は出なかった。それから彼はサンフランシスコに戻り、一八六六年の初期まで記事を書いたり小話を書いて暮らしていた。その後サンドウィッチ諸島を訪れ、そこに六ヶ月間とどまって、サクラメント『ユニオン』紙に真面目に通信文を書いた。戻ってみると彼は太平洋岸で高い評判を得ていた。それでカリフォルニアとネヴァダで講演をして成功した。彼は通常の小型本よりもずっと内容の詰まった本を携えて東部に出た。一八六七年春に『跳び蛙とスケッチ集』がニューヨークで出版された。それはこの国でかなり売れ、イギリスで再版されるともっと売れた。

クレメンズ氏は一八六八年にクエーカー・シティ号での旅行団と一緒に地中海から聖地まで巡礼旅行をした。その不在中に彼はサンフランシスコ『アルタ』紙とニューヨーク『トリビューン』紙に通信文を書いた。彼は戻ってきて、一八六九年に『無邪気者達、海外へ』と呼ばれる、とても面白く生き生きとした旅行記を出版した。この八ツ折り版で挿絵入りの六五〇ページの本は、三年間に一二万五〇〇〇冊売れた。一八六九年から一八七〇年にかけて、彼は北部諸州のあらゆるところで多くの聴衆に講演を行った。一八七二年三月には『苦難をしのびて』を出版した。これは太平洋岸での経験についてに本当の話を中心に、未開の辺境社会を正確に活写したものを加えた――挿絵入りの八ツ折り版で六〇〇ページの本は九ヶ月で九万一〇〇〇冊売れた。クレメンズ氏は一八七二年の秋、イギリスに滞在していた。彼は一八七〇年にニューヨーク州エルマイラのジャーヴィス・ラングドン氏の娘オリヴィア・ラングドンと結婚した。現在はコネチカット州ハートフォードに住んでいる。

クレメンズ氏の本はすべてイギリスでも再版されてきた。その多くは二つの出版社から出ていて、四巻の小作品集も含まれているが、その多くはこちらでは本になっていないものだ。この著者はイギリスで心底から受け入れられ、彼の書いたものは大いに好まれている。タウフニッツは彼の作品の完全英語版をヨーロッパ大陸で出版したいと申し出ている。さらに『無邪気者達』のドイツ語翻訳版が現在進行中で、他の作品も次に翻訳されるだろう。

クレメンズ氏とチャールズ・ダドリー・ウォーナー氏は合作小説『金メッキ時代』――その時代に対する社会的かつ政治的風刺作品を一八七三年に書いた。

クレメンズによる一八九九年の自伝的覚え書きと、サミュエル・E・モフェットによる伝記的素描

クレメンズは一八九九年三月三一日にフランク・ブリスに宛ててウィーンから手紙を書いた。彼は『マーク・トウェイン全集――著者署名入り版』(多くの同様の版のうち最初のもの)をアメリカン・パブリッシング社で準備していた。

クレメンズ夫人は新たな著作権問題を付け加えて欲しいと望んでいます――つまり、私についての短い伝記的スケッチです。それで、私はこの手紙を書くのをやめて、その骨子を書き留めます。夫人はこの骨子を私の甥でニューヨーク『ジャーナル』紙編集長のサミュエル・E・モフェットに手渡して、彼自身の言葉で書き、彼の判断で付け加えたり、うまく練り上げて欲しいと望んでいるのです。(一八九九年三月三一日と四月二日付、ブリス宛書簡、トウェイン家博物館とニューヨーク公共図書館蔵)

彼は一四枚の「骨子」を手紙に同封し、その冒頭に「クレメンズ夫人、(私の甥でニューヨーク『ジャーナル』紙編集長の)サム・モフェットにこの覚え書きをもとに伝記的素描を書いてほしく、さらにそれが掲載される前に読みたい」と書いた。

求めに応じてモフェットはクレメンズの覚え書きを発展させて伝記的素描を書き、それをクレメンズに見てもらうために送った。クレメンズが修正提案をつけて原稿を送り返したのは明らかだ(この初期原稿がタイプ打ち原稿としてマーク・トウェイン・ペーパーズにあり、インターネット版のマーク・トウェインプロジェクトに転載されている)。モフェットは書き直された素描を一八九九年六月二六日に提出した。クレメンズは七月一四日付(消印は一日前だった)の手紙で次のように賛意を示した。

スウェーデン、ローゼンダラ、サンナ
一八九九年七月一四日。

親愛なるサムへ
この伝記的素描に全く満足です——簡潔で、率直で、威厳があり、明晰です——あらゆる点で満足です。以前のものはすべて恥ずかしくなりました。
ブリスさんは掲載する欄が必要ならばそのすべてを削除するかもしれませんが、使うのであれば短くしたり、変更してはなりませんし、**付け加えてもいけません**。(カリフォルニア大学蔵)

一九〇〇年に署名入り版(二二巻目の『物語の語り方、他』)の中で掲載される前に、素描は『マッカラズ・マガジン』誌、一八九九年一〇月号に掲載された(Moffett 1899)。モフェットの母親パミーラは数日後に手紙を書いて、次のようにいくつか不正確な点を指摘した。

親愛なる我が息子へ、
あなたの伝記的素描の中で二、三の間違いに気づきました。それがひどく気になりましたが、何も言いませんでした。というのも遅すぎて訂正できないと考えたからです。しかしモリー[クレメンズ]伯母さんは、本にするにはまだ間に合うし、それが永遠にそのままというのはとても不幸だと言うのです。
お祖母さんがケンタッキー州のブルーグラス盆地の出身ではないと知っている人はたくさんいます。お祖母さんは、州の南のアデア郡コロムビアで生まれ育ったのです。ブルーグラス盆地のすぐ外側です。おばあちゃんがレキシントンに住んだことは一度もなく、そこに行ったことも一度もないでしょう。
もうひとつの間違いは、お祖父さんが死去する時に郡裁判所判事に選出されたところだったという点です。お祖父さんは既に郡判事でした――残任期間に任命されたのです。死亡時には郡裁判所書記の候補者になっていました。ほとんど選出されたも同然でしたが、選挙は行われなかったのです。

さらにあまり重要でない間違いが二つあります――ネヴァダ州知事はノースではなくナイですし、ジーンの名前の一部が欠落しています。彼女は、両親がいない時に、エルマイラで、ジーン・ラムプトンとして受洗したのです。

さて、これらの間違いが見過ごせない理由が二、三、頭に浮かびます。第一に、真実は抜群に重要だということです。第二に、お祖母さんがブルーグラス盆地の娘だと主張できなかったことを知っている人がたくさんいることです。そうした人々にとってこのような根本的な間違いは全体の信憑性を損なってしまうのです。もちろん、その間違いが他にも影響を与えるでしょう。しかしこれに関して真実の重要性の次に最も気にかかったことは、サム叔父さんがあなたの素描に然るべき賛意を示していないということです。だとしたら、叔父さんは一家にふさわしくない箔をつけるのが不安なように見えます。これは叔父さんの性格の強さや威厳を損なうような弱さをきっと露呈します。(パミーラ・アン・モフェットからサミュエル・モフェット宛、一八九九年一〇月一五日付書簡、カリフォルニア大学蔵)

実際には「本にする」ために修正する時間はあった――ブリスがモフェットに「あなたの文章をまだ活字に組んでいませんので、『マッカラ』誌から修正するには十分に時間があります」(カリフォルニア大学蔵)と一〇月二六日に手紙を書いたからだ。モフェットはその機会に本文を修正した。彼はジョン・マーシャル・クレメンズの判事職の地位について修正をし、ジェイン・クレメンズの経歴から「ブルーグラス盆地」を消し、「レキシントン」を「コロムビア」に、「ノース知事」を「知事」に書き換えた(ジョン・W・ノースはネヴァダ準州最高裁判所陪席判事で、知事ではなかった)。一九〇〇年の本には『マッカラ』誌の文章にはない情報も入っており、それはモフェットの原稿にはあったが、雑誌の校正刷り(現在カリフォルニア大学蔵)の段階で、明らかに場所を空けるために削除された題材であった。それは、『ミシシッピ河での生活』の一三章から操舵手に関する追加的段落、ウィーン警察が「ある国の代表者を（中略）玄関の階段から」「引きずり下ろし、拘引し、逮捕した」際、一八九七年のオーストリア連邦議会にクレメンズが出席したことについての段落、クレメンズの普遍性とその作品の劇作化に関する所見である。

　クレメンズの覚え書きにある情報のほとんどはこの三巻の『自伝完全版』で既に説明されており、その掲載箇所を特定できる。しかし、クレメンズは自伝の他の部分では見られないことをひとつだけ述べている——南北戦争の初め頃に「ユリシーズ・S・グラント大佐に捕縛され」そうになった、ということだ。クレメンズはトマス・A・ハリス将軍（一八二六年〜一八九五年）の指揮下で、一八六一年六月に短期間だけ、ミズーリ州防衛隊に従軍した（『自伝完全版第一巻』、二〇五ページおよび関連する注参照）。だが、彼の主張は正確ではない。というのは、ユリシーズ・S・グラント大佐が南部連合軍を追ってミズーリ州に入ったのは七月半ばだったからだ。クレメンズは、なかば虚構のような記録「失敗した軍事行動に関する私史」でも同様の主張をしている。これは『センチュリー・マガジン』誌、一八八五年一二月号に掲載された（SLC 1885b。Fulton 2010、二八ページ〜三三ページ）。

　クレメンズの自伝的覚え書きは、現在ニューヨーク公共図書館バーグ・コレクションにあり、「平文」と呼ばれる原稿表記法に従って複写されている。これは著者の改訂も含めて、できる限り忠実に原本を再現している。モフェットの伝記的素描は一八九九年の雑誌記事を土台としているが、一九〇〇年の署名入り版での変更も組み入れている。それは著者による改訂だと信じられるからである。

一八九九年の自伝的覚え書き

~~サミュエル・L・クレメンズ。~~
サミュエル・ラングホーン・クレメンズ。

一八三五年一一月三〇日にミズーリ州フロリダに生まれた。ヴァージニア州のジョン・マーシャル・クレメンズとケンタッキー州のジェイン・ラムプトンの息子である。先祖にはチャールズ一世のもとでスペイン大使を務めた者（ジェフリー・クレメント）がおり、スペイン人女性と結婚し、スペイン人の血統をクレメンズ一族に入れた。それは時おり今でも子孫に顕現する。（クレアラはその例だ）。このクレメントは死刑判決を下したチャールズの裁判所の判事のひとりであった。

ラムプトン家は、ウィリアム征服王が侵入する以前から同名の先祖が所有する土地をいまでも占有して所有している。

サミュエル・ラングホーン・クレメンズは子供時代をフロリダ村で過ごし、少年時代をミシシッピ河沿いの町ハニバルで過ごした。一三歳になるまでに、ほとんど溺死状態から九回も救われた――ミシシッピ河で三回、ベアクリークで六回だった。母親は「絞首刑になるように生まれた者は水死しないよ」と評した。

サミュエル・ラングホーン・クレメンズの両親はケンタッキー州レキシントンで最初の結婚生活を始め、僅かな土地を持ち、六人の奴隷を相続していた。彼らはやがてテネシー州ジェイムズタウンに移住し、その後、ミズーリ州フロリダ、最終的にハニバルに移住した。そこでクレメンズ氏は数年間下級判事を務め、それから郡裁判所判事に選出されたが、その職に就く前に死去した（一八四七年）。

サミュエル・ラングホーン・クレメンズはハニバルの公立学校で教育を受け、それから兄の新聞社で、企画なども含むあらゆる仕事をして、教育を受けた。彼の書いたものは町で注目されたが、「賞賛を受けることはなかった」――（兄の証言であった）。

彼は一八五三年に家出し、ニューヨークの万国博覧会を観た。大西洋岸の州で一年間身を隠した後で、経済的不況のために彼は自分の居場所を家族に知らせねばならなくなった。彼は西部に戻り、一八五七年まで、セントルイス、マスカティン、キーオカックに住んだ。続く四年間を彼はセントルイスとニューオーリンズ間の河川上の操舵手室で過ごした。最後の

その

ルイジアナ号が一八六一年一月二六日に北部連邦軍を脱退した時に、彼はニューオーリンズにいて、その船で次の

日には北部に向かった。航行中毎日、船によって封鎖が行われ、（セントルイスの下流の）ジェファーソン駐屯地の砲兵隊がルイジアナ号の二本の煙突の間に砲弾を浴びせるとそれが航行の最後の夜となった。

最初

彼は六月に、トム・ハリス将軍のもと、少尉としてミズーリ州ラルズ郡で南部連合軍に加わり、ユリシーズ・S・グラント大佐に危うく捕縛されそうになる名誉を受けるところだった。彼は二週間従軍した後、辞めた。引き続く撤退による「疲労のために力を失った」というのが説明である。ネヴ新しいネヴァダ準州長官に任命された兄の私設秘書になり、大平原を大陸横断駅馬車で横断した――昼夜を問わず一八日間の旅行だった。

ハムボルトとエズメラルダの銀鉱山地区で一年間過ごした後、彼はネヴァダ準州ヴァージニア・シティの『テリトリアル・エンタープライズ』紙の地元編集者になり、準州州都カーソンシティからその新聞宛に議会通信文を書いた。彼はその新聞に週刊通信文も書いた。これは毎日曜日に掲載され、その結果、毎月曜日には議会議事録が議員の反発で妨害された。議員達は特権を問題にし、通信員の批判に辛辣に回答し、いつもその通信員を入念に無礼な言い方で表現した。より簡単な言い方がなかったのである。彼らの時間短縮のために、彼はすぐにミシシッピ河の測深士の声、「マーク・トウェイン」（水深二尋、一二フィート）を彼らのこのために使い始め、通信文に署名した。

その当時、決闘はその地域で習慣だった――一時的ではあったが。武器はいつでもコルトの海軍用回転式拳銃で、距離一五歩、発砲後に前進、六発発射が認められていた。マーク・トウェインとヴァージニア『ユニオン』紙のレアード氏が紙上で喧嘩になり、町の外の小渓谷で夜明けに決闘することになった。どちらも拳銃をうまく使えなかった。これは関係者の誰にも知られていなかった。というのも、偶然の出来事のためにレアード氏が身を引いて陳謝したのである。それは次のような事だった。両者の介添人は、間に目隠しとなる尾根を挟んだ隣同士の小渓谷で、二人に練習させた。レアード氏はかなりうまくなったが、マーク・トウェインは何も当たらなかった。小鳥が飛んで来て三〇ヤード離れた山ヨモギにとまった。マーク・トウェインの介添人は達人で、小鳥の頭を銃で撃ち落とした。ちょうどその時、敵の一味が尾根の上にやって来て出来を比べようとした。そして鳥の死骸を見て距離を知った時、彼らは困った関心を持った。さらに、マーク・トウェインがそれを撃ったのだ、しかもそれは彼にとって普通のことなのだ、と（マーク・トウェインの介添人のギリスから）間違って教えられると、彼らは困った。脇に寄って、相談し、それから戻って、正式に陳謝し、それで決闘は「終わった」。

決闘の申し込みを送ったり、伝えたり、受け取ったりした者は誰でも二年間投獄されるという、新しく厳格な法律があった。決闘未遂の噂は一八マイル離れた州都にも届いた。ノース知事はとても怒り、決闘の予備段階で関係者全員の逮捕を命じた。彼は範を示すのだと言った。だがそのことを決闘当事者の友人が聞きつけ、警官達を追い越し、当事者を急がせて、カリフォルニアの州境を越えさせ、当然の罰から救った。

マーク・トウェインはサンフランシスコ『モーニング・コール』紙の社会部編集者としての職を得て、二年ほどその仕事を続けた。それから彼はジャッカス渓谷にあるキャラヴェラス郡の「小規模《ポケット》」鉱山で三ヶ月過ごしたが、鉱脈《ポケット》は見つからなかった。

サンフランシスコに戻ると彼はヴァージニア『エンタープライズ』紙サクラメント『ユニオン』紙に『エンタープライズ』紙にしばらくの間記事を書いた。それから彼はサクラメント『ユニオン』紙に砂糖事業について書くため、サンドウィッチ諸島へ派遣された。ホノルルにいる時に、（航海上で火災に遭った）快速帆船ホーネット号の生存者が一〇日間の食糧で、四三日間も無甲板船で航行した後、到着した。それで、マーク・トウェインは昼も夜も働いて、そのことに関する完璧に網羅的な記事を書いて、既に出航していたスクーナー型帆船に投げ込んだ。それはカリフォルニアに届いた唯一完全な記事だったので、『ユニオン』紙はマーク・トウェインに記事の一段につき一〇〇ドル支払った。それは当時の歩合の一〇倍の稿料を支払った。

半年後にカリフォルニアに戻ると彼は金になる講演を数回行い、一五〇〇ドルをもうけて、それから東部に向かった（一八六七年）。それから「クエーカー・シティ」号によるヨーロッパと聖地旅行に参加し、五ヶ月から六ヶ月間留守にしていた。戻ってくると彼はその旅行の記録である『無邪気者達、海外へ』を書いて出版した（一八六九年）。その本は最初の一年で一〇万冊も売り上げ、後に倍になった。

彼は一八六九年に講演業を始め、東部や西部の州を駆け回った。四年間その業界にいた。

彼は一八七〇年二月の初めにオリヴィア・L・ラングドン女史と結婚し、ニューヨーク州バッファローに住んだ。

彼はそこで日刊紙『エクスプレス』紙の三分の一の株式を購入し、編集に加わった。その年の一一月に息子（ラングドン）が生まれた（一八七二年に死去）。

彼は一八七一年一〇月にコネチカット州ハートフォードに引っ越し、すぐに家を建て、一家は今でもそれを保有している。

一八七二年にスーザン・オリヴィア・クレメンズが生まれた。『苦難をしのびて』執筆。（チャールズ・ダドリー・ウォーナーとの共作）『金メッキ時代』も執筆。

一八七三年に一家はイングランドとスコットランドで数ヶ月を過ごした。マーク・トウェインはロンドンで、二、三週間講演した。

続く数年間に様々な本が書かれた。一八七四年にはクレアラ・ラングドン・クレメンズが生まれた。一八七八年には一家はヨーロッパに渡り、~~一四ヶ月~~一八ヶ月過ごした。『徒歩旅行者、海外へ』が書かれた。ジーン・クレメンズが一八八〇年に生まれた。

マーク・トウェインは一八八五年にニューヨークの出版社チャールズ・L・ウェブスター社に出資した。その最初の出版物は『グラント将軍回想録』で、六〇万冊以上売り上げた。グラントの相続人が受け取った最初の小切手は二〇万ドルであった。二、三ヶ月後には一五万ドルの小切手が届いた。大西洋の両側で一人の著者の作品に支払われた最高額の小切手である。

一八八六年から八九年にかけてマーク・トウェインは~~一七万ドル~~巨額の資金を植字機に投資し、~~ジェイムズ・W・ペイジという詐欺師の発明品で、~~失敗した。資金はすべてなくなった。

出版社は経営がうまくいかずに、入ってくる全収入を浪費した。マーク・トウェインは会社の延命のために六万五〇〇〇ドルを出したが、無駄であった。最終的に倒産し（一八九四年）、九万六〇〇〇ドルの負債と、その三分の一以下の価値の流動資産が残った。負債負債を支払うのはマーク・トウェインとなった。

一八九五年から九六年にかけて、マーク・トウェインは妻と二番目の娘を伴い、世界講演旅行を行い、『赤道に沿って』を書き、借財を完済した。

一八九七年、一八九八年

この一三ヶ月の不在の最後の頃に、家に残っていた長女が二四歳で死去した。

一八九七年、一八九八年、一八九九年を一家はイギリス、スイス、オーストリアで過ごした。マーク・トウェインは、オーストリア連邦議会に六〇人の警官が侵入し、頑固な議員が荒々しく引き出されるという、記憶に残る時に議会に列席していた。

彼の多くの本がフランス、ドイツ、ロシア、イタリア、スウェーデン、ノルウェー、ハンガリーで翻訳され、出版されてきた。『金メッキ時代』、『トム・ソーヤ』、『王子と乞食』、『間抜けのウィルソン』の戯曲化は舞台で大いに成功した。

#

マーク・トウェイン。伝記的素描

サミュエル・E・モフェット

一八三五年にアメリカの西部帝国の創造がちょうど始まった。ミシシッピ河の西部地域全体には今、二一〇〇万人の人々が住んでいる——その当時の合衆国の全人口のほぼ二倍——が、白人住民は五〇万人以下だった。その偉大な河の向こう側には二つの州、ルイジアナ州とミズーリ州しかなかった。人口が多い町は二つしかなく、ひとつはニューオーリンズ周辺であり、もうひとつはセントルイス周辺だった。河の東側にあるニューオーリンズを除けば、その広大な領域で都市と呼べるだけの場所はひとつしかなかった。それはセントルイスで、あの大都会、西部全域の驚きと誇りには、一万人も住民がいなかった。

「荒れ地と種を蒔かれた土地をまさに区別する」入植地の最果ての地にあるこの辺境の地域こそ、一八三五年一一月三〇日に、サミュエル・ラングホーン・クレメンズが生まれた、ミズーリ州フロリダという寒村だ。彼の両親は西部の「にわか景気」の空気が濃かった時そこにやって来た。運よく彼らには先見の明があったので、その場所は続く六〇年間に一二五人の住民を集めることができた。合衆国の人口と、富の西部への大移動のことを知ると、その動きの先頭にいた人々は必然的に富に向かっていたに違いないと思われる。ところが、そこは上げ潮と引き潮に満ちていたのであり、マーク・トウェインの両親は奇跡的としかいえないような流れを見つける能力を持っていた。西部帝国全体が彼らの目の前で選ばれるのを待っていた。彼らは長靴一足でシカゴ全域の土地を買えた。彼らはセントルイスの現在の市内に農場を造ることができただろう。彼らが実際にしたことは、僅かな土地と相続した六人の奴隷とともにケンタッキー州コロムビアでしばらく生活することだけだった。それから、テネシー州カムバーランド台地のジェイムズタウンに移住した。当時、ウガンダほど世界の流れから外れた場所ではなかった。だが、中央アフリカのどの地域の住民も競争相手だとは真剣に考えない土地だった。そして次にセントルイスを通過し、ミズーリへと移住して、フロリダに最初に入植した。後にハニバルに入植した。しかし地図全体が空白だった時に、他のどこよりもこの地域では、富の可能性が真っ赤に燃えていた。フロリダはジャクソンが大統領だった時には大いに期待された。ジョン・マーシャル・クレメンズがテネシー州で八万エーカーの土地を取得した時、彼は自分の子供達を準州の大成功者にしたと考えた。その富の幻想は、後に『金メッキ時代』の動機のひとつを提供することになった。それ以外の役には立たなかった。

サミュエル・クレメンズが富をつかみ損ねたとしても、彼はよい血統を受け継いでいた。両親のどちらの側も、一家は初期の植民地時代から南部に入植していた。彼の父、ヴァージニアのジョン・マーシャル・クレメンズはグレゴリー・クレメントの子孫だった。グレゴリーはチャールズ一世に死刑判決を下した判事のひとりで、後に起こる王政復古の大赦からはずされ、首を失った。ジョン・M・クレメンズのいとこの一人、ジェレマイア・クレメンズは一八四九年から一八五三年までアラバマ州選出合衆国上院議員を務めた。

母親ジェイン・ラムプトン（ラムブトン）を通じて、少年はダーラムのラムブトン家の子孫となり、その今のイギリスの相続人は、一二世紀以来、同じ名前の先祖が持っていた土地をいまだに所有している。母方の先祖、モンゴメリ家の中には、ダニエル・ブーンと一緒にケンタッキーに出向き、「暗く血だらけの大地」といわれた入植地にまつわる、感傷的で悲劇的な出来事の最深部にいた者もあった。母親自身がそこで生まれたのだが、現在の州境内に最初の丸太小屋が建てられてから二九年後のことだった。ケンタッキーが美人の養育所という羨ましい名声を得ることになった多くの美女達の中で、彼女はもっとも早くから、最も美しく、最も聡明な人で、彼女の快活さと機知が息子の天才的な性格の元になったということは、友人達を納得させたはずだ。

ジョン・マーシャル・クレメンズはヴァージニアで弁護士の訓練を受けたことがあり、ハニバルで下級判事として数年務め、しばらく郡判事の職を務めた。一八四七年三月の死によって、マーク・トウェインの公式の教育は終わり、実生活での教育が始まった。彼はいつでも繊細な少年で、結果的に父親は学校に行かせることについて寛大であった。彼は自分の子供達が十分な教育を受けることを切に望んでいたのだ。彼の願望は、彼の望んだ通りではないとしても、成就された。マーク・トウェインが学者の砥石車の下で、滑らかで画一的なものにされなかったことは文学にとって幸運なことだ。彼は世界を自分の大学に変え、人と本と見知らぬ場所において、無限に異なる生の局面が、純粋な個性の基礎の上に広く深い教育を作り上げた。

彼の高校は村の印刷所であり、彼の兄オーリオンが新聞を経営していた。一三歳の少年はあらゆる仕事をし、上司が不在の折には、木片にジャックナイフで挿絵を彫り、個人な新聞を大いに楽んだ。そして町の注目を集めたが、兄が哀れに告白するように、「賞賛ではなかった」。編集長は感情を込めて語った。というのも、彼が戻った時にこの結果を引き受けねばならなかったからである。

少年時代のごく初期から若いクレメンズは冒険好きな性格だった。彼が一三歳になるまでに、彼はミシシッピ河から三回、ベアクリークからは六回、ほとんど水死状態で引き上げられたが、母親は彼が将来も決して自分を見捨てないことを確信して、「絞首刑になるように生まれた者は水死しないよ」と言っただけだった。一八五三年までに、ハニバルでの活動範囲は、彼には狭くなっていた。彼は家から姿を消し、東部の印刷所を転々とした。彼は組版で生計を立てながら、ニューヨークの万国博覧会を見物し、他の驚くべきものを見た。この「驚異の年」の終わりに経済的不況のために彼は家族の元に戻った。一八五七年まで彼は、セントルイス、マスカティン、キーオカックで過ごした。

彼はそこで偉大なホレス・ビクスビーを説得し、蒸気船の操舵術の神秘を教えてもらった。眠ったような川沿いの町の、この暖かくて怠惰な存在の持つ魅力が、その後の彼の全人生について回る。『トム・ソーヤ』、『ハックルベリー・フィン』、『ミシシッピ河での生活』、『間抜けのウィルソン』で、その消え去った領域のあらゆる様相が愛情を込めて語られている。

生まれ持った性格はいつでも感じ取られるものだが、マーク・トウェインのユーモアは、彼がもしハニバルではなくエクルフェカンで育ったとしたら、思いやりがあり快活なものに成長しただろうか、そしてカーライルがエクルフェカンではなくハニバルで少年時代を過ごしたならば、もう少し人間的にならなかったか、と考えるだろう。

五〇年代後半のミシシッピ河の操舵手は大変印象的な偉大さを持つ人物だった。彼は奇跡的な技能を持っていて、操船中は絶対的支配者だった。そして転落する直前まで、合衆国副大統領や最高裁判所判事が稼ぐ給与と同じだけの給与を得ていた。彼の職がこの上なく堂々として望ましいことを示す最もよい証拠は、それを獲得するのに必要な信じられない労働にサミュエル・クレメンズが自ら進んで行ったという事実である――その労働とは、大学で博士号を取得するのに必要な努力が近代小説に関する夏期講習ほど楽なものだと思われる程の労働だ。操舵手の驚嘆すべき教育の完全な意味をきちんと理解するためには、『ミシシッピ河での生活』全体を読まねばならないが、その抜粋でも訓練の特質の一部を理解できよう――記憶力の開発である。

「何よりもまず、操舵手が絶対的完璧に至るまで、絶えず開発しなければならない能力がひとつある。完璧に少しでも欠けると役に立たない。その能力は記憶力である。操舵手は物事をあれこれと考えるだけで終わってはならない。それを知らねばならない。というのも、これは際立って厳密な科学のひとつだからだ。かつて操舵手が、力強く『知っています!』という代わりに『思います』というあの弱弱しい言い方をしようものなら、何という軽蔑を向けられたことだろうか。一二〇〇マイルに渡る河の詳細をすべて知っており、しかも絶対的に正確に知っていることが何と素晴らしいことかを、容易に実感することはできないだろう。もしニューヨークの一番長い通りを行ったり来たりして、その特徴を忍耐強く精密に学習し、すべての家の窓と玄関と街灯柱、さらに大小の標識まで暗記する。そして、黒いインクを流したような夜中に、その通りの中の任意の場所に立った時に、自分の隣にある物をすぐに認識できるようになったとする。こうなって初めて、ミシシッピ河を頭の中に持つ操舵手の知識の分量と正確さをかなり分かったことになる。そしてこれを続けて、すべての十字路と、十字路の石の特徴と大きさと位置まで知り、そうした無数の場所それぞれの泥の、様々な深さまで知る時、ミシシッピ河の蒸気船を困難に遭わせないために操舵手が知らねばならないことをある程度分かったことになるだろう。次に、その長い通りにある標識の半分を取り去って、その位置を一ヶ月に一回変更し、それでも闇夜の中で正確に新しい位置が分かり、さらにこの変更を繰り返しても間違いがなければ、気まぐれなミシシッピ河では操舵手の比類なき記憶力が求められていることが理解できよう。

「操舵手の記憶力は世界で最も素晴らしいものだと考える。旧約聖書と新約聖書を暗記し、素早く暗唱し、前に向かっても、後ろに戻っても、どこからでも任意に始めて、両方向で暗唱でき、一度も詰まらず、間違いもしない記憶力は、ミシシッピ河の操舵手が持つ莫大な知識とそれを扱う驚くべき能力に比べれば、決して膨大な知識ではないし、驚くべき能力でもない（中略）」。

「操舵手の記憶力はいかに簡単にしかも楽々とその仕事をすることか。それがいかに穏やかに無理なく進められることか。無意識的に莫大な貯蔵量を、時間毎に、日毎に蓄積していって、有用なたったひとつのものも忘れたり、置き間違えたりしないのだ！　例を挙げよう。測深士に『水深一尋！　水深一尋！　水深一尋！　水深一尋！　水深一尋！』と時計の音のように単調になるまで言わせておこう。その間ずっと会話を続けさせ、操舵手も会話に加わらせよう。測深士の言うことなどもう意識して聞いていない。この終わることない水深一尋という言葉の続きの中に一回だけ、強調もせずに『水深半尋』と入れさせ、その後は水深一尋の叫びを以前と同様に続けさせる。二、三週間後、操舵手は『半尋』と言われた時の船の位置を正確に言えるし、たくさんの船首の目印と船尾の目印と舷側の目印を示し、再び同じ場所に船を移動させられる。『半尋』という叫びで操舵手が実際に会話から気を逸らすことはなく、相対的位置をすぐに記録し、深さの変化を記憶し、それに関して測深士から助けられずとも重要な細かな情報を蓄積したのである」。

若いマーク・トウェインはそのびっくりするような訓練をすべて終了し、操舵手の仕事で必要とされる、途方に暮れるほどの知識を頭の中に貯蔵し、河という大学の卒業証書である操舵手免許を受け、正式に雇われ、生涯にわたって身を立てたと考えた。その時、南北戦争の勃発で一瞬にして仕事は無くなり、苦しかった徒弟時代も役に立たない労働になった。ミシシッピ河下流域の商業交通は戦火の列で停止された。黒くてずんぐりした砲艦は傾斜した舷側板を鉄道線路の鋼鉄でかため、豪華な白い外輪船に取って代わった。かつてその操舵手は河沿いの町の貴族として羨望の的であった。クレメンズはルイジアナ号が連邦から脱退した時ニューオーリンズにいて、翌日、北に向かった。その船は毎日封鎖線を突破し、航行の最後の夜に、セントルイスのすぐ下流のジェファーソン駐屯地の砲台が二発の砲弾を発射し、それが船の煙突の間を通過した。

奴隷所有社会の雰囲気の中で育ったマーク・トウェインが当初南部に好意的だったのは当然だ。六月に彼はトム・ハリス将軍指揮下のミズーリ州ラルズ郡の南部連合軍に少尉として参加した。彼の軍歴は二週間続いた。ユリシーズ・S・グラント大佐に捕縛されるという名誉をかろうじて免れて、彼は、度重なる撤退で「疲労して無気力になった」と説明して、軍隊をやめた。その後の書きものの中で彼はいつもこの短い戦争経験を茶番仕立ての話にした。もちろん南部連合軍の指揮官の公的記録や通信文では未経験の田舎の人の働きが深い敬意をもって語られている。クレメンズ家の兄オーリオンはリンカン大統領の選挙陣営にとって好ましい人物であり、結果として新しいネヴァダ準州長官に任命された。彼は急速に生計を立て直した弟に自分の私設秘書職を与えた。「やることは何もないし、給与もない」職だった。二人は大陸横断駅馬車で一八日間かけて大平原を横断した——シベリア横断鉄道完成時にニューヨークからウラジオストクまで行ける時間に相当する。

ハンボルトとエズメラルダの銀鉱山地区で様々な財産探しを一年間行っていた。準州の主要な新聞『ヴァージニア・シティ・テリトリアル・エンタープライズ』紙にこの時期に時おり書き送ったものが社主に注目された。社主J・T・グッドマンは鋭敏で正確な文学的才能を持つ人で、この書き手に地元記事編集者の職を提供した。この職は州都カーソンシティでの議会通信を書く仕事もせねばならなかった。若いクレメンズの仕事は議員の間に騒動を引き起こした。彼は毎週記事を書き、辛辣な人達を刺激した。記事は毎週日曜に掲載され、月曜には議員が記者の特権を問題にして、その記者について激しい意見を表明したので、議会は混乱した。これで彼は自分の通信文により個性を与えることを思いついた。このために彼は昔のミシシッピ河の測深士が水深二尋（一二フィート）と言うのに使った呼び声――「マーク・トウェイン」を採用した。

この時期、コムストック地区では一時的に決闘が流行していた。パリの文明の上品さはそこまで伝わって来ておらず、ワショーの決闘ではたいてい一方しか生き残らなかった。武器はいつでもコルトの海軍用回転式拳銃――距離一五歩、発砲後前進、六発まで発射が認められていた。マーク・トウェインは『ヴァージニア・ユニオン』紙編集長レアード氏と喧嘩になっており、決闘になりそうな状況だった。戦う人のどちらも拳銃の扱いが下手だったが、マーク・トウェインは幸運にも介添人がいた。決闘者が隣接する小渓谷で練習していると、レアード氏はかなり上手だったが、敵対する者は的に全く当たらなかった。三〇ヤード先の山ヨモギに小鳥がとまっていた。マーク・トウェインの介添人はその頭を撃ち飛ばした。その時に敵方が尾根の上に登って死んだ鳥を見つけ、距離を知り、ユーモア作家の介添人ギリスから、その見事な技はマーク・トウェインがやったのであり、彼にとってそんな手柄は珍しくない、と教えられた。彼らは引き下がって相談し、それから正式に陳謝した。その後平和が戻り、マーク・トウェインは闘いの名誉を得た。

しかしこの出来事で彼の人生はまた変化することになった。決闘の挑戦状を送り、運び、あるいは受け取る者は誰でも二年間の収監とする、という新しい法律があった。決闘未遂の情報は一八マイル離れた州都にも届いていた。州知事は怒って、関係者全員の逮捕を命じ、記憶に留まる範を示したいと公言した。決闘当事者の友人が危険を伝え聞き、警官達を追い抜き、当事者を急がせて、カリフォルニアの州境を越えさせた。

マーク・トウェインは『サンフランシスコ・モーニング・コール』紙の社会部編集者としての職を得たが、彼は通常の新聞社の仕事にはなじめず、二年ほどすると彼は鉱山でもう一度努力してみた。今回はキャラヴェラス郡のジャッカス渓谷で、カリフォルニアの「小規模《ポケット》」鉱山を試掘したが、幸運なことに鉱脈《ポケット》は見つからなかった。それから彼は、成功した小規模鉱山師をシエラ山脈の山小屋に生涯閉じ込めてしまう催眠術のような魅力を免れ、三ヶ月後には一文無しでサンフランシスコに戻り、文学の道に進んだ。彼は『ヴァージニア・エンタープライズ』紙に文章を一度書き送ったが、それが嫌になって、『サクラメント・ユニオン』紙のためにハワイに行き、砂糖事業について書く仕事を快く受け入れた。彼が「直接取材新聞記事」の最も偉大な仕事を成し遂げたのはホノルルであった。快速帆船ホーネット号は「航路上で」火災に遭い、骸骨のような生存者が一〇日間の食糧で、四三日間も無甲板船で航行した後に到着すると、マーク・トウェインはその人達の話をまとめ、昼も夜も書き続けて、その恐ろしい事故に関する完璧な記事を書き、既に出航していたスクーナー型帆船に投げ込んだ。それはカリフォルニアに届いた唯一完全な記事であり、異常な規模の全くの「特種記事」だというだけでなく、賞賛すべき文学作品でもあった。『ユニオン』紙は当時の歩合の一〇倍の稿料を支払ってその通信員の労をねぎらった。

その諸島で六ヶ月間いてから、マーク・トウェインはカリフォルニアに戻り、初めて講演会活動に立った。彼は温かく迎えられ、数回講演を行い、儲けた。それから彼は一八六七年に、パナマ地峡経由で東部に向かい、サンフランシスコの『アルタ・カリフォルニア』紙の通信員として、ヨーロッパと聖地へ向かうクエーカー・シティ号の旅行に加わった。五ヶ月から六ヶ月のこの旅行の間に、一行は地中海と黒海の主要な港を訪問した。この旅行から『無邪気者達、海外へ』ができ、第一級の文学者としてのマーク・トウェインの名声を得ることになった。『キャラヴェラス郡の名高き跳び蛙』がそれ以前にあったが、『無邪気者達』によって、彼は国際的文学世界にデビューした。最初の一年で一〇万冊も売り上げ、後にもっと売れた。

講演会活動は四年間続いた——不快だが儲かった。マーク・トウェインは演壇に身をさらすのをいつも嫌がったが、彼は最初から演壇の人気者だった。彼は小さな集団に属し、その中には、ヘンリー・ウォード・ビーチャーや、他にも二、三の人が含まれ、国中のすべての講演会委員会から指名された。そしていくらかかっても彼を確保しようとすることが講演会の成功を確実にした。

クエーカー・シティ号の旅行は『無邪気者達、海外へ』の製作以上の重要な結果をもたらした。彼の仲間の一人、その兄を通じて、ニューヨーク州エルマイラのジャーヴィス・ラングドンの娘、オリヴィア・L・ラングドンと知り合いになったからだ。そしてこれが一八七〇年二月の、文学世界で最も理想的な結婚へと至った。

この結婚で四人の子供が生まれた。長子は息子ラングドンで、一八七〇年一一月に生まれ、一八七二年に死去した。二番目は娘スーザン・オリヴィアで、一八七二年に生まれ、二四年しか生きなかったが、特異な精神的才能と性格のすべての美点を伸ばすには十分な長さだった。さらに二人の娘クレアラ・ラングドンとジーンは、それぞれ一八七四年と一八八〇年に生まれ、現在（一八九九年）でも存命だ。

家庭人としてのマーク・トウェインの最初の家はバッファローにあり、これは結婚に際して義父から花婿に贈られたものだった。彼はそこで日刊紙『エクスプレス』紙の三分の一の株式を購入し、編集に加わった。だが、彼にとって拘束されて働くというのは過去のものになっていた。これは彼が通常の新聞業に携わった最後の試みで、一年で十分であった。彼は自分が書ける可能性のあるものの市場を確信した。彼は書くための場所と機会を選ぶことができた。

ハートフォードには魅力的な文学仲間がいた。その場所は古風な平和と美しさに包まれており、クレメンズ一家はその魅力に夢中になった。彼は一八七一年一〇月にそこに引っ越し、すぐに家を建てたが、それは世紀半ばのアメリカの家建築の実利主義に対する芸術的反抗の初期の成果であった。それは何年間もの間、実直な精神を持つ旅行者にとって驚きの対象だった。当時のほとんどの建物を設計した大工や建設業者が造り上げる伝統的なやり方ではなく、その家の部屋がそれを使う人の便利なように配置されていることと、窓、破風、玄関がその特別な家の美しさ、快適さ、奇抜さに目がいくように配置されているという事実が、批評家を混乱させ、「マーク・トウェインの冗談」について、国中の新聞で深刻な議論を起こした。

続いて彼の着実な文学的成長が何年も続いた。一八七二年に書かれた『苦難をしのびて』は、『無邪気者達』に匹敵するほどの成功を収め、前作同様、輝かしい様々な描写にあふれ、個人的経験をユーモアを交えて語ったものだ。一方、『金メッキ時代』は、チャールズ・ダドリー・ウォーナーとの共作として同年に制作され、ユーモア作家は哲学者に成長し始めた。『トム・ソーヤ』は一八七六年に出て、少年の本質を扱う信頼できる手引きになっているし、続編の『ハックルベリー・フィン』は、九年後に出版され、同じテーマに関する高度な論文であるだけでなく、無教育の少年と大人の、人間としての魂の動きを追った、とても感動的な研究だ。一八八二年の『王子と乞食』、一八九〇年の『アーサー王宮のコネチカット・ヤンキー』、最初は一八九三年から一八九四年にかけて逐次出版された『間抜けのウィルソン』は、網羅的で強い感情をもって迫ってくる。マーク・トウェインは笑いなしに読める本を一度も書いたことがないし、これからもおそらく書くことはないだろうが、それらの本のユーモアは付随的なものだった。彼のユーモアはリンカンのものと同様、制御できないもので、いたって厳粛な場面でも吹き出してしまう。だが、やはりリンカンのものと同じように、表面的には矛盾しているが、それと通じるものを持っている。しかし『ジャンヌ・ダルクに関する個人的回想』においてこそ、マーク・トウェインは極めて明確に人類の預言者となった。一八九四年から一八九五年にかけて匿名で逐次出版されたことで、その父親的愛情が全ページで目につくという特徴的な証拠があるにもかかわらず、著名な批評家の中にはその著者を別人だと見なす者もいた。ついにここに、永遠の作品が登場した――それは人間の心の大元に到達するものだ。次の世紀の飛行機や、今日の自動車、あるいは一〇〇年前の駅馬車の中にいた人々に届くように。

そして精神的成長と同様に、知識と文化も成長した。『無邪気者達』のマーク・トウェインは、鋭い視線を持ち、理解が早く、ヨーロッパのあらゆるものに新鮮で強い関心を示したが、「一体ルネサンスとは何だったのか」と、知らないことを素直に明言し、博識の学者で世界的人物へと成長し、地上に驚くべきものがほとんどない人物になっていた。一八九五年のマーク・トウェインは『無邪気者達、海外へ』を書くと考えられただろうが、それに必要な精神状態になるには幾分努力が必要だっただろう。だが、一八六九年のマーク・トウェインは『ジャンヌ・ダルク』を書けなかっただろうし、マヤ文明の絵文字も判読できなかっただろう。

一八七三年に一家はイングランドとスコットランドで数ヶ月を過ごし、クレメンズ氏はロンドンで二、三週間、講演を行った。一八七八年にはさらにヨーロッパ旅行を行った。

『徒歩旅行者、海外へ』はこの旅行の成果で、旅行は一八ヶ月間続いた。『王子と乞食』、『ミシシッピ河での生活』、『ハックルベリー・フィン』は、一八八二年、一八八三年、一八八五年とたて続けに出版された。ユーモア作家が今まで書いたものより、さらに面白いことは、ニューヨークの田舎の図書館員が、『ハックルベリー・フィン』の道徳的向上力はその時代のどの本よりも優れているが、不道徳すぎて書架に配架できない、と厳粛に申し立てたことだ。

この時期にはずっと幸運が続いており、マーク・トウェインは報道陣から文学界で経済的に成功した例として賞賛されることもあったし、無慈悲な妬みから、恵まれない友人のことを忘れた傲慢な百万長者と言われることもあった。しかし一連の不幸な投資が生涯の半分の厳しい労働の貯蓄を奪い始め、他の人による負債を負うこともあった。彼は一八八五年にニューヨークの出版社チャールズ・L・ウェブスター社に資金を提供した。この会社は最初素晴らしい成功を収めた。会社は『グラント将軍回想録』を手に入れ、六〇万冊以上売り上げた。グラントの相続人が受け取った最初の小切手は二〇万ドルであった。二、三ヶ月後には一五万ドルの小切手が届いた。大西洋の両側で一人の著者の作品に支払われた最高額の小切手である。クレメンズ氏は巨額の資金を植字機に投資したが、それは天才的人物による、見た人すべての想像力をとらえる魅力ある発明だった。それは完璧に動いたが、複雑で、商用には高価過ぎた。一八八六年から一八八九年まで大金を投資した後で、マーク・トウェインはその全投資が全くの損失だったと告白することになった。

さらに、利益を出す経営をしていると考えられていた出版社がうまく経営されていないことが分かり、入ってくる全収入を失った。マーク・トウェインは六万五〇〇〇ドルを会社の延命のために出したが、無駄であった。最終的に倒産した時には投資したすべてを吸い尽くしていただけでなく、九万六〇〇〇ドルの負債と、その三分の一以下の価値の流動資産が残った。彼が負債に対する法的責任を回避することは簡単にできたが、会社の信用は主に彼の名前によっていたので、彼はそれを支払うのが名誉だと感じた。一八九五年から九六年にかけて、マーク・トウェインは妻と二番目の娘を伴い、世界講演旅行を行い、『赤道に沿って』を書き、借財を完済した。

一八九七年、一八九八年、一八九九年を一家はイギリス、スイス、オーストリアで過ごした。一家はウィーンが特に気に入り、他の外国人ではめったに得られないような人気をあらゆる階層で得た。彼はその当時多くの歴史が作られるのを見た。彼にとっては幸運でもあった。例えば、オーストリア連邦議会に六〇人の警官が侵入し、頑固な議員が荒々しく引き出されるという、記憶に残る時に彼は議会にいた。議会政府の進歩におけるその重大な事件は彼に強い印象を与えた。

マーク・トウェインは骨の髄までアメリカ的な特徴を持っているが、アメリカでのみ受け入れられているわけではなく、英語圏の人々にのみ受け入れられているわけでもない。彼の作品は、フランス、ドイツ、ロシア、イタリア、スウェーデン、ノルウェー、ハンガリーで翻訳されるという試練を受け、それに耐えてきた。それは大作家の印となる普遍的特質を持っているという十分な証拠である。人間の性質に忠実であるもう一つの証拠は、戯曲化されやすいことだ。『金メッキ時代』、『トム・ソーヤ』、『王子と乞食』、『間抜けのウィルソン』の戯曲化は舞台で大いに成功した。

マーク・トウェインはその三八年の文学活動の間に、何世代にもわたる「アメリカのユーモア作家」達が登場し、突然有名になり、姿を消し、ほとんど記憶に残らないのを見てきた。彼らのようにはっきりと表現してこなかったのも、それにもかかわらず文学界における彼の立場が毎年確実になっていったのも、それは彼の「ユーモア」が彼らのものとは根本的に異なるからだ。それは否応なく笑いを生み出すものだが、その唯一の目的は人々を笑わせることではなかった。そのさらに重要な目的は人々に考えさせ、感じさせることだった。そして年を経るにつれてマーク・トウェイン自身の思想がより洗練され、彼自身の感情がより深く、感応的になった。苦悩する人々への共感、不正と抑圧に対する憎しみ、世界を人類が住めるよりよい場所にしたいという人々に対する熱意、そうしたものが生きることに関する知識の蓄積とともに成長した。これこそマーク・トウェインが、自国だけでなく、人間の持つ共通の喜びと悲しみについて読んで考える国民がいるすべての国で、古典になった理由である。

監訳者あとがき

人には執念というものがある。正確には、執念というものを持つ人がいる。何かを強烈に思い続けることだろう。その強さと期間の長短に違いがあるとしても、おそらく誰しもそうした思いを持っているのではないか。

マーク・トウェインと名乗った男は、死の間際まで稀に見る執念を持ち、その執念を文章に著した。それが『自伝完全版全三巻』である。彼が残した自伝的書き物は彼の執念の表現そのものだ。

彼が執着したことは何だったろうか。『自伝完全版全三巻』に繰り返し述べられているように、娘ジーン・クレメンズに財産を残すことだったかもしれない。クレアラには残す必要はなかったのだろう。

だが、おそらく彼を突き動かしていた最大の要因は「マーク・トウェイン」という名前だったのではないか。マーク・トウェインならばこのようなことを書くだろう、マーク・トウェインならば何か大きな作品を書き残すだろう、そうした期待、あるいはそうした信頼を抱いた読者は少なくない。そうした読者は今日まで、あるいは今後も存在する。

マーク・トウェインの執念は、正しいとか、理性的だ、納得できるものだ、というものではない。むしろその逆で、正しくもないし、一貫性も見られない。生の塊であり、不可解で不格好な存在だ。

ただ、その強力なエネルギーが読者を引き付け、同時に反発を感じさせ、楽しませ、また同時に困惑させてきた。その不格好な生の塊を執念と呼ぶとすれば、彼の塊は強烈なものを発散し続けている。

この三巻の翻訳中、トウェインの執念に圧倒されてしまうことが何度もあった。翻訳者として彼と話をしている最中に、こちらの意識がなくなってしまう感覚が何度かあった。それはトウェインの責任ではなく、彼の生のエネルギーにこちらが負けてしまったことを意味する。

だが、それこそが彼の生き方だったのだろう。周囲の者を圧するだけの力を秘めながら生きていたに違いない。そして彼が書き残したものには、その力が今でも込められている。

思いもよらない誤解から翻訳の間違いや誤謬があると考える。すべて監訳者の責任である。浅学を恥じるばかりだ。『第一巻』を読み始め、訳し始めた時から貴重な助言をいただいてきた、関西マーク・トウェインの会の学兄に心より感謝申し上げる。特に、鬼籍に入られたが、永原誠先生、那須頼雅先生にはあらゆる点で感謝している。常松正雄先生と市川博彬先生には今日でも貴重なご助言をいただいている。今回の共訳を引き受けてくださった山本祐子先生にもあらためて感謝申し上げる。

今回も柏書房の富澤凡子社長と編集の八木志朗氏には心より感謝申し上げる。

これで少しは彼の生の執念に近づけただろうか。自信はないが、全く負けたとは思っていない。次に彼と取っ組み合う権利を得たと考えている。また戦いたい。その時まで、一時別れを告げる。

監訳者　和栗 了

二〇一八年六月

省略一覧

『インディアン』 *Huck Finn and Tom Sawyer Among the Indians*
『トウェイン自伝』（ペイン版） *Mark Twain's Autobiography*
『トウェイン伝記』（ペイン版） *Mark Twain: A Biography*
『ナイダー版自伝』 *The Autobiography of Mark Twain, Including Chapters Now Published for the First Time*
『デヴォート版自伝』 *Mark Twain in Eruption*
『ビジネス』 *Mark Twain, Business Man*
『諷刺とバーレスク集』 *Mark Twain's Satires and Burlesques*
『書簡集第一巻』 *Mark Twain's Letters, Volume 1: 1853-1866*
『書簡集第二巻』 *Mark Twain's Letters, Volume 2: 1867-1868*
『書簡集第三巻』 *Mark Twain's Letters, Volume 3: 1869*
『書簡集第四巻』 *Mark Twain's Letters, Volume 4: 1870-1871*
『書簡集第五巻』 *Mark Twain's Letters, Volume 5: 1872-1873*
『書簡集第六巻』 *Mark Twain's Letters, Volume 6: 1874-1875*
『書簡集一八七六年から一八八〇年』 *Mark Twain's Letters, 1876-1880*
『トウェイン・ハウエルズ書簡集』 *Mark Twain—Howells Letters*
『トウェイン・ロジャーズ書簡集』 *Mark Twain's Correspondence with Henry Huttleston Rogers*
『備忘録第一巻』 *Mark Twain's Notebooks & Journals, Volume 1*（1855-1873）
『備忘録第二巻』 *Mark Twain's Notebooks & Journals, Volume 2*（1877-1883）
『備忘録第三巻』 *Mark Twain's Notebooks & Journals, Volume 3*（1883-1891）

Vyver, Bertha. 1930. *Memoirs of Marie Corelli.* London: Alston Rivers.
Walk Portsmouth. 2011. "Aldrich House." http://walkportsmouth.blogspot.com/2011/08/aldrich-house.html. Accessed 6 August 2013.
Wallace, Elizabeth.
1913. *Mark Twain and the Happy Island.* Chicago: A. C. McClurg and Co.
1952. *The Unending Journey.* Minneapolis: University of Minnesota Press.
Ward, Edwin A. 1923. *Recollections of a Savage.* London: Herbert Jenkins.
Warner, Charles Dudley. 1875. "Samuel Langhorne Clemens." In Duyckinck and Duyckinck, 2:951–55.
Washburn, Henry Bradford. 1908. "Shall We Hunt and Fish? The Confessions of a Sentimentalist." *Atlantic Monthly* 101 (May): 672–79.
Watson, Robert P. 2012. *Affairs of State: The Untold History of Presidential Love, Sex, and Scandal, 1789–1900.* Lanham, Md.: Rowman and Littlefield Publishers.
Weaver, John D. 1970. *The Brownsville Raid.* New York: W. W. Norton and Co.
Weaver, Thomas S. 1901. *Historical Sketch of the Police Service of Hartford from 1636 to 1901.* Hartford: Hartford Police Mutual Aid Association.
Wecter, Dixon. 1952. *Sam Clemens of Hannibal.* Boston: Houghton Mifflin Company, Riverside Press.
Westchester Census. 1920. *Population Schedules of the Fourteenth Census of the United States, 1920. Roll T625. New York: Westchester County, Village of Dobbs Ferry.* Photocopy in CU-MARK.
Whitaker, Robert Sanderson. 1907. *Whitaker of Hesley Hall, Grayshott Hall, Pylewell Park, and Palermo.* London: Mitchell Hughes and Clarke.
White, Barbara A. 2003. *The Beecher Sisters.* New Haven: Yale University Press.
White, Edgar. 1924. "The Old Home Town." *Mentor* 12 (May): 51–53.
White, Thomas H. 2012. "United States Early Radio History: Arc-Transmitter Development (1904–1928)." http://earlyradiohistory.us/sec009.htm. Accessed 10 September 2012.
Willard, Frances E., and Mary A. Livermore, eds. 1893. *A Woman of the Century: Fourteen Hundred-Seventy Biographical Sketches Accompanied by Portraits of Leading American Women in All Walks of Life.* Buffalo: Charles Wells Moulton.
Williams, Henry. 1922. *In the Clutch of Circumstance: My Own Story, by a Burglar.* New York: D. Appleton and Co.
WIM. 1973. *What Is Man? And Other Philosophical Writings.* Edited by Paul Baender. The Works of Mark Twain. Berkeley: University of California Press.
Woolf, Samuel Johnson. 1910. "Painting the Portrait of Mark Twain." *Collier's: The National Weekly,* 14 May, 42–44.
Worcester, Elwood, Samuel McComb, and Isador H. Coriat. 1908. *Religion and Medicine: The Moral Control of Nervous Disorders.* New York: Moffat, Yard and Co.
Wordsworth, William. 1815. *Poems: Including Lyrical Ballads, and the Miscellaneous Pieces of the Author.* 2 vols. London: n.p.
Wright, Thomas, ed. 1848. *Early Travels in Palestine.* Bohn's Antiquarian Library. London: Henry G. Bohn. SLC copy in CU-MARK.
WU-MU. Madison Memorial Union Library, University of Wisconsin, Madison.
Young, Alan R. 2007. *"Punch" and Shakespeare in the Victorian Era.* Oxford: Peter Lang.
Zwick, Jim. 1992. *Mark Twain's Weapons of Satire: Anti-Imperialist Writings on the Philippine-American War.* Syracuse: Syracuse University Press.

Edited by John C. Gerber, Paul Baender, and Terry Firkins. The Works of Mark Twain. Berkeley and Los Angeles: University of California Press.

Tuolumne Census.

1880. *Population Schedules of the Tenth Census of the United States, 1880. Roll T9. California: Tuolumne County.* Photocopy in CU-MARK.

1930. *Population Schedules of the Fifteenth Census of the United States, 1930. Roll T626. California: Tuolumne County.* Photocopy in CU-MARK.

Turner, Arlin. 1956. *George Washington Cable: A Biography.* Durham, N.C.: Duke University Press.

Tuxedo Census. 1910. *Population Schedules of the Thirteenth Census of the United States, 1910. Roll T624. New York: Orange County, Tuxedo Township.* Photocopy in CU-MARK.

Twichell, Joseph H. 1874–1916. "Personal Journal." MS of twelve volumes, Joseph H. Twichell Collection, CtY-BR.

TxU-Hu. Harry Ransom Humanities Research Center, University of Texas, Austin.

University of Chicago Library. 2006. "Guide to the Elizabeth Wallace Papers, 1913– 1955." Chicago: University of Chicago Library.

U.S., Adjutant General Military Records. 1631–1976. *U.S., Adjutant General Military Records, 1631–1976* [online database]. http://ancestry.com. Accessed 9 September 2013.

U.S. Bureau of Navigation. 1908. *Annual Report of the Chief of the Bureau of Navigation to the Secretary of the Navy.* Washington: Government Printing Office.

U.S. Congress.

1902. *Proceedings and Conclusions of the Committee Appointed . . . to Consider the Advisability of Adopting the "Post-Check."* Washington: Government Printing Office.

1906. *Post-Check Bill (H.R. 7053) and Postal Notes: Hearings before the Committee on the Post-Office and Post-Roads of the House of Representatives, Fifty-ninth Congress.* Washington: Government Printing Office.

U.S. Department of the Treasury. 2013. "History of 'In God We Trust.'" http://treasury .gov/about/education/Pages/in-god-we-trust.aspx. Accessed 2 May 2013.

U.S. National Archives and Records Administration. 1795–1925. *U.S. Passport Applications, 1795–1925* [online database]. http://ancestry.com. Accessed 26 March 2014.

Uzawa, Yoshiko. 2006. "'Will White Man and Yellow Man Ever Mix?': Wallace Irwin, Hashimura Togo, and the Japanese Immigrant in America." *Japanese Journal of American Studies* 17 (2006): 201–19.

van Dyke, Henry. 1907. "Some Remarks on Gulls." *Scribner's Magazine* 42 (August): 129–42.

van Eeden, Frederick. 1909. "Curing by Suggestion." *The World's Work* 18 (September): 11993–99.

Vermont Vital Records. 1760–1954. *Vermont Vital Records, 1760–1954* [online database]. https://familysearch.org. Accessed 4 December 2012.

Villanueva, Jari. 2014. "An Excerpt from Twenty-Four Notes That Tap Deep Emotions: The Story of America's Most Famous Bugle Call." http://tapsbugler.com/ an-excerpt-from-twenty-four-notes-that-tap-deep-emotions-the-story-of-americas-most-famous-bugle-call. Accessed 11 February 2014.

ViU. University of Virginia, Charlottesville.

VtMiM. Middlebury College, Middlebury, Vt.

2010b. "Excerpt from 'The Autobiography of Mark Twain.'" *Newsweek,* 9 August, 41.

Smith College Alumnae Association. 1911. *Catalog of Officers, Graduates and Nongraduates of Smith College, Northampton, Mass., 1875–1910.* N.p.: Alumnae Association of Smith College.

Spalding, J.A., comp. 1891. *Illustrated Popular Biography of Connecticut.* Hartford: J. A. Spalding.

Stanley, Henry Morton. 1909. *The Autobiography of Sir Henry Morton Stanley.* Edited by Dorothy Stanley. Boston: Houghton Mifflin Company.

"Statement of Disbursements." 1909. "Statement of Disbursements, etc., as made by Miss Lyon, as shown by Expert Accountant's Report." TS of seven leaves, CU-MARK.

StEdNL. National Library of Scotland, Edinburgh [formerly UkENL].

Stern, Madeleine B. 1947. "Trial by Gotham 1870: The Career of Abby Sage Richardson." *New York History* 28 (July): 271–87.

Stevens, Horace J., comp. 1908. *The Copper Handbook: A Manual of the Copper Industry of the World, Vol. VIII.* Houghton, Mich.: Horace J. Stevens.

Stewart, Jeffrey C. 1993. "A Black Aesthete at Oxford." *Massachusetts Review* 34 (Autumn): 411–28.

Stoker, David. 1995. "'Innumerable Letters of Good Consequence in History': The Discovery and First Publication of the Paston Letters." *Library* 17 (June): 107–55.

Stoneley, Peter. 1992. *Mark Twain and the Feminine Aesthetic.* Cambridge: Cambridge University Press.

Suetonius Tranquillus, C. 1876. *The Lives of the Twelve Caesars. By C. Suetonius Tranquillus; to Which Are Added, His Lives of the Grammarians, Rhetoricians, and Poets.* Translated by Alexander Thomson. Revised and corrected by T. Forester. Bohn's Classical Library. London: George Bell and Sons. SLC copy in CU-MARK.

Syracuse University Library. 2013. "Biographical History," Purnell Frederick Harrington Collection. http://library.syr.edu/digital/guides/h/harrington_pf.htm#d2e88. Accessed 9 September 2013.

Taylor, Bayard. 1997. *Selected Letters of Bayard Taylor.* Edited by Paul C. Wermuth. Lewisburg, Pa.: Bucknell University Press.

Taylor, William Harrison. 1912. *Legislative History and Souvenir of Connecticut, Vol. VIII, 1911–1912.* Hartford: William Harrison Taylor.

Texas Ranger Hall of Fame and Museum. 2013. "William Jesse McDonald." http:// www.texasranger.org/halloffame/McDonald_Jesse.htm. Accessed 16 October 2013.

Thomasson, Kermon. 1985. "Mark Twain and His Dunker Friend." *Messenger* 134 (October): 16–21.

Thompson, John M. 2011. "Theodore Roosevelt and the Press." In Ricard 2011, 216–36.

Thompson, Paul. 1909. "A Day with Mark Twain." *Burr McIntosh Monthly* 18 (March): unnumbered pages.

Todd, Charles Burr. 1906. *The History of Redding, Connecticut.* New York: Grafton Press.

Trani, Eugene P., and Donald E. Davis. 2011. "The End of an Era: Theodore Roosevelt and the Treaty of Portsmouth." In Ricard 2011, 368–90.

Trombley, Laura Skandera. 2010. *Mark Twain's Other Woman: The Hidden Story of His Final Years.* New York: Alfred A. Knopf.

TS. Typescript.

TS. 1980. *The Adventures of Tom Sawyer; Tom Sawyer Abroad; and Tom Sawyer, Detective.*

1902. "In Dim and Fitful Visions They Flit Across the Distances." MS of eleven leaves, written on 18 August, CU-MARK.

1905a. "The Czar's Soliloquy." *North American Review* 180 (March): 321–26.

1905b. "A Horse's Tale." Manuscript of 174 leaves, written in September, NN-BGC.

1905c. "John Hay and the Ballads." Letter to the editor dated 3 October. *Harper's Weekly* 49 (21 October): 1530.

1906a. *What Is Man?* New York: De Vinne Press.

1906b. "Carl Schurz, Pilot." *Harper's Weekly* 50 (26 May): 727.

1906c. "A Horse's Tale." *Harper's Monthly Magazine* 113 (August–September): 327–42, 539–49.

1907. *A Horse's Tale.* Illustrated by Lucius Hitchcock. New York: Harper and Brothers.

1907–8. "Extract from Captain Stormfield's Visit to Heaven." *Harper's Monthly Magazine* 116 (December 1907): 41–49; (January 1908): 266–76.

1908. "The Great Alliance." MS of twenty-nine leaves, written on 16 January, CU-MARK.

1909a. *Is Shakespeare Dead? From My Autobiography.* New York: Harper and Brothers.

1909b. "The New Planet." MS of four leaves, written on 4 January, CU-MARK.

1909c. "The New Planet." *Harper's Weekly* 53 (30 January): 13.

1909d. "A Capable Humorist." *Harper's Weekly* 53 (20 February): 13.

1909e. "Last Will and Testament of Samuel L. Clemens. Dated August 17th, 1909." Typescript of eight leaves, witnessed by Albert Bigelow Paine, Harry A. Lounsbury, and Charles T. Lark. Original on file at Probate Court, District of Redding, Redding, Connecticut, photocopy in CU-MARK.

1911. "The Death of Jean." *Harper's Monthly Magazine* 122 (January): 210–15.

1923a. *Europe and Elsewhere.* With an introduction by Albert Bigelow Paine and an appreciation by Brander Matthews. New York: Harper and Brothers.

1923b. *Mark Twain's Speeches.* With an introduction by Albert Bigelow Paine and an appreciation by William Dean Howells. New York and London: Harper and Brothers.

1962. *Mark Twain: Letters from the Earth.* Edited by Bernard DeVoto, with a preface by Henry Nash Smith. New York: Harper and Row.

1981. *Wapping Alice: Printed for the First Time, Together with Three Factual Letters to Olivia Clemens; Another Story, the McWilliamses and the Burglar Alarm; and Revelatory Portions of the Autobiographical Dictation of April 10, 1907.* With an introduction and afterword by Hamlin Hill. Berkeley: Friends of The Bancroft Library.

1996. *1601, and Is Shakespeare Dead?* Foreword by Shelley Fisher Fishkin. Introduction by Erica Jong. Afterword by Leslie A. Fiedler. The Oxford Mark Twain. New York: Oxford University Press.

2004. *Mark Twain's Helpful Hints for Good Living: A Handbook for the Damned Human Race.* Edited by Lin Salamo, Victor Fischer, and Michael B. Frank. Berkeley and Los Angeles: University of California Press.

2009. *Who Is Mark Twain?* Edited, with a note on the text, by Robert H. Hirst. New York: HarperStudio.

2010a. *Mark Twain's Book of Animals.* Edited by Shelley Fisher Fishkin. Berkeley and Los Angeles: University of California Press.

1868b. "General Spinner as a Religious Enthusiast." Cincinnati *Evening Chronicle,* 13 March, 3.

1869a. *The Innocents Abroad; or, The New Pilgrims' Progress.* Hartford: American Publishing Company.

1869b. "The White House Funeral." Written on 7 March for the New York *Tribune,* but not published. One sheet of *Tribune* galley proof, CU-MARK. Published in *L3,* 458–66.

1873a. "The Man of Mark Ready to Bring Over the O'Shah." Letter dated 18 June. New York *Herald,* 1 July, 3. Reprinted in SLC 1923a, 31–46.

1873b. "Mark Twain Executes His Contract and Delivers the Persian in London." Letter dated 19 June. New York *Herald,* 4 July, 5. Reprinted in SLC 1923a, 46–57.

1873c. "Mark Twain Takes Another Contract." Letter dated 21 June. New York *Herald,* 9 July, 3. Reprinted in SLC 1923a, 57–69.

1873d. "Mark Twain Hooks the Persian out of the English Channel." Letter dated 26 June. New York *Herald,* 11 July, 3. Reprinted in SLC 1923a, 69–78.

1873e. "Mark Twain Gives the Royal Persian a 'Send-Off.'" Letter dated 30 June. New York *Herald,* 19 July, 5. Reprinted in SLC 1923a, 78–86.

1876. *The Adventures of Tom Sawyer.* Hartford: American Publishing Company.

1877–78. "Some Rambling Notes of an Idle Excursion." *Atlantic Monthly* 40 (October–December 1877): 443–47, 586–92, 718–24; *Atlantic Monthly* 41 (January 1878): 12–19.

1880. *A Tramp Abroad.* Hartford: American Publishing Company.

1885a. *Adventures of Huckleberry Finn.* New York: Charles L. Webster and Co.

1885b. "The Private History of a Campaign That Failed." *Century Magazine* 31 (December): 193–204. Reprinted in Budd 1992a, 863–82.

1889. *A Connecticut Yankee in King Arthur's Court.* New York: Charles L. Webster and Co.

1890. "Concerning the Scoundrel Edward H. House." MS of fifty-two leaves, CU-MARK.

1891. "Mental Telegraphy." *Harper's New Monthly Magazine* 84 (December): 95–104.

1892. *The American Claimant.* New York: Charles L. Webster and Co.

1896–1906. "Memorial to Susy." MS of 104 leaves, various drafts and parts, CU-MARK.

1897a. *Following the Equator: A Journey around the World.* Hartford: American Publishing Company.

1897b. *More Tramps Abroad.* London: Chatto and Windus.

1898a. "Stirring Times in Austria." *Harper's New Monthly Magazine* 96 (March): 530–40.

1898b. "Broken Idols." MS of eleven leaves, written on 18 August, CU-MARK.

1899. "Diplomatic Pay and Clothes." *Forum* 27 (March): 24–32. Reprinted in Budd 1992b, 344–53.

1901a. *To the Person Sitting in Darkness.* New York: Anti-Imperialist League of New York.

1901b. "To the Person Sitting in Darkness." *North American Review* 172 (February): 161–76. Reprinted in Zwick 1992, 22–39.

1901c. "To My Missionary Critics." *North American Review* 172 (April): 520–34.

disputedmillets.html. Accessed 5 December 2005.
2008. "Chronology of Known Mark Twain Speeches, Public Readings, and Lectures." http://www.twainquotes.com/SpeechIndex.html. Accessed 24 October 2008.
2009. "Mark Twain's Angel-Fish Roster and Other Young Women of Interest." http://www.twainquotes.com/angelfish/angelfish.html. Accessed 20 May 2009.
2010. "A History of and Guide to Uniform Editions of Mark Twain's Works." http://www.twainquotes.com/UniformEds/toc.html. Accessed 19 November 2010.
2013a. "Mark Twain and Elinor Glyn." http://www.twainquotes.com/interviews/ElinorGlynInterview.html. Accessed 31 January 2013.
2013b. "Mark Twain's Last Butler: Claude Joseph Beuchotte." http://www.twain quotes.com/beuchotte.html. Accessed 10 September 2013.
2014. "Mark Twain on Czars, Siberia and the Russian Revolution." http://www.twainquotes.com/Revolution/revolution.html. Accessed 1 April 2014.

Schoenbaum, S. 1991. *Shakespeare's Lives.* New ed. Oxford: Clarendon Press.

Scotland Census. 1901. *Scotland Census. Lanarkshire: Govan* [online database]. http://ancestry.com. Accessed 20 March 2014.

Scott, Arthur L. 1966. *On the Poetry of Mark Twain, with Selections from His Verse.* Urbana: University of Illinois Press.

Scott, James Brown. 1907. "Editorial Comment: The National Arbitration and Peace Conference at New York." *American Journal of International Law* 1 (July): 727–29.

Searle, William. 1976. *The Saint and the Skeptics: Joan of Arc in the Work of Mark Twain, Anatole France, and Bernard Shaw.* Detroit: Wayne State University Press.

Shapiro, James, ed. 2014. *Shakespeare in America: An Anthology from the Revolution to Now.* The Library of America. New York: Literary Classics of the United States.

Shelden, Michael. 2010. *Mark Twain, Man in White: The Grand Adventure of His Final Years.* New York: Random House.

SLC (Samuel Langhorne Clemens).
1865. "Jim Smiley and His Jumping Frog." New York *Saturday Press* 4 (18 November): 248–49. Reprinted in *ET&S2,* 282–88.
1867a. *The Celebrated Jumping Frog of Calaveras County, and Other Sketches.* Edited by John Paul. New York: C. H. Webb.
1867b. *The Celebrated Jumping Frog of Calaveras County, and Other Sketches.* Edited by John Paul. London: George Routledge and Sons.
1867c. "Female Suffrage. Views of Mark Twain." St. Louis *Missouri Democrat,* 12 March, 4, clipping in Scrapbook 1:64, CU-MARK. Reprinted in Budd 1992a, 214–16.
1867d. "Female Suffrage. A Volley from the Down-Trodden." St. Louis *Missouri Democrat,* 13 March, 4, clipping in Scrapbook 1:64, CU-MARK. Reprinted in Budd 1992a, 216–19.
1867e. "Female Suffrage. The Iniquitous Crusade Against Man's Regal Birthright Must Be Crushed." St. Louis *Missouri Democrat,* 15 March, 4, clipping in Scrapbook 1:65–66, CU-MARK. Reprinted in Budd 1992a, 219–23.
1867f. "Female Suffrage." New York *Sunday Mercury,*7 April, 3. Reprinted in Budd 1992a, 224–27.
1868a. "An Important Question Settled." Letter dated 4 March. Cincinnati *Evening Chronicle,* 9 March, unknown page.

Richmond Census. 1880. *Population Schedules of the Tenth Census of the United States, 1880. Roll T9. New York: Richmond County.* Photocopy in CU-MARK.

Riedi, Eliza. 2002. "Women, Gender, and the Promotion of Empire: The Victoria League, 1901–1914." *The Historical Journal* 45 (2002): 569–99.

Roberts, Brian. 1969. *Cecil Rhodes and the Princess.* London: Hamish Hamilton.

Rockefeller University. 2013. "The First Effective Therapy for Meningococcal Meningitis." http://centennial.rucares.org/index.php?page=Meningitis. Accessed 25 January 2013.

Rockey, J. L., ed. 1892. *History of New Haven County, Connecticut.* 2 vols. New York: W. W. Preston and Co.

Roosevelt, Theodore.

1893a. *Hunting the Grisly and Other Sketches.* New York: G. P. Putnam's Sons.

1893b. *The Wilderness Hunter.* New York: G. P. Putnam's Sons.

1905. *Outdoor Pastimes of an American Hunter.* New York: Charles Scribner's Sons.

1907. "'Nature Fakers.'" *Everybody's Magazine* 17 (September): 427–30.

1908. *The Roosevelt Policy: Speeches, Letters and State Papers, Relating to Corporate Wealth and Closely Allied Topics, of Theodore Roosevelt.* With an introduction by Andrew Carnegie. 2 vols. New York: Current Literature Publishing Company.

1922. *Theodore Roosevelt: An Autobiography.* New York: Charles Scribner's Sons.

Rose, Roger G. 1988. "Woodcarver F.N. Otremba and the Kamehameha Statue." *Hawaiian Journal of History* 22 (1988): 131–46.

RPB-JH. Brown University, John Hay Library of Rare Books and Special Collections, Providence, R.I.

Rubin, Louis D., Jr. 1969. *George W. Cable: The Life and Times of a Southern Heretic.* New York: Pegasus.

Rugoff, Milton. 1981. *The Beechers: An American Family in the Nineteenth Century.* New York: Harper and Row.

Russia Culture. 2012. "Maj Arthur I. Cherep-Spiridovich." http://www.findagrave.com/ cgi-bin/fg.cgi?page=gr&GRid=99180758. Accessed 4 December 2012.

Ryan, Deborah Sugg. 2007. "'Pageantitis': Frank Lascelles' 1907 Oxford Historical Pageant, Visual Spectacle and Popular Memory." *Visual Culture in Britain* 8 (2007): 63–82.

Saint-Gaudens, Homer, ed. 1913. *The Reminiscences of Augustus Saint-Gaudens.* 2 vols. New York: The Century Company.

Salem Census. 1900. *Population Schedules of the Twelfth Census of the United States, 1900. Roll T623. Massachusetts: Essex County, Salem Township.* Photocopy in CU-MARK.

Salm. Collection of Peter A. Salm.

Salsbury, Edith Colgate, ed. 1965. *Susy and Mark Twain: Family Dialogues.* New York: Harper and Row.

San Francisco Census. 1900. *Population Schedules of the Twelfth Census of the United States, 1900. Roll T623. California: San Francisco.* Photocopy in CU-MARK.

Saunders, Hortense. 1925. "Says Mark Twain's Private Secretary: 'I Was Afraid to Laugh at His Jokes.'" Elmira *Star Gazette,* 27 December, clipping in Scrapbook 145:55, NElmHi.

Scharnhorst, Gary, ed.

2006. *Mark Twain: The Complete Interviews.* Tuscaloosa: University of Alabama Press.

2010. *Twain in His Own Time.* Iowa City: University of Iowa Press.

Schmidt, Barbara.

2005. "A Strange Case of the Disputed Millets." http://www.twainquotes.com/

Post, C. W. 1898. "Postal Currency." *North American Review* 167 (December): 628–30.
Post, Emily. 1911. "Tuxedo Park: An American Rural Community." *Century Magazine* 82 (October): 795–805.
Potter, Ambrose George. 1929. *A Bibliography of the Rubáiyát of Omar Khayyám, Together with Kindred Matter in Prose and Verse Pertaining Thereto.* London: Ingpen and Grant.
Poulton, Helen J. 1966. *Index to History of Nevada.* Reno: University of Nevada Press.
"Power of Attorney." 1907. "Power of Attorney. S. L. Clemens to S. V. Lyon." Record copy dated 7 May 1907, CU-MARK. Published in Trombley 2010, 136.
Pratt and Whitney. 2014. "History." http://prattandwhitney.com/Content/History. asp. Accessed 6 May 2014.
Prime, Samuel Irenaeus. 1875. *The Life of Samuel F. B. Morse, LL.D., Inventor of the Electro-Magnetic Recording Telegraph.* New York: D. Appleton and Co.
Pringle, Henry F. 1956. *Theodore Roosevelt: A Biography.* New York: Harcourt, Brace and World.
Pullman, John S. 1916. "Obituary Sketch of Stiles Judson." In *Cases Argued and Determined in the Supreme Court of Errors of the State of Connecticut, December, 1914– December, 1915,* 722–23. Edited by James P. Andrews. New York: Banks Law Publishing Company.
Quarstein, John V., and Julia Steere Clevenger. 2009. *Old Point Comfort Resort: Hospitality, Health and History on Virginia's Chesapeake Bay.* Charleston, S.C.: History Press.
Quick, Dorothy. 1961. *Enchantment: A Little Girl's Friendship with Mark Twain.* Norman: University of Oklahoma Press.
Rafferty, Jennifer L. 1996. "'The Lyon of St. Mark': A Reconsideration of Isabel Lyon's Relationship to Mark Twain." *Mark Twain Journal* 34 (Fall): 43–55.
Ranson, Edward. 1965–66. "Nelson A. Miles as Commanding General, 1895–1903." *Military Affairs* 29 (Winter): 179–200.
Rasmussen, R. Kent. 2007. *Critical Companion to Mark Twain: A Literary Reference to His Life and Work.* 2 vols. New York: Facts on File.
Redding Census.
1900. *Population Schedules of the Twelfth Census of the United States, 1900. Roll T623. Connecticut: Fairfield County, Redding Township.* Photocopy in CU-MARK.
1910. *Population Schedules of the Thirteenth Census of the United States, 1910. Roll T624. Connecticut: Fairfield County, Redding Township.* Photocopy in CU-MARK.
Rhodes Trust. 2013. "History of the Rhodes Trust." http://www.rhodeshouse.ox.ac.uk/rhodes-trust/history. Accessed 7 February 2013.
RI 1993. 1993. *Roughing It.* Edited by Harriet Elinor Smith, Edgar Marquess Branch, Lin Salamo, and Robert Pack Browning. The Works of Mark Twain. Berkeley and Los Angeles: University of California Press. [This edition supersedes the one published in 1972.]
Ricard, Serge, ed. 2011. *A Companion to Theodore Roosevelt.* Chichester, West Sussex: Wiley-Blackwell.
Rice, Alice Hegan.
1909. *Mr. Opp.* New York: The Century Company.
1940. *The Inky Way.* New York: D. Appleton-Century Company.
Richards, Jeffrey. 2005. *Sir Henry Irving: A Victorian Actor and His World.* London: Hambledon and London.

and Archives Division." http://archives.nypl.org/mss/838. Accessed 18 December 2013.

Nickerson, Matthew. 2012. "How the Fourth Became a Day of Celebration Rather than a Day of Carnage." Chicago *Tribune,* 1 July, 25.

NjWoE. Rutgers, The State University of New Jersey, Thomas A. Edison Papers Project.

NN-BGC. New York Public Library, Albert A. and Henry W. Berg Collection, New York, N.Y.

NNC. Columbia University, New York, N.Y.

NNPM. Pierpont Morgan Library, New York, N.Y.

"Nook Farm Genealogy." 1974. TS by anonymous compiler, CtHSD.

Norton, Charles Eliot. 1913. *Letters of Charles Eliot Norton. With Biographical Comment by His Daughter Sara Norton and M. A. DeWolfe Howe.* 2 vols. Boston: Houghton Mifflin Company.

NPV. Vassar College, Poughkeepsie, N.Y.

NYC Circa. 2011. "Bryant Park Place." http://nyccirca.blogspot.com/2011/07/virtually-every-building-in-new-york.html. Accessed 16 May 2013.

Ober, Karl Patrick. 2011. "Mark Twain's 'Watermelon Cure.'" *Journal of Alternative and Complementary Medicine* 17 (October): 877–80.

OC. Orion Clemens.

O'Connor, Richard. 1963. *Courtroom Warrior: The Combative Career of William Travers Jerome.* Boston: Little, Brown and Co.

O'Connor, T. P. 1907. "Mark Twain." *P.T.O.* 2 (29 June): 801–2.

OLC. Olivia (Livy) Langdon Clemens.

OLL. Olivia (Livy) Louise Langdon.

Oxford Census. 1900. *Population Schedules of the Twelfth Census of the United States, 1900. Roll T623. Maine: Oxford County, Lovell Township.* Photocopy in CU-MARK.

Oxford Historical Pageant. 1907. *The Oxford Historical Pageant. In Aid of the Radcliffe Infirmary, Oxford Eye Hospital, &c.* 2d ed. Oxford: n.p.

Oxford University Press. 2013. "A Short History of Oxford University Press." http:// global.oup.com/about/oup_history/?cc=us. Accessed 7 January 2013.

Page, Walter Hines. 1908. "The Archbold-Foraker Letters." *The World's Work* 17 (November): 10851–55.

Paine, Albert Bigelow.

1909. *Captain Bill McDonald, Texas Ranger: A Story of Frontier Reform.* New York: J. J. Little and Ives Company.

1910. *The Ship-Dwellers: A Story of a Happy Cruise.* New York: Harper and Brothers.

PAM. Pamela Ann Moffett.

Peck, Harry Thurston, et al., eds. 1899. *Masterpieces of Ancient and Modern Literature.* 20 vols. N.p.

Penry, Tara. 2010. "The Chinese in Bret Harte's *Overland:* A Context for Truthful James." *American Literary Realism* 43 (Fall): 74–82.

Pettit, Arthur G.

1970. "Merely Fluid Prejudice: Mark Twain, Southerner, and the Negro." Ph.D. diss., University of California, Berkeley.

1974. *Mark Twain and the South.* Lexington: University Press of Kentucky.

Pond, James B. 1900. *Eccentricities of Genius: Memories of Famous Men and Women of the Platform and Stage.* New York: G. W. Dillingham Company.

November): 961–70. Galley proofs (NAR 6pf) at ViU.
NAR 7. 1906. “Chapters from My Autobiography.—VII. By Mark Twain.” *North American Review* 183 (7 December): 1089–95. Galley proofs (NAR 7pf) at ViU.
NAR 8. 1906. “Chapters from My Autobiography.—VIII. By Mark Twain.” *North American Review* 183 (21 December): 1217–24. Galley proofs (NAR 8pf) at ViU.
NAR 9. 1907. “Chapters from My Autobiography.—IX. By Mark Twain.” *North American Review* 184 (4 January): 1–14. Galley proofs (NAR 9pf) at ViU.
NAR 10. 1907. “Chapters from My Autobiography.—X. By Mark Twain.” *North American Review* 184 (18 January): 113–19. Galley proofs (NAR 10pf) at ViU.
NAR 11. 1907. “Chapters from My Autobiography.—XI. By Mark Twain.” *North American Review* 184 (1 February): 225–32. Galley proofs (NAR 11pf) at ViU.
NAR 12. 1907. “Chapters from My Autobiography.—XII. By Mark Twain.” *North American Review* 184 (15 February): 337–46. Galley proofs (NAR 12pf) at ViU.
NAR 13. 1907. “Chapters from My Autobiography.—XIII. By Mark Twain.” *North American Review* 184 (1 March): 449–63. Galley proofs (NAR 13pf) at ViU.
NAR 14. 1907. “Chapters from My Autobiography.—XIV. By Mark Twain.” *North American Review* 184 (15 March): 561–71.
NAR 15. 1907. “Chapters from My Autobiography.—XV. By Mark Twain.” *North American Review* 184 (5 April): 673–82. Galley proofs (NAR 15pf) at ViU.
NAR 16. 1907. “Chapters from My Autobiography.—XVI. By Mark Twain.” *North American Review* 184 (19 April): 785–93.
NAR 17. 1907. “Chapters from My Autobiography.—XVII. By Mark Twain.” *North American Review* 185 (3 May): 1–12. Galley proofs (NAR 17pf) at ViU.
NAR 18. 1907. “Chapters from My Autobiography.—XVIII. By Mark Twain.” *North American Review* 185 (17 May): 113–22.
NAR 19. 1907. “Chapters from My Autobiography.—XIX. By Mark Twain.” *North American Review* 185 (7 June): 241–51. Galley proofs (NAR 19pf) at ViU.
NAR 20. 1907. “Chapters from My Autobiography.—XX. By Mark Twain.” *North American Review* 185 (5 July): 465–74.
NAR 21. 1907. “Chapters from My Autobiography—XXI. By Mark Twain.” *North American Review* 185 (2 August): 689–98. Galley proofs (NAR 21pf) at ViU.
NAR 22. 1907. “Chapters from My Autobiography.—XXII. By Mark Twain.” *North American Review* 186 (September): 8–21.
NAR 23. 1907. “Chapters from My Autobiography.—XXIII. By Mark Twain.” *North American Review* 186 (October): 161–73.
NAR 24. 1907. “Chapters from My Autobiography.—XXIV. By Mark Twain.” *North American Review* 186 (November): 327–36. Galley proofs (NAR 24pf) at ViU.
NAR 25. 1907. “Chapters from My Autobiography.—XXV. By Mark Twain.” *North American Review* 186 (December): 481–94. Galley proofs (NAR 25pf) at ViU.
Nasaw, David. 2006. *Andrew Carnegie.* New York: Penguin Press.
NElmHi. Chemung County Historical Society, Elmira, N.Y.
New Haven Census. 1870. *Population Schedules of the Ninth Census of the United States, 1870. Roll M593. Connecticut: New Haven.* Photocopy in CU-MARK.
New York Passenger Lists. 1820–1957. *Passenger Lists of Vessels Arriving at New York, New York, 1820–1957* [online database]. http://ancestry.com. Accessed 6 August 2013.
New York Public Library. 2013. “Henry and Mary Anna Palmer Draper Papers, Manuscripts

1950. *American Journalism: A History of Newspapers in the United States through 260 Years, 1690 to 1950.* Rev. ed. New York: Macmillan Company.

1957. *A History of American Magazines, 1885–1905.* 2d printing [1st printing, 1938]. Cambridge: Belknap Press of Harvard University Press.

MS. Manuscript.

MTA. 1924. *Mark Twain's Autobiography.* Edited by Albert Bigelow Paine. 2 vols. New York: Harper and Brothers.

MTB. 1912. *Mark Twain: A Biography.* By Albert Bigelow Paine. 3 vols. New York: Harper and Brothers. [Volume numbers in citations are to this edition; page numbers are the same in all editions.]

MTE. 1940. *Mark Twain in Eruption.* Edited by Bernard DeVoto. New York: Harper and Brothers.

MTH. 1947. *Mark Twain and Hawaii.* By Walter Francis Frear. Chicago: Lakeside Press.

MTHL. 1960. *Mark Twain–Howells Letters.* Edited by Henry Nash Smith and William M. Gibson, with the assistance of Frederick Anderson. 2 vols. Cambridge: Belknap Press of Harvard University Press.

MTL. 1917. *Mark Twain's Letters.* Edited by Albert Bigelow Paine. 2 vols. New York: Harper and Brothers.

MTLP. 1967. *Mark Twain's Letters to His Publishers, 1867–1894.* Edited by Hamlin Hill. The Mark Twain Papers. Berkeley and Los Angeles: University of California Press.

MTPO. Mark Twain Project Online. Edited by the Mark Twain Project. Berkeley and Los Angeles: University of California Press. [Launched 1 November 2007.] http:// www.marktwainproject.org.

Murphy, Gary. 2011. "Theodore Roosevelt, Presidential Power and the Regulation of the Market." In Ricard 2011, 154–72.

N&J1. 1975. *Mark Twain's Notebooks & Journals, Volume 1 (1855–1873).* Edited by Frederick Anderson, Michael B. Frank, and Kenneth M. Sanderson. The Mark Twain Papers. Berkeley and Los Angeles: University of California Press.

N&J2. 1975. *Mark Twain's Notebooks & Journals, Volume 2 (1877–1883).* Edited by Frederick Anderson, Lin Salamo, and Bernard Stein. The Mark Twain Papers. Berkeley and Los Angeles: University of California Press.

N&J3. 1979. *Mark Twain's Notebooks & Journals, Volume 3 (1883–1891).* Edited by Robert Pack Browning, Michael B. Frank, and Lin Salamo. The Mark Twain Papers. Berkeley and Los Angeles: University of California Press.

NAR 1. 1906. "Chapters from My Autobiography.—I. By Mark Twain." *North American Review* 183 (7 September): 321–30. Galley proofs of the "Introduction" only (NAR 1pf) at ViU.

NAR 2. 1906. "Chapters from My Autobiography.—II. By Mark Twain." *North American Review* 183 (21 September): 449–60. Galley proofs (NAR 2pf) at ViU.

NAR 3. 1906. "Chapters from My Autobiography.—III. By Mark Twain." *North American Review* 183 (5 October): 577–89. Galley proofs (NAR 3pf) at ViU.

NAR 4. 1906. "Chapters from My Autobiography.—IV. By Mark Twain." *North American Review* 183 (19 October): 705–16. Galley proofs (NAR 4pf) at ViU.

NAR 5. 1906. "Chapters from My Autobiography.—V. By Mark Twain." *North American Review* 183 (2 November): 833–44. Galley proofs (NAR 5pf) at ViU.

NAR 6. 1906. "Chapters from My Autobiography.—VI." *North American Review* 183 (16

the Autograph Edition of the Writings of Mark Twain, v–xxxiii. Hartford: American Publishing Company. [The essay also appeared in later collected editions.]
Maynard, George W. 1912. "Francis Davis Millett—A Reminiscence." *Art and Progress* 3 (July): 653–54.
McElhinney, Mark G.
1922. "Under the Whispering Pines." *Dental Digest* 28 (June): 355–61.
1927. *Morning in the Marsh: Poems for Lovers of the Great Outdoors.* Ottawa: Graphic Publications.
McFeely, Deirdre. 2012. *Dion Boucicault: Irish Identity on Stage.* Cambridge: Cambridge University Press.
McKeithan, Daniel Morley. 1959. "Madame Laszowska Meets Mark Twain." *Texas Studies in Literature and Language* 1 (Spring): 62–65.
McLynn, Frank.
1989. *Stanley: The Making of an African Explorer.* London: Constable.
1991. *Stanley: Sorcerer's Apprentice.* London: Constable.
MEC. Mary E. (Mollie) Clemens.
Metcalf, Priscilla. 1980. *James Knowles: Victorian Editor and Architect.* Oxford: Clarendon Press.
MFai. Millicent Library, Fairhaven, Mass.
MH-H. Harvard University, Houghton Library, Cambridge, Mass.
MiD. Detroit Public Library, Detroit, Mich.
Miller, John J. 2012. "How Teddy Roosevelt Saved Football." New York *Post* online, posted 12 May 2011, updated 22 January 2012. http://nypost.com/2011/04/17/ how-teddy-roosevelt-saved-football/. Accessed 21 February 2014.
Miller, Tice L. 1981. *Bohemians and Critics: American Theatre Criticism in the Nineteenth Century.* Metuchen, N.J.: Scarecrow Press.
Millgate, Michael. 1992. *Testamentary Acts: Browning, Tennyson, James, Hardy.* Oxford: Clarendon Press.
MnHi. Minnesota Historical Society, St. Paul.
Moen, Jon. 2001. "The Panic of 1907." In *EH.Net Encyclopedia of Economic and Business History.* Edited by Robert Whaples. http://eh.net/encyclopedia/the-panic-of-1907/. Accessed 14 March 2013.
Moffett, Samuel E.
1899. "Mark Twain. A Biographical Sketch." *McClure's Magazine* 13 (October): 523–29.
1900. "Mark Twain: A Biographical Sketch by Samuel E. Moffett." In *How to Tell a Story and Other Essays,* Volume 22 of the Autograph Edition of the Writings of Mark Twain, 314–33. Hartford: American Publishing Company. [The essay also appeared in later collected editions.]
MoHH. Mark Twain Home Foundation, Hannibal, Mo.
MoHM. Mark Twain Museum, Hannibal, Mo.
"Money of Mr. Samuel L. Clemens." 1909. "Money of Mr. Samuel L. Clemens used by Miss Lyon. For the reconstruction and rehabilitation of her cottage. March 1, 1907 to February 28, 1908." TS of 1 leaf, CU-MARK.
Mooney, Michael Macdonald. 1976. *Evelyn Nesbit and Stanford White: Love and Death in the Gilded Age.* New York: William Morrow and Co.
Mott, Frank Luther.

1907. *Wayeeses the White Wolf.* Boston: Ginn and Co.
Lowrey, Linda. 2013. "Hellen Elizabeth Martin" in "The Morton Family: From Lanark and Perthshire, Scotland, to Canada." http://ancestry.com. Accessed 16 January 2013.
Lucy, Henry W. 1909. *Sixty Years in the Wilderness: More Passages by the Way.* London: Smith, Elder and Co.
Lutts, Ralph H. 1990. *The Nature Fakers: Wildlife, Science and Sentiment.* Golden, Colo.: Fulcrum Publishing.
Lyon, Isabel V.
1903–6. MS journal of seventy-four pages, with entries dated 7 November 1903 to 14 January 1906, CU-MARK.
1905a. Diary in *The Standard Daily Reminder: 1905.* MS notebook of 368 pages, CU-MARK. [Lyon kept two diaries for 1905, this one and Lyon 1905b; some entries appear in both, but each also includes entries not found in the other.]
1905b. Diary in *The Standard Daily Reminder: 1905.* MS notebook of 368 pages, photocopy in CU-MARK. [In 1971 the original diary was owned by Mr. and Mrs. Robert V. Antenne and Mr. and Mrs. James F. Dorrance, of Rice Lake, Wisconsin; its current location is unknown. Lyon kept two diaries for 1905, this one and Lyon 1905a; some entries appear in both, but each also includes entries not found in the other.]
1906. Diary in *The Standard Daily Reminder: 1906.* MS notebook of 368 pages, CU-MARK.
1907. Diary in *Date Book for 1907.* MS notebook of 368 pages, CU-MARK.
1907–8. Stenographic Notebook #4, with entries dated 5 October 1907 to 17 February 1908, CU-MARK.
1908. Diary in *The Standard Daily Reminder.* MS notebook of 368 pages, CU-MARK.
1909. Diary entries transcribed in Lyon to Howe, 6 February 1936, NN-BGC.
Lystra, Karen. 2004. *Dangerous Intimacy: The Untold Story of Mark Twain's Final Years.* Berkeley and Los Angeles: University of California Press.
MacAlister, Ian. 1938. "Mark Twain: Some Personal Reminiscences." *Landmark* 20 (March): 141–47.
Mac Donnell, Kevin. 2006. "Stormfield: A Virtual Tour." *Mark Twain Journal* 44 (Spring/Fall): 1–68.
Manhattan Census. 1910. *Population Schedules of the Thirteenth Census of the United States, 1910. Roll T624. New York: Manhattan.* Photocopy in CU-MARK.
Marion Census. 1870. *Population Schedules of the Ninth Census of the United States, 1870. Roll M593. Missouri: Marion County.* Photocopy in CU-MARK.
Mark Twain Library.
2014a. "History of the Mark Twain Library." http://www.marktwainlibrary.org/1aboutus-folder/history-of-the-mark-twain-library.htm. Accessed 11 February 2014.
2014b. "Samuel Clemens and the Mark Twain Library." http://www.marktwain library.org/9samuelclemens-folder/samuel-clemens-and-the-mark-twain-library .htm. Accessed 11 February 2014.
Mark Twain Project. 2014. "Copyright and Permissions." http://www.marktwainproject .org/copyright.shtml. Accessed 27 February 2014.
Matthews, Brander. 1899. "Biographical Criticism." In *The Innocents Abroad,* Volume 1 of

www.marktwainproject.org, then use the "Date Written" links in the left-hand column.]
Letters NP1. 2010. *Mark Twain's Letters Newly Published 1.* Edited by Victor Fischer, Michael B. Frank, Sharon K. Goetz, and Harriet Elinor Smith. *Mark Twain Project Online.* Berkeley and Los Angeles: University of California Press. [To locate a letter text from its citation, select the Letters link at http://www.marktwainproject.org, then use the "Date Written" links in the left-hand column.]
Lambert, Samuel W. 1908. "Melaena Neonatorum with Report of a Case Cured by Transfusion." *Medical Record* 73 (30 May): 885–87.
Lampton, Lucius Marion. 1990. *The Genealogy of Mark Twain.* Jackson, Miss.: Diamond L Publishing.
Lassen Census. 1900. *Population Schedules of the Twelfth Census of the United States, 1900. Roll T623. California: Lassen County.* Photocopy in CU-MARK.
Lathem, Edward Connery. 2006. *Mark Twain's Four Weeks in England, 1907.* Hartford: The Mark Twain House and Museum.
Lawson, Thomas W. 1904. "Standard Oil's Fight on Theodore Roosevelt." Chicago *Tribune,* 22 October, 8.
Lawton, Mary. 1925. *A Lifetime with Mark Twain: The Memories of Katy Leary, for Thirty Years His Faithful and Devoted Servant.* New York: Harcourt, Brace and Co.
Leary, Lewis, ed. 1961. *Mark Twain's Letters to Mary.* New York: Columbia University Press.
Leary, Warren E. 1997. "Who Reached the North Pole First? A Researcher Lays Claim to Solving the Mystery." New York *Times,* 17 February, 10.
Lee, Judith Yaross. 2014. "Brand Management: Samuel Clemens, Trademarks, and the Mark Twain Enterprise." *American Literary Realism* 47 (Fall): 27–54.
Lee, Sidney. 1908. *A Life of William Shakespeare.* 6th ed. London: Smith, Elder and Co.
Legislative Reference Library of Texas. 2012. *Texas Legislators: Past and Present* [online database]. http://www.lrl.state.tx.us/legeLeaders/members/membersearch.cfm. Accessed 7 December 2012.
Leitch, Alexander. 1978. *A Princeton Companion.* Princeton, N.J.: Princeton University Press.
Levine, Stephen L. 2011. "'A Serious Art and Literature of Our Own': Exploring Theodore Roosevelt's Art World." In Ricard 2011, 135–53.
Lewis, William Draper. 1919. *The Life of Theodore Roosevelt.* Philadelphia: John C. Winston Company.
Library of Congress. 2013. "American Memory: Edison Sound Recordings." http:// memory.loc.gov/ammem/edhtml/edsndhm.html. Accessed 5 March 2013.
LNT. Tulane University, New Orleans, La.
Long, William J.
1900. *Wilderness Ways.* Boston: Ginn and Co.
1901. *Beasts of the Field.* Boston: Ginn and Co.
1903a. *A Little Brother to the Bear, and Other Animal Stories.* Boston: Ginn and Co.
1903b. "The Modern School of Nature-Study and Its Critics." *North American Review* 176 (May): 688–98.
1903c. "Animal Surgery." *Outlook* 75 (12 September): 122–27.
1904. "Science, Nature and Criticism." *Science* 19 (13 May): 760–67.
1905. *Northern Trails: Some Studies of Animal Life in the Far North.* Boston: Ginn and Co.
1906. *Brier-Patch Philosophy by "Peter Rabbit."* Boston: Ginn and Co.

Irwin, Wallace. 1909. *Letters of a Japanese Schoolboy.* Illustrated by Rollin Kirby. New York: Doubleday, Page and Co.

Jackson, Alice F., and Bettina Jackson. 1951. *Three Hundred Years American: The Epic of a Family.* N.p.: State Historical Society of Wisconsin.

JC (Jean Lampton Clemens). 1900–1907. *Diaries of Jean L. Clemens, 1900–1907.* 7 vols. MS, CSmH.

JLC. Jane Lampton Clemens.

John, Arthur. 1981. *The Best Years of the Century: Richard Watson Gilder, "Scribner's Monthly," and "Century Magazine," 1870–1909.* Urbana: University of Illinois Press.

Johnston, William M. 1972. *The Austrian Mind: An Intellectual and Social History, 1848–1938.* Berkeley: University of California Press.

Jones, Bernard E., ed. 1912. *Cassell's Cyclopaedia of Photography.* London: Cassell and Co.

Julian, John, ed. 1908. *A Dictionary of Hymnology Setting Forth the Origin and History of Christian Hymns of All Ages and Nations.* 2d rev. ed. London: John Murray.

Kelly, J. Wells, comp. 1863. *Second Directory of Nevada Territory.* San Francisco: Valentine and Co.

Kirkham, Pat, ed. 2000. *Women Designers in the USA, 1900–2000.* New Haven: Yale University Press.

Kirlicks, John A. 1913. *Sense and Nonsense in Rhyme.* Houston: Rein and Sons.

Kotsilibas-Davis, James. 1977. *Great Times, Good Times: The Odyssey of Maurice Barry-more.* Garden City, N.Y.: Doubleday and Co.

Kramer, Julia Wood. 1997. "My Grandfather and Mark Twain." TS of twelve leaves, CU-MARK.

Krausz, Sigmund. 1896. *Street Types of American Cities.* Chicago: Werner Company.

L1. 1988. *Mark Twain's Letters, Volume 1: 1853–1866.* Edited by Edgar Marquess Branch, Michael B. Frank, and Kenneth M. Sanderson. The Mark Twain Papers. Berkeley and Los Angeles: University of California Press. Also online at *MTPO.*

L2. 1990. *Mark Twain's Letters, Volume 2: 1867–1868.* Edited by Harriet Elinor Smith, Richard Bucci, and Lin Salamo. The Mark Twain Papers. Berkeley and Los Angeles: University of California Press. Also online at *MTPO.*

L3. 1992. *Mark Twain's Letters, Volume 3: 1869.* Edited by Victor Fischer, Michael B. Frank, and Dahlia Armon. The Mark Twain Papers. Berkeley and Los Angeles: University of California Press. Also online at *MTPO.*

L4. 1995. *Mark Twain's Letters, Volume 4: 1870–1871.* Edited by Victor Fischer, Michael B. Frank, and Lin Salamo. The Mark Twain Papers. Berkeley and Los Angeles: University of California Press. Also online at *MTPO.*

L5. 1997. *Mark Twain's Letters, Volume 5: 1872–1873.* Edited by Lin Salamo and Harriet Elinor Smith. The Mark Twain Papers. Berkeley and Los Angeles: University of California Press. Also online at *MTPO.*

L6. 2002. *Mark Twain's Letters, Volume 6: 1874–1875.* Edited by Michael B. Frank and Harriet Elinor Smith. The Mark Twain Papers. Berkeley and Los Angeles: University of California Press. Also online at *MTPO.*

Letters 1876–1880. 2007. *Mark Twain's Letters, 1876–1880.* Edited by Victor Fischer, Michael B. Frank, and Harriet Elinor Smith, with Sharon K. Goetz, Benjamin Griffin, and Leslie Myrick. *Mark Twain Project Online.* Berkeley and Los Angeles: University of California Press. [To locate a letter text from its citation, select the Letters link at http://

Hodge, Carl Cavanagh. 2011. "The Global Strategist: The Navy as the Nation's Big Stick." In Ricard 2011, 257–73.

Hoffmann, Donald. 2006. *Mark Twain in Paradise: His Voyages to Bermuda.* Columbia: University of Missouri Press.

Holcombe, Return I. 1884. *History of Marion County, Missouri.* St. Louis: E. F. Perkins. [Citations are to the 1979 reprint edition, Hannibal: Marion County Historical Society.]

Holland America Line. 2014. "Holland America Blog: The Nieuw Amsterdam (I) of 1906." http://www.hollandamericablog.com/holland-line-ships-past-and-present/ the-nieuw-amsterdam-i-of-1906/. Accessed 22 July 2014.

Holroyd, Michael. 1988–92. *Bernard Shaw.* 4 vols. New York: Random House.

Hooker, Isabella Beecher.

1868a. "Two Letters on Woman Suffrage. I." *Putnam's Magazine* 12 (November): 603–6.

1868b. "Two Letters on Woman Suffrage. II." *Putnam's Magazine* 12 (December): 701–11.

1905. "The Last of the Beechers: Memories on My Eighty-third Birthday." *Connecticut Magazine* 9 (April–June): 286–98.

Horn, Jason Gary. 1996. *Mark Twain and William James: Crafting a Free Self.* Columbia: University of Missouri Press.

Hornig, Edgar A. 1958. "Campaign Issues in the Presidential Election of 1908." *Indiana Magazine of History* 54 (September): 237–64.

HorseRacing.co.uk. 2013. "Ascot Gold Cup." http://www.horseracing.co.uk/horse-racing/flat-racing/ascot-gold-cup.html. Accessed 1 February 2013.

"House v. Clemens." 1890. "New York Court of Common Pleas. Edward H. House, Plaintiff, against Samuel L. Clemens et al, Defendant. Certified copy of injunction order, undertaking, summons, complaint, affidavits, and orders." TS of eighty-nine leaves, CU-MARK.

Howden, Mary Louise. 1925. "Mark Twain as His Secretary at Stormfield Remembers Him." New York *Herald,* 13 December, section 7:1–4. Reprinted in Scharnhorst 2010, 318–25.

Howells, Elinor Mead. 1988. *If Not Literature: Letters of Elinor Mead Howells.* Edited by Ginette de B. Merrill and George Arms. Columbus: Ohio State University Press.

Hoyt, William Graves. 1976. "W. H. Pickering's Planetary Predictions and the Discovery of Pluto." *Isis* 67 (December): 551–64.

Huffman, James L. 2003. *A Yankee in Meiji Japan: The Crusading Journalist Edward H. House.* Lanham, Md.: Rowman and Littlefield Publishers.

Hull, William I. 1908. "Obligatory Arbitration and the Hague Conferences." *American Journal of International Law* 2 (October): 731–42.

Hurd, John Codman. 1858–62. *The Law of Freedom and Bondage in the United States.* 2 vols. Boston: Little, Brown and Co.

IEN. Northwestern University, Evanston, Ill.

Inds. 1989. *Huck Finn and Tom Sawyer among the Indians, and Other Unfinished Stories.* Foreword and notes by Dahlia Armon and Walter Blair. The Mark Twain Library. Berkeley and Los Angeles: University of California Press. Also online at *MTPO.*

InU-Li. Indiana University Lilly Rare Books, Bloomington.

Became the Lincoln of Our Literature. Baton Rouge: Louisiana State University Press.

Galveston Census. 1900. *Population Schedules of the Twelfth Census of the United States, 1900. Roll T623. Texas: Galveston County.* Photocopy in CU-MARK.

Gibbon, Edward. 1880. *The History of the Decline and Fall of the Roman Empire.* With notes by Dean Milman, M. Guizot, and Dr. William Smith. 6 vols. New York: Harper and Brothers. SLC copy in CU-MARK.

Gilder, Rosamond. 1916. *Letters of Richard Watson Gilder.* Boston: Houghton Mifflin Company.

Gillis, William R. 1930. *Gold Rush Days with Mark Twain.* New York: Albert and Charles Boni.

Glyn, Anthony. 1968. *Elinor Glyn.* Rev. ed. London: Hutchinson and Co.

Glyn, Elinor.

1908. *Mark Twain on "Three Weeks."* Printed for Mrs. Glyn (for private distribution only). London: Elinor Glyn.

1936. *Romantic Adventure, Being the Autobiography of Elinor Glyn.* London: Ivor Nicholson and Watson.

Goethe, Johann Wolfgang von. 1930. *Conversations of Goethe with Eckermann.* Translated by John Oxenford. London: J. M. Dent.

Greenslet, Ferris. 1908. *The Life of Thomas Bailey Aldrich.* Boston: Houghton Mifflin Company.

Gribben, Alan. 1980. *Mark Twain's Library: A Reconstruction.* 2 vols. Boston: G. K. Hall and Co.

Griffin, Benjamin. 2010. "'American Laughter': Nietzsche Reads *Tom Sawyer.*" *New England Quarterly* 83 (March): 129–41.

Grumman, William E. 1904. *The Revolutionary Soldiers of Redding, Connecticut, and the Record of Their Services.* Hartford: Hartford Press.

Hamilton Census. 1860. *Population Schedules of the Eighth Census of the United States, 1860. Roll M653. Ohio: Hamilton County.* Photocopy in CU-MARK.

Hardesty, Jesse. 1899. *The Mother of Trusts: Railroads and Their Relation to "The Man with the Plow."* Kansas City, Mo.: Hudson-Kimberly Publishing Company.

Harding, Dorothy Sturgis. 1967. "Mark Twain Lands an Angel-fish." *Columbia Library Columns* 16 (February): 3–12.

Hardwick, Joan. 1994. *Addicted to Romance: The Life and Adventures of Elinor Glyn.* London: Andre Deutsch.

Hartford Census.

1880. *Population Schedules of the Tenth Census of the United States, 1880. Roll T9. Connecticut: Hartford County.* Photocopy in CU-MARK.

1910. *Population Schedules of the Thirteenth Census of the United States, 1910. Roll T624. Connecticut: Hartford County.* Photocopy in CU-MARK.

Henderson, Archibald. 1912. *Mark Twain.* New York: Frederick A. Stokes Company.

HF 2003. 2003. *Adventures of Huckleberry Finn.* Edited by Victor Fischer and Lin Salamo, with the late Walter Blair. The Works of Mark Twain. Berkeley and Los Angeles: University of California Press. Also online at *MTPO.*

HHR. 1969. *Mark Twain's Correspondence with Henry Huttleston Rogers.* Edited by Lewis Leary. The Mark Twain Papers. Berkeley and Los Angeles: University of California Press.

Hill, Hamlin. 1973. *Mark Twain: God's Fool.* New York: Harper and Row.

Duyckinck, Evert A., and George L. Duyckinck, eds. 1875. *Cyclopaedia of American Literature: Embracing Personal and Critical Notices of Authors, and Selections from Their Writings, from the Earliest Period to the Present Day; with Portraits, Autographs, and Other Illustrations.* Edited to date by M. Laird Simons. 2 vols. Philadelphia: William Rutter and Co. Citations are to the 1965 reprint edition, Detroit: Gale Research Company.

Educational Alliance. 2013. "Our History." http://www.edalliance.org. Accessed 6 February 2013.

Edwards, Adolph. 1907. *The Roosevelt Panic of 1907.* 2d ed. New York: Anitrock Publishing Company.

Ellsworth, William Webster. 1919. *A Golden Age of Authors: A Publisher's Recollection.* Boston: Houghton Mifflin Company.

Emerson, Ralph Waldo. 1870. *Society and Solitude.* Boston: Fields, Osgood and Co.

Erdman, Harley. 1995. "M. B. Curtis and the Making of the American Stage Jew." *Journal of American Ethnic History* 15 (Fall): 28–45.

"Estate of Samuel L. Clemens." 1910. "To the Court of Probate of and for the District of Redding. Estate of Samuel L. Clemens, Late of Redding in Said District—Deceased." Inventory of "all the property belonging to Samuel L. Clemens at the time of his death," prepared by Albert B. Paine and Harry A. Lounsbury, 15–18 October. Photocopy in CU-MARK.

ET&S1. 1979. *Early Tales & Sketches, Volume 1 (1851–1864).* Edited by Edgar Marquess Branch and Robert H. Hirst, with the assistance of Harriet Elinor Smith. The Works of Mark Twain. Berkeley and Los Angeles: University of California Press.

ET&S2. 1981. *Early Tales & Sketches, Volume 2 (1864–1865).* Edited by Edgar Marquess Branch and Robert H. Hirst, with the assistance of Harriet Elinor Smith. The Works of Mark Twain. Berkeley and Los Angeles: University of California Press.

FamSk. 2014. *A Family Sketch, and Other Private Writings by Mark Twain; Livy Clemens; Susy Clemens.* Edited by Benjamin Griffin. Oakland: University of California Press.

Farthingstone Village. 2014. "The History of the Joy Mead Gardens." http://www.farthingstone.org.uk/joymead/Joymead_history.html. Accessed 20 May 2014.

Fatout, Paul. 1976. *Mark Twain Speaking.* Iowa City: University of Iowa Press.

Fayant, Frank.

1907a. "Fools and Their Money—IV." *Success Magazine* 10 (January): 9–11, 49–52.

1907b. "The Wireless Telegraph Bubble." *Success Magazine* 10 (June): 387–89, 450–51.

Find a Grave Memorial.

2013a. "Harry A. Lounsbury." http://www.findagrave.com. Accessed 12 September 2013.

2013b. "James Burnett Brown." http://www.findagrave.com. Accessed 22 July 2013.

Fish, Everett W., ed. 1892. *Donnelliana: An Appendix to "Caesar's Column."* Chicago:F. J. Schulte and Co.

Fitzpatrick, Rita. 1941. "How Meningitis Toll Was Cut Told by Expert." Chicago *Tribune,* 17 May, 11.

Foner, Philip S. 1958. *Mark Twain: Social Critic.* New York: International Publishers.

Foss, Gerald D. 1998. *Portsmouth.* Dover, N.H.: Arcadia Publishing.

Friedman, William P., and Elizebeth S. Friedman. 1957. *The Shakespearean Ciphers Examined.* Cambridge: Cambridge University Press.

Fulton, Joe B. 2010. *The Reconstruction of Mark Twain: How a Confederate Bushwhacker*

myfamilysilver.com/blog/index.php/2010/05/mark-twain-and-the-ascot-gold-cup-of-1907. Accessed 13 December 2012.

CU-MARK. University of California, Mark Twain Papers, The Bancroft Library, Berkeley.

CY. 1979. *A Connecticut Yankee in King Arthur's Court.* Edited by Bernard L. Stein, with an introduction by Henry Nash Smith. The Works of Mark Twain. Berkeley and Los Angeles: University of California Press.

Daggett, John. 1894. *A Sketch of the History of Attleborough, from Its Settlement to the Division.* Boston: Press of Samuel Usher.

Daly, Charles P. 1892. *Reports of Cases Argued and Determined in the Court of Common Pleas for the City and County of New York.* New York: Banks and Brothers.

Darwin, Charles. 1887. *The Life and Letters of Charles Darwin, Including an Autobiographical Chapter.* Edited by Francis Darwin. 2 vols. New York: D. Appleton and Co.

Dater, John Grant. 1913. "Financial Department." *Munsey's Magazine* 48 (February): 824–27.

Davis, Deborah. 2012. *Guest of Honor: Booker T. Washington, Theodore Roosevelt, and the White House Dinner That Shocked a Nation.* New York: Atria Books.

Dawson, Simon. 2013. "Biographical Note. The Edward Carpenter Archive." http:// www.edwardcarpenter.net/ecbiog.htm. Accessed 20 November 2013.

Democratic National Committee. 1908. *The Campaign Text Book of the Democratic Party of the United States, 1908.* Chicago: Democratic National Committee.

Dennis, Richard. 2008. "'Babylonian Flats' in Victorian and Edwardian London." *London Journal* 33 (November): 233–47.

Denny, William R. 1867. MS journal of the *Quaker City* excursion kept by "William R Denny | Winchester | Frederick County | Virginia | U. States, of America." First volume, 8 June–10 September, pages 1–141 plus newspaper clippings; second volume, 11 September–20 November, pages 142–276 plus newspaper clippings, CU-MARK.

de Ruiter, Brian. 2013. "Jamestown Ter-Centennial Exposition of 1907." *Encyclopedia Virginia.* http://www.encyclopediavirginia.org/ Jamestown_Ter-Centennial_Exposition_of_1907. Accessed 25 July 2013.

DFo. Folger Shakespeare Library, Washington, D.C.

Dilla, Geraldine. 1928. "Shakespeare and Harvard." *North American Review* 226 (July): 103–7.

DLC. United States Library of Congress, Washington, D.C.

Dolmetsch, Carl. 1992. *"Our Famous Guest": Mark Twain in Vienna.* Athens: University of Georgia Press.

Donald, Robert. 1903. "The Most Famous Press in the World." *World's Work and Play* 2 (June–November): 70–76.

Donnelly, Ignatius. 1888. *The Great Cryptogram: Francis Bacon's Cipher in the So-Called Shakespeare Plays.* Chicago: R.S. Peale and Co.

Doten, Alfred. 1973. *The Journals of Alfred Doten, 1849–1903.* Edited by Walter Van Tilburg Clark. 3 vols. Reno: University of Nevada Press.

Doubleday, F. N. 1972. *The Memoirs of a Publisher.* Garden City, N.Y.: Doubleday and Co.

DSI. Smithsonian Institution, Washington, D.C.

DSI-AAA. Smithsonian Institution, Archives of American Art, Washington, D.C.

Dugmore, A. Radclyffe. 1909. "Stormfield, Mark Twain's New Country Home." *Country Life in America* 15 (April): 607–11, 650, 652.

2008a. *American Disasters: 201 Calamities That Shook the Nation.* Edited by Ballard C. Campbell. New York: Checkmark Books.
2008b. "1907: Financial Panic and Depression." In Campbell 2008a, 202–6.
Cardwell, Guy E. 1953. *Twins of Genius.* [East Lansing]: Michigan State College Press.
Carnegie, Andrew. 1920. *Autobiography of Andrew Carnegie.* Boston: Houghton Mifflin Company, Riverside Press.
Carson, John C. 1998. "Mark Twain's Georgia Angel-Fish Revisited." *Mark Twain Journal* 36 (Spring): 16–18.
CC (Clara Langdon Clemens, later Gabrilowitsch and Samossoud).
1931. *My Father, Mark Twain.* New York: Harper and Brothers.
1938. *My Husband, Gabrilowitsch.* New York: Harper and Brothers.
"Certificate of Incorporation." 1908. "Certificate of Incorporation of Mark Twain Company." Document signed and dated on 22 December and recorded on 23 December, State of New York, Book 252:645, photocopy in CU-MARK.
Cherep-Spiridovitch, Arthur. 1926. *The Secret World Government or "The Hidden Hand": The Unrevealed in History.* New York: Anti-Bolshevist Publishing Association.
Clark, Edward B. 1907. "Roosevelt and the Nature Fakirs." *Everybody's Magazine* 16 (June): 770–74.
Collins, Philip. 2011. "Public Readings." In *The Oxford Reader's Companion to Dickens.* Edited by Paul Schlicke. Online version. Oxford: Oxford University Press. http:// www.oxfordreference.com/view/10.1093/acref/9780198662532.001.0001/acref-9780198662532. Accessed 14 February 2013.
Connecticut Death Index.
1650–1934. *Connecticut, Deaths and Burials Index, 1650–1934* [online database]. http://ancestry.com. Accessed 20 June 2014.
1949–2001. *Connecticut Death Index, 1949–2001* [online database]. http://ancestry.com. Accessed 28 June 2013.
Cooley, John, ed. 1991. *Mark Twain's Aquarium: The Samuel Clemens–Angelfish Correspondence, 1905–1910.* Athens: University of Georgia Press.
Coolidge, Louis A. 1910. *An Old-Fashioned Senator: Orville H. Platt of Connecticut.* New York: G. P. Putnam's Sons.
Cooper, Robert. 2000. *Around the World with Mark Twain.* New York: Arcade Publishing.
Courtney, Steve. 2011. *"The Loveliest Home That Ever Was": The Story of the Mark Twain House in Hartford.* Mineola, N.Y.: Dover Publications.
Cracroft-Brennan, Patrick, ed. 2012. *Cracroft's Peerage: The Complete Guide to the British Peerage and Baronetage.* http://www.cracroftspeerage.co.uk. Accessed 26 February 2013.
Crowell, Merle. 1922. "The Amazing Story of Martin W. Littleton." *American Magazine* 94 (December): 16–17, 78–86.
CSmH. Henry E. Huntington Library, Art Collections and Botanical Gardens, San Marino, Calif.
CSoM. Tuolomne County Museum, Sonora, Calif.
CtHMTH. Mark Twain House and Museum, Hartford, Conn.
CtHSD. Stowe-Day Memorial Library and Historical Foundation, Hartford, Conn.
CtY-BR. Yale University, Beinecke Rare Book and Manuscript Library, New Haven, Conn.
CU-BANC. University of California, The Bancroft Library, Berkeley.
Culme, John. 2010. "Mark Twain and the Ascot Gold Cup of 1907." http://www.

Verulam, Viscount St. Alban: Together with Some Others, All of Which Are Now for the First Time Deciphered and Published. Boston: Houghton Mifflin Company.

Bowker, R.R. 1905. "The Post Office: Its Facts and Its Possibilities." *American Monthly Review of Reviews* 31 (March): 325–32.

Brahm, Gabriel Noah, and Forrest G. Robinson. 2005. "The Jester and the Sage: Twain and Nietzsche." *Nineteenth-Century Literature* 60 (September): 137–62.

Brake, Laurel, and Marysa Demoor. 2009. *Dictionary of Nineteenth-Century Journalism in Great Britain and Ireland.* Ghent: Academia Press.

Branch, James R., ed. 1903. *Proceedings of the Twenty-ninth Annual Convention of the American Bankers' Association.* New York: n.p.

Brooklyn Census. 1900. *Population Schedules of the Twelfth Census of the United States, 1900. Roll 1059. New York: Kings County, Borough of Brooklyn, Ward 22.* Photocopy in CU-MARK.

Brooks, Sydney. 1907. "England's Ovation to Mark Twain." *Harper's Weekly* 51 (27 July): 1086–89.

Bryce, Robert M. 1997. *Cook and Peary: The Polar Controversy, Resolved.* Mechanicsburg, Pa.: Stackpole Books.

Bryn Mawr College. 1907. *Program: Bryn Mawr College, Academic Year—1907–08.* Philadelphia: John C. Winston Company.

Budd, Louis J.

1959. "Twain, Howells, and the Boston Nihilists." *New England Quarterly* 32 (September): 351–71.

1962. *Mark Twain: Social Philosopher.* Bloomington: Indiana University Press.

1992a. *Mark Twain: Collected Tales, Sketches, Speeches, & Essays, 1852–1890.* The Library of America. New York: Literary Classics of the United States.

1992b. *Mark Twain: Collected Tales, Sketches, Speeches, & Essays, 1891–1910.* The Library of America. New York: Literary Classics of the United States.

1999. *Mark Twain: The Contemporary Reviews.* Cambridge: Cambridge University Press.

Bullard, F. Lauriston. 1914. *Famous War Correspondents.* Boston: Little, Brown and Co.

Burke, Bernard. 1866. *A Genealogical History of the Dormant, Abeyant, Forfeited, and Extinct Peerages of the British Empire.* New ed. London: Harrison.

Burroughs, John. 1903. "Real and Sham Natural History." *Atlantic Monthly* 91 (March): 298–309.

Bush, Harold K. 2007. *Mark Twain and the Spiritual Crisis of His Age.* Tuscaloosa: University of Alabama Press.

Byron, George Gordon, Lord. 1900. *The Works of Lord Byron with His Letters and Journals, and His Life by Thomas Moore.* Edited by Richard Henry Stoddard. Volume 13. Boston: Francis A. Niccolls and Co.

California Death Index.

1905–39. *California Death Index, 1905–1939* [online database]. http://ancestry.com. Accessed 8 May 2014.

1940–97. *California Death Index, 1940–1997* [online database]. http://ancestry.com. Accessed 13 December 2012.

California Great Registers. 1866–98. *California Great Registers, 1866–1898* [online database]. http://ancestry.com. Accessed 13 December 2012.

Campbell, Ballard C.

1907. "What Happened. June 8 to July 22, 1907." TS of five leaves, CU-MARK.
1909. "Statement submitted in behalf of Mrs. Ashcroft, at the request of Mr. Stanchfield, in which are classified (E. & O. E.) the cash disbursements made by Mrs. Ashcroft for Mr. Clemens during the two years ending February 28, 1909." TS of six leaves, written ca. 10 August, CU-MARK.

Atherton, William Henry. 1914. "Robert Dennison Martin." In *Montreal, 1535–1914.* 3 vols. Montreal: S. J. Clarke Publishing Company.

AutoMT1. 2010. *Autobiography of Mark Twain, Volume 1.* Edited by Harriet Elinor Smith, Benjamin Griffin, Victor Fischer, Michael B. Frank, Sharon K. Goetz, and Leslie Diane Myrick. The Mark Twain Papers. Berkeley and Los Angeles: University of California Press. Also online at *MTPO.*

AutoMT2. 2013. *Autobiography of Mark Twain, Volume 2.* Edited by Benjamin Griffin, Harriet Elinor Smith, Victor Fischer, Michael B. Frank, Sharon K. Goetz, and Leslie Diane Myrick. The Mark Twain Papers. Berkeley and Los Angeles: University of California Press. Also online at *MTPO.*

Bacon, Delia.
1856. "William Shakespeare and His Plays; an Inquiry Concerning Them." *Putnam's Monthly* 7 (January): 1–19.
1857. *The Philosophy of the Plays of Shakspere Unfolded.* With a preface by Nathaniel Hawthorne. Boston: Ticknor and Fields.

Bacon, Francis. 1841. *The Works of Francis Bacon, Lord Chancellor of England.* A New Edition; with a Life of the Author, by Basil Montagu, Esq. 3 vols. Philadelphia: Carey and Hart.

Baetzhold, Howard G., and Joseph B. McCullough, eds. 1995. *The Bible According to Mark Twain: Writings on Heaven, Eden, and the Flood.* Athens: University of Georgia Press.

Bailey, Thomas A. 1932. "The World Cruise of the American Battleship Fleet, 1907– 1909." *Pacific Historical Review* 1 (December): 389–423.

Baker, Anne Pimlott. 2002. *The Pilgrims of Great Britain: A Centennial History.* London: Profile Books.

BAL. 1955–91. *Bibliography of American Literature.* Compiled by Jacob Blanck. 9 vols. New Haven: Yale University Press.

Baldwin, Leland D. 1941. *The Keelboat Age on Western Waters.* Pittsburgh: University of Pittsburgh Press.

Barrett, William Fletcher. 1884. "Mark Twain on Thought-Transference." *Journal of the Society for Psychical Research* 1 (October): 166–67.

Baxter, Sylvester. 1912. "Francis Davis Millet: An Appreciation of the Man." *Art and Progress* 3 (July): 635–42.

Beckwith, George. 1891. *Old and Original Beckwith's Almanac, Volume 44.* Edited by Mrs. M. L. Beckwith Ewell. Birmington, Conn.: Bacon and Co.

Benham, Patrick. 1993. *The Avalonians.* Glastonbury: Gothic Image.

Berret, Anthony J. 1993. *Mark Twain and Shakespeare: A Cultural Legacy.* Lanham, Md.: University Press of America.

BmuHA. Bermuda Archives, Hamilton, Bermuda.

Bok, Edward W. 1922. *The Americanization of Edward Bok.* New York: Charles Scribner's Sons.

Booth, William Stone. 1909. *Some Acrostic Signatures of Francis Bacon, Baron Verulam of*

参考文献

この一覧では、本書で使用されている略号の正式名称を掲載するとともに、引用されている作品の完全な書誌情報（著者名、出版年、簡略書名または略称）を掲載する。なお、クレメンズ家の家族の名前は、クレメンズ（SLC）、オリヴィア（OLC）、スージィ（OSC）、クレアラ（CC）のように、イニシャルで表す。

"Accountants' Statements and Schedules." 1909. "S. L. Clemens. Holder No. 1. Accountants' Statements and Schedules." Includes Schedules 1–12, financial spreadsheets for 1 March 1907 to 10 May 1909, CU-MARK.

AD. Autobiographical Dictation.

Aldrich, Lilian W.

1911. "The House Where the Bad Boy Lived." *Outlook* 98 (27 May): 205–12.

1920. *Crowding Memories.* Boston: Houghton Mifflin Company, Riverside Press.

Aldrich Home. 2013. "Aldrich Home: Mrs. Aldrich Tour." http://seacoastnh.com/ postcards/aldrich/index.html. Accessed 6 August 2013.

Allen, Marion Schuyler. 1913. "Some New Anecdotes of Mark Twain." *Strand Magazine* 46 (August): 166–72.

Allison, Jim. 2013. "The NRA (National Reform Association) and the Christian Amendment." http://candst.tripod.com/nra.htm. Accessed 2 May 2013.

American Antiquarian Society. 2013. "Dorothy Sturgis Harding Papers, 1921–1976." http://www.americanantiquarian.org/Findingaids/dorothy_sturgis_harding.pdf. Accessed 17 June 2013.

AMT. 1959. *The Autobiography of Mark Twain.* Edited by Charles Neider. New York: Harper and Brothers.

"Ancestral File." 2012. Privately compiled genealogy of the Gillis family. https://familysearch.org. Accessed 12 December 2012.

Angel, Myron, ed. 1881. *History of Nevada.* Oakland, Calif.: Thompson and West. Index in Poulton 1966.

Annals of Psychical Science. 1907. "The Strange History of the Discovery of the 'Holy Grail.'" *Annals of Psychical Science* 6 (July–December): 228–31.

Ashcroft, Ralph W.

1904. "Plasmon's Career in America. As recounted by R.W. Ashcroft." TS of twenty leaves, dated 22 September, CU-MARK.

1905a. *The XXth Century Childe Harold. By Ralph W. Ashcroft, Manager of the Childe Harold Smelting and Refining Company.* New York: Published by the Society for the Prevention of freeze-outs of minority stockholders; for the exposure of California shysters, and for the instruction as to the rudiments of New York State corporation law (which A B C they seem to have forgotten), of Messrs. Bugler, Burn Pulverizer & Clay-Moulder, Attorneys-at-law.

1905b. "Statement of R.W. Ashcroft in regard to S.L. Clemens' purchase of shares in the Plasmon Company of America." TS of nine leaves numbered [1]–6 and [1]–3, dated 24 February, CU-MARK.

【ナ】

『ニューヨーカー・シュターツ・ツァイトゥング』誌　*New-Yorker Staats-Zeitung*　87
ニューヨーク『アメリカン』紙　New York *American*　439, 794, 859
ニューヨーク『イヴニング・ポスト』紙　New York *Evening Post*　51, 236, 683, 686
ニューヨーク『イヴニング・ワールド』紙　New York *Evening World*　925
ニューヨーク『サン』紙　New York *Sun*　240, 277, 385, 666, 709
ニューヨーク『タイムズ』紙　New York *Times*　144, 664, 903
ニューヨーク『トリビューン』紙　New York *Tribune*　45, 59, 236, 250, 251, 256, 260, 320, 350, 555, 579, 588, 681, 691, 709, 923
ニューヨーク『プレス』紙　New York *Press*　350
ニューヨーク『ヘラルド』紙　New York *Herald*　109, 110, 253, 257, 574, 599, 606, 685, 926
ニューヨーク『ワールド』紙　New York *World*　52, 95, 256, 307, 308, 347, 361, 381, 384, 385, 390, 427, 502, 505, 578, 601
『人形の家』　*A Doll's House*　294
『人間とは何か？』　*What Is Man?*　279, 286, 288, 289, 292, 293, 514, 607, 612, 614, 615
『ノース・アメリカン・レヴュー』誌　*North American Review*　37, 42, 51, 152, 156, 437, 641, 721

【ハ】

ハートフォード『クーラン』紙　Hartford *Courant*　88, 356, 378, 496, 497, 508, 623, 624, 686, 731, 767, 783
ハーパー・アンド・ブラザーズ社　Harper and Brothers　533, 634, 637, 673, 721, 732, 768, 806
『ハーパーズ・ウィークリー』誌　*Harper's Weekly*　194, 646, 648, 659, 660, 673
『ハーパーズ・マンスリー』誌　*Harper's Monthly*　95, 125, 152, 526, 536, 600, 606, 691
『ハックルベリー・フィンの冒険』　*Adventures of Huckleberry Finn*　140, 179, 220, 376, 377, 379, 457, 681
『パトナムズ・マガジン』誌　*Putnam's Magazine*　27
ハニバル『クーリエ・ポスト』紙　Hannibal *Courier-Post*　678
『パブリッシャーズ・ウィークリー』誌　*Publishers' Weekly*　595, 721
『パンチ』誌　*Punch*　174, 187, 274–276, 278–281, 285, 336, 775
『ファウスト』　*Faust*　553
ボストン『ヘラルド』紙　Boston *Herald*　158, 417, 491, 563, 677

【マ】

『マーク・トウェインの水族館』　*Mark Twain's Aquarium*　351, 488
『ミシシッピ河での生活』　*Life on the Mississippi*　310, 633
『無邪気者達、海外へ』　*The Innocents Abroad*　59, 338, 344, 525–527, 531, 532, 606, 634, 708, 927

【ラ】

『リア王』　*King Lear*　670
『レ・ミゼラブル』　*Les Misérables*　218, 635
ロサンゼルス『タイムズ』紙　Los Angeles *Times*　45, 97, 241, 384, 491, 503, 505, 667
『ロビンソン・クルーソー』　*Robinson Crusoe*　179
ロンドン『イヴニング・スタンダード』紙　London *Evening Standard*　27, 336
ロンドン『オブザーヴァー』紙　London *Observer*　271
ロンドン『グラフィック』紙　London *Graphic*　110
ロンドン『グローブ』紙　London *Globe*　335, 336
ロンドン『タイムズ』紙　London *Times*　60, 187, 195, 236, 243, 245, 285, 345, 347, 350, 351, 625, 628
ロンドン『デイリー・ニュース』紙　London *Daily News*　103, 109, 110
ロンドン『テレグラフ』紙　London *Telegraph*　172, 174, 226, 236, 619
ロンドン『モーニング・アドヴァタイザー』紙　London *Morning Advertiser*　110

事項編

【ア】

『アウトルック』誌　*Outlook*　142, 157
『悪童物語』　*The Story of a Bad Boy*　543, 563
『アトランティック・マンスリー』誌　*Atlantic Monthly*　39, 152, 515
アメリカン・パブリッシング社　American Publishing Company　344, 497, 735
『アメリカン・マガジン』誌　*American Magazine*　609, 613
『アメリカン・レヴュー・オヴ・レヴューズ』誌　*American Review of Reviews*　239, 241
『あらし』　*The Tempest*　669
『アラビアン・ナイト』　*The Arabian Nights*　564
アルダイン・クラブ　Aldine Club　522
『アンクル・トムの小屋』　*Uncle Tom's Cabin*　26
『偉大な暗号』　*The Great Cryptogram*　672
ヴァージニア・シティ『テリトリアル・エンタープライズ』紙　Virginia City *Territorial Enterprise*　646, 647
『ウォールストリート・ジャーナル』紙　*The Wall Street Journal*　44, 46, 186
『エヴリバディズ・マガジン』誌　*Everybody's Magazine*　153, 155, 158, 488
『王子と乞食』　*The Prince and The Pauper*　252, 254, 255, 257, 259, 260, 263, 439, 457, 497, 508
『大いなる遺産』　*Great Expectations*　167
『オップ氏』　*Mr. Opp*　690

【カ】

『ガリヴァー旅行記』　*Gulliver's Travels*　61
『キャラヴェラス郡の名高き跳び蛙』　*The Celebrated Jumping Frog of Calaveras County, and Other Sketches*　188
『金メッキ時代』　*The Gilded Age*　256, 395, 402, 531
『苦難をしのびて』　*Roughing It*　128, 139, 140, 367, 372, 380, 469, 497, 526, 531, 532, 735
『クリスチャン・ユニオン』紙　*Christian Union*　49, 50
『コスモポリタン』誌　*Cosmopolitan*　95
『コリアーズ・ウィークリー』誌　*Collier's Weekly*　462, 568, 569, 575, 591, 592, 637, 657

【サ】

『ザ・ベル』　*The Bells*　325, 327
サクラメント『ユニオン』紙　Sacramento *Union*　551
『三週間』　*Three Weeks*　428, 436
サンフランシスコ『アルタ・カリフォルニア』紙　San Francisco *Alta California*　59
サンフランシスコ『クロニクル』紙　San Francisco *Chronicle*　45, 251, 308, 594, 606, 620, 709, 729, 783
サンフランシスコ『モーニング・コール』紙　San Francisco *Morning Call*　128, 551
『ジャンヌ・ダルクについての個人的回想』　*Personal Recollections of Joan of Arc*　526, 529, 532
シラキュース『ヘラルド』紙　Syracuse *Herald*　277
シラキュース『ポスト・スタンダード』紙　Syracuse *Post-Standard*　29
『白い牙』　*White Fang*　153
『水夫の二年間』　*Two Years Before the Mast*　334
スプリングフィールド『リパブリカン』紙　Springfield *Republican*　28
『赤道に沿って』　*Following the Equator*　62, 216
『センチュリー・マガジン』誌　*Century Magazine*　29, 125, 152, 414, 674, 677, 709, 964

【タ】

『ダンドリアリー卿』　*Lord Dundreary*　506, 507
デ・ヴィン出版社　De Vinne Press　288, 293, 611
『デイヴィッド・コッパーフィールド』　*David Copperfield*　377
『徒歩旅行者、海外へ』　*A Tramp Abroad*　140, 458, 632, 639, 642, 658
『トム・ソーヤの冒険』　*The Adventures of Tom Sawyer*　179, 526, 531, 532, 563, 680, 681
『トム・ブラウンの学校時代』　*Tom Brown's Schooldays*　179

ホワイト，ホレス　White, Horace　232, 234, 236

【マ】

マイヤーズ，フレデリック・ウィリアム・ヘンリー　Myers, Frederic William Henry　298
マイルズ，ネルソン・アップルトン　Miles, Nelson Appleton　344
マカリスター，イアン　MacAlister, Ian　195
マキシム，ハイラム・スティーヴンズ　Maxim, Hiram Stevens　385
マクガハン，ジャニュエリス・アロイシャス　MacGahan, Januarius Aloysius　110
マクドナルド，ウィリアム・ジェシー　McDonald, William Jesse　578
マッカーシー，デニス　McCarthy, Denis　643, 647
マッコール，サミュエル・W　McCall, Samuel W.　252, 256
マルコーニ，グリエルモ　Marconi, Guglielmo　384
マレー，ジョン　Murray, John　211, 215
ミラー，ホアキン　Miller, Joaquin　230, 231, 236
ミレット，フランシス・D　Millet, Francis D　102–107, 109–113
メイソン，マリオン・ピーク　Mason, Marion Peak　355
モーガン，J・ピアポント　Morgan, J. Pierpont　311, 319, 398
モフェット，サミュエル・E　Moffett, Samuel E.　588, 591–595

【ラ】

ライオン，イザベラ　Lyon, Isabel Van Kleek　168, 347, 353, 394, 466, 596, 598, 620, 660–663, 673, 674, 692–694, 713–927
ライオン，ジョージアナ・ヴァン・クリーク　Lyon, Georgiana Van Kleek　731
ライス，アリス・ヘガン　Rice, Alice Hegan　690
ライト，ウィリアム・H　Wright, William H.　647
ライト，ハワード・E　Wright, Howard E.　728
ラウンズベリー，イーディス・ボートン　Lounsbury, Edith Boughton　767
ラジヴィウ，キャサリン　Radziwill, Catherine　245
ラッセルズ，フランク　Lascelles, Frank　214
ラボック，ジョン　Lubbock, John　279
ラムゼイ，ウィリアム　Ramsay, William　191, 195
ラムプトン，ウィリアム・ジェイムズ　Lampton, William James　310
ラングドン，チャールズ・ジャーヴィス二世　Langdon, Charles Jervis　710
リー，シドニー　Lee, Sidney　174, 187, 191, 195, 229–236, 671
リーチ，ジョン　Leech, John　285
リード，ホワイトロー　Reid, Whitelaw　127, 173, 186, 192, 193, 195, 214, 249–253, 266,
リヴァモア，メアリ・アシュトン・ライス　Livermore, Mary Ashton Rice　28
リチャードソン，アビー・セイジ　Richardson, Abby Sage　254, 259–261
リトルトン，マーティン・W　Littleton, Martin W.　402, 783
リプトン，トマス　Lipton, Thomas　176, 311, 318, 319, 323, 852, 856
リンカン，エイブラハム　Lincoln, Abraham　133, 331, 578, 675
リンジー，ジェイムズ・ルードヴィック　Lindsay, James Ludovic　241
ルーシー，ヘンリー・ウィリアム　Lucy, Henry William　285
ローズ，セシル　Rhodes, Cecil　216, 217, 244, 245
ローズヴェルト，セオドア　Roosevelt, Theodore　53, 56, 140, 142, 144–150, 159, 160, 251, 252, 302–304, 306, 307, 319, 386, 387, 389, 391–394, 406, 411–413, 517, 536, 569–572, 574, 575, 665, 666
ロジャーズ，ヘンリー・ハトルストン　Rogers, Henry H.　40–44, 117, 118, 176, 311–313, 461, 515, 518, 520, 683, 685, 698, 701
ロッキャー，ジョゼフ・ノーマン　Lockyer, Joseph Norman　186, 279
ロックフェラー，ジョン・D　Rockefeller, John D., Sr.　212, 213, 216, 398, 515, 518–521, 523, 524
ロリラード，ピエール，四世　Lorillard, Pierre IV　132
ロング，ウィリアム・ジョゼフ　Long, William Joseph　152, 384
ロンドン，ジャック　London, Jack　153, 155

バターズ，ヘンリー・A　Butters, Henry A.　276, 605, 724
パットン，フランシス・L　Patton, Francis L.　171, 273
バトラー，ニコラス・M　Butler, Nicholas M.　264, 270, 274, 320, 321
ハバード，エルバート　Hubbard, Elbert　613
ハムプトン，クリテンデン　Hampton, Crittenden　142, 151
ハモンド，ジョン・ヘイズ　Hammond, John Hays　604, 606, 718, 720, 724
ハリマン，E・H　Harriman, E. H.　308
バリモア，エセル　Barrymore, Ethel　50, 460, 463, 464
バルフォア，アーサー　Balfour, Arthur　280
バローズ，ジョン　Burroughs, John　144, 152, 160, 232, 233
ピアース，ヘンリー・L　Pierce, Henry L.　546
ピアリー，ロバート・E　Peary, Robert E.　928
ピーターソン，フレデリック　Peterson, Frederick　750–754, 784, 785, 905, 909, 916, 926
ビーチャー，ヘンリー・ウォード　Beecher, Henry Ward　15, 26, 59, 366, 378
ヒートン，ジョン・ヘニカー　Heaton, John Henniker　237, 238, 240, 242, 323, 326
ヒギンソン，トマス・ウェントワース　Higginson, Thomas Wentworth　562
ヒステッド，アーネスト・ウォルター　Histed, Ernest Walter　279
ピッカリング，ウィリアム・H　Pickering, William H.　673
ヒューズ，トム　Hughes, Thomas　230, 236
ビューツ，マーガレット・ドロシー　Butes, Margaret Dorothy　457, 488
フーカー，イザベラ・ビーチャー　Hooker, Isabella Beecher　15, 16, 25
フーカー，ジョゼフ　Hooker, Joseph　182, 188
ブース，ウィリアム　Booth, William　191, 193, 195
ブース，ウィリアム・ストーン　Booth, William Stone　673
フォーブズ，アーチボルド　Forbes, Archibald　103, 110
ブショット，クロード・ジョゼフ　Beuchotte, Claude Joseph　601, 602, 695, 741, 783, 784
ブライアン，ウィリアム・ジェニングズ　Bryan, William Jennings　578
ブライス，ジェイムズ　Bryce, James　414, 502
プライス，ブルース　Price, Bruce　132
ブラックマー，マーガレット・グレイ　Blackmer, Margaret Gray　448
プラット，オーヴィル・H　Platt, Orville H.　629
フランツ・ヨーゼフ一世　Franz Joseph I (emperor of Austria)　167, 376
フリーマン，ゾウイス・スパロー　Freeman, Zoheth Sparrow　731
ブリッジ，シプリアン　Bridge, Cyprian　275, 279
ブリテン，ヘンリー・アーネスト　Brittain, Henry Ernest　187
ブルックス，シドニー　Brooks, Sydney　189, 190, 192, 194
フレクスナー，サイモン　Flexner, Simon　524
ブレナン，ルイス　Brennan, Louis　279
ブロートン，アーバン・H　Broughton, Urban H.　44, 122, 721
フローマン，ダニエル　Frohman, Daniel　254, 260, 261, 436, 507, 508
ベイコン，デリア　Bacon, Delia　671
ベイコン，フランシス　Bacon, Francis　206, 292, 671, 673
ベイコン，ロジャー　Bacon, Roger　200, 215
ヘイズン，ホレス　Hazen, Horace　741, 774, 777
ベイトマン，ヒゼキア　Bateman, Hezekiah　235, 327
ペイン，アルバート・ビゲロー　Paine, Albert Bigelow　37, 138, 492, 539, 718, 727, 744, 837, 924
ヘッセ，ファニー・C　Hesse, Fanny C.　113
ヘニー，フランシス・J　Heney, Francis J.　576
ベネット，ジョン　Bennett, John　265, 271
ベル，C・F・モーバリー　Bell, C. F. Moberly　243, 245, 275
ヘンダーソン，アーチボルド　Henderson, Archibald　186, 244, 291, 292
ホイットニー，ガートルード・ヴァンダービルト　Whitney, Gertrude Vanderbilt　463
ホイットニー，ヘレン・ヘイ　Whitney, Helen Hay　463
ホイットモア，フランクリン・グレイ　Whitmore, Franklin Gray　730
ポーター，ロバート・P　Porter, Robert P.　176, 215, 350
ポール，ウェルズリー・チューダー　Pole, Wellesley Tudor　299
ホフマン，チャールズ　Hoffman, Charles　601, 620, 634, 635

スタントン，エリザベス・キャディ　Stanton, Elizabeth Cady　16, 27
スタンリー，ドロシー・テナント　Stanley, Dorothy Tennant　297
ストウ，ハリエット・ビーチャー　Stowe, Harriet Beecher　15
ストーカー，ジェイコブ・リチャード　Stoker, Jacob Richard　139
ストーン，ベンジャミン　Stone, Benjamin　275, 280
ストーン，メルヴィル　Stone, Melville　40, 232, 234, 236, 459, 877
スパー，ジーン・ウッドワード　Spurr, Jean Woodward　489, 490
スピルマン，ジョナサン・エドワーズ　Spilman, Jonathan Edwards　687
セルヴァンテス・サアヴェドラ，ミゲル・デ　Cervantes Saavedra, Miguel de　59

【タ】

タウンゼンド，ジェイムズ・W・E　Townsend, James W. E.　643, 647
タフト，ウィリアム・ハワード　Taft, William Howard　304, 309, 495, 523, 570–573, 575–578, 581, 582, 589, 617–620, 723
ダブルデイ，フランク・ネルソン　Doubleday, Frank Nelson　288, 293, 462, 464, 515, 518, 519, 523, 524, 607, 608, 611, 612
チェレプ－スピリドヴィッチ，アーサー　Tcherep-Spiridovitch, Arthur　40, 50–53
チャーチル，ウィンストン　Churchill, Winston　228
チャイルド＝ヴィラーズ，マーガレット　Child-Villiers, Margaret　235
デイナ，チャールズ・エドマンド　Dana, Charles Edmund　730
デイナ，リチャード・ヘンリー，二世　Dana, Richard Henry, Jr.　337
テイラー，ハワード・P　Taylor, Howard P.　642, 645–647
テイラー，ベイヤード　Taylor, Bayard　550, 552–555
テトラツィーニ，ルイーザ　Tetrazzini, Luisa　926
テニエル，ジョン　Tenniel, John　281, 285
デルマス，デルフィン・M　Delmas, Delphin M.　88, 91–94, 96, 97
ドイル，アーサー・コナン　Doyle, Arthur Conan　174, 187
トゥイッチェル，ジョゼフ・フーカー　Twichell, Joseph Hooker　79, 90, 182, 353, 354, 469, 486, 582, 583, 587, 633
ドナーティ，ジョヴァンニ・バッティスタ　Donati, Giovanni Battista　386
ドネリー，イグネシアス　Donnelly, Ignatius　669, 672
トムプソン，ポール　Thompson, Paul　667
トラムブル，ジェイムズ・ハモンド　Trumbull, James Hammond　603, 606
トルベツコイ，ピエール　Troubetzkoy, Pierre　460, 461, 463
ドレイパー，メアリ・パーマー　Draper, Mary Palmer　39
トロロープ，アントニー　Trollope, Anthony　230, 236

【ナ】

ナーセロッディーン・シャー　Nasr-ed-Din (shah of Persia)　257
ナジモア，アラ　Nazimova, Alla　464
ナナリー，フランシス　Nunnally, Frances　186, 279, 280, 351, 457, 482
ニコルズ，マリー　Nichols, Marie　462, 789

【ハ】

ハーヴェイ，ジョージ　Harvey, George　37, 321, 424, 457, 600, 648, 716, 721
パーカー，オールトン・B　Parker, Alton B.　307
パーカー，ギルバート・ジョージ　Parker, Gilbert George　229
ハート，ホレス・ヘンリー　Hart, Horace Henry　215
パートリッジ，バーナード　Partridge, Bernard　281, 285
バーナンド，フランシス　Burnand, Francis　281, 285
ハウエルズ，ウィリアム・ディーン　Howells, William Dean　34–39, 181, 232, 234, 559, 562, 564, 579, 582, 584, 587, 684, 715
ハケット，ウォレス　Hackett, Wallace　544, 560

カーゾン，ジョージ　Curzon, George　195
カーティス，M・B　Curtis, M. B.　646
カーネギー，アンドリュー　Carnegie, Andrew　53, 59, 231, 236, 297, 403–415, 417–427, 462, 608, 677
カーペンター，エドワード　Carpenter, Edward　610, 613
カーリックス，ジョン・A　Kirlicks, John A　121, 123, 124
カッティング，ロバート・フルトン　Cutting, Robert Fulton　322, 634, 635
ガブリロウィッチ，オシップ　Gabrilowitsch, Ossip　601, 708
キーン，ローラ　Keene, Laura　507, 509
キニカット，エレオノーラ・キッセル　Kinnicutt, Eleanora Kissel　39
キプリング，J・ロックウッド　Kipling, J. Lockwood　611
キャムベル＝バナマン，ヘンリー　Campbell-Bannerman, Henry　195, 278
ギリス，ジェイムズ　Gillis, James　133, 138
ギリス，スティーヴン・E　Gillis, Stephen E　133, 138
ギルダー，リチャード・ワトソン　Gilder, Richard Watson　40, 414, 462, 577, 677, 690, 709
クイック，ドロシー・ガートルード　Quick, Dorothy Gertrude　351, 450–457, 483, 508
クィンタード，エドワード　Quintard, Edward　721
クウェイ，マシュー・スタンリー　Quay, Matthew Stanley　154
クック，フレデリック・A　Cook, Frederick A　928
グラマン，ウィリアム・エドガー　Grumman, William Edgar　600, 709, 799, 804
グラント，パーシー・スティクニー　Grant, Percy Stickney　763, 768
グラント，ユリシーズ・S　Grant, Ulysses S.　133, 265, 312
クリーヴランド，グローヴァ　Cleveland, Grover　313, 320, 400, 533, 536, 576, 606
グリン，エリノア　Glyn, Elinor　428–438
グレイソン，デイヴィッド　Grayson, David　610, 613, 614
クレメンズ，オリヴィア　Clemens, Olivia Louise Langdon（Livy）　159–167, 470, 490
クレメンズ，クレアラ　Clemens, Clara Langdon（Bay）　15–17, 28, 29, 35, 44, 50, 98–101, 106, 107, 190, 247, 459, 460, 462, 487, 533, 595, 598, 624, 683–686, 695–708
クレメンズ，ジーン　Clemens, Jean（Jane Lampton）　44, 459, 461, 487, 695–708
クレメンズ，スージィ　Clemens, Olivia Susan（Susy）　49, 50, 98, 99, 102, 105–107, 374, 487, 697, 701, 702, 706–708, 710
ゴードン，チャールズ・ジョージ　Gordon, Charles George　62
小村寿太郎　Komura Jutaro　280
コリアー，ロバート・J　Collier, Robert J.　460, 462, 489, 637, 660, 662, 663
コルビー，ベインブリッジ　Colby, Bainbridge　256, 263
コレッリ，マリー　Corelli, Marie　221–226

【サ】

サージェント，フランクリン・ヘイヴン　Sargent, Franklin Haven　379
サザン，エドワード・アスキュー　Sothern, Edward Askew　507
サンボーン，リンリー　Sambourne, Linley　279
シーマン，オーウェン　Seaman, Owen　175, 187, 190, 285
シェイクスピア，ウィリアム　Shakespeare, William　61, 121, 200, 206, 221, 223, 225, 226, 454, 668–673, 675, 678, 680, 808
ジェニングズ，ウォルター　Jennings, Walter　524
ジェローム，ウィリアム・トラバーズ　Jerome, William Travers　502
ジェロルド，ダグラス　Jerrold, Douglas　281, 285
シューマン－ハインク，エルネスタイン　Schumann-Heink, Ernestine　684, 687
シュルツ，カール　Schurz, Carl　40, 232, 234, 236, 404, 414
ショー，ジョージ・バーナード　Shaw, George Bernard　172, 186, 242, 290, 292, 608
ジョンソン，アンドリュー　Johnson, Andrew　578, 588
シンクレア，ウィリアム・マクドナルド　Sinclair, William Macdonald　382, 384
スタージス，リチャード・クリップストン　Sturgis, Richard Clipston　490
スタンチフィールド，ジョン・B　Stanchfield, John B　753, 774, 819, 821, 822, 824, 841, 845–847, 856, 868, 886, 889, 898, 908, 924, 926

索引

索引は人名編と事項編に分けた。人名については、本文中に姓・名のいずれかで言及されている人物も、原則としてフルネームを挙げた。事項については、マーク・トウェインやその他の著者による作品名のほか、新聞・雑誌名などを取り上げた。

人名編

【ア】

アーウィン，ウォレス　Irwin, Wallace　657

アーヴィング，ヘンリー　Irving, Henry　230, 235, 325, 326

アーサー王子（コノート公）　Arthur (prince of Connaught)　195

青木琴　House, Aoki Koto　258, 261

アグニュー，イーニッド・ジョスリン　Agnew, Enid Jocelyn　285

アグニュー，フィリップ・L　Agnew, Philip L.　285

アシュクロフト，ラルフ・W　Ashcroft, Ralph W.　168, 172, 222, 447, 660-663, 713-927

アダムズ，ジョン・クーチ　Adams, John Couch　929

アビー，エドウィン　Abbey, Edwin A.　186

アレクサンドル二世　Alexander II　111

アレン，ヘレン・スカイラー　Allen, Helen Schuyler　490

アンソニー，スーザン・ブラウネル　Anthony, Susan B.　16, 27

イリングトン，マーガレット　Illington, Margaret　508

ヴァンダービルト，グラディス　Vanderbilt, Gladys　362, 375

ヴァンダービルト，コーネリアス，三世　Vanderbilt, Cornelius III　319

ウィリアムズ，ヘンリー・シュペングラー　Williams, Henry Spengler　623

ウィルズ，ウィリアム・ゴアマン　Wills, William Gorman　235

ウィルバーフォース，バジル　Wilberforce, Basil　189, 298

ウィルブラント＝バウディウス，アウグステ　Wilbrandt-Baudius, Auguste　376

ウースター，エルウッド　Worcester, Elwood　496

ウェスパシアヌス（ローマ皇帝）　Vespasian　581, 589

ウェルズ，カーロッタ　Welles, Carlotta　170, 171

ウォーク，チャールズ・エドマンド　Wark, Charles Edmund　28

ウォレス，エリザベス　Wallace, Elizabeth　448, 740

ウッドハウス，ジョスリン・ヘニッジ　Wodehouse, Josceline Heneage　469

ウッドワード，ロバート・シンプソン　Woodward, Robert Simpson　427

ウルズィ，トマス　Wolsey, Thomas　215

ウルフ，サミュエル・ジョンソン　Woolf, Samuel Johnson　112

エジソン，トマス・アルヴァ　Edison, Thomas Alva　386

エドワード七世　Edward VII　195, 251, 324, 326, 328, 414

エリオット，チャールズ・ウィリアム　Eliot, Charles William　38, 155

エリクソン，ジョン　Ericsson, John　322

オールドリッチ，トマス・ベイリー　Aldrich, Thomas Bailey　36, 39, 112, 379, 537-568, 577, 582, 584, 587, 589, 751, 753

オコナー，トマス・パワー　O'Connor, T. P.　241

オトウェイ，トマス　Otway, Thomas　188

【カ】

ガーケン，アイリーン　Gerken, Irene　484, 489, 677

マーク・トウェイン・ペーパーズ

編集主幹

ロバート・H・ハースト

マーク・トウェインプロジェクト 編集委員会

フレデリック・クルーズ

メアリー・C・フランシス

ピーター・E・ハンフ

トマス・C・レナード

マイケル・ミルゲイト

アリソン・ミルゲイト

ジョージ・A・スター

G・トマス・タンゼル

エレイン・テナント

本文中には、現代では不適切と思われる表現が見られますが、原著が刊行された時代背景に鑑み、原文をそのまま訳出しました。

装丁　鈴木正道（Suzuki Design）

【著者】
マーク・トウェイン Mark Twain（1835 〜 1910）
本名、サミュエル・ラングホーン・クレメンズ。アメリカ・ミズーリ州フロリダ生まれ。五男二女の四男。家族で移ったミシシッピ河沿いの町・ハニバルで幼少期を過ごす。長兄が起こした新聞社で働き、印刷工を経て、蒸気船の水先案内人に。その後新聞社の記者となり、1861 年に南北戦争が始まるとネヴァダ準州に逃避。ヨーロッパ旅行記が評判になり、全国を講演しながら、多くの小説を書く。1876 年の『トム・ソーヤの冒険』は爆発的な人気を博し、『ハックルベリー・フィンの冒険』はヘミングウェイも絶賛。晩年は事業に失敗し、妻と娘に先立たれるなど不遇な生活を送る。1910 年、74 歳で死去。
【編者】
マーク・トウェインプロジェクト The Mark Twain Project
1967 年から活動している、カリフォルニア大学バンクロフト図書館の編集・出版事業。マーク・トウェインのすべての著作について総合的に、批評的に編纂することを目的としている。
【訳者】
●和栗 了（わぐり・りょう）
1960 年、新潟県生まれ。神戸市外国語大学卒業、甲南大学大学院修了。 博士（文学）。就実大学教授。主な著書に『マーク・トウェインはこう読め』（柏書房）『Mark Twain and Strangers』（英宝社）訳書に『マーク・トウェイン書簡集第一巻』（大阪教育図書）などがある。
●山本祐子（やまもと・ゆうこ）
1969 年、大阪府生まれ。神戸女子大学卒業、神戸女子大学院修了。神戸女子大学非常勤講師。主な論文に「マーク・トウェインの未完作品『インディアンの中のハック・フィンとトム・ソーヤー』――記憶と深層心理を探る旅」「The Golden Corpse ――遺体への眼差しが変わるとき」（『関西マーク・トウェイン研究』第２号）などがある。

マーク・トウェイン　完全《かんぜん》なる自伝《じでん》　Volume 3

2018年7月24日　第１刷発行

編　者	カリフォルニア大学マーク・トウェインプロジェクト
訳　者	和栗 了　山本祐子
発行者	富澤凡子
発行所	柏書房株式会社
	東京都文京区本郷 2-15-13（〒113-0033）
	電話（03）3830-1891（営業）　（03）3830-1894（編集）
組　版	株式会社キャップス
印刷・製本	中央精版印刷株式会社

ISBN978-4-7601-4986-5